새로운 수능 국어 학습

이 지 스 프 로 그 램

AEGIS

2026 학년도 수능 대비

홀수

기출 분석서

국어 | 독서

목차

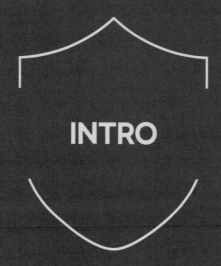

INTRO

2025학년도
대학수학능력시험

박광일의
2025학년도 수능 국어 **독서 총평**

2025학년도 수능 독서는 각 지문의 내용 구성이나 출제 방식이 기존의 수능과 비슷하였다. 다만 최근 2년간(2024학년도~2025학년도)의 평가원 기출과 달리, (가), (나)형 지문이 독서론 지문 바로 뒤에 배치되었는데 시험장에서는 이러한 요소가 문제 풀이 순서를 정하는 과정에서 혼란을 불러서 일으켰을 것으로 보인다. 오답률 1, 2위가 모두 (가), (나)형 지문에서 나왔다는 사실은 시험 당시 학생들의 혼란을 간접적으로 보여 준다고 할 수 있다. 그러나 지문의 내용과 문제의 형식이 새롭지는 않았기 때문에 지문 배치의 어려움만 무난히 해결할 수 있었다면 시험의 전체적인 운영에 있어서는 큰 어려움은 없었으리라 본다.

수능은 우리의 예상과는 다른 무언가를 보여 주기도 해서 얼핏 보면 기출 문제를 공부할 필요가 없다는 생각이 들 수도 있다. 그러나 기출의 내면으로 들어가 보면 지문에서 출제되는 내용의 특성, 문제를 풀 때 거쳐야 하는 사고 과정이 달라지지는 않는다는 것을 알 수 있다. 포장지는 매년 바뀌지만 내용물에는 전혀 변화가 없는 것이다. 독서의 경우에 이런 점은 더욱 두드러진다. 실질적으로 변화를 줄 수 있는 요소는 새로운 화제, 문제의 형식 정도밖에는 없는 것이다. 이번 수능은 기출만 제대로 봐도 독서에서 얼마든지 고득점이 가능함을 보여 준 시험이라고 평가할 수 있다.

그렇기에 수능을 준비하는 최고의 방법은 기출을 반복적으로 학습함으로써 기출에서 공부할 수 있는 모든 것을 자신의 것으로 만드는 것이다. 기출을 그저 문제 풀이용 자료로만 여기지 말고 자신의 실력을 기르는 도구로 삼아 문장을 정확하게 이해하고 글에 담긴 의도를 파악하는 능력을 기를 수 있어야 한다. 기출 경향을 읽어내기에 적합한 분량인 최근 6개년간의 기출을 반복 분석하여 앞서 언급한 두 가지 요소에 대한 학습을 충분히 한다면 2026학년도 수능 국어를 성공적으로 대비할 수 있다. 수능 국어 공부의 시작과 끝은 독서라고 생각하고 홀수 기출 분석서 안에서 본인이 발견할 수 있는 모든 것을 찾아내고 깨달음을 얻었으면 하는 바람이다.

박광일의 CHECK POINT

[1~3] 독서 전략으로서의 밑줄 긋기

최근 평가원 시험에서는 독서 방법이나 독서의 의미 등을 다룬 독서론 영역의 지문이 출제되고 있어. 2025학년도 수능의 독서론 지문에서는 일반적인 독서 상황뿐 아니라 학습 상황에서도 유용하게 활용할 수 있는 독서 전략으로 '밑줄 긋기'에 대해 소개하고 있어. 내용은 어렵지 않지만, 실제 수능 현장에서 가장 먼저 접하는 지문인 만큼 긴장감 때문에 생각보다 문제를 푸는 데 시간을 많이 쓰게 될 수 있어. 그러니 최근에 출제된 독서론 지문들을 충분히 분석하며 대비해 보자!

[1~3] 다음 글을 읽고 물음에 답하시오.

✏️ 사고의 흐름

1 ¹밑줄 긋기는 일상적으로 유용하게 활용할 수 있는 독서 전략이다. 독서 전략 중 하나인 밑줄 긋기에 대한 화제를 제시하고 있어. ²밑줄 긋기는 정보를 머릿속에 저장하고 기억한 내용을 떠올리는 데 도움이 된다. ³독자로 하여금 표시한 부분에 주의를 기울이도록 해 정보를 머릿속에 저장하도록 돕고, 표시한 부분이 독자에게 시각적 자극을 주어 기억한 내용을 떠올리는 데 단서가 되기 때문이다. ⁴이러한 점에서 밑줄 긋기는 일반적인 독서 상황뿐 아니라 학습 상황에서도 유용하다. ⁵또한 밑줄 긋기는 방대한* 정보들 가운데 주요한 정보를 추리는 데에도 효과적이며, 표시한 부분이 일종의 색인과 같은 역할을 하여 독자가 내용을 다시 찾아보는 데에도 용이하다*.

추가적인 정보가 나열되고 있어!

밑줄 긋기의 효과를 나열하고 있어. 이를 정리하면 다음과 같아.

밑줄 긋기의 효과
① 표시한 부분에 주의를 기울이도록 하여 정보를 머릿속에 저장하도록 도움
② 시각적 자극을 주어 기억한 내용을 떠올리게 함
③ 방대한 정보들 가운데 주요한 정보를 추리는 데에 효과적임
④ 색인과 같은 역할을 하여 독자가 내용을 다시 찾아보는 데에 용이함

2 ⁶통상적으로 독자는 글을 읽는 중에 바로바로 밑줄 긋기를 한다. ⁷그러다 보면 밑줄이 많아지고 복잡해져 밑줄 긋기의 효과가 줄어든다. ⁸또한 밑줄 긋기를 신중하게 하지 않으면 잘못 표시한 밑줄을 삭제하기 위해 되돌아가느라 독서의 흐름이 방해받게 되므로 효과적으로 밑줄 긋기를 하는 것이 중요하다. 밑줄 긋기를 할 때 유의할 점에 대해 정리하면 다음과 같아.

밑줄 긋기를 할 때 유의할 점
① 밑줄이 많고 복잡해지면 밑줄 긋기의 효과가 줄어듦
② 신중하게 하지 않으면 잘못 표시한 밑줄을 삭제하기 위해 되돌아가느라 독서의 흐름에 방해가 됨

한 가지 이상의 방법을 설명해 주겠지?

3 ⁹밑줄 긋기의 효과를 얻기 위한 방법에는 몇 가지가 있다. ¹⁰우선 글을 읽는 중에는 문장이나 문단에 나타난 정보 간의 상대적 중요도를 결정할 때까지 밑줄 긋기를 잠시 늦추었다가 주요한 정보에 밑줄 긋기를 한다. ¹¹이때 주요한 정보는 독서 목적에 따라 달라질 수 있다는 점을 고려한다. ¹²또한 자신만의 밑줄 긋기 표시 체계를 세워 밑줄 이외에 다른 기호도 사용할 수 있다. ¹³밑줄 긋기 표시 체계는 밑줄 긋기가 필요한 부분에 특정 기호를 사용하여 표시하기로 독자가 미리 정해 놓는 것이다. ¹⁴예를 들면 하나의 기준으로 묶을 수 있는 정보들에 동일한 기호를 붙이거나 순차적인 번호를 붙이기로 하는 것 등이다. ¹⁵이는 기본적인 밑줄 긋기를 확장한 방식이라 할 수 있다. 밑줄 긋기의 효과를 얻기 위한 방법에 대해 서술하고 있어. 이를 정리하면 다음과 같아.

예시를 통해 자세하게 설명하는 내용은 정확하게 이해하고 넘어가야 해!

밑줄 긋기의 효과를 얻기 위한 방법
① 정보 간의 상대적 중요도를 결정하고 주요 정보에 밑줄 긋기
② 자신만의 밑줄 긋기 표시 체계를 세워 밑줄 이외에 특정 기호를 사용하여 표시하기

4 ¹⁶밑줄 긋기는 어떠한 수준의 독자라도 쉽게 사용할 수 있다는 점 때문에 연습 없이 능숙하게 사용할 수 있다고 오해되어 온 경향이 있다. ¹⁷그러나 본질적으로 밑줄 긋기는 주요한 정보가 무엇인지에 대한 판단이 선행되어야 한다는 점에서 단순하지 않다. 밑줄 긋기는 누구나 쉽게 사용할 수 있다는 점 때문에 연습 없이 능숙하게 사용할 수 있다는 오해가 있지만, 주요한 정보가 무엇인지에 대한 판단이 선행되어야 한다는 점에서 단순하지 않다고 해. ¹⁸㉠밑줄 긋기의 방법을 이해하고 잘 사용하는 것은 글을 능동적으로 읽어 나가는 데 도움이 될 수 있다. 밑줄 긋기의 방법을 이해하고 잘 사용하면 글을 능동적으로 읽는 데 도움이 될 수 있다고 말하면서 글을 마무리 짓고 있어.

'그러나' 뒤의 내용에 조금 더 초점을 맞추어 읽어 보자!

이것만은 챙기자

＊방대하다: 규모나 양이 매우 크거나 많다.

＊용이하다: 어렵지 아니하고 매우 쉽다.

🔍 핵심 분석

- 밑줄 긋기: 일상적으로 & 학습 상황에서 유용하게 활용할 수 있는 독서 전략
1. 밑줄 긋기의 효과
   (1) 정보를 머릿속에 저장하도록 도움
   (2) 기억한 내용을 떠올리게 함
   (3) 주요한 정보를 추리는 데에 효과적임
   (4) 독자가 내용을 다시 찾아보는 데에 용이함
2. 밑줄 긋기를 할 때 유의할 점
   (1) 밑줄이 많고 복잡해지면 밑줄 긋기의 효과가 줄어듦
   (2) 신중하게 하지 않으면 잘못 표시한 밑줄을 삭제하기 위해 되돌아가느라 독서의 흐름에 방해가 됨
3. 밑줄 긋기의 효과를 얻기 위한 방법
   (1) 문장이나 문단에 나타난 정보 간의 상대적 중요도를 결정하고 주요한 정보에 밑줄 긋기(주요한 정보는 독서 목적에 따라 달라질 수 있음)
   (2) 자신만의 밑줄 긋기 표시 체계를 세워 밑줄 이외에 특정 기호를 사용하여 표시하기
- 주요한 정보에 대한 판단이 선행되는 밑줄 긋기의 방법을 이해하고 잘 사용하면 글을 능동적으로 읽어 나가는 데 도움이 됨

>> 각 문단을 요약하고 지문을 **세 부분**으로 나누어 보세요.

> **1** 밑줄 긋기는 정보를 머릿속에 **저장**하고 기억한 내용을 떠올리거나 주요한 정보를 추리는 데에 도움이 되며, 표시한 부분이 색인과 같은 역할을 해 독자가 내용을 다시 찾아보는 데에도 용이하다.

첫 번째
1¹~**1**⁵

> **2** 밑줄이 많고 **복잡**해지면 밑줄 긋기의 효과가 줄어들고, 밑줄을 잘못 표시하면 독서의 **흐름**이 **방해**받게 되므로 효과적으로 밑줄 긋기를 하는 것이 중요하다.

두 번째
2⁶~**3**¹⁵

> **3** 밑줄 긋기의 효과를 얻기 위한 방법으로는 정보 간의 상대적 **중요도**를 결정하고 주요한 정보에 밑줄을 긋는 방법과, 자신만의 밑줄 긋기 **표시 체계**를 세워 특정 기호를 사용하는 방법이 있다.

> **4** 밑줄 긋기는 주요한 정보가 무엇인지에 대한 판단이 **선행**되어야 하며 밑줄 긋기의 방법을 이해하고 잘 사용하면 글을 **능동적**으로 읽어 나가는 데 도움이 된다.

세 번째
4¹⁶~**4**¹⁸

🔍 유형 분석

이 문제는 독서 영역에서 전형적으로 출제되는 내용 일치 문제야. 즉, 지문의 사실적 정보를 파악하는 문제이지. 선지에 제시된 내용과 지문의 내용이 일치하는지 확인해야 하는데, 윗글의 내용과 '일치하지 않는' 선지를 묻는 경우 내용 중 일부분만 지문의 설명과 일치하지 않게 만든 경우가 많아. 따라서 지문의 내용과 선지의 세부적인 진술을 꼼꼼하게 비교하며 확인해야 해.

1. 윗글의 내용과 일치하지 <u>않는</u> 것은?

✅ 정답풀이

③ 밑줄 긋기는 누구나 연습 없이도 능숙하게 사용할 수 있는 전략이다.

근거: **4** ¹⁶밑줄 긋기는 어떠한 수준의 독자라도 쉽게 사용할 수 있다는 점 때문에 연습 없이 능숙하게 사용할 수 있다고 오해되어 온 경향이 있다. ¹⁷그러나 본질적으로 밑줄 긋기는 주요한 정보가 무엇인지에 대한 판단이 선행되어야 한다는 점에서 단순하지 않다.
밑줄 긋기는 쉽게 사용할 수 있다는 점 때문에 연습 없이 능숙하게 사용할 수 있다고 오해되어 온 경향이 있지만, 본질적으로는 주요한 정보가 무엇인지에 대한 판단이 선행되어야 한다는 점에서 단순하지 않다. 따라서 밑줄 긋기가 누구나 연습 없이도 능숙하게 사용할 수 있는 전략이라는 내용은 적절하지 않다.

❌ 오답풀이

① 밑줄 긋기는 일반적인 독서 상황에서 도움이 된다.
근거: **1** ⁴이러한 점에서 밑줄 긋기는 일반적인 독서 상황뿐 아니라 학습 상황에서도 유용하다.

② 밑줄 이외의 다른 기호를 밑줄 긋기에 사용하는 것이 가능하다.
근거: **3** ¹²또한 자신만의 밑줄 긋기 표시 체계를 세워 밑줄 이외에 다른 기호도 사용할 수 있다.

④ 밑줄 긋기로 표시한 부분은 독자가 내용을 다시 찾아보는 데 유용하다.
근거: **1** ⁵표시한 부분이 일종의 색인과 같은 역할을 하여 독자가 내용을 다시 찾아보는 데에도 용이하다.

⑤ 밑줄 긋기로 표시한 부분이 독자에게 시각적인 자극을 주어 기억한 내용을 떠올리는 데 도움이 된다.
근거: **1** ³표시한 부분이 독자에게 시각적 자극을 주어 기억한 내용을 떠올리는 데 단서가 되기 때문이다.

유형 분석

이 문제는 ㉠과 연관 지어 밑줄 긋기의 방법을 정확히 이해했는지 묻는 문제야. ㉠에 해당하는 부분을 지문에서 찾아 선지 내용과 연결해 가면서 적절성을 판단하면 돼. 이러한 유형의 문제에서는 주로 지문에서 설명한 내용의 인과 관계를 뒤바꾸거나, 서로 관계없는 내용을 연결하거나, 지문에서 활용한 용어들을 그럴듯해 보이게 조합하는 등의 방식으로 선지를 구성하는 경우가 많으니, 이러한 점에 주의해서 문제를 풀도록 하자!

2. ㉠에 해당하는 내용으로 가장 적절한 것은?

㉠: 밑줄 긋기의 방법을 이해하고 잘 사용하는 것

✅ 정답풀이

④ 주요한 정보를 추릴 수 있도록 자신이 만든 밑줄 긋기 표시 체계에 따라 밑줄 긋기를 한다.

근거: ■ [5]또한 밑줄 긋기는 방대한 정보들 가운데 주요한 정보를 추리는 데에도 효과적이며, + ❸ [12]또한 자신만의 밑줄 긋기 표시 체계를 세워 밑줄 이외에 다른 기호도 사용할 수 있다.

밑줄 긋기는 주요한 정보를 추리는 데 효과적이며, 자신만의 밑줄 긋기 표시 체계를 세워 밑줄 이외에 다른 기호도 사용할 수 있다고 하였으므로, 주요한 정보를 추릴 수 있도록 자신이 만든 밑줄 긋기 표시 체계에 따라 밑줄 긋기를 한다는 것은 ㉠에 해당하는 내용으로 적절하다.

❌ 오답풀이

① 글을 다시 읽을 때를 대비해서 되도록 많은 부분에 밑줄 긋기를 하며 읽는다.

근거: ❷ [7]그러다 보면 밑줄이 많아지고 복잡해져 밑줄 긋기의 효과가 줄어든다.

밑줄이 많아지고 복잡해지면 밑줄 긋기의 효과가 줄어든다고 하였으므로, 되도록 많은 부분에 밑줄 긋기를 하며 읽는다는 것은 ㉠에 해당하는 내용으로 적절하지 않다.

② 글 전체에 주의를 기울일 수 있도록 글을 읽고 있을 때에는 밑줄 긋기를 하지 않는다.

근거: ❷ [6]통상적으로 독자는 글을 읽는 중에 바로바로 밑줄 긋기를 한다. + ❸ [10]우선 글을 읽는 중에는 문장이나 문단에 나타난 정보 간의 상대적 중요도를 결정할 때까지 밑줄 긋기를 잠시 늦추었다가 주요한 정보에 밑줄 긋기를 한다.

통상적으로 독자는 글을 읽는 중에 바로바로 밑줄 긋기를 하는데, 글을 읽는 중에는 정보 간의 상대적 중요도를 결정할 때까지 밑줄 긋기를 잠시 늦추었다가 주요한 정보에 밑줄 긋기를 해야 한다고 하였으므로, 글 전체에 주의를 기울일 수 있도록 글을 읽고 있을 때 밑줄 긋기를 하지 않는다는 것은 ㉠에 해당하는 내용으로 적절하지 않다.

③ 정보의 중요도를 판정하기 어려우면 우선 밑줄 긋기를 한 후 잘못 그은 밑줄을 삭제한다.

근거: ❷ [8]또한 밑줄 긋기를 신중하게 하지 않으면 잘못 표시한 밑줄을 삭제하기 위해 되돌아가느라 독서의 흐름이 방해받게 되므로 효과적으로 밑줄 긋기를 하는 것이 중요하다.

밑줄 긋기를 신중하게 하지 않으면 잘못 표시한 밑줄을 삭제하기 위해 되돌아가느라 독서의 흐름이 방해받게 된다고 하였으므로, 우선 밑줄 긋기를 한 후 잘못 그은 밑줄을 삭제한다는 것은 ㉠에 해당하는 내용으로 적절하지 않다.

⑤ 글에 반복되는 어휘나 의미가 비슷한 문장이 나올 때마다 바로바로 밑줄 긋기를 하며 글을 읽는다.

근거: ❷ [6]통상적으로 독자는 글을 읽는 중에 바로바로 밑줄 긋기를 한다. [7]그러다 보면 밑줄이 많아지고 복잡해져 밑줄 긋기의 효과가 줄어든다.

밑줄이 많아지고 복잡해지면 밑줄 긋기의 효과가 줄어든다고 하였으므로, 글에 반복되는 어휘나 의미가 비슷한 문장에 바로바로 밑줄 긋기를 하며 글을 읽는다는 것은 ㉠에 해당하는 내용으로 적절하지 않다.

이 문제는 학생이 밑줄 긋기를 하며 독서한 사례를 제시하고 있어. 이때 학생의 '독서 목적'은 고래의 외형적 특징에 대한 정보 습득이며, 자신만의 밑줄 긋기 표시 체계를 세워 '표시 기호'를 새롭게 정했음을 알 수 있어. 발문에서 윗글을 바탕으로 학생이 다음과 같이 밑줄 긋기를 했다고 했으므로, 선지의 진술이 지문의 내용과 잘 연결되는지, '독서 목적'에 맞게 '표시 기호'를 알맞게 사용했는지를 꼼꼼히 확인해야 해.

3. 윗글을 바탕으로 학생이 다음과 같이 밑줄 긋기를 했다고 할 때, 이에 대한 평가로 적절하지 않은 것은? [3점]

[독서 목적] 고래의 외형적 특징에 대한 정보 습득
[표시 기호] ☐ , ⑴ · ⑵ , ✓___ , ～～

[독서 자료]
　고래는 육지 포유동물에서 기원했지만, 수중 생활에 적응하여 새끼를 수중에서 낳는다. ⑴암컷들은 새끼를 낳을 때 서로 도와주며, ⑵어미들은 새끼들을 정성껏 보호한다.
　고래의 생김새는 고래의 종류마다 다른데, ✓대체로 몸길이는 1.3m에서 30m에 이른다. ✓피부에는 털이 없거나 아주 짧게 나 있다. 지느러미는 배를 젓는 노와 같은 형태이고, 헤엄칠 때 수평을 유지하는 기능을 한다.
　고래는 폐로 호흡하므로 물속에서 숨을 쉴 수 없다. 고래의 머리 꼭대기에는 분수공이 있다. 물속에서 참았던 숨을 분수공으로 내뿜고 다시 숨을 들이마신 뒤 잠수한다. 작은 고래들은 몇 분밖에 숨을 참지 못하지만, 큰 고래들은 1시간 정도 물속에 머물 수 있다.

✓ 정답풀이

⑤ '～～'로 표시한 부분을 보니, 독서 목적을 고려하여 3문단 내에서 정보 간의 상대적인 중요도를 판단해 주요한 문장에 밑줄 긋기를 하였군.

　학생의 '독서 목적'은 고래의 외형적 특징에 대한 정보 습득이다. '～～'로 표시한 '고래는 폐로 호흡하므로 물속에서 숨을 쉴 수 없다.'라는 정보는 독서 목적인 고래의 외형적 특징이 아닌 고래가 물속에서 숨을 쉴 수 없는 이유에 해당하므로, 독서 목적을 고려하여 정보 간의 상대적인 중요도를 판단해 주요한 문장에 밑줄 긋기를 하였다는 평가는 적절하지 않다.

✗ 오답풀이

① 독서 목적을 고려하면, 1문단에서 '☐'로 표시한 부분은 적절하지 않게 밑줄 긋기를 하였군.

　학생의 '독서 목적'은 고래의 외형적 특징에 대한 정보 습득이다. 1문단에서 '☐'로 표시한 '포유동물'이라는 정보는 고래의 외형적 특징이 아닌 고래의 기원에 해당하므로 적절하지 않게 밑줄 긋기를 하였다는 평가는 적절하다.

② 독서 목적을 고려하면, 1문단에서 '⑴', '⑵'와 같이 순차적인 번호로 표시한 부분은 적절하지 않게 밑줄 긋기를 하였군.

　학생의 '독서 목적'은 고래의 외형적 특징에 대한 정보 습득이다. 1문단에서 '⑴', '⑵'와 같이 순차적인 번호로 표시한 '암컷들은 새끼를 낳을 때 서로 도와주며, 어미들은 새끼들을 정성껏 보호한다.'라는 정보는 고래의 외형적 특징이 아닌 암컷 고래의 출산에 대한 정보이므로 적절하지 않게 밑줄 긋기를 하였다는 평가는 적절하다.

③ 2문단에서 '☐'로 표시한 부분을 보니, 독서 목적에 관련된 주요 어구에 밑줄 긋기를 하였군.

　학생의 '독서 목적'은 고래의 외형적 특징에 대한 정보 습득이다. 2문단에서 '☐'로 표시한 '고래의 생김새'라는 정보는 독서 목적에 관련된 주요 어구에 해당하므로 적절하다.

④ 독서 목적을 고려하면, 2문단에서는 '지느러미는 배를 젓는 노와 같은 형태'에 '✓___'를 누락하였군.

　학생의 '독서 목적'은 고래의 외형적 특징에 대한 정보 습득이다. 2문단에서 '✓___'로 표시한 '대체로 몸길이는 1.3m에서 30m에 이른다.'와 '피부에는 털이 없거나 아주 짧게 나 있다.'라는 정보는 독서 목적에 관련된 주요 정보이며 '지느러미는 배를 젓는 노와 같은 형태'도 독서 목적에 해당하는 정보이므로 '✓___'를 누락하였다는 평가는 적절하다.

[4~9] (가) 개항 이후 개화 개념의 변화 / (나) 중국의 서양 과학 및 기술 수용에 대한 다양한 관점

조선과 중국, 동양의 두 나라에서 이루어진 서양 문물의 수용과 관련된 내용을 다룬 지문 (가)와 (나)가 함께 묶여서 제시되었어. (가)에서는 조선의 개화 개념과 그에 대한 논의가, (나)에서는 중국의 과학 사상의 적용에 대한 논의가 시대와 상황의 흐름에 따라 어떻게 이루어졌는지를 설명하고 있어. 시간의 흐름에 따라 전개되거나 역사적 소재를 다루는 지문에서는, 특정 사건이 발생하게 된 배경(조건)과, 사건들 간의 인과 관계를 분명하게 파악하는 것이 중요해. 그리고 다양한 집단(학파) 또는 인물이 등장했을 경우, 인물들 간의 관련성을 고려해 가면서 입장 간의 공통점과 차이점을 잘 정리해 가는 것도 중요하지. (가)와 (나)로 묶여 함께 제시된 두 글은 언뜻 보았을 때 별개의 내용처럼 보이지만 서로 대응되는 정보를 가지고 있기 마련이야. 그러니 독해 과정에서 두 지문의 정보가 연결되는 부분들을 발견하면 잊지 않고 체크하도록 하자.

[4~9] 다음 글을 읽고 물음에 답하시오.

✎ 사고의 흐름

(가)

1 ¹서양의 과학과 기술, 천주교의 수용을 반대했던 이항로를 비롯한 척사파의 주장은 개항 이후에도 지속되었지만, 개화는 거스를 수 없는 대세로 자리 잡았다. ²개물성무(開物成務)와 화민성속(化民成俗)의 앞 글자를 딴 개화는 개항 이전에는 통치자의 통치 행위로서 변화하는 세상에 대한 지식 확장과 피통치자에 대한 교화*를 의미했다. (가) 지문은 '개화'라는 개념을 중점적으로 다루려나 봐. 개항 이전 개화 개념의 의미와, 개항 이후 개화가 대세로 받아들여진 정황을 제시하고 있어.

> 지문 전반에 걸쳐 '개항', '임오군란', '갑신정변', '을사늑약' 등 특정 시기를 언급하고 있어. 시간의 흐름을 의식하면서 각 시기에 어떠한 일이 있었는지 잘 파악하자.

2 ³개항 이후 서양 문명에 대한 긍정적 인식이 확산되면서 서양 문명의 수용을 뜻하는 개화 개념이 자리 잡았다. 시간의 흐름과 상황에 따라 변화하는 개화 개념의 의미에 주목하면서 읽어야겠어. ⁴임오군란 이후, 고종은 자강* 정책을 추진하면서 반(反)서양 정서의 교정을 위해 『한성순보』를 발간했다. ⁵이 신문의 개화 개념은 서양 기술과 제도의 도입을 통한 인지의 발달과 풍속의 진보를 뜻했다. ⁶이 개념에는 인민이 국가의 독립 주권의 소중함을 깨닫는 의식의 변화가 내포되었고, 통치자의 입장에서 수용 가능한 문명의 장점을 받아들여 국가의 진보를 달성한다는 의미도 담겼다. 임오군란 이후 발간된 『한성순보』: 반서양 정서를 교정하려는 목적을 지니며, '개화'에 국가 주권과 관련된 인민의 의식 변화와 수용 가능한 문명의 장점을 수용하는 통치자에 의한 국가 진보 달성의 의미를 부여함

3 ⁷개화당의 한 인사가 제시한 개화 개념은 성문화*된 규정에 따른 대민 정치에서의 법적 처리 절차 실현 등 서양 근대 국가의 통치 방식으로의 변화를 내포하는 것이었다. ⁸그는 개화 실행 주체를 여전히 왕으로 생각했고, 개화당 인사의 개화 개념: 왕에 의한 서양 근대 국가의 통치 방식으로의 변화 내포 개화 실행 주체로서 왕의 역할이 사라진 것은 갑신정변에서였다. ⁹풍속의 진보와 통치 방식 변화라는 의미를 내포한 갑신정변의 개화 개념은 통치권에 대한 도전으로뿐 아니라 개인의 사욕을 위한 것으로 표상되었다. 갑신정변의 개화 개념: 개화 실행 주체로서 왕의 역할이 사라지며, 개인의 사욕을 위한 것이자, 통치권에 대한 도전 ¹⁰이후 개화 개념은 국가 구성원을 조직하고 동원하기 위해 부정적 이미지에서 벗어나야 했고, 유길준은 『서유견문』을 저술하며 개화 개념에 덧씌워진 부정적 이미지를 떼어 내고자 했다. ¹¹이후 간행된 『대한매일신보』 등의 개화 개념은 국가 구성원 전체를 실행 주

체로 하여 근대 국가 주권을 향해 그들을 조직하고 동원하는 것을 의미했다. 『서유견문』은 개화 개념에 덧입혀진 부정적 이미지를 떼어 내고자 했으며, 근대 국가 주권을 향해 국가 구성원을 조직하고 동원하는 의미로서의 개화 개념은 『대한매일신보』에서 나타났구나.

4 ¹²을사늑약 이후, 개화 논의는 문명에 대한 본격적인 논의로 이어졌다. ¹³대한 자강회의 주요 인사들은 서양 근대 문명을 수용하여 근대 국가를 건설하고자, 앞서 문명화를 이룬 일본의 지도를 받아야 한다고 보았다. ¹⁴이들은 서양 근대 문명의 주체를 주체 인식의 준거로 삼았기 때문에 민족 주체성을 간과했다. 대한 자강회의 인사가 '앞서 문명화를 이룬 일본'의 지도를 받고자 한 것은 주체 인식의 준거를 서양 근대 문명의 주체로 삼았기 때문이군. ¹⁵이러한 상황에서 박은식은 ㉠근대 국가 건설과 새로운 주체의 형성에 주목하여 문명에 대한 견해를 제시했다. ¹⁶그의 기본 전략은 문명의 물질적 측면인 과학은 서양으로부터 수용하되, 문명의 정신적 측면인 철학은 유학을 혁신하여 재구성하는 것이었다. ¹⁷그는 생존과 편리 증진을 위해 과학 연구가 시급하지만, 가치관 정립과 인격 수양을 위해 철학 또한 필수적이라고 보았다. ¹⁸자국 철학 전통의 정립이라는 당시 동아시아의 사상적 흐름 속에서 그가 제시한 근대 주체는 과학적·철학적 인식의 주체이자 실천적 도덕 수양의 주체로서의 성격을 띠는 것이었다. 박은식은 문명의 물질적 측면은 서양으로부터 수용하고, 문명의 정신적 측면은 동양의 유학으로부터 재구성하여 새로운 근대 주체를 형성하고자 했어.

> 특정 주장에서 민족 주체성을 간과했다는 문제점이 제시된 박은식의 주장은 이에 대해 비판하거나 대안을 제시할 가능성이 크겠군.

이것만은 챙기자

*교화: 가르치고 이끌어서 좋은 방향으로 나아가게 함.
*자강: 스스로 힘써 몸과 마음을 가다듬음.
*성문화: 글이나 문서로 나타냄.

(가)

개화 개념의 변화

개항
- **이전:** 통치자의 통치 행위 (지식 확장, 피통치자 교화)
- **이후:** 서양 문명의 수용

임오군란 이후 고종의 『한성순보』 - 반서양 정서 교정 촉지

서양 기술·제도 도입 → 인지 발달, 풍속 진보

(인민) 국가의 독립 주권의 소중함 인지

(통치자) 선택적 서양 문물 수용 → 국가 진보 달성 / 통치 방식 변화

개화당 인사 (왕이) 서양 근대 국가식으로

갑신정변 통치권에 대한 도전, 개인의 사욕 추구!

↳ **이후:** 유길준이 『서유견문』에서 부정적 이미지 제거하려 함

국가 구성원의 조직·동원 위함 (『대한매일신보』)

을사늑약 이후

대한자강회 주요 인사: 서양 근대 문명의 주체를 주체 인식의 근거로!
→ 민족 주체성 간과

↕

박은식: 문명의 물질적 측면 (과학) → 서양 수용 → 생존, 편리 증진

〃 정신적 측면 (철학) → 유학 기반 → 가치관 정립, 인격 수양

→ 새로운 근대 주체 형성

>> 각 문단을 요약하고 지문을 **두 부분**으로 나누어 보세요.

1 개항 이전에 통치자의 통치 행위로서 변화하는 세상에 대한 지식 확장과 피통치자에 대한 교화를 의미했던 개화는, 개항 이후 거스를 수 없는 대세가 되었다.

첫 번째 **1**¹~**1**²

2 개항 이후 서양 문명의 수용을 의미하는 개화 개념이 자리 잡고, 임오군란 이후 발간된 『한성순보』는 개화 개념에 서양 기술과 제도의 도입을 통한 인지의 발달과 풍속의 진보라는 의미를 부여한다.

3 개화당 인사에게 있어 왕의 통치 방식의 변화를 의미하던 개화는 갑신정변 때 통치권에 대한 도전이자 개인의 사욕을 위한 것으로 표상되고, 이후 국가 구성원의 조직·동원을 위해 부정적 이미지를 떼고자 했다.

두 번째 **2**³~**4**¹⁸

4 을사늑약 이후 대한 자강회는 서양 근대 문명의 주체를 주체 인식의 준거로 삼으며 민족 주체성을 간과했고, 박은식은 문명의 물질적 측면은 서양으로부터 수용하되 정신적 측면은 유학을 혁신하여 재구성하자는 견해를 제시했다.

(나)

1 [1]중국이 서양의 과학과 기술에 전면적인 관심을 기울인 때는 아편 전쟁 이후였다. [2]전쟁 패배에 따른 위기감은 반세기에 걸쳐 근대화의 추진과 함께 의욕적인 기술 수용으로 이어졌지만, 청일 전쟁의 패배는 기술 수용만으로는 부족하다는 인식을 낳았다. [3]이에 따라 20세기 초반 진정한 근대를 이루기 위해 기술 배후에서 작용하는 과학 정신을 사회 전체에 이식하려는 시도가 구체화되었다.

앞서 언급된 상황의 한계가 제시될 거야.

아편 전쟁 후 서양 기술을 적극적으로 수용하려 했던 인식이, 청일 전쟁 후 과학 정신에 대한 관심으로 확장되었군. (나)의 주된 내용은 20세기에 과학 정신을 사회 전체에 이식하려 한 중국의 시도와 관련되겠네.

2 [4]옌푸는 국가 간에 벌어지는 약육강식의 경쟁을 부각하고, 경쟁에서 승리하려면 기술뿐 아니라 국민의 정신적 자질이 뒷받침되어야 한다고 보았다. [5]정신적 자질 중 과학적 사유 능력이 가장 중요하다고 파악한 그에게 과학 정신이 전제되지 않은 정치적 변혁은 뿌리내릴 수 없는 것이었다. [6]그는 인과 실증의 방법에 근거한 근대 학문 전체를 과학이라 파악하고, 과학을 습득하여 전통 학문의 폐단*에서 벗어나야 한다고 주장했다. 옌푸는 국가 간 경쟁에서 승리하려면 국민의 정신적 자질이 뒷받침되어야 한다며, 과학적 사유 능력의 중요성과 과학 습득을 통한 전통 학문으로부터의 탈피를 주장했어. [7]그의 입장은 1910년대 후반 신문화 운동을 주도한 천두슈에게 이어졌다.

3 [8]천두슈를 비롯한 신문화 운동의 지식인들은 ⓒ과학의 근거 위에서만 민주 정치의 실현이 가능하다고 주장했다. [9]중국이 달성해야 할 신문화는 과학 및 과학의 방법에 근거한 문화라 보고, 신문화를 이루기 위해 전통문화 전반에 대해 철저한 부정과 비판을 시도했다. [10]사상이나 철학이 과학의 방법을 이용하지 않으면 공상(空想)*에 ⓐ그칠 뿐이라고 주장한 천두슈는 사회와 인간의 삶에 대한 연구도 과학의 연구 방법을 이용해야 한다고 보았다. 옌푸의 사상을 이은 천두슈(신문화 운동의 지식인들)는 전통문화 전반을 철저히 부정했어. 그리고 사상, 철학에 대한 연구도 과학의 방법을 이용해야 한다고 보았지. 철학과 과학을 구분하여 인식한 (가)의 박은식과는 견해가 다르네. [11]그는 제1차 세계 대전의 비극은 과학을 이용해 저지른 죄악의 결과일 뿐 과학 자체의 죄악이 아니라고 주장하며 과학에 대한 자신의 생각을 지속했다. 천두슈는 제차 세계 대전과 관련해 과학 자체는 죄가 없고, 단지 과학을 이용한 이들이 죄악을 저지른 것이라 보았어.

4 [12]한편, 제1차 세계 대전 이후 유럽을 시찰했던 장쥔마이는 통제되지 않은 과학이 불러온 역작용*을 목도*한 후, 과학이 어떻게 발달하든 그것이 인생관의 문제를 해결할 수는 없다며 서양 근대 문명을 비판했다. [13]근대 과학 문명에서 초래된 사상적 위기가 주체의 책임 부재에서 비롯된 것이라는 주장에 동의했던 그는 과학적 방법을 부정하지 않았지만, 인생관의 문제에는 과학적 방법이 적용될 수 없다고 지적했다. [14]그는 인생관을 과학과 별개로 파악했고, 과학만능주의에 기초한 신문화 운동에 의해 부정된 중국 전통 가치관의 수호를 내세웠다. 장쥔마이는 과학적 방법을 부정하지는 않았지만, 인생관의 문제에는 과학적 방법이 적용될 수 없다고 보았어. 신문화 운동이 부정한

옌푸나 그의 입장을 이은 천두슈와는 구별되는 견해가 제시되겠군.

전통 가치관을 수호하려 한 것에서 장쥔마이가 전통문화에 대해 천두슈와 대립하는 입장에 있음을 알 수 있어.

이것만은 챙기자

* **폐단**: 어떤 일이나 행동에서 나타나는 옳지 못한 경향이나 해로운 현상.
* **공상**: 현실적이지 못하거나 실현될 가망이 없는 것을 막연히 그리어 봄.
* **역작용**: 의도한 것과는 정반대의 영향을 주는 작용.
* **목도**: 눈으로 직접 봄.

만점 선배의 구조도 예시

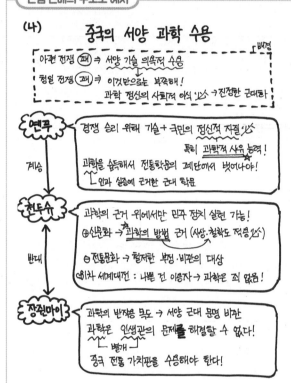

>> 각 문단을 요약하고 지문을 세 부분으로 나누어 보세요.

1 중국은 청일 전쟁 패배 이후 서양 기술의 수용만으로는 부족하다는 인식을 갖게 되고, 진정한 근대화를 위해 과학 정신을 사회 전체에 이식하려는 시도를 구체화했다.	첫 번째 **1**[1]~**1**[3]
2 옌푸는 기술뿐 아니라 국민의 정신적 자질의 뒷받침이 필요하다고 보며, 전통 학문의 폐단에서 벗어나 근대 학문인 과학을 습득해야 한다고 주장했다.	두 번째 **2**[4]~**3**[11]
3 1910년대의 천두슈를 비롯한 신문화 운동의 지식인들은 **신문화**를 이루기 위해 **전통문화**를 철저히 부정·비판하며, 사회와 인간의 삶에 대한 연구도 과학의 방법에 근거해야 한다고 주장했다.	
4 1차 세계 대전 이후 장쥔마이는 과학의 **역작용**을 목도하고 서양 근대 문명을 비판하며, **인생관**을 과학과 별개로 보고 신문화 운동이 부정한 중국 전통 가치관의 수호를 내세웠다.	세 번째 **4**[12]~**4**[14]

유형 분석

두 지문을 꼼꼼히 읽었는지 확인하기 위한 내용 일치 문제야. 선지가 지문에 있는 표현을 그대로 사용하지 않고 말바꾸기를 했더라도, 지문에 제시되어 있는 한두 문장 정도의 단편적인 정보와 대응시킬 수 있으면 되는 문제였어. 지문에 제시된 개념 간의 다양한 관계(인과 관계, 상관관계 등)를 왜곡한 선지가 없는지 꼼꼼하게 대조해 가며 읽었다면 어렵지 않게 문제를 해결할 수 있었을 거야.

4. 윗글에 대한 이해로 적절하지 <u>않은</u> 것은?

✓ 정답풀이

④ (나): 과학 정신이 사회에 자리 잡으려면 정치적 변혁이 선행되어야 한다는 주장이 제기되었다.

근거: (나) ② ⁵정신적 자질 중 과학적 사유 능력이 가장 중요하다고 파악한 그(옌푸)에게 과학 정신이 전제되지 않은 정치적 변혁은 뿌리내릴 수 없는 것이었다.
(나)에서 옌푸는 정치적 변혁이 이루어지기 위해서는 과학 정신이 전제되어야 한다고 주장했다.

✗ 오답풀이

① (가): 서양 과학과 기술의 국내 유입을 반대하는 주장이 개항 이후에도 이어졌다.

근거: (가) ① ¹서양의 과학과 기술, 천주교의 수용을 반대했던 이항로를 비롯한 척사파의 주장은 개항 이후에도 지속되었지만
(가)에서 이항로를 비롯한 척사파는 개항 이후에도 서양 과학과 기술의 국내 유입을 반대하였다.

② (가): 유학을 혁신하여 철학으로 재구성하는 것이 필요하다는 견해가 을사늑약 이후에 제기되었다.

근거: (가) ④ ¹²을사늑약 이후~¹⁶그(박은식)의 기본 전략은 문명의 물질적 측면인 과학은 서양으로부터 수용하되, 문명의 정신적 측면인 철학은 유학을 혁신하여 재구성하는 것이었다.
(가)에서 을사늑약 이후 박은식은 유학을 혁신하여 문명의 정신적 측면인 철학으로 재구성해야 한다는 의견을 제시하였다.

③ (나): 진정한 근대를 이루려면 기술 수용의 차원을 넘어서야 한다는 인식이 등장하였다.

근거: (나) ① ²전쟁 패배에 따른 위기감은 반세기에 걸쳐 근대화의 추진과 함께 의욕적인 기술 수용으로 이어졌지만, 청일 전쟁의 패배는 기술 수용만으로는 부족하다는 인식을 낳았다. ³이에 따라 20세기 초반 진정한 근대를 이루기 위해 기술 배후에서 작용하는 과학 정신을 사회 전체에 이식하려는 시도가 구체화되었다.
(나)에서 중국은 두 차례의 전쟁 패배를 겪은 뒤, 진정한 근대를 이루기 위해서는 사회 전반이 기술 수용의 차원을 넘어서는 과학 정신을 갖추어야 한다는 인식을 가지게 되었다.

⑤ (나): 근대 과학 문명에 대한 비판적 인식을 바탕으로 전통 가치관에 주목하는 견해가 제시되었다.

근거: (나) ④ ¹²한편, 제1차 세계 대전 이후 유럽을 시찰했던 장쥔마이는 통제되지 않은 과학이 불러온 역작용을 목도한 후, 과학이 어떻게 발달하든 그것이 인생관의 문제를 해결할 수는 없다며 서양 근대 문명을 비판했다.~¹⁴그는 인생관을 과학과 별개로 파악했고, 과학만능주의에 기초한 신문화 운동에 의해 부정된 중국 전통 가치관의 수호를 내세웠다.
(나)에서 장쥔마이는 과학의 역작용을 목격한 후 서양의 근대 과학 문명에 비판적 인식을 갖게 되었으며, 이를 바탕으로 인생관을 과학과 별개로 파악하여 전통 가치관을 수호하려는 입장을 제시했다.

유형 분석

(가)의 핵심 개념인 '개화'에 대한 이해를 묻는 문제야. (가)는 지문 전반에 걸쳐 시간의 흐름에 따라, 그리고 해당 개념을 주장한 주체에 따라 개화 개념에 담겨 있는 의미가 조금씩 달라지는 경향이 있음을 제시했어. 그러니 각 선지에서 어떤 시기의, 혹은 어떤 주체의 '개화 개념'을 다루고 있는지 잘 확인할 필요가 있었어. 어떤 문단에서 어떤 주체의 개화 개념을 다루고 있었는지 잘 정리해 가면서 읽었다면 좀 더 수월하게 문제를 풀어낼 수 있었을 거야.

5. 개화에 대한 이해로 적절하지 <u>않은</u> 것은?

✓ 정답풀이

⑤ 『대한매일신보』의 발간에 이르러서야 국가의 주권과 결부한 개화 개념이 제기되었다.

근거: (가) ② ⁴임오군란 이후~⁵이 신문(『한성순보』)의 개화 개념은 서양 기술과 제도의 도입을 통한 인지의 발달과 풍속의 진보를 뜻했다. ⁶이 개념에는 인민이 국가의 독립 주권의 소중함을 깨닫는 의식의 변화가 내포되었고
『대한매일신보』 이전에 발간된 『한성순보』에서 인민이 국가의 독립 주권의 소중함을 깨닫는 의식의 변화를 내포한 개화 개념을 제시하였으며, 이는 개화 개념을 국가의 주권과 결부한 것이라 볼 수 있다.

✗ 오답풀이

① 개항 이전의 개화 개념은 백성을 다스리는 통치자로서의 역할과 관련 있었다.

근거: (가) ① ²개화는 개항 이전에는 통치자의 통치 행위로서 변화하는 세상에 대한 지식 확장과 피통치자에 대한 교화를 의미했다.

② 『한성순보』의 개화 개념은 서양 기술과 제도의 선별적 수용을 통한 국가 진보의 의미를 포함하였다.

근거: (가) ② ⁵이 신문(『한성순보』)의 개화 개념은 서양 기술과 제도의 도입을 통한 인지의 발달과 풍속의 진보를 뜻했다. ⁶통치자의 입장에서 수용 가능한 문명의 장점을 받아들여 국가의 진보를 달성한다는 의미도 담겼다.
『한성순보』의 개화 개념은 통치자가 서양 기술과 제도를 도입할 때 '수용 가능한 문명의 장점'을 선별적으로 받아들임으로써 국가의 진보를 달성한다는 의미를 내포한다.

③ 『한성순보』와 개화당의 한 인사의 개화 개념은 통치권자인 왕을 개화의 실행 주체로 상정하였다.

근거: (가) **②** [5]이 신문(『한성순보』)의 개화 개념은 서양 기술과 제도의 도입을 통한 인지의 발달과 풍속의 진보를 뜻한다. [6]통치자의 입장에서 수용 가능한 문명의 장점을 받아들여 국가의 진보를 달성한다는 의미도 담겼다. + **③** [7]개화당의 한 인사가 제시한 개화 개념은 성문화된 규정에 따른 대민 정치에서의 법적 처리 절차 실현 등 서양 근대 국가의 통치 방식으로의 변화를 내포하는 것이었다. [8]그는 개화 실행 주체를 여전히 왕으로 생각했고

『한성순보』의 개화 개념은 통치자의 입장에서 국가의 진보를 달성한다는 의미를 담고 있고, 개화당의 한 인사의 개화 개념은 개화의 실행 주체를 왕을 중심으로 둔다. 따라서 『한성순보』와 개화당의 한 인사 모두 통치권자인 왕을 개화의 실행 주체로 상정하였다고 볼 수 있다.

④ 개화의 실행 주체로 왕에게 역할을 부여하지 않은 갑신정변의 개화 개념은 통치권에 대한 도전으로 이해되었다.

근거: (가) **③** [8]개화 실행 주체로서 왕의 역할이 사라진 것은 갑신정변에서였다. [9]풍속의 진보와 통치 방식 변화라는 의미를 내포한 갑신정변의 개화 개념은 통치권에 대한 도전으로뿐 아니라 개인의 사욕을 위한 것으로 표상되었다.

갑신정변의 개화 개념에서는 왕에게 개화의 실행 주체라는 역할을 부여하지 않았으며, 개화는 개인의 사욕을 위한 것이자 통치권에 대한 도전으로 이해되었다.

| 관점에 대한 평가·비판 | 정답률 **77**

🔍 유형 분석

(나)의 3문단과 4문단에서 견해의 차이가 두드러졌던 '천두슈'와 '장쥔마이'의 입장을 다루는 문제야. 눈여겨볼 점은 그럼에도 불구하고 발문에서 두 인물이 '모두 동의할 수 있는 진술'이 무엇인지 물어보았다는 거야. 언뜻 보기에 서로 반대인 것처럼 보이는 견해들이더라도, 이들이 반드시 모든 면에서 서로 다르다고 볼 수는 없어. '천두슈'와 '장쥔마이'는 '전통'을 어떻게 바라볼 것인지에 대해 큰 차이를 보였지만, '과학적 방법'의 효용에 대해서는, 비록 정도의 차이가 있지만 둘 모두 인정하는 경향을 보였거든. 이렇듯 지문에 다양한 견해가 제시되었을 때, 차이점만 찾지 말고 공통점이 있지는 않은지 확인해 보아야 함을 명심하자.

6. (나)의 '천두슈'와 '장쥔마이'가 모두 동의할 수 있는 진술로 가장 적절한 것은?

✅ 정답풀이

③ 과학을 이용하는 과정에서 문제가 발생했다고 해도 과학적 방법을 부정할 수 없다.

근거: (나) **③** [11]그(천두슈)는 제1차 세계 대전의 비극은 과학을 이용해 저지른 죄악의 결과일 뿐 과학 자체의 죄악이 아니라고 주장하며 과학에 대한 자신의 생각을 지속했다. + **④** [13]근대 과학 문명에서 초래된 사상적 위기가 주체의 책임 부재에서 비롯된 것이라는 주장에 동의했던 그(장쥔마이)는 과학적 방법을 부정하지 않았지만

천두슈는 과학을 이용하는 과정에서 제1차 세계 대전과 같은 비극이 발생했다고 하더라도, 이는 과학을 이용한 인간의 문제이며 과학 자체에는 죄악이 없다고 보았다. 장쥔마이 역시 과학의 역작용을 목격한 뒤 서양 근대 문명을 비판했지만, 과학적 방법 자체를 부정하지는 않았다.

⊗ 오답풀이

① 전통 사상은 과학 및 과학 정신과 양립할 수 없는 관계에 놓여 있다.

근거: (나) **③** [9](천두슈) 중국이 달성해야 할 신문화는 과학 및 과학의 방법에 근거한 문화라 보고, 신문화를 이루기 위해 전통문화 전반에 대해 철저한 부정과 비판을 시도했다. + **④** [14]그(장쥔마이)는 인생관을 과학과 별개로 파악했고, 과학만능주의에 기초한 신문화 운동에 의해 부정된 중국 전통 가치관의 수호를 내세웠다.

천두슈는 과학의 방법에 근거한 신문화를 이루기 위해 전통문화 전반을 부정했으므로, 전통 사상이 과학 및 과학 정신과 양립할 수 없다고 보았을 것이다. 그러나 장쥔마이는 인생관을 과학과 별개로 파악하며 중국 전통 가치관을 수호하고자 했으므로, 전통 사상과 과학 정신이 양립할 수 없다고 보지는 않았을 것이다.

② 전통 사상의 폐단은 과학 정신이 뿌리내리지 못한 사회 체질에서 비롯된 것이다.

근거: (나) **②** [6]그(옌푸)는 인과 실증의 방법에 근거한 근대 학문 전체를 과학이라 파악하고, 과학을 습득하여 전통 학문의 폐단에서 벗어나야 한다고 주장했다. [7]그의 입장은 1910년대 후반 신문화 운동을 주도한 천두슈에게 이어졌다. + **④** [14]그(장쥔마이)는 인생관을 과학과 별개로 파악했고, 과학만능주의에 기초한 신문화 운동에 의해 부정된 중국 전통 가치관의 수호를 내세웠다.

천두슈는 전통 학문의 폐단에서 벗어나기 위해 과학을 습득해야 한다는 옌푸의 입장을 계승했으므로 전통 사상의 폐단은 과학 정신이 뿌리내리지 못했음에서 비롯되었다고 보았을 것이다. 그러나 장쥔마이는 과학과 별개로 인생관과 관련된 문제에 전통 가치관을 적용하고자 하였으므로, 과학 정신이 뿌리내리지 못함으로써 전통 사상의 폐단이 발생한다고 보지는 않았을 것이다.

④ 서양의 과학 정신을 전면적으로 도입하면 당면한 국가의 위기를 충분히 극복할 수 있다.

근거: (나) **①** [1]중국이 서양의 과학과 기술에 전면적인 관심을 기울인 때는 아편 전쟁 이후였다. [3]이에 따라 20세기 초반 진정한 근대를 이루기 위해 기술 배후에서 작용하는 과학 정신을 사회 전체에 이식하려는 시도가 구체화되었다. + **③** [9](천두슈는) 중국이 달성해야 할 신문화는 과학 및 과학의 방법에 근거한 문화라 보고 + **④** [12]장쥔마이는 통제되지 않은 과학이 불러온 역작용을 목도한 후, 과학이 어떻게 발달하든 그것이 인생관의 문제를 해결할 수는 없다며 서양 근대 문명을 비판했다.~[13]그는 과학적 방법을 부정하지 않았지만, 인생관의 문제에는 과학적 방법이 적용될 수 없다고 지적했다.

천두슈는 전쟁에서의 패배 이후 과학 정신을 사회 전체에 이식하려는 시도가 이루어지는 가운데, 과학의 방법에 근거하여 신문화를 달성해야 함을 주장했으므로 국가의 위기를 극복하기 위해 과학 정신을 전면적으로 도입하고자 하였다고 볼 수 있다. 그러나 장쥔마이는 통제되지 않은 과학의 역작용을 목도하고 서양 근대 문명을 비판하면서 인생관의 문제에는 과학적 방법이 적용될 수 없음을 지적했으므로, 서양의 과학 정신을 전면적으로 도입해야 국가의 위기를 극복할 수 있다고 보지는 않았을 것이다.

⑤ 국가의 위기는 과학적 방법으로 사상을 재구성할 필요가 있다는 인식이 부재한 데에서 비롯된 것이다.

근거: (나) ❸ [10]사상이나 철학이 과학의 방법을 이용하지 않으면 공상에 그칠 뿐이라고 주장한 천두슈는 사회와 인간의 삶에 대한 연구도 과학의 연구 방법을 이용해야 한다고 보았다. + ❹ [13]근대 과학 문명에서 초래된 사상적 위기가 주체의 책임 부재에서 비롯된 것이라는 주장에 동의했던 그(장쥔마이)는 과학적 방법을 부정하지 않았지만, 인생관의 문제에는 과학적 방법이 적용될 수 없다고 지적했다.

천두슈는 사상이 과학의 방법을 이용해야 할 필요성을 주장하였으므로, 이에 대한 인식이 부재한 데에서 국가의 위기가 비롯되었다고 주장했다고 보았을 여지가 있다. 그러나 장쥔마이는 근대 과학 문명에서 초래된 사상적 위기가 주체의 책임 부재에서 비롯된다고 보았으며 인생관의 문제에는 과학적 방법이 적용될 수 없다고 보았으므로, 국가의 위기가 과학적 방법으로 사상을 재구성할 필요가 있다는 인식의 부재에서 비롯되었다고 보지는 않았을 것이다.

| 관점에 대한 평가·비판 | 정답률 ❸❽

 유형 분석

(가)에 제시된 박은식의 견해 ㉠과, (나)에 제시된 천두슈의 견해 ㉡을 비교하여 이해할 것을 요구하는 문제야. 이 문제에서는 선지의 서술어를 수식한 부분을 특히 눈여겨볼 필요가 있었어. 선지에서는 ㉠이나 ㉡이 특정 견해에 대해 '반대하는' 입장인지, '동의하는' 입장인지를 묻고 있는데, 시간에 쫓겨서, 혹은 흘려 보다가 선지의 앞부분만을 보고 판단했다면 실수했을 가능성이 높았어. 선지는 앞부분과 뒷부분, 서술어까지 꼼꼼하게 체크하며 읽어야 함을 명심하자.

7. ㉠과 ㉡에 대한 이해로 가장 적절한 것은?

㉠: 근대 국가 건설과 새로운 주체의 형성에 주목하여 문명에 대한 견해를 제시했다.

㉡: 과학의 근거 위에서만 민주 정치의 실현이 가능하다고 주장했다.

✓ 정답풀이

② ㉠은 주체 인식의 준거가 서양 근대 문명의 주체라는 인식에, ㉡은 철학이 과학의 방법에 근거할 수 없다는 생각에 반대하는 입장이다.

근거: (가) ❹ [14]이들(대한 자강회의 주요 인사)은 서양 근대 문명의 주체를 주체 인식의 준거로 삼았기 때문에 민족 주체성을 간과했다. [15]이러한 상황에서 박은식은 근대 국가 건설과 새로운 주체의 형성에 주목하여 문명에 대한 견해를 제시했다.(㉠) [16]그의 기본 전략은 문명의 물질적 측면인 과학은 서양으로부터 수용하되, 문명의 정신적 측면인 철학은 유학을 혁신하여 재구성하는 것이었다. / (나) ❸ [8]천두슈를 비롯한 신문화 운동의 지식인들은 과학의 근거 위에서만 민주 정치의 실현이 가능하다고 주장했다.(㉡) [10]사상이나 철학이 과학의 방법을 이용하지 않으면 공상에 그칠 뿐이라고 주장한 천두슈는 사회와 인간의 삶에 대한 연구도 과학의 연구 방법을 이용해야 한다고 보았다.

㉠은 주체 인식의 준거를 서양 근대 문명의 주체로 삼아 민족 주체성을 간과한 대한 자강회의 주요 인사들의 인식에 반대하여, 문명의 정신적 측면은 유학을 혁신하여 재구성하는 방안을 제시한 입장이다. ㉡은 사상이나 철학과 같은 정신적 측면에 대한 연구도 과학의 연구 방법을 이용해야 한다고 보므로, 철학이 과학의 방법에 근거할 수 없다는 생각에 반대하는 입장이라 볼 수 있다.

✗ 오답풀이

① ㉠은 인격의 수양을 동반하는 근대 주체의 정립에, ㉡은 전통적 사유 방식에 기반을 둔 신문화의 달성에 동의하는 입장이다.

근거: (가) ❹ [17]그는 생존과 편리 증진을 위해 과학 연구가 시급하지만, 가치관 정립과 인격 수양을 위해 철학 또한 필수적이라고 보았다. [18]자국 철학 전통의 정립이라는 당시 동아시아의 사상적 흐름 속에서 그가 제시한 근대 주체는 과학적·철학적 인식의 주체이자 실천적 도덕 수양의 주체로서의 성격을 띠는 것이었다. / (나) ❸ [9]중국이 달성해야 할 신문화는 과학 및 과학의 방법에 근거한 문화라 보고, 신문화를 이루기 위해 전통문화 전반에 대해 철저한 부정과 비판을 시도했다.

㉠은 과학과 별개로 가치관 정립과 인격 수양을 위한 철학이 동반된 근대 주체를 정립하는 것에 동의하는 입장이라 볼 수 있다. 그러나 ㉡은 과학의 방법에 근거한 신문화의 달성을 위해 전통문화 전반을 철저히 부정하므로, 전통적 사유 방식에 기반을 둔 신문화의 달성에 동의하는 입장이라 볼 수 없다.

③ ㉠은 생존과 편리 증진을 위한 과학 연구의 시급성을, ㉡은 과학의 방법에 영향 받지 않는 사상이나 철학을 부인하는 입장이다.

근거: (가) **4** [17]그는 생존과 편리 증진을 위해 과학 연구가 시급하지만, 가치관 정립과 인격 수양을 위해 철학 또한 필수적이라고 보았다. / (나) **3** [10]사상이나 철학이 과학의 방법을 이용하지 않으면 공상에 그칠 뿐이라고 주장한 천두슈는 사회와 인간의 삶에 대한 연구도 과학의 연구 방법을 이용해야 한다고 보았다.

㉡은 인간의 삶에 대한 연구 전반에 과학의 방법을 적용해야 한다고 보며, 과학의 방법에 영향을 받지 않는 사상이나 철학은 '공상'에 불과하다고 보아 부인하는 입장이라 볼 수 있다. 그러나 ㉠은 생존과 편리 증진을 위해 과학 연구가 시급하다고 보므로, 이를 부인하는 입장이라 볼 수 없다.

④ ㉠은 앞서 근대 문명을 이룬 국가를 추종하는 태도를, ㉡은 전쟁의 폐해가 과학을 오용한 자들의 탓이라는 주장을 비판하는 입장이다.

근거: (가) **4** [13]대한 자강회의 주요 인사들은 서양 근대 문명을 수용하여 근대 국가를 건설하고자, 앞서 문명화를 이룬 일본의 지도를 받아야 한다고 보았다.~[15]이러한 상황에서 박은식은 근대 국가 건설과 새로운 주체의 형성에 주목하여 문명에 대한 견해를 제시했다.(㉠) [16]그의 기본 전략은 문명의 물질적 측면인 과학은 서양으로부터 수용하되, 문명의 정신적 측면인 철학은 유학을 혁신하여 재구성하는 것이었다. / (나) **3** [11]그는 제1차 세계대전의 비극은 과학을 이용해 저지른 죄악의 결과일 뿐 과학 자체의 죄악이 아니라고 주장하며 과학에 대한 자신의 생각을 지속했다.

㉠은 앞서 문명화를 이룬 일본으로부터 지도를 받아야 한다는 대한 자강회의 주요 인사들의 주장을 받아들이지 않았으므로, 이들의 주장을 비판하는 입장이라 볼 여지가 있다. 그러나 ㉡은 전쟁의 폐해가 과학 자체가 아닌 과학을 오용한 자들의 죄악이라고 주장하므로, 전쟁의 폐해가 과학을 오용한 자들의 탓이라는 주장을 비판하는 입장이라 볼 수 없다.

⑤ ㉠은 과학과 철학이 문명의 두 축을 이루는 학문이라는 견해에, ㉡은 철학보다 과학이 우위임을 인정할 수 없다는 견해에 동의하는 입장이다.

근거: (가) **4** [16]그의 기본 전략은 문명의 물질적 측면인 과학은 서양으로부터 수용하되, 문명의 정신적 측면인 철학은 유학을 혁신하여 재구성하는 것이었다. / (나) **3** [10]사상이나 철학이 과학의 방법을 이용하지 않으면 공상에 그칠 뿐이라고 주장한 천두슈는 사회와 인간의 삶에 대한 연구도 과학의 연구 방법을 이용해야 한다고 보았다.

㉠은 과학과 철학이 각각 문명의 물질적 측면과 정신적 측면에 해당한다고 보고 있으므로, 과학과 철학이 문명의 두 축을 이루는 학문이라는 견해에 동의하는 입장이라 볼 수 있다. 그러나 ㉡은 사상이나 철학을 과학의 방법이 적용되어야 하는 대상으로 보고 있으므로, 철학보다 과학이 우위임을 인정할 수 없다는 견해에 동의하는 입장이라 볼 수 없다.

📋 **문제적 문제**   · 7—③번

학생들이 정답과 비슷한 비율로 고른 선지가 ③번이다. 선지의 적절성을 판단하는 과정에서 지문에 단편적으로 제시된 정보를 잘못 읽었거나, 선지의 문장 구조를 꼼꼼히 확인하지 못한 것이 원인으로 보인다.

③번이 적절하지 않은 이유는 명확하다. ㉡의 경우 (나)의 3문단에서 천두슈가 '과학의 방법을 이용하지 않는 '사상이나 철학'은 '공상에 그칠 뿐'이라고 주장'했음을 고려하여 '과학의 방법에 영향 받지 않는 사상이나 철학을 부인'하고 있다고 볼 수 있지만, ㉠의 경우에는 (가)의 4문단에서 '생존과 편리 증진을 위해 과학 연구가 시급하지만'에 선지의 표현이 거의 그대로 들어가 있어 ㉠이 이를 '부인하는 입장'이라고 판단할 수 없기 때문이다. 그럼에도 ③번을 적절한 답으로 선택한 비율이 높은 것은, 다음과 같은 이유일 가능성이 크다.

첫째, 지문의 정보를 잘못 이해했을 가능성이 있다. ㉠을 주장한 박은식은 '과학'만을 중시하지 않고 '철학' 또한 중요시했는데, 이를 바탕으로 박은식이 과학의 중요성을 간과했다고 잘못 이해했다면, 박은식은 '과학 연구보다는 인격 수양을 위한 철학이 중요하다고 주장했다'고 순간적으로 오독했을 수 있다. 둘째, 선지를 '㉠은 생존과 편리 증진을 위한 과학 연구의 시급성을, / ㉡은 과학의 방법에 영향 받지 않는 사상이나 철학을 부인하는 입장이다.'로 끊어 읽는 과정에서 '부인하는 입장이다.'라는 서술부의 적용 범위를 ㉡에만 한정하는 실수를 범했을 수 있다.

7번 문제는 모든 선지가 ㉠과 ㉡이 특정 견해에 대해 '동의하는 입장'인지, '반대·부인·비판하는 입장'인지를 묻고 있다. 따라서 하나의 선지 안에서 ㉠은 '동의'할 만한 입장과 짝지어지고, ㉡은 '반대'할 만한 입장과 짝지어진다면, 해당 선지는 서술어가 '동의하는 입장이다.'이든, '반대하는 입장이다.'이든 적절한 선지일 수 없다. 따라서 ③번 선지는 적절할 수 없다.

선지의 적절성은 지문에 대한 정확한 이해에 기반하여, 발문 혹은 선지가 '무엇을 판단하도록 요구하고 있는지'를 정확히 파악하여 결정해야 한다. 시험을 치는 현장에서는 심리적인 압박감에 의해 지문의 정보나 발문, 선지를 흘려 읽거나 섣부른 판단을 하게 될 가능성이 있으므로, 이에 유의하며 지문과 선지를 꼼꼼하게 확인해야 실수를 줄일 수 있다.

정답률 분석

	①	② 정답	③ 매력적 오답	④	⑤
	5%	38%	30%	10%	17%

🔍 **유형 분석**

(가)와 (나)에 제시된 내용을 〈보기〉의 A 마을과 관련된 구체적인 사례에 적용해 보는 문제야. 다만 지문의 내용을 〈보기〉에 그대로 대응시켜 적용해 보기만 하는 것이 아니라, 지문에 제시된 상황과 〈보기〉에 제시된 상황에 어떠한 차이점이 있는지도 눈여겨보아야 했어. 그럴듯해 보이는 진술에 속아 넘어가지 않도록 정신을 바짝 차리고 지문과 〈보기〉, 선지를 꼼꼼히 대조해 가며 선지의 적절성을 판단할 수 있어야 해.

8. (가), (나)를 이해한 학생이 〈보기〉에 대해 보인 반응으로 적절하지 <u>않은</u> 것은? [3점]

〈보기〉

[1]A 마을은 가난했지만 전통문화와 공동체적 삶을 중시하며 이웃 마을들과 조화롭게 살아왔다. [2]오래전, 정부는 마을의 경제 발전을 목표로 서양의 생산 기술을 도입하는 정책을 시행했다. (경제 발전을 위해 서양 기술을 수용하려는 상황) [3]마을 사람들은 정책의 필요성에 공감하면서도 자신들이 발전을 이뤄 낼 수 있다는 확신이 부족했다. [4]이에 정부는 마을 사람들을 독려하기 위해 마을의 역량으로 달성할 수 있는 미래상을 지속해서 홍보했다. (정부/통치자가 서양 기술의 도입을 장려하는 상황) [5]이후 마을은 물질적 풍요를 누리게 되었지만 경제적 이권을 두고 이웃 마을들과 경쟁하며 갈등하게 되었다. (공동체 간의 경쟁 발생) [6]격화된 경쟁에서 A 마을은 새로운 기술의 수용만을 우선시했고, (기술 수용만이 이루어지는 상황) 과거에 중시되었던 협력과 나눔의 인생관은 낡은 관념이 되었다. (인생관과 관련된 문제 상황) [7]젊은이들에게 전통문화는 서양 문화에 비해 열등한 것으로 여겨졌다. (민족 주체성과 관련된 문제 상황)

✅ **정답풀이**

① (가)에서 『한성순보』를 간행한 취지는 서양에 대한 반감을 줄이는 데에 있다는 점에서, 〈보기〉에서 정부가 서양의 생산 기술 도입으로 변화하게 될 마을을 홍보한 취지와 부합하겠군.

근거: (가) ❷ [4]임오군란 이후, 고종은 자강 정책을 추진하면서 반(反)서양 정서의 교정을 위해 『한성순보』를 발간했다. / 〈보기〉 [3]마을 사람들은 정책의 필요성에 공감하면서도 자신들이 발전을 이뤄 낼 수 있다는 확신이 부족했다. [4]이에 정부는 마을 사람들을 독려하기 위해 마을의 역량으로 달성할 수 있는 미래상을 지속해서 홍보했다.

『한성순보』의 간행 취지가 반서양 정서의 교정, 즉 서양 문물의 수용에 대한 반감을 줄이기 위한 것이라고 볼 수는 있다. 그러나 〈보기〉에서 정부가 서양의 생산 기술 도입으로 변화하게 될 마을의 미래상을 홍보한 것은, 마을 사람들이 서양 문물 자체에 거부감을 가지고 있었기 때문이 아니라, 서양 생산 기술 도입의 필요성을 느끼면서도 발전을 이뤄 낼 수 있으리라는 확신을 갖지 못했기 때문이다. 따라서 『한성순보』의 간행 취지가 〈보기〉에서 정부가 행한 홍보의 취지와 부합한다고 보기는 어렵다.

❌ **오답풀이**

② (가)에서 개화당의 한 인사의 개화 개념에 내포된 개화의 지향점은 통치 방식의 변화와 관련 있다는 점에서, 〈보기〉에서 정부가 서양의 생산 기술을 도입하며 내세운 목표와 다르겠군.

근거: (가) ❸ [7]개화당의 한 인사가 제시한 개화 개념은 성문화된 규정에 따른 대민 정치에서의 법적 처리 절차 실현 등 서양 근대 국가의 통치 방식으로의 변화를 내포하는 것이었다. / 〈보기〉 [2]오래전, 정부는 마을의 경제 발전을 목표로 서양의 생산 기술을 도입하는 정책을 시행했다.

개화당의 한 인사가 개화를 통한 통치 방식의 변화를 지향한 것과 달리, 〈보기〉의 정부는 서양의 생산 기술의 도입을 통한 경제 발전을 지향하고 있다.

③ (가)에서 박은식은 과학과 구별되는 철학의 중요성을 강조했으므로, 〈보기〉에서 젊은이들의 자문화에 대한 인식 변화는 가치관 정립을 위한 철학이 부재했기 때문이라고 보겠군.

근거: (가) ❹ [14]이들(대한 자강회의 주요 인사)은 서양 근대 문명의 주체를 주체 인식의 준거로 삼았기 때문에 민족 주체성을 간과했다. [16]그(박은식)의 기본 전략은 문명의 물질적 측면인 과학은 서양으로부터 수용하되, 문명의 정신적 측면인 철학은 유학을 혁신하여 재구성하는 것이었다. [17]그는 생존과 편리 증진을 위해 과학 연구가 시급하지만, 가치관 정립과 인격 수양을 위해 철학 또한 필수적이라고 보았다. / 〈보기〉 [6]격화된 경쟁에서~과거에 중시되었던 협력과 나눔의 인생관은 낡은 관념이 되었다. [7]젊은이들에게 전통문화는 서양 문화에 비해 열등한 것으로 여겨졌다.

박은식은 문명의 물질적 측면인 과학과 구분하여 문명의 정신적 측면인 철학의 중요성을 강조하였으며, 이때 철학은 가치관 정립과 인격 수양을 위한 필수적 요소라고 보았다. 따라서 박은식은 〈보기〉에서 젊은이들이 자신들의 전통문화를 서양 문화에 비해 열등한 것으로 인식하는 것은 서양 근대 문명의 주체를 주체 인식의 준거로 삼은 것에서 비롯된 것이며, 가치관 정립을 위한 철학이 부재했기 때문이라고 볼 것이다.

④ (나)에서 옌푸는 경쟁에서 승리하기 위한 조건으로 기술과 정신적 자질을 강조했으므로, 〈보기〉에서 마을이 기술의 수용만을 중시하면 마을 간 경쟁에서 승리할 수 없다고 보겠군.

근거: (나) ❷ [4]옌푸는 국가 간에 벌어지는 약육강식의 경쟁을 부각하고, 경쟁에서 승리하려면 기술뿐 아니라 국민의 정신적 자질이 뒷받침되어야 한다고 보았다. / 〈보기〉 [5]이후 마을은 물질적 풍요를 누리게 되었지만 경제적 이권을 두고 이웃 마을들과 경쟁하며 갈등하게 되었다. [6]격화된 경쟁에서 A 마을은 새로운 기술의 수용만을 우선시했고

옌푸는 경쟁에서 승리하기 위해서는 기술뿐 아니라 이를 뒷받침하는 정신적 자질이 중요하다고 보았다. 따라서 〈보기〉의 A 마을과 같이 경쟁 속에서 새로운 기술의 수용만을 중시하면 이웃 마을과의 경쟁에서 승리할 수 없다고 볼 것이다.

⑤ (나)에서 장쥔마이는 과학적 방법의 한계를 지적했으므로, 〈보기〉에서 마을이 과거에 중시했던 인생관이 더 이상 유효하지 않게 된 문제는 과학적 방법으로 해결할 수 없다고 보겠군.

근거: (나) ❹ [13]그(장쥔마이)는 과학적 방법을 부정하지 않았지만, 인생관의 문제에는 과학적 방법이 적용될 수 없다고 지적했다. / 〈보기〉 [6]격화된 경쟁에서~과거에 중시되었던 협력과 나눔의 인생관은 낡은 관념이 되었다.

장쥔마이는 과학적 방법은 인생관의 문제에 적용될 수 없다는 한계가 있음을 지적하였다. 따라서 〈보기〉에서 과거의 인생관이 더 이상 유효하지 않은 '낡은 관념'이 되어 버린 문제는 과학적 방법으로는 해결할 수 없다고 볼 것이다.

문제적 문제

• 8번-①

과반수의 학생들이 정답 외의 선지들을 고르는 경향을 보였다. 지문의 정보와 〈보기〉의 사례를 대응시키는 과정에서 지문의 정보가 반드시 〈보기〉에 그대로 적용되지는 않음을 고려하지 못한 것이 원인으로 보인다.

〈보기〉에 제시된 A 마을의 사례는 (가) 지문에 제시된 개화의 개념과 (나) 지문에 제시된 서양 과학·기술의 수용 양상이 복합적으로 적용될 수 있는 요소들을 제시하고 있는데, 8번 문제의 선지들은 이러한 요소들을 (가), (나)에 제시된 정보와 대응시켜 이해할 수 있는지를 묻는다.

정답 선지인 ①번의 경우, 언뜻 보기에 『한성순보』의 발간'과 '마을 미래상의 지속적인 홍보'는 통치자 혹은 정부가 '서양 문물의 수용'과 관련하여 행한 일이라는 점에서 비슷한 성격을 지닌 것으로 보인다. 이 시점에서 사고를 멈추고 '①번은 적절하다'라고 판단하고 다음 선지로 넘어갔다면 모든 선지가 적절하므로, 혼란스러워하다 나머지 선지들 중에서 적당해 보이는 선지를 고르면서 오답을 선택하게 되었을 가능성이 높다.

①번에서 주목해야 하는 부분은 통치자 혹은 정부가 행한 일의 취지가 '서양에 대한 반감을 줄이는 데에 있다'고 한 부분이다. 이때 『한성순보』를 간행한 취지가 '반서양 정서의 교정을 위'한 것이었는지의 여부만 확인하는 데 그치는 것이 아니라, 〈보기〉에서 정부가 '변화하게 될 마을을 홍보'한 것이 마을 사람들이 지닌 '서양에 대한 반감'의 정서와 관련된 것이었는지를 함께 확인해야 했다. 그러나 (가)에서 『한성순보』를 간행했을 때 '반서양 정서'가 있었다는 정황이 제시된 것과 달리, 〈보기〉에서 정부의 홍보가 이루어졌을 때 마을 사람들은 서양 기술을 받아들이는 '정책의 필요성에 공감'하고 있었다는 정황이 제시되었다. 즉 이 부분에 대해서는 지문의 상황과 〈보기〉의 상황이 일치하지 않는 양상이 나타난 것이다.

독서 지문과 연계된 〈보기〉는 언제나 지문과 직간접적으로 관련된 소재를 다룬다. 그러나 지문과 〈보기〉의 관련성을 확인할 때, 지문의 정보를 그대로 적용할 수 있는 지점에만 집중하는 것이 아니라, 지문의 정보가 직접적으로 적용될 수 없는 별개의 상황 혹은 관점이 제시된 지점이 없는지, 즉 지문과 〈보기〉의 '차이점'이 발생하는 지점이 있는지도 꼼꼼히 확인할 수 있어야 한다.

정답률 분석

	정답	매력적 오답		매력적 오답	
	①	②	③	④	⑤
	28%	23%	15%	24%	10%

| 어휘의 의미 파악 | 정답률 **91**

유형 분석

지문에 제시된 어휘와 문맥적 의미가 유사한 경우를 찾도록 요구하는 문제야. 이러한 유형의 문제는 주로 여러 가지 뜻을 가진 단어(다의어)와 동음이의어를 다루면서, 단어가 활용되는 맥락을 잘 이해하고 있는지에 대한 판단을 요구해. 밑줄 친 단어의 사전적 의미를 떠올리려 하기보다는, 해당 어휘가 등장하는 문장의 앞뒤 문맥을 고려해서 정답을 판단하자.

9. ⓐ와 문맥상 의미가 가장 가까운 것은?

✅ 정답풀이

② 우리 학교는 이번에 16강에 그쳤다.

> 근거: (나) ❸ [10]사상이나 철학이 과학의 방법을 이용하지 않으면 공상에 ⓐ그칠 뿐이라고 주장한 천두슈
>
> ⓐ와 ②번의 '그치다'는 모두 '더 이상의 진전이 없이 어떤 상태에 머무르다.'라는 의미로 쓰였다.

❌ 오답풀이

① 다행히 비는 그사이에 그쳐 있었다.
'계속되던 일이나 움직임이 멈추거나 끝나다.'라는 의미로 쓰였다.

③ 아이 울음이 좀처럼 그치지 않았다.
'계속되던 일이나 움직임이 멈추거나 끝나다.'라는 의미로 쓰였다.

④ 그는 만류에도 말을 그치지 않았다.
'계속되던 일이나 움직임이 멈추거나 끝나다.'라는 의미로 쓰였다.

⑤ 저 사람들은 불평이 그칠 날이 없다.
'계속되던 일이나 움직임이 멈추거나 끝나다.'라는 의미로 쓰였다.

[10~13] 기계 학습과 확산 모델
인공 지능 생성 모델 중 하나인 '확산 모델'을 화제로 한 기술 지문이야. 1문단에서 확산 모델을 설명하기 위한 사전 정보를 다루고, 2문단부터 4문단까지는 1문단의 마지막 문장에 제시된 방향 정보를 통해 예고했듯 확산 모델의 구성 요소를 언급하며 그 작동 과정을 설명했어. 그리고 마지막 문단은 부록 정보로 구성되어 기술 지문에서 흔히 볼 수 있는 전개를 보였어. 하지만 확산 모델의 구성 요소들이 순확산 과정과 역확산 과정에서 어떤 기능을 하는지를 흘려 읽었다면, 문제를 풀 때 판단이 어려운 지점이 몇몇 있었을 거야.
어떤 순서나 과정이 제시되는 경우, 지문을 읽을 때 그 내용을 끊어 가면서 정확하게 이해하는 훈련을 꼭 해 두자. 또한 지문 초반에 제시된 개념은 시간이 걸리더라도 꼼꼼하게 읽는 것, '노이즈', '노이즈 이미지', '노이즈 생성기', '노이즈 예측기'처럼 자칫 혼동하기 쉬운 단어들은 주의를 기울여 읽는 것도 잊지 마!

[10~13] 다음 글을 읽고 물음에 답하시오.

✏ 사고의 흐름

1 [1]문장이나 영상, 음성을 만들어 내는 인공 지능 생성 모델 중 확산 모델은 영상의 복원*, 생성 및 변환에 뛰어난 성능을 보인다. [2]확산 모델의 기본 발상은, 원본 이미지에 노이즈를 점진적으로 추가하였다가 그 노이즈를 다시 제거해 나가면 원본 이미지를 복원할 수 있다는 것이다. [3]노이즈는 불필요하거나 원하지 않는 값을 의미한다. [4]원하는 값만 들어 있는 원본 이미지에 노이즈를 단계별로 더하면 노이즈가 포함된 확산 이미지가 되고, 여러 단계를 거치면 결국 원본 이미지가 어떤 이미지였는지 전혀 알아볼 수 없는 노이즈 이미지가 된다. [5]역으로, 단계별로 더해진 노이즈를 알 수 있다면 노이즈 이미지에서 원본 이미지를 복원할 수 있다. '확산 모델'이 이 글의 화제구나! 확산 모델은 원본 이미지에 점진적으로 노이즈를 추가했다가 노이즈를 다시 제거함으로써 원본 이미지를 복원하는데, 이를 구체적으로 설명하기에 앞서 '노이즈', '원본 이미지' 등 관련 개념을 먼저 설명하고 있어.

노이즈	불필요하거나 원하지 않는 값
원본 이미지	원하는 값만 들어 있는 이미지
확산 이미지	원본 이미지에 노이즈를 단계별로 더한 이미지
노이즈 이미지	노이즈를 더하는 단계를 여러 번 거쳐 원본 이미지를 알아볼 수 없는 이미지

[6]확산 모델은 노이즈 생성기, 이미지 연산기, 노이즈 예측기로 구성되며, 순확산 과정과 역확산 과정 순으로 작동한다. 이어지는 문단에서는 확산 모델의 구성과 작동 순서를 자세히 설명할 가능성이 높겠네.

2 [7]순확산 과정은 이미지에 노이즈를 추가하면서 노이즈 예측기를 학습시키는 과정이다. [8]첫 단계에서는, 노이즈 생성기에서 노이즈를 만든 후 이미지 연산기가 이 노이즈를 원본 이미지에 더해서 노이즈가 포함된 확산 이미지를 출력한다. [9]다음 단계부터는 노이즈 생성기에서 만든 노이즈를 이전 단계에서 출력된 확산 이미지에 더한다. [10]이러한 단계를 충분히 반복하면 최종적으로 노이즈 이미지가 출력된다. [11]이때 더해지는 노이즈는 크기나 분포 양상 등 그 특성이 단계별로 다르다. [12]따라서 노이즈 예측기는 단계별로 확산 이미지를 입력받아 이미지에 포함된 노이즈의 특성을 추출*하여 수치들로 표현하고, 이 수치들을 바탕으로 노이즈를 예측한다. [13]노이즈 예측기 내부의 이러한 수치들을 잠재 표현

과정이 제시되면 순서를 정리하며 읽자.

이라고 한다. [14]노이즈 예측기는 잠재 표현을 구하고 노이즈를 예측하는 방식을 학습한다. 순확산 과정: ① 노이즈 생성기가 노이즈 만듦 → ② 이미지 연산기가 노이즈를 원본 이미지에 더해 확산 이미지 출력 → ③ 출력된 확산 이미지에 노이즈를 더하는 단계를 반복해 노이즈 이미지 출력(노이즈 예측기는 단계별 확산 이미지에 포함된 노이즈의 특성을 추출하여 잠재 표현을 구하고 노이즈를 예측하는 방식 학습) 순확산 과정에서 확산 모델을 구성하는 요소들의 기능을 정리해 보자.

노이즈 생성기	노이즈를 만듦
이미지 연산기	노이즈를 원본 이미지에 더해 확산 이미지를 출력하는 과정을 반복해 노이즈 이미지 출력
노이즈 예측기	단계별 확산 이미지를 입력받아 노이즈의 특성을 추출하여 잠재 표현을 구하고 노이즈를 예측하는 방식 학습

3 [15]노이즈 예측기의 학습 방법은 기계 학습 중에서 지도 학습에 해당한다. [16]지도 학습은 학습 데이터에 정답이 주어져 출력과 정답의 차이가 작아지도록 모델을 학습시키는 방법이다. [17]노이즈 예측기를 학습시킬 때는 노이즈 생성기에서 만들어 넣어 준 노이즈가 정답에 해당하며 이 노이즈와 예측된 노이즈 사이의 차이가 작아지도록 학습시킨다. 노이즈 예측기는 지도 학습을 통해 정답(노이즈 생성기에서 만든 노이즈)과 출력(노이즈 예측기가 예측한 노이즈)의 차이가 작아지도록 학습시키는군.

4 [18]역확산 과정은 노이즈 이미지에서 노이즈를 제거하여 원본 이미지를 복원하는 과정이다. 순확산 과정이 노이즈를 추가하면서 노이즈 예측기를 학습시키는 과정이었다면, 역확산 과정은 노이즈를 제거하여 원본 이미지를 복원하는 과정이야. [19]노이즈를 제거하려면 이미지에 단계별로 어떤 특성의 노이즈가 더해졌는지 알아야 하는데 노이즈 예측기가 이 역할을 한다. [20]노이즈 이미지 또는 중간 단계에서의 확산 이미지를 노이즈 예측기에 입력하면 이미지에 포함된 노이즈의 특성을 추출하여 잠재 표현을 구하고 이를 바탕으로 노이즈를 예측한다. [21]이미지 연산기는 입력된 확산 이미지로부터 이 노이즈를 빼서 현 단계의 노이즈를 제거한 확산 이미지를 출력한다. [22]확산 이미지에 이런 단계를 반복하면 결국 노이즈가 대부분 제거되어 원본 이미지에 가까운 이미지만 남게 된다. 역확산 과정: ① 노이즈 예측기에 노이즈 이미지나 확산 이미지를 입력해 잠재 표현을 구하고 노이즈 예측 → ② 이미지 연산기가 입력된 확산 이미지에서 현 단계의 노이즈를 제거한 확산 이미지 출력 → ③ 확산 이미지에서 노이즈를 빼는 단계를 반복해 원본 이미지 복원

1문단에서 확산 모델은 순확산 과정과 역확산 과정 순으로 작동한다고 했었지? 순확산 과정에 이어 이제 역확산 과정을 설명할 거야.

역확산 과정에서 노이즈 예측기와 이미지 연산기의 역할을 정리해 보자.

노이즈 예측기	입력된 이미지에 포함된 노이즈의 특성을 추출하여 잠재 표현을 구하고 노이즈를 예측(이미지에 단계별로 어떤 특성의 노이즈가 더해졌는지 파악)
이미지 연산기	입력된 확산 이미지에서 노이즈 예측기가 예측한 노이즈를 빼서 현 단계 노이즈를 제거한 확산 이미지를 출력하는 과정 반복해 원본 이미지 복원

5 [23]한편, 많은 종류의 이미지를 학습시킨 후 학습된 이미지의 잠재 표현에 고유 번호를 붙이면 역확산 과정에서 이미지를 선택하여 생성할 수 있다. [24]또한 잠재 표현의 수치들을 조정하면 다른 특성의 노이즈가 생성되어 여러 이미지를 혼합하거나 실재하지 않는 이미지를 만들어 낼 수도 있다. 마지막 문단은 부록 정보로 구성되었네. 문제에서 물어보면 돌아와서 확인하자!

이것만은 챙기자

*복원: 원래대로 회복함.
*추출: 전체 속에서 어떤 물건, 생각, 요소 따위를 뽑아냄.

만점 선배의 구조도 예시

>> 각 문단을 요약하고 지문을 **세 부분**으로 나누어 보세요.

1 확산 모델은 원본 이미지에 **노이즈**를 점진적으로 추가하였다가 다시 제거하면서 **원본 이미지**를 복원하는데, 순확산 과정과 역확산 과정 순으로 작동한다.

첫 번째
1[1]~**1**[6]

2 순확산 과정은 이미지 연산기가 이미지에 **노이즈 생성기**에서 만든 노이즈를 더하여 노이즈 이미지를 출력하는 과정에서, **노이즈 예측기**가 노이즈를 예측하도록 학습시킨다.

3 노이즈 예측기의 학습 방법인 지도 학습은 학습 데이터에 주어진 정답과 **출력의 차이**가 작아지도록 모델을 학습시키는 방법이다.

두 번째
2[7]~**3**[17]

4 역확산 과정은 **이미지 연산기**가 확산 이미지에서 노이즈 예측기가 예측한 노이즈를 **제거하는** 단계를 반복해 원본 이미지를 복원한다.

5 잠재 표현에 고유 번호를 붙이면 **역확산 과정**에서 이미지를 선택해 생성할 수 있고, **잠재 표현**의 수치를 조정해 이미지를 혼합하거나 실재하지 않는 이미지를 만들 수도 있다.

세 번째
4[18]~**5**[24]

낯선 발문이라 신유형의 문제라고 생각해서 당황했을 수 있어. 하지만 찬찬히 읽어 보면 결국 지문의 구조와 전개 방식을 묻는 문제로, 기존에도 꾸준히 출제되던 문제 유형이야. 기출 분석을 통해 문제에서 물어보는 본질적인 요소가 무엇인지를 파악할 수 있는 안목을 길러 보자.

10. 학생이 윗글을 읽은 방법으로 적절하지 않은 것은?

정답풀이

③ 확산 모델에서 노이즈의 중요성을 파악하고, 사용되는 노이즈의 종류가 모델의 성능에 미치는 영향을 이해하며 읽었다.

> 근거: **1** [2]확산 모델의 기본 발상은, 원본 이미지에 노이즈를 점진적으로 추가하였다가 그 노이즈를 다시 제거해 나가면 원본 이미지를 복원할 수 있다는 것이다. [3]노이즈는 불필요하거나 원하지 않는 값을 의미한다. + **2** [11]이때 더해지는 노이즈는 크기나 분포 양상 등 그 특성이 단계별로 다르다.
> 확산 모델은 노이즈를 활용해 원본 이미지를 복원하므로, 확산 모델에서 노이즈의 중요성을 파악하며 읽는 것은 윗글을 읽는 방법으로 적절하다. 그러나 윗글은 확산 모델에서 노이즈의 특성이 단계별로 다르다고 했을 뿐, 사용되는 노이즈의 종류가 모델의 성능에 미치는 영향을 다루지는 않았으므로 이를 이해하며 읽는 것은 윗글을 읽는 방법으로 적절하지 않다.

오답풀이

① 확산 모델이 지도 학습을 사용한다는 점에 주목하고, 지도 학습 방법이 확산 모델에 어떻게 적용되는지 확인하며 읽었다.

근거: **1** [6]확산 모델은 노이즈 생성기, 이미지 연산기, 노이즈 예측기로 구성 + **3** [15]노이즈 예측기의 학습 방법은 기계 학습 중에서 지도 학습에 해당한다. [16]지도 학습은 학습 데이터에 정답이 주어져 출력과 정답의 차이가 작아지도록 모델을 학습시키는 방법이다. [17]노이즈 예측기를 학습시킬 때는 노이즈 생성기에서 만들어 넣어 준 노이즈가 정답에 해당하며 이 노이즈와 예측된 노이즈 사이의 차이가 작아지도록 학습시킨다.
확산 모델은 노이즈 생성기, 이미지 연산기, 노이즈 예측기로 구성되는데, 노이즈 예측기는 학습 방법으로 지도 학습을 사용한다. 이때 노이즈 예측기는 지도 학습을 통해 노이즈 생성기에서 만든 노이즈(정답)와 예측된 노이즈(출력)의 차이가 작아지도록 학습시킨다고 했으므로, 확산 모델이 지도 학습을 사용하는 데 주목해 지도 학습 방법이 확산 모델에 어떻게 적용되는지 확인하며 읽는 것은 윗글을 읽는 방법으로 적절하다.

② 확산 모델이 두 가지 과정으로 이루어진다는 점에 주목하고, 두 과정 중 어느 과정이 선행되어야 하는지 살피며 읽었다.

근거: **1** [6]확산 모델은 노이즈 생성기, 이미지 연산기, 노이즈 예측기로 구성되며, 순확산 과정과 역확산 과정 순으로 작동한다.
확산 모델은 순확산 과정과 역확산 과정 순으로 작동한다고 했으므로, 확산 모델의 두 과정 중 어느 과정이 선행되어야 하는지 살피며 읽는 것은 윗글을 읽는 방법으로 적절하다.

④ 잠재 표현의 개념을 파악하고, 그 개념을 바탕으로 확산 모델이 노이즈를 예측하고 제거하는 원리를 이해하며 읽었다.

근거: **2** [12]노이즈 예측기는 단계별로 확산 이미지를 입력받아 이미지에 포함된 노이즈의 특성을 추출하여 수치들로 표현하고, 이 수치들을 바탕으로 노이즈를 예측한다. [13]노이즈 예측기 내부의 이러한 수치들을 잠재 표현이라고 한다. + **4** [20]노이즈 이미지 또는 중간 단계에서의 확산 이미지를 노이즈 예측기에 입력하면 이미지에 포함된 노이즈의 특성을 추출하여 잠재 표현을 구하고 이를 바탕으로 노이즈를 예측한다. [21]이미지 연산기는 입력된 확산 이미지로부터 이 노이즈를 빼서 현 단계의 노이즈를 제거한 확산 이미지를 출력한다. [22]확산 이미지에 이런 단계를 반복하면 결국 노이즈가 대부분 제거되어 원본 이미지에 가까운 이미지만 남게 된다.
이미지에 포함된 노이즈의 특성을 추출하여 표현한 수치들을 잠재 표현이라고 하는데, 확산 모델에서는 잠재 표현을 바탕으로 노이즈를 예측하고 제거한다. 따라서 잠재 표현의 개념을 바탕으로 확산 모델이 노이즈를 예측하고 제거하는 원리를 이해하며 읽는 것은 윗글을 읽는 방법으로 적절하다.

⑤ 확산 모델의 구성 요소를 파악하고, 그 구성 요소가 노이즈 처리 과정에서 어떤 기능을 하는지 확인하며 읽었다.

근거: **1** [6]확산 모델은 노이즈 생성기, 이미지 연산기, 노이즈 예측기로 구성되며, 순확산 과정과 역확산 과정 순으로 작동한다. + **2** [8]첫 단계에서는, 노이즈 생성기에서 노이즈를 만든 후 이미지 연산기가 이 노이즈를 원본 이미지에 더해서 노이즈가 포함된 확산 이미지를 출력한다.~[14]노이즈 예측기는 잠재 표현을 구하고 노이즈를 예측하는 방식을 학습한다. + **4** [19]노이즈를 제거하려면 이미지에 단계별로 어떤 특성의 노이즈가 더해졌는지 알아야 하는데 노이즈 예측기가 이 역할을 한다.~[21]이미지 연산기는 입력된 확산 이미지로부터 이 노이즈를 빼서 현 단계의 노이즈를 제거한 확산 이미지를 출력한다.
2문단~4문단에서는 순확산 과정과 역확산 과정에서 확산 모델의 구성 요소인 노이즈 생성기, 이미지 연산기, 노이즈 예측기의 역할을 설명하고 있다. 따라서 확산 모델의 구성 요소가 노이즈 처리 과정에서 어떤 기능을 하는지 확인하며 읽는 것은 윗글을 읽는 방법으로 적절하다.

유형 분석

내용 일치 문제의 경우, 선지의 모든 부분이 적절한지를 지문을 통해 꼼꼼히 확인해야 해. 선지에 사용된 핵심 키워드뿐 아니라 '만', '모두' 등과 같은 표현, 선지의 앞부분과 뒷부분의 연결 등도 정확하게 살펴서 일부만 적절한 선지를 정답으로 고르는 오류를 범하지 않도록 주의하자.

11. 윗글을 이해한 내용으로 가장 적절한 것은?

✅ 정답풀이

① 노이즈 생성기는 순확산 과정에서만 작동한다.

근거: ② [7]순확산 과정은 이미지에 노이즈를 추가하면서 노이즈 예측기를 학습시키는 과정이다. [8]첫 단계에서는, 노이즈 생성기에서 노이즈를 만든 후 이미지 연산기가 이 노이즈를 원본 이미지에 더해서 노이즈가 포함된 확산 이미지를 출력한다. [9]다음 단계부터는 노이즈 생성기에서 만든 노이즈를 이전 단계에서 출력된 확산 이미지에 더한다.
노이즈 생성기는 순확산 과정에서 노이즈를 만들기 위해 작동하지만, 역확산 과정에서는 사용되지 않는다.

❌ 오답풀이

② 확산 모델에서의 학습은 역확산 과정에서 이루어진다.
근거: ① [6]확산 모델은 노이즈 생성기, 이미지 연산기, 노이즈 예측기로 구성되며, 순확산 과정과 역확산 과정 순으로 작동한다. + ② [7]순확산 과정은 이미지에 노이즈를 추가하면서 노이즈 예측기를 학습시키는 과정이다. + ④ [18]역확산 과정은 노이즈 이미지에서 노이즈를 제거하여 원본 이미지를 복원하는 과정이다.
확산 모델에서의 학습은 순확산 과정에서 이루어진다.

③ 이미지 연산기와 노이즈 예측기는 모두 확산 이미지를 출력한다.
근거: ② [8]첫 단계에서는, 노이즈 생성기에서 노이즈를 만든 후 이미지 연산기가 이 노이즈를 원본 이미지에 더해서 노이즈가 포함된 확산 이미지를 출력한다. [14]노이즈 예측기는 잠재 표현을 구하고 노이즈를 예측하는 방식을 학습한다. + ④ [20]노이즈 이미지 또는 중간 단계에서의 확산 이미지를 노이즈 예측기에 입력하면 이미지에 포함된 노이즈의 특성을 추출하여 잠재 표현을 구하고 이를 바탕으로 노이즈를 예측한다. [21]이미지 연산기는 입력된 확산 이미지로부터 이 노이즈를 빼서 현 단계의 노이즈를 제거한 확산 이미지를 출력한다.
순확산 과정과 역확산 과정에서 이미지 연산기는 모두 확산 이미지를 출력하지만, 노이즈 예측기는 잠재 표현을 구하고 노이즈를 예측할 뿐 확산 이미지를 출력하지 않는다.

④ 노이즈 예측기를 학습시킬 때는 예측된 노이즈가 정답으로 사용된다.
근거: ③ [17]노이즈 예측기를 학습시킬 때는 노이즈 생성기에서 만들어 넣어 준 노이즈가 정답에 해당하며 이 노이즈와 예측된 노이즈 사이의 차이가 작아지도록 학습시킨다.
노이즈 예측기를 학습시킬 때 정답으로 사용되는 것은, 예측된 노이즈가 아니라 노이즈 생성기에서 만들어 넣어 준 노이즈이다.

⑤ 역확산 과정에서 단계가 반복될수록 출력되는 확산 이미지는 원본 이미지와의 유사성이 줄어든다.
근거: ④ [18]역확산 과정은 노이즈 이미지에서 노이즈를 제거하여 원본 이미지를 복원하는 과정이다.~[21]이미지 연산기는 입력된 확산 이미지로부터 이 노이즈를 빼서 현 단계의 노이즈를 제거한 확산 이미지를 출력한다. [22]확산 이미지에 이런 단계를 반복하면 결국 노이즈가 대부분 제거되어 원본 이미지에 가까운 이미지만 남게 된다.
역확산 과정은 노이즈를 제거하여 원본 이미지를 복원하는 과정으로, 단계가 반복될수록 노이즈가 제거되면서 출력되는 확산 이미지는 원본 이미지와의 유사성이 높아진다.

유형 분석

노이즈 예측기의 '잠재 표현'에 관한 이해를 묻는 문제야. 어떤 유형의 문제에서든 우선적으로 살펴야 할 것은 지문과의 일치 여부야. 지문과의 일치 여부를 정확히 확인했다면 어렵지 않게 판단할 수 있는 문제였어.

12. **잠재 표현**에 대한 설명으로 적절하지 **않은** 것은?

✔ 정답풀이

⑤ 잠재 표현은 노이즈 예측기가 원본 이미지를 입력받아 노이즈의 특성을 추출한 결과이다.

> 근거: ❷ [12]노이즈 예측기는 단계별로 확산 이미지를 입력받아 이미지에 포함된 노이즈의 특성을 추출하여 수치들로 표현하고, 이 수치들을 바탕으로 노이즈를 예측한다. [13]노이즈 예측기 내부의 이러한 수치들을 잠재 표현이라고 한다.
> 잠재 표현은 노이즈 예측기가 확산 이미지를 입력받아 노이즈의 특성을 추출하여 수치로 표현한 것이다.

✖ 오답풀이

① 잠재 표현의 수치들을 조정하면 여러 이미지를 혼합할 수 있다.

> 근거: ❺ [24]잠재 표현의 수치들을 조정하면 다른 특성의 노이즈가 생성되어 여러 이미지를 혼합하거나 실재하지 않는 이미지를 만들어 낼 수도 있다.

② 역확산 과정에서 잠재 표현이 다르면 예측되는 노이즈가 다르다.

> 근거: ❹ [20](역확산 과정에서) 노이즈 이미지 또는 중간 단계에서의 확산 이미지를 노이즈 예측기에 입력하면 이미지에 포함된 노이즈의 특성을 추출하여 잠재 표현을 구하고 이를 바탕으로 노이즈를 예측한다.
> 역확산 과정에서는 잠재 표현을 바탕으로 노이즈를 예측하므로, 잠재 표현이 다르면 예측되는 노이즈가 다르다.

③ 확산 모델의 학습에는 잠재 표현을 구하는 방식이 포함되어 있다.

> 근거: ❷ [7]순확산 과정은 이미지에 노이즈를 추가하면서 노이즈 예측기를 학습시키는 과정이다. [14]노이즈 예측기는 잠재 표현을 구하고 노이즈를 예측하는 방식을 학습한다.
> 확산 모델의 순확산 과정은 노이즈 예측기를 학습시키는 과정으로, 노이즈 예측기는 잠재 표현을 구하고 노이즈를 예측하는 방식을 학습한다. 따라서 확산 모델의 학습에는 잠재 표현을 구하는 방식이 포함되어 있다고 할 수 있다.

④ 잠재 표현은 이미지에 더해진 노이즈의 크기나 분포 양상에 따라 다른 값들이 얻어진다.

> 근거: ❷ [7]순확산 과정은 이미지에 노이즈를 추가하면서 노이즈 예측기를 학습시키는 과정이다. [11]이때 더해지는 노이즈는 크기나 분포 양상 등 그 특성이 단계별로 다르다. [12]따라서 노이즈 예측기는 단계별로 확산 이미지를 입력받아 이미지에 포함된 노이즈의 특성을 추출하여 수치들로 표현하고, 이 수치들을 바탕으로 노이즈를 예측한다. [13]노이즈 예측기 내부의 이러한 수치들을 잠재 표현이라고 한다.
> 노이즈는 크기나 분포 양상 등 그 특성이 단계별로 다른데, 노이즈 예측기가 단계별로 입력받은 확산 이미지에 포함된 노이즈의 특성을 추출하여 수치로 표현한 것이 잠재 표현이다. 따라서 잠재 표현은 이미지에 더해진 노이즈의 크기나 분포 양상에 따라 다른 값들이 얻어짐을 알 수 있다.

유형 분석

지문에 대한 이해를 바탕으로 〈보기〉를 참고하여 확산 모델의 각 단계에서 벌어지는 상황을 구별하여 판단할 수 있는지 묻고 있어. ①번~⑤번 선지에서 가정하는 상황이 모두 다른 만큼 구체적 상황을 정확히 파악했어야 했어. 또한 '입력되겠군', '입력되었겠군'처럼 선지를 끝맺는 표현까지 꼼꼼하게 읽고 답을 결정했는지도 스스로 점검해 보자.

13. 윗글을 바탕으로 〈보기〉를 이해한 내용으로 적절하지 **않은** 것은? [3점]

〈보기〉

A 단계는 확산 모델 과정 중 한 단계이다. ㉠은 원본 이미지이고, ㉡은 확산 이미지 중의 하나이며, ㉢은 노이즈 이미지이다. (가)는 이미지가 A 단계로 입력되는 부분이고, (나)는 이미지가 A 단계에서 출력되는 부분이다.

(가) ⇨ | A 단계 | ⇨ (나)

✔ 정답풀이

③ 순확산 과정에서 (가)에 ㉡이 입력된다면, A 단계의 노이즈 예측기에서 예측한 노이즈가 이미지 연산기에 입력되겠군.

> 근거: ❷ [7]순확산 과정은 이미지에 노이즈를 추가하면서 노이즈 예측기를 학습시키는 과정이다. [8]첫 단계에서는, 노이즈 생성기에서 노이즈를 만든 후 이미지 연산기가 이 노이즈를 원본 이미지에 더해서 노이즈가 포함된 확산 이미지를 출력한다. [9]다음 단계부터는 노이즈 생성기에서 만든 노이즈를 이전 단계에서 출력된 확산 이미지에 더한다.
> 순확산 과정에서 (가)에 확산 이미지인 ㉡이 입력된다면 A 단계의 이미지 연산기에는 노이즈 예측기에서 예측한 노이즈가 아니라, 노이즈 생성기에서 만든 노이즈가 입력된다.

✖ 오답풀이

① (가)에 ㉠이 입력된다면, A 단계의 이미지 연산기에서는 ㉠에 노이즈를 더하겠군.

> 근거: ❷ [7]순확산 과정은 이미지에 노이즈를 추가하면서 노이즈 예측기를 학습시키는 과정이다. [8]첫 단계에서는, 노이즈 생성기에서 노이즈를 만든 후 이미지 연산기가 이 노이즈를 원본 이미지(㉠)에 더해서 노이즈가 포함된 확산 이미지를 출력한다.
> (가)에 원본 이미지인 ㉠이 입력된다는 것은 순확산 과정임을 의미한다. 순확산 과정의 A 단계에서는 이미지 연산기가 ㉠에 노이즈를 더한다.

② (나)에 ⓒ이 출력된다면, A 단계의 노이즈 생성기에서 생성된 노이즈가 이미지 연산기에서 확산 이미지에 더해졌겠군.

근거: ❷ [7]순확산 과정은 이미지에 노이즈를 추가하면서 노이즈 예측기를 학습시키는 과정이다. [8]첫 단계에서는, 노이즈 생성기에서 노이즈를 만든 후 이미지 연산기가 이 노이즈를 원본 이미지에 더해서 노이즈가 포함된 확산 이미지를 출력한다. [9]다음 단계부터는 노이즈 생성기에서 만든 노이즈를 이전 단계에서 출력된 확산 이미지에 더한다. [10]이러한 단계를 충분히 반복하면 최종적으로 노이즈 이미지(ⓒ)가 출력된다.

(나)에 노이즈 이미지인 ⓒ이 출력된다는 것은 순확산 과정임을 의미한다. 순확산 과정의 A 단계에서는 이미지 연산기가 노이즈 생성기에서 만든 노이즈를 확산 이미지에 더한다.

④ 역확산 과정에서 (가)에 ⓒ이 입력된다면, A 단계의 이미지 연산기에서는 ⓒ에서 노이즈를 빼겠군.

근거: ❹ [18]역확산 과정은 노이즈 이미지에서 노이즈를 제거하여 원본 이미지를 복원하는 과정이다. [20]노이즈 이미지(ⓒ) 또는 중간 단계에서의 확산 이미지를 노이즈 예측기에 입력하면 이미지에 포함된 노이즈의 특성을 추출하여 잠재 표현을 구하고 이를 바탕으로 노이즈를 예측한다. [21]이미지 연산기는 입력된 확산 이미지로부터 이 노이즈를 빼서 현 단계의 노이즈를 제거한 확산 이미지를 출력한다.

역확산 과정에서 (가)에 ⓒ이 입력된다면 A 단계의 이미지 연산기는 ⓒ에서 노이즈를 제거한 확산 이미지를 출력한다.

⑤ 역확산 과정에서 (나)에 ⓛ이 출력된다면, A 단계의 노이즈 예측기에서 예측한 노이즈가 이미지 연산기에 입력되었겠군.

근거: ❹ [18]역확산 과정은 노이즈 이미지에서 노이즈를 제거하여 원본 이미지를 복원하는 과정이다. [20]노이즈 이미지 또는 중간 단계에서의 확산 이미지를 노이즈 예측기에 입력하면 이미지에 포함된 노이즈의 특성을 추출하여 잠재 표현을 구하고 이를 바탕으로 노이즈를 예측한다. [21]이미지 연산기는 입력된 확산 이미지로부터 이 노이즈를 빼서 현 단계의 노이즈를 제거한 확산 이미지(ⓛ)를 출력한다.

역확산 과정에서 이미지 연산기는 입력된 이미지로부터 노이즈 예측기가 예측한 노이즈를 뺀 확산 이미지를 출력한다. 따라서 역확산 과정에서 (나)에 ⓛ이 출력된다면 A 단계의 노이즈 예측기에서 예측한 노이즈는 이미지 연산기에 입력되었을 것이다.

📝 모두의 질문

• 13-⑤번

Q: ③번과 ⑤번 선지 사이에서 고민을 하다가 ③번을 고르기는 했는데, ⑤번이 왜 적절한지 잘 모르겠어요.

A: ⑤번 선지는 역확산 과정에서 '(가) 입력 ⇨ A 단계 ⇨ (나) 출력'의 (나)에 확산 이미지인 ⓛ이 출력되는 상황에 대해 묻고 있다.
4문단에 따르면 역확산 과정에서는 '노이즈 이미지 또는 중간 단계에서의 확산 이미지'가 입력되면 ⇨ 노이즈 예측기는 '잠재 표현을 구하고 이를 바탕으로 노이즈를 예측'하고, 이미지 연산기는 '입력된 확산 이미지로부터 이(노이즈 예측기가 예측한) 노이즈를 빼서' ⇨ '현 단계의 노이즈를 제거한 확산 이미지를 출력'한다.
즉 역확산 과정에서 (나)에 확산 이미지인 ⓛ이 출력된 것은, (가)에 노이즈 이미지 또는 확산 이미지가 입력되고 A 단계에서 노이즈 예측기가 예측한 노이즈가 이미지 연산기에 입력된 결과라고 할 수 있다. 따라서 ⑤번은 적절하다.

MEMO

[14~17] 인터넷 ID와 관련된 명예훼손
최근 평가원이 출제한 사회 지문에서는 인터넷과 미디어, 법에 관한 화제를 빈번하게 다루고 있어. 2025학년도 수능 사회 지문에서도 인터넷 ID에 대한 명예훼손이나 모욕을 법적으로 처벌할 수 있는지를 쟁점으로 다루고 있어. 지문의 내용은 어렵지 않았지만 각 입장의 근거와 입장 간의 차이점을 명확하게 파악해 두지 않았다면 생각보다 문제를 푸는 데 시간을 많이 소모했을 거야. 특히 지문에 제시된 입장을 〈보기〉의 사례에 적용하는 문제를 시험장에서 실수 없이 풀어내려면 평소에 시간을 들여 유사한 문제를 충분히 풀어 보는 연습을 해 두어야 해.

[14~17] 다음 글을 읽고 물음에 답하시오.

✏️ 사고의 흐름

1 ¹리프킨은 사회적 상호 작용에서의 자기표현은 본질적으로 연극적이며, 표면 연기와 심층 연기로 ⓐ이루어진다고 언급했다. ²표면 연기는 내면의 자연스러운 감정보다 의례적*인 표현과 같은 형식에 집중하여 연기하는 것이고, 심층 연기는 내면의 솔직한 정서를 ⓑ불러내어 자신의 진정성을 보여 주는 것이다. ³인터넷에서의 커뮤니케이션에 주목한 리프킨은 가상 공간에서 자기표현이 더욱 활발히 이루어진다고 보았다. *사회적 상호 작용 과정에서 이루어지는 자기표현이 현실 공간보다 가상 공간에서 더 활발하게 일어난다는 리프킨의 견해를 제시하고 있어.*

2 ⁴가상 공간의 특성에 주목한 연구자들은 사람들과의 관계 속에서 드러나는 고유한 존재로서의 위상을 뜻하는 자기 정체성이 가상 공간에서 다양하게 ⓒ나타난다고 본다. *가상 공간에서의 자기 정체성을 자기표현과 관련지어 이해해야겠군.* ⁵가상 공간에서는 익명성이 작동하므로 현실에서 위축되는 사람도 적극적으로 자기표현을 할 수 있다. *가상 공간에서는 익명성이 작동해서 자기표현을 더 적극적으로 할 수 있다고 하네.* ⁶아울러 현실에서의 자기 정체성을 ⓓ감추고 다른 인격체로 활동하거나 현실에서 억압된 정서를 공격적으로 드러내기도 한다. ⁷게임 아이디, 닉네임, 아바타 등 가상 공간에서 개별적 대상으로 인식되는 '인터넷 ID'에 대한 사이버 폭력이 ⓔ넘쳐 나는 현실도 이와 무관하지 않다. *가상 공간에서 현실과는 다른 자기 정체성을 드러내어 인터넷 ID를 공격하는 사례가 나타나기도 해.*

3 ⁸사이버 폭력과 관련하여, 인터넷 ID만을 알고 있는 상황에서 그에 대해 명예훼손이나 모욕 등의 공격이 있을 때 가해자에게 법적인 책임을 물을 수 있는지에 대한 논란이 있어 왔다. *인터넷 ID 공격의 법적 처벌에 대한 견해 차이가 있군.* ⁹이는 인터넷 ID가 사회적 평판인 명예의 주체로 인정될 수 있는가와 관련된다. *법적 처벌에 관한 쟁점 = 인터넷 ID의 명예 주체성 인정 여부* ¹⁰인터넷 ID의 명예 주체성을 ㉠인정하는 입장에 따르면, 자기 정체성은 일원적*·고정적인 것이 아니라 현실 세계와 가상 공간에 걸쳐 존재하고 상호 작용하는 복합적인 것이다. ¹¹인터넷에서의 자기 정체성은 사용자 개인의 자기 정체성의 일부이기 때문에 자기 정체성을 가진 인터넷 ID의 명예 역시 보호되어야 한다. *㉠과 반대되는 입장이 제시되겠군!* ¹²반면 ㉡인정하지 않는 입장에 따르면, 생성·변경·소멸이 자유롭고 복수로 개설이 가능한 인터넷 ID는 그 사용자인 개인을 가상 공간에서 구별하는 장치에 불과

하다. ¹³인터넷 ID는 현실에서의 성명과 달리 그 사용자인 개인과 동일시될 수 없고, 인터넷 ID 자체는 사람이 아니므로 명예 주체성을 인정할 수 없다는 것이다. *'달리' 뒤에는 인터넷 ID가 성명과 다르게 명예 주체성을 인정받을 수 없는 이유가 제시되겠군?* 인터넷 ID의 명예를 훼손하거나 모욕할 때 법적 책임을 물을 수 있는지는 인터넷 ID가 명예의 주체로 인정될 수 있는지와 관련된다고 해. 두 입장을 정리해서 비교해 보자.

인터넷 ID의 명예 주체성 인정	-자기 정체성은 현실 세계와 가상 공간에 걸쳐 존재하며 상호 작용하는 복합적인 것임 -인터넷에서의 자기 정체성은 사용자 개인의 자기 정체성의 일부이므로 그 명예가 보호되어야 함
인터넷 ID의 명예 주체성 불인정	-인터넷 ID는 생성·변경·소멸이 자유로우며 복수로 개설이 가능 -현실에서의 성명과 달리 개인과 동일시 x, 인터넷 ID 자체는 사람이 아님

4 ¹⁴㉮대법원은 실명을 거론한 경우는 물론, 실명을 거론하지 않았더라도 주위 사정을 종합할 때 지목된 사람이 누구인지를 제3자가 알 수 있는 경우에는 명예훼손이나 모욕에 대한 가해자의 법적 책임이 성립한다고 판시해* 왔다. ¹⁵이를 수용한 헌법재판소에서는 인터넷 ID와 관련된 명예훼손·모욕 사건의 헌법 소원에 대한 결정을 내린 바 있다. *대법원과 헌법재판소는 지목된 사람이 누구인지 제3자가 알 수 있다면 가해자에게 명예훼손·모욕에 대한 법적 책임을 물을 수 있다는 판결을 내렸어.* ¹⁶이 결정에서 ㉯다수 의견은 인터넷 ID만을 알 수 있을 뿐 그 사용자가 누구인지 제3자가 알 수 없다면 피해자가 특정되지 않아 명예훼손이나 모욕에 대한 가해자의 법적 책임이 성립하지 않는다고 보았다. ¹⁷반면 인터넷 ID는 가상 공간에서 성명과 같은 기능을 하므로 제3자의 인식 여부가 법적 책임의 근거가 될 수 없다는 ㉰소수 의견도 제시되었다. *다수 의견과 반대되는 입장이 제시되겠군!* 명예훼손이나 모욕을 당한 피해자가 특정되는지에 따라 가해자의 처벌 여부를 정해야 한다는 헌법 소원의 결정에 대해 서로 다른 두 의견이 존재하는구나. 입장의 차이를 보이는 이유를 정리해 보자.

제3자의 피해자 인식 가능 여부를 가해자의 법적 처벌 근거로 볼 수 있는가	
(헌법재판소의) 다수 의견	제3자가 피해자를 특정할 수 없다면 가해자의 법적 책임은 성립하지 않으므로 제3자의 피해자 인식 여부를 법적 책임을 묻는 근거로 볼 수 있음
(헌법재판소의) 소수 의견	인터넷 ID는 가상 공간에서 성명(명예의 주체)이 될 수 있으므로 제3자의 피해자 인식 여부와 관계 없이 가해자에게 법적 책임을 물을 수 있음(피해자 인식 여부는 법적 책임의 근거 X)

만점 선배의 구조도 예시

>> 각 문단을 요약하고 지문을 **세 부분**으로 나누어 보세요.

1 리프킨은 사회적 상호 작용에서의 **자기표현**은 형식에 집중하는 표면 연기와 내면의 정서를 보여 주는 심층 연기로 드러나며, **가상 공간**에서 활발히 이루어진다고 보았다.	첫 번째 **1**¹~**1**³
2 가상 공간에서는 **익명성**이 작동하므로 사람은 현실에서의 자기 정체성을 감추고 다른 인격체로 활동하거나 현실에서 억압된 정서를 **공격적**으로 드러내기도 한다.	두 번째 **2**⁴~**2**⁷
3 인터넷 ID에 대한 공격을 한 가해자에게 법적인 **책임**을 물을 수 있는지는, 인터넷 ID의 **명예 주체성**을 인정하는지와 관련된다.	세 번째 **3**⁸~**4**¹⁷
4 헌법재판소는 지목된 사람이 누구인지 제3자가 알 수 있으면 책임이 성립한다는 대법원의 판시에 따라 결정을 했는데, 이에 대해 ID 사용자를 제3자가 알 수 없다면 책임이 불성립한다는 다수 의견과 제3자의 **인식** 여부가 책임의 근거가 될 수 없다는 소수 의견이 제시되었다.	

🔍 유형 분석

독서 영역에서 전형적으로 출제되는 내용 일치 문제야. 즉 지문의 사실적 정보를 파악하는 문제지. 적절하지 않은 선지의 경우 일부 내용은 맞고 일부 내용은 지문의 설명과 일치하지 않게 만든 경우가 많으므로, 지문의 내용과 선지의 진술을 꼼꼼하게 비교하며 확인해야 해.

14. 윗글의 내용과 일치하지 <u>않는</u> 것은?

✅ 정답풀이

① 심층 연기는 내면의 진술한 정서를 드러내기 위해 형식에 집중하는 자기표현이다.

> 근거: **1** ¹리프킨은 사회적 상호 작용에서의 자기표현은 본질적으로 연극적이며, 표면 연기와 심층 연기로 이루어진다고 언급했다. ²표면 연기는 내면의 자연스러운 감정보다 의례적인 표현과 같은 형식에 집중하여 연기하는 것이고, 심층 연기는 내면의 솔직한 정서를 불러내어 자신의 진정성을 보여 주는 것이다.
> 자기표현의 일종인 심층 연기는 내면의 솔직한 정서를 불러내어 진정성을 보여 주는 것은 맞지만 형식에 집중하지는 않는다. 형식에 집중하는 자기표현은 표면 연기이다.

❌ 오답풀이

② 리프킨은 현실 세계보다 가상 공간에서 자기표현이 더욱 왕성하게 드러난다고 보았다.

> 근거: **1** ³인터넷에서의 커뮤니케이션에 주목한 리프킨은 가상 공간에서 자기표현이 더욱 활발히 이루어진다고 보았다.

③ 가상 공간에서 개별적인 것으로 인식되는 아바타는 사이버 폭력의 대상이 될 수 있다.

> 근거: **2** ⁷게임 아이디, 닉네임, 아바타 등 가상 공간에서 개별적 대상으로 인식되는 '인터넷 ID'에 대한 사이버 폭력이 넘쳐 나는 현실도 이와 무관하지 않다.

④ 익명성은 가상 공간에서 자기 정체성이 다양하게 나타나는 데 영향을 미치는 가상 공간의 특성이다.

> 근거: **2** ⁴가상 공간의 특성에 주목한 연구자들은 사람들과의 관계 속에서 드러나는 고유한 존재로서의 위상을 뜻하는 자기 정체성이 가상 공간에서 다양하게 나타난다고 본다. ⁵가상 공간에서는 익명성이 작동하므로 현실에서 위축되는 사람도 적극적으로 자기표현을 할 수 있다. ⁶아울러 현실에서의 자기 정체성을 감추고 다른 인격체로 활동하거나 현실에서 억압된 정서를 공격적으로 드러내기도 한다.
> 익명성은 현실에서 위축되었던 사람도 적극적으로 자기표현을 하거나 다른 인격체가 되어 억압된 정서를 드러내도록 하는 등, 가상 공간에서 자기 정체성을 다양하게 드러내는 데 영향을 미친다고 볼 수 있다.

⑤ 가상 공간에서의 자기 정체성은 현실에서의 자기 정체성과 마찬가지로 타인과의 관계 속에서 나타난다.

> 근거: **2** ⁴가상 공간의 특성에 주목한 연구자들은 사람들과의 관계 속에서 드러나는 고유한 존재로서의 위상을 뜻하는 자기 정체성이 가상 공간에서 다양하게 나타난다고 본다.
> 자기 정체성은 사람들과의 관계 속에서 드러나는 고유한 존재로서의 위상으로, 현실 공간에서뿐만 아니라 가상 공간에서도 다양하게 나타난다.

유형 분석

쟁점이 되는 사안에 대해 대비되는 두 입장을 정확히 파악할 것을 요구하
는 문제야. 이 문제는 ㉠과 ㉡이 인터넷 ID를 명예 주체성을 가진 대상으
로 보는지 여부를 구분하여 추론해야 하는 문제였어. 사실 15번 문제의
오답은 추론을 요구하지만 정답은 내용 일치 수준에서 판단할 수 있었지.
시험에서 추론 문제를 만났다면 지문에 없는 표현이 등장했다 하더라도
당황하지 말고 지문의 정보를 충분히 이해한 뒤에 선지의 정오를 판단하
면 돼.

15. ㉠과 ㉡에 대한 이해로 가장 적절한 것은?

㉠: 인정하는 입장
㉡: 인정하지 않는 입장

✔ 정답풀이

② ㉠은 ㉡과 달리 인터넷 ID에 대한 공격을 그 사용자인 개인에 대한
공격이라고 보겠군.

근거: ❸ ¹⁰인터넷 ID의 명예 주체성을 인정하는 입장(㉠)에 따르면~
¹¹인터넷에서의 자기 정체성은 사용자 개인의 자기 정체성의 일부이
기 때문에 자기 정체성을 가진 인터넷 ID의 명예 역시 보호되어야 한다.
¹²반면 인정하지 않는 입장(㉡)에 따르면~¹³인터넷 ID는 현실에서의 성
명과 달리 그 사용자인 개인과 동일시될 수 없고, 인터넷 ID 자체는 사람
이 아니므로 명예 주체성을 인정할 수 없다는 것이다.

㉠은 인터넷 ID를 사용자 개인의 자기 정체성의 일부라고 주장하고 있으
므로, 인터넷 ID가 그 사용자 개인과 동일시될 수 없다고 본 ㉡과 달리 인
터넷 ID에 대한 공격을 그 사용자 개인에 대한 공격이라고 볼 것이다.

✖ 오답풀이

① ㉠은 ㉡과 달리 자기 정체성을 단일하고 고정적인 것으로 파악하
겠군.

근거: ❸ ¹⁰인터넷 ID의 명예 주체성을 인정하는 입장(㉠)에 따르면, 자기
정체성은 일원적·고정적인 것이 아니라 현실 세계와 가상 공간에 걸쳐 존
재하고 상호 작용하는 복합적인 것이다.

㉠은 자기 정체성은 일원적이거나 고정적이지 않다는 입장을 보이고 있으
므로 적절하지 않다.

③ ㉡은 ㉠과 달리 인터넷에서의 자기 정체성과 현실 세계의 자기
정체성이 상호 작용을 한다고 보겠군.

근거: ❸ ¹⁰인터넷 ID의 명예 주체성을 인정하는 입장(㉠)에 따르면, 자기
정체성은 일원적·고정적인 것이 아니라 현실 세계와 가상 공간에 걸쳐 존
재하고 상호 작용하는 복합적인 것이다. ¹²반면 인정하지 않는 입장(㉡)에
따르면~인터넷 ID는 그 사용자인 개인을 가상 공간에서 구별하는 장치에
불과하나. ¹³인터넷 ID는 현실에서의 성명과 달리 그 사용자인 개인과 동일
시될 수 없고

인터넷에서의 자기 정체성과 현실 세계의 자기 정체성이 상호 작용한다고
보는 입장은 ㉠이다. 이와 달리 ㉡은 인터넷 ID가 사용자 개인과 동일시될
수 없다고 보므로 인터넷에서의 자기 정체성과 현실 세계의 자기 정체성이
상호 작용을 한다고 보지 않을 것이다.

④ ㉡은 ㉠과 달리 인터넷 ID는 복수 개설이 가능하므로 자기 정체성이
복합적으로 구성된다고 보겠군.

근거: ❸ ¹⁰인터넷 ID의 명예 주체성을 인정하는 입장(㉠)에 따르면, 자기
정체성은 일원적·고정적인 것이 아니라 현실 세계와 가상 공간에 걸쳐 존
재하고 상호 작용하는 복합적인 것이다. ¹²반면 인정하지 않는 입장(㉡)에
따르면, 생성·변경·소멸이 자유롭고 복수로 개설이 가능한 인터넷 ID는
그 사용자인 개인을 가상 공간에서 구별하는 장치에 불과하다.

㉡은 인터넷 ID가 생성·변경·소멸이 자유롭고 복수로 개설이 가능
하다고 보지만 이는 사용자인 개인을 가상 공간에서 구별하는 장치에 불과
하다고 여기므로, 자기 정체성이 복합적으로 구성된다고 보지 않을 것이다.
인터넷 ID의 자기 정체성이 복합적으로 구성된다고 보는 입장은 ㉠이다.

⑤ ㉠과 ㉡은 모두, 인터넷 ID마다 개인의 자기 정체성이 다르다고
보겠군.

근거: ❸ ¹⁰인터넷 ID의 명예 주체성을 인정하는 입장(㉠)에 따르면, 자기
정체성은 일원적·고정적인 것이 아니라 현실 세계와 가상 공간에 걸쳐 존재
하고 상호 작용하는 복합적인 것이다. ¹¹인터넷에서의 자기 정체성은 사용
자 개인의 자기 정체성의 일부이기 때문에 자기 정체성을 가진 인터넷 ID
의 명예 역시 보호되어야 한다. ¹²반면 인정하지 않는 입장(㉡)에 따르면, 생
성·변경·소멸이 자유롭고 복수로 개설이 가능한 인터넷 ID는 그 사용자
인 개인을 가상 공간에서 구별하는 장치에 불과하다. ¹³인터넷 ID는 현실에
서의 성명과 달리 그 사용자인 개인과 동일시될 수 없고, 인터넷 ID 자체는
사람이 아니므로 명예 주체성을 인정할 수 없다는 것이다.

㉠은 자기 정체성은 일원적·고정적이지 않고 현실 세계와 가상 공간에 걸쳐
존재하는데, 인터넷에서의 자기 정체성이 개인의 자기 정체성의 일부이며
인터넷 ID가 자기 정체성을 가진다고 본다. 따라서 ㉠은 인터넷 ID마다 개인
의 자기 정체성이 다르다고 보았을 여지가 있다. 한편 ㉡은 인터넷 ID가 그
사용자와 동일시될 수 없고 그 자체가 사람이 아니라고 보았으므로, 인터넷
ID마다 개인의 자기 정체성이 다르다고 보지 않을 것이다.

유형 분석

〈보기〉의 사례를 ㉮~㉰의 입장에서 어떻게 판단할지 적용해 보는 문제야. 각 선지의 내용이 지문에 제시된 의견과 어떤 관련성이 있는지 파악하며 읽는 것이 좋겠지. ㉮~㉰에 대한 설명이 언급된 4문단을 위주로 세부 내용을 미리 정리하고 입장 간의 차이점을 파악해 두면 〈보기〉의 사례와 더 쉽게 연결 지을 수 있어.

16. 윗글을 바탕으로 〈보기〉를 이해한 내용으로 적절하지 **않은** 것은? [3점]

> ㉮: 대법원
> ㉯: 다수 의견
> ㉰: 소수 의견

〈보기〉

　　○○ 인터넷 카페의 이용자 A는 a, B는 b, C는 c라는 ID를 사용한다. 박사 학위 소지자인 A는 □□ 전시관의 해설사이고, B는 같은 전시관에서 물고기 관리를 혼자 전담한다. 이 전시관의 누리집에는 직무별로 담당자가 공개되어 있다. 어떤 사람이 □□ 전시관에서 A의 해설을 듣고 A의 실명을 언급한 후기를 카페 게시판에 올리자 다음과 같은 댓글이 달렸다.

> **A의 해설에 대한 후기**
> └ [b] A가 박사인지 의심스럽다. A는 #~#.
> 　└ [a] □□ 전시관에서 물고기를 관리하는 b는 #~#.
> 　　└ [c] 게시판 분위기를 흐리는 a는 #~#.

(단, '#~#'는 명예를 훼손하거나 모욕을 주는 표현이고 A, B, C는 실명이다. ID로는 그 사용자의 개인 정보를 알 수 없으며, A, B, C의 법적 책임에 영향을 미치는 다른 요소는 고려하지 않는다.)

✓ 정답풀이

② ㉯는 B가 가해자로서의 법적 책임을 져야 하지만 A는 가해자로서의 법적 책임을 지지 않는다고 보겠군.

> 근거: ❹ ¹⁶이 결정에서 다수 의견(㉯)은 인터넷 ID만을 알 수 있을 뿐 그 사용자가 누구인지 제3자가 알 수 없다면 피해자가 특정되지 않아 명예훼손이나 모욕에 대한 가해자의 법적 책임이 성립하지 않는다고 보았다. ㉯는 대상을 특정하여 그의 명예를 훼손하거나 모욕하는 글을 올리면 가해자의 법적 책임이 성립한다고 보므로, A의 실명을 언급하며 비난하는 글을 올린 B가 가해자로서 법적 책임이 있다고 볼 것이다. 또한 전시관의 누리집에 직무별 담당자가 공개되었음을 고려할 때, A는 '□□ 전시관에서 물고기를 관리하는 b'라고 하여 b라는 ID를 가진 사람이 B임을 제3자가 알 수 있는 상황에서 모욕을 했으므로, A도 가해자로서 법적 책임을 져야 한다고 볼 것이다.

✗ 오답풀이

① ㉮는 B가 가해자로서의 법적 책임을 져야 하지만 C는 가해자로서의 법적 책임을 지지 않는다고 보겠군.

> 근거: ❹ ¹⁴대법원(㉮)은 실명을 거론한 경우는 물론, 실명을 거론하지 않았더라도 주위 사정을 종합할 때 지목된 사람이 누구인지를 제3자가 알 수 있는 경우에는 명예훼손이나 모욕에 대한 가해자의 법적 책임이 성립한다고 판시해 왔다.
> ㉮는 상대방의 실명을 거론하며 명예를 훼손하거나 모욕하면 가해자의 법적 책임이 성립한다고 판시해 왔으므로, A의 실명을 언급하며 모욕하는 글을 쓴 B는 가해자로서의 법적 책임을 져야 한다고 볼 것이다. 이에 비해 C는 a를 모욕하였으나, 이 게시판에서 ID로는 그 사용자의 개인 정보를 알 수 없다고 했으므로 제3자는 지목당한 a가 누구인지 알 수 없다. 따라서 ㉮는 C가 가해자로서의 법적 책임을 지지 않는다고 볼 것이다.

③ ㉮와 ㉯는 A가 가해자로서의 법적 책임을 져야 하는지의 여부에 대해 같게 보겠군.

> 근거: ❹ ¹⁴대법원(㉮)은 실명을 거론한 경우는 물론, 실명을 거론하지 않았더라도 주위 사정을 종합할 때 지목된 사람이 누구인지를 제3자가 알 수 있는 경우에는 명예훼손이나 모욕에 대한 가해자의 법적 책임이 성립한다고 판시해 왔다. ¹⁷반면 인터넷 ID는 가상 공간에서 성명과 같은 기능을 하므로 제3자의 인식 여부가 법적 책임의 근거가 될 수 없다는 소수 의견(㉰)도 제시되었다.
> ㉮는 실명을 거론하지 않았더라도 주위 사정을 종합할 때 지목된 사람이 누구인지를 제3자가 알 수 있는 경우에는 명예훼손이나 모욕에 대한 가해자의 법적 책임이 성립한다고 판시해 왔다. A는 '□□ 전시관에서 물고기 관리를 하는 b'라고 언급하며 모욕하는 글을 썼는데, 전시관의 누리집을 통해 b가 누구인지 알 수 있으므로 ㉮는 A에게 법적 책임이 있다고 볼 것이다. 한편 ㉯는 인터넷 ID는 가상 공간에서 성명과 같은 기능을 한다고 주장하는데, 이는 인터넷 ID를 모욕하면 법적 책임이 성립한다고 보는 것이다. 따라서 ㉯는 A가 B의 명예를 훼손하고 모욕한 것에 대해 법적 책임이 있다고 볼 것이다.

④ ㉯와 ㉰는 B가 가해자로서의 법적 책임을 져야 하는지의 여부에 대해 같게 보겠군.

> 근거: ❹ ¹⁶이 결정에서 다수 의견(㉯)은 인터넷 ID만을 알 수 있을 뿐 그 사용자가 누구인지 제3자가 알 수 없다면 피해자가 특정되지 않아 명예훼손이나 모욕에 대한 가해자의 법적 책임이 성립하지 않는다고 보았다. ¹⁷반면 인터넷 ID는 가상 공간에서 성명과 같은 기능을 하므로 제3자의 인식 여부가 법적 책임의 근거가 될 수 없다는 소수 의견(㉰)도 제시되었다.
> ㉯는 피해자가 특정되지 않으면 명예훼손이나 모욕에 대한 가해자의 법적 책임이 성립하지 않는다고 보았다. 이는 피해자가 특정되는 비난 글을 올리면 가해자에게 법적 책임이 있다는 의미로 볼 수 있다. B는 A를 모욕하는 글을 게시할 때 A의 실명을 언급하여 피해자를 특정할 만한 글을 썼으므로, ㉯는 B가 가해자로서의 법적 책임을 져야 한다고 볼 것이다. ㉰는 인터넷 ID는 성명과 같은 기능을 하므로, 모욕하면 제3자가 대상을 특정할 수 없어도 가해자에게 법적 책임을 물을 수 있다고 보고 있다. 이는 가해자에게 성명이 명시된 명예훼손이나 모욕에 대한 법적 책임이 있다는 의미로 볼 수 있다. 따라서 B가 법적 책임을 져야 한다고 볼 것이다.

⑤ ㉮, ㉯, ㉰가, C가 가해자로서의 법적 책임을 져야 하는지의 여부에 대해 판단한 내용이 모두 같지는 않겠군.

근거: 4 ¹⁴대법원(㉮)은~실명을 거론하지 않았더라도 주위 사정을 종합할 때 지목된 사람이 누구인지를 제3자가 알 수 있는 경우에는 명예훼손이나 모욕에 대한 가해자의 법적 책임이 성립한다고 판시해 왔다. ¹⁶이 결정에서 다수 의견(㉯)은 인터넷 ID만을 알 수 있을 뿐 그 사용자가 누구인지 제3자가 알 수 없다면 피해자가 특정되지 않아 명예훼손이나 모욕에 대한 가해자의 법적 책임이 성립하지 않는다고 보았다. ¹⁷반면 인터넷 ID는 가상 공간에서 성명과 같은 기능을 하므로 제3자의 인식 여부가 법적 책임의 근거가 될 수 없다는 소수 의견(㉰)도 제시되었다.

㉮와 ㉯는 C가 a라는 인터넷 ID만 언급하고 그 실명을 언급하지 않았고, 피해자가 누구인지 제3자가 알 수 없는 상황에서 그의 명예를 훼손하거나 모욕을 주는 표현을 했으므로, 법적 책임을 지지 않아도 된다고 볼 것이다. 반면 ㉰는 C가 가상 공간에서 성명과 같은 기능을 하는 인터넷 ID를 공격했으므로, 법적 책임이 있다고 볼 것이다. 따라서 ㉮, ㉯, ㉰는 C가 가해자로서의 법적 책임을 져야 하는지의 여부에 대해 모두 같은 판단을 하지는 않을 것이다.

📋 문제적 문제
• 16번–③, ④번

정답인 ②번을 선택한 학생의 비율이 43%에 그쳤고, ①, ③, ④번을 선택한 학생이 각각 15%를 넘었다.

③번은 ㉮(대법원)와 ㉰(소수 의견)가 인터넷 카페의 게시판에서 b를 대상으로 모욕적인 댓글을 단 A에게 법적 책임을 물어야 한다고 판단할지 파악하는 문제였다. A의 행위에 대한 ㉰의 판단은 A가 인터넷 ID의 명예를 훼손하거나 모욕했는지만 확인하면 쉽게 풀 수 있지만, ㉮의 판단은 여러 정보를 종합해야만 확인할 수 있기에 어려웠을 것이다.

'① A가 '□□ 전시관에서 물고기를 관리하는 b'라고 언급하며 비방하는 댓글을 달았음. ② B는 혼자 '□□ 전시관에서 물고기를 관리'하는 사람임. ③ '전시관 누리집에 직무별 담당자가 공개'됨.'이라는 세 가지를 종합하면 A는 b가 B임을 제3자가 알 수 있는 상황에서 비난한 것이다. 따라서 지목된 사람이 누구인지를 제3자가 알 수 있는 경우 명예훼손이나 모욕에 대한 가해자의 법적 책임이 성립한다고 판시한 ㉮는 A의 법적 책임이 성립한다고 볼 것이다.

④번은 지문의 정보를 바탕으로 추론해야 했다. 피해자가 특정되지 않으면 명예훼손과 모욕에 대한 가해자의 법적 책임이 성립하지 않는다고 보는 ㉯(다수 의견)의 견해를 뒤집어 보면 피해자가 특정된다면 가해자의 법적 책임이 성립한다는 의미로 볼 수 있다. 또한 인터넷 ID는 성명과 같이 개인과 동일시되므로, 이에 대한 명예훼손도 법적 책임을 져야 한다는 ㉰의 견해를 바탕으로 하면 개인과 동일시되는 성명을 직접 언급하며 A를 비방한 B의 행위도 법적 책임이 성립한다고 볼 수 있다.

정답률 분석

매력적 오답	정답	매력적 오답	매력적 오답	
①	②	③	④	⑤
15%	43%	19%	16%	7%

| 어휘의 의미 파악 | 정답률 96

🔍 유형 분석

지문에 제시된 고유어 어휘와 의미가 유사한 한자어를 찾는 문제야. 이런 유형의 문제는 단어의 사전적 의미를 암기하기보다는 단어의 맥락적인 의미를 이해해야 풀 수 있어. 따라서 지문에서 해당 어휘의 앞뒤 문맥을 파악하고 해당 단어가 제시된 한자어의 의미와 어울리는지 판단하면 돼.

17. 문맥상 ⓐ~ⓔ와 바꿔 쓰기에 가장 적절한 것은?

✔ 정답풀이

③ ⓒ: 표출(表出)된다고

근거: 2 ⁴자기 정체성이 가상 공간에서 다양하게 ⓒ나타난다고 본다. '나타난다'는 '내면적인 심리 현상이 얼굴, 몸, 행동 따위로 드러나다.'의 의미이므로, '겉으로 나타나다.'의 의미인 '표출되다'와 바꿔 쓸 수 있다.

✘ 오답풀이

① ⓐ: 완성(完成)된다고
근거: 1 ¹표면 연기와 심층 연기로 ⓐ이루어진다고 언급했다.
이루어지다: 몇 가지 부분이나 요소가 모여 일정한 성질이나 모양을 가진 존재가 되다.
완성되다: 완전히 다 이루어지다.

② ⓑ: 요청(要請)하여
근거: 1 ²심층 연기는 내면의 솔직한 정서를 ⓑ불러내어 자신의 진정성을 보여 주는 것이다.
불러내다: 불러서 밖으로 나오게 하다.
요청하다: 필요한 일이나 행동을 청하다.

④ ⓓ: 기만(欺瞞)하고
근거: 2 ⁶아울러 현실에서의 자기 정체성을 ⓓ감추고 다른 인격체로 활동하거나 현실에서 억압된 정서를 공격적으로 드러내기도 한다.
감추다: 남이 보거나 찾아내지 못하도록 가리거나 숨기다.
기만하다: 남을 속여 넘기다.

⑤ ⓔ: 확충(擴充)되는
근거: 2 ⁷'인터넷 ID'에 대한 사이버 폭력이 ⓔ넘쳐 나는 현실도 이와 무관하지 않다.
넘쳐 나다: 너무 많이 몰리거나 가득차다.
확충되다: 늘어나고 넓어져서 충실하게 되다.

HOLSOO

홀로 공부하는 수능 국어 기출 분석

PART 1
독서론

[1~3] 다음 글을 읽고 물음에 답하시오.

✎ 사고의 흐름

1 [1]학습 목적으로 글을 읽을 때 독자는 문자 이외에 그림, 사진 등의 시각 자료가 포함된 글을 접하곤 한다. [2]시각 자료가 글 내용을 이해하는 데 도움을 준다는 견해에 따르면, 시각 자료는 문자 외에 또 다른 학습 단서가 된다. [3]문자로만 구성된 글을 읽을 때 독자는 머릿속으로 문자가 제공하는 정보, 즉 '문자 정보'만을 처리하지만, 시각 자료가 포함된 글을 읽을 때는 '이미지 정보'도 함께 처리한다. [4]이 두 정보들(문자 정보와 이미지 정보)은 서로 참조*되면서 연결되어 독자가 글 내용을 이해하는 데 상호 보완적으로 기여한다. [5]독자가 문자 정보를 떠올리지 못할 때 이미지 정보가 단서가 되어 글 내용을 기억하는 데도 도움을 준다. 시각 자료가 글 내용을 이해하는 데 도움을 준다는 견해에 따라 문자 외에 또 다른 학습 단서가 되는 시각 자료의 특징을 제시하고 있어.

시각 자료의 목적에 따라 유형을 나누어 제시할 거야. 공통점·차이점에 주목하여 읽자.

2 [6]시각 자료는 글 내용과 관련하여 어떤 목적으로 쓰이는가에 따라 예시적, 설명적, 보충적 시각 자료로 구분할 수 있다. [7]예시적 시각 자료는 글 내용을 시각화하여 보여 주는 데 목적이 있다. [8]설명적 시각 자료는 글 내용을 시각화하여 제시하는 목적에 더하여 글에서 다룬 내용을 보완하는 목적으로 쓰인다. [9]보충적 시각 자료는 글의 주제와 관련이 있지만 글에서 다루어지지 않은 내용을 추가하여 보충하는 목적으로 쓰인다. [10]이에 따라 보충적 시각 자료는 글 내용의 범위를 확장하는 특징이 있다. [11]이 외에 독자의 흥미를 유발하거나 글 내용과 관련 없이 여백을 메우는 목적으로 장식적 시각 자료가 쓰이기도 한다. 시각 자료가 어떤 목적으로 쓰이는지를 구분하여 정리하면 다음과 같아.

예시적	설명적	보충적	장식적
글 내용 시각화	글 내용 시각화 + 글에서 다룬 내용 보완	글에서 다루지 않은, 주제 관련 내용 추가 및 보충 (글 내용 범위 확장)	독자의 흥미 유발 + 글 내용과 관련 없이 여백 메움

3 [12]㉠글 내용과 관련된 시각 자료를 포함한 글을 읽을 때, 독자는 글의 내용과 시각 자료의 관계를 살피고 시각 자료로 강조된 중요한 정보를 파악해야 한다. [13]또한 시각 자료가 설명 대상이나 개념을 적절하게 표현하는지, 글에서 효과적으로 쓰이는지를 판단해야 한다. [14]이를 토대로, 독자는 글 내용과 이에 적합한 시각 자료를 종합하여 의미를 구성해야 한다. [15]독자는 매력적인 시각 자료에 사로잡혀 읽기의 목적을 잃지 않고, 낯설고 복잡한 시각 자료도 읽어 내는 능동성을 발휘할 필요가 있다.

시각 자료를 포함한 글을 읽을 때의 독자

① 글 내용과 시각 자료의 관계를 살피며 시각 자료로 강조된 중요한 정보를 파악해야 함

② 시각 자료가 설명 대상이나 개념을 적절하게 표현하는지, 글에서 효과적으로 쓰이는지 판단해야 함
→ 글의 내용과 적합한 시각 자료를 종합하여 의미를 구성해야 함

③ 매력적 시각 자료에 사로잡혀 읽기의 목적을 잃으면 안 됨

④ 낯설고 복잡한 시각 자료도 능동적으로 읽어 내야 함

이것만은 챙기자

*참조: 참고로 비교하고 대조하여 봄.

🔍 핵심 분석

• 시각 자료가 글 내용을 이해하는 데 도움을 줌
  – 문자 정보와 이미지 정보가 독자의 이해에 상호 보완적으로 기여
  – 이미지 정보가 글 내용 기억에 도움

1. 목적에 따른 시각 자료의 유형
  (1) 예시적 시각 자료: 글 내용을 시각화하여 보여 줌
  (2) 설명적 시각 자료: 글 내용을 시각화하여 제시하고 글에서 다룬 내용을 보완함
  (3) 보충적 시각 자료: 글의 주제와 관련이 있지만 글에서 다루어지지 않은 내용을 추가하여 보충함 → 글 내용의 범위를 확장하는 특징이 있음
  (4) 장식적 시각 자료: 독자의 흥미 유발 및 여백 메움

2. 시각 자료를 포함한 글을 읽을 때의 독자
  (1) 글의 내용과 시각 자료의 관계성 및 시각 자료로 강조된 중요한 정보를 파악해야 함
  (2) 시각 자료가 설명 대상이나 개념을 적절하게 표현하는지, 글에서 효과적으로 쓰이는지 판단해야 함
    → 글 내용에 적합한 시각 자료를 종합하여 의미를 구성해야 함
  (3) 매력적 시각 자료에 사로잡혀 읽기의 목적을 잃지 않아야 함
  (4) 낯설고 복잡한 시각 자료도 읽어 내는 능동성을 발휘해야 함

>> 각 문단을 요약하고 지문을 **세 부분**으로 나누어 보세요.

1 독자는 시각 자료가 포함된 글을 읽을 때 '문자 정보'와 '이미지 정보'를 함께 처리하며, 이 두 정보는 독자가 글 내용을 이해하는 데 상호 보완적으로 기여한다.

첫 번째
1¹~**1**⁵

2 시각 자료는 글 내용과 관련하여 어떤 **목적**으로 쓰이는가에 따라 예시적, 설명적, 보충적, **장식적** 시각 자료로 구분할 수 있다.

두 번째
2⁶~**2**¹¹

3 시각 자료를 포함한 글을 읽을 때 독자는 글의 내용과 시각 자료의 **관계**를 살피고 시각 자료가 적절하게 사용되었는지 판단하며, 이를 토대로 글 내용과 시각 자료를 종합하여 **의미**를 구성해야 한다.

세 번째
3¹²~**3**¹⁵

| 세부 내용 추론 | 정답률 **94**

2. ㉠에 대한 이해로 적절하지 **않은** 것은?

> ㉠: 글 내용과 관련된 시각 자료를 포함한 글을 읽을 때

✓ 정답풀이

⑤ 문자 정보 처리와 이미지 정보 처리를 통해 연결된 정보를 독자가 떠올려야 글의 내용을 기억할 수 있다.

근거: **1** ⁵독자가 문자 정보를 떠올리지 못할 때 이미지 정보가 단서가 되어 글 내용을 기억하는 데도 도움을 준다.
독자가 문자 정보를 떠올리지 못하는 경우에만 이미지 정보가 단서가 되어 글 내용을 기억하는 데 도움을 줄 수 있으므로, 문자 정보 처리와 이미지 정보 처리를 통해 연결된 정보를 독자가 떠올려야 글의 내용을 기억할 수 있다는 내용은 ㉠에 대한 이해로 적절하지 않다.

| 세부 정보 파악 | 정답률 **97**

1. 윗글의 내용과 일치하지 **않는** 것은?

✓ 정답풀이

④ 시각 자료의 용도는 머릿속에서 처리되는 정보의 종류에 따라 구분된다.

근거: **2** ⁶시각 자료는 글 내용과 관련하여 어떤 목적으로 쓰이는가에 따라 예시적, 설명적, 보충적 시각 자료로 구분할 수 있다.
윗글은 시각 자료가 글 내용과 관련하여 어떤 목적(용도)으로 쓰이는가에 따라 구분된다고 하였을 뿐, 머릿속에서 처리되는 정보의 종류에 따라 시각 자료의 용도가 구분된다고 하지는 않았다.

✗ 오답풀이

① 시각 자료는 여백을 채우는 목적으로 쓰이기도 한다.
근거: **2** ¹¹이 외에 독자의 흥미를 유발하거나 글 내용과 관련 없이 여백을 메우는 목적으로 장식적 시각 자료가 쓰이기도 한다.

② 글에서 중요한 정보를 시각 자료를 통해 부각할 수 있다.
근거: **3** ¹²글 내용과 관련된 시각 자료를 포함한 글을 읽을 때, 독자는 글의 내용과 시각 자료의 관계를 살피고 시각 자료로 강조된 중요한 정보를 파악해야 한다.

③ 독자가 시각 자료에 끌리다 보면 글을 읽는 목적을 잃을 수 있다.
근거: **3** ¹⁵독자는 매력적인 시각 자료에 사로잡혀 읽기의 목적을 잃지 않고,
독자는 매력적인 시각 자료에 사로잡혀 읽기의 목적을 잃는 상황을 경계해야 한다고 했으므로 적절하다.

⑤ 독자는 낯선 시각 자료도 읽어 내는 능동적 자세를 가질 필요가 있다.
근거: **3** ¹⁵낯설고 복잡한 시각 자료도 읽어 내는 능동성을 발휘할 필요가 있다.

✗ 오답풀이

① 글의 의미는 글 내용과 시각 자료를 종합하여 구성할 수 있다.
근거: **3** ¹⁴독자는 글 내용과 이에 적합한 시각 자료를 종합하여 의미를 구성해야 한다.
독자는 글 내용과 적합한 시각 자료를 종합하여 글의 의미를 구성할 수 있다.

② 문자 정보와 이미지 정보는 상호 참조되어 보완적으로 작용할 수 있다.
근거: **1** ³문자로만 구성된 글을 읽을 때 독자는 머릿속으로 문자가 제공하는 정보, 즉 '문자 정보'만을 처리하지만, 시각 자료가 포함된 글을 읽을 때는 '이미지 정보'도 함께 처리한다. ⁴이 두 정보들은 서로 참조되면서 연결되어 독자가 글 내용을 이해하는 데 상호 보완적으로 기여한다.
문자 정보와 이미지 정보는 서로 참조되면서 연결되어 독자가 글 내용을 이해하는 데 상호 보완적으로 기여한다.

③ 문자로만 구성된 글보다 내용을 이해하기가 쉬웠다면 이미지 정보가 단서가 되었을 수 있다.
근거: **1** ²시각 자료가 글 내용을 이해하는 데 도움을 준다는 견해에 따르면, 시각 자료는 문자 외에 또 다른 학습 단서가 된다. ³문자로만 구성된 글을 읽을 때 독자는 머릿속으로 문자가 제공하는 정보, 즉 '문자 정보'만을 처리하지만, 시각 자료가 포함된 글을 읽을 때는 '이미지 정보'도 함께 처리한다. ⁴이 두 정보들은 서로 참조되면서 연결되어 독자가 글 내용을 이해하는 데 상호 보완적으로 기여한다.
시각 자료는 문자 외에 또 다른 학습 단서가 되는데, 독자는 시각 자료가 포함된 글을 읽을 때 이미지 정보도 함께 처리한다. 문자 정보와 이미지 정보는 서로 참조되면서 연결되어 글 내용을 이해하는 데 상호 보완적으로 기여하므로, ㉠의 상황에서 문자로만 구성된 글보다 시각 자료가 포함된 글의 내용을 이해하기가 쉬웠다면 이미지 정보가 단서가 되었을 것이라고 볼 수 있다.

④ 글에서 설명하는 개념과 시각 자료의 관련성을 따지고 시각 자료의 적절성을 판단할 필요가 있다.
근거: **3** ¹²글 내용과 관련된 시각 자료를 포함한 글을 읽을 때(㉠), 독자는 글의 내용과 시각 자료의 관계를 살피고 시각 자료로 강조된 중요한 정보를 파악해야 한다. ¹³또한 시각 자료가 설명 대상이나 개념을 적절하게 표현하는지, 글에서 효과적으로 쓰이는지를 판단해야 한다.
독자는 글을 읽을 때 글의 내용과 시각 자료의 관계를 살피고 시각 자료가 설명 대상이나 개념을 적절하게 표현하는지 판단해야 한다.

3. 〈보기〉는 학생이 쓴 독서 일지의 일부이다. 윗글을 바탕으로 〈보기〉를 설명한 내용으로 가장 적절한 것은? [3점]

〈보기〉

[1]'이집트의 기록 문화'라는 제목의 글을 읽었다. [2]제목 옆에 비행기 그림이 있었다.(장식적 시각 자료) [3]글은 "파피루스 줄기를 잘라, 줄기를 가로세로로 겹치고 서로 붙여 종이를 만들었다."라는 내용만 있어서 이해하기 어려웠다. [4]글 속에 있는 그림을 보니, 그림 1에서 파피루스 줄기를 같은 길이로 길고 얇게 자른다는 것(설명적 시각 자료)을, 그림 2에서 그것들을 가로세로로 겹치고 서로 붙여 종이를 만든다는 것(예시적 시각 자료)을 알 수 있었다. [5]그림 3은 이집트 상형 문자가 벽에 새겨진 모습(보충적 시각 자료)을 담고 있었다.

✔ 정답풀이

② 그림 1은 글 내용을 시각화해 보여 주면서 글 내용도 보완해 주는 설명적 시각 자료이다.

> 근거: **2** [8]설명적 시각 자료는 글 내용을 시각화하여 제시하는 목적에 더하여 글에서 다룬 내용을 보완하는 목적으로 쓰인다. + 〈보기〉[3]글은 "파피루스 줄기를 잘라, 줄기를 가로세로로 겹치고 서로 붙여 종이를 만들었다."라는 내용만 있어서 이해하기 어려웠다. [4]글 속에 있는 그림을 보니. 그림 1에서 파피루스 줄기를 같은 길이로 길고 얇게 자른다는 것을~알 수 있었다.
>
> 〈보기〉의 글은 "파피루스 줄기를 잘라, 줄기를 가로세로로 겹치고 서로 붙여 종이를 만들었다."라는 내용을 담고 있는데, 그림 1을 통해 파피루스 줄기를 자를 때에는 같은 길이로 길고 얇게 자른다는 것을 알 수 있다. 따라서 그림 1은 글 내용을 시각화해 보여 주면서 글 내용도 보완해 주는 설명적 시각 자료이다.

✖ 오답풀이

① 비행기 그림은 글 내용을 시각적으로 보여 주는 예시적 시각 자료이다.

> 근거: **2** [7]예시적 시각 자료는 글 내용을 시각화하여 보여 주는 데 목적이 있다. + 〈보기〉[2]제목 옆에 비행기 그림이 있었다. [3]글은 "파피루스 줄기를 잘라, 줄기를 가로세로로 겹치고 서로 붙여 종이를 만들었다."라는 내용만 있어서 이해하기 어려웠다.
>
> 〈보기〉의 글은 "파피루스 줄기를 잘라, 줄기를 가로세로로 겹치고 서로 붙여 종이를 만들었다."라는 내용을 담고 있고, 비행기 그림은 글 내용과 관련이 없으므로 글 내용을 시각화하여 보여 주는 예시적 시각 자료가 아니다.

③ 그림 2는 글에서 다루지 않은 내용을 보여 주는 보충적 시각 자료이다.

> 근거: **2** [9]보충적 시각 자료는 글의 주제와 관련이 있지만 글에서 다루어지지 않은 내용을 추가하여 보충하는 목적으로 쓰인다. + 〈보기〉[3]글은 "파피루스 줄기를 잘라, 줄기를 가로세로로 겹치고 서로 붙여 종이를 만들었다."라는 내용만 있어서 이해하기 어려웠다. [4]그림 2에서 그것들을 가로세로로 겹치고 서로 붙여 종이를 만든다는 것을 알 수 있었다.
>
> 〈보기〉의 글은 "파피루스 줄기를 잘라, 줄기를 가로세로로 겹치고 서로 붙여 종이를 만들었다."라는 내용을 담고 있고, 그림 2는 파피루스 줄기들을 가로세로로 겹치고 서로 붙여 종이를 만들었다는 글의 내용을 시각화하여 보여 주고 있으므로, 글에서 다루지 않은 내용을 보여 주는 보충적 시각 자료가 아니다.

④ 그림 3은 글 내용에 있는 설명 대상을 표현하여 글의 주제와의 관계를 보여 주고 있다.

> 근거: 〈보기〉[1]'이집트의 기록 문화'라는 제목의 글을 읽었다. [3]글은 "파피루스 줄기를 잘라, 줄기를 가로세로로 겹치고 서로 붙여 종이를 만들었다."라는 내용만 있어서 이해하기 어려웠다. [5]그림 3은 이집트 상형 문자가 벽에 새겨진 모습을 담고 있었다.
>
> 〈보기〉에서 '이집트의 기록 문화'라는 제목의 글을 읽었다고 하였으므로, 그림 3은 이집트 상형 문자가 벽에 새겨진 모습을 담고 있어 글의 주제와 관련이 있다고 볼 수 있다. 그러나 글에는 파피루스 종이에 관한 내용만 있으므로, 그림 3은 글에서 다루어지지 않은 내용을 보여 주는 보충적 시각 자료라고 볼 수 있다.

⑤ 그림 2와 3은 글에서 다룬 내용을 보완하여 글의 범위를 확장하고 있다.

> 근거: **2** [9]보충적 시각 자료는 글의 주제와 관련이 있지만 글에서 다루어지지 않은 내용을 추가하여 보충하는 목적으로 쓰인다. [10]이에 따라 보충적 시각 자료는 글 내용의 범위를 확장하는 특징이 있다. + 〈보기〉[3]글은 "파피루스 줄기를 잘라, 줄기를 가로세로로 겹치고 서로 붙여 종이를 만들었다."라는 내용만 있어서 이해하기 어려웠다. [4]그림 2에서 그것들을 가로세로로 겹치고 서로 붙여 종이를 만든다는 것을 알 수 있었다. [5]그림 3은 이집트 상형 문자가 벽에 새겨진 모습을 담고 있었다.
>
> 〈보기〉의 그림 2는 글에서 다룬 내용을 시각화한 예시적 시각 자료일 뿐 글의 범위를 확장하는 보충적 시각 자료가 아니다. 한편 그림 3은 글의 주제와 관련되지만 글에서 다루지 '않은' 내용을 추가하여 보완함으로써 글의 범위를 확장했다고 볼 수 있다.

[1~3] 다음 글을 읽고 물음에 답하시오.

✏ 사고의 흐름

❶ ¹여러 글에서 다양한 정보를 종합하며 읽는 능력은 많은 정보가 산재해 있는 디지털 환경에서 더욱 중요해졌다. ²궁금증 해소나 글쓰기 등 문제 해결을 위한 목적으로 글 읽기를 할 때에 한 편의 글에 원하는 정보가 충분하지 않다면, 여러 글을 읽으며 이를 해결할 수 있다. _{디지털 환경에서 다양한 정보를 종합하며 읽는 능력의 중요성에 대해 제시하고 있어. 앞으로 이어질 내용에서 문제 해결을 위한 목적으로 여러 글을 읽을 때, 다양한 정보를 종합하며 읽는 방법에 대해서 설명하겠지?}

❷ ³독자는 ⓐ<u>우선 문제 해결에 도움이 되는 글들을 찾아야</u> 한다. ⁴읽을 글을 선정할 때에는 믿을 만한 글인지와 읽기 목적과 관련이 있는 글인지를 평가하는 것이 중요하다. ⁵ⓐ<u>신뢰성 평가</u>는 글의 저자, 생산 기관, 출판 시기 등 출처에 관한 정보를 확인하여 그 글이 믿을 만한지 판단하는 것이다. ⁶ⓑ<u>관련성 평가</u>는 글의 내용에 읽기 목적과 부합하는* 정보가 있는지 판단하는 것인데, 이를 위해서는 읽기 목적을 지속적으로 떠올리며 평가해 가야 한다. _{독자는 문제 해결에 도움이 될 만한 글을 선정할 때, '믿을 만한 글인지(신뢰성 평가)'와 '읽기 목적과 관련이 있는 글인지(관련성 평가)'를 평가하는 것이 중요하다고 하였는데 정리하면 다음과 같아.}

믿을 만한 글인지 (신뢰성 평가)	읽기 목적과 관련이 있는 글인지 (관련성 평가)
글의 저자, 생산 기관, 출판 시기 등 출처에 관한 정보 확인	글의 내용에 읽기 목적과 부합하는 정보가 있는지 확인

❸ ⁷문제를 해결하기에 적절한 글들을 선정했다면, 다음으로는 ⓒ<u>읽기 목적에 맞게 글을 읽어야</u> 한다. ⁸이때 글의 정보는 독자가 이해한 의미로 재구성되고 이 과정에서 독자는 선택하기, 연결하기, 조직하기 전략을 활용한다. ⁹이들 세 전략은 꼭 순서대로 사용하는 것은 아니며 반복해서 활용할 수 있다. _{독자가 읽기 목적에 맞게 글을 읽을 때 1) 선택하기 2) 연결하기 3) 조직하기의 세 가지 전략을 활용할 수 있으며, 순서대로 사용할 필요 없이 반복해서 활용할 수 있다고 하네. 이어서 세 가지 전략에 대해 설명해 주겠지?}

❹ ¹⁰<u>선택하기</u>란 읽은 글에서 필요한 정보를 추출하는* 전략이다. ¹¹<u>연결하기</u>란 읽은 글들에서 추출한 정보들을 정교화하며* 연결하여, 읽은 글에서는 나타나지 않던 의미를 구성하거나 심화된 의미로 나아가는 전략이다. ¹²글의 정보를 재구조화하는 것은 <u>조직하기</u>라고 한다. ¹³(예를 들어) 시간의 순서에 따른 글과 정보 나열의 글을 읽고, 읽은 글의 구조와는 다른 비교·대조의 구조로 의미를 구성할 수 있다. _{사례를 적용하여 '조직하기'에 대해 구체적으로 설명할 거야.} 독자가 읽기 목적에 맞게 글을 읽는 세 가지 전략을 정리하면 다음과 같아.

선택하기	연결하기	조직하기
읽은 글에서 필요한 정보를 추출	추출한 정보들을 정교화하며 연결하여 나타나지 않던 의미를 구성하거나 심화된 의미로 나아감	글의 정보를 재구조화 (시간 순서에 따른 글, 정보 나열의 글 → 비교·대조의 구조로 의미 구성)

❺ ¹⁴이러한 전략(선택하기, 연결하기, 조직하기)을 적극적으로 활용하면, 정보의 홍수 속에서 유용한 정보를 찾아 삶의 여러 문제를 해결하는 데에도 도움이 될 것이다. _{앞서 설명한 글을 읽는 세 가지 전략의 의의가 제시되면서 글이 마무리되고 있네.}

이것만은 챙기자

* **＊부합하다:** 사물이나 현상이 서로 꼭 들어맞다.
* **＊추출하다:** 전체 속에서 어떤 물건, 생각, 요소 따위를 뽑아내다.
* **＊정교화하다:** 내용이나 구성 따위를 정확하고 치밀하게 하다.

🔍 핵심 분석

* 여러 글에서 다양한 정보를 종합하며 읽는 능력 → 많은 정보가 있는 디지털 환경에서 더욱 중요해짐
  1. 읽을 글 선정하기
     (1) 믿을 만한 글인지(신뢰성 평가): 글의 저자, 생산 기관, 출판 시기 등 출처에 관한 정보 확인
     (2) 읽기 목적과 관련이 있는 글인지(관련성 평가): 글의 내용에 읽기 목적과 부합하는 정보가 있는지 판단
  2. 읽기 목적에 맞게 글 읽기
     (1) 선택하기: 읽은 글에서 필요한 정보를 추출하기
     (2) 연결하기: 추출한 정보들을 정교화하며 연결하여 나타나지 않던 의미를 구성하거나 심화된 의미로 나아가기
     (3) 조직하기: 글의 정보를 재구조화하기(ex. 시간 순서에 따른 글, 정보 나열의 글 → 비교·대조 구조로 의미 재구조화)

>> 각 문단을 요약하고 지문을 **세 부분**으로 나누어 보세요.

1 문제 해결을 위한 글 읽기를 할 때 한 편의 글에 정보가 충분하지 않다면 **여러 글**을 읽으며 문제를 해결할 수 있다. ··· 첫 번째 **1**¹~**1**²

2 읽을 글을 선정할 때는 **신뢰성** 평가를 통해 믿을 만한 글인지를, **관련성** 평가를 통해 읽기 목적과 관련이 있는 글인지를 평가하는 것이 중요하다.

3 글을 선정한 후에는 읽기 **목적**에 맞게 글을 읽어야 하는데, 이 과정에서 독자는 선택하기, 연결하기, 조직하기 전략을 활용한다. ··· 두 번째 **3**³~**4**¹³

4 선택하기는 필요한 정보를 추출하고, 연결하기는 추출한 정보를 연결하여 새롭거나 심화된 **의미**로 나아가며, 조직하기는 글의 정보를 **재구조화**하는 전략이다.

5 이러한 전략의 활용은 유용한 **정보**를 찾아 삶의 문제를 해결하는 데에도 도움이 된다. ··· 세 번째 **5**¹⁴

③ 궁금증을 해소하기 위한 읽기에서 글의 의미를 재구성하는 전략이 사용될 수 있다.

근거: **1** ²궁금증 해소나 글쓰기 등 문제 해결을 위한 목적으로 글 읽기를 할 때에 한 편의 글에 원하는 정보가 충분하지 않다면, 여러 글을 읽으며 이를 해결할 수 있다. + **3** ⁷문제를 해결하기에 적절한 글들을 선정했다면, 다음으로는 읽기 목적에 맞게 글을 읽어야 한다. ⁸이때 글의 정보는 독자가 이해한 의미로 재구성되고 이 과정에서 독자는 선택하기, 연결하기, 조직하기 전략을 활용한다.

④ 여러 글에서 필요한 정보를 추출하는 과정은 문제를 해결하기 위한 읽기 목적과 관련된다.

근거: **4** ¹⁰선택하기란 읽은 글에서 필요한 정보를 추출하는 전략이다. + **5** ¹⁴이러한 전략을 적극적으로 활용하면, 정보의 홍수 속에서 유용한 정보를 찾아 삶의 여러 문제를 해결하는 데에도 도움이 될 것이다.

| 세부 내용 추론 | 정답률 **98**

2. ㉠, ㉡에 대한 설명으로 가장 적절한 것은?

㉠: 신뢰성 평가
㉡: 관련성 평가

✔ 정답풀이

② 읽을 글을 선정하기 위해 출판사의 공신력을 따지는 것은 ㉠을 고려한 것이다.

근거: **2** ⁵신뢰성 평가(㉠)는 글의 저자, 생산 기관, 출판 시기 등 출처에 관한 정보를 확인하여 그 글이 믿을 만한지 판단하는 것이다. ⁶관련성 평가(㉡)는 글의 내용에 읽기 목적과 부합하는 정보가 있는지 판단하는 것인데, 이를 위해서는 읽기 목적을 지속적으로 떠올리며 평가해 가야 한다.
출판사의 공신력을 따지는 것은 글의 생산 기관에 관한 정보를 확인하고 판단하여 평가하는 것이므로, ㉠에 해당한다.

| 세부 정보 파악 | 정답률 **97**

1. 윗글의 내용과 일치하지 <u>않는</u> 것은?

✔ 정답풀이

⑤ 필요한 정보를 한 편의 글에서 얻지 못할 때는 다른 글을 찾기보다 그 글을 반복해서 읽는다.

근거: **1** ²궁금증 해소나 글쓰기 등 문제 해결을 위한 목적으로 글 읽기를 할 때에 한 편의 글에 원하는 정보가 충분하지 않다면, 여러 글을 읽으며 이를 해결할 수 있다.
문제 해결을 위한 목적으로 글 읽기를 할 때, 한 편의 글에 원하는 정보가 충분하지 않다면 여러 글을 읽으며 이를 해결할 수 있다고 하였으므로, 다른 글을 찾기보다 그 글을 반복해서 읽는다는 설명은 윗글의 내용과 일치하지 않는다.

✘ 오답풀이

① 글을 선정하는 과정에서 글을 평가하는 것은 중요하다.

근거: **2** ³독자는 우선 문제 해결에 도움이 되는 글들을 찾아야 한다. ⁴읽을 글을 선정할 때에는 믿을 만한 글인지와 읽기 목적과 관련이 있는 글인지를 평가하는 것이 중요하다.

② 여러 글 읽기에서 정보를 연결하는 것은 문제 해결에 유용한 방법이 될 수 있다.

근거: **4** ¹¹연결하기란 읽은 글들에서 추출한 정보들을 정교화하며 연결하여, 읽은 글에서는 나타나지 않던 의미를 구성하거나 심화된 의미로 나아가는 전략이다. + **5** ¹⁴이러한 전략을 적극적으로 활용하면, 정보의 홍수 속에서 유용한 정보를 찾아 삶의 여러 문제를 해결하는 데에도 도움이 될 것이다.

✘ 오답풀이

① 글 내용이 수행 과제와 관련 있는지 평가하는 것은 ㉠에 해당한다.

근거: **2** ⁶관련성 평가(㉡)는 글의 내용에 읽기 목적과 부합하는 정보가 있는지 판단하는 것인데, 이를 위해서는 읽기 목적을 지속적으로 떠올리며 평가해 가야 한다.
글 내용이 수행 과제와 관련 있는지 평가하는 것은 글의 내용에 읽기 목적과 부합하는 정보가 있는지 판단하여 평가하는 것이므로 ㉡에 해당한다.

③ ㉡에서는 글이 언제 작성되었는지를 중심으로 판단해야 한다.

근거: **2** ⁵신뢰성 평가(㉠)는 글의 저자, 생산 기관, 출판 시기 등 출처에 관한 정보를 확인하여 그 글이 믿을 만한지 판단하는 것이다.
글이 언제 작성되었는지를 중심으로 판단하는 것은 출판 시기에 관한 정보를 확인하고 판단하여 평가하는 것이므로 ㉠에 해당한다.

④ 정보가 산재해 있는 디지털 환경에서는 ㉠의 필요성이 사라지고 ㉡에 대한 요청이 증가한다.

근거: **1** [1]여러 글에서 다양한 정보를 종합하며 읽는 능력은 많은 정보가 산재해 있는 디지털 환경에서 더욱 중요해졌다. + **2** [3]독자는 우선 문제 해결에 도움이 되는 글들을 찾아야 한다. [4]읽을 글을 선정할 때에는 믿을 만한 글인지와 읽기 목적과 관련이 있는 글인지를 평가하는 것이 중요하다. [5]신뢰성 평가(㉠)는 글의 저자, 생산 기관, 출판 시기 등 출처에 관한 정보를 확인하여 그 글이 믿을 만한지 판단하는 것이다. [6]관련성 평가(㉡)는 글의 내용에 읽기 목적과 부합하는 정보가 있는지 판단하는 것인데, 이를 위해서는 읽기 목적을 지속적으로 떠올리며 평가해 가야 한다.

정보가 산재해 있는 디지털 환경에서 독자는 읽을 글을 선정할 때 믿을 만한 글인지(신뢰성)와 읽기 목적과 관련이 있는 글인지(관련성)를 평가하는 것이 중요하다고 하였다. 따라서 ㉠의 필요성이 더욱 커진다고 볼 수 있으며, ㉠, ㉡에 대한 요청은 모두 증가할 것이다.

⑤ 글 내용에 목적에 맞는 정보가 있는지 확인하는 것은 ㉠에, 저자의 경력 정보를 확인하는 것은 ㉡에 관련된다.

근거: **2** [5]신뢰성 평가(㉠)는 글의 저자, 생산 기관, 출판 시기 등 출처에 관한 정보를 확인하여 그 글이 믿을 만한지 판단하는 것이다. [6]관련성 평가(㉡)는 글의 내용에 읽기 목적과 부합하는 정보가 있는지 판단하는 것인데, 이를 위해서는 읽기 목적을 지속적으로 떠올리며 평가해 가야 한다.

글 내용에 목적에 맞는 정보가 있는지 확인하는 것은 글의 내용에 읽기 목적과 부합하는 정보가 있는지 판단하여 평가하는 것이므로 ㉡에 해당한다. 또한 저자의 경력 정보를 확인하는 것은 글의 출처에 관한 정보를 확인하고 판단하여 평가하는 것이므로 ㉠에 해당한다.

| 구체적 상황에 적용 | 정답률 **94**

3. 다음은 여러 글 읽기를 수행한 학생의 독서록이다. 윗글을 참고하여 ⓐ~ⓔ에 대해 이해한 내용으로 적절하지 _않은_ 것은?

[3점]

동물이 그린 그림의 판매에 대한 궁금증이 생겼다. 동물의 행동 사례를 열거하여 소개한 〈동물은 예술가〉라는 글에서 ⓐ'동물의 그림도 예술 상품이 될 수 있다'는 정보를 얻을 수 있었다. 이어서 동물에게의 유산 상속이 성공한 사례와 실패한 경우를 비교 · 대조한 〈동물에게 상속할 수 있는가〉라는 글을 읽으며 ⓑ'동물도 재산상의 권리를 가질 수 있다'는 정보를 찾을 수 있었다. 그리고 ⓒ이 정보를 〈동물은 예술가〉에서 추출한 정보와 연결하여 '동물의 그림에도 저작권이 있겠다'는 새로운 의미를 떠올렸다. 동물이 저작권을 가질 수 있는지 알기 위해, 저작권의 개념을 시대순으로 정리한 〈저작권의 역사〉라는 글을 읽고 저작권의 의의를 이해하여 동물도 저작권을 가질 수 있다고 판단하였다. 이를 바탕으로 ⓓ세 글의 정보를 종합하여 '동물 저작권의 성립 요건'에 관해 인과 관계 구조로 정리하였다. 그러면서 동물이 소유권의 주체가 될 수 있는지에 대한 이해가 더 필요하여 〈동물에게 상속할 수 있는가〉에서 ⓔ'동물 소유권에 관한 다양한 논의'에 대한 정보를 추출하였다.

◉ 정답풀이

② ⓑ: 〈동물에게 상속할 수 있는가〉를 읽으며 연결하기 전략에 앞서 조직하기 전략을 활용했겠군.

근거: **4** [10]선택하기란 읽은 글에서 필요한 정보를 추출하는 전략이다. [11]연결하기란 읽은 글들에서 추출한 정보들을 정교화하며 연결하여, 읽은 글에서는 나타나지 않던 의미를 구성하거나 심화된 의미로 나아가는 전략이다.

ⓑ에서 〈동물에게 상속할 수 있는가〉라는 글을 읽고 '동물도 재산상의 권리를 가질 수 있다'는 정보를 추출하였고, ⓒ에서 이 정보를 ⓐ에서 추출한 정보와 연결하여 '동물의 그림에도 저작권이 있겠다'는 새로운 의미를 떠올렸다. 즉, ⓑ에서는 연결하기 전략에 앞서 '읽은 글에서 필요한 정보를 추출하는' 선택하기 전략을 활용했다.

◉ 오답풀이

① ⓐ: 〈동물은 예술가〉를 읽으며 선택하기 전략을 활용했겠군.

근거: **4** [10]선택하기란 읽은 글에서 필요한 정보를 추출하는 전략이다. ⓐ에서는 〈동물은 예술가〉라는 글을 읽고 '동물의 그림도 예술 상품이 될 수 있다'라는 정보를 추출하였으므로 선택하기 전략을 활용했다.

③ ⓒ: 〈동물은 예술가〉와 〈동물에게 상속할 수 있는가〉를 읽으며 선택한 정보들로 연결하기 전략을 활용했겠군.

근거: **4** [11]연결하기란 읽은 글들에서 추출한 정보들을 정교화하며 연결하여, 읽은 글에서는 나타나지 않던 의미를 구성하거나 심화된 의미로 나아가는 전략이다. ⓒ에서는 ⓐ와 ⓑ에서 추출한 정보를 연결하여 '동물의 그림에도 저작권이 있겠다'는 새로운 의미를 구성했으므로 선택한 정보들로 연결하기 전략을 활용했다.

④ ⓓ: 새로운 구조로 정리하여 의미를 구성하기 위해 조직하기 전략을 활용했겠군.

근거: **4** [12]글의 정보를 재구조화하는 것은 조직하기라고 한다. [13]예를 들어, 시간의 순서에 따른 글과 정보 나열의 글을 읽고, 읽은 글의 구조와는 다른 비교 · 대조의 구조로 의미를 구성할 수 있다. ⓓ에서는 〈동물은 예술가〉, 〈동물에게 상속할 수 있는가〉, 〈저작권의 역사〉에서 얻은 정보를 '동물 저작권의 성립 요건'과 연관지어 인과 관계 구조로 재구조화했으므로 의미를 구성하기 위해 조직하기 전략을 활용했다.

⑤ ⓔ: 〈동물에게 상속할 수 있는가〉를 읽으며 선택하기 전략을 다시 활용했겠군.

근거: **4** [10]선택하기란 읽은 글에서 필요한 정보를 추출하는 전략이다. ⓔ에서는 〈동물에게 상속할 수 있는가〉라는 글에서 '동물 소유권에 관한 다양한 논의'에 대한 정보를 추출하였으므로 선택하기 전략을 다시 활용했다.

[1~3] 다음 글을 읽고 물음에 답하시오.

✏ 사고의 흐름

❶ ¹독서는 독자가 목표한 결과에 도달하기 위해 글을 읽고 의미를 구성하는 인지 행위이다. ²성공적인 독서를 위해서는 초인지가 중요하다. ³독서에서의 초인지는 독자가 자신의 독서 행위에 대해 인지하는 것으로서 자신의 독서 과정을 점검하고 조정하는 역할을 한다.
독서에 대한 개념과 독서에서의 초인지에 대해 제시하고 있어. 앞으로 이어질 내용에서 독서 과정을 점검하고 조정하는 역할을 하는 초인지에 대해서 설명하겠지?

❷ ⁴초인지는 글을 읽기 시작한 후 지속적으로 이루어지는 점검 과정에 동원*된다. 앞에서 언급했듯이 첫 번째로, 독서 전략 점검 과정에 동원되는 초인지에 대해서 설명할 거야. ⁵독자는 가장 적절하다고 판단한 독서 전략을 사용하여 독서를 진행하는데, 그 전략이 효과적이고 문제가 없는지를 평가하며 점검한다. ⁶효과적이지 않거나 문제가 있다고 판단하면 이를 해결해야 한다. ⁷문제가 무엇인지 분명하지 않은 경우에는 독서 중에 떠오르는 생각
[A] 들을 살펴보고 그중 독서의 진행을 방해하는 생각들을 분류해 보는 방법으로 문제점이 무엇인지 파악할 수 있다. ⁸독서가 중단 없이 이어지는 상태이지만 문제가 발생한 것을 독자 자신이 인지하지 못하는 경우도 있다. ⁹의도한 목표에 부합하지 않는 방법으로 읽기를 진행하거나 자신이 이해한 정도를 판단하지 못하는 예가 그것이다. ¹⁰문제 발생 여부의 점검을 위해서는 독서 진행 중간중간에 이해한 내용을 정리하는 방법을 사용할 수 있다. 독서 전략 점검 과정에서 독서 전략에 생긴 '문제가 무엇인지 분명하지 않은 경우'와 독서 전략에 '문제가 발생한 것을 독자 자신이 인지하지 못하는 경우'를 정리하면 다음과 같아.

문제가 무엇인지 분명하지 않은 경우	문제가 발생한 것을 독자 자신이 인지하지 못하는 경우
- 독서 중에 떠오르는 생각들 살펴보기 - 독서 진행을 방해하는 생각들 분류하기 ⇒ 문제점 파악	- 의도한 목표에 부합하지 않는 방법으로 읽기 진행 - 자신이 이해한 정도를 판단하지 못함 ⇒ 독서 진행 중간중간 이해한 내용 정리하기(문제 발생 여부 점검 가능)

❸ ¹¹초인지는 문제를 해결하기 위해 독서 전략을 조정하는 과정에도 동원된다. 두 번째로, 독서 전략 조정 과정에 동원되는 초인지에 대해서 설명할 거야. ¹²독서 목표를 고려하여, 독자는 ㉠지금 사용하고 있는 전략을 계속 사용할 것인지를 판단해야 한다. ¹³또 ㉡문제 해결을 위한 다른 전략에는 무엇이 있는지, ㉢각 전략의 특징과 사용 절차, 조건 등은 무엇인지 알아야 한다. ¹⁴또한 독자 자신이 사용할 수 있는 전략이 무엇인지, ㉣전략들의 적절한 적용 순서가 무엇인지, ㉤현재의 상황에서 최적의 전략이 무엇인지 판단하여 새로운 전략을 선택한다. ¹⁵선택한 전략을 수행하는 과정에서 독자는 초인지를 활용하여 점검과 조정을 되풀이하며 능동적*으로 의미를 구성해 간다. 독서 전략의 조정 과정을 정리하면 다음과 같아.

독서 전략의 조정 과정

① 지금 사용하고 있는 전략을 계속 사용할 것인지
② 문제 해결을 위한 다른 전략에는 무엇이 있는지
③ 각 전략의 특징과 사용 절차, 조건 등은 무엇인지
④ 자신이 사용할 수 있는 전략은 무엇인지
⑤ 전략들의 적절한 적용 순서가 무엇인지
⑥ 현재의 상황에서 최적의 전략이 무엇인지
⇒ ①~⑥에 대해 판단하여 새로운 전략 선택

이것만은 챙기자

*동원: 어떤 목적을 달성하고자 사람을 모으거나 물건, 수단, 방법 따위를 집중함.
*능동적: 다른 것에 이끌리지 아니하고 스스로 일으키거나 움직이는 것.

🔍 **핵심 분석**

- 독서
  - 정의: 독자가 목표한 결과에 도달하기 위해 글을 읽고 의미를 구성하는 인지 행위 → 초인지가 중요함
- 독서에서의 초인지
  - 정의: 독자가 자신의 독서 행위에 대해 인지하는 것
  - 독서 과정을 점검하고 조정하는 역할을 함
1. 독서 전략 점검 과정에 동원되는 초인지
   (1) 문제가 무엇인지 분명하지 않은 경우: ① 독서 중에 떠오르는 생각들 살펴보기, ② 독서 진행을 방해하는 생각들 분류하기 ⇒ 문제점 파악
   (2) 문제가 발생한 것을 독자 자신이 인지하지 못하는 경우: 의도한 목표에 부합하지 않는 방법으로 읽기를 진행하거나 자신이 이해한 정도를 파악하지 못하는 경우 ⇒ 독서 진행 중간중간 이해한 내용 정리하기
2. 독서 전략 조정 과정에 동원되는 초인지
   - 독서 전략의 조정 과정
     (1) 지금 사용하고 있는 전략을 계속 사용할 것인지, (2) 문제 해결을 위한 다른 전략에는 무엇이 있는지, (3) 각 전략의 특징과 사용 절차, 조건 등은 무엇인지, (4) 사용할 수 있는 전략은 무엇인지, (5) 전략들의 적절한 적용 순서가 무엇인지, (6) 현재의 상황에서 최적의 전략이 무엇인지 ⇒ 판단하여 새로운 전략 선택
   - 선택한 전략을 수행하는 과정에서 독자는 초인지를 활용하여 점검과 조정을 되풀이함 ⇒ 능동적으로 의미를 구성해 감

>> 각 문단을 요약하고 지문을 **세 부분**으로 나누어 보세요.

1 성공적인 독서를 위해서는 자신의 독서 과정을 점검하고 조정하는 초인지가 중요하다.	첫 번째 **1**¹~**1**³
2 초인지는 독자의 독서 전략이 효과적이고 문제가 없는지 평가하고 점검하는 데 동원된다.	두 번째 **2**⁴~**2**¹⁰
3 초인지는 문제 해결을 위해 독서 전략을 조정하는 과정에도 동원되며, 독자는 초인지를 활용한 점검과 조정을 되풀이하며 의미를 구성한다.	세 번째 **3**¹¹~**3**¹⁵

| 세부 정보 파악 | 정답률 **97**

1. 윗글을 이해한 내용으로 적절하지 <u>않은</u> 것은?

⊙ 정답풀이

⑤ 독서 문제를 해결하기 위해 새로 선택한 전략은 점검과 조정의 대상에서 제외할 필요가 있다.

> 근거: **3** ¹¹초인지는 문제를 해결하기 위해 독서 전략을 조정하는 과정에도 동원된다. ¹⁵선택한 전략을 수행하는 과정에서 독자는 초인지를 활용하여 점검과 조정을 되풀이하며 능동적으로 의미를 구성해 간다.
> 독서 문제를 해결하기 위해 현재의 상황에서 최적의 전략이 무엇인지 판단하여 새로 선택한 전략을 수행하는 과정에서 독자는 초인지를 활용하여 점검과 조정을 되풀이하며 능동적으로 의미를 구성해 간다고 하였다. 따라서 독서 문제를 해결하기 위해 새로 선택한 전략을 점검과 조정의 대상에서 제외할 필요가 있다는 내용은 적절하지 않다.

⊗ 오답풀이

① 독서 전략을 선택할 때 독서의 목표를 고려할 필요가 있다.
> 근거: **3** ¹²독서 목표를 고려하여, 독자는 지금 사용하고 있는 전략을 계속 사용할 것인지를 판단해야 한다.

② 독서 전략의 선택을 위해 개별 전략들에 대한 지식이 필요하다.
> 근거: **3** ¹³또 문제 해결을 위한 다른 전략에는 무엇이 있는지, 각 전략의 특징과 사용 절차, 조건 등은 무엇인지 알아야 한다.

③ 독서 목표의 달성을 위해 독자는 자신의 독서 행위에 대해 인지해야 한다.
> 근거: **1** ¹독서는 독자가 목표한 결과에 도달하기 위해 글을 읽고 의미를 구성하는 인지 행위이다. ³독서에서의 초인지는 독자가 자신의 독서 행위에 대해 인지하는 것으로서 지신의 독서 과정을 점검하고 조정하는 역할을 한다.

④ 독서 문제의 해결을 위해 독자는 자신이 사용할 수 있는 전략이 무엇인지 알아야 한다.
> 근거: **3** ¹¹초인지는 문제를 해결하기 위해 독서 전략을 조정하는 과정에도 동원된다. ¹⁴또한 독자 자신이 사용할 수 있는 전략이 무엇인지, 전략들의 적절한 적용 순서가 무엇인지, 현재의 상황에서 최적의 전략이 무엇인지 판단하여 새로운 전략을 선택한다.

| 세부 내용 추론 | 정답률 **94**

2. [A]에서 알 수 있는 내용으로 가장 적절한 것은?

⊙ 정답풀이

③ 독서 진행에 문제가 없어 보이더라도 목표에 부합하지 않는 독서가 이루어지는 경우가 있다.

> 근거: **2** ⁸독서가 중단 없이 이어지는 상태이지만 문제가 발생한 것을 독자 자신이 인지하지 못하는 경우도 있다. ⁹의도한 목표에 부합하지 않는 방법으로 읽기를 진행하거나 자신이 이해한 정도를 판단하지 못하는 예가 그것이다.

⊗ 오답풀이

① 독서 진행 중 이해한 내용을 정리하는 것은 독자 스스로 독서 진행의 문제를 점검하는 데에 적합하지 않다.
> 근거: **2** ¹⁰문제 발생 여부의 점검을 위해서는 독서 진행 중간중간에 이해한 내용을 정리하는 방법을 사용할 수 있다.

② 독서 진행 중 독자가 자신이 얼마나 이해하고 있는지 파악하지 못할 때에는 점검을 잠시 보류해야 한다.
> 근거: **2** ⁸독서가 중단 없이 이어지는 상태이지만 문제가 발생한 것을 독자 자신이 인지하지 못하는 경우도 있다. ¹⁰문제 발생 여부의 점검을 위해서는 독서 진행 중간중간에 이해한 내용을 정리하는 방법을 사용할 수 있다.

④ 독서 중에 떠오르는 생각을 분류하는 것은 독서 문제의 발생을 막는다.
> 근거: **2** ⁷문제가 무엇인지 분명하지 않은 경우에는 독서 중에 떠오르는 생각들을 살펴보고 그중 독서의 진행을 방해하는 생각들을 분류해 보는 방법으로 문제점이 무엇인지 파악할 수 있다.
> [A]에서 독서 점검 과정에서 문제가 무엇인지 분명하지 않은 경우에는 독서 중에 떠오르는 생각들을 살펴보고 그중 독서의 진행을 방해하는 생각들을 분류해 보는 방법으로 문제점이 무엇인지 파악할 수 있다고 하였다. 이를 통해 독서 중에 떠오르는 생각을 분류하는 것은 독서 문제의 발생을 막는 것이 아니라, 독서 과정에서 발생한 문제점이 무엇인지 파악하는 방법임을 알 수 있다.

⑤ 독서가 멈추지 않고 진행될 때에는 초인지의 역할이 필요 없다.
> 근거: **1** ³독서에서의 초인지는 독자가 자신의 독서 행위에 대해 인지하는 것으로서 자신의 독서 과정을 점검하고 조정하는 역할을 한다. + **2** ⁸독서가 중단 없이 이어지는 상태이지만 문제가 발생한 것을 독자 자신이 인지하지 못하는 경우도 있다. ¹⁰문제 발생 여부의 점검을 위해서는 독서 진행 중간중간에 이해한 내용을 정리하는 방법을 사용할 수 있다.
> [A]에서 독서가 중단 없이 이어지는 상태이지만 문제가 발생한 것을 독자 자신이 인지하지 못하는 경우도 있고, 문제 발생 여부의 점검을 위해서는 독서 진행 중간중간에 이해한 내용을 정리하는 방법을 사용할 수 있다고 하였으므로, 독서가 멈추지 않고 진행될 때에도 독자가 자신의 독서 행위에 대해 인지할 수 있는 초인지의 역할이 필요함을 알 수 있다.

3. 〈보기〉는 윗글을 읽은 학생이 독서 중 떠올린 생각이다. ㉠~㉤과 관련하여 ⓐ~ⓔ를 설명한 내용으로 적절하지 않은 것은? [3점]

> ㉠: 지금 사용하고 있는 전략을 계속 사용할 것인지
> ㉡: 문제 해결을 위한 다른 전략에는 무엇이 있는지
> ㉢: 각 전략의 특징과 사용 절차, 조건 등은 무엇인지
> ㉣: 전략들의 적절한 적용 순서가 무엇인지
> ㉤: 현재의 상황에서 최적의 전략이 무엇인지

〈보기〉

○ ¹이 용어가 무슨 뜻인지 모르겠어.
○ ²처음 나왔을 때는 무시하고 읽었는데 다시 등장했으니, 문맥을 통해 의미를 가정하고 읽어 봐야겠어. ……… ⓐ

↓

○ ³더 읽어 보았지만 여전히 정확한 뜻을 모르겠네. 그럼 어떻게 하지?
○ ⁴관련된 내용을 앞부분에서 다시 찾아 읽든가, 인터넷 자료를 검색해 보든가, 다른 책들을 찾아볼 수 있겠네. ……………………………………………… ⓑ
○ ⁵검색을 하려면 인터넷 접속이 필요하겠네. ………… ⓒ
○ ⁶검색은 나중에 하고, 먼저 앞부분을 다시 읽어 봐야겠다. ⁷그다음에 다른 책을 찾아봐야지. ………………… ⓓ
○ ⁸그럼 일단 앞부분에 관련된 내용이 있었는지 읽어 보자.

↓

○ ⁹앞부분에는 관련된 내용이 없어서 도움이 안 되네.
○ ¹⁰이 용어와 관련된 분야의 책을 찾아보는 것이 가장 좋겠어. ……………………………………………… ⓔ

↓

○ ¹¹이제 이 용어의 뜻이 이해되네. 그럼 계속 읽어 볼까?

✅ 정답풀이

① ⓐ: ㉠을 판단하여 사용 중인 전략을 계속 사용하기로 결정했다.

> 근거: ❸ ¹²지금 사용하고 있는 전략을 계속 사용할 것인지(㉠)를 판단해야 한다. + 〈보기〉 ²처음 나왔을 때는 무시하고 읽었는데 다시 등장했으니, 문맥을 통해 의미를 가정하고 읽어 봐야겠어.
> 〈보기〉의 ⓐ에서 학생은 무슨 뜻인지 모르는 용어가 처음 나왔을 때는 무시하고 읽다가, 그 용어가 다시 등장하자 문맥을 통해 용어의 의미를 가정하고 읽어 봐야겠다고 판단하고 있다. 이는 ㉠을 판단하여 새로운 전략을 선택하기로 결정한 것이므로, ⓐ가 ㉠을 판단하여 사용 중인 전략을 계속 사용하기로 결정했다는 내용은 적절하지 않다.

❌ 오답풀이

② ⓑ: ㉡을 고려하여 선택할 수 있는 전략들을 떠올렸다.

> 근거: ❸ ¹³문제 해결을 위한 다른 전략에는 무엇이 있는지(㉡) + 〈보기〉 ⁴관련된 내용을 앞부분에서 다시 찾아 읽든가, 인터넷 자료를 검색해 보든가, 다른 책들을 찾아볼 수 있겠네.
> 〈보기〉의 ⓑ에서 학생은 용어의 정확한 뜻을 모르는 문제를 해결하기 위해 새로운 전략들을 떠올리고 있다. 이는 ㉡을 고려하여 문제를 해결하기 위해 선택할 수 있는 다른 전략들을 떠올린 것이므로 적절하다.

③ ⓒ: ㉢을 고려하여 전략의 사용 조건을 확인했다.

> 근거: ❸ ¹³각 전략의 특징과 사용 절차, 조건 등은 무엇인지(㉢) 알아야 한다. + 〈보기〉 ⁵검색을 하려면 인터넷 접속이 필요하겠네.
> 〈보기〉의 ⓒ에서 학생은 인터넷 자료를 검색하는 전략을 사용하기 위해서는 인터넷 접속이라는 조건이 필요하다고 판단하고 있다. 이는 ㉢을 고려하여 전략의 사용 조건을 확인한 것이므로 적절하다.

④ ⓓ: ㉣을 판단하여 전략들의 적용 순서를 결정했다.

> 근거: ❸ ¹⁴전략들의 적절한 적용 순서가 무엇인지(㉣) + 〈보기〉 ⁶검색은 나중에 하고, 먼저 앞부분을 다시 읽어 봐야겠다. ⁷그다음에 다른 책을 찾아봐야지.
> 〈보기〉의 ⓓ에서 학생은 먼저 앞부분을 다시 읽어 본 후 다른 책을 찾아보고, 인터넷 자료 검색은 나중에 하는 것으로 순서를 조절하고 있다. 이는 ㉣을 판단하여 전략들의 적용 순서를 결정한 것이므로 적절하다.

⑤ ⓔ: ㉤을 판단하여 최적이라고 생각한 전략을 선택했다.

> 근거: ❸ ¹⁴현재의 상황에서 최적의 전략이 무엇인지(㉤) 판단하여 새로운 전략을 선택한다. + 〈보기〉 ¹⁰이 용어와 관련된 분야의 책을 찾아보는 것이 가장 좋겠어.
> 〈보기〉의 ⓔ에서 학생은 앞부분에는 관련된 내용이 없어 도움이 되지 않는 것을 확인하고, 관련된 분야의 다른 책을 찾아보는 전략을 선택하고 있다. 이는 ㉤을 판단하여 최적이라고 생각한 전략을 선택한 것이므로 적절하다.

[1~3] 다음 글을 읽고 물음에 답하시오.

✏️ 사고의 흐름

화제에 대한 통념을 소개하겠지?

❶ ¹(흔히) 읽기는 듣기·말하기와 달리 영·유아가 글자를 깨치고 나서야 시작된다고 생각한다. ²(그러나) 대부분의 읽기 발달 연구에서는 그 전(영·유아가 글자를 습득하기 전)에도 읽기 발달이 진행된다고 본다.

통념과는 대비되는 내용이 제시되겠군.

³이 연구들(대부분의 읽기 발달 연구)에서는 읽기 행동의 특성이나 글에 대한 이해 수준 등에 따라 읽기 발달 단계를 위계화*한다. ⁴대개 '읽기 준비'를 하나의 단계로 보고, 이후의 단계를 '글자를 익히고 소리 내어 읽기', '의미를 이해하며 읽기', '학습 목적으로 읽기', '다양한 관점으로 읽기', '의미를 재구성하며 읽기'의 순으로 나눈다. *'읽기 발달 연구'에서는 '읽기 준비'부터 '의미를 재구성하며 읽기'까지의 '읽기 발달 단계'를 읽기 행동 특성, 글에 대한 이해 수준에 따라 위계화함*

❷ ⁵여기서 읽기 준비 단계는 읽기의 기초가 형성되는 중요한 시기이다. ⁶이 시기(읽기 준비 단계)의 영·유아는 글자를 깨치지는 못하더라도 글자의 형태에 익숙해지며, 글자와 소리의 대응 관계도 어렴풋이* 알게 된다. ⁷이 과정에서 글자가 뜻이 있고 음성으로 표현된다는 것을 알게 되는 유의미한 경험을 한다. *'읽기 준비 단계'의 특징 ① 영·유아가 글자의 형태를 익히고, 글자에 뜻이 있으며 소리와 대응된다는 사실을 알게 됨*

❸ ⁸이 연구들(대부분의 읽기 발달 연구)에 따르면 ㉠읽기 준비 단계에서 영·유아의 읽기 발달은 타인의 읽기 행위를 관찰하고 글자에 대한 다양한 경험을 쌓으며 진행된다. ⁹영·유아는 타인의 책 읽는 모습을 보며 글의 시작 부분, 글자를 읽는 방향, 책장을 넘기는 방식 등을 알게 된다. ¹⁰읽어 주는 사람의 표정이나 몸짓을 기억해 모방하기도 한다. *'읽기 준비 단계'의 특징 ② 영·유아가 타인의 책 읽는 모습을 관찰하고 모방하는 과정에서 글자에 대해 경험하고 글 읽는 방식에 친숙해짐* ¹¹의사소통의 각 영역인 듣기·말하기·읽기·쓰기는 서로 영향을 주며 함께 발달한다. ¹²글자를 모르는 영·유아가 책을 넘기며 중얼거리고 책 읽는 흉내를 내는 것, 책 읽는 소리를 들으며 따라 말하는 것, 들은 단어나 구절을 사용해 문장을 지어 말하는 것, 읽어 주는 것을 들으며 그림이나 글자 형태로 끄적거리는 것이 이(의사소통의 각 영역이 서로 영향을 주며 함께 발달하는 것)에 해당한다. *'읽기 준비 단계'의 특징 ③ 의사소통의 각 영역(듣기·말하기·읽기·쓰기)은 글자를 습득하지 못한 영·유아가 책 읽는 행위를 모방하고 책 읽는 소리를 듣고 말하고 쓰는 행위를 하면서 함께 발달함*

❹ ¹³읽기 발달은 일정한 시기에 급격히 이루어지는 것이 아니라 글자를 깨치기 이전부터 점진적*으로 진행된다. ¹⁴따라서 이 시기에 생활 속에서, 책을 자주 읽어 주며 생각을 묻는 등 의사소통의 각 영역이 같이 발달할 수 있도록 하는 자연스러운 지도가 읽기 발달에 도움을 준다. ¹⁵읽기 준비 단계에서의 경험은 이후의 단계에 중요한 영향을 미친다. *읽기 발달은 글자를 완전히 깨치기 전부터 진행되므로, 읽기 준비 단계에서 영·유아에게 책을 읽어 주고 책에 대한 생각을 묻는 등의 지도를 하면 읽기 발달에 도움이 됨*

📌 **이것만은 챙기자**

* **위계화:** 지위나 계층 따위의 등급으로 구분함.
* **어렴풋이:** 기억이나 생각 따위가 뚜렷하지 아니하고 흐릿하게.
* **점진적:** 조금씩 앞으로 나아가는 것.

🔍 **핵심 분석**

* 읽기 발달 단계
  – 읽기 발달은 영·유아가 글자를 깨치기 전부터 시작됨
  – 읽기 발달 단계의 위계화
    읽기 행동의 특성, 글에 대한 이해 수준에 따라
  – 읽기 발달 단계 중 '읽기 준비 단계'의 특징
    1. 글자의 형태에 익숙해짐
    2. 글자가 뜻이 있고 소리와 대응됨을 인식
    3. 타인의 읽기 행위를 관찰하고 모방함
    4. 의사소통의 각 영역(듣기·말하기·읽기·쓰기)은 서로 영향을 주며 함께 발달

➤➤ 각 문단을 요약하고 지문을 **세 부분**으로 나누어 보세요.

❶ 읽기 발달 연구들에서는 읽기 발달이 **글자**를 깨치기 전부터 진행된다고 보며, 읽기 발달 단계를 **위계화**한다.	첫 번째 ❶¹~❶⁴
❷ 읽기 준비 단계에서 영·유아는 글자의 **형태**에 익숙해지고, 글자와 **소리**의 대응 관계를 알게 된다.	두 번째 ❷⁵~❸¹²
❸ 읽기 준비 단계에서 영·유아는 타인의 읽기 행위를 **관찰**하고 모방하며, 듣기·말하기·읽기·쓰기는 서로 **영향**을 주며 함께 발달한다.	
❹ 읽기 발달은 글자를 깨치기 전부터 **점진적**으로 진행되며, 읽기 **준비** 단계에서의 경험은 이후의 단계에 영향을 미친다.	세 번째 ❹¹³~❹¹⁵

1. 대부분의 읽기 발달 연구 의 내용과 일치하지 않는 것은?

✅ 정답풀이

② 영·유아의 의사소통 각 영역은 상호 간의 작용 없이 발달한다.

> 근거: ❸ [8]이 연구들에 따르면 읽기 준비 단계에서 영·유아의 읽기 발달은 타인의 읽기 행위를 관찰하고 글자에 대한 다양한 경험을 쌓으며 진행된다. [11]의사소통의 각 영역인 듣기·말하기·읽기·쓰기는 서로 영향을 주며 함께 발달한다.
> 영·유아는 다양한 경험을 하면서 읽기 발달을 하는데, 이때 듣기·말하기·읽기·쓰기와 같은 의사소통의 각 영역은 서로 영향을 주며 함께 발달한다고 했으므로, 영·유아의 의사소통 각 영역이 상호 간의 작용 없이 발달한다는 설명은 적절하지 않다.

❌ 오답풀이

① 의미를 재구성하며 읽는 단계는 읽기 발달의 마지막 단계이다.

　근거: ❶ [3]이 연구들에서는 읽기 행동의 특성이나 글에 대한 이해 수준 등에 따라 읽기 발달 단계를 위계화한다. [4]대개 '읽기 준비'를 하나의 단계로 보고, 이후의 단계를 '글자를 익히고 소리 내어 읽기', '의미를 이해하며 읽기', '학습 목적으로 읽기', '다양한 관점으로 읽기', '의미를 재구성하며 읽기'의 순으로 나눈다.

③ 영·유아는 글자와 소리가 관계를 맺고 있다는 것을 막연하게 알게 된다.

　근거: ❷ [6]이 시기의 영·유아는 글자를 깨치지는 못하더라도 글자의 형태에 익숙해지며, 글자와 소리의 대응 관계도 어렴풋이 알게 된다.

④ 읽기 행동의 특성이나 글에 대한 이해 수준 등에 따라 읽기 발달의 단계를 나눈다.

　근거: ❶ [3]이 연구들에서는 읽기 행동의 특성이나 글에 대한 이해 수준 등에 따라 읽기 발달 단계를 위계화한다.

⑤ 글자를 습득하고 소리 내어 읽는 단계는 학습을 목적으로 읽는 단계에 선행한다.

　근거: ❶ [4]대개 '읽기 준비'를 하나의 단계로 보고, 이후의 단계를 '글자를 익히고 소리 내어 읽기', '의미를 이해하며 읽기', '학습 목적으로 읽기', '다양한 관점으로 읽기', '의미를 재구성하며 읽기'의 순으로 나눈다.
　읽기 발달 단계에서 '학습 목적으로 읽기'는 '글자를 익히고 소리 내어 읽기' 이후의 단계이므로, 글자를 습득하고 소리 내어 읽는 단계는 학습을 목적으로 읽는 단계에 선행한다고 볼 수 있다.

2. ㉠에 대한 이해로 적절하지 않은 것은?

> ㉠: 읽기 준비 단계

✅ 정답풀이

③ 글에 나타난 여러 단어의 뜻을 명확히 알고 소리 내어 글자를 읽는 행동이 관찰된다.

> 근거: ❷ [6]이 시기(읽기 준비 단계)의 영·유아는 글자를 깨치지는 못하더라도 글자의 형태에 익숙해지며, 글자와 소리의 대응 관계도 어렴풋이 알게 된다. + ❸ [12]글자를 모르는 영·유아가 책을 넘기며 중얼거리고 책 읽는 흉내를 내는 것, 책 읽는 소리를 들으며 따라 말하는 것, 들은 단어나 구절을 사용해 문장을 지어 말하는 것, 읽어 주는 것을 들으며 그림이나 글자 형태로 끄적거리는 것이 이에 해당한다.
> ㉠은 영·유아가 책을 넘기며 중얼거리고 책 읽는 흉내를 내거나, 책 읽는 소리를 들으며 따라 말하는 단계인데, 이때의 영·유아는 글자를 깨치지 못한 상태로 글에 나타난 여러 단어의 뜻을 명확히 알고 소리를 내어 글자를 읽는 행동이 관찰된다고 볼 수 없다.

❌ 오답풀이

① 타인이 책을 읽어 줄 때 들었던 구절을 사용하여 말하는 행동이 관찰된다.

　근거: ❸ [8]이 연구들에 따르면 읽기 준비 단계(㉠)에서 영·유아의 읽기 발달은 타인의 읽기 행위를 관찰하고 글자에 대한 다양한 경험을 쌓으며 진행된다. [12]글자를 모르는 영·유아가 책을 넘기며 중얼거리고 책 읽는 흉내를 내는 것, 책 읽는 소리를 들으며 따라 말하는 것, 들은 단어나 구절을 사용해 문장을 지어 말하는 것, 읽어 주는 것을 들으며 그림이나 글자 형태로 끄적거리는 것이 이에 해당한다.
　㉠에서 영·유아는 타인의 읽기 행위를 관찰하면서 들은 단어나 구절을 사용해 문장을 지어 말할 수 있다.

② 책에서 글이 시작되는 부분을 찾거나 일정한 방향으로 글자를 보는 행위가 관찰된다.

　근거: ❸ [8]이 연구들에 따르면 읽기 준비 단계(㉠)에서 영·유아의 읽기 발달은 타인의 읽기 행위를 관찰하고 글자에 대한 다양한 경험을 쌓으며 진행된다. [9]영·유아는 타인의 책 읽는 모습을 보며 글의 시작 부분, 글자를 읽는 방향, 책장을 넘기는 방식 등을 알게 된다. [10]읽어 주는 사람의 표정이나 몸짓을 기억해 모방하기도 한다.
　㉠에서 영·유아는 타인의 읽기 행위를 관찰하면서 글의 시작 부분, 글자를 읽는 방향을 알게 되므로, 이를 기억해 모방하는 행동을 할 수 있다.

④ 책 읽어 주는 것을 들으며 그림이나 글자와 비슷한 형태로 나타내는 행위가 관찰된다.

　근거: ❸ [8]이 연구들에 따르면 읽기 준비 단계(㉠)에서 영·유아의 읽기 발달은 타인의 읽기 행위를 관찰하고 글자에 대한 다양한 경험을 쌓으며 진행된다. [12]글자를 모르는 영·유아가 책을 넘기며 중얼거리고 책 읽는 흉내를 내는 것, 책 읽는 소리를 들으며 따라 말하는 것, 들은 단어나 구절을 사용해 문장을 지어 말하는 것, 읽어 주는 것을 들으며 그림이나 글자 형태로 끄적거리는 것이 이에 해당한다.

⑤ 책을 볼 때 부모가 손가락으로 짚어 가며 읽어 준 행동을 기억하여 유사한 행동을 하는 것이 관찰된다.

근거: **③** [8]이 연구들에 따르면 읽기 준비 단계(㉠)에서 영·유아의 읽기 발달은 타인의 읽기 행위를 관찰하고 글자에 대한 다양한 경험을 쌓으며 진행된다. [10]읽어 주는 사람의 표정이나 몸짓을 기억해 모방하기도 한다.

㉠에서 영·유아는 타인의 읽기 행위를 관찰하여 읽어 주는 사람의 표정이나 몸짓을 기억해 모방하기도 하므로, 책을 읽어 줄 때 부모가 손가락으로 짚어 가며 읽어 준 행동을 기억한다면 이를 모방하여 유사한 행동을 할 수 있다.

| 관점에 대한 평가·비판 | 정답률 **95**

3. [A]와 〈보기〉를 비교한 내용으로 가장 적절한 것은? [3점]

─────────〈보기〉─────────

[1]읽기 지도는 신체적, 정신적으로 어느 정도 성숙한 이후에 해야 한다. [2]그 전에는 읽기 지도를 하지 않는 것이 바람직하다. [3]듣기·말하기와 달리 읽기 발달은 글자를 읽을 수 있는 기초 기능을 배운 후부터 시작되기 때문이다. [4]따라서 듣기와 말하기를 먼저 가르친 후 읽기, 쓰기의 순으로 가르치는 것이 효과적이다.

───────────────────────

✅ **정답풀이**

③ [A]와 달리 〈보기〉는 글자 읽기의 기초 기능을 배운 후부터 읽기 발달이 시작된다고 보는군.

> 근거: **④** [13]읽기 발달은 일정한 시기에 급격히 이루어지는 것이 아니라 글자를 깨치기 이전부터 점진적으로 진행된다. + 〈보기〉 [3]듣기·말하기와 달리 읽기 발달은 글자를 읽을 수 있는 기초 기능을 배운 후부터 시작되기 때문이다.

❌ **오답풀이**

① [A]와 달리 〈보기〉는 일상에서의 자연스러운 읽기 지도를 강조하는군.

근거: **④** [14]따라서 이 시기에 생활 속에서, 책을 자주 읽어 주며 생각을 묻는 등 의사소통의 각 영역이 같이 발달할 수 있도록 하는 자연스러운 지도가 읽기 발달에 도움을 준다. + 〈보기〉 [1]읽기 지도는 신체적, 정신적으로 어느 정도 성숙한 이후에 해야 한다. [4]따라서 듣기와 말하기를 먼저 가르친 후 읽기, 쓰기의 순으로 가르치는 것이 효과적이다.

[A]에서는 생활 속에서 책을 자주 읽어 주는 등 '자연스러운 지도'를 하면 읽기 발달에 도움을 줄 수 있다고 주장하고 있다. 반면 〈보기〉는 읽기 지도가 이루어져야 하는 시점과 순서에 대해 강조할 뿐, 일상에서 읽기 지도를 해야 한다고 언급하지 않았다. 따라서 일상에서의 자연스러운 읽기 지도를 강조한 것은 〈보기〉가 아니라 [A]이므로 적절하지 않다.

② [A]와 달리 〈보기〉는 글자를 깨치기 전의 경험이 읽기 발달에 영향을 준다고 보는군.

근거: **④** [13]읽기 발달은 일정한 시기에 급격히 이루어지는 것이 아니라 글자를 깨치기 이전부터 점진적으로 진행된다. [14]따라서 이 시기에 생활 속에서, 책을 자주 읽어 주며 생각을 묻는 등 의사소통의 각 영역이 같이 발달할 수 있도록 하는 자연스러운 지도가 읽기 발달에 도움을 준다. [15]읽기 준비 단계에서의 경험은 이후의 단계에 중요한 영향을 미친다. + 〈보기〉 [3]듣기·말하기와 달리 읽기 발달은 글자를 읽을 수 있는 기초 기능을 배운 후부터 시작되기 때문이다.

[A]에서는 읽기 발달은 글자를 깨치기 이전부터 점진적으로 진행되므로, 이 시기의 경험이 읽기 발달에 도움을 줄 것이라고 했다. 반면에 〈보기〉는 읽기 발달이 글자를 읽을 수 있는 기초 기능을 배운 후부터 시작된다고 했다. 따라서 글자를 깨치기 전의 경험이 읽기 발달에 영향을 준다고 보는 것은 〈보기〉가 아니라 [A]이므로 적절하지 않다.

④ [A]와 〈보기〉는 모두 읽기 이후에 쓰기를 가르쳐야 한다고 강조하는군.

근거: **④** [13]읽기 발달은 일정한 시기에 급격히 이루어지는 것이 아니라 글자를 깨치기 이전부터 점진적으로 진행된다. [14]따라서 이 시기에 생활 속에서, 책을 자주 읽어 주며 생각을 묻는 등 의사소통의 각 영역이 같이 발달할 수 있도록 하는 자연스러운 지도가 읽기 발달에 도움을 준다. + 〈보기〉 [4]따라서 듣기와 말하기를 먼저 가르친 후 읽기, 쓰기의 순으로 가르치는 것이 효과적이다.

〈보기〉는 듣기와 말하기를 먼저 가르친 후 읽기, 쓰기의 순으로 가르치는 것이 효과적이라고 했으므로, 읽기 이후에 쓰기를 가르쳐야 한다고 강조했다고 볼 수 있다. 반면에 [A]는 읽기를 비롯한 듣기·말하기·쓰기와 같은 의사소통의 각 영역이 같이 발달할 수 있도록 자연스러운 지도가 필요하다고 했으므로, 읽기 이후에 쓰기를 가르쳐야 한다고 강조했다고 볼 수 없다.

⑤ [A]와 〈보기〉는 모두 신체적, 정신적으로 어느 정도 성숙한 이후에 읽기를 가르치는 것이 효과적이라고 보는군.

근거: **④** [13]읽기 발달은 일정한 시기에 급격히 이루어지는 것이 아니라 글자를 깨치기 이전부터 점진적으로 진행된다. [14]따라서 이 시기에 생활 속에서, 책을 자주 읽어 주며 생각을 묻는 등 의사소통의 각 영역이 같이 발달할 수 있도록 하는 자연스러운 지도가 읽기 발달에 도움을 준다. + 〈보기〉 [1]읽기 지도는 신체적, 정신적으로 어느 정도 성숙한 이후에 해야 한다. [2]그 전에는 읽기 지도를 하지 않는 것이 바람직하다.

〈보기〉에서 읽기 지도는 신체적, 정신적으로 어느 정도 성숙한 이후에 해야 한다고 했으나, [A]에서는 읽기 발달이 글자를 깨치기 이전부터 점진적으로 진행되므로, 이 시기에 의사소통의 각 영역이 같이 발달할 수 있도록 하는 자연스러운 지도가 읽기 발달에 도움을 준다고 했다. 따라서 [A]는 신체적, 정신적으로 어느 정도 성숙한 이후에 읽기를 가르치는 것을 효과적으로 본다고 할 수 없다.

독서 동기의 두 유형

[1~3] 다음 글을 읽고 물음에 답하시오.

✎ 사고의 흐름

❶ ¹선생님의 권유나 친구의 추천, 자기 계발 등 우리가 독서를 하게 되는 동기는 다양하다. ²독서 동기는 '독서를 이끌어 내고, 지속하는 힘'으로 정의되는데, 이 정의(독서 동기에 대한 정의)에는 독서의 시작과 지속이라는 두 측면이 포함되어 있다. ³이러한 독서 동기는 슈츠가 제시한 '때문에 동기'와 '위하여 동기'라는 두 유형을 적용하여 설명할 수 있다. *독서 동기에 대한 정의를 제시하고 앞으로 슈츠의 이론을 적용하여 독서 동기를 두 유형으로 분류하여 설명하겠다고 안내하고 있어.*

❷ ⁴독서의 '때문에 동기'는 독서 행위를 하게 만든 이유를 의미한다. ⁵이는 독서 행위를 유발한 계기가 되므로 독서 이전 시점에 이미 발생한 사건이나 경험에 해당한다. ⁶독서의 '위하여 동기'는 독서 행위를 통해 달성*하고자 하는 목적을 의미한다. ⁷그 목적은 독서 행위의 결과로 달성되므로 독서 이후 시점의 상태에 대한 기대나 예측이라는 성격을 가지며, 달성하지 못할 가능성을 내포*한다. '때문에 동기'와 '위하여 동기'를 정리하면 다음과 같아.

[A]

때문에 동기	위하여 동기
– 독서를 하게 만든 이유 – 독서 이전에 이미 발생한 사건·경험과 관련	– 독서를 통해 달성하고자 하는 목적 – 독서 이후에 대한 기대·예측

사례에 적용하여 '때문에 동기'와 '위하여 동기'에 대해 구체적으로 설명할 거야.

⁸예를 들어, 친구에게 책을 선물로 받아서 읽게 되었다고 할 때, 선물로 책을 받은 것은 이 독서 행위의 '때문에 동기'이다. ⁹그리고 책을 읽고 친구와 책에 대해 대화를 나누는 것을 목적으로 설정했다면 이는 '위하여 동기'가 된다. ¹⁰또한 독서 행위를 통해 성취감이나 감동을 느끼는 것, 선물로 받은 책을 읽어서 친구를 실망시키지 않는 것 등도 이 독서 행위의 결과로 기대할 수 있는 것이므로 역시 '위하여 동기'가 된다고 할 수 있다.

❸ ¹¹이러한 동기 개념은 독서 습관의 형성 과정을 설명하는 데 도움이 된다. ¹²성공적인 독서 경험의 핵심은 독서 행위를 통해 즐거움과 유익함을 경험하는 것인데, 이러한 경험을 하게 되면 다른 책을 더 읽고 싶다는 마음이 들고 그러한 마음은 새로운 독서 행위로 연결된다. ¹³독서의 즐거움과 유익함은 새로운 독서 행위의 이유가 된다는 점에서 '때문에 동기'가 된다. ¹⁴동시에, 새로운 독서 행위를 통해 다시 경험하고 싶어지는 '위하여 동기'가 되기도 한다. *성공적인 독서 경험은 '때문에 동기'와 '위하여 동기'를 모두 이끌어 내어 새로운 독서 행위로 나아가게 한다는 것이군.* ¹⁵이러한 선순환*을 통해 독서 경험이 반복되고 심화되면서 독서 습관이 자연스럽게 형성된다. *글쓴이가 이 글에서 궁극적으로 강조하고자 하는 주장이 제시될 테니 주목하자.* ¹⁶따라서 독서 습관을 형성하려면 '때문에 동기'와 '위하여 동기'를 바탕으로 우선 독서 행위를 시작하는 것과, 성공적인 독서 경험을 통해 독서 행위를 지속

하는 것이 중요하다. 독서의 즐거움과 유익함을 알게 되어 새로운 독서 행위를 하는 선순환을 통해 독서 경험이 반복, 심화되면 독서 습관이 자연스럽게 형성될 수 있음을 강조하고 있네.

이것만은 챙기자

* *달성: 목적한 것을 이룸.
* *내포: 어떤 성질이나 뜻 따위를 속에 품음.
* *선순환: 좋은 현상이 끊임없이 되풀이됨.

🔍 핵심 분석

* 독서 동기: 독서를 이끌어 내고, 지속하는 힘
  → 슈츠가 제시한 '때문에 동기'와 '위하여 동기'를 적용하여 설명할 수 있음
  1. 때문에 동기
     – 독서를 하게 만든 이유 및 계기
     – 독서 이전 시점에 이미 발생한 사건이나 경험과 연관됨
  2. 위하여 동기
     – 독서를 통해 달성하고자 하는 목적
     – 독서 이후 시점의 상태에 대한 기대나 예측이라는 성격을 지님
  3. 동기 개념을 통한 '독서 습관의 형성 과정'
     독서의 즐거움과 유익함을 경험(성공적인 독서) → 다른 책을 더 읽고 싶다는 욕구가 생김 → 새로운 독서 행위를 함 → 선순환을 통한 독서 경험의 반복·심화 → 독서 습관 형성

≫ 각 문단을 요약하고 지문을 **세 부분**으로 나누어 보세요.

❶ 독서 동기는 독서를 시작하고 지속하는 힘으로, 슈츠의 '때문에 동기'와 '위하여 동기'라는 두 유형으로 설명할 수 있다.	첫 번째 ❶¹~❶³
❷ '때문에 동기'는 독서 행위를 하게 만든 **이유**이며, '위하여 동기'는 독서를 통해 달성하고자 하는 **목적**을 의미한다.	두 번째 ❷⁴~❷¹⁰
❸ 독서의 **즐거움과 유익함**은 독서 행위의 이유인 '때문에 동기'이자 독서를 통해 경험하고 싶어지는 '위하여 동기'가 되며, 이런 선순환을 통한 독서 경험의 반복·심화로 독서 **습관**이 형성된다.	세 번째 ❸¹¹~❸¹⁶

1. 윗글의 내용에 대한 이해로 적절하지 <u>않은</u> 것은?

✔ 정답풀이

② 슈츠는 동기의 두 측면을 합쳐 하나의 유형으로 제시했다.

> 근거: **1** ²독서 동기는~독서의 시작과 지속이라는 두 측면이 포함되어
> 있다. ³이러한 독서 동기는 슈츠가 제시한 '때문에 동기'와 '위하여 동기'
> 라는 두 유형을 적용하여 설명할 수 있다.
>
> 독서 동기에는 독서의 시작과 지속이라는 두 측면이 포함되어 있으며, 슈츠
> 는 이러한 독서 동기를 '때문에 동기'와 '위하여 동기'라는 두 유형으로 구분
> 하여 제시하고 있다. 따라서 슈츠가 독서 동기의 두 측면을 합쳐 하나의
> 유형으로 제시했다고 볼 수는 없다.

✕ 오답풀이

① 타인의 권유나 추천이 독서를 하는 이유가 될 수 있다.

> 근거: **1** ¹선생님의 권유나 친구의 추천, 자기 계발 등 우리가 독서를 하게
> 되는 동기는 다양하다.

③ 독서 습관을 형성하기 위해서는 독서 행위를 시작하는 것이 필요
하다.

> 근거: **3** ¹⁶독서 습관을 형성하려면 '때문에 동기'와 '위하여 동기'를 바탕으로
> 우선 독서 행위를 시작하는 것과, 성공적인 독서 경험을 통해 독서 행위를
> 지속하는 것이 중요하다.

④ 독서 동기의 정의는 독서를 시작하게 하는 힘과 계속하게 하는
힘을 포함한다.

> 근거: **1** ²독서 동기는 '독서를 이끌어 내고, 지속하는 힘'으로 정의되는데,
> 이 정의에는 독서의 시작과 지속이라는 두 측면이 포함되어 있다.

⑤ 독서의 '때문에 동기'와 '위하여 동기'는 독서 습관의 형성 과정을
설명하는 데 유용하다.

> 근거: **1** ³독서 동기는 슈츠가 제시한 '때문에 동기'와 '위하여 동기'라는 두
> 유형을 적용하여 설명할 수 있다. + **3** ¹¹이러한 동기 개념은 독서 습관의
> 형성 과정을 설명하는 데 도움이 된다.

2. 다음은 학생의 메모이다. [A]를 참고할 때, ㉮~㉰에 대한 설명으로 가장 적절한 것은? [3점]

> 나는 ㉮학교에서 '한 학기에 책 한 권 읽기' 과제를 받았다.
> 그래서 이번 학기에 읽을 책으로 철학 분야의 책을 선택했다. 책을
> 다 읽고 나면 ㉯철학에 대해 많이 알게 되겠지. 그리고 ㉰어려운
> 책을 읽어 냈다는 뿌듯함도 느낄 수 있을 거야.
>
> ㉮: 독서 행위를 하게 만든 이유 → 때문에 동기
> ㉯, ㉰: 독서 이후 시점의 상태에 대한 기대 → 위하여 동기

✔ 정답풀이

⑤ ㉯와 ㉰는 독서의 결과로 얻게 될 기대에 해당하므로 '위하여 동기'
라고 할 수 있다.

> 근거: **2** ⁶독서의 '위하여 동기'는 독서 행위를 통해 달성하고자 하는 목적
> 을 의미한다. ⁷그 목적은 독서 행위의 결과로 달성되므로 독서 이후 시점의
> 상태에 대한 기대나 예측이라는 성격을 가지며, 달성하지 못할 가능성을
> 내포한다.
>
> [A]에서 '위하여 동기'는 독서 행위를 통해 달성하고자 하는 목적을 의미
> 하며, 그 목적은 독서 이후 시점의 상태에 대한 기대나 예측이라는 성격을
> 가진다고 했다. ㉯는 독서 행위 이후에 철학에 대한 지식이 확장될 것이
> 라는 기대를, ㉰는 독서 행위의 결과로 어려운 책을 읽어 냈다는 뿌듯함을
> 느낄 것이라는 기대를 담고 있으므로, 모두 '위하여 동기'에 해당한다고
> 볼 수 있다.

✕ 오답풀이

① ㉮는 독서를 통해 달성하고자 하는 목적이므로 '위하여 동기'라고
할 수 있다.

> 근거: **2** ⁴독서의 '때문에 동기'는 독서 행위를 하게 만든 이유를 의미한다.
> ⁵이는 독서 행위를 유발한 계기가 되므로 독서 이전 시점에 이미 발생한 사건
> 이나 경험에 해당한다.
>
> [A]에서 '때문에 동기'는 독서 행위를 하게 만든 이유를 의미하며, 이는 독서
> 행위를 유발한 계기가 된다고 했다. ㉮는 '독서 행위를 유발한 계기'에 해당
> 하므로, '때문에 동기'라고 할 수 있다.

② ㉯는 독서를 하도록 만든 사건에 해당하므로 '때문에 동기'라고
할 수 있다.

> 근거: **2** ⁶독서의 '위하여 동기'는 독서 행위를 통해 달성하고자 하는 목적을
> 의미한다. ⁷그 목적은 독서 행위의 결과로 달성되므로 독서 이후 시점의 상
> 태에 대한 기대나 예측이라는 성격을 가지며, 달성하지 못할 가능성을 내포
> 한다.
>
> [A]에서 '위하여 동기'는 독서 행위를 통해 달성하고자 하는 목적을 의미하며,
> 그 목적은 독서 이후 시점의 상태에 대한 기대나 예측이라는 성격을 가진
> 다고 했다. ㉯는 '독서 행위의 결과'로 달성할 수 있는 '목적'에 해당하므로,
> '위하여 동기'라고 할 수 있다.

③ ㉮와 ㉯는 이미 발생하여 독서의 계기가 되었으므로 '때문에 동기'라고 할 수 있다.

근거: **2** [4]독서의 '때문에 동기'는 독서 행위를 하게 만든 이유를 의미한다. [5]이는 독서 행위를 유발한 계기가 되므로 독서의 이전 시점에 이미 발생한 사건이나 경험에 해당한다. [6]독서의 '위하여 동기'는 독서 행위를 통해 달성하고자 하는 목적을 의미한다. [7]그 목적은 독서 행위의 결과로 달성되므로 독서 이후 시점의 상태에 대한 기대나 예측이라는 성격을 가지며, 달성하지 못할 가능성을 내포한다.

[A]에서 '때문에 동기'는 독서 행위를 하게 만든 이유를 의미하며, 이는 독서 행위를 유발한 계기가 된다고 했다. 그리고 '위하여 동기'는 독서 행위를 통해 달성하고자 하는 목적을 의미하며, 그 목적은 독서 이후 시점의 상태에 대한 기대나 예측이라는 성격을 가진다고 했다. ㉮는 독서 행위를 유발한 계기이며 독서 이전 시점에 이미 발생한 사건이나 경험에 해당하므로 '때문에 동기'라고 할 수 있다. 그러나 ㉯는 독서 행위를 통해 달성하고자 하는 목적이며, 독서 이후 시점의 상태에 대한 기대나 예측이라는 성격을 가지므로 '위하여 동기'라고 할 수 있다.

④ ㉮와 ㉰는 독서 이전 시점에 경험한 일에 해당하므로 '때문에 동기'라고 할 수 있다.

근거: **2** [4]독서의 '때문에 동기'는 독서 행위를 하게 만든 이유를 의미한다. [5]이는 독서 행위를 유발한 계기가 되므로 독서의 이전 시점에 이미 발생한 사건이나 경험에 해당한다. [6]독서의 '위하여 동기'는 독서 행위를 통해 달성하고자 하는 목적을 의미한다. [7]그 목적은 독서 행위의 결과로 달성되므로 독서 이후 시점의 상태에 대한 기대나 예측이라는 성격을 가지며, 달성하지 못할 가능성을 내포한다.

[A]에서 '때문에 동기'는 독서 행위를 하게 만든 이유를 의미하며, 이는 독서 행위를 유발한 계기가 된다고 했다. 그리고 '위하여 동기'는 독서 행위를 통해 달성하고자 하는 목적을 의미하며, 그 목적은 독서 이후 시점의 상태에 대한 기대나 예측이라는 성격을 가진다고 했다. ㉮는 독서 이전 시점에 이미 발생한 사건이므로 '때문에 동기'라고 할 수 있지만, ㉰는 독서 행위의 결과로 기대할 수 있는 성취감에 해당하므로, '위하여 동기'라고 할 수 있다.

3. 윗글을 바탕으로 할 때, 〈보기〉를 설명한 내용으로 적절하지 않은 것은?

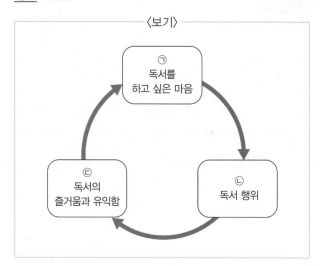

〈보기〉

㉠ 독서를 하고 싶은 마음

㉡ 독서 행위

㉢ 독서의 즐거움과 유익함

✅ 정답풀이

① ㉠으로 시작해 ㉢을 경험하면 ㉠은 자연스럽게 사라진다.

근거: **3** [12]성공적인 독서 경험의 핵심은 독서 행위를 통해 즐거움과 유익함(㉢)을 경험하는 것인데, 이러한 경험을 하게 되면 다른 책을 더 읽고 싶다는 마음(㉠)이 들고 그러한 마음은 새로운 독서 행위(㉡)로 연결된다. 독서 행위를 통해 즐거움과 유익함을 경험하면 다른 책을 더 읽고 싶다는 마음이 들고 그러한 마음은 새로운 독서 행위로 연결된다. 즉 ㉠으로 시작해 ㉢을 경험하면 또 다른 책이 읽고 싶다는 마음(㉠)이 생기는 것이지 ㉠이 자연스럽게 사라진다고 볼 수는 없다.

❌ 오답풀이

② ㉡으로 ㉢을 얻는 것이 성공적 독서 경험의 핵심이다.

근거: **3** [12]성공적인 독서 경험의 핵심은 독서 행위(㉡)를 통해 즐거움과 유익함(㉢)을 경험하는 것

③ ㉢의 경험을 통하여 ㉠이 생기면 ㉡으로 이어질 수 있다.

근거: **3** [12]성공적인 독서 경험의 핵심은 독서 행위를 통해 즐거움과 유익함을 경험하는 것인데, 이러한(㉢) 경험을 하게 되면 다른 책을 더 읽고 싶다는 마음(㉠)이 들고 그러한 마음은 새로운 독서 행위(㉡)로 연결된다.

④ ㉢은 ㉡의 결과인 동시에 새로운 ㉡의 목적이 될 수 있다.

근거: **3** [12]성공적인 독서 경험의 핵심은 독서 행위(㉡)를 통해 즐거움과 유익함(㉢)을 경험하는 것인데, 이러한 경험을 하게 되면 다른 책을 더 읽고 싶다는 마음이 들고 그러한 마음은 새로운 독서 행위로 연결된다. [13]독서의 즐거움과 유익함(㉢)은 새로운 독서 행위(㉡)의 이유가 된다는 점에서 '때문에 동기'가 된다.

성공적인 독서 경험의 핵심은 독서 행위를 통해 즐거움과 유익함을 경험하는 것이므로, ㉢은 ㉡의 결과가 된다고 할 수 있다. 또한 독서의 즐거움과 유익함은 새로운 독서 행위를 하는 이유(목적)가 되므로, ㉢은 새로운 ㉡의 목적이 될 수 있다.

⑤ ㉠, ㉡, ㉢의 선순환을 통해 독서 경험이 반복되고 심화된다.

근거: **3** [12]성공적인 독서 경험의 핵심은 독서 행위를 통해 즐거움과 유익함을 경험하는 것인데, 이러한 경험을 하게 되면 다른 책을 더 읽고 싶다는 마음이 들고 그러한 마음은 새로운 독서 행위로 연결된다. [15]이러한 선순환을 통해 독서 경험이 반복되고 심화되면서 독서 습관이 자연스럽게 형성된다.

[1~3] 다음 글을 읽고 물음에 답하시오.

✏ 사고의 흐름

1 ¹사람들이 지속적으로 책을 읽는 이유 중 하나는 즐거움이다. ²독서의 즐거움에는 여러 가지가 있겠지만 그 중심에는 '소통의 즐거움'이 있다. *사람들이 책을 읽는 이유 중 하나인 '독서의 즐거움'에서 특히 '소통의 즐거움'에 대해 이야기하려나 봐.*

2 ³독자는 독서를 통해 책과 소통하는 즐거움을 경험한다. ⁴독서는 필자와 간접적으로 대화하는 소통 행위이다. ⁵독자는 자신이 속한 사회나 시대의 영향 아래 필자가 속해 있거나 드러내고자 하는 사회나 시대를 경험한다. ⁶직접 경험하지 못했던 다양한 삶을 필자를 매개*로 만나고 이해하면서 독자는 더 넓은 시야로 세계를 바라볼 수 있다. *독자는 독서를 통해 필자와 간접적으로 대화(소통)하며 다양한 삶을 이해하고 더 넓은 시야로 세계를 바라보게 되는군.* ⁷이때 같은 책을 읽은 독자라도 독자의 배경지식이나 관점* 등의 독자 요인, 읽기 환경이나 과제 등의 상황 요인이 다르므로, 필자가 보여 주는 세계를 그대로 수용*하지 않고 저마다 소통 과정에서 다른 의미를 구성할 수 있다. *책을 읽을 때 독자는 독자 요인(배경지식이나 관점), 상황 요인(읽기 환경이나 과제 등)에 따라 저마다 다른 의미를 구성할 수 있구나!*

독자가 독서를 통해 필자와 간접적으로 대화하는 것을 의미하겠지?

3 ⁸<u>이러한 소통</u>은 독자가 책의 내용에 대해 질문하고 답을 찾아내는 과정에서 가능해진다. ⁹독자는 책에서 답을 찾는 질문, 독자 자신에게서 답을 찾는 질문 등을 제기*할 수 있다. ¹⁰전자(책에서 답을 찾는 질문)의 경우 책에 명시된 내용에서 답을 [A] 발견할 수 있고, 책의 내용들을 관계 지으며 답에 해당하는 내용을 스스로 구성할 수도 있다. ¹¹또한 후자(독자 자신에게서 답을 찾는 질문)의 경우 책에는 없는 독자의 경험에서 답을 찾을 수 있다. ¹²이런 질문들을 풍부히 생성하고 주체적으로 답을 찾을 때 소통의 즐거움은 더 커진다. *독자가 책에서 답을 찾는 질문과 독자 자신에게서 답을 찾는 질문 등을 생성하고 주체적으로 답을 찾을 때 책과 소통하는 즐거움이 더 커지는군.*

책과 소통하는 즐거움과는 다른 독서의 즐거움이 제시될 거야.

4 ¹³<u>한편</u> 독자는 ㉠<u>다른 독자와 소통하는 즐거움</u>을 경험할 수도 있다. ¹⁴책과의 소통을 통해 개인적으로 형성한 의미를 독서 모임이나 독서 동아리 등에서 다른 독자들과 나누는 일이 이에 해당한다. ¹⁵비슷한 해석에 서로 공감하며 기존 인식을 강화하거나 관점의 차이를 확인하고 기존 인식을 조정하는 과정에서, 독자는 자신의 인식을 심화·확장할 수 있다. *독자는 다른 독자와 소통하며 기존 인식을 강화하거나 조정하는 과정에서 자신의 인식을 심화·확장하게 되는군.* ¹⁶최근 소통 공간이 온라인으로 확대되면서 독서를 통해 다른 독자들과 소통하며 즐거움을 누리는 양상이 더 다양해지고 있다. ¹⁷자신의 독서 경험을 담은 글이나 동영상을 생산·공유함으로써, 책을 읽지 않은 타인이 책과 소통하도록 돕는 것도 책을 통한 소통의 즐거움을 나누는 일이다. *다른 독자와 소통하는 즐거움에는 책을 읽지 않은 타인이 책을 읽도록 하는 것도 포함되나 봐.*

이것만은 챙기자

* **매개:** 둘 사이에서 양편의 관계를 맺어 줌.
* **관점:** 사물이나 현상을 관찰할 때, 그 사람이 보고 생각하는 태도나 방향 또는 처지.
* **수용:** 어떠한 것을 받아들임.
* **제기:** 의견이나 문제를 내어놓음.

🔍 핵심 분석

독서를 통한 소통의 즐거움
1. 책과 소통하는 즐거움
   - 독서: 필자와 간접적으로 소통하는 행위
   - 독자는 필자를 매개로 다양한 삶 이해, 세계를 더 넓은 시야로 봄
   - 독자는 각자의 독자 요인(배경지식이나 관점), 상황 요인(읽기 환경이나 과제 등)에 따라 다른 의미 구성
   - 질문들을 풍부히 생성, 주체적으로 답을 찾아내는 과정 → 책과 소통하는 즐거움 ↑
2. 다른 독자와 소통하는 즐거움
   - 책과의 소통을 통해 개인적으로 형성한 의미를 다른 독자들과 나눔
   - 소통을 통해 기존 인식을 강화·조정 → 자신의 인식 심화·확장
   - 책을 읽지 않은 타인이 책과 소통하도록 돕는 것도 책을 통한 소통의 즐거움에 포함됨

≫ 각 문단을 요약하고 지문을 세 부분으로 나누어 보세요.

1 사람들이 책을 지속적으로 읽는 이유의 중심에는 **소통의 즐거움**이 있다.	첫 번째 **1**¹~**2**⁷
2 독자는 독서를 통해 필자와 간접적으로 소통하며 더 넓은 시야로 세계를 바라보는데, 독자 요인과 **상황** 요인에 따라 소통 과정에서 다른 의미를 구성할 수 있다.	
3 소통의 즐거움은 독자가 책의 내용에 대해 질문하고 주체적으로 그 답을 찾을 때 더욱 커진다.	두 번째 **3**⁸~**3**¹²
4 독자는 자신이 형성한 의미를 나누며 다른 독자와 소통하는 즐거움을 경험할 수도 있고, 책을 읽지 않은 타인이 책과 소통하도록 도우며 소통의 즐거움을 나눌 수도 있다.	세 번째 **4**¹³~**4**¹⁷

1. 윗글의 내용과 일치하지 <u>않는</u> 것은?

⊘ 정답풀이

④ 독자의 배경지식, 관점, 읽기 환경, 과제는 독자의 의미 구성에 영향을 주는 독자 요인이다.

> **근거: 2** [7]이때 같은 책을 읽은 독자라도 독자의 배경지식이나 관점 등의 독자 요인, 읽기 환경이나 과제 등의 상황 요인이 다르므로, 필자가 보여 주는 세계를 그대로 수용하지 않고 저마다 소통 과정에서 다른 의미를 구성할 수 있다.
>
> 같은 책을 읽는 독자라도 독자 요인이나 상황 요인에 따라 저마다 소통 과정에서 다른 의미를 구성할 수 있는데, 이때 독자의 배경지식이나 관점 등은 독자 요인에 해당하고, 읽기 환경이나 과제 등은 상황 요인에 해당한다.

⊗ 오답풀이

① 같은 책을 읽은 독자라도 서로 다른 의미를 구성할 수 있다.

근거: **2** [7]이때 같은 책을 읽은 독자라도 독자의 배경지식이나 관점 등의 독자 요인, 읽기 환경이나 과제 등의 상황 요인이 다르므로, 필자가 보여 주는 세계를 그대로 수용하지 않고 저마다 소통 과정에서 다른 의미를 구성할 수 있다.

② 다른 독자와의 소통은 독자가 인식의 폭을 확장하도록 돕는다.

근거: **4** [13]한편 독자는 다른 독자와 소통하는 즐거움을 경험할 수도 있다. [15]비슷한 해석에 서로 공감하며 기존 인식을 강화하거나 관점의 차이를 확인하고 기존 인식을 조정하는 과정에서, 독자는 자신의 인식을 심화·확장할 수 있다.

③ 독자는 직접 경험해 보지 못했던 다양한 삶을 책의 필자를 매개로 접할 수 있다.

근거: **2** [6]직접 경험하지 못했던 다양한 삶을 필자를 매개로 만나고 이해하면서 독자는 더 넓은 시야로 세계를 바라볼 수 있다.

⑤ 독자는 책을 읽을 때 자신이 속한 사회나 시대의 영향을 받으며 필자와 간접적으로 대화한다.

근거: **2** [4]독서는 필자와 간접적으로 대화하는 소통 행위이다. [5]독자는 자신이 속한 사회나 시대의 영향 아래 필자가 속해 있거나 드러내고자 하는 사회나 시대를 경험한다.

2. 다음은 학생이 독서 후 작성한 글의 일부이다. [A]를 바탕으로 ⓐ~ⓔ를 이해한 내용으로 가장 적절한 것은? [3점]

> ⓐ'음악 시간에 들었던 베토벤의 교향곡 「합창」이 위대한 작품인 이유는 무엇일까?' 하는 생각에, 베토벤에 대한 책을 빌렸다. 책에서는 기악만으로 구성됐던 교향곡에 성악을 결합해 개성을 드러냈다는 점에서 ⓑ이 곡이 낭만주의 음악의 특징을 보여 준다고 했다.
>
> 「합창」을 해설한 부분에 이어, 베토벤의 생애에 관한 뒷부분도 읽었는데, ⓒ이 내용들을 종합해, 절망적 상황에서도 열정적으로 자신이 좋아하는 일을 했기에 교향곡 구성의 새로움을 보여 준 명작이 탄생했음을 알게 됐다. 이후 ⓓ내가 진정으로 좋아하는 일이 무엇인지 나에게 묻게 되었다. ⓔ글 쓰는 일에서 가장 큰 행복을 느꼈던 나를 발견할 수 있었고, 나도 어떤 상황에서든 좋아하는 일을 계속해야겠다고 생각했다.

⊘ 정답풀이

⑤ ⓓ에는 '독자 자신에게서 답을 찾는 질문'이, ⓔ에는 그에 대한 답을 '독자의 경험'에서 찾아내는 모습이 나타난다.

> **근거: 3** [9]독자는 책에서 답을 찾는 질문, 독자 자신에게서 답을 찾는 질문 등을 제기할 수 있다.~[11]또한 후자(독자 자신에게서 답을 찾는 질문)의 경우 책에는 없는 독자의 경험에서 답을 찾을 수 있다.
>
> [A]에서 독자는 책에서 답을 찾는 질문과 독자 자신에게서 답을 찾는 질문을 제기할 수 있다고 했다. ⓓ에서 '내가 진정으로 좋아하는 일이 무엇인지 나에게 묻는' 것은 '독자 자신에게서 답을 찾는 질문'에 해당하고, ⓔ에서 '글 쓰는 일에서 가장 큰 행복을 느꼈다'고 한 것은 그에 대한 답을 '독자의 경험'에서 찾아내는 모습이라 할 수 있다.

⊗ 오답풀이

① ⓐ와 ⓑ에는 모두 '독자 자신에게서 답을 찾는 질문'이 나타난다.

근거: **3** [9]독자는 책에서 답을 찾는 질문, 독자 자신에게서 답을 찾는 질문 등을 제기할 수 있다. [10]전자(책에서 답을 찾는 질문)의 경우 책에 명시된 내용에서 답을 발견할 수 있고,~[11]또한 후자(독자 자신에게서 답을 찾는 질문)의 경우 책에는 없는 독자의 경험에서 답을 찾을 수 있다.

[A]에서 독자는 '책에서 답을 찾는 질문'과 '독자 자신에게서 답을 찾는 질문'을 제기할 수 있다고 했다. 학생은 ⓐ에 나타난 질문에 대한 답을 찾기 위해 '베토벤에 대한 책을 빌렸'고, 질문에 대한 답 중 하나인 ⓑ는 '책에 명시된 내용'임을 알 수 있다. 따라서 ⓐ와 ⓑ에는 모두 '독자 자신에게서 답을 찾는 질문'이 나타나지 않았다.

② ⓒ와 ⓓ에는 모두 '책에 명시된 내용'에서 질문의 답을 찾아내는 모습이 나타난다.

근거: **3** ⁹독자는 책에서 답을 찾는 질문, 독자 자신에게서 답을 찾는 질문 등을 제기할 수 있다. ¹⁰전자(책에서 답을 찾는 질문)의 경우 책에 명시된 내용에서 답을 발견할 수 있고, 책의 내용들을 관계 지으며 답에 해당하는 내용을 스스로 구성할 수도 있다.

[A]에서 독자는 책에서 답을 찾는 질문의 경우 '책에 명시된 내용에서 답을 발견할 수 있고, 책의 내용들을 관계 지으며 답에 해당하는 내용을 스스로 구성할 수' 있다고 했다. 학생은 ⓒ에서 '이 내용들을 종합해~알게 됐다.'라고 했으므로, 질문에 대한 답을 '책에 명시된 내용에서' 발견한 것이 아니라, '책의 내용들을 관계 지어' 스스로 구성했음을 알 수 있다. 한편 ⓓ는 질문의 답을 찾아내는 모습이 아니라, '독자 자신에게서 답을 찾는 질문'을 제기하는 것에 해당한다.

③ ⓐ에는 '책에서 답을 찾는 질문'이, ⓔ에는 그에 대한 답을 '독자의 경험'에서 찾아내는 모습이 나타난다.

근거: **3** ⁹독자는 책에서 답을 찾는 질문, 독자 자신에게서 답을 찾는 질문 등을 제기할 수 있다.~¹¹또한 후자(독자 자신에게서 답을 찾는 질문)의 경우 책에는 없는 독자의 경험에서 답을 찾을 수 있다.

[A]에서 독자는 책에서 답을 찾는 질문과 독자 자신에게서 답을 찾는 질문을 제기할 수 있다고 했다. 학생은 ⓐ에 나타난 질문에 대한 답을 찾기 위해 '베토벤에 대한 책을 빌렸'고, 책을 통해 '명작이 탄생'한 이유를 알게 되었으므로, ⓐ에는 '책에서 답을 찾는 질문'이 나타났다고 볼 수 있다. 그러나 ⓔ는 ⓐ가 아니라, ⓓ에 제시된 '내가 진정으로 좋아하는 일이 무엇인지'에 대한 질문 즉, '독자 자신에게서 답을 찾는 질문'에 대한 답을 '독자의 경험'에서 찾아낸 것이다.

④ ⓑ에는 '책에서 답을 찾는 질문'이, ⓒ에는 그에 대한 답을 '책의 내용들을 관계 지으며' 찾아내는 모습이 나타난다.

근거: **3** ⁹독자는 책에서 답을 찾는 질문, 독자 자신에게서 답을 찾는 질문 등을 제기할 수 있다. ¹⁰전자(책에서 답을 찾는 질문)의 경우 책에 명시된 내용에서 답을 발견할 수 있고, 책의 내용들을 관계 지으며 답에 해당하는 내용을 스스로 구성할 수도 있다.

[A]에서 독자는 책에서 답을 찾는 질문과 독자 자신에게서 답을 찾는 질문을 제기할 수 있다고 했다. ⓑ는 질문이 아닌 '책에 명시된 내용'에 해당하고, ⓒ에는 ⓑ가 아니라 ⓐ에 나타난 질문에 대한 답을 '책의 내용들을 관계 지으며' 찾아내는 모습이 나타나고 있다.

| 세부 정보 파악 | 정답률 ❾❼

3. 윗글을 읽고 ㉠에 대해 보인 반응으로 적절하지 <u>않은</u> 것은?

> ㉠: 다른 독자와 소통하는 즐거움

❤ 정답풀이

① 스스로 독서 계획을 세우고 자신에게 필요한 책을 찾아 개인적으로 읽는 과정에서 경험할 수 있겠군.

근거: **4** ¹³한편 독자는 다른 독자와 소통하는 즐거움(㉠)을 경험할 수도 있다. ¹⁴책과의 소통을 통해 개인적으로 형성한 의미를 독서 모임이나 독서 동아리 등에서 다른 독자들과 나누는 일이 이에 해당한다.

'다른 독자와 소통'하는 것은 '책과의 소통을 통해 개인적으로 형성한 의미를 독서 모임이나 독서 동아리 등에서 다른 독자들과 나누는 일'이라고 했다. 따라서 자신에게 필요한 책을 찾아 개인적으로 읽는 과정에서는 '다른 독자와 소통하는 즐거움(㉠)'을 경험할 수 없다.

❌ 오답풀이

② 독서 모임에서 서로 다른 관점을 확인하고 자신의 관점을 조정하는 과정에서 경험할 수 있겠군.

근거: **4** ¹³한편 독자는 다른 독자와 소통하는 즐거움(㉠)을 경험할 수도 있다. ~¹⁵비슷한 해석에 서로 공감하며 기존 인식을 강화하거나 관점의 차이를 확인하고 기존 인식을 조정하는 과정에서, 독자는 자신의 인식을 심화·확장할 수 있다.

③ 개인적으로 형성한 의미를, 독서 동아리를 통해 심화하는 과정에서 경험할 수 있겠군.

근거: **4** ¹⁴책과의 소통을 통해 개인적으로 형성한 의미를 독서 모임이나 독서 동아리 등에서 다른 독자들과 나누는 일이 이(㉠)에 해당한다. ¹⁵비슷한 해석에 서로 공감하며 기존 인식을 강화하거나 관점의 차이를 확인하고 기존 인식을 조정하는 과정에서, 독자는 자신의 인식을 심화·확장할 수 있다.

④ 자신의 독서 경험을 담은 콘텐츠를 생산하고 공유하는 과정에서 경험할 수 있겠군.

근거: **4** ¹⁷자신의 독서 경험을 담은 글이나 동영상을 생산·공유함으로써, 책을 읽지 않은 타인이 책과 소통하도록 돕는 것도 책을 통한 소통의 즐거움을 나누는 일이다.

⑤ 오프라인뿐 아니라 온라인 공간에서 해석을 나누는 과정에서도 경험할 수 있겠군.

근거: **4** ¹⁶최근 소통 공간이 온라인으로 확대되면서 독서를 통해 다른 독자들과 소통하며 즐거움을 누리는 양상이 더 다양해지고 있다.

2023학년도 9월 모평

눈동자 움직임 분석 방법

[1~3] 다음 글을 읽고 물음에 답하시오.

✏ 사고의 흐름

❶ ¹글을 읽는 동안 독자의 사고 과정을 밝힐 수 있는 방법 중 하나가 눈동자 움직임 분석 방법이다. ²이것(눈동자 움직임 분석 방법)은 <u>사고 과정이 눈동자의 움직임에 반영된다고 보고 그 특성을 분석하는 방법</u>이다. 눈동자 움직임 분석 방법이라는 화제를 제시하고 설명했어.

[A]

┌ ❷ ³눈동자 움직임에 주목한 연구에 따르면, 글을 읽을 때 독자는 자신이 중요하다고 판단한 단어나 생소하다고* 생각한 <u>단어를 중심으로 읽는다.</u> 독자의 사고 과정 ① 중요한 단어, 생소한 단어 중심으로 독서 ⁴글을 읽을 때 독자는 <u>눈동자를 단어에 멈추는 고정, 고정과 고정 사이에 일어나는 도약</u>을 보였는데, 도약은 한 단어에서 다음 단어로 이동하는 짧은 도약과 단어를 건너뛰는 긴 도약으로 구분된다. ⁵<u>고정이 관찰될 때는 단어의 의미 이해가 이루어졌지만, 도약이 관찰될 때는 건너뛴 단어의 의미 이해가 이루어지지 않았다.</u> 독자의 사고 과정 ② 고정(단어의 의미 이해 O)과 도약(짧은 도약, 긴 도약 / 단어의 의미 이해 X) ⁶글을 읽을 때 독자가 생각하는 <u>단어의 중요도나 친숙함에 따라 눈동자의 고정 시간과 횟수, 도약의 길이와 방향도 달랐다.</u> ⁷독자가 중요하거나 생소하다고 생각한 단어일수록 고정 시간이 길었다. ⁸이러한 단어(중요하거나 생소하다고 생각한 단어)는 독자가 글의 진행 방향대로 읽어 가다가 되돌아와 다시 읽는 경우도 있어 <u>고정 횟수도 많았고,</u> 이때의 도약은 글의 진행 방향과는 다르게 나타났다. ⁹중요한 단어나 생소한 단어가 연속될 때는 그 단어마다 눈동자가 멈추면서 <u>도약의 길이가 짧았다.</u> 중요하거나 생소한 단어: 고정
└ 시간 길, 고정 횟수 많음, 도약 방향이 글 진행 방향과 다름, 도약 길이 짧음

❸ ¹⁰눈동자 움직임의 양상은 <u>독자의 읽기 능력이 발달하면서 변화</u>한다. ¹¹읽기 능력이 발달하면 이전과 같은 수준의 글을 읽거나 전에 읽었던 글을 다시 읽을 때, 단어마다 눈동자를 고정하지는 않게 되어 ⑤<u>이전보다 고정 횟수와 고정 시간이 줄어들고 단어를 건너뛰는 긴 도약이 자주 일어나는 모습이 관찰된다.</u> 읽기 능력이 발달 → 고정 횟수 ↓, 고정 시간 ↓, 긴 도약 ↑ ¹²학습 경험과 독서 경험이 쌓이면서 글의 구조에 대한 지식과 아는 단어, 배경지식이 늘어나기 ⑤의 또 다른 원인을 설명하겠지? 때문이다. 읽기 능력의 발달로 눈동자 움직임 양상이 변하는 이유 ① ¹³(또한) 읽기 목적을 분명하게 인식하게 되면서 글에서 중요한 단어를 정확하게 선택할 수 있게 되는 것도 그 이유 중의 하나이다. 읽기 능력의 발달로 눈동자 움직임 양상이 변하는 이유 ② ¹⁴이때 문맥*을 파악하기 위해 이미 읽은 단어를 다시 확인하려는 도약, 앞으로 읽을 단어를 먼저 탐색하는 도약 등이 빈번하게 나타난다.

📌 이것만은 챙기자

*생소하다: 어떤 대상이 친숙하지 못하고 낯이 설다.
*문맥: 글월(글이나 문장)에 표현된 의미의 앞뒤 연결.

🔍 핵심 분석

- 눈동자 움직임 분석 방법
  - 정의: 사고 과정이 눈동자의 움직임에 반영된다고 보고 그 특성을 분석하는 방법
- 눈동자 움직임 양상
  - 독자의 사고 과정: 1. 중요한 단어, 생소한 단어 중심으로 읽음
    2. 고정과 도약(긴 도약, 짧은 도약)을 보임
  - 단어의 중요도, 친숙함을 기준으로 고정 시간, 고정 횟수, 도약의 길이, 도약의 방향 다름(중요한 단어, 생소한 단어 → 고정 시간 길, 고정 횟수 많음, 도약 방향 다름, 도약 길이 짧음)
  - 읽기 능력이 발달하면 고정 횟수 ↓, 고정 시간 ↓, 긴 도약 ↑

>> 각 문단을 요약하고 지문을 **세 부분**으로 나누어 보세요.

❶ 눈동자 움직임 분석 방법은 독자의 사고 과정을 밝히기 위해 눈동자 움직임의 특성을 분석한다.	첫 번째 ❶¹~❶²
❷ 독자는 글을 읽을 때 중요하거나 생소한 단어에 눈동자의 고정 시간이 길고 고정 횟수도 많으며, 이러한 단어가 연속되면 도약의 길이가 짧다.	두 번째 ❷³~❷⁹
❸ 독자의 읽기 능력이 발달하면 눈동자 움직임의 양상도 변화하여 고정 횟수와 고정 시간이 줄어들고 긴 도약이 자주 일어난다.	세 번째 ❸¹⁰~❸¹⁴

1. 윗글에 대한 이해로 가장 적절한 것은?

✔ 정답풀이

① 글을 읽을 때 눈동자의 움직임은 독자의 사고 과정에 영향을 받는다.

> 근거: **1** [1]글을 읽는 동안 독자의 사고 과정을 밝힐 수 있는 방법 중 하나가 눈동자 움직임 분석 방법이다. [2]이것은 사고 과정이 눈동자의 움직임에 반영된다고 보고 그 특성을 분석하는 방법이다.
> 눈동자 움직임 분석 방법을 통해 독자의 사고 과정을 밝힐 수 있다는 것은, 독자의 사고 과정이 눈동자의 움직임에 영향을 준다는 것을 의미한다.

✘ 오답풀이

② 눈동자 움직임 분석 방법을 사용하지 않으면 독자의 사고 과정을 밝힐 수 없다.
근거: **1** [1]글을 읽는 동안 독자의 사고 과정을 밝힐 수 있는 방법 중 하나가 눈동자 움직임 분석 방법이다.
눈동자 움직임 분석 방법은 글을 읽는 동안 독자의 사고 과정을 밝힐 수 있는 방법 중 하나이다. 따라서 눈동자 움직임 분석 방법 외에 독자의 사고 과정을 밝히는 다른 방법도 있다고 볼 수 있다.

③ 독자가 느끼는 글의 어려움의 정도는 독자의 눈동자 움직임의 양상에 영향을 주지 않는다.
근거: **2** [3]눈동자 움직임에 주목한 연구에 따르면, 글을 읽을 때 독자는 자신이 중요하다고 판단한 단어나 생소하다고 생각한 단어를 중심으로 읽는다. [7]독자가 중요하거나 생소하다고 생각한 단어일수록 고정 시간이 길었다. [8]고정 횟수도 많았고, [9]중요한 단어나 생소한 단어가 연속될 때는 그 단어마다 눈동자가 멈추면서 도약의 길이가 짧았다.
중요하거나 생소한 단어로 인해 독자가 느끼는 글의 어려움의 정도는 고정 시간, 고정 횟수, 도약의 길이 등 눈동자의 움직임 양상에 영향을 준다.

④ 눈동자 움직임 분석 방법에 따르면 독자는 자신에게 친숙한 단어일수록 중요하다고 판단한다.
근거: **2** [3]눈동자 움직임에 주목한 연구에 따르면, 글을 읽을 때 독자는 자신이 중요하다고 판단한 단어나 생소하다고 생각한 단어를 중심으로 읽는다. [7]독자가 중요하거나 생소하다고 생각한 단어일수록 고정 시간이 길었다.
눈동자 움직임 분석 방법에 따르면 독자는 중요한 단어와 생소한 단어를 중심으로 글을 읽을 뿐, 친숙한 단어일수록 중요하다고 판단하지는 않는다.

⑤ 글을 읽을 때 독자가 중요하다고 생각하는 단어의 빈도는 눈동자의 움직임에 영향을 주지 않는다.
근거: **2** [7](눈동자 움직임에 주목한 연구에 따르면) 독자가 중요하거나 생소하다고 생각한 단어일수록 고정 시간이 길었다. [8]고정 횟수도 많았고, [9]중요한 단어나 생소한 단어가 연속될 때는 그 단어마다 눈동자가 멈추면서 도약의 길이가 짧았다.
독자가 중요하다고 생각하는 단어의 빈도는 고정 시간, 고정 횟수, 도약의 길이 등 눈동자의 움직임에 영향을 준다.

2. 다음은 학생이 자신의 읽기 과정을 기록한 글이다. [A]를 바탕으로 ⓐ~ⓔ를 분석한 내용으로 적절하지 않은 것은? [3점]

> 〈독서의 새로운 공간〉이라는 글을 읽으며 우선 글 전체에서 ⓐ중요하다고 생각하는 단어만 확인하는 읽기를 했다. 이를 통해 '도서관'에 대한 내용이라는 것을 확인하고 ⓑ글의 진행 방향에 따라 읽어 나갔다. '장서'의 의미를 알 수 없어서 ⓒ앞에 읽었던 부분으로 돌아가서 다시 읽고 나니 문맥을 통해 '도서관에 소장된 책'이라는 의미임을 알게 되었다. 이후 도서관의 등장과 역할 변화가 글의 주제라는 것을 파악하고서 ⓓ그와 관련된 단어들에 집중하며 읽어 나갔다. '파피루스를 대신하여 양피지가 사용되었다.'라는 문장을 읽을 때 ⓔ'대신하여'와 달리 '파피루스'와 '양피지'처럼 생소한 단어는 하나씩 확인하며 읽었다.

✔ 정답풀이

④ ⓓ: 글의 주제와 관련이 없는 단어들을 읽을 때보다 고정 시간이 짧고 고정 횟수가 적었을 것이다.

> 근거: **2** [3]눈동자 움직임에 주목한 연구에 따르면, 글을 읽을 때 독자는 자신이 중요하다고 판단한 단어나 생소하다고 생각한 단어를 중심으로 읽는다. [7]독자가 중요하거나 생소하다고 생각한 단어일수록 고정 시간이 길었다. [8]고정 횟수도 많았고,
> 눈동자 움직임 분석 방법에 따르면 중요하다고 판단한 단어일수록 눈동자의 고정 시간이 길고 고정 횟수가 많다. 글의 '주제'와 관련된 단어들은 중요한 단어이므로, 이를 읽을 때에는 주제와 관련 없는 단어들을 읽을 때보다 고정 시간이 길고 고정 횟수가 많았을 것이다.

✘ 오답풀이

① ⓐ: 중요하다고 생각하는 단어에서는 고정이 일어났을 것이다.
근거: **2** [4]글을 읽을 때 독자는 눈동자를 단어에 멈추는 고정, [7]독자가 중요하거나 생소하다고 생각한 단어일수록 고정 시간이 길었다.

② ⓑ: 도약이 진행되는 동안에는 건너뛴 단어의 의미 이해가 이루어지지 않았을 것이다.
근거: **2** [4]글을 읽을 때 독자는~고정과 고정 사이에 일어나는 도약을 보였는데, [5]도약이 관찰될 때는 건너뛴 단어의 의미 이해가 이루어지지 않았다.

③ ⓒ: 글이 진행되는 방향과 반대 방향의 도약이 나타났을 것이다.
근거: **2** [7]독자가 중요하거나 생소하다고 생각한 단어일수록 고정 시간이 길었다. [8]이러한 단어는~고정 횟수도 많았고, 이때의 도약은 글의 진행 방향과는 다르게 나타났다.
눈동자 움직임 분석 방법에 따르면 글을 읽을 때 '장서'처럼 낯선 단어를 마주하면 앞에 읽었던 부분으로 돌아가는 등 글의 진행 방향과 반대 방향으로의 도약이 나타난다.

⑤ ©: 중요하지 않고 익숙한 단어들로만 이루어진 동일한 길이의 문장을 읽을 때보다 고정 시간이 길었을 것이다.

근거: ❷ ³눈동자 움직임에 주목한 연구에 따르면, 글을 읽을 때 독자는 자신이 중요하다고 판단한 단어나 생소하다고 생각한 단어를 중심으로 읽는다. ⁷독자가 중요하거나 생소하다고 생각한 단어일수록 고정 시간이 길었다.

눈동자 움직임 분석 방법에 따르면 중요하거나 생소한 단어일수록 눈동자의 고정 시간이 길었다. 따라서 '파피루스'와 '양피지'처럼 생소한 단어를 하나씩 확인하며 읽을 때에는, 중요하지 않고 익숙한 단어들로만 이루어진 문장을 읽을 때보다 고정 시간이 길었을 것이다.

⑤ 읽기 목적에 따라 중요한 단어를 정확하게 고를 수 있을 때

근거: ❸ ¹¹읽기 능력이 발달하면~이전보다 고정 횟수와 고정 시간이 줄어들고 단어를 건너뛰는 긴 도약이 자주 일어나는 모습(㉠)이 관찰된다. ¹³또한 읽기 목적을 분명하게 인식하게 되면서 글에서 중요한 단어를 정확하게 선택할 수 있게 되는 것도 그 이유 중의 하나이다.

| 세부 정보 파악 | 정답률 ❽❾

3. 다음은 윗글을 읽은 학생이 ㉠에 대해 보인 반응이다. [가]에 들어갈 내용으로 적절하지 <u>않은</u> 것은?

㉠: 이전보다 고정 횟수와 고정 시간이 줄어들고 단어를 건너뛰는 긴 도약이 자주 일어나는 모습

읽기 능력이 발달하면, [가] 나에게도 이러한 현상이 나타날 수 있겠군.

✔ 정답풀이

① 글을 깊이 있게 이해하기 위해 꼼꼼히 읽을 때

근거: ❸ ¹¹읽기 능력이 발달하면 이전과 같은 수준의 글을 읽거나 전에 읽었던 글을 다시 읽을 때, 단어마다 눈동자를 고정하지는 않게 되어 이전보다 고정 횟수와 고정 시간이 줄어들고 단어를 건너뛰는 긴 도약이 자주 일어나는 모습(㉠)이 관찰된다.

읽기 능력이 발달하면 이전과 같은 수준의 글을 읽거나 전에 읽었던 글을 다시 읽을 때 단어마다 눈동자를 고정하지 않게 된다. 그런데 글을 깊이 있게 이해하기 위해 꼼꼼히 읽는다면 이전보다 고정 횟수와 고정 시간이 줄지 않으므로 ㉠과 같은 현상이 나타날 수 없다.

✖ 오답풀이

② 글과 관련된 배경지식을 적극적으로 활용하여 읽을 때

근거: ❸ ¹¹읽기 능력이 발달하면~이전보다 고정 횟수와 고정 시간이 줄어들고 단어를 건너뛰는 긴 도약이 자주 일어나는 모습(㉠)이 관찰된다. ¹²배경지식이 늘어나기 때문이다.

③ 다양한 글을 읽어서 글의 구조를 잘 이해할 수 있을 때

근거: ❸ ¹¹읽기 능력이 발달하면~이전보다 고정 횟수와 고정 시간이 줄어들고 단어를 건너뛰는 긴 도약이 자주 일어나는 모습(㉠)이 관찰된다. ¹²글의 구조에 대한 지식과 아는 단어, 배경지식이 늘어나기 때문이다.

④ 배우고 익힌 내용이 쌓여 글에 아는 단어가 많아졌을 때

근거: ❸ ¹¹읽기 능력이 발달하면~이전보다 고정 횟수와 고정 시간이 줄어들고 단어를 건너뛰는 긴 도약이 자주 일어나는 모습(㉠)이 관찰된다. ¹²학습 경험과 독서 경험이 쌓이면서 글의 구조에 대한 지식과 아는 단어, 배경지식이 늘어나기 때문이다.

[1~3] 다음 글을 읽고 물음에 답하시오.

✏️ 사고의 흐름

❶ ¹글을 읽으려면 글자 읽기, 요약, 추론 등의 읽기 기능, 어휘력, 읽기 흥미나 동기 등이 필요하다. ²글 읽는 능력이 발달하려면 읽기에 필요한 이러한 요소를 잘 갖추어야 한다. 글의 화제가 제시되었어. 글 읽는 능력의 발달에는 '읽기 기능, 어휘력, 읽기 흥미나 동기 등'의 읽기 요소가 필요하다고 하네.

❷ ³읽기 요소들 중 어휘력 발달에 관한 연구들에서는, 학년이 올라감에 따라 ㉠어휘력이 높은 학생들과 ㉡어휘력이 낮은 학생들 간의 어휘력 격차*가 점점 더 커짐이 보고되었다. ⁴여기서 어휘력 격차는 읽기의 양과 관련된다. ⁵즉 어휘력이 높으면 이를 바탕으로 점점 더 많이 읽게 되고, 많이 읽을수록 글 속의 어휘를 습득할 기회가 많아지며, 이것이 다시 어휘력을 높인다는 것이다. ⁶반대로 어휘력이 부족하면 읽는 양도 적어지고 어휘 습득의 기회도 줄어 다시 어휘력이 상대적으로 부족하게 됨으로써, 나중에는 커져 버린 격차를 극복하는 데에 많은 노력이 필요하게 된다.

[A]

어휘력이 높은 경우와 반대인 어휘력이 부족한 경우를 설명하겠지?

어휘력 ↑ → 읽기 양 ↑ → 어휘 습득 기회 ↑ ∴ 어휘력 ↑	어휘력 격차 ↑
어휘력 ↓ → 읽기 양 ↓ → 어휘 습득 기회 ↓ ∴ 어휘력 ↓	

앞의 내용을 정리해 줄 거야.

❸ ⁷이렇게 읽기 요소를 잘 갖춘 독자는 점점 더 잘 읽게 되어 그렇지 않은 독자와의 차이가 갈수록 커지게 되는데, 이를 매튜 효과로 설명하기도 한다. ⁸매튜 효과란 사회적 명성이나 물질적 자산이 많을수록 그로 인해 더 많이 가지게 되고, 그 결과 그렇지 않은 사람과의 차이가 점점 커지는 현상을 일컫는다. ⁹이(매튜 효과)는 주로 사회학에서 사용되었으나 읽기에도 적용된다. 읽기에 적용된 '매튜 효과': 읽기 요소를 잘 갖출수록 더 잘 읽게 되고, 그 결과 그렇지 않은 독자와 차이가 벌어짐

전환! 읽기에 적용된 '매튜 효과'의 한계가 나올 거야.

❹ ¹⁰그러나 ⓐ글 읽는 능력을 매튜 효과로만 설명하는 데에는 문제가 있다. ¹¹우선, 읽기와 관련된 요소들에서 매튜 효과가 항상 나타나는 것은 아니다. ¹²인지나 정서의 발달은 개인마다 다르며, 한 개인 안에서도 그 속도는 시기마다 다르기 때문이다. ¹³예컨대 읽기 흥미나 동기의 경우, 어릴 때는 상승 곡선을 그리며 발달하다가 어느 시기부터 떨어지기도 한다. ¹⁴또한 읽기 요소들은 상호 간에 영향을 미쳐 매튜 효과와 다른 결과를 낳기도 한다. ¹⁵가령 읽기 기능이 부족한 독자라 하더라도 읽기 흥미나 동기가 높은 경우 이것이 읽기 기능의 발달을 견인*할 수 있다. 글 읽는 능력을 매튜 효과로만 설명하는 것이 문제가 되는 이유: ① 인지나 정서 발달의 개인차, 개인 안에서도 발달 속도가 시기마다 다름 ② 읽기 요소들 상호 간의 영향

❺ ¹⁶그럼에도 불구하고 읽기를 매튜 효과로 설명하는 연구는 단순히 지능의 차이에 따라 글 읽는 능력이 달라진다고 보던 관점에서 벗어나, 읽기 요소들이 글을 잘 읽도록 하는 중요한 동력*임을 인식하게 하는 계기*가 되었다. 읽기를 매튜 효과로 설명하는 연구의 의의가 제시되면서 글이 마무리되고 있네.

이것만은 챙기자

* **격차:** 빈부, 임금, 기술 수준 따위가 서로 벌어져 다른 정도.
* **견인:** 끌어서 당김.
* **동력:** 어떤 일을 발전시키고 밀고 나가는 힘.
* **계기:** 어떤 일이 일어나거나 변화하도록 만드는 결정적인 원인이나 기회.

🔍 핵심 분석

글 읽는 능력 발달과 읽기 요소
- 읽기 요소: 읽기 기능, 어휘력, 읽기 흥미나 동기 등
- 글 읽는 능력이 발달하려면 읽기 요소를 잘 갖추어야 함
  → 어휘력 발달에 관한 연구: 학년이 올라갈수록 어휘력 높은 학생 vs 어휘력 낮은 학생 간 어휘력 격차 ↑
- 읽기에 적용된 '매튜 효과'
  1. 내용: 읽기 요소를 잘 갖출수록 더 잘 읽게 되어 그렇지 않은 독자와의 차이 ↑
  2. 문제: (1) 인지나 정서 발달의 개인차, 개인 안에서도 발달 속도가 시기마다 다름, (2) 읽기 요소들 상호 간의 영향 → 글 읽는 능력 설명에 한계 有
  3. 의의: 읽기 요소들이 글을 잘 읽게 하는 중요한 동력임을 인식하게 함

>> 각 문단을 요약하고 지문을 **두 부분으로** 나누어 보세요.

❶ 글 읽는 능력이 발달하려면 **읽기 기능**, 어휘력, 읽기 흥미나 동기 등 읽기 요소를 갖추어야 한다.	첫 번째 ❶¹~❸⁹
❷ 어휘력 격차는 읽기의 **양**과 관련되는데, 학년이 올라감에 따라 어휘력이 높은 학생들과 낮은 학생들 간 **격차**는 더 커진다.	
❸ 읽기 요소를 잘 갖춘 독자와 그렇지 않은 독자의 차이가 커지는 것은 **매튜 효과**로 설명하기도 한다.	
❹ 그러나 읽기 요소들에서 매튜 효과가 **항상** 나타나는 것은 아니며, 읽기 요소들은 상호 간에 **영향**을 미쳐 매튜 효과와 다른 결과를 낳기도 한다.	두 번째 ❹¹⁰~❺¹⁶
❺ 읽기를 매튜 효과로 설명하는 연구는 **읽기 요소**가 글을 잘 읽도록 하는 동력임을 인식하는 계기가 되었다.	

1. 윗글의 내용과 일치하지 <u>않는</u> 것은?

✔ 정답풀이

① 읽기 기능에는 어휘력, 읽기 흥미나 동기 등이 포함된다.

> 근거: **1** [1]글을 읽으려면 글자 읽기, 요약, 추론 등의 읽기 기능, 어휘력, 읽기 흥미나 동기 등이 필요하다.
>
> 읽기 기능에는 글자 읽기, 요약, 추론 등이 포함된다. 어휘력과 읽기 흥미나 동기 등은 읽기 기능과 같은 층위에 있는 읽기 요소에 해당한다.

✖ 오답풀이

② 매튜 효과에 따르면 읽기 요소를 잘 갖출수록 더 잘 읽게 된다.

근거: **3** [7]읽기 요소를 잘 갖춘 독자는 점점 더 잘 읽게 되어 그렇지 않은 독자와의 차이가 갈수록 커지게 되는데, 이를 매튜 효과로 설명하기도 한다.

③ 매튜 효과는 주로 사회학에서 사용되는 개념이었다.

근거: **3** [9]이(매튜 효과)는 주로 사회학에서 사용되었으나

④ 읽기 요소는 다른 읽기 요소들에 영향을 미치기도 한다.

근거: **4** [14]읽기 요소들은 상호 간에 영향을 미쳐

⑤ 읽기 연구에서 매튜 효과는 읽기 요소의 가치를 인식하게 했다.

근거: **5** [16]읽기를 매튜 효과로 설명하는 연구는~읽기 요소들이 글을 잘 읽도록 하는 중요한 동력임을 인식하게 하는 계기가 되었다.

2. 다음은 어휘력 발달에서 나타나는 매튜 효과를 도식화한 것이다. [A]를 바탕으로 ㉠과 ㉡에 대해 이해한 것으로 가장 적절한 것은?

㉠: 어휘력이 높은 학생들
㉡: 어휘력이 낮은 학생들

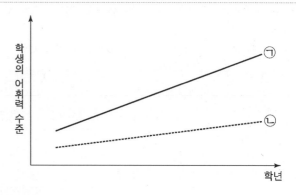

✔ 정답풀이

⑤ ㉠과 ㉡ 간의 어휘력 격차가 점점 커지는 것은 읽기 양의 차이가 누적되기 때문이다.

> 근거: **2** [3]학년이 올라감에 따라 어휘력이 높은 학생들(㉠)과 어휘력이 낮은 학생들(㉡) 간의 어휘력 격차가 점점 더 커짐 [4]여기서 어휘력 격차는 읽기의 양과 관련 [5]즉 어휘력이 높으면 이를 바탕으로 점점 더 많이 읽게 되고, [6]반대로, 어휘력이 부족하면 읽는 양도 적어지고~나중에는 커져 버린 격차

✖ 오답풀이

① ㉠은 ㉡에 비해 읽기 양이 적지만 어휘력은 더 큰 폭으로 높아진다.

근거: **2** [5]어휘력이 높으면 이를 바탕으로 점점 더 많이 읽게 되고~다시 어휘력을 높인다는 것이다. [6]반대로, 어휘력이 부족하면 읽는 양도 적어지고~다시 어휘력이 상대적으로 부족하게 됨

② ㉡은 학년이 올라갈수록 ㉠과의 어휘력 격차를 줄일 수 있는 가능성이 커진다.

근거: **2** [3]학년이 올라감에 따라 어휘력이 높은 학생들(㉠)과 어휘력이 낮은 학생들(㉡) 간의 어휘력 격차가 점점 더 커짐

③ ㉡은 학년이 올라가면 ㉠에 비해 적은 노력으로도 어휘력 부족에서 벗어날 수 있다.

근거: **2** [3]학년이 올라감에 따라 어휘력이 높은 학생들(㉠)과 어휘력이 낮은 학생들(㉡) 간의 어휘력 격차가 점점 더 커짐 [6]어휘력이 부족하면~나중에는 커져 버린 격차를 극복하는 데에 많은 노력이 필요하게 된다.

④ ㉠과 ㉡ 간의 어휘력 격차가 점점 커지는 것은 지능의 차이 때문이다.

근거: **2** [4]어휘력 격차는 읽기의 양과 관련된다. + **5** [16]읽기를 매튜 효과로 설명하는 연구는 단순히 지능의 차이에 따라 글 읽는 능력이 달라진다고 보던 관점에서 벗어나

제시된 그래프는 매튜 효과를 도식화한 것으로, ㉠과 ㉡ 간의 어휘력 격차가 점점 커지는 것은 지능의 차이가 아니라 읽기의 양과 관련된다고 본다.

3. 〈보기〉의 관점에서 ⓐ를 뒷받침할 수 있는 내용으로 가장 적절한 것은? [3점]

> ⓐ: 글 읽는 능력을 매튜 효과로만 설명하는 데에는 문제가 있다.

〈보기〉

[1]인간의 사고는 자연적으로 발달하기보다는 공동체 내 언어적 상호 작용에 의해 발달한다. [2]따라서 고차적 사고에 속하는 읽기도 타인과 상호 작용함으로써 점진적으로 발달한다.

✅ 정답풀이

④ 읽기 발달은 개인의 읽기 경험을 공유하는 사회적 환경에 따라 달라질 수 있다.

> 근거: **3** [7]읽기 요소를 잘 갖춘 독자는 점점 더 잘 읽게 되어 그렇지 않은 독자와의 차이가 갈수록 커지게 되는데, 이를 매튜 효과로 설명하기도 한다. + 〈보기〉 [2]읽기도 타인과 상호 작용함으로써 점진적으로 발달한다.
> 글 읽기 능력을 설명할 때 매튜 효과는 읽기 요소를 잘 갖출수록 더 잘 읽게 되고, 그 결과 그렇지 않은 독자와의 차이가 갈수록 커진다고 본다. 〈보기〉는 타인과의 상호 작용이 읽기의 발달에 영향을 줄 수 있다고 보는 관점이다. 따라서 개인의 읽기 경험을 공유하는 사회적 환경에 따라 읽기 발달이 달라질 수 있다고 할 것이며, 이는 ⓐ를 뒷받침할 수 있다.

❌ 오답풀이

① 읽기 발달의 속도는 한 개인 안에서도 시기마다 다르다.
  근거: **4** [12]인지나 정서의 발달은 개인마다 다르며, 한 개인 안에서도 그 속도는 시기마다 다르기 때문이다. + 〈보기〉 [2]읽기도 타인과 상호 작용함으로써 점진적으로 발달한다.
  읽기 발달의 속도는 한 개인 안에서도 시기마다 다를 수 있으나, 이는 타인과의 상호 작용의 영향에 주목하는 〈보기〉의 관점과 부합하지 않는다.

② 읽기 발달은 읽기 속도나 취향 등 개인차에 따라 각기 다르다.
  근거: **4** [12]인지나 정서의 발달은 개인마다 다르며 + 〈보기〉 [2]읽기도 타인과 상호 작용함으로써 점진적으로 발달한다.
  읽기 발달은 개인차에 따라 각기 다를 수 있으나, 이는 타인과의 상호 작용이 읽기의 발달에 영향을 줄 수 있다고 보는 〈보기〉의 관점과 부합하지 않는다.

③ 읽기 흥미나 동기 등은 타고난 개인적 성향으로서 변하지 않는다.
  근거: **4** [14]읽기 요소들은 상호 간에 영향을 미쳐 [15]가령 읽기 기능이 부족한 독자라 하더라도 읽기 흥미나 동기가 높은 경우 이것이 읽기 기능의 발달을 견인할 수 있다.
  읽기 요소들은 상호 간에 영향을 미치며, 높은 읽기 흥미나 동기가 읽기 기능의 발달을 이끌 수 있으므로, 읽기 흥미나 동기 역시 다른 읽기 요소에 의해 변할 수 있음을 알 수 있다. 또한 이는 타인과의 상호 작용의 영향에 주목하는 〈보기〉의 관점과 부합하지 않는다.

⑤ 충분한 시간과 몰입할 수 있는 장소가 주어진다면 혼자서도 읽기를 잘할 수 있다.
  읽는 시간과 장소가 읽기에 영향을 준다는 내용은 윗글에서 찾을 수 없으며, 이는 타인과의 상호 작용의 영향에 주목하는 〈보기〉의 관점과도 부합하지 않는다.

[1~3] 다음 글을 읽고 물음에 답하시오.

✏ 사고의 흐름

❶ ¹어떤 독서 이론도 이 한 장의 사진만큼 독서의 위대함을 분명하게 말해 주지 못할 것이다. ²사진은 제2차 세계 대전 당시 처참하게 무너져 내린 런던의 한 건물 모습이다. ³ⓐ폐허 속에서도 사람들이 책을 찾아 서가 앞에 선 이유는 무엇일까? ⁴이들은

갑작스레 닥친 상황에서 독서를 통해 무언가를 구하고자 했을 것이다. 제2차 세계 대전의 폐허 속에서도 사람들이 책을 찾은 이유를 궁금해하며 독서의 의미를 탐색하고 있어.

❷ ⁵독서는 자신을 살피고 돌아볼 계기*를 제공함으로써 어떻게 살 것인가의 문제를 생각하게 한다. ⁶책은 인류의 지혜와 경험이 담겨 있는 문화유산이며, 독서는 인류와의 만남이자 끝없는 대화이다. ⁷독자의 경험과 책에 담긴 수많은 경험들의 만남은 성찰의 기회를 제공함으로써 독자의 내면을 성장시켜 삶을 바꾼다. 독서는 책과의 대화(만남)를 통한 성찰의 기회 제공 → 독자의 내면 성장 ⁸이런 의미에서 독서는 자기 성찰의 행위이며, 성찰의 시간은 깊이 사색하고 스스로에게 질문을 던지는 시간이어야 한다. 독서의 의미 ① 깊이 사색하고 스스로 질문을 던지는 자기 성찰의 행위 ⁹이들(폐허 속에서도 책을 찾은 사람들)이 책을 찾은 것도 혼란스러운 현실을 외면하려 한 것이 아니라 자신의 삶에 대한 숙고*의 시간이 필요했기 때문이다. 폐허 속에서도 사람들이 책을 찾은 이유 ① 삶에 대한 숙고의 시간이 필요했기 때문

독서의 또 다른 의미에 대해 언급하겠지?

❸ ¹⁰또한 ⓑ독서는 자신을 둘러싼 현실을 올바로 인식하고 당면한 문제를 해결할 논리와 힘을 지니게 한다. 독서의 의미 ② 올바른 현실 인식과 당면한 문제 해결을 위한 힘을 지니게 하는 과정 ¹¹책은 세상에 대한 안목*을 키우는 데 필요한 지식을 담고 있으며, 독서는 그 지식을 얻는 과정이다. ¹²독자의 생각과 오랜 세월 축적된 지식의 만남은 독자에게 올바른 식견*을 갖추고 당면한 문제를 해결할 방법을 모색*하도록 함으로써 세상을 바꾼다. ¹³세상을 변화시킬 동력*을 얻는 이 시간(독서의 과정)은 책에 있는 정보를 이해하는 데 그치는 것이 아니라 그 정보가 자신의 관점에서 문제를 해결할 수 있는 타당한 정보인지를 판단하고 분석하는 시간이어야 한다. 독서는 책에 담긴 세상에 대한 안목을 키우는 데 필요한 지식을 얻는 과정(독자의 생각과 책에 축적된 지식의 만남) → 올바른 식견 형성, 당면한 문제 해결 방법 모색(책의 정보가 자신의 관점에서 문제를 해결할 타당한 정보인지 판단, 분석) → 세상을 바꿈 ¹⁴서가 앞에 선 사람들도 시대적 과제를 해결할 실마리를 책에서 찾으려 했던 것이다. 폐허 속에서도 사람들이 책을 찾은 이유 ② 시대적 과제를 해결할 실마리를 찾으려 했기 때문

❹ ¹⁵독서는 자기 내면으로의 여행이며 외부 세계로의 확장이다. ¹⁶폐허 속에서도 책을 찾은 사람들은 독서가 지닌 힘을 알고, 자신과

현실에 대한 이해를 구하고자 책과의 대화를 시도하고 있었던 것이다. 독서의 의미: 자기 내면으로의 여행, 외부 세계로의 확장 / 폐허 속에서도 사람들이 책을 찾는 이유: 자신과 현실에 대한 이해를 구하고자 했기 때문

이것만은 챙기자

* **계기**: 어떤 일이 일어나거나 변화하도록 만드는 결정적인 원인이나 기회.
* **숙고**: 곰곰 잘 생각함. 또는 그런 생각.
* **안목**: 사물을 보고 분별하는 견문과 학식.
* **식견**: 학식과 견문이라는 뜻으로, 사물을 분별할 수 있는 능력을 이르는 말.
* **모색**: 일이나 사건 따위를 해결할 수 있는 방법이나 실마리를 더듬어 찾음.
* **동력**: 어떤 일을 발전시키고 밀고 나가는 힘.

🔍 핵심 분석

* 독서의 의미
  1. 깊이 사색하고 스스로 질문을 던지는 자기 성찰의 행위
  2. 올바른 현실 인식과 당면한 문제 해결을 위한 힘을 지니게 함
     → 독서 = 자기 내면으로의 여행이며 외부 세계로의 확장
* 폐허 속에서도 사람들이 책을 찾은 이유
  1. 삶에 대한 숙고의 시간이 필요했기 때문
  2. 시대적 과제를 해결할 실마리를 찾으려 했기 때문
     → 자신과 현실에 대한 이해를 구하기 위함

≫ 각 문단을 요약하고 지문을 **세 부분**으로 나누어 보세요.

❶ 폐허 속에서도 서가 앞에 선 사람들의 사진은 독서의 위대함을 보여 준다.	첫 번째 **❶**¹~**❶**⁴
❷ 독서는 자기 성찰의 행위로써 독자의 내면을 성장시켜 삶을 바꾼다.	
❸ 독서는 현실을 올바로 인식하고 당면한 문제를 해결할 방법을 모색하도록 하여 세상을 바꾼다.	두 번째 **❷**⁵~**❸**¹⁴
❹ 독서는 자기 내면으로의 여행이며 외부 세계로의 확장이다.	세 번째 **❹**¹⁵~**❹**¹⁶

1. 윗글을 바탕으로 할 때, ㉠의 답으로 적절하지 않은 것은?

> ㉠: 폐허 속에서도 사람들이 책을 찾아 서가 앞에 선 이유는 무엇일까?

✅ 정답풀이

② 현실로부터 도피할 방법을 구하기 위해

> 근거: 2 ⁹이들(폐허 속에서도 책을 찾은 사람들)이 책을 찾은 것도 혼란
> 스러운 현실을 외면하려 한 것이 아니라 자신의 삶에 대한 숙고의 시간이
> 필요했기 때문이다. + 4 ¹⁶폐허 속에서도 책을 찾은 사람들은 독서가 지닌
> 힘을 믿고, 자신과 현실에 대한 이해를 구하고자 책과의 대화를 시도하고
> 있었던 것이다.
> 폐허 속에서도 사람들이 책을 찾은 이유는 혼란스러운 현실로부터 도피
> 하거나 외면하기 위해서가 아니라, 자신과 삶에 대한 숙고의 시간이 필요
> 했기 때문이며 자신과 현실에 대한 이해를 구하고자 했기 때문이다.

❌ 오답풀이

① 인류의 지혜와 경험을 배우기 위해

> 근거: 2 ⁶책은 인류의 지혜와 경험이 담겨 있는 문화유산 ⁷독자의 경험과
> 책에 담긴 수많은 경험들의 만남은 성찰의 기회를 제공함으로써 독자의 내
> 면을 성장시켜 삶을 바꾼다.
> 폐허 속에서도 사람들이 책을 찾은 이유는 책에 담겨 있는 인류의 지혜와 경
> 험을 배움으로써 내면을 성장시키기 위해서라고 할 수 있다.

③ 시대적 과제를 해결할 실마리를 찾기 위해

> 근거: 3 ¹⁴서가 앞에 선 사람들도 시대적 과제를 해결할 실마리를 책에서
> 찾으려 했던 것이다.

④ 자신의 삶에 대해 숙고할 시간을 갖기 위해

> 근거: 2 ⁹이들(폐허 속에서도 책을 찾은 사람들)이 책을 찾은 것도 혼란스
> 러운 현실을 외면하려 한 것이 아니라 자신의 삶에 대한 숙고의 시간이 필
> 요했기 때문이다.

⑤ 세상에 대한 안목을 키우는 지식을 얻기 위해

> 근거: 3 ¹¹책은 세상에 대한 안목을 키우는 데 필요한 지식을 담고 있으
> 며, 독서는 그 지식을 얻는 과정이다.

---

2. 〈보기〉는 ㉡과 같이 독서하기 위해 학생이 찾은 독서 방법이다. 이에 대한 반응으로 적절하지 않은 것은? [3점]

> ㉡: 독서는 자신을 둘러싼 현실을 올바로 인식하고 당면한 문제를 해결
> 할 논리와 힘을 지니게 한다.

〈보기〉

> ¹해결하려는 문제와 관련하여 관점이 다른 책들을 함께 읽는
> 것은 해법을 찾는 한 방법이다. ²먼저 문제가 무엇인지를 명확히
> 하고, 이와 관련된 서로 다른 관점의 책을 찾는다. ³책을 읽을
> 때는 자신의 관점에서 각 관점들을 비교·대조하면서 정보의
> 타당성을 비판적으로 검토하고 평가한 내용을 통합한다. ⁴이를
> 통해 문제를 다각적·심층적으로 이해하게 됨으로써 자신의
> 관점을 분명히 하고, 나아가 생각을 발전시켜 관점을 재구성하게
> 됨으로써 해법을 찾을 수 있다.

✅ 정답풀이

⑤ 문제에 대한 여러 관점을 다각도로 검토하고, 비판적 판단을
유보함으로써 자신의 관점이 지닌 타당성을 견고히 해야겠군.

> 근거: 3 ¹³그 정보(책에 있는 정보)가 자신의 관점에서 문제를 해결할 수
> 있는 타당한 정보인지를 판단하고 분석하는 시간이어야 한다. + 〈보기〉
> ³책을 읽을 때는 자신의 관점에서 각 관점들을 비교·대조하면서 정보의
> 타당성을 비판적으로 검토하고 평가한 내용을 통합한다. ⁴이를 통해~
> 자신의 관점을 분명히 하고
> ㉡과 같이 독서하기 위해서는 자신의 관점에서 책의 정보가 문제를 해결
> 할 수 있는 타당한 정보인지 판단하고 분석해야 한다. 그리고 〈보기〉에서
> '해결하려는 문제와 관련하여 관점이 다른 책들을 함께 읽'을 때 '각 관점
> 들을 비교·대조하면서 정보의 타당성을 비판적으로 검토하고 평가'함으
> 로써 자신의 관점을 분명히 할 수 있다고 했으므로, 비판적 판단을 미루어
> 두는, 즉 유보한다는 내용은 적절하지 않다.

❌ 오답풀이

① 읽을 책을 선택하기 전에 해결하려는 문제가 무엇인지를 명확하게
인식해야겠군.

> 근거: 3 ¹⁰독서는 자신을 둘러싼 현실을 올바로 인식하고~힘을 지니게
> 한다.(㉡) + 〈보기〉¹해결하려는 문제와 관련하여 관점이 다른 책들을 함께
> 읽는 것은 해법을 찾는 한 방법이다. ²먼저 문제가 무엇인지를 명확히 하고,
> 이와 관련된 서로 다른 관점의 책을 찾는다.

② 서로 다른 관점을 비교·대조하면서 검토함으로써 편협한 시각
에서 벗어나 문제를 폭넓게 보아야겠군

> 근거: 3 ¹²독자의 생각과 오랜 세월 축적된 지식의 만남은 독자에게 올바른
> 식견을 갖추고~모색하도록 함으로써 + 〈보기〉 ³책을 읽을 때는 자신의 관점
> 에서 각 관점들을 비교·대조하면서 정보의 타당성을 비판적으로 검토하고
> 평가한 내용을 통합한다. ⁴이를 통해 문제를 다각적·심층적으로 이해하게 됨

③ 문제의 해결을 위해 서로 다른 관점을 비판적으로 통합하여 문제에 대한 생각을 새롭게 구성할 수 있어야겠군.

근거: **3** [12]독자의 생각과 오랜 세월 축적된 지식의 만남은 독자에게 올바른 식견을 갖추고~모색하도록 함으로써 + 〈보기〉 [3]책을 읽을 때는 자신의 관점에서 각 관점들을 비교·대조하면서 정보의 타당성을 비판적으로 검토하고 평가한 내용을 통합한다. [4]이를 통해 문제를 다각적·심층적으로 이해하게 됨으로써~나아가 생각을 발전시켜 관점을 재구성하게 됨으로써 해법을 찾을 수 있다.

④ 정보를 이해하는 수준을 넘어, 각 관점의 타당성을 검토하고 평가 내용을 통합함으로써 문제를 깊이 이해해야겠군.

근거: **3** [13]이 시간(독서의 과정)은 책에 있는 정보를 이해하는 데 그치는 것이 아니라~분석하는 시간이어야 한다. + 〈보기〉 [3]책을 읽을 때는 자신의 관점에서 각 관점들을 비교·대조하면서 정보의 타당성을 비판적으로 검토하고 평가한 내용을 통합한다. [4]이를 통해 문제를 다각적·심층적으로 이해하게 됨

③ 독서를 지속적으로 실천하지 못한 태도를 반성하고 문제 해결을 위해 장기적인 독서 계획을 세우고 있다.

독서 기록장에서 학생이 독서를 지속적으로 실천하지 못해 반성하는 내용은 없으며, 문제 해결을 위한 장기적인 독서 계획을 세우고 있지도 않다. 또한 이러한 내용은 윗글의 내용과도 관련이 없다.

④ 내면적 성장을 위한 도구로서의 독서의 중요성을 인식하고 다양한 매체를 활용한 독서의 방법을 제안하고 있다.

독서 기록장에서 학생은 '윤동주 평전을 읽으며 스스로에게 질문을 던지는 이 시간이 나에 대해 사색하며 삶을 가꾸는 소중한 시간임을 새삼 느'끼고 있으므로, 내면적 성장을 위한 도구로서의 독서의 중요성을 인식했다고 볼 수 있지만, 다양한 매체를 활용한 독서의 방법을 제안하고 있지는 않다.

⑤ 개인의 지적 성장에 머무는 독서의 한계를 지적하고 타인과 경험을 공유하는 독서 토론의 필요성을 강조하고 있다.

윗글과 학생의 독서 기록장에서 모두 개인의 지적 성장에 머무는 독서의 한계를 지적한 부분이나 타인과 경험을 공유하는 독서 토론의 필요성을 강조한 부분은 찾아볼 수 없다.

| 구체적 상황에 적용 | 정답률 **97**

3. 다음은 윗글을 읽은 학생의 독서 기록장 일부이다. 이에 대한 설명으로 가장 적절한 것은?

> 나의 독서 대부분은 정보 습득을 위한 것이었다. 책의 내용이 그대로 내 머릿속으로 옮겨져 지식이 쌓이기만을 바랐지 내면의 성장을 생각하지 못했다. 윤동주 평전을 읽으며 스스로에게 질문을 던지는 이 시간이 나에 대해 사색하며 삶을 가꾸는 소중한 시간임을 새삼 느낀다. 오늘 나는 책장을 천천히 넘기며 나에게로의 여행을 떠나 보려 한다.

✓ 정답풀이

① 삶을 성찰하게 하는 독서의 가치를 깨닫고 이를 실천하려는 모습을 보이고 있다.

> 근거: **2** [8]독서는 자기 성찰의 행위이며, 성찰의 시간은 깊이 사색하고 스스로에게 질문을 던지는 시간이어야 한다.
> '독서는 자기 성찰의 행위'라고 한 윗글의 내용과 관련하여, 독서 기록장에서 학생은 '윤동주 평전을 읽으며 스스로에게 질문을 던지는 이 시간이 나에 대해 사색하며 삶을 가꾸는 소중한 시간임을 새삼 느'꼈다고 하며 성찰의 행위로서 독서가 지닌 가치를 깨닫고 이를 실천하려는 모습을 보이고 있다.

✗ 오답풀이

② 문학 분야에 편중되었던 독서 습관을 버리고 다양한 분야의 책을 읽으려는 노력을 보이고 있다.

독서 기록장에서 학생은 '나의 독서 대부분은 정보 습득을 위한 것'이었다고 했을 뿐, 자신의 독서 습관이 문학 분야에 편중되었다고 하지는 않았다. 또한 다양한 분야의 책을 읽으려는 노력을 보이는 부분도 찾아볼 수 없으며 이러한 내용은 윗글의 내용과도 관련이 없다.

[1~3] 다음은 학생이 쓴 독서 일지이다. 물음에 답하시오.

✏️ 사고의 흐름

앞에서 말한 내용을 근거로 삼아 뒤의 내용을 강조하려는 거야!

❶ ¹미술사를 다루고 있는 좋은 책이 많지만 학술적인 지식이 부족하면 이해하기 어려운 경우가 많다고 한다. ²이런 점에서 미술에 대해 막 알아 가기 시작한 나와 같은 독자도 이해할 수 있다고 알려진, 곰브리치의 『서양 미술사』를 택해 서양 미술의 흐름을 살펴본 것은 좋은 결정이었다. 미술사에 대한 학술적 지식이 부족했던 학생에게 곰브리치의 『서양 미술사』는 서양 미술의 흐름을 살펴보는 데 도움이 되었나 봐.

❷ ³이 책(『서양 미술사』)을 통해 저자는 미술사를 어떻게 이해할 것인가를 설명한다. ⁴저자는 서론에서 '미술이라는 것은 사실상 존재하지 않는다. 다만 미술가들이 있을 뿐이다.'라고 밝히며, 미술가와 미술 작품에 주목하여 미술사를 이해하려는 자신의 관점*을 설명한다. ⁵저자는 27장에서도 해당 구절을 들어 자신의 관점을 다시 설명하고 있었기 때문에, 27장의 내용을 서론의 내용과 비교하여 읽으면서 저자의 관점을 더 잘 이해할 수 있었다. 『서양 미술사』의 서론과 27장의 내용 비교하여 읽기 → 미술가와 미술 작품에 주목하여 미술사를 이해하려는 저자의 관점 이해

학생의 생각과는 다른 내용이 제시되었나 봐.

❸ ⁶책의 제목을 처음 접했을 때는, 이 책이 유럽만을 대상으로 삼고 있을 거라고 생각했다. ⁷하지만 책의 본문을 읽기 전에 목차를 살펴보니, 총 28장으로 구성된 이 책이 유럽 외의 지역도 포함하고 있음을 알 수 있었다. ⁸1~7장에서는 아메리카, 이집트, 중국 등의 미술도 설명하고 있었고, 8~28장에서는 6세기 이후 유럽 미술에서부터 20세기 미국의 실험적* 미술까지 다루고 있었다. 책의 제목만 보고 예측한 내용과, 목차를 살펴본 후에 알게 된 내용의 구성이 달랐음을 알 수 있군. ⁹이처럼 책이 다룬 내용이 방대하기 때문에, 이전부터 관심을 두고 있었던 유럽의 르네상스에 대한 부분을 먼저 읽은 후 나머지 부분을 읽는 방식으로 이 책을 읽어 나갔다. 자신의 관심사에 따라 글을 읽는 순서를 조정했네.

❹ ¹⁰⊙『서양 미술사』는 자료가 풍부하고 해설을 이해하기 어렵지 않아서, 저자가 해설한 내용을 저자의 관점에 따라 받아들이는 것만으로도 충분히 만족스러웠다. 풍부한 자료와 해설의 용이성에 따라 저자의 관점을 그대로 받아들이며 책을 읽었군. ¹¹물론 분량이 700여 쪽에 달하는 점은 부담스러웠지만, 하루하루 적당한 분량을 읽도록 계획을 세워서 꾸준히 실천하다 보니 어느새 다 읽었을 만큼 책의 내용은 흥미로웠다. 책의 분량이 많아 계획을 세워 독서를 실천했군.

이것만은 챙기자

- *관점: 사물이나 현상을 관찰할 때, 그 사람이 보고 생각하는 태도나 방향.
- *실험적: 새로운 방법이나 형식을 시험 삼아 해 보는.

🔍 **핵심 분석**

『서양 미술사』의 독서 일지
- 미술사에 대한 지식 고려하여 책을 선정함
- 관련 내용을 다룬 서론과 27장을 비교 → 저자의 관점을 더 잘 이해함
- 제목을 보고 내용 예측 → 목차를 살펴보며 실제 내용 구성 확인
- 관심 있는 부분부터 읽은 후 나머지 부분 읽음
- 자료가 풍부하고 해설이 어렵지 않아, 저자의 관점을 수용하며 읽음
- 분량을 고려하여 계획을 세워 독서를 실천함

≫ 각 문단을 요약하고 지문을 **두 부분**으로 나누어 보세요.

❶ 미술에 대한 지식이 부족한 독자도 이해할 수 있다는, 곰브리치의 『서양 미술사』를 택해 서양 미술의 흐름을 살펴보았다.
❷ 저자는 서론과 27장에서 미술가와 미술 작품에 주목하여 미술사를 이해하려는 자신의 관점을 설명한다.
❸ 제목을 접했을 때 유럽만이 대상일 것이라 생각했지만, 목차를 살펴보니 유럽 외의 지역도 포함해 방대한 내용을 다루었음을 알 수 있었다.
❹ 『서양 미술사』는 저자가 해설한 내용을 저자의 관점에 따라 받아들이는 것만으로도 만족스러웠으며, 분량이 부담스러웠지만 계획을 세워 꾸준히 실천하니 다 읽을 수 있었다.

첫 번째 ❶¹~❶²

두 번째 ❷³~❹¹¹

1. 윗글을 쓴 학생이 책을 선정할 때 고려한 사항 중, 윗글에서 확인할 수 있는 것은?

✅ 정답풀이

① 자신의 지식수준에 비추어 적절한 책인가?

> 근거: **1** [1]미술사를 다루고 있는 좋은 책이 많지만 학술적인 지식이 부족하면 이해하기 어려운 경우가 많다고 한다. [2]이런 점에서 미술에 대해 막 알아 가기 시작한 나와 같은 독자도 이해할 수 있다고 알려진, 곰브리치의 『서양 미술사』를 택해 서양 미술의 흐름을 살펴본 것은 좋은 결정이었다.
> 윗글을 쓴 학생은 미술에 대해 막 알아 가기 시작하여 학술적 지식이 부족한 자신의 지식수준을 고려해 '곰브리치의 『서양 미술사』'를 선정했다.

❌ 오답풀이

② 다수의 저자들이 참여하여 집필한 책인가?
   윗글에서 책을 선정할 때 다수의 저자들이 참여하여 집필한 책인가를 고려했는지의 여부는 확인할 수 없다.

③ 다양한 연령대의 독자에게서 추천받은 책인가?
   윗글에서 책을 선정할 때 다양한 연령대의 독자에게 추천받은 책인가를 고려했는지의 여부는 확인할 수 없다.

④ 이전에 읽은 책과 연관된 내용을 담고 있는 책인가?
   윗글에서 책을 선정할 때 이전에 읽은 책과 연관된 내용을 담고 있는 책인가를 고려했는지의 여부는 확인할 수 없다.

⑤ 최신의 학술 자료를 활용하여 믿을 만한 내용을 담고 있는 책인가?
   윗글에서 책을 선정할 때 최신의 학술 자료를 활용하여 믿을 만한 내용을 담고 있는 책인가를 고려했는지의 여부는 확인할 수 없다.

2. 윗글에 나타난 독서 방법으로 적절하지 않은 것은?

✅ 정답풀이

③ 자신의 경험과 저자의 경험을 연관 지으며 읽는다.

> 윗글에는 『서양 미술사』의 저자가 미술사를 어떻게 바라보고 있는지에 대한 설명이 제시되었을 뿐, 저자의 경험이 제시되지는 않았다. 따라서 자신의 경험과 저자의 경험을 연관 지으며 읽는 독서 방법은 윗글에 나타나지 않았다.

❌ 오답풀이

① 책에서 내용상 관련된 부분을 비교하며 읽는다.
   근거: **2** [5](『서양 미술사』의) 저자는 27장에서도 (서론의) 해당 구절을 들어 자신의 관점을 다시 설명하고 있었기 때문에, 27장의 내용을 서론의 내용과 비교하여 읽으면서 저자의 관점을 더 잘 이해할 수 있었다.

② 책의 목차를 통해 책의 구성을 파악하고 읽는다.
   근거: **3** [7]하지만 책의 본문을 읽기 전에 목차를 살펴보니, 총 28장으로 구성된 이 책이 유럽 외의 지역도 포함하고 있음을 알 수 있었다.

④ 책의 분량을 고려하여 독서 계획을 세워서 읽는다.
   근거: **4** [11]물론 분량이 700여 쪽에 달하는 점은 부담스러웠지만, 하루하루 적당한 분량을 읽도록 계획을 세워서 꾸준히 실천하다 보니 어느새 다 읽었을 만큼 책의 내용은 흥미로웠다.

⑤ 자신의 관심에 따라서 읽을 순서를 정하여 읽는다.
   근거: **3** [9]이처럼 책이 다룬 내용이 방대하기 때문에, 이전부터 관심을 두고 있었던 유럽의 르네상스에 대한 부분을 먼저 읽은 후 나머지 부분을 읽는 방식으로 이 책을 읽어 나갔다.

④ 책의 내용을 자신의 취향에 따라 골라 읽기보다는 전문가인 저자가 책을 구성한 방식대로 읽는 게 좋겠어.

⊙은 책의 내용을 자신의 취향에 따라 골라 읽는다는 내용과는 관련이 없다. 한편 〈보기〉에서 전문가인 저자가 책을 구성한 방식대로 읽는 게 좋다는 내용은 언급하지 않았다.

3. 윗글을 쓴 학생에게 ⊙과 관련하여 〈보기〉를 바탕으로 조언할 때, 그 내용으로 가장 적절한 것은? [3점]

> ⊙: 『서양 미술사』는 자료가 풍부하고 해설을 이해하기 어렵지 않아서, 저자가 해설한 내용을 저자의 관점에 따라 받아들이는 것만으로도 충분히 만족스러웠다.

〈보기〉

예술 분야의 책을 읽을 때, 책에 담긴 저자의 해설 외에도 다양한 해설이 있다는 점을 염두에 두어야 한다. 저자의 해설에도 저자가 속한 시대의 사회·문화적 환경에서 비롯된 영향이 반영되기 마련이다. 이러한 점을 고려하여, 독자는 책의 내용을 무비판적으로 수용하기보다는 자신의 주관을 가지고 책의 내용에 대해 판단할 필요가 있다.

☑ 정답풀이

⑤ 책의 내용을 그대로 받아들이려 하기보다는 자신의 관점을 바탕으로 저자의 관점을 판단하며 읽는 게 좋겠어.

⊙에서 '저자가 해설한 내용을 저자의 관점에 따라 받아들이는 것만으로도 충분히 만족스러웠다.'라고 했으므로, 윗글을 쓴 학생은 책의 내용을 그대로 수용하고 있음을 알 수 있다. 〈보기〉에서는 독자가 '책의 내용을 무비판적으로 수용하기보다는 자신의 주관을 가지고 책의 내용에 대해 판단할 필요가 있다.'라고 했으므로, 윗글을 쓴 학생에게 책의 내용을 그대로 받아들이려 하기보다는 자신의 관점을 바탕으로 저자의 관점을 판단하며 읽는 게 좋겠다고 조언할 수 있다.

⊗ 오답풀이

① 책의 자료를 자의적 기준에 의해 정리하기보다는 저자의 관점에 따라 정리하는 게 좋겠어.

⊙은 책의 자료를 자의적(일정한 질서를 무시하고 제멋대로 하는) 기준에 의해 정리하고 있다는 내용과는 관련이 없다. 한편 〈보기〉에서는 독자가 '자신의 주관을 가지고 책의 내용에 대해 판단할 필요'성을 언급하고 있으므로, 저자의 관점에 따라 정리하라는 조언은 적절하지 않다.

② 책이 유발한 사회·문화적 영향을 파악하기보다는 책에 대한 다양한 해설을 찾아보는 게 좋겠어.

⊙은 책이 유발한 사회·문화적 영향을 파악한다는 내용과는 관련이 없다. 한편 〈보기〉에서는 '저자의 해설에도 저자가 속한 시대의 사회·문화적 환경에서 비롯된 영향이 반영'되었음을 고려하라고 하였으며, 이보다 책에 대한 다양한 해설 파악을 우선하라고 하지는 않았다.

③ 다양한 분야를 균형 있게 다룬 책보다는 하나의 분야를 집중적으로 다루고 있는 책을 읽는 게 좋겠어.

⊙은 다양한 분야를 균형 있게 다룬 책을 읽는다는 내용과는 관련이 없다. 한편 〈보기〉에서는 '예술 분야의 책을 읽을 때, 책에 담긴 저자의 해설 외에도 다양한 해설이 있다는 점을 염두에 두'라고 했을 뿐, 하나의 분야를 집중적으로 다루고 있는 책을 읽는 게 좋다는 내용은 언급하지 않았다.

2022학년도 6월 모평

깊이 있는 탐구를 위한 독서

[1~3] 다음 글을 읽고 물음에 답하시오.

사고의 흐름

1 ¹㉠특정 주제를 깊이 있게 탐구하기 위한 독서는 지식을 습득*하고 이를 비판적·종합적으로 탐구하는 독서이다. 특정 주제를 깊이 있게 탐구하기 위한 독서의 개념이 제시되었는데, ²이러한 독서는 목차나 책 전체를 훑어보아 ①글의 전체 구조를 파악하고, 필요한 부분을 찾아 ②중점적으로 읽을 내용을 선별*하는 것으로부터 출발한다. ³이어 독자는 ③글 표면에 드러난 내용을 정확하고 충분하게 읽기, 글 이면의 내용을 추론하고 비판하며 읽기, 여러 관점을 비교하고 종합하며 읽기와 같은 방법을 적절히 조합하여 선별한 내용을 읽게 된다.

'특정 주제를 깊이 있게 탐구하기 위한'을 가리키겠지?

3가지 이상의 내용이 나열되면 머릿속에 세부 내용을 모두 담으려 하기보다는 밑줄과 번호 등으로 정리만 해 두고, 문제에서 물어보면 돌아와서 구체적인 내용을 확인하면 돼. / 특정 주제를 깊이 있게 탐구하기 위한 독서의 방법: ① 글의 전체 구조 파악하기 ② 중점적으로 읽을 내용 선별하기 ③ 선별한 내용 읽기(글 표면의 내용을 정확하고 충분하게 읽기, 글 이면의 내용을 추론하고 비판하며 읽기, 관점을 비교·종합하며 읽기 등의 방법 조합)

2 ⁴위 과정에서 독자는 자신의 배경지식과 새로이 얻은 지식을 통합하여 의미를 구성한다. ⁵그런데 이렇게 개인의 머릿속에서 구성된 의미는 다른 사회 구성원들과의 상호 작용을 거쳐 재구성된다. ⁶따라서 특정 주제를 깊이 있게 탐구하기 위한 독서의 의미 구성은 개인적 차원뿐 아니라 사회적 차원에서도 이루어지는 것으로 이해되어야 한다. 독서의 의미 구성: 개인적 차원(배경지식과 새로 얻은 지식 통합) + 사회적 차원(개인적 차원에서 구성된 의미가 다른 사회 구성원들과의 상호 작용을 거쳐 재구성)

3 ⁷이를 감안*하면 특정 주제를 깊이 있게 탐구하기 위한 독서에서는 기록의 역할이 부각*된다. ⁸탐구 과정에서 개인적으로 구성한 의미를 기록하는 것은 ①읽은 내용의 망각을 방지하며, ②비판과 토론의 자료로서 사회적 차원의 의미 구성에 기여한다. ⁹또한 보고서, 논문, 단행본 등의 형태로 발전하여 ③공동체의 지식이 축적되는 토대*를 이룬다. 특정 주제를 깊이 있게 탐구하기 위한 독서에서 기록의 역할: ① 읽은 내용의 망각 방지 ② 비판과 토론의 자료로서 사회적 차원의 의미 구성에 기여 ③ 공동체의 지식이 축적되는 토대 형성 ¹⁰이렇게 볼 때 특정 주제를 깊이 있게 탐구하기 위한 독서는 학문 탐구의 과정에서 글을 읽고 의견을 주고받으며 토론하는 강론 또는 기록을 권유했던 전통과도 맥을 같이한다.

이것만은 챙기자

* **습득**: 학문이나 기술 따위를 배워서 자기 것으로 함.
* **선별**: 가려서 따로 나눔.
* **감안**: 여러 사정을 참고하여 생각함.
* **부각**: 어떤 사물을 특징지어 두드러지게 함.
* **토대**: 어떤 사물이나 사업의 밑바탕이 되는 기초와 밑천을 비유적으로 이르는 말.

🔍 **핵심 분석**

깊이 있는 탐구를 위한 독서
- 특정 주제를 깊이 있게 탐구하기 위한 독서 = 지식 습득, 비판적·종합적 탐구하는 독서 → 글 읽고 강론·기록 권했던 전통과 맥을 같이함
- 방법: 1. 전체 구조 파악 2. 중점적으로 읽을 내용 선별 3. 선별한 내용 읽기(표면의 내용 정확·충분히 읽기 + 이면의 내용 추론·비판하며 읽기 + 여러 관점 비교·종합하며 읽기 등)
- 의미 구성: 개인적 차원(배경지식, 새로 얻은 지식) + 사회적 차원(구성원들과의 상호 작용)
- 기록의 역할: 1. 망각 방지 2. 비판·토론 자료 3. 공동체 지식 축적의 토대 형성

▶▶ 각 문단을 요약하고 지문을 세 부분으로 나누어 보세요.

1 특정 주제를 깊이 탐구하기 위한 독서는 지식을 습득하고 비판적·종합적으로 탐구하는 독서로, 글의 전체 구조를 파악하고 중점적으로 읽을 내용을 선별하여 읽는다.

첫 번째 **1**¹~**1**³

2 특정 주제를 깊이 탐구하기 위한 독서에서는 개인적 차원뿐만 아니라 사회적 차원에서도 의미 구성이 이루어진다.

두 번째 **2**⁴~**2**⁶

3 특정 주제를 깊이 탐구하기 위한 독서에서는 읽은 내용의 망각을 방지하고, 사회적 차원의 의미 구성에 기여하며 공동체의 지식이 축적되는 토대를 이루는 기록의 역할이 부각된다.

세 번째 **3**⁷~**3**¹⁰

062 **PART 1** 독서론 해설

1. 윗글에서 확인할 수 있는 ㉠의 방법이 <u>아닌</u> 것은?

> ㉠: 특정 주제를 깊이 있게 탐구하기 위한 독서

✓ 정답풀이

⑤ 정서적 반응을 기준으로 글의 가치를 평가하며 읽기

> 윗글에서 정서적 반응을 기준으로 글의 가치를 평가하며 읽는 방법을 제시한 부분은 찾아볼 수 없다.

✗ 오답풀이

① 글 표면에 드러난 내용을 꼼꼼하게 읽기

근거: **1** ³글 표면에 드러난 내용을 정확하고 충분하게 읽기

② 목차를 보고 전체적인 구조를 파악하며 읽기

근거: **1** ²목차나 책 전체를 훑어보아 글의 전체 구조를 파악

③ 글의 숨겨진 의미를 파악하며 비판적으로 읽기

근거: **1** ³글 이면의 내용을 추론하고 비판하며 읽기

④ 탐구하고자 하는 주제에 필요한 내용을 골라 읽기

근거: **1** ²필요한 부분을 찾아 중점적으로 읽을 내용을 선별

2. 윗글을 바탕으로 〈보기〉를 이해한 내용으로 적절하지 <u>않은</u> 것은? [3점]

> 〈보기〉
>
> ¹학문하는 데는 연속적으로 공부하는 것을 중히 여긴다. ²한 번이라도 그 맥이 끊어지게 되면 정신이 새어 나가고 성의가 흩어져 버리니, 어떻게 학문의 깊은 뜻을 꿰뚫어 볼(=깊이 있게 탐구할) 수 있겠는가? ³벗끼리 서로 돕는 것으로는 함께 모여 학문을 강론하는 것보다 나은 것이 없다. ⁴그런데 퇴계(退溪)는 "읽은 것을 얼굴을 마주하고 강론하는 것(사회 구성원과의 상호 작용)이 좋기는 하지만, 항상 마음속의 생각을 다 드러내지는 못하고 만다. 그러니 의문이 드는 부분을 뽑아 기록해서 벗에게 보내 자세히 살펴볼 수 있게 하는 것만 못하다.(기록의 중요성)"라고 하였다. ⁵그 뜻이 참으로 옳다.
>
> – 이익, 「서독승면론」 –

✓ 정답풀이

① '정신이 새어 나가고 성의가 흩어져 버리'는 데 대한 우려는 기록의 궁극적 목적이 망각의 방지에 있음을 시사한다.

> 근거: **3** ⁸탐구 과정에서 개인적으로 구성한 의미를 기록하는 것은 읽은 내용의 망각을 방지하며, 비판과 토론의 자료로서 사회적 차원의 의미 구성에 기여한다. + 〈보기〉 ¹학문하는 데는 연속적으로 공부하는 것을 중히 여긴다. ²한 번이라도 그 맥이 끊어지게 되면 정신이 새어 나가고 성의가 흩어져 버리니, 어떻게 학문의 깊은 뜻을 꿰뚫어 볼 수 있겠는가?
> 윗글에 기록이 읽은 내용의 망각을 방지한다는 언급은 있으나, 〈보기〉에서 '정신이 새어 나가고 성의가 흩어져 버리'는 데 대한 우려는 '연속적으로 공부하는 것'의 중요성을 언급하는 맥락에서 제시된 것일 뿐이므로, 그 우려가 기록의 궁극적 목적이 망각의 방지에 있음을 시사한다고 볼 수는 없다.

✗ 오답풀이

② 학문 과정에서 '학문의 깊은 뜻을 꿰뚫어' 보고자 하는 것은 주제를 깊이 있게 탐구하고자 하는 태도와 일맥상통한다.

근거: **1** ¹특정 주제를 깊이 있게 탐구하기 위한 독서는 지식을 습득하고 이를 비판적·종합적으로 탐구하는 독서이다. + 〈보기〉 ²한 번이라도 그 맥이 끊어지게 되면 정신이 새어 나가고 성의가 흩어져 버리니, 어떻게 학문의 깊은 뜻을 꿰뚫어 볼 수 있겠는가?

'학문의 깊은 뜻을 꿰뚫어' 보고자 하는 것은 곧 특정 주제를 깊이 있게 탐구하고자 하는 태도라고 볼 수 있다.

③ '읽은 것을 얼굴을 마주하고 강론하는 것'은 독서의 의미 구성 과정에 포함되는 구성원들과의 상호 작용을 가리킨다.

근거: ❷ [5]개인의 머릿속에서 구성된 의미는 다른 사회 구성원들과의 상호 작용을 거쳐 재구성된다. [6]따라서 특정 주제를 깊이 있게 탐구하기 위한 독서의 의미 구성은 개인적 차원뿐 아니라 사회적 차원에서도 이루어지는 것으로 이해되어야 한다. + 〈보기〉 [3]벗끼리 서로 돕는 것으로는 함께 모여 학문을 강론하는 것보다 나은 것이 없다. [4]그런데 퇴계는 "읽은 것을 얼굴을 마주하고 강론하는 것이 좋기는 하지만~못하다."라고 하였다.

강론은 개인의 머릿속에서 구성된 의미를 다른 사회 구성원과 공유하여 재구성할 수 있는 상호 작용의 한 방식이며, 이 과정은 모두 독서의 의미 구성 과정에 포함된다.

④ '마음속의 생각'이나 '의문이 드는 부분'을 '강론' 또는 '기록'을 통해 공유하는 것은 사회적 차원의 의미 구성 과정과 연결된다.

근거: ❷ [5]개인의 머릿속에서 구성된 의미는 다른 사회 구성원들과의 상호 작용을 거쳐 재구성된다. [6]따라서 특정 주제를 깊이 있게 탐구하기 위한 독서의 의미 구성은 개인적 차원뿐 아니라 사회적 차원에서도 이루어지는 것으로 이해되어야 한다. + ❸ [7]특정 주제를 깊이 있게 탐구하기 위한 독서에서는 기록의 역할이 부각된다. [8]탐구 과정에서 개인적으로 구성한 의미를 기록하는 것은~사회적 차원의 의미 구성에 기여한다. + 〈보기〉 [3]벗끼리 서로 돕는 것으로는 함께 모여 학문을 강론하는 것보다 나은 것이 없다. [4]그런데 퇴계는 "읽은 것을 얼굴을 마주하고 강론하는 것이 좋기는 하지만~의문이 드는 부분을 뽑아 기록해서 벗에게 보내 자세히 살펴볼 수 있게 하는 것만 못하다."라고 하였다.

'마음속의 생각'이나 '의문이 드는 부분', 즉 '개인의 머릿속에서 구성된 의미'를 '강론' 또는 '기록'을 통해 공유하여 사회 구성원들과 상호 작용하는 것은 사회적 차원의 의미 구성과 관련된다고 할 수 있다.

⑤ '기록해서 벗에게 보내 자세히 살펴볼 수 있게 하는 것'은 비판과 토론의 자료로 기능할 수 있는 기록의 의의를 드러낸다.

근거: ❸ [8]탐구 과정에서 개인적으로 구성한 의미를 기록하는 것은 읽은 내용의 망각을 방지하며, 비판과 토론의 자료로서 사회적 차원의 의미 구성에 기여한다. + 〈보기〉 [4]퇴계는 "읽은 것을 얼굴을 마주하고 강론하는 것이 좋기는 하지만~의문이 드는 부분을 뽑아 기록해서 벗에게 보내 자세히 살펴볼 수 있게 하는 것만 못하다."라고 하였다.

기록은 비판과 토론의 자료로 기능함으로써 사회적 차원의 의미 구성에 기여한다는 의의가 있다.

모두의 질문   • 2-①번

Q: 3문단에서 기록은 망각을 방지한다고 했으니 ①번은 적절한 내용을 다룬 선지 아닌가요?

A: 〈보기〉에서 '정신이 새어 나가고 성의가 흩어져 버리'는 데 대한 우려를 언급했고, 윗글에서 '기록하는 것은 읽은 내용의 망각을 방지'한다는 내용이 제시되었으므로, 얼핏 보면 ①번이 맞는 내용처럼 보일 수 있다. 하지만 윗글과 〈보기〉에서 해당 내용이 제시된 맥락을 더 꼼꼼히 살펴보자. 3문단에서는 기록이 '망각을 방지'하는 데에 기여한다고 했을 뿐이므로, 기록의 '궁극적' 목적이 망각의 방지에 있다고 단언하기는 어렵다. 또한 〈보기〉에서 '정신이 새어 나가고 성의가 흩어져 버리'는 데 대한 우려가 제시된 것은 '강론'보다 '기록'이 더 낫다고 본 '퇴계'의 말이 언급되기 전 '맥이 끊어지'지 않도록 '연속적으로 공부하는 것'이 중요함을 언급할 때이다. 결정적으로 〈보기〉의 글쓴이는 '연속적으로 공부하'지 못하면 '정신이 새어 나가고 성의가 흩어'지므로 '학문의 깊은 뜻을 꿰뚫어' 보기 위한 강론의 중요성을 언급하며, 강론으로 '마음속의 생각을 다 드러내지 못'할 수도 있어 기록하는 것이 중요하다는 퇴계의 생각에 긍정하고 있다. 이에 따라 ①번은 적절하지 않은 내용을 다룬 선지가 된다.

3. 다음은 윗글을 읽은 학생의 반응이다. 이에 대한 설명으로 가장 적절한 것은?

> 첫 문장을 읽으면서 특정 전공 분야의 연구자를 대상으로 하는 글인 줄 알았어. 그런데 생각해 보니 이런 독서의 모습이 낯설지 않아. <u>우리도 학교에서 보고서 작성을 위해 책을 읽고 친구들과 의문점을 나누며 의논</u>(=특정 주제를 깊이 있게 탐구하기 위한 독서의 의미 구성 과정)하는 경우가 많잖아?

✔ 정답풀이

③ 학습 경험과 결부하여 독서 활동의 의미를 확인하고 있다.

> 근거: ❶ ¹특정 주제를 깊이 있게 탐구하기 위한 독서는 지식을 습득하고 이를 비판적·종합적으로 탐구하는 독서이다. + ❷ ⁵개인의 머릿속에서 구성된 의미는 다른 사회 구성원들과의 상호 작용을 거쳐 재구성된다. 학생은 '학교에서 보고서 작성을 위해 책을 읽고 친구들과 의문점을 나누며 의논'하였던 학습 경험과 특정 주제를 깊이 있게 탐구하는 독서 활동이 개인적 차원과 사회적 차원에서 이루어지며 의미가 구성된다는 윗글의 내용을 관련 지어 개인적·사회적 차원의 의미 구성이라는 독서 활동의 의미를 확인하고 있다.

✘ 오답풀이

① 독서에서 얻은 깨달음을 실천하려는 모습을 보이고 있다.
'학생의 반응'에는 독서에서 얻은 깨달음을 실천하려는 모습이 나타나 있지 않다.

② 모범적인 독서 태도를 발견하고 반성의 계기로 삼고 있다.
'학생의 반응'에는 학생이 무언가를 반성하는 모습이 나타나 있지 않다.

④ 알게 된 내용과 관련지어 추가적인 독서 계획을 세우고 있다.
'학생의 반응'에서 학생이 추가적인 독서 계획을 세우고 있지는 않다.

⑤ 독서 경험에 비추어 지속적인 독서의 중요성을 인식하고 있다.
'학생의 반응'에서 학생이 지속적인 독서의 중요성을 인식하고 있지는 않다.

MEMO

HOLSOO

홀로 공부하는 수능 국어 기출 분석

PART 2
인문 · 예술

[1~4] 다음 글을 읽고 물음에 답하시오.

✎ 사고의 흐름

1 ¹인간의 본성에 관한 서로 다른 두 관점이 있다. ²종교적 인간관에 따르면, 인간에게는 물리적 실체인 몸 이외에 비물리적 실체인 영혼이 있다. ³영혼은 물리적 몸과 완전히 구별되며 인간의 결정의 원천*이다. ⁴반면 유물론적 인간관에 따르면, 인간은 물리적 몸에 지나지 않는다. ⁵물리적 몸 이외에 영혼은 존재하지 않는다. ⁶따라서 인간의 결정은 단지 뇌에서 일어나는 신경 사건이다. 〔종교적 인간관과 유물론적 인간관의 차이점에 대해 설명하였어. 종교적 인간관: 인간 = 물리적 실체인 몸 + 비물리적 실체인 영혼 → 영혼으로 결정 / 유물론적 인간관: 인간 = 영혼은 존재 X, 물리적 실체인 몸 → 뇌의 신경 사건으로 결정〕 ⁷이러한 두 관점 중 유물론적 인간관을 가정할 때, 인간은 자유롭게 선택할 수 있을까? ⁸즉 인간에게 자유의지가 있을까? ⁹가령 갑이 냉장고 문을 여니 딸기 우유와 초코 우유만 있다고 해 보자. ¹⁰갑은 이것들 중 하나를 자유의지로 선택할 수 있을까? 〔질문을 던지는 방식을 통해 '인간은 자유의지를 지닌 존재인가'에 대한 논의가 이 글의 핵심 화제임을 드러내었어.〕

2 ¹¹이러한 질문과 관련하여 반자유의지 논증은 갑에게 자유의지가 없다고 결론 내린다. ¹²우선 임의의 선택은 이전 사건들에 의해 선결정되거나 무작위로 일어난다. ¹³여기서 무작위로 일어난다는 것은 선결정되지 않는다는 것을 의미한다. ¹⁴이러한 전제하에 반자유의지 논증은 선결정 가정과 무작위 가정을 모두 고려한다. ¹⁵첫 번째로 임의의 선택이 그 이전 사건들에 의해 선결정된다고 가정해 보자. ¹⁶반자유의지 논증에서는 이 경우 우리에게 자유의지가 없다고 결론 내린다. ¹⁷가령 갑의 딸기 우유 선택이 심지어 갑이 태어나기도 전에 선결정된 것이라면 갑이 자유의지로 그것을 선택한 것이라고 보기 어려울 것이다. ¹⁸두 번째로 임의의 선택이 무작위로 일어난 것이라 가정해 보자. ¹⁹반자유의지 논증에서는 이 경우에도 우리에게 자유의지가 없다고 결론 내린다. ²⁰가령 갑의 딸기 우유 선택이 단지 갑의 뇌에서 무작위로 일어난 신경 사건이라고 한다면, 그것은 자유의지의 산물*이라고 보기 어려울 것이다. 〔반자유의지 논증에서는 선결정 가정과 무작위 가정을 고려할 때 모두, 인간에게 자유의지는 없다는 동일한 결론을 내리는군.〕

3 ²¹그러나 이 논증에 관한 다양한 비판이 가능하다. ²²㉠반자유의지 논증을 비판하는 한 입장에 따르면 반자유의지 논증의 선결정 가정을 고려할 때의 결론은 받아들여야 하지만, 무작위 가정을 고려할 때의 결론은 받아들일 필요가 없다. ²³따라서 반자유의지 논증의 결론도 받아들일 필요가 없다고 주장한다. 〔반자유의지 논증에서는 선결정 가정과 무작위 가정을 모두 고려한다고 했잖아? 그런데 그중 무작위 가정을 고려한 것에 따른 결론을 받아들일 수 없다면, 결국 반자유의지 논증에서 말하는 결론(인간에게는 자유의지가 없다.) 전체도 받아들일 수 없는 주장이 된다는 것이지.〕 ²⁴그 이유는 아래와 같다.

4 ²⁵임의의 선택이 나의 자유의지의 산물이 되기 위해서는 다음 두 가지 조건을 모두 충족해야 한다. ²⁶첫째, 내가 그 선택의 주체여야 한다. ²⁷둘째, 나의 선택은 그 이전 사건들에 의해 선결정되지 않아야 한다. 〔임의의 선택이 자유의지가 되기 위한 조건들이 제시되었어.〕 ²⁸그런데 어떤 선택이 그 이전 사건들에 의해 선결정되어 있다면, 이것은 자유의지를 위한 둘째 조건과 충돌한다. ²⁹따라서 반자유의지 논증의 선결정 가정을 고려할 때의 결론인 우리에게 자유의지가 없다는 점을 받아들여야 한다. 〔반자유의지 논증이 고려하는 '선결정 가정'은 임의의 선택이 이전 사건들에 의해 선결정된다고 본 전제에서부터 조건 ②와 배치되므로, 인간에게 자유의지가 존재하지 않는다는 결론을 받아들일 수 있다는 거야.〕 ³⁰물론 이러한 자유의지와 다른 의미를 지닌 자유의지가 있을 수 있다. ³¹만약 '내가 자유롭게 선택했다'는 말이 단지 '내가 하고자 원했던 것을 했다'는 ⓐ욕구 충족적 자유의지를 의미한다면, 나의 선택이 그 이전 사건들에 의해 선결정되어 있든 그렇지 않든 그것은 내 자유의지의 산물일 수 있다. ³²그러나 이러한 자유의지(욕구 충족적 자유의지)는 ⓑ여기서 염두*에 두는 두 가지 조건을 모두 충족하는 자유의지와 다르다. 〔'욕구 충족적 자유의지'는 ① 자신이 선택의 주체여야 한다는 조건, ② 자신의 선택이 이전 사건에 의해 선결정되지 않아야 한다는 조건을 모두 충족하는 자유의지와는 별개의 개념이라고 한 점을 기억해 두자.〕

5 ³³다음으로 어떤 선택이 무작위로 일어난 것이라고 하더라도 그 선택의 주체는 나일 수 있다. ³⁴유물론적 인간관에 따르면 '갑이 딸기 우유를 선택했다'는 것은 '선택 시점에 갑의 뇌에서 신경 사건이 발생했다'는 것을 의미한다. ³⁵갑의 이러한 신경 사건이 이전 사건들에 의해 선결정되지 않은 것으로 가정해 보자. ³⁶이러한 가정 아래에서도 갑은 그 선택의 주체일 수 있다. ³⁷왜냐하면 이 가정은 선택 시점에 발생한 뇌의 신경 사건으로서 '갑이 딸기 우유를 선택했다'는 사실을 바꾸지 않기 때문이다. ³⁸결국 ㉡반자유의지 논증의 무작위 가정을 고려할 때의 결론은 받아들일 필요가 없다. 〔무작위 가정은 사건이 선결정되지 않는 경우를 전제로 하기 때문에 조건 ②를 만족하는데, 이 경우 선택의 주체가 나일 수 있다고 했으므로 조건 ①도 만족하게 돼. 즉 반자유의지 논증을 비판하는 입장에서 무작위 가정에서의 선택은 자유의지에 따른 것임을 입증함으로써 반자유의지 논증의 결론을 따를 필요가 없음을 밝힌 것이지.〕

[좌측 여백]
- 종교적 인간관과는 구별되는 또 다른 관점에 대해 설명할 거야.
- 질문의 핵심을 이해하기 쉽도록 구체적인 상황으로 예를 들고 있어.
- 먼저 반자유의지 논증에서 고려하는 선결정 가정에 대해 설명하려나 보군.
- 다음으로는 반자유의지 논증에서 고려하는 무작위 가정에 대해 설명할 거야.
- 반자유의지 논증과는 다른 입장을 언급할 거야.
- 둘 중 하나라도 충족되지 않으면 자유의지가 아니라는 뜻이야!

[우측 여백]
- 반자유의지 논증을 받아들일 필요가 없다는 주장의 근거를 이어서 설명할 거야.

이것만은 챙기자

*원천: 사물의 근원.
*산물: 어떤 것에 의하여 생겨나는 사물이나 현상을 비유적으로 이르는 말.
*염두: 생각의 시초. 마음의 속.

만점 선배의 구조도 예시

>> 각 문단을 요약하고 지문을 **두 부분**으로 나누어 보세요.

1 인간에게 몸 이외에 영혼이 있다고 보는 종교적 인간관과 달리 몸 이외에 **영혼**은 존재하지 않는다는 유물론적 인간관을 가정한다면 인간에게 **자유의지**가 있을까?

첫 번째
1¹~**1**¹⁰

2 **반자유의지** 논증은 선결정 가정과 무작위 가정을 모두 고려할 때 인간에게 자유의지가 **없다**고 결론을 내린다.

3 반자유의지 논증을 비판하는 한 입장에 따르면 **무작위** 가정을 고려할 때의 결론은 받아들일 필요가 없으므로, 반자유의지 논증의 결론도 받아들일 필요가 없다.

4 선택이 자유의지의 산물이 되려면 내가 그 **선택**의 주체여야 하고 나의 선택이 이전 사건들에 의해 선결정되지 않아야 하는데, 어떤 선택이 선결정되어 있다면 둘째 조건과 충돌하므로 **선결정** 가정을 고려한 결론은 받아들여야 한다.

두 번째
2¹¹~**5**³⁸

5 그런데 어떤 선택이 무작위로 일어난 것이라고 하더라도 그 선택의 **주체**는 나일 수 있으므로, 이는 자유의지의 두 가지 조건을 모두 충족하여 무작위 가정을 고려한 결론은 받아들일 필요가 없다.

1. 윗글에 대한 설명으로 적절하지 **않은** 것은?

✔ 정답풀이

⑤ 반자유의지 논증은 임의의 선택이 선결정되지 않을 가능성을 고려하지 않는다.

> 근거: **2** ¹²임의의 선택은 이전 사건들에 의해 선결정되거나 무작위로 일어난다. ¹³여기서 무작위로 일어난다는 것은 선결정되지 않는다는 것을 의미한다. ¹⁴이러한 전제하에 반자유의지 논증은 선결정 가정과 무작위 가정을 모두 고려한다.
> 반자유의지 논증은 임의의 선택이 선결정되지 않고 무작위로 일어날 가능성, 즉 무작위 가정도 모두 고려한다.

✖ 오답풀이

① 유물론적 인간관은 영혼의 존재를 인정하지 않는다.
근거: **1** ⁴유물론적 인간관에 따르면, 인간은 물리적 몸에 지나지 않는다. ⁵물리적 몸 이외에 영혼은 존재하지 않는다.

② 유물론적 인간관은 인간의 선택을 물리적 사건으로 본다.
근거: **1** ⁴유물론적 인간관에 따르면, 인간은 물리적 몸에 지나지 않는다. ⁵물리적 몸 이외에 영혼은 존재하지 않는다. ⁶따라서 인간의 결정은 단지 뇌에서 일어나는 신경 사건이다.
유물론적 인간관에서는 인간의 선택을 단지 물리적인 몸에 해당하는 뇌에서 일어나는 사건으로 본다고 했으므로, 인간의 선택 자체를 물리적 사건으로 봄을 알 수 있다.

③ 종교적 인간관은 인간이 물리적 실체로만 구성된다고 보지 않는다.
근거: **1** ²종교적 인간관에 따르면, 인간에게는 물리적 실체인 몸 이외에 비물리적 실체인 영혼이 있다.

④ 종교적 인간관은 인간의 선택에서 비물리적 실체가 하는 역할을 인정한다.
근거: **1** ²종교적 인간관에 따르면, 인간에게는 물리적 실체인 몸 이외에 비물리적 실체인 영혼이 있다. ³영혼은 물리적 몸과 완전히 구별되며 인간의 결정의 원천이다.

2. ⓐ, ⓑ를 이해한 내용으로 적절한 것은?

> ⓐ: 욕구 충족적 자유의지
> ⓑ: 여기서 염두에 두는 두 가지 조건을 모두 충족하는 자유의지

✓ 정답풀이

④ 어떤 선택이 선결정되어 있다면 그 선택을 한 사람에게 ⓑ가 있을 수 없다.

> 근거: 4 ²⁵임의의 선택이 나의 자유의지의 산물이 되기 위해서는 다음 두 가지 조건을 모두 충족해야 한다. ²⁶첫째, 내가 그 선택의 주체여야 한다. ²⁷둘째, 나의 선택은 그 이전 사건들에 의해 선결정되지 않아야 한다. ³²여기서 염두에 두는 두 가지 조건을 모두 충족하는 자유의지(ⓑ).
>
> ⓑ는 임의의 선택이 자유의지가 되기 위한 두 가지 조건(① 내가 선택의 주체여야 함, ② 내 선택은 이전 사건에 의해 선결정되지 않아야 함)을 모두 충족하는 경우를 말한다. 어떤 선택이 선결정되어 있다면 이는 자유의지가 되기 위한 두 번째 조건(내 선택은 그 이전 사건들에 의해 선결정되지 않아야 함)을 충족하지 못하므로, 그러한 선택을 한 사람에게는 ⓑ가 있을 수 없다.

✗ 오답풀이

① 어떤 선택을 원해서 한다면 그 선택을 한 사람에게 ⓐ가 있을 수 없다.

> 근거: 4 ³¹만약 '내가 자유롭게 선택했다'는 말이 단지 '내가 하고자 원했던 것을 했다'는 욕구 충족적 자유의지(ⓐ)를 의미한다면, 나의 선택이 그 이전 사건들에 의해 선결정되어 있든 그렇지 않든 그것은 내 자유의지의 산물일 수 있다.

② 어떤 선택을 원해서 한다면 그 선택을 한 사람에게 ⓑ가 있을 수 없다.

> 근거: 4 ³¹만약 '내가 자유롭게 선택했다'는 말이 단지 '내가 하고자 원했던 것을 했다'는 욕구 충족적 자유의지(ⓐ)를 의미한다면, 나의 선택이 그 이전 사건들에 의해 선결정되어 있든 그렇지 않든 그것은 내 자유의지의 산물일 수 있다. ³²그러나 이러한 자유의지는 여기서 염두에 두는 두 가지 조건을 모두 충족하는 자유의지(ⓑ)와 다르다.
>
> ⓐ와 ⓑ는 서로 다른 기준에 따라 선택이 자유의지의 산물인지를 결정하므로, ⓐ에 따라 어떤 선택을 원해서 한 사람이라도 ⓑ가 있을 수 없다고 단정지을 수는 없다. 원해서 한 선택의 주체가 나이고, 이때의 선택이 선결정되어 있지 않은 경우에는 그 선택을 한 사람에게 ⓑ도 있을 수 있기 때문이다.

③ 어떤 선택이 선결정되어 있다면 그 선택을 한 사람에게 ⓐ가 있을 수 없다.

> 근거: 4 ³¹만약 '내가 자유롭게 선택했다'는 말이 단지 '내가 하고자 원했던 것을 했다'는 욕구 충족적 자유의지(ⓐ)를 의미한다면, 나의 선택이 그 이전 사건들에 의해 선결정되어 있든 그렇지 않든 그것은 내 자유의지의 산물일 수 있다.

⑤ 어떤 선택을 원해서 하고 그 선택이 선결정되어 있지 않다면 그 선택을 한 사람에게 ⓐ와 ⓑ 중 어느 것도 있을 수 없다.

> 근거: 4 ³¹만약 '내가 자유롭게 선택했다'는 말이 단지 '내가 하고자 원했던 것을 했다'는 욕구 충족적 자유의지(ⓐ)를 의미한다면, 나의 선택이 그 이전 사건들에 의해 선결정되어 있든 그렇지 않든 그것은 내 자유의지의 산물일 수 있다. ³²그러나 이러한 자유의지는 여기서 염두에 두는 두 가지 조건을 모두 충족하는 자유의지(ⓑ)와 다르다.
>
> 어떤 것을 원해서 한 경우, 그 선택이 선결정되어 있는지의 여부와는 무관하게 그 선택을 한 사람에게는 ⓐ가 있다고 볼 수 있다. 한편 어떤 것을 원해서 한 경우 선택의 주체는 자기 자신으로 볼 수 있으므로, 그러한 선택이 선결정되어 있지 않다면 임의의 선택이 자유의지가 되기 위한 두 가지 조건을 모두 충족함을 알 수 있다. 따라서 그 선택을 한 사람에게는 ⓑ도 존재할 것이라고 볼 수 있다.

3. ⓒ의 이유로 가장 적절한 것은?

> ⓒ: 반자유의지 논증의 무작위 가정을 고려할 때의 결론은 받아들일
> 필요가 없다.

✅ 정답풀이

⑤ 어떤 선택은 자유의지의 산물이 되기 위한 두 가지 조건을 모두
충족할 수 있기 때문이다.

> 근거: ② ¹²임의의 선택은 이전 사건들에 의해 선결정되거나 무작위로 일
> 어난다. ¹³여기서 무작위로 일어난다는 것은 선결정되지 않는다는 것을
> 의미한다. ¹⁸두 번째로 임의의 선택이 무작위로 일어난 것이라 가정해 보
> 자. ¹⁹반자유의지 논증에서는 이 경우에도 우리에게 자유의지가 없다고
> 결론 내린다. + ④ ²⁵임의의 선택이 나의 자유의지의 산물이 되기 위해서
> 는 다음 두 가지 조건을 모두 충족해야 한다. ²⁶첫째, 내가 그 선택의 주
> 체여야 한다. ²⁷둘째, 나의 선택은 그 이전 사건들에 의해 선결정되지 않
> 아야 한다. + ⑤ ³³어떤 선택이 무작위로 일어난 것이라고 하더라도 그
> 선택의 주체는 나일 수 있다.
>
> 어떤 선택이 무작위로 일어난 것이라면, 이는 임의의 선택이 자유의지가
> 되기 위한 조건 중 두 번째인 '나의 선택은 그 이전 사건들에 의해 선결
> 정되지 않아야 한다.'를 충족한다. 또한 이 경우 '선택의 주체는 나일 수
> 있다'고 했으므로, 임의의 선택이 자유의지가 되기 위한 첫 번째 조건도
> 만족함을 알 수 있다. 따라서 반자유의지 논증에서 무작위 가정을 고려할
> 때 '우리에게 자유의지가 없다고 결론'을 내린 것은 받아들일 필요가 없
> 게 된다.

❌ 오답풀이

① 비물리적 실체인 영혼은 존재하지 않기 때문이다.

> 근거: ① ⁴유물론적 인간관에 따르면~⁵물리적 몸 이외에 영혼은 존재하
> 지 않는다. ⁷유물론적 인간관을 가정할 때, 인간은 자유롭게 선택할 수 있을
> 까? + ② ¹¹이러한 질문과 관련하여 반자유의지 논증은 갑에게 자유의지가
> 없다고 결론 내린다.
>
> 반자유의지 논증이 인간에게 영혼은 존재하지 않는다고 보는 유물론적 인간
> 관을 바탕으로 한다고 볼 수는 있지만, 이는 ⓒ의 이유를 설명하는 것과는
> 관련이 없다.

② 어떤 선택은 무작위로 일어난 것이 아니기 때문이다.

> 근거: ② ¹⁸두 번째로 임의의 선택이 무작위로 일어난 것이라 가정해 보자.
> ¹⁹반자유의지 논증에서는 이 경우에도 우리에게 자유의지가 없다고 결론
> 내린다. + ④ ²⁵임의의 선택이 나의 자유의지의 산물이 되기 위해서는 다음
> 두 가지의 조건을 모두 충족해야 한다. ²⁶첫째, 내가 그 선택의 주체여야 한
> 다. ²⁷둘째, 나의 선택은 그 이전 사건들에 의해 선결정되지 않아야 한다. +
> ⑤ ³³어떤 선택이 무작위로 일어난 것이라고 하더라도 그 선택의 주체는 나
> 일 수 있다.
>
> 반자유의지 논증의 무작위 가정을 고려할 때의 어떤 선택이 선결정되지 않고
> 무작위로 일어나는 경우를 전제로 하여 인간에게 자유의지는 존재하지 않는
> 다는 결론을 내렸는데, ⓒ은 이러한 무작위 가정에서의 선택이 자유의지가
> 되기 위한 두 가지 조건을 모두 충족한다는 점을 근거로 삼고 있으므로, 어떤
> 선택이 무작위로 일어나지 않는 것과는 관련이 없다.

③ 어떤 선택은 선결정되어 있지만 욕구 충족적 자유의지의 산물
이기 때문이다.

> 근거: ④ ³¹만약 '내가 자유롭게 선택했다'는 말이 단지 '내가 하고자 원했
> 던 것을 했다'는 욕구 충족적 자유의지를 의미한다면, 나의 선택이 그 이전
> 사건들에 의해 선결정되어 있든 그렇지 않든 그것은 내 자유의지의 산물일
> 수 있다. ³²그러나 이러한 자유의지는 여기서 염두에 두는 두 가지 조건을
> 모두 충족하는 자유의지와 다르다.
>
> '욕구 충족적 자유의지'는 ⓒ의 주장이 기반으로 삼은 '두 가지 조건을 모두
> 충족하는 경우의 자유의지'와 다르므로, 이는 ⓒ의 이유를 설명하는 것과
> 관련이 없다.

④ 반자유의지 논증의 선결정 가정을 고려할 때의 결론이 받아들여
져야 하기 때문이다.

> 근거: ③ ²²반자유의지 논증을 비판하는 한 입장에 따르면 반자유의지 논
> 증의 선결정 가정을 고려할 때의 결론은 받아들여야 하지만, 무작위 가정을
> 고려할 때의 결론은 받아들일 필요가 없다. + ④ ²⁵임의의 선택이 나의 자
> 유의지의 산물이 되기 위해서는 다음 두 가지 조건을 모두 충족해야 한다.
> ²⁶첫째, 내가 그 선택의 주체여야 한다. ²⁷둘째, 나의 선택은 그 이전 사건들
> 에 의해 선결정되지 않아야 한다. + ⑤ ³³어떤 선택이 무작위로 일어난 것
> 이라고 하더라도 그 선택의 주체는 나일 수 있다.
>
> ⓒ은 반자유의지 논증의 선결정 가정을 고려할 때는 임의의 선택이 자유의
> 지가 되기 위한 두 가지 조건이 모두 충족되지 않지만, 무작위 가정을 고려
> 할 때는 두 가지 조건이 모두 충족된다는 점에 바탕을 두고 인간에게 자유
> 의지가 없다는 반자유의지의 논증을 비판한 것이다. 따라서 반자유의지 논
> 증의 선결정 가정을 고려할 때의 결론이 받아들여져야 한다는 것은 ⓒ의
> 이유를 설명하는 것과 관련이 없다.

4. 윗글의 ㉠에 입각하여 학생이 〈보기〉와 같은 탐구 활동을 한다고 할 때, [A]에 들어갈 내용으로 적절한 것은? [3점]

> ㉠: 반자유의지 논증을 비판하는 한 입장

〈보기〉

자유의지와 관련된 H의 가설과 실험을 보고, 반자유의지 논증에 대해 논의해 보자.

• H의 가설
인간이 결정을 내릴 때 발생하는 신경 사건이 있기 전에 그가 어떤 선택을 할지 알게 해 주는 다른 신경 사건(선경정)이 그의 뇌에서 매번 발생한다.

• H의 실험
피실험자의 왼손과 오른손에 각각 버튼 하나가 주어진다. 피실험자는 두 버튼 중 어떤 버튼을 누를지 특정 시점에 결정한다. 그 결정의 시점과 그 이전에 발생하는 뇌의 신경 사건을 동일한 피실험자에게서 100차례 관측한다.

○ **논의:** [A]

❤ 정답풀이

④ H의 가설이 실험 결과에 의해 입증되지 않는다면, 무작위 가정을 고려할 때의 결론을 받아들여야 하는 것은 아니다.

> 근거: **2** ¹²임의의 선택은 이전 사건들에 의해 선결정되거나 무작위로 일어난다. ¹⁵첫 번째로 임의의 선택이 그 이전 사건들에 의해 선결정된다고 가정해 보자. ¹⁶반자유의지 논증에서는 이 경우 우리에게 자유의지가 없다고 결론 내린다. ¹⁸두 번째로 임의의 선택이 무작위로 일어난 것이라 가정해 보자. ¹⁹반자유의지 논증에서는 이 경우에도 우리에게 자유의지가 없다고 결론 내린다. + **3** ²²반자유의지 논증을 비판하는 한 입장(㉠)에 따르면~무작위 가정을 고려할 때의 결론은 받아들일 필요가 없다.
>
> H의 가설은 임의의 선택이 항상 이전 사건들에 의해 선결정된다고 가정하는 내용이다. 그런데 ㉠은 반자유의지 논증에서 무작위 가정을 고려할 때 내린 결론을 받아들일 필요가 없음을 주장한다고 하였다. 따라서 선결정 가정에 해당하는 H의 가설이 실험 결과에 의해 입증되지 않는 경우에도 ㉠은 여전히 무작위 가정을 고려할 때의 결론을 받아들여야 하는 것은 아니라고 볼 것이다.

✖ 오답풀이

① H의 가설이 실험 결과에 의해 입증된다면, 선결정 가정을 고려할 때의 결론을 거부해야 한다.

> 근거: **2** ¹²임의의 선택은 이전 사건들에 의해 선결정되거나 무작위로 일어난다. ¹⁵첫 번째로 임의의 선택이 그 이전 사건들에 의해 선결정된다고 가정해 보자. ¹⁶반자유의지 논증에서는 이 경우 우리에게 자유의지가 없다고 결론 내린다. + **3** ²²반자유의지 논증을 비판하는 한 입장(㉠)에 따르면 반자유의지 논증의 선결정 가정을 고려할 때의 결론은 받아들여야 하지만

② H의 가설이 실험 결과에 의해 입증된다면, 무작위 가정은 참일 수밖에 없다.

> 근거: **2** ¹²임의의 선택은 이전 사건들에 의해 선결정되거나 무작위로 일어난다. ¹³여기서 무작위로 일어난다는 것은 선결정되지 않는다는 것을 의미한다.
>
> H의 가설이 실험 결과에 의해 입증된다면, 임의의 선택은 모두 이전 사건들에 의해 선결정된다고 보아야 한다. 따라서 임의의 선택이 선결정되지 않고 무작위로 일어난다고 보는 무작위 가정은 참일 수 없게 된다.

③ H의 가설이 실험 결과에 의해 입증되지 않는다면, 선결정 가정은 참일 수밖에 없다.

> 근거: **2** ¹²임의의 선택은 이전 사건들에 의해 선결정되거나 무작위로 일어난다.
>
> H의 가설이 실험 결과에 의해 입증되지 않는다는 것은 임의의 선택이 이전 사건들에 의해 선결정된다는 가정이 참일 수 없음을 의미한다.

⑤ H의 가설의 실험 결과에 의한 입증 여부와 상관없이, 반자유의지 논증의 결론을 받아들여야 한다.

> 근거: **3** ²²반자유의지 논증을 비판하는 한 입장(㉠)에 따르면 반자유의지 논증의 선결정 과정을 고려할 때의 결론은 받아들여야 하지만, 무작위 가정을 고려할 때의 결론은 받아들일 필요가 없다. ²³따라서 반자유의지 논증의 결론도 받아들일 필요가 없다고 주장한다.

📋 문제적 문제

• 4번-①, ③번

정답인 ④번 외에 다른 선지를 택한 학생들의 비율이 전반적으로 비슷하였다. 〈보기〉에서 'H의 가설'이 뜻하는 바가 무엇인지 정확히 이해하지 못하여 정오 판단 과정에 어려움이 있었던 것으로 보인다.

'H의 가설'을 보면, '인간이 결정을 내릴 때 발생하는 신경 사건이 있기 전에 그가 어떤 선택을 할지 알게 해 주는 다른 신경 사건'이 이미 존재함을 가정하고 있다. 이는 곧 '임의의 선택(=인간이 결정을 내릴 때 발생하는 신경 사건)은 이전 사건들에 의해 선결정(=어떤 선택을 할지 알게 해 주는 다른 신경 사건이 존재)'된다고 보는 '선결정 가정'에 해당한다. 즉 4번은 선택이 매번 선결정됨을 입증하려는 H의 실험을 '반자유의지 논증을 비판하는 한 입장'(㉠)에서는 어떻게 볼 것인가를 묻는 문제로 볼 수 있다.

이때 H의 가설이 실험 결과를 통해 입증된다는 것은 선결정 가정이 참이라는 의미이므로, ①번에서 진술한 것과 달리 반자유의지 논증에서 선결정 과정을 고려할 때의 결론(인간에게 자유의지는 없다)을 거부할 수는 없다. 반대로 H의 가설이 실험 결과에 의해 입증되지 않는다는 것은 선결정 가정이 거짓이라는 의미이므로, ③번의 진술 역시 적절하지 않음을 알 수 있다.

한편 2문단에서 '임의의 선택은 이전 사건들에 의해 선결정되거나 무작위로 일어난다.'라고 했으므로, H의 가설이 실험 결과에 의해 입증되지 않는다면, 이는 임의의 선택이 무작위로 일어날 수 있음을 의미하는 것이라고도 볼 수 있다. 그런데 3문단에서 ㉠은 '무작위 가정을 고려할 때의 결론은 받아들일 필요가 없'음을 주장한다고 했으므로, 반자유의지 논증에서 무작위 가정을 고려할 때의 결론을 받아들여야 한다고 보지는 않을 것임을 알 수 있다.

정답률 분석

매력적 오답	매력적 오답	매력적 오답	정답	
①	②	③	④	⑤
9%	9%	10%	69%	3%

[1~5] 다음 글을 읽고 물음에 답하시오.

✏ 사고의 흐름

❶ ¹㉠많은 전통적 인식론자는 임의*의 명제에 대해 우리가 세 가지 믿음의 태도 중 하나만을 ⓐ가질 수 있다고 본다. ²가령 '내일 눈이 온다.'는 명제를 참이라고 믿거나, 거짓이라고 믿거나, 참이라 믿지도 않고 거짓이라 믿지도 않을 수 있다. 믿음의 태도 중 하나만을 가질 수 있다고 했으니, 명제가 참인 동시에 거짓이라고 믿는 경우는 없다고 보겠네! ³㉡반면 ㉡베이즈주의자는 믿음은 정도의 문제라고 본다. ⁴가령 각 인식 주체는 '내일 눈이 온다.'가 참이라는 것에 대하여 가장 강한 믿음의 정도에서 가장 약한 믿음의 정도까지 가질 수 있다. ⁵이처럼 베이즈주의자는 믿음의 정도를 믿음의 태도에 포함함으로써 많은 전통적 인식론자들과 달리 믿음의 태도를 풍부하게 표현한다. 믿음의 태도를 보다 풍부하게 표현할 수 있다는 베이즈주의의 의의가 제시되었네!

앞에서 이야기한 전통적 인식론자와 다른 의견이 제시되겠지?

❷ ⁶우리는 종종 임의의 명제가 참인지 거짓인지 새롭게 알게 된다. ⁷이것을 베이즈주의자의 표현으로 바꾸면 그 명제가 참인지 거짓인지에 대해 가장 강한 믿음의 정도를 새롭게 갖는다는 것이다. 명제의 참, 거짓을 새롭게 아는 것 = 명제의 참, 거짓에 대해 '가장 강한 믿음의 정도'를 새롭게 가지는 것 ⁸베이즈주의는 이런 경우에 믿음의 정도가 어떤 방식으로 변해야 하는지에 대해 정교한* 설명을 제공한다. 앞으로 믿음의 정도가 변하는 방식에 대한 '정교한 설명'이 제시되겠지? ⁹이에 따르면, 인식 주체가 특정 시점에 임의의 명제 A가 참이라는 것만을 또는 거짓이라는 것만을 새롭게 알게 됐을 때, 다른 임의의 명제 B에 대한 인식 주체의 기존 믿음의 정도의 변화는 조건화 원리의 적용을 받는다. ¹⁰이는 믿음의 정도의 변화에 관한 원리로서, 만약 인식 주체가 A가 참이라는 것만을 새롭게 알게 된다면, B가 참이라는 것에 대한 그 인식 주체의 믿음의 정도는 애초의 믿음의 정도에서 A가 참이라는 조건하에 B가 참이라는 것에 대한 믿음의 정도로 되어야 함을 의미한다. ¹¹예를 들어 갑이 '내일 비가 온다.'가 참이라는 것을 약하게 믿고 있고, '오늘 비가 온다.'가 참이라는 조건하에서는 '내일 비가 온다.'가 참이라는 것을 강하게 믿는다고 해 보자. ¹²조건화 원리에 따르면, 갑이 실제로 '오늘 비가 온다.(임의의 명제 A)'가 참이라는 것만을 새롭게 알게 될 때, '내일 비가 온다.(다른 임의의 명제 B)'가 참이라는 것을 그 이전보다 더 강하게 믿는 것(A가 참이라는 조건 하에 B가 참이라는 것에 대한 믿음의 정도)이 합리적이다. ¹³조건화 원리는 새롭게 알게 된 명제가 동시에 둘 이상인 경우에도 마찬가지로 적용된다. ¹⁴다만 이 원리는 믿음의 정도에 관한 것이지 행위에 관한 것은 아니다. 조건화 원리는 '믿음의 정도'에만 관련된 것이구나! 이러한 부가적 정보는 선지에서 물어볼 수 있으니까 잘 기억해 두자!

예를 들어 설명하면 자세히 설명해 준다는 말이니 예를 통해 정확하게 이해해 보자!

'다만'과 같은 표현 뒤에는 예외적인 내용이 나오기도 하니까 눈여겨보자!

❸ ¹⁵명제들 중에는 위의 예에서처럼 참인지 거짓인지 새롭게 알게 된 명제와 관련된 것도 있지만 그렇지 않은 것도 있다. 앞에서 이야기한 것과 다른 상황이 제시되었어! 이어서 이에 대한 설명을 해 주겠지? ¹⁶조건화 원리에 ⓑ따르면, 어떤 명제가 참인지 거짓인지 새롭게 알게 되더라도 그 명제와 관련 없는 명제에 대한 믿음의 정도는 변하지 않아야 한다. ¹⁷예를 들어 위에서처럼 갑이 '오늘 비가 온다.'가 참이라는 것만을 새롭게 알게 되더라도 그것과 관련 없는 명제 '다른 은하에는 외계인이 존재한다.'에 대한 그의 믿음의 정도는 변하지 않아야 한다. 어떤 명제가 참, 거짓이라는 것을 새롭게 알게 되어도 관련 없는 명제에 대한 믿음의 정도는 변하지 않는구나! ¹⁸이처럼 베이즈주의자는 특별한 이유가 없는 한 우리의 믿음의 정도는 유지되어야 한다고 ⓒ본다.

❹ ¹⁹베이즈주의자는 이렇게 상식적으로 당연하게 여겨지는 생각을 정당화*하기 위해 기존의 믿음의 정도를 유지함으로써 ⓓ얻을 수 있는 실용적 효율성에 호소*할 수 있다. ²⁰특별한 이유 없이 학교를 옮기는 행위는 어떠한 방식으로든 우리의 에너지를 불필요하게 소모한다. ²¹베이즈주의자는 특별한 이유 없이 기존의 믿음의 정도를 ⓔ바꾸는 것도 이와 유사하게 에너지를 불필요하게 소모한다고 볼 수 있다. 어떤 이유도 없이 기존의 믿음의 정도를 바꾸는 것은 실용적이지 않다고 보는 것이군! ²²이 관점에서는 실용적 효율성을 추구한다면, 특별한 이유가 없는 한 기존의 믿음의 정도를 유지하는 것이 합리적이다. 베이즈주의자는 특별한 이유가 없는 한 당연하게 여겨지는 생각들에 대한 믿음의 정도를 바꿀 필요가 없다고 보는 거네!

내용이 어렵다면 예를 통해 이해하면 돼!

이것만은 챙기자

*임의: 대상이나 장소 따위를 일정하게 정하지 아니함.

*정교하다: 내용이나 구성 따위가 정확하고 치밀하다.

*정당화: 정당성이 없거나 정당성에 의문이 있는 것을 무엇으로 둘러대어 정당한 것으로 만듦.

*호소: 어떤 일에 참여하도록 마음이나 감정 따위를 불러일으킴.

만점 선배의 구조도 예시

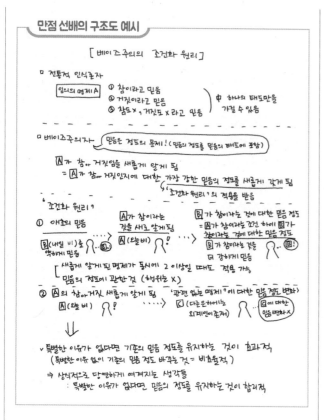

>> 각 문단을 요약하고 지문을 **세 부분**으로 나누어 보세요.

1 전통적 인식론자는 임의의 명제에 대해 세 가지 믿음의 태도 중 하나만을 가질 수 있다고 보지만, 베이즈주의자는 믿음은 정도의 문제라고 보고 믿음의 정도를 믿음의 태도에 포함한다.	┄┄	첫 번째 **1**[1]~**1**[5]
2 베이즈주의에 따르면 인식 주체가 명제 A가 참 또는 거짓이라는 것만을 새롭게 알게 됐을 때 명제 B에 대한 인식 주체의 기존 믿음의 정도 변화는 조건화 원리의 적용을 받는다.	┄┄	두 번째 **2**[6]~**2**[14]
3 조건화 원리에 따르면 어떤 명제의 참 또는 거짓을 새롭게 알게 되더라도 그와 관련 없는 명제에 대한 믿음의 정도는 변하지 않아야 한다.	┄┄	세 번째 **3**[15]~**4**[22]
4 베이즈주의자는 실용적 효율성을 추구한다면 특별한 이유가 없는 한 기존의 믿음의 정도를 유지하는 것이 합리적이라고 본다.		

| 세부 정보 파악 | 정답률 84

1. 윗글에서 답을 찾을 수 있는 질문에 해당하지 않는 것은?

▼ 정답풀이

② 특별한 이유 없이 믿음의 정도를 바꾸어야 하는 이유는 무엇일까?

> 근거: **3** [18]이처럼 베이즈주의자는 특별한 이유가 없는 한 우리의 믿음의 정도는 유지되어야 한다고 본다. + **4** [21]베이즈주의자는 특별한 이유 없이 기존의 믿음의 정도를 바꾸는 것도 이(특별한 이유 없이 학교를 옮기는 행위)와 유사하게 에너지를 불필요하게 소모한다고 볼 수 있다.
> 윗글에서는 특별한 이유가 없을 때 믿음의 정도가 유지되어야 하는 이유를 제시하고 있을 뿐, 특별한 이유 없이 믿음의 정도를 바꾸어야 하는 이유에 대해서는 언급하지 않았다.

✗ 오답풀이

① 믿음의 정도와 관련하여 상식적으로 당연하게 여겨지는 생각을 어떻게 정당화할 수 있을까?

근거: **4** [19]베이즈주의자는 이렇게 상식적으로 당연하게 여겨지는 생각을 정당화하기 위해 기존의 믿음의 정도를 유지함으로써 얻을 수 있는 실용적 효율성에 호소할 수 있다.~[22]이 관점에서는 실용적 효율성을 추구한다면, 특별한 이유가 없는 한 기존의 믿음의 정도를 유지하는 것이 합리적이다.
윗글을 통해 기존의 믿음의 정도를 유지함으로써 얻을 수 있는 실용적 효율성에 호소하는 방식으로 상식적으로 당연하게 여겨지는 생각을 정당화할 수 있음을 알 수 있다.

③ 믿음의 정도를 어떤 경우에 바꾸고 어떤 경우에 바꾸지 말아야 할까?

근거: **2** [9]이(베이즈주의자)에 따르면, 인식 주체가 특정 시점에 임의의 명제 A가 참이라는 것만을 또는 거짓이라는 것만을 새롭게 알게 됐을 때, 다른 임의의 명제 B에 대한 인식 주체의 기존 믿음의 정도의 변화는 조건화 원리의 적용을 받는다. [10]이는 믿음의 정도의 변화에 관한 원리로서, 만약 인식 주체가 A가 참이라는 것만을 새롭게 알게 된다면, B가 참이라는 것에 대한 그 인식 주체의 믿음의 정도는 애초의 믿음의 정도에서 A가 참이라는 조건하에 B가 참이라는 것에 대한 믿음의 정도로 되어야 함을 의미한다. + **3** [16]조건화 원리에 따르면, 어떤 명제가 참인지 거짓인지 새롭게 알게 되더라도 그 명제와 관련 없는 명제에 대한 믿음의 정도는 변하지 않아야 한다.
윗글을 통해 '조건화의 원리'에 따라 A와 B가 서로 관련된 명제일 경우, 명제 A가 참인지 거짓인지에 대해 새롭게 알게 되면 명제 B에 대한 기존의 믿음의 정도가 바뀌지만, B가 A와 관련이 없는 명제라면 믿음의 정도가 변하지 않아야 함을 알 수 있다.

④ 믿음의 정도를 바꾸어야 한다면 어떤 방식으로 바꾸어야 할까?

근거: **2** [6]우리는 종종 임의의 명제가 참인지 거짓인지 새롭게 알게 된다. [7]이것을 베이즈주의자의 표현으로 바꾸면 그 명제가 참인지 거짓인지에 대해 가장 강한 믿음의 정도를 새롭게 갖는다는 것이다. [8]베이즈주의는 이런 경우에 믿음의 정도가 어떤 방식으로 변해야 하는지에 대해 정교한 설명을 제공한다. [9]인식 주체가 특정 시점에 임의의 명제 A가 참이라는 것만을 또는 거짓이라는 것만을 새롭게 알게 됐을 때, 다른 임의의 명제 B에 대한 인식 주체의 기존 믿음의 정도의 변화는 조건화 원리의 적용을 받는다.

베이즈주의자는 임의의 명제가 참인지 거짓인지 새롭게 알게 될 때, 즉 명제가 참인지 거짓인지에 대한 강한 믿음의 정도를 새롭게 갖게 될 때 기존 믿음의 정도 변화는 조건화 원리의 적용을 받는다고 보며, 이에 대한 정교한 설명이 2문단에 제시되고 있다.

⑤ 임의의 명제에 대해 어떤 믿음의 태도를 가질 수 있을까?

근거: **1** [1]많은 전통적 인식론자는 임의의 명제에 대해 우리가 세가지 믿음의 태도 중 하나만을 가질 수 있다고 본다.~[3]반면 베이즈주의자는 믿음은 정도의 문제라고 본다.~[5]이처럼 베이즈주의자는 믿음의 정도를 믿음의 태도에 포함함으로써 많은 전통적 인식론자들과 달리 믿음의 태도를 풍부하게 표현한다.

| 세부 내용 추론 | 정답률 **76**

2. ㉠, ㉡에 대한 이해로 적절하지 <u>않은</u> 것은?

> ㉠: 많은 전통적 인식론자
> ㉡: 베이즈주의자

✅ 정답풀이

② ㉠은 을이 '내일 눈이 온다.'가 거짓이라 믿는 것은 그 명제가 거짓임을 강한 정도로 믿는다는 의미라고 주장한다.

근거: **1** [1]많은 전통적 인식론자(㉠)는 임의의 명제에 대해 우리가 세 가지 믿음의 태도 중 하나만을 가질 수 있다고 본다. [2]가령 '내일 눈이 온다.'는 명제를 참이라고 믿거나, 거짓이라고 믿거나, 참이라 믿지도 않고 거짓이라 믿지도 않을 수 있다. [3]반면 베이즈주의자(㉡)는 믿음은 정도의 문제라고 본다. [4]가령 각 인식 주체는 '내일 눈이 온다.'가 참이라는 것에 대하여 가장 강한 믿음의 정도에서 가장 약한 믿음의 정도까지 가질 수 있다.

㉠은 임의의 명제에 대해 참이라고 믿거나, 거짓이라고 믿거나, 참이라 믿지도 않고 거짓이라 믿지도 않는 세 가지 믿음의 태도 중 하나만 가질 수 있다고 본다. 믿음을 정도의 문제로 보는 것은 ㉡이다.

❌ 오답풀이

① 만약 을이 ㉠이라면 을은 동시에 ㉡일 수 없다.

근거: **1** [1]많은 전통적 인식론자(㉠)는 임의의 명제에 대해 우리가 세 가지 믿음의 태도 중 하나만을 가질 수 있다고 본다. [3]반면 베이즈주의자(㉡)는 믿음은 정도의 문제라고 본다. [5]이처럼 베이즈주의자는 믿음의 정도를 믿음의 태도에 포함함으로써 많은 전통적 인식론자들과 달리 믿음의 태도를 풍부하게 표현한다.

㉠과 달리 ㉡은 믿음의 정도를 믿음의 태도에 포함하고 있다. 따라서 을이 임의의 명제에 대해 세 가지 믿음의 태도 중 하나만을 가질 수 있다고 보는 ㉠의 입장이라면 동시에 믿음이 정도의 문제라고 보는 ㉡일 수 없다.

③ ㉠은 을이 '내일 눈이 온다.'가 참이라고 믿는다면 을은 '내일 눈이 온다.'가 거짓이라고 믿을 수는 없다고 주장한다.

근거: **1** [1]많은 전통적 인식론자(㉠)는 임의의 명제에 대해 우리가 세 가지 믿음의 태도 중 하나만을 가질 수 있다고 본다. [2]가령 '내일 눈이 온다.'는 명제를 참이라고 믿거나, 거짓이라고 믿거나, 참이라 믿지도 않고 거짓이라 믿지도 않을 수 있다.

㉠은 임의의 명제를 참이라고 믿거나, 거짓이라고 믿거나, 참이라 믿지도 않고 거짓이라 믿지도 않는 세 가지 믿음의 태도 중 하나를 가질 수 있다고 보기에, 을이 '내일 눈이 온다.'가 참이라고 믿는다면 이를 거짓이라고 믿을 수는 없다고 주장할 것이다.

④ ㉡은 을의 '내일 눈이 온다.'가 참이라는 것에 대한 믿음의 정도와 '내일 눈이 온다.'가 거짓이라는 것에 대한 믿음의 정도가 같을 수 있다고 본다.

근거: **1** [3]반면 베이즈주의자(㉡)는 믿음은 정도의 문제라고 본다. [4]가령 각 인식 주체는 '내일 눈이 온다.'가 참이라는 것에 대하여 가장 강한 믿음의 정도에서 가장 약한 믿음의 정도까지 가질 수 있다.

㉡은 인식 주체가 임의의 명제에 대해 참 또는 거짓이라고 믿는 것은 정도의 문제이며 이에 대해 가장 강한 믿음의 정도에서 가장 약한 믿음의 정도까지 가질 수 있다고 했으므로, 을의 '내일 눈이 온다.'가 참이라는 것에 대한 믿음의 정도와 거짓이라는 것에 대한 믿음의 정도가 같을 수 있다고 볼 것이다.

⑤ ㉡은 을이 '내일 눈이 온다.'와 '내일 비가 온다.'가 모두 거짓이라고 믿더라도 후자를 전자보다 더 강하게 거짓이라고 믿을 수 있다고 주장한다.

근거: **1** [3]반면 베이즈주의자(㉡)는 믿음은 정도의 문제라고 본다. [4]가령 각 인식 주체는 '내일 눈이 온다.'가 참이라는 것에 대하여 가장 강한 믿음의 정도에서 가장 약한 믿음의 정도까지 가질 수 있다.

㉡은 믿음이 정도의 문제라고 했으므로, '내일 눈이 온다.'와 '내일 비가 온다.'를 모두 거짓이라고 믿더라도 '내일 비가 온다.'라는 명제가 거짓이라고 믿는 믿음의 정도가 '내일 눈이 온다.'라는 명제가 거짓이라고 믿는 믿음의 정도보다 강할 수 있다고 주장할 것이다.

3. 조건화 원리에 대해 설명한 내용으로 가장 적절한 것은?

✅ 정답풀이

④ 어떤 명제가 참인 것을 새롭게 알게 되고 동시에 그와 다른 명제가 거짓인 것을 새롭게 알게 되었을 때에도 적용될 수 있다.

> 근거: ❷ [9]이(베이즈주의자)에 따르면, 인식 주체가 특정 시점에 임의의 명제 A가 참이라는 것만을 또는 거짓이라는 것만을 새롭게 알게 됐을 때, 다른 임의의 명제 B에 대한 인식 주체의 기존 믿음의 정도의 변화는 조건화 원리의 적용을 받는다. [13]조건화 원리는 새롭게 알게 된 명제가 동시에 둘 이상인 경우에도 마찬가지로 적용된다.

❌ 오답풀이

① 에너지를 불필요하게 소모하더라도 특별한 이유 없이 믿음의 정도를 바꾸는 것은 합리적이라고 설명한다.

> 근거: ❹ [19]베이즈주의자는 이렇게 상식적으로 당연하게 여겨지는 생각을 정당화하기 위해 기존의 믿음의 정도를 유지함으로써 얻을 수 있는 실용적 효율성에 호소할 수 있다. [22]이(베이즈주의자의) 관점에서는 실용적 효율성을 추구한다면, 특별한 이유가 없는 한 기존의 믿음의 정도를 유지하는 것이 합리적이다.

조건화 원리에 따르면, 특별한 이유가 없는 한 어떤 명제에 대해 기존의 믿음의 정도를 유지하는 것이 합리적이다.

② 어떤 행위를 할 특별한 이유가 있더라도 믿음의 정도의 변화 없이 그 행위를 해서는 안 된다고 말해 준다.

> 근거: ❷ [9]이(베이즈주의자)에 따르면, 인식 주체가 특정 시점에 임의의 명제 A가 참이라는 것만을 또는 거짓이라는 것만을 새롭게 알게 됐을 때, 다른 임의의 명제 B에 대한 인식 주체의 기존 믿음의 정도의 변화는 조건화 원리의 적용을 받는다. [14]다만 이 원리(조건화 원리)는 믿음의 정도에 관한 것이지 행위에 관한 것은 아니다.

조건화 원리는 믿음의 정도에 관한 것이지 행위에 관한 것이 아니기 때문에, 조건화 원리가 특정 행위를 해서는 안 된다고 말해 준다는 설명은 적절하지 않다.

③ 새롭게 알게 된 명제와는 관련 없는 명제에 대해 우리의 믿음의 정도가 어떠해야 하는지에 대해서 말해 주지 않는다.

> 근거: ❸ [16]조건화 원리에 따르면, 어떤 명제가 참인지 거짓인지 새롭게 알게 되더라도 그 명제와 관련 없는 명제에 대한 믿음의 정도는 변하지 않아야 한다. [18]이처럼 베이즈주의자는 특별한 이유가 없는 한 우리의 믿음의 정도는 유지되어야 한다고 본다.

조건화 원리에 따르면 새롭게 알게 된 명제와는 관련 없는 명제의 경우, 그 명제에 대한 믿음의 정도는 변하지 않고 유지되어야 한다. 따라서 조건화 원리가 새롭게 알게 된 명제와는 관련 없는 명제에 대해 우리의 믿음의 정도가 어떠해야 하는지 언급하지 않고 있다는 설명은 적절하지 않다.

⑤ 임의의 명제를 새롭게 알기 전에 그와 다른 명제에 대해 가장 강하지도 않고 가장 약하지도 않은 믿음의 정도를 가지고 있는 인식 주체에게는 적용될 수 없다.

> 근거: ❷ [9]인식 주체가 특정 시점에 임의의 명제 A가 참이라는 것만을 또는 거짓이라는 것만을 새롭게 알게 됐을 때, 다른 임의의 명제 B에 대한 인식 주체의 기존 믿음의 정도의 변화는 조건화 원리의 적용을 받는다. [10]이는 믿음의 정도의 변화에 관한 원리로서, 만약 인식 주체가 A가 참이라는 것만을 새롭게 알게 된다면, B가 참이라는 것에 대한 그 인식 주체의 믿음의 정도는 애초의 믿음의 정도에서 A가 참이라는 조건하에 B가 참이라는 것에 대한 믿음의 정도로 되어야 함을 의미한다.

조건화 원리는 새롭게 알게 된 명제에 따른, 다른 명제에 대한 기존 믿음 정도의 변화와 관련된 것이다. 즉 기존에 가지고 있던 믿음의 정도가 새롭게 알게 된 명제에 따라 달라질 수 있다는 것을 이야기하고 있는 것이므로 기존 믿음의 정도에 따라 조건화 원리를 적용할 수 없다는 설명은 적절하지 않다. 조건화 원리는 중간 정도의 믿음의 정도를 가지고 있는 인식 주체에게도 적용될 수 있다.

4. 다음은 윗글을 읽은 학생의 독서 활동 기록이다. 윗글을 참고할 때, [A]에 들어갈 내용으로 적절하지 <u>않은</u> 것은? [3점]

[독서 후 심화 활동]

글의 내용을 다른 상황에 적용해 보자.

○ **상황**

병과 정은 공동 발표 내용을 기록한 흰색 수첩 하나를 잃어버렸다는 것을 알게 되었다. 그 수첩에는 병의 이름이 적혀 있다. 이와 관련해 병과 정은 다음 명제 ㉮가 참이라고 믿지만 믿음의 정도가 아주 강하지는 않다.

㉮ 병의 수첩은 체육관에 있다.

병 혹은 정이 참이라고 새롭게 알게 될 수 있는 명제는 다음과 같다. ┌→ ㉯가 참이라는 것에 대한 믿음 강화 가능

㉯ 체육관에 누군가의 이름이 적힌 흰색 수첩이 있다.

㉰ 병의 이름이 적혀 있지만 어떤 색인지 확인이 안 된 수첩이 병의 집에 있다. → ㉯가 참이라는 것에 대한 믿음 약화 가능

병과 정은 ㉯와 ㉰ 이외에는 ㉮와 관련이 있는 어떤 명제도 새롭게 알게 되지 않고, 조건화 원리에 의해서만 자신들의 믿음의 정도를 바꾼다.

○ **적용**

[A]

✅ 정답풀이

⑤ 병과 정이 ㉯를 알게 되기 전에 ㉮가 참이라는 것에 대한 믿음의 정도가 서로 다르다면, ㉯만을 알게 된 후에는 ㉮가 참이라는 것에 대한 병과 정의 믿음의 정도가 같을 수 없겠군.

> **근거: 2** [10]이(조건화 원리)는 믿음의 정도의 변화에 관한 원리로서, 만약 인식 주체가 A가 참이라는 것만을 새롭게 알게 된다면, B가 참이라는 것에 대한 그 인식 주체의 믿음의 정도는 애초의 믿음의 정도에서 A가 참이라는 조건하에 B가 참이라는 것에 대한 믿음의 정도로 되어야 함을 의미한다.~[12]조건화 원리에 따르면, 갑이 실제로 '오늘 비가 온다.'가 참이라는 것만을 새롭게 알게 될 때, '내일 비가 온다.'가 참이라는 것을 그 이전보다 더 강하게 믿는 것이 합리적이다.
>
> 조건화 원리에 따르면 A가 참이라는 것을 새롭게 알게 된다면, B가 참이라는 것에 대한 믿음의 정도는 애초의 믿음의 정도에서 'A가 참이라는 조건하에 B가 참이라는 것에 대한 믿음의 정도'로 되어야 한다. 따라서 병과 정이 ㉯를 알게 되기 전에 ㉮가 참이라는 것에 대한 믿음의 정도가 서로 달랐더라도, ㉯만을 알게 된 후에는 병과 정 모두 '㉯가 참이라는 조건 하에 ㉮가 참이라는 것에 대한 믿음의 정도'로 ㉮에 대한 믿음의 정도가 새롭게 바뀌는 것이므로 병과 정의 믿음의 정도가 같아질 수 없다고 단정 지을 수 없다.

❌ 오답풀이

① 병이 ㉮와 관련이 없는 다른 명제만을 새롭게 알게 된다면, ㉮에 대한 병의 믿음의 정도는 변하지 않겠군.

> **근거: 3** [16]조건화 원리에 따르면, 어떤 명제가 참인지 거짓인지 새롭게 알게 되더라도 그 명제와 관련 없는 명제에 대한 믿음의 정도는 변하지 않아야 한다. [18]이처럼 베이즈주의자는 특별한 이유가 없는 한 우리의 믿음의 정도는 유지되어야 한다고 본다.
>
> 조건화 원리에 따르면 기존 명제와 관련 없는 명제에 대해 새롭게 알게 되는 경우, 기존 명제에 대한 믿음의 정도는 변하지 않는다. 따라서 병이 ㉮와 관련이 없는 다른 명제만을 새롭게 알게 된다면, ㉮에 대한 병의 믿음의 정도는 변하지 않을 것이다.

② 병이 ㉯만을 알게 된다면, 그 후에 ㉮가 참이라는 것에 대한 병의 믿음의 정도는 그 전보다 더 강해질 수 있겠군.

> **근거: 2** [10]이(조건화 원리)는 믿음의 정도의 변화에 관한 원리로서, 만약 인식 주체가 A가 참이라는 것만을 새롭게 알게 된다면, B가 참이라는 것에 대한 그 인식 주체의 믿음의 정도는 애초의 믿음의 정도에서 A가 참이라는 조건하에 B가 참이라는 것에 대한 믿음의 정도로 되어야 함을 의미한다.~[12]조건화 원리에 따르면, 갑이 실제로 '오늘 비가 온다.'가 참이라는 것만을 새롭게 알게 될 때, '내일 비가 온다.'가 참이라는 것을 그 이전보다 더 강하게 믿는 것이 합리적이다.
>
> 병이 ㉯만을 알게 된다면, 그 후에 ㉮가 참이라는 것에 대한 병의 믿음의 정도는 '㉯가 참이라는 조건 하에 ㉮가 참이라는 것에 대한 믿음의 정도'가 될 것이다. 〈보기〉에서 잃어버린 수첩은 흰색이며 병의 이름이 적혀 있다고 했고, ㉯는 '체육관에 누군가의 이름이 적힌 흰색 수첩이 있다.'는 명제이므로, 이를 알게 된다면 ㉮가 참이라는 것에 대한 병의 믿음의 정도가 그 전보다 더 강해질 수 있다고 추론할 수 있다.

③ 병이 ㉯를 알게 된 후에 ㉰를 추가로 알게 된다면, ㉮가 참이라는 것에 대한 병의 믿음의 정도는 ㉰를 추가로 알기 전보다 더 약해질 수 있겠군.

> **근거: 2** [10]이(조건화 원리)는 믿음의 정도의 변화에 관한 원리로서, 만약 인식 주체가 A가 참이라는 것만을 새롭게 알게 된다면, B가 참이라는 것에 대한 그 인식 주체의 믿음의 정도는 애초의 믿음의 정도에서 A가 참이라는 조건하에 B가 참이라는 것에 대한 믿음의 정도로 되어야 함을 의미한다.~[12]조건화 원리에 따르면, 갑이 실제로 '오늘 비가 온다.'가 참이라는 것만을 새롭게 알게 될 때, '내일 비가 온다.'가 참이라는 것을 그 이전보다 더 강하게 믿는 것이 합리적이다.
>
> 병이 ㉯를 알게 된 후에 ㉰를 추가로 알게 된다면, 그 후에 ㉮가 참이라는 것에 대한 믿음의 정도는 '㉯가 참이라는 조건 하에 ㉮가 참이라는 것에 대한 믿음의 정도'에서 '㉰가 참이라는 조건 하에 [㉯가 참이라는 조건 하에 ㉮가 참이라는 것에 대한 믿음의 정도]'가 될 것이다. ㉯는 ㉮의 명제가 참이라는 것에 대한 믿음의 정도를 강화할 수 있지만, ㉰는 '병의 이름이 적혀 있지만 어떤 색인지 확인이 안 된 수첩이 병의 집에 있다.'는 명제로, 병의 수첩은 체육관에 있다는 ㉮의 명제를 약화시키는 명제이다. 따라서 병이 ㉯를 알게 된 후에 ㉰를 추가로 알게 된다면, ㉮가 참이라는 것에 대한 병의 믿음의 정도는 ㉰를 추가로 알기 전보다 더 약해질 수 있을 것이라고 추론할 수 있다.

④ 병이 ④와 ⑤를 동시에 알게 된다면, ②가 참이라는 것에 대한 병의 믿음의 정도는 ④와 ⑤가 참이라는 조건하에 ②가 참이라는 것에 대한 믿음의 정도로 변하겠군.

근거: ② ¹⁰이(조건화 원리)는 믿음의 정도의 변화에 관한 원리로서, 만약 인식 주체가 A가 참이라는 것만을 새롭게 알게 된다면, B가 참이라는 것에 대한 그 인식 주체의 믿음의 정도는 애초의 믿음의 정도에서 A가 참이라는 조건하에 B가 참이라는 것에 대한 믿음의 정도로 되어야 함을 의미한다.~ ¹²조건화 원리에 따르면, 갑이 실제로 '오늘 비가 온다.'가 참이라는 것만을 새롭게 알게 될 때, '내일 비가 온다.'가 참이라는 것을 그 이전보다 더 강하게 믿는 것이 합리적이다. ¹³조건화 원리는 새롭게 알게 된 명제가 동시에 둘 이상인 경우에도 마찬가지로 적용된다.

조건화 원리에 따르면 병이 ④와 ⑤를 동시에 알게 된다면, ②가 참이라는 것에 대한 병의 믿음의 정도는 '④와 ⑤가 참이라는 조건하에 ②가 참이라는 것에 대한 믿음의 정도'로 변할 것이다.

문제적 문제
• 4—③번

학생들이 정답 이외에 가장 많이 고른 선지가 ③번이다.

병이 '④를 알게 된 이후에 ⑤를 추가로 알게 되었을 때'와 '⑤만을 알게 되었을 때' ②가 참이라는 것에 대한 병의 믿음의 정도를 비교하는 데 어려움을 겪었던 것이다. 하지만 ④와 ⑤가 각각 ②가 참이라는 것에 대한 믿음의 정도를 어떻게 바꾸는지를 이해한 다음 선지를 살펴보면 어렵지 않게 답을 찾을 수 있는 문제였다.

2문단에 따르면 조건화 원리는 'A가 참이라는 것만을 새롭게 알게 된다면, B가 참이라는 것에 대한 그 인식 주체의 믿음의 정도는 애초의 믿음의 정도에서 A가 참이라는 조건하에 B가 참이라는 것에 대한 믿음의 정도로 되어야 함을 의미'한다. 즉 조건화 원리에 따르면 임의의 명제가 참인지 거짓인지 새로 알게 됨에 따라 이미 가지고 있던 명제에 대한 믿음의 정도가 바뀔 수 있으며, 이때 새로 알게 된 명제가 참이라는 조건하에 기존에 알고 있던 명제가 참이라는 것에 대한 믿음의 정도로 바뀐다.

〈보기〉에서는 병과 정이 잃어버린 수첩이 (1)'흰색'이고 (2)'병의 이름이 적혀 있다'는 두 가지 조건을 명시하고 있다. 병의 수첩이 체육관에 있다는 명제 ②와 관련된 명제 ④와 ⑤를 살펴보자. ④는 체육관에 누군가의 이름이 적힌 '흰색' 수첩이 있다는 내용이다. 따라서 ④가 참이라고 새롭게 알게 된다면, 잃어버린 수첩과 조건 (1)이 일치하는 수첩이 체육관에 있다는 것이므로, ②를 참이라고 믿는 믿음의 정도는 강화될 것이다. 반면, ⑤는 어떤 색인지는 모르지만 '병의 이름'이 적혀 있는 수첩이 '병의 집에 있다'는 내용이다. 따라서 ⑤가 참이라고 새롭게 알게 된다면, 잃어버린 수첩과 조건 (2)가 일치하는 수첩이 체육관이 아닌 집에 있다는 것이므로, ②를 참이라고 믿는 믿음의 정도는 약화될 것이다.

구체적 상황에 적용해야 하는 〈보기〉 문제의 경우, 내용은 어려워 보이나 〈보기〉의 상황을 지문을 고려하여 해석한 후 선지를 확인하면 어렵지 않게 판단할 수 있다. 자료에 매몰되어 포기하지 말고 〈보기〉의 내용과 지문의 내용을 연결하여 이해해 보자.

정답률 분석

	①	②	③	④	⑤
			매력적 오답		정답
	2%	4%	20%	16%	58%

5. 문맥상 ⓐ~ⓔ의 단어와 가장 가까운 의미로 쓰인 것은?

✅ 정답풀이

② ⓑ: 법에 따라 모든 절차가 공정하게 진행됐다.

근거: ③ ¹⁶조건화 원리에 ⓑ따르면, 어떤 명제가 참인지 거짓인지
ⓑ와 '법에 따라'의 '따르다'는 모두 '어떤 경우, 사실이나 기준 따위에 의거하다.'라는 의미로 쓰였다.

❌ 오답풀이

① ⓐ: 어제 친구들과 함께 만나는 자리를 가졌다.
근거: ① ¹세 가지 믿음의 태도 중 하나만을 ⓐ가질 수 있다고 본다.
ⓐ는 '생각, 태도, 사상 따위를 마음에 품다.'라는 의미로, '만나는 자리를 가졌다.'의 '가지다'는 '모임을 치르다.'는 의미로 쓰였다.

③ ⓒ: 우리는 지금 아이를 봐 줄 분을 찾고 있다.
근거: ③ ¹⁸특별한 이유가 없는 한 우리의 믿음의 정도는 유지되어야 한다고 ⓒ본다.
ⓒ는 '대상을 평가하다.'라는 의미로, '아이를 봐 줄 분'의 '보다'는 '맡아서 보살피거나 지키다.'라는 의미로 쓰였다.

④ ⓓ: 그는 젊었을 때 얻은 병을 아직 못 고쳤다.
근거: ④ ¹⁹믿음의 정도를 유지함으로써 ⓓ얻을 수 있는 실용적 효율성
ⓓ는 '긍정적인 태도·반응·상태 따위를 가지거나 누리게 되다.'라는 의미로, '젊었을 때 얻은 병'의 '얻다'는 '병을 앓게 되다.'라는 의미로 쓰였다.

⑤ ⓔ: 매장에서 헌 냉장고를 새 선풍기와 바꿨다.
근거: ④ ²¹특별한 이유 없이 기존의 믿음의 정도를 ⓔ바꾸는 것
ⓔ는 '원래의 내용이나 상태를 다르게 고치다.'라는 의미로, '새 선풍기와 바꿨다.'의 '바꾸다'는 '자기가 가진 물건을 다른 사람에게 주고 대신 그에 필적할 만한 다른 사람의 물건을 받다.'라는 의미로 쓰였다.

[1~6] 다음 글을 읽고 물음에 답하시오.

✎ 사고의 흐름

1 ¹과거는 지나가 버렸기 때문에 역사가가 과거의 사실과 직접 만나는 것은 불가능하다. ²역사가는 사료를 매개로 과거와 만난다. ³사료는 과거를 그대로 재현하는 것은 아니기 때문에 불완전하다. ⁴사료의 불완전성은 역사 연구의 범위를 제한하지만, 그 불완전성 때문에 역사학이 학문이 될 수 있으며 역사는 끝없이 다시 서술된다. ⁵매개를 거치지 않은 채 손실되지 않은 과거와 ⓐ만날 수 있다면 역사학이 설 자리가 없을 것이다. '사료'를 매개로 과거가 연구되는데, 사료는 불완전하다는 특성이 제시되었어. '사료'와 관련하여 글의 흐름이 어떻게 흘러가는지를 파악하며 읽어 보자! ⁶역사학은 전통적으로 문헌 사료를 주로 활용해 왔다. ⁷그러나 유물, 그림, 구전* 등 과거가 남긴 흔적은 모두 사료로 활용될 수 있다. ⁸역사가들은 새로운 사료를 발굴하기 위해 노력한다. ⁹①알려지지 않았던 사료를 찾아내기도 하지만, ②중요하지 않게 ⓑ여겨졌던 자료를 새롭게 사료로 활용하거나 ③기존의 사료를 새로운 방향에서 파악하기도 한다. ¹⁰평범한 사람들의 삶의 모습을 중점적인 주제로 다루었던 미시사 연구에서 재판 기록, 일기, 편지, 탄원서, 설화집 등의 이른바 '서사적' 자료에 주목한 것도 사료 발굴을 위한 노력의 결과이다. 많은 정보들이 쏟아지고 있네! 모든 세부 내용을 기억하려 하기보다는, '이 부분에서는 사료의 종류와 사료의 발굴 방법을 설명했구나.'와 같이 글의 흐름을 중심으로 구획화하면서 읽어야 헤매지 않을 수 있어!

2 ¹¹시각 매체의 확장은 사료의 유형을 더욱 다양하게 했다. 이어서 시각 매체의 확장에 따라 사료의 유형이 어떻게 다양해졌는지를 설명하겠지? 앞의 내용에 따른 결과가 제시될 거야! ¹²이에 따라 역사학에서 영화를 통한 역사 서술에 대한 관심이 일고, 영화를 사료로 파악하는 경향도 ⓒ나타났다. ¹³역사가들이 주로 사용하는 문헌 사료의 언어는 대개 지시 대상과 물리적·논리적 연관이 없는 추상화된 상징적 기호이다. 주로 사용된 문헌 사료의 언어와는 다른 내용이 나오겠지! ¹⁴반면 영화는 카메라 앞에 놓인 물리적 현실을 이미지화하기 때문에 그 자체로 물질성을 띤다. ¹⁵즉, 영화의 이미지는 닮은꼴로 사물을 지시하는 도상적 기호가 된다. ¹⁶광학적 메커니즘에 따라 피사체로부터 비롯된 영화의 이미지는 그 피사체가 있었음을 지시하는 지표적 기호이기도 하다. ¹⁷예를 들어 다큐멘터리 영화는 피사체와 밀접한 연관성을 갖기 때문에 피사체의 진정성에 대한 믿음을 고양*하여 언어적 서술에 비해 호소력 있는 서술로 비춰지게 된다. 문헌 사료의 언어와 영화의 이미지를 비교하여 설명하고 있으니, 공통점과 차이점을 정리하여 읽는 것이 좋겠지?

	문헌 사료의 언어	영화의 이미지
공통점	역사학에서 사료로 활용됨	
차이점	지시 대상과 물리적·논리적 연관이 없는 추상화된 상징적 기호	닮은꼴로 사물을 지시하는 도상적 기호, 피사체가 있었음을 지시하는 지표적 기호

3 ¹⁸그렇다면 영화는 역사와 어떻게 관계를 맺고 있을까? 질문 뒤에는 답이 제시되는 것이 일반적인 전개 방식임을 고려하면, 영화와 역사의 관계에 대한 설명이 이어질 것임을 파악할 수 있을 거야! ¹⁹역사에 대한 영화적 독해와 영화에 대한 역사적 독해는 영화와 역사의 관계에 대한 두 축을 ⓓ이룬다. ²⁰역사에 대한 영화적 독해는 영화라는 매체로 역사를 해석하고 평가하는 작업과 연관된다. ²¹영화인은 자기 나름의 시선을 서사와 표현 기법으로 녹여내어 역사를 비평할 수 있다. ²²역사를 소재로 한 역사 영화는 역사적 고증에 충실한 개연적* 역사 서술 방식을 취할 수 있다. ²³혹은 역사적 사실을 자원으로 삼되 상상력에 의존하여 가공의 인물과 사건을 덧대는 상상적 역사 서술 방식을 취할 수도 있다. 역사에 대한 영화적 독해: 영화가 ① 개연적 역사 서술 방식 혹은 ② 상상적 역사 서술 방식을 취하여 역사를 해석 & 평가 ²⁴그러나 비단 역사 영화만이 역사를 재현하는 것은 아니다. ²⁵모든 영화는 명시적이거나 우회적인 방법으로 역사를 증언한다. '모든', '꼭' 등의 표현은 예외가 없다는 의미야! ²⁶영화에 대한 역사적 독해는 영화에 담겨 있는 역사적 흔적과 맥락을 검토하는 것과 연관된다. ²⁷역사가는 영화 속에 나타난 풍속, 생활상 등을 통해 역사의 외연*을 확장할 수 있다. ²⁸나아가 제작 당시 대중이 공유하던 욕망, 강박, 믿음, 좌절 등의 집단적 무의식과 더불어 이상, 지배적 이데올로기 같은 미처 파악하지 못했던 가려진 역사를 끌어내기도 한다. 영화에 대한 역사적 독해: 영화 속 역사적 흔적과 맥락을 검토하여 제작 당시의 가려진 역사를 끌어냄

4 ²⁹영화는 주로 허구를 다루기 때문에 역사 서술과는 거리가 있다고 보는 사람도 있다. ³⁰왜냐하면 역사가들은 일차적으로 사실을 기록한 자료에 기반해서 연구를 ⓔ펼치기 때문이다. ³¹또한 역사가는 ㉠자료에 기록된 사실이 허구일지도 모른다는 의심을 버리지 않고 이를 확인하고자 한다. ³²그러나 문헌 기록을 바탕으로 하는 역사 서술에서도 허구가 배격*되어야 할 대상만은 아니다. 역사 서술은 문헌 기록을 바탕으로 하지만 허구의 이야기를 활용하기도 한다는 의미야! ³³역사가는 ㉡허구의 이야기 속에서 그 안에 반영된 당시 시대적 상황을 발견하여 사료로 삼으려고 노력하기도 한다. ³⁴지어낸 이야기는 실제 있었던 사건에 대한 기록이 아니지만 사고방식과 언어, 물질문화, 풍속 등 다양한 측면을 반영하며, 작가의 의도와 상관없이 혹은 작가의 의도 이상으로 동시대의 현실을 전달해 주기도 한다. ³⁵어떤 역사가들은 허구의 이야기에 반영된 사실을 확인하는 것에서 더 나아가 ㉰사료에 직접적으로 나타나지 않은 과거를 재현하기 위해 허구의 이야기를 활용하여 사료에 기반한 역사적 서술을 보완하기도 한다. ³⁶역사가가 허구를 활용하는 것은 실제로 존재했던 과거에 접근하고자 하는 고민의 결과이다. 역사가가 허구를 활용하는 두 가지 방법에 대해 설명하고 있어. ㉡와 ㉰를 구분하여 알아 둘 필요가 있겠지?

5 ³⁷영화는 허구적 이야기에 역사적 사실을 담아냄으로써 새로운 사료의 원천이 될 뿐 아니라, 대안적 역사 서술의 가능성까지 지니고 있다. ³⁸영화는 공식 제도가 배제했던 역사를 사회에 되돌려 주는 '아래로부터의 역사'의 형성에 기여한

다. [39]평범한 사람들의 회고나 증언, 구전 등의 비공식적 사료를 토대로 영화를 만드는 작업은 빈번하게 이루어지고 있

[A]

다. [40]그리하여 영화는 하층 계급, 피정복 민족처럼 역사 속에서 주변화된 집단의 묻혀 있던 목소리를 표현해 낸다. [41]이렇듯 영화는 공식 역사의 대척*점에서 활동하면서 역사적 의식 형성에 참여한다는 점에서 역사 서술의 한 주체가 된다.

역사 서술의 주체로서 영화가 가지는 의의로 글을 마무리하고 있네!

이것만은 챙기자

*구전: 말로 전하여 내려옴. 또는 말로 전함.
*고양: 정신이나 기분 따위를 북돋워서 높임.
*개연적: 그럴 법한.
*외연: 일정한 개념이 적용되는 사물의 전 범위.
*배격: 어떤 사상, 의견, 물건 따위를 물리침.
*대척: 어떤 사물이나 현상을 비교해 볼 때, 서로 정반대가 됨.

만점 선배의 구조도 예시

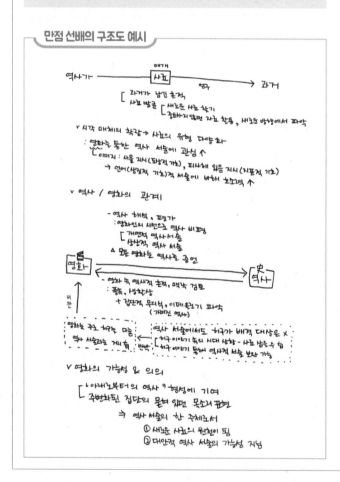

>> 각 문단을 요약하고 지문을 **두 부분**으로 나누어 보세요.

1 역사가는 **사료**를 매개로 과거와 만나는데, 사료의 **불완전성**은 역사 연구의 범위를 제한하지만 역사가들은 새로운 사료를 발굴하기 위해 노력한다.

2 시각 매체의 확장에 따라 **영화**를 사료로 파악하는 경향도 나타났는데, 추상화된 상징적 기호인 문헌 **사료**의 언어에 비해 영화의 이미지는 도상적·지표적 기호가 된다.

첫 번째
1[1]~**2**[17]

3 영화와 역사의 관계는 영화라는 매체로 역사를 해석하고 평가하는 '역사에 대한 **영화적 독해**'와 영화에 담긴 역사적 흔적과 맥락을 검토하는 '영화에 대한 **역사적 독해**'가 두 축을 이룬다.

4 영화는 주로 **허구**를 다루므로 역사 서술과 거리가 있다고 보는 사람도 있지만, 역사가는 허구를 활용하여 실제로 존재했던 과거에 접근하고자 한다.

두 번째
3[18]~**5**[41]

5 영화는 '아래로부터의 역사'의 형성에 기여하며 역사적 의식 형성에 참여한다는 점에서 역사 서술의 한 주체가 된다.

1. 윗글의 내용 전개 방식으로 가장 적절한 것은?

◎ 정답풀이

④ 영화의 사료로서의 특성을 밝히면서 역사 서술로서 영화가 지닌 가능성을 제시하고 있다.

> 근거: **2** [12]이에 따라 역사학에서 영화를 통한 역사 서술에 대한 관심이 일고, 영화를 사료로 파악하는 경향도 나타났다. + **3** [19]역사에 대한 영화적 독해와 영화에 대한 역사적 독해는 영화와 역사의 관계에 대한 두 축을 이룬다. + **5** [37]영화는 허구적 이야기에 역사적 사실을 담아냄으로써 새로운 사료의 원천이 될 뿐 아니라, 대안적 역사 서술의 가능성까지 지니고 있다.
> 윗글은 영화를 사료로 파악하는 경향이 나타났음을 언급하고, 이어서 영화와 역사의 관계를 서술하며 사료로서 영화가 가진 특성을 밝힌 뒤, 영화가 지닌 대안적 역사 서술의 가능성을 제시하며 글을 마무리하고 있다.

❌ 오답풀이

① 역사의 개념을 밝히면서 영화와 역사 간의 공통점과 차이점을 비교하고 있다.

> 윗글에서 역사의 개념을 밝히고 있지는 않으며, 영화와 역사의 관계에 대해 설명하고 있을 뿐. 둘의 공통점과 차이점을 비교하고 있는 것은 아니다.

② 영화의 변천 과정을 통시적으로 밝혀 사료로서 영화가 지닌 의의를 강조하고 있다.

> 근거: **5** [37]영화는 허구적 이야기에 역사적 사실을 담아냄으로써 새로운 사료의 원천이 될 뿐 아니라, 대안적 역사 서술의 가능성까지 지니고 있다. [41]이렇듯 영화는 공식 역사의 대척점에서 활동하면서 역사적 의식 형성에 참여한다는 점에서 역사 서술의 한 주체가 된다.
> 역사 서술에 있어 영화가 지닌 의의를 언급하고 있지만, 영화의 변천 과정을 통시적으로 밝히지는 않았다.

③ 역사에 대한 서로 다른 견해를 대조하여 사료로서 영화가 지닌 한계를 비판하고 있다.

> 근거: **2** [12]이에 따라 역사학에서 영화를 통한 역사 서술에 대한 관심이 일고, 영화를 사료로 파악하는 경향도 나타났다. + **4** [29]영화는 주로 허구를 다루기 때문에 역사 서술과는 거리가 있다고 보는 사람도 있다. [32]그러나 문헌 기록을 바탕으로 하는 역사 서술에서도 허구가 배격되어야 할 대상만은 아니다.
> 영화를 역사 사료로 볼 것인지에 대한 서로 다른 견해를 제시하고 있을 뿐, 역사에 대한 서로 다른 견해를 대조하여 사료로서 영화가 지닌 한계를 비판하고 있지는 않다.

⑤ 다양한 영화의 유형별 장단점을 분석하여 영화가 역사 서술의 대안이 될 수 있는지에 대해 평가하고 있다.

> 근거: **5** [37]영화는 허구적 이야기에 역사적 사실을 담아냄으로써 새로운 사료의 원천이 될 뿐 아니라. 대안적 역사 서술의 가능성까지 지니고 있다.
> 영화가 대안적 역사 서술의 가능성을 지니고 있음을 언급하였지만, 다양한 영화의 유형별 장단점을 분석하고 있지는 않다.

2. 윗글에 대한 이해로 가장 적절한 것은?

◎ 정답풀이

③ 기존의 사료를 새로운 방향에서 파악하는 것은 사료의 발굴이라고 할 수 있다.

> 근거: **1** [8]역사가들은 새로운 사료를 발굴하기 위해 노력한다. [9]알려지지 않았던 사료를 찾아내기도 하지만, 중요하지 않게 여겨졌던 자료를 새롭게 사료로 활용하거나 기존의 사료를 새로운 방향에서 파악하기도 한다. 새로운 사료를 발굴하는 것에는 기존의 사료를 새로운 방향에서 파악하는 것도 포함된다.

❌ 오답풀이

① 개인적 기록은 사료로 활용하기에 적절하지 않다.

> 근거: **1** [7]유물, 그림, 구전 등 과거가 남긴 흔적은 모두 사료로 활용될 수 있다. [10]평범한 사람들의 삶의 모습을 중점적인 주제로 다루었던 미시사 연구에서 재판 기록, 일기, 편지, 탄원서, 설화집 등의 이른바 '서사적' 자료에 주목한 것도 사료 발굴을 위한 노력의 결과이다.
> 과거가 남긴 흔적은 모두 사료로 활용될 수 있으며, 미시사 연구에서는 평범한 사람들의 삶의 모습을 중점적으로 다루면서 일기, 편지 등 개인적 기록에 주목하였다.

② 역사가가 활용하는 공식적 문헌 사료는 매개를 거치지 않은 과거의 사실이다.

> 근거: **1** [2]역사가는 사료를 매개로 과거와 만난다. [5]매개를 거치지 않은 채 손실되지 않은 과거와 만날 수 있다면 역사학이 설 자리가 없을 것이다. [6]역사학은 전통적으로 문헌 사료를 주로 활용해 왔다.
> 역사가는 사료를 매개로 과거와 만나며, 매개를 거치지 않은 채 과거와 만날 수 있다면 역사학이 설 자리가 없을 것이다. 즉 역사가가 활용하는 공식적 문헌 사료는 매개를 거치지 않은 과거의 사실이 아니라, 과거와 만날 수 있도록 하는 '매개'이다.

④ 문헌 사료의 언어는 다큐멘터리 영화의 이미지에 비해 지시 대상에 대한 지표성이 강하다.

> 근거: **2** [13]역사가들이 주로 사용하는 문헌 사료의 언어는 대개 지시 대상과 물리적·논리적 연관이 없는 추상화된 상징적 기호이다. [16]피사체로부터 비롯된 영화의 이미지는 그 피사체가 있었음을 지시하는 지표적 기호이기도 하다. [17]다큐멘터리 영화는 피사체와 밀접한 연관성을 갖기 때문에 피사체의 진정성에 대한 믿음을 고양하여 언어적 서술에 비해 호소력 있는 서술로 비춰지게 된다.
> 지표적 기호인 것은 문헌 사료의 언어가 아니라 영화의 이미지이다. 문헌 사료의 언어는 상징성이 강하다.

⑤ 카메라를 매개로 얻어진 영화의 이미지는 지시 대상과 닮아 있다는 점에서 상징적 기호이다.

> 근거: **2** [13]역사가들이 주로 사용하는 문헌 사료의 언어는 대개 지시 대상과 물리적·논리적 연관이 없는 추상화된 상징적 기호이다. [14]반면 영화는 카메라 앞에 놓인 물리적 현실을 이미지화하기 때문에 그 자체로 물질성을 띤다. [15]영화의 이미지는 닮은꼴로 사물을 지시하는 도상적 기호가 된다.
> 영화의 이미지가 지시 대상과 닮은꼴로 사물을 지시하는 것은 상징적 기호가 아니라 도상적 기호와 관련된다.

3. ㉮, ㉯의 사례로 적절한 것만을 〈보기〉에서 있는 대로 찾아 바르게 짝지은 것은?

㉮: 허구의 이야기 속에서 그 안에 반영된 당시 시대적 상황을 발견하여 사료로 삼으려고 노력하기도 한다.

㉯: 사료에 직접적으로 나타나지 않은 과거를 재현하기 위해 허구의 이야기를 활용하여 사료에 기반한 역사적 서술을 보완하기도 한다.

〈보기〉

ㄱ. 조선 후기 유행했던 판소리를 자료로 활용하여 당시 음식 문화의 실상을 파악하고자 했다.

ㄴ. B. C. 3세기경에 편찬된 것으로 알려진 경전의 일부에 사용된 어휘를 면밀히 분석하여, 그 경전의 일부가 후대에 첨가되었을 가능성을 검토했다.

ㄷ. 중국 명나라 때의 상거래 관행을 연구하기 위해 명나라 때 유행한 다양한 소설들에서 상업 활동과 관련된 내용을 모아 공통된 요소를 분석했다.

ㄹ. 17세기의 사건 기록에서 찾아낸 한 평범한 여성의 삶에 대한 역사서를 쓰면서 그 여성의 심리를 묘사하기 위해 같은 시대에 나온 설화집의 여러 곳에서 문장을 차용했다.

✔ 정답풀이

	㉮	㉯
①	ㄱ, ㄷ	ㄹ

ㄱ

조선 후기 유행했던 판소리를 자료로 활용하여 당시 음식 문화의 실상을 파악하는 것은, 허구의 이야기인 판소리 속에 반영된 음식 문화라는 조선 후기의 시대적 상황을 파악하고자 하는 것이므로 ㉮의 사례로 적절하다.

ㄷ

명나라 때의 다양한 소설들을 자료로 활용하여 당시의 상거래 관행을 연구하는 것은, 허구의 이야기인 소설 속에 반영된 상거래 관행이라는 중국 명나라 때의 시대적 상황을 파악하고자 하는 것이므로 ㉮의 사례로 적절하다.

ㄹ

역사서를 쓰면서 찾아낸 여성의 심리 묘사를 위해 동시대에 나온 설화집의 문장을 차용하는 것은, 사료에 직접적으로 나타나지 않은 당대 여성의 심리를 재현하기 위해 허구의 이야기인 설화집을 활용하여 역사적 서술을 보완하는 것이므로 ㉯의 사례로 적절하다.

✖ 오답풀이

ㄴ

B. C. 3세기경에 편찬된 것으로 알려진 경전의 일부가 후대에 첨가되었을 가능성을 검토하는 것은, 허구의 이야기를 통해 당시 시대적 상황을 탐구(㉮)하거나 역사적 서술을 보완(㉯)하는 것과 관련이 없다.

🗒 문제적 문제 • 3–④번

학생들이 정답 이외에 가장 많이 고른 선지가 ④번이다.

	㉮	㉯
④	ㄷ	ㄴ, ㄹ

ㄱ이 ㉮ 혹은 ㉯에 해당하지 않으며 ㄴ이 ㉯에 해당한다고 본 것이다. ㄱ~ㄹ의 예시가 각각 어디에 속하는 것인지를 파악하는 데 어려움을 느꼈을 수 있다. 하지만 지문에 제시된 내용을 토대로 차분하게 살펴보면 답은 어렵지 않게 나온다.

㉮는 '허구의 이야기 속'에 '반영된 당시 시대적 상황'을 발견하여 사료로 삼으려고 한 것이며, ㉯는 '허구의 이야기를 활용'하여 '사료에 기반한 역사적 서술'을 보완함으로써 '사료에 직접적으로 나타나지 않은 과거를 재현'하는 것이다. 이를 표로 대응시켜 보면 다음과 같다.

㉮

	ㄱ	ㄷ
허구의 이야기	조선 후기의 판소리	명 때 유행한 소설
반영된 당시 시대적 상황	당시 음식 문화의 실상	상업 활동(상거래)과 관련된 내용

㉯

	ㄹ
허구의 이야기	17세기에 나온 설화집
사료에 기반한 역사적 서술	17세기 사건 기록에서 찾아 낸 평범한 여성의 삶에 대한 역사서
사료에 직접적으로 나타나지 않은 과거	17세기 평범한 여성의 심리

그런데 ㄴ은 사료의 어휘를 통해 편찬 시기 이후에 경전의 일부가 후대에 첨가되었을 것이라는 가능성을 검토했음을 언급할 뿐이다. '경전'은 '사료'에 해당한다고 볼 수 있으나, 이를 '사용된 어휘를 분석'하여 '첨가된 시기'를 검토하는 것을 '허구의 이야기에 나타난 당시 시대적 상황을 발견'하여 '사료'로 삼으려고 노력한 것이나 '허구의 이야기를 활용하여 사료에 기반한 역사적 서술'을 보완하고자 한 것과 대응시킬 수는 없다.

정답률 분석

정답			매력적 오답	
①	②	③	④	⑤
69%	7%	6%	14%	4%

4. ㉠에 나타난 역사가의 관점에서 [A]를 비판한 내용으로 가장 적절한 것은?

> ㉠: 자료에 기록된 사실이 허구일지도 모른다는 의심을 버리지 않고 이를 확인하고자 한다.

✅ 정답풀이

⑤ 기억이나 구술 증언은 거짓이거나 변형될 가능성이 있기 때문에 다른 자료와 비교하여 진위 여부를 검증한 후에야 사료로 사용이 가능하다.

근거: ⑤ [37]영화는 허구적 이야기에 역사적 사실을 담아냄으로써 새로운 사료의 원천이 될 뿐 아니라, 대안적 역사 서술의 가능성까지 지니고 있다. [39]평범한 사람들의 회고나 증언, 구전 등의 비공식적 사료를 토대로 영화를 만드는 작업은 빈번하게 이루어지고 있다. [40]그리하여 영화는 하층 계급, 피정복 민족처럼 역사 속에서 주변화된 집단의 묻혀 있던 목소리를 표현해 낸다.

[A]에서는 평범한 사람들의 회고나 증언, 구전 등의 비공식적 사료를 토대로 제작된 영화가 새로운 사료의 원천이 되고, 대안적 역사 서술의 가능성을 지닌다고 하였다. 이에 대해 자료에 기록된 사실이 허구인지의 여부를 확인해야 한다는 ㉠의 입장을 지닌 역사가는 기억이나 구술 증언은 진위 여부를 검증한 후에야 사료로 사용하는 것이 가능하다고 비판할 것이다.

❌ 오답풀이

① 영화는 많은 사실 정보를 담고 있기 때문에 사료로서의 가능성을 가지고 있다.

근거: ⑤ [37]영화는 허구적 이야기에 역사적 사실을 담아냄으로써 새로운 사료의 원천이 될 뿐 아니라, 대안적 역사 서술의 가능성까지 지니고 있다.

영화가 많은 사실 정보를 담고 있기 때문에 사료로서의 가능성을 가지고 있다는 내용은 영화가 역사적 사실을 담아낸다는 [A]의 관점에 부합하므로, ㉠의 관점에서 [A]를 비판하는 것으로 적절하지 않다.

② 하층 계급의 역사를 서술하기 위해서는 영화와 같이 허구를 포함하는 서사적 자료에 주목해야 한다.

근거: ⑤ [38]영화는 공식 제도가 배제했던 역사를 사회에 되돌려 주는 '아래로부터의 역사'의 형성에 기여한다. [40]영화는 하층 계급, 피정복 민족처럼 역사 속에서 주변화된 집단의 묻혀 있던 목소리를 표현해 낸다.

하층 계급의 역사를 서술하기 위해 영화처럼 허구를 포함하는 서사적 자료에 주목해야 한다는 내용은 영화가 '아래로부터의 역사'의 형성에 기여하며 주변화된 집단의 묻혀 있던 목소리를 표현한다는 [A]의 관점에 부합하므로, '허구를 포함하는 서사적 자료'가 아니라 사실을 토대로 역사를 서술해야 한다고 보는 ㉠의 관점에서 [A]를 비판하는 것으로 적절하지 않다.

③ 영화가 늘 공식 역사의 대척점에 있는 것은 아니며, 공식 역사의 입장에서 지배적 이데올로기를 선전하는 수단으로 활용되곤 한다.

근거: ⑤ [41]영화는 공식 역사의 대척점에서 활동하면서 역사적 의식 형성에 참여한다는 점에서 역사 서술의 한 주체가 된다.

[A]에서 영화가 '늘' 공식 역사의 대척점에 있다고 하지는 않았으며, 영화가 공식 역사의 입장에서 지배적 이데올로기를 선전하는 수단으로 활용된다는 내용은 자료의 허구성을 의심하며 확인하고자 하는 ㉠의 관점에서 [A]를 비판하는 것으로 적절하지 않다.

④ 주변화된 집단의 목소리는 그 집단의 이해관계를 반영하기 때문에 그것에 바탕을 둔 영화는 주관에 매몰된 역사 서술일 뿐이다.

근거: ⑤ [38]영화는 공식 제도가 배제했던 역사를 사회에 되돌려 주는 '아래로부터의 역사'의 형성에 기여한다. [40]영화는 하층 계급, 피정복 민족처럼 역사 속에서 주변화된 집단의 묻혀 있던 목소리를 표현해 낸다.

[A]에서 영화는 공식 제도가 배제했던 집단, 즉 주변화된 집단의 목소리를 표현해 낸다고 하였으며 해당 목소리는 그 집단의 이해관계를 반영한다고 볼 수 있다고 하였다. 하지만 ㉠은 자료에 기록된 사실이 허구인지의 여부를 확인하는 것이 필요하다는 입장이므로, 주변화된 집단의 이해관계를 반영하는 목소리에 바탕을 둔 영화는 주관에 매몰된 역사 서술이라는 내용은 ㉠의 관점에서 [A]를 비판하는 것으로 적절하지 않다.

5. 윗글을 바탕으로 〈보기〉를 이해한 내용으로 적절하지 **않은** 것은? [3점]

〈보기〉

¹1982년 작 영화 「마르탱 게르의 귀향」은 16세기 중엽 프랑스 농촌의 보통 사람들 간의 사건에 관한 재판 기록을 토대로 한다. ²당시 사건의 정황과 생활상에 관한 고증을 맡은 한 역사가는 영화 제작 이후 재판 기록을 포함한 다양한 문서들을 근거로 동명의 역사서를 출간했다. ³1993년, 영화 「마르탱 게르의 귀향」은 19세기 중엽 미국을 배경으로 하여 허구적 인물과 사건으로 재구성한 영화 「서머스비」로 탈바꿈되었다. ⁴두 작품에서는 여러 해 만에 귀향한 남편이 재판 과정에서 가짜임이 드러난다. ⁵전자는 당시 생활상을 있는 그대로 복원하는 데 치중했다. ⁶반면 후자는 가짜 남편을 마을에 바람직한 변화를 가져온 지도자로 묘사하면서 미국 근대사를 긍정적으로 평가하고자 하는 대중의 욕망을 반영했다.

✅ 정답풀이

② 실화에 바탕을 둔 영화 「마르탱 게르의 귀향」을 가공의 인물과 사건으로 재구성한 「서머스비」에서는 영화에 대한 역사적 독해를 시도하기 어렵겠군.

근거: ❸ ²⁶영화에 대한 역사적 독해는 영화에 담겨 있는 역사적 흔적과 맥락을 검토하는 것과 연관된다. ²⁷역사가는 영화 속에 나타난 풍속, 생활상 등을 통해 역사의 외연을 확장할 수 있다. ²⁸나아가 제작 당시 대중이 공유하던 욕망, 강박, 믿음, 좌절 등의 집단적 무의식과 더불어 이상, 지배적 이데올로기 같은 미처 파악하지 못했던 가려진 역사를 끌어내기도 한다. + 〈보기〉 ³19세기 중엽 미국을 배경으로 하여 허구적 인물과 사건으로 재구성한 영화 「서머스비」 ⁶후자(「서머스비」)는 가짜 남편을 마을에 바람직한 변화를 가져온 지도자로 묘사하면서 미국 근대사를 긍정적으로 평가하고자 하는 대중의 욕망을 반영했다.

영화에 대한 역사적 독해는 영화 속에 나타난 풍속과 생활상, 더 나아가 집단적 무의식이나 이데올로기 등 역사적 흔적과 맥락을 검토하는 것과 연관된다. 〈보기〉에 따르면 가공의 인물과 사건으로 재구성한 「서머스비」도 '19세기 중엽' 미국이라는 배경을 바탕으로 하고 있다. 즉 「서머스비」를 통해서도 당시의 생활상이나 영화에 반영된 당대 대중의 욕망 등을 검토하여 영화를 통한 미국 근대사의 역사적 독해를 시도할 수 있는 것이다.

❌ 오답풀이

① 「서머스비」에 반영된, 미국 근대사를 긍정적으로 평가하려는 대중의 욕망은 영화가 제작된 당시 사회의 집단적 무의식에 해당하는군.

근거: ❸ ²⁸나아가 (역사가는 영화를 통해) 제작 당시 대중이 공유하던 욕망, 강박, 믿음, 좌절 등의 집단적 무의식과 더불어 이상, 지배적 이데올로기 같은 미처 파악하지 못했던 가려진 역사를 끌어내기도 한다. + 〈보기〉 ⁶반면 후자(「서머스비」)는 가짜 남편을 마을에 바람직한 변화를 가져온 지도자로 묘사하면서 미국 근대사를 긍정적으로 평가하고자 하는 대중의 욕망을 반영했다.

영화는 제작 당시 대중이 공유하던 욕망 등 집단적 무의식을 반영한다. 이를 참고하면 「서머스비」에 반영된 대중의 욕망은 영화가 제작된 당시 사회의 집단적 무의식에 해당한다고 볼 수 있다.

③ 영화 「마르탱 게르의 귀향」은 실제 사건의 재판 기록을 토대로 제작됐지만, 그 속에도 역사에 대한 영화인 나름의 시선이 표현 기법으로 나타났겠군.

근거: ❸ ²¹영화인은 자기 나름의 시선을 서사와 표현 기법으로 녹여내어 역사를 비평할 수 있다. + 〈보기〉 ¹1982년 작 영화 「마르탱 게르의 귀향」은 16세기 중엽 프랑스 농촌의 보통 사람들 간의 사건에 관한 재판 기록을 토대로 한다.

영화인은 자기 나름의 시선을 서사와 표현 기법으로 녹여내어 역사를 비평할 수 있다. 이를 참고하면 실제 사건을 토대로 한 영화 「마르탱 게르의 귀향」 역시 영화인의 역사에 대한 시선이 표현 기법으로 나타났을 것이라고 볼 수 있다.

④ 영화 「마르탱 게르의 귀향」은 역사적 고증에 바탕을 두고 당시 사건과 생활상을 충실히 재현하기 위해 노력했다는 점에서 개연적 역사 서술 방식에 가깝겠군.

근거: ❸ ²¹영화인은 자기 나름의 시선을 서사와 표현 기법으로 녹여내어 역사를 비평할 수 있다. ²²역사를 소재로 한 역사 영화는 역사적 고증에 충실한 개연적 역사 서술 방식을 취할 수 있다. + 〈보기〉 ¹1982년 작 영화 「마르탱 게르의 귀향」은 16세기 중엽 프랑스 농촌의 보통 사람들 간의 사건에 관한 재판 기록을 토대로 한다. ⁵전자(「마르탱 게르의 귀향」)는 당시 생활상을 있는 그대로 복원하는 데 치중했다.

개연적 역사 서술 방식은 역사적 고증에 충실하다. 이를 참고하면 역사 기록을 토대로 하여 당시 생활상을 있는 그대로 복원하는 데 치중한 영화 「마르탱 게르의 귀향」의 서술 방식은 개연적 역사 서술 방식에 가깝다고 볼 수 있다.

⑤ 역사서 「마르탱 게르의 귀향」은 16세기 프랑스 농촌의 평범한 사람들의 삶의 모습을 서사적 자료에 근거하여 다루었다는 점에서 미시사 연구의 방식을 취했다고 볼 수 있군.

근거: ❶ ¹⁰평범한 사람들의 삶의 모습을 중점적인 주제로 다루었던 미시사 연구에서 재판 기록, 일기, 편지, 탄원서, 설화집 등의 이른바 '서사적' 자료에 주목한 것도 사료 발굴을 위한 노력의 결과이다. + 〈보기〉 ¹1982년 작 영화 「마르탱 게르의 귀향」은 16세기 중엽 프랑스 농촌의 보통 사람들 간의 사건에 관한 재판 기록을 토대로 한다. ²당시 사건의 정황과 생활상에 관한 고증을 맡은 한 역사가는 영화 제작 이후 재판 기록을 포함한 다양한 문서들을 근거로 동명의 역사서를 출간했다.

미시사 연구는 평범한 사람들의 삶의 모습을 중점적인 주제로 다루며, 재판 기록 등 서사적 자료에 주목한다. 이를 참고하면 농촌의 보통 사람들 간의 사건에 대한 재판 기록을 포함한 다양한 문서들을 근거로 한 역사서 「마르탱 게르의 귀향」은 미시사 연구의 방식을 취했다고 볼 수 있다.

6. 문맥상 ⓐ~ⓔ와 바꿔 쓰기에 적절하지 않은 것은?

✅ 정답풀이

④ ⓓ: 결합(結合)한다

> 근거: ❸ ¹⁹역사에 대한 영화적 독해와 영화에 대한 역사적 독해는 영화와 역사의 관계에 대한 두 축을 ⓓ이룬다.
> '이루다'는 '몇 가지 부분이나 요소들을 모아 일정한 성질이나 모양을 가진 존재가 되게 하다.'라는 의미이므로, '둘 이상의 사물이나 사람이 서로 관계를 맺어 하나가 되다.'라는 의미의 '결합하다'와 바꿔 쓸 수 없다.

❌ 오답풀이

① ⓐ: 대면(對面)할
근거: ❶ ⁵손실되지 않은 과거와 ⓐ만날 수 있다면
만나다: 어떤 사실이나 사물을 눈앞에 대하다.
대면하다: 서로 얼굴을 마주 보고 대하다.

② ⓑ: 간주(看做)되었던
근거: ❶ ⁹중요하지 않게 ⓑ여겨졌던 자료를 새롭게 사료로 활용하거나
여겨지다: 마음속으로 그러하다고 인정되거나 생각되다.
간주되다: 상태, 모양, 성질 따위가 그와 같다고 여겨지다.

③ ⓒ: 대두(擡頭)했다
근거: ❷ ¹²영화를 사료로 파악하는 경향도 ⓒ나타났다.
나타나다: 어떤 새로운 현상이나 사물이 발생하거나 생겨나다.
대두하다: 어떤 세력이나 현상이 새롭게 나타나다.

⑤ ⓔ: 전개(展開)하기
근거: ❹ ³⁰사실을 기록한 자료에 기반해서 연구를 ⓔ펼치기 때문이다.
펼치다: 생각 따위를 전개하거나 발전시키다.
전개하다: 내용을 진전시켜 펴 나가다.

MEMO

[1~4] 다음 글을 읽고 물음에 답하시오.

✏ 사고의 흐름

1 ¹고대 그리스 시대의 사람들은 신에 의해 우주가 운행된다고 믿는 결정론적 세계관 속에서 신에 대한 두려움이나, 신이 야기*한다고 생각되는 자연재해나 천체 현상 등에 대한 두려움을 떨치지 못했다. ²에피쿠로스는 당대의 사람들이 이러한 잘못된 믿음에서 벗어나도록 하는 것이 중요하다고 보았고, 이를 위해 인간이 행복에 이를 수 있도록 자연학을 바탕으로 자신의 사상을 전개하였다. 이어서 고대 그리스 사람들의 생각과 다른 에피쿠로스의 사상에 대해 설명하겠지?

2 ³에피쿠로스는 신의 존재는 인정하나 신의 존재 방식이 인간이 생각하는 것과는 다르다고 보고, 신은 우주들 사이의 중간 세계에 살며 인간사에 개입하지 않는다는 ㉠이신론(理神論)적 관점을 주장한다. ⁴그는 불사하는 존재인 신은 최고로 행복한 상태이며, 다른 어떤 것에게도 고통을 주지 않고, 모든 고통은 물론 분노와 호의와 같은 것으로부터 자유롭다고 말한다. ⁵따라서 에피쿠로스는 인간의 세계가 신에 의해 결정되지 않으며, 인간의 행복도 자율적 존재인 인간 자신에 의해 완성된다고 본다.

> 앞의 내용에 대한 결과가 나올 거야!

> 신은 인간사에 개입하지 않음 → 인간의 행복은 자신이 완성하는 것

3 ⁶한편 에피쿠로스는 인간의 영혼도 육체와 마찬가지로 미세한 입자*로 구성된다고 본다. ⁷영혼은 육체와 함께 생겨나고 육체와 상호작용하며 육체가 상처를 입으면 영혼도 고통을 받는다. ⁸더 나아가 육체가 소멸하면 영혼도 함께 소멸하게 되어 인간은 사후(死後)에 신의 심판을 받지 않으므로, 살아 있는 동안 인간은 사후에 심판이 있다고 생각하여 두려워할 필요가 없게 된다. ⁹이러한 생각은 인간으로 하여금 죽음에 대한 모든 두려움에서 벗어나게 하는 근거가 된다. 여기서 말하는 근거는 1문단에서 언급했던 '잘못된 믿음'에서 벗어나게 하는 근거가 되겠지?

> 전환! 앞에서 이야기한 것과 다른 내용이 전개된다고 생각하면 돼.

4 ¹⁰이러한 에피쿠로스의 ㉡자연학은 우주와 인간의 세계에 대한 비결정론적인 이해를 가능하게 한다. ¹¹이는 원자의 운동에 관한 에피쿠로스의 설명에서도 명확히 드러난다. ¹²그는 원자들이 수직 낙하 운동이라는 법칙에서 벗어나기도 하여 비스듬히 떨어지고 충돌해서 튕겨 나가는 우연적인 운동을 한다고 본다. ¹³그리고 우주는 이러한 원자들에 의해 이루어졌으므로, 우주 역시 우연의 산물*이라고 본다. 우주에서 일어나는 일들은 어떤 의지가 개입한 것이 아니라, 우연에 의한 것이라는 말이네! ¹⁴따라서 우주와 인간의 세계에 신의 관여는 없으며, 인간의 삶에서도 신의 섭리는 찾을 수 없다고 한다. ¹⁵에피쿠로스는 이러한 생각을 인간이 필연성*에 얽매이지 않고 자신의 삶을 주체적으로 살아갈 수 있게 하는 자유 의지의 단초*로 삼는다.

> 인간의 삶: 신이 개입하지 않음 → 인간은 자신의 삶을 주체적으로(자유 의지를 통해) 살아갈 수 있음

> 앞의 내용에 대한 결과를 정리해서 언급할 거야!

5 ¹⁶에피쿠로스는 이를 토대로 자유로운 삶의 근본을 규명하고 인생의 궁극적 목표인 행복으로 이끄는 ㉢윤리학을 펼쳐 나간다. ¹⁷결국 그는 인간이 신의 개입과 우주의 필연성, 사후 세계에 대한 두

> 결론! 1문단에서 언급한 잘못된 믿음에서 벗어남으로써 얻게 되는 의의가 제시될 거야!

려움에서 벗어날 수 있도록 함으로써, 자신의 삶을 자율적이고 주체적으로 살 수 있는 길을 열어 주었다. 에피쿠로스 사상의 의의 ① 인간이 자신의 삶을 자율적이고 주체적으로 살 수 있게 함 ¹⁸그리고 쾌락주의적 윤리학을 바탕으로 영혼이 안정된 상태에서 행복 실현을 추구할 수 있는 방안을 제시하였다. 에피쿠로스 사상의 의의 ② 인간이 행복을 추구할 수 있는 방안을 제시함

이것만은 챙기자

* **야기**: 일이나 사건 따위를 끌어 일으킴.
* **입자**: 물질의 일부로서, 구성하는 물질과 같은 종류의 매우 작은 물체.
* **산물**: 어떤 것에 의하여 생겨나는 사물이나 현상을 비유적으로 이르는 말.
* **필연성**: 사물의 관련이나 일의 결과가 반드시 그렇게 될 수밖에 없는 요소나 성질.
* **단초**: 일이나 사건을 풀어 나갈 수 있는 첫머리.

만점 선배의 구조도 예시

고대 그리스인
: 결정론적 세계관 믿음
① 신에 대한 두려움
② 신에 의해 발생하는 현상에 대한 두려움

> 잘못된 믿음이라 생각

〈에피쿠로스〉

▫ 이신론적 관점 주장
· 신 존재 But 인간사에 개입 X
→ 인간의 행복: 자신에 의해 완성

▫ 육체 - 영혼
1) 함께 생김
2) 상호작용 함
3) 육체 소멸 - 영혼도 소멸 → 사후에 심판 X

▫ 에피쿠로스의 자연학
· 우주 = 우연의 산물, 신의 관여 X
→ 인간의 세계 & 삶: 신의 섭리 X

▫ 에피쿠로스의 윤리학
· 자유로운 삶의 근본 규명, 삶의 목표 = 행복

⟹
① 신의 개입, 우주의 필연성, 사후 세계 등의 두려움을 벗게 함
(자율적, 주체적으로 살 수 있게 함)
② 행복 실현 추구 방안 제시함

>> 각 문단을 요약하고 지문을 **세 부분**으로 나누어 보세요.

1 에피쿠로스는 사람들이 **결정론적** 세계관에서 벗어나 **행복**에 이를 수 있도록 자연학을 바탕으로 사상을 전개했다.

첫 번째
1¹~**1**²

2 에피쿠로스는 신의 **존재**는 인정하나 **인간사**에는 개입하지 않는다는 이신론적 관점을 주장하며, 인간의 행복은 자율적 존재인 인간 자신에 의해 완성된다고 본다.

3 인간의 영혼과 육체는 함께 생겨나고 소멸해 **사후**에 신의 심판을 받지 않는다는 에피쿠로스의 생각은 **죽음**에 대한 두려움에서 벗어나게 하는 근거가 된다.

두 번째
2³~**3**⁹

4 에피쿠로스의 **자연학**은 우주와 인간의 세계에 대한 **비결정론적**인 이해를 가능하게 하여 인간이 주체적으로 살아갈 수 있게 한다.

세 번째
4¹⁰~**5**¹⁸

5 에피쿠로스는 **쾌락주의적 윤리학**을 바탕으로 인간이 행복 실현을 추구할 수 있는 방안을 제시했다.

1. 윗글의 표제와 부제로 가장 적절한 것은?

✅ 정답풀이

② 에피쿠로스 사상의 목적과 의의
  – 신, 인간, 우주에 대한 이해를 중심으로

근거: **1** ²에피쿠로스는~인간이 행복에 이를 수 있도록 자연학을 바탕으로 자신의 사상을 전개하였다. + **5** ¹⁷그(에피쿠로스)는~자신의 삶을 자율적이고 주체적으로 살 수 있는 길을 열어 주었다. ¹⁸그리고 쾌락주의적 윤리학을 바탕으로 영혼이 안정된 상태에서 행복 실현을 추구할 수 있는 방안을 제시하였다.
1문단에서 에피쿠로스 사상의 목적을 밝히고 2문단~5문단에 걸쳐 신, 인간, 우주에 대한 이해를 중심으로 에피쿠로스 사상을 설명하였다. 그 후 에피쿠로스 사상의 의의를 제시하고 있으므로, 윗글의 표제와 부제로는 '에피쿠로스 사상의 목적과 의의 – 신, 인간, 우주에 대한 이해를 중심으로' 가 가장 적절하다.

❌ 오답풀이

① 에피쿠로스 사상의 성립 배경
  – 인간과 자연의 관계를 중심으로
근거: **1** ¹고대 그리스 시대의 사람들은~두려움을 떨치지 못했다. ²에피쿠로스는 당대의 사람들이 이러한 잘못된 믿음에서 벗어나도록~자신의 사상을 전개하였다.
1문단에서 에피쿠로스 사상의 성립 배경이 제시되었다고 볼 수 있지만, 윗글에서는 주로 에피쿠로스 사상에 따라 신과 인간, 우주를 어떻게 이해할 수 있는지를 설명하고 있을 뿐, 인간과 자연의 관계를 중심으로 글을 전개하고 있지는 않다.

③ 에피쿠로스 사상에 대한 비판과 옹호
  – 사상의 한계와 발전적 계승을 중심으로
윗글에 에피쿠로스 사상에 대한 비판이나 한계가 나타나지는 않았다.

④ 에피쿠로스 사상을 둘러싼 논쟁과 이견
  – 당대 세계관과의 비교를 중심으로
근거: **1** ¹고대 그리스 시대의 사람들은 신에 의해 우주가 운행된다고 믿는 결정론적 세계관 + **2** ³에피쿠로스는 신의 존재는 인정하나~신은 우주들 사이의 중간 세계에 살며 인간사에 개입하지 않는다는 이신론적 관점을 주장한다.
고대 그리스 시대의 사람들이 믿었던 세계관과 에피쿠로스 사상에서 주장하는 관점에서 차이가 나타나는 것을 두 사상의 비교로 볼 수 있지만, 윗글에 에피쿠로스 사상을 둘러싼 논쟁과 이견이 나타나지는 않았다.

⑤ 에피쿠로스 사상의 현대적 수용과 효용성
  – 행복과 쾌락의 상관성을 중심으로
근거: **5** ¹⁷그(에피쿠로스)는~자신의 삶을 자율적이고 주체적으로 살 수 있는 길을 열어 주었다. ¹⁸그리고 쾌락주의적 윤리학을 바탕으로 영혼이 안정된 상태에서 행복 실현을 추구할 수 있는 방안을 제시하였다.
윗글에서는 에피쿠로스 사상이 쾌락주의적 윤리학을 바탕으로 행복 실현을 추구할 수 있는 방안을 제시하고 있을 뿐, 행복과 쾌락의 상관성을 제시하고 있지는 않다.

2. ㉠~㉢에 대한 이해로 가장 적절한 것은?

㉠: 이신론(理神論)적 관점
㉡: 자연학
㉢: 윤리학

▼ 정답풀이

④ ㉠과 ㉡은 인간이 잘못된 믿음에서 벗어날 수 있는 근거를, ㉢은 행복에 이르도록 하는 방법을 제시한다.

근거: ■ ¹고대 그리스 시대의 사람들은~신에 대한 두려움이나, 신이 야기한다고 생각되는 자연재해나 천체 현상 등에 대한 두려움을 떨치지 못했다. ²에피쿠로스는 당대의 사람들이 이러한 잘못된 믿음에서 벗어나도록 하는 것이 중요하다고 보았고, 이를 위해 인간이 행복에 이를 수 있도록 자연학을 바탕으로 자신의 사상을 전개하였다. + ■ ³에피쿠로스는~신은 우주들 사이의 중간 세계에 살며 인간사에 개입하지 않는다는 이신론적 관점(㉠)을 주장한다. ⁵에피쿠로스는 인간의 세계가 신에 의해 결정되지 않으며 + ■ ¹⁰에피쿠로스의 자연학(㉡)은 우주와 인간의 세계에 대한 비결정론적인 이해를 가능하게 한다. ¹⁴우주와 인간의 세계에 신의 관여는 없으며, 인간의 삶에서도 신의 섭리는 찾을 수 없다 + ■ ¹⁶에피쿠로스는 이를 토대로 자유로운 삶의 근본을 규명하고 인생의 궁극적 목표인 행복으로 이끄는 윤리학(㉢)을 펼쳐 나간다.~¹⁸영혼이 안정된 상태에서 행복 실현을 추구할 수 있는 방안을 제시하였다.
㉠과 ㉡은 당대 사람들이 믿고 있었던 결정론적 세계관과 달리 인간의 세계가 신에 의해 결정되지 않는다는 것, 즉 신이 인간의 세계에 관여하지 않는다는 것을 주장하며 인간이 신에 대한 잘못된 믿음에서 벗어날 수 있는 근거를 제시한다. 그리고 ㉢은 인생의 궁극적 목표인 행복 실현에 이를 수 있는 방법을 제시하고 있다.

⊗ 오답풀이

① ㉠은 인간이 두려움을 갖는 이유를, ㉡과 ㉢은 신에 대한 의존에서 벗어나게 하는 방법을 제시한다.

근거: ■ ¹고대 그리스 시대의 사람들은~신에 대한 두려움이나, 신이 야기한다고 생각되는 자연재해나 천체 현상 등에 대한 두려움을 떨치지 못했다. + ■ ³에피쿠로스는 신의 존재는 인정하나~신은 우주들 사이의 중간 세계에 살며 인간사에 개입하지 않는다는 이신론적 관점(㉠)을 주장한다. ⁵에피쿠로스는 인간의 세계가 신에 의해 결정되지 않으며, 인간의 행복도 자율적 존재인 인간 자신에 의해 완성된다고 본다.
㉠은 인간이 두려움을 갖는 이유를 제시하는 것이 아니라, 오히려 인간이 두려움에서 벗어날 수 있는 근거(신은 인간사에 개입하지 않음)를 제시하고 있다.

② ㉠은 우주가 신에 의해 운행된다고 믿는 근거를, ㉡과 ㉢은 인간의 사후에 대해 탐구하는 방법을 제시한다.

근거: ■ ³에피쿠로스는~신은 우주들 사이의 중간 세계에 살며 인간사에 개입하지 않는다는 이신론적 관점(㉠)을 주장한다. ⁵에피쿠로스는 인간의 세계가 신에 의해 결정되지 않으며 + ■ ¹⁰에피쿠로스의 자연학(㉡)은 우주와 인간의 세계에 대한 비결정론적인 이해를 가능하게 한다. + ■ ¹⁶에피쿠로스는 이를 토대로 자유로운 삶의 근본을 규명하고 인생의 궁극적 목표인 행복으로 이끄는 윤리학(㉢)을 펼쳐 나간다.
㉠은 우주가 신에 의해 운행되는 것이 아니라 신이 인간사에 개입하지 않는다는 관점이다. 또한 ㉡과 ㉢은 각각 우주와 인간 세계에 대한 비결정론적인 이해와 인생의 궁극적 목표인 행복에 도달하는 방법과 관련된 것이지, 인간의 사후에 대해 탐구하는 방법을 제시하는 것은 아니다.

③ ㉠과 ㉡은 인간이 영혼과 육체의 관계를 탐구하는 이유를, ㉢은 모든 두려움에서 벗어나는 방법을 제시한다.

근거: ■ ¹고대 그리스 시대의 사람들은~두려움을 떨치지 못했다. ²에피쿠로스는 당대의 사람들이 이러한 잘못된 믿음에서 벗어나도록~자신의 사상을 전개 + ■ ³에피쿠로스는~신은 우주들 사이의 중간 세계에 살며 인간사에 개입하지 않는다는 이신론적 관점(㉠)을 주장한다. + ■ ¹⁰에피쿠로스의 자연학(㉡)은 우주와 인간의 세계에 대한 비결정론적인 이해를 가능하게 한다. + ■ ¹⁶에피쿠로스는~인생의 궁극적 목표인 행복으로 이끄는 윤리학(㉢)을 펼쳐 나간다. ¹⁷결국 그는 인간이 신의 개입과 우주의 필연성, 사후 세계에 대한 두려움에서 벗어날 수 있도록 함으로써
㉠과 ㉡은 신이 인간 세계에 개입하지 않는다는 관점을 보일 뿐, 인간이 영혼과 육체의 관계를 탐구하는 이유를 제시하고 있지는 않다. 또한 에피쿠로스가 ㉢을 통해 신이나 사후 세계에 대한 두려움 등에서 벗어날 수 있게 해 주었다고 볼 수 있으나, 이것이 '모든 두려움'에서 벗어나는 방법을 제시한 것이라고 단언하기는 어렵다.

⑤ ㉠과 ㉡은 인간의 존재 이유와 존재 위치에 대한 탐색의 결과를, ㉢은 인간이 우주의 근원을 연구하는 방법을 제시한다.

근거: ■ ⁵에피쿠로스는 인간의 세계가 신에 의해 결정되지 않으며, 인간의 행복도 자율적 존재인 인간 자신에 의해 완성된다고 본다. + ■ ¹⁵에피쿠로스는 이러한 생각(인간의 삶에서 신의 섭리는 찾을 수 없음)을 인간이 필연성에 얽매이지 않고 자신의 삶을 주체적으로 살아갈 수 있게 하는 자유 의지의 단초로 삼는다. + ■ ¹⁶에피쿠로스는 이를 토대로 자유로운 삶의 근본을 규명하고 인생의 궁극적 목표인 행복으로 이끄는 윤리학(㉢)을 펼쳐 나간다.~¹⁸영혼이 안정된 상태에서 행복 실현을 추구할 수 있는 방안을 제시하였다.
㉠과 ㉡은 인간이 자율적 존재이며 자신의 삶을 주체적으로 살아갈 수 있다고 보지만, 인간의 존재 이유와 존재 위치에 대한 탐색의 결과를 제시하고 있지는 않다. 또한 ㉢은 우주의 근원을 연구하는 방법이 아니라, 행복으로 갈 수 있는 방법을 제시하고 있다.

3. 윗글을 읽은 학생이 '에피쿠로스'에 대해 비판한다고 할 때, 비판 내용으로 적절한 것만을 〈보기〉에서 있는 대로 고른 것은?

〈보기〉

ㄱ. 신이 분노와 호의로부터 자유로운 상태라면 인간의 세계에 개입을 하지 않는다는 뜻일 텐데, 왜 신의 섭리에 따라 인간의 삶을 이해하려고 하는가?

ㄴ. 원자가 법칙에서 벗어나 우연적인 운동을 한다는 것은 인과 관계 없이 뜻하지 않게 움직인다는 뜻일 텐데, 그것이 자유 의지의 단초가 될 수 있는가?

ㄷ. 인간이 죽음에 대해 두려움을 느낀다면 죽음에 이르는 고통 때문일 수도 있을 텐데, 사후에 대한 두려움을 떨쳐 버리는 것만으로 그것이 해소될 수 있는가?

ㄹ. 인간이 자연재해를 무서워한다면 자연재해 그 자체 때문일 수도 있을 텐데, 신이 일으키지 않았다고 해서 자연재해에 대한 두려움에서 벗어날 수 있는가?

⑤ ㄴ, ㄷ, ㄹ

ㄴ

근거: **4** ¹²그(에피쿠로스)는 원자들이~우연적인 운동을 한다고 본다. ¹³그리고 우주는 이러한 원자들에 의해 이루어졌으므로, 우주 역시 우연의 산물이라고 본다.~¹⁵에피쿠로스는 이러한 생각을 인간이 필연성에 얽매이지 않고 자신의 삶을 주체적으로 살아갈 수 있게 하는 자유 의지의 단초로 삼는다.

에피쿠로스는 우주는 우연의 산물이기에 신이 관여하지 않는다고 생각하였으며, 이를 인간이 자신의 삶을 주체적으로 살아갈 수 있게 하는 자유 의지의 단초로 삼았다. 하지만 우연적인 운동을 한다는 것은 자신이 뜻하지 않은 방향으로 운동을 한다는 의미이므로, 이를 근거로 자신의 삶을 주체적으로 살아갈 수 있다고 보기는 어려울 수 있다. 따라서 ㄴ과 같이 비판하는 것은 적절하다.

ㄷ

근거: **3** ⁸더 나아가 육체가 소멸하면 영혼도 함께 소멸하게 되어 인간은 사후에 신의 심판을 받지 않으므로, 살아 있는 동안 인간은 사후에 심판이 있다고 생각하여 두려워할 필요가 없게 된다. ⁹이러한 생각은 인간으로 하여금 죽음에 대한 모든 두려움에서 벗어나게 하는 근거가 된다.

에피쿠로스는 육체가 소멸하면 영혼도 함께 소멸하기 때문에 사후의 심판을 받지 않으므로 두려워할 필요가 없어 그에 따라 죽음에 대한 모든 두려움에서 벗어날 수 있게 된다고 생각하였다. 하지만 죽음에 이르는 고통 때문에 느끼는 두려움은 사후에 심판을 받지 않는다는 생각만으로 없앨 수 없기에 ㄷ과 같이 비판하는 것은 적절하다.

ㄹ

근거: **1** ¹고대 그리스 시대의 사람들은~신이 야기한다고 생각되는 자연재해나 천체 현상 등에 대한 두려움을 떨치지 못했다. + **2** ³에피쿠로스는~신은 우주들 사이의 중간 세계에 살며 인간사에 개입하지 않는다는 이신론적 관점을 주장 + **4** ¹⁴우주와 인간의 세계에 신의 관여는 없으며, 인간의 삶에서도 신의 섭리는 찾을 수 없다고 한다.

에피쿠로스는 신이 야기한다고 생각되는 자연재해에 대한 고대 그리스 시대의 사람들의 두려움에 대해, 신은 인간사에 개입하지 않기 때문에 두려움을 느낄 필요가 없다고 생각했다. 하지만 자연재해 그 자체 때문에 느끼는 두려움은 신이 인간사에 개입하지 않는다는 생각만으로 없앨 수 없기에 ㄹ과 같이 비판하는 것은 적절하다.

ㄱ

근거: **2** ⁴그(에피쿠로스)는 불사하는 존재인 신은~모든 고통은 물론 분노와 호의와 같은 것으로부터 자유롭다고 말한다. ⁵에피쿠로스는 인간의 세계가 신에 의해 결정되지 않으며, 인간의 행복도 자율적 존재인 인간 자신에 의해 완성된다고 본다. + **4** ¹⁴우주와 인간의 세계에 신의 관여는 없으며, 인간의 삶에서도 신의 섭리는 찾을 수 없다고 한다. ¹⁵에피쿠로스는 이러한 생각을 인간이 필연성에 얽매이지 않고 자신의 삶을 주체적으로 살아갈 수 있게 하는 자유 의지의 단초로 삼는다.

에피쿠로스가 신을 분노와 호의로부터 자유로운 상태로 본 것은 맞다. 그러나 에피쿠로스는 인간의 행복이 인간 자신에 의해 완성된다고 보았으며 인간의 삶에서 신의 섭리를 찾을 수 없다는 것을 인간이 자신의 삶을 주체적으로 살아갈 수 있게 하는 자유 의지의 단초로 삼고 있다. 따라서 신의 섭리에 따라 인간의 삶을 이해하려고 한다는 비판은 에피쿠로스에 대한 비판으로 적절하지 않다.

📋 문제적 문제 ・3-③번

학생들이 정답 이외에 가장 많이 고른 선지가 ③번이다.

③ ㄷ, ㄹ

ㄴ을 제외한 ㄷ, ㄹ만 적절한 것이라고 판단한 것이다. 에피쿠로스에 대한 '비판'을 지나치게 좁은 의미로 이해했다면 윗글에서 ㄴ이 에피쿠로스에 대한 비판이라고 판단할 수 있는 근거는 없다고 생각했을 수 있다. 하지만 해당 문제의 발문에서 말하는 '비판'은 에피쿠로스의 사상 전체를 부정하는 것이 아니라, 에피쿠로스 사상에서 주장하는 것들에 대해 논리적으로 생각해 볼 때 떠오를 수 있는 모순된 내용이나 의문점에 대해 문제를 제기한 것 정도로 볼 수 있다.

4문단에 따르면 에피쿠로스는 우주가 우연의 산물이라고 본다. 그리고 이를 토대로 인간의 '자유 의지'를 주장한다. 하지만 우연이라는 것은 자신이 결정할 수 없는, 즉 비의지적인 것이라고 할 수 있기에, 이를 통해 자유 의지를 주장했다는 것에 대한 비판을 할 수 있는 것이다.

정답률 분석

		매력적 오답		정답
①	②	③	④	⑤
3%	3%	27%	7%	60%

4. 윗글의 '에피쿠로스'의 사상과 〈보기〉에 나타난 생각을 비교한 내용으로 적절하지 <u>않은</u> 것은? [3점]

> ─〈보기〉─
>
> [1]신은 인간의 세계에 속해 있지는 않으나, 모든 일의 목적인 존재라네. [2]하늘과 땅 그리고 바다에 있는 모든 것들의 원인이며, 일체의 훌륭함에 있어서도 탁월한 존재이지. [3]언제나 신은 필연성을 따르는 지성을 조력자로 삼아 성장과 쇠퇴, 분리와 결합에 있어 모든 것들을 바르고 행복한 상태에 이르도록 이끈다네.

✔ 정답풀이

⑤ 신이 '인간의 세계'에 속해 있지 않다고 보는 〈보기〉의 생각과 신이 '중간 세계'에 있다고 본 에피쿠로스의 사상은 신의 영향력이 인간 세계의 외부에서 온다고 보는 공통점이 있군.

근거: ② [3]에피쿠로스는~신은 우주들 사이의 중간 세계에 살며 인간사에 개입하지 않는다는 이신론적 관점을 주장한다. [5]에피쿠로스는 인간의 세계가 신에 의해 결정되지 않으며, 인간의 행복도 자율적 존재인 인간 자신에 의해 완성된다고 본다. + 〈보기〉 [1]신은 인간의 세계에 속해 있지는 않으나, 모든 일의 목적인 존재라네. [2]하늘과 땅 그리고 바다에 있는 모든 것들의 원인이며

〈보기〉의 사상은 신이 인간의 세계에 속해 있지는 않다고 보았으며 에피쿠로스는 신이 우주들 사이의 중간 세계에 있다고 보았다. 하지만 에피쿠로스는 인간의 세계가 신에 의해 결정되지 않는다고 보았으므로 신의 영향력이 인간 세계로 온다고 보지 않았을 것이다.

✖ 오답풀이

① 신을 '모든 것들의 원인'으로 보는 〈보기〉의 생각은, 신이 '인간사에 개입'한다는 것을 부정하는 에피쿠로스의 사상과 차이점이 있군.

근거: ② [3]에피쿠로스는~신은 우주들 사이의 중간 세계에 살며 인간사에 개입하지 않는다는 이신론적 관점을 주장한다. + 〈보기〉 [2](신은) 하늘과 땅 그리고 바다에 있는 모든 것들의 원인

신이 모든 것들의 원인이라는 〈보기〉의 생각은 인간사에 발생하는 모든 현상 역시 신에게서 비롯된 것임을 의미한다. 이는 신이 인간사에 개입하지 않는다는 에피쿠로스의 이신론적 관점과 차이점이 있다.

② 신이 '지성'을 조력자로 삼아 모든 것들을 이끈다고 보는 〈보기〉의 생각은, 우주를 '우연의 산물'로 보는 에피쿠로스의 사상과 차이점이 있군.

근거: ④ [13]우주 역시 우연의 산물 [14]우주와 인간의 세계에 신의 관여는 없으며 + 〈보기〉 [3]언제나 신은 필연성을 따르는 지성을 조력자로 삼아 성장과 쇠퇴, 분리와 결합에 있어 모든 것들을 바르고 행복한 상태에 이르도록 이끈다네.

신이 필연성을 따르는 지성을 통해 모든 것을 이끈다고 보는 〈보기〉의 생각은 모든 존재와 현상은 우연히 나타난 것이 아니라 필연적으로 나타난 것임을 의미한다. 이는 우주를 우연의 산물로 보며, 우주에 신의 관여는 없다고 보는 에피쿠로스의 사상과 차이점이 있다.

③ 신을 '모든 일의 목적인 존재'로 보는 〈보기〉의 생각과 신이 '불사하는 존재'라고 보는 에피쿠로스의 사상은 신의 존재를 인정한다는 공통점이 있군.

근거: ② [3]에피쿠로스는 신의 존재는 인정 [4]불사하는 존재인 신 + 〈보기〉 [1]신은~모든 일의 목적인 존재라네.

④ 신이 '모든 것들'을 '바르고 행복한 상태'에 도달하게 한다는 〈보기〉의 생각은, 행복이 '인간 자신에 의해 완성'된다고 본 에피쿠로스의 사상과 차이점이 있군.

근거: ② [5]에피쿠로스는 인간의 세계가 신에 의해 결정되지 않으며, 인간의 행복도 자율적 존재인 인간 자신에 의해 완성된다고 본다. + 〈보기〉 [3]신은 필연성을 따르는 지성을 조력자로 삼아~모든 것들을 바르고 행복한 상태에 이르도록 이끈다네.

신이 모든 것들을 바르고 행복한 상태에 도달하게 한다는 〈보기〉의 생각은 인간이 아닌 신에 의해 행복에 도달할 수 있음을 의미한다. 이는 행복은 인간 자신에 의해 완성된다고 보는 에피쿠로스의 사상과 차이점이 있다.

MEMO

HOLSOO

홀로 공부하는 수능 국어 기출 분석

PART 3
사회

[1~4] 다음 글을 읽고 물음에 답하시오.

✏️ 사고의 흐름

1 ¹공정거래위원회는 시장 경쟁을 촉진하고 소비자 주권을 확립하기 위해, 사업자의 불공정한 거래 행위와 부당한 광고를 규제한다. ²이를 위해 '공정거래법'과 '표시광고법'을 활용한다. 공정거래위원회가 불공정한 거래 행위와 부당한 광고를 규제하는 목적과 규제할 때 활용하는 법률을 소개하고 있네.

2 ³'공정거래법'은 사업자의 재판매 가격 유지 행위를 원칙적으로 금지한다. ⁴㉠재판매 가격 유지 행위란 사업자가 상품·용역*을 거래할 때 거래 상대방 사업자 또는 그다음 거래 단계별 사업자에게 거래 가격을 정해 그 가격대로 판매·제공할 것을 강제하거나 그 가격대로 판매·제공하도록 그 밖의 구속 조건을 ⓐ붙여 거래하는 행위이다. 재판매 가격 유지 행위의 개념이 제시되었어. 사업자가 다른 사업자에게 특정 가격에 상품이나 용역을 판매·제공하도록 조건을 붙여 강제하는 행동을 말하는군!

'이때' 뒤에는 재판매 가격 유지 행위와 관련된 세부 정보가 등장할 거야. 문제로 출제될 가능성이 높으니 집중하자.

⁵㉡이때 거래 가격에는 재판매 가격, 최고 가격, 최저 가격, 기준 가격이 포함된다. ⁶권장 소비자 가격이라도 강제성이 있다면 재판매 가격 유지 행위에 해당한다.

3 ⁷재판매 가격 유지 행위는 사업자의 가격 결정의 자유, 즉 영업의 자유를 제한하고 사업자 간 가격 경쟁을 제한한다. ⁸유통 조직의 효율성도 저하시킨다. ⁹재판매 가격 유지 행위를 하는 사업자는 형사 처벌은 받지 않지만 시정명령이나 과징금 부과 대상이 될 수 있다. ¹⁰㉢다만, '공정거래법'에 따라 공정거래위원회가 고시하는* 출판된 저작물은 금지 대상이 아니다. ¹¹또 경쟁 제한의 폐해보다 소비자 후생* 증대 효과가 큰 경우 등 정당한 이유가 있으면 재판매 가격 유지 행위가 허용되는데, 그 이유는 사업자가 입증해야 한다.

앞서 설명한 원칙이 적용되지 않는 예외적인 경우에 대해 언급할 거야.

재판매 가격 유지 행위의 특징을 정리해 볼까?

문제점	영업의 자유와 사업자 간 가격 경쟁 제한, 유통 조직의 효율성 저하
제재 방법	시정명령, 과징금 부과
예외	공정거래위원회가 고시하는 출판된 저작물(금지 X) 경쟁 제한의 폐해보다 소비자 후생 증대 효과가 큰 경우(허용)

4 ¹²'표시광고법'은 소비자를 속이거나 오인하게 할 우려가 있는 부당한 광고를 금지한다. ¹³광고는 표현의 자유와 영업의 자유로 보호받는다. ¹⁴하지만 사실과 다르거나 사실을 지나치게 부풀리는 거짓·과장 광고, 사실을 은폐하거나 축소하는 기만* 광고를 금지한다. ¹⁵이(부당한 광고 금지)를 위반한 사업자는 시정명령이나 과징금 부과 또는 형사 처벌 대상이 될 수 있다. 재판매 가격 유지 행위를 하면 시정명령이나 과징금 부과를 받을 수 있지만, 부당한 광고를 하면 형사 처벌까지 받을 수 있어. 형사 처벌 여부를 기준으로 차이를 보이고 있음을 정리해 두자!

5 ¹⁶추천·보증과 이용후기를 활용한 인터넷 광고가 늘면서 부당 광고 심사 기준이 중요해졌다. ¹⁷공정거래위원회의 '추천·보증 광고 심사 지침', '인터넷 광고 심사 지침'에 따르면 추천·보증은 사

업자의 의견이 아니라 제3자의 독자적 의견으로 인식되는 표현으로서, 해당 상품·용역의 장점을 알리거나 구매·사용을 권장하는 것이다. 공정거래위원회는 추천·보증과 이용후기를 활용한 인터넷 광고 중 부당 광고를 제재하는 기준이 되는 심사 지침을 세워두고 있구나! ¹⁸경험적 사실을 근거로 추천·보증을 할 때는 실제 사용해 봐야 하고 추천·보증을 하는 내용이 경험한 사실에 부합해야 부당한 광고로 제재받지 않는다. ¹⁹전문적 판단을 근거로 추천·보증을 할 때는 그 내용이 해당 분야의 전문적 지식에 부합해야 한다.

경험적 사실을 근거로 한 추천·보증	광고 상품을 실제로 사용해 보아야 하며 경험이 사실에 부합해야 함
전문적 판단을 근거로 한 추천·보증	광고에 활용된 추천·보증의 내용이 해당 분야의 전문적 지식에 부합해야 함

²⁰추천·보증이 광고에 활용되면서 추천·보증을 한 사람이 사업자로부터 현금 등의 대가를 지급받는 등 경제적 이해관계가 있다면 해당 게시물에 이를 명시해야 한다.

6 ²¹위의 두 심사 지침('추천·보증 광고 심사 지침'과 '인터넷 광고 심사 지침')에서 말하는 ㉣이용후기 광고란 사업자가 자사 홈페이지 등에 게시된 소비자의 상품 이용후기를 활용해 광고하는 것이다. 추천·보증을 활용한 광고에 이어 이용후기를 활용한 광고에 대해 설명하려 하는군. ²²사업자는 자신에게 유리한 이용후기는 광고로 적극 활용한다. ²³반면 사업자는 자신에게 불리한 이용후기는 비공개하거나 삭제하기도 하는데, 합리적 이유가 없다면 이는 부당한 광고가 될 수 있다. 사업자는 합리적인 이유가 없이 불리한 이용후기를 노출되지 않게 하면 제재를 받을 수 있군. ²⁴사업자는 자신에게 불리한 이용후기의 게시자를 인터넷상 명예훼손죄로 고소하기도 한다. ²⁵이때 이용후기가 객관적 내용으로 자신의 사용 경험에 바탕을 두고 다른 이용자에게 도움을 주려는 등 공공의 이익에 관한 것으로 인정받는다면, 게시자의 비방할 목적이 부정되어 명예훼손죄가 성립하지 않는다. 사업자에게 불리한 이용후기를 올리더라도 공익에 부합하는 목적이 있었다고 인정되면 명예훼손죄로 처벌받지 않겠구나!

이것만은 챙기자

* **용역**: 물질적 재화의 형태를 취하지 아니하고 생산과 소비에 필요한 노무를 제공하는 일.
* **고시하다**: 글로 써서 게시하여 널리 알리다. 주로 행정 기관에서 일반 국민들을 대상으로 어떤 내용을 알리는 일을 이른다.
* **후생**: 사람들의 생활을 넉넉하고 윤택하게 하는 일.
* **기만**: 남을 속여 넘김.

만점 선배의 구조도 예시

불공정 거래 행위와 부당 광고 규제

| 재판매 가격 유지 행위 | 부당한 광고 |

재판매 가격 유지 행위
*정의: 사업자가 다른 사업자에게 자신이 정한 가격대로 판매·제공할 것을 강제
*문제점: 사업자의 가격 결정의 자유 제한, 사업자 간 경쟁 제한, 유통 조직의 효율성↓
*규제
① 목적: 시장 경쟁 확보
② 법률: 공정거래법
③ 방안: 시정명령, 과징금 부과
④ 예외: 공정거래위원회가 고시한 출판물, 모바일 응용앱의 효과, 경쟁 제한 폐해↓

부당한 광고
*정의: 소비자를 속이거나 오인하게 할 우려가 있는 광고
*규제
① 목적: 소비자 주권 확립
② 법률: 표시광고법
③ 방안: 시정명령, 과징금 부과, 형사 처벌
④ 사례: 경험적 사실을 근거로 삼지 않은 추천·보증 광고, 해당 분야의 전문적 지식에 부합하지 않는 추천·보증 광고, 사업자에게 불리한 이용후기를 삭제한 광고 (합리적 이유x)

▶▶ 각 문단을 요약하고 지문을 세 부분으로 나누어 보세요.

1 공정거래위원회는 사업자의 불공정한 거래 행위와 부당한 광고를 규제하기 위해 공정거래법과 표시광고법을 활용한다.

2 공정거래법은 사업자가 다른 사업자에게 거래 가격을 정해 판매·제공할 것을 강제하는 재판매 가격 유지 행위를 원칙적으로 금지한다.

3 재판매 가격 유지 행위는 사업자의 가격 결정의 자유 및 사업자 간 가격 경쟁을 제한하고 유통 조직의 효율도 저하시키기 때문에 금지되는데, 정당한 이유가 있으면 허용되기도 한다.

4 표시광고법은 소비자를 속이거나 오인하게 할 우려가 있는 거짓·과장 광고, 기만 광고를 금지한다.

5 추천·보증과 이용후기를 활용한 인터넷 광고가 늘면서 부당 광고 심사 기준이 중요해졌는데, 추천·보증은 경험적 사실이나 전문적 지식에 부합해야 하며 경제적 이해관계가 있다면 이를 명시해야 한다.

6 이용후기 광고란 사업자가 소비자의 상품 이용후기를 활용해 광고하는 것으로, 합리적 이유 없이 불리한 이용후기를 비공개·삭제하면 부당한 광고가 될 수 있다.

첫 번째 1¹~1²
두 번째 2³~4¹⁵
세 번째 5¹⁶~6²⁵

1. 윗글을 통해 알 수 있는 내용으로 적절하지 않은 것은?

◉ 정답풀이

④ 경험적 사실을 바탕으로 한 추천·보증은 심사 지침에 따라 해당 분야의 전문적 지식에 부합해야 한다.

> 근거: 5 ¹⁸경험적 사실을 근거로 추천·보증을 할 때는 실제 사용해 봐야 하고 추천·보증을 하는 내용이 경험한 사실에 부합해야 부당한 광고로 제재받지 않는다. ¹⁹전문적 판단을 근거로 추천·보증을 할 때는 그 내용이 해당 분야의 전문적 지식에 부합해야 한다.
>
> 공정거래위원회의 심사 지침에 따르면 경험적 사실을 근거로 추천·보증을 할 때에는 실제 사용해 봐야 하고 그 내용이 경험한 사실에 부합해야 부당한 광고로 제재를 받지 않는다. 추천·보증이 해당 분야의 전문적 지식에 부합해야 하는 것은 전문적 판단을 바탕으로 한 경우에 해당한다.

✖ 오답풀이

① 부당한 광고 행위에 대해서는 재판매 가격 유지 행위와 달리 형사 처벌이 내려질 수 있다.

> 근거: 3 ⁹재판매 가격 유지 행위를 하는 사업자는 형사 처벌은 받지 않지만 시정명령이나 과징금 부과 대상이 될 수 있다. + 4 ¹²'표시광고법'은 소비자를 속이거나 오인하게 할 우려가 있는 부당한 광고를 금지한다.~¹⁵이를 위반한 사업자는 시정명령이나 과징금 부과 또는 형사 처벌 대상이 될 수 있다.

소비자를 기만할 우려가 있는 부당한 광고 행위를 한 사업자는 형사 처벌 대상이 될 수 있으나, 재판매 가격 유지 행위를 한 사업자는 시정명령이나 과징금 부과 대상이 될 뿐 형사 처벌은 받지 않는다.

② 거래 단계별 사업자에게 거래 가격을 강제하는 것은 유통 조직의 효율성 저하를 초래한다.

> 근거: 2 ⁴재판매 가격 유지 행위란 사업자가 상품·용역을 거래할 때 거래 상대방 사업자 또는 그다음 거래 단계별 사업자에게 거래 가격을 정해 그 가격대로 판매·제공할 것을 강제하거나 그 가격대로 판매·제공하도록 그 밖의 구속 조건을 붙여 거래하는 행위이다. + 3 ⁷재판매 가격 유지 행위는 사업자의 가격 결정의 자유, 즉 영업의 자유를 제한하고 사업자 간 가격 경쟁을 제한한다. ⁸유통 조직의 효율성도 저하시킨다.

사업자가 거래 상대방 사업자 또는 그다음 거래 단계별 사업자와 거래를 할 때, 거래 가격을 정해 그 가격대로 판매·제공할 것을 강제하는 재판매 가격 유지 행위를 하면 유통 조직의 효율성이 저하된다.

③ 재판매 가격 유지 행위의 정당성을 인정받고자 하는 사업자는 그 행위의 정당성을 입증할 책임을 진다.

> 근거: 3 ¹¹경쟁 제한의 폐해보다 소비자 후생 증대 효과가 큰 경우 등 정당한 이유가 있으면 재판매 가격 유지 행위가 허용되는데, 그 이유는 사업자가 입증해야 한다.

⑤ 공정거래위원회가 고시하는 출판된 저작물의 사업자는 거래 상대방 사업자에게 기준 가격을 지정할 수 있다.

근거: **2** [4]재판매 가격 유지 행위란 사업자가 상품·용역을 거래할 때 거래 상대방 사업자 또는 그다음 거래 단계별 사업자에게 거래 가격을 정해 그 가격대로 판매·제공할 것을 강제하거나 그 가격대로 판매·제공하도록 그 밖의 구속 조건을 붙여 거래하는 행위이다. [5]이때 거래 가격에는 재판매 가격, 최고 가격, 최저 가격, 기준 가격이 포함된다. + **3** [9]재판매 가격 유지 행위를 하는 사업자는 형사 처벌은 받지 않지만 시정명령이나 과징금 부과 대상이 될 수 있다. [10]다만, '공정거래법'에 따라 공정거래위원회가 고시하는 출판된 저작물은 금지 대상이 아니다.

공정거래법은 사업자가 기준 가격과 같은 거래 가격을 정해 다른 사업자에게 그 가격대로 상품을 판매하거나 제공하도록 강제하는 행위를 제재하지만, 공정거래위원회가 고시하는 출판된 저작물의 사업자는 기준 가격을 지정하는 것이 허용된다.

| 세부 내용 추론 | 정답률 ㉑

2. ㉠, ㉡에 대한 이해로 가장 적절한 것은?

> ㉠: 재판매 가격 유지 행위
> ㉡: 이용후기 광고

✔ 정답풀이

④ ㉡은 사업자가 자사의 홈페이지에 직접 작성해서 게시한 이용후기를 광고로 활용하는 것을 포함하지 않는다.

근거: **6** [21]이용후기 광고(㉡)란 사업자가 자사 홈페이지 등에 게시된 소비자의 상품 이용후기를 활용해 광고하는 것이다.
㉡은 소비자의 상품 이용후기를 활용한 광고이므로, 사업자가 자사의 홈페이지에 직접 작성해서 게시한 이용후기를 활용한 광고는 포함되지 않는다.

✘ 오답풀이

① ㉠은 소비자 후생 증대 효과가 시장 경쟁 제한의 폐해보다 작은 경우에 허용된다.
근거: **3** [11]경쟁 제한의 폐해보다 소비자 후생 증대 효과가 큰 경우 등 정당한 이유가 있으면 재판매 가격 유지 행위(㉠)가 허용되는데, 그 이유는 사업자가 입증해야 한다.
㉠은 소비자 후생 증대 효과가 시장 경쟁 제한의 폐해보다 작은 경우가 아니라 큰 경우에 허용된다.

② ㉠을 '공정거래법'에서 금지하는 목적은 사업자의 가격 결정의 자유를 제한하기 위한 것이다.
근거: **2** [3]공정거래법'은 사업자의 재판매 가격 유지 행위(㉠)를 원칙적으로 금지한다. + **3** [7]재판매 가격 유지 행위는 사업자의 가격 결정의 자유, 즉 영업의 자유를 제한하고 사업자 간 가격 경쟁을 제한한다.
㉠은 사업자의 가격 결정의 자유(영업의 자유)를 제한하기 때문에 공정거래위원회가 공정거래법을 활용해 ㉠을 금지하는 것이므로, 공정거래법이 ㉠을 금지하는 목적이 사업자의 가격 결정의 자유를 제한하기 위함이라고 볼 수는 없다.

③ ㉡을 할 때 사업자는 영업의 자유를 보호받지만 표현의 자유는 보호받지 못한다.
근거: **4** [13]광고는 표현의 자유와 영업의 자유로 보호받는다. + **6** [22]사업자는 자신에게 유리한 이용후기는 광고로 적극 활용한다.
광고는 표현의 자유와 영업의 자유로 보호받으며, ㉡을 할 때 사업자는 자신에게 유리한 이용후기를 적극 활용할 수 있다는 점에서, 표현의 자유를 보호받는다고 볼 수 있다.

⑤ ㉠은 사업자와 소비자 간에, ㉡은 소비자와 소비자 간에 직접 일어나는 행위이다.
근거: **2** [4]재판매 가격 유지 행위(㉠)란 사업자가 상품·용역을 거래할 때 거래 상대방 사업자 또는 그다음 거래 단계별 사업자에게 거래 가격을 정해 그 가격대로 판매·제공할 것을 강제하거나 그 가격대로 판매·제공하도록 그 밖의 구속 조건을 붙여 거래하는 행위이다. + **6** [21]이용후기 광고(㉡)란 사업자가 자사 홈페이지 등에 게시된 소비자의 상품 이용후기를 활용해 광고하는 것이다.
㉠은 사업자가 자신이 정한 거래 가격대로 거래 상대방 사업자 또는 그다음 거래 단계별 사업자가 판매·제공을 하도록 강제하거나 구속 조건을 붙여 거래하는 행위이므로, 사업자 간에 일어나는 행위이다. 또한 ㉡은 사업자가 소비자가 게시한 이용후기를 활용하여 자사 제품에 대한 소비자의 구매 의욕을 높이기 위한 목적으로 한 행위이므로, 소비자와 소비자 간에 직접 일어나는 행위라고 볼 수 없다.

🪶 **모두의 질문**   • 2-②번

Q: '공정거래법'은 사업자가 거래 가격을 정해 상대방에게 그 가격대로 팔게 하는 행위를 금지하고 있으니 사업자의 가격 결정의 자유를 제한한다고 볼 수 있지 않나요?

A: 3문단에 따르면 '사업자의 가격 결정의 자유, 즉 영업의 자유를 제한하고 사업자 간 가격 경쟁을 제한'하는 것은 '공정거래법'이 아니라 재판매 가격 유지 행위이다. 1문단에 따르면 공정거래위원회는 '공정거래법'을 활용하여 '사업자의 불공정한 거래 행위'를 규제한다고 했다. 즉 '공정거래법'에서 재판매 가격 유지 행위를 금지하는 것은 물건을 판매하는 사업자가 판매 가격을 직접 결정할 권리를 보호하여 불공정한 거래 행위를 막기 위함이라고 볼 수 있으므로, ②번은 적절하지 않다.

3. 윗글을 바탕으로 〈보기〉를 이해한 내용으로 적절하지 <u>않은</u> 것은? [3점]

〈보기〉

A 상품 제조 사업자인 갑은 거래 상대방 사업자에게 특정 판매 가격을 지정해 거래했다.(재판매 가격 유지 행위) 갑의 회사 홈페이지에 A 상품에 대한 이용후기가 다수 게시되었다. 갑은 그중 A 상품의 품질 불량을 문제 삼은 이용후기 200개를 삭제하고,(합리적 이유가 없다면 부당 광고) 박○○ 교수팀이 A 상품을 추천·보증한 광고를 게시했다.(추천·보증을 활용한 광고) 광고 대행사 직원 을은 A 상품의 효능이 뛰어나다는 후기를 갑의 회사 홈페이지에 게시했다.(이용후기를 활용한 광고) 소비자 병은 A 상품을 사용하며 발견한 하자를 찍은 사진과 품질이 불량하다는 글을 갑의 회사 홈페이지에 게시했다. 갑은 병을 명예훼손죄로 처벌해 달라며 수사 기관에 고소했다.(공익에 부합하는 목적 있을 시 죄 성립x)

✓ 정답풀이

③ 갑이 거래 상대방에게 판매 가격을 지정하며 이를 준수하도록 부과한 조건에 대해 정당성을 인정받지 못했더라도 그 가격이 권장 소비자 가격이었다면 갑은 제재를 받지 않겠군.

> 근거: **2** ³'공정거래법'은 사업자의 재판매 가격 유지 행위를 원칙적으로 금지한다. ⁴재판매 가격 유지 행위란 사업자가 상품·용역을 거래할 때 거래 상대방 사업자 또는 그다음 거래 단계별 사업자에게 거래 가격을 정해 그 가격대로 판매·제공할 것을 강제하거나 그 가격대로 판매·제공하도록 그 밖의 구속 조건을 붙여 거래하는 행위이다. ⁶권장 소비자 가격이라도 강제성이 있다면 재판매 가격 유지 행위에 해당한다. + **3** ¹¹경쟁 제한의 폐해보다 소비자 후생 증대 효과가 큰 경우 등 정당한 이유가 있으면 재판매 가격 유지 행위가 허용되는데, 그 이유는 사업자가 입증해야 한다.
>
> 상품 제조 사업자인 갑은 거래 상대방에게 판매 가격을 지정하여 이를 준수하도록 했으므로 재판매 가격 유지 행위를 했다고 볼 수 있다. 이때 갑이 상대방에게 부과한 조건이 정당성을 인정받지 못하면 제재를 받는데, 그 가격이 권장 소비자 가격이라 하더라도 제재의 예외가 되지는 않는다.

✗ 오답풀이

① 갑이 A 상품의 품질 불량을 은폐하기 위해 자신에게 불리한 이용후기를 삭제하는 대신 비공개 처리하는 것도 부당한 광고에 해당하겠군.

> 근거: **6** ²³사업자는 자신에게 불리한 이용후기는 비공개하거나 삭제하기도 하는데, 합리적 이유가 없다면 이는 부당한 광고가 될 수 있다.
>
> 사업자가 자신에게 불리한 이용후기를 합리적 이유 없이 비공개 처리하는 것도 부당한 광고가 되는데, 이때 '품질 불량을 은폐'하는 것이 합리적 이유라고 볼 수는 없다.

② 갑이 박○○ 교수팀이 A 상품을 실험·검증하고 우수성을 추천·보증했다고 광고했으나 해당 실험이 진행된 적이 없다면 갑은 부당한 광고 행위로 제재를 받겠군.

> 근거: **5** ¹⁷공정거래위원회의 '추천·보증 광고 심사 지침', '인터넷 광고 심사 지침'에 따르면 추천·보증은 사업자의 의견이 아니라 제3자의 독자적 의견으로 인식되는 표현으로서, 해당 상품·용역의 장점을 알리거나 구매·사용을 권장하는 것이다. ¹⁹전문적 판단을 근거로 추천·보증을 할 때는 그 내용이 해당 분야의 전문적 지식에 부합해야 한다.
>
> 갑이 박○○ 교수팀이 A 상품을 실험·검증하고 우수성을 추천·보증했다고 광고했으나 해당 실험이 진행된 적이 없다면 상품의 품질은 해당 분야의 전문적 지식을 통해 검증되었다고 볼 수 없다. 따라서 갑은 부당한 광고 행위로 제재를 받을 것이다.

④ 을이 갑으로부터 금전을 받고 갑의 회사 홈페이지에 A 상품의 장점을 알리는 이용후기를 게시했다면 대가성이 있었다는 사실을 명시해야겠군.

> 근거: **5** ²⁰추천·보증이 광고에 활용되면서 추천·보증을 한 사람이 사업자로부터 현금 등의 대가를 지급받는 등 경제적 이해관계가 있다면 해당 게시물에 이를 명시해야 한다.

⑤ 병이 A 상품을 직접 사용해 보고 그 상품의 결점을 제시하면서 다른 소비자들에게 도움을 주려는 취지로 이용후기를 게시한 점이 인정된다면 명예훼손죄가 성립되지 않겠군.

> 근거: **6** ²⁴사업자는 자신에게 불리한 이용후기의 게시자를 인터넷상 명예훼손죄로 고소하기도 한다. ²⁵이때 이용후기가 객관적 내용으로 자신의 사용 경험에 바탕을 두고 다른 이용자에게 도움을 주려는 등 공공의 이익에 관한 것으로 인정받는다면, 게시자의 비방할 목적이 부정되어 명예훼손죄가 성립하지 않는다.

4. ⓐ와 문맥상 의미가 가장 가까운 것은?

✓ 정답풀이

① 그는 내 의견에 본인의 견해를 <u>붙여</u> 발언을 이어 갔다.

> 근거: **2** ⁴그 가격대로 판매·제공할 것을 강제하거나 그 가격대로 판매·제공하도록 그 밖의 구속 조건을 ⓐ<u>붙여</u> 거래하는 행위이다.
>
> ⓐ와 ①번의 '붙이다'는 모두 '조건, 이유, 구실 따위를 딸리게 하다.'라는 의미로 쓰였다.

✗ 오답풀이

② 나는 수영에 재미를 <u>붙여</u> 수영장에 다니기로 결정했다.
   '어떤 감정이나 감각을 생기게 하다.'라는 의미로 쓰였다.

③ 그는 따뜻한 바닥에 등을 <u>붙여</u> 잠깐 동안 잠을 청했다.
   '신체의 일부분을 어느 곳에 대다.'라는 의미로 쓰였다.

④ 나는 알림판에 게시물을 <u>붙여</u> 동아리 행사를 홍보했다.
   '맞닿아 떨어지지 않게 하다.'라는 의미로 쓰였다.

⑤ 그는 숯에 불을 <u>붙여</u> 고기를 배부를 만큼 구워 먹었다.
   '불을 일으켜 타게 하다.'라는 의미로 쓰였다.

[1~4] 다음 글을 읽고 물음에 답하시오.

✏️ 사고의 흐름

1 ¹정당과 같은 정치 조직이 민주적 방식과 절차로 운영되어야 하는 것은 당연하다. ²<u>그런데</u> 민주적 운영 체제를 갖추었으면서도 실제로는 일부 소수에게 권력이 집중되어 있는 경우도 적지 않다. ³조직 운영에서 보이는 이러한 현상을 흔히 과두제라 한다. ⁴이(과두제)는 정치 조직에서뿐만 아니라 기업 경영에서도 나타난다. *과두제의 개념이 제시되었어. 민주적 운영 체제를 갖추었지만 소수에게 권력이 집중된 현상인 과두제는 정치 조직뿐만 아니라 기업 경영에서도 나타난대.*

첫 문단에서 내용이 전환되면, 이어서 본격적인 화제가 제시될 가능성이 크니 집중하자!

2 ⁵모든 주주가 경영진을 이루어 상호 협력 관계를 기반으로 기업을 운영하며 의사 결정권도 균등하게 행사하는 경우에 이를 '공동체적 경영'이라 부르기도 한다. ⁶이런 기업에서 경영진은 모두 업무와 관련하여 전문성을 가지며, 경영 수익에 관련된 중요한 사항은 주주들이 공동으로 결정한다. ⁷<u>그러나</u> 기업의 규모가 성장하고 사업이 다양해지면, 소수의 의사 결정에 따른 수직적 경영으로 효율성을 지향하는 '과두제적 경영'으로 나아가는 일도 있다.

'공동체적 경영'과 '과두제적 경영'을 비교해서 이해해야겠군.

공동체적 경영	과두제적 경영
- 모든 주주가 경영진(전문가)으로, 의사 결정권 균등 행사 - 경영 수익 관련 중요 사항 주주 공동 결정	- 소수의 의사 결정에 따른 수직적 경영 - 효율성 지향

3 ⁸<u>과두제적 경영</u>은 소수의 경영자로 이루어진 경영진이 강한 결속력을 가지면서 실질적 권한*과 정보를 독점하며 기업을 운영하는 것을 말한다. *과두제적 경영의 개념!* ⁹이런 체제는 *과두제적 경영의 장점 ①* 전문성과 경험을 갖춘 경영진을 중심으로 안정적 경영권이 확보될 수 있도록 하여, 기업 전략을 장기적으로 수립하고, 이에 맞춰 과감하고 지속적인 투자를 할 수 있어서 첨단 핵심 기술의 개발에도 유리한 면이 있다. ¹⁰그리고 *과두제적 경영의 장점 ②* 기업과 경영진 간의 높은 일체성은 위기 상황에서 신속한 의사 결정으로 효율적인 대처를 하는 데 도움을 주기도 한다.

4 ¹¹<u>그런데</u> 대체로 주주의 수가 많으면 개별 주주의 결정권은 약하고, 소수의 경영진이 기업을 장악*하는 힘은 크다. ¹²이를 이용하여 정보와 권한이 집중된 소수의 경영진이 사익에 치중하면 다수 주주의 이익이 침해되는 폐해가 나타날 수 있다. ¹³경영 성과를 실제보다 부풀려 투자를 유치한 뒤 주주들에게 회복하기 어려운 손해를 입히는 경우도 있으며, 기업 운영에 중대한 영향을 미치는 주요 정보들을 은폐하거나 경영 상황을 조작하여 발표함으로써 결과적으로 기업의 가치에 심각한 타격을 주는 사례도 종종 보게 된다. *정보와 권한이 집중된 소수의 경영진이 사익에 치중한 사례를 통해 과두제적 경영의 문제점을 제시했어.*

전환! 과두제적 경영의 단점이나 한계가 제시되겠지?

5 ¹⁴이러한 문제점을 완화하기 위해 기업이 경영자와 계약을 체결하여 급여 이외의 경제적 이익을 동기로 부여하는 방안이 있다. 경영진이 사익에 치중하면서 발생하는 문제를 완화하기 위해 급여 이외의 경제적 이익을 동기로 부여하는 방안을 제시했네. ¹⁵<u>예를 들어</u>, 일정 수량의 주식을 계약 시에 정한 가격으로 미래에 매수*할 수 있도록 하는 스톡옵션의 권리를 경영자에게 부여하는 방식이 있다. ¹⁶이 권리를 행사할지 말지는 자유이고, 경영자는 매수 시점을 유리하게 선택할 수 있다. ¹⁷또 아직 우리나라에 도입되지는 않았지만, 기업의 주식 가치가 목표치 이상으로 올랐을 때 경영자가 그에 상응하는 보상을 받는 주식 평가 보상권의 방식도 있다. *경영자에게 스톡옵션의 권리를 부여하는 방식과 주식 평가 보상권의 방식은 과두제적 경영의 문제점 완화를 위해 기업-경영자 간 계약을 체결하여 경제적 이익을 동기로 부여하는 두 가지 방안이야.*

과두제적 경영의 문제점을 완화하기 위한 방안이 사례로 제시될 거야.

6 ¹⁸기업 경영의 건전성을 확보하기 위해 마련된 공적 제도들은 과두제적 경영의 폐해를 방지하는 기능도 한다. ¹⁹기업의 주식 가치에 영향을 미칠 수 있는 정보 제공을 법적으로 의무화한 경영 공시 제도는 경영 투명성을 높이려는 것이다. ²⁰이를 통해 경영진과 주주들 간 정보 격차가 줄어들 수 있다. ²¹기업의 이사회에 외부 인사*를 이사로 참여시키도록 하는 사외 이사 제도는 독단적인 의사 결정을 견제*함으로써 폐쇄적 경영으로 인한 정보와 권한의 집중을 억제하는 효과를 거둘 수 있다. *경영 공시 제도, 사외 이사 제도는 기업 경영의 건전성 확보를 위해 마련된 제도이지만 과두제적 경영의 폐해를 방지하는 기능도 할 수 있어.*

이것만은 챙기자

* ***권한**: 어떤 사람이나 기관의 권리나 권력이 미치는 범위.
* ***장악**: 손안에 잡아 쥔다는 뜻으로, 무엇을 마음대로 할 수 있게 됨을 이르는 말.
* ***매수**: 물건을 사들임.
* ***인사**: 사회적 지위가 높거나 사회적 활동이 많은 사람.
* ***견제**: 일정한 작용을 가함으로써 상대편이 지나치게 세력을 펴거나 자유롭게 행동하지 못하게 억누름.

만점 선배의 구조도 예시

〈기업 경영에서의 과두제적 경영〉

과두제적 경영 ↔ 공동체적 경영
* 과두제 : 민주적 운영 체제 · 모든 주주가 경영진
 but 실제는 소수에 권력 집중 · 의사 결정권 공동

① 개념 · 경영진이 권한·정보 독점해 운영
 └소수 경영자, 결속력↑
 · 수직적 경영으로 효율성 지향

② 장점 · 안정적 경영권 확보
 └장기 전략 수립, 지속 투자 가능
 · 신속한 의사 결정으로 효율적 대처

③ 단점 · 경영진이 사익 치중하면 주주 이익 침해
 ─ 경영 성과 부풀려 투자 유치해 주주 손해 양산
 ─ 경영 정보·상황 조작 발표해 기업 가치 훼손

④ 보완책 · 스톡옵션, 주식 평가 보상권
 → 기업-경영자 간 계약으로 경제적 이익을
 동기로 부여
 · 경영 공시 제도, 사외 이사 제도
 → 경영진-주주 간 정보 격차 줄이고
 독단적 의사 결정 견제

>> 각 문단을 요약하고 지문을 **세 부분**으로 나누어 보세요.

1 민주적 운영 체제를 갖추었지만 실제로는 일부 소수에게 권력이 집중된 현상인 과두제는 기업 경영에서도 나타난다.	첫 번째 1¹~2⁷
2 공동체적 경영은 모든 주주가 경영진을 이루어 상호 협력 관계를 기반으로 의사 결정권을 균등하게 행사한다.	
3 과두제적 경영은 소수의 경영자가 강한 결속력을 가지고 권한과 정보를 독점하며 기업을 운영하는 것으로, 안정적 경영권 확보와 신속한 의사 결정이 가능하다.	두 번째 3⁸~4¹³
4 소수의 경영진이 사익에 치중하면 다수 주주의 이익이 침해되는 폐해가 나타날 수 있다.	
5 과두제적 경영의 문제점을 완화하기 위해 기업은 경영자에게 스톡옵션이나 주식 평가 보상권을 제공하여 급여 이외의 경제적 이익을 동기로 부여할 수 있다.	세 번째 5¹⁴~6²¹
6 기업 경영의 건전성 확보를 위해 마련된 공적 제도인 경영 공시 제도, 사외 이사 제도는 과두제적 경영의 폐해를 방지하는 기능도 한다.	

1. 윗글의 내용 전개 방식으로 가장 적절한 것은?

✓ 정답풀이

① 대상의 개념과 장단점을 제시하고 보완책을 소개한다.

> 근거 : **1** ³조직 운영에서 보이는 이러한 현상을 흔히 과두제라 한다. + **3** ⁸과두제적 경영은 소수의 경영자로 이루어진 경영진이 강한 결속력을 가지면서 실질적 권한과 정보를 독점하며 기업을 운영하는 것을 말한다.~ ¹⁰위기 상황에서 신속한 의사 결정으로 효율적인 대처를 하는 데 도움을 주기도 한다. + **4** ¹²이를 이용하여 정보와 권한이 집중된 소수의 경영진이 사익에 치중하면~¹³결과적으로 기업의 가치에 심각한 타격을 주는 사례도 종종 보게 된다. + **5** ¹⁴이러한 문제점을 완화하기 위해~¹⁷기업의 주식 가치가 목표치 이상으로 올랐을 때 경영자가 그에 상응하는 보상을 받는 주식 평가 보상권의 방식도 있다. + **6** ¹⁸기업 경영의 건전성을 확보하기 위해 마련된 공적 제도들은 과두제적 경영의 폐해를 방지하는 기능도 한다.~²¹사외 이사 제도는 독단적인 의사 결정을 견제함으로써 폐쇄적 경영으로 인한 정보와 권한의 집중을 억제하는 효과를 거둘 수 있다.
>
> 윗글은 1~3문단에서 과두제와 과두제적 경영의 개념 및 장점을 설명하고, 4문단에서는 과두제적 경영의 단점을 제시하고 있다. 그리고 5문단과 6문단에서는 과두제적 경영의 문제점을 완화하고 폐해를 방지하는 방안을 소개하며 글을 마무리하고 있다.

✗ 오답풀이

② 유사한 원리들을 분석하고 이를 하나의 이론으로 통합한다.
유사한 원리들을 분석하고 있지 않으며, 이를 하나의 이론으로 통합하고 있지도 않다.

③ 대립하는 유형을 들어 이론적 근거의 변천 과정을 설명한다.
근거 : **2** ⁵모든 주주가 경영진을 이루어 상호 협력 관계를 기반으로 기업을 운영하며 의사 결정권도 균등하게 행사하는 경우에 이를 '공동체적 경영'이라 부르기도 한다. ⁷그러나 기업의 규모가 성장하고 사업이 다양해지면, 소수의 의사 결정에 따른 수직적 경영으로 효율성을 지향하는 '과두제적 경영'으로 나아가는 일도 있다.

2문단에서 공동체적 경영과 과두제적 경영을 비교하여 설명하고 있을 뿐, 대립하는 유형을 들어 이론적 근거의 변천 과정을 설명하고 있지는 않다.

④ 가설을 세우고 그에 대한 현실적인 사례를 들어 가며 검토한다.
어떠한 가설을 세우고 그에 대한 사례를 들어 가며 검토하고 있지 않다.

⑤ 문제 상황의 근본 원인을 진단하고 해결책에 대한 상반된 입장을 해설한다.
근거 : **4** ¹²이를 이용하여 정보와 권한이 집중된 소수의 경영진이 사익에 치중하면 다수 주주의 이익이 침해되는 폐해가 나타날 수 있다. ¹³결과적으로 기업의 가치에 심각한 타격을 주는 사례도 종종 보게 된다. + **5** ¹⁴이러한 문제점을 완화하기 위해~¹⁷기업의 주식 가치가 목표치 이상으로 올랐을 때 경영자가 그에 상응하는 보상을 받는 주식 평가 보상권의 방식도 있다. + **6** ¹⁸기업 경영의 건전성을 확보하기 위해 마련된 공적 제도들은 과두제적 경영의 폐해를 방지하는 기능도 한다.~²¹사외 이사 제도는 독단적인 의사 결정을 견제함으로써 폐쇄적 경영으로 인한 정보와 권한의 집중을 억제하는 효과를 거둘 수 있다.

4문단에서 과두제적 경영의 문제점을 제시하고 5문단과 6문단에서 이를 보완할 수 있는 방안을 소개하고 있을 뿐, 문제 상황의 해결책에 대한 상반된 입장을 해설하고 있지는 않다.

2. 과두제적 경영에 대한 이해로 적절하지 않은 것은?

✅ 정답풀이

⑤ 경영진과 다수 주주 사이의 이해가 일치하는 경우에는 그렇지 않은 경우보다 기업 가치가 훼손될 위험성이 높아진다.

> 근거: **4** [11]그런데 대체로 주주의 수가 많으면 개별 주주의 결정권은 약하고, 소수의 경영진이 기업을 장악하는 힘은 크다. [12]이를 이용하여 정보와 권한이 집중된 소수의 경영진이 사익에 치중하면 다수 주주의 이익이 침해되는 폐해가 나타날 수 있다. [13]기업 운영에 중대한 영향을 미치는 주요 정보들을 은폐하거나 경영 상황을 조작하여 발표함으로써 결과적으로 기업의 가치에 심각한 타격을 주는 사례도 종종 보게 된다.
>
> 과두제적 경영 체제하에서 정보와 권한이 집중된 소수의 경영진이 사익에 치중하면, 기업 운영에 관한 정보를 은폐하거나 경영 상황을 조작하여 기업의 가치에 타격을 주고 다수 주주의 이익을 침해할 수 있다. 따라서 경영진이 '사익에 치중'하여 경영진과 다수 주주 사이의 이해가 일치하지 않는 경우에는, 그렇지 않은 경우보다 기업 가치가 훼손될 가능성이 높다고 볼 수 있다.

❌ 오답풀이

① 소수의 경영진이 내린 의사 결정이 수직적으로 집행되는 효율성을 추구한다.
> 근거: **2** [7]소수의 의사 결정에 따른 수직적 경영으로 효율성을 지향하는 '과두제적 경영'으로 나아가는 일도 있다.

② 강한 결속력을 가진 소수의 경영자로 경영진을 이루어 경영권 유지에 강점이 있다.
> 근거: **3** [8]과두제적 경영은 소수의 경영자로 이루어진 경영진이 강한 결속력을 가지면서 실질적 권한과 정보를 독점하며 기업을 운영하는 것을 말한다. [9]이런 체제는 전문성과 경험을 갖춘 경영진을 중심으로 안정적 경영권이 확보될 수 있도록 하여,

③ 경영권이 안정되어 중요 기술 개발에 적극적인 투자를 계속하는 데에 유리하다는 장점이 있다.
> 근거: **3** [9]이런(과두제적 경영) 체제는 전문성과 경험을 갖춘 경영진을 중심으로 안정적 경영권이 확보될 수 있도록 하여, 기업 전략을 장기적으로 수립하고, 이에 맞춰 과감하고 지속적인 투자를 할 수 있어서 첨단 핵심 기술의 개발에도 유리한 면이 있다.

④ 경영진이 투자자의 유입을 유도하기 위하여 경영 성과를 부풀릴 위험성이 있어 이에 대비할 필요가 있다.
> 근거: **4** [13](과두제적 경영에서는 소수의 경영진이) 경영 성과를 실제보다 부풀려 투자를 유치한 뒤 주주들에게 회복하기 어려운 손해를 입히는 경우도 있으며,

3. 윗글을 읽고 추론한 내용으로 적절하지 않은 것은?

✅ 정답풀이

② 스톡옵션은 경영자의 성과 보상에 미래의 주식 가치가 관련된다는 점에서 주식 평가 보상권과 차이가 있다.

> 근거: **5** [14]이러한 문제점을 완화하기 위해 기업이 경영자와 계약을 체결하여 급여 이외의 경제적 이익을 동기로 부여하는 방안이 있다. [15]예를 들면, 일정 수량의 주식을 계약 시에 정한 가격으로 미래에 매수할 수 있도록 하는 스톡옵션의 권리를 경영자에게 부여하는 방식이 있다. [16]이 권리를 행사할지 말지는 자유이고, 경영자는 매수 시점을 유리하게 선택할 수 있다. [17]또 아직 우리나라에 도입되지는 않았지만, 기업의 주식 가치가 목표치 이상으로 올랐을 때 경영자가 그에 상응하는 보상을 받는 주식 평가 보상권의 방식도 있다.
>
> 스톡옵션은 경영자가 기업과 계약을 체결할 당시에 정한 가격으로 미래에 주식을 매수할 수 있는 권리이므로, 스톡옵션의 권리를 행사하는 시점에 주식의 가치가 계약 시 정한 가격보다 높을수록 경영자는 큰 차익을 얻을 수 있다. 즉 스톡옵션은 경영자의 성과 보상에 미래의 주식 가치가 관련되어 있다. 하지만 기업의 주식 가치가 올랐을 때 경영자가 그에 상응하는 보상을 받는 주식 평가 보상권 또한 미래의 주식 가치와 관련되어 있으므로, 스톡옵션이 경영자의 성과 보상에 미래의 주식 가치가 관련된다는 점에서 주식 평가 보상권과 차이가 있다고 볼 수는 없다.

❌ 오답풀이

① 스톡옵션의 권리를 가진 경영자는 주식 가격이 미리 정해 놓은 것보다 하락하더라도 손실을 입지 않을 수 있다.
> 근거: **5** [15]일정 수량의 주식을 계약 시에 정한 가격으로 미래에 매수할 수 있도록 하는 스톡옵션의 권리를 경영자에게 부여하는 방식이 있다. [16]이 권리를 행사할지 말지는 자유이고, 경영자는 매수 시점을 유리하게 선택할 수 있다.
>
> 스톡옵션의 권리를 행사할지 말지는 권리를 가진 경영자의 자유이며, 경영자는 매수 시점을 유리하게 선택할 수 있다. 따라서 주식 가격이 계약 시에 미리 정한 가격보다 하락하더라도 해당 시점에 스톡옵션의 권리를 행사하지 않는다면 손실을 입지 않을 수 있다.

③ 경영 공시는 주주가 기업 경영 상황을 파악하여 기업 가치를 평가하는 데 유용한 제도가 될 수 있다.
> 근거: **6** [19]기업의 주식 가치에 영향을 미칠 수 있는 정보 제공을 법적으로 의무화한 경영 공시 제도는 경영 투명성을 높이려는 것이다. [20]이를 통해 경영진과 주주들 간 정보 격차가 줄어들 수 있다.

④ 사외 이사 제도는 기업의 의사 결정에 외부 인사를 참여시켜 경영의 개방성을 높일 수 있는 제도라 평가할 수 있다.
> 근거: **6** [21]기업의 이사회에 외부 인사를 이사로 참여시키도록 하는 사외 이사 제도는 독단적인 의사 결정을 견제함으로써 폐쇄적 경영으로 인한 정보와 권한의 집중을 억제하는 효과를 거둘 수 있다.

⑤ 경영 공시 제도와 사외 이사 제도는 기업의 중요 정보에 대한 경영진의 독점을 완화할 수 있다.

근거: ❻ [19]기업의 주식 가치에 영향을 미칠 수 있는 정보 제공을 법적으로 의무화한 경영 공시 제도는 경영 투명성을 높이려는 것이다. [20]이를 통해 경영진과 주주들 간 정보 격차가 줄어들 수 있다. [21]기업의 이사회에 외부 인사를 이사로 참여시키도록 하는 사외 이사 제도는 독단적인 의사 결정을 견제함으로써 폐쇄적 경영으로 인한 정보와 권한의 집중을 억제하는 효과를 거둘 수 있다.

경영 공시 제도를 통해 기업의 주식 가치에 영향을 미칠 수 있는 정보가 제공되면 경영진과 주주들 간 정보 격차가 줄어든다. 또한 사외 이사 제도는 경영진의 독단적 의사 결정을 견제하여 정보와 권한의 집중을 억제하므로, 경영 공시 제도와 사외 이사 제도는 모두 기업의 중요 정보에 대한 경영진의 독점을 완화할 수 있다.

🖋 모두의 질문

• 3-①번

Q: 주식 가격이 하락하면 스톡옵션의 권리를 가진 사람은 <u>손실을 입게 되는 것 아닌가요?</u>

A: 5문단에 따르면 과두제적 경영의 문제점 완화를 위해 '기업이 경영자와 계약을 체결하여 급여 이외의 경제적 이익을 동기로 부여하는 방안' 중 하나로 '일정 수량의 주식을 계약 시에 정한 가격으로 미래에 매수할 수 있도록 하는 스톡옵션의 권리를 경영자에게 부여하는 방식'이 있다. 이때 스톡옵션의 권리를 가진 경영자는 '매수 시점을 유리하게 선택할 수 있'으며 '권리를 행사할지 말지는 자유'이다.

경영자 P씨가 기업으로부터 100주의 주식을 주당 2만 원의 가격으로 미래에 매수할 수 있는 스톡옵션의 권리를 부여받았다고 가정해 보자. 선지에서처럼 주식 가격이 미리 정해 놓은 것보다 하락하여 주당 1만 원이 되어도 P씨가 스톡옵션의 권리를 행사하지 않는다면, 즉 주식을 사지 않는다면 손실이 발생하지 않는다. 따라서 ①번은 적절하다.

반대로 주식의 가격이 <u>주당 5만 원</u>으로 상승한 시점에 P씨가 스톡옵션의 권리를 행사한다면, P씨는 5만 원에 거래되는 주식을 2만 원에 살 수 있으므로 <u>300만 원(3만 원×100주)</u>의 경제적 이익이 발생한다. 미래의 시점에 <u>주식의 가치가 크게 상승할수록</u> 스톡옵션 권리 행사에 따른 차익은 크다. 따라서 스톡옵션의 권리를 가진 경영자는 주식의 가치 상승을 위해 노력할 것이고, 그러기 위해서 4문단에 제시된 것과 같이 사익을 위해 <u>주주들에게 손해를 입히거나 기업의 가치에 타격을 주는 행위를 하지 않을 것이다.</u> 따라서 스톡옵션은 과두제적 경영의 문제점을 완화할 수 있는 방안이 되는 것이다.

---

4. 윗글을 바탕으로 〈보기〉를 이해한 내용으로 가장 적절한 것은? [3점]

〈보기〉

[1]X사는 정밀 부품 분야에서 독보적인 기술을 장기간 보유하여 발전시켜 온 기업으로서 시장 점유율도 높다. [2]원래 X사의 주주들은 모두 함께 경영진이 되어 중요 사항에 대하여 동등한 결정권을 보유하였으나, 기업이 성장하면서 효율성 증진을 위하여 소수의 주주만으로 경영진을 구성하였다. [3]경영진은 주기적으로 다른 주주들로 교체되어 전체 주주는 기업의 경영 상태를 파악할 수 있으며, 경영 이익의 분배와 같은 주요 사항은 전체 주주가 공동으로 의결한다. [4]X사의 주주 A와 B는 회사의 진로에 관하여 다음과 같은 대화를 나누었다.

A: [5]최근 치열해진 경쟁에 대응하려면, 경영진의 구성원을 변동시키지 않고 경영 결정권도 경영진이 전적으로 행사하도록 하는 게 좋겠습니다.
→ 과두제적 경영(경영진: 소수의 주주로 구성, 변동 X, 경영 결정권 전적 행사)

B: [6]시장 점유율도 잘 유지되고 있고 우리 주주들의 전문성도 탁월하니, 예전처럼 회사를 운영한다고 하더라도 문제없을 듯합니다.
→ 공동체적 경영(경영진: 모든 주주로 구성, 동등한 결정권)

✓ 정답풀이

① X사는 주주들 사이의 평등성이 강하여 과도한 정보 격차나 권한 집중과 같은 폐해를 보이지 않는다.

> 근거: 〈보기〉 [2]기업이 성장하면서 효율성 증진을 위하여 소수의 주주만으로 경영진을 구성하였다. [3]경영진은 주기적으로 다른 주주들로 교체되어 전체 주주는 기업의 경영 상태를 파악할 수 있으며, 경영 이익의 분배와 같은 주요 사항은 전체 주주가 공동으로 의결한다.
>
> X사는 소수의 주주만으로 경영진을 구성하였지만, 경영진은 주기적으로 다른 주주들로 교체되며 주요 사항은 전체 주주가 공동으로 의결한다고 하였다. 따라서 주주들 사이의 평등성이 강하여 정보와 권한이 과도하게 집중되는 폐해를 보이지 않는다고 볼 수 있다.

✗ 오답풀이

② X사는 현재 경영진이 고정되는 구조로 바뀌었지만 주주가 실적에 대한 이익 분배를 결정할 수 있기 때문에 수직적 경영의 부작용은 나타나지 않는다.

근거: 〈보기〉 [2]기업이 성장하면서 효율성 증진을 위하여 소수의 주주만으로 경영진을 구성하였다. [3]경영진은 주기적으로 다른 주주들로 교체되어 전체 주주는 기업의 경영 상태를 파악할 수 있으며, 경영 이익의 분배와 같은 주요 사항은 전체 주주가 공동으로 의결한다.

X사는 소수의 주주만으로 경영진을 구성했는데, 경영진은 주기적으로 다른 주주들로 교체된다고 하였으므로 현재 경영진이 '고정'되는 구조로 바뀌었다고 볼 수 없다.

③ A는 결속력이 강한 소수의 경영진을 중심으로 운영되는 경영 방식을 현행대로 유지하여야 시장의 점유율을 지킬 수 있다고 보는 입장이다.

근거: ❸ [8]과두제적 경영은 소수의 경영자로 이루어진 경영진이 강한 결속력을 가지면서 실질적 권한과 정보를 독점하며 기업을 운영하는 것을 말한다. + 〈보기〉 [3]경영진은 주기적으로 다른 주주들로 교체되어 [5]최근 치열해진 경쟁에 대응하려면, 경영진의 구성원을 변동시키지 않고 경영 결정권도 경영진이 전적으로 행사하도록 하는 게 좋겠습니다.

X사는 현재 소수의 주주만으로 경영진을 구성하며 경영진은 주기적으로 다른 주주들로 교체된다. 그런데 A는 치열한 경쟁에 대응하기 위해 '경영진의 구성원을 변동시키지 않기를 바라므로, 결속력이 강한 소수의 경영진을 중심으로 운영되는 경영 방식을 '현행대로 유지'해야 한다고 보는 입장이 아니다.

④ B는 수평적인 의사 결정 구조로의 전환을 최소한으로 하여 효율적 경영을 유지해야 한다고 보는 입장이다.

근거: ❷ [5]모든 주주가 경영진을 이루어 상호 협력 관계를 기반으로 기업을 운영하며 의사 결정권도 균등하게 행사하는 경우에 이를 '공동체적 경영'이라 부르기도 한다. + 〈보기〉 [2]원래 X사의 주주들은 모두 함께 경영진이 되어 중요 사항에 대하여 동등한 결정권을 보유 [6]시장 점유율도 잘 유지되고 있고 우리 주주들의 전문성도 탁월하니, 예전처럼 회사를 운영한다고 하더라도 문제없을 듯합니다.

B는 예전처럼 모든 주주들이 경영진이 되어 동등한 결정권을 보유하기를 바라고 있다. 따라서 수평적인 의사 결정 구조로의 전환을 '최소한'으로 해야 한다고 보는 입장이 아니다.

⑤ A와 B는 현재 X사가 경험과 전문성을 바탕으로 안정적인 과두제적 경영을 하고 있다는 전제에서 논의를 한다.

근거: ❷ [5]모든 주주가 경영진을 이루어 상호 협력 관계를 기반으로 기업을 운영하며 의사 결정권도 균등하게 행사하는 경우에 이를 '공동체적 경영'이라 부르기도 한다. + ❸ [8]과두제적 경영은 소수의 경영자로 이루어진 경영진이 강한 결속력을 가지면서 실질적 권한과 정보를 독점하며 기업을 운영하는 것을 말한다. [9]이런 체제는 전문성과 경험을 갖춘 경영진을 중심으로 안정적 경영권이 확보될 수 있도록 하여 + 〈보기〉 [2]기업이 성장하면서 효율성 증진을 위하여 소수의 주주만으로 경영진을 구성하였다. [3]경영진은 주기적으로 다른 주주들로 교체되어 전체 주주는 기업의 경영 상태를 파악할 수 있으며, 경영 이익의 분배와 같은 주요 사항은 전체 주주가 공동으로 의결한다.

과두제적 경영 체제에서는 권한과 정보를 독점한 소수의 경영자를 중심으로 수직적 경영이 이루어진다. 하지만 현재 X사는 소수의 주주만으로 경영진을 구성하기는 해도 경영진을 주기적으로 다른 주주들로 교체하며 주요 사항은 전체 주주가 공동으로 의결하고 있으므로 안정적인 과두제적 경영을 하고 있다고 볼 수 없으며, A와 B도 현재의 경영 방식에 대한 개선 방안을 이야기하고 있으므로 X사가 현재 안정적인 과두제적 경영을 하고 있다는 전제에서 논의를 하고 있지는 않다.

이 문제를 푼 학생 중 절반만이 정답을 골랐고, 나머지 절반의 학생 중에서는 상대적으로 ③번과 ⑤번을 고른 경우가 많았다. 지문에 제시된 '공동체적 경영', '과두제적 경영'과 관련하여 〈보기〉의 X사의 상황을 정확하게 이해하는 것이 문제 해결의 핵심이었다.

〈보기〉에 따르면 '원래 X사의 주주들은 모두 함께 경영진이 되어 중요 사항에 대하여 동등한 결정권을 보유하였다'고 했다. 2문단에서 '모든 주주가 경영진을 이루어 상호 협력 관계를 기반으로 기업을 운영하며 의사 결정권도 균등하게 행사'하는 것을 '공동체적 경영'이라고 한 것을 고려하면, 과거의 X사는 '공동체적 경영'을 했다고 볼 수 있다.

현재의 X사는 '기업이 성장하면서 효율성 증진을 위하여 소수의 주주만으로 경영진을 구성'하고 있다. 3문단에 따르면 '소수의 경영자로 이루어진 경영진'이 기업을 운영하는 것은 '과두제적 경영'의 특징이다. 하지만 '과두제적 경영'에서는 소수의 경영자가 '실질적 권한과 정보를 독점하며 기업을 운영'하는 데 반해 X사는 경영진이 '주기적으로 다른 주주들로 교체'되고 전체 주주가 '기업의 경영 상태를 파악할 수 있으며, 경영 이익의 분배와 같은 주요 사항은 전체 주주가 공동으로 의결'하는데, 이는 '공동체적 경영'의 특징으로 볼 수 있다. 즉 현재의 X사는 '과두제적 경영'의 특징과 '공동체적 경영'의 특징을 모두 가지고 있다. 따라서 X사는 소수의 주주만으로 경영진이 구성되지만, 주주들 사이의 평등성이 강해 '과두제적 경영'의 폐해인 과도한 정보 격차나 권한 집중은 나타나지 않는 것이다. 그러므로 ①번은 적절하다.

한편 A는 X사의 경영 방식을 '경영진의 구성원을 변동시키지 않고 경영 결정권도 경영진이 전적으로 행사'하는 방향으로 바꾸기를 바라고 있다. 곧 A는 현재 X사에서 나타나는 '공동체적 경영'의 특징을 제거하고, '소수의 의사 결정에 따른 수직적 경영'과 이를 통한 '안정적 경영권'의 확보가 가능한 '과두제적 경영'을 지향한다고 볼 수 있다. 따라서 A는 결속력이 강한 소수의 경영진을 중심으로 운영되는 경영 방식을 통해 시장의 점유율을 지킬 수 있다고 보는 입장인 것은 맞지만, 경영 방식을 '현행대로 유지'해야 한다고 보지는 않으므로 ③번은 적절하지 않다.

B는 주주 모두가 '함께 경영진이 되어 중요 사항에 대하여 동등한 결정권을 보유'했던 '예전처럼 회사를 운영'하기를 바라므로 '공동체적 경영'을 지향한다고 볼 수 있다. 즉 A와 B는 X사가 '공동체적 경영'과 '과두제적 경영'이 혼재된 경영을 하는 것에서 벗어나 각각 '과두제적 경영', '공동체적 경영'을 하는 것으로 바뀌기를 바라고 있다. 따라서 A와 B가 현재 X사가 안정적인 '과두제적 경영'을 하고 있다는 전제에서 논의를 한다는 ⑤번은 적절하지 않다.

정답률 분석

정답		매력적 오답		매력적 오답
①	②	③	④	⑤
49%	5%	19%	9%	18%

[1~4] 다음 글을 읽고 물음에 답하시오.

✏️ 사고의 흐름

1 ¹㉠경마식 보도는 경마 중계를 하듯 지지율 변화나 득표율 예측 등을 집중 보도하는 선거 방송의 한 방식이다. ²경마식 보도는 선거일이 가까워질수록 증가한다. ³새롭고 재미있는 정보를 원하는 시청자들의 요구에 부응하고, 방송사로서도 매일 새로운 뉴스를 제공하는 방편이 될 수 있기 때문이다. 경마식 보도의 정의를 제시하고, 선거일이 가까워질수록 경마식 보도가 증가하는 이유를 제시했어. ⁴경마식 보도는 선거와 정치에 무관심한 유권자*들의 선거 참여, 정치 참여를 독려하는 장점이 있다. ⁵하지만 흥미를 돋우는 데 치중하는 경마식 보도는 선거의 주요 의제*를 도외시*하고 경쟁 결과에 초점을 맞춰 선거의 공정성을 저해할 수 있다. 경마식 보도의 장점과 문제점을 소개하고 있어. 유권자들의 선거·정치 참여를 독려한다는 장점과, 선거의 공정성을 저해할 수 있다는 문제점이 있구나.

앞에서 '경마식 보도'의 장점에 대해 소개했으니 이제 문제점을 알려 줄 거야.

2 ⁶경마식 보도의 문제점을 줄이려는 조치가 있다. 앞서 제시된 경마식 보도의 문제점(선거의 공정성 저해)을 보완할 수 있는 방법을 안내할 거야. ⁷㉮「공직선거법」의 규정에 따르면, 당선인을 예상케 하는 여론조사를 실시하는 것은 언제든지 가능하지만, 그 결과의 보도는 선거일 6일 전부터 투표 마감 시각까지 금지된다. ⁸이러한 규정(여론조사 결과 보도를 일정 기간 제한하는 「공직선거법」의 규정)이 국민의 알 권리와 언론의 자유를 침해하는지에 대해('국민의 알 권리', '언론의 자유'라는 나열된 두 대상은 같은 위계를 가지고 있어.) 헌법재판소는 신뢰할 수 있는 여론조사 결과라 하더라도 선거일에 임박해 보도하면 선거에 영향을 끼칠 수 있다며 합헌* 결정을 내렸다. 헌법재판소는 여론조사 결과가 선거에 끼칠 영향을 경계하여 「공직선거법」의 규정에 합헌 결정을 내렸군. ⁹「공직선거법」에 근거를 둔 ㉯「선거방송심의에 관한 특별규정」은 유권자에게 영향을 줄 수 있는 사실의 왜곡 보도를 금지하고, 여론조사 결과가 오차 범위 내에 있을 때에 이를 밝히지 않은 채로 서열*이나 우열*을 나타내는 보도도 금지하고 있다. ¹⁰언론 단체의 ㉰「선거여론조사보도준칙」은 표본 오차를 감안하여 여론조사 결과를 정확하게 보도하도록 요구한다. ¹¹지지율 차이가 오차 범위 내에 있을 때 "경합*"이라는 표현은 무방하지만 서열화하거나 "오차 범위 내에서 앞섰다."라는 표현처럼 우열을 나타내어 보도할 수 없다는 것이다. 「선거방송심의에 관한 특별규정」과 「선거여론조사보도준칙」은 여론조사 결과를 정확하게 보도하고, 오차 범위 내에서 발생한 서열과 우열 밝히기를 제한하는 것과 관련되네. ㉮~㉰의 특징을 정리하면 다음과 같아.

㉮「공직선거법」	- 여론조사 언제든지 가능 - 여론조사 결과 보도 금지 기간: 선거일 6일 전~투표 마감 시각
㉯「선거방송심의에 관한 특별규정」	- 유권자에게 영향을 줄 수 있는 왜곡 보도 금지 - 여론조사 결과가 오차 범위 내일 때: 오차 범위 내임을 밝히지 않은 채 서열·우열을 나타내는 보도 금지
㉰「선거여론조사 보도준칙」	- 표본 오차 감안, 여론조사 결과를 정확하게 보도하도록 요구 - 여론조사 결과가 오차 범위 내일 때: 경합 표현 O, 서열화·우열 표현 X

3 ¹²경마식 보도로부터 드러난 선거 방송의 한계를 보완하는 방책 중 하나로 선거 방송 토론회가 활용될 수 있다. ¹³이 토론회를 통해 후보자 간 정책과 자질 등의 차이가 드러날 수 있는데, 현실적인 이유로 초청 대상자는 한정된다. 경마식 보도의 문제점을 보완할 수 있는 또 다른 방법으로 '선거 방송 토론회'를 제시했네. ¹⁴㉢「공직선거법」의 선거 방송 토론회 규정은 ①5인 이상의 국회의원을 가진 정당이나 ②직전 선거에서 3% 이상 득표한 정당이 추천한 후보자, 또는 ③언론기관의 여론조사 결과 평균 지지율이 5% 이상인 후보자 등을 초청 기준으로 제시하고 있다. 선거 방송 토론회는 일정 자격을 갖춘 정당이나 후보자로 초청 대상을 한정하는군. ¹⁵다만 초청 대상이 아닌 후보자들을 위해 별도의 토론회 개최가 가능하고 시간이나 횟수를 다르게 할 수 있다.

앞에서 설명한 '초청 대상자' 조건에 해당하지 않는 예외적인 후보자들에 대해 언급할 거야.

4 ¹⁶이러한 규정(「공직선거법」의 선거 방송 토론회 규정)이 선거 운동의 기회 균등 원칙을 침해하는지에 대해 헌법재판소는 위헌*이 아니라고 결정했다. 헌법재판소는 조건에 맞는 일부 후보자만 선거 방송 토론회에 참여할 수 있게 하는 「공직선거법」의 규정이 기회균등 원칙을 침해하지 않는다고 판단했어. ¹⁷ⓐ다수 의견은 방송 토론회의 효율적 운영을 고려할 때 초청 대상 후보자 수가 너무 많으면 제한된 시간 안에 심층적인 토론이 이루어지기 어렵고, 유권자들도 관심이 큰 후보자들의 정책 및 자질을 직접 비교하기 어렵다는 점을 지적하며, 이 규정은 합리적 제한이라고 보았다. 「공직선거법」의 선거 방송 토론회 규정이 선거 운동의 기회균등 원칙을 침해하지 않는다고 본 다수의 견해: 제한된 시간 안에 진행되는 토론회를 효율적으로 운영하고, 유권자들의 관심이 큰 후보자 비교를 용이하게 하기 위한 합리적 제한임 ¹⁸반면 ⓑ소수 의견은 이 규정이 가장 효과적인 선거 운동의 기회를 일부 후보자에게서 박탈하며, 유권자에게도 모든 후보자를 동시에 비교하지 못하게 하고, 초청 대상 후보자 토론회에 참여한 후보자와 그렇지 못한 후보자를 차별적으로 인식하게 만든다고 지적하였다. ¹⁹이 규정을 소수 정당이나 정치 신인 등에 대한 자의적이고 차별적인 침해라고 본 것이다. 「공직선거법」의 선거 방송 토론회 규정이 선거 운동의 기회균등 원칙을 침해한다고 본 소수의 견해: 일부 후보자의 효과적인 선거 운동 기회를 박탈하고 후보자를 차별적으로 인식하게 하는, 자의적이고 차별적인 침해임

앞에서 설명한 '초청 대상자' 조건에 해당하지 않는 예외적인 후보자들에 대해 언급할 거야.

다수 의견과의 차이를 파악하며 읽자.

이것만은 챙기자

* **유권자**: 선거할 권리를 가진 사람.
* **의제**: 회의에서 의논할 문제.
* **도외시**: 상관하지 아니하거나 무시함.
* **합헌**: 헌법의 취지에 맞는 일.
* **서열**: 일정한 기준에 따라 순서대로 늘어섬. 또는 그 순서.
* **우열**: 나음과 못함.
* **경합**: 서로 맞서 겨룸.
* **위헌**: 법률 또는 명령, 규칙, 처분 따위가 헌법의 조항이나 정신에 위배되는 일.

만점 선배의 구조도 예시

〈 경마식 보도 〉
  ㄴ 선거 방송의 한 방식 (지지율 변화·득표율 예측 집중 보도)

* 장점 : 유권자들의 선거·정치 참여 독려

* 문제점 : 경쟁 결과에 초점 맞춰 선거의 공정성 저해 가능

   ↓ (보도 방안)

① 「공직선거법」 규정 - 여론조사 실시는 허용 가능
                    - 여론조사 결과 보도 금지 기간 : 선거 6일 전 ~ 투표 마감 시간까지
                                         (선거일 임박 시 선거에 영향 가능)

② 「선거방송심의에 관한 특별규정」 - 사실 왜곡 보도 금지
                        - 여론조사 결과가 오차 범위 내 : 이를 밝히지 않고
                                      서열·우열 판단 금지

③ 「선거여론조사 보도준칙」 - 여론조사 결과가 오차 범위 내 ; 경합 판단 O, 서열화·우열 판단 X

* 선거 방송의 한계 보완 방책 : 선거 방송 토론회
  ㅡ 「공직선거법」의 선거 방송 토론회 규정
     → 토론회 초청 후보자 기준 별도 제시 (단, 기타 후보자를 위한 별도 토론회 개최 가능)
     → 헌법재판소 : 이 규정이 선거 운동의 기회균등 원칙을 침해하지 않음
     · 다수 의견 : "합리적 제한이다 !"
              이유) 초청 대상자 많으면 심층적 토론 어려움
                  유권자들의 관심 높은 후보자끼리의 비교를 쉽게 함
     · 소수 의견 : "자의적이고 차별적인 침해다 !"
              이유) 일부 후보자의 효과적인 선거 운동 기회 박탈
                  유권자가 모두 후보 비교할 수 없음
                  후보자를 차별적으로 인상받게 만듦

>> 각 문단을 요약하고 지문을 **세 부분**으로 나누어 보세요.

1 지지율 변화나 득표율 예측 등을 집중 보도하는 경마식 보도는 유권자들의 선거 참여를 독려하지만 선거의 공정성을 저해할 수 있다.
  첫 번째
  1[1]~**1**[5]

2 「공직선거법」, 「선거방송심의에 관한 특별규정」, 「선거여론조사보도준칙」은 경마식 보도의 문제점을 줄이기 위해 **여론조사** 결과의 보도에 대한 금지 규정을 두고 있다.
  두 번째
  2[6]~**2**[11]

3 선거 방송의 한계를 보완하는 방책으로 선거 방송 토론회가 활용될 수 있는데, 「공직선거법」에서는 토론회의 **초청 대상**을 제한하는 규정이 있다.
  세 번째
  3[12]~**4**[19]

4 이 규정이 선거 운동의 **기회균등** 원칙을 침해하는지에 대해 헌법재판소는 합리적 제한이라는 다수 의견을 따라 위헌이 아니라고 결정했지만, 자의적이고 차별적인 침해라는 소수 의견도 있다.

1. ㉠에 대한 설명으로 가장 적절한 것은?

> ㉠: 경마식 보도

정답풀이

⑤ 정치에 관심이 없던 유권자들이 선거에 관심을 갖도록 북돋운다.

> 근거: **1** **4**경마식 보도(㉠)는 선거와 정치에 무관심한 유권자들의 선거 참여, 정치 참여를 독려하는 장점이 있다.

오답풀이

① 선거 기간의 후반기에 비해 전반기에 더 많다.
> 근거: **1** **2**경마식 보도(㉠)는 선거일이 가까워질수록 증가한다.

② 시청자와 방송사의 상반된 이해관계가 반영된다.
> 근거: **1** **2**경마식 보도(㉠)는 선거일이 가까워질수록 증가한다. **3**새롭고 재미있는 정보를 원하는 시청자들의 요구에 부응하고, 방송사로서도 매일 새로운 뉴스를 제공하는 방편이 될 수 있기 때문이다.
>
> ㉠은 방송사가 새로운 정보를 원하는 시청자들의 요구에 부응하여 새로운 뉴스를 제공하는 방편으로, 이때 시청자와 방송사의 이해관계가 상반된다고 볼 수 없다.

③ 당선자 예측과 관련된 정보의 전파에 초점을 맞추지 않는다.
> 근거: **1** **1**경마식 보도(㉠)는 경마 중계를 하듯 지지율 변화나 득표율 예측 등을 집중 보도하는 선거 방송의 한 방식이다.

④ 선거의 핵심 의제에 관한 후보자의 입장을 다룬 보도를 중시한다.
> 근거: **1** **5**하지만 흥미를 돋우는 데 치중하는 경마식 보도(㉠)는 선거의 주요 의제를 도외시하고 경쟁 결과에 초점을 맞춰 선거의 공정성을 저해할 수 있다.
>
> ㉠은 선거의 핵심 의제에 관한 후보자의 입장과 같은 주요 의제는 도외시하고, 경쟁 결과의 보도를 중시한다.

2. 윗글에서 알 수 있는 내용으로 적절하지 <u>않은</u> 것은?

정답풀이

③ 국민의 알 권리와 언론의 자유가 서로 충돌하는지의 문제를 헌법재판소에서 논의한 적이 있다.

> 근거: **2** **7**「공직선거법」의 규정에 따르면, 당선인을 예상케 하는 여론조사를 실시하는 것은 언제든지 가능하지만, 그 결과의 보도는 선거일 6일 전부터 투표 마감 시각까지 금지된다. **8**이러한 규정이 국민의 알 권리와 언론의 자유를 침해하는지에 대해 헌법재판소는 신뢰할 수 있는 여론조사 결과라 하더라도 선거일에 임박해 보도하면 선거에 영향을 끼칠 수 있다며 합헌 결정을 내렸다.
>
> 헌법재판소에서 논의한 것은 「공직선거법」의 규정에서 여론조사 결과 보도를 일정 기간 금지하는 것이 국민의 알 권리와 언론의 자유를 침해하는지에 대한 여부이다. 즉 나열되어 있는 국민의 알 권리와 언론의 자유는 서로 충돌하는 대상이 아니라 각각 「공직선거법」의 규정에 의해 침해당하고 있는지를 판단해야 하는, 동일한 위계에 있는 대상이므로 적절하지 않다.

오답풀이

① 신뢰할 수 있는 여론조사의 결과를 보도하더라도 선거의 공정성을 위협할 수 있다.
> 근거: **2** **8**이러한 규정(「공직선거법」의 규정)이 국민의 알 권리와 언론의 자유를 침해하는지에 대해 헌법재판소는 신뢰할 수 있는 여론조사 결과라 하더라도 선거일에 임박해 보도하면 선거에 영향을 끼칠 수 있다며 합헌 결정을 내렸다.
>
> 헌법재판소가 「공직선거법」의 규정에 합헌 결정을 내린 것은, 신뢰할 수 있는 여론조사의 결과라도 선거일에 임박하여 보도되면 선거의 공정성을 위협할 수 있음을 고려하였기 때문이라고 볼 수 있다.

② 정당의 추천을 받지 못해도 선거 방송의 초청 대상 후보자 토론회에 참여할 수 있다.
> 근거: **3** **14**「공직선거법」의 선거 방송 토론회 규정은 5인 이상의 국회의원을 가진 정당이나 직전 선거에서 3% 이상 득표한 정당이 추천한 후보자, 또는 언론기관의 여론조사 결과 평균 지지율이 5% 이상인 후보자 등을 초청 기준으로 제시하고 있다.
>
> 정당의 추천을 받지 못했더라도, 여론조사 결과 평균 지지율이 5% 이상이라면 선거 방송의 초청 대상 후보자 토론회에 참여할 수 있다.

④ 선거일에 당선인 예측 선거 여론조사를 실시하고 투표 마감 시각 이후에 그 결과를 보도할 수 있다.
> 근거: **2** **7**「공직선거법」의 규정에 따르면, 당선인을 예상케 하는 여론조사를 실시하는 것은 언제든지 가능하지만, 그 결과의 보도는 선거일 6일 전부터 투표 마감 시각까지 금지된다.
>
> 여론조사 자체는 언제든 가능하므로 선거일에도 실시할 수 있고, 그 결과의 보도는 선거일 6일 전부터 투표 마감 시각까지만 금지되므로 투표 마감 시각 이후에는 보도 가능하다.

⑤ 「공직선거법」에는 선거 운동의 기회가 모든 후보자에게 균등하게 배분되지 못하도록 할 가능성이 있는 규정이 있다.
> 근거: **4** **18**소수 의견은 이 규정(「공직선거법」의 선거 방송 토론회 규정)이 가장 효과적인 선거 운동의 기회를 일부 후보자에게서 박탈하며, 유권자에게도 모든 후보자를 동시에 비교하지 못하게 하고, 초청 대상 후보자 토론회에 참여한 후보자와 그렇지 못한 후보자를 차별적으로 인식하게 만든다고 지적하였다.

3. ⓒ과 관련하여 ⓐ와 ⓑ의 입장에 대한 반응으로 가장 적절한 것은? [3점]

ⓒ: 「공직선거법」의 선거 방송 토론회 규정
ⓐ: 다수 의견
ⓑ: 소수 의견

✅ 정답풀이

② 주요 후보자의 정책이 가진 치명적 허점을 지적하고 좋은 대안을 제시해 유명해진 정치 신인이 선거 방송 초청 대상 후보자 토론회에 초청받지 못한다면 ⓐ의 입장은 약화되겠군.

근거: **4** [17]다수 의견(ⓐ)은 방송 토론회의 효율적 운영을 고려할 때 초청 대상 후보자 수가 너무 많으면 제한된 시간 안에 심층적인 토론이 이루어지기 어렵고, 유권자들도 관심이 큰 후보자들의 정책 및 자질을 직접 비교하기 어렵다는 점을 지적하며, 이 규정(ⓒ)은 합리적 제한이라고 보았다. [18]반면 소수 의견(ⓑ)은~[19]이 규정(ⓒ)을 소수 정당이나 정치 신인 등에 대한 자의적이고 차별적인 침해라고 본 것이다.

유명한 정치 신인이 선거 방송 초청 대상 후보자 토론회에 초대받지 못하는 것은 ⓒ의 차별성을 부각하며, 유권자들이 큰 관심을 가질 만큼 유명한 후보자의 정책 및 자질을 용이하게 확인하지 못하게 한다. 따라서 「공직선거법」의 선거 방송 토론회 규정이 유권자들의 관심이 큰 후보자들의 정책 및 자질을 비교하기 쉽게 만든다고 본 ⓐ의 입장이 약화될 것이다.

❌ 오답풀이

① 선거 방송 초청 대상 후보자 토론회에서 후보자들이 심층적인 토론을 하지 못한 원인이 시간의 제한이나 참여한 후보자의 수와 관계가 없다면 ⓐ의 입장은 강화되겠군.

근거: **4** [17]다수 의견(ⓐ)은 방송 토론회의 효율적 운영을 고려할 때 초청 대상 후보자 수가 너무 많으면 제한된 시간 안에 심층적인 토론이 이루어지기 어렵고, 유권자들도 관심이 큰 후보자들의 정책 및 자질을 직접 비교하기 어렵다는 점을 지적하며, 이 규정(ⓒ)은 합리적 제한이라고 보았다.

ⓐ가 ⓒ을 '합리적 제한'이라고 본 이유는 초청 대상 후보자 수가 너무 많으면 제한된 시간 안에 심층적인 토론이 이루어지기 어렵다고 보았기 때문이다. 따라서 후보자들이 심층적인 토론을 하지 못한 원인이 시간의 제한이나 참여한 후보자의 수와 관계가 없다면 ⓐ의 입장은 약화될 것이다.

③ 선거 방송 초청 대상 후보자 토론회에 참여할 적정 토론자의 수를 제한하는 기준이 국민의 합의에 의해 결정되었기 때문에 자의적인 것이 아니라고 한다면 ⓑ의 입장은 강화되겠군.

근거: **4** [18]소수 의견(ⓑ)은 이 규정(ⓒ)이 가장 효과적인 선거 운동의 기회를 일부 후보자에게서 박탈하며, 유권자에게도 모든 후보자를 동시에 비교하지 못하게 하고, 초청 대상 후보자 토론회에 참여한 후보자와 그렇지 못한 후보자를 차별적으로 인식하게 만든다고 지적하였다. [19]이 규정을 소수 정당이나 정치 신인 등에 대한 자의적이고 차별적인 침해라고 본 것이다.

ⓑ는 ⓒ이 소수 정당이나 정치 신인 등에 대한 자의적인 침해이기 때문에 선거 운동의 기회균등 원칙을 침해한다고 본다. 따라서 토론회에 참여할 적정 토론자의 수를 제한하는 기준이 국민의 합의에 의해 결정되어 자의적인 것이라 볼 수 없다면 ⓑ의 입장은 약화될 것이다.

④ 어떤 후보자가 지지율이 낮은 후보자 간의 별도 토론회에서 뛰어난 정치 역량을 보여 주었음에도 그 토론회에 참여했다는 이유만으로 지지율이 떨어진다면 ⓑ의 입장은 약화되겠군.

근거: **3** [15]다만 (ⓒ이 제시한 기준에 맞는) 초청 대상이 아닌 후보자들을 위해 별도의 토론회 개최가 가능하고 시간이나 횟수를 다르게 할 수 있다. + **4** [18]소수 의견(ⓑ)은 이 규정(ⓒ)이 가장 효과적인 선거 운동의 기회를 일부 후보자에게서 박탈하며~초청 대상 후보자 토론회에 참여한 후보자와 그렇지 못한 후보자를 차별적으로 인식하게 만든다고 지적하였다.

ⓑ는 ⓒ이 초청 대상 후보자 토론회에 참여한 후보자와 그렇지 못한 후보자를 차별적으로 인식하게 만든다고 지적한다. 따라서 뛰어난 정치 역량을 보여 준 후보자가 초청 대상 후보자 토론회가 아닌 별도의 토론회에 참여했다는 이유만으로 지지율이 떨어지는 경우가 발생한다면, 이는 ⓑ의 지적을 뒷받침하는 근거가 되어 ⓑ의 입장은 강화될 것이다.

⑤ 유권자들이 뛰어난 역량을 가진 소수 정당 후보자를 주요 후보자들과 동시에 비교할 수 있는 가장 효율적인 방법이 선거 방송 초청 대상 후보자 토론회라면 ⓑ의 입장은 약화되겠군.

근거: **4** [18]소수 의견(ⓑ)은 이 규정(ⓒ)이 가장 효과적인 선거 운동의 기회를 일부 후보자에게서 박탈하며, 유권자에게도 모든 후보자를 동시에 비교하지 못하게 하고, 초청 대상 후보자 토론회에 참여한 후보자와 그렇지 못한 후보자를 차별적으로 인식하게 만든다고 지적하였다.

ⓑ는 ⓒ이 일부 후보자를 선거 방송 초청 대상에서 제외함으로써 유권자가 모든 후보자를 동시에 비교하지 못하게 한다고 지적한다. 따라서 선거 방송 초청 대상 후보자 토론회를 활용하는 것이 뛰어난 역량을 가진 소수 정당 후보자를 주요 후보자들과 동시에 비교하는 가장 효율적인 방식이라고 한다면, 모든 후보자가 차별 없이 가장 효과적인 선거 운동의 기회를 누릴 수 있어야 한다고 보는 ⓑ의 입장은 강화될 것이다.

4. ㉮~㉰에 따라 〈보기〉에 대한 언론 보도를 평가한 내용으로 적절하지 않은 것은?

㉮: 「공직선거법」
㉯: 「선거방송심의에 관한 특별규정」
㉰: 「선거여론조사보도준칙」

〈보기〉

다음은 ○○방송사의 의뢰로 △△여론조사 기관에서 세 차례 실시한 당선인 예측 여론조사 결과의 일부이다. (세 조사 모두 신뢰 수준 95%, 오차 범위 8.8%P임.)

구분		1차 조사	2차 조사	3차 조사
조사일		선거일 15일 전	선거일 10일 전	선거일 5일 전
조사 결과	A 후보	42%	38%	39%
	B 후보	32%	37%	38%
	C 후보	18%	17%	17%

1차 조사: A, B, C 후보의 지지율 차이가 오차 범위 안에 있지 않음
2차 조사: A, B 후보의 지지율 차이가 오차 범위 안에 있음
3차 조사: A, B 후보의 지지율 차이가 오차 범위 안에 있음

✅ 정답풀이

② 2차 조사 결과를 선거일 9일 전에 "A 후보는 B 후보에 조금 앞서고, C 후보는 3위"라고 보도하는 것은 ㉯에 위배되지만, ㉰에 위배되지 않겠군.

근거: 2 ⁹「공직선거법」에 근거를 둔 「선거방송심의에 관한 특별규정」(㉯)은 유권자에게 영향을 줄 수 있는 사실의 왜곡 보도를 금지하고, 여론조사 결과가 오차 범위 내에 있을 때에 이를 밝히지 않은 채로 서열이나 우열을 나타내는 보도도 금지하고 있다. ¹⁰언론 단체의 「선거여론조사보도준칙」(㉰)은 표본 오차를 감안하여 여론조사 결과를 정확하게 보도하도록 요구한다. ¹¹지지율 차이가 오차 범위 내에 있을 때 "경합"이라는 표현은 무방하지만 서열화하거나 "오차 범위 내에서 앞섰다."라는 표현처럼 우열을 나타내어 보도할 수 없다는 것이다.

㉯는 여론조사 결과가 오차 범위 내에 있을 때에 이를 밝히지 않은 채로 서열이나 우열을 나타내는 보도를 금지하며, ㉰는 지지율 차이가 오차 범위 내에 있을 때 서열화하거나 우열을 나타내는 보도를 금지한다. 2차 조사 결과 A 후보와 B 후보의 지지율은 각각 38%와 37%로 그 차이가 오차 범위인 8.8%P 내에 있으므로, "A 후보는 B 후보에 조금 앞서고, C 후보는 3위"라고 보도하는 것은 여론조사 결과가 오차 범위 내에 있음을 밝히지 않았다는 점에서 ㉯에 위배되고, 오차 범위 내의 여론조사 결과를 우열을 나타내어 보도했다는 점에서 ㉰에도 위배된다.

❌ 오답풀이

① 1차 조사 결과를 선거일 14일 전에 "A 후보, 10%P 이상의 차이로 B 후보와 C 후보에 우세"라고 보도하는 것은 ㉯와 ㉰ 중 어느 것에도 위배되지 않겠군.

근거: 2 ⁹「공직선거법」에 근거를 둔 「선거방송심의에 관한 특별규정」(㉯)은 유권자에게 영향을 줄 수 있는 사실의 왜곡 보도를 금지하고, 여론조사 결과가 오차 범위 내에 있을 때에 이를 밝히지 않은 채로 서열이나 우열을 나타내는 보도도 금지하고 있다. ¹⁰언론 단체의 「선거여론조사보도준칙」(㉰)은 표본 오차를 감안하여 여론조사 결과를 정확하게 보도하도록 요구한다. ¹¹지지율 차이가 오차 범위 내에 있을 때 "경합"이라는 표현은 무방하지만 서열화하거나 "오차 범위 내에서 앞섰다."라는 표현처럼 우열을 나타내어 보도할 수 없다는 것이다.

1차 조사의 오차 범위는 8.8%P이고, 조사 결과 A 후보의 지지율은 42%로 B 후보, C 후보와 비교할 때 각각 10%P 이상의 차이가 난다. 즉 여론조사 결과가 오차 범위 밖에 있으므로, 서열이나 우열을 나타내는 표현을 사용하여 "A 후보, 10%P 이상의 차이로 B 후보와 C 후보에 우세"라고 보도하는 것은 ㉯와 ㉰ 중 어느 것에도 위배되지 않는다.

③ 3차 조사 결과를 선거일 4일 전에 "A 후보는 오차 범위 내에서 1위"라고 보도하는 것은 ㉮와 ㉰에 모두 위배되겠군.

근거: 2 ⁷「공직선거법」(㉮)의 규정에 따르면, 당선인을 예상케 하는 여론조사를 실시하는 것은 언제든지 가능하지만, 그 결과의 보도는 선거일 6일 전부터 투표 마감 시각까지 금지된다. ¹⁰언론 단체의 「선거여론조사보도준칙」(㉰)은 표본 오차를 감안하여 여론조사 결과를 정확하게 보도하도록 요구한다. ¹¹지지율 차이가 오차 범위 내에 있을 때 "경합"이라는 표현은 무방하지만 서열화하거나 "오차 범위 내에서 앞섰다."라는 표현처럼 우열을 나타내어 보도할 수 없다는 것이다.

㉮의 규정에 따르면, 여론조사 결과 보도는 선거일 6일 전부터 투표 마감 시각까지 금지된다. 따라서 3차 조사 결과를 선거일 4일 전에 보도하는 것은 ㉮에 위배된다. 또한 ㉰에 따르면, 지지율 차이가 오차 범위 내에 있을 때 서열화하거나 우열을 나타내어 보도할 수 없다. 3차 조사 결과 A 후보와 B 후보의 지지율은 각각 39%, 38%로 그 차이가 오차 범위인 8.8%P 내에 있으므로 "A 후보는 오차 범위 내에서 1위"라고 우열을 나타내어 보도하는 것은 ㉰에 위배된다.

④ 1차 조사 결과를 선거일 14일 전에 "A 후보 1위, B 후보 2위, C 후보 3위"라고 보도하는 것은 ㉯에 위배되지 않고, 2차 조사 결과를 선거일 9일 전에 같은 표현으로 보도하는 것은 ㉰에 위배되겠군.

근거: 2 ⁹「공직선거법」에 근거를 둔 「선거방송심의에 관한 특별규정」(㉯)은 유권자에게 영향을 줄 수 있는 사실의 왜곡 보도를 금지하고, 여론조사 결과가 오차 범위 내에 있을 때에 이를 밝히지 않은 채로 서열이나 우열을 나타내는 보도도 금지하고 있다. ¹⁰언론 단체의 「선거여론조사보도준칙」(㉰)은 표본 오차를 감안하여 여론조사 결과를 정확하게 보도하도록 요구한다. ¹¹지지율 차이가 오차 범위 내에 있을 때 "경합"이라는 표현은 무방하지만 서열화하거나 "오차 범위 내에서 앞섰다."라는 표현처럼 우열을 나타내어 보도할 수 없다는 것이다.

㉯는 여론조사 결과가 오차 범위 내에 있을 때에 이를 밝히지 않은 채로 서열이나 우열을 나타내는 보도를 금지한다. 1차 여론조사 결과에서 A~C 후보의 지지율 차이는 오차 범위인 8.8%P 밖에 있으므로 서열을 나타내는 표현을 사용하여 "A 후보 1위, B 후보 2위, C 후보 3위"라고 보도하는 것은 ㉯에 위배되지 않는다. 한편 ㉰에 따르면, 지지율 차이가 오차 범위 내에 있을 때 "경합"이라는 표현은 무방하지만 서열화하거나 우열을 나타내어 보도할 수 없다. 2차 여론조사 결과에서 A 후보와 B 후보의 지지율 차이는 오차 범위인 8.8%P 내에 있으므로 이를 서열화하여 "A 후보 1위, B 후보 2위, C 후보 3위"라고 보도하는 것은 ㉰에 위배된다.

⑤ 2차 조사 결과를 선거일 9일 전에 "B 후보, A 후보와 오차 범위 내 경합"이라고 보도하는 것은 ㉳에 위배되지 않고, 3차 조사 결과를 선거일 4일 전에 같은 표현으로 보도하는 것은 ㉮에 위배되겠군.

근거: ② [7]공직선거법,(㉮)의 규정에 따르면, 당선인을 예상케 하는 여론조사를 실시하는 것은 언제든지 가능하지만, 그 결과의 보도는 선거일 6일 전부터 투표 마감 시각까지 금지된다. [10]언론 단체의 「선거여론조사보도준칙」(㉳)은 표본 오차를 감안하여 여론조사 결과를 정확하게 보도하도록 요구한다. [11]지지율 차이가 오차 범위 내에 있을 때 "경합"이라는 표현은 무방하지만 서열화하거나 "오차 범위 내에서 앞섰다."라는 표현처럼 우열을 나타내어 보도할 수 없다는 것이다.

㉳는 지지율 차이가 오차 범위 내에 있을 때 "경합"이라는 표현을 사용하는 것을 허용한다. 2차 여론조사 결과에서 A 후보와 B 후보의 지지율 차이는 오차 범위인 8.8%P 내에 있으므로 "B 후보, A 후보와 오차 범위 내 경합"이라고 보도하는 것은 ㉳에 위배되지 않는다. 한편 ㉮의 규정은 선거일 6일 전부터 투표 마감 시각까지 여론조사 결과의 보도를 금지한다. 따라서 3차 조사 결과를 선거일 4일 전에 보도하는 것은 ㉮에 위배된다.

🖋 모두의 질문
• 4-④번

Q: "A 후보 1위, B 후보 2위, C 후보 3위"는 서열을 나타내어 보도한 것이니 ㉳에 위배되는 것 아닌가요?

A: 「선거방송심의에 관한 특별규정」에서는 여론조사 결과가 오차 범위 내에 있을 때 이를 밝히지 않은 채로 서열이나 우열을 나타내는 보도를 금지하고 있다. 1차 조사 결과 A~C 후보의 지지율은 각각 42%, 32%, 18%로, 여론조사 결과는 모두 오차 범위인 8.8%P 밖에 있다. 이렇듯 여론조사 결과가 오차 범위 밖에 있을 때, 오차 범위 내에 있는지 여부를 밝히지 않은 채로 서열이나 우열을 나타내는 보도를 하는 것은 「선거방송심의에 관한 특별규정」에 어긋나지 않으므로 ㉳에 위배되지 않는다.

[1~4] 다음 글을 읽고 물음에 답하시오.

✎ 사고의 흐름

① ¹교통 이용 내역과 같은 기록은 개인의 데이터이며, 그 개인이 '정보 주체'이다. ²데이터는 물리적 형체가 없고, 복제와 재사용이 수월하다. ³이 데이터가 대량으로 집적*·처리되면 빅 데이터가 되고, 이것의 정보 처리자인 기업 등이 '빅 데이터 보유자'이다. ⁴산업 분야의 빅 데이터는 특정한 목적으로 활용될 수 있다는 점에서 경제적 가치를 지닌다. *'데이터'와 '빅 데이터'라는 중심 화제를 제시하고 개념에 대해 설명하고 있어. 이때 '정보 주체'와 '빅 데이터 보유자'를 구분한 것도 눈여겨 보자.*

② ⁵데이터를 재화로 보아 소유권이 누구에게 귀속되어야 하는지에 대한 논의가 있다. *데이터를 재화로 본다면 데이터의 소유권을 따지는 것은 중요한 문제일 거야.* ⁶소유권의 주체를 빅 데이터 보유자로 보는 견해와 정보 주체로 보는 견해가 있다. ⁷전자는 빅 데이터 보유자에게 소유권을 부여하면 빅 데이터의 생성 및 유통이 ⓐ쉬워져 데이터 관련 산업이 활성화된다고 주장한다. ⁸후자는 정보 생산 주체는 개인인데, 빅 데이터 보유자에게 부가 집중되는 것은 부당하므로, 정보 주체에게도 대가가 주어져야 한다고 본다. *데이터 소유권의 주체를 '빅 데이터 보유자'와 '정보 주체(개인)'로 나누어 설명하고 있어. 두 가지 견해를 정리하면 다음과 같아.*

데이터의 소유권이 누구에게 귀속되어야 하는가	
빅 데이터 보유자	정보 주체(개인)
빅 데이터 생성 및 유통이 쉬워져 데이터 관련 산업 활성화됨	빅 데이터 보유자에게 부가 집중되는 것은 부당하므로 정보 주체에게도 대가가 주어져야 함

시간이 흐르면서 논의의 중심에 변화가 생겼나 봐.

③ ⁹(최근에) 논의의 중심이 데이터의 소유권 주체에서 데이터에 접근하기 위한 방안으로서의 데이터 이동권으로 바뀌고 있다. ¹⁰우리나라는 데이터에 대해 소유권이 아닌 이동권을 법으로 명문화*하여 정보 주체의 개인 정보 자기 결정권을 강화하였다. ¹¹데이터 이동권이란 정보 주체가 본인의 데이터를 보유한 자에게 데이터 이동을 요청하면, 그 데이터를 본인 혹은 지정한 제3자에게 무상으로 전송하게 하는 권리이다. *'데이터 이동권'이라는 개념에 대해 설명하고 있어.*

앞 내용에 대한 예외나 조건이 있음을 나타내는 표지!

¹²(다만) 본인의 데이터라도 빅 데이터 보유자가 수집하여, 분석·가공하는 개발 과정을 거쳐 새로운 가치가 생성된 것은 이에 해당되지 않는다. ¹³법제화* 이전에도 은행 간에 계좌 자동 이체 항목을 이동할 수 있는 서비스는 있었다. ¹⁴이는 은행 간 약정에 ⓑ따라 부분적으로 시행한 조치였다. *데이터 이동권의 법제화 이전에도 데이터를 이동하는 사례는 있었지만 제한적이었음을 알 수 있어.* ¹⁵데이터 이동권의 도입으로 쇼핑몰 상품 소비 이력 등 정보 주체의 행동 양상과 관련된 부분까지 정보 주체가 자율적으로 통제·관리할 수 있는 범위가 확대되었다. *제한적이었던 정보 주체의 데이터 통제 범위가 정보 주체의 행동 양상과 관련된 부분까지 확대되었음을 알 수 있어.*

④ ¹⁶데이터 이동권의 법제화로 기업은 데이터의 생성 비용과 거래 비용을 줄일 수 있다. ¹⁷생성 비용은 기업 내에서 데이터를 개발할 때 발생하는 비용으로, 기업이 스스로 데이터를 수집할 때보다 전송받은 데이터를 복제 및 재사용하게 되면 절감할 수 있다. ¹⁸거래 비용은 경제 주체 간 거래 시 발생하는 비용으로, 계약 체결이나 분쟁 해결 등의 과정에서 생긴다. ¹⁹그런데 데이터 이동권의 법제화로, ㉮정보 주체가 지정하여 데이터를 전송받게 된 기업은 ㉯정보 주체의 데이터를 보유했던 기업으로부터 데이터를 받으면 비용을 절감할 수 있다. ²⁰이에 따라 기업 간 공유나 유통이 촉진*되고, 관련 산업이 활성화된다. *'데이터 이동권 법제화'의 장점에 대해 설명하고 있어. 장점을 정리해 보면 다음과 같아.*

[A]

장점 ①	데이터 생성 비용 절감 → 복제 및 재사용이 가능하므로 데이터를 새로 수집할 필요가 없어짐
장점 ②	데이터 거래 비용 절감 → 무상으로 데이터를 받을 수 있으므로 비용이 절감됨

⇓

기업 간 공유나 유통이 촉진되고 관련 산업이 활성화됨

⑤ ²¹(한편) 정보 주체가 보안의 신뢰성이 높고 데이터 제공에 따른 혜택이 많은 기업으로 데이터를 이동하면, 데이터가 집중되어 데이터의 공유나 유통이 위축될 수 있다는 우려도 있다. ²²㉰데이터 보유량이 적은 신규 기업은 기존 기업과 거래를 통해 데이터를 수집하는 것이 데이터 생성 비용 절감에도 효율적이다. *여기에서 언급한 '거래'는 데이터를 주고받는 것을 의미하겠지?* ²³그런데 ㉱데이터가 집중된 기존 기업이 집적·처리된 데이터를 공유하려 하지 않으면, 신규 기업의 시장 진입이 어려워져 독점*화가 강화될 수 있다. *'데이터 이동권 법제화'의 단점에 대해 설명하고 있어. 단점을 정리해 보면 다음과 같아.*

전환!

[B]

단점 ①	한 기업에 데이터 집중 → 데이터의 공유나 유통이 위축될 수 있음
단점 ②	데이터가 집중된 기존 기업이 집적·처리된 데이터를 신규 기업에게 공유하지 않음 → 신규 기업의 시장 진입이 어려워짐

⇓

기존 기업의 데이터 독점화가 강화될 수 있음

🔖 이것만은 챙기자

- ***집적:** 모아서 쌓음.
- ***명문화:** 법률의 조문에 명시함.
- ***법제화:** 법률로 정하여 놓음.
- ***촉진:** 다그쳐 빨리 나아가게 함.
- ***독점:** 개인이나 하나의 단체가 다른 경쟁자를 배제하고 생산과 시장을 지배하여 이익을 독차지하는 경제 현상.

만점 선배의 구조도 예시

(구조도 손글씨 메모)

빅 데이터
━ 물리력 형체 X > 복제·재사용 O
- 데이터가 대량으로 집적·처리된 것
- 산업 용아 빅 데이터는 특정한 목적으로 활용될 수 있음 ⇒ 경제적 가치 有

데이터 소유권에 관한 두 가지 견해
- 소유권의 주체 ┌ 빅 데이터 보유자: 빅 데이터 생성 및 유통이 쉬워져 데이터 관련 산업 활성화됨
              └ 정보 주체 (개인): 빅 데이터 보유자에게 부가 집중되는 것은 부당함
                                ⇒ 정보 주체에게도 대가가 주어져야 함.

데이터 이동권의 개념과 적용 범위
정보 주체 ←(데이터 이동 요청)━ 본인의 데이터 보유한 자   but, 본인 데이터인 빅 데이터 소유자가 수집하여
         ━(데이터 무상전송)→   분석·가공하여 새로운 가치가 생성된 데이터는 해당되지 X
                          or
                    정보 주체가
                    지정한 제3자
- (법제화 이전) 은행당 간 계좌 자동 이체 항목 이용 가능했음
- (법제화 이후) 정보 주체의 행동 양상과 관련된 부분까지 정보 주체가
              자율적으로 통제·관리할 수 있는 범위가 확대됨

데이터 이동권 법제화 장점
- 데이터의 생성비용과 거래비용↓ ⇒ 기업 간 공유나 유통 촉진 및 관련 산업 활성화
  ┌ 생성비용: 기업 내 데이터 개발할 때 발생하는 비용
  └ 거래비용: 경제 주체 간 거래 시 발생하는 비용

데이터 이동권 법제화 단점
- 데이터가 한 기업에 집중되면 데이터의 공유나 유통이 위축될 수 있음
- 기존 기업이 집적·처리된 데이터를 신규 기업에게 공유하지 않으면,
  신규 기업의 시장 진입이 어려워짐 ⇒ 기존 기업의 데이터 독점화 강화

>> 각 문단을 요약하고 지문을 세 부분으로 나누어 보세요.

1 개인 데이터의 정보 주체는 개인이며, 데이터가 대량으로 집적·처리되어 빅 데이터가 되면 정보 처리자인 기업 등이 빅 데이터 보유자가 된다.
2 데이터 소유권의 주체에 대한 논의에서는, 주체를 빅 데이터 보유자로 보는 견해와 **정보 주체**로 보는 견해가 있다.
3 최근에 논의의 중심이 데이터 **이동권**으로 바뀌면서 우리나라는 이를 법으로 명문화하여 정보 주체의 개인 정보 자기 **결정권**을 강화하였다.
4 데이터 이동권의 법제화로 기업의 데이터 생성과 거래 비용이 줄면 기업 간 공유나 유통이 촉진되고 관련 산업이 활성화된다.
5 한편 정보 주체가 특정 기업으로 데이터를 이동하면 데이터가 집중되어 데이터의 공유나 유통이 위축되고 독점화가 강화된다는 우려도 있다.

첫 번째 **1**[4]~**2**[8]

두 번째 **3**[9]~**4**[20]

세 번째 **5**[21]~**5**[23]

---

1. 윗글의 내용과 일치하지 <u>않는</u> 것은?

⊘ 정답풀이

③ 우리나라 현행법에는 정보 주체에게 데이터의 소유권을 인정하는 규정이 있다.

> 근거: **3** [10]우리나라는 데이터에 대해 소유권이 아닌 이동권을 법으로 명문화하여 정보 주체의 개인 정보 자기 결정권을 강화하였다.
> 우리나라 현행법에서 규정하고 있는 것은 데이터의 이동권으로, 이는 데이터의 소유권을 인정하는 규정이 아니다.

⊗ 오답풀이

① 데이터는 재사용할 수 있으며 물리적 형체가 없다.
  근거: **1** [2]데이터는 물리적 형체가 없고, 복제와 재사용이 수월하다.

② 교통 이용 내역이 집적·처리되면 경제적 가치를 지닌 데이터가 될 수 있다.
  근거: **1** [1]교통 이용 내역과 같은 기록은 개인의 데이터이며, 그 개인이 '정보 주체'이다. [3]이 데이터가 대량으로 집적·처리되면 빅 데이터가 되고, 이것의 정보 처리자인 기업 등이 '빅 데이터 보유자'이다. [4]산업 분야의 빅 데이터는 특정한 목적으로 활용될 수 있다는 점에서 경제적 가치를 지닌다.
  교통 이용 내역과 같은 데이터가 대량으로 집적·처리되면 빅 데이터가 되며, 이는 특정한 목적으로 활용될 수 있다는 점에서 경제적 가치를 지닌 데이터가 될 수 있다.

④ 정보 주체의 데이터로 발생한 이득이 빅 데이터 보유자에게 집중되는 것은 부당하다는 견해가 있다.
  근거: **2** [8]후자(소유권의 주체를 정보 주체로 보는 견해)는 정보 생산 주체는 개인인데, 빅 데이터 보유자에게 부가 집중되는 것은 부당하므로, 정보 주체에게도 대가가 주어져야 한다고 본다.

⑤ 데이터 이동권의 도입으로 정보 주체의 데이터 통제 범위가 본인의 행동 양상과 관련된 부분으로 확대되었다.
  근거: **3** [15]데이터 이동권의 도입으로 쇼핑몰 상품 소비 이력 등 정보 주체의 행동 양상과 관련된 부분까지 정보 주체가 자율적으로 통제·관리할 수 있는 범위가 확대되었다.

2. [A], [B]의 입장에서 ㉮~㉰에 대해 이해한 내용으로 적절하지 않은 것은?

> ㉮: 정보 주체가 지정하여 데이터를 전송받게 된 기업
> ㉯: 정보 주체의 데이터를 보유했던 기업
> ㉰: 데이터 보유량이 적은 신규 기업
> ㉱: 데이터가 집중된 기존 기업

정답풀이

⑤ [B]와 달리 [A]의 입장에서, ㉯는 ㉮로 데이터를 이동하여 경제적 이득을 취할 수 있으므로 데이터의 공유나 유통의 활성화에 기여할 수 있다고 보겠군.

근거: ❸ [11]데이터 이동권이란 정보 주체가 본인의 데이터를 보유한 자에게 데이터 이동을 요청하면, 그 데이터를 본인 혹은 지정한 제3자에게 무상으로 전송하게 하는 권리이다. + ❹ [16]데이터 이동권의 법제화로 기업은 데이터의 생성 비용과 거래 비용을 줄일 수 있다. [20]이에 따라 기업 간 공유나 유통이 촉진되고, 관련 산업이 활성화된다. + ❺ [21]한편, 정보 주체가 보안의 신뢰성이 높고 데이터 제공에 따른 혜택이 많은 기업으로 데이터를 이동하면, 데이터가 집중되어 데이터의 공유나 유통이 위축될 수 있다는 우려도 있다.

데이터 이동권은 정보 주체의 요청에 따라 데이터를 본인 혹은 지정한 제3자에게 무상으로 전송하게 하는 권리로, ㉯가 ㉮로 데이터를 이동한 것은 정보 주체가 데이터 이동권을 행사한 것으로 볼 수 있다. 이와 관련하여 [A]는 데이터 생성 비용과 거래 비용을 줄일 수 있다는 측면에서 데이터 이동권을 긍정적으로 보는 입장이고, [B]는 데이터가 특정 기업에 집중되면 데이터의 공유나 유통이 위축될 수 있다고 우려하는 입장이다. 따라서 [B]의 입장과 달리 [A]의 입장에서 ㉯는 ㉮에게 데이터 이동권에 따라 데이터를 무상으로 전송했기 때문에 경제적 이득을 취할 수 없다.

오답풀이

① [A]의 입장에서, ㉮는 데이터 이동권 도입을 통해 ㉯의 데이터를 재사용할 수 있게 되었으므로 데이터 생성 비용을 줄일 수 있다고 보겠군.

근거: ❸ [11]데이터 이동권이란 정보 주체가 본인의 데이터를 보유한 자에게 데이터 이동을 요청하면, 그 데이터를 본인 혹은 지정한 제3자에게 무상으로 전송하게 하는 권리이다. + ❹ [16]데이터 이동권의 법제화로 기업은 데이터의 생성 비용과 거래 비용을 줄일 수 있다. [17]생성 비용은 기업 내에서 데이터를 개발할 때 발생하는 비용으로, 기업이 스스로 데이터를 수집할 때보다 전송받은 데이터를 복제 및 재사용하게 되면 절감할 수 있다.

[A]의 입장에서 데이터 이동권의 법제화는 기업으로 하여금 데이터의 생성 비용(기업 내에서 데이터를 개발할 때 발생하는 비용)을 줄일 수 있도록 하는데, 이는 기업이 전송받은 데이터를 복제 및 재사용하게 됨으로써 절감된다. 따라서 [A]의 입장에서는 데이터 이동권 도입을 통해 ㉯의 데이터를 재사용할 수 있게 된 ㉮가 데이터 생성 비용을 줄일 수 있다고 볼 것이다.

② [A]의 입장에서, 정보 주체가 데이터 이동을 요청하여 데이터를 전송받는 제3자가 ㉯라면, ㉯는 분쟁 없이 정보 주체의 데이터를 받게 되어 거래 비용을 줄일 수 있다고 보겠군.

근거: ❸ [11]데이터 이동권이란 정보 주체가 본인의 데이터를 보유한 자에게 데이터 이동을 요청하면, 그 데이터를 본인 혹은 지정한 제3자에게 무상으로 전송하게 하는 권리이다. + ❹ [16]데이터 이동권의 법제화로 기업은 데이터의 생성 비용과 거래 비용을 줄일 수 있다. [18]거래 비용은 경제 주체 간 거래 시 발생하는 비용으로, 계약 체결이나 분쟁 해결 등의 과정에서 생긴다.

[A]의 입장에서는 정보 주체가 데이터 이동을 요청하여 데이터를 전송받는 제3자가 ㉯라면, ㉯는 데이터 이동권에 따라 분쟁 없이 정보 주체의 데이터를 받게 되어 거래 비용을 줄일 수 있다고 볼 것이다.

③ [B]의 입장에서, ㉰가 ㉱와의 거래에 실패해 데이터를 수집하지 못하여 ㉰에 데이터 생성 비용이 발생하면, 데이터 관련 산업의 시장에 진입하기 어려워질 수 있다고 보겠군.

근거: ❹ [17]생성 비용은 기업 내에서 데이터를 개발할 때 발생하는 비용으로, 기업이 스스로 데이터를 수집할 때보다 전송받은 데이터를 복제 및 재사용하게 되면 절감할 수 있다. + ❺ [22]데이터 보유량이 적은 신규 기업(㉰)은 기존 기업과 거래를 통해 데이터를 수집하는 것이 데이터 생성 비용 절감에도 효율적이다. [23]그런데 데이터가 집중된 기존 기업(㉱)이 집적·처리된 데이터를 공유하려 하지 않으면, 신규 기업의 시장 진입이 어려워져 독점화가 강화될 수 있다.

[B]의 입장에서는 ㉰가 ㉱와의 거래에 실패해 ㉱로부터 데이터를 전송받지 못할 경우, ㉰는 데이터 생성 비용이 발생하고 시장 진입이 어려워질 수 있다고 볼 것이다.

④ [A]와 달리 [B]의 입장에서, 정보 주체의 데이터가 ㉯에서 ㉱로 이동하여 집적·처리될수록 기업 간 공유나 유통이 위축될 수 있다고 보겠군.

근거: ❺ [21]한편, 정보 주체가 보안의 신뢰성이 높고 데이터 제공에 따른 혜택이 많은 기업으로 데이터를 이동하면, 데이터가 집중되어 데이터의 공유나 유통이 위축될 수 있다는 우려도 있다.

[B]의 입장에서는 정보 주체의 데이터가 ㉯에서 ㉱로 이동하여 ㉱에만 데이터가 집중되면 기업 간 데이터 공유나 유통이 위축될 수 있다고 볼 것이다.

3. 윗글을 바탕으로 〈보기〉를 이해한 내용으로 적절하지 <u>않은</u> 것은? [3점]

〈보기〉

[1]A 은행(빅 데이터 보유자)은 고객들의 데이터를 수집하고 이를 분석·가공하여 자산 관리 데이터 서비스인 연령별·직업군별 등 고객 맞춤형 금융 상품 추천 서비스를 제공했다. [2]갑(정보 주체) 은 본인의 데이터 제공에 동의하여 A 은행으로부터 소정의 포인 트를 받았다. [3]데이터 이동권이 법제화된 이후 갑은 B 은행 체크 카드를 발급받은 뒤, A 은행에 '계좌 자동 이체 항목', '체크 카드 사용 내역', '연령별 맞춤형 금융 상품 추천 서비스 내역'을 B 은행(정보 주체가 지정한 제3자)으로 이동할 것을 요청했다.

✔ 정답풀이

④ 갑이 본인의 데이터를 보유한 A 은행을 상대로 요청한 '연령별 맞춤형 금융 상품 추천 서비스 내역'은 데이터 이동권 행사의 대상 이다.

근거: ❸ [11]데이터 이동권이란 정보 주체가 본인의 데이터를 보유한 자에게 데이터 이동을 요청하면, 그 데이터를 본인 혹은 지정한 제3자에게 무상 으로 전송하게 하는 권리이다. [12]다만, 본인의 데이터라도 빅 데이터 보유 자가 수집하여, 분석·가공하는 개발 과정을 거쳐 새로운 가치가 생성된 것은 이에 해당되지 않는다. + 〈보기〉 [1]A 은행은 고객들의 데이터를 수집 하고 이를 분석·가동하여 자산 관리 데이터 서비스인 연령별·직업군별 등 고객 맞춤형 금융 상품 추천 서비스를 제공했다.
본인의 데이터라도 빅 데이터 보유자의 개발 과정을 거쳐 새로운 가치가 생성된 것은 이동권 행사의 대상이 되지 않으므로, 〈보기〉에서 A 은행이 수집하고 이를 분석·가공하여 새로운 가치를 생성한 '연령별 맞춤형 금융 상품 추천 서비스 내역'은 데이터 이동권 행사의 대상이 될 수 없다.

✘ 오답풀이

① 갑이 본인의 데이터를 이동 요청하면 A 은행은 갑의 '체크 카드 사용 내역'을 B 은행으로 전송해야 한다.

근거: ❸ [11]데이터 이동권이란 정보 주체가 본인의 데이터를 보유한 자에게 데이터 이동을 요청하면, 그 데이터를 본인 혹은 지정한 제3자에게 무상으로 전송하게 하는 권리이다. + 〈보기〉 [3]데이터 이동권이 법제화된 이후 갑은 B 은행 체크 카드를 발급받은 뒤, A 은행에 '계좌 자동 이체 항목', '체크 카드 사용 내역', '연령별 맞춤형 금융 상품 추천 서비스 내역'을 B 은행으로 이동할 것을 요청했다.
데이터 이동권이란 정보 주체가 본인의 데이터를 보유한 자에게 데이터 의 이동(전송)을 요청할 수 있는 권리이므로, 〈보기〉에서 정보 주체인 갑이 본인의 데이터의 이동을 요청하면 A 은행은 갑의 '체크 카드 사용 내역'을 B 은행으로 전송해야 한다.

② A 은행에 대한 갑의 데이터 이동 요청은 정보 주체의 자율적 관리 이므로 강화된 개인 정보 자기 결정권의 행사이다.

근거: ❸ [10]우리나라는 데이터에 대해 소유권이 아닌 이동권을 법으로 명문화 하여 정보 주체의 개인 정보 자기 결정권을 강화하였다. [15]데이터 이동권의 도입으로 쇼핑몰 상품 소비 이력 등 정보 주체의 행동 양상과 관련된 부분 까지 정보 주체가 자율적으로 통제·관리할 수 있는 범위가 확대되었다. + 〈보기〉 [3]데이터 이동권이 법제화된 이후 갑은 B 은행 체크 카드를 발급받은 뒤, A 은행에 '계좌 자동 이체 항목', '체크 카드 사용 내역', '연령별 맞춤형 금융 상품 추천 서비스 내역'을 B 은행으로 이동할 것을 요청했다.
데이터 이동권은 정보 주체의 개인 정보 자기 결정권을 강화하였으며, 정보 주체가 데이터를 자율적으로 통제·관리할 수 있는 범위를 확대하였다. 따라서 정보 주체인 갑이 A 은행에 대한 데이터 이동을 요청한 것은 갑이 자신의 데이터를 자율적으로 관리한 경우에 해당되며, 강화된 개인 정보 자기 결정 권을 행사한 것이라고 볼 수 있다.

③ 데이터의 소유권 주체가 정보 주체라고 본다면, 갑이 A 은행으로 부터 받은 포인트는 본인의 데이터 제공에 대한 대가이다.

근거: ❷ [8]후자(데이터 소유권의 주체를 정보 주체로 보는 견해)는 정보 생산 주체는 개인인데, 빅 데이터 보유자에게 부가 집중되는 것은 부당하므로, 정보 주체에게도 대가가 주어져야 한다고 본다. + 〈보기〉 [2]갑은 본인의 데이터 제공 에 동의하여 A 은행으로부터 소정의 포인트를 받았다.
데이터 소유권의 주체를 정보 주체로 보는 관점에 따르면, 정보 주체인 갑이 빅 데이터 보유자인 A 은행으로부터 받은 포인트는 본인의 데이터 제공에 대한 정당한 대가라고 볼 수 있다.

⑤ 데이터 이동권의 법제화 이전에도 갑이 A 은행에서 B 은행으로 이동을 요청한 정보 중에서 '계좌 자동 이체 항목'은 이동이 가능 했다.

근거: ❸ [13]법제화 이전에도 은행 간에 계좌 자동 이체 항목을 이동할 수 있는 서비스는 있었다. + 〈보기〉 [3]데이터 이동권이 법제화된 이후 갑은 B 은행 체크 카드를 발급받은 뒤, A 은행에 '계좌 자동 이체 항목', '체크 카드 사용 내역', '연령별 맞춤형 금융 상품 추천 서비스 내역'을 B 은행으로 이동할 것을 요청했다.
법제화 이전에도 은행 간에 계좌 자동 이체 항목을 이동할 수 있는 서비스는 있었으므로, 데이터 이동권의 법제화 이전에도 갑이 A 은행에서 B 은행으로 이동을 요청한 정보 중에서 '계좌 자동 이체 항목'은 이동이 가능했을 것이다.

4. 문맥상 ⓐ, ⓑ와 바꾸어 쓰기에 가장 적절한 것은?

◇ **정답풀이**

	ⓐ	ⓑ
①	용이(容易)해져	근거(根據)하여

근거: **2** [7]전자는 빅 데이터 보유자에게 소유권을 부여하면 빅 데이터의 생성 및 유통이 ⓐ쉬워져 데이터 관련 산업이 활성화된다고 주장한다. + **3** [14]이는 은행 간 약정에 ⓑ따라 부분적으로 시행한 조치였다.
'용이하다'는 '어렵지 아니하고 매우 쉽다.'라는 의미로, '하기가 까다롭거나 힘들지 않다.'라는 의미의 '쉽다'와 바꾸어 쓰기에 적절하다. 그리고 '근거하다'는 '어떤 일이나 판단, 주장 따위가 어떤 현상이나 사실에 바탕을 두다.'라는 의미로, '어떤 경우, 사실이나 기준 따위에 의거하다.'라는 의미의 '따르다'와 바꾸어 쓰기에 적절하다.

❌ **오답풀이**

	ⓐ	ⓑ
②	유력(有力)해져	근거(根據)하여

'유력하다'는 '세력이나 재산이 있다.' 또는 '가능성이 많다.'라는 의미로, '하기가 까다롭거나 힘들지 않다.'라는 의미의 '쉽다'와 바꾸어 쓰기에 적절하지 않다. 한편 '근거하다'는 '어떤 일이나 판단, 주장 따위가 어떤 현상이나 사실에 바탕을 두다.'라는 의미로, '어떤 경우, 사실이나 기준 따위에 의거하다.'라는 의미의 '따르다'와 바꾸어 쓰기에 적절하다.

	ⓐ	ⓑ
③	용이(容易)해져	의탁(依託)하여

'용이하다'는 '어렵지 아니하고 매우 쉽다.'라는 의미로, '하기가 까다롭거나 힘들지 않다.'라는 의미의 '쉽다'와 바꾸어 쓰기에 적절하다. 그러나 '의탁하다'는 '어떤 것에 몸이나 마음을 의지하여 맡기다.'라는 의미로, '어떤 경우, 사실이나 기준 따위에 의거하다.'라는 의미의 '따르다'와 바꾸어 쓰기에 적절하지 않다.

	ⓐ	ⓑ
④	원활(圓滑)해져	의탁(依託)하여

'원활하다'는 '모난 데가 없고 원만하다.' 또는 '거침이 없이 잘 나가는 상태에 있다.'라는 의미로, '하기가 까다롭거나 힘들지 않다.'라는 의미의 '쉽다'와 바꾸어 쓰기에 적절하다. 그러나 '의탁하다'는 '어떤 것에 몸이나 마음을 의지하여 맡기다.'라는 의미로, '어떤 경우, 사실이나 기준 따위에 의거하다.'라는 의미의 '따르다'와 바꾸어 쓰기에 적절하지 않다.

	ⓐ	ⓑ
⑤	유력(有力)해져	기초(基礎)하여

'유력하다'는 '세력이나 재산이 있다.' 또는 '가능성이 많다.'라는 의미로, '하기가 까다롭거나 힘들지 않다.'라는 의미의 '쉽다'와 바꾸어 쓰기에 적절하지 않다. 한편 '기초하다'는 '근거를 두다.'라는 의미로, '어떤 경우, 사실이나 기준 따위에 의거하다.'라는 의미의 '따르다'와 바꾸어 쓰기에 적절하다.

MEMO

[1~4] 다음 글을 읽고 물음에 답하시오.

✏ 사고의 흐름

❶ [1]공포 소구는 그 메시지에 담긴 권고*를 따르지 않을 때의 해로운 결과를 강조하여 수용자를 설득하는 것으로, 1950년대 초부터 설득 전략 연구자들의 연구 대상이 되었다. 글의 첫 문단부터 '공포 소구'라는 개념의 정의가 제시되었어. 이를 중심 화제로 글이 전개될 것 같아. [2]초기 연구를 대표하는 재니스는 기존 연구에서 다루어지지 않았던 공포 소구의 설득 효과에 주목하였다. [3]그는 수용자에게 공포 소구를 세 가지 수준으로 달리 제시하는 실험을 한 결과, 중간 수준의 공포 소구가 가장 큰 설득 효과를 보인다는 것을 발견하였다. 초기 연구자 재니스의 공포 소구 설득 효과 실험 결과, 중간 수준의 공포 소구가 가장 큰 설득 효과를 보였다고 해.

공포 소구의 효과를 '감정적 반응'과 '인지적 반응'으로 나누어 설명할 거야.

❷ [4]공포 소구 연구를 진척시킨 레벤달은 재니스의 연구가 인간의 감정적 측면에만 ㉠치우쳤다고 비판하며, 공포 소구의 효과는 수용자의 감정적 반응만이 아니라 인지적 반응과도 관련된다고 하였다. 재니스의 연구에 대한 설명이 이어지지 않고 이에 대한 레벤달의 비판이 새롭게 제시되었어. 두 연구의 차이가 무엇인지 정확하게 파악해 보자. [5]그는 감정적 반응을 '공포 통제 반응', 인지적 반응을 '위험 통제 반응'이라 ㉡불렀다. [6]그리고 후자('인지적(위험 통제) 반응')가 작동하면 수용자들은 공포 소구의 권고를 따르게 되지만, 전자('감정적(공포 통제) 반응')가 작동하면 공포 소구로 인한 두려움의 감정을 통제하기 위해 오히려 공포 소구에 담긴 위험을 무시하려는 반응을 보이게 된다고 하였다. 공포 소구 연구를 진척시킨 레벤달의 공포 소구의 효과를 '감정적 반응'과 '인지적 반응'으로 나누어 설명하고 있어. 개념을 정리해 보면 다음과 같아.

감정적 반응(=공포 통제 반응)	인지적 반응(=위험 통제 반응)
공포 소구로 인한 두려움의 감정을 통제하기 위해 공포 소구에 담긴 위험을 무시하려는 반응을 보임	공포 소구의 권고를 따르게 됨

❸ [7]이러한 선행 연구들(재니스와 레벤달의 연구)을 종합한 위티는 우선 공포 소구의 설득 효과를 좌우하는 두 요인으로 '위협'과 '효능감'을 설정하였다. 공포 소구에 대한 새로운 견해가 추가로 제시되고 있어. 위티는 앞에서 언급한 재니스와 레벤달의 연구를 종합했다고 했으니 두 연구의 내용을 포괄하고 있겠네. [8]수용자가 공포 소구에 담긴 위험을 자신이 ㉢겪을 수 있는 것이고 그 위험의 정도가 크다고 느끼면, 그 공포 소구는 위험의 수준이 높다. [9]그리고 공포 소구에 담긴 권고를 이행하면 자신의 위험을 예방할 수 있고 자신에게 그 권고를 이행할 능력이 있다고 느끼면, 효능감의 수준이 높다. [10]한 동호회에서 회원들에게 '모임에 꼭 참석해 주세요. 불참 시 회원 자격이 사라집니다.'라는 안내문을 ㉣보냈다고 하자. 구체적인 예시를 통해 '위협'과 '효능감'을 설명하고 있어. 이렇게 예시가 등장하면 해당 개념을 더 꼼꼼하게 이해하라는 의미야. [11]회원 자격이 사라진다는 것은 그 동호회 활동에 강한 애착을 가지고 있는 사람에게는 높은 수준의 위협이 된다. [12]그리고 그가 동호회 모임에 참석하는 일이 어렵지 않다고 느낄 때, 안내문의 권고는 그에게 높은 수준의 효능감을 주게 된다. 선행 연구들을 종합한 위티는 설득 효과의 영향을 주는 요인으로

'위협'과 '효능감'을 제시했어. 개념을 정리해 보면 다음과 같아.

위협	자신이 겪을 수 있음 + 위험의 정도가 큼 → 위협 수준 높음
효능감	자신의 위험을 예방할 수 있음 + 권고 이행 능력 있음 → 효능감 수준 높음

❹ [13]위티는 이 두 요인을 레벤달이 말한 두 가지 통제 반응과 관련지어 다음과 같은 결론을 도출*하였다. [14]위협과 효능감의 수준이 모두 높을 때에는 위험 통제 반응이 작동하고, 위협의 수준은 높지만 효능감의 수준이 낮을 때에는 공포 통제 반응이 작동한다. [15]그러나 위협의 수준이 낮으면, 수용자는 그 위협이 자신에게 아무 영향을 ㉤주지 않는다고 느껴 효능감의 수준에 관계없이 공포 소구에 대한 반응이 없게 된다. [16]이렇게 정리된 결론은 그간의 공포 소구 이론을 통합한 결과라는 점에서 후속 연구의 중요한 디딤돌이 되었다. 위티가 도출한 결론이 후속 연구의 중요한 디딤돌이 되었다는 의의를 제시하며 글을 마무리하고 있어. 위티의 연구 결과를 정리해 보면 다음과 같아.

위협	효능감	결과
↑	↑	위험 통제 반응 O
↑	↓	공포 통제 반응 O
↓	효능감 수준과 관계 X	공포 소구에 대한 반응 X

이것만은 챙기자

*권고: 어떤 일을 하도록 권함.

*도출: 판단이나 결론 따위를 이끌어 냄.

만점 선배의 구조도 예시

공포 소구
- 메시지에 담긴 권고를 따르지 않을 때의 해로운 결과를 강조하여 수용자를 설득하는 것

재니스의 연구
- 공포 소구의 설득 효과에 주목함
- 소구를 세 가지 수준으로 달리 제시하는 실험을 함
  ↳ 중간 수준의 공포 소구가 가장 큰 설득 효과를 보인다는 것을 발견함

레벤달의 연구 ··· 재니스의 연구 비판
- 감정적 반응(공포 통제 반응), 인지적 반응(위험 통제 반응)
  ↳ 공포 통제 반응이 작동하면, 수용자들은 공포 소구에 담긴 위험을 무시하려는 반응을 보임
    위험 통제 반응이 작동하면, 수용자들은 공포 소구의 권고를 따르게 됨

위티의 연구 ··· 재니스, 레벤달의 연구를 종합
- 공포 소구의 설득 효과를 좌우하는 두 요인: 위협, 효능감
  ↳ 자신이 겪을 수 있는 위험이고, 위험의 정도가 크고 느끼면 그 공포 소구는 위협 수준이 높음
    권고를 이행하면 자신의 위험을 예방할 수 있고, 자신에게 그 권고를 이행할 능력이 있다고 느끼면, 효능감의 수준이 높음

레벤달의 두 가지 통제 반응과 관련지어 도출해 낸 위티의 결론
- 위협↑ 효능감↑ ⇒ 위험 통제 반응 O
- 위협↑ 효능감↓ ⇒ 공포 통제 반응 O
- 위협↓ 효능감 수준과 관계 X ⇒ 공포 소구에 대한 반응 X

>> 각 문단을 요약하고 지문을 **세 부분**으로 나누어 보세요.

1 공포 소구는 메시지의 권고를 따르지 않을 때의 해로운 결과를 강조하여 수용자를 설득하는 것으로, 재니스는 세 가지 수준 중 중간 수준의 공포 소구가 가장 큰 설득 효과를 보임을 발견했다.

첫 번째
1¹~**1**³

2 레벤달은 공포 소구의 효과는 수용자의 감정적 반응만이 아니라 인지적 반응과도 관련되며, 감정적 반응, 즉 공포 통제 반응이 작동하면 공포 소구에 담긴 위험을 무시하려는 반응을 보인다고 했다.

두 번째
2⁴~**2**⁶

3 선행 연구를 종합한 위티는 공포 소구의 설득 효과를 좌우하는 두 요인으로 위협과 효능감을 설정했다.

4 위티는 위협과 효능감의 수준에 따라 위험 통제 반응이나 공포 통제 반응이 작동하며, 위험의 수준이 낮으면 공포 소구에 대한 반응이 없다는 결론을 도출했다.

세 번째
3⁷~**4**¹⁶

| 전개 방식 파악 | 정답률 **94**

1. 윗글의 내용 전개 방식으로 가장 적절한 것은?

🔽 **정답풀이**

② 화제에 대한 연구들을 선행 연구와 연결하여 설명하고 있다.

근거: **1** ²초기 연구를 대표하는 재니스는 기존 연구에서 다루어지지 않았던 공포 소구의 설득 효과에 주목하였다. + **2** ⁴공포 소구 연구를 진척시킨 레벤달은 재니스의 연구가 인간의 감정적 측면에만 치우쳤다고 비판하며, 공포 소구의 효과는 수용자의 감정적 반응만이 아니라 인지적 반응과도 관련된다고 하였다. + **3** ⁷이러한 선행 연구들을 종합한 위티는 우선 공포 소구의 설득 효과를 좌우하는 두 요인으로 '위협'과 '효능감'을 설정하였다. + **4** ¹³위티는 이 두 요인을 레벤달이 말한 두 가지 통제 반응과 관련지어 다음과 같은 결론을 도출하였다.

윗글은 핵심 화제인 공포 소구와 연관지어, 1문단에서는 기존 연구에서 다루어지지 않았던 공포 소구의 설득 효과에 주목한 재니스의 연구를, 2문단에서는 인간의 감정적 측면에만 치우친 재니스의 연구를 비판하며 인간의 인지적 측면에도 주목한 레벤달의 연구를, 3문단~4문단에서는 이러한 선행 연구들을 종합한 위티의 연구를 제시하고 있다. 따라서 공포 소구라는 화제에 대한 연구들을 선행 연구와 연결하여 설명하고 있다고 볼 수 있다.

❌ **오답풀이**

① 화제에 대한 연구들이 시작된 사회적 배경을 분석하고 있다.

근거: **1** ¹공포 소구는 그 메시지에 담긴 권고를 따르지 않을 때의 해로운 결과를 강조하여 수용자를 설득하는 것으로, 1950년대 초부터 설득 전략 연구자들의 연구 대상이 되었다.

공포 소구는 1950년대 초부터 설득 전략 연구자들의 연구 대상이 되었다고 했을 뿐, 공포 소구에 대한 연구들이 시작된 사회적 배경을 분석하지는 않았다.

③ 화제에 대한 연구들을 분류하는 기준의 문제점을 검토하고 있다.

근거: **1** ²초기 연구를 대표하는 재니스는 기존 연구에서 다루어지지 않았던 공포 소구의 설득 효과에 주목하였다. + **2** ⁴공포 소구 연구를 진척시킨 레벤달은 재니스의 연구가 인간의 감정적 측면에만 치우쳤다고 비판하며, 공포 소구의 효과는 수용자의 감정적 반응만이 아니라 인지적 반응과도 관련된다고 하였다. + **3** ⁷이러한 선행 연구들을 종합한 위티는 우선 공포 소구의 설득 효과를 좌우하는 두 요인으로 '위협'과 '효능감'을 설정하였다.

공포 소구에 대한 재니스와 레벤달, 위티의 연구를 나누어서 설명했을 뿐, 공포 소구에 대한 연구들을 분류하는 기준의 문제점을 검토하지는 않았다.

④ 화제에 대한 연구들을 소개한 후 남겨진 연구 과제를 제시하고 있다.

근거: **4** ¹⁶이렇게 정리된 결론은 그간의 공포 소구 이론을 통합한 결과라는 점에서 후속 연구의 중요한 디딤돌이 되었다.

공포 소구에 대한 재니스와 레벤달, 위티의 연구를 소개하고 위티의 연구가 후속 연구의 중요한 디딤돌이 되었다는 의의를 언급했을 뿐, 남겨진 연구 과제를 제시하지는 않았다.

⑤ 화제에 대한 연구들이 봉착했던 난관과 그 극복 과정을 소개하고 있다.

윗글에서 공포 소구에 대한 연구들이 봉착했던 난관과 그 극복 과정을 소개하지는 않았다.

2. 윗글을 읽은 학생의 반응으로 적절하지 않은 것은?

✔ 정답풀이

④ 위티는 수용자가 공포 소구에 담긴 위험을 느끼지 않아야 공포 소구의 권고를 따르게 된다고 보았겠군.

근거: ❷ [6]그리고 후자(위험 통제 반응)가 작동하면 수용자들은 공포 소구의 권고를 따르게 되지만, 전자(공포 통제 반응)가 작동하면 공포 소구로 인한 두려움의 감정을 통제하기 위해 오히려 공포 소구에 담긴 위험을 무시하려는 반응을 보이게 된다고 하였다. + ❸ [8]수용자가 공포 소구에 담긴 위험을 자신이 겪을 수 있는 것이고 그 위험의 정도가 크다고 느끼면, 그 공포 소구는 위험의 수준이 높다. + ❹ [14]위협과 효능감의 수준이 모두 높을 때에는 위험 통제 반응이 작동하고, 위험의 수준은 높지만 효능감의 수준이 낮을 때에는 공포 통제 반응이 작동한다.
수용자들은 위험 통제 반응이 작동하면 공포 소구의 권고를 따르게 된다. 이때 위티는 수용자가 공포 소구에 담긴 위험이 자신이 겪을 수 있는 것이고 그 정도가 크다고 느끼는 경우, 그 공포 소구의 위험의 수준은 높으며, 위험과 효능감의 수준이 모두 높을 때에 위험 통제 반응이 작동한다고 본다. 따라서 위티가 수용자가 공포 소구에 담긴 위험을 느끼지 않아야 공포 소구의 권고를 따르게 된다고 보았을 것이라는 내용은 적절하지 않다.

✖ 오답풀이

① 재니스는 공포 소구의 효과를 연구하는 실험에서 공포 소구의 수준을 달리하며 수용자의 변화를 살펴보았겠군.

근거: ❶ [2]초기 연구를 대표하는 재니스는 기존 연구에서 다루어지지 않았던 공포 소구의 설득 효과에 주목하였다. [3]그는 수용자에게 공포 소구를 세 가지 수준으로 달리 제시하는 실험을 한 결과, 중간 수준의 공포 소구가 가장 큰 설득 효과를 보인다는 것을 발견하였다.

② 레벤달은 재니스의 연구 결과에 대하여 수용자의 감정적 반응과 인지적 반응을 모두 고려하여 살펴보았겠군.

근거: ❷ [4]공포 소구 연구를 진척시킨 레벤달은 재니스의 연구가 인간의 감정적 측면에만 치우쳤다고 비판하며, 공포 소구의 효과는 수용자의 감정적 반응만이 아니라 인지적 반응과도 관련된다고 하였다.

③ 레벤달은 공포 소구의 설득 효과가 나타나려면 공포 통제 반응보다 위험 통제 반응이 작동해야 한다고 보았겠군.

근거: ❷ [6]그리고 후자(위험 통제 반응)가 작동하면 수용자들은 공포 소구의 권고를 따르게 되지만, 전자(공포 통제 반응)가 작동하면 공포 소구로 인한 두려움의 감정을 통제하기 위해 오히려 공포 소구에 담긴 위험을 무시하려는 반응을 보이게 된다고 하였다.
레벤달은 수용자들이 위험 통제 반응이 작동할 때 공포 소구의 권고를 따르게 되지만, 공포 통제 반응이 작동할 때 공포 소구에 담긴 위험을 무시하려 한다고 보므로, 공포 소구의 설득 효과가 나타나려면 공포 통제 반응보다 위험 통제 반응이 작동해야 한다고 보았을 것이다.

⑤ 위티는 공포 소구의 위협 수준이 그 공포 소구의 효능감 수준에 따라 달라지는 것은 아니라고 보았겠군.

근거: ❸ [8]수용자가 공포 소구에 담긴 위험을 자신이 겪을 수 있는 것이고 그 위험의 정도가 크다고 느끼면, 그 공포 소구는 위험의 수준이 높다. [9]그리고 공포 소구에 담긴 권고를 이행하면 자신의 위험을 예방할 수 있고 자신에게 그 권고를 이행할 능력이 있다고 느끼면, 효능감의 수준이 높다.
위티는 공포 소구의 위협 수준은 수용자가 공포 소구에 담긴 위험에 대해 어떻게 느끼는지에 따라 달라지며, 효능감 수준은 수용자가 공포 소구에 담긴 권고에 대한 이행 능력을 어떻게 인식하는지에 따라 달라진다고 하여 두 요인의 특성을 각각 설명했을 뿐, 공포 소구의 위협 수준이 효능감의 수준에 따라 달라진다고 보지는 않았다.

3. 윗글을 참고할 때, 〈보기〉의 실험에 대해 추론한 내용으로 적절하지 않은 것은? [3점]

〈보기〉

[1]한 모임에서 공포 소구 실험을 진행한 결과, 수용자들의 반응은 위티의 결론과 부합하였다. [2]이 실험에서는 위협의 수준(높음 / 낮음), 효능감의 수준(높음 / 낮음)의 조합을 달리하여 피실험자들을 네 집단으로 나누었다. [3]집단 1과 집단 2는 공포 소구에 대한 반응이 없었고, 집단 3은 위험 통제 반응, 집단 4는 공포 통제 반응이 작동하였다.

위협	반응 결과		위협 수준	효능감 수준
1	공포 소구 ✕	⇒	낮음	무관
2				
3	위험 통제 반응 ○		높음	높음
4	공포 통제 반응 ○		높음	낮음

✔ 정답풀이

⑤ 집단 3과 집단 4는 효능감의 수준이 서로 같았을 것이다.

근거: ❹ [14]위협과 효능감의 수준이 모두 높을 때에는 위험 통제 반응이 작동하고, 위협의 수준은 높지만 효능감의 수준이 낮을 때에는 공포 통제 반응이 작동한다. + 〈보기〉[3]집단 3은 위험 통제 반응, 집단 4는 공포 통제 반응이 작동하였다.
위협과 효능감의 수준이 모두 높을 때에는 위험 통제 반응이 작동하고, 위협의 수준은 높지만 효능감의 수준이 낮을 때에는 공포 통제 반응이 작동한다. 따라서 〈보기〉에서 위험 통제 반응이 작동한 집단 3은 위협과 효능감의 수준이 모두 높고, 공포 통제 반응이 작동한 집단 4는 위협의 수준은 높지만 효능감의 수준은 낮을 것이다. 따라서 집단 3과 집단 4는 효능감의 수준이 서로 같았을 것이라는 내용은 적절하지 않다.

❌ 오답풀이

① 집단 1은 위협의 수준이 낮았을 것이다.

근거: **4** [15]그러나 위협의 수준이 낮으면, 수용자는 그 위협이 자신에게 아무 영향을 주지 않는다고 느껴 효능감의 수준에 관계없이 공포 소구에 대한 반응이 없게 된다. + 〈보기〉 [3]집단 1과 집단 2는 공포 소구에 대한 반응이 없었고, 집단 3은 위험 통제 반응, 집단 4는 공포 통제 반응이 작동하였다.

위협의 수준이 낮으면 효능감의 수준에 관계없이 공포 소구에 대한 반응이 없게 되므로, 〈보기〉에서 공포 소구에 대한 반응이 없던 집단 1은 위협의 수준이 낮았을 것이다.

② 집단 3은 효능감의 수준이 높았을 것이다.

근거: **4** [14]위협과 효능감의 수준이 모두 높을 때에는 위험 통제 반응이 작동하고, 위협의 수준은 높지만 효능감의 수준이 낮을 때에는 공포 통제 반응이 작동한다. + 〈보기〉 [3]집단 3은 위험 통제 반응, 집단 4는 공포 통제 반응이 작동하였다.

위협과 효능감의 수준이 모두 높을 때에는 위험 통제 반응이 작동하므로, 〈보기〉에서 위험 통제 반응이 작동한 집단 3은 위협과 효능감의 수준이 모두 높았음을 추론할 수 있다.

③ 집단 4는 위협과 효능감의 수준이 서로 달랐을 것이다.

근거: **4** [14]위협과 효능감의 수준이 모두 높을 때에는 위험 통제 반응이 작동하고, 위협의 수준은 높지만 효능감의 수준이 낮을 때에는 공포 통제 반응이 작동한다. + 〈보기〉 [3]집단 4는 공포 통제 반응이 작동하였다.

위협의 수준은 높지만 효능감의 수준이 낮을 때에는 공포 통제 반응이 작동하므로, 〈보기〉에서 공포 통제 반응이 작동한 집단 4는 위협과 효능감의 수준이 서로 달랐음을 추론할 수 있다.

④ 집단 2와 집단 4는 위협의 수준이 서로 달랐을 것이다.

근거: **4** [14]위협과 효능감의 수준이 모두 높을 때에는 위험 통제 반응이 작동하고, 위협의 수준은 높지만 효능감의 수준이 낮을 때에는 공포 통제 반응이 작동한다. [15]그러나 위협의 수준이 낮으면, 수용자는 그 위협이 자신에게 아무 영향을 주지 않는다고 느껴 효능감의 수준에 관계없이 공포 소구에 대한 반응이 없게 된다. + 〈보기〉 [3]집단 1과 집단 2는 공포 소구에 대한 반응이 없었고, 집단 3은 위험 통제 반응, 집단 4는 공포 통제 반응이 작동하였다.

위협의 수준은 높지만 효능감의 수준이 낮을 때에는 공포 통제 반응이 작동하고, 위협의 수준이 낮으면 효능감의 수준에 관계없이 공포 소구에 대한 반응이 없게 된다. 따라서 〈보기〉에서 공포 소구에 대한 반응이 없었던 집단 2는 위협의 수준이 낮고, 공포 통제 반응이 작동한 집단 4는 위협의 수준이 높아 집단 2와 집단 4의 위협의 수준이 서로 달랐을 것이다.

4. 문맥상 ㉠~㉤과 바꾸어 쓰기에 적절하지 <u>않은</u> 것은?

✅ 정답풀이

⑤ ㉤: 기여(寄與)하지

> 근거: **4** [15]그러나 위협의 수준이 낮으면, 수용자는 그 위협이 자신에게 아무 영향을 ㉤주지 않는다고 느껴 효능감의 수준에 관계없이 공포 소구에 대한 반응이 없게 된다.
> '기여하다'는 '도움이 되도록 이바지하다.'라는 의미로, '남에게 어떤 일이나 감정을 겪게 하거나 느끼게 하다.'라는 의미의 '주다'와 바꾸어 쓰기에 적절하지 않다.

❌ 오답풀이

① ㉠: 편향(偏向)되었다고

근거: **2** [4]공포 소구 연구를 진척시킨 레벤달은 재니스의 연구가 인간의 감정적 측면에만 ㉠치우쳤다고 비판하며, 공포 소구의 효과는 수용자의 감정적 반응만이 아니라 인지적 반응과도 관련된다고 하였다.

'편향되다'는 '한쪽으로 치우치게 되다.'라는 의미로, '균형을 잃고 한쪽으로 쏠리다.'라는 의미의 '치우치다'와 바꾸어 쓰기에 적절하다.

② ㉡: 명명(命名)하였다

근거: **2** [5]그는 감정적 반응을 '공포 통제 반응', 인지적 반응을 '위험 통제 반응'이라 ㉡불렀다.

'명명하다'는 '사람, 사물, 사건 따위의 대상에 이름을 지어 붙이다.'라는 의미로, '무엇이라고 가리켜 말하거나 이름을 붙이다.'라는 의미의 '부르다'와 바꾸어 쓰기에 적절하다.

③ ㉢: 경험(經驗)할

근거: **3** [8]수용자가 공포 소구에 담긴 위험을 자신이 ㉢겪을 수 있는 것이고 그 위험의 정도가 크다고 느끼면, 그 공포 소구는 위협의 수준이 높다.

'경험하다'는 '자신이 실제로 해 보거나 겪어 보다.'라는 의미로, '어렵거나 경험될 만한 일을 당하여 치르다.'라는 의미의 '겪다'와 바꾸어 쓰기에 적절하다.

④ ㉣: 발송(發送)했다고

근거: **3** [10]한 동호회에서 회원들에게 '모임에 꼭 참석해 주세요. 불참 시 회원 자격이 사라집니다.'라는 안내문을 ㉣보냈다고 하자.

'발송하다'는 '물건, 편지, 서류 따위를 우편이나 운송 수단을 이용하여 보내다.'라는 의미로, '사람이나 물건 따위를 다른 곳으로 가게 하다.'라는 의미의 '보내다'와 바꾸어 쓰기에 적절하다.

✏ 사고의 흐름

[1~4] 다음 글을 읽고 물음에 답하시오.

1 [1]법령의 조문은 대개 'A에 해당하면 B를 해야 한다.'처럼 요건과 효과로 구성된 조건문으로 규정된다. 지문 초반에 제시되는 개념은 정확히 확인하고 넘어가야 이후의 내용을 제대로 이해할 수 있어. 법령의 조문 = 조건문(요건(A에 해당하면) + 효과(B를 해야 한다.)) [2]하지만 그 요건이나 효과가 항상 일의적*인 것은 아니다. [3]법조문에는 구체적 상황을 고려해야 그 상황에 ⓐ맞는 진정한 의미가 파악되는 불확정 개념이 사용될 수 있기 때문이다. 이 글의 화제는 법조문에 불확정 개념이 사용될 때, 그 요건과 효과에 대한 판단과 관련되겠군. [4]개인 간 법률관계를 규율하는 민법에서 불확정 개념이 사용된 예로 '손해 배상 예정액이 부당히 과다한 경우에는(요건) 법원은 적당히 감액*할 수 있다(효과).'라는 조문을 ⓑ들 수 있다. [5]이때 법원은 요건과 효과를 재량으로 판단할 수 있다. 구체적인 민법 조문을 예로 들며 화제를 구체화했어. 법원은 손해 배상 예정액의 과다함과 이에 대한 감액 여부를 재량으로 판단할 수 있군. [6]손해 배상 예정액은 위약금의 일종이며, 계약 위반에 대한 제재*인 위약벌도 위약금에 속한다. [7]위약금의 성격이 둘(손해 배상 예정액과 위약벌) 중 무엇인지 증명되지 못하면 손해 배상 예정액으로 다루어진다. 위약금의 종류인 손해 배상 예정액과 위약벌은 구분해서 이해해 두어야 해!

첫 문단에서 '하지만', '그런예'가 나오면, 내용이 전환되며 본격적인 화제가 제시되는 경우가 많아! 집중해야겠지?

2 [8]채무자*의 잘못으로 계약 내용이 실현되지 못하여 계약 위반이 발생하면, 이로 인해 손해를 입은 채권자*가 손해 액수를 증명해야 그 액수만큼 손해 배상금을 받을 수 있다. [9]그러나 손해 배상 예정액이 정해져 있었다면 채권자는 손해 액수를 증명하지 않아도 손해 배상 예정액만큼 손해 배상금을 받을 수 있다. [10]이때(손해 배상 예정액이 정해져 있었다면) 손해 액수가 얼마로 증명되든 손해 배상 예정액보다 더 받을 수는 없다. 채무자의 잘못으로 인한 계약 위반 발생 시: ① 채권자는 증명한 손해 액수만큼 손해 배상금 받음 ② 손해 배상 예정액이 정해져 있었다면, 채권자는 손해 액수 증명 없이도 정해진 손해 배상 예정액만큼 손해 배상금 받음 [11]한편 위약금이 위약벌임이 증명되면 채권자는 위약벌에 해당하는 위약금을 ⓒ받을 수 있고, 손해 배상 예정액과는 달리 법원이 감액할 수 없다. [12]이때 채권자가 손해 액수를 증명하면 손해 배상금도 받을 수 있다. ③ 위약금이 위약벌임이 증명되면, 채권자는 위약벌에 해당하는 위약금(감액 X) + 손해 액수 증명 시 손해 배상금 받음

전환! 이어서 위약금이 손해 배상 예정액이 아닌 위약벌인 경우를 다루네.

위약벌과 손해 배상 예정액은 법원이 감액할 수 있는지 여부에서 차이가 있어.

3 [13]불확정 개념은 행정 법령에도 사용된다. 2문단까지는 불확정 개념이 민법에서 사용된 경우를 살펴봤다면, 지금부터는 행정 법령에서 사용된 경우를 다룰 거야. [14]행정 법령은 행정청이 구체적 사실에 대해 행하는 법 집행인 행정 작용을 규율한다. [15]법령상 요건이 충족되면 그 효과로서 행정청이 반드시 해야 하는 특정 내용의 행정 작용은 기속 행위이다. [16]한편 법령상 요건이 충족되더라도 그 효과인 행정 작용의 구체적 내용을 ⓓ고를 수 있는 재량이 행정청에 주어져 있을 때, 이러한 재량을 행사하는 행정 작용은 재량 행위이다. [17]법령에서 불확정 개념이 사용되면 이에 근거한 행정 작용은 대개 재량 행위이다.

기속 행위와 재량 행위를 구분하여 읽자!

기속 행위	요건 충족 시, 행정청이 그 효과로서 반드시 해야 하는 특정 내용의 행정 작용
재량 행위	요건이 충족 되더라도 행정청이 그 효과인 행정 작용의 구체적 내용을 고를 수 있는 행정 작용 / 불확정 개념이 사용된 대개의 경우

4 [18]행정청은 재량으로 재량 행사의 기준을 명확히 정할 수 있는데 이 기준을 ㉠재량 준칙이라 한다. 재량 준칙 = 행정청이 정할 수 있는 재량 행사의 기준 [19]재량 준칙은 법령이 아니므로 재량 준칙대로 재량을 행사하지 않아도 근거 법령 위반은 아니다. [20]다만 특정 요건하에 재량 준칙대로 특정한 내용의 적법한 행정 작용이 반복되어 행정 관행*이 생긴 후에는, 같은 요건이 충족되면 행정청은 동일한 내용의 행정 작용을 해야 한다. [21]행정청은 평등 원칙을 ⓔ지켜야 하기 때문이다. 행정청은 행정 관행이 생긴 후에는 평등 원칙에 따라 같은 요건 충족 시 동일한 내용의 행정 작용을 해야 함

이것만은 챙기자

* **일의적:** 뜻이나 결과가 같은 것.
* **감액:** 액수를 줄임. 또는 줄인 액수.
* **제재:** 법이나 규정을 어겼을 때 국가가 처벌이나 금지 따위를 행함. 또는 그런 일.
* **채무자:** 특정인에게 일정한 빚을 갚아야 할 의무를 가진 사람.
* **채권자:** 특정인에게 일정한 빚을 받아 낼 권리를 가진 사람.
* **관행:** 오래전부터 해 오는 대로 함. 또는 관례에 따라서 함.

만점 선배의 구조도 예시

법조문의 <u>요건</u>과 <u>효과</u>에 사용되는
일의적 X → (why) ⑥불확정 개념?

1 인법에서
↳ ⑥손·배·예 과다한 경우│감액 가능?
요건 효과 ↘ 재량으로 판단?

* 채무자 잘못으로 계약 위반 시,
채권자가 받을 수 있는 금액
case ─ ① 증명한 손해 액수만큼의 손해 배상금
     ├ ② 미리 정한 손·배·예만큼의 손해 배상금 (감액 O)
     └ ③ 위약벌에 해당하는 위약금 + ① (감액 X)

3 행정 법령에서
↳ 대개 재량 행위 (vs. 기속 행위)
요건 → 효과 행정청 재량   요건 → 효과 반드시
but, 재량 준칙 따른
행정 작용 반복으로
행정 관행 생기면
동일 행정 작용!

» 각 문단을 요약하고 지문을 **세 부분**으로 나누어 보세요.

❶ 조건문(요건+효과)으로 규정된 법조문에는 불확정 개념이 사용될 수 있으며, 민법에서 불확정 개념이 사용된 예로 '손해 배상 예정액이~감액할 수 있다.'라는 조문을 들 수 있는데, 위약금은 손해 배상 예정액이거나 위약벌일 수 있다.

첫 번째
❶¹~❶¹⁷

❷ 채무자의 잘못으로 계약 위반이 발생하면 채권자는 증명한 손해 액수만큼 혹은 예정액만큼의 손해 배상금, 위약벌에 해당하는 위약금을 받을 수 있다.

두 번째
❷⁸~❷¹²

❸ 불확정 개념은 행정 법령에도 사용되는데, 법령에서 불확정 개념이 사용되면 이에 근거한 행정 작용은 대개 기속 행위가 아닌 재량 행위이다.

세 번째
❸¹³~❹²¹

❹ 행정청은 재량 준칙을 정할 수 있는데, 이에 따른 행정 작용의 반복으로 행정 관행이 생기면 같은 요건이 충족되면 동일한 내용의 행정 작용을 해야 한다.

⑤ 불확정 개념은 행정청이 행하는 법 집행 작용을 규율하는 법령과 개인 간의 계약 관계를 규율하는 법률에 모두 사용된다.

근거: ❶ ⁴개인 간 법률관계를 규율하는 민법에서 불확정 개념이 사용 + ❸ ¹³불확정 개념은 행정 법령에도 사용된다. ¹⁴행정 법령은 행정청이 구체적 사실에 대해 행하는 법 집행인 행정 작용을 규율한다.

불확정 개념은 행정청이 법 집행 작용을 규율하는 행정 법령과 개인 간 법률 관계를 규율하는 민법에 모두 사용된다.

| 세부 정보 파악 | 정답률 ⑧⑦

1. 윗글의 내용과 일치하지 <u>않는</u> 것은?

✔ 정답풀이

④ 불확정 개념이 사용된 행정 법령에 근거한 행정 작용은 재량 행위인 경우보다 기속 행위인 경우가 많다.

근거: ❸ ¹³불확정 개념은 행정 법령에도 사용된다. ¹⁷법령에서 불확정 개념이 사용되면 이에 근거한 행정 작용은 대개 재량 행위이다.

✖ 오답풀이

① 법령의 요건과 효과에는 모두 불확정 개념이 사용될 수 있다.
근거: ❶ ¹법령의 조문은 대개 'A에 해당하면 B를 해야 한다.'처럼 요건과 효과로 구성된 조건문으로 규정된다. ²하지만 그 요건이나 효과가 항상 일의적인 것은 아니다. ³법조문에는 구체적 상황을 고려해야 그 상황에 맞는 진정한 의미가 파악되는 불확정 개념이 사용될 수 있기 때문이다.

② 법원은 불확정 개념이 사용된 법령을 적용할 때 재량을 행사할 수 있다.
근거: ❶ ³법조문에는 구체적 상황을 고려해야 그 상황에 맞는 진정한 의미가 파악되는 불확정 개념이 사용될 수 있기 때문이다. ⁵이때 법원은 요건과 효과를 재량으로 판단할 수 있다.

③ 불확정 개념이 사용된 법령의 진정한 의미를 이해하려면 구체적 상황을 고려해야 한다.
근거: ❶ ³법조문에는 구체적 상황을 고려해야 그 상황에 맞는 진정한 의미가 파악되는 불확정 개념이 사용될 수 있기 때문이다.

| 세부 내용 추론 | 정답률 ⑤⑦

2. ㉠에 대한 이해로 가장 적절한 것은?

㉠: 재량 준칙

✔ 정답풀이

⑤ 재량 준칙이 특정 요건에서 적용된 선례가 없으면 행정청은 동일한 요건이 충족되어도 행정 작용을 할 때 재량 준칙을 따르지 않을 수 있다.

근거: ❹ ¹⁸행정청은 재량으로 재량 행사의 기준을 명확히 정할 수 있는데 이 기준을 재량 준칙(㉠)이라 한다. ¹⁹재량 준칙은 법령이 아니므로 재량 준칙대로 재량을 행사하지 않아도 근거 법령 위반은 아니다. ²⁰다만 특정 요건하에 재량 준칙대로 특정한 내용의 적법한 행정 작용이 반복되어 행정 관행이 생긴 후에는, 같은 요건이 충족되면 행정청은 동일한 내용의 행정 작용을 해야 한다.

재량 준칙에 따라 적법한 행정 작용이 반복되어 행정 관행이 생기면(재량 준칙 → 행정 작용 반복 → 행정 관행) 행정청은 같은 요건이 충족될 경우 동일한 내용의 행정 작용을 해야 한다. 재량 준칙이 특정 요건에서 적용된 선례가 없어 행정 관행이 생기지 않았다면, 이를 따르지 않아도 근거 법령을 위반한 것은 아니므로 행정청은 같은 요건이 충족되어도 재량 준칙을 따르지 않을 수 있다.

✖ 오답풀이

① 재량 준칙은 법령이 아니기 때문에 일의적이지 않은 개념으로 규정된다.
근거: ❶ ²하지만 그 요건이나 효과가 항상 일의적인 것은 아니다. ³법조문에는 구체적 상황을 고려해야 그 상황에 맞는 진정한 의미가 파악되는 불확정 개념이 사용될 수 있기 때문이다. + ❹ ¹⁸행정청은 재량으로 재량 행사의 기준을 명확히 정할 수 있는데 이 기준을 재량 준칙(㉠)이라 한다. ¹⁹재량 준칙은 법령이 아니므로

재량 준칙이 법령이 아닌 것은 맞다. 하지만 재량 준칙은 행정청이 정한 재량 행사의 명확한 기준을 가리키므로, 재량 준칙이 일의적이지 않은 개념으로 규정된다고 보기는 어렵다.

② 재량 준칙으로 정해진 내용대로 재량을 행사하는 행정 작용은 기속 행위이다.

근거: **3** [15]법령상 요건이 충족되면 그 효과로서 행정청이 반드시 해야 하는 특정 내용의 행정 작용은 기속 행위이다. [16]반면 법령상 요건이 충족되더라도 그 효과인 행정 작용의 구체적 내용을 고를 수 있는 재량이 행정청에 주어져 있을 때, 이러한 재량을 행사하는 행정 작용은 재량 행위이다. + **4** [18]행정청은 재량으로 재량 행사의 기준을 명확히 정할 수 있는데 이 기준을 재량 준칙(㉠)이라 한다.

재량 행사의 기준인 재량 준칙에 따라 재량을 행사하는 행정 작용은 기속 행위가 아닌 재량 행위이다.

③ 재량 준칙으로 규정된 재량 행사 기준은 반복되어 온 적법한 행정 작용의 내용대로 정해져야 한다.

근거: **4** [18]행정청은 재량으로 재량 행사의 기준을 명확히 정할 수 있는데 이 기준을 재량 준칙(㉠)이라 한다. [20]다만 특정 요건하에 재량 준칙대로 특정한 내용의 적법한 행정 작용이 반복되어 행정 관행이 생긴 후에는, 같은 요건이 충족되면 행정청은 동일한 내용의 행정 작용을 해야 한다.

재량 준칙은 반복되어 온 적법한 행정 작용의 내용대로 정해지는 것이 아니라(행정 작용 반복 → 재량 준칙) 행정청의 재량으로 정해지며, 이 기준에 따라 적법한 행정 작용이 반복되어 행정 관행이 생기면(재량 준칙 → 적법한 행정 작용 반복 → 행정 관행) 행정청이 같은 요건이 충족될 경우 동일한 내용의 행정 작용을 해야 하는 것이다.

④ 재량 준칙이 정해져야 행정청은 특정 요건하에 행정 작용의 구체적 내용을 선택할 수 있는 재량을 행사할 수 있다.

근거: **3** [16]반면 법령상 요건이 충족되더라도 그 효과인 행정 작용의 구체적 내용을 고를 수 있는 재량이 행정청에 주어져 있을 때, 이러한 재량을 행사하는 행정 작용은 재량 행위이다. + **4** [18]행정청은 재량으로 재량 행사의 기준을 명확히 정할 수 있는데 이 기준을 재량 준칙이라 한다.

재량 행위의 경우 행정 작용의 구체적 내용을 고를 수 있는 재량이 행정청에 주어져 있으며, 행정청이 재량으로 정한 재량 행사의 기준이 바로 재량 준칙이다. 따라서 재량 준칙이 정해져야 행정청이 행정 작용의 구체적 내용을 선택할 수 있는 재량을 행사할 수 있는 것은 아니다.

3. 윗글을 바탕으로 〈보기〉를 이해한 내용으로 가장 적절한 것은? [3점]

〈보기〉

갑은 을에게 물건을 팔고 그 대가로 100을 받기로 하는 매매 계약을 했다. 그 후 갑이 계약을 위반하여 을은 80의 손해를 입었다. 이와 관련하여 세 가지 상황이 있다고 하자.

(가) 갑과 을 사이에 위약금 약정이 없었다.
(나) 갑이 을에게 위약금 100을 약정했고, 위약금의 성격이 무엇인지 증명되지 못했다.
(다) 갑이 을에게 위약금 100을 약정했고, 위약금의 성격이 위약벌임이 증명되었다.

(단, 위의 모든 상황에서 세금, 이자 및 기타 비용은 고려하지 않음.)

갑(채무자)의 잘못으로 인한 계약 위반 → 을(채권자)의 손해 발생

(가)	위약금 약정 X ⇒ 을이 손해 액수를 증명해야 그 액수만큼 손해 배상금을 받음
(나)	위약금 100 약정, 위약금 성격 증명 X(위약금 = 손해 배상 예정액) ⇒ 을의 손해 액수 증명과 무관하게 위약금을 손해 배상금으로 받음
(다)	위약금 100 약정, 위약금 = 위약벌 ⇒ 을이 손해 액수 증명 O: 위약금 + 손해 배상금을 받음 을이 손해 액수 증명 X: 위약금을 받음

♥ 정답풀이

② (나)에서 을의 손해가 80임이 증명된 경우, 갑이 을에게 100을 지급해야 하고 법원이 감액할 수 있다.

근거: **1** [4]개인 간 법률관계를 규율하는 민법에서 불확정 개념이 사용된 예로 '손해 배상 예정액이 부당히 과다한 경우에는 법원은 적당히 감액할 수 있다.'라는 조문을 들 수 있다. [6]손해 배상 예정액은 위약금의 일종이며, 계약 위반에 대한 제재인 위약벌도 위약금에 속한다. [7]위약금의 성격이 둘 중 무엇인지 증명하지 못하면 손해 배상 예정액으로 다루어진다. + **2** [9]손해 배상 예정액이 정해져 있었다면 채권자(을)는 손해 액수를 증명하지 않아도 손해 배상 예정액만큼 손해 배상금을 받을 수 있다. [11]한편 위약금이 위약벌임이 증명되면 채권자는 위약벌에 해당하는 위약금을 받을 수 있고, 손해 배상 예정액과는 달리 법원이 감액할 수 없다.

(나)에서는 위약금의 성격이 무엇인지 증명되지 못했으므로, 위약금은 손해 배상 예정액으로 다루어진다. 이때 손해 배상 예정액은 갑이 을에게 약정한 위약금 100으로 볼 수 있다. 손해 배상 예정액이 정해져 있다면 채권자는 손해 액수를 증명하지 않아도 손해 배상 예정액만큼 손해 배상금을 받을 수 있으므로, 을의 손해가 80임이 증명되어도 을은 갑에게서 100을 지급받을 수 있다. 그리고 위약벌과 달리 손해 배상 예정액은 법원이 감액할 수 있으므로, 법원은 갑이 을에게 지급해야 하는 금액이 부당히 과다하다고 판단한 경우 이를 감액할 수 있다.

① (가)에서 을의 손해가 얼마인지 증명되지 못한 경우에도, 갑이 을에게 80을 지급해야 하고 법원이 감액할 수 없다.

근거: **2** [8]채무자(갑)의 잘못으로 계약 내용이 실현되지 못하여 계약 위반이 발생하면, 이로 인해 손해를 입은 채권자(을)가 손해 액수를 증명해야 그 액수만큼 손해 배상금을 받을 수 있다. [9]그러나 손해 배상 예정액이 정해져 있었다면 채권자는 손해 액수를 증명하지 않아도 손해 배상 예정액만큼 손해 배상금을 받을 수 있다.

위약금 약정이 없었던 (가)의 경우 을이 손해 액수를 증명해야 그 액수만큼 손해 배상금을 받을 수 있다.

③ (나)에서 을의 손해가 얼마인지 증명되지 못한 경우, 갑이 을에게 100을 지급해야 하고 법원이 감액할 수 없다.

근거: **1** [4]개인 간 법률관계를 규율하는 민법에서 불확정 개념이 사용된 예로 '손해 배상 예정액이 부당히 과다한 경우에는 법원은 적당히 감액할 수 있다.'라는 조문을 들 수 있다. [6]손해 배상 예정액은 위약금의 일종이며, 계약 위반에 대한 제재인 위약벌도 위약금에 속한다. [7]위약금의 성격이 둘 중 무엇인지 증명되지 못하면 손해 배상 예정액으로 다루어진다. + **2** [9] 손해 배상 예정액이 정해져 있었다면 채권자(을)는 손해 액수를 증명하지 않아도 손해 배상 예정액만큼 손해 배상금을 받을 수 있다. [11]한편 위약금이 위약벌임이 증명되면 채권자는 위약벌에 해당하는 위약금을 받을 수 있고, 손해 배상 예정액과는 달리 법원이 감액할 수 없다.

(나)에서는 위약금의 성격이 무엇인지 증명되지 못했으므로, 위약금은 손해 배상 예정액으로 다루어진다. 이때 손해 배상 예정액은 갑이 을에게 약정한 위약금 100으로 볼 수 있다. 손해 배상 예정액이 정해져 있다면 채권자는 손해 액수를 증명하지 않아도 손해 배상 예정액만큼 손해 배상금을 받을 수 있으므로, 을의 손해가 얼마인지 증명되지 못한 경우에도 을은 갑에게서 100을 지급받을 수 있다. 그리고 위약벌과 달리 손해 배상 예정액은 법원이 감액할 수 있다.

④ (다)에서 을의 손해가 80임이 증명된 경우, 갑이 을에게 180을 지급해야 하고 법원이 감액할 수 있다.

근거: **2** [11]한편 위약금이 위약벌임이 증명되면 채권자(을)는 위약벌에 해당하는 위약금을 받을 수 있고, 손해 배상 예정액과는 달리 법원이 감액할 수 없다. [12]이때 채권자가 손해 액수를 증명하면 손해 배상금도 받을 수 있다.

(다)에서는 위약금의 성격이 위약벌로 증명되었으므로 채권자는 위약벌에 해당되는 위약금을 받을 수 있으며 이는 법원이 감액할 수 없다. 또한 위약금이 위약벌임이 증명된 경우, 채권자가 손해 액수를 증명하면 손해 배상금도 받을 수 있으므로 을은 갑과 약정한 위약금에 추가로 증명된 손해 액수만큼의 손해 배상금을 받을 수 있다. 따라서 (다)에서 을의 손해가 80임이 증명되었다면 갑이 을에게 180(위약금100 + 손해 액수 80)을 지급해야 하고 법원이 이를 감액할 수는 없다.

⑤ (다)에서 을의 손해가 얼마인지 증명되지 못한 경우, 갑이 을에게 80을 지급해야 하고 법원이 감액할 수 없다.

근거: **2** [11]한편 위약금이 위약벌임이 증명되면 채권자(을)는 위약벌에 해당하는 위약금을 받을 수 있고, 손해 배상 예정액과는 달리 법원이 감액할 수 없다. [12]이때 채권자가 손해 액수를 증명하면 손해 배상금도 받을 수 있다.

(다)에서 갑이 을에게 약정한 위약금에 추가로 을이 입은 손해 액수가 증명되면, 갑은 그만큼의 손해 배상금을 지급해야 한다. 이때 법원은 위약벌에 해당하는 위약금을 감액할 수 없으므로 갑은 을에게 약정한 위약금 100을 지급해야 하며 법원은 이를 감액할 수 없다. 하지만 을의 손해가 얼마인지 증명되지 못하였으므로 손해 배상금은 받을 수 없다.

• 3-④번

Q: 지문에 따르면 위약벌은 법원이 감액할 수 없지만, 손해 배상 예정액은 감액이 가능합니다. 그렇다면 ④번에서도 위약금(위약벌) 100은 감액이 불가능하지만, 을이 손해를 입은 80에 대한 손해 배상금은 감액이 가능한 것 아닌가요?

A: 윗글에 '감액'에 관해 서술된 부분은 1문단의 '손해 배상 예정액이 부당히 과다한 경우에는 법원은 적당히 감액할 수 있다.'와 2문단의 '위약금이 위약벌임이 증명되면 채권자는 위약벌에 해당하는 위약금을 받을 수 있고, 손해 배상 예정액과는 달리 법원이 감액할 수 없다.'가 있다. 지문에 따르면 '손해 배상 예정액'과 '위약벌'은 '위약금의 일종'으로 채무자와 채권자 사이에 위약금이 무엇으로 규정되는지에 따라 감액 여부를 판단할 수 있으며, 이때 감액이 가능한 것은 '손해 배상 예정액'임을 알 수 있다.

(다)의 상황에서 을은 갑으로부터 약정된 위약금(위약벌) 100을 받을 수 있다. 또한 위약금이 위약벌임이 증명된 상황이므로, 을은 증명한 손해 액수인 80만큼의 손해 배상금도 지급받을 수 있다. 즉 갑은 을에게 '위약금 + 손해 배상금'에 해당하는 180을 지급해야 한다. 만약 갑이 지급해야 하는 '손해 배상금'을 '손해 배상 예정액'으로 잘못 읽었다면, 혹은 둘이 동일한 개념이라고 잘못 판단했다면 질문에서처럼 80에 대해서는 감액이 가능하다고 생각해서 ④번을 적절한 선지로 골랐을 수 있다.

그러나 손해 배상금은 손해 배상 예정액과는 다르다. 손해 배상 예정액은 채권자와 채무자 사이에 약정된 위약금의 일종이고 손해 배상금은 채무자의 잘못으로 손해를 입은 채권자가 증명한 손해 액수이다. 또한 2문단에 따르면 (다)에서처럼 '위약금이 위약벌임이 증명'된 경우 채권자는 위약금 외에 '손해 액수를 증명'한 만큼 '손해 배상금도 받을 수 있'다고 하였을 뿐 이때의 손해 배상금을 법원이 감액할 수 있다는 정보는 주어지지 않았으므로 (다)에서 갑은 을에게 180을 지급해야 하고 이에 대한 법원의 감액 여부는 판단할 수 없다.

법 지문에서는 얼핏 보기에 비슷해 보이는 개념을 잘못 읽는 실수가 특히 자주 발생하는 만큼, '채무자/채권자', '위약금/위약벌', '손해 배상 예정액/손해 배상금' 등 헷갈리기 쉬운 용어가 제시된다면 반드시 그 의미를 정확히 구분해 가며 읽어야 한다.

4. 문맥상 ⓐ~ⓔ의 의미와 가장 가까운 것은?

✅ 정답풀이

⑤ ⓔ: 그분은 우리에게 한 약속을 반드시 지킬 것이다.

> 근거: ④ [21]행정청은 평등 원칙을 ⓔ지켜야 하기 때문이다.
> ⓔ와 '약속을 반드시 지킬 것이다.'의 '지키다'는 모두 '규정, 약속, 법, 예의 따위를 어기지 아니하고 그대로 실행하다.'의 의미로 쓰였다.

❌ 오답풀이

① ⓐ: 이것이 네가 찾는 자료가 맞는지 확인해 보아라.

근거: ① [3]그 상황에 ⓐ맞는 진정한 의미

ⓐ의 '맞다'는 '어떤 행동, 의견, 상황 따위가 다른 것과 서로 어긋나지 아니하고 같거나 어울리다.'의 의미로 쓰였다. 이와 달리 '자료가 맞는지 확인해 보아라.'의 '맞다'는 '어떤 대상의 내용, 정체 따위의 무엇임이 틀림이 없다.'의 의미로 쓰였다.

② ⓑ: 그 부부는 노후 대책으로 적금을 들고 안심했다.

근거: ① [4]손해 배상 예정액이 부당히 과다한 경우에는 법원은 적당히 감액할 수 있다.'라는 조문을 ⓑ들 수 있다.

ⓑ의 '들다'는 '설명하거나 증명하기 위하여 사실을 가져다 대다.'의 의미로 쓰였다. 이와 달리 '적금을 들고 안심했다.'의 '들다'는 '적금이나 보험 따위의 거래를 시작하다.'의 의미로 쓰였다.

③ ⓒ: 그의 파격적인 주장은 학계의 큰 주목을 받았다.

근거: ② [11]위약벌에 해당하는 위약금을 ⓒ받을 수 있고,

ⓒ의 '받다'는 '다른 사람이 바치거나 내는 돈이나 물건을 책임 아래 맡아 두다.'의 의미로 쓰였다. 이와 달리 '주목을 받았다.'의 '받다'는 '다른 사람이나 대상이 가하는 행동, 심리적인 작용 따위를 당하거나 입다.'의 의미로 쓰였다.

④ ⓓ: 형은 땀 흘려 울퉁불퉁한 땅을 평평하게 골랐다.

근거: ③ [16]행정 작용의 구체적 내용을 ⓓ고를 수 있는 재량

ⓓ의 '고르다'는 '여럿 중에서 가려내거나 뽑다.'의 의미로 쓰였다. 이와 달리 '땅을 평평하게 골랐다.'의 '고르다'는 '울퉁불퉁한 것을 평평하게 하거나 들쭉날쭉한 것을 가지런하게 하다.'의 의미로 쓰였다.

[1~4] 다음 글을 읽고 물음에 답하시오.

✏️ 사고의 흐름

재산의 자유로운 처분이 제한되는 경우를 이야기할 거야.

1 ¹사유 재산 제도하에서는 누구나 자신의 재산을 자유롭게 처분*할 수 있다. ²그러나 기부와 같이 어떤 재산이 대가 없이 넘어가는 무상 처분 행위가 행해졌을 때는 그 당사자인 무상 처분자와 무상 취득자의 의사와 무관하게 그 결과가 번복*될 수 있다. ³무상 처분자가 사망하면 상속이 개시되고, 그의 상속인들이 유류분을 반환받을 수 있는 권리인 유류분권을 행사*할 수 있기 때문이다. ⁴이때 무상 처분자는 피상속인이 되고 그의 권리와 의무는 상속인에게 이전*된다. 기부와 같은 무상 처분 행위가 당사자의 의사와는 무관하게 제한될 수 있는 것은, 무상 처분자(피상속인)의 상속인이 지닌 유류분권이라는 권리 때문이군.

2 ⁵유류분은 피상속인의 무상 처분 행위가 없었다고 가정할 때 상속인들이 상속받을 수 있었을 이익 중 법으로 보장된 부분이다. ⁶만약 상속인이 피상속인의 자녀 한 명뿐이면, 상속받을 수 있었을 이익의 $\frac{1}{2}$만 보장된다. ⁷상속인들이 상속받을 수 있었을 이익은 상속 개시 당시에 피상속인이 가졌던 재산의 가치에 이미 무상 취득자에게 넘어간 재산의 가치를 더하여 산정한다. ⁸유류분은 상속인들이 기대했던 이익을 보호하기 위한 것이기 때문이다. 유류분에 대해 설명한 내용을 정리해 보자.

정의	피상속인의 무상 처분 행위가 없다고 가정 → 상속인들이 상속받을 수 있었을 이익(상속 개시 당시 피상속인이 가졌던 재산의 가치 + 무상 취득자에게 넘어간 재산의 가치) 중 법으로 보장된 부분
목적	상속인들이 기대했던 이익 보호

3 ⁹피상속인이 상속 개시 당시에 가졌던 재산으로부터 상속받은 이익이 있는 상속인은 유류분에 해당하는 이익의 일부만 반환받을 수 있다. ¹⁰유류분에 해당하는 이익에서 이미 상속받은 이익을 뺀 값인 유류분 부족액만 반환받을 수 있기 때문이다. 피상속인의 상속 개시 당시 재산으로부터 이미 상속받은 이익이 있는 경우에는 이를 제외하고 유류분 부족액만큼만 반환받게 된다. ¹¹유류분 부족액의 가치는 금액으로 계산되지만 항상 돈으로 반환되는 것은 아니다. ¹²만약 무상 처분된 재산이 돈이 아니라 물건이나 주식처럼 돈 이외의 재산이라면, 처분된 재산 자체가 반환 대상이 되는 것이 원칙이다. 돈 이외의 재산이 무상 처분되었을 때의 유류분 반환 원칙: 해당 재산 자체가 반환의 대상이 됨 ¹³다만 그 재산 자체를 반환하는 것이 불가능한 때에는 무상 취득자는 돈으로 반환해야 한다. ¹⁴또한 재산 자체의 반환이 가능해도 유류분권자와 무상 취득자의 합의에 의해 돈으로 반환될 수도 있다. 예외: ① 해당 재산 자체를 반환하는 것이 불가능한 경우이거나 ② 유류분권자와 무상 취득자 간에 합의가 이루어진 경우에는 돈으로 반환함

앞서 설명한 원칙이 적용되지 않는 예외적인 경우에 대해 언급할 거야.

4 ¹⁵무상 처분된 재산이 물건이라면 유류분 반환은 어떤 형태로 이루어질까? ¹⁶무상 취득자가 반환해야 할 유류분 부족액이 무상 처분된 물건의 가치보다 적다면 유류분권자는 그 물건의 가치에 상당하는 금액에서 유류분 부족액이 차지하는 비율만큼 무상 취득자로부터 반환받을 수 있다. ¹⁷이로 인해 하나의 물건에 대한 소유

권이 여러 명에게 나눠지는데, 이때 각자의 몫을 지분이라고 한다.

지분: ('유류분 부족액 < 무상 처분된 물건의 가치'일 때) 유류분 부족액/무상 처분된 물건의 가치에 해당하는 금액

5 ¹⁸무상 처분된 물건의 시가*가 변동하면 유류분 부족액을 계산할 때는 언제의 시가를 기준으로 삼아야 할까? ¹⁹㉠유류분의 취지에 비추어 상속 개시 당시의 시가를 기준으로 해야 한다. ²⁰다만 그 물건의 시가 상승이 무상 취득자의 노력에서 비롯되었으면 이때는 무상 취득 당시의 시가를 기준으로 계산해야 한다. ²¹이렇게 정해진 유류분 부족액을 근거로 반환 대상인 지분을 계산할 때는, 시가 상승의 원인이 무엇이든 상속 개시 당시의 시가를 기준으로 해야 한다.

유류분 부족액 계산 시 상속 개시 당시 시가를 기준으로 삼지 않는 경우를 언급하겠군.

무상 처분된 물건의 시가 변동과 관련하여, 유류분 부족액을 계산할 때와 지분을 계산할 때의 차이점을 정확히 정리하고 넘어가자.

	원칙	예외 (무상 취득자의 노력 → 물건의 시가 상승)
유류분 부족액	상속 개시 당시의 시가를 기준으로 계산	무상 취득 당시의 시가를 기준으로 계산
지분	상속 개시 당시의 시가를 기준으로 계산	

이것만은 챙기자

* **처분**: 처리하여 치움.
* **번복**: 이리저리 뒤쳐 고침.
* **행사**: 권리의 내용을 실현함.
* **이전**: 권리 따위를 남에게 넘겨주거나 또는 넘겨받음.
* **시가**: 시장에서 상품이 매매되는 가격.

만점 선배의 구조도 예시

유류분권
ㄴ 피상속인의 무상 처분 행위 X라고 가정 → 상속인들이 상속받을 수 있었을 이익 중 법으로 보장된 부분
 (상속 개시 당시 피상속인이 가졌던 재산의 가치 + 이미 무상 취득자에게 넘어간 재산의 가치)

1두. 피상속인의 상속 개시 당시 재산에서 상속받은 재산이 있는 경우
 ⇒ 유류분 부족액 (유류분에 해당하는 액 - 이미 상속받은 이익)만 반환 받음

1두. 무상 처분된 재산이 돈이 아닌 물건인 경우
 ⇒ 물건 자체가 반환 대상인 게 원칙 ←→ [예외] ① 물건 자체 반환이 불가능
                          ② 유류분권자 - 무상 취득자 간 합의
                          ⇒ 돈으로 반환 가능

 유류분 부족액 < 무상 처분된 물건의 가치일 때,
  $\frac{유류분 부족액}{무상 처분된 물건의 가치에 해당하는 금액}$ = '지분'을 반환받게 됨

1두. 무상 처분된 물건의 시가가 변동된 경우
 ⇒ 유류분 부족액 계산 : 상속 개시 당시의 시가를 기준 ←→ [예외] 시가 상승이 무상 취득자의 노력 때문이면, 무상 취득 당시 시가를 기준으로 함

 지분 계산 : 시가 상승의 원인과 관계 없이 상속 개시 당시의 시가를 기준으로 함

▶▶ 각 문단을 요약하고 지문을 세 부분으로 나누어 보세요.

❶ 재산을 무상 처분한 피상속인이 사망하여 상속이 개시될 때, 상속인들이 **유류분권**을 행사하면 무상 처분 행위의 결과가 번복될 수 있다. — 첫 번째 ❶¹~❶⁴

❷ 유류분은 피상속인의 무상 **처분** 행위가 없었다고 가정할 때 상속인들이 상속받을 수 있었을 이익 중 **법**으로 보장된 부분이다. — 두 번째 ❷⁵~❷⁸

❸ 상속인은 유류분에 해당하는 이익에서 이미 **상속받은** 이익을 뺀 값인 유류분 부족액을 무상 취득자로부터 반환받을 수 있으며, 처분된 **재산 자체**가 반환 대상이 되는 것이 원칙이다.

❹ **유류분 부족액** 〈 무상 처분된 물건의 가치라면, 유류분권자는 물건에 대한 **지분** 형태로 유류분을 반환받을 수 있다. — 세 번째 ❸⁹~❺²¹

❺ 유류분 부족액 계산은 **상속** 개시 당시의 시가를 기준으로 해야 하지만 **무상 취득자**의 노력으로 시가가 상승한 경우 무상 취득 당시의 시가를 기준으로 한다.

1. 윗글의 내용과 일치하지 않는 것은?

✅ 정답풀이

② 유류분권이 보장되는 범위는 유류분 부족액의 일부에 한정된다.

> 근거: **❷** ⁵유류분은 피상속인의 무상 처분 행위가 없었다고 가정할 때 상속인들이 상속받을 수 있었을 이익 중 법으로 보장된 부분이다. + **❸** ⁹피상속인이 상속 개시 당시에 가졌던 재산으로부터 상속받은 이익이 있는 상속인은 유류분에 해당하는 이익의 일부만 반환받을 수 있다. ¹⁰유류분에 해당하는 이익에서 이미 상속받은 이익을 뺀 값인 유류분 부족액만 반환받을 수 있기 때문이다.
>
> 유류분은 상속인이 피상속인으로부터 상속받을 수 있었을 이익 중 법으로 보장되는 부분을 말한다. 유류분 부족액은 유류분에 해당하는 이익에서 상속인이 이미 상속받은 이익을 뺀 값을 의미하므로, 일부가 아닌 전부가 유류분권의 보장 범위에 해당한다.

❌ 오답풀이

① 유류분권은 상속인이 아닌 사람에게는 인정되지 않는다.

근거: **❶** ³무상 처분자가 사망하면 상속이 개시되고, 그의 상속인들이 유류분을 반환받을 수 있는 권리인 유류분권을 행사할 수 있기 때문이다. + **❷** ⁸유류분은 상속인들이 기대했던 이익을 보호하기 위한 것

③ 상속인은 상속 개시 전에는 무상 취득자에게 유류분권을 행사할 수 없다.

근거: **❶** ³무상 처분자가 사망하면 상속이 개시되고, 그의 상속인들이 유류분을 반환받을 수 있는 권리인 유류분권을 행사할 수 있기 때문이다.

④ 피상속인이 생전에 다른 사람에게 판 재산은 유류분권의 대상이 될 수 없다.

근거: **❶** ²기부와 같이 어떤 재산이 대가 없이 넘어가는 무상 처분 행위 + **❷** ⁵유류분은 피상속인의 무상 처분 행위가 없었다고 가정할 때 상속인들이 상속받을 수 있었을 이익 중 법으로 보장된 부분이다.

유류분권은 피상속인의 무상 처분 행위가 없었다고 가정할 때 상속받을 수 있었을 이익인 유류분을 상속인이 반환받을 수 있는 권리이다. 이때 무상 처분 행위는 기부처럼 어떤 재산이 다른 사람에게 대가 없이 넘어가는 것을 말하므로, 피상속인이 생전에 무상으로 처분하지 않은 재산, 즉 다른 사람에게 판 재산은 유류분권의 대상이 될 수 없다.

⑤ 무상으로 취득한 재산에 대한 권리는 무상 취득자 자신의 의사에 반하여 제한될 수 있다.

근거: **❶** ²기부와 같이 어떤 재산이 대가 없이 넘어가는 무상 처분 행위가 행해졌을 때는 그 당사자인 무상 처분자와 무상 취득자의 의사와 무관하게 그 결과가 번복될 수 있다. ³무상 처분자가 사망하면 상속이 개시되고, 그의 상속인들이 유류분을 반환받을 수 있는 권리인 유류분권을 행사할 수 있기 때문이다.

2. 윗글에 대한 이해로 가장 적절한 것은?

✓ 정답풀이

④ 유류분권자가 유류분 부족액을 물건 대신 돈으로 반환하라고 요구하더라도 무상 취득자는 무상 취득한 물건으로 반환할 수 있다.

> 근거: **3** ¹²만약 무상 처분된 재산이 돈이 아니라 물건이나 주식처럼 돈 이외의 재산이라면, 처분된 재산 자체가 반환 대상이 되는 것이 원칙이다. ¹³다만 그 재산 자체를 반환하는 것이 불가능한 때에는 무상 취득자는 돈으로 반환해야 한다. ¹⁴또한 재산 자체의 반환이 가능해도 유류분권자와 무상 취득자의 합의에 의해 돈으로 반환될 수도 있다.
> 무상 처분된 재산이 물건인 경우, 원칙적으로는 처분된 재산 자체가 반환 대상이 된다. 만약 유류분권자와 무상 취득자가 유류분 부족액을 물건이 아닌 돈으로 반환하기로 합의한 경우가 아니라면, 유류분권자가 유류분 부족액을 돈으로 반환하라고 요구했더라도 무상 취득자는 원칙에 따라 무상 취득한 물건으로 반환하는 것이 가능하다.

✕ 오답풀이

① 무상 처분된 재산이 물건 한 개이면 유류분권자는 그 물건 전부를 반환받는다.

근거: **4** ¹⁵무상 처분된 재산이 물건이라면 유류분 반환은 어떤 형태로 이루어질까? ¹⁶무상 취득자가 반환해야 할 유류분 부족액이 무상 처분된 물건의 가치보다 적다면 유류분권자는 그 물건의 가치에 상당하는 금액에서 유류분 부족액이 차지하는 비율만큼 무상 취득자로부터 반환받을 수 있다.
무상 처분된 재산이 물건이고, 유류분 부족액이 해당 물건의 가치보다 적으면 유류분권자는 그 물건 전부가 아니라 물건의 가치에 상당하는 금액에서 유류분 부족액이 차지하는 비율만큼만 반환받는다.

② 무상 처분된 물건이 반환되는 경우 유류분 부족액이 클수록 무상 취득자의 지분이 더 커진다.

근거: **4** ¹⁵무상 처분된 재산이 물건이라면 유류분 반환은 어떤 형태로 이루어질까? ¹⁶무상 취득자가 반환해야 할 유류분 부족액이 무상 처분된 물건의 가치보다 적다면 유류분권자는 그 물건의 가치에 상당하는 금액에서 유류분 부족액이 차지하는 비율만큼 무상 취득자로부터 반환받을 수 있다. ¹⁷이로 인해 하나의 물건에 대한 소유권이 여러 명에게 나눠지는데, 이때 각자의 몫을 지분이라고 한다.
무상 처분된 물건이 반환될 때 유류분권자는 그 물건의 가치에 상당하는 금액에서 유류분 부족액이 차지하는 비율만큼을 반환받는데, 이는 곧 그 물건에 대한 소유권이 나눠지는 지분을 의미한다. 따라서 무상 취득자가 유류분권자에게 반환해야 할 유류분 부족액이 클수록 무상 취득자의 지분은 그만큼 작아지게 된다.

③ 무상 취득자가 무상 취득한 물건을 반환할 수 없게 되면 유류분 부족액을 지분으로 반환해야 한다.

근거: **3** ¹²만약 무상 처분된 재산이 돈이 아니라 물건이나 주식처럼 돈 이외의 재산이라면, 처분된 재산 자체가 반환 대상이 되는 것이 원칙이다. ¹³다만 그 재산 자체를 반환하는 것이 불가능한 때에는 무상 취득자는 돈으로 반환해야 한다.

⑤ 무상 처분된 물건의 일부가 반환되면 무상 취득자는 그 물건의 소유권을 가지고 유류분권자는 유류분 부족액만큼의 돈을 반환받게 된다.

근거: **3** ¹²만약 무상 처분된 재산이 돈이 아니라 물건이나 주식처럼 돈 이외의 재산이라면, 처분된 재산 자체가 반환 대상이 되는 것이 원칙이다.~ ¹⁴또한 재산 자체의 반환이 가능해도 유류분권자와 무상 취득자의 합의에 의해 돈으로 반환될 수도 있다. + **4** ¹⁶무상 취득자가 반환해야 할 유류분 부족액이 무상 처분된 물건의 가치보다 적다면 유류분권자는 그 물건의 가치에 상당하는 금액에서 유류분 부족액이 차지하는 비율만큼 무상 취득자로부터 반환받을 수 있다. ¹⁷이로 인해 하나의 물건에 대한 소유권이 여러 명에게 나눠지는데, 이때 각자의 몫을 지분이라고 한다.
무상 취득자가 반환해야 할 유류분 부족액이 무상 처분된 물건의 가치보다 적은 경우, 유류분권자는 무상 처분된 물건에 대한 소유권 일부를 지분(유류분 부족액/물건의 가치에 상당하는 금액)으로 반환받거나 혹은 무상 취득자와의 합의를 통해 돈으로 반환받을 수 있다. 그러므로 무상 처분된 물건의 일부가 반환되면 무상 취득자가 그 물건의 소유권을 가지고 유류분권자는 유류분 부족액만큼의 돈을 반환받는다는 것은 적절하지 않다.

✍ 모두의 질문 • 2-③번

Q: 무상 취득자가 무상 취득한 물건을 반환할 수 없으니까 그 물건에 대한 소유권 중 유류분 부족액에 해당하는 만큼의 지분을 돈의 형태로 돌려준다고 볼 수 있지 않나요?

A: 3문단에 따르면 '무상 처분된 재산이 돈이 아니라 물건'이면서 '그 재산 자체를 반환하는 것이 불가능한 때에는' 무상 취득자가 유류분권자에게 이를 '돈으로 반환'할 수 있다. 따라서 ③번의 진술이 적절하려면, 선지에서 언급한 '지분'이 '돈'에 해당하는 개념이어야 한다. 그런데 4문단을 보면, '지분'은 '하나의 물건에 대한 소유권이 여러 명에게' 나누어질 때, '각자의 몫'을 말한다고 하였다. 즉 지분은 누군가가 어떤 물건에 대해 가지는 '권리'이므로, 이를 돈과 동일시할 수는 없다. 무상 처분된 재산이 물건인 상황에서 무상 취득자가 유류분 부족액만큼을 유류분권자에게 지분으로 반환했다면, 이는 유류분 반환 원칙에 따라 무상 처분된 재산 자체를 반환한 경우로 보아야 한다.

3. 윗글을 통해 알 수 있는 ㉠의 이유로 가장 적절한 것은?

> ㉠: 유류분의 취지에 비추어 상속 개시 당시의 시가를 기준으로 해야 한다.

✔ 정답풀이

② 유류분은 피상속인이 재산을 무상 처분하지 않은 것으로 가정하여 산정되기 때문이다.

근거: **2** [5]유류분은 피상속인의 무상 처분 행위가 없었다고 가정할 때 상속인들이 상속받을 수 있었을 이익 중 법으로 보장된 부분이다. [7]상속인들이 상속받을 수 있었을 이익은 상속 개시 당시에 피상속인이 가졌던 재산의 가치에 이미 무상 취득자에게 넘어간 재산의 가치를 더하여 산정한다. [8]유류분은 상속인들이 기대했던 이익을 보호하기 위한 것이기 때문이다. + **5** [18]무상 처분된 물건의 시가가 변동하면 유류분 부족액을 계산할 때는 언제의 시가를 기준으로 삼아야 할까? [19]유류분의 취지에 비추어 상속 개시 당시의 시가를 기준으로 해야 한다.(㉠)
유류분은 피상속인의 무상 처분 행위가 없었다고 가정했을 때 상속인이 피상속인으로부터 상속받을 수 있었을 이익을 보호하기 위한 것이다. 이러한 유류분의 취지에 비추었을 때 피상속인이 생전에 무상 처분한 물건의 시가가 변동했다면, 상속 개시 당시 해당 물건이 여전히 피상속인의 재산에 속한 상황으로 가정하여 유류분 부족액을 계산해야 한다.

✘ 오답풀이

① 유류분은 피상속인이 자유롭게 처분한 재산의 일부이어야 하기 때문이다.

근거: **1** [1]사유 재산 제도하에서는 누구나 자신의 재산을 자유롭게 처분할 수 있다. [2]그러나 기부와 같이 어떤 재산이 대가 없이 넘어가는 무상 처분 행위가 행해졌을 때는 그 당사자인 무상 처분자와 무상 취득자의 의사와 무관하게 그 결과가 번복될 수 있다. [3]무상 처분자가 사망하면 상속이 개시되고, 그의 상속인들이 유류분을 반환받을 수 있는 권리인 유류분권을 행사할 수 있기 때문이다. + **2** [5]유류분은 피상속인의 무상 처분 행위가 없었다고 가정할 때 상속인들이 상속받을 수 있었을 이익 중 법으로 보장된 부분이다. [7]상속인들이 상속받을 수 있었을 이익은 상속 개시 당시에 피상속인이 가졌던 재산의 가치에 이미 무상 취득자에게 넘어간 재산의 가치를 더하여 산정한다.
유류분은 피상속인의 무상 처분 행위가 없었다고 가정할 때 상속인들이 상속받을 수 있었을 이익 중 법으로 보장된 부분이다. 사유 재산 제도하에서 재산의 무상 처분 행위는 피상속인이 자신의 재산을 자유롭게 처분한 것으로 보지만, 유류분에 따르면 무상 처분된 재산도 상속인들이 상속받을 수 있었을 이익으로 보므로 이를 피상속인이 자유롭게 처분한 재산의 일부로 보기는 어렵다. 또한 이를 상속 개시 당시의 시가를 기준으로 유류분 부족액을 계산(㉠)하는 이유로 볼 수도 없다.

③ 유류분은 재산의 가치를 증가시킨 무상 취득자의 노력에 대한 보상으로 인정되는 것이기 때문이다.

근거: **2** [5]유류분은 피상속인의 무상 처분 행위가 없었다고 가정할 때 상속인들이 상속받을 수 있었을 이익 중 법으로 보장된 부분이다. [8]유류분은 상속인들이 기대했던 이익을 보호하기 위한 것이기 때문이다. + **5** [18]무상 처분된 물건의 시가가 변동하면 유류분 부족액을 계산할 때는 언제의 시가를 기준으로 삼아야 할까? [19]유류분의 취지에 비추어 상속 개시 당시의 시가를 기준으로 해야 한다.(㉠) [20]다만 그 물건의 시가 상승이 무상 취득자의 노력에서 비롯되었으면 이때는 무상 취득 당시의 시가를 기준으로 계산해야 한다.
유류분은 상속인들이 기대했던 이익을 보호하기 위한 것이지, 유류분의 재산 가치를 증가시킨 무상 취득자의 노력에 대한 보상을 인정하기 위함이 아니다. 오히려 무상 취득자의 노력으로 그 재산의 가치가 상승했다면 유류분 부족액은 상속 개시 당시가 아닌 무상 취득 당시의 시가를 기준으로 계산하므로 이는 ㉠의 이유로 적절하지 않다.

④ 유류분은 피상속인의 재산에 대해 소유권을 나눠 가진 사람들 각자의 몫을 반영해야 하기 때문이다.

근거: **4** [15]무상 처분된 재산이 물건이라면 유류분 반환은 어떤 형태로 이루어질까? [16]무상 취득자가 반환해야 할 유류분 부족액이 무상 처분된 물건의 가치보다 적다면 유류분권자는 그 물건의 가치에 상당하는 금액에서 유류분 부족액이 차지하는 비율만큼 무상 취득자로부터 반환받을 수 있다. [17]이로 인해 하나의 물건에 대한 소유권이 여러 명에게 나눠지는데, 이때 각자의 몫을 지분이라고 한다.
유류분에 의해 피상속인의 재산 중 무상 처분된 물건의 가치에 해당하는 금액에서 유류분 부족액이 차지하는 비율만큼의 소유권, 즉 지분을 유류분권자에게 반환한다. 즉 무상 처분된 재산의 소유권에 대해 무상 취득자와 유류분권자에 대한 각자의 몫을 반영하는 것은 맞지만, 이는 피상속인의 재산 중 일부에 해당하는 것이며 또한 ㉠의 이유로도 볼 수 없다.

⑤ 유류분에 해당하는 이익의 가치가 상속 개시 전후에 걸쳐 변동되는 것을 반영해야 하기 때문이다.

근거: **2** [5]유류분은 피상속인의 무상 처분 행위가 없었다고 가정할 때 상속인들이 상속받을 수 있었을 이익 중 법으로 보장된 부분이다. [7]상속인들이 상속받을 수 있었을 이익은 상속 개시 당시에 피상속인이 가졌던 재산의 가치에 이미 무상 취득자에게 넘어간 재산의 가치를 더하여 산정한다.
유류분은 상속 개시 당시에 상속인이 상속받을 수 있었을 이익 중 법으로 보장된 부분으로, 상속이 개시된 후의 변동까지 반영하여 유류분에 해당하는 이익의 가치를 산정해야 하는 것은 아니다.

4. 윗글을 바탕으로 〈보기〉를 이해한 내용으로 적절하지 않은 것은? [3점]

〈보기〉

갑의 재산으로는 A 물건과 B 물건이 있었으며 그 외의 재산이나 채무는 없었다. 갑(피상속인)은 을(무상 취득자)에게 A 물건을 무상으로 넘겨주었고 그로부터 6개월 후 사망했다. 갑의 상속인으로는 갑의 자녀인 병(상속인)만 있다. A 물건의 시가는 을이 A 물건을 소유하게 되었을 때는 300, 갑이 사망했을 때는 700이었다. *A 물건은 시가 변동 O (무상 취득 당시 300 → 상속 개시 당시 700)* 병은 갑이 사망한 날로부터 3개월 후에 을에게 유류분권을 행사했다. B 물건의 시가는 병이 상속받았을 때부터 병이 을에게 유류분 반환을 요구했을 때까지 100으로 동일하다. *B 물건은 시가 변동 X*

(단, 세금, 이자 및 기타 비용은 고려하지 않음.)

▼ **정답풀이**

④ A 물건의 시가가 을의 노력으로 상승한 경우 유류분 반환의 대상은 A 물건의 $\frac{1}{3}$ 지분이다.

근거: **2** [6]만약 상속인이 피상속인의 자녀 한 명뿐이면, 상속받을 수 있었을 이익의 $\frac{1}{2}$만 보장된다. [7]상속인들이 상속받을 수 있었을 이익은 상속 개시 당시에 피상속인이 가졌던 재산의 가치에 이미 무상 취득자에게 넘어간 재산의 가치를 더하여 산정한다. + **3** [9]피상속인이 상속 개시 당시에 가졌던 재산으로부터 상속받은 이익이 있는 상속인은~[10]유류분 부족액만 반환받을 수 있기 때문이다. + **4** [16]무상 취득자가 반환해야 할 유류분 부족액이 무상 처분된 물건의 가치보다 적다면 유류분권자는 그 물건의 가치에 상당하는 금액에서 유류분 부족액이 차지하는 비율만큼 무상 취득자로부터 반환받을 수 있다. + **5** [18]무상 처분된 물건의 시가가 변동하면 유류분 부족액을 계산할 때는 언제의 시가를 기준으로 삼아야 할까? [20]그 물건의 시가 상승이 무상 취득자의 노력에서 비롯되었으면 이때는 무상 취득 당시의 시가를 기준으로 계산해야 한다. [21]이렇게 정해진 유류분 부족액을 근거로 반환 대상인 지분을 계산할 때는, 시가 상승의 원인이 무엇이든 상속 개시 당시의 시가를 기준으로 해야 한다.

〈보기〉에서 피상속인인 갑의 재산 중 A 물건이 을에게 무상 처분되었고, 무상 취득자인 을로부터 유류분을 반환받을 권리가 있는 갑의 상속인은 그의 자녀인 병 한 명뿐이라고 하였다. 병이 을에 대해 유류분권을 행사하는 시점에 병은 갑이 상속 개시 당시에 가졌던 재산인 B 물건을 이미 상속받은 상태이므로, 을이 병에게 반환해야 할 유류분 부족액은 '{(상속 개시 당시 갑이 가졌던 재산의 가치 + 이미 을에게 넘어간 재산의 가치) ÷ 2} − 병이 상속받은 이익'이 된다. 이때 A 물건의 시가가 300에서 700으로 상승한 것이 을의 노력 때문이라면, '이미 을에게 넘어간 재산의 가치'는 무상 취득 당시의 시가인 300으로 보아야 한다. 이에 따라 유류분 부족액은 '{(100 + 300) ÷ 2} − 100 = 100'이 된다. 한편 지분을 계산할 때는 상속 개시 당시의 시가를 기준으로 한다고 했으므로, 상속 개시 당시 A 물건의 가치에 상당하는 금액인 700에서 유류분 부족액인 100이 차지하는 비율은 1/7이 된다. 따라서 A 물건의 시가가 을의 노력으로 상승한 경우 유류분 반환의 대상은 A 물건의 1/3 지분이 아닌, 1/7 지분임을 알 수 있다.

⊗ **오답풀이**

① A 물건의 시가 상승이 을의 노력과 무관한 경우 유류분 부족액은 300이다.
근거: **5** [18]무상 처분된 물건의 시가가 변동하면 유류분 부족액을 계산할 때는 언제의 시가를 기준으로 삼아야 할까? [19]유류분의 취지에 비추어 상속 개시 당시의 시가를 기준으로 해야 한다.
A 물건의 시가 상승이 을의 노력과 무관하다면 '{(상속 개시 당시 갑이 가졌던 재산의 가치 + 이미 을에게 넘어간 재산의 가치) ÷ 2} − 병이 상속받은 이익'에서 '이미 을에게 넘어간 재산의 가치'는 상속 개시 당시 A 물건의 시가인 700으로 보아야 한다. 즉 '{(100 + 700) ÷ 2} − 100'이므로, 유류분 부족액은 300임을 알 수 있다.

② A 물건의 시가 상승이 을의 노력과 무관한 경우 유류분 반환의 대상은 A 물건의 $\frac{3}{7}$ 지분이다.
A 물건의 시가 상승이 을의 노력과 무관한 경우, 을이 병에게 반환해야 할 유류분 부족액은 300이 된다. 이를 근거로 A 물건에 대한 지분을 계산하면 상속 개시 당시 A 물건의 가치에 상당하는 금액인 700에서 유류분 부족액인 300이 차지하는 비율인 3/7 지분이 유류분 반환의 대상임을 알 수 있다.

③ A 물건의 시가가 을의 노력으로 상승한 경우 유류분 부족액은 100이다.
을이 무상 취득했던 당시에는 300이었던 A 물건의 시가가 상속 개시 당시에는 700으로 상승한 것이 을의 노력 때문이라면, '{(상속 개시 당시 갑이 가졌던 재산의 가치 + 이미 을에게 넘어간 재산의 가치) ÷ 2} − 병이 상속받은 이익'에서 '이미 을에게 넘어간 재산의 가치'는 무상 취득 당시의 시가인 300으로 보아야 한다. 즉 '{(100 + 300) ÷ 2} − 100'이므로, 유류분 부족액은 100임을 알 수 있다.

⑤ A 물건의 시가가 을의 노력으로 상승한 경우와 을의 노력과 무관하게 상승한 경우 모두, 갑이 상속 개시 당시 소유했던 재산으로부터 병이 취득할 수 있는 이익은 동일하다.
갑이 상속 개시 당시 소유했던 재산은 B 물건으로, 그 시가는 병이 상속받았을 때부터 병이 을에게 유류분 반환을 요구했을 때까지 100으로 동일하다고 했다. 따라서 병이 갑으로부터 상속받은 재산인 B 물건을 통해 취득할 수 있는 이익은, 갑이 을에게 무상 처분한 재산인 A 물건의 시가 상승 요인이 무엇인지와는 무관하게 100으로 동일하다.

정답인 ④번을 선택한 학생의 비율이 39%에 그쳤고, 나머지 선지의 선택률이 전반적으로 높은데 그중에서도 ⑤번을 선택한 학생의 비율이 25%로 가장 높았다.

〈보기〉에서 갑의 재산인 A 물건과 B 물건 중, A 물건은 을에게 무상 처분되었고 이후 시가가 변동하였다. 그러므로 시가 상승의 원인이 무엇인지에 따라, 갑의 상속인인 병이 유류분권 행사를 통해 A 물건으로부터 얻을 수 있는 이익은 달라질 수 있다. 하지만 B 물건은 갑이 상속 개시 당시까지 계속해서 소유하고 있던 재산으로, 갑이 사망하면서 병에게 상속되었다. 따라서 B 물건으로부터 병이 취득할 수 있는 이익은 A 물건과는 달리 특정한 요인에 의해 달라지지 않는다. 이렇듯 ⑤번은 〈보기〉에 주어진 상황만 정확히 파악했다면 유류분 부족액과 지분을 실제로 계산해야만 정오를 판단할 수 있었던 나머지 선지들과는 달리, 상대적으로 간단하게 정오 판단이 가능하였다. 하지만 '갑이 상속 개시 당시 소유했던 재산'이라는 선지의 진술을 간과했다면, ⑤번을 적절하지 않은 선지로 택하는 실수를 범하기도 쉬웠을 것이다.

한편, 정답인 ④번을 포함한 나머지 선지들의 경우, 지문 전반에 걸쳐 설명된 내용을 종합적으로 이해하고 있어야만 유류분 부족액 및 지분을 계산하는 것이 가능하였기에 어려움을 느낀 학생들이 많았을 것이다. 관건은 2문단과 3문단을 통해 유류분 부족액을 구하는 방법이 '{(상속 개시 당시 갑이 가졌던 재산의 가치 + 이미 을에게 넘어간 재산의 가치) ÷ 2} - 병이 상속받은 이익'임을 이끌어 낼 수 있는가였다. 그 뒤 4문단을 통해 지분을 계산하는 방법을 참고하고, 5문단을 통해 무상 처분된 물건의 시가 변동이 무상 취득자의 노력 덕분인 경우와 그렇지 않은 경우의 차이를 정확히 확인하는 것이 필요하였다.

특히 ④번의 경우, 5문단의 마지막 문장인 '이렇게 정해진 유류분 부족액을 근거로 반환 대상인 지분을 계산할 때는, 시가 상승의 원인이 무엇이든 상속 개시 당시의 시가를 기준으로 해야 한다.'라는 부분까지 꼼꼼하게 읽어야 적절하지 않음을 판단할 수 있었다. ④번이 적절하다고 판단한 학생들은 해당 문장 앞에서 '무상 취득자의 노력' 여하에 따라 유류분 부족액 계산 방식이 다르다고 설명한 내용에만 몰두하여, '유류분 부족액'이 아닌 '지분'을 계산할 때에도 '상속 개시 당시의 시가'가 아닌 '무상 취득 당시의 시가'를 기준으로 삼아 병이 'A 물건의 1/3 지분'을 반환받았을 것으로 판단했을 가능성이 높기 때문이다. 따라서 독서 지문을 읽을 때에는 주어진 정보를 세부적인 것까지 놓치지 않고 꼼꼼하게 읽으며 선지에 대응시켜 가야 한다.

정답률 분석

	①	②	③	정답 ④	매력적 오답 ⑤
	9%	12%	15%	39%	25%

[1~4] 다음 글을 읽고 물음에 답하시오.

✏ 사고의 흐름

❶ [1]경제학에서는 증거에 근거한 정책 논의를 위해 사건의 효과를 평가해야 할 경우가 많다. [2]어떤 사건의 효과를 평가한다는 것은 사건 후의 결과와 사건이 없었을 경우에 나타났을 결과를 비교하는 일이다. *이 지문은 사건의 효과를 평가하는 방식에 대해 다루려 하는구나!* [3]그런데 가상의 결과는 관측*할 수 없으므로 실제로는 사건을 경험한 표본들로 구성된 시행집단의 결과와, 사건을 경험하지 않은 표본들로 구성된 비교집단의 결과를 비교하여 사건의 효과를 평가한다. *'시행집단', '비교집단'이라는 생소한 개념이 등장했네. 앞으로의 전개 과정에서 자주 활용될 테니 제시된 개념의 정의를 정확히 이해하고 넘어가자.* [4]따라서 이 작업의 관건은 그 사건 외에는 결과에 차이가 ⓐ날 이유가 없는 두 집단을 구성하는 일이다. [5]가령 어떤 사건이 임금에 미친 효과를 평가할 때, 그 사건이 없었다면 시행집단과 비교집단의 평균 임금이 같을 수밖에 없도록 두 집단을 구성하는 것이다. *결과가 그 '특정 사건' 외의 요소에서 영향을 받는다면, 그 사건만의 효과를 판단하기 어려워지기 때문이겠지?* 이를 위해 제시된 사례에서 사건 전 두 집단의 평균 임금이 동일하도록 구성하는 것이군. [6]이를 위해서는 두 집단에 표본이 임의로 배정되도록 사건을 설계하는 실험적 방법이 이상적이다. [7]그러나 사람을 표본으로 하거나 사회 문제를 다룰 때에는 이 방법을 적용할 수 없는 경우가 많다. *특정 사건 외에는 결과에 차이가 날 이유가 없도록 시행집단과 비교집단을 구성하는 방법으로 실험적 방법이 있군. 하지만 이 방법에는 한계도 있음이 간단히 언급되었네.*

예시를 통해 특정 사건 외에 결과에 차이가 날 일이 없는 두 집단의 사례를 제시하겠지?

실험적 방법의 한계가 제시되겠지?

❷ [8]이중차분법은 시행집단에서 일어난 변화에서 비교집단에서 일어난 변화를 뺀 값을 사건의 효과라고 평가하는 방법이다. *사건의 효과를 평가하는 한 방법으로 '이중차분법'이 제시되었군. 이중차분법은 '시행집단에 발생한 변화 – 비교집단에 발생한 변화 = 사건의 효과'라고 보는군.* [9]이는 사건이 없었더라도 비교집단에서 일어난 변화와 같은 크기의 변화가 시행집단에서도 일어났을 것이라는 평행추세 가정에 근거해 사건의 효과를 평가한 것이다. [10]이 가정이 충족*되면 사건 전의 상태가 평균적으로 같도록 두 집단을 구성하지 않아도 된다. *이중차분법을 활용하여 사건의 효과를 평가하기 위해서는 사건이 발생하지 않아도 두 집단에 같은 크기의 '변화'가 나타났을 것이라는 '평행추세 가정'을 충족시키는 것이 중요하겠군. 이때는 1문단처럼 사건 전의 상태가 평균적으로 동일하도록 두 집단이 구성되지 않아도 된다고 해.*

❸ [11]이중차분법은 1854년에 스노가 처음 사용했다고 알려져 있다. [12]그는 두 수도 회사로부터 물을 공급받는 런던의 동일 지역 주민들에 주목했다. *이중차분법을 활용한 사례를 보여 주려나 봐!* [13]같은 수원을 사용하던 두 회사 중 한 회사만 수원을 ⓑ바꿨는데 주민들은 자신의 수원을 몰랐다. [14]스노는 수원이 바뀐 주민들과 바뀌지 않은 주민들의 수원 교체 전후 콜레라로 인한 사망률의 변화들을 비교함으로써 콜레라가 공기가 아닌 물을 통해 전염된다는 결론을 ⓒ내렸다. *이 사례에서 주목해야 할 점이 몇 가지 보이네. 하나는 스노가 '수원 교체'라는 특정 사건을 전후로 두 집단의 콜레라로 인한 '사망률'이 아닌 '사망률의 변화'를 비교하고 있다는 점이고, 또 하나는 그 결과에 영향을 미친 사건이 '공기'가 아닌 '물'과*

관련되었다고 결론을 내렸다는 점이야. [15]경제학에서는 1910년대에 최저임금제 도입 효과를 파악하는 데 이 방법이 처음 이용되었다.

❹ [16]평행추세 가정이 충족되지 않는 경우에 이중차분법을 적용하면 사건의 효과를 잘못 평가하게 된다. *이중차분법을 적용할 때 평행추세 가정을 충족하는 것의 중요성에 대해 재차 강조하고 있어.* [17]예컨대 ㉠어떤 노동자 교육 프로그램의 고용 증가 효과를 평가할 때, 일자리가 급격히 줄어드는 산업에 종사하는 노동자의 비중이 비교집단에 비해 시행집단에서 더 큰 경우에는 평행추세 가정이 충족되지 않을 것이다. *예시를 제시했지만 자세히는 설명하지 않았네. 아마 이 부분이 문제로 제시될 거야. 간단히 이해하고 넘어간다면 '일자리가 급격히 줄어드는 산업에 종사하는 노동자의 비중'이 큰 시행집단은 그렇지 않은 비교집단에 비해 전반적인 일자리가 부족해지면서 고용률이 늘어나기 어려워질 테니, 노동자 교육 프로그램을 하지 않았을 때에도 비교집단에서 일어나는 변화와 같은 크기의 고용률의 변화가 일어났을 것이라고 보기 어려워지는 거야. 그에 따라 평행추세 가정이 충족되지 않는 것이지.* [18]그렇다고 해서 집단 간 표본의 통계적 유사성을 ⓓ높이려고 사건 이전 시기의 시행집단을 비교집단으로 설정하는 것이 평행추세 가정의 충족을 보장하는 것은 아니다. [19]예컨대 고용처럼 경기변동에 민감한 변화라면 집단 간 표본의 통계적 유사성보다 변화 발생의 동시성*이 이 가정의 충족에서 더 중요할 수 있기 때문이다. *평행추세 가정을 충족하는 방향으로 두 집단을 구성하는 과정에서 '사건 이전 시기의 시행집단'을 '사건 이후 시기의 시행집단'의 비교집단으로 설정하는 것이 꼭 답은 아니라고 해. '고용'과 같이 경기에 따라 민감하게 변화하는 문제를 다룰 때는 집단 간의 '통계적 유사성'보다 '변화 발생의 동시성'이 중요하기 때문이지. 원리가 잘 이해되지 않아도, 제시된 현상과 그 원인 정도는 잘 짚고 넘어가자.*

예시를 통해 사건 이전 시기의 시행집단을 비교집단으로 설정하기 어려운 이유를 구체화하겠군!

❺ [20]㉡여러 비교집단을 구성하여 각각에 이중차분법을 적용한 평가 결과가 같음을 확인하면 평행추세 가정이 충족된다는 신뢰를 줄 수 있다. [21]또한 ㉢시행집단과 여러 특성에서 표본의 통계적 유사성이 높은 비교집단을 구성하면 평행추세 가정이 위협받을 가능성을 ⓔ줄일 수 있다. [22]이러한 방법들을 통해 이중차분법을 적용한 평가에 대한 신뢰도를 높일 수 있다. *이중차분법을 적용한 평가에 대한 신뢰도를 높이는 두 가지 방법이 소개되었어. 모두 평행추세 가정을 충족하기 위한 요소들이네. 잘 확인하고 넘어가자.*

이것만은 챙기자

* **관측**: 육안이나 기계로 자연 현상 특히 천체나 기상의 상태, 추이, 변화 따위를 관찰하여 측정하는 일.
* **충족**: 일정한 분량을 채워 모자람이 없게 함.
* **동시성**: 어떤 두 사건이 같은 시간에 일어나는 것을 이르는 말.

만점 선배의 구조도 예시

>> 각 문단을 요약하고 지문을 **세 부분**으로 나누어 보세요.

1 경제학에서는 사건을 경험한 시행집단의 결과와 사건을 경험하지 않은 비교집단의 결과를 비교하여 사건의 효과를 평가한다.	첫 번째 **1**[1]~**1**[7]
2 이중차분법은 평행추세 가정에 근거해 시행집단에서 일어난 변화에서 비교집단에서 일어난 변화를 뺀 값을 사건의 효과라고 평가한다.	두 번째 **2**[8]~**4**[19]
3 이중차분법은 1854년 스노가 처음 사용했으며 경제학에서는 1910년대 최저 임금제 도입 효과를 파악하는 데 처음 이용되었다.	
4 평행추세 가정이 충족되지 않는 경우 이중차분법을 적용하면 사건의 효과를 잘못 평가하게 된다.	
5 여러 비교집단에 이중차분법을 적용한 평가 결과가 같음을 확인하거나, 시행집단과 표본의 통계적 유사성이 높은 비교집단을 구성하면 평행추세 가정을 충족시켜 이중차분법을 적용한 평가의 신뢰도를 높일 수 있다.	세 번째 **5**[20]~**5**[22]

| 세부 정보 파악 | 정답률 **18**

1. 윗글에 대한 이해로 적절하지 <u>않은</u> 것은?

✓ 정답풀이

① 실험적 방법에서는 시행집단에서 일어난 평균 임금의 사건 전후 변화를 어떤 사건이 임금에 미친 효과라고 평가한다.

> 근거: **1** [3]가상의 결과는 관측할 수 없으므로 실제로는 사건을 경험한 표본들로 구성된 시행집단의 결과와, 사건을 경험하지 않은 표본들로 구성된 비교집단의 결과를 비교하여 사건의 효과를 평가한다. ~[5]가령 어떤 사건이 임금에 미친 효과를 평가할 때, 그 사건이 없었다면 시행집단과 비교집단의 평균 임금이 같을 수밖에 없도록 두 집단을 구성하는 것이다. [6]이를 위해서는 두 집단에 표본이 임의로 배정되도록 사건을 설계하는 실험적 방법이 이상적이다.
>
> 실험적 방법은 어떤 사건이 임금에 미친 효과를 평가할 때 그 사건이 없었다면 시행집단과 비교집단의 평균 임금이 같을 수밖에 없도록 두 집단을 구성하는 데 활용될 수 있으며, 사건을 경험한 표본들로 구성된 시행집단과 사건을 경험하지 않은 표본들로 구성된 비교집단의 결과를 비교하여 사건의 효과를 평가할 수 있도록 한다. 따라서 시행집단에서 일어난 평균 임금의 사건 전후 변화를 어떤 사건이 임금에 미친 효과라고 평가하지는 않을 것이다.

✗ 오답풀이

② 사람을 표본으로 하거나 사회 문제를 다룰 때에도 실험적 방법을 적용하는 경우가 있다.

> 근거: **1** [5]가령 어떤 사건이 임금에 미친 효과를 평가할 때~[6]두 집단에 표본이 임의로 배정되도록 사건을 설계하는 실험적 방법이 이상적이다. [7]그러나 사람을 표본으로 하거나 사회 문제를 다룰 때에는 이 방법을 적용할 수 없는 경우가 많다.
>
> 실험적 방법은 사람을 표본으로 하거나 사회 문제를 다룰 때에는 적용할 수 없는 경우가 많지만, 적용이 불가능하다고 언급한 것은 아니다. 따라서 사람을 표본으로 하거나 사회 문제를 다룰 때에도 실험적 방법을 적용하는 경우가 있다고 볼 수 있다.

③ 평행추세 가정에서는 특정 사건 이외에는 두 집단의 변화에 차이가 날 이유가 없다고 전제한다.

> 근거: **2** [9]사건이 없었더라도 비교집단에서 일어난 변화와 같은 크기의 변화가 시행집단에서도 일어났을 것이라는 평행추세 가정
>
> 평행추세 가정에서는 특정 사건이 발생하지 않은 상황이라도 시행집단과 비교집단에 같은 크기의 변화가 일어났을 것이라고 보므로, 특정 사건을 제외한다면 두 집단의 변화에 차이가 날 이유가 없다고 전제한다.

④ 스노의 연구에서 시행집단과 비교집단의 콜레라 사망률은 사건 후뿐만 아니라 사건 전에도 차이가 있었을 수 있다.

> 근거: **2** [9]이는 사건이 없었더라도 비교집단에서 일어난 변화와 같은 크기의 변화가 시행집단에서도 일어났을 것이라는 평행추세 가정에 근거해 사건의 효과를 평가한 것이다. [10]이 가정이 충족되면 사건 전의 상태가 평균적으로 같도록 두 집단을 구성하지 않아도 된다. + **3** [11]이중차분법은 1854년에 스노가 처음 사용했다고 알려져 있다.
>
> 이중차분법은 평행추세 가정에 근거해 사건의 효과를 평가한 것으로, 이 가정이 충족되면 사건 전의 시행집단과 비교집단의 상태가 평균적으로 같도록 두 집단을 구성하지 않아도 되므로 스노의 연구에서 시행집단과 비교집단의 콜레라 사망률은 사건 전에도 차이가 있었을 수 있다.

⑤ 스노는 수원이 바뀐 주민들과 바뀌지 않은 주민들 사이에 공기의 차이는 없다고 보았을 것이다.

근거: **3** [11]이중차분법은 1854년에 스노가 처음 사용했다고 알려져 있다.~[14]스노는 수원이 바뀐 주민들과 바뀌지 않은 주민들의 수원 교체 전후 콜레라로 인한 사망률의 변화들을 비교함으로써 콜레라가 공기가 아닌 물을 통해 전염된다는 결론을 내렸다.

스노는 특정 사건이 없다면 시행집단과 비교집단에 동일한 크기의 변화가 일어났을 것임을 전제로 하는 이중차분법을 활용하였다고 알려져 있으며, '수원'이 바뀌었다는 사건을 기준으로 두 집단을 비교하여 '콜레라가 공기가 아닌 물을 통해 전염된다는 결론'을 내렸다. 따라서 스노는 수원이 바뀐 주민들과 바뀌지 않은 주민들 사이에 물이 아닌 공기의 차이는 없다고 보았을 것이다.

문제적 문제   • 1번-①, ④번

정답인 ①번 외의 선지를 택한 학생들의 비율이 전반적으로 비슷했으며, 대부분 정답보다 높은 비율로 오답 선지를 선택하였다. 지문에 제시된 낯선 개념들 간의 관계를 정확히 파악하기 어려웠던 점, '어떤 사건의 효과를 평가'하는 원리와 기준에 대해 지문과 학생의 생각이 충돌한 점 등이 문제된 것으로 여겨진다.

이 지문은 '어떤 사건의 효과를 평가'하는 것의 의미와 방법을 다룬다. 1문단에서는 사건의 효과를 평가할 때 '사건을 경험한 표본들로 구성된 시행집단의 결과와, 사건을 경험하지 않은 표본들로 구성된 비교집단의 결과를 비교'한다는 전제를 제시하고, 이를 위해 '그 사건 외에는 결과에 차이가 날 이유가 없는 두 집단을 구성'해야 함을 언급한다. 이때 활용되는 '실험적 방법'에서도 '두 집단'에 표본이 임의로 배정되도록 사건을 설계한다고 했다. 따라서 ①번에 언급된 것처럼 '시행집단'에서의 변화만을 근거로 어떤 사건이 임금에 미친 효과를 평가할 수는 없다. 그런데 지문에 대한 고려 없이 ①번을 보면 한 집단에 특정 사건에 의한 변화가 발생했음을 관측하는 것만으로 충분히 사건의 효과를 판단할 수 있을 것으로 보인다. 이러한 생각이 지문의 내용과 어긋나고 있음을 인지하지 못한 채 해당 선지가 적절하다고 판단하고 넘어갔다면, 매력적인 오답을 고르게 된다.

오답 선지 중 가장 선택 비율이 높았던 ④번에는 3문단에 제시된 스노의 연구 내용과 관련된 '시행집단', '비교집단', '콜레라 사망률' 등의 키워드가 들어 있으며, 언뜻 생각하기에 콜레라가 물을 통해 전염된다는 결론을 내리기 위해서는 두 집단에서 나타나는 상황의 '차이'가 사건 후에만 한정되어 나타나야 할 것처럼 여겨진다. 그러나 이는 스노의 실험이 2문단에 제시된 '이중차분법'의 예시로 제시되었다는 점을 고려하지 못한 것이다. '이중차분법'에서는 '평행추세 가정'만 충족한다면 '사건 전의 상태가 평균적으로 같도록 두 집단을 구성하지 않아도' 되므로, 스노의 연구에서 시행집단과 비교집단의 '콜레라 사망률' 자체는 사건 전에도 차이가 있을 수 있다. 이중차분법을 적용한 연구에서는 한 사건을 계기로 두 집단에서 콜레라 사망률이 '변화하는 정도'가 어떻게 다른지를 판단할 것이기 때문이다.

결국 이 문제를 정확히 풀어 내는 관건은 지문에 제시된 여러 정보들을 얼마나 정확하게 이해하였는지, 그리고 제시된 선지들을 지문과 얼마나 긴밀하게 연결 지어 가며 이해하였는지에 있었다.

정답률 분석

정답	매력적 오답	매력적 오답	매력적 오답	매력적 오답
①	②	③	④	⑤
18%	16%	20%	34%	12%

| 세부 내용 추론 | 정답률 **40**

2. 다음은 이중차분법을 ㉠에 적용할 경우에 나타날 결과를 추론한 것이다. A와 B에 들어갈 말을 바르게 짝지은 것은?

㉠: 어떤 노동자 교육 프로그램의 고용 증가 효과를 평가할 때, 일자리가 급격히 줄어드는 산업에 종사하는 노동자의 비중이 비교집단에 비해 시행집단에서 더 큰 경우

프로그램이 없었다면 시행집단에서 일어났을 고용률 증가는, 비교집단에서 일어난 고용률 증가와/보다 (A) 것이다. 그러므로 ㉠에 이중차분법을 적용하여 평가한 프로그램의 고용 증가 효과는 평행추세 가정이 충족되는 비교집단을 이용하여 평가한 경우의 효과보다 (B) 것이다.

정답풀이

	A	B
⑤	작을	작을

근거: **2** [8]이중차분법은 시행집단에서 일어난 변화에서 비교집단에서 일어난 변화를 뺀 값을 사건의 효과라고 평가하는 방법이다. [9]이는 사건이 없었더라도 비교집단에서 일어난 변화와 같은 크기의 변화가 시행집단에서도 일어났을 것이라는 평행추세 가정에 근거해 사건의 효과를 평가한 것이다. + **4** [16]평행추세 가정이 충족되지 않는 경우에 이중차분법을 적용하면 사건의 효과를 잘못 평가하게 된다. [17]예컨대 어떤 노동자 교육 프로그램의 고용 증가 효과를 평가할 때, 일자리가 급격히 줄어드는 산업에 종사하는 노동자의 비중이 비교집단에 비해 시행집단에서 더 큰 경우(㉠)에는 평행추세 가정이 충족되지 않을 것이다.

㉠에서와 같이 시행집단에서 '일자리가 급격히 줄어드는 산업에 종사하는 노동자의 비중'이 비교집단에 비해 더 크다면, 고용 증가를 위한 노동자 교육 프로그램을 시행하기 이전에도 일자리 자체가 줄어들고 있는 상황이기 때문에 고용률 증가의 정도는 비교집단에 비해 작을(A) 것이다. 이는 '노동자 교육 프로그램'을 시행했다는 사건이 없었더라도 시행집단과 비교집단에서 동일한 크기의 변화가 일어나야 하는 평행추세 가정이 충족되지 않았음을 나타낸다. 고용 증가를 위한 노동자 교육 프로그램을 시행한다고 하더라도, 일자리 자체가 사라지는 속도가 빠른 상황에서 그 효과는 상대적으로 미미하게 나타날 수밖에 없다. 그에 따라 ㉠에 이중차분법을 적용하여 고용 증가 효과를 평가한다면, 평행추세 가정이 충족되는 비교집단을 이용하여 평가한 경우의 효과보다 작게(B) 나타날 것이다.

Q: 프로그램이 없었을 때 시행집단에서 일어날 고용률 증가가 비교집단에서 일어날 고용률 증가보다 작을 것이라면, 이중차분법을 적용하면 프로그램의 고용 증가 효과는 더 커지는 것 아닌가요?

A: 이중차분법을 적용할 때 평행추세 가정이 충족되지 않으면 안 되는 이유는, '사건이 없었더라도 비교집단에서 일어난 변화와 같은 크기의 변화가 시행집단에서도 일어'나야만 사건의 효과를 적절히 판단할 수 있기 때문이다. 즉 사건이 일어나지 않더라도 시행집단에서 일어났을 변화의 크기가 비교집단에서 일어났을 변화의 크기에 비해 한정적인 상황이라면, 그러한 변화와 관련된 사건이 발생한다고 하더라도 시행집단에서 큰 변화가 나타날 것이라고 기대하기 어려워진다.

㉠의 사례에서는 시행집단에 있는 '일자리가 급격히 줄어드는 산업에 종사하는 노동자의 비중'이 비교집단에 비해 큰 경우를 제시하고 있다. 일자리가 급격히 줄어든다는 것은 고용의 측면에서 보았을 때, 아무리 좋은 노동 교육 프로그램을 시행한다고 하더라도 고용 증가에 미치는 영향이 한계가 있음을 시사한다. 교육받은 노동자가 늘어난다고 하더라도, 그 노동자가 일할 수 있는 일자리 자체가 빠르게 줄어들고 있는 상황에서는 고용이 증가하기 어렵기 때문이다. 만일 시행집단과 비교집단에서 일자리가 급격히 줄어드는 산업에 종사하는 노동자의 비중이 동일하였다면, 일부 노동자가 '일자리가 급격히 줄어드는 산업에 종사'한다는 변수에 의한 고용 변화의 크기 역시 (사건이 없어도) 두 집단에서 동일하게 나타날 것이므로 평행추세 가정이 충족되어 '노동자 교육 프로그램'이라는 사건의 효과에 대한 유의미한 평가가 가능할 것이다. 이때에는 시행집단에서 비교집단에 비해 큰 고용 증가 효과가 나타날 것으로 추론할 수 있다. 그러나 이미 프로그램을 통한 고용 증가 효과를 기대하기에는 비교집단보다 불리한, ㉠과 같은 상황에 있는 시행집단의 경우, 이중차분법을 적용하여 평가한 프로그램의 고용 증가 효과는 평행추세 가정이 충족되는 비교집단을 이용하여 평가한 경우보다 작게 나타나게 될 것이라고 보는 것이 적절하다.

| 구체적 상황에 적용 | 정답률 **46**

3. 윗글을 바탕으로 〈보기〉를 이해한 내용으로 적절하지 않은 것은? [3점]

〈보기〉

아래의 표는 S 국가의 P주와 그에 인접한 Q주에 위치한 식당들을 1992년 1월 초와 12월 말에 조사한 결과의 일부이다. P주는 1992년 4월에 최저임금을 시간당 4달러에서 5달러로 올렸고, Q주는 1992년에 최저임금을 올리지 않았다. P주 저임금 식당들은, 최저임금 인상 전에 시간당 4달러의 임금을 지급했고 최저임금 인상 후에 임금이 상승했다. P주 고임금 식당들은, 최저임금 인상 전에 이미 시간당 5달러보다 더 높은 임금을 지급했고 최저임금 인상 후에도 임금이 상승하지 않았다. 이때 최저임금 인상에 따른 임금 상승이 고용에 미친 효과를 평가한다고 하자.

집단	평균 피고용인 수(단위: 명)		
	사건 전(A)	사건 후(B)	변화(B−A)
P주 저임금 식당	19.6	20.9	1.3
P주 고임금 식당	22.3	20.2	−2.1
Q주 식당	23.3	21.2	−2.1

정답풀이

④ 비교집단의 변화를, P주 고임금 식당들의 1992년 1년간 변화로 파악할 경우보다 시행집단의 1991년 1년간 변화로 파악할 경우에 더 신뢰할 만한 평가를 얻는다.

근거: **4** [16]평행추세 가정이 충족되지 않는 경우에 이중차분법을 적용하면 사건의 효과를 잘못 평가하게 된다.~[18]그렇다고 해서 집단 간 표본의 통계적 유사성을 높이려고 사건 이전 시기의 시행집단을 비교집단으로 설정하는 것이 평행추세 가정의 충족을 보장하는 것은 아니다. [19]예컨대 고용처럼 경기변동에 민감한 변화라면 집단 간 표본의 통계적 유사성보다 변화 발생의 동시성이 이 가정의 충족에서 더 중요할 수 있기 때문이다.

〈보기〉에 따르면 '최저임금 인상에 따른 임금 상승'이라는 사건이 발생하는 것은 1992년 4월이다. 따라서 선지의 진술과 같이 비교집단의 변화를 'P주 고임금 식당들의 1992년 1년간 변화'가 아닌 '시행집단의 1991년 1년간 변화'로 파악하는 것은, 사건 이전 시기의 시행집단을 비교집단으로 설정하는 경우에 해당한다고 볼 수 있다. 그러나 〈보기〉에서 다루는 것과 같은 '고용'의 문제는 경기 변동에 민감하기 때문에, 이중차분법의 전제가 되는 평행추세 가정을 충족하기 위해 '변화 발생의 동시성'을 고려하는 것이 바람직하다. 따라서 비교집단의 변화를 '시행집단의 1991년 1년간 변화로 파악'하는 경우에 더 신뢰할 만한 평가를 얻는다고 볼 수는 없다.

① 최저임금 인상 후에 시행집단에서 일어난 변화는 1.3명이다.

근거: **1** [2]어떤 사건의 효과를 평가한다는 것은 사건 후의 결과와 사건이 없었을 경우에 나타났을 결과를 비교하는 일이다. [3]그런데 가상의 결과는 관측할 수 없으므로 실제로는 사건을 경험한 표본들로 구성된 시행집단의 결과와, 사건을 경험하지 않은 표본들로 구성된 비교집단의 결과를 비교하여 사건의 효과를 평가한다.

〈보기〉에 제시된 사건은 '최저임금 인상에 따른 임금 상승'의 발생이다. 이때 이러한 사건을 경험한 시행집단은 'P주 저임금 식당들'이므로, 표를 참고할 때 최저임금 인상 후에 시행집단에서 일어난 변화는 1.3명이라고 해석할 수 있다.

② 시행집단과 비교집단의 식당들이 종류나 매출액 수준 등의 특성에서 통계적 유사성이 높을수록 평가에 대한 신뢰도가 높아진다.

근거: **4** [16]평행추세 가정이 충족되지 않는 경우에 이중차분법을 적용하면 사건의 효과를 잘못 평가하게 된다. + **5** [21]시행집단과 여러 특성에서 표본의 통계적 유사성이 높은 비교집단을 구성하면 평행추세 가정이 위협받을 가능성을 줄일 수 있다. [22]이러한 방법들을 통해 이중차분법을 적용한 평가에 대한 신뢰도를 높일 수 있다.

③ 비교집단을 Q주 식당들로 택해 이중차분법을 적용하면 시행집단에서 최저임금 인상에 따른 임금 상승의 고용 효과는 3.4명 증가로 평가된다.

근거: **2** [8]이중차분법은 시행집단에서 일어난 변화에서 비교집단에서 일어난 변화를 뺀 값을 사건의 효과라고 평가하는 방법이다.

이중차분법은 시행집단에서 일어난 변화에서 비교집단에서 일어난 변화를 뺀 값을 사건의 효과라고 보므로, 시행집단을 'P주 저임금 식당들', 비교집단을 'Q주 식당들'로 정해 이중차분법을 적용하면 최저임금 인상에 따른 임금 상승의 고용 효과는 1.3 - (-2.1) = 3.4명 증가로 평가된다.

⑤ 비교집단을 Q주 식당들로 택하든 P주 고임금 식당들로 택하든 비교집단에서 일어난 변화가 동일하다는 사실은 평행추세 가정의 충족에 대한 신뢰도를 높인다.

근거: **2** [8]이중차분법은 시행집단에서 일어난 변화에서 비교집단에서 일어난 변화를 뺀 값을 사건의 효과라고 평가하는 방법이다. + **5** [20]여러 비교집단을 구성하여 각각에 이중차분법을 적용한 평가 결과가 같음을 확인하면 평행추세 가정이 충족된다는 신뢰를 줄 수 있다.

이중차분법은 시행집단에서 일어난 변화에서 비교집단에서 일어난 변화를 뺀 값을 사건의 효과라고 평가한다. 그런데 〈보기〉의 표를 참고하면 비교집단이 될 수 있는 'P주 고임금 식당들'이나 'Q주 식당들'의 사건 전후 변화는 '-2.1'로 모두 동일하다. 이는 곧 비교집단을 Q주 식당들로 택하든, P주 고임금 식당들로 택하든 이중차분법을 적용한 평가 결과가 같을 것임을 나타낸다. 이러한 사실은 평행추세 가정이 충족된다는 신뢰를 줄 수 있다.

4. 문맥상 ⓐ~ⓔ의 단어와 가장 가까운 의미로 쓰인 것은?

② ⓑ: 산에 가려다가 생각을 바꿔 바다로 갔다.

> 근거: **3** [13]같은 수원을 사용하던 두 회사 중 한 회사만 수원을 ⓑ바꿨는데 주민들은 자신의 수원을 몰랐다.
> ⓑ의 '바꾸다'와 ②번의 '바꾸다'는 모두 '원래의 내용이나 상태를 다르게 고치다.'라는 의미로 사용되었다.

① ⓐ: 그 사건의 전말이 모두 오늘 신문에 났다.

근거: **1** [4]따라서 이 작업의 관건은 그 사건 외에는 결과에 차이가 ⓐ날 이유가 없는 두 집단을 구성하는 일이다.
ⓐ의 '나다'는 '어떤 작용에 따른 효과, 결과 따위의 현상이 이루어져 나타나다.'의 의미로, ①번의 '나다'는 '신문, 잡지 따위에 어떤 내용이 실리다.'의 의미로 쓰였다.

③ ⓒ: 기상청에서 전국에 건조 주의보를 내렸다.

근거: **3** [14]스노는~콜레라가 공기가 아닌 물을 통해 전염된다는 결론을 ⓒ내렸다.
ⓒ의 '내리다'는 '판단, 결정을 하거나 결말을 짓다.'의 의미로, ③번의 '내리다'는 '명령이나 지시 따위를 선포하거나 알려 주다.'의 의미로 쓰였다.

④ ⓓ: 회원들이 회칙 개정을 요구하는 목소리를 높였다.

근거: **4** [18]그렇다고 해서 집단 간 표본의 통계적 유사성을 ⓓ높이려고
ⓓ의 '높이다'는 '값이나 비율 따위를 더 높게 하다.'의 의미로, ④번의 '높이다'는 '어떤 의견을 다른 의견보다 더 강하게 내다.'의 의미로 쓰였다.

⑤ ⓔ: 하고 싶은 말은 많지만 오늘은 이만 줄입니다.

근거: **5** [21]평행추세 가정이 위협받을 가능성을 ⓔ줄일 수 있다.
ⓔ의 '줄이다'는 '힘이나 세력 따위를 본디보다 약하게 하다.'의 의미로, ⑤번의 '줄이다'는 '말이나 글의 끝에서, 할 말은 많으나 그만하고 마친다는 뜻으로 하는 말.'의 의미로 쓰였다.

[1~4] 다음 글을 읽고 물음에 답하시오.

✏ 사고의 흐름

1 ¹기축 통화는 국제 거래에 결제 수단으로 통용*되고 환율 결정에 기준이 되는 통화이다. ²1960년 트리핀 교수는 브레턴우즈 체제에서의 기축 통화인 달러화의 구조적 모순을 지적했다. ³한 국가의 재화와 서비스의 수출입 간 차이인 경상 수지는 수입이 수출을 초과하면 적자이고, 수출이 수입을 초과하면 흑자이다. *지문 초반에 제시되는 개념은 시간이 걸리더라도 정확하게 정리하고 넘어가야 이후의 내용을 제대로 이해할 수 있어.* ⁴그(트리핀 교수)는 "미국이 경상 수지 적자를 허용하지 않아 국제 유동성 공급이 중단되면 세계 경제는 크게 위축될 것"이라면서도 *앞에서 설명한 것과 반대의 상황이 제시되겠지?* "반면 적자 상태가 지속돼 달러화가 과잉 공급되면 준비 자산으로서의 신뢰도가 저하되고 고정 환율 제도도 붕괴될 것"이라고 말했다.

브레턴우즈 체제		
기축 통화	미국의 달러화	
트리핀이 지적한 구조적 모순	미국의 경상 수지	결과
	적자 (수입 > 수출) → 지속	달러화 과잉 공급 → 신뢰도 저하 → 고정 환율 제도 붕괴
	흑자 (수입 < 수출) → 위해	국제 유동성 공급 중단 → 세계 경제 위축

2 ⁵이러한 트리핀 딜레마는 국제 유동성 확보와 달러화의 신뢰도 간의 문제이다. 미국이 경상 수지 적자를 허용하지 않는 경우 국제 유동성 확보에 문제가 생기고, 적자가 지속되면 달러화의 신뢰도에 문제가 생기는 거네. ⁶국제 유동성이란 국제적으로 보편적인 통용력을 갖는 지불 수단을 말하는데, 앞서 설명해 주지 않았던 '국제 유동성'의 개념을 설명했네. 참고로 지문에서 모든 낯선 개념을 항상 친절하게 설명해 주지는 않아. 이는 문제에서 딱 그만큼만 물어볼 것이라는 뜻이기도 해. 문제를 풀기 위해 필요한 정보라면 어느 시점에서든 제시될 테니, 처음에 개념에 대해 설명하지 않는다고 해서 걱정할 필요는 없어. ㉠금 본위 체제에서는 금이 국제 유동성의 역할을 했으며, 각 국가의 통화 가치는 정해진 양의 금의 가치에 고정되었다. ⁷이에 따라 국가 간 통화의 교환 비율인 환율은 자동적으로 결정되었다. (1) 금 본위 체제: ① 금이 국제 유동성 역할 ② 각 국가의 통화 가치는 정해진 양의 금의 가치에 고정(환율은 자동 결정) ⁸이후 ㉡브레턴우즈 체제에서는 국제 유동성으로 달러화가 추가되어 '금 환 본위제'가 되었다. ⁹1944년에 성립된 이 체제(브레턴우즈 체제)는 미국의 중앙은행에 '금 태환 조항'에 따라 금 1온스와 35달러를 언제나 맞교환해 주어야 한다는 의무를 지게 했다. ¹⁰다른 국가들은 달러화에 대한 자국 통화의 가치를 고정했고, 달러화로만 금을 매입할 수 있었다. 금에 대한 달러화의 환율, 달러화에 대한 다른 국가 통화의 환율이 고정되었네. ¹¹환율은 경상 수지의 구조적 불균형이 있는 예외적인 경우를 제외하면 ±1% 내에서의 변동만을 허용했다. ¹²이에 따라 기축 통화인 달러화를 제외한 다른 통화들 간 환율인 교차 환율은 자동적으로 결정되었다. (2) 브레턴우즈 체제: ① 금과 달러화가 국제 유동성 역할(금 환 본위제) ② 각 국가는 달러화에 대한 자국 통화의 가치 고정(교차 환율은 자동 결정)

3 ¹³1970년대 초에 미국은 경상 수지 적자가 누적되기 시작하고 달러화가 과잉 공급되어 미국의 금 준비량이 급감*했다. *1문단에 제시된 내용과 연결해서 읽었어? 경상 수지 적자가 누적되고 달러화가 과잉 공급되면 준비 자산으로서의 신뢰도가 저하된다고 했어.* *시간의 흐름도 고려해 가며 지문을 읽자!* ¹⁴이에 따라 미국은 달러화의 금 태환 의무(금 1온스와 35달러를 맞교환해 주어야 하는 의무)를 더 이상 감당할 수 없는 상황에 도달했다. ¹⁵이를 해결할 수 있는 방법은 달러화의 가치를 내리는 평가 절하, 또는 달러화에 대한 여타국 통화의 환율을 하락시켜 그 가치를 올리는 평가 절상이었다. 여기서 평가 절하는 '달러화'에, 평가 절상은 '여타국 통화'에 적용되는 것임을 알아 둬야 해. 예를 들어 '1달러 = 1200원'이던 환율을 하락시켜 '1달러 = 1100원'이 되면, 달러화에 대한 원화 가치는 평가 절상된 거야. 이는 결과적으로는 달러화의 가치를 하락시키는 결과를 가져오지. ¹⁶하지만 브레턴우즈 체제하에서 달러화의 평가 절하는 규정상 불가능했고, 브레턴우즈 체제에서는 고정 환율에 따라 금 1온스를 35달러와 맞교환해야 한다는 의무가 있었으니, 함부로 달러화의 가치를 내려(환율을 상승시켜) 금 1온스가 40달러와 맞교환되게 할 수 없는 거지. 당시 대규모 대미 무역 흑자 상태였던 독일, 일본 등 주요국들은 평가 절상에 나서려고 하지 않았다. 대미 무역, 즉 미국에 대한 수출과 수입에서 경상 수지가 흑자(수출 > 수입)인 경우였던 국가들은 자국 통화의 환율을 낮추는 평가 절상에 나서려 하지 않았군. ¹⁷이 상황이 유지되기 어려울 것이라는 전망으로 독일의 마르크화와 일본의 엔화에 대한 투기적 수요가 증가했고, 결국 환율의 변동 압력은 더욱 커질 수밖에 없었다. ¹⁸이러한 상황에서 각국은 보유한 달러화를 대규모로 금으로 바꾸기를 원했다. 1문단의 트리핀 교수의 생각대로 달러화의 과잉 공급에 의해 독일과 일본 등의 통화 가치가 상승하고, 고정 환율이 붕괴될 조짐이 나타나며, 달러화의 준비 자산으로서의 신뢰도가 저하되면서 달러화를 금으로 바꾸려는 경향이 나타났군. ¹⁹미국은 결국 1971년 달러화의 금 태환 정지를 선언한 닉슨 쇼크를 단행*했고, 브레턴우즈 체제는 붕괴되었다. 1944년 성립된 브레턴우즈 체제는 1971년 닉슨 쇼크의 단행에 따라 붕괴되었군.

4 ²⁰그러나 붕괴 이후에도 달러화의 기축 통화 역할은 계속되었다. ²¹그 이유로 규모의 경제를 생각할 수 있다. 마지막 문단에서 앞에서 설명하지 않은 경제 용어가 나왔다고 당황할 것 없어! 문제 풀이에 필요하다면 개념을 설명해 줄 거고, 개념을 설명해 주지 않는다면 무슨 뜻인지는 잘 모르겠지만 '규모의 경제'가 브레턴우즈 체제 붕괴 이후에도 달러화가 기축 통화 역할을 하는 이유라는 사실 관계만 정확하게 파악하면 돼! ²²세계의 모든 국가에서 ㉢어떠한 기축 통화도 없이 각각 다른 통화가 사용되는 경우 두 국가를 짝짓는 경우의 수만큼 환율의 가짓수가 생긴다. ²³그러나 하나의 기축 통화를 중심으로 외환 거래를 하면 비용을 절감하고 규모의 경제를 달성할 수 있다. 브레턴우즈 체제 붕괴 이후에도 달러화가 기축 통화 역할을 하는 이유를 제시하며 글을 마무리하고 있군.

이것만은 챙기자

* **통용**: 일반적으로 두루 씀.
* **급감**: 급작스럽게 줄어듦.
* **단행**: 결단하여 실행함.

만점 선배의 구조도 예시

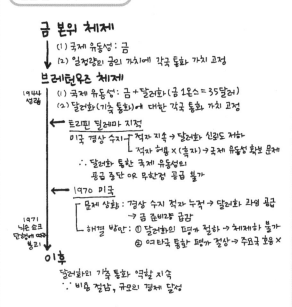

>> 각 문단을 요약하고 지문을 **세 부분**으로 나누어 보세요.

1 1960년 트리핀 교수는 브레턴우즈 체제에서 기축 통화인 달러화의 구조적 모순을 지적했다.	첫 번째 **1**¹~**1**⁴
2 트리핀 딜레마는 국제 유동성 확보와 달러화의 신뢰도 간의 문제인데, 금 본위 체제에서는 금이 **국제 유동성의 역할**을 했으며 브레턴우즈 체제에서는 국제 유동성으로 달러화가 추가되었다.	두 번째 **2**⁵~**3**¹⁹
3 1970 초 미국은 경상 수지 적자 누적으로 **금 준비량**이 급감하였는데, 달러화의 **평가 절하**는 불가능했고 주요국들은 평가 절상에 나서지 않아 1971년 닉슨 쇼크가 단행되어 브레턴우즈 체제는 붕괴되었다.	
4 브레턴우즈 체제 붕괴 이후에도 달러화의 기축 통화 역할은 계속되었는데 그 이유로 **규모의 경제**를 생각할 수 있다.	세 번째 **4**²⁰~**4**²³

---

1. 윗글을 통해 답을 찾을 수 <u>없는</u> 질문은?

✔ 정답풀이

② 브레턴우즈 체제 붕괴 이후의 세계 경제 위축에 대해 트리핀은 어떤 전망을 했는가?

> 근거: **1** ²1960년 트리핀 교수는 브레턴우즈 체제에서의 기축 통화인 달러화의 구조적 모순을 지적했다.~⁴"반면 적자 상태가 지속돼 달러화가 과잉 공급되면 준비 자산으로서의 신뢰도가 저하되고 고정 환율 제도도 붕괴될 것"이라고 말했다.
>
> 윗글을 통해 트리핀이 브레턴우즈 체제에서의 달러화의 구조적 모순을 지적했음은 알 수 있지만, 윗글에서 브레턴우즈 체제 붕괴 이후 세계 경제 위축에 대한 트리핀의 전망은 제시되지 않았다.

✘ 오답풀이

① 브레턴우즈 체제 붕괴 이후에도 달러화가 기축 통화로서 역할을 할 수 있었던 이유는 무엇인가?

근거: **4** ²⁰그러나 붕괴 이후에도 달러화의 기축 통화 역할은 계속되었다. ²¹그 이유로 규모의 경제를 생각할 수 있다. ²²세계의 모든 국가에서 어떠한 기축 통화도 없이 각각 다른 통화가 사용되는 경우 두 국가를 짝짓는 경우의 수만큼 환율의 가짓수가 생긴다. ²³그러나 하나의 기축 통화를 중심으로 외환 거래를 하면 비용을 절감하고 규모의 경제를 달성할 수 있다.

③ 브레턴우즈 체제에서 미국 중앙은행은 어떤 의무를 수행해야 했는가?

근거: **2** ⁹1944년에 성립된 이 체제(브레턴우즈 체제)는 미국의 중앙은행에 '금 태환 조항'에 따라 금 1온스와 35달러를 언제나 맞교환해 주어야 한다는 의무를 지게 했다.

④ 브레턴우즈 체제에서 국제 유동성의 역할을 한 것은 무엇인가?

근거: **2** ⁶금 본위 체제에서는 금이 국제 유동성의 역할 ⁸이후 브레턴우즈 체제에서는 국제 유동성으로 달러화가 추가
브레턴우즈 체제에서는 금과 달러화가 국제 유동성의 역할을 하였다.

⑤ 브레턴우즈 체제에서 달러화 신뢰도 하락의 원인은 무엇인가?

근거: **1** ⁴적자 상태가 지속돼 달러화가 과잉 공급되면 준비 자산으로서의 신뢰도가 저하 + **3** ¹³1970년대 초에 미국은 경상 수지 적자가 누적되기 시작하고 달러화가 과잉 공급되어 미국의 금 준비량이 급감했다.
미국의 경상 수지 적자가 누적되면서 달러화가 과잉 공급되어 미국의 금 준비량이 급감한 결과, 브레턴우즈 체제에서 달러화의 신뢰도가 하락하였다.

2. 윗글을 바탕으로 추론한 내용으로 적절하지 않은 것은?

✅ **정답풀이**

⑤ 브레턴우즈 체제에서 마르크화가 달러화에 대해 평가 절상되면, 같은 금액의 마르크화로 구입 가능한 금의 양은 감소한다.

> 근거: **2** [9]1944년에 성립된 이 체제(브레턴우즈 체제)는 미국의 중앙은행에 '금 태환 조항'에 따라 금 1온스와 35달러를 언제나 맞교환해 주어야 한다는 의무를 지게 했다. [10]다른 국가들은 달러화에 대한 자국 통화의 가치를 고정했고, 달러화로만 금을 매입할 수 있었다. + **3** [15]달러화의 가치를 내리는 평가 절하, 또는 달러화에 대한 여타국 통화의 환율을 하락시켜 그 가치를 올리는 평가 절상이었다.
>
> 브레턴우즈 체제에서 '금 1온스 = 35달러'임을 고려하면 달러화에 대해 마르크화가 평가 절상되는 것은 곧 금에 대한 마르크화의 가치도 올라가는 것이고, 바꿔 말해 같은 금액의 마르크화로 구입 가능한 금의 양이 증가한다는 뜻이다. 즉 브레턴우즈 체제에서 마르크화가 달러화에 대해 평가 절상되면, 같은 금액의 마르크화로 구입 가능한 금의 양은 증가한다.

❌ **오답풀이**

① 닉슨 쇼크가 단행된 이후 달러화의 고평가 문제를 해결할 수 있는 달러화의 평가 절하가 가능해졌다.

근거: **3** [14]미국은 달러화의 금 태환 의무를 더 이상 감당할 수 없는 상황에 도달했다. [15]이를 해결할 수 있는 방법은 달러화의 가치를 내리는 평가 절하, 또는 달러화에 대한 여타국 통화의 환율을 하락시켜 그 가치를 올리는 평가 절상이었다. [16]하지만 브레턴우즈 체제하에서 달러화의 평가 절하는 규정상 불가능 [19]미국은 결국 1971년 달러화의 금 태환 정지를 선언한 닉슨 쇼크를 단행했고, 브레턴우즈 체제는 붕괴되었다.

달러화의 금 태환 의무를 감당할 수 없는 상황에 도달한 미국이 이를 해결할 수 있는 방법 중 하나는 고평가된 달러화의 가치를 내리는(환율을 올리는) 평가 절하였지만, 금 태환 의무가 있는 이상 브레턴우즈 체제하에서 달러화의 평가 절하는 규정상 불가능했다. 하지만 닉슨 쇼크의 단행으로 브레턴우즈 체제가 붕괴되면서 미국은 더 이상 금 태환 의무를 지지 않게 되었으므로, 닉슨 쇼크가 단행된 이후 달러화의 고평가 문제를 해결할 수 있는 달러화의 평가 절하가 가능해졌다고 볼 수 있다.

② 브레턴우즈 체제에서 마르크화와 엔화의 투기적 수요가 증가한 것은 이들 통화의 평가 절상을 예상했기 때문이다.

근거: **3** [14]미국은 달러화의 금 태환 의무를 더 이상 감당할 수 없는 상황에 도달했다. [16]하지만 브레턴우즈 체제하에서 달러화의 평가 절하는 규정상 불가능했고, 당시 대규모 대미 무역 흑자 상태였던 독일, 일본 등 주요국들은 평가 절상에 나서려고 하지 않았다. [17]이 상황이 유지되기 어려울 것이라는 전망으로 독일의 마르크화와 일본의 엔화에 대한 투기적 수요가 증가했고, 결국 환율의 변동 압력은 더욱 커질 수밖에 없었다.

달러화의 금 태환 의무를 감당할 수 없는 상황, 즉 브레턴우즈 체제가 유지되기 어려워져 가는 상황에서 독일의 마르크화와 일본의 엔화에 대한 투기적 수요가 증가한 것은 달러화에 대한 마르크화와 엔화의 상대적인 가치가 높아질 것이라는 평가 절상이 예상되었기 때문이라고 할 수 있다.

③ 금의 생산량 증가를 통한 국제 유동성 공급량의 증가는 트리핀 딜레마 상황을 완화하는 한 가지 방법이 될 수 있다.

근거: **1** [4]그(트리핀 교수)는 "미국이 경상 수지 적자를 허용하지 않아 국제 유동성 공급이 중단되면 세계 경제는 크게 위축될 것"이라면서도 "반면 적자 상태가 지속돼 달러화가 과잉 공급되면 준비 자산으로서의 신뢰도가 저하되고 고정 환율 제도도 붕괴될 것"이라고 말했다. + **2** [5]이러한 트리핀 딜레마는 국제 유동성 확보와 달러화의 신뢰도 간의 문제이다. [6]금 본위 체제에서는 금이 국제 유동성의 역할 [8]이후 브레턴우즈 체제에서는 국제 유동성으로 달러화가 추가 + **3** [13]1970년대 초에 미국은 경상 수지 적자가 누적되기 시작하고 달러화가 과잉 공급되어 미국의 금 준비량이 급감했다.

브레턴우즈 체제에서는 금과 달러화가 국제 유동성의 역할을 한다. 따라서 일정 정도까지 금의 생산량을 늘리는 것은 국제 유동성 공급량을 증가시키는 한편 달러의 과잉 공급으로 인해 준비된 금의 양이 급감하는 상황을 어느 정도 방지하면서 트리핀 딜레마 상황을 완화하는 한 가지 방법이 될 수 있다.

④ 트리핀 딜레마는 달러화를 통한 국제 유동성 공급을 중단할 수도 없고 공급량을 무한정 늘릴 수도 없는 상황을 말한다.

근거: **1** [4]그(트리핀 교수)는 "미국이 경상 수지 적자를 허용하지 않아 국제 유동성 공급이 중단되면 세계 경제는 크게 위축될 것"이라면서도 "반면 적자 상태가 지속돼 달러화가 과잉 공급되면 준비 자산으로서의 신뢰도가 저하되고 고정 환율 제도도 붕괴될 것"이라고 말했다. + **2** [5]이러한 트리핀 딜레마는 국제 유동성 확보와 달러화의 신뢰도 간의 문제이다.

달러화를 통한 국제 유동성 공급이 중단되면 세계 경제가 위축될 수 있고, 반면 달러화를 통한 국제 유동성이 과잉 공급되면 달러화의 신뢰도가 저하될 수 있다. 이에 따라 달러화를 통한 국제 유동성 공급을 중단할 수도 없고 공급량을 무한정 늘릴 수도 없는 상황을 트리핀 딜레마라고 한다.

정답인 ⑤번을 선택한 학생의 비율이 38%에 그쳤고, 나머지 선지의 선택율이 전반적으로 높은데 그중에서도 ②번을 선택한 학생이 25%로 가장 높았다.

3문단에 따르면 '경상 수지 적자가 누적'된 미국은 '달러화의 가치를 내리는 평가 절하, 또는 달러화에 대한 여타국 통화의 환율을 하락시켜 그 가치를 올리는 평가 절상'을 그 해결 방법으로 생각해 볼 수 있었는데, '브레턴우즈 체제하에서 달러화의 평가 절하는 규정상 불가능'했다. 그럼에도 불구하고 '독일, 일본 등 주요국들은 평가 절상에 나서려고 하지 않았'지만 이처럼 버티는 상황이 유지되기 어려울 것이라는 전망으로 '독일의 마르크화와 일본의 엔화에 대한 투기적 수요가 증가'했다고 하였다. 시세의 변동을 예상하고 차익을 얻기 위하여 하는 것이 '투기'임을 고려할 때, '투기적 수요'가 늘어났다는 것은 현재 구입한 값에 비해 마르크화와 엔화의 가치가 올라갈 것이라는 기대 심리가 있었다는 것이고, 이는 곧 마르크화와 엔화의 평가 절상을 예상했다는 의미이므로 ②번은 적절하다.

한편 2문단에 따르면 평가 절상은 달러화에 대한 여타국 통화의 환율을 하락시켜 해당 통화의 가치를 올리는 것이므로, 마르크화가 달러화에 대해 평가 절상되면 예를 들어 '1달러 = 20마르크'이던 것이 환율의 하락으로 '1달러 = 10마르크'가 될 수 있다. 브레턴우즈 체제에서는 금 1온스를 사기 위해 35달러가 필요하므로, 만약 700마르크를 가진 사람이 있다면 평가 절상 이전 '1달러 = 20마르크'일 때에는 700마르크로 1온스의 금을 살 수 있다(금 1온스 = 35달러 = 700마르크). 하지만 평가 절상으로 '1달러 = 10마르크'가 되면 700마르크로 구입 가능한 금의 양은 2온스로 증가한다(금 1온스 = 35달러 = 350마르크). 따라서 브레턴우즈 체제에서 마르크화가 달러화에 대해 평가 절상되면, 같은 금액의 마르크화로 구입 가능한 금의 양은 증가하므로 ⑤번은 적절하지 않다.

정답률 분석

	매력적 오답			정답
①	②	③	④	⑤
16%	25%	15%	6%	38%

---

3. 미국을 포함한 세 국가가 존재하고 각각 다른 통화를 사용할 때, ㉠~㉢에 대한 설명으로 적절한 것은?

㉠: 금 본위 체제
㉡: 브레턴우즈 체제
㉢: 어떠한 기축 통화도 없이 각각 다른 통화가 사용되는 경우

✔ 정답풀이

⑤ ㉡에서 교차 환율의 가짓수는 ㉢에서 생기는 환율의 가짓수보다 적다.

> 근거: 2 12(㉡에서는) 기축 통화인 달러화를 제외한 다른 통화들 간 환율인 교차 환율은 자동적으로 결정되었다. + 4 22세계의 모든 국가에서 어떠한 기축 통화도 없이 각각 다른 통화가 사용되는 경우(㉢) 두 국가를 짝짓는 경우의 수만큼 환율의 가짓수가 생긴다.
>
> 미국, A국, B국의 세 국가가 존재하고 각각 다른 통화를 사용할 때, ㉡에서 기축 통화인 달러화를 제외한 다른 통화들 간 환율인 교차 환율의 가짓수는 총 1가지이다.(A국-B국) 한편 ㉢에서는 두 국가를 짝짓는 경우의 수만큼 환율의 가짓수가 생기므로 ㉢에서 생기는 환율의 가짓수는 총 3가지이다.(미국-A국, 미국-B국, A국-B국) 따라서 ㉡에서 생기는 교차 환율의 가짓수는 ㉢에서 생기는 환율의 가짓수보다 적다.

✘ 오답풀이

① ㉠에서 자동적으로 결정되는 환율의 가짓수는 금에 자국 통화의 가치를 고정한 국가 수보다 하나 적다.

> 근거: 2 6금 본위 체제(㉠)에서는 금이 국제 유동성의 역할을 했으며, 각 국가의 통화 가치는 정해진 양의 금의 가치에 고정되었다. 7이에 따라 국가 간 통화의 교환 비율인 환율은 자동적으로 결정되었다.
>
> ㉠에서 각 국가의 통화 가치는 정해진 양의 금의 가치에 고정되므로, 금에 자국 통화의 가치를 고정한 국가 수는 총 3개국이다.(미국, A국, B국) 그리고 ㉠에서 국가 간 통화의 교환 비율인 환율은 자동적으로 결정되므로, 자동적으로 결정되는 환율의 가짓수는 총 3가지이다.(미국-A국, 미국-B국, A국-B국) 따라서 ㉠에서 자동적으로 결정되는 환율의 가짓수와 금에 자국 통화의 가치를 고정한 국가 수는 동일하다.

② ㉡이 붕괴된 이후에도 여전히 달러화가 기축 통화라면 ㉡에 비해 교차 환율의 가짓수는 적어진다.

> 근거: 2 12기축 통화인 달러화를 제외한 다른 통화들 간 환율인 교차 환율
>
> 교차 환율은 기축 통화인 달러화를 제외한 다른 통화들 간 환율이므로, ㉡이 붕괴된 이후에도 여전히 달러화가 기축 통화라면 교차 환율의 가짓수는 변하지 않는다.

③ ©에서 국가 수가 하나씩 증가할 때마다 환율의 전체 가짓수도 하나씩 증가한다.

근거: **4** [22]세계의 모든 국가에서 어떠한 기축 통화도 없이 각각 다른 통화가 사용되는 경우(©) 두 국가를 짝짓는 경우의 수만큼 환율의 가짓수가 생긴다.

©에서는 존재하는 국가 중에 두 국가를 짝짓는 경우의 수만큼 환율의 가짓수가 생긴다. 즉 미국을 포함한 세 국가가 존재하는 경우에는 환율의 전체 가짓수가 총 3가지이지만,(미국–A국, 미국–B국, A국–B국) 국가 수가 하나 증가하여 네 국가가 존재하는 경우 환율의 전체 가짓수는 6가지로 증가한다. (미국–A국, 미국–B국, 미국–C국, A국–B국, A국–C국, B국–C국) 따라서 ©에서 국가 수가 하나씩 증가할 때마다 환율의 전체 가짓수도 하나씩 증가한다고 볼 수 없다.

④ ㉠에서 ㉡으로 바뀌면 자동적으로 결정되는 환율의 가짓수가 많아진다.

근거: **2** [6]금 본위 체제(㉠)에서는 금이 국제 유동성의 역할을 했으며, 각 국가의 통화 가치는 정해진 양의 금의 가치에 고정되었다. [7]이에 따라 국가 간 통화의 교환 비율인 환율은 자동적으로 결정되었다. [12](㉡에서는) 기축 통화인 달러화를 제외한 다른 통화들 간 환율인 교차 환율은 자동적으로 결정되었다.

㉠에서 자동으로 결정되는 환율의 가짓수는 총 3가지이다.(미국–A국, 미국–B국, A국–B국) 한편 ㉡에서는 미국의 달러를 제외한 교차 환율이 자동적으로 결정되므로 ㉡에서 자동으로 결정되는 환율의 가짓수는 총 1가지이다.(A국–B국) 따라서 ㉠에서 ㉡으로 바뀌면 자동적으로 결정되는 환율의 가짓수는 적어진다.

4. 윗글을 참고할 때, 〈보기〉에 대한 반응으로 가장 적절한 것은? [3점]

〈보기〉

[1]브레턴우즈 체제가 붕괴된 이후 두 차례의 석유 가격 급등을 겪으면서 기축 통화국인 A국의 금리는 인상되었고 통화 공급은 감소했다. [2]여기에 A국 정부의 소득세 감면과 군비 증대는 A국의 금리를 인상시켰으며, 높은 금리로 인해 대량으로 외국 자본이 유입되었다. [3]A국은 이로 인한 상황을 해소하기 위한 국제적 합의를 주도하여, 서로 교역을 하며 각각 다른 통화를 사용하는 세 국가 A, B, C는 외환 시장에 대한 개입을 합의했다. [4]이로 인해 A국 통화(기축 통화)에 대한 B국 통화와 C국 통화의 환율은 각각 50%, 30% 하락했다.

✓ 정답풀이

④ 다른 모든 조건이 변하지 않았다면, 국제적 합의로 인해 A국 통화에 대한 B국과 C국 통화의 환율이 하락하여, B국에 대한 C국의 경상 수지는 개선되었겠군.

근거: **1** [3]한 국가의 재화와 서비스의 수출입 간 차이인 경상 수지는 수입이 수출을 초과하면 적자이고, 수출이 수입을 초과하면 흑자이다. + **2** [7]국가 간 통화의 교환 비율인 환율 + **3** [15]달러화의 가치를 내리는 평가 절하, 또는 달러화에 대한 여타국 통화의 환율을 하락시켜 그 가치를 올리는 평가 절상이었다. + 〈보기〉[1]기축 통화국인 A국 [4]A국 통화에 대한 B국 통화와 C국 통화의 환율은 각각 50%, 30% 하락했다.

〈보기〉에서 기축 통화국인 A국 통화에 대해 B국 통화의 환율은 50% 하락한 데 비해 C국 통화의 환율은 30%만 하락하였다. 즉 B국 통화에 대한 C국 통화의 환율은 상승한 것이다. 상대적으로 환율이 높다는 것은 상대 국가에 더 저렴한 가격으로 물건을 팔 수 있음을 나타내므로, 이에 따라 B국에 대한 C국의 수출은 늘어날 것이고, B국으로부터의 수입은 줄어들어 B국에 대한 C국의 경상 수지는 흑자가 되는 방향으로 개선될 것이다.

✗ 오답풀이

① A국의 금리 인상과 통화 공급 감소로 인해 A국 통화의 신뢰도가 낮아진 것은 외국 자본이 대량으로 유입되었기 때문이겠군.

근거: **1** [4]"반면 적자 상태가 지속돼 달러화가 과잉 공급되면 준비 자산으로서의 신뢰도가 저하되고 고정 환율 제도도 붕괴될 것" + 〈보기〉[1]A국의 금리는 인상되었고 통화 공급은 감소했다. [2]높은 금리로 인해 대량으로 외국 자본이 유입되었다.

A국의 금리가 인상되고 통화 공급이 감소한 것은 맞다. 하지만 통화의 신뢰도는 통화 공급이 감소할 때가 아니라 통화 공급이 과잉될 때 저하되므로, A국의 금리 인상과 통화 공급 감소로 인해 A국 통화의 신뢰도가 낮아졌다고 보기는 어려우며, 외국 자본의 대량 유입이 이러한 현상의 원인이 된다고 보기도 어렵다.

② 국제적 합의로 인한 A국 통화에 대한 B국 통화의 환율 하락으로 국제 유동성 공급량이 증가하여 A국 통화의 가치가 상승했겠군.

근거: **3** [15]달러화의 가치를 내리는 평가 절하, 또는 달러화에 대한 여타국 통화의 환율을 하락시켜 그 가치를 올리는 평가 절상이었다. + 〈보기〉 [4]A국 통화에 대한 B국 통화와 C국 통화의 환율은 각각 50%, 30% 하락했다.

국제적 합의로 인해 A국 통화에 대한 B국 통화의 환율은 하락하였다. 하지만 기축 통화국인 A국 통화에 대한 B국 통화의 환율이 하락하면 B국 통화의 가치가 상승하며, 그 결과 A국 통화의 가치는 하락했을 것이다.

③ 다른 모든 조건이 변하지 않았다면, 국제적 합의로 인해 A국 통화에 대한 B국 통화의 환율과 B국 통화에 대한 C국 통화의 환율은 모두 하락했겠군.

근거: **1** [1]기축 통화는 국제 거래에 결제 수단으로 통용되고 환율 결정에 기준이 되는 통화이다. + 〈보기〉 [1]기축 통화국인 A국 [4]A국 통화에 대한 B국 통화와 C국 통화의 환율은 각각 50%, 30% 하락했다.

기축 통화국인 A국 통화에 대한 B국 통화의 환율은 50% 하락했지만, A국 통화에 대한 C국 통화의 환율은 30%만 하락하였다. 따라서 A국 통화에 대한 B국 통화의 환율이 하락한 것은 맞지만, B국 통화에 대한 C국 통화의 환율은 합의 이전보다 상승했을 것이다.

⑤ 다른 모든 조건이 변하지 않았다면, A국의 소득세 감면과 군비 증대로 A국의 경상 수지가 악화되며, 그 완화 방안 중 하나는 A국 통화에 대한 B국 통화의 환율을 상승시키는 것이겠군.

근거: **1** [3]한 국가의 재화와 서비스의 수출입 간 차이인 경상 수지는 수입이 수출을 초과하면 적자이고, 수출이 수입을 초과하면 흑자이다. + **3** [15]달러화의 가치를 내리는 평가 절하, 또는 달러화에 대한 여타국 통화의 환율을 하락시켜 그 가치를 올리는 평가 절상이었다. + 〈보기〉 [2]A국 정부의 소득세 감면과 군비 증대는 A국의 금리를 인상

A국 통화에 대한 B국 통화의 환율이 상승하면, B국에 대한 A국의 수출은 줄고 B국으로부터의 수입은 늘어나 경상 수지는 악화된다. 따라서 A국 통화에 대한 B국 통화의 환율을 상승시키는 것은 A국의 경상 수지를 완화하는 방안이 될 수 없다.

• 4-②, ④번

이 문제에서 정답 다음으로 선택 비율이 높았던 선지는 ②번이다. 이는 지문에 제시된 '환율 하락', '국제 유동성 공급량', '통화의 가치'에 대한 상관관계를 이해하기 어려웠던 것이 주된 원인으로 보인다.

②번에서는 A국 통화에 대한 B국 통화의 환율이 하락하는 경우, 기축 통화국인 A국의 통화의 공급량과 가치가 어떻게 변화할 것인지 묻고 있다. 3문단에 따르면 미국에서는 달러화가 과잉 공급되면서 자연스럽게 달러화의 가치가 떨어져야 했지만, '금 1온스와 35달러를 언제나 맞교환'해야 한다는 규정에 의해 가치를 떨어뜨릴 수 없는 상황이 문제가 되었고, 이를 해결하기 위해 기축 통화에 대한 다른 국가의 환율을 하락시키면서 해당 국가 통화의 가치를 올리는 '평가 절상'이 이루어져야 했다. 이를 통해 '국제 유동성 공급량'의 증가는 국제 유동성에 해당하는 '기축 통화의 가치'를 떨어뜨리게 되며, 기축 통화에 대한 타 국가 통화의 평가 절상은 기축 통화의 가치를 떨어뜨리는 역할을 함을 추론할 수 있다. 이를 〈보기〉의 사례에 적용하면, 결국 A국 통화에 대한 B국 통화의 환율이 떨어짐으로써 B국 통화의 평가 절상이 이루어지고, A국 통화의 가치는 하락하게 될 것이다.

그렇다면 정답인 ④번과 관련하여, 환율과 경상 수지의 관계는 어떻게 이해할 수 있을까? 1문단에서 경상 수지는 '한 국가의 재화와 서비스의 수출입 간 차이'로, 수입〉수출이면 '적자', 수출〉수입이면 '흑자'라고 하였다. 그리고 3문단에서 '경상 수지 적자가 누적'된 미국이 이를 해결하기 위해 사용할 수 있는 방안은 '달러화의 가치를 내리는 평가 절하, 또는 달러화에 대한 여타국 통화의 환율을 하락시켜 그 가치를 올리는 평가 절상'이 있었지만, 브레턴우즈 체제하 기축 통화인 달러화의 평가 절하는 '규정상 불가능'했기 때문에, 달러화에 대한 여타국 통화의 평가 절상이 불가피했지만 '대미 무역 흑자 상태였던 독일, 일본 등 주요국들은 평가 절상에 나서려고 하지 않았다.'라고 하였다. 이는 달러화에 대한 마르크화, 엔화의 환율을 하락시키는 평가 절상을 하는 것이 미국의 경상 수지 적자를 해결하는 데에는 도움이 되지만, 독일과 일본의 입장에서는 이득이 되지 않는 것, 곧 경상 수지를 악화시킬 수 있는 것임을 의미한다. 이를 통해 환율이 하락하면 경상 수지는 악화되며 반대로 환율이 상승하면 경상 수지가 개선될 수 있음을 추론할 수 있다.

예시를 통해서도 환율과 경상 수지의 관계를 짐작해 볼 수 있다. 원래 '1달러 = 1200원'이었던 것이 환율의 하락으로 '1달러 = 600원'이 된다면, '1200원'을 내야 살 수 있던 1달러 짜리 수입품을 '600원'만 내면 살 수 있으니 그만큼 수입은 증가하게 된다. 반면 수출 시에는 '1200원'을 받기 위해서 이전에 '1달러'에 팔던 물건을 '2달러'로 표기해야 하므로 가격 경쟁력이 떨어져 수출이 감소하게 된다. 즉 환율이 하락하면 수입은 늘고 수출은 줄어 경상 수지는 적자가 될 수 있는 것이다.

정답률 분석

	매력적 오답		정답	
①	②	③	④	⑤
11%	25%	17%	33%	14%

[1~4] 다음 글을 읽고 물음에 답하시오.

✏️ 사고의 흐름

1 [1]1764년에 발간된 체사레 베카리아의 『범죄와 형벌』은 커다란 반향을 일으켰다. [2]형벌에 관한 논리 정연하고 새로운 주장들에 유럽의 지식 사회가 매료된 것이다. [3]자유와 행복을 추구하는 이성적인 인간을 상정하는 당시 계몽주의 사조에 베카리아는 충실히 호응하여, 이익을 저울질할 줄 알고 그(이익)에 따라 행동하는 존재로서 인간을 전제*하였다. *베카리아는 인간을 이성적이고 이익에 따라 행동하는 존재로 전제하고 형벌에 대한 새로운 주장을 했어.* [4]사람은 대가 없이 공익만을 위하여 자유를 내어놓지는 않는다. [5]끊임없는 전쟁과 같은 상태에서 벗어나기 위하여 자유의 일부를 떼어 주고 나머지 자유의 몫을 평온하게 ⓐ누리기로 합의한 것이다. [6]저마다 할애*한 자유의 총합이 주권을 구성하고, 주권자가 이를 위탁*받아 관리한다. *전쟁과 같은 상태를 벗어나기 위해 개개인이 할애한 자유의 총합이 주권을 구성하고, 이를 주권자가 위탁받아 관리한다고 하네.* [7]따라서 사회의 형성과 지속을 위한 조건이라 할 법은 저마다의 행복을 증진시킬 때 가장 잘 준수되며, 전체 복리를 위해 법 위반자에게 설정된 것이 형벌이다. *그러니까 자유와 행복을 추구하는 인간은 행복의 증진을 위해 자유의 일부를 할애해 법을 지키는 것이고, 전체의 복리를 위해 법 위반자에게는 형벌을 가하는 것이군.* [8]이런 논증으로 베카리아는 형벌권의 행사는 양도의 범위를 벗어날 수 없다는 출발점을 세웠다. *형벌권의 행사는 개개인이 할애한 자유의 총합을 벗어날 수 없다는 의미이겠지?*

(옆 메모) 앞의 내용을 종합적으로 정리해 줄 거야.

2 [9]베카리아가 볼 때, 형벌은 범죄가 일으킨 결과를 되돌려 놓을 수 없다. [10]또한 인간을 괴롭히는 것 자체가 그 목적인 것도 아니다. [11]형벌의 목적은 오로지 범죄자가 또다시 피해를 끼치지 못하도록 억제하고, 다른 사람들이 그 같은 행위를 하지 못하도록 예방하는 데 있을 뿐이다. *베카리아가 생각하는 형벌의 목적은 범죄의 예방!* [12]이는 범죄로 얻을 이득, 곧 공익이 입게 되는 그만큼의 손실보다 형벌이 가하는 손해가 조금이라도 크기만 하면 달성된다. [13]그리고 이러한 손익 관계를 누구나 알 수 있도록 처벌 체계는 명확히 성문법으로 규정되어야 하고, 그 집행의 확실성도 갖추어져야 한다. [14]결국 범죄를 ⓑ가로막는 방벽으로 형벌을 바라보는 것이다. *'범죄로 얻을 이익(공익이 입게 되는 손실) < 형벌이 가하는 손해'라는 손익 관계를 알 수 있도록 처벌 체계를 성문법으로 규정하고 집행의 확실성을 갖추어야 범죄를 예방할 수 있다고 하네.* [15]이 ㉠울타리(범죄를 가로막는 방벽 = 형벌)의 높이는 살인인지 절도인지 등에 따라 달리해야 한다. [16]공익을 훼손한 정도에 비례해야 하는 것이다. [17]그것을 넘어서는 처벌은 폭압이며 불필요하다. [18]베카리아는 말한다. [19]상이한 피해를 일으키는 두 범죄에 동일한 형벌을 적용한다면 더 무거운 죄에 대한 억지력이 상실되지 않겠는가. *형벌은 공익을 훼손한 정도에 비례해서 다르게 적용되어야 하고, 이를 넘어선 처벌은 폭압이며 불필요하다고 주장하고 있어.*

3 [20]그는 인간이 감각적인 존재라는 사실에 맞추어 제도가 운용될 것을 역설*한다. *1문단에서 베카리아가 인간을 이성적이고, 이익에 따라 행동하는 존재로 전제한 것 기억하지? 여기에 더해 인간을 감각적인 존재로 보고 이에 따른 형벌 제도의 운용에 대해 주장했나 봐.* [21]가장 잔혹한 형벌도 계속 시행되다 보면 사회 일반은 그에 ⓒ무디어져 마침내 그런 것을 봐도 옥살이에 대한 공포 이상을 느끼지 못한다. [22]인간의 정신에 ⓓ크나큰 효과를 끼치는 것은 형벌의 강도가 아니라 지속이다. *앞의 내용이 아니라 뒤의 내용이 중요하다는 의미야.* [23]죽는 장면의 목격은 무시무시한 경험이지만 그 기억은 일시적이고, 자유를 박탈당한 인간이 속죄하는 고통의 모습을 오랫동안 대하는 것이 더욱 강력한 억제 효과를 갖는다는 주장이다. *인간은 감각적인 존재이기 때문에 형벌의 강도가 아닌 지속이 인간의 정신에 더 큰 효과를 끼쳐 범죄를 억제한다는 주장이야.* [24]더욱 중요한 것을 지키기 위해 희생한 자유에는 무엇보다도 값진 생명이 포함될 수 없다고도 말한다. *'가장', '제일'을 의미하겠지?* *아무리 중요한 것을 위해 희생한 자유라 할지라도 여기에 가장 값진 생명이 포함될 수 없다는 것은 형벌로 생명을 잃게 해서는 안 된다는 의미일 거야.* [25]이처럼 베카리아는 잔혹한 형벌을 반대하여 휴머니스트로, 최대 다수의 최대 행복을 말하여 공리주의자로, 자유로운 인간들 사이의 합의를 바탕으로 논의를 전개하여 사회 계약론자로 이해된다. [26]형법학에서도 형벌로 되갚아준다는 응보주의를 탈피하여 장래의 범죄 발생을 방지한다는 일반 예방주의로 나아가는 토대를 ⓔ세웠다는 평가를 받는다. *휴머니스트, 공리주의자, 사회 계약론자의 성격을 갖는 베카리아는 형법학에서도 응보주의에서 탈피하여 일반 예방주의로 나아가는 토대를 세웠군.*

이것만은 챙기자

* ***전제:** 어떠한 사물이나 현상을 이루기 위하여 먼저 내세우는 것.
* ***할애:** 소중한 시간, 돈, 공간 따위를 아깝게 여기지 아니하고 선뜻 내어 줌.
* ***위탁:** 남에게 사물이나 사람의 책임을 맡김.
* ***역설:** 자기의 뜻을 힘주어 말함. 또는 그런 말.

만점 선배의 구조도 예시

〈베카리아의 형벌에 관한 주장〉

전제1 인간 = 자유로 행복 추구, 이성적, 이익에 따라 행동하는 존재며
⇒) 전쟁과 같은 상태를 벗어나기 위해 개개인이 할애한 자유의 총합(주권)을 위탁받은 주권자가 관리

법 - 사회 형성·지속을 위한 조건 → 개인 행복 증진시킬 때 잘 준수
형벌 - 정체 보호 위해 법 위반자에게 설정
- 목적: 범죄의 예방
① '범죄로 얻은 이익(공익이 없게 되는 만큼) 〈 형벌이 가하는 손해' 라는 인식 고취를 할 수 있도록 처벌 세기를 성문법으로 규정
② 집행의 확실성
③ 공익을 훼손한 정도에 비례해서 형벌 적용

전제2 인간 = 감각적 존재
⇒ 형벌의 강도가 아닌 지속이 인간 정신에 더 큰 효과 → 범죄 억제↑

↓

• 베카리아에 대한 평가
① 휴머니스트: 전통적 형벌 비판
② 공리주의자: 최대 다수의 최대 행복
③ 사회 계약론자: 합의를 바탕으로 논리 전개
④ 형법학 응보주의 → 일반 예방주의 토대 마련

>> 각 문단을 요약하고 지문을 **세 부분**으로 나누어 보세요.

1 베카리아는 인간을 이성적이고 이익에 따라 행동하는 존재로 전제하고, 법은 저마다의 행복을 증진시킬 때 가장 잘 준수되며 형벌권의 행사는 개개인이 양도한 자유의 범위를 벗어날 수 없다고 보았다. — 첫 번째 **1**[1]~**1**[8]

2 베카리아는 형벌의 목적을 범죄의 예방에 두었으며 공익을 훼손한 정도를 넘어서는 처벌은 불필요하다고 보았다. — 두 번째 **2**[9]~**2**[19]

3 베카리아는 인간은 감각적인 존재라는 점에서 형벌의 강도가 아닌 지속이 강한 범죄 억제 효과를 갖는다고 주장하며, 형법학에서 응보주의를 탈피해 일반 예방주의로 나아가는 토대를 세웠다. — 세 번째 **3**[20]~**3**[26]

| 세부 정보 파악 | 정답률 84

1. 윗글에서 베카리아의 관점으로 보기 어려운 것은?

⊘ 정답풀이

③ 개개인의 국민은 주권자로서 형벌을 시행하는 주체이다.

> 근거: **1** [6]저마다 할애한 자유의 총합이 주권을 구성하고, 주권자가 이를 위탁받아 관리한다.
> 개개인이 할애한 자유의 총합으로 구성된 주권은 주권자가 위탁받아 관리하므로, 주권자로서 형벌을 시행하는 주체가 개개인의 국민이라는 것은 베카리아의 관점으로 볼 수는 없다.

⊗ 오답풀이

① 공동체를 이루는 합의가 유지되는 데는 법이 필요하다.
근거: **1** [7]사회의 형성과 지속을 위한 조건이라 할 법

② 사람은 이성적이고 타산적인 존재이자 감각적 존재이다.
근거: **1** [3]자유와 행복을 추구하는 이성적인 인간을 상정하는 당시 계몽주의 사조에 베카리아는 충실히 호응하여, 이익을 저울질할 줄 알고 그(이익)에 따라 행동하는 존재로서 인간을 전제하였다. + **3** [20]그는 인간이 감각적인 존재라는 사실에 맞추어 제도가 운용될 것을 역설한다.

④ 잔혹함이 주는 공포의 효과는 시간이 흐르면서 감소한다.
근거: **3** [21]가장 잔혹한 형벌도 계속 시행되다 보면 사회 일반은 그에 무디어져 마침내 그런 것을 봐도 옥살이에 대한 공포 이상을 느끼지 못한다.

⑤ 형벌권 행사의 범위는 양도된 자유의 총합을 넘을 수 없다.
근거: **1** [6]저마다 할애한 자유의 총합이 주권을 구성하고, 주권자가 이를 위탁받아 관리한다. [8]이런 논증으로 베카리아는 형벌권의 행사는 양도의 범위를 벗어날 수 없다는 출발점을 세웠다.

2. ㉠에 대한 설명으로 적절하지 <u>않은</u> 것은?

> ㉠: 울타리

✔ 정답풀이

⑤ 지키려는 공익보다 높게 설정할수록 방어 효과가 증가한다.

> 근거: ② ¹²이(범죄의 예방)는 범죄로 얻을 이득, 곧 공익이 입게 되는 그만큼의 손실보다 형벌(㉠)이 가하는 손해가 조금이라도 크기만 하면 달성된다. ¹⁶(형벌은) 공익을 훼손한 정도에 비례해야 하는 것이다. ¹⁷그것을 넘어서는 처벌은 폭압이며 불필요하다.
> ㉠은 범죄를 가로막는 방벽, 즉 형벌을 의미한다. 베카리아는 형벌이 범죄 예방의 기능을 한다고 보며, 그 강도는 해당 범죄가 공익을 훼손한 정도에 비례해야 하고 이를 넘어서 과도한 처벌을 하는 것은 불필요하다고 본다. 따라서 지키려는 공익보다 ㉠의 높이를 높게 설정할수록 방어 효과가 증가한다고 볼 수는 없다.

✘ 오답풀이

① 재범을 방지하는 역할을 수행한다.
> 근거: ② ¹¹형벌(㉠)의 목적은 오로지 범죄자가 또다시 피해를 끼치지 못하도록 억제

② 법률로 엮어 뚜렷이 알아볼 수 있도록 해야 한다.
> 근거: ② ¹³처벌 체계(㉠)는 명확히 성문법으로 규정되어야 하고

③ 범죄가 유발하는 손실에 따라 높낮이를 정해야 한다.
> 근거: ② ¹⁵이 울타리(㉠)의 높이는 살인인지 절도인지 등에 따라 달리해야 한다. ¹⁶공익을 훼손한 정도에 비례해야 하는 것이다.

④ 손익을 저울질하는 인간의 이성을 목적 달성에 활용한다.
> 근거: ① ³(베카리아는) 이익을 저울질할 줄 알고 그(이익)에 따라 행동하는 존재로서 인간을 전제하였다. + ② ¹²이(범죄의 예방)는 범죄로 얻을 이득, 곧 공익이 입게 되는 그만큼의 손실보다 형벌(㉠)이 가하는 손해가 조금이라도 크기만 하면 달성된다.
> ㉠은 범죄로 얻을 이득(공익의 손실)과 ㉠이 가하는 손해를 저울질할 수 있는 인간의 이성을 범죄 예방이라는 목적 달성을 위해 활용한다.

3. 윗글을 바탕으로 베카리아의 입장을 추론한 내용으로 가장 적절한 것은? [3점]

✔ 정답풀이

④ 가장 큰 가치를 내어주는 합의가 있을 수 없다는 이유로 사회 계약론의 입장에서 사형을 비판한다.

> 근거: ① ⁵(사람은) 자유의 일부를 떼어 주고 나머지 자유의 몫을 평온하게 누리기로 합의한 것이다. + ③ ²⁴더욱 중요한 것을 지키기 위해 희생한 자유에는 무엇보다도 값진 생명이 포함될 수 없다고도 말한다. ²⁵이처럼 베카리아는 잔혹한 형벌을 반대하여~자유로운 인간들 사이의 합의를 바탕으로 논의를 전개하여 사회 계약론자로 이해된다.
> 베카리아는 생명을 무엇보다도 값진 것이라고 생각했으므로, 그에게 가장 큰 가치는 생명이고, 이를 내어 주는 합의가 있을 수 없다는 이유로 사회 계약론의 입장에서 사형을 비판했을 것이다.

✘ 오답풀이

① 형벌이 사회적 행복 증진을 저해한다고 보는 공리주의의 입장에서 사형을 반대한다.
> 근거: ① ⁷사회의 형성과 지속을 위한 조건이라 할 법은 저마다의 행복을 증진시킬 때 가장 잘 준수되며, 전체 복리를 위해 법 위반자에게 설정된 것이 형벌이다. + ③ ²⁵베카리아는 잔혹한 형벌을 반대하여 휴머니스트로, 최대 다수의 최대 행복을 말하여 공리주의자로,
> 베카리아는 형벌이 전체 복리를 위해 법 위반자에게 설정된 것이라고 한다는 점에서 공리주의적 성격을 보이지만, 형벌이 사회적 행복 증진을 저해한다고 주장한 부분은 찾을 수 없으므로 이를 근거로 사형에 반대했다고 볼 수는 없다.

② 사형은 범죄 예방의 효과가 없으므로 일반 예방주의의 입장에서 폐지되어야 한다고 주장한다.
> 근거: ③ ²³죽는 장면의 목격은 무시무시한 경험이지만 그 기억은 일시적이고, 자유를 박탈당한 인간이 속죄하는 고통의 모습을 오랫동안 대하는 것이 더욱 강력한 억제 효과를 갖는다는 주장이다.
> 베카리아는 죽는 장면(사형을 당하는 장면)의 목격으로 인한 범죄의 억제 효과보다 자유를 박탈당한 인간이 속죄하는 고통의 모습을 지속적으로 보는 것이 더욱 강력한 억제 효과를 갖는다고 주장한 것일 뿐, 사형 자체가 범죄 예방의 효과가 없다고 하지는 않았다.

③ 사형은 사람의 기억에 영구히 각인되는 잔혹한 형벌이어서 휴머니즘의 입장에서 인정하지 못한다.
> 근거: ③ ²³죽는 장면의 목격은 무시무시한 경험이지만 그 기억은 일시적 ²⁵베카리아는 잔혹한 형벌을 반대하여 휴머니스트로,
> 베카리아가 잔혹한 형벌을 반대하는 휴머니스트인 것은 맞지만, 죽는 장면(사형을 당하는 장면)의 목격은 사람의 기억에 영구히 각인되는 것이 아니라 일시적으로 남는다고 주장했다.

⑤ 피해 회복의 관점으로 형벌을 바라보는 형법학의 입장에서 사형을 무기 징역으로 대체하는 데 찬성하지 않는다.

근거: **3** [23]죽는 장면의 목격은 무시무시한 경험이지만 그 기억은 일시적이고, 자유를 박탈당한 인간이 속죄하는 고통의 모습을 오랫동안 대하는 것이 더욱 강력한 억제 효과를 갖는다는 주장이다. [26](베카리아는) 형법학에서도 형벌로 되갚아준다는 응보주의를 탈피하여 장래의 범죄 발생을 방지한다는 일반 예방주의로 나아가는 토대를 세웠다는 평가를 받는다.

베카리아는 형법학에서 응보주의를 탈피하고 일반 예방주의로 나아가는 토대를 세웠다고 평가받는다고 했으므로, 피해 회복의 관점으로 형법학을 바라본 것이 아니라 범죄 예방의 관점으로 형법학을 바라보았을 것이다. 또한 베카리아는 죽는 장면(사형을 당하는 장면)의 목격보다 자유를 박탈당한 인간이 속죄하는 고통의 모습을 지속적으로 보는 것이 더욱 강력한 범죄 억제 효과를 갖는다고 주장했으므로, 사형을 무기 징역으로 대체하는 데 찬성했을 것이다.

📋 **문제적 문제**
• 3—②번

학생들이 정답 외에 가장 많이 고른 선지가 ②번이다. 이 문제는 3문단에서 베카리아가 주장하는 내용과 베카리아에 대한 평가를 연결하여 추론해야 하는 문제였다. 그런데 3문단에서 '죽는 장면' 즉, '사형'과 관련하여 베카리아가 주장하는 내용이 다소 모호하여, 정확히 읽지 않았다면 베카리아는 사형은 범죄 예방의 효과가 없다고 주장하는 것처럼 받아들였을 가능성이 있다.

3문단에서 베카리아는 '죽는 장면의 목격은 무시무시한 경험이지만 그 기억은 일시적이고, 자유를 박탈당한 인간이 속죄하는 고통의 모습을 오랫동안 대하는 것이 더욱 강력한 억제 효과를 갖는다'고 주장했음을 알 수 있다. 이때 '더욱'이라는 부사어에 주목할 필요가 있다. 자유를 박탈당한 인간이 속죄하는 고통의 모습을 대하는 것이 범죄에 대한 '더욱' 강력한 억제 효과를 갖는다는 것은 죽는 장면(사형)의 목격도 억제 효과는 있다는 의미를 내포한다. 물론 베카리아는 무엇보다 생명이 가장 값지다고 여기며 잔혹한 형벌을 반대하고, 형법학에서도 일반 예방주의로 나아가는 토대를 세운 인물이다. 따라서 일반 예방주의의 입장에서, 사형의 폐지를 주장할 것이라고 추론할 수 있지만, '사형은 범죄 예방의 효과가 없'다는 선지의 진술은 베카리아의 입장과 거리가 멀다.

이처럼 오답 선지는 지문에서 적절한 내용의 일부와 적절하지 않은 내용의 일부를 섞은 형태로 구성될 수 있으므로, 선지를 판단할 때에는 먼저 내용의 적절성을 확인하고, 선지 내용의 연결 관계가 맞는지도 정확히 파악해야 한다.

정답률 분석

	매력적 오답		정답	
①	②	③	④	⑤
9%	26%	6%	57%	2%

---

4. 문맥상 ⓐ~ⓔ와 바꿔 쓰기에 적절하지 <u>않은</u> 것은?

✅ 정답풀이

② ⓑ: 단절(斷絕)하는

> 근거: **2** [14]결국 범죄를 ⓑ가로막는 방벽으로 형벌을 바라보는 것이다. '가로막다'는 '말이나 행동, 일 따위를 제대로 하지 못하도록 방해하거나 막다.'라는 의미로, '유대나 연관 관계를 끊다.'라는 의미의 '단절하다'와 바꿔 쓸 수 없다.

❌ 오답풀이

① ⓐ: 향유(享有)하기로
근거: **1** [5]나머지 자유의 몫을 평온하게 ⓐ누리기로 합의한 것이다.
누리다: 생활 속에서 마음껏 즐기거나 맛보다.
향유하다: 누리어 가지다.

③ ⓒ: 둔감(鈍感)해져
근거: **3** [21]가장 잔혹한 형벌도 계속 시행되다 보면 사회 일반은 그에 ⓒ무디어져
무디어지다: 느끼고 깨닫는 힘이나 표현하는 힘이 부족하고 둔하게 되다.
둔감하다: 감정이나 감각이 무디다.

④ ⓓ: 지대(至大)한
근거: **3** [22]인간의 정신에 ⓓ크나큰 효과를 끼치는 것
크나크다: 사물이나 사건의 크기나 규모가 보통 정도를 훨씬 넘다.
지대하다: 더할 수 없이 크다.

⑤ ⓔ: 수립(樹立)하였다는
근거: **3** [26]일반 예방주의로 나아가는 토대를 ⓔ세웠다는 평가를 받는다.
세우다: 질서나 체계, 규율 따위를 올바르게 하거나 짜다.
수립하다: 국가나 정부, 제도, 계획 따위를 이룩하여 세우다.

✏️ 사고의 흐름

[1~5] 다음 글을 읽고 물음에 답하시오.

1 ¹채권은 어떤 사람이 다른 사람에게 특정 행위를 요구할 수 있는 권리이다. ²이 특정 행위를 급부라 하고, 특정 행위를 해 주어야 할 의무를 채무라 한다. ³채무자가 채권을 ⓐ가진 이에게 급부를 이행하면 채권에 대응*하는 채무는 소멸한다. ⁴급부는 재화나 서비스 제공인 경우가 많지만 그 외의 내용일 수도 있다. '채권'과 '채무', '급부'에 대한 사전 정보를 제공하고 있어! 이 개념들에 대한 정보는 지문 전반을 이해하기 위해 꼭 알아 두어야 하는 내용일 레니 꼼꼼하게 정리해 두자!

[채권자: 급부를 요구할 권리(채권)] ⟷ [채무자: 급부를 해 주어야 할 의무(채무)]

2 ⁵민법상의 권리는 여러 가지가 있는데 계약 없이 법률로 정해진 요건의 충족으로 발생하기도 하지만 대개 계약의 효력으로 발생한다. ⁶계약이란 권리 발생 등에 관한 당사자의 합의로서, 계약이 성립하면 합의 내용대로 권리 발생 등의 효력이 인정되는 것이 원칙이다. '계약'이라는 개념이 새롭게 제시되었네! '계약의 성립 = 계약의 효력(권리 발생 등) 인정'이 원칙임을 이해하고 가자! ⁷당장 필요한 재화나 서비스는 그 제공을 급부로 하는 계약을 성립시켜 확보하면 되지만 미래에 필요할 수도 있는 재화나 서비스라면 계약을 성립시킬 수 있는 권리를 확보하는 것이 유리하다. ⁸이를 위해 '예약'이 활용된다. 이번에는 '예약'이라는 개념이 제시되었어! 예약은 지금 당장이 아닌, 미래에 필요할 수 있는 재화나 서비스에 대해 '계약을 성립시킬 수 있는 권리'를 확보하는 데 쓰이는구나! ⁹일상에서 예약이라고 할 때와 법적인 관점에서의 예약은 구별된다. ¹⁰㉠기차 탑승을 위해 미리 돈을 지불하고 승차권을 구입하는 것을 '기차 승차권을 예약했다'고도 하지만 이 경우는 예약에 해당하지 않는 계약이다. 일상적인 '예약'과 법적인 관점의 '예약'을 헷갈리지 말자! 돈을 지불하고 승차권을 구입하는 것은 '지금 당장' 계약을 성립시켜 '기차에 탑승'할 수 있는 권리를 획득한 것일 뿐, 나중에 '계약을 성립시킬 수 있는 권리'를 획득한 것이 아니므로 법적인 관점의 '예약'이라 볼 수 없어! ¹¹법적으로 예약은 당사자들이 합의한 내용대로 권리가 발생하는 계약의 일종으로, 재화나 서비스 제공을 급부 내용으로 하는 다른 계약인 '본계약'을 성립시킬 수 있는 권리 발생을 목적으로 한다.

3 ¹²예약은 예약상 권리자가 가지는 권리의 법적 성질에 따라 두 가지 유형으로 나뉜다. 예약의 두 가지 유형이 차례대로 제시될 거야! ¹³첫째는 채권을 발생시키는 예약이다. ¹⁴이 채권의 급부 내용은 '예약상 권리자의 본계약 성립 요구에 대해 상대방이 승낙하는 것'이다. ¹⁵회사의 급식 업체 공모에 따라 여러 업체가 신청한 경우 그중 한 업체가 선정되었다고 회사에서 통지하면 예약이 성립한다. [A] ¹⁶이에 따라 선정된 업체가 급식을 제공하고 대금을 ⓑ받기로 하는 본계약 체결*을 요청하면 회사는 이에 응할 의무를 진다. ¹⁷둘째는 예약 완결권을 발생시키는 예약이다. ¹⁸이 경우 예약상 권리자가 본계약을 성립시키겠다는 의사를 표시하는 것만으로 본계약이 성립한다. ¹⁹가족 행사를 위해 식당을 예약한 사람이 식당에 도착하여 예약

완결권을 행사하면 곧바로 본계약이 성립하므로 식사 제공이라는 급부에 대한 계약상의 채권이 발생한다. 권리의 법적 성질에 따른 예약의 두 유형을 정리해 볼까?

	채권을 발생시키는 예약	예약 완결권을 발생시키는 예약
예약상 급부	(예약상 권리자의) 본계약 성립 요구에 대한 상대방의 승낙	—
본계약상 급부	재화나 서비스 제공	(예약상 권리자의 예약 완결권 행사와 동시에 본계약 성립) 재화나 서비스 제공

4 ²⁰예약에서 예약상의 급부나 본계약상의 급부가 이행되지 않는 문제가 ⓒ생길 수 있는데, 예약의 유형에 따라 발생 문제의 양상이 다르다. 이제 급부가 이행되지 않는 경우에 대해 이야기해 줄 거야! ²¹일반적으로 급부가 이행되지 않아 채권자에게 손해가 발생한 경우 채무자는 자신의 고의나 과실에서 비롯된 것이 아님을 증명하지 못하는 한 채무 불이행 책임을 진다. ²²이로 인해 채무의 내용이 바뀌는데 원래의 급부 내용이 무엇이든 채권자의 손해를 돈으로 물어야 하는 손해 배상 채무로 바뀐다. 채권자에게 급부를 이행하지 못한 채무자는 '채무 불이행 책임'에 따라 '손해 배상 채무'를 지게 되는구나! 이때 '자신의 고의나 과실'이 아님을 증명했다면 채무 불이행 책임을 지지 않게 되겠지?

5 ²³만약 타인이 고의나 과실로 예약상 권리자가 가진 권리 실현을 방해했다면 예약상 권리자는 그에게도 책임을 ⓓ물을 수 있다. ²⁴법률에 의하면 누구든 고의나 과실에 의해 타인에게 피해를 ⓔ끼치는 행위를 하고 그 행위의 위법성이 인정되면 불법행위 책임이 성립하여, 가해자는 피해자에게 손해를 돈으로 배상할 채무를 지기 때문이다. 꼭 채권자와 계약을 맺은 계약 당사자가 아니더라도, 제3자가 계약 당사자의 권리 실현을 고의나 과실로 방해했다면, 그 사람도 '손해 배상 채무'를 지는구나! ²⁵다만 예약상 권리자에게 예약 상대방이나 방해자 중 누구라도 손해 배상을 하면 다른 한쪽의 배상 의무도 사라진다. ²⁶급부 내용이 동일하기 때문이다. 예약 상대방이나 방해자 모두 '계약 당사자에게 손해 배상'을 해야 한다는 점은 동일하니까 채무의 급부 내용이 동일하다고 볼 수 있겠군!

채무 배상 의무와 관련된 부가적 정보를 제시하겠지?

📌 이것만은 챙기자

- ***대응:** 어떤 두 대상이 주어진 어떤 관계에 의하여 서로 짝이 되는 일.
- ***체결:** 계약이나 조약 따위를 공식적으로 맺음.

급부
채권 : 타인에게 **특정 행위** 요구할 권리
채무 : 타인에게 **특정 행위** 해 주어야 할 의무

계약
권리 발생 등에 대한 당사자의 합의
↳ 계약 성립시 효력 인정

예약
본계약을 성립시킬 수 있는 권리 확보

① 채권 발생 예약
예) 회사의 공사 맡게 선정
↓
예약 성립
─ (업체) 본계약 체결 요청 권리
└ (회사) 요청에 응할 의무

② 예약 완결권 발생 예약
예) 식당 예약자
↓
(예약자) 예약 완결권 행사
↓
본계약 성립
─ (예약자) 식사 제공 요청
└ (식당) 식사 제공 의무

〈급부 불이행으로 채권자에게 손해 발생할 시〉
· 채무자 ─ 고의/과실 O/△ ─ 채무 불이행 책임 ─ 손해 배상
                                            (급부 내용 동일)
· 방해자 ─ 고의/과실 O ─ 불법행위 책임 ─ 손해 배상

>> 각 문단을 요약하고 지문을 **두 부분**으로 나누어 보세요.

1 채권은 급부를 요구할 수 있는 권리이고 채무는 급부를 해 주어야 할 의무이다.
2 계약은 권리 발생 등에 관한 당사자의 합의이며, 예약은 재화나 서비스 제공을 급부 내용으로 하는 본계약을 성립시킬 수 있는 권리 발생을 목적으로 하는 계약의 일종이다.
3 예약은 권리의 법적 성질에 따라 채권을 발생시키는 예약과 예약 완결권을 발생시키는 예약으로 나뉜다.
4 예약상의 급부나 본계약상의 급부가 이행되지 않아 채권자에게 손해가 발생한 경우, 채무자가 고의나 과실이 아님을 증명하지 못하면 채무 불이행 책임을 진다.
5 예약상 권리자는 권리 실현을 방해한 자에게도 책임을 물을 수 있다.

첫 번째
1[1]~1[4]

두 번째
2[5]~5[26]

1. 윗글에 대한 이해로 적절하지 <u>않은</u> 것은?

정답풀이

⑤ 불법행위 책임은 계약의 당사자 사이에 국한된다.

근거: **4** [21]일반적으로 급부가 이행되지 않아 채권자에게 손해가 발생한 경우 채무자는 자신의 고의나 과실에서 비롯된 것이 아님을 증명하지 못하는 한 채무 불이행 책임을 진다. + **5** [23]만약 타인이 고의나 과실로 예약상 권리자가 가진 권리 실현을 방해했다면 예약상 권리자는 그에게도 책임을 물을 수 있다. [24]법률에 의하면 누구든 고의나 과실에 의해 타인에게 피해를 끼치는 행위를 하고 그 행위의 위법성이 인정되면 불법행위 책임이 성립하여, 가해자는 피해자에게 손해를 돈으로 배상할 채무를 지기 때문이다.

타인의 고의나 과실로 인해 채권자에게 손해가 발생한 경우 불법행위 책임이 성립하는데, 이때의 책임은 계약을 체결한 당사자 사이에 국한되는 것이 아니라 고의나 과실로 권리자의 권리 실현을 방해한 타인이면 누구에게도 돌아갈 수 있다.

오답풀이

① 계약상의 채권은 계약이 성립하면 추가 합의가 없어도 발생하는 것이 원칙이다.

근거: **1** [1]채권은 어떤 사람이 다른 사람에게 특정 행위를 요구할 수 있는 권리이다. + **2** [6]계약이란 권리 발생 등에 관한 당사자의 합의로서, 계약이 성립하면 합의 내용대로 권리 발생 등의 효력이 인정되는 것이 원칙이다.

계약이 성립되면 합의 내용대로 권리(채권)가 발생하는 것이 원칙이므로, 추가 합의가 없어도 계약상의 채권이 발생할 수 있을 것이다.

② 재화나 서비스 제공을 대상으로 하는 권리 외에 다른 형태의 권리도 존재한다.

근거: **1** [1]채권은 어떤 사람이 다른 사람에게 특정 행위를 요구할 수 있는 권리이다. [2]이 특정 행위를 급부라 하고~[4]급부는 재화나 서비스 제공인 경우가 많지만 그 외의 내용일 수도 있다.

채권은 어떤 사람이 다른 사람에게 특정 행위, 즉 급부를 요구할 수 있는 권리를 나타낸다. 이때 급부는 재화나 서비스 제공 이외의 내용일 수도 있다고 했으므로, 권리에는 재화나 서비스 제공을 대상으로 하는 것 외에 다른 형태도 존재할 것이다.

③ 예약상 권리자는 본계약상 권리의 발생 여부를 결정할 수 있다.

근거: **2** [6]계약이란 권리 발생 등에 관한 당사자의 합의로서, 계약이 성립하면 합의 내용대로 권리 발생 등의 효력이 인정되는 것이 원칙이다. [11]법적으로 예약은~재화나 서비스 제공을 급부 내용으로 하는 다른 계약인 '본계약'을 성립시킬 수 있는 권리 발생을 목적으로 한다.

예약상 권리자는 본계약을 성립시킬 수 있는 권리를 지닌 존재이므로, 자신의 예약상 권리를 행사할 것인지에 따라 본계약상 권리의 발생 여부를 결정할 수 있다.

④ 급부가 이행되면 채무자의 채권자에 대한 채무가 소멸된다.

근거: **1** [3]채무자가 채권을 가진 이에게 급부를 이행하면 채권에 대응하는 채무는 소멸한다.

2. ㉠에 대한 이해로 가장 적절한 것은?

> ㉠: 기차 탑승을 위해 미리 돈을 지불하고 승차권을 구입하는 것

✔ 정답풀이

③ 기차 승차권을 미리 구입하는 것은 계약을 성립시키면서 채권의 행사 시점을 미래로 정해 두는 것이다.

> 근거: **1** [1]채권은 어떤 사람이 다른 사람에게 특정 행위를 요구할 수 있는 권리이다. + **2** [6]계약이란 권리 발생 등에 관한 당사자의 합의로서, 계약이 성립하면 합의 내용대로 권리 발생 등의 효력이 인정되는 것이 원칙이다. [7]당장 필요한 재화나 서비스는 그 제공을 급부로 하는 계약을 성립시켜 확보하면 되지만 미래에 필요할 수도 있는 재화나 서비스라면 계약을 성립시킬 수 있는 권리를 확보하는 것이 유리하다.~[10]기차 탑승을 위해 미리 돈을 지불하고 승차권을 구입하는 것(㉠)~이 경우는 예약에 해당하지 않는 계약이다.
>
> ㉠은 기차 탑승이라는 서비스의 제공을 급부로 하여 서비스 제공을 요구할 수 있는 권리를 발생시키는 계약이다. 즉 미래에 '계약을 성립시킬 수 있는 권리'를 확보하는 '예약'과 달리, ㉠은 권리를 발생시키는 계약을 성립시키면서 그 행사 시점(승차권을 사용하여 기차에 탑승하는 권리의 행사 시점)을 미래로 정해 두는 것에 해당한다고 볼 수 있다.

✘ 오답풀이

① 기차 탑승은 채권에 해당하고 돈을 지불하는 행위는 그 채권의 대상인 급부에 해당한다.

> 근거: **1** [1]채권은 어떤 사람이 다른 사람에게 특정 행위를 요구할 수 있는 권리이다. [2]이 특정 행위를 급부라 하고, 특정 행위를 해 주어야 할 의무를 채무라 한다. + **2** [10]기차 탑승을 위해 미리 돈을 지불하고 승차권을 구입하는 것(㉠)
>
> ㉠의 채권은 '기차 탑승 서비스의 제공'이라는 특정 행위(급부)를 요구할 수 있는 권리에 해당한다. 따라서 채권의 대상인 급부는 기차 탑승 서비스의 제공이 된다.

② 기차를 탑승하지 않는 것은 승차권 구입으로 발생한 채권에 대응하는 의무를 포기하는 것이다.

> 근거: **1** [1]채권은 어떤 사람이 다른 사람에게 특정 행위를 요구할 수 있는 권리이다. [2]이 특정 행위를 급부라 하고, 특정 행위를 해 주어야 할 의무를 채무라 한다. [3]채무자가 채권을 가진 이에게 급부를 이행하면 채권에 대응하는 채무는 소멸한다. + **2** [10]기차 탑승을 위해 미리 돈을 지불하고 승차권을 구입하는 것(㉠)
>
> ㉠에서 승차권을 구입함으로써 발생하는 채권은 기차 탑승을 요구할 수 있는 권리에 해당되며, 이러한 권리에 대응하여 채무자는 채권자에게 '기차 탑승 서비스의 제공'이라는 급부에 대한 의무를 이행해야 한다. 그러나 이때 채권자가 스스로 기차에 탑승하지 않았다면, 이는 채무자가 채권에 대응하는 의무를 포기한 것이 아니라 채권자가 본인의 권리를 행사하지 않은 것으로 볼 수 있다.

④ 승차권 구입은 계약 없이 법률로 정해진 요건을 충족하여 서비스를 제공받을 권리를 발생시키는 행위이다.

> 근거: **2** [5]민법상의 권리는 여러 가지가 있는데 계약 없이 법률로 정해진 요건의 충족으로 발생하기도 하지만 대개 계약의 효력으로 발생한다. [6]계약이란 권리 발생 등에 관한 당사자의 합의 [10]기차 탑승을 위해 미리 돈을 지불하고 승차권을 구입하는 것(㉠)~이 경우는 예약에 해당하지 않는 계약이다.
>
> ㉠은 예약에 해당하지는 않지만 '계약'에 해당하므로, ㉠이 '계약 없이' 법률로 정해진 요건을 충족한 행위라고 볼 수는 없다.

⑤ 미리 돈을 지불하는 것은 미래에 필요한 기차 탑승 서비스 이용이라는 계약을 성립시킬 수 있는 권리를 확보한 것이다.

> 근거: **2** [10]기차 탑승을 위해 미리 돈을 지불하고 승차권을 구입하는 것(㉠)을 '기차 승차권을 예약했다'고도 하지만 이 경우는 예약에 해당하지 않는 계약이다. [11]법적으로 예약은 당사자들이 합의한 내용대로 권리가 발생하는 계약의 일종으로, 재화나 서비스 제공을 급부 내용으로 하는 다른 계약인 '본계약'을 성립시킬 수 있는 권리 발생을 목적으로 한다.
>
> 미래에 필요한 계약을 성립시킬 수 있는 권리를 확보하는 것은 '예약'에 해당하는데, ㉠은 '예약에 해당하지 않는 계약'이므로 적절하지 않다.

3. 다음은 [A]에 제시된 예를 활용하여, 예약의 유형에 따라 예약상 권리자가 요구할 수 있는 급부에 대해 정리한 것이다. ㄱ~ㄷ에 들어갈 내용을 올바르게 짝지은 것은?

구분	채권을 발생시키는 예약	예약 완결권을 발생시키는 예약
예약상 급부	ㄱ	ㄴ
본계약상 급부	ㄷ	식사 제공

✓ 정답풀이

	ㄱ	ㄴ	ㄷ
①	급식 계약 승낙	없음	급식 대금 지급

ㄱ, ㄷ

근거: **1** ¹채권은 어떤 사람이 다른 사람에게 특정 행위를 요구할 수 있는 권리이다. + **2** ¹¹법적으로 예약은 당사자들이 합의한 내용대로 권리가 발생하는 계약의 일종으로, 재화나 서비스 제공을 급부 내용으로 하는 다른 계약인 '본계약'을 성립시킬 수 있는 권리 발생을 목적으로 한다. + **3** ¹³첫째는 채권을 발생시키는 예약이다. ¹⁴이 채권의 급부 내용은 '예약상 권리자의 본계약 성립 요구에 대해 상대방이 승낙하는 것'이다. ¹⁵회사의 급식 업체 공모에 따라 여러 업체가 신청한 경우 그중 한 업체가 선정되었다고 회사에서 통지하면 예약이 성립한다. ¹⁶이에 따라 선정된 업체가 급식을 제공하고 대금을 받기로 하는 본계약 체결을 요청하면 회사는 이에 응할 의무를 진다.

채권을 발생시키는 예약은 '예약상 권리자의 본계약 성립 요구에 대해 상대방이 승낙하는 것'을 예약상 급부로 하여 성립한다. 이때 [A]에서는 예약이 성립함에 따라 선정된 급식 업체가 본계약 체결을 요청할 시 회사가 그에 응할 의무를 진다고 했으므로, 예약상의 권리자는 '급식 업체'임을 추론할 수 있다. 급식 업체는 예약을 통해 급식을 제공하고 급식 대금을 지급받기로 하는 '급식 계약'을 상대방이 '승낙'(ㄱ)할 것을 요구할 수 있는 권리를 얻게 되고, 본계약에서는 회사에 제공한 급식에 대한 '대금'을 지급(ㄷ)하도록 요청할 권리를 행사할 수 있게 된다.

ㄴ

근거: **2** ¹¹법적으로 예약은 당사자들이 합의한 내용대로 권리가 발생하는 계약의 일종으로, 재화나 서비스 제공을 급부 내용으로 하는 다른 계약인 '본계약'을 성립시킬 수 있는 권리 발생을 목적으로 한다. + **3** ¹⁷둘째는 예약 완결권을 발생시키는 예약이다. ¹⁸이 경우 예약상 권리자가 본계약을 성립시키겠다는 의사를 표시하는 것만으로 본계약이 성립한다. ¹⁹가족 행사를 위해 식당을 예약한 사람이 식당에 도착하여 예약 완결권을 행사하면 곧바로 본계약이 성립하므로 식사 제공이라는 급부에 대한 계약상의 채권이 발생한다.

예약 완결권을 발생시키는 예약은 '예약상 권리자가 본계약을 성립시키겠다는 의사를 표시하는 것만으로 본계약이 성립'하며, [A]에서는 '식당을 예약한 사람'이 예약상의 권리자로 제시되어 있다. 이때 예약 완결권을 가지는 권리자는 상대방의 승낙을 요청할 필요 없이 일방적으로 의사를 표시하는 것만으로 권리를 행사함으로써 본계약을 성립시킬 수 있으므로 예약상의 급부(ㄴ)는 존재하지 않는다.

학생들이 정답 이외에 가장 많이 고른 선지가 ②번과 ③번이다.

	ㄱ	ㄴ	ㄷ
②	급식 계약 승낙	없음	급식 제공
③	급식 계약 승낙	식사 제공 계약 체결	급식 제공

이는 '채권을 발생시키는 예약'에서 본계약상 급부(ㄷ)가 '급식 대금 지급'이 아닌 '급식 제공'일 것이라고 잘못 판단했기 때문인 것으로 보인다. 이 문제의 정·오답을 적절히 판단하기 위해서는 1문단에 제시된 '채권', '채무'와 '급부', 2문단에 제시된 '계약'과 '예약'의 의미를 정확하게 이해하여 이를 [A]에 제시된 사례들에 적용할 수 있어야 했다.

[A]에서는 예약상 권리자가 가지는 권리의 법적 성질에 따라 예약의 유형을 (1)채권을 발생시키는 예약과 (2)예약 완결권을 발생시키는 예약으로 나누어 각각 '급식 업체–회사 간의 예약'과 '식당 예약자–식당 간의 예약'의 예시를 들고 있다. 이를 3번 문제에 적용하려면 각 사례에서 예약상의 권리자가 누구인지를 분명하게 알아 두어야 하는데, 2문단에 따르면 예약은 '본계약을 성립시킬 수 있는 권리 발생'을 목적으로 하므로, 본계약을 성립시킬 수 있는 권리가 누구에게 발생하는지 판단하면 된다.

(2)의 경우 '식당을 예약한 사람'이 예약 완결권을 행사하면서 곧바로 본계약이 성립한다고 하였으므로 예약 완결권을 가진 예약상 권리자가 '식당을 예약한 사람'임이 명백하게 드러난다. 이때 예약을 통해 따로 요구하는 바(급부) 없이 권리자의 권리 행사를 통한 본계약이 곧바로 이루어지므로, 'ㄴ'에는 '없음'이 들어가는 것이 적절하다. 참고로 '식사 제공 계약 체결'은 본계약이 체결된 상황에 해당한다고 볼 수 있다.

문제가 되는 (1)의 경우, 급부 내용은 '예약상 권리자의 본계약 성립 요구에 대해 상대방이 승낙하는 것'이라고 하였다. 이때 회사가 급식 업체를 받기 위한 '공모'를 주최하였으며, 상대방에게 '급식을 제공'할 것을 요구하는 입장임을 고려하여 회사가 '권리자'에 해당한다고 생각할 수도 있겠지만, [A]에서는 예약이 성립함에 따라 '선정된 업체가 급식을 제공하고 대금을 받기로 하는 본계약 체결을 요청'하면 '회사가 이에 응할 의무'를 지게 된다고 했으므로, 실질적으로 본계약 성립 요구를 하는 주체인 '예약상 권리자'는 '급식 업체'에 해당한다. 그에 따라 'ㄱ'은 예약상 권리자인 급식 업체가 회사에 요구할 '급식 계약 승낙'이 들어가는 것이 적절하며, 본계약의 내용이 '선정된 업체가 급식을 제공하고 대금을 받기로' 한 것임을 고려한다면, 'ㄷ'에 들어가야 할 내용으로 적절한 것은 권리자인 급식 업체가 회사에 요구할 '제공한 급식에 대한 대금 지급'이다.

정답률 분석

정답	매력적 오답	매력적 오답		
①	②	③	④	⑤
42%	23%	22%	7%	6%

4. 윗글을 참고할 때, 〈보기〉의 ㉮에 대한 이해로 적절하지 <u>않은</u> 것은? [3점]

─〈보기〉─

특별한 행사를 앞두고 있는 갑은 미용실을 운영하는 을과 예약을 하여 행사 당일 오전 10시에 머리 손질을 받기로 했다. 갑이 시간에 맞춰 미용실을 방문하여 머리 손질을 요구했을 때 병이 이미 을에게 머리 손질을 받고 있었다. 갑이 예약해 둔 시간에 병이 고의로 끼어들어 위법성이 있는 행위를 하여 ㉮갑은 오전 10시에 머리 손질을 받을 수 없는 손해를 입었다.

예약 당사자: 갑(채권자), 을(채무자)

갑의 권리: 오전 10시에 을에게서 머리 손질을 받을 권리

방해자: 갑이 예약해 둔 시간에 고의로 끼어든 병(갑의 권리 실현 방해)

✔ 정답풀이

④ ㉮가 발생하는 과정에서 을에게 고의나 과실이 있는지 없는지 증명되지 않은 경우, 을과 병은 모두 채무 불이행 책임을 지므로 갑에게 손해 배상 채무를 진다.

근거: ❹ ²¹일반적으로 급부가 이행되지 않아 채권자에게 손해가 발생한 경우 채무자는 자신의 고의나 과실에서 비롯된 것이 아님을 증명하지 못하는 한 채무 불이행 책임을 진다. + ❺ ²⁴법률에 의하면 누구든 고의나 과실에 의해 타인에게 피해를 끼치는 행위를 하고 그 행위의 위법성이 인정되면 불법행위 책임이 성립

㉮가 발생하는 과정에서 을에게 고의나 과실이 있는지 없는지 증명되지 않은 경우(과실이 없음을 증명하지 못한 경우), '10시에 갑의 머리 손질을 해 준다'는 채무를 이행하지 못한 을은 채무 불이행 책임을 진다고 볼 수 있다. 그러나 병의 경우 갑과 급부의 이행을 내용으로 하는 계약을 체결한 당사자가 아니므로, 갑에 대한 채무 불이행의 책임을 지지는 않으며, 고의적으로 타인에게 피해를 끼치는 행위에서 비롯된 불법행위에 대한 손해 배상 채무만을 지게 된다.

✖ 오답풀이

① ㉮가 발생하는 과정에서 을의 과실이 있는 경우, 을은 갑에 대해 채무 불이행 책임이 있고 병은 갑에 대해 손해 배상 채무가 있다.

근거: ❹ ²¹일반적으로 급부가 이행되지 않아 채권자에게 손해가 발생한 경우 채무자는 자신의 고의나 과실에서 비롯된 것이 아님을 증명하지 못하는 한 채무 불이행 책임을 진다. + ❺ ²⁴법률에 의하면 누구든 고의나 과실에 의해 타인에게 피해를 끼치는 행위를 하고 그 행위의 위법성이 인정되면 불법행위 책임이 성립하여, 가해자는 피해자에게 손해를 돈으로 배상할 채무를 지기 때문이다.

㉮가 발생하는 과정에서 을의 과실이 있는 경우, 을은 갑에 대해 채무 불이행 책임이 있다. 또한 갑에게 피해를 끼치는 행위를 한 병은 불법행위 책임이 성립하여, 피해자인 갑에게 돈으로 배상할 손해 배상 채무를 지게 된다.

② ㉮가 발생하는 과정에서 을의 고의가 있는 경우, 을과 병은 모두 갑에게 손해 배상 채무를 지고 을이 배상을 하면 병은 갑에 대한 채무가 사라진다.

근거: ❹ ²¹일반적으로 급부가 이행되지 않아 채권자에게 손해가 발생한 경우 채무자는~채무 불이행 책임을 진다. ²²이로 인해 채무의 내용이~손해 배상 채무로 바뀐다. + ❺ ²⁴법률에 의하면~가해자는 피해자에게 손해를 돈으로 배상할 채무를 지기 때문이다. ²⁵다만 예약상 권리자에게 예약 상대방이나 방해자 중 누구라도 손해 배상을 하면 다른 한쪽의 배상 의무도 사라진다.

㉮가 발생하는 과정에서 을의 고의가 있는 경우, 을은 갑에게 채무 불이행 책임에 따른 손해 배상 채무를 지게 된다. 또한 고의적으로 갑에게 피해를 준 병도 손해 배상 채무를 진다. 이때 예약 당사자인 을이나 방해자인 병 중 누구라도 한쪽이 손해 배상을 하면 다른 한쪽의 배상 의무도 사라지게 되므로, 을이 손해 배상을 한다면 병은 갑에 대한 손해 배상 채무가 사라지게 될 것이다.

③ ㉮가 발생하는 과정에서 을에게 고의나 과실이 있는지 없는지 증명되지 않은 경우, 을과 병은 모두 갑에게 채무를 지고 그에 따른 급부의 내용은 동일하다.

근거: ❶ ¹채권은 어떤 사람이 다른 사람에게 특정 행위를 요구할 수 있는 권리이다. ²이 특정 행위를 급부라 하고, 특정 행위를 해 주어야 할 의무를 채무라 한다. + ❹ ²¹일반적으로 급부가 이행되지 않아 채권자에게 손해가 발생한 경우 채무자는~채무 불이행 책임을 진다. ²²이로 인해 채무의 내용이~손해 배상 채무로 바뀐다. + ❺ ²⁴법률에 의하면~가해자는 피해자에게 손해를 돈으로 배상할 채무를 지기 때문이다. ²⁵다만 예약상 권리자에게 예약 상대방이나 방해자 중 누구라도 손해 배상을 하면 다른 한쪽의 배상 의무도 사라진다. ²⁶급부 내용이 동일하기 때문이다.

㉮가 발생하는 과정에서 을이 자신의 고의나 과실이 없음을 증명하지 못할 경우, 을은 갑에 대해 손해 배상 채무를 지게 된다. 또한 방해자인 병도 갑에게 끼친 피해로 인해 손해 배상 채무를 지게 되는데, 이때 을과 병이 진 채무의 급부 내용은 '갑에게 손해 배상금을 지불'하는 것이므로 급부 내용이 동일하다고 볼 수 있다.

⑤ ㉮가 발생하는 과정에서 을에게 고의나 과실이 없음이 증명된 경우, 을과 달리 병에게는 갑이 입은 손해에 대해 금전으로 배상할 책임이 있다.

근거: ❹ ²¹일반적으로 급부가 이행되지 않아 채권자에게 손해가 발생한 경우 채무자는 자신의 고의나 과실에서 비롯된 것이 아님을 증명하지 못하는 한 채무 불이행 책임을 진다. + ❺ ²⁴법률에 의하면 누구든 고의나 과실에 의해 타인에게 피해를 끼치는 행위를 하고 그 행위의 위법성이 인정되면 불법행위 책임이 성립하여, 가해자는 피해자에게 손해를 돈으로 배상할 채무를 지기 때문이다.

㉮가 발생하는 과정에서 을에게 고의나 과실이 없음이 증명된 경우, 을은 채무 불이행 책임을 질 필요가 없어지므로 그에 따른 손해 배상 채무도 발생하지 않는다. 이와 달리 병은 고의적으로 갑에게 피해를 줌으로써 불법행위 책임이 성립하게 되므로, 갑의 손해에 대해 금전적으로 배상할 채무를 지게 된다.

5. 문맥상 ⓐ~ⓔ의 단어와 가장 가까운 의미로 쓰인 것은?

🔽 정답풀이

② ⓑ: 올해 생일에는 고향 친구에게서 편지를 받았다.

> 근거: ❸ ¹⁶이에 따라 선정된 업체가 급식을 제공하고 대금을 ⓑ받기로 하는 본계약 체결을 요청하면 회사는 이에 응할 의무를 진다.
> ⓑ와 '편지를 받았다.'의 '받다'는 모두 '다른 사람이 주거나 보내오는 물건 따위를 가지다.'의 의미로 쓰였다.

❌ 오답풀이

① ⓐ: 자신의 일에 자부심을 가지는 것이 중요하다.
근거: ❶ ³채무자가 채권을 ⓐ가진 이에게 급부를 이행하면 채권에 대응하는 채무는 소멸한다.
ⓐ의 '가지다'가 '자기 것으로 하다.'의 의미로 쓰인 것과 달리, '자부심을 가지는'의 '가지다'는 '생각, 태도, 사상 따위를 마음에 품다.'의 의미로 쓰였다.

③ ⓒ: 기차역 주변에 새로 생긴 상가에 가 보았다.
근거: ❹ ²⁰예약에서 예약상의 급부나 본계약상의 급부가 이행되지 않는 문제가 ⓒ생길 수 있는데, 예약의 유형에 따라 발생 문제의 양상이 다르다.
ⓒ의 '생기다'가 '어떤 일이 일어나다.'의 의미로 쓰인 것과 달리, '새로 생긴'의 '생기다'는 '없던 것이 새로 있게 되다.'의 의미로 쓰였다.

④ ⓓ: 나는 도서관에서 책 빌리는 방법을 물어 보았다.
근거: ❺ ²³만약 타인이 고의나 과실로 예약상 권리자가 가진 권리 실현을 방해했다면 예약상 권리자는 그에게도 책임을 ⓓ물을 수 있다.
ⓓ의 '묻다'가 '어떠한 일에 대한 책임을 따지다.'의 의미로 쓰인 것과 달리, '책 빌리는 방법을 물어 보았다.'의 '묻다'는 '무엇을 밝히거나 알아내기 위하여 상대편의 대답이나 설명을 요구하는 내용으로 말하다.'의 의미로 쓰였다.

⑤ ⓔ: 바닷가의 찬바람을 쐬니 온몸에 소름이 끼쳤다.
근거: ❺ ²⁴법률에 의하면 누구든 고의나 과실에 의해 타인에게 피해를 ⓔ끼치는 행위를 하고 그 행위의 위법성이 인정되면 불법행위 책임이 성립
ⓔ의 '끼치다'가 '영향, 해, 은혜 따위를 당하거나 입게 하다.'의 의미로 쓰인 것과 달리, '소름이 끼쳤다.'의 '끼치다'는 '소름이 한꺼번에 돋아나다.'의 의미로 쓰였다.

[1~5] 다음 글을 읽고 물음에 답하시오.

✏️ 사고의 흐름

1 ¹국가, 지방 자치 단체와 같은 행정 주체가 행정 목적을 ⓐ실현하기 위해 국민의 권리를 제한하거나 국민에게 의무를 부과하는 '행정 규제'는 국회가 제정한 법률에 근거해야 한다. 행정 규제의 기능과 성립 조건을 제시하면서 글을 시작하고 있네! ²그러나 국회가 아니라, 대통령을 수반*으로 하는 행정부나 지방 자치 단체와 같은 행정 기관이 제정*한 법령인 행정입법에 의한 행정 규제의 비중이 커지고 있다. 행정입법이라는 새로운 개념이 제시되었어! 행정입법은 제정 주체가 국회가 아닌 행정 기관이구나. ³드론과 관련된 행정 규제 사항들처럼, 첨단 기술과 관련되거나, 상황 변화에 즉각 대처해야 하거나, 개별적 상황을 ⓑ반영하여 규제를 달리해야 하는 행정 규제 사항들이 늘어나고 있기 때문이다. ⁴행정 기관은 국회에 비해 이러한 사항들을 다루기에 적합하다. 행정입법에 의한 행정 규제의 비중이 커지는 이유가 제시되었군!

(왼쪽 여백 필기) 흐름의 전환! 이 뒤로 더 중요한 내용이 제시되겠지?

2 ⁵행정입법의 유형에는 ①위임명령, ②행정규칙, ③조례 등이 있다. 행정입법의 세 가지 유형을 중심으로 글이 전개되겠군! ⁶헌법에 따르면, 국회는 행정 규제 사항에 관한 법률을 제정할 때 특정한 내용에 관한 입법을 행정부에 위임*할 수 있다. ⁷이에 따라 제정된 행정입법을 ①위임명령이라고 한다. ⁸위임명령은 제정 주체에 따라 대통령령, 총리령, 부령으로 나누어진다. ⁹이들은 모두 국민에게 적용되기 때문에 입법예고, 공포* 등의 절차를 거쳐야 한다. 위임명령의 개념, 유형, 성격을 설명하고 있어. 행정입법의 다른 유형과 비교하는 문제가 나올 수 있으니 잘 정리해 두자! ¹⁰위임명령은 입법부인 국회가 자신의 권한의 일부를 행정부에 맡겼기 때문에 정당화될 수 있다. ¹¹그래서 특정한 행정 규제의 근거 법률이 위임명령으로 제정할 사항의 범위를 정하지 않은 채 위임하는 포괄적 위임은 헌법상 삼권 분립 원칙에 저촉*된다. ¹²위임된 행정 규제 사항의 대강을 위임 근거 법률의 내용으로부터 ⓒ예측할 수 있어야 한다는 것이다. 포괄적 위임은 국회가 입법을 행정부에 위임하는 과정에서 행정 규제 사항이 근거 법률의 어느 범위를 기반으로 해야 하는지 명시하지 않은 경우를 나타내는 것이군! ¹³다만 행정 규제 사항의 첨단 기술 관련성이 클수록 위임 근거 법률이 위임할 수 있는 사항의 범위가 넓어진다. 1문단에 간단히 제시되었던 첨단 기술에 대한 내용이 부록 정보로 등장했네. 문제로 제시될 수 있으니 눈여겨보자. ¹⁴한편, 위임명령이 법률로부터 위임받은 범위를 벗어나서 제정되거나, 위임 근거 법률이 사용한 어구의 의미를 확대하거나 축소하여 제정되어서는 안 된다. ¹⁵㉠위임명령이 이러한 제한을 위반하여 제정되면 효력이 없다. 제정된 위임명령이 위임받은 법률의 범위를 벗어나거나 위임 근거 법률의 뜻을 왜곡한다면, 위임명령이 법률을 기반으로 하지 않게 되면서 당연히 효력이 없어질 거야.

3 ¹⁶②행정규칙은 원래 행정부의 직제나 사무 처리 절차에 관한 행정입법으로서 고시(告示), 예규 등이 여기에 속한다. ¹⁷일반 국민에게는 직접 적용되지 않기 때문에, 법률로부터 위임받지 않아도 유효하게 제정될 수 있고 위임명령 제정 시와 동일

한 절차를 거칠 필요가 없다. 행정규칙의 개념과 종류, 성격을 간단히 설명해 주네! ¹⁸그러나 행정 규제 사항에 관하여 행정규칙이 제정되는 예외적인 경우도 있다. ¹⁹위임된 사항이 첨단 기술과의 관련성이 매우 커서 위임명령으로는 ⓓ대응하기 어려워 불가피한 경우, 위임 근거 법률이 행정입법의 제정 주체만 지정하고 행정입법의 유형을 지정하지 않았다면 위임된 사항이 고시나 예규(=행정규칙)로 제정될 수 있다. ²⁰이런 경우의 행정규칙은 위임명령과 달리, 입법예고, 공포 등을 거치지 않고 제정된다. 행정규칙에 의한 행정 규제의 사례로 첨단 기술과 관련이 큰 경우를 언급했네! 첨단 기술과 관련된 위임 사항에 대해 2문단의 위임명령과 3문단의 행정규칙이 어떻게 대응하는지 정리해 두자.

(오른쪽 여백 필기) 행정규칙이 일반 국민에게 직접 적용되는 경우(행정 규제에 적용되는 경우)를 언급하겠군!

위임명령	행정규칙
• 첨단 기술과 관련성이 클수록 위임할 수 있는 사항의 범위 점점 커짐	• 첨단 기술과의 관련성이 매우 커서 위임명령 대응 어려울 경우 • 위임 근거 법률이 행정입법의 제정 주체만 지정하고 유형은 지정하지 않은 경우 위임된 사항 제정 가능

4 ²¹③조례는 지방 의회가 제정하는 행정입법으로 지역의 특수성을 반영하여 제정되고 지역에서 발생하는 사안에 대해 적용된다. ²²제정 주체가 지방 자치 단체의 기관인 지방 의회라는 점에서 행정부에서 제정하는 위임명령, 행정규칙과 ⓔ구별된다. ²³조례도 행정 규제 사항을 규정하려면 법률의 위임에 근거해야 한다. ²⁴또한 법률로부터 포괄적 위임을 받을 수 있지만 위임 근거 법률이 사용한 어구의 의미를 다르게 사용할 수 없다. ²⁵조례는 입법예고, 공포 등의 절차를 거쳐 제정된다. 조례의 개념과 성격에 대해 설명하고 있네! 4문단에 정리된 기준에 따라 (행정 규제 사항을 규정하는 경우) 행정입법의 세 유형을 다음과 같이 비교해 볼 수 있겠어!

	위임명령	행정규칙	조례
제정 주체	행정부	행정부	지방 의회
포괄적 위임	불가	–	가능
법률의 어구	다르게 사용 불가	–	다르게 사용 불가
절차	입법예고, 공포 O	입법예고, 공포 X	입법예고, 공포 O

이것만은 챙기자

*수반: 행정부의 가장 높은 자리에 있는 사람.

*제정: 제도나 법률 따위를 만들어서 정함.

*위임: 어떤 일을 책임 지워 맡김. 또는 그 책임.

*공포: 이미 확정된 법률, 조약, 명령 따위를 일반 국민에게 널리 알리는 일.

*저촉: 법률이나 규칙 따위에 위반되거나 어긋남.

만점 선배의 구조도 예시

행정 규제 ──┬─ 행정 주체의 행정 목적 달성 위함
　　　　　　├─ 국회 제정 법률에 근거
　　　　　　└─ 국민의 권리 제한 / 의무 부과

↓

행정입법에 의한 행정 규제
＝
행정 기관이 제정한 법령 (국회보다 즉각적·개별적 대처 가능)

	① 위임명령	② 행정규칙	③ 조례
제정 주체	행정부	행정부	지방 의회
절차	입법 예고·공포 ○	입법 예고, 공포 X	입법 예고, 공포 ○
법률 위임	포괄적 위임 불가	(일반) 법률 위임 필요 X	(행정 규제 사항관련) 위임 가능한 예외 존재	포괄적 위임 가능
	첨단 기술 관련성↑ 위임 사항 범위↑		위임명령이 감당 못할 시	
	여 의의 법령 불가			여 의의 법령 불가

>> 각 문단을 요약하고 지문을 **두 부분**으로 나누어 보세요.

❶ 행정 규제는 국회가 제정한 법률에 근거해야 하지만, 행정 기관이 제정한 **행정입법**에 의한 행정 규제의 비중이 커지고 있다.

❷ 행정입법 중 위임명령은 국회가 입법을 **행정부**에 위임하여 제정되는데, 입법예고, 공포 등의 절차를 거쳐야 하며 **포괄적 위임**은 허용되지 않는다.

❸ 행정입법 중 행정규칙은 법률로부터 위임받지 않아도 제정될 수 있고 위임명령과 동일한 절차를 거칠 필요가 없지만, 예외적으로 행정 규제 사항에 관하여 **행정규칙**이 제정되는 경우도 있다.

❹ 행정입법 중 조례는 지방 의회가 제정하며 행정 규제 사항을 규정하려면 법률의 위임에 근거해야 하며 **입법예고, 공포** 등의 절차를 거쳐 제정된다.

첫 번째 ❶¹ ~ ❶⁴

두 번째 ❷⁵ ~ ❹²⁵

---

1. 윗글의 내용과 일치하는 것은?

✓ 정답풀이

⑤ 행정부가 국회보다 신속히 대응할 수 있는 행정 규제 사항은 행정 입법의 대상으로 적합하다.

> 근거: ❶ ²국회가 아니라, 대통령을 수반으로 하는 행정부나 지방 자치 단체와 같은 행정 기관이 제정한 법령인 행정입법에 의한 행정 규제의 비중이 커지고 있다. ³드론과 관련된 행정 규제 사항들처럼, 첨단 기술과 관련되거나, 상황 변화에 즉각 대처해야 하거나, 개별적 상황을 반영하여 규제를 달리해야 하는 행정 규제 사항들이 늘어나고 있기 때문이다. ⁴행정 기관은 국회에 비해 이러한 사항들을 다루기에 적합하다.

✗ 오답풀이

① 행정입법에 속하는 법령들은 제정 주체가 동일하다.

근거: ❷ ⁵행정입법의 유형에는 위임명령, 행정규칙, 조례 등이 있다. ⁸위임명령은 제정 주체에 따라 대통령령, 총리령, 부령으로 나누어진다. + ❹ ²²(조례는) 제정 주체가 지방 자치 단체의 기관인 지방 의회라는 점에서 행정부에서 제정하는 위임명령, 행정규칙과 구별된다.

② 행정입법에 속하는 법령들은 모두 개별적 상황과 지역의 특수성을 반영한다.

근거: ❶ ²행정입법에 의한 행정 규제의 비중이 커지고 있다. ³첨단 기술과 관련되거나, 상황 변화에 즉각 대처해야 하거나, 개별적 상황을 반영하여 규제를 달리해야 하는 행정 규제 사항이 늘어나고 있기 때문이다. + ❹ ²¹조례는 지방 의회가 제정하는 행정입법으로 지역의 특수성을 반영하여 제정

행정입법에 속하는 법령들은 개별적 상황 외에도 첨단 기술과 관련되거나, 상황 변화에 즉각 대처해야 하는 등의 성격이 반영되어 제정된다. 하지만 지역의 특수성을 반영하는 것은 행정입법 중 '조례'이며, 모든 행정입법의 법령들이 이를 반영한다고 보기 어렵다.

③ 행정입법에 속하는 법령들은 모두 정당성을 확보하기 위하여 국회의 위임에 근거한다.

근거: ❸ ¹⁷(행정규칙은) 일반 국민에게는 직접 적용되지 않기 때문에, 법률로부터 위임받지 않아도 유효하게 제정

행정입법의 유형 가운데 행정규칙은 국회가 제정한 법률로부터 위임받지 않아도 유효하게 제정될 수 있으므로, 행정입법에 속하는 모든 법령들이 정당성을 확보하기 위해 국회의 위임에 근거해야 한다는 설명은 적절하지 않다.

④ 행정 규제 사항에 적용되는 행정입법은 모두 포괄적 위임이 금지되어 있다.

근거: ❹ ²³조례도 행정 규제 사항을 규정하려면 법률의 위임에 근거해야 한다. ²⁴또한 법률로부터 포괄적 위임을 받을 수 있지만

행정입법의 유형 가운데 조례는 행정 규제 사항을 규정할 때 포괄적 위임을 받을 수 있다.

2. ㉠의 이유로 가장 적절한 것은?

> ㉠: 위임명령이 이러한 제한을 위반하여 제정되면 효력이 없다.

✔ 정답풀이

① 그 위임명령이 법률의 근거 없이 행정 규제 사항을 규정했기 때문이다.

> 근거: ❷ [6]헌법에 따르면, 국회는 행정 규제 사항에 관한 법률을 제정할 때 특정한 내용에 관한 입법을 행정부에 위임할 수 있다. [7]이에 따라 제정된 행정입법을 위임명령이라고 한다. [14]한편, 위임명령이 법률로부터 위임받은 범위를 벗어나서 제정되거나, 위임 근거 법률이 사용한 어구의 의미를 확대하거나 축소하여 제정되어서는 안 된다. [15]위임명령이 이러한 제한을 위반하여 제정되면 효력이 없다.(㉠)

위임명령은 국회로부터 '특정한 내용에 관한 입법'을 위임받아 법률에 근거하고 있어야 효력을 갖는다. 따라서 위임명령이 행정 규제 사항을 규정할 때 법률로부터 위임받은 범위를 벗어나서 제정되거나, 법률의 의미를 변형하여 제정되었다는 것은 위임명령이 법률의 근거 없이 행정 규제 사항을 규정하였음을 의미하므로, 이는 ㉠의 이유로 적절하다.

✘ 오답풀이

② 그 위임명령이 포괄적 위임을 받아 제정된 경우에 해당하기 때문이다.

> 근거: ❷ [10]위임명령은 입법부인 국회가 자신의 권한의 일부를 행정부에 맡기기 때문에 정당화될 수 있다. [11]그래서 특정한 행정 규제의 근거 법률이 위임명령으로 제정할 사항의 범위를 정하지 않은 채 위임하는 포괄적 위임은 헌법상 삼권 분립 원칙에 저촉된다.

포괄적 위임은 위임명령으로 제정할 사항이 '어느 범위'를 근거로 삼아야 하는지 정하지 않고 위임한 경우를 의미하는데, 이는 위임명령이 법률 자체에서 벗어난 내용을 근거로 삼아 효력이 사라지게 되는 경우를 나타내는 ㉠과는 관계가 없다.

③ 그 위임명령이 첨단 기술에 대한 내용을 정확히 반영하지 않기 때문이다.

> 근거: ❷ [13]다만 행정 규제 사항의 첨단 기술 관련성이 클수록 위임 근거 법률이 위임할 수 있는 사항의 범위가 넓어진다.

첨단 기술에 대한 내용을 위임명령에 반영하여 제정할 때 관련성에 의거하여 근거 법률이 위임할 수 있는 사항의 범위가 넓어지지만, 위임명령이 첨단 기술에 대한 내용을 정확히 반영하지 않을 경우 효력이 사라지는 것은 아니다.

④ 그 위임명령이 국민의 권리를 제한하는 권한을 행정 기관에 맡겼기 때문이다.

> 근거: ❶ [1]국가, 지방 자치 단체와 같은 행정 주체가 행정 목적을 실현하기 위해 국민의 권리를 제한하거나 국민에게 의무를 부과하는 '행정 규제'는 국회가 제정한 법률에 근거해야 한다. [2]그러나 국회가 아니라, 대통령을 수반으로 하는 행정부나 지방 자치 단체와 같은 행정 기관이 제정한 법령인 행정입법에 의한 행정 규제의 비중이 커지고 있다.

위임명령을 포함한 행정입법은 행정 기관이 주체가 되어 행정 목적의 실현을 위해 국민의 권리를 제한하는 등의 행정 규제를 가할 수 있는데, 이는 ㉠과는 관계가 없다.

⑤ 그 위임명령이 구체적 상황의 특성을 반영한 융통성 있는 대응을 하지 못했기 때문이다.

> 근거: ❶ [2]행정입법에 의한 행정 규제의 비중이 커지고 있다. [3]상황 변화에 즉각 대처해야 하거나, 개별적 상황을 반영하여 규제를 달리해야 하는 행정 규제 사항들이 늘어나고 있기 때문이다. [4]행정 기관은 국회에 비해 이러한 사항들을 다루기에 적합하다. + ❷ [14]한편, 위임명령이~[15]이러한 제한을 위반하여 제정되면 효력이 없다.(㉠)

위임명령을 포함한 행정입법은 개별적이고 구체적인 상황의 특성을 반영하여 융통성 있게 규제를 달리해야 하는 상황을 위해 활용될 수 있는데, 이는 ㉠과는 관계가 없다. 위임명령이 법률로부터 위임받은 범위를 벗어나거나 법률이 사용한 어구의 의미를 변형하여 제정된 ㉠의 경우라면 오히려 과도한 융통성으로 인해 효력이 상실된 것으로 볼 수 있다.

📋 문제적 문제 · 2-②번

학생들이 정답 선지 다음으로 많이 고른 선지가 ②번이다. '행정 규제', '행정입법', '위임 근거 법률' 등과 같이 낯설고 복잡한 개념들로 구성된 지문을 독해하다 보면 각 개념의 의미와 관계를 정확하게 파악하기 어려움을 느끼게 된다. 특히 2문단에 제시된 '포괄적 위임'이라는 개념의 정의를 이해하는 데 어려움이 컸을 것이다.

2문단에서 '위임명령'은 국회가 '행정 규제 사항에 관한 법률을 제정할 때 특정한 내용에 관한 입법을 행정부에 위임'하여 제정된 행정입법이며, '포괄적 위임'은 '(1)특정한 행정 규제의 근거 법률이 (2)위임명령으로 제정할 사항의 범위를 정하지 않은 채 위임'하는 것이라고 하였다. 이때 (1)은 위임명령에 의한 것을 포함한 모든 행정 규제가 근거하고 있는 법률을 뜻하며, 행정 규제가 기본적으로 법률에 근거한다는 사실은 1문단의 "행정 규제'는 국회가 제정한 법률에 근거해야 한다.'를 통해서도 알 수 있다. 그리고 (2)는 행정 규제가 법률에 근거하고 있다는 (1)의 내용을 전제하면서 '위임명령으로 제정할 사항의 범위'가 정해지지 않은 경우를 뜻한다. 이를 통해 위임명령으로 제정할 사항의 근거는 '법률 전반'이 아닌 '법률의 지정된 범위(위임명령에 의한 규제 사항의 대강을 예측할 수 있는 만큼의 범위)'에 한정되어야 하는 것임을 알 수 있다.

이때 ㉠에서는 '위임명령이 법률로부터 위임받은 범위를 벗어나서 제정되거나, 위임 근거 법률이 사용한 어구의 의미를 확대하거나 축소하여 제정'되는 것은 효력이 없다고 하였다. '법률로부터 위임받은 범위'를 넘어선다는 것은 (2)위임명령으로 제정할 사항의 범위를 이미 정해 두었음에도 그것을 벗어난 부분을 근거로 삼는다는 의미로 볼 수 있고, '위임 근거 법률이 사용한 어구의 의미를 확대하거나 축소'한다는 것은 근거 법률의 어구가 의미하는 바를 왜곡하였다는 것으로 볼 수 있다. 결과적으로 이 두 가지는 모두 위임명령으로 행정 규제 사항을 규정할 때 법률의 내용을 근거로 사용하지 않은 것으로 볼 수 있다. 따라서 ㉠에서 위임명령의 효력이 없어지는 이유는 '법률의 근거 없이 행정 규제 사항을 규정'하였기 때문이라고 볼 수 있다. 이는 ②번, 즉 '포괄적 위임'에서 법률을 근거로 하되 위임명령으로 제정할 사항의 범위를 정하지 않는 경우와 다르다. 따라서 정답은 ②번이 아닌 ①번이 된다.

정답률 분석

	정답	매력적 오답			
	①	②	③	④	⑤
	51%	31%	5%	8%	5%

3. 행정규칙에 관한 설명 중 적절하지 않은 것은?

✅ 정답풀이

⑤ 행정 규제 사항을 규정하는 경우, 위임 근거 법률로부터 위임받을 수 있는 사항의 범위가 위임명령과 같다.

> 근거: ❷ [13]다만 (위임명령을 제정할 때) 행정 규제 사항의 첨단 기술 관련성이 클수록 위임 근거 법률이 위임할 수 있는 사항의 범위가 넓어진다. + ❸ [18]그러나 행정 규제 사항에 관하여 행정규칙이 제정되는 예외적인 경우도 있다. [19]위임된 사항이 첨단 기술과의 관련성이 매우 커서 위임명령으로는 대응하기 어려워 불가피한 경우, 위임 근거 법률이 행정입법의 제정 주체만 지정하고 행정입법의 유형을 지정하지 않았다면 위임된 사항이 고시나 예규(행정규칙)로 제정될 수 있다.
>
> 행정 규제 사항과 첨단 기술 관련성이 클 때, 위임명령을 제정할 경우 위임 근거 법률이 위임할 수 있는 사항의 범위가 넓어진다. 그러나 그 관련성이 위임명령으로 대응하기 어려울 정도로 클 경우에는 위임된 사항이 고시나 예규와 같은 행정규칙으로 제정될 수 있다고 했으므로, 행정규칙이 위임 근거 법률로부터 위임받을 수 있는 사항의 범위가 위임명령이 위임받을 수 있는 범위보다 크다고 볼 수 있다.

❌ 오답풀이

① 행정부의 직제나 사무 처리 절차를 규정하는 경우, 법률의 위임이 요구되지 않는다.
   근거: ❸ [16]행정규칙은 원래 행정부의 직제나 사무 처리 절차에 관한 행정입법 [17]법률로부터 위임받지 않아도 유효하게 제정

② 행정부의 직제나 사무 처리 절차를 규정하는 경우, 일반 국민에게 직접 적용되지 않는다.
   근거: ❸ [16]행정규칙은 원래 행정부의 직제나 사무 처리 절차에 관한 행정입법 [17]일반 국민에게는 직접 적용되지 않기 때문에

③ 행정 규제 사항을 규정하는 경우, 위임명령의 제정 절차를 따르지 않는다.
   근거: ❸ [18]그러나 행정 규제 사항에 관하여 행정규칙이 제정되는 예외적인 경우도 있다. [20]이런 경우의 행정규칙은 위임명령과 달리, 입법예고, 공포 등을 거치지 않고 제정된다.

④ 행정 규제 사항을 규정하는 경우, 위임 근거 법률의 위임을 받은 제정 주체에 의해 제정된다.
   근거: ❸ [18]그러나 행정 규제 사항에 관하여 행정규칙이 제정되는 예외적인 경우도 있다. [19]위임된 사항이 첨단 기술과의 관련성이 매우 커서 위임명령으로는 대응하기 어려워 불가피한 경우, 위임 근거 법률이 행정입법의 제정 주체만 지정하고 행정입법의 유형을 지정하지 않았다면 위임된 사항이 고시나 예규(행정규칙)로 제정될 수 있다.

---

4. 윗글을 바탕으로 〈보기〉의 ㉮~㉱에 대해 이해한 내용으로 가장 적절한 것은? [3점]

〈보기〉

갑은 새로 개업한 자신의 가게 홍보를 위해 인근 자연공원에 현수막을 설치하려고 한다. 현수막 설치에 관한 행정 규제의 내용을 확인하기 위해 ○○시청에 문의하고 아래와 같은 회신을 받았다.

> 문의하신 내용에 대해 다음과 같이 알려 드립니다.
> ㉮『옥외광고물 등의 관리와 옥외광고산업 진흥에 관한 법률』 제3조(광고물 등의 허가 또는 신고)에 따른 허가 또는 신고 대상 광고물에 관한 사항은 대통령령인 ㉯『옥외광고물 등의 관리와 옥외광고산업 진흥에 관한 법률 시행령』 제5조에 규정되어 있습니다. 이에 따르면 문의하신 규격의 현수막을 설치하시려면 설치 전에 신고하셔야 합니다.
> 또한 위 법률 제16조(광고물 실명제)에 의하면, 신고 번호, 표시 기간, 제작자명 등을 표시하도록 규정하고 있습니다. 표시하는 방법에 대해서는 ㉱○○시 지방 의회에서 제정한 법령에 따르셔야 합니다.

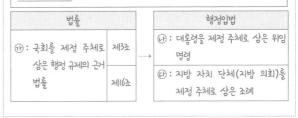

법률		행정입법
㉮: 국회를 제정 주체로 삼은 행정 규제의 근거 법률	제3조 →	㉯: 대통령을 제정 주체로 삼은 위임명령
	제16조	㉱: 지방 자치 단체(지방 의회)를 제정 주체로 삼은 조례

✅ 정답풀이

④ ㉯에 나오는 '광고물'의 의미와 ㉱에 나오는 '광고물'의 의미는 일치하겠군.

> 근거: ❷ [14]한편, 위임명령이 법률로부터 위임받은 범위를 벗어나서 제정되거나, 위임 근거 법률이 사용한 어구의 의미를 확대하거나 축소하여 제정되어서는 안 된다. + ❹ [23]조례도 행정 규제 사항을 규정하려면 법률의 위임에 근거해야 한다. [24]또한 법률로부터 포괄적 위임을 받을 수 있지만 위임 근거 법률이 사용한 어구의 의미를 다르게 사용할 수 없다.
>
> 〈보기〉의 갑은 현수막 설치에 대한 행정 규제의 내용을 묻고 있으며, 갑이 받은 회신에서는 특정 현수막의 설치에 대해 ㉮라는 법률의 위임에 근거한 행정입법인 ㉯와 ㉱를 따르도록 안내하고 있다. 이때 위임명령인 ㉯와 조례인 ㉱ 모두 ㉮에 제시된 '광고물'이라는 말의 의미를 확대·축소하거나 다른 의미로 사용할 수 없으므로 ㉯와 ㉱에 나오는 '광고물'의 의미는 일치해야 한다.

❌ 오답풀이

① ㉮의 제3조의 내용에서 ㉯의 제5조의 신고 대상 광고물에 관한 사항의 구체적 내용을 확인할 수 있겠군.

근거: **2** ¹²(위임명령을 제정할 경우) 위임된 행정 규제 사항의 대강을 위임 근거 법률의 내용으로부터 예측할 수 있어야 한다는 것이다.

㉮의 제3조는 ㉯의 제5조의 위임 근거 법률인데, 이는 행정 규제 사항의 대강의 내용을 예측할 수 있게 해 줄 뿐 구체적인 내용을 제시해 주지는 않는다.

② ㉯의 제5조는 ㉮의 제16조로부터 제정할 사항의 범위가 정해져 위임을 받았겠군.

근거: **2** ⁶헌법에 따르면, 국회는 행정 규제 사항에 관한 법률을 제정할 때 특정한 내용에 관한 입법을 행정부에 위임할 수 있다. ⁷이에 따라 제정된 행정입법을 위임명령이라고 한다. ¹¹특정한 행정 규제의 근거 법률이 위임명령으로 제정할 사항의 범위를 정하지 않은 채 위임하는 포괄적 위임은 헌법상 삼권 분립 원칙에 저촉된다.

〈보기〉에 따르면 ㉯의 제5조는 ㉮의 제3조에 따른 허가 또는 신고 대상 광고물에 대한 사항을 규정한 내용이다. ㉯는 위임명령에 해당되는 것으로 '현수막의 설치와 신고'라는 특정한 내용을 담고 있으며, 이는 광고물 실명제를 다룬 ㉮의 제16조가 아닌 ㉮의 제3조로부터 제정할 사항의 범위가 정해진 것이라고 볼 수 있다.

③ ㉯는 ㉰와 달리 입법예고와 공포 절차를 거쳤겠군.

근거: **2** ⁹이들(위임명령)은 모두 국민에게 적용되기 때문에 입법예고, 공포 등의 절차를 거쳐야 한다. + **4** ²⁵조례는 입법예고, 공포 등의 절차를 거쳐 제정된다.

위임명령인 ㉯와 조례인 ㉰ 모두 입법예고와 공포 절차를 거쳤을 것이다.

⑤ ㉰를 준수해야 하는 국민 중에는 ㉯를 준수하지 않아도 되는 국민이 있겠군.

근거: **1** ¹국가, 지방 자치 단체와 같은 행정 주체가 행정 목적을 실현하기 위해 국민의 권리를 제한하거나 국민에게 의무를 부과하는 '행정 규제' + **2** ⁹이들(위임명령)은 모두 국민에게 적용되기 때문에 입법예고, 공포 등의 절차를 거쳐야 한다. + **4** ²¹조례는 지방 의회가 제정하는 행정입법으로 지역의 특수성을 반영하여 제정되고 지역에서 발생하는 사안에 대해 적용된다.

㉯와 ㉰는 모두 국민에게 적용되는 행정입법에 의한 행정 규제이다. ㉰의 경우 지역의 특수성을 반영하고 있기는 하지만, ㉰를 준수하는 국민 가운데 ㉯를 준수하지 않아도 되는 국민이 있다고 볼 수 없다.

 문제적 문제
・4-②, ④번

학생들이 정답 선지 다음으로 많이 고른 선지가 ②번이다. 이는 지문 자체의 난도가 높아 '행정입법에 의한 행정 규제', '행정입법의 유형'에 대한 내용을 정확하게 파악하지 못한 상황에서, 〈보기〉의 사례에 지문의 내용을 적용하여 문제를 해결하는 데 어려움을 느꼈기 때문일 것으로 생각된다.

②번의 경우, ㉯는 ㉮의 제16조가 아닌 제3조로부터 제정할 사항의 범위가 정해져 위임을 받은 것으로 보아야 한다. 이때 〈보기〉에서 ㉯가 ㉮의 제3조에 따라 규정된 내용이라고 명시한 부분을 통해서도 선지의 내용이 적절하지 않음을 파악할 수 있다. 하지만 2문단에서 '위임명령으로 제정할 사항'에 대해 언급된 부분이 '포괄적 위임'과 관련된 사항이었기에 이를 ㉯와 무관한 일이라고 속단했다면 잘못된 답을 골랐을 수 있다.

④번의 경우, 2문단의 '위임 근거 법률이 사용한 어구의 의미를 확대하거나 축소하여 제정되어서는 안 된다.'와 4문단의 '(조례는) 위임 근거 법률이 사용한 어구의 의미를 다르게 사용할 수 없다.'를 통해 선지의 "'광고물'의 의미"가 '위임 근거 법률이 사용한 어구의 의미'를 나타내고 있음을 추론해 낼 수 있어야 했다. 즉 지문에 흩어져 있는 근거와 〈보기〉를 연결하여 선지의 적절성을 판단해야 했는데, 이러한 사고 과정 가운데 하나라도 누락되면 ④번의 적절성을 확신할 수 없게 된다.

낯선 개념들과 복잡한 설명들이 등장하는 지문을 읽을 때에는, 가능한 제시되어 있는 정보와 정보 간의 관계는 정확하게 이해하고 정리해 가며 읽는 것이 중요하다. 특히 낯선 개념의 정의가 제시되는 경우, 문제에서 그 개념에 대한 정확한 이해를 요구하는 경우가 많으므로 잘 표시하거나 정리해 두고 필요시 다시 돌아와서 지문의 정보를 꼼꼼하게 확인하며 선지를 판단하는 것이 바람직하다.

정답률 분석

	매력적 오답		정답	
①	②	③	④	⑤
8%	23%	12%	50%	7%

5. 문맥상 ⓐ~ⓔ와 바꿔 쓰기에 가장 적절한 것은?

⊘ 정답풀이

③ ⓒ: 헤아릴

> 근거: 2 [12]위임된 행정 규제 사항의 대강을 위임 근거 법률의 내용으로부터 ⓒ예측할 수 있어야 한다는 것이다.
> '예측하다'는 '미리 헤아려 짐작하다.'라는 의미이므로, '짐작하여 가늠하거나 미루어 생각하다.'라는 의미의 '헤아리다'와 바꿔 쓸 수 있다.

✖ 오답풀이

① ⓐ: 나타내기

근거: 1 [1]행정 주체가 행정 목적을 ⓐ실현하기 위해

실현하다: 꿈, 기대 따위를 실제로 이루다.

나타내다: 어떤 일의 결과나 징후를 겉으로 드러내다.

② ⓑ: 드러내어

근거: 1 [3]개별적 상황을 ⓑ반영하여 규제를 달리해야 하는

반영하다: 다른 것에 영향을 받아 어떤 현상을 나타내다.

드러내다: 알려지지 않은 사실을 보이거나 밝히다.

④ ⓓ: 마주하기

근거: 3 [19]위임된 사항이 첨단 기술과의 관련성이 매우 커서 위임명령으로는 ⓓ대응하기 어려워

대응하다: 어떤 일이나 사태에 맞추어 태도나 행동을 취하다.

마주하다: 마주 대하다.

⑤ ⓔ: 달라진다

근거: 4 [22]제정 주체가 지방 자치 단체의 기관인 지방 의회라는 점에서 행정부에서 제정하는 위임명령, 행정규칙과 ⓔ구별된다.

구별되다: 성질이나 종류에 따라 차이가 나다.

달라지다: 변하여 전과는 다르게 되다.

2021학년도 6월 모평

지식 재산 보호와 디지털세

[1~5] 다음 글을 읽고 물음에 답하시오.

✏️ 사고의 흐름

1 ¹특허권은 발명에 대한 정보의 소유자가 특허 출원* 및 담당 관청의 심사를 통하여 획득한 특허를 일정 기간 독점적으로 사용할 수 있는 법률상 권리를 말한다. ²한편 영업 비밀은 생산 방법, 판매 방법, 그 밖에 영업 활동에 유용한 기술상 또는 경영상의 정보 등으로, 일정 조건을 갖추면 법으로 보호받을 수 있다. '특허권'과 '영업 비밀'이라는 개념의 정의가 '법'과 관련하여 제시되었어! 두 개념의 정의를 잘 정리해 두자. ³법으로 보호되는 특허권과 영업 비밀은 모두 지식 재산인데, 정보 통신 기술(ICT) 산업은 이 같은 지식 재산을 기반으로 창출*된다. ⁴지식 재산 보호 문제와 더불어 최근에는 ICT 다국적 기업이 지식 재산으로 거두는 수입에 대한 과세* 문제가 불거지고 있다. 두 가지 문제 상황 ① 지식 재산 보호 문제 ② 지식 재산으로 거두는 수입에 대한 과세 문제에 대해 설명해 주겠군!

2 ⁵일부 국가에서는 ICT 다국적 기업에 대해 디지털세 도입을 진행 중이다. ⁶디지털세는 이를 도입한 국가에서 ICT 다국적 기업이 거둔 수입에 대해 부과되는 세금이다. ⁷디지털세의 배경에는 법인세 감소에 대한 각국의 우려가 있다. 디지털세는 (1) 도입한 국가에서 (2) ICT 다국적 기업의 수입에 대해 부과되며, (3) 법인세 감소 문제를 해결하기 위한 세금이니까, 1문단에 제시된 두 가지 문제 상황 중 ② 지식 재산으로 거두는 수입에 대한 과세 문제와 연관된 내용이네! ⁸법인세는 국가가 기업으로부터 걷는 세금 중 가장 중요한 것으로, 재화나 서비스의 판매 등을 통해 거둔 수입에서 제반 비용을 제외하고 남은 이윤에 대해 부과하는 세금이라 할 수 있다. '법인세'가 무엇인지에 대한 사전 정보를 먼저 제시했네!

법인세: 이윤(= 수입 − 제반 비용)에 대해 국가가 기업에게 부과하는 세금

3 ⁹㉠많은 ICT 다국적 기업이 법인세율이 현저하게 낮은 국가에 자회사를 설립하고 그 자회사에 이윤을 몰아주는 방식으로 법인세를 회피한다는 비판이 있어 왔다. 기업이 어떻게 법인세를 감소시키는지 요약적으로 보여 주는 문장이군! ¹⁰예를 들면 ICT 다국적 기업 Z사는 법인세율이 매우 낮은 A국에 자회사를 세워 특허의 사용 권한을 부여한다. ¹¹그리고 법인세율이 A국보다 높은 B국에 설립된 Z사의 자회사에서 특허 사용으로 수입이 발생하면 Z사는 B국의 자회사로 하여금 A국의 자회사에 특허 사용에 대한 수수료인 로열티를 지출하도록 한다. ¹²그 결과 Z사는 ⓐB국의 자회사에 법인세가 부과될 이윤을 최소화한다. Z사가 어떻게 법인세를 회피하는지 정리해 보자!

예시를 통해 자세하게 설명하는 내용은 정확하게 이해하고 넘어가야 해!

법인세율이 높은 B국의 자회사가	
법인세율이 낮은 A국의 자회사에 로열티 지불	
B국의 자회사:	A국의 자회사
제반 비용 지출↑ / 이윤↓	수입↑ / 이윤↑

→ Z사의 전체 이윤에 대한 법인세↓

¹³ICT 다국적 기업의 본사를 많이 보유한 국가에서도 해당 기업에 대한 법인세 징수*는 문제가 된다. ¹⁴그러나 그중 어떤 국가들은 ICT 다국적 기업의 활동이 해당 산업에서 자국이 주도권을 유지하는 데 중요하기 때문에라도 디지털세 도입에는 방어적이다. ICT 산업에 주도적인

어떤 국가들은 오히려 디지털세 도입에 방어적이구나.

4 ¹⁵ICT 산업을 주도하는 국가에서 더 중요한 문제는 ICT 지식 재산 보호의 국제적 강화일 수 있다. 1문단에 제시된 두 가지 문제 상황 중 ① 지식 재산 보호 문제와 연관된 내용이네! ¹⁶이론적으로 봤을 때 지식 재산의 보호가 약할수록 유용한 지식 창출의 유인*이 저해되어 지식의 진보가 정체되고, 지식 재산의 보호가 강할수록 해당 지식에 대한 접근을 막아 소수의 사람만이 혜택을 보게 된다. ¹⁷전자로 발생한 손해를 유인 비용, 후자로 발생한 손해를 접근 비용이라고 한다면, 지식 재산 보호의 최적 수준은 두 비용의 합이 최소가 될 때일 것이다. 지식 재산 보호의 특징을 정리해 두자! (1) 지식 재산 보호↓: 지식 창출 유인 저해, 지식 진보 정체, 유인 비용↑ (2) 지식 재산 보호↑: 지식 접근성 저해, 소수의 사람만 혜택, 접근 비용↑ (3) 지식 재산 보호의 최적 수준: '유인 비용 + 접근 비용'이 최소일 때 ¹⁸각국은 그 수준에서 자국의 지식 재산 보호 수준을 설정한다. ¹⁹특허 보호 정도와 국민 소득의 관계를 보여 주는 한 연구에서는 국민 소득이 일정 수준 이상인 상태에서는 국민 소득이 증가할수록 특허 보호 정도가 강해지는 경향이 있지만, 가장 낮은 소득 수준을 벗어난 국가들은 그들보다 소득 수준이 낮은 국가들보다 오히려 특허 보호가 약한 것으로 나타났다. ²⁰이는 지식 재산 보호의 최적 수준에 대해서도 국가별 입장이 다름을 시사한다. 국가별 특허(지식 재산) 보호 정도와 국민 소득의 관계를 추론해 보자!

[A]

이것만은 챙기자

*출원: 청원이나 원서를 냄.

*창출: 전에 없던 것을 처음으로 생각하여 지어내거나 만들어 냄.

*과세: 세금을 정하여 그것을 내도록 의무를 지움.

*징수: 행정 기관이 법에 따라서 조세, 수수료, 벌금 따위를 국민에게서 거두어들이는 일.

*유인: 어떤 일 또는 현상을 일으키는 원인.

1. 윗글을 읽고 답을 찾을 수 있는 질문에 해당하지 않는 것은?

✔ 정답풀이

② 영업 비밀이 법적 보호 대상으로 인정받기 위한 절차는 무엇인가?

근거: **1** [2]한편 영업 비밀은 생산 방법, 판매 방법, 그 밖에 영업 활동에 유용한 기술상 또는 경영상의 정보 등으로, 일정 조건을 갖추면 법으로 보호받을 수 있다.
영업 비밀이 법적으로 보호받기 위해 '일정 조건'을 갖추어야 한다고 언급했을 뿐, 그 절차가 무엇인지 설명하지는 않았다.

✖ 오답풀이

① 법으로 보호되는 특허권과 영업 비밀의 공통점은 무엇인가?

근거: **1** [3]법으로 보호되는 특허권과 영업 비밀은 모두 지식 재산인데, 정보 통신 기술(ICT) 산업은 이 같은 지식 재산을 기반으로 창출된다.

③ ICT 다국적 기업의 수입에 과세하는 제도 도입의 배경은 무엇인가?

근거: **2** [6]디지털세는 이를 도입한 국가에서 ICT 다국적 기업이 거둔 수입에 대해 부과되는 세금이다. [7]디지털세의 배경에는 법인세 감소에 대한 각국의 우려가 있다.

④ 로열티는 ICT 다국적 기업의 법인세를 줄이는 데 어떻게 이용되는가?

근거: **3** [11]법인세율이 A국보다 높은 B국에 설립된 Z사의 자회사에서 특허 사용으로 수입이 발생하면 Z사는 B국의 자회사로 하여금 A국의 자회사에 특허 사용에 대한 수수료인 로열티를 지출하도록 한다. [12]그 결과 Z사는 B국의 자회사에 법인세가 부과될 이윤을 최소화한다.

⑤ 이론적으로 지식 재산 보호의 최적 수준은 어떻게 설정하는가?

근거: **4** [16]이론적으로 봤을 때 지식 재산의 보호가 약할수록 유용한 지식 창출의 유인이 저해되어 지식의 진보가 정체되고, 지식 재산의 보호가 강할수록 해당 지식에 대한 접근을 막아 소수의 사람만이 혜택을 보게 된다. [17]전자로 발생한 손해를 유인 비용, 후자로 발생한 손해를 접근 비용이라고 한다면, 지식 재산 보호의 최적 수준은 두 비용의 합이 최소가 될 때일 것이다.

만점 선배의 구조도 예시

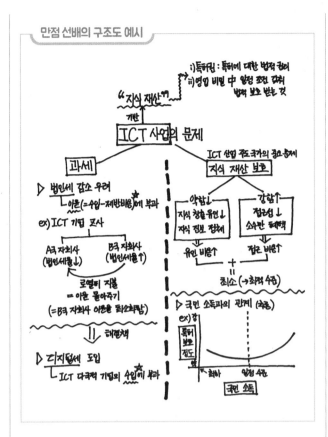

>> 각 문단을 요약하고 지문을 세 부분으로 나누어 보세요.

1 ICT 산업은 **지식 재산**을 기반으로 창출되는데, 최근 ICT 다국적 기업이 지식 재산으로 거두는 수입에 대한 과세 문제가 불거지고 있다.

2 일부 국가에서는 ICT 다국적 기업에 디지털세 도입을 진행 중인데, 그 배경에는 법인세 감소에 대한 각국의 우려가 있다.

3 많은 ICT 다국적 기업이 법인세율이 낮은 국가에 **자회사**를 설립해 이윤을 몰아주어 법인세를 회피한다는 비판이 있었는데, ICT 다국적 기업의 본사를 많이 보유한 어떤 국가들은 자국의 주도권 유지를 위해 디지털세 도입에 방어적이다.

4 ICT 산업 주도 국가에서 더 중요한 문제는 ICT 지식 재산 보호의 국제적 강화인데, 지식 재산 보호의 최적 수준은 유인 비용과 접근 비용의 합이 최소일 때이나 국민 소득에 따라 국가별 입장이 다르다.

첫 번째 **1**[1]~**1**[4]

두 번째 **2**[5]~**3**[14]

세 번째 **4**[15]~**4**[20]

2. 디지털세 에 대한 이해로 가장 적절한 것은?

✔ 정답풀이

⑤ 도입된 국가에서 ICT 다국적 기업이 거둔 수입에 부과된다.

> 근거: ② [6]디지털세는 이를 도입한 국가에서 ICT 다국적 기업이 거둔 수입에 대해 부과되는 세금이다.

✖ 오답풀이

① 지식 재산 보호를 강화할 수 있는 수단이다.

근거: ① [4]지식 재산 보호 문제와 더불어 최근에는 ICT 다국적 기업이 지식 재산으로 거두는 수입에 대한 과세 문제가 불거지고 있다. + ② [7]디지털세의 배경에는 법인세 감소에 대한 각국의 우려가 있다.

디지털세는 지식 재산 보호 문제와 더불어 ICT 다국적 기업이 법인세 감소를 통해 지식 재산으로 거두는 수입에 대한 과세를 줄이는 문제를 해결하기 위한 수단이다. 지문을 통해 디지털세와 지식 재산 보호 강화와의 관계는 알 수 없다.

② 이윤에서 제반 비용을 제외한 금액에 부과된다.

근거: ② [6]디지털세는 이를 도입한 국가에서 ICT 다국적 기업이 거둔 수입에 대해 부과되는 세금이다. [8]수입에서 제반 비용을 제외하고 남은 이윤

'수입 – 제반 비용 = 이윤'이며, 이때 디지털세는 이윤에서 제반 비용을 제외한 금액이 아닌 수입에서 제반 비용을 제외한 금액에 부과되는 세금이다.

③ ICT 산업에서 주도적인 국가는 도입에 적극적이다.

근거: ③ [14]어떤 국가들은 ICT 다국적 기업의 활동이 해당 산업에서 자국이 주도권을 유지하는 데 중요하기 때문에라도 디지털세 도입에는 방어적이다.

④ 여러 국가에 자회사를 설립하는 방식으로 줄일 수 있다.

근거: ② [6]디지털세는 이를 도입한 국가에서 ICT 다국적 기업이 거둔 수입에 대해 부과되는 세금이다. [7]디지털세의 배경에는 법인세 감소에 대한 각국의 우려가 있다. + ③ [9]많은 ICT 다국적 기업이 법인세율이 현저하게 낮은 국가에 자회사를 설립하고 그 자회사에 이윤을 몰아주는 방식으로 법인세를 회피한다는 비판이 있어 왔다.

ICT 다국적 기업이 여러 국가에 자회사를 설립하는 방식으로 줄이는 것은 법인세이다. 디지털세는 이러한 법인세 감소 문제를 해결하기 위한 방법이라는 점에서 위와 같은 방식으로 줄일 수 있다고 볼 수 없다.

3. 〈보기〉는 윗글을 읽은 학생이 수행할 학습지의 일부이다. ㉠에 들어갈 말로 가장 적절한 것은? [3점]

> ㉠: 많은 ICT 다국적 기업이 법인세율이 현저하게 낮은 국가에 자회사를 설립하고 그 자회사에 이윤을 몰아주는 방식으로 법인세를 회피한다

〈보기〉

○ **과제**: '㉠을 근거로 ICT 다국적 기업에 디지털세가 부과되는 것이 타당한가?'를 검증할 가설에 대한 판단

· **가설**

> ICT 다국적 기업 자회사들의 수입 대비 이윤의 비율은 법인세율이 높은 국가일수록 낮다.

· **판단**

> 가설이 참이라면 [㉮]고 할 수 있으므로 ㉠을 근거로 디지털세를 부과하는 것을 지지할 수 있겠군.

✔ 정답풀이

④ ICT 다국적 기업이 법인세율이 높은 국가의 자회사에서 수입에 비해 이윤을 줄이는 방식으로 법인세를 줄이고 있다

> 근거: ② [6]디지털세는 이를 도입한 국가에서 ICT 다국적 기업이 거둔 수입에 대해 부과되는 세금이다. [7]디지털세의 배경에는 법인세 감소에 대한 각국의 우려가 있다. [8]법인세는 국가가 기업으로부터 걷는 세금 중 가장 중요한 것으로, 재화나 서비스의 판매 등을 통해 거둔 수입에서 제반 비용을 제외하고 남은 이윤에 대해 부과하는 세금이라 할 수 있다. + ③ [9]많은 ICT 다국적 기업이 법인세율이 현저하게 낮은 국가에 자회사를 설립하고 그 자회사에 이윤을 몰아주는 방식으로 법인세를 회피한다(㉠)~[11]법인세율이 A국보다 높은 B국에 설립된 Z사의 자회사에서 특허 사용으로 수입이 발생하면 Z사는 B국의 자회사로 하여금 A국의 자회사에 특허 사용에 대한 수수료인 로열티를 지출하도록 한다. [12]그 결과 Z사는 B국의 자회사에 법인세가 부과될 이윤을 최소화한다.
>
> 법인세는 기업의 이윤에 대해 부과되므로 ICT 다국적 기업 자회사들의 수입 대비 이윤의 비율이 법인세율이 높은 국가일수록 낮다면, 이는 법인세율이 높은 국가의 ICT 다국적 기업이 상대적으로 법인세율이 낮은 국가의 자회사에 로열티를 지출함으로써 수입에 비해 이윤을 줄이는 방식으로 법인세를 최소화했기 때문이라고 볼 수 있다. 이러한 법인세 감소가 문제화되어 디지털세 도입을 진행하는 것이기 때문에, ㉠을 근거로 디지털세를 부과하는 것을 지지할 수 있다.

✖ 오답풀이

① ICT 다국적 기업 자회사의 수입이 법인세율이 높은 국가일수록 많다

근거: ③ [10]ICT 다국적 기업 Z사는~[11]B국의 자회사로 하여금 A국의 자회사에 특허 사용에 대한 수수료인 로열티를 지출하도록 한다.

법인세를 줄이기 위해 법인세율이 낮은 A국에 설립한 자회사는 로열티를 받게 되므로 수입이 많아진다고 볼 수 있다. 그러나 윗글이나 〈보기〉를 통해 법인세율이 높은 국가일수록 ICT 다국적 기업 자회사의 수입이 많다는 근거를 찾을 수 없다. 다만 법인세율이 높은 국가에 설립된 ICT 다국적 기업 자회사는 로열티 지출 등의 방법을 통해 이윤(=수입–제반 비용)을 최소화하는 것이다.

② ICT 다국적 기업이 법인세율이 높은 국가의 자회사에 로열티를 지출한다

근거: ❸ [11]법인세율이 A국보다 높은 B국에 설립된 Z사의 자회사에서 특허 사용으로 수입이 발생하면 Z사는 B국의 자회사로 하여금 A국의 자회사에 특허 사용에 대한 수수료인 로열티를 지출하도록 한다.

ICT 다국적 기업은 법인세율이 더 낮은 국가의 자회사에 로열티를 지출하여 법인세율이 더 높은 국가에 있는 자회사의 이윤을 줄인다.

③ ICT 다국적 기업 자회사의 수입 대비 제반 비용의 비율이 법인세율이 낮은 국가일수록 높다

근거: ❷ [8]법인세는~재화나 서비스의 판매 등을 통해 거둔 수입에서 제반 비용을 제외하고 남은 이윤에 대해 부과하는 세금이라 할 수 있다. + ❸ [9]많은 ICT 다국적 기업이 법인세율이 현저하게 낮은 국가에 자회사를 설립하고 그 자회사에 이윤을 몰아주는 방식으로 법인세를 회피한다(㉠)

㉠에서 ICT 다국적 기업이 법인세율이 낮은 국가에 설립한 자회사에 이윤을 몰아주는 방식으로 법인세를 회피한다고 했고, 〈보기〉의 가설에서 '자회사들의 수입 대비 이윤의 비율은 법인세율이 높은 국가일수록 낮다.'라고 했다. 따라서 가설이 참이라면 법인세율이 낮은 국가일수록 ICT 다국적 기업 자회사의 수입 대비 이윤의 비율이 높을 것이므로, 오히려 수입 대비 제반 비용의 비율이 낮을 것임을 추론할 수 있다.

⑤ 법인세율이 높은 국가에 본사가 있는 ICT 다국적 기업 자회사의 수입 대비 이윤의 비율은 법인세율이 낮은 국가일수록 낮다

〈보기〉에서 ICT 다국적 기업 자회사들의 수입 대비 이윤의 비율은 '법인세율이 높은 국가일수록 낮다'는 가설이 참일 경우를 가정했으므로, ICT 다국적 기업 자회사의 수입 대비 이윤의 비율이 '법인세율이 낮은 국가일수록 낮다'고 보는 것은 〈보기〉의 내용과 어긋난다. ICT 다국적 기업 자회사가 '법인세율이 높은 국가에 본사가 있'다는 조건이 추가된다고 해도 수입 대비 이윤의 비율과 국가의 법인세율의 관계가 바뀌게 된다고 볼 수 있는 근거는 찾을 수 없다.

✎ **모두의 질문**   • 3-③번

Q: ICT 다국적 기업 자회사의 수입 대비 제반 비용의 비율이 법인세율이 낮은 국가일수록 높아지는 것 아닌가요?

A: '제반 비용'에 대해서는 2문단의 '법인세는~수입에서 제반 비용을 제외하고 남은 이윤에 대해 부과하는 세금'이라고 설명한 것을 통해 알 수 있다. 이외에는 주로 ICT 다국적 기업에서 법인세를 줄이기 위해 법인세율이 높은 국가에 있는 자회사의 '이윤'을 법인세율이 낮은 국가에 있는 자회사에게 '로열티'의 형태로 몰아주고 있음을 설명하고 있다. 이러한 내용과 〈보기〉의 'ICT 다국적 기업 자회사들의 수입 대비 이윤의 비율은 법인세율이 높은 국가일수록 낮다'는 가설을 통해 추론할 수 있는 것은, 법인세율이 높은 국가에 있는 자회사에서는 '제반 비용'으로 소모되는 지출(로열티 지출 포함)이 많을 것이기 때문에 오히려 법인세율이 높은 국가일수록 수입 대비 제반 비용의 비율이 높아질 수 있다는 것이다. 반대로 법인세율이 낮은 국가에 있는 자회사는 법인세율이 높은 국가에 세워진 자회사의 이윤 몰아주기로 인해 수입 대비 이윤의 비율이 높아지면서 수입 대비 제반 비용의 비율은 오히려 낮아지게 될 것임을 추론할 수 있다. 따라서 윗글이나 〈보기〉를 통해 다국적 기업 자회사의 수입 대비 제반 비용의 비율이 법인세율이 '낮은' 국가일수록 높아진다고 보기는 어렵다.

| 구체적 상황에 적용 | 정답률 ⑤2

4. [A]를 적용하여 〈보기〉를 이해한 내용으로 적절하지 않은 것은?

─〈보기〉─

S국은 현재 국민 소득이 가장 낮은 수준의 국가이고 ICT 산업에서 주도적인 국가가 아니다. S국의 특허 보호 정책은 지식 재산 보호 정책을 대표한다.

✔ **정답풀이**

③ S국에서 현재의 특허 제도가 특허권을 과하게 보호한다고 판단한다면 지식 재산 보호 수준을 낮춰 접근 비용을 높이고 싶겠군.

근거: ❹ [16]이론적으로 봤을 때 지식 재산의 보호가 약할수록 유용한 지식 창출의 유인이 저해되어 지식의 진보가 정체되고, 지식 재산의 보호가 강할수록 해당 지식에 대한 접근을 막아 소수의 사람만이 혜택을 보게 된다. [17]전자로 발생한 손해를 유인 비용, 후자로 발생한 손해를 접근 비용이라고 한다면, 지식 재산 보호의 최적 수준은 두 비용의 합이 최소가 될 때일 것이다.

'접근 비용'은 지식 재산 보호 수준이 증가하면서 지식에 대한 접근이 막혀 소수의 사람만이 혜택을 보게 되었을 때 높아진다. S국에서 현재의 특허 제도가 특허권을 과하게 보호한다고 판단했다면, 지식 재산 보호 수준을 낮춰 접근 비용을 낮추고자 할 것이다.

❌ **오답풀이**

① ICT 산업에서 주도적인 국가는 S국이 유인 비용을 현재보다 크게 인식하여 지식 재산 보호 수준을 높이기 바라겠군.

근거: ❹ [15]ICT 산업을 주도하는 국가에서 더 중요한 문제는 ICT 지식 재산 보호의 국제적 강화일 수 있다. [16]이론적으로 봤을 때 지식 재산의 보호가 약할수록 유용한 지식 창출의 유인이 저해되어 지식의 진보가 정체되고, 지식 재산의 보호가 강할수록 해당 지식에 대한 접근을 막아 소수의 사람만이 혜택을 보게 된다. [17]전자로 발생한 손해를 유인 비용, 후자로 발생한 손해를 접근 비용이라고 한다면, 지식 재산 보호의 최적 수준은 두 비용의 합이 최소가 될 때일 것이다.

ICT 산업을 주도하는 국가는 'ICT 재산 보호의 국제적 강화'를 중요한 문제로 여기므로, S국이 지식 재산의 보호가 약할수록 발생하는 유인 비용을 현재보다 크게 인식하여(더 큰 손해로 인식하여) 지식 재산 보호 수준을 높이기를 바랄 것이다.

② S국에서는 지식 재산 보호 수준이 낮을 때가 높을 때보다 지식 재산 창출 의욕의 저하로 인한 손해가 더 심각하겠군.

근거: ❹ [16]이론적으로 봤을 때 지식 재산의 보호가 약할수록 유용한 지식 창출의 유인이 저해되어 지식의 진보가 정체되고, 지식 재산의 보호가 강할수록 해당 지식에 대한 접근을 막아 소수의 사람만이 혜택을 보게 된다. [17]전자로 발생한 손해를 유인 비용

일반적으로 지식 재산의 보호가 약할수록 지식 재산 창출의 유인이 저해되므로, S국 역시 지식 재산 보호 수준이 낮을 때가 높을 때보다 지식 재산 창출 의욕의 저하로 인한 손해가 더 심각할 것(유인 비용이 더 높을 것)이다.

④ S국의 국민 소득이 점점 높아진다면 유인 비용과 접근 비용의 합이 최소가 되는 지식 재산 보호 수준은 낮아졌다가 높아지겠군.

근거: 4 [19]특허 보호 정도와 국민 소득의 관계를 보여 주는 한 연구에서는 국민 소득이 일정 수준 이상인 상태에서는 국민 소득이 증가할수록 특허 보호 정도가 강해지는 경향이 있지만, 가장 낮은 소득 수준을 벗어난 국가들은 그들보다 소득 수준이 낮은 국가들보다 오히려 특허 보호가 약한 것으로 나타났다.

〈보기〉에 따르면 S국은 현재 국민 소득이 가장 낮은 수준의 국가이다. 따라서 국민 소득이 높아져 가장 낮은 소득 수준을 벗어났어도 국민 소득이 일정 수준 미만일 때에는 지식 재산(특허) 보호 수준이 낮아지고, 국민 소득이 '일정 수준 이상'을 지나면 소득이 증가할수록 보호의 정도가 강해지면서 지식 재산 보호 수준도 높아지게 될 것이다.

⑤ S국이 지식 재산 보호 수준을 높일 때, 지식의 발전이 저해되어 발생하는 손해는 감소하고 다수가 지식 재산의 혜택을 누리지 못하여 발생하는 손해는 증가하겠군.

근거: 4 [16]이론적으로 봤을 때 지식 재산의 보호가 약할수록 유용한 지식 창출의 유인이 저해되어 지식의 진보가 정체되고, 지식 재산의 보호가 강할수록 해당 지식에 대한 접근을 막아 소수의 사람만이 혜택을 보게 된다. [17]전자로 발생한 손해를 유인 비용, 후자로 발생한 손해를 접근 비용이라고 한다면, 지식 재산 보호의 최적 수준은 두 비용의 합이 최소가 될 때일 것이다.

지식 재산 보호 수준을 높이게 되면, 지식 재산 보호 수준이 약했을 때 지식의 발전이 저해되면서 발생하는 손해인 '유인 비용'은 감소하고, 다수가 지식 재산의 혜택을 누리지 못하게 되면서 발생하는 손해인 '접근 비용'은 증가하게 될 것이다.

문제적 문제

• 4-④번

학생들이 정답 외에 많이 고른 선지가 ④번이다. 이는 많은 학생들이 한정된 시간에 쫓겨 지문을 독해하면서, 특히 4문단인 [A] 부분에서 '특허 보호 정도와 국민 소득의 관계를 보여 주는 한 연구'에 대해 설명하는 긴 문장의 복잡한 정보를 받아들이는 데 어려움을 느꼈기 때문으로 보인다.

해당 부분에서는 (1) 특허 보호 정도가 강해지는 경향과 (2) 특허 보호 정도가 약해지는 경향이 어떠한 조건에서 나타나는지를 명확히 이해해야 할 뿐 아니라, 두 조건을 연결 지어 생각해 볼 필요가 있었다. 이때 (1) 특허 보호 정도가 강해지는 경향은 국민 소득이 일정 수준 이상인 상태일 때 국민 소득이 증가하게 되면서 나타난다. 그리고 (2) 특허 보호 정도가 약해지는 경향은 국민 소득이 가장 낮은 수준을 벗어났을 때, 즉 국민 소득이 가장 낮은 수준을 벗어나 증가하게 되면서 나타난다. 이 두 조건을 연결 지어 생각해 보면, (1)의 경향과 (2)의 경향 모두 국민 소득이 높아지면서 나타나고 있음을 알 수 있다. 다만 국민의 소득이 '일정 수준 이상'인 상태인지, '가장 낮은 수준을 벗어난' 상태인지에 따라 특허 보호 정도가 강해지는지, 약해지는지가 결정된다.

④번에서는 이러한 정보를 활용하여 특정 국가의 국민 소득이 '가장 낮은 수준'에서 점점 증가할 때 지식 재산 보호 수준이 어떠한 경향을 보일지를 묻고 있다. 따라서 국민의 소득 수준이 증가하면서 '가장 낮은 수준'을 막 벗어난 상태에서는 (2)의 경향에 따라 특허 보호 정도가 약해질 것임을 알 수 있다. 그러나 소득 수준이 꾸준히 상승세를 보이면서 '일정 수준 이상'을 넘어서게 된다면, (1)의 경향에 따라 특허 보호 정도는 점차 강해지게 될 것이다. 그에 따라 지식 재산 보호 수준은 '낮아졌다가 → 높아지는' 양상을 보이는 것이다.

이처럼 선지의 정·오답 여부를 판단하기 위해서는 지문에 제시되는 정보들을 단순히 나열된 것들로 파악하지 않고, 서로 어떠한 관계에 있는지를 함께 고려해 보아야 할 필요가 있다.

정답률 분석

		정답	매력적 오답	
①	②	③	④	⑤
10%	12%	52%	17%	9%

5. 문맥상 ⓐ와 바꿔 쓰기에 적절하지 <u>않은</u> 것은?

> ⓐ: B국의 자회사에 법인세가 부과될 이윤을 최소화한다.

✓ 정답풀이

③ A국의 자회사가 얻게 될 이윤을 줄인다

> 근거: **2** ⁸법인세는~수입에서 제반 비용을 제외하고 남은 이윤에 대해
> 부과하는 세금이라 할 수 있다. + **3** ⁹많은 ICT 다국적 기업이 법인세율
> 이 현저하게 낮은 국가에 자회사를 설립하고 그 자회사에 이윤을 몰아주
> 는 방식으로 법인세를 회피한다.~¹¹법인세율이 A국보다 높은 B국에 설
> 립된 Z사의 자회사에서 특허 사용으로 수입이 발생하면 Z사는 B국의 자
> 회사로 하여금 A국의 자회사에 특허 사용에 대한 수수료인 로열티를 지
> 출하도록 한다. ¹²그 결과 Z사는 B국의 자회사에 법인세가 부과될 이윤을
> 최소화한다.(ⓐ)
> Z사는 부과해야 할 전체 법인세를 줄이기 위해 법인세율이 낮은 나라에
> 설립한 자회사로 '이윤을 몰아주는 방식'을 사용한다. 즉 법인세율이 높은
> B국의 자회사가 거두는 이윤의 최소화는 반대로 법인세율이 낮은 A국의
> 자회사가 얻게 될 이윤을 늘리는 것과 같은 의미이다.

✗ 오답풀이

① Z사의 전체적인 법인세 부담을 줄인다

> 근거: **3** ⁹많은 ICT 다국적 기업이 법인세율이 현저하게 낮은 국가에 자
> 회사를 설립하고 그 자회사에 이윤을 몰아주는 방식으로 법인세를 회피한다.
> ~¹¹법인세율이 A국보다 높은 B국에 설립된 Z사의 자회사에서 특허 사용으
> 로 수입이 발생하면 Z사는 B국의 자회사로 하여금 A국의 자회사에 특허 사
> 용에 대한 수수료인 로열티를 지출하도록 한다. ¹²그 결과 Z사는 B국의 자
> 회사에 법인세가 부과될 이윤을 최소화한다.(ⓐ)
> 법인세율이 상대적으로 높은 국가의 자회사의 이윤을 최소화하고 법인세율
> 이 낮은 국가의 자회사에 이윤을 몰아주는 방식을 통해 Z사의 전체적인 법
> 인세의 부담은 줄어들게 된다.

② A국의 자회사가 거두는 수입을 늘린다

> 근거: **3** ⁹많은 ICT 다국적 기업이 법인세율이 현저하게 낮은 국가에 자
> 회사를 설립하고 그 자회사에 이윤을 몰아주는 방식으로 법인세를 회피한다.
> ~¹¹법인세율이 A국보다 높은 B국에 설립된 Z사의 자회사에서 특허 사용으
> 로 수입이 발생하면 Z사는 B국의 자회사로 하여금 A국의 자회사에 특허 사
> 용에 대한 수수료인 로열티를 지출하도록 한다. ¹²그 결과 Z사는 B국의 자
> 회사에 법인세가 부과될 이윤을 최소화한다.(ⓐ)
> A국의 자회사는 B국의 자회사로부터 특허 사용에 대한 수수료(로열티)를
> 지급받게 되면서 수입이 늘어나게 된다.

④ B국의 자회사가 낼 법인세를 최소화한다

> 근거: **3** ¹²그 결과 Z사는 B국의 자회사에 법인세가 부과될 이윤을 최소화
> 한다.(ⓐ)
> B국의 자회사는 법인세가 부과될 이윤을 최소화함으로써 법인세를 최소화
> 할 수 있다.

⑤ B국의 자회사가 지출하는 제반 비용을 늘린다

> 근거: **2** ⁸법인세는~수입에서 제반 비용을 제외하고 남은 이윤에 대해 부
> 과하는 세금이라 할 수 있다. + **3** ¹¹법인세율이 A국보다 높은 B국에 설립
> 된 Z사의 자회사에서 특허 사용으로 수입이 발생하면 Z사는 B국의 자회사
> 로 하여금 A국의 자회사에 특허 사용에 대한 수수료인 로열티를 지출하도
> 록 한다. ¹²그 결과 Z사는 B국의 자회사에 법인세가 부과될 이윤을 최소화
> 한다.(ⓐ)
> 법인세는 기업이 거둔 수입에서 제반 비용을 제외하고 남은 이윤에 대해
> 부과하는 세금이다. 따라서 법인세가 부과될 이윤을 최소화하기 위해 Z사
> 가 B국의 자회사로 하여금 A국의 자회사에게 로열티를 지출하게 했다는
> 것은 B국의 자회사가 거둔 수입에서 지출되는 제반 비용을 늘려 이윤을 줄
> 이는 것과 같은 의미임을 추론할 수 있다.

[1~6] 다음 글을 읽고 물음에 답하시오.

✎ 사고의 흐름

1 [1]국제법에서 일반적으로 조약은 국가나 국제기구들이 그들 사이에 지켜야 할 구체적인 권리와 의무를 명시적으로 합의하여 창출하는 규범이며, 국제 관습법은 조약 체결과 관계없이 국제 사회 일반이 받아들여 지키고 있는 보편적인 규범이다. [2]반면에 경제 관련 국제기구에서 어떤 결정을 하였을 경우, 이 결정 사항 자체는 권고적 효력만 있을 뿐 법적 구속력은 없는 것이 일반적이다. [3]그런데 국제결제은행 산하*의 바젤위원회가 결정한 BIS 비율 규제와 같은 것들이 비회원인 국가에서도 엄격히 준수되는 모습을 종종 보게 된다. [4]이처럼 일종의 규범적 성격이 나타나는 현실을 어떻게 이해할지에 대한 논의가 있다. [5]이는 위반에 대한 제재를 통해 국제법의 효력을 확보하는 데 주안점*을 두는 일반적 경향을 되돌아보게 한다. [6]곧 신뢰가 형성하는 구속력에 주목하는 것이다.

조약이나 국제 관습법과 다른 성격의 화제가 제시되겠군!

국제기구의 결정 사항인데도 구속력을 갖는 일반적이지 않은 사례가 제시되겠군!

제재를 통해 효력을 얻는 '일반적인 사례'가 아니라, 법적 구속력이 없는 국제 기구의 결정이 신뢰를 통해 구속력을 얻는 '일반적이지 않은 사례'에 대해 다루려 하는구나!

2 [7]BIS 비율은 은행의 재무 건전성을 유지하는 데 필요한 최소한의 자기자본 비율을 설정하여 궁극적으로 예금자와 금융 시스템을 보호하기 위해 바젤위원회에서 도입한 것이다. [8]바젤위원회에서는 BIS 비율이 적어도 규제 비율인 8%는 되어야 한다는 기준을 제시하였다. [9]이에 대한 식은 다음과 같다.

낯선 개념이 제시되었으니 눈여겨보자! 네모 표시까지 들어가 있으니 문제로도 다뤄질 중요한 개념일 거야!

$$\text{BIS 비율(\%)} = \frac{\text{자기자본}}{\text{위험가중자산}} \times 100 \geq 8(\%)$$

수식이 제시되었을 때에는 당황하지 말고, 이어지는 설명을 참고하며 이해하자!

[10]여기서 자기자본은 은행의 기본자본, 보완자본 및 단기후순위채무의 합으로, 위험가중자산은 보유 자산에 각 자산의 신용 위험에 대한 위험 가중치를 곱한 값들의 합으로 구하였다. [11]위험 가중치는 자산 유형별 신용 위험을 반영하는 것인데, OECD 국가의 국채는 0%, 회사채는 100%가 획일적으로 부여되었다.

정리해 볼까? BIS 비율 = 자기자본(은행의 기본자본 + 보완자본 + 단기후순위채무) ÷ 위험가중자산{(각 보유자산 × 신용 위험에 대한 위험가중치)의 합} × 100

[12]이후 금융 자산의 가격 변동에 따른 시장 위험도 반영해야 한다는 요구가 커지자, 바젤위원회는 ①위험가중자산을 신용 위험에 따른 부분과 시장 위험에 따른 부분의 합으로 새로 정의하여 BIS 비율을 산출하도록 하였다. [13]신용 위험의 경우와 달리 ②시장 위험의 측정 방식은 감독 기관의 승인하에 은행의 선택에 따라 사용할 수 있게 하여 '바젤 I' 협약이 1996년에 완성되었다.

바젤 I 협약에 의한 변화! ① 위험가중자산 = {(각 보유 자산 × 신용 위험에 대한 위험 가중치)의 합} + 시장 위험에 따른 부분 ② 시장 위험의 측정 방식은 은행의 선택에 따라 사용 가능하지만, 신용 위험의 측정 방식은 은행이 선택할 수 없음!

3 [14]금융 혁신의 진전으로 '바젤 I' 협약의 한계가 드러나자 2004년에 '바젤 II' 협약이 도입되었다. [15]여기에서 ⓘBIS 비율의 위험 가중자산은 신용 위험에 대한 위험 가중치에 자산의 유형과 신용도를 모두 ⓐ고려하도록 수정되었다. [16]신용 위험의 측정 방식은 표준 모형이나 내부 모형 가운데 하나를 은행이 이용할 수 있게 되었다. [17]ⓘ-(ⅰ)표준 모형에서는 OECD 국가의 국채는 0%에서 150%까지, 회사채는 20%에서 150%까지 위험 가중치를 구분하여 신용도가 높을수록 낮게 부과*한다. [18]예를 들어 실제 보유한 회사채가 100억 원인데 신용 위험 가중치가 20%라면 위험가중자산에서 그 회사채는 20억 원으로 계산된다. [19]ⓘ-(ⅱ)내부 모형은 은행이 선택한 위험 측정 방식을 감독 기관의 승인하에 그 은행이 사용할 수 있도록 하는 것이다.

신용 위험도 시장 위험처럼 은행이 측정 방식을 선택할 수 있게 되었군!

[20]또한 감독 기관은 ⓘ필요시 위험가중자산에 대한 자기자본의 최저 비율이 ⓑ규제 비율을 초과하도록 자국 은행에 요구할 수 있게 함으로써 자기자본의 경직된 기준을 보완하고자 했다.

바젤 II 협약에 의한 개정! ① 신용 위험에 대한 위험 가중치에 자산 유형과 신용도 고려 ② 신용 위험의 측정 방식 구체화: (ⅰ) 표준 모형에서는 위험 가중치가 신용도에 반비례 (ⅱ) 내부 모형에서는 은행이 위험 측정 방식 선택 가능 ③ 필요시 위험가중자산에 대한 자기자본 최저 비율(BIS 비율의 최저치)이 규제 기준(8%) 초과 가능

4 [21]최근에는 '바젤 III' 협약이 발표되면서 ⓘ자기자본에서 단기후순위채무가 제외되었다. [22]또한 ②위험가중자산에 대한 기본자본의 비율이 최소 6%가 되게 보완하여 자기자본의 손실 복원력을 강화하였다. [23]이처럼 새롭게 발표되는 바젤 협약은 이전 협약에 들어 있는 관련 기준을 개정하는 효과가 있다.

바젤 III 협약에 의한 개정! ① 자기자본은 '은행의 기본자본 + 보완자본'만 고려 ② (기본자본 ÷ 위험가중자산) × 100 = 최소 6%가 되도록 함

5 [24]바젤 협약은 우리나라를 비롯한 수많은 국가에서 채택하여 제도화하고 있다. [25]현재 바젤위원회에는 28개국의 금융 당국들이 회원으로 가입되어 있으며, 우리 금융 당국은 2009년에 가입하였다. [26]하지만 우리나라는 가입하기 훨씬 전부터 BIS 비율을 도입하여 시행하였으며, 현행 법제에도 이것이 반영되어 있다. [27]바젤 기준을 따름으로써 은행이 믿을 만하다는 징표를 국제 금융 시장에 보여 주어야 했던 것이다. [28]재무 건전성을 의심받는 은행은 국제 금융 시장에 자리를 잡지 못하거나, 심하면 아예 ⓒ발을 들이지 못할 수도 있다.

비회원 국가도 국제 금융 시장에 재무 건전성을 보여 주기 위해 BIS 비율을 자발적으로 도입하여 제도화하게 되는구나!

6 [29]바젤위원회에서는 은행 감독 기준을 협의하여 제정한다. [30]그 헌장*에서는 회원들에게 바젤 기준을 자국에 도입할 의무를 부과한다. [31]하지만 바젤위원회가 초국가적 감독 권한이 없으며 그의 결정도 ⓓ법적 구속력이 없다는 것 또한 밝히고 있다. [32]바젤 기준은

100개가 넘는 국가가 채택하여 따른다. [33]이는 국제기구의 결정에 형식적으로 구속을 받지 않는 국가에서까지 자발적으로 받아들여 시행하고 있다는 것인데, 이런 현실을 ㉠말랑말랑한 법(soft law)의 모습이라 설명하기도 한다. [34]이때 조약이나 국제 관습법은 그에 대비하여 딱딱한 법(hard law)이라 부르게 된다. [35]바젤 기준도 장래에 ㉢딱딱하게 응고될지 모른다. 현재 구속력 없이 권고적 효력만 있는 바젤 기준도 조약이나 국제 관습법이 될 수 있다는 가능성을 제시하며 마무리하고 있군!

이것만은 챙기자

* **산하:** 어떤 조직체나 세력의 관할 아래.
* **주안점:** 특히 중점을 두어 살피는 점. 또는 중심이 되는 목표점.
* **부과:** 세금이나 부담금 따위를 매기어 부담하게 함.
* **헌장:** 어떠한 사실에 대하여 약속을 이행하기 위하여 정한 규범.

만점 선배의 구조도 예시

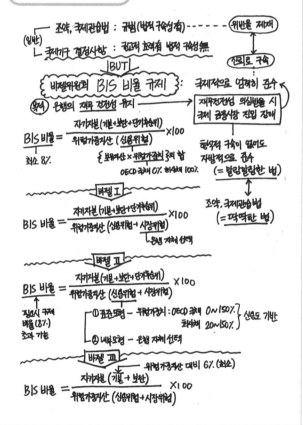

≫ 각 문단을 요약하고 지문을 세 부분으로 나누어 보세요.

1 국제기구의 결정 사항은 조약이나 국제 관습법과 달리 법적 구속력이 없는 것이 일반적이나, 바젤위원회가 결정한 BIS 비율 규제는 비회원 국가에서도 엄격히 준수된다.

2 BIS 비율은 은행의 재무 건전성 유지에 필요한 최소한의 자기자본 비율로, 바젤위원회는 BIS 비율이 8%는 되어야 한다는 기준을 제시하였는데, 1996년 위험가중자산을 새로 정의하고 시장 위험 측정 방식을 은행의 선택에 따라 사용할 수 있게 한 바젤 I 협약이 완성되었다.

3 2004년 도입된 바젤 II 협약은 은행이 신용 위험의 측정 방식을 표준 모형이나 내부 모형 중 이용할 수 있게 하고, 필요시 위험가중자산에 대한 자기자본의 최저 비율이 규제 비율을 초과하도록 자국 은행에 요구할 수 있게 했다.

4 최근에는 바젤 III 협약이 발표되는 등 새로 발표되는 바젤 협약은 이전 협약의 기준을 개정하는 효과가 있다.

5 우리나라는 바젤 협약 가입 전부터 BIS 비율을 도입하여 시행했는데, 이는 바젤 기준을 따름으로써 은행의 재무 건전성을 국제 금융 시장에 보여 주어야 했기 때문이다.

6 바젤 기준은 국제기구의 결정에 구속을 받지 않는 국가에서까지 자발적으로 받아들여 시행하고 있어 말랑말랑한 법의 모습을 보여 준다.

첫 번째
1[1]~**1**[6]

두 번째
2[7]~**4**[23]

세 번째
5[24]~**6**[35]

1. 윗글의 내용 전개 방식으로 가장 적절한 것은?

✓ 정답풀이

① 특정한 국제적 기준의 내용과 그 변화 양상을 서술하며 국제 사회에 작용하는 규범성을 설명하고 있다.

> 근거: 1 [3]국제결제은행 산하의 바젤위원회가 결정한 BIS 비율 규제와 같은 것들이 비회원의 국가에서도 엄격히 준수되는 모습을 종종 보게 된다. + 2 [7]BIS 비율은~예금자와 금융 시스템을 보호하기 위해 바젤위원회에서 도입한 것이다. [13]바젤 I 협약이 1996년에 완성되었다. + 3 [14]금융 혁신의 진전으로 '바젤 I' 협약의 한계가 드러나자 2004년에 '바젤 II' 협약이 도입되었다. + 4 [21]최근에는 '바젤 III' 협약이 발표되면서 자기자본에서 단기후순위채무가 제외되었다. + 6 [32]바젤 기준은 100개가 넘는 국가가 채택하여 따른다. [33]이는 국제기구의 결정에 형식적으로 구속을 받지 않는 국가에서까지 자발적으로 받아들여 시행하고 있다는 것
>
> 1문단에서 법적 구속력이 없음에도 국제적 기준으로 준수되고 있는 바젤위원회의 BIS 비율을 언급한 뒤, 2문단~4문단에서 그 내용이 시간의 흐름에 따라 바젤 협약에 의해 개정되어 가는 변화 양상을 서술하고 있다. 그리고 5문단~6문단에서는 신뢰가 형성하는 구속력에 따라 국제 사회에 작용하는 바젤 기준의 규범성을 설명하고 있다.

✗ 오답풀이

② 특정한 국제적 기준이 제정된 원인을 서술하며 국제 사회의 규범을 감독 권한의 발생 원인에 따라 분류하고 있다.

> 근거: 2 [7]BIS 비율은 은행의 재무 건전성을 유지하는 데 필요한 최소한의 자기자본 비율을 설정하여 궁극적으로 예금자와 금융 시스템을 보호하기 위해 바젤위원회에서 도입한 것이다.
>
> 일종의 국제적 기준으로 작용하는 BIS 비율이 예금자와 금융 시스템을 보호하기 위해 도입되었음을 언급하고 있으나, 특정 규범을 감독 권한의 발생 원인에 따라 분류하고 있지는 않다.

③ 특정한 국제적 기준의 필요성을 서술하며 국제 사회에 수용되는 규범의 필요성을 상반된 관점에서 논증하고 있다.

> 근거: 6 [33]이(바젤 기준을 100개가 넘는 국가가 채택하여 따르는 것)는 국제기구의 결정에 형식적으로 구속을 받지 않는 국가에서까지 (바젤 기준을) 자발적으로 받아들여 시행하고 있다는 것인데, 이런 현실을 말랑말랑한 법(soft law)의 모습이라 설명하기도 한다. [34]이때 조약이나 국제 관습법은 그에 대비하여 딱딱한 법(hard law)이라 부르게 된다.
>
> 국제적 기준과 관련하여 말랑말랑한 법에 해당되는 바젤 기준과 딱딱한 법에 해당되는 조약이나 국제 관습법을 비교하고 있기는 하지만, 국제 사회에 수용되는 규범의 필요성에 대해 상반된 관점에서 논증하고 있지는 않다.

④ 특정한 국제적 기준과 관련된 국내법의 특징을 서술하며 국제 사회에 받아들여지는 규범의 장단점을 설명하고 있다.

> 근거: 5 [26]우리나라는 가입하기 훨씬 전부터 BIS 비율을 도입하여 시행하였으며, 현행 법제에도 이것이 반영되어 있다.
>
> 국내에서 BIS 비율을 도입하여 현행 법제에 반영하였음을 언급하고 있기는 하지만, 이와 관련된 국내법의 특징을 서술하거나 국제 사회에 받아들여지는 규범의 장단점을 설명하고 있지는 않다.

⑤ 특정한 국제적 기준의 설정 주체가 바뀐 사례를 서술하며 국제 사회에서 규범 설정 주체가 지닌 특징을 분석하고 있다.

> BIS 비율의 설정 주체는 일관되게 바젤위원회로 제시되었으므로 국제적 기준의 설정 주체가 바뀐 사례는 서술되지 않았다. 또한 국제 사회에서 바젤위원회가 규범 설정 주체로서 지닌 특징을 분석하고 있지도 않다.

2. 윗글에서 알 수 있는 내용으로 적절하지 <u>않은</u> 것은?

✓ 정답풀이

③ 딱딱한 법에서는 일반적으로 제재보다는 신뢰로써 법적 구속력을 확보하는 데 주안점이 있다.

> 근거: 1 [1]국제법에서 일반적으로 조약은 국가나 국제기구들이 그들 사이에 지켜야 할 구체적인 권리와 의무를 명시적으로 합의하여 창출하는 규범이며, 국제 관습법은 조약 체결과 관계없이 국제 사회 일반이 받아들여 지키고 있는 보편적인 규범이다. [3]그런데 국제결제은행 산하의 바젤위원회가 결정한 BIS 비율 규제와 같은 것들이 비회원의 국가에서도 엄격히 준수되는 모습을 종종 보게 된다. [5]이는 위반에 대한 제재를 통해 국제법의 효력을 확보하는 데 주안점을 두는 일반적 경향을 되돌아보게 한다. [6]곧 신뢰가 형성하는 구속력에 주목하는 것이다. + 6 [33]이(바젤 기준을 100개가 넘는 국가가 채택하여 따르는 것)는 국제기구의 결정에 형식적으로 구속을 받지 않는 국가에서까지 (바젤 기준을) 자발적으로 받아들여 시행하고 있다는 것인데, 이런 현실을 말랑말랑한 법(soft law)의 모습이라 설명하기도 한다. [34]이때 조약이나 국제 관습법은 그에 대비하여 딱딱한 법(hard law)이라 부르게 된다.
>
> '딱딱한 법'에 해당되는 조약이나 국제 관습법은, '말랑말랑한 법'에 해당되는 바젤 기준과 달리 위반에 대한 제재를 통해 국제법의 효력을 확보하는 데 주안점을 두는 '일반적 경향'을 지닌 규범에 해당된다. 따라서 딱딱한 법에서는 일반적으로 신뢰보다는 제재로써 법적 구속력을 확보하는 데 주안점이 있을 것이다.

✗ 오답풀이

① 조약은 체결한 국가들에 대하여 권리와 의무를 부과하는 것이 원칙이다.

> 근거: 1 [1]국제법에서 일반적으로 조약은 국가나 국제기구들이 그들 사이에 지켜야 할 구체적인 권리와 의무를 명시적으로 합의하여 창출하는 규범

② 새로운 바젤 협약이 발표되면 기존 바젤 협약에서의 기준이 변경되는 경우가 있다.

> 근거: 4 [23]이처럼 새롭게 발표되는 바젤 협약은 이전 협약에 들어 있는 관련 기준을 개정하는 효과가 있다.

④ 국제기구의 결정을 지키지 않을 때 입게 될 불이익은 그 결정이 준수되도록 하는 역할을 한다.

근거: **1** [2]경제 관련 국제기구에서 어떤 결정을 하였을 경우, 이 결정 사항 자체는 권고적 효력만 있을 뿐 법적 구속력은 없는 것이 일반적이다. [3]그런데 국제결제은행 산하의 바젤위원회가 결정한 BIS 비율 규제와 같은 것들이 비회원의 국가에서도 엄격히 준수되는 모습을 종종 보게 된다. + **5** [27]바젤 기준을 따름으로써 은행이 믿을 만하다는 징표를 국제 금융 시장에 보여 주어야 했던 것이다. [28]재무 건전성을 의심받는 은행은 국제 금융 시장에 자리를 잡지 못하거나, 심하면 아예 발을 들이지 못할 수도 있다.

국제기구의 결정 사항에 해당되는 바젤 기준은 법적 구속력을 가지지 않지만, 국가들은 이를 지키지 않을 시 입을 수 있는 (재무 건전성을 의심받아 국제 금융 시장에 자리 잡지 못하는) 불이익을 피하기 위해 바젤 기준을 도입하여 그 결정이 준수되도록 한다.

⑤ 세계 각국에서 바젤 기준을 법제화하는 것은 자국 은행의 재무 건전성을 대외적으로 인정받기 위해서이다.

근거: **5** [24]바젤 협약은 우리나라를 비롯한 수많은 국가에서 채택하여 제도화하고 있다. [27]바젤 기준을 따름으로써 은행이 믿을 만하다는 징표를 국제 금융 시장에 보여 주어야 했던 것이다. [28]재무 건전성을 의심받는 은행은 국제 금융 시장에 자리를 잡지 못하거나, 심하면 아예 발을 들이지 못할 수도 있다.

| 세부 내용 추론 | 정답률 **55**

3. BIS 비율에 대한 이해로 가장 적절한 것은?

✓ **정답풀이**

④ 바젤 II 협약에 따르면, 시장 위험의 경우와 마찬가지로 감독 기관의 승인하에 은행이 선택하여 사용할 수 있는 신용 위험의 측정 방식이 있다.

> 근거: **2** [13]신용 위험의 경우와 달리 시장 위험의 측정 방식은 감독 기관의 승인하에 은행의 선택에 따라 사용할 수 있게 하여 '바젤 I' 협약이 1996년에 완성되었다. + **3** [15]여기('바젤 II' 협약)에서 BIS 비율의 위험가중자산은 신용 위험에 대한 위험 가중치에 자산의 유형과 신용도를 모두 고려하도록 수정되었다. [16]신용 위험의 측정 방식은 표준 모형이나 내부 모형 가운데 하나를 은행이 이용할 수 있게 되었다. [19]내부 모형은 은행이 선택한 위험 측정 방식을 감독 기관의 승인하에 그 은행이 사용할 수 있도록 하는 것이다.
>
> '바젤 I' 협약에서는 시장 위험의 경우에만 감독 기관의 승인하에 은행이 측정 방식을 선택할 수 있었지만, 개정된 '바젤 II' 협약에서는 신용 위험 역시 은행이 측정할 수 있으며 이때 '내부 모형'을 따를 경우 은행은 자신이 선택한 측정 방식을 감독 기관의 승인하에 사용할 수 있다.

✗ **오답풀이**

① 바젤 I 협약에 따르면, 보유하고 있는 회사채의 신용도가 낮아질 경우 BIS 비율은 낮아지는 경향이 있다.

근거: **2** [10](BIS 비율 식에서) 위험가중자산은 보유 자산에 각 자산의 신용 위험에 대한 위험 가중치를 곱한 값들의 합으로 구하였다. [11]위험 가중치는 자산 유형별 신용 위험을 반영하는 것인데, OECD 국가의 국채는 0%, 회사채는 100%가 획일적으로 부여되었다. + **3** [14]금융 혁신의 진전으로 '바젤 I' 협약의 한계가 드러나자 2004년에 '바젤 II' 협약이 도입되었다. [17]표준 모형에서는 OECD 국가의 국채는 0%에서 150%까지, 회사채는 20%에서 150%까지 위험 가중치를 구분하여 신용도가 높을수록 낮게 부과한다.

BIS 비율에 대한 식을 참고하면 위험가중자산이 높아지면 BIS 비율이 낮아진다. 그러나 위험가중자산을 구할 때 활용되는 위험 가중치가 신용도에 따라 다르게 부과되는 것은 '바젤 II' 협약부터이며, '바젤 I' 협약에서 회사채는 위험 가중치가 100%로 획일적으로 부여되어 신용도의 영향을 받지 않는다. 따라서 '바젤 I' 협약에서는 회사채의 신용도가 낮아지더라도 위험가중자산이나 BIS 비율이 영향을 받지 않는다.

② 바젤 II 협약에 따르면, 각국의 은행들이 준수해야 하는 위험가중자산 대비 자기자본의 최저 비율은 동일하다.

근거: **1** [8]바젤위원회에서는 BIS 비율이 적어도 규제 비율인 8%는 되어야 한다는 기준을 제시 + **3** [20]감독 기관은 ('바젤 II' 협약에 따라) 필요시 위험 가중자산에 대한 자기자본의 최저 비율이 규제 비율을 초과하도록 자국 은행에 요구할 수 있게 함으로써 자기자본의 경직된 기준을 보완하고자 했다.

'바젤 II' 협약에 따르면, 감독 기관은 필요에 따라 위험가중자산 대비 자기자본의 최저 비율이 규제 비율인 8%를 초과하도록 요구할 수 있다. 따라서 그 비율이 항상 동일할 것이라고 볼 수 없다.

③ 바젤 II 협약에 따르면, 보유하고 있는 OECD 국가의 국채를 매각한 뒤 이를 회사채에 투자한다면 BIS 비율은 항상 높아진다.

근거: **2** [10](BIS 비율 식에서) 위험가중자산은 보유 자산에 각 자산의 신용 위험에 대한 위험 가중치를 곱한 값들의 합으로 구하였다. + **3** [17]('바젤 II' 협약에 따라 신용 위험을 표준 모형으로 측정할 시) 표준 모형에서는 OECD 국가의 국채는 0%에서 150%까지, 회사채는 20%에서 150%까지 위험 가중치를 구분하여 신용도가 높을수록 낮게 부과한다.

'바젤 II' 협약에 따라 은행이 신용 위험을 표준 모형으로 측정할 시, OECD 국가의 국채는 0~150%까지, 회사채는 20~150%까지 위험 가중치가 부여된다. 2문단의 BIS 비율 식에 따르면 위험가중자산이 커질수록 BIS 비율 값이 줄어드는데, 회사채는 최소 20%의 위험 가중치가 부여되는 반면 국채는 위험 가중치가 전혀 부여되지 않는 경우(0%)도 발생할 수 있다. 만일 국채의 위험 가중치가 0%인 상황에서 보유하고 있던 국채를 매각한 뒤 회사채에 투자하게 되면 최소 20%의 위험 가중치가 부여되는 회사채의 총자산이 늘어나게 되므로, 위험가중자산이 증가하면서 BIS 비율은 오히려 낮아질 수 있다.

⑤ 바젤 III 협약에 따르면, 위험가중자산 대비 보완자본이 최소 2%는 되어야 보완된 BIS 비율 규제를 은행이 준수할 수 있다.

근거: **4** [22]('바젤 III' 협약에서는) 위험가중자산에 대한 기본자본의 비율이 최소 6%가 되게 보완하여 자기자본의 손실 복원력을 강화하였다.

'바젤 III' 협약에서 보완된 BIS 비율 기준은 위험가중자산에 대한 기본자본의 비율이 최소 6%가 되어야 하는 것이다. 이때 보완자본에 대한 최소 비율을 따로 규정하지는 않았으므로 위험가중자산 대비 보완자본이 2% 미만이라도 위험가중자산 대비 기본자본이 6%를 초과하여 위험가중자산 대비 자기자본(BIS 비율)이 8% 이상이 되게 한다면, 기존의 BIS 비율 기준을(8% 이상)을 충족할뿐 아니라 '바젤 III' 협약에 따른 보완된 규제(기본자본의 비율이 6% 이상)도 준수할 수 있다.

4. 윗글을 참고할 때, 〈보기〉에 대한 반응으로 적절하지 <u>않은</u> 것은? [3점]

─────── 〈보기〉 ───────

갑 은행이 어느 해 말에 발표한 자기자본 및 위험가중자산은 아래 표와 같다. 갑 은행은 <u>OECD 국가의 국채와 회사채만을 자산으로 보유했으며,</u> (OECD 국가이므로 바젤Ⅰ 협약을 적용할 시 국채는 0%, 회사채는 100%로 위험 가중치 획일적 적용) <u>바젤Ⅱ 협약의 표준 모형에 따라 BIS 비율을 산출</u>(바젤Ⅱ 협약의 모형이므로 국채는 0~50%, 회사채는 20%~150%까지 위험 가중치 부과)하여 공시하였다. 이때 <u>회사채에 반영된 위험 가중치는 50%이다.</u> (회사채의 실제 규모 × 위험 가중치 50% = 300억 원이므로, 회사채의 실제 규모는 600억 원) 그 이외의 자본 및 자산은 모두 무시한다.

항목	자기자본		
	기본자본	보완자본	단기후순위채무
금액	50억 원	20억 원	40억 원

항목	위험 가중치를 반영하여 산출한 위험가중자산		
	신용 위험에 따른 위험가중자산		시장 위험에 따른 위험가중자산
	국채	회사채	
금액	300억 원	300억 원	400억 원

바젤Ⅱ 협약임을 고려했을 때의 BIS 비율 : $\dfrac{\text{자기자본}(50억+20억+40억)}{\text{위험가중자산}(300억+300억+400억)} \times 100 = 11\%$

⊙ 정답풀이

⑤ 갑 은행이 위험가중자산의 변동 없이 보완자본을 10억 원 증액한다면 바젤Ⅲ 협약에서 보완된 기준을 충족할 수 있겠군.

근거: ④ [22]'(바젤Ⅲ 협약에서는) 위험가중자산에 대한 기본자본의 비율이 최소 6%가 되게 보완하여 자기자본의 손실 복원력을 강화하였다.
〈보기〉에서 갑 은행의 위험 가중치를 반영하여 산출한 총 위험가중자산은 '300억 + 300억 + 400억 = 1000억 원'이 된다. 그런데 '바젤Ⅲ' 협약에서는 위험가중자산에 대한 '기본자본'의 비율이 최소 6%가 되어야 한다고 하였으므로, 위험가중자산 대비 '기본자본'의 비율을 계산한 후 '보완자본'이 아닌 '기본자본'의 증액 여부를 결정해야 한다. 현재 위험가중자산 대비 기본자본의 비율은 5%(= 50억 원(기본자본) ÷ 1000억 원(위험가중자산) × 100)이므로 이 기준을 충족하기 위해서는 '기본자본'을 60억 원으로 10억 원만큼 증액하여, 위험가중자산에 대한 기본자본의 비율이 '6%(= 60억 원(기본자본) ÷ 1000억 원(위험가중자산) × 100)'가 되게 해야 한다.

⊗ 오답풀이

① 갑 은행이 공시한 BIS 비율은 바젤위원회가 제시한 규제 비율을 상회하겠군.

근거: ② [8]바젤위원회에서는 BIS 비율이 적어도 규제 비율인 8%는 되어야 한다는 기준을 제시하였다. [10]여기서 자기자본은 은행의 기본자본, 보완자본 및 단기후순위채무의 합으로, 위험가중자산은 보유 자산에 각 자산의 신용 위험에 대한 위험 가중치를 곱한 값들의 합으로 구하였다. [12]이후~바젤위원회는 위험가중자산을 신용 위험에 따른 부분과 시장 위험에 따른 부분의 합으로 새로 정의하여 BIS 비율을 산출하도록 하였다.
갑 은행의 자기자본은 '50억(기본자본) + 20억(보완자본) + 40억(단기후순위채무) = 110억 원'이고, 위험가중자산은 '300억(신용 위험을 고려한 국채) + 300억(신용 위험을 고려한 회사채) + 400억(시장 위험에 따른 위험가중자산) = 1000억 원'이 된다. 이때 갑 은행의 BIS 비율은 '110억(자기자본) ÷ 1000억(위험가중자산) × 100 = 11%'가 된다. 이는 바젤위원회가 제시한 규제 비율인 8%를 상회한다.

② 갑 은행이 보유 중인 회사채의 위험 가중치가 20%였다면 BIS 비율은 공시된 비율보다 높았겠군.

근거: ② [10]위험가중자산은 보유 자산에 각 자산의 신용 위험에 대한 위험 가중치를 곱한 값들의 합으로 구하였다. + ③ [18]예를 들어 실제 보유한 회사채가 100억 원인데 신용 위험 가중치가 20%라면 위험가중자산에서 그 회사채는 20억 원으로 계산된다.
BIS 비율 식에 따르면 자기자본의 값이 일정할 때 위험가중자산의 값이 작아질수록 BIS 비율은 증가하게 된다. 〈보기〉의 갑 은행은 회사채에 50%의 위험 가중치를 부여하여 300억 원이라는 위험가중자산을 산출했는데, 이는 회사채의 실제 규모가 600억 원이었다는 것을 나타낸다. 이때 회사채의 위험 가중치가 20%로 부여되었다면 회사채에 대한 위험가중자산은 '600억 × 0.2 = 120억 원'이 되어 기존의 값(300억 원)에 비해 180억만큼 줄어들 것이다. (혹은 단순히 위험증가자산을 산출하는 비율이 50%로 20%로 줄어 회사채의 위험증가자산이 30%만큼 줄어들 것이라고 볼 수 있다.) 결과적으로 갑 은행의 총 위험가중자산의 값은 작아지게 되므로, BIS 비율은 기존에 공시된 비율보다 높아진다.

③ 갑 은행이 보유 중인 국채의 실제 규모가 회사채의 실제 규모보다 컸다면 위험 가중치는 국채가 회사채보다 낮았겠군.

근거: ② [10]위험가중자산은 보유 자산에 각 자산의 신용 위험에 대한 위험 가중치를 곱한 값들의 합으로 구하였다. + ③ [18]예를 들어 실제 보유한 회사채가 100억 원인데 신용 위험 가중치가 20%라면 위험가중자산에서 그 회사채는 20억 원으로 계산된다.
〈보기〉에 따르면 신용 위험에 따른 위험가중자산에서 국채와 회사채는 모두 300억 원으로 동일한데, 회사채에는 50%의 위험 가중치가 반영되었으므로 회사채의 실제 규모는 600억 원이다. 그런데 만일 국채의 실제 규모가 600억 원보다 큰 1200억 원이었을 경우, 국채에는 25%의 위험 가중치만 반영되었다고 볼 수 있다. 즉 국채의 실제 규모가 회사채의 실제 규모보다 클 경우, 국채는 그만큼 상대적으로 낮은 비율의 위험 가중치가 적용되었다고 볼 수 있다.

④ 갑 은행이 바젤 I 협약의 기준으로 신용 위험에 따른 위험가중
자산을 산출한다면 회사채는 600억 원이 되겠군.

근거: **2** [11]('바젤 I' 협약이 완성되는 과정에서) 위험 가중치는 자산 유형별
신용 위험을 반영하는 것인데, OECD 국가의 국채는 0%, 회사채는 100%가
획일적으로 부여되었다.

'바젤 I' 협약의 기준에 따르면 OECD 국가의 회사채는 획일적으로 100%가
부여된다. 〈보기〉에 따르면 갑 은행에서 회사채에 50%의 위험 가중치가 부
여된 결과가 300억 원이 되므로, 회사채의 실제 규모는 600억 원이다. 따라서
회사채에 100%의 위험 가중치가 부여되었다면 신용 위험에 따른 위험가중
자산으로 산출된 회사채는 실제 규모 그대로 600억 원이 되었을 것이다.

📋 문제적 문제

· 4번

학생들이 정답 이외에 많이 고른 선지가 ②, ③, ④번이다.

이 문제의 ①번~④번은 2문단에 제시된 BIS 비율 식과 2문단~4문단
에 걸쳐 제시된 바젤 기준의 변화에 대한 이해를 기반으로 간단한 수학적
계산이 필요한 선지들이었다. 이때 계산 자체는 간단하므로 어렵지 않게
①번~④번이 '적절'하다는 것을 도출할 수 있었을 것이다. 그러나 2문단
~4문단에서 '기준의 변화'에 따라 복잡하게 얽힌 정보들을 이해하는 데
상당한 노력을 쏟았을 학생들에게는 이 문제가 부담스럽게 다가왔을 것
이다.

국어 지문에 등장하는 '수학적 공식'이 고난도의 수학 지식을 요구하는
것은 아니지만, 이러한 문제의 유형을 충분히 다루어 보지 못한 학생들은
당황하여 시간을 많이 쓰거나 문제 풀이를 아예 포기하게 될 수 있다. 이를
예방하기 위해서는 경제 영역이나 과학 · 기술 영역의 지문에서 〈보기〉
문항 위주로 학습하며 그래프나 표, 수식을 제시된 사례에 적용해 보는
연습을 충분히 해 보는 것이 좋다. 수능 국어 시험지의 경우, '수학적 공식'
에 기반하여 풀어야 하는 문제라도 수학적인 지식을 요구하지는 않는다.
지문에 제시된 (문제를 풀기 위해 필요한) 수식과 그래프, 그림과 표는 반
드시 지문 속에서 상세하게 설명해 준다.

한편 정답인 ⑤번의 정 · 오답 여부는 이러한 수식을 사용하지 않아도
지문과의 일치 · 불일치의 여부만을 고려하여 판단할 수 있었다. 지문에서는
바젤 III 협약의 내용과 관련하여 위험가중자산 대비 '기본자본'의 비율이
6% 이상이어야 함을 언급하고 있으며, 위험가중자산 대비 '보완자본'의
비율이 어느 정도 이상이어야 하는지와 관련하여 언급하고 있지는 않기
때문이다.

정답률 분석

	매력적 오답	매력적 오답	매력적 오답	정답
①	②	③	④	⑤
5%	21%	19%	25%	30%

5. ㉠에 해당하는 사례로 가장 적절한 것은?

㉠: 말랑말랑한 법(soft law)의 모습

✅ 정답풀이

⑤ 바젤위원회 회원이 없는 국가에서 바젤 기준을 제도화하여 국내
에서 효력이 발생하도록 한다.

근거: **1** [2]경제 관련 국제기구에서 어떤 결정을 하였을 경우, 이 결정 사
항 자체는 권고적 효력만 있을 뿐 법적 구속력은 없는 것이 일반적이다.
[3]그런데 국제결제은행 산하의 바젤위원회가 결정한 BIS 비율 규제와 같은
것들이 비회원의 국가에서도 엄격히 준수되는 모습을 종종 보게 된다. +
6 [32]바젤 기준은 100개가 넘는 국가가 채택하여 따른다. [33]이는 국제기
구의 결정에 형식적으로 구속을 받지 않는 국가에서까지 자발적으로 받
아들여 시행하고 있다는 것인데, 이런 현실을 말랑말랑한 법(soft law)의
모습(㉠)이라 설명하기도 한다.

말랑말랑한 법의 모습은 법적인 구속력을 행사하거나 회원으로 속해 있는
상태가 아니더라도 자발적으로 국제적 기준을 받아들이고 제도화하는 현
상을 나타낸다. 이러한 사례에 가장 잘 부합하는 것은 국내에 바젤위원회
회원이 없음에도 불구하고 바젤위원회에서 세운 기준을 제도화하여 국내
에서도 효력이 발생하도록 하는 사례이다.

❌ 오답풀이

① 바젤위원회가 국제 금융 현실에 맞지 않게 된 바젤 기준을 개정
한다.

근거: **2** [12]이후 금융 자산의 가격 변동에 따른 시장 위험도 반영해야 한다
는 요구가 커지자, 바젤위원회는~산출하도록 하였다. + **3** [14]금융 혁신의
진전으로 '바젤 I' 협약의 한계가 드러나자 2004년에 '바젤 II' 협약이 도입되
었다.

바젤위원회가 국제 금융 현실에 맞춰 바젤 기준을 개정하고 있는 것은 맞
다. 그러나 바젤위원회가 바젤 기준을 개정하는 것과 형식적인 구속을 받지
않는 국가까지 자발적으로 바젤 기준을 따르는 ㉠(말랑말랑한 법의 모습)은
서로 관련이 없다.

② 바젤위원회가 가입 회원이 없는 국가에 바젤 기준을 준수하도록
요청한다.

근거: **6** [30](바젤위원회가 제정한 은행 감독 기준의) 헌장에서는 회원들에게
바젤 기준을 자국에 도입할 의무를 부과한다.

바젤위원회는 가입 회원이 없는 국가가 아니라 가입 회원들에게 바젤 기준을
자국에 도입할 의무를 부과한다. 또한 바젤위원회가 기준 준수를 요청하는
것은 비회원 국가가 자발적으로 바젤 기준을 따르는 ㉠과 관련이 없다.

③ 바젤위원회 회원의 국가가 준수 의무가 있는 바젤 기준을 실제
로는 지키지 않는다.

근거: **6** [30](바젤위원회가 제정한 은행 감독 기준의) 헌장에서는 회원들에게
바젤 기준을 자국에 도입할 의무를 부과한다. [31]하지만 바젤위원회가 초국
가적 감독 권한이 없으며 그의 결정도 법적 구속력이 없다는 것 또한 밝히
고 있다. [32]바젤 기준은 100개가 넘는 국가가 채택하여 따른다. [33]이는 국제
기구의 결정에 형식적으로 구속을 받지 않는 국가에서까지 자발적으로 받
아들여 시행하고 있다는 것

㉠은 비회원 국가가 자발적으로 법적 구속력이 없는 의무를 따르는 현상과
관련된다.

④ 바젤위원회 회원의 국가가 강제성이 없는 바젤 기준에 대하여 준수 의무를 이행한다.

근거: **1** [3]국제결제은행 산하의 바젤위원회가 결정한 BIS 비율 규제와 같은 것들이 비회원의 국가에서도 엄격히 준수되는 모습을 종종 보게 된다. + **6** [33]이(바젤 기준을 100개가 넘는 국가가 채택하여 따르는 것)는 국제기구의 결정에 형식적으로 구속을 받지 않는 국가에서까지 (바젤 기준을) 자발적으로 받아들여 시행하고 있다는 것

㉠은 형식적 구속을 받지 않는 비회원 국가가 자발적으로 국가기구의 결정을 받아들이고 시행하는 현상과 관련된다.

✎ 모두의 질문
· 5-④번

Q: ㉠(말랑말랑한 법의 모습)은 강제성이 없는 바젤 기준을 자발적으로 준수하는 것과 관련된 것이니까 ④번도 적절한 것 아닌가요?

A: 6문단에서는 말랑말랑한 법이라는 개념을 제공하면서, 이것이 국제기구의 결정에 '형식적으로 구속을 받지 않는 국가'에서까지 자발적으로 받아들여지고 있는 상황을 나타낸다는 점을 설명하고 있다. 따라서 말랑말랑한 법의 모습이 '강제성이 없는 바젤 기준을 자발적으로 준수'하는 것과 관련된다고 볼 수 있지만, 이때 자발적으로 바젤 기준을 지키는 주체는 바젤 기준의 형식적인 구속을 받는 '바젤위원회 회원의 국가'가 아니라, 형식적 구속에서 자유로운 '비회원 국가'가 되는 것이 가장 적절하다.

---

6. 문맥상 ⓐ~ⓔ와 바꿔 쓰기에 적절하지 <u>않은</u> 것은?

✅ 정답풀이

③ ⓒ: 바젤위원회에 가입하지

> 근거: **5** [28]재무 건전성을 의심받는 은행은 국제 금융 시장에 자리를 잡지 못하거나, 심하면 아예 ⓒ발을 들이지 못할 수도 있다.
> ⓒ에서 재무 건전성을 의심받음으로써 '발을 들이지' 못하게 될 수도 있는 대상은 바젤위원회가 아니라 국제 금융 시장이다.

❌ 오답풀이

① ⓐ: 반영하여 산출하도록

근거: **3** [15]BIS 비율의 위험가중자산은 신용 위험에 대한 위험 가중치에 자산의 유형과 신용도를 모두 ⓐ고려하도록 수정되었다.
ⓐ에서 '고려하도록' 한다는 것은 신용 위험에 대한 위험 가중치에 자산의 유형과 신용도를 모두 반영하여 BIS 비율의 위험가중자산을 산출하도록 한다는 것을 의미한다.

② ⓑ: 8%가 넘도록

근거: **2** [8]바젤위원회에서는 BIS 비율이 적어도 규제 비율인 8%는 되어야 한다는 기준을 제시하였다. + **3** [20]감독 기관은 필요시 위험가중자산에 대한 자기자본의 최저 비율이 ⓑ규제 비율을 초과하도록 자국 은행에 요구할 수 있게 함으로써
바젤위원회에서 제시한 규제 비율은 8%이므로, ⓑ에서 '규제 비율을 초과'한다는 것은 곧 자기자본의 최저 비율이 8%를 넘도록 한다는 것을 의미한다.

④ ⓓ: 권고적 효력이 있을 뿐이라는

근거: **1** [2]반면에 경제 관련 국제기구에서 어떤 결정을 하였을 경우, 이 결정 사항 자체는 권고적 효력만 있을 뿐 법적 구속력은 없는 것이 일반적이다. + **6** [31]바젤위원회가 초국가적 감독 권한이 없으며 그의 결정도 ⓓ법적 구속력이 없다는 것 또한 밝히고 있다.
ⓓ에서 바젤위원회와 같은 경제 관련 국제기구의 결정에 '법적 구속력이 없다'는 것은 곧 그 결정 사항 자체에는 권고적 효력만 있을 뿐이라는 것을 의미한다.

⑤ ⓔ: 조약이나 국제 관습법이 될지

근거: **6** [34]조약이나 국제 관습법은 그(말랑말랑한 법)에 대비하여 딱딱한 법(hard law)이라 부르게 된다. [35]바젤 기준도 장래에 ⓔ딱딱하게 응고될지 모른다.
ⓔ에서 말랑말랑한 법의 사례로 제시된 바젤 기준이 '딱딱하게 응고'될지 모른다는 것은, 바젤 기준도 장래에는 딱딱한 법, 즉 조약이나 국제 관습법이 될 가능성이 있음을 의미한다.

[1~5] 다음 글을 읽고 물음에 답하시오.

✏️ 사고의 흐름

1 ¹물건을 사용하고 있는 사람이 그 물건의 주인일까? ²점유란 물건에 대한 사실상의 지배 상태를 뜻한다. ³이에 비해 소유란 어떤 물건을 사용·수익·처분할 수 있는 권리를 가진 상태라고 정의된다. ⁴따라서 점유자와 소유자가 항상 일치하지는 않는다. '점유'와 '소유'라는 개념에 대한 정보를 먼저 제시했네! 이어지는 지문의 내용을 이해하기 위해 꼭 알아 두어야 할 사전 정보니까, 두 개념의 뜻을 정확하게 구분해서 파악해 두자!

[A]
2 ⁵물건을 빌려 쓰거나 보관하고 있는 것을 포함하여 물건을 물리적으로 지배하는 상태를 직접점유라고 한다. ⁶이에 비해 어떤 물건을 빌려 쓰거나 보관하는 사람에게 그 물건의 반환을 청구할 수 있는 권리를 가진 사람도 사실상의 지배를 한다고 볼 수 있다. ⁷이와 같이 반환청구권을 가진 상태를 간접점유라고 한다. ⁸직접점유와 간접점유는 모두 점유에 해당한다. ⁹점유는 소유자를 공시하는 기능도 수행한다. ¹⁰공시란 물건에 대해 누가 어떤 권리를 가지고 있는지를 알려 주는 것이다. ¹¹물건 중에서 피아노, 금반지, 가방 등과 같은 대부분의 동산*은 점유에 의해 소유권이 공시된다. '점유'의 유형(직접점유, 간접점유)과 기능(소유자를 공시)에 대해 설명하고 있네! 문단 전체가 [A]로 표시되었으니 그 내용에 대한 문제가 출제될 가능성이 크겠지? / 많은 개념들이 쏟아지고 있어. 시간이 조금 걸리더라도 개념들을 구분하여 꼼꼼하게 정리하고 넘어가자!

'점유개정'과 '반환청구권 양도'에 대해 자세히 설명해 주려나 봐! 집중하자!

3 ¹²물건의 소유권이 양도되려면, 소유자가 양도인*이 되어 양수인*과 유효한 양도 계약을 하고 이에 더하여 소유권 양도를 공시해야 한다. 소유권 양도가 이루어지려면 ① 양도인과 양수인 사이의 유효한 양도 계약 ② 소유권 양도 공시라는 두 가지 조건이 모두 충족되어야 하는군! ¹³㉠점유로 소유권이 공시되는 동산의 소유권 양도는 점유를 넘겨주는 점유 인도로 공시된다. ¹⁴양수인이 간접점유를 하여 소유권 이전이 공시되는 경우로서 '점유개정'과 '반환청구권 양도'가 있다. ¹⁵예를 들어 A가 B에게 피아노의 소유권을 양도하기로 계약하되 사흘간 빌려 쓰는 것으로 합의한 경우, B는 A에게 피아노를 사흘 후 돌려 달라고 요구할 수 있는 반환청구권을 가지게 된다. ¹⁶이처럼 양도인이 직접점유를 유지하지만, 양수인에게 점유 인도가 이루어진 것으로 간주되는 경우를 점유개정이라고 한다. ¹⁷한편 C가 자신이 소유한 가방을 D에게 맡겨 두어 이에 대한 반환청구권을 가지게 되었는데, 이 가방의 소유권을 E에게 양도하는 계약을 체결하였다고 하자. ¹⁸이때 C가 D에게 통지하여 가방 주인이 바뀌었으니 가방을 E에게 반환하라고 알려 주면 D가 보관 중인 가방에 대한 반환청구권은 C로부터 E에게로 넘어간다. ¹⁹이 경우를 반환청구권 양도라고 한다. 양수인이 ① 점유로 소유권이 공시되는 동산을 ② 간접점유하여 ③ 소유권 이전이 공시되는 경우('점유개정'과 '반환청구권 양도')에 점유 인도가 어떤 식으로 이루어지는지 정리해 보자!

	양도인(기존 소유자)	양수인
점유개정	직접점유 유지 (소유권만 양도)	간접점유 (반환청구권 획득)
반환청구권 양도	간접점유하던 물건의 반환청구권 양도(+직접점유자에게 통보)	간접점유 (반환청구권 획득)

4 ²⁰양도인이 소유자가 아니더라도 양수인이 점유 인도를 받으면 소유권을 취득할 수 있을까? 양도인이 소유자가 아닌 경우와 관련된 문제 상황이 제시되었네! ²¹점유로 공시되는 동산의 경우 양수인이 충분히 주의를 했는데도 양도인이 소유자가 아님을 알지 못한 채 양도인과 유효한 계약을 하고, 점유 인도로 공시를 했다면 양수인은 소유권을 취득한다. ²²이것을 '선의취득'이라 한다. 양도인이 소유자가 아니더라도 ① 양수인이 충분히 주의하며 소유자를 확인했고 ② 유효한 계약이며 ③ 점유 인도로 소유권 이전 공시를 했다는 조건을 충족하면 '선의취득'을 통해 소유권을 얻을 수 있구나! ²³다만 간접점유에 의한 인도 방법 중 점유개정으로는 선의취득을 하지 못한다. 예외적 상황이 간단히 제시되었네! 이러한 정보는 문제로 출제될 수 있으니 잘 기억해 둬야겠어! ²⁴선의취득으로 양수인이 소유권을 취득하면 원래 소유자는 원하지 않아도 소유권을 상실하게 된다.

선의취득이 이루어지면 원래 소유자는 권리를 잃게 되는군!

5 ²⁵반면에 국가가 관리하는 공적 기록인 등기·등록으로 공시되어야 하는 물건은 아예 선의취득 대상이 아니다. ²⁶㉡법률이 등록 대상으로 규정한 자동차, 항공기 등의 동산은 등록으로 공시되는 물건이고, ㉢토지·건물과 같은 부동산*은 등기로 공시되는 물건이다. ²⁷이러한 고가의 재산에 대해 선의취득을 허용하게 되면 원래 소유자의 의사에 반하는 소유권 박탈이 ⓐ일어나게 된다. ²⁸이것은 거래 안전에만 치중하고 원래 소유자의 권리 보호를 경시*한 것이 되어 바람직하지 않다고 볼 수 있다. ㉡, ㉢과 같은 고가의 재산에 대해서는 소유자의 권리를 보호하기 위해 선의취득을 허용하지 않는구나! ㉠과 비교해서 정리해 두자!

앞서 언급된 '선의취득'이 적용되지 않는 경우에 대해서 설명하겠군!

소유권 공시 방식	㉠	㉡	㉢
	점유	등록	등기
선의취득 가능 여부	O	X	
중시하는 것	거래 안전	소비자의 권리 보호	

이것만은 챙기자

- *동산: 형상, 성질 따위를 바꾸지 아니하고 옮길 수 있는 재산.
- *양도인: 권리, 재산, 법률에서의 지위 따위를 남에게 넘겨주는 사람.
- *양수인: 타인의 권리, 재산, 법률에서의 지위 따위를 넘겨받는 사람.
- *부동산: 움직여 옮길 수 없는 재산.
- *경시: 대수롭지 않게 보거나 업신여김.

만점 선배의 구조도 예시

>> 각 문단을 요약하고 지문을 **세 부분**으로 나누어 보세요.

1 점유란 물건에 대한 사실상의 지배 상태, 소유란 물건을 사용·수익·처분할 수 있는 권리를 가진 상태로 점유자와 소유자가 항상 일치하지는 않는다.
2 물건을 물리적으로 지배하는 상태를 직접점유, 반환청구권을 가진 상태를 간접점유라고 하며, 점유는 소유자를 공시하는 기능도 한다.
3 소유권이 양도되려면 유효한 양도 계약과 소유권 양도 공시를 해야 하고, 점유로 소유권이 공시되는 동산의 소유권 양도는 점유 인도로 공시되는데 양수인이 간접점유를 하여 소유권 이전이 공시되는 경우로 점유개정과 반환청구권 양도가 있다.
4 양도인이 소유자가 아니더라도 특정 조건을 충족하면 양수인이 소유권을 취득하는 것을 선의취득이라 하는데, 점유개정으로는 선의취득을 하지 못한다.
5 소유자의 권리 보호를 위해 등기·등록으로 공시되는 물건은 선의취득을 허용하지 않는다.

첫 번째
1[1]~**1**[4]

두 번째
2[5]~**3**[19]

세 번째
4[20]~**5**[28]

| 세부 정보 파악 | 정답률 **59**

1. 윗글을 이해한 내용으로 적절하지 <u>않은</u> 것은?

✅ **정답풀이**

⑤ 가방의 소유권을 양도하는 유효한 계약을 체결하면 공시 방법이 갖춰지지 않아도 소유권은 이전된다.

> 근거: **3** [12]물건의 소유권이 양도되려면, 소유자가 양도인이 되어 양수인과 유효한 양도 계약을 하고 이에 더하여 소유권 양도를 공시해야 한다.
> 가방의 소유권은 유효한 양도 계약과 소유권 양도의 공시가 모두 이루어져야 이전될 수 있다.

❌ **오답풀이**

① 가방을 사용하고 있는 사람은 그 가방의 점유자이다.
근거: **1** [2]점유란 물건에 대한 사실상의 지배 상태를 뜻한다. + **2** [5]물건을 빌려 쓰거나 보관하고 있는 것을 포함하여 물건을 물리적으로 지배하는 상태를 직접점유라고 한다.
가방을 사용하고 있는 사람은 그 가방을 물리적으로 지배하고 있는 것이므로 직접점유자이다.

② 가방을 점유하고 있더라도 그 가방의 소유자가 아닐 수 있다.
근거: **1** [2]점유란 물건에 대한 사실상의 지배 상태를 뜻한다. [3]이에 비해 소유란 어떤 물건을 사용·수익·처분할 수 있는 권리를 가진 상태라고 정의된다. [4]따라서 점유자와 소유자가 항상 일치하지는 않는다.

③ 가방의 소유권이 유효한 계약으로 이전되려면 점유 인도가 있어야 한다.
근거: **2** [11]물건 중에서 피아노, 금반지, 가방 등과 같은 대부분의 동산은 점유에 의해 소유권이 공시된다. + **3** [12]물건의 소유권이 양도되려면, 소유자가 양도인이 되어 양수인과 유효한 양도 계약을 하고 이에 더하여 소유권 양도를 공시해야 한다. [13]점유로 소유권이 공시되는 동산의 소유권 양도는 점유를 넘겨주는 점유 인도로 공시된다.
가방은 점유로 소유권이 공시되는 동산에 해당되므로, 그 소유권이 유효한 양도 계약으로 이전되려면 점유 인도로 공시되어야 한다.

④ 가방에 대해 누가 소유권을 가지고 있는지를 알게 해 주는 방법은 점유이다.
근거: **2** [10]공시란 물건에 대해 누가 어떤 권리를 가지고 있는지를 알려 주는 것이다. [11]물건 중에서 피아노, 금반지, 가방 등과 같은 대부분의 동산은 점유에 의해 소유권이 공시된다.

2. [A]에 대한 이해로 가장 적절한 것은?

⊗ 정답풀이

⑤ 유효한 양도 계약으로 피아노의 소유자가 되려면 피아노에 대해 직접점유나 간접점유 중 하나를 갖춰야 한다.

> 근거: 2 [8]직접점유와 간접점유는 모두 점유에 해당한다. [10]공시란 물건에 대해 누가 어떤 권리를 가지고 있는지를 알려 주는 것이다. [11]물건 중에서 피아노, 금반지, 가방 등과 같은 대부분의 동산은 점유에 의해 소유권이 공시된다. + 3 [12]물건의 소유권이 양도되려면, 소유자가 양도인이 되어 양수인과 유효한 양도 계약을 하고 이에 더하여 소유권 양도를 공시해야 한다.
> 피아노는 점유에 의해 소유권이 공시되는 동산이므로, 유효한 양도 계약으로 소유권을 양도받으려면 점유에 속하는 직접점유나 간접점유 중 하나를 갖추어야 한다.

⊗ 오답풀이

① 물리적 지배를 해야 동산의 간접점유자가 될 수 있다.

> 근거: 2 [5]물건을 빌려 쓰거나 보관하고 있는 것을 포함하여 물건을 물리적으로 지배하는 상태를 직접점유라고 한다. [6]이에 비해 어떤 물건을 빌려 쓰거나 보관하는 사람에게 그 물건의 반환을 청구할 수 있는 권리를 가진 사람도 사실상의 지배를 한다고 볼 수 있다. [7]이와 같이 반환청구권을 가진 상태를 간접점유라고 한다.
> 동산을 물리적으로 지배하면 직접점유자가 된다. 간접점유자는 물건에 대한 물리적 지배를 하고 있지는 않지만 물건을 빌려 쓰거나 보관하는 사람에 대한 반환청구권을 가진 점유자를 의미한다.

② 간접점유는 피아노 소유권에 대한 공시 방법이 아니다.

> 근거: 2 [8]직접점유와 간접점유는 모두 점유에 해당한다. [11]물건 중에서 피아노, 금반지, 가방 등과 같은 대부분의 동산은 점유에 의해 소유권이 공시된다.
> 간접점유 역시 점유에 해당되므로, 간접점유를 통해서도 피아노 소유권을 공시할 수 있다.

③ 하나의 동산에 직접점유자가 있으려면 간접점유자도 있어야 한다.

> 근거: 2 [5]물건을 빌려 쓰거나 보관하고 있는 것을 포함하여 물건을 물리적으로 지배하는 상태를 직접점유라고 한다. [6]이에 비해 어떤 물건을 빌려 쓰거나 보관하는 사람에게 그 물건의 반환을 청구할 수 있는 권리를 가진 사람도 사실상의 지배를 한다고 볼 수 있다. [7]이와 같이 반환청구권을 가진 상태를 간접점유라고 한다.
> 하나의 동산에 대해 한 인물이 소유권을 가지면서 직접점유(물리적으로 지배)를 할 수 있으므로, 하나의 동산에 직접점유자가 있기 위해 간접점유자도 존재해야 하는 것은 아니다.

④ 피아노의 직접점유자가 있으면 그 피아노의 간접점유자는 소유자가 아니다.

> 근거: 1 [2]점유란 물건에 대한 사실상의 지배 상태를 뜻한다. [3]이에 비해 소유란 어떤 물건을 사용·수익·처분할 수 있는 권리를 가진 상태라고 정의된다. + 2 [5]물건을 빌려 쓰거나 보관하고 있는 것을 포함하여 물건을 물리적으로 지배하는 상태를 직접점유라고 한다. [6]이에 비해 어떤 물건을 빌려 쓰거나 보관하는 사람에게 그 물건의 반환을 청구할 수 있는 권리를 가진 사람도 사실상의 지배를 한다고 볼 수 있다. [7]이와 같이 반환청구권을 가진 상태를 간접점유라고 한다. [11]물건 중에서 피아노, 금반지, 가방 등과 같은 대부분의 동산은 점유에 의해 소유권이 공시된다.
> 직접점유자는 피아노를 물리적으로 지배하는 점유 상태에 있는 인물이며, 간접점유자는 피아노의 반환을 청구할 '권리'를 행사할 수 있는 사실상의 지배자이다. 하나의 피아노에 직접점유자와 간접점유자가 모두 존재하는 경우 간접점유자는 피아노를 물리적으로 지배하지 않더라도 피아노의 사용·수익·처분에 대한 실질적인 권리를 보유한 상태에 있는 인물, 즉 소유자에 해당된다고 볼 수 있다.

3. ㉠~㉢을 비교한 내용으로 가장 적절한 것은?

> ㉠: 점유로 소유권이 공시되는 동산
> ㉡: 법률이 등록 대상으로 규정한 자동차, 항공기 등의 동산
> ㉢: 토지·건물과 같은 부동산

✔ 정답풀이

② ㉡은 ㉠과 달리, 원래 소유자의 권리 보호가 거래 안전보다 중시되는 대상이다.

근거: ❹ ²¹점유로 공시되는 동산(㉠)의 경우 양수인이 충분히 주의를 했는데도 양도인이 소유자가 아님을 알지 못한 채 양도인과 유효한 계약을 하고, 점유 인도로 공시를 했다면 양수인은 소유권을 취득한다. + ❺ ²⁵반면에 국가가 관리하는 공적 기록인 등기·등록으로 공시되어야 하는 물건(㉡)은 아예 선의취득 대상이 아니다. ²⁷이러한 고가의 재산에 대해 선의취득을 허용하게 되면 원래 소유자의 의사에 반하는 소유권 박탈이 일어나게 된다. ²⁸이것은 거래 안전에만 치중하고 원래 소유자의 권리 보호를 경시한 것이 되어 바람직하지 않다고 볼 수 있다.
㉠은 물건의 진짜 소유자의 권리보다는 양도인과 양수인 간의 거래 안전을 중시하기에 선의취득을 허용하는 대상인 반면, ㉡은 원래 소유자의 권리를 보호하기 위해 선의취득 자체를 허용하지 않는 대상이다.

✘ 오답풀이

① ㉠은 ㉢과 달리, 국가가 관리하는 공적 기록에 의해 소유권 양도가 공시될 수 있다.
근거: ❺ ²⁵반면에 국가가 관리하는 공적 기록인 등기·등록으로 공시되어야 하는 물건은 아예 선의취득 대상이 아니다. ²⁶법률이 등록 대상으로 규정한 자동차, 항공기 등의 동산은 등록으로 공시되는 물건이고, 토지·건물과 같은 부동산(㉢)은 등기로 공시되는 물건이다.
점유로 공시되는 ㉠과 달리 ㉢은 국가과 관리하는 공적 기록인 등기로 공시된다. 따라서 국가가 관리하는 공적 기록에 의해 소유권 양도가 공시될 수 있는 대상은 ㉠이 아닌 ㉢이다.

③ ㉢은 ㉠과 달리, 물리적 지배의 대상이 아니므로 점유로 공시될 수 없다.
근거: ❹ ²¹점유로 공시되는 동산(㉠)의 경우 양수인이 충분히 주의를 했는데도 양도인이 소유자가 아님을 알지 못한 채 양도인과 유효한 계약을 하고, 점유 인도로 공시를 했다면 양수인은 소유권을 취득한다. ²²이것을 '선의취득'이라 한다. + ❺ ²⁶법률이 등록 대상으로 규정한 자동차, 항공기 등의 동산은 등록으로 공시되는 물건이고, 토지·건물과 같은 부동산(㉢)은 등기로 공시되는 물건이다. ²⁷이러한 고가의 재산에 대해 선의취득을 허용하게 되면 원래 소유자의 의사에 반하는 소유권 박탈이 일어나게 된다.
㉢이 점유로 공시되지 않는 것은 고가의 재산에 대해 소유자의 의사와는 무관하게 소유권 박탈이 일어날 수 있는 선의취득을 방지하기 위함이지, '물리적 지배의 대상이 아니'기 때문인 것은 아니다.

④ ㉠과 ㉡은 모두 양도인이 소유자가 아니더라도 소유권 이전이 가능하다.
근거: ❹ ²¹점유로 공시되는 동산(㉠)의 경우 양수인이 충분히 주의를 했는데도 양도인이 소유자가 아님을 알지 못한 채 양도인과 유효한 계약을 하고, 점유 인도로 공시를 했다면 양수인은 소유권을 취득한다. ²²이것을 '선의취득'이라 한다. + ❺ ²⁵반면에 국가가 관리하는 공적 기록인 등기·등록으로 공시되어야 하는 물건(㉡)은 아예 선의취득 대상이 아니다.
㉠의 경우 양수인이 주의를 기울였지만 양도인이 소유자가 아님을 알지 못한 채 양도인과 유효한 계약을 하고, 점유 인도로 공시를 했다면 선의취득이 가능하다. 하지만 ㉡은 선의취득의 대상이 아니므로 양도인이 소유자가 아니라면 원래 소유자의 의사에 반하는 소유권 이전이 이루어질 수 없는 대상이다. 즉 양도인이 소유자가 아닐 경우 ㉡은 ㉠과 달리 소유권 이전이 불가능하다.

⑤ ㉠과 ㉢은 모두 점유개정으로 소유권 양도가 공시될 수 있다.
근거: ❸ ¹³점유로 소유권이 공시되는 동산(㉠)의 소유권 양도는 점유를 넘겨주는 점유 인도로 공시된다. ¹⁴양수인이 간접점유를 하여 소유권 이전이 공시되는 경우로서 '점유개정'과 '반환청구권 양도'가 있다. + ❺ ²⁶법률이 등록 대상으로 규정한 자동차, 항공기 등의 동산은 등록으로 공시되는 물건이고, 토지·건물과 같은 부동산(㉢)은 등기로 공시되는 물건이다.
㉠은 점유 인도로 소유권 양도가 가능하며, 점유 인도에는 '점유개정'이 포함되어 있다. 하지만 ㉢은 점유 인도(점유개정, 반환청구권 양도)가 아닌 등기를 통해 소유권 양도가 공시되어야 하는 물건이다.

🖋 모두의 질문
• 3-③번

Q: ㉢은 ㉠과 다르게 물리적 지배의 대상이 아니지 않나요?

A: ㉢의 예시로 제시된 토지나 건물과 같은 부동산은 ㉠의 예시로 제시된 피아노, 금반지, 가방 등의 '동산'과 다르게 물리적으로 이동시킬 수 없다는 점에서 차이가 있다. 그러나 우선 5문단에서 이러한 ㉢에 대해 등기로 공시되는 '물건(일정한 형태를 갖춘 모든 물질적 대상)'이라고 하였으므로, ㉢이 물리적 지배의 대상이 아니라고 보기는 어렵다. 그리고 2문단에서 '물건을 빌려 쓰거나 보관하고 있는 것을 포함하여 물건을 물리적으로 지배하는 상태를 직접점유'라고 하였는데, ㉢은 물리적 지배의 대상이 된다고 볼 수 있는 '물건'에 해당될 뿐 아니라, 토지나 건물은 일상적으로 '빌려 쓰'거나 '사용'하는 것이 가능한 대상이므로 이러한 측면에서도 물리적 지배의 대상이 아니라고 보기 어렵다. 이러한 ㉢의 특성을 파악하기 어렵다고 하더라도, 윗글에서 ㉢이 '물리적 지배의 대상이 아니'기에 '점유로 공시될 수 없'다고 언급한 부분은 찾아볼 수 없다. 즉 그렇게 볼 근거가 없다는 측면에서도 해당 선지는 적절하지 않다고 판단할 수 있다.

4. 윗글을 바탕으로 할 때, 〈보기〉를 이해한 내용으로 적절하지 않은 것은? [3점]

〈보기〉

[1]갑과 을은, 갑이 끼고 있었던 금반지의 소유권을 을에게 양도하기로 하는 유효한 계약을 했다. [2]갑과 을은, 갑이 이 금반지를 보관하다가 을이 요구할 때 넘겨주기로 합의했다. (갑 → 을, 점유개정을 통한 점유 인도) [3]을은 소유권 양도 계약을 할 때 양도인이 소유자라고 믿었고 양도인이 소유자인지 확인하기 위해 충분히 주의했다. (그러나 점유개정을 통해서는 갑이 소유자가 아닌 경우 을은 소유권의 선의취득 불가) [4]을은 일주일 후 병과 유효한 소유권 양도 계약을 했고, 갑에게 통지하여 사흘 후 병에게 금반지를 넘겨주라고 알려 주었다. (을 → 병, 반환청구권 양도를 통한 점유 인도)

정답풀이

③ 갑이 금반지 소유자가 아니었더라도, 병은 을로부터 을이 가진 소유권을 양도받아 취득한다.

근거: 3 [16]양도인이 직접점유를 유지하지만, 양수인에게 점유 인도가 이루어진 것으로 간주되는 경우를 점유개정이라고 한다. + 4 [21]점유로 공시되는 동산의 경우 양수인이 충분히 주의를 했는데도 양도인이 소유자가 아님을 알지 못한 채 양도인과 유효한 계약을 하고, 점유 인도로 공시를 했다면 양수인은 소유권을 취득한다. [22]이것을 '선의취득'이라 한다. [23]다만 간접점유에 의한 인도 방법 중 점유개정으로는 선의취득을 하지 못한다. + 〈보기〉 [2]갑과 을은, 갑이 이 금반지를 보관하다가 을이 요구할 때 넘겨주기로 합의했다.

갑은 을에게 소유권을 양도하되, 보관은 갑이 하는 점유개정의 방식으로 점유 인도를 하였다. 이때 점유개정은 선의취득을 할 수 있는 대상이 아니므로, 갑이 금반지의 소유자가 아니었다면 을은 금반지에 대한 소유권을 취득할 수 없다. 따라서 병이 '을이 가진 소유권'을 양도받아 취득하는 것 역시 불가능하다.

오답풀이

① 갑이 금반지 소유자였다면, 병이 금반지의 물리적 지배를 넘겨 받지 않았으나 병은 소유권을 취득한다.

근거: 3 [18]이때(가방의 소유인인 C가 E에게 소유권을 양도하는 계약을 체결하였을 때) C가 D에게 통지하여 가방 주인이 바뀌었으니 가방을 E에게 반환하라고 알려 주면 D가 보관 중인 가방에 대한 반환청구권은 C로부터 E에게 넘어간다. [19]이 경우를 반환청구권 양도라고 한다. + 〈보기〉 [4]을은 일주일 후 병과 유효한 소유권 양도 계약을 했고, 갑에게 통지하여 사흘 후 병에게 금반지를 넘겨주라고 알려 주었다.

갑이 금반지 소유자였다면 갑과 을, 을과 병 사이의 점유 인도가 정상적으로 이루어졌을 것이다. 즉 갑과 을 사이의 점유개정을 통해 을에게 넘어간 금반지의 소유권이 을과 병 사이의 반환청구권 양도를 통해 다시 병에게 넘어가게 된다. 따라서 이 경우 금반지의 물리적 지배는 갑이 하고 있더라도 금반지의 실질적 소유권은 최종적으로 병이 취득하게 된다.

② 갑이 금반지 소유자였다면, 을은 갑으로부터 물리적 지배를 넘겨 받지 않았으나 점유 인도를 받은 것으로 간주된다.

근거: 3 [15]예를 들어 A가 B에게 피아노의 소유권을 양도하기로 계약하되 사흘간 빌려 쓰는 것으로 합의한 경우, B는 A에게 피아노를 사흘 후 돌려 달라고 요구할 수 있는 반환청구권을 가지게 된다. [16]양도인이 직접점유를 유지하지만, 양수인에게 점유 인도가 이루어진 것으로 간주되는 경우를 점 유개정이라고 한다. + 〈보기〉 [2]갑과 을은, 갑이 이 금반지를 보관하다가 을 이 요구할 때 넘겨주기로 합의했다.

갑이 금반지 소유자였다면 갑과 을 사이의 점유 인도가 정상적으로 이루어 졌을 것이다. 〈보기〉에 따르면 갑은 금반지에 대한 물리적 지배 상태인 직접 점유를 유지하지만, 을은 금반지의 반환청구권을 가지게 되었으므로 점유 인도를 받게 된 것으로 간주할 수 있다.

④ 갑이 금반지 소유자가 아니었더라도, 을은 반환청구권 양도로 병에게 점유 인도를 한 것으로 간주된다.

근거: 2 [7]반환청구권을 가진 상태를 간접점유라고 한다. + 3 [12]물건의 소 유권이 양도되려면, 소유자가 양도인이 되어 양수인과 유효한 양도 계약을 하고 이에 더하여 소유권 양도를 공시해야 한다.~[14]양수인이 간접점유를 하여 소유권 이전이 공시되는 경우로서 '점유개정'과 '반환청구권 양도'가 있다.~[18]이때(가방의 소유인인 C가 E에게 소유권을 양도하는 계약을 체결 하였을 때) C가 D에게 통지하여 가방 주인이 바뀌었으니 가방을 E에게 반 환하라고 알려 주면 D가 보관 중인 가방에 대한 반환청구권은 C로부터 E에 게로 넘어간다. [19]이 경우를 반환청구권 양도라고 한다. + 4 [20]양도인이 소 유자가 아니더라도 양수인이 점유 인도를 받으면 소유권을 취득할 수 있을 까? [21]점유로 공시되는 동산의 경우 양수인이 충분히 주의를 했는데도 양도 인이 소유자가 아님을 알지 못한 채 양도인과 유효한 계약을 하고, 점유 인 도로 공시를 했다면 양수인은 소유권을 취득한다. + 〈보기〉 [4]을은 일주일 후 병과 유효한 소유권 양도 계약을 했고, 갑에게 통지하여 사흘 후 병에게 금반지를 넘겨주라고 알려 주었다.

갑이 금반지 소유자가 아니었고, 을이 최종적으로는 소유권을 취득하지 못 하게 된다고 하더라도, 을은 갑과의 거래를 통해 반환청구권을 보유한 간접 점유의 상태에 있었기 때문에 소유자 여부와 관계없이 유효한 계약을 거치 고 점유 인도로 공시를 했다면 병에게 반환청구권을 양도할 수 있다. 〈보기〉에 서 을은 유효한 양도 계약을 거쳐 병에게 반환청구권을 양도하였으므로, 반 환청구권 양도로 병에게 점유 인도를 한 것으로 간주할 수 있다.

⑤ 갑이 금반지 소유자가 아니었더라도, 병이 계약할 때 양도인이 소유자라고 믿었고 양도인이 소유자인지 확인하기 위해 충분히 주의했다면, 병은 소유권을 취득한다.

근거: 3 [18]C가 D에게 통지하여 가방 주인이 바뀌었으니 가방을 E에게 반 환하라고 알려 주면 D가 보관 중인 가방에 대한 반환청구권은 C로부터 E에 게로 넘어간다. [19]이 경우를 반환청구권 양도라고 한다. + 4 [21]점유로 공시 되는 동산의 경우 양수인이 충분히 주의를 했는데도 양도인이 소유자가 아 님을 알지 못한 채 양도인과 유효한 계약을 하고, 점유 인도로 공시를 했다 면 양수인은 소유권을 취득한다.~[23]다만 간접점유에 의한 인도 방법 중 점 유개정으로는 선의취득을 하지 못한다. + 〈보기〉 [4]을은 일주일 후 병과 유 효한 소유권 양도 계약을 했고, 갑에게 통지하여 사흘 후 병에게 금반지를 넘겨주라고 알려 주었다.

병은 간접점유에 의한 인도 방법 중 '반환청구권 양도'를 통해 을로부터 점유 인도를 받았다. 따라서 갑이 금반지 소유자가 아니었고, 그에 따라 병에게 반환청구권을 양도한 을에게 소유권이 없었다고 하더라도, 병과 을의 계약 시에 양도인(을)이 소유자라고 믿었고 을이 정말 소유자인지 확인하기 위해 충분히 주의하였다면 병은 소유권의 선의취득을 할 수 있다.

• 4-③, ④, ⑤번

5. 문맥상 의미가 ⓐ와 가장 가까운 것은?

학생들이 정답 선지 다음으로 많이 고른 선지가 ④번과 ⑤번이다. 지문은 그 자체의 길이는 길지 않지만, 길지 않은 분량 속에 '소유' 및 '점유'와 관련된 개념들의 설명이 복잡하게 얽히며 압축적으로 제시되고 있어 그 내용을 정확하게 독해하는 데 어려움이 따랐을 것으로 예상된다. 특히 '소유권의 양도'가 이루어지기 위해 필요한 '점유 인도'에 대해 파악하기 위해서는 앞서 제시된 개념들의 정의를 정확하게 알아야 했을 뿐 아니라, '양도인'과 '양수인'의 상태와 관계, '점유 인도'가 이루어지기 위한 조건, 양도인이 소유자가 아닌 예외적 상황 등에 대한 복합적인 이해가 필요했다. 해당 문제의 경우, '점유 인도'와 관련된 내용을 〈보기〉에 적용해 보는 것 자체는 크게 어렵지 않았더라도, '양도인이 소유자가 아닌 경우'와 관련하여 추론적으로 사고해야 하는 ③번, ④번, ⑤번의 진위 여부를 판단하는 데 심층적인 사고가 요구되어 어려움을 겪었을 것으로 예상된다.

④번은 '갑이 금반지 소유자가 아닌' 상황에서 '을이 반환청구권 양도로 병에게 점유 인도를 한 것'으로 간주할 수 있는지에 대해 묻고 있다. 3문단에 따르면 '점유 인도'는 양수인이 '간접점유'를 하여 '소유권 이전이 공시'되는 경우에 대해 '점유개정'과 '반환청구권 양도'로 나뉘는데, 4문단에 따르면 이러한 '점유 인도'를 받았다고 하더라도 양도인이 소유자가 아닌 경우 '점유개정'을 통해서는 소유권을 취득할 수 없지만 '반환청구권 양도'를 통해서는 소유권을 취득할 수 있다. 즉 3문단에 제시된 절차에 따라 점유개정이나 반환청구권 양도가 이루어졌을 경우, 양도인이 정말로 소유자였는지의 여부나 최종적으로 양수인이 소유권을 취득하는지의 여부와 무관하게 일단 반환청구권 양도에 따른 '점유 인도'가 이루어진 것이라고 간주할 수는 있는 것이다.

⑤번은 〈보기〉의 상황에 따라 '점유 인도', 더 정확히는 점유 인도의 유형 가운데 '반환청구권 양도'가 이루어졌을 때, '갑이 금반지 소유자가 아닌' 상황에서 병이 이미 충분히 주의한 경우라면 소유권을 취득할 수 있을지에 대해 묻고 있다. 즉 ④번에서 '점유 인도'가 이루어졌다고 간주할 수 있는지 자체를 물어보았던 것과 달리, '점유 인도'가 이루어졌다고 간주할 수 있는 상황의 결과로 (양도인과 양수인의 상태를 고려했을 때) 병이 실질적인 '소유권'을 취득하게 되는지의 여부를 파악하도록 하고 있으므로 4문단에 제시된 '선의취득'의 조건에 따라 병은 소유권을 취득할 수 있다고 판단할 수 있다.

한편 정답인 ③번에서는 '갑이 금반지 소유자가 아닌' 상황에서 갑과 을 사이에는 '점유개정'이, 을과 병 사이에는 '반환청구권 양도'가 이루어졌을 때, 그 결과로 (1) 을이 소유권을 가지게 되었는지의 여부와 (2) 병이 이 소유권을 양도받아 취득하였는지의 여부를 모두 판단하도록 하고 있다. 그런데 4문단에서 어떠한 경우에도 '점유개정'을 통해서는 양도인이 소유자가 아닐 시 '선의취득'이 이루어질 수 없다고 하였으므로, 우선 (1) 을이 소유권을 가지게 되었다는 전제부터 틀린 것이 된다. 그에 따라 (2) 병이 을의 소유권을 양도받는 상황도 이루어질 수 없으므로 ③번의 내용은 적절하지 않다.

정답률 분석

①	②	정답 ③	매력적 오답 ④	매력적 오답 ⑤
8%	15%	37%	22%	18%

◯ 정답풀이

① 작년은 우리나라에서 수많은 사건이 일어난 해였다.

> 근거: **6** [27]이러한 고가의 재산에 대해 선의취득을 허용하게 되면 원래 소유자의 의사에 반하는 소유권 박탈이 ⓐ일어나게 된다.
> ⓐ와 '일어나게 된다'의 '일어나다'는 모두 '어떤 일이 생기다.'라는 의미로 쓰였다.

✖ 오답풀이

② 청중 사이에서는 기쁨으로 인해 환호성이 일어났다.
일어나다: 소리가 나다.

③ 형님의 강한 의지력으로 집안이 다시 일어나게 되었다.
일어나다: 약하거나 희미하던 것이 성하여지다.

④ 나는 그 사람에 대해 경계심이 일어나지 않을 수 없었다.
일어나다: 어떤 마음이 생기다.

⑤ 사회는 구성원들이 부조리에 맞서 일어남으로써 발전한다.
일어나다: 몸과 마음을 모아 나서다.

2020학년도 6월 모평

경제 안정을 위한 정책

[1~5] 다음 글을 읽고 물음에 답하시오.

✏ 사고의 흐름

전통적인 견해를 제시한 경우, 이어서 이와 대비되는 '새로운 견해'가 제시될 가능성이 높아!

1 (전통적인) 통화 정책은 정책 금리를 활용하여 물가를 안정시키고 경제 안정을 도모*하는 것을 목표로 한다. [2]중앙은행은 경기가 과열되었을 때 정책 금리 인상을 통해 경기를 진정시키고자 한다. [3]정책 금리 인상으로 시장 금리도 높아지면 가계 및 기업에 대한 대출 감소로 신용 공급이 축소된다. [4]신용 공급의 축소는 경제 내 수요를 줄여 물가를 안정시키고 경기를 진정시킨다. [5]반면 경기가 침체되었을 때는 반대의 과정을 통해 경기를 부양시키고자 한다. *경제 정책의 효과와 관련된 인과 관계는 잘 정리하고 넘어가자! 하나의 인과 관계가 제시되었다면, 그것을 토대로 '반대의 과정' 역시 추론해낼 수 있어야 해!*

경기 과열 → 정책/시장 금리 ↑ → 대출 ↓ → 신용 공급 ↓ → 경기 진정
경기 침체 → 정책/시장 금리 ↓ → 대출 ↑ → 신용 공급 ↑ → 경기 부양

2 [6]금융을 통화 정책의 전달 경로로만 보는 전통적인 경제학에서는 금융감독 정책이 개별 금융 회사의 건전성 확보를 통해 금융 안정을 달성하고자 하는 ㉠미시 건전성 정책에 집중해야 한다고 보았다. [7]이러한 관점은 금융이 직접적인 생산 수단이 아니므로 단기적일 때와는 달리 장기적으로는 경제 성장에 영향을 미치지 못한다는 인식과, 자산 시장에서는 가격이 본질적 가치를 초과하여 폭등하는 버블이 존재하지 않는다는 효율적 시장 가설에 기인*한다. *'미시 건전성 정책'을 중시하는 전통적 경제학의 관점: ① 금융은 장기적으로는 경제 성장에 영향 X ② 자산 시장에는 버블 존재 X* [8]미시 건전성 정책은 개별 금융 회사의 건전성에 대한 예방적 규제 성격을 가진 정책 수단을 활용하는데, 그 예로는 향후 손실에 대비하여 금융 회사의 자기자본 하한을 설정하는 최저 자기자본 규제를 들 수 있다.

앞에서 설명한 내용을 정리해 주고 있어!

3 [9](이처럼) 전통적인 경제학에서는 금융감독 정책을 통해 금융 안정을, 통화 정책을 통해 물가 안정을 달성할 수 있다고 보는 이원적인 접근 방식이 지배적인 견해였다. *전통적 경제학의 이원적 접근: 금융감독 정책 → 금융 안정 달성 / 통화 정책 → 물가 안정 달성* [10](그러나) 글로벌 금융 위기 이후 금융 시스템이 와해*되어 경제 불안이 확산되면서 기존의 접근 방식에 대한 자성*이 일어났다. *전통적 경제학의 한계가 제시되겠네!* [11]이 당시 경기 부양을 목적으로 한 중앙은행의 저금리 정책이 자산 가격 버블에 따른 금융 불안을 야기하여 경제 안정이 훼손될 수 있다는 데 공감대가 형성되었다. [12]또한 금융 회사가 대형화되면서 개별 금융 회사의 부실이 금융 시스템의 붕괴를 야기할 수 있게 됨에 따라 금융 회사 규모가 금융 안정의 새로운 위험 요인으로 등장하였다. *글로벌 금융 위기 이후의 경제적 인식: ① 저금리 정책에 의해 자산 가격 버블 발생 가능 → 경제 안정 훼손 ② 금융 회사 규모가 금융 안정의 새 위험 요인으로 등장* [13]이에 기존의 정책으로는 금융 안정을 확보할 수 없고, 경제 안정을 위해서는 물가 안정뿐만 아니라 금융 안정도 필수적인 요건임이 밝혀졌다. [14]그 결과 미시 건전성 정책에 ㉡거시 건전성 정책이 추가된 금융감독 정책과 물가 안정을 위한 통화 정책

앞서 언급한 지배적인 견해와는 다른 내용이 제시되겠지?

간의 상호 보완을 통해 경제 안정을 달성해야 한다는 견해가 주류를 형성하게 되었다. *'미시 건전성 정책'에만 집중하던 전통적 경제학의 이원적 인식과 달리, 글로벌 금융 위기 이후 인식의 변화로 인해 금융감독 정책에 '거시 건전성 정책'이 추가되었고, 이를 통화 정책과 서로 상호 보완적인 측면에서 고려해야 경제 안정을 달성할 수 있다는 인식이 주류를 형성하게 되었군!*

4 [15]거시 건전성이란 개별 금융 회사 차원이 아니라 금융 시스템 차원의 위기 가능성이 낮아 건전한 상태를 말하고, 거시 건전성 정책은 금융 시스템의 건전성을 추구하는 규제 및 감독 등을 포괄하는 활동을 의미한다. [16]이때, 거시 건전성 정책은 미시 건전성이 거시 건전성을 담보할 수 있는 충분조건이 되지 못한다는 '구성의 오류'에 논리적 기반을 두고 있다. [17]거시 건전성 정책은 금융 시스템 위험 요인에 대한 예방적 규제를 통해 금융 시스템의 건전성을 추구한다는 점에서, 미시 건전성 정책과는 차별화된다. *거시 건전성 정책과 미시 건전성 정책의 차이가 제시되었으니 이를 정리해 두면 좋겠지? 하지만 '차이점'에만 집중하지는 말고 둘 사이에 있는 '공통점'도 중요하니까 잘 정리해 두자!*

	미시 건전성 정책	거시 건전성 정책
차이점	개별 금융 회사 차원의 건전성을 대상으로 함	금융 시스템 차원의 위험 요인을 대상으로 함
공통점	① 대상에 대한 예방적 규제를 통해 ② 금융 안정을 추구함	

5 [18]거시 건전성 정책의 목표를 효과적으로 달성하기 위해서는 경기 변동과 금융 시스템 위험 요인 간의 상관관계를 감안한 정책 수단의 도입이 필요하다. [19]금융 시스템 위험 요인은 경기 순응성을 가진다. [20](즉) 경기가 호황일 때는 금융 회사들이 대출을 늘려 신용 공급을 팽창시킴에 따라 자산 가격이 급등하고, 이는 다시 경기를 더 과열시키는 반면 불황일 때는 그 반대의 상황이 일어난다. *경기가 호황일 때 더욱 과열되고, 불황일 때 더욱 침체되는 것이 금융 시스템 위험 요인의 경기 순응성이구나!*

경기 순응성에 대해 자세히 설명해 주니 잘 눈여겨보자!

경기 호황: 대출 ↑ → 신용 공급 팽창 → 자산 가격 ↑ → 경기 과열 심화
경기 불황: 대출 ↓ → 신용 공급 축소 → 자산 가격 ↓ → 경기 침체 심화

[21]이를 완화할 수 있는 정책 수단으로는 경기 대응 완충자본 제도를 ⓐ들 수 있다. [22]이 제도는 정책 당국이 경기 과열기에 금융 회사로 하여금 최저 자기자본에 추가적인 자기자본, 즉 완충자본을 쌓도록 하여 과도한 신용 팽창을 억제시킨다. [23]한편 적립된 완충자본은 경기 침체기에 대출 재원으로 쓰도록 함으로써 신용이 충분히 공급되도록 한다. *미시 건전성 정책과 마찬가지로 거시 건전성 정책도 이와 관련된 정책 수단의 예시가 제시되었네! 두 수단의 성격을 비교해서 정리해 두자.*

정책	미시 건전성 정책	거시 건전성 정책
정책	최저 자기자본 규제	경기 대응 완충자본 제도
수단 (예시)	금융 회사의 자기자본 하한 설정	(호황) 자기자본 + 완충자본 적립 (불황) 적립된 완충자본 사용

이것만은 챙기자

*도모: 어떤 일을 이루기 위하여 대책과 방법을 세움.
*기인: 어떤 것에 원인을 둠.
*와해: 조직이나 계획 따위가 산산이 무너지고 흩어짐.
*자성: 자기 자신의 태도나 행동을 스스로 반성함.

만점 선배의 구조도 예시

〈경제 정책〉

>> 각 문단을 요약하고 지문을 세 부분으로 나누어 보세요.

1 전통적인 통화 정책은 **정책 금리**를 조절하여 물가를 안정시키고, 경제 안정을 도모하는 것을 목표로 한다.

2 전통적인 경제학에서는 **개별 금융 회사의 건전성**을 확보하여 금융 안정을 달성하는 **미시 건전성** 정책에 집중하는데, 그 예로 최저 자기자본 규제가 있다.

3 글로벌 금융 위기 이후 미시 건전성 정책에 거시 건전성 정책을 추가한 금융감독 정책과 통화 정책 간의 **상호 보완**을 통해 경제 안정을 달성해야 한다는 견해가 주류가 되었다.

4 거시 건전성 정책은 **금융 시스템 위험 요인**에 대한 예방적 규제를 통해 금융 시스템의 건전성을 추구한다.

5 경기 대응 완충자본 제도는 금융 시스템 위험 요인의 경기 **순응성**을 완화하는 정책 수단으로, 경제 과열기에 신용 팽창을 억제하고 경제 침체기에 신용이 공급되도록 한다.

첫 번째
1¹~**1**⁵

두 번째
2⁶~**3**⁹

세 번째
3¹⁰~**5**²³

---

1. 윗글을 통해 알 수 있는 것은?

✓ 정답풀이

④ 글로벌 금융 위기 이후에는, 정책 금리 인하가 경제 안정을 훼손하는 요인이 될 수 있다고 보았다.

근거: **3** ¹¹이 당시(글로벌 금융 위기 이후) 경기 부양을 목적으로 한 중앙은행의 저금리 정책이 자산 가격 버블에 따른 금융 불안을 야기하여 경제 안정이 훼손될 수 있다는 데 공감대가 형성되었다.

✗ 오답풀이

① 글로벌 금융 위기 이전에는, 금융이 단기적으로 경제 성장에 영향을 미치지 못한다고 보았다.
근거: **2**⁶전통적인 경제학에서는~미시 건전성 정책에 집중해야 한다고 보았다. ⁷이러한 관점은 금융이 직접적인 생산 수단이 아니므로 단기적일 때와는 달리 장기적으로는 경제 성장에 영향을 미치지 못한다는 인식
글로벌 금융 위기 이전의 전통적인 경제학에서는 금융이 장기적으로 경제 성장에 영향을 미치지 못한다고 보았지만, 단기적으로는 영향을 미칠 수 있다고 인식했다.

② 글로벌 금융 위기 이전에는, 개별 금융 회사가 건전하다고 해서 금융 안정이 달성되는 것은 아니라고 보았다.
근거: **2** ⁶금융을 통화 정책의 전달 경로로만 보는 전통적인 경제학에서는 금융감독 정책이 개별 금융 회사의 건전성 확보를 통해 금융 안정을 달성하고자 하는 미시 건전성 정책에 집중해야 한다고 보았다.

③ 글로벌 금융 위기 이전에는, 경기 침체기에는 통화 정책과 더불어 금융감독 정책을 통해 경기를 부양시켜야 한다고 보았다.
근거: **1** ¹전통적인 통화 정책은 정책 금리를 활용하여 물가를 안정시키고 경제 안정을 도모하는 것을 목표로 한다.~⁵경기가 침체되었을 때는 반대의 과정을 통해 경기를 부양시키고자 한다. + **3** ⁹전통적인 경제학에서는 금융감독 정책을 통해 금융 안정을, 통화 정책을 통해 물가 안정을 달성할 수 있다고 보는 이원적인 접근 방식이 지배적인 견해였다.
글로벌 금융 위기 이전의 전통적인 경제학에서는 경기 부양을 위해 활용되는 것은 통화 정책뿐이며, 금융감독 정책은 금융 안정을 위해 활용되는 것이라고 보아 두 정책의 활용 목적을 구분하였다.

⑤ 글로벌 금융 위기 이후에는, 경기 변동이 자산 가격 변동을 유발하나 자산 가격 변동은 경기 변동을 유발하지 않는다고 보았다.
근거: **2** ⁷가격이 본질적 가치를 초과하여 폭등하는 버블 + **3** ¹¹이 당시(글로벌 금융 위기 이후) 경기 부양을 목적으로 한 중앙은행의 저금리 정책이 자산 가격 버블에 따른 금융 불안을 야기하여 경제 안정이 훼손될 수 있다는 데 공감대가 형성되었다.
글로벌 금융 위기 이후 중앙은행의 저금리 정책에 따라 자산 가격이 폭등하는 '자산 가격 버블' 현상이 나타날 시 경제 안정이 훼손될 수 있다는 데 공감대가 형성되었다는 것은, 경기 변동으로 인해 시행한 통화 정책의 결과로 발생한 자산 가격 변동이 다시 경기 변동을 유발할 수 있다고 보았다는 의미이다.

2. ㉠과 ㉡에 대한 설명으로 적절하지 않은 것은?

㉠: 미시 건전성 정책
㉡: 거시 건전성 정책

✓ 정답풀이

③ ㉠은 ㉡과 달리 예방적 규제 성격의 정책 수단을 사용하여 금융 안정을 달성하고자 한다.

> 근거: **2** **8**미시 건전성 정책(㉠)은 개별 금융 회사의 건전성에 대한 예방적 규제 성격을 가진 정책 수단을 활용 + **4** **17**거시 건전성 정책(㉡)은 금융 시스템 위험 요인에 대한 예방적 규제를 통해 금융 시스템의 건전성을 추구
>
> ㉠과 ㉡은 규제 대상이 '개별 금융 회사'인지, 아니면 '금융 시스템 위험 요인'인지에 따른 차이가 있을 뿐, 모두 예방적 규제의 성격을 가진 정책 수단을 사용하여 금융 안정을 달성하고자 한다.

✕ 오답풀이

① ㉠에서는 물가 안정을 위한 정책 수단과는 별개의 정책 수단을 통해 금융 안정을 달성하고자 한다.

> 근거: **2** **8**미시 건전성 정책(㉠)은 개별 금융 회사의 건전성에 대한 예방적 규제 성격을 가진 정책 수단을 활용 + **3** **9**전통적인 경제학에서는 금융감독 정책을 통해 금융 안정을, 통화 정책을 통해 물가 안정을 달성할 수 있다고 보는 이원적인 접근 방식이 지배적인 견해였다.
>
> ㉠에서는 물가 안정을 위한 정책 수단인 '통화 정책'과는 별개인 '금융감독 정책'을 통해 금융 안정을 달성하고자 한다.

② ㉡에서는 신용 공급의 경기 순응성을 완화시키는 정책 수단이 필요하다.

> 근거: **5** **18**거시 건전성 정책(㉡)의 목표를 효과적으로 달성하기 위해서는 경기 변동과 금융 시스템 위험 요인 간의 상관관계를 감안한 정책 수단의 도입이 필요하다. **19**금융 시스템 위험 요인은 경기 순응성을 가진다. **20**즉 경기가 호황일 때는 금융 회사들이 대출을 늘려 신용 공급을 팽창시킴에 따라 자산 가격이 급등하고, 이는 다시 경기를 더 과열시키는 반면 불황일 때는 그 반대의 상황이 일어난다. **21**이를 완화할 수 있는 정책 수단으로는 경기 대응 완충자본 제도를 들 수 있다.
>
> ㉡의 규제 대상인 금융 시스템 위험 요인은 경기 순응성을 가진다. 따라서 ㉡에서는 신용 공급이 경기 상황에 순응하여 팽창되거나 축소됨으로써 경기를 더욱 과열/침체시키는 것을 방지하기 위해 신용 공급의 경기 순응성을 완화시키는 정책 수단을 필요로 한다.

④ ㉡은 ㉠과 달리 금융 시스템 위험 요인을 감독하는 정책 수단을 사용한다.

> 근거: **2** **8**미시 건전성 정책(㉠)은 개별 금융 회사의 건전성에 대한 예방적 규제 성격을 가진 정책 수단을 활용 + **4** **17**거시 건전성 정책(㉡)은 금융 시스템 위험 요인에 대한 예방적 규제를 통해 금융 시스템의 건전성을 추구

⑤ ㉠과 ㉡은 모두 금융 안정을 달성하기 위해 금융 회사의 자기 자본을 이용한 정책 수단을 사용한다.

> 근거: **2** **6**금융 안정을 달성하고자 하는 미시 건전성 정책(㉠)~**8**그 예로는 향후 손실에 대비하여 금융 회사의 자기자본 하한을 설정하는 최저 자기자본 규제를 들 수 있다. + **5** **22**이 제도(㉡의 경기 대응 완충자본 제도)는 정책 당국이 경기 과열기에 금융 회사로 하여금 최저 자기자본에 추가적인 자기자본, 즉 완충자본을 쌓도록 하여 과도한 신용 팽창을 억제시킨다.
>
> ㉠의 예시인 '최저 자기자본 규제'와 ㉡의 예시인 '경기 대응 완충자본 제도'는 모두 금융 안정을 달성하기 위해 금융 회사의 자기자본을 사용하고 있다.

3. 윗글을 바탕으로 할 때, ⟨보기⟩의 A~D에 들어갈 말을 바르게 짝지은 것은?

⟨보기⟩

미시 건전성 정책과 거시 건전성 정책 간에는 정책 수단 운용에서 입장 차이가 존재한다. 경기가 (A)일 때 (B) 건전성 정책에서는 완충자본을 (C)하도록 하고, (D) 건전성 정책에서는 최소 수준 이상의 자기자본을 유지하도록 하여 개별 금융 회사의 건전성을 확보하려 한다.

✓ 정답풀이

	A	B	C	D
①	불황	거시	사용	미시

> 근거: **2** **8**미시 건전성 정책은 개별 금융 회사의 건전성에 대한 예방적 규제 성격을 가진 정책 수단을 활용하는데, 그 예로는 향후 손실에 대비하여 금융 회사의 자기자본 하한을 설정하는 최저 자기자본 규제를 들 수 있다. + **5** **18**거시 건전성 정책의 목표를 효과적으로 달성하기 위해서는~**22**이 제도(경기 대응 완충자본 제도)는 정책 당국이 경기 과열기에 금융 회사로 하여금 최저 자기자본에 추가적인 자기자본, 즉 완충자본을 쌓도록 하여 과도한 신용 팽창을 억제시킨다. **23**한편 적립된 완충자본은 경기 침체기에 대출 재원으로 쓰도록 함으로써 신용이 충분히 공급되도록 한다.
>
> ⟨보기⟩의 B 건전성 정책에서는 '완충자본'을 언급하고 있는데, 완충자본을 활용하는 정책은 '거시 건전성 정책'에 해당하는 '경기 대응 완충자본 제도'이므로 B에 들어가야 할 말은 '거시'이다. 또한 경기 대응 완충자본 제도는 경기가 호황일 때 경기의 과열을 방지하기 위해 완충자본을 쌓도록(적립)하고, 불황일 때에는 경기 침체의 심화를 방지하기 위해 완충자본을 대출 재원으로 쓰도록(사용) 한다. 따라서 A와 C에는 각각 '불황', '사용' 또는 '호황', '적립'이 짝지어져 들어가야 한다. 한편 ⟨보기⟩의 D 건전성 정책은 '최소 수준 이상의 자기자본을 유지하도록 하여 개별 금융 회사의 건전성을 확보'한다고 하였다. '금융 회사의 자기자본 하한을 설정'하는 것은 '미시 건전성 정책'에 해당하는 '최저 자기자본 규제'이므로 D에 들어가야 할 말은 '미시'이다.

모두의 질문

・3−③번

Q: 거시 건전성 정책(B)에서는 '불황'(A)에 완충자본을 '적립'(C)해야 하는 것 아닌가요?

	A	B	C	D
③	불황	거시	적립	미시

A: 5문단에 따르면 거시 건전성 정책은 금융 시스템 위험 요인의 '경기 순응성'을 완화하기 위해 활용된다. 경기가 호황일 경우에는 '금융 회사들이 대출을 늘려 신용 공급을 팽창시킴'에 따라 경기를 더 과열시키는 것을 방지하기 위해 '금융 회사로 하여금 최저 자기자본에 추가적인 자기자본, 즉 완충자본을 쌓도록' 한다. 그리고 경기가 불황일 경우에는 금융 회사들이 대출을 줄여 신용 공급을 축소시킴에 따라 경기가 더 침체되는 것을 방지하기 위해 적립된 완충자본을 '대출 재원으로 쓰도록' 한다. 이때 '적립된 완충자본'이라는 것은 경기 과열기에 금융 회사가 쌓아둔 완충자본을 의미한다. 즉 '적립'은 완충자본을 사용하지 않고 '쌓아두는 것'과 연관되며, 이는 경기 침체기(불황)가 아닌 경기 과열기(호황)에 이루어지는 것이다. 따라서 경기가 '불황'일 경우, 거시 건전성 정책의 입장에서는 완충자본을 '사용'하도록(쓰도록) 하는 것이 적절하다.

4. 윗글과 〈보기〉에 대한 이해로 적절하지 않은 것은? [3점]

〈보기〉

[1]현실에서의 통화 정책 효과는 경기에 대해 비대칭적인 것으로 알려져 있다. [2]통화 정책은 경기 과열을 억제하는 데는 효과적이지만 경기 침체를 벗어나는 데는 효과가 미미하기 때문이다. [3]경기 침체를 극복하기 위해 중앙은행의 정책 금리 인하로 은행이 대출을 늘려 신용 공급을 확대하려 해도, 가계의 소비 심리가 위축되었거나 기업이 투자할 대상이 마땅치 않을 경우 전통적인 통화 정책에서 기대되는 효과는 나타나지 않게 된다. [4]오히려 확대된 신용 공급이 주식이나 부동산 등 자산 시장으로 과도하게 유입되어 의도치 않은 문제를 일으킬 수 있다.

[5]경제학자들은 경제 주체들이 경기 상황에 대해 비대칭적으로 반응하기 때문에 나타나는 이러한 현상을 '끈 밀어올리기(pushing on a string)'라고 부른다. [6]이는 끈을 당겨서 아래로 내리는 것은 쉽지만, 밀어서 위로 올리는 것은 어렵다는 것에 빗댄 것이다.

✔ 정답풀이

③ '끈 밀어올리기'가 있을 경우 경기 침체기에 금융 안정을 달성하려면 경기 대응 완충자본 제도의 도입이 필요하겠군.

근거: **5** [22]이 제도(경기 대응 완충자본 제도)는 정책 당국이 경기 과열기에 금융 회사로 하여금 최저 자기자본에 추가적인 자기자본, 즉 완충자본을 쌓도록 하여~[23]적립된 완충자본은 경기 침체기에 대출 재원으로 쓰도록 함으로써 신용이 충분히 공급되도록 한다. +〈보기〉[3]경기 침체를 극복하기 위해 중앙은행의 정책 금리 인하로 은행이 대출을 늘려 신용 공급을 확대하려 해도~[4]오히려 확대된 신용 공급이 주식이나 부동산 등 자산 시장으로 과도하게 유입되어 의도치 않은 문제를 일으킬 수 있다. 경기 대응 완충자본 제도는 경기 과열기에 금융 회사로 하여금 완충자본을 쌓도록 하여 '과도한 신용 팽창을 억제'시키고 경기 침체기에 이를 대출 재원으로 쓰도록 하여 '신용이 충분히 공급되도록' 하는 제도이다. 〈보기〉에 따르면 경기 침체기에 확대된 신용 공급은 '끈 밀어올리기' 현상에 의해 오히려 '자산 시장으로 과도하게 유입'되어 의도치 않은 문제를 일으키게 될 수 있다. 즉 '끈 밀어올리기'가 있을 경우 경기 대응 완충자본 제도는 또 다른 문제를 일으킬 수 있으므로, 제도 도입이 필요하다는 설명은 적절하지 않다.

① '끈 밀어올리기'를 통해 경기 침체기에 자산 가격 버블이 발생하는 경우를 설명할 수 있겠군.

근거: **2** [7]자산 시장에서는 가격이 본질적 가치를 초과하여 폭등하는 버블 + **3** [11]이 당시 경기 부양을 목적으로 한 중앙은행의 저금리 정책이 자산 가격 버블에 따른 금융 불안을 야기하여 경제 안정이 훼손될 수 있다는 데 공감대가 형성되었다. + 〈보기〉 [3]경기 침체를 극복하기 위해 중앙은행의 정책 금리 인하로 은행이 대출을 늘려 신용 공급을 확대하려 해도~[4]오히려 확대된 신용 공급이 주식이나 부동산 등 자산 시장으로 과도하게 유입되어 의도치 않은 문제를 일으킬 수 있다. [5]경제학자들은 경제 주체들이 경기 상황에 대해 비대칭적으로 반응하기 때문에 나타나는 이러한 현상을 '끈 밀어올리기'라고 부른다.

경제 침체기에 중앙은행이 시행하는 저금리 정책은 '자산 가격 버블'에 따른 금융 불안을 야기하여 경제 안정을 훼손시킬 수 있다. 〈보기〉를 참고할 때, 자산 가격 버블이 발생하는 것은 정책 금리가 인하되어 늘어난 신용 공급이 '끈 밀어올리기' 현상으로 인해 주식이나 부동산 등 자산 시장으로 '과도하게 유입'되었기 때문이라고 추론할 수 있다.

② 현실에서 경기가 침체되었을 경우 정책 금리 인하에 따른 경기 부양 효과는 경제 주체의 심리에 따라 달라질 수 있겠군.

근거: 〈보기〉 [1]현실에서의 통화 정책 효과는 경기에 대해 비대칭적인 것으로 알려져 있다. [3]경기 침체를 극복하기 위해 중앙은행의 정책 금리 인하로 은행이 대출을 늘려 신용 공급을 확대하려 해도, 가계의 소비 심리가 위축되었거나 기업이 투자할 대상이 마땅치 않을 경우 전통적인 통화 정책에서 기대되는 효과는 나타나지 않게 된다. [5]경제학자들은 경제 주체들이 경기 상황에 대해 비대칭적으로 반응하기 때문에 나타나는 이러한 현상을 '끈 밀어올리기'라고 부른다.

④ 통화 정책 효과가 경기에 대해 비대칭적이라면 경기 침체기에는 정책 금리 조정 이외의 방안을 도입할 필요가 있겠군.

근거: **1** [1]통화 정책은 정책 금리를 활용하여 물가를 안정시키고 경제 안정을 도모하는 것을 목표로 한다. + 〈보기〉 [1]현실에서의 통화 정책 효과는 경기에 대해 비대칭적인 것으로 알려져 있다. [2]통화 정책은 경기 과열을 억제하는 데는 효과적이지만 경기 침체를 벗어나는 데는 효과가 미미하기 때문이다. 정책 금리를 조정하는 것은 통화 정책에 해당된다. 〈보기〉에 따르면 현실적으로 통화 정책 효과는 경기에 대해 비대칭적이어서 정책 금리 조정과 같은 통화 정책을 펼쳐도 '경기 침체를 벗어나는 데는 효과가 미미'하다. 따라서 경기 침체기에는 이와는 별개의 방안을 도입할 필요가 있다.

⑤ 통화 정책 효과가 경기에 대해 비대칭적이라면 정책 금리 인상은 신용 공급을 축소시킴으로써 경기를 진정시킬 수 있겠군.

근거: **1** [3]정책 금리 인상으로 시장 금리도 높아지면 가계 및 기업에 대한 대출 감소로 신용 공급이 축소된다. [4]신용 공급의 축소는 경제 내 수요를 줄여 물가를 안정시키고 경기를 진정시킨다. + 〈보기〉 [1]현실에서의 통화 정책 효과는 경기에 대해 비대칭적인 것으로 알려져 있다. [2]통화 정책은 경기 과열을 억제하는 데는 효과적이지만 경기 침체를 벗어나는 데는 효과가 미미하기 때문이다.

〈보기〉에서는 통화 정책 효과는 경기에 대해 비대칭적이어서 경기 과열을 억제하는 데는 효과적이라고 하였다. 따라서 정책 금리 인상은 시장 금리를 높이고 신용 공급을 축소시킴으로써 경기를 진정시키는 데 효과적인 수단이 될 것이다.

• 4–⑤번

학생들이 정답보다 많이 고른 선지가 ⑤번이다. 많은 학생들이 해당 선지를 '통화 정책은 경기 과열을 억제하는 데는 효과적'이라는 내용과 연결 짓는 데 어려움을 느꼈던 것으로 생각된다. 이는 〈보기〉나 다른 선지의 내용이 통화 정책 효과가 경기에 대해 비대칭적으로 나타나는 경우와 관련하여 주로 '(통화 정책은) 경기 침체를 벗어나는 데는 효과가 미미'하다는 점에 초점을 맞추었기 때문일 것이다.

〈보기〉에 따르면 통화 정책 효과가 경기에 대해 비대칭적일 경우, 통화 정책은 (1)'경기 과열을 억제'하는 측면에서는 효과적이지만 (2)'경기 침체를 벗어나는' 데에는 효과가 미미하다. 따라서 선지에 제시된 상황이 (1)의 경우에 해당하는지, (2)의 경우에 해당하는지 먼저 분명히 파악해야 한다. ⑤번에서는 '정책 금리 인상은 신용 공급을 축소시킴으로써 경기를 진정시킬 수 있'다고 하였다. 1문단에 따르면 '정책 금리 인상'은 '경기가 과열'되었을 때 시행하는 통화 정책으로, 이로 인한 '신용 공급의 축소'는 최종적으로 '경기를 진정'시키는 역할을 한다. 즉 ⑤번은 (1)의 상황에 해당하므로, 통화 정책 효과가 경기에 대해 비대칭적일 때 선지에서 언급한 효과가 나타날 수 있을 것이다.

이 문제와 같이 특정한 상황에서 파생되는 사례가 두 가지 이상 제시되었을 경우, 〈보기〉에서 자세하게 설명한 하나의 사례(경기 침체의 경우)에 한정하여 선지를 해석하기보다는, 윗글의 내용을 바탕으로 추론할 수 있는 또 다른 사례(경기 과열의 경우) 역시 잊지 말고 고려해 보자.

정답률 분석

		정답		매력적 오답
①	②	③	④	⑤
12%	9%	32%	14%	33%

| 어휘의 의미 파악 | 정답률 **88**

5. 문맥상 의미가 ⓐ와 가장 가까운 것은?

정답풀이

② 그는 목격자의 진술을 증거로 들고 있다.

근거: **5** [21]이를 완화할 수 있는 정책 수단으로는 경기 대응 완충자본 제도를 ⓐ들 수 있다.
ⓐ와 '증거로 들고 있다'의 '들다'는 모두 '설명하거나 증명하기 위하여 사실을 가져다 대다.'라는 의미로 쓰였다.

오답풀이

① 나는 그 사람에게 친근감이 든다.
들다: 어떤 생각이나 느낌이 일다.

③ 그분은 이미 대가의 경지에 든 학자이다.
들다: 어떤 처지에 놓이다.

④ 하반기에 들자 수출이 서서히 증가하기 시작했다.
들다: 어떠한 시기가 되다.

⑤ 젊은 부부는 집을 마련하기 위해 적금을 들기로 했다.
들다: 적금이나 보험 따위의 거래를 시작하다.

HOLSOO

혼자 공부하는 수능 국어 기출 분석

PART 4
과학 · 기술

[1~4] 다음 글을 읽고 물음에 답하시오.

✏ 사고의 흐름

1 ¹블록체인 기술은 데이터를 블록이라는 단위로 묶어 체인 형태로 연결한 것을 여러 대의 컴퓨터에 중복 저장하는 기술이다. ²체인 형태로 연결된 블록의 집합을 블록체인이라 하고, 블록체인을 저장하는 컴퓨터를 노드라고 한다. '블록체인 기술'과 '블록체인', '노드'의 개념이 제시되었어. 지문 초반에 제시된 개념은 정확히 이해하고 넘어가자! ³새로 생성된 블록은 노드들에 전파된다. ⁴노드들은 블록에 포함된 내용이 블록체인의 다른 블록에 있는 내용과 상충*되지 않는지, 동일한 내용이 블록체인의 다른 블록에 이중으로 포함되어 있지 않은지 검증한다. ⁵검증이 끝난 블록을 블록체인에 연결할지 여부는 (모든) 노드들이 참여하는 승인 과정을 통해 정해진다. ⁶승인이 완료된 블록은 블록체인에 연결되고, 이 블록체인은 노드들에 저장된다. ⁷승인 과정에는 합의 알고리즘이 사용되고, 합의 알고리즘의 예로 '작업증명'이 있다. 새로 생성된 블록이 노드들에 저장되는 과정: 새로 생성된 블록이 노드들에 전파됨 → 노드들이 블록에 포함된 내용 검증함 → 검증이 끝난 블록은 합의 알고리즘을 사용한 승인 과정이 완료되면 블록체인에 연결됨 → 블록체인이 노드들에 저장됨

(왼쪽 여백) '모든', '항상' 등의 표현은 눈여겨보자!

2 ⁸블록체인 기술의 성능은 블록체인에 데이터가 저장되는 속도로 정의되며, 단위 시간당 블록체인에 저장되는 데이터의 양으로 계산될 수 있다. 데이터 저장 속도가 빠를수록 블록체인 기술의 성능이 높다고 볼 수 있군. ⁹블록체인 기술은 공개형과 비공개형으로 (구분된다.) ¹⁰비공개형은 공개형과 달리 노드 수에 제한을 두고, 일반적으로 공개형에 비해 합의 알고리즘의 속도가 빠르다. ¹¹따라서 비공개형은 승인 과정에 걸리는 시간이 짧기 때문에 성능이 높다. 블록은 전파된 후 검증과 승인을 거쳐 블록체인에 연결되어 저장되는데, 승인 과정에는 합의 알고리즘이 사용된다고 했어. 따라서 합의 알고리즘의 속도가 빠르면 승인 과정에 걸리는 시간이 짧겠지.

(왼쪽 여백) 공개형과 비공개형의 공통점이나 차이점을 파악하며 읽자!

비공개형	공개형
- 노드 수에 제한 O	- 노드 수에 제한 X
- 승인 과정 소요 시간↓ → 성능↑	

3 ¹²데이터가 무단*으로 변경되기 어렵다는 성질을 무결성이라 하는데 무결성은 블록체인 기술의 대표적인 장점이다. 블록체인 기술은 무결성이 높다는 장점이 있어. ¹³특정 노드에 저장되어 있는 일부 데이터가 변경되면 변경된 블록과 그 이후의 블록들은 블록체인과의 연결이 끊어진다. ¹⁴끊어진 모든 블록을 다시 연결하는 것은 승인 과정을 필요로 하기 때문에 연결을 복구하는 것은 어렵다. ¹⁵즉 블록과 블록체인의 연결을 유지하면서 블록체인에 포함된 데이터를 변경하는 것이 어려우므로 블록체인 데이터는 무결성이 높다. ¹⁶무단 변경과 (달리) 일부 데이터가 지워져도 승인된 원래의 데이터로 복원할 때는 승인 과정이 필요하지 않다. ¹⁷따라서 ㉠블록체인에 포함된 데이터는 일부가 지워지더라도 복원이 용이하다*. 일부 데이터가 변경되면서 끊어진 블록들을 다시 연결하려면 승인 과정이 필요하지만, 일부 데이터가 지워진 경우는 승인 과정 없이 승인된 원래의 데이터로 복원이 가능하군.

(왼쪽 여백) 데이터가 무단으로 변경되는 경우와 일부 데이터가 지워지는 경우는 구분해서 생각해야 해!

4 ¹⁸블록체인 기술에서 고려해야 할 세 가지 특성이 있다. ¹⁹(보안성)은 데이터의 무단 변경이 어려울 뿐 아니라 동일한 내용의 데이터가 블록체인의 서로 다른 블록에 또는 단일 블록에 이중으로 포함되는 것이 어렵다는 성질이다. ²⁰승인 과정에 걸리는 시간이 줄거나 노드 수가 감소하면 보안성은 낮아진다. ① 보안성: 데이터가 무단으로 변경되거나 동일한 내용의 데이터가 한 블록체인에 이중으로 포함되기 어려움. 승인 과정 소요 시간↓, 노드 수↓ → 보안성↓ ²¹탈중앙성은 승인 과정에 다수의 노드들이 참여하고, 특정 노드가 승인 과정을 주도하지 않는다는 성질이다. ²²노드 수가 감소하면 탈중앙성은 낮아진다. ② 탈중앙성: 다수의 노드 중 특정 노드가 승인 과정을 주도하지 않음. 노드 수↓ → 탈중앙성↓ ²³확장성은 블록체인 기술이 목표로 하는 응용 분야에 적용 가능할 만큼 성능이 높고, 노드 수가 증가해도 서비스 유지가 가능하다는 성질이다. ²⁴노드 수가 증가하면 성능이 저하*되므로, 확장성이 높다는 것은 노드 수가 증가하더라도 성능 저하가 크지 않다는 것을 의미한다. ²⁵그래서 기술 변화 없이 확장성을 높이고자 할 때 노드 수를 제한하는 방법이 사용되기도 한다. ²⁶노드 수를 제한하면 성능 저하를 막을 수 있기 때문이다. ③ 확장성: 목표 분야에 적용 가능할 만큼 성능이 높고, 노드 수가 증가해도 성능 저하가 크지 않아 서비스 유지가 가능함. 일반적으로 '노드 수↑ → 성능↓'이라는 점도 이해하고 넘어가자! ²⁷아직까지 블록체인 기술은 보안성, 탈중앙성, 확장성을 함께 높일 수 있는 방법이 없어 대규모로 채택되지 못하고 있다. 블록체인 기술의 한계를 언급하며 글을 마무리 지었어.

(오른쪽 여백) 앞서 언급한 세 가지 특성을 하나씩 설명하겠군. 차근히 정리하며 읽자.

이것만은 챙기자

*상충: 맞지 아니하고 서로 어긋남.

*무단: 사전에 허락이 없음. 또는 아무 사유가 없음.

*용이하다: 어렵지 아니하고 매우 쉽다.

*저하: 정도, 수준, 능률 따위가 떨어져 낮아짐.

만점 선배의 구조도 예시

>> 블록체인 기술 <<

1 개념: 블록이 체인 형태로 연결 → 노드들에 중복 저장
　　　└ 데이터 묶은 단위　　　　　　　└ 컴퓨터

2 저장 과정: 생성된 블록이 노드들에 전파됨 → 노드들이 블록의
　　내용 상승·중복 여부 검증함 → 블록이 승인 과정 거쳐 블록체인에 연결됨
　　→ 블록체인이 노드들에 저장됨　　　　└ 합의 알고리즘 사용

3 성능: 블록체인에 데이터가 저장되는 속도가 결정

4 종류: 공개형 vs 비공개형
　　　　　　　 └ 노드 수 제한, 합의 알고리즘 속도↑ → 성능↑

5 장점: 무결성 (데이터 무단 변경 어려움)
　　└ : 특정 노드 일부 데이터 변경 시,
　　　 '변경된 블록 및 이후 블록들'은 블록체인과 연결 끊김
　　　　→ 복구 위해 승인 필요
　　　cf. 일부 데이터 삭제 시,
　　　　→ 복원 위해 승인 불필요

6 고려해야 할 특성
　① 보안성: 데이터 무단 변경 및 동일 데이터 이중 포함 어려움
　　　　　 승인 시간↓, 노드 수↓ → 보안성↓
　② 탈중앙성: 승인 과정에 다수 노드 참여, 특정 노드 주도X
　　　　　 노드 수↓ → 탈중앙성↓
　③ 확장성: 목표한 응용 분야 적당 가능할 높은 성능,
　　　　　 노드 수 증가해도 성능 저하 크지 안음음

>> 각 문단을 요약하고 지문을 **세 부분**으로 나누어 보세요.

1 블록체인 기술은 데이터를 블록 단위로 묶어 체인 형태로 연결한 것을 여러 대의 컴퓨터에 **중복** 저장하는 기술로, 새로 생성된 블록은 검증과 승인 과정을 거쳐 **블록체인**에 연결되어 노드들에 저장된다.

> 첫 번째
> **1**¹~**1**⁷

2 블록체인 기술의 성능은 데이터 저장 **속도**로 정의되며, 공개형과 **노드 수**에 제한을 두는 비공개형으로 구분된다.

3 블록체인 기술은 데이터가 무단으로 변경되기 어렵다는 **무결성**을 장점으로 가지는 한편 블록체인에 포함된 데이터가 일부 지워지는 경우는 **복원**이 용이하다.

> 두 번째
> **2**⁸~**3**¹⁷

4 블록체인 기술에서는 보안성, 탈중앙성, **확장성**을 고려해야 하는데, 아직까지 세 가지를 함께 높일 수 있는 방법은 없다.

> 세 번째
> **4**¹⁸~**4**²⁷

1. 다음은 윗글을 읽은 학생에게 제공된 학습지의 일부이다. 학생의 '판단 결과'로 적절하지 않은 것은?

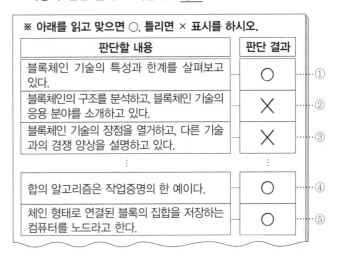

※ 아래를 읽고 맞으면 ○, 틀리면 × 표시를 하시오.	
판단할 내용	판단 결과
블록체인 기술의 특성과 한계를 살펴보고 있다.	○ …①
블록체인의 구조를 분석하고, 블록체인 기술의 응용 분야를 소개하고 있다.	× …②
블록체인 기술의 장점을 열거하고, 다른 기술과의 경쟁 양상을 설명하고 있다.	× …③
⋮	⋮
합의 알고리즘은 작업증명의 한 예이다.	○ …④
체인 형태로 연결된 블록의 집합을 저장하는 컴퓨터를 노드라고 한다.	○ …⑤

✔ 정답풀이

④ 합의 알고리즘은 작업증명의 한 예이다. ····················· ○

> 근거: **1** ⁷승인 과정에는 합의 알고리즘이 사용되고, 합의 알고리즘의 예로 '작업증명'이 있다.
>
> 합의 알고리즘이 작업증명의 한 예인 것이 아니라, 작업증명이 합의 알고리즘의 한 예이므로 학생의 판단 결과는 'X'가 적절하다.

✘ 오답풀이

① 블록체인 기술의 특성과 한계를 살펴보고 있다. ····················· ○
근거: **1** ¹블록체인 기술은 데이터를 블록이라는 단위로 묶어 체인 형태로 연결한 것을 여러 대의 컴퓨터에 중복 저장하는 기술이다.~**4** ²⁷아직까지 블록체인 기술은 보안성, 탈중앙성, 확장성을 함께 높일 수 있는 방법이 없어 대규모로 채택되지 못하고 있다.

윗글은 전반적으로 블록체인 기술의 특성을 설명하고 있으며, 4문단에서 블록체인 기술의 한계를 언급하고 있다. 따라서 학생의 판단 결과는 '○'가 적절하다.

② 블록체인의 구조를 분석하고, 블록체인 기술의 응용 분야를 소개하고 있다. ····················· ×
근거: **1** ²체인 형태로 연결된 블록의 집합을 블록체인이라 하고, 블록체인을 저장하는 컴퓨터를 노드라고 한다.~⁶승인이 완료된 블록은 블록체인에 연결되고, 이 블록체인은 노드들에 저장된다. + **4** ²³확장성은 블록체인 기술이 목표로 하는 응용 분야에 적용 가능할 만큼 성능이 높고, 노드 수가 증가해도 서비스 유지가 가능하다는 성질이다.

1문단에서 블록체인의 구조를 다루었다고 볼 수 있다. 그러나 블록체인 기술에서 고려해야 할 특성 중 하나인 확장성이 블록체인 기술이 목표로 하는 응용 분야에 적용 가능할 만큼 성능이 높은 성질임을 언급하였을 뿐, 블록체인 기술의 응용 분야를 소개하지 않았다. 따라서 학생의 판단 결과는 'X'가 적절하다.

③ 블록체인 기술의 장점을 열거하고, 다른 기술과의 경쟁 양상을 설명하고 있다. ·· ✕

근거: **3** [12]데이터가 무단으로 변경되기 어렵다는 성질을 무결성이라 하는데 무결성은 블록체인 기술의 대표적인 장점이다.

무결성이 블록체인 기술의 대표적인 장점임을 밝혔을 뿐, 다른 기술과의 경쟁 양상을 설명하지는 않았다. 따라서 학생의 판단 결과는 'X'가 적절하다.

⑤ 체인 형태로 연결된 블록의 집합을 저장하는 컴퓨터를 노드라고 한다. ·· ◯

근거: **1** [2]체인 형태로 연결된 블록의 집합을 블록체인이라 하고, 블록체인을 저장하는 컴퓨터를 노드라고 한다.

| 세부 정보 파악 | 정답률 **80**

2. 윗글에 대한 이해로 가장 적절한 것은?

✅ **정답풀이**

⑤ 블록이 블록체인에 연결되기 위해서는 블록의 데이터가 블록체인의 다른 데이터와 비교되어야 한다.

> 근거: **1** [4]노드들은 블록에 포함된 내용이 블록체인의 다른 블록에 있는 내용과 상충되지 않는지, 동일한 내용이 블록체인의 다른 블록에 이중으로 포함되어 있지 않은지 검증한다. [5]검증이 끝난 블록을 블록체인에 연결할지 여부는 모든 노드들이 참여하는 승인 과정을 통해 정해진다. [6]승인이 완료된 블록은 블록체인에 연결되고, 이 블록체인은 노드들에 저장된다.
>
> 블록이 블록체인에 연결되기 위해서는 블록의 데이터가 블록체인의 다른 블록에 있는 내용과 상충되거나 동일하게 들어가 있지 않은지 비교하는 검증의 과정을 거쳐야 한다.

❌ **오답풀이**

① 승인 과정에 참여할 노드를 결정하기 위해 합의 알고리즘이 사용된다.

근거: **1** [5]검증이 끝난 블록을 블록체인에 연결할지 여부는 모든 노드들이 참여하는 승인 과정을 통해 정해진다. [6]승인이 완료된 블록은 블록체인에 연결되고, 이 블록체인은 노드들에 저장된다. [7]승인 과정에는 합의 알고리즘이 사용되고, 합의 알고리즘의 예로 '작업증명'이 있다.

승인 과정에는 '모든 노드들'이 참여하며, 이 과정에서 합의 알고리즘이 사용되는 것이지, 승인 과정에 참여할 노드를 결정하기 위해 합의 알고리즘이 사용되는 것은 아니다.

② 일부 블록체인 데이터가 변경되면 전체 노드의 모든 블록은 승인 과정을 다시 거쳐야 한다.

근거: **3** [13]특정 노드에 저장되어 있는 일부 데이터가 변경되면 변경된 블록과 그 이후의 블록들은 블록체인과의 연결이 끊어진다. [14]끊어진 모든 블록을 다시 연결하는 것은 승인 과정을 필요로 하기 때문에 연결을 복구하는 것은 어렵다.

일부 블록체인 데이터가 변경되면 '변경된 블록과 그 이후의 블록들'은 블록체인과 연결이 끊어지는데, 이때 끊어진 모든 블록은 승인 과정을 거쳐 연결을 복구할 수 있다. 따라서 승인 과정을 거쳐야 하는 블록은 전체 노드의 모든 블록이 아니라 특정 노드 안의 변경된 블록과 그 이후의 블록들이다.

③ 블록과 블록체인의 연결을 유지하면서 블록체인 데이터를 삭제할 수 있으면 보안성이 높다.

근거: **3** [12]데이터가 무단으로 변경되기 어렵다는 성질을 무결성이라 하는데~[15]즉 블록과 블록체인의 연결을 유지하면서 블록체인에 포함된 데이터를 변경하는 것이 어려우므로 블록체인 데이터는 무결성이 높다. + **4** [19]보안성은 데이터의 무단 변경이 어려울 뿐 아니라 동일한 내용의 데이터가 블록체인의 서로 다른 블록에 또는 단일 블록에 이중으로 포함되는 것이 어렵다는 성질이다.

블록과 블록체인의 연결을 유지하면서 블록체인에 포함된 데이터를 변경하는 것은 어려워 블록체인 데이터는 무단으로 변경되기 어렵다. 그런데 보안성은 데이터의 무단 변경이 어렵다는 성질과 관련이 있으므로, 블록과 블록체인의 연결을 유지하면서 블록체인 데이터를 삭제할 수 있으면 보안성이 높다고 볼 수 없다.

④ 공개형 블록체인 기술은 같은 양의 데이터가 저장되는 데 걸리는 시간이 짧을수록 성능이 낮아진다.

근거: **2** [8]블록체인 기술의 성능은 블록체인에 데이터가 저장되는 속도로 정의되며, 단위 시간당 블록체인에 저장되는 데이터의 양으로 계산될 수 있다. [9]블록체인 기술은 공개형과 비공개형으로 구분된다.

같은 양의 데이터가 저장되는 데 걸리는 시간이 짧을수록, 즉 저장되는 속도가 빠를수록 공개형 블록체인 기술의 성능은 높아진다.

3. ㉠의 이유로 가장 적절한 것은?

> ㉠: 블록체인에 포함된 데이터는 일부가 지워지더라도 복원이 용이하다.

✅ 정답풀이

② 블록체인이 여러 노드들에 중복 저장되기 때문이다.

> 근거: **1** ¹블록체인 기술은 데이터를 블록이라는 단위로 묶어 체인 형태로 연결한 것을 여러 대의 컴퓨터에 중복 저장하는 기술이다. ²체인 형태로 연결된 블록의 집합을 블록체인이라 하고, 블록체인을 저장하는 컴퓨터를 노드라고 한다. + **3** ¹⁶일부 데이터가 지워져도 승인된 원래의 데이터로 복원할 때는 승인 과정이 필요하지 않다. ¹⁷따라서 블록체인에 포함된 데이터는 일부가 지워지더라도 복원이 용이하다.(㉠)
>
> 블록체인은 여러 대의 컴퓨터(노드)에 중복 저장되므로, 일부가 지워져도 다른 노드들에 저장되어 있는 승인된 데이터를 활용해 원래의 데이터로 별도의 승인 없이 쉽게 복원할 수 있음을 추론할 수 있다.

❌ 오답풀이

① 블록체인에 포함된 데이터는 변경이 쉽기 때문이다.

> 근거: **3** ¹⁵즉 블록과 블록체인의 연결을 유지하면서 블록체인에 포함된 데이터를 변경하는 것이 어려우므로 블록체인 데이터는 무결성이 높다.
>
> 블록과 블록체인의 연결을 유지하면서 블록체인에 포함된 데이터를 변경하는 것은 어렵다. 또한 블록체인에 포함된 데이터의 변경이 쉬운지 여부는 ㉠의 이유와 관련이 없다.

③ 승인 과정에 참여하는 노드 수에 제한이 있기 때문이다.

> 근거: **1** ⁵모든 노드들이 참여하는 승인 과정을 통해 정해진다. + **2** ¹⁰비공개형은 공개형과 달리 노드 수에 제한을 두고
>
> 승인 과정에는 모든 노드가 참여하며, 비공개형 블록체인 기술은 노드 수 자체에 제한을 두지만 이는 ㉠의 이유와 관련이 없다.

④ 데이터가 블록체인에 포함되기 위해서는 승인 과정을 필요로 하기 때문이다.

> 근거: **3** ¹⁶일부 데이터가 지워져도 승인된 원래의 데이터로 복원할 때는 승인 과정이 필요하지 않다. ¹⁷따라서 블록체인에 포함된 데이터는 일부가 지워지더라도 복원이 용이하다.(㉠)
>
> ㉠에 언급된 복원은 승인 과정을 필요로 하지 않는다. 따라서 데이터가 블록체인에 포함되기 위해 승인 과정을 필요로 한다는 것은 ㉠의 이유로 적절하지 않다.

⑤ 동일한 데이터가 블록체인에 연결된 서로 다른 블록에 이중으로 포함되어 있기 때문이다.

> 근거: **1** ⁴노드들은 블록에 포함된 내용이 블록체인의 다른 블록에 있는 내용과 상충되지 않는지, 동일한 내용이 블록체인의 다른 블록에 이중으로 포함되어 있지 않은지 검증한다.
>
> 동일한 데이터는 블록체인에 연결된 서로 다른 블록에 이중으로 포함될 수 없다.

📋 문제적 문제 · 3-④번

학생들이 정답 이외에 가장 많이 고른 선지가 ④번이다. ㉠에 제시된 '블록체인에 포함된 데이터'와 1문단에 제시된 '새로 생성된 블록'에 포함된 데이터는 그 성격이 다르다는 점과 '복원'을 용이하게 만드는 요인에 대한 설명을 정확하게 이해했어야 했다.

1문단에 따르면 '새로 생성된 블록'이 블록체인에 연결되어 노드들에 저장되기 위해서는 승인 과정을 거쳐야 한다. 하지만 3문단에서 '일부 데이터가 지워져도 승인된 원래의 데이터로 복원할 때는 승인 과정이 필요하지 않다.'라고 했으므로, 이미 블록체인에 포함된 데이터의 복원에는 승인 과정이 필요하지 않음을 알 수 있다. 따라서 데이터가 블록체인에 포함되기 위해서는 승인 과정을 필요로 한다는 것은 ㉠의 이유로 적절하지 않다.

또한 3문단에서 '특정 노드에 저장되어 있는 일부 데이터가 변경'되었을 때 '끊어진 모든 블록을 다시 연결하는 것은 승인 과정을 필요로 하기 때문에 연결을 복구하는 것은 어렵다.'라고 한 것을 고려하면, 승인 과정을 필요로 하는 것은 복구를 어렵게 만드는 요인임을 알 수 있다. 이를 통해서도 승인 과정을 필요로 하는 것이, 복원이 용이하다는 ㉠의 이유가 되기는 어려움을 짐작할 수 있다. 따라서 ④번은 적절하지 않다.

정답률 분석

①	②	③	④	⑤
	정답		문제적 문제	
2%	67%	4%	23%	4%

4. 윗글을 바탕으로 〈보기〉를 이해한 내용으로 가장 적절한 것은? [3점]

─〈보기〉─

[1]노드 수가 10개로 고정된 블록체인 기술을 사용하고 있는 A 업체는 이전에 사용하던 작업증명 대신 속도가 더 빠른 합의 알고리즘을 개발해, 유통 분야에서 요구되는 성능을 초과 달성했다. [2]한편 B 업체는 최근 A 업체보다 데이터의 위조 불가능성을 향상시킨 블록체인 기술을 개발했다. [3]이 기술은 노드 수에 제한이 없지만 현재는 200개의 노드가 참여하고 있다. [4]승인 과정에는 작업증명을 사용한다.

A 업체	B 업체
- 노드 수: 10개	- 노드 수: 200개지만 제한 없음
- 합의 알고리즘: 작업증명보다 더 빠름	- 합의 알고리즘: 작업증명
- 유통 분야 요구 성능 초과 달성	- 데이터 위조 불가능성 향상

✔ 정답풀이

③ B 업체의 블록체인 기술은 노드 수가 감소하면 성능은 높아지고 탈중앙성이 낮아지겠군.

근거: **4** [21]탈중앙성은 승인 과정에 다수의 노드들이 참여하고, 특정 노드가 승인 과정을 주도하지 않는다는 성질이다. [22]노드 수가 감소하면 탈중앙성은 낮아진다. [24]노드 수가 증가하면 성능이 저하되므로

B 업체의 블록체인 기술의 노드 수가 감소하면 승인 과정에 참여하는 노드의 수가 감소하게 되므로, 성능은 높아지고 탈중앙성은 낮아질 것임을 알 수 있다.

✘ 오답풀이

① A 업체의 블록체인 기술은 이전보다 확장성과 보안성이 모두 높아졌겠군.

근거: **1** [7]승인 과정에는 합의 알고리즘이 사용되고, 합의 알고리즘의 예로 '작업증명'이 있다. + **4** [20]승인 과정에 걸리는 시간이 줄거나 노드 수가 감소하면 보안성은 낮아진다. [23]확장성은 블록체인 기술이 목표로 하는 응용 분야에 적용 가능할 만큼 성능이 높고 + 〈보기〉 [1]A 업체는 이전에 사용하던 작업증명 대신 속도가 더 빠른 합의 알고리즘을 개발해, 유통 분야에서 요구되는 성능을 초과 달성했다.

A 업체는 이전보다 더 빠른 합의 알고리즘 개발을 통해 유통 분야에서 요구되는 성능을 초과 달성했으므로 확장성이 높아졌다고 볼 수 있다. 하지만 승인 과정에서 걸리는 시간이 줄면 보안성은 낮아지므로 이전보다 보안성이 높아졌다고 볼 수는 없다.

② B 업체의 블록체인 기술은 노드 수가 증가할수록 보안성과 확장성이 모두 높아지겠군.

근거: **4** [20]승인 과정에 걸리는 시간이 줄거나 노드 수가 감소하면 보안성은 낮아진다. [23]확장성은~노드 수가 증가해도 서비스 유지가 가능하다는 성질이다. [24]노드 수가 증가하면 성능이 저하되므로, 확장성이 높다는 것은 노드 수가 증가하더라도 성능 저하가 크지 않다는 것을 의미한다.

노드 수가 감소하면 보안성이 낮아진다. 따라서 B 업체의 블록체인 기술은 노드 수가 증가할수록 보안성이 높아진다고 할 수 있다. 한편 확장성이 높다는 것은 노드 수가 증가해도 성능 저하가 크지 않은 것인데, 노드 수가 증가하면 성능이 저하된다는 점을 고려할 때 B 업체의 블록체인 기술에서 노드 수가 증가할수록 확장성이 높아진다고 보기는 어렵다.

④ A 업체의 블록체인 기술은 B 업체와 달리 공개형이고, B 업체보다 탈중앙성이 낮겠군.

근거: **2** [10]비공개형은 공개형과 달리 노드 수에 제한을 두고 + **4** [22]노드 수가 감소하면 탈중앙성은 낮아진다. + 〈보기〉 [1]노드 수가 10개로 고정된 블록체인 기술을 사용하고 있는 A 업체 [3](B 업체의) 이 기술은 노드 수에 제한이 없지만 현재는 200개의 노드가 참여하고 있다.

노드 수가 감소하면 탈중앙성은 낮아지는데 A 업체의 노드 수는 10개이고, B 업체의 노드 수는 200개이다. 따라서 A 업체의 블록체인 기술은 B 업체보다 탈중앙성이 낮다. 하지만 A 업체의 블록체인 기술은 노드 수에 제한이 없는 B 업체와 달리 노드 수가 10개로 고정되어 있으므로 비공개형으로 볼 수 있다.

⑤ A 업체의 블록체인 기술은 B 업체와 승인 과정이 다르고, B 업체보다 무결성이 높겠군.

근거: **1** [7]승인 과정에는 합의 알고리즘이 사용되고, 합의 알고리즘의 예로 '작업증명'이 있다. + **3** [12]데이터가 무단으로 변경되기 어렵다는 성질을 무결성이라 하는데 무결성은 블록체인 기술의 대표적인 장점이다. + 〈보기〉 [1]A 업체는 이전에 사용하던 작업증명 대신 속도가 더 빠른 합의 알고리즘을 개발 [2]B 업체는 최근 A 업체보다 데이터의 위조 불가능성을 향상시킨 블록체인 기술을 개발했다. [4]승인 과정에는 작업증명을 사용한다.

승인 과정에는 합의 알고리즘이 사용되는데, A 업체는 작업증명보다 속도가 빠른 합의 알고리즘을 사용하고 B 업체는 작업증명을 사용하므로, A 업체와 B 업체의 블록체인 기술은 승인 과정에 사용되는 합의 알고리즘이 다르다. 한편 무결성은 데이터가 무단으로 변경되기 어렵다는 성질로, B 업체는 A 업체보다 데이터의 위조 불가능성을 향상시켰다고 했으므로 A 업체의 블록체인 기술이 B 업체의 블록체인 기술보다 무결성이 높다고 볼 수 없다.

[1~4] 다음 글을 읽고 물음에 답하시오.

✏️ **사고의 흐름**

1 [1]식품 포장재, 세제 용기 등으로 사용되는 플라스틱은 생활에서 흔히 ⓐ접할 수 있다. [2]플라스틱은 '성형할 수 있는, 거푸집으로 조형이 가능한'이라는 의미의 '플라스티코스'라는 그리스어에서 온 말로, 열과 압력으로 성형할 수 있는 고분자 화합물을 이른다. *플라스틱이라는 화제를 제시하면서 그 성격을 설명하고 있네.*

2 [3]플라스틱은 단위체인 작은 분자가 수없이 반복 연결되는 중합을 통해 만들어진 거대 분자로 이루어져 있다. [4]단위체들은 공유 결합으로 연결되는데, 분자를 구성하는 원자들이 서로 전자를 공유하여 안정한 상태가 되는 결합을 공유 결합이라 한다. *'중합'과 '공유 결합'이라는 개념이 제시되었어. 중합은 작은 단위체가 거대 분자가 되기 위한 반복 연결을, 공유 결합은 이러한 연결이 이루어지는 방식을 의미해.* [5]두 원자가 각각 전자를 하나씩 내어놓아 그 두 개의 전자를 한 쌍으로 공유하면 단일 결합이라 하고, 두 쌍을 공유하면 이중 결합이라 한다. [6]공유 전자쌍이 많을수록 원자 간의 결합력은 강하다. [7]대부분의 원자는 가장 바깥 전자 껍질의 전자 수가 8개가 될 때 안정해진다. [8]탄소 원자는 가장 바깥 전자 껍질에 4개의 전자를 갖고 있어, 다른 원자들과 전자를 공유하여 안정해질 수 있으며 다양한 형태의 공유 결합이 가능하여 거대한 분자의 골격을 이룰 수 있다. *탄소 원자는 다른 원자들과 4개의 전자를 공유해야 가장 바깥 전자 껍질의 전자 수를 8개로 만들어 안정해질 수 있어. 즉 탄소가 안정하려면 총 네 쌍의 공유 전자쌍이 존재해야 한다는 말이네.*

3 [9]플라스틱의 한 종류인 폴리에틸렌은 에틸렌 분자들이 서로 연결되는 중합 과정을 거쳐 만들어진다. *2문단에 제시된 '중합'에 대한 설명과 연결하여 폴리에틸렌은 거대 분자, 에틸렌은 단위체인 작은 분자라는 것을 놓치지 말자.* [10]에틸렌은 두 개의 탄소 원자와 네 개의 수소 원자로 이루어지는데, 두 개의 탄소 원자가 서로 이중 결합을 하고 각각의 탄소 원자는 두 개의 수소 원자와 단일 결합을 한다. *각각의 탄소 원자를 기준으로 보면, 하나의 이중 결합(두 쌍), 두 개의 단일 결합(한 쌍 × 2)으로 총 네 쌍의 공유 전자쌍을 가졌으니 에틸렌의 탄소는 안정한 상태임을 알 수 있어.* [11]탄소 원자 간의 이중 결합에서는 한 결합이 다른 하나보다 끊어지기 쉽다. *부가 정보는 놓치지 말고 챙기자.*

4 [12]에틸렌의 중합에는 여러 가지 방법이 있는데 그중에 하나는 과산화물 개시제를 사용하는 것이다. *과산화물 개시제의 사용은 곧 에틸렌을 중합하는 방법이니까, 바꿔 말하면 '폴리에틸렌을 만드는 방법'이라고 볼 수 있겠지?* [13]열을 흡수한 과산화물 개시제는 가장 바깥 껍질에 7개의 전자가 있는 불안정한 상태의 원자를 가진 분자로 분해된다. *과산화물 개시제의 원자가 불안정한 상태가 되기 위한 조건(열을 흡수하는 것) 확인!* [14]이 불안정한 원자는 안정해지기 위해 에틸렌이 가진 탄소의 이중 결합 중 더 약한 결합을 끊어 버리면서 에틸렌의 한쪽 탄소 원자와 전자를 공유하며 단일 결합한다. [15]그러면 다른 쪽 탄소 원자는 공유되지 못한, 홀로 남은 전자를 갖게 된다. *에틸렌은 두 개의 탄소 원자끼리 이중 결합을 한다고 했지? 그 중 하나의 탄소가 하나의 결합을 끊고 과산화물 개시제의 원자와*

결합했으니 다른 탄소는 공유하지 못한 전자 하나가 남게 되겠지. 즉 안정해지기 위해서는 새로운 단일 결합이 필요한 상태가 된 거야. [16]이 불안정한 탄소 원자는 같은 방식으로 다른 에틸렌 분자와 반응을 하게 되고, 이와 같은 반응이 이어지며 불안정해지는 탄소 원자가 계속 생성된다. *불안정해진 탄소가 안정해지기 위해 다른 에틸렌 분자의 탄소와 결합하면 또 다른 불안정한 탄소가 생성되고, 이러한 과정이 반복되면 단위체인 에틸렌들이 계속 결합하면서 폴리에틸렌이 만들어지는 거야.* [17]에틸렌 분자들이 결합하여 더해지면 이것들은 사슬 형태를 이루며, 이 사슬은 지속적으로 성장하고 사슬 끝에는 불안정한 탄소 원자가 존재하게 된다. [18]성장하는 두 사슬의 끝이 서로 만나 결합하여 안정한 상태가 되면 반복적인 반응이 멈추게 된다. [19]㉠이 중합 (과정)을 거쳐 에틸렌 분자들은 폴리에틸렌이라는 고분자 화합물이 된다.

과산화물 개시제를 활용한 에틸렌의 중합 과정 ① 열을 받은 과산화물 개시제의 원자가 불안정해짐 → ② 과산화물 개시제의 원자가 안정해지기 위해 에틸렌 탄소의 이중 결합 중 하나를 끊고 자기가 결합함 → ③ 이중 결합하고 있던 다른 에틸렌 탄소가 단일 결합이 되며 전자 하나가 홀로 남음(불안정해짐) → ④ 불안정해진 탄소가 다른 에틸렌 탄소의 이중 결합을 끊고 결합함(안정해짐) → ⑤ 성장하는 사슬의 끝에 계속 존재하는 불안정한 탄소는 다른 사슬의 끝과 결합하여 안정해짐(중합 과정 끝) = 폴리에틸렌(거대 분자, 고분자 화합물) 생성

5 [20]플라스틱을 이루는 거대한 분자들은 길이가 길다. [21]그래서 사슬들이 일정한 방향으로 나란히 배열되어 있는 결정 영역은, 분자들 전체에서 기대할 수는 없지만 부분적으로 있을 수는 있다. *결정 영역의 개념이 제시되었어. 앞의 내용에 추가하여 결정 영역에 대한 정보를 정리해 보자.* [22]플라스틱에서 결정 영역이 차지하는 부분의 비율은 여러 조건에 따라 조절이 가능하고 물성*에 영향을 미친다. [23]결정 영역이 많아질수록 플라스틱은 유연성이 낮아 충격에 약하고 가공성이 떨어지며 점점 불투명해지지만, 밀도*가 높아져 단단해지고 화학 물질에 대한 민감성이 감소하며 열에 의해 잘 변형되지 않는다. [24]이런 성질을 활용하여 필요에 따라 다양한 종류의 플라스틱을 만들 수 있다. *4문단까지 단위체의 중합에 의한 플라스틱의 생성 과정을 설명했다면, 5문단은 흐름을 바꿔 결정 영역이라는 부가 정보를 제시하고 있어. 결정 영역은 플라스틱의 성질에 영향을 주고, 조건에 따라 조절이 가능하다는 정보를 정리해 두자.*

과정이 제시된 문단의 내용은 순서에 따라 구조화하면서 정리하자.

🏷️ 이것만은 챙기자

- ***물성:** 물질이 가지고 있는 성질.
- ***밀도:** 어떤 물질의 단위 부피만큼의 질량.

만점 선배의 구조도 예시

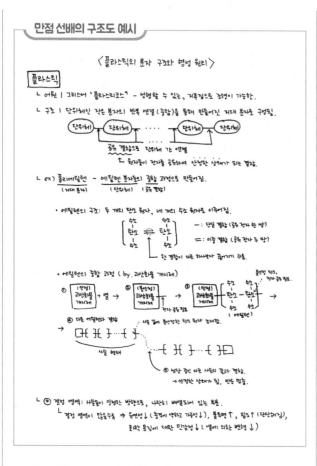

>> 각 문단을 요약하고 지문을 **세 부분**으로 나누어 보세요.

1 플라스틱은 열과 압력으로 성형할 수 있는 고분자 화합물이다.	첫 번째 **1**¹~**1**²	

2 플라스틱은 단위체인 작은 분자가 공유 결합으로 반복 연결되는 **중합**을 통해 만들어진 거대 분자로 이루어진다.

3 플라스틱 중 폴리에틸렌은 에틸렌 분자들이 서로 연결되는 중합 과정을 거쳐 만들어진다.

두 번째 **2**³~**4**¹⁰

4 과산화물 개시제를 사용해 에틸렌을 중합하는 과정에서는 에틸렌 분자를 이루는 **탄소 원자들의 이중 결합이 단일 결합으로 되면서 사슬이 성장하고, 성장하는 두 사슬의 끝이 결합하면 반응이 멈추어 폴리에틸렌이 된다.

5 플라스틱에서 사슬들이 일정한 방향으로 나란히 배열된 **결정 영역**이 차지하는 부분의 비율은 물성에 영향을 미친다.

세 번째 **5**²⁰~**5**²⁴

| 세부 정보 파악 | 정답률 **86**

1. 윗글에서 알 수 있는 내용으로 적절하지 <u>않은</u> 것은?

⊘ 정답풀이

④ 불안정한 원자를 가진 에틸렌은 과산화물을 개시제로 쓰면 분해되면서 안정해진다.

> 근거: **4** ¹²에틸렌의 중합에는 여러 가지 방법이 있는데 그중에 하나는 과산화물 개시제를 사용하는 것이다. ¹³열을 흡수한 과산화물 개시제는 가장 바깥 껍질에 7개의 전자가 있는 불안정한 상태의 원자를 가진 분자로 분해된다. ¹⁴이 불안정한 원자는 안정되지기 위해 에틸렌이 가진 탄소의 이중 결합 중 더 약한 결합을 끊어 버리면서 에틸렌의 한쪽 탄소 원자와 전자를 공유하며 단일 결합한다. ¹⁵그러면 다른 쪽 탄소 원자는 공유되지 못한, 홀로 남은 전자를 갖게 된다. ¹⁶이 불안정한 탄소 원자는 같은 방식으로 다른 에틸렌 분자와 반응을 하게 되고, 이와 같은 반응이 이어지며 불안정해지는 탄소 원자가 계속 생성된다.
>
> 과산화물 개시제는 에틸렌을 중합할 때 활용된다. 이때 열을 흡수하여 불안정한 상태로 분해된 과산화물 개시제는 에틸렌이 가진 탄소의 이중 결합 중 더 약한 결합을 끊어 불안정한 탄소 원자를 만들고, 이 탄소 원자는 같은 방식으로 다른 에틸렌 분자와 반응하며 에틸렌 분자들을 사슬 형태로 결합시키는데, 이 과정에서 불안정해지는 탄소 원자가 계속 생성된다. 즉 과산화물 개시제는 에틸렌이 가진 안정한 원자를 불안정하게 만들 뿐이며, 과산화물 개시제에 의해 불안정한 원자를 가진 에틸렌이 안정하는 것은 아니다. 참고로 불안정한 원자를 가진 에틸렌을 안정하게 하는 방법은 성장하고 있는(불안정한 원자가 존재하는 에틸렌을 포함한) 또 다른 사슬 끝과 결합하는 것이다.

⊗ 오답풀이

① 단위체들은 중합을 거쳐 거대 분자를 이룰 수 있다.

근거: **2** ³플라스틱은 단위체인 작은 분자가 수없이 반복 연결되는 중합을 통해 만들어진 거대 분자로 이루어져 있다.

② 에틸렌 분자에는 단일 결합과 이중 결합이 모두 존재한다.

근거: **3** ¹⁰에틸렌은 두 개의 탄소 원자와 네 개의 수소 원자로 이루어지는데, 두 개의 탄소 원자가 서로 이중 결합을 하고 각각의 탄소 원자는 두 개의 수소 원자와 단일 결합을 한다.

③ 플라스틱이라는 명칭의 유래는 열과 압력으로 성형이 되는 성질과 관련이 있다.

근거: **1** ²플라스틱은 '성형할 수 있는, 거푸집으로 조형이 가능한'이라는 의미의 '플라스티코스'라는 그리스어에서 온 말로, 열과 압력으로 성형할 수 있는 고분자 화합물을 이른다.

⑤ 탄소와 탄소 사이의 이중 결합 중 하나의 결합 세기는 나머지 하나의 결합 세기보다 크다.

근거: **3** ¹¹탄소 원자 간의 이중 결합에서는 한 결합이 다른 하나보다 끊어지기 쉽다.

2. ㉠에 대한 이해로 적절하지 <u>않은</u> 것은?

> ㉠: 이 중합 과정

❤ 정답풀이

① 성장 중의 사슬은 그 양쪽 끝부분에서 불안정한 탄소 원자가 생성된다.

근거: ④ ¹²에틸렌의 중합에는 여러 가지 방법이 있는데 그중에 하나는 과산화물 개시제를 사용하는 것이다. ¹³열을 흡수한 과산화물 개시제는 가장 바깥 껍질에 7개의 전자가 있는 불안정한 상태의 원자를 가진 분자로 분해된다. ¹⁴이 불안정한 원자는 안정해지기 위해 에틸렌이 가진 탄소의 이중 결합 중 더 약한 결합을 끊어 버리면서 에틸렌의 한쪽 탄소 원자와 전자를 공유하며 단일 결합한다. ¹⁵그러면 다른 쪽 탄소 원자는 공유되지 못한, 홀로 남은 전자를 갖게 된다. ¹⁶이 불안정한 탄소 원자는 같은 방식으로 다른 에틸렌 분자와 반응을 하게 되고, 이와 같은 반응이 이어지며 불안정해지는 탄소 원자가 계속 생성된다. ¹⁷에틸렌 분자들이 결합하여 더해지면 이것들은 사슬 형태를 이루며, 이 사슬은 지속적으로 성장하고 사슬 끝에는 불안정한 탄소 원자가 존재하게 된다.

과산화물 개시제를 사용한 에틸렌의 중합 과정(㉠)을 참고하면, 성장 중인 사슬의 한쪽 끝에는 이중 결합 중 약한 결합이 끊어져 불안정한 탄소 원자가 존재하게 된다. 하지만 다른 한쪽 끝의 탄소 원자는 비록 이중 결합 중 약한 결합이 끊어지기는 했지만, 열을 흡수하여 불안정한 상태가 된 과산화물 개시제의 원자와 전자를 공유하며 단일 결합하고 있으므로 안정한 상태임을 알 수 있다. 따라서 성장 중의 사슬은 한쪽 끝부분에서만 불안정한 탄소 원자가 생성된다.

❌ 오답풀이

② 사슬의 중간에 두 탄소 원자가 서로 전자를 하나씩 내어놓아 공유하는 결합이 존재한다.

근거: ❷ ⁵두 원자가 각각 전자를 하나씩 내어놓아 그 두 개의 전자를 한 쌍으로 공유하면 단일 결합이라 하고, 두 쌍을 공유하면 이중 결합이라 한다. + ④ ¹⁴이 불안정한 원자는 안정해지기 위해 에틸렌이 가진 탄소의 이중 결합 중 더 약한 결합을 끊어 버리면서 에틸렌의 한쪽 탄소 원자와 전자를 공유하며 단일 결합한다. ¹⁵그러면 다른 쪽 탄소 원자는 공유되지 못한, 홀로 남은 전자를 갖게 된다. ¹⁶이 불안정한 탄소 원자는 같은 방식으로 다른 에틸렌 분자와 반응을 하게 되고, 이와 같은 반응이 이어지며 불안정해지는 탄소 원자가 계속 생성된다.

폴리에틸렌(고분자 화합물)을 이루고 있는 사슬 형태의 중간에는 이중 결합 중 하나가 끊어진 탄소 원자가 다른 탄소 원자와 전자를 하나씩 공유하는 단일 결합이 존재한다.

③ 상태가 불안정한 원자를 지닌 분자의 생성이 연속적인 사슬 성장 반응이 일어나는 계기가 된다.

근거: ❷ ⁵두 원자가 각각 전자를 하나씩 내어놓아 그 두 개의 전자를 한 쌍으로 공유하면 단일 결합이라 하고, 두 쌍을 공유하면 이중 결합이라 한다. + ④ ¹⁴이 불안정한 원자는 안정해지기 위해 에틸렌이 가진 탄소의 이중 결합 중 더 약한 결합을 끊어 버리면서 에틸렌의 한쪽 탄소 원자와 전자를 공유하며 단일 결합한다. ¹⁵그러면 다른 쪽 탄소 원자는 공유되지 못한, 홀로 남은 전자를 갖게 된다. ¹⁶이 불안정한 탄소 원자는 같은 방식으로 다른 에틸렌 분자와 반응을 하게 되고, 이와 같은 반응이 이어지며 불안정해지는 탄소 원자가 계속 생성된다.

에틸렌 분자들이 결합하며 더해져 지속적으로 성장할 수 있는 것은 이중 결합 중 하나가 끊어져 상태가 불안정한 탄소가 계속 생성되기 때문이다.

④ 공유되지 못하고 홀로 남은 전자를 가진 탄소 원자는 사슬의 성장 과정이 종결되기 전까지 계속 발생한다.

근거: ④ ¹⁶(에틸렌의) 이 불안정한 (이중 결합 중 약한 결합이 끊어져 홀로 남은 전자를 가진) 탄소 원자는 같은 방식으로 다른 에틸렌 분자와 반응을 하게 되고, 이와 같은 반응이 이어지며 불안정해지는 탄소 원자가 계속 생성된다. ¹⁸성장하는 두 사슬의 끝이 서로 만나 결합하여 안정한 상태가 되면 반복적인 반응이 멈추게 된다.

⑤ 에틸렌 분자를 구성하는 탄소 원자들 사이의 이중 결합이 단일 결합으로 되면서 사슬의 성장 과정을 이어 간다.

근거: ❸ ¹⁰에틸렌은 두 개의 탄소 원자와 네 개의 수소 원자로 이루어지는데, 두 개의 탄소 원자가 서로 이중 결합을 하고 각각의 탄소 원자는 두 개의 수소 원자와 단일 결합을 한다. + ④ ¹⁴이 불안정한 (과산화물 개시제의) 원자는 안정해지기 위해 에틸렌이 가진 탄소의 이중 결합 중 더 약한 결합을 끊어 버리면서 에틸렌의 한쪽 탄소 원자와 전자를 공유하며 단일 결합한다. ¹⁶이 불안정한 (에틸렌의) 탄소 원자는 같은 방식으로 다른 에틸렌 분자와 반응을 하게 되고

사슬의 성장이 이어지는 것은 에틸렌의 상태가 불안정한 탄소 원자가 안정해지기 위해 다른 에틸렌 분자의 탄소와 반응하여 불안정한 상태의 탄소 원자를 생성하는 과정이 계속 이어지기 때문이다. 이때 탄소 원자의 상태가 불안정하다는 것은 에틸렌의 두 개의 탄소 원자 사이의 이중 결합 중 더 약한 결합이 끊어져 단일 결합이 된 것을 의미한다.

• 2-①, ②번

학생들이 정답과 비슷한 비율로 고른 선지가 ②번이다. 지문에 제시된 공유 결합과 에틸렌의 중합 과정에 대해 정확하게 파악하지 못한 상황에서 시간의 압박과 함께 부담을 느꼈기 때문인 것으로 보인다.

우선 3문단에 제시된 에틸렌의 구조는 '두 개의 탄소 원자가 서로 이중 결합을 하고 각각의 탄소 원자는 두 개의 수소 원자와 단일 결합'을 한 것이다. 4문단에 따르면 열을 받아 불안정해진 과산화물 개시제의 원자는 안정하기 위해 '에틸렌이 가진 탄소의 이중 결합 중 더 약한 결합을 끊'고 '에틸렌의 한쪽 탄소 원자와 전자를 공유하며 단일 결합'을 한다. 이때 에틸렌의 두 탄소 중 과산화물 개시제와 단일 결합한 탄소는 기존의 공유 전자쌍 수를 유지하게 되므로 안정한 상태이지만, 나머지 탄소는 이중 결합이 끊어져 공유 전자쌍이 하나 부족한 불안정한 상태가 된다. 이 불안정한 탄소는 안정해지기 위해 다른 에틸렌의 탄소 사이의 이중 결합을 끊고 단일 결합을 하고, 이 과정에서 또 다른 불안정한 탄소가 발생한다. 이러한 결합이 계속 반복되어 사슬이 성장하는 것이다. 이러한 중합 과정을 참고하면 성장 중인 사슬의 양 끝의 탄소는 각각 과산화물 개시제의 원소와 결합한 안정한 탄소와 이중 결합이 끊어져 공유 전자쌍이 하나 부족한 탄소이다. 따라서 성장 중인 사슬의 양쪽 끝부분에 불안정한 탄소 원자가 발생한다는 ①번은 적절하지 않다.

위의 설명을 참고하면 사슬 중간의 에틸렌 탄소들은 기본적으로는 전자를 공유하여 공유 결합을 하고 있으며, 사슬 형태로 결합하기 전 에틸렌 분자 하나로 존재할 때는 두 쌍의 전자를 공유한 이중 결합을 한다. 하지만 중합을 통해 사슬 형태로 결합했을 때는 이중 결합 중 약한 결합이 끊어져 단일 결합이 되고, 이는 두 탄소 원자가 서로 전자를 하나씩 내어 놓아 한 쌍의 공유된 전자쌍을 가진 결합이 존재한다는 것을 나타낸다. 따라서 ②번의 내용은 적절하다.

①번의 '양쪽 끝부분'이라는 표현이 정오 판단의 결정적인 단서였는데, 이 단서는 공유 결합과 에틸렌의 중합 과정을 정확하게 이해하지 못한 상태에서 시간을 의식하며 빠르게 읽었다면 놓쳤을 가능성이 크다. 이때는 침착하게 선지에서 바뀌거나 추가된 표현이 존재하는지, 혹은 선지가 그 럴듯하게 보이지만 지문에서 언급하지 않은 내용을 다루고 있는지를 꼼꼼히 확인하면 정오 판단의 단서를 찾을 수 있을 것이다.

정답률 분석

	정답	매력적 오답			
	①	②	③	④	⑤
	34%	33%	12%	11%	10%

3. 윗글을 바탕으로 〈보기〉의 ㉮와 ㉯를 이해한 내용으로 가장 적절한 것은? [3점]

〈보기〉

폴리에틸렌은 높은 압력과 온도에서 중합되어 사슬이 여기저기 가지를 친 구조로 만들어지기도 한다. ㉮가지를 친 구조의 사슬들은 조밀하게 배열되기 힘들다. 한편 특수한 촉매를 사용하여 저온에서 중합되면 탄소 원자들이 이루는 사슬이 한 줄로 쭉 이어진 직선형 구조로 만들어지기도 한다. 이 ㉯직선형 구조의 사슬들은 한 방향으로 서로 나란히 조밀하게 배열될 수 있다.

5문단에서 결정 영역은 사슬의 배열 구조와 관련이 있고, 물성에 영향을 주며 조건에 따라 조절할 수 있다고 했지? 이에 따르면 ㉮(가지를 친 구조의 사슬들)는 결정 영역이 적은, ㉯(직선형 구조의 사슬들)는 결정 영역이 많은 폴리에틸렌임을 추론할 수 있어.

✓ 정답풀이

③ 보관 용기에서 화학 물질이 닿는 부분에는 ㉮보다 ㉯로 이루어진 소재를 쓰는 것이 좋겠군.

근거: **5** **20**플라스틱을 이루는 거대한 분자들은 길이가 길다. **21**그래서 사슬들이 일정한 방향으로 나란히 배열되어 있는 결정 영역은, 분자들 전체에서 기대할 수는 없지만 부분적으로 있을 수는 있다. **22**플라스틱에서 결정 영역이 차지하는 부분의 비율은 여러 조건에 따라 조절이 가능하고 물성에 영향을 미친다. **23**결정 영역이 많아질수록 플라스틱은 유연성이 낮아 충격에 약하고 가공성이 떨어지며 점점 불투명해지지만, 밀도가 높아져 단단해지고 화학 물질에 대한 민감성이 감소하며 열에 의해 잘 변형되지 않는다.

보관 용기에서 화학 물질이 닿는 부분은 화학 물질에 대한 민감성이 적은, 즉 결정 영역이 차지하는 부분의 비율이 큰 구조로 이루어진 소재를 사용해야 한다. 결정 영역이 사슬들이 일정한 방향으로 나란히 배열되어 있는 것임을 참고하면, 〈보기〉에서 사슬들이 조밀하게 배열되기 힘든 ㉮는 결정 영역이 적고, 사슬들이 한 방향으로 서로 나란히 조밀하게 배열될 수 있는 ㉯는 결정 영역이 많음을 알 수 있다. 따라서 보관 용기에서 화학 물질이 닿는 부분의 소재로는 ㉮보다 ㉯를 쓰는 것이 적절하다.

✗ 오답풀이

① 충격에 잘 깨지지 않도록 유연하게 하려면 ㉮보다 ㉯로 이루어진 소재가 적합하겠군.

근거: **5** **23**결정 영역이 많아질수록 플라스틱은 유연성이 낮아 충격에 약하고

결정 영역이 많은 플라스틱은 유연성이 낮아 충격에 약하다. 따라서 충격에 잘 깨지지 않도록 유연하게 하기 위한 소재로는 결정 영역이 적은 ㉮가 적합하다.

② 포장된 물품이 잘 보이게 하려면 포장재로는 ㉮보다 ㉯로 이루어진 소재가 적합하겠군.

근거: **5** **23**결정 영역이 많아질수록 플라스틱은~점점 불투명해지지만

플라스틱은 결정 영역이 많아질수록 점점 불투명해진다. 따라서 투명도를 높여 포장된 물품이 잘 보이는 포장재의 소재로는 결정 영역이 적은 ㉮가 더 적합하다.

④ ④보다 ②로 이루어진 소재의 밀도가 더 높겠군.

근거: **5** [23]결정 영역이 많아질수록 플라스틱은~밀도가 높아져 단단해지고

플라스틱은 결정 영역이 많아질수록 밀도가 높아져 단단해진다. 따라서 결정 영역이 많은 ④로 이루어진 소재가 결정 영역이 적은 ②로 이루어진 소재보다 밀도가 더 높다.

⑤ 열에 잘 견디게 하려면 ④보다 ②로 이루어진 소재가 적합하겠군.

근거: **5** [23]결정 영역이 많아질수록 플라스틱은~열에 의해 잘 변형되지 않는다.

플라스틱은 결정 영역이 많아질수록 열에 의해 잘 변형되지 않는다. 따라서 열에 잘 견디기 위한 소재로는 결정 영역이 많은 ④가 더 적합하다.

| 어휘의 의미 파악 | 정답률 **79**

4. ⓐ와 문맥상 의미가 가장 가까운 것은?

정답풀이

③ 나는 교과서에서 접한 시를 모두 외웠다.

근거: **1** [1]식품 포장재, 세제 용기 등으로 사용되는 플라스틱은 생활에서 흔히 ⓐ접할 수 있다.

ⓐ와 ③번의 '접하다'는 모두 '가까이 대하다.'라는 의미로 쓰였다.

오답풀이

① 요즘 신도시는 아파트가 대규모로 서로 접해 있다.
'이어서 닿다.'라는 의미로 쓰였다.

② 그는 자신의 수상 소식을 오늘에야 접하게 되었다.
'소식이나 명령 따위를 듣거나 받다.'라는 의미로 쓰였다.

④ 우리나라는 삼면이 바다에 접해 있다.
'이어서 닿다.'라는 의미로 쓰였다.

⑤ 우리 집은 공원을 접하고 있다.
'이어서 닿다.'라는 의미로 쓰였다.

MEMO

[1~4] 다음 글을 읽고 물음에 답하시오.

✏️ 사고의 흐름

1 ¹데이터를 처리할 때 데이터의 정확성은 매우 중요하다. ²그런데 데이터에 결측치와 이상치가 포함되면 데이터의 특징을 제대로 ⓐ나타내기 어렵다. 데이터의 정확성을 언급하면서 결측치와 이상치라는 화제를 제시했어. 결측치와 이상치는 데이터의 특징을 제대로 나타내기 어렵게 한다고 했으니 데이터 처리 측면에서는 문제 상황으로 볼 수 있겠지? 이후 이를 해결하는 방법이 제시될 수 있음을 예상하면서 읽어 보자.

2 ³결측치는 데이터 값이 ⓑ빠져 있는 것이다. ⁴결측치를 처리하는 방법 중 하나인 대체*는 다른 값으로 결측치를 채우는 것인데, 대체하는 값으로는 ①평균, ②중앙값, ③최빈값을 많이 사용한다. 결측치는 데이터 값이 빠져 있는 것(문제)이니, 이를 처리(해결)하려면 빠져 있는 값을 채워야겠지. 그 채우는 값이 세 가지(평균, 중앙값, 최빈값)로 제시되어 있어. 새로운 개념이 제시되었으니 이에 대한 설명이 이어질 거야. ⁵중앙값은 데이터를 크기순으로 정렬했을 때 중앙에 위치한 값이다. ⁶크기가 같은 값이 복수*일 경우에도 순위를 매겨 중앙값을 찾고, 데이터의 개수가 짝수이면 중앙에 있는 두 값의 평균이 중앙값이다. 데이터가 짝수 개이면 하나의 값만 중앙에 위치할 수 없으니, 중앙에 위치한 두 값의 평균을 구하는 거야. ⁷또 최빈값은 데이터에 가장 많이 나타나는 값을 이른다. ⁸일반적으로 데이터 값이 연속적인 수치이면 평균으로, 석차*처럼 순위가 있는 값에는 중앙값으로, 직업과 같이 문자인 경우에는 최빈값으로 결측치를 대체한다. 중앙값, 최빈값에 대한 설명이 제시되었어. 평균에 대해서는 특별한 설명이 없는 것을 보니 우리가 이미 알고 있는 그 의미인 것 같아. 표로 각 개념의 특징을 정리해서 비교해 보자.

중앙값	- 데이터를 크기순으로 정렬했을 때 중앙에 위치한 값 - 크기가 같은 복수의 값도 순위를 매겨서 중앙값을 찾음 - 데이터가 짝수 개이면 중앙에 있는 두 값의 평균이 중앙값이 됨
최빈값	- 데이터에 가장 많이 나타나는 값

3 ⁹이상치는 데이터의 다른 값에 비해 유달리 크거나 작은 값으로, 데이터를 수집할 때 측정 오류 등에 의해 주로 ⓒ생긴다. 결측치에 대한 설명이 마무리되고 이상치에 대한 내용으로 전환되었어. 다른 데이터에 비해 값이 유달리 크거나 작다는 이상치의 정의를 꼼꼼히 확인하자. ¹⁰그런데 정상적인 데이터라도 데이터의 특징을 왜곡*하는 데이터 값이 있을 수 있다. ¹¹예를 들어 데이터가 어떤 프로 선수들의 연봉이고 그중 한 명의 연봉이 유달리 많다면, 이상치가 포함된 데이터에 해당한다. 즉 이상치라고 해서 항상 오류값은 아니라는 것! ¹²이런 데이터의 특징을 하나의 수치로 나타내려는 경우 ㉠대푯값으로 평균보다 중앙값을 주로 사용한다. 평균은 데이터 전체의 값을 통해 얻는 것이니 유난히 크거나 작은 값은 평균값에 영향을 주겠지? 그래서 이상치의 영향을 받지 않는 중앙값을 주로 사용하는 거야.

앞 내용의 예외가 되는 상황을 제시할 거야.

앞의 설명을 구체적인 예시로 완벽하게 이해하자.

4 ¹³평면상에 있는 점들의 위치를 나타내는 데이터에서도 이상치를 발견할 수 있다. 이상치에 대한 설명이 이어지며 '평면상에 있는 점들의 위치를 나타내는 데이터'라는 구체적인 사례가 제시되었어. 이상치의 정의와 특성이 해당 상황에 어떻게 적용되는지에 주목하며 읽어 보자. ¹⁴대부분의 점들이 가상*의 직선

주위에 모여 있다면 이 직선은 데이터의 특징을 잘 나타낸다고 할 수 있다. ¹⁵이 직선(대부분의 점들이 주위에 모여 있는 직선)을 직선 L이라고 하자. ¹⁶그런데 직선 L로부터 멀리 떨어진 위치에도 몇 개의 점이 있다. ¹⁷이 점들이 이상치이다. 이상치는 데이터의 다른 값에 비해 유달리 크거나 작은 값이니까 데이터의 특징을 잘 나타내는 직선으로부터 멀리 떨어져 있겠지.

5 ¹⁸㉡이상치를 포함하는 데이터에서 직선 L을 찾는다고 하자. 이상치가 포함된 평면상의 데이터에서 직선 L을 찾는 방법을 설명할 거야. 과정이 제시되면 순서대로 내용을 정리해 두자. ¹⁹이때 사용할 수 있는 기법의 하나인 A 기법은 ①두 점을 무작위*로 골라 정상치 집합으로 가정하고, ②이 두 점을 ⓓ지나는 후보 직선을 그어 나머지 점들과 후보 직선 사이의 거리를 구한다. ²⁰③이 거리가 허용 범위 이내인 점들을 정상치 집합에 추가한다. ²¹④정상치 집합의 점의 개수가 미리 정해 둔 기준, 즉 문턱값보다 많으면 후보 직선을 최종 후보군에 넣는다. ²²반대로 점의 개수가 문턱값보다 적으면 후보 직선을 버린다. ²³만약 처음에 고른 점이 이상치이면, 대부분의 점들은 해당 후보 직선과의 거리가 너무 ⓔ멀어 이 직선은 최종 후보군에서 제외되는 것이다. 이상치는 다른 점들에 비해 멀리 떨어져 있으니 이상치가 포함된 후보 직선은 다른 점들과 거리가 멀어 정상치 집합의 점의 개수가 문턱값보다 적겠지? 그러면 이 후보 직선은 최종 후보군에서 제외돼! ²⁴⑤이 과정을 반복하여 최종 후보군을 구하고, 최종 후보군에 포함된 직선 중에서 정상치 집합의 데이터 개수가 최대인 직선을 직선 L로 선택한다. 즉 처음부터 적합한 직선 L을 찾아내는 것이 아니라, 조건에 가장 부합하는 것을 찾을 때까지 계속 반복해서 후보 직선을 설정하는 거야. ²⁵이 기법(A 기법)은 이상치가 있어도 직선 L을 찾을 가능성이 높다. 이상치의 영향을 받는 후보 직선은 결국 최종 후보군에서 제외되니까.

이것만은 챙기자

- ***대체**: 다른 것으로 대신함.
- ***복수**: 둘 이상의 수.
- ***석차**: 자리 또는 성적의 차례.
- ***왜곡**: 사실과 다르게 해석하거나 그릇되게 함.
- ***가상**: 사실이 아니거나 사실 여부가 분명하지 않은 것을 사실이라고 가정하여 생각함.
- ***무작위**: 통계의 표본 추출에서, 모집단의 각 원소가 표본으로 뽑힐 확률이 모두 같도록 함.

만점 선배의 구조도 예시

〈데이터의 결측치·이상치 처리 방법〉
└ 데이터의 정확성 ↓

문제 결측치 : 데이터 값이 빠져 있는 것.

처리 대체 : 다른 값 (평균, 중앙값, 최빈값)으로 결측치를 채움.
   └ 평균 : 데이터 값이 연속적인 수치일 경우 효용.
   └ 중앙값 : 데이터 값이 순위가 있는 값인 경우 활용.
       └ 데이터를 크기 순으로 정렬했을 때 중앙에 위치한 값.
   └ 최빈값 : 데이터가 문자인 경우 활용.
       └ 데이터에 가장 많이 나타나는 값.

문제 이상치 : ┌ 데이터의 다른 값에 비해 유달리 크거나 작은 값.
            └ 대부분의 점들과 멀리 떨어져 있는 점.
               (데이터를 평면 상의 점으로 나타내는 경우)
        └ 주로 데이터 수집 시 측정 오류 등에 의해 발생.
          (단, 정상적 데이터도 이상치에 포함 가능)

처리 ┌ 대푯값으로 중앙값 사용.
    └ 데이터의 특징을 직선 L로 나타냄.
         직선 주위에 대부분의 점들이 모여 있을수록 데이터의 특징을 잘 나타냄.

〈이상치가 포함된 평면상의 데이터에서 직선 L 찾기 (feat. A기법)〉
→ ① 무작위로 두 점을 골라 이를 지나는 후보 직선 긋기
       (정상치 집합 가정)
반복 ② ①의 후보 직선과 나머지 점들 사이의 거리를 구해 그 거리가
    허용범위 이내인 점들을 정상치 집합에 추가하기
  → ③ 정상치 집합의 점의 개수 ┌ > 문턱값 → 최종 후보군에 후보 직선 in.
                 └ < 문턱값 → 후보 직선 out.

⇒ 최종 후보군에서 정상치 집합의 데이터 수 Max인 것
       → "직선 L"로 선택!

» 각 문단을 요약하고 지문을 **세 부분**으로 나누어 보세요.

1 데이터에 **결측치**와 **이상치**가 포함되면 데이터의 특징을 제대로 나타내기 어렵다.	첫 번째 **1**[1]~**1**[2]
2 데이터 값이 빠져 있는 결측치를 처리하는 방법 중 하나인 대체는 다른 값으로 결측치를 채우는 것인데, 평균, 중앙값, **최빈값**을 대체하는 값으로 많이 사용한다.	
3 데이터의 다른 값에 비해 유달리 크거나 작은 값인 이상치는 주로 **측정 오류**로 생기지만 정상적인 데이터에도 있을 수 있다.	두 번째 **2**[3]~**4**[17]
4 평면상에 있는 점들이 가상의 직선 L 주위에 모여 있다면 이로부터 멀리 떨어진 위치의 점들이 **이상치**이다.	
5 직선 L을 찾기 위해서는 무작위로 고른 두 점을 지나는 후보 직선과 나머지 점들 사이의 거리를 구하고, 이 거리가 허용 범위 이내인 정상치 집합의 점의 개수가 **최대**인 직선을 선택하는 방법이 있다.	세 번째 **5**[18]~**5**[25]

| 세부 정보 파악 | 정답률 **85**

1. 윗글을 이해한 내용으로 적절하지 **않은** 것은?

✔ 정답풀이

③ 데이터가 정상적으로 수집되었다면 이상치가 존재하지 않는다.

> 근거: **3** [9]이상치는 데이터의 다른 값에 비해 유달리 크거나 작은 값으로, 데이터를 수집할 때 측정 오류 등에 의해 주로 생긴다. [10]그러나 정상적인 데이터라도 데이터의 특징을 왜곡하는 데이터 값이 있을 수 있다.

데이터의 다른 값에 비해 유달리 크거나 작은 값인 이상치는 주로 데이터 수집 과정에서 측정 오류 등에 의해 생기지만, 정상적인 데이터라도 이상치가 포함될 수 있다. 즉 데이터가 정상적으로 수집된 경우라도 이상치는 존재할 수 있다.

✖ 오답풀이

① 데이터가 수치로 구성되지 않아도 최빈값을 구할 수 있다.

근거: **2** [8]일반적으로 데이터 값이 연속적인 수치이면 평균으로, 석차처럼 순위가 있는 값에는 중앙값으로, 직업과 같이 문자인 경우에는 최빈값으로 결측치를 대체한다.

데이터 값이 문자인 경우에는 최빈값으로 결측치를 대체할 수 있으므로, 수치로 구성되지 않은 데이터라도 최빈값을 구할 수 있다.

② 데이터의 특징이 언제나 하나의 수치로 나타나는 것은 아니다.

근거: **1** [2]그런데 데이터에 결측치와 이상치가 포함되면 데이터의 특징을 제대로 나타내기 어렵다. + **4** [13]평면상에 있는 점들의 위치를 나타내는 데이터에서도 이상치를 발견할 수 있다.

데이터에 결측치와 이상치가 포함되면 데이터의 특징을 제대로 나타내기 어려우며, 데이터는 수치로도 나타낼 수 있지만 평면상의 점으로도 나타낼 수 있으므로, 데이터의 특징이 언제나 하나의 수치로 나타나는 것은 아니다.

④ 데이터에 동일한 수치가 여러 개 있어도 중앙값으로 결측치를 대체할 수 있다.

근거: **2** [4]결측치를 처리하는 방법 중 하나인 대체는 다른 값으로 결측치를 채우는 것인데, 대체하는 값으로는 평균, 중앙값, 최빈값을 많이 사용한다. [5]중앙값은 데이터를 크기순으로 정렬했을 때 중앙에 위치한 값이다. [6]크기가 같은 값이 복수일 경우에도 순위를 매겨 중앙값을 찾고, 데이터의 개수가 짝수이면 중앙에 있는 두 값의 평균이 중앙값이다.

데이터를 크기순으로 정렬했을 때 중앙에 위치한 값인 중앙값은 데이터에 크기가 같은 값이 복수로 있어도 찾을 수 있으며, 이렇게 찾은 중앙값은 결측치를 대체하는 역할을 할 수 있다.

⑤ 데이터를 수집하는 과정에서 측정 오류가 발생한 값이라도 이상치가 아닐 수 있다.

근거: **3** [9]이상치는 데이터의 다른 값에 비해 유달리 크거나 작은 값으로, 데이터를 수집할 때 측정 오류 등에 의해 주로 생긴다.

데이터의 다른 값에 비해 유달리 크거나 작은 값인 이상치는 주로 데이터를 수집하는 과정에서 측정 오류에 의해 발생하지만, 그렇다고 측정 오류가 난 것이 모두 이상치라고는 볼 수 없다. 만약 측정 오류가 난 데이터의 값이 다른 데이터의 값에 비해 유달리 크거나 작지 않고, 정상적으로 측정된 다른 데이터 값과 유사한 범위 안에 있다면 이상치가 아닐 수 있기 때문이다.

2. 윗글을 참고할 때, ㉠의 이유로 가장 적절한 것은?

㉠: 대푯값으로 평균보다 중앙값을 주로 사용한다.

✔ 정답풀이

① 중앙값은 극단에 있는 이상치의 영향을 덜 받기 때문이다.

> 근거: ❷ [5]중앙값은 데이터를 크기순으로 정렬했을 때 중앙에 위치한 값이다. [6]크기가 같은 값이 복수일 경우에도 순위를 매겨 중앙값을 찾고, 데이터의 개수가 짝수이면 중앙에 있는 두 값의 평균이 중앙값이다. + ❸ [9]이상치는 데이터의 다른 값에 비해 유달리 크거나 작은 값
> 평균은 데이터의 모든 값에 대한 중간값이기 때문에 데이터에 이상치가 포함된다면 그 영향을 받아 데이터의 특징이 왜곡될 수 있다. 반면 중앙값은 데이터를 크기순으로 정렬했을 때 중앙에 위치한 값으로, 평균에 비해 이상치의 영향을 덜 받게 된다. 따라서 대푯값으로 중앙값을 사용하는 것은 이상치가 포함된 데이터의 특징을 하나의 수치로 나타내려는 경우에 적절하다.

✖ 오답풀이

② 중앙값을 찾기 위해 데이터를 나열할 때 이상치는 제외되기 때문이다.

> 근거: ❷ [5]중앙값은 데이터를 크기순으로 정렬했을 때 중앙에 위치한 값이다.
> 중앙값은 데이터를 크기순으로 정렬했을 때 중앙에 위치한 값으로, 중앙값을 찾을 때에는 이상치를 모두 포함하여 크기순으로 정렬한 후 중앙에 위치한 값을 찾는다.

③ 데이터의 개수가 많아질수록 이상치도 많아지고 평균을 구하기 어렵기 때문이다.

> 데이터의 개수가 많아질수록 평균을 구하는 데 더 많은 노력이 들 것으로 추측할 수는 있으나, 윗글에서 이러한 내용이나 데이터의 개수와 이상치의 관계를 언급한 부분은 찾아볼 수 없다.

④ 이상치가 포함되면 평균을 구하는 것이 중앙값을 찾는 것보다 복잡하기 때문이다.

> 윗글을 통해 이상치를 포함한 데이터에서 평균과 중앙값을 찾는 방법의 복잡한 정도 차이는 알 수 없다.

⑤ 이상치가 포함되면 평균은 데이터에 포함되지 않는 값일 가능성이 큰 반면 중앙값은 항상 데이터에 포함된 값이기 때문이다.

> 근거: ❷ [5]중앙값은 데이터를 크기순으로 정렬했을 때 중앙에 위치한 값이다. [6]크기가 같은 값이 복수일 경우에도 순위를 매겨 중앙값을 찾고, 데이터의 개수가 짝수이면 중앙에 있는 두 값의 평균이 중앙값이다. + ❸ [9]이상치는 데이터의 다른 값에 비해 유달리 크거나 작은 값
> 이상치는 다른 값에 비해 유달리 크거나 작은 값이므로, 이상치가 포함되면 평균은 데이터에 포함되지 않는 값일 가능성이 상대적으로 크다고 추측할 수 있다. 그러나 데이터의 개수가 짝수이면 중앙에 있는 두 값의 평균을 중앙값으로 취하므로 중앙값이 항상 데이터에 포함된 값이라고 볼 수는 없다.

3. ㉡과 관련하여 윗글의 A 기법과 〈보기〉의 B 기법을 설명한 내용으로 가장 적절한 것은? [3점]

㉡: 이상치를 포함하는 데이터에서 직선 L을 찾는다고 하자.

〈보기〉

[1]다음과 같은 방법으로 직선 L을 찾는 B 기법을 가정해 보자. [2]①후보 직선을 임의로 여러 개 가정한 뒤에 ②모든 점에서 각 후보 직선들과의 거리를 구하여 ③점들과 가장 가까운 직선을 선택한다. [3]그러나 이렇게 찾은 직선은 직선 L로 적합한 직선이 아니다. [4]이상치를 포함해서 찾다 보니 대부분 최적의 직선과 이상치 사이에 위치한 직선을 선택하게 된다.

B 기법은 임의의 후보 직선들과 모든 점 간의 거리를 구한다고 했으니 이상치도 거리 계산에 포함이 되겠네. 즉, B 기법에서 최종 선택된 직선 L은 이상치의 영향을 받아 최적의 직선(=대부분의 점들이 주변에 모여 있는 직선)과 이상치 사이에 존재하게 되는 거야.

✔ 정답풀이

⑤ A 기법에서 후보 직선의 정상치 집합에는 이상치가 포함될 수 있고 B 기법에서 후보 직선은 이상치를 지날 수 있다.

> 근거: ❺ [19]A 기법은 두 점을 무작위로 골라 정상치 집합으로 가정하고, 이 두 점을 지나는 후보 직선을 그어 나머지 점들과 후보 직선 사이의 거리를 구한다. [20]이 거리가 허용 범위 이내인 점들을 정상치 집합에 추가한다. + 〈보기〉[2](B 기법은) 후보 직선을 임의로 여러 개 가정한 뒤에 모든 점에서 각 후보 직선들과의 거리를 구하여 점들과 가장 가까운 직선을 선택한다.
> A 기법에서 후보 직선의 정상치 집합에는 처음에 무작위로 고른 두 점이 포함되므로, 이때 고른 점에 이상치가 포함된다면 후보 직선의 정상치 집합에도 이상치가 포함된다. 또한 후보 직선과 점으로 표현된 데이터 사이의 거리를 허용 범위와 비교할 때 허용 범위를 어떻게 설정하느냐에 따라 이상치가 정상치 집합에 포함될 수 있으며, 이상치 근처에 또 다른 이상치가 존재할 경우 둘 중에 하나를 골라 후보 직선을 그었다면 다른 이상치는 허용 범위 이내에 들어와 정상치 집합에 추가될 수도 있다. 따라서 A 기법에서 후보 직선의 정상치 집합에 이상치가 포함될 수 있다는 설명은 적절하다. 한편 B 기법은 후보 직선을 임의로 여러 개 가정하므로 후보 직선 중 일부는 이상치를 지날 수 있다. 따라서 B 기법에서 후보 직선이 이상치를 지날 수 있다는 설명도 적절하다.

① A 기법과 B 기법 모두 최적의 직선을 찾기 위해 최대한 많은 점을 지나는 후보 직선을 가정한다.

근거: 5 [19]A 기법은 두 점을 무작위로 골라 정상치 집합으로 가정하고, 이 두 점을 지나는 후보 직선을 그어 + 〈보기〉 [2](B 기법은) 후보 직선을 임의로 여러 개 가정한 뒤에

A 기법은 두 점을 무작위로 골라 이 두 점을 지나는 후보 직선을 긋고, B 기법은 후보 직선을 임의로 여러 개 가정할 뿐, A 기법과 B 기법 모두 최대한 많은 점을 지나는 후보 직선을 가정하지는 않는다.

② A 기법은 이상치를 제외하고 후보 직선을 가정하지만 B 기법은 이상치를 제외하는 과정이 없다.

근거: 5 [18]이상치를 포함하는 데이터에서 직선 L을 찾는다고 하자. [19]이때 사용할 수 있는 기법의 하나인 A 기법은 두 점을 무작위로 골라 정상치 집합으로 가정하고, 이 두 점을 지나는 후보 직선을 그어~거리를 구한다. [23]만약 처음에 고른 점이 이상치이면,~최종 후보군에서 제외되는 것이다. + 〈보기〉 [3]그러나 이렇게(B 기법으로) 찾은 직선은 직선 L로 적합한 직선이 아니다. [4]이상치를 포함해서 찾다 보니 대부분 최적의 직선과 이상치 사이에 위치한 직선을 선택하게 된다.

B 기법은 이상치를 포함해서 직선 L을 찾으므로 이상치를 제외하는 과정이 없다는 설명은 적절하다. 하지만 A 기법 역시 이상치를 포함하는 데이터에서 데이터의 특징을 잘 나타내는 직선 L을 찾는 방법이며, 두 점을 무작위로 골라 후보 직선을 그을 때 처음에 고른 점이 이상치이면 해당 후보 직선은 최종 후보군에서 제외하는 과정을 거친다. 따라서 A 기법이 이상치를 제외하여 후보 직선을 가정한다는 설명은 적절하지 않다.

③ A 기법에서 최종적으로 선택한 직선은 이상치를 지나지 않지만 B 기법에서 선택한 직선은 이상치를 지난다.

근거: 5 [19]A 기법은 두 점을 무작위로 골라 정상치 집합으로 가정하고, 이 두 점을 지나는 후보 직선을 그어 나머지 점들과 후보 직선 사이의 거리를 구한다. [23]만약 처음에 고른 점이 이상치이면, 대부분의 점들은 해당 후보 직선과의 거리가 너무 멀어 이 직선은 최종 후보군에서 제외되는 것이다. + 〈보기〉 [4](B 기법은) 이상치를 포함해서 찾다 보니 대부분 최적의 직선과 이상치 사이에 위치한 직선을 선택하게 된다.

A 기법에서 이상치를 포함한 후보 직선은 대부분의 점들과 거리가 멀어 최종 후보군에서 제외된다. 따라서 A 기법에서 최종적으로 선택한 직선이 이상치를 지나지 않는다는 설명은 적절하다. 한편, B 기법에서 최종 선택된 직선은 이상치를 포함하여 찾다 보니 대부분 최적의 직선과 이상치 사이에 위치하게 된다. 따라서 B 기법에서 선택한 직선이 이상치를 지난다는 설명은 적절하지 않다.

④ A 기법은 이상치의 개수가 문턱값보다 적으면 후보 직선을 버리지만 B 기법은 선택한 직선이 이상치를 포함할 수 있다.

근거: 5 [21](A 기법은) 정상치 집합의 점의 개수가 미리 정해 둔 기준, 즉 문턱값보다 많으면 후보 직선을 최종 후보군에 넣는다. [22]반대로 점의 개수가 문턱값보다 적으면 후보 직선을 버린다. + 〈보기〉 [4](B 기법은) 이상치를 포함해서 찾다 보니 대부분 최적의 직선과 이상치 사이에 위치한 직선을 선택하게 된다.

A 기법에서 후보 직선의 선택 여부를 결정하는 기준인 문턱값은 이상치의 개수가 아닌 정상치 집합의 점 개수에 대한 기준이다. 따라서 A 기법이 이상치의 개수가 문턱값보다 적으면 후보 직선을 버린다는 설명은 적절하지 않다. 한편, B 기법에서 선택한 직선은 최적의 직선과 이상치 사이에 위치하므로 이상치를 포함하지 않는다.

📋 **문제적 문제**

• 3-④번

정답 이외에 ④번 선지를 정답으로 고른 학생들이 많았다. 지문의 내용을 구체적 상황에 적용하며 추론하는 과정에서 한 번에 판단되지 않거나 생각보다 시간이 지체되었다는 느낌을 받으면서 조급함에 의해 선지 판단을 정확하게 하지 못했을 것이다.

이 문제를 해결하기 위해서는 <u>A 기법과 B 기법의 차이가 무엇인지를 우선 파악해야 했으며</u>, 선지의 내용이 각각에 부합하는 내용인지도 판단해야 했다. 특히 정답 선지의 경우 제시된 정보를 바탕으로 한 추론도 필요했는데, 이때 해당 선지에 대한 정답 판단에 확신이 없었다면 '정확하게' 보다는 '빠르게' 문제를 풀기 위해 보기에 그럴듯해 보이는 ④번을 선택했을 가능성이 크다.

④번을 고른 학생의 경우, '~의 개수', '문턱값보다 적으면', '후보 직선을 버린다'라는 표현에 시선이 가 '지문에서 본 것 같다'는 기시감이 들었을 것이다. 게다가 〈보기〉에 B 기법이 '이상치를 포함해서 찾는다'는 표현도 있다 보니, '이상치를 포함'이라는 내용에만 주목하여 해당 선지를 적절하다고 판단했을 것이다. 하지만 다시 천천히 지문과 선지를 비교하며 따져 보면, 선지의 '이상치의 개수'는 지문에서 A 기법이 '정상치 집합의 점의 개수'를 고려한다고 한 내용과 상이함을 발견할 수 있다. 또한 B 기법이 이상치를 포함해서 찾기는 하지만 결국 선택한 직선에 해당하는 내용은 아님을 정확히 판단했다면 ④번은 답이 될 수 없음을 판단할 수 있다.

이처럼 익숙해 보이는 내용 또는 표현이 나왔을 때, <u>지문에 근거하여 정확하게 판단하지 않고 느낌으로만 선지를 판단한다면 출제자의 함정에 빠져 매력적인 오답을 선택할 수 있다.</u> 시험장에서는 평소보다 시야도 좁아지고 시간의 흐름도 실제보다 빠르게 느껴지는 등 모든 감각이 평소보다 긴장되어 있다. 그럴수록 <u>선지를 판단하는 기준은 근거 없는 느낌이 아니라 지문의 내용을 바탕으로 한 확인에 기반해야 한다.</u> 어떤 상황에서든 지문과 선지의 정보를 정확하게 비교하여 정답을 판단하도록 하자.

정답률 분석

			매력적 오답	정답
①	②	③	④	⑤
6%	9%	9%	28%	48%

4. 문맥상 ⓐ~ⓔ와 바꿔 쓰기에 가장 적절한 것은?

✅ 정답풀이

② ⓑ: 누락(漏落)되어

> 근거: ❷ ³결측치는 데이터 값이 ⓑ빠져 있는 것이다.
> ⓑ의 '빠지다'는 '차례를 거르거나 일정하게 들어 있어야 할 곳에 들어 있지 아니하다.'라는 의미로, '기입되어야 할 것이 기록에서 빠지다'라는 의미의 '누락되다'와 바꿔 쓸 수 있다.

❌ 오답풀이

① ⓐ: 형성(形成)하기
  근거: ❶ ²데이터의 특징을 제대로 ⓐ나타내기 어렵다.
  나타내다: 어떤 일의 결과나 징후를 겉으로 드러내다.
  형성하다: 어떤 형상을 이루다.

③ ⓒ: 도래(到來)한다
  근거: ❸ ⁹이상치는~데이터를 수집할 때 측정 오류 등에 의해 주로 ⓒ생긴다.
  생기다: 어떤 일이 일어나다.
  도래하다: 어떤 시기나 기회가 닥쳐오다.

④ ⓓ: 투과(透過)하는
  근거: ❺ ¹⁹이 두 점을 ⓓ지나는 후보 직선을 그어 나머지 점들과 후보 직선 사이의 거리를 구한다.
  지나다: 어디를 거치어 가거나 오거나 하다.
  투과하다: 장애물에 빛이 비치거나 액체가 스미면서 통과하다.

⑤ ⓔ: 소원(疏遠)하여
  근거: ❺ ²³대부분의 점들은 해당 후보 직선과의 거리가 너무 ⓔ멀어 이 직선은 최종 후보군에서 제외되는 것이다.
  멀다: 거리가 많이 떨어져 있다.
  소원하다: 지내는 사이가 두텁지 아니하고 거리가 있어서 서먹서먹하다.

MEMO

[1~4] 다음 글을 읽고 물음에 답하시오.

✏️ 사고의 흐름

1 ¹저울은 흔히 지렛대의 원리를 이용하거나 전기 저항 변화를 측정하여 질량*을 잰다. ²그렇다면 초정밀 저울은 기체 분자나 DNA와 같은 미세 물질의 질량을 어떻게 잴까? ³이에 답하기 위해서는 압전 효과에 대한 이해가 필요하다. *미세한 물질의 질량을 재는 '초정밀 저울'을 화제로 제시했네. 초정밀 저울의 질량 측정 원리를 이해하기 위한 배경지식으로, 압전 효과에 대해 설명해 주려나 봐.*

2 ⁴압전 효과에는 재료에 기계적 변형이 생기면 재료에 전압*이 발생하는 1차 압전 효과와, 재료에 전압을 걸면 재료에 기계적 변형이 생기는 2차 압전 효과가 있다. ⁵두 압전 효과가 모두 생기는 재료를 압전체라 하며, 수정이 주로 쓰인다. *압전 효과의 유형을 두 가지로 분류하여 간단히 설명했어. 이 두 가지 압전 효과가 모두 생기는 압전체(주로 수정)에 대한 설명이 이어지겠군.*

3 ⁶압전체로 사용하는 수정은 특정 방향으로 절단 및 가공*하여 납작한 원판 모양으로 만든다. ⁷이후 원판의 양면에 전극을 만든 후 (+)와 (−) 극이 교대로 바뀌는 전압을 가하면 수정이 진동한다. ⁸이때 전압의 주파수*를 수정의 고유 주파수와 일치시켜 수정이 큰 폭으로 진동하도록 하여 진동을 측정하기 쉽게 만든 것이 ㉠수정 진동자이다. *수정이 수정 진동자로 거듭나는 과정이 제시되었네. 정리하면 다음과 같아. 수정을 원판 모양으로 절단·가공 → 원판 양면의 전극에 전압(수정의 고유 주파수와 일치)을 가함 → 수정이 큰 폭으로 진동(진동을 측정하기 쉬운 상태)하는 수정 진동자* ⁹고유 주파수란 어떤 물체가 갖는 고유한 진동 주파수인데, 같은 재료의 압전체라도 압전체의 모양과 크기에 따라 달라진다. ¹⁰수정 진동자에 어떤 물질이 달라붙어 질량이 증가하면 고유 주파수에서 진동하던 수정 진동자의 주파수가 감소한다. ¹¹수정 진동자의 주파수는 매우 작은 질량 변화에 민감하게 변하므로 기체 분자나 DNA와 같은 미세한 물질의 질량을 측정할 수 있다. ¹²진동자에서 질량 민감도는 주파수의 변화 정도를 측정된 질량으로 나눈 값인데, 수정 진동자의 질량 민감도는 매우 크다. *수정 진동자는 질량에 대한 민감도가 매우 커서, 미세한 질량에도 주파수가 변화하여 미세한 물질의 질량을 측정할 수 있다고 해. 여기서 개념 간의 관계를 잘 정리하고 가자. ① 압전체의 모양과 크기 변화 → 고유 주파수 변화 ② 질량 증가 → 주파수 감소 (반비례 관계) ③ 질량 민감도 = 주파수의 변화 정도 / 측정된 질량*

4 ¹³수정 진동자로 질량을 측정하는 원리를 응용하면 특정 기체의 농도*를 감지할 수 있다. ¹⁴수정 진동자를 특정 기체가 붙도록 처리하면, 여기에 특정 기체가 달라붙으며 질량 변화가 생겨 수정 진동자의 주파수는 감소한다. ¹⁵일정 시점이 되면 수정 진동자의 주파수가 더 감소하지 않고 일정한 값을 유지한다. ¹⁶이렇게 일정한 값을 유지하는 이유는 특정 기체가 일정량 이상 달라붙지 않기 때문이다. ¹⁷혼합 기체에서 특정 기체의 농도가 클수록 더 작은 주파수에서 주파수가 일정하게 유지된다. *특정 기체의 농도를 감지하는 원리: 수정 진동자에 특정 기체가 달라붙음 → 질량 변화 → 주파수 감소 → 일정량이 넘으면 더 이상 기체가 달라붙지 않음 → 주파수가 일정한 값을 유지* ¹⁸특정 기체가 얼마나

수정을 압전체로 사용하는 과정이 순차적으로 제시되려 하는군.

빨리 수정 진동자에 붙어서 주파수가 일정한 값이 되는가의 척도를 반응 시간이라 하는데, 반응 시간이 짧을수록 특정 기체의 농도를 더 빨리 잴 수 있다. *부가 정보로 제시된 반응 시간의 개념도 잘 확인하고 넘어가자. 반응 시간이 짧을수록 측정 대상의 농도를 더 빨리 잴 수 있다고 해.*

5 ¹⁹그런데 측정 대상이 아닌 기체가 함께 붙으면 측정하려는 대상 기체의 정확한 농도 측정이 어렵다. ²⁰또한 대상 기체만 붙더라도 그 기체의 농도를 알 수는 없다. ²¹이 때문에 대상 기체의 농도에 따라 수정 진동자의 주파수 변화를 미리 측정해 놓아야 한다. ²²그 후 대상 기체의 농도를 모르는 혼합 기체에서 주파수 변화를 측정하면 대상 기체의 농도를 알 수 있다. *수정 진동자에 대상 기체만 붙든, 다른 기체가 함께 붙든, 대상 기체의 농도를 파악하기 위해서는 대상 기체의 농도에 따른 수정 진동자의 주파수 변화를 사전에 알아 둬야 하는구나.* ²³수정 진동자의 주파수 변화 정도를 농도로 나누면 농도에 대한 민감도를 구할 수 있다. *농도*

민감도 = 주파수의 변화 정도 / 농도

전환!

*주파수: 진동이 1초 동안 반복하는 횟수. 또는 전압의 (+)와 (−) 극이 1초 동안, 서로 바뀌고 다시 원래대로 되는 횟수.

이것만은 챙기자

- *질량: 물체의 고유한 역학적 기본량.
- *전압: 전기장이나 도체 안에 있는 두 점 사이의 전기적인 위치 에너지 차. 단위는 볼트.
- *가공: 원자재나 반제품을 인공적으로 처리하여 새로운 제품을 만들거나 제품의 질을 높임.
- *농도: 용액 따위의 진함과 묽음의 정도.

만점 선배의 구조도 예시

초정밀 저울의 작동 원리 (압전체: 수정)

└ 수정 진동자 사용 ─ 수정을 원판 모양으로 가공
→ 원판 양면에 전압 가함
→ 수정이 진동 (압전효과)
예) 전압 주파수 = 수정 고유 주파수
→ 수정의 진동폭↑

① 미세 물질 질량 측정
- 수정 진동자에 달라붙은 질량↑ → 주파수↓
- 질량 민감도 = 주파수 변화 정도 / 측정된 질량

② 특정 기체 농도 감지
- 수정 진동자에 달라붙은 기체가 일정량 도달
→ 내려가던 주파수가 일정한 값 유지
기체 농도 높을수록 낮은 값
- 단, 대상 기체 농도에 따른 수정 진동자의 주파수 변화 미리 측정해 두어야 함
- 농도 민감도 = 주파수 변화 정도 / 농도

≫ 각 문단을 요약하고 지문을 세 부분으로 나누어 보세요.

1 미세 물질의 질량을 재는 초정밀 저울의 원리는 압전 효과와 관련이 있다.

첫 번째
1[1]~**1**[3]

2 압전 효과에는 1차와 2차 압전 효과가 있는데 두 압전 효과가 모두 생기는 재료를 압전체라고 하며 수정이 주로 쓰인다.

3 수정 진동자는 수정의 고유 주파수와 일치하는 주파수의 전압을 가하면 진동하는데, 질량 변화에 민감하여 어떤 물질이 달라붙으면 주파수가 감소하여 미세한 물질의 질량을 측정할 수 있다.

두 번째
2[4]~**3**[12]

4 이를 응용해 수정 진동자로 특정 기체의 농도를 감지할 수 있는데 농도가 클수록 더 작은 주파수에서 수정 진동자의 주파수가 일정하게 유지된다.

세 번째
4[13]~**5**[23]

5 단, 대상 기체의 농도에 따른 수정 진동자의 주파수 변화를 미리 측정해 놓아야 대상 기체의 농도를 알 수 있다.

| 전개 방식 파악 | 정답률 **88**

1. 윗글에 대한 설명으로 가장 적절한 것은?

▼ 정답풀이

⑤ 압전 효과에 기반한 초정밀 저울의 작동 원리를 설명하고 이 원리가 적용된 기체 농도 측정 방법을 소개하고 있다.

> 근거: **1** [2]초정밀 저울은 기체 분자나 DNA와 같은 미세 물질의 질량을 어떻게 잴까? [3]이에 답하기 위해서는 압전 효과에 대한 이해가 필요하다. + **2** [5]두 압전 효과가 모두 생기는 재료를 압전체라 하며, 수정이 주로 쓰인다. + **4** [13]수정 진동자로 질량을 측정하는 원리를 응용하면 특정 기체의 농도를 감지할 수 있다.
> 윗글은 초정밀 저울이 미세 물질의 질량을 잴 때 수정 등의 압전체에 발생하는 압전 효과를 기반으로 한다고 설명한 뒤, 수정으로 만든 진동자를 활용하여 특정 기체의 농도를 측정하는 방법을 소개하고 있다.

✖ 오답풀이

① 압전체의 제작 방법을 소개하고 제작 시 유의점을 나열하고 있다.
근거: **3** [6]압전체로 사용하는 수정은 특정 방향으로 절단 및 가공하여 납작한 원판 모양으로 만든다.~[8]이때 전압의 주파수를 수정의 고유 주파수와 일치시켜 수정이 큰 폭으로 진동하도록 하여 진동을 측정하기 쉽게 만든 것이 수정 진동자이다.
윗글은 압전체인 수정을 활용하여 수정 진동자를 만드는 방법을 설명할 뿐, 압전체를 제작하는 방법이나 제작 시의 유의점을 나열하지는 않았다.

② 압전 효과의 개념을 정의하고 압전체의 장단점을 분석하고 있다.
근거: **2** [4]압전 효과에는 재료에 기계적 변형이 생기면 재료에 전압이 발생하는 1차 압전 효과와, 재료에 전압을 걸면 재료에 기계적 변형이 생기는 2차 압전 효과가 있다.
윗글은 1차 압전 효과와 2차 압전 효과로 나누어 압전 효과의 개념을 제시할 뿐, 압전체의 장단점을 분석하지는 않았다.

③ 압전 효과의 종류를 분류하고 그 분류에 따른 압전체의 구조를 비교하고 있다.
근거: **2** [4]압전 효과에는 재료에 기계적 변형이 생기면 재료에 전압이 발생하는 1차 압전 효과와, 재료에 전압을 걸면 재료에 기계적 변형이 생기는 2차 압전 효과가 있다. [5]두 압전 효과가 모두 생기는 재료를 압전체라 하며, 수정이 주로 쓰인다.
윗글은 압전 효과의 종류를 1차 압전 효과와 2차 압전 효과로 분류하면서 두 효과가 모두 생기는 재료가 압전체임을 언급할 뿐, 압전 효과의 종류에 따른 압전체의 구조를 비교하지는 않았다.

④ 압전체의 유형을 구분하는 기준을 제시하고 초정밀 저울의 작동 과정을 단계별로 설명하고 있다.
근거: **3** [10]수정 진동자에 어떤 물질이 달라붙어 질량이 증가하면 고유 주파수에서 진동하던 수정 진동자의 주파수가 감소한다. [11]수정 진동자의 주파수는 매우 작은 질량 변화에 민감하게 변하므로 기체 분자나 DNA와 같은 미세한 물질의 질량을 측정할 수 있다.
윗글은 초정밀 저울이 미세한 물질의 질량을 측정하는 원리를 설명할 뿐, 압전체의 유형을 구분하는 기준을 제시하지는 않았다.

2. 윗글을 통해 알 수 있는 내용으로 적절하지 <u>않은</u> 것은?

✓ 정답풀이

④ 같은 방향으로 절단한 수정은 크기가 달라도 고유 주파수가 서로 같다.

> 근거: 3 [9]고유 주파수란 어떤 물체가 갖는 고유한 진동 주파수인데, 같은 재료의 압전체라도 압전체의 모양과 크기에 따라 달라진다.
> 고유 주파수는 동일한 물체라도 그 모양과 크기에 따라 달라질 수 있으므로, 같은 방향으로 절단한 수정이지만 크기가 다르면 고유 주파수가 서로 다를 것이다.

✗ 오답풀이

① 수정 이외에도 압전 효과를 보이는 재료가 존재한다.

근거: 2 [5]두 압전 효과가 모두 생기는 재료를 압전체라 하며, 수정이 주로 쓰인다.
수정은 압전체로 '주로' 쓰인다고 했으므로 수정 이외에도 압전 효과를 보이는 재료가 존재할 것임을 추론할 수 있다.

② 수정을 절단하고 가공하여 미세 질량 측정에 사용한다.

근거: 3 [6]압전체로 사용하는 수정은 특정 방향으로 절단 및 가공하여 납작한 원판 모양으로 만든다.~[11]수정 진동자의 주파수는 매우 작은 질량 변화에 민감하게 변하므로 기체 분자나 DNA와 같은 미세한 물질의 질량을 측정할 수 있다.
수정을 절단하고 가공하여 수정 진동자로 만들면, 이를 활용하여 기체 분자나 DNA와 같은 미세한 물질의 질량을 측정할 수 있다.

③ 전기 저항 변화를 이용하여 물체의 질량을 측정하는 경우가 있다.

근거: 1 [1]저울은 흔히 지렛대의 원리를 이용하거나 전기 저항 변화를 측정하여 질량을 잰다.

⑤ 진동자의 주파수 변화 정도를 측정된 질량으로 나누면 질량에 대한 민감도를 구할 수 있다.

근거: 3 [12]진동자에서 질량 민감도는 주파수의 변화 정도를 측정된 질량으로 나눈 값

3. ㉠에 대한 이해로 적절하지 <u>않은</u> 것은?

> ㉠: 수정 진동자

✓ 정답풀이

⑤ ㉠의 전극에 가해지는 특정 주파수의 전압은 압전체의 고유 주파수 값을 더 크게 만든다.

> 근거: 3 [6]압전체로 사용하는 수정은 특정 방향으로 절단 및 가공하여 납작한 원판 모양으로 만든다. [7]이후 원판의 양면에 전극을 만든 후 (+)와 (−) 극이 교대로 바뀌는 전압을 가하면 수정이 진동한다. [8]이때 전압의 주파수를 수정의 고유 주파수와 일치시켜 수정이 큰 폭으로 진동하도록 하여 진동을 측정하기 쉽게 만든 것이 수정 진동자(㉠)이다.
> ㉠은 압전체인 수정에 수정의 고유 주파수와 일치시킨 전압을 가하여 큰 폭으로 진동하도록 한 것이다. 즉 ㉠의 전극에 가해지는 특정 주파수의 전압(압전체의 고유 주파수와 일치)이 변화시키는 것은 압전체의 진동 폭이지, 압전체가 갖는 고유 주파수 값이 아니다.

✗ 오답풀이

① ㉠에는 1차 압전 효과를 보일 수 있는 재료가 있다.

근거: 2 [4]압전 효과에는 재료에 기계적 변형이 생기면 재료에 전압이 발생하는 1차 압전 효과와, 재료에 전압을 걸면 재료에 기계적 변형이 생기는 2차 압전 효과가 있다. [5]두 압전 효과가 모두 생기는 재료를 압전체라 하며, 수정이 주로 쓰인다.

② ㉠에서는 전압에 의해 압전체의 기계적 변형이 일어난다.

근거: 2 [4]압전 효과에는 재료에 기계적 변형이 생기면 재료에 전압이 발생하는 1차 압전 효과와, 재료에 전압을 걸면 재료에 기계적 변형이 생기는 2차 압전 효과가 있다. [5]두 압전 효과가 모두 생기는 재료를 압전체라 하며, 수정이 주로 쓰인다.
㉠에 활용된 수정은 1차 압전 효과와 2차 압전 효과가 모두 생기는 압전체이므로, 전압에 의한 압전체의 기계적 변형(2차 압전 효과)이 일어난다고 볼 수 있다.

③ ㉠에는 전극이 양면에 있는 원판 모양의 수정이 사용된다.

근거: 3 [6]압전체로 사용하는 수정은 특정 방향으로 절단 및 가공하여 납작한 원판 모양으로 만든다. [7]이후 원판의 양면에 전극을 만든 후 (+)와 (−) 극이 교대로 바뀌는 전압을 가하면 수정이 진동한다.

④ ㉠에서는 전극에 가하는 전압의 주파수를 수정의 고유 주파수에 맞춘다.

근거: 3 [8]이때 전압의 주파수를 수정의 고유 주파수와 일치시켜 수정이 큰 폭으로 진동하도록 하여 진동을 측정하기 쉽게 만든 것이 수정 진동자(㉠)이다.

4. 윗글을 바탕으로 〈보기〉를 탐구한 내용으로 가장 적절한 것은? [3점]

〈보기〉

알코올 감지기 A와 B를 이용하여 어떤 밀폐된 공간에 있는 혼합 기체의 알코올 농도를 측정하였다. 이때 A와 B는 모두 진동자에 알코올이 달라붙을 수 있도록 처리되어 있다. A와 B 모두, 시간이 흐름에 따라 주파수가 감소하다가 더 이상 감소하지 않고 일정하게 유지되었다.

(단, 측정하는 동안 밀폐된 공간의 상황은 변동 없음.)

✔ 정답풀이

② B에 달라붙은 알코올의 양은 변하지 않고 다른 기체가 함께 달라붙은 후 진동자의 주파수가 일정하게 유지된다면, 이때 주파수의 값은 알코올만 붙었을 때보다 더 작겠군.

근거: 3 ¹⁰수정 진동자에 어떤 물질이 달라붙어 질량이 증가하면 고유 주파수에서 진동하던 수정 진동자의 주파수가 감소한다. + 4 ¹⁴수정 진동자를 특정 기체가 붙도록 처리하면, 여기에 특정 기체가 달라붙으며 질량 변화가 생겨 수정 진동자의 주파수는 감소한다.~¹⁷혼합 기체에서 특정 기체의 농도가 클수록 더 작은 주파수에서 주파수가 일정하게 유지된다.
수정 진동자에 특정 기체가 달라붙어 질량이 증가하면 주파수는 감소하게 되며, 달라붙은 기체의 농도가 클수록 주파수는 더 작은 값에서 일정하게 유지된다. 따라서 〈보기〉의 B 역시 알코올만 달라붙었을 때보다 다른 기체까지 함께 달라붙었을 때 더 큰 질량 변화가 있어 진동자의 주파수는 더 작은 값에서 일정하게 유지될 것이다.

❌ 오답풀이

① A의 진동자에 있는 압전체의 고유 주파수를 알코올만 있는 기체에서 미리 측정해 놓으면, 혼합 기체에서의 알코올의 농도를 알 수 있겠군.

근거: 5 ¹⁹그런데 측정 대상이 아닌 기체가 함께 붙으면 측정하려는 대상 기체의 정확한 농도 측정이 어렵다. ²⁰또한 대상 기체만 붙더라도 그 기체의 농도를 알 수는 없다. ²¹이 때문에 대상 기체의 농도에 따라 수정 진동자의 주파수 변화를 미리 측정해 놓아야 한다.
혼합 기체에서의 알코올 농도를 알기 위해 미리 측정해 놓아야 하는 것은 A의 진동자에 있는 압전체의 고유 주파수가 아니라, 알코올의 농도에 따른 진동자의 주파수 변화이다.

③ A와 B에서 알코올이 달라붙도록 진동자를 처리한 것은 알코올이 달라붙음에 따라 진동자가 최대한 큰 폭으로 진동할 수 있게 하려는 것이겠군.

근거: 3 ⁸이때 전압의 주파수를 수정의 고유 주파수와 일치시켜 수정이 큰 폭으로 진동하도록 하여 진동을 측정하기 쉽게 만든 것이 수정 진동자이다. + 4 ¹⁴수정 진동자를 특정 기체가 붙도록 처리하면, 여기에 특정 기체가 달라붙으며 질량 변화가 생겨 수정 진동자의 주파수는 감소한다.~¹⁷혼합 기체에서 특정 기체의 농도가 클수록 더 작은 주파수에서 주파수가 일정하게 유지된다.
A와 B에서 진동자에 알코올이 달라붙도록 처리한 것은 알코올이 달라붙음에 따른 질량 변화로 주파수의 변화를 확인하여 알코올의 농도를 측정하기 위해서이다. 최대한 큰 폭의 진동이 발생하는 것은 진동자(압전체)의 고유 주파수와 일치하는 주파수의 전압이 가해지는 경우와 관련된다.

④ A가 B에 비해 동일한 양의 알코올이 달라붙은 후에 생기는 주파수 변화 정도가 크다면, A가 B보다 알코올 농도에 대한 민감도가 더 작다고 할 수 있겠군.

근거: 5 ²³수정 진동자의 주파수 변화 정도를 농도로 나누면 농도에 대한 민감도를 구할 수 있다.
A와 B 모두 진동자에 동일한 양의 알코올이 달라붙었지만(=농도가 동일) A의 주파수 변화 정도가 B의 주파수 변화 정도보다 크다면, A의 알코올 농도에 대한 민감도가 B보다 더 크다고 볼 수 있다.

⑤ B가 A보다 알코올이 일정량까지 달라붙는 시간이 더 짧더라도 알코올이 달라붙은 양이 서로 같다면, A와 B의 반응 시간은 서로 같겠군.

근거: 4 ¹⁸특정 기체가 얼마나 빨리 수정 진동자에 붙어서 주파수가 일정한 값이 되는가의 척도를 반응 시간이라 하는데, 반응 시간이 짧을수록 특정 기체의 농도를 더 빨리 잴 수 있다.
반응 시간은 특정 기체가 얼마나 빨리 진동자에 달라붙는지와 관련되므로, B가 A보다 알코올이 일정량까지 달라붙는 시간이 더 짧다면 반응 시간이 A보다 더 짧다고 볼 수 있다.

고체 촉매의 구성 요소

[1~4] 다음 글을 읽고 물음에 답하시오.

✏️ 사고의 흐름

❶ [1]분자들이 만나 화학 반응을 진행하는 데 필요한 최소한의 운동 에너지를 활성화 에너지라 한다. [2]활성화 에너지가 작은 반응은, 반응의 활성화 에너지보다 큰 운동 에너지를 가진 분자들이 많아 반응이 빠르게 진행된다. *먼저 활성화 에너지에 대해 설명해 주는군. 활성화 에너지의 정의와 성격을 잘 확인하고 넘어가야겠어.* [3]활성화 에너지를 조절하여 반응 속도에 변화를 주는 물질을 촉매라고 하며, 반응 속도를 빠르게 하는 능력을 촉매 활성이라 한다. [4]촉매는 촉매가 없을 때와는 활성화 에너지가 다른, 새로운 반응 경로를 제공한다. *촉매는 활성화 에너지를 조절하여 화학 반응의 속도에 변화를 주는 물질이군. 이때 반응 속도를 느리게 하는 것보다는, 빠르게 하는 능력인 '촉매 활성'에 초점을 맞추고 있어.* [5]화학 산업에서는 주로 고체 촉매가 이용되는데, 액체나 기체인 생성물을 촉매로부터 분리하는 별도의 공정*이 필요 없기 때문이다. [6]고체 촉매는 대부분 ①활성 성분, ②지지체, ③증진제로 구성된다. *화학 반응의 속도를 변화시키는 '고체 촉매'로 주제가 좁혀졌네. 이어서 고체 촉매의 세 가지 구성 요소에 대해 더 자세히 설명해 주겠지?*

❷ [7]①활성 성분은 그 표면에 반응물을 흡착*시켜 촉매 활성을 제공하는 물질이다. [8]고체 촉매의 촉매 작용에서는 반응물이 먼저 활성 성분의 표면에 화학 흡착되고, 흡착된 반응물이 표면에서 반응하여 생성물로 변환된 후, 생성물이 표면에서 탈착*되는 과정을 거쳐 반응이 완결된다. *고체 촉매의 작용 과정 중에 활성 성분이 어떤 역할을 하는지 설명해 주었어. 반응물은 활성 성분의 표면에 흡착되고 → 활성 성분의 표면에서 반응하고 → 생성물이 되어 활성 성분의 표면에서 떨어진다는 거지. 결국 일련의 촉매 작용은 활성 성분의 표면에서 일어난다고 볼 수 있겠네.* [9]금속은 다양한 물질들이 표면에 흡착될 수 있어 여러 반응에서 활성 성분으로 사용된다. [10]예를 들면, 암모니아를 합성할 때 철을 활성 성분으로 사용하는데, 이때 반응물인 수소와 질소가 철의 표면에 흡착되어 각각 원자 상태로 분리된다. [11]흡착된 반응물은 전자를 금속 표면의 원자와 공유하여 안정화된다. *활성 성분의 표면에 흡착되었을 때, 반응물은 원자 상태로 분리되어 활성 성분의 원자와 전자를 공유하면서 안정화되는군.* [12]반응물의 흡착 세기는 금속의 종류에 따라 달라진다. [13]이때 흡착 세기가 적절해야 한다. [14]흡착이 약하면 흡착량이 적어 촉매 활성이 낮으며, 흡착이 너무 강하면 흡착된 반응물이 지나치게 안정화되어 표면에서의 반응이 느려지므로 촉매 활성이 낮다. [15]일반적으로 고체 촉매에서는 반응에 관여하는 표면의 활성 성분 원자가 많을수록 반응물의 흡착이 많아 촉매 활성이 높아진다. *활성 성분이 촉매 활성에 관여하는 두 가지 측면: 1) 활성 성분(금속)에 따른 반응물의 흡착 세기가 너무 약하거나(흡착력이 적음) 강하면(흡착된 반응물이 지나치게 안정화됨) 활성이 낮아짐 2) 활성 성분의 원자 수가 많을수록(흡착량이 많을수록) 촉매 활성이 높아짐*

❸ [16]금속은 열적 안정성이 낮아, 화학 반응이 일어나는 고온에서 금속 원자들로 이루어진 작은 입자들이 서로 달라붙어 큰 입자를 이루게 되는데 이를 소결이라 한다. [17]입자가 소결되면 금속 활성 성분의 전체 표면적은 줄어든다. [18]이러한 문제를 해결하는 것이 ②지지체이다. [19]작은 금속 입자들을 표면적이 넓고 열적 안정성이 높은 지지체의 표면에 분산하면 소결로 인한 촉매 활성 저하가 억제된다. [20]따라서 소량의 금속으로도 ⓣ금속을 활성 성분으로 사용하는 고체 촉매의 활성을 높일 수 있다. *지지체는 소결로 인한 문제(고온에서 금속 활성 성분의 전체 표면적이 줄어들고 촉매 활성이 저하됨)를 해결하는 역할을 하네. 표면적이 넓고, 금속과 달리 열적 안정성이 높다는 속성을 가졌기 때문이야.*

❹ [21]③증진제는 촉매에 소량 포함되어 활성을 조절한다. [22]활성 성분의 표면 구조를 변화시켜 소결을 억제하기도 하고, 활성 성분의 전자 밀도를 변화시켜 흡착 세기를 조절하기도 한다. *증진제의 두 가지 기능(소결 억제, 흡착 세기 조절)을 잘 확인하고 넘어가자.* [23]고체 촉매는 활성 성분이 반드시 있어야 하지만 경우에 따라 증진제나 지지체를 포함하지 않기도 한다. *고체 촉매에 필수적으로 들어가야 하는 것은 활성 성분뿐이라는 부가 정보도 놓치지 말자!*

(왼쪽 여백 주석)
- *고체 촉매의 촉매 작용 과정을 순차적으로 설명해 줄 거야.*
- *금속이 활성 성분으로 사용된 경우를 설명해 줄 거야. 예시로 자세히 설명하는 부분은 꼼꼼하게 살펴보자.*

이것만은 챙기자

- *공정: 한 제품이 완성되기까지 거쳐야 하는 하나하나의 작업 단계.
- *흡착: 어떤 물질이 달라붙음.
- *탈착: 흡착된 물질이 흡착된 경계면으로부터 떨어지는 현상.

만점 선배의 구조도 예시

고체 촉매의 구성요소 ← 활성화 에너지 조절하여 화학 반응 속도에 변화

①활성 성분 ☆필수 (주로 금속)
- 반응물이 흡착 (원자 상태로 분리 → 활성 성분의 원자와 전자 공유 (→ 안정화))
- 흡착의 세기 약 ← → 강 (약: 흡착량↓ 촉매 활성↓ / 강: 안정화↑ 촉매 활성↓)
- 활성 성분 원자의 양 ∝ 촉매 활성

②지지체 필수X
- 금속 활성 성분의 소결 억제
- 표면적↑
- 열적 안정성↑

③증진제 필수X
- 촉매 활성 조절
- 활성 성분 표면 구조 변화 → 소결 억제
- 활성 성분 전자 밀도 변화 → 흡착 세기 조절

>> 각 문단을 요약하고 지문을 **두 부분**으로 나누어 보세요.

1 분자들이 만나 화학 반응을 진행하는 데 필요한 최소한의 운동 에너지인 활성화 에너지를 조절하여 반응 속도에 변화를 주는 물질을 촉매라고 하는데, 고체 촉매는 활성 성분, 지지체, 증진제로 구성된다.

2 활성 성분은 그 표면에 반응물을 흡착시켜 촉매 활성을 제공하는 물질로, 반응물의 흡착 세기와 반응에 관여하는 표면의 활성 성분 원자의 수는 촉매 활성에 영향을 미친다.

3 지지체는 소결로 인해 금속 활성 성분의 표면적이 줄어드는 문제를 해결해 촉매의 활성을 높일 수 있다.

4 증진제는 소결을 억제하기도 하고 흡착 세기를 조절하기도 하며 활성을 조절한다.

첫 번째 **1**[1]~**1**[6]

두 번째 **2**[7]~**4**[23]

| 세부 정보 파악 | 정답률 **88**

1. 윗글의 내용과 일치하지 <u>않는</u> 것은?

✓ 정답풀이

② 고체 촉매는 기체 생성물과 촉매의 분리 공정이 필요하다.

근거: **1** [5]화학 산업에서는 주로 고체 촉매가 이용되는데, 액체나 기체인 생성물을 촉매로부터 분리하는 별도의 공정이 필요 없기 때문이다.

✗ 오답풀이

① 촉매를 이용하면 화학 반응이 새로운 경로로 진행된다.

근거: **1** [1]분자들이 만나 화학 반응을 진행하는 데 필요한 최소한의 운동 에너지를 활성화 에너지라 한다. [4]촉매는 촉매가 없을 때와는 활성화 에너지가 다른, 새로운 반응 경로를 제공한다.

③ 고체 촉매에 의한 반응은 생성물의 탈착을 거쳐 완결된다.

근거: **2** [8]고체 촉매의 촉매 작용에서는~생성물이 표면에서 탈착되는 과정을 거쳐 반응이 완결된다.

④ 암모니아 합성에서 철 표면에 흡착된 수소는 전자를 철 원자와 공유한다.

근거: **2** [10]예를 들면, 암모니아를 합성할 때 철을 활성 성분으로 사용하는데, 이때 반응물인 수소와 질소가 철의 표면에 흡착되어 각각 원자 상태로 분리된다. [11]흡착된 반응물은 전자를 금속 표면의 원자와 공유하여 안정화된다.

⑤ 증진제나 지지체 없이 촉매 활성을 갖는 고체 촉매가 있다.

근거: **4** [23]고체 촉매는 활성 성분이 반드시 있어야 하지만 경우에 따라 증진제나 지지체를 포함하지 않기도 한다.

| 세부 내용 추론 | 정답률 **66**

2. ⊙의 촉매 활성을 높이는 방법으로 가장 적절한 것은?

⊙: 금속을 활성 성분으로 사용하는 고체 촉매

✓ 정답풀이

① 반응물을 흡착하는 금속 원자의 개수를 늘린다.

근거: **2** [15]일반적으로 고체 촉매에서는 반응에 관여하는 표면의 활성 성분 원자가 많을수록 반응물의 흡착이 많아 촉매 활성이 높아진다.
⊙에서 화학 반응에 관여하는 표면의 활성 성분은 금속이다. 따라서 반응물을 흡착할 수 있는 금속 원자의 개수가 늘어날수록 ⊙의 촉매 활성은 높아질 것이다.

✗ 오답풀이

② 활성 성분의 소결을 촉진하는 증진제를 첨가한다.

근거: **3** [19]소결로 인한 촉매 활성 저하 + **4** [21]증진제는 촉매에 소량 포함되어 활성을 조절한다. [22]활성 성분의 표면 구조를 변화시켜 소결을 억제하기도 하고
소결은 촉매 활성을 저하한다. 또한 증진제는 이러한 소결을 촉진하는 것이 아니라, 억제하는 역할을 한다.

③ 반응물의 반응 속도를 늦추는 지지체를 사용한다.

근거: **2** [14]흡착이 너무 강하면 흡착된 반응물이 지나치게 안정화되어 표면에서의 반응이 느려지므로 촉매 활성이 낮다. + **3** [19]작은 금속 입자들을 표면적이 넓고 열적 안정성이 높은 지지체의 표면에 분산하면 소결로 인한 촉매 활성 저하가 억제된다.
반응물의 반응 속도가 늦춰지면 ⊙의 촉매 활성은 낮아진다. 또한 지지체는 반응물의 반응 속도를 늦추는 것이 아니라, 소결로 인한 촉매 활성 저하를 억제하는 역할을 한다.

④ 반응에 대한 활성화 에너지를 크게 하는 금속을 사용한다.

근거: **1** [2]활성화 에너지가 작은 반응은, 반응의 활성화 에너지보다 큰 운동 에너지를 가진 분자들이 많아 반응이 빠르게 진행된다. [3]활성화 에너지를 조절하여 반응 속도에 변화를 주는 물질을 촉매라고 하며, 반응 속도를 빠르게 하는 능력을 촉매 활성이라 한다.
활성화 에너지가 커지면, 반응의 활성화 에너지보다 큰 운동 에너지를 가진 분자들이 적어지므로 화학 반응이 느려진다. 따라서 반응에 대한 활성화 에너지를 크게 하는 금속을 사용하면 ⊙의 촉매 활성은 저하될 것이다.

⑤ 활성 성분의 금속 입자들을 뭉치게 하여 큰 입자로 만든다.

근거: **3** [16]금속은 열적 안정성이 낮아, 화학 반응이 일어나는 고온에서 금속 원자들로 이루어진 작은 입자들이 서로 달라붙어 큰 입자를 이루게 되는데 이를 소결이라 한다. [19]소결로 인한 촉매 활성 저하
⊙에서 금속 입자들을 서로 뭉쳐 큰 입자로 만드는 것은, 곧 활성 성분을 소결하여 촉매 활성을 저하하는 것이다.

3. 윗글을 바탕으로 〈보기〉를 이해한 내용으로 적절하지 않은 것은? [3점]

〈보기〉

[1]아세틸렌은 보통 선택적 수소화 공정을 통하여 에틸렌으로 변환된다. [2]이 공정에서 사용되는 고체 촉매는 팔라듐 금속 입자(활성 성분)를 실리카(지지체) 표면에 분산하여 만들며, 아세틸렌(반응물)과 수소(반응물)는 팔라듐 표면에 흡착되어 반응한다. [3]여기서 실리카는 표면적이 넓고 열적 안정성이 높다. [4]이때, 촉매에 규소(증진제)를 소량 포함시키면 활성 성분의 표면 구조가 변화되어 고온에서 팔라듐의 소결이 억제된다. [5]또한 은(증진제)을 소량 포함시키면 팔라듐의 전자 밀도가 높아지고 팔라듐 표면에 반응물이 흡착되는 세기가 조절되어 원하는 반응을 얻을 수 있다.

⊘ 정답풀이

④ 실리카는 낮은 온도에서 활성 성분을 소결한다.

근거: **3** [16]금속은 열적 안정성이 낮아, 화학 반응이 일어나는 고온에서 금속 원자들로 이루어진 작은 입자들이 서로 달라붙어 큰 입자를 이루게 되는데 이를 소결이라 한다. [17]입자가 소결되면 금속 활성 성분의 전체 표면적은 줄어든다. [18]이러한 문제를 해결하는 것이 지지체이다. [19]작은 금속 입자들을 표면적이 넓고 열적 안정성이 높은 지지체의 표면에 분산하면 소결로 인한 촉매 활성 저하가 억제된다. + 〈보기〉 [2]이 공정에서 사용되는 고체 촉매는 팔라듐 금속 입자를 실리카 표면에 분산하여 만들며, 아세틸렌과 수소는 팔라듐 표면에 흡착되어 반응한다. [3]여기서 실리카는 표면적이 넓고 열적 안정성이 높다.

지지체는 넓은 표면적과 높은 열적 안정성을 가지고 있으며, 지지체의 표면에 금속 활성 성분을 분산하면 소결로 인한 촉매 활성 저하가 억제된다. 〈보기〉에서 표면적이 넓고 열적 안정성이 높은 실리카는 지지체에 해당하므로, 활성 성분인 팔라듐을 이 위에 분산하면 팔라듐의 소결은 억제될 것이다. 참고로 지지체가 금속과 달리 열적 안정성이 높다는 것은 금속이라면 소결될 정도의 높은 온도에서도 지지체의 소결이 발생하지 않는다는 의미이지 낮은 온도에서 소결이 발생함을 의미하는 것은 아니다.

⊗ 오답풀이

① 아세틸렌은 반응물에 해당한다.

근거: **2** [8]고체 촉매의 촉매 작용에서는 반응물이 먼저 활성 성분의 표면에 화학 흡착되고, 흡착된 반응물이 표면에서 반응하여 + 〈보기〉 [2]이 공정에서 사용되는 고체 촉매는 팔라듐 금속 입자를 실리카 표면에 분산하여 만들며, 아세틸렌과 수소는 팔라듐 표면에 흡착되어 반응한다.

고체 촉매의 촉매 작용에서 반응물은 활성 성분의 표면에 흡착되면서 반응한다. 〈보기〉의 화학 반응에서 활성 성분인 팔라듐의 표면에 흡착되어 반응하는 아세틸렌은 반응물에 해당한다.

② 팔라듐은 활성 성분에 해당한다.

근거: **2** [8]고체 촉매의 촉매 작용에서는 반응물이 먼저 활성 성분의 표면에 화학 흡착되고, 흡착된 반응물이 표면에서 반응하여 + 〈보기〉 [2]이 공정에서 사용되는 고체 촉매는 팔라듐 금속 입자를 실리카 표면에 분산하여 만들며, 아세틸렌과 수소는 팔라듐 표면에 흡착되어 반응한다.

활성 성분은 표면에 반응물을 흡착시켜 반응을 이끌어 낸다. 〈보기〉에서 반응물인 아세틸렌과 수소를 흡착시켜 반응을 이끌어 내는 팔라듐은 활성 성분에 해당한다.

③ 규소와 은은 모두 증진제에 해당한다.

근거: **4** [21]증진제는 촉매에 소량 포함되어 활성을 조절한다. [22]활성 성분의 표면 구조를 변화시켜 소결을 억제하기도 하고, 활성 성분의 전자 밀도를 변화시켜 흡착 세기를 조절하기도 한다. + 〈보기〉 [4]이때, 촉매에 규소를 소량 포함시키면 활성 성분의 표면 구조가 변화되어 고온에서 팔라듐의 소결이 억제된다. [5]또한 은을 소량 포함시키면 팔라듐의 전자 밀도가 높아지고 팔라듐 표면에 반응물이 흡착되는 세기가 조절되어 원하는 반응을 얻을 수 있다.

증진제는 활성 성분의 표면 구조를 변화시켜 소결을 억제하거나, 활성 성분의 전자 밀도를 변화시켜 흡착 세기를 조절하는 역할을 한다. 〈보기〉에서 활성 성분에 해당하는 팔라듐의 표면 구조를 변화시켜 소결을 억제하는 규소나 팔라듐의 전자 밀도를 높여 흡착 세기를 조절하는 은은 모두 증진제에 해당한다.

⑤ 실리카는 촉매 활성 저하를 억제하는 기능을 한다.

근거: **3** [19]작은 금속 입자들을 표면적이 넓고 열적 안정성이 높은 지지체의 표면에 분산하면 소결로 인한 촉매 활성 저하가 억제된다. + 〈보기〉 [2]이 공정에서 사용되는 고체 촉매는 팔라듐 금속 입자를 실리카 표면에 분산하여 만들며, 아세틸렌과 수소는 팔라듐 표면에 흡착되어 반응한다. [3]여기서 실리카는 표면적이 넓고 열적 안정성이 높다.

〈보기〉의 실리카는 지지체에 해당하며, 활성 성분인 팔라듐을 이 위에 분산함으로써 소결로 인한 촉매 활성 저하가 억제될 수 있다.

4. 윗글을 바탕으로 할 때, 〈보기〉의 금속 ⓐ~ⓓ에 대한 설명으로 가장 적절한 것은?

─────────────〈보기〉─────────────

다음은 여러 가지 금속에 물질 가 가 흡착될 때의 흡착 세기와 가 의 화학 반응에서 각 금속의 촉매 활성을 나타낸다.
(단, 흡착에 영향을 주는 다른 요소는 고려하지 않음.)

─────────────────────────────

✅ **정답풀이**

③ 가 는 ⓐ보다 ⓓ에 흡착될 때 안정화되는 정도가 더 크다.

> 근거: **2** [12]반응물의 흡착 세기는 금속의 종류에 따라 달라진다. [13]이때 흡착 세기가 적절해야 한다. [14]흡착이 약하면 흡착량이 적어 촉매 활성이 낮으며, 흡착이 너무 강하면 흡착된 반응물이 지나치게 안정화되어 표면에서의 반응이 느려지므로 촉매 활성이 낮다.
> 〈보기〉에 따르면 반응물인 가 가 ⓐ에 흡착될 때에 비해 ⓓ에 흡착될 때 흡착 세기가 더 강하다. 흡착이 강하면 반응물이 지나치게 안정화되므로 가 는 ⓐ보다 ⓓ에 흡착될 때 더 크게 안정화될 것이다.

❌ **오답풀이**

① 가 의 화학 반응은 ⓐ보다 ⓑ를 활성 성분으로 사용할 때 더 느리게 일어난다.

근거: **1** [3]활성화 에너지를 조절하여 반응 속도에 변화를 주는 물질을 촉매라고 하며, 반응 속도를 빠르게 하는 능력을 촉매 활성이라 한다.
〈보기〉에 따르면 반응물인 가 가 ⓐ에 흡착될 때에 비해 ⓑ에 흡착될 때 촉매 활성이 더 높다. 화학 반응의 속도는 촉매 활성이 높을수록 빨라지므로, 가 의 화학 반응은 ⓐ보다 ⓑ를 활성 성분으로 사용할 때 더 빠르게 일어날 것이다.

② 가 는 ⓐ보다 ⓒ에 흡착될 때 흡착량이 더 적다.

근거: **2** [14]흡착이 약하면 흡착량이 적어 촉매 활성이 낮으며 [15]일반적으로 고체 촉매에서는 반응에 관여하는 표면의 활성 성분 원자가 많을수록 반응물의 흡착이 많아 촉매 활성이 높아진다.
〈보기〉에 따르면 반응물인 가 가 ⓐ에 흡착될 때에 비해 ⓒ에 흡착될 때 촉매 활성이 더 높다. 흡착량은 촉매 활성이 높을수록 많아지므로, 가 는 ⓐ보다 ⓒ에 흡착될 때 흡착량이 더 많을 것이다.

④ 가 는 ⓑ보다 ⓒ에 더 약하게 흡착된다.

〈보기〉에 따르면 반응물인 가 가 ⓑ에 흡착될 때에 비해 ⓒ에 흡착될 때 흡착의 세기가 더 강하다.

⑤ 가 의 화학 반응에서 촉매 활성만을 고려하면 가장 적합한 활성 성분은 ⓓ이다.

근거: **2** [14]흡착이 너무 강하면 흡착된 반응물이 지나치게 안정화되어 표면에서의 반응이 느려지므로 촉매 활성이 낮다.
〈보기〉에서 촉매 활성만을 기준으로 삼았을 때, 가 의 화학 반응에서 촉매 활성이 가장 높은 것은 ⓓ가 아닌 ⓒ이다. ⓓ는 반응물 가 와 흡착하였을 때 흡착의 세기가 너무 강해서 반응물의 지나친 안정화로 인해 촉매 활성이 낮아진 경우에 해당한다.

[1~4] 다음 글을 읽고 물음에 답하시오.

✏ 사고의 흐름

1 ¹하루에 필요한 에너지의 양은 하루 동안의 총 열량 소모량인 대사량으로 구한다. ²그중 기초 대사량은 생존에 필수적인 에너지로, 쾌적한 온도에서 편히 쉬는 동물이 공복* 상태에서 생성하는 열량으로 정의된다. ³이때 체내에서 생성한 열량은 일정한 체온에서 체외로 발산되는 열량과 같다. ⁴기초 대사량은 개체에 따라 대사량의 60~75%를 차지하고, 근육량이 많을수록 증가한다. 이 글의 화제는 기초 대사량이구나! 기초 대사량에 대해 정리해 볼까? ① 생존에 필수적인 에너지로 대사량의 60~75% 차지 ② 편한 공복 상태의 체내에서 생성하는 열량 = 체외로 발산되는 열량 ③ 근육량↑ → 기초 대사량↑

먼저 직접법을 설명하고 이어서 간접법을 설명할 거야. 둘을 구분해서 정확히 이해하자!

2 ⁵기초 대사량은 직접법 또는 간접법으로 구한다. ⁶ㄱ직접법은 온도가 일정하게 유지되고 공기의 출입량을 알고 있는 호흡실에서 동물이 발산하는 열량을 열량계를 이용해 측정하는 방법이다. ⁷ㄴ간접법은 호흡 측정 장치를 이용해 동물의 산소 소비량과 이산화 탄소 배출량을 측정하고, 이를 기준으로 체내에서 생성된 열량을 추정*하는 방법이다.

직접법	열량계로 동물이 발산하는 열량 측정
간접법	호흡 측정 장치로 동물의 산소 소비량, 이산화 탄소 배출량 측정해 체내에서 생성된 열량 추정

3 ⁸19세기의 초기 연구는 체외로 발산되는 열량이 체표 면적에 비례한다고 보았다. ⁹즉 그 둘이 항상 일정한 비(比)를 갖는다는 것이다. ¹⁰체표 면적은 (체중)$^{0.67}$에 비례하므로, 기초 대사량은 체중이 아닌 (체중)$^{0.67}$에 비례한다고 하였다. ¹¹어떤 변수*의 증가율은 증가 후 값을 증가 전 값으로 나눈 값이므로, 체중이 W에서 2W로 커지면 체중의 증가율은 (2W) / (W) = 2이다. ¹²이 경우에 기초 대사량의 증가율은 (2W)$^{0.67}$ / (W)$^{0.67}$ = 2$^{0.67}$, 즉 약 1.6이 된다. 19세기 초기 연구: 기초 대사량 ∝ (체중)$^{0.67}$, 체중의 증가율 > 기초 대사량의 증가율

4 ¹³1930년대에 클라이버는 생쥐부터 코끼리까지 다양한 크기의 동물의 기초 대사량 측정 결과를 분석했다. ¹⁴그래프의 가로축 변수로 동물의 체중을, 세로축 변수로 기초 대사량을 두고, 각 동물별 체중과 기초 대사량의 순서쌍을 점으로 나타냈다.

5 ¹⁵가로축과 세로축 두 변수의 증가율이 서로 다를 경우, 그 둘의 증가율이 같을 때와 (달리) '일반적인 그래프'에서 이 점들은 직선이 아닌 어떤 곡선의 주변에 분포한다.

가로축과 세로축 두 변수의 증가율이 서로 같은 경우와 다른 경우을 구분해서 이해해야 해!

¹⁶그런데 순서쌍의 값에 상용로그를 취해 새로운 순서쌍을 만들어서 이를 ⟨그림⟩과 같이 그래프에 표시하면, 어떤 직선의 주변에 점들이 분포하는 것으로 나타난다. ¹⁷그러면 그 직선의 기울기를 이용해 두 변수의 증가율을 비교할 수 있다.

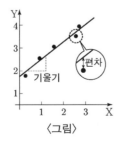

⟨그림⟩

¹⁸⟨그림⟩에서 X와 Y는 각각 체중과 기초 대사량에 상용로그를 취

한 값이다. ¹⁹이런 방식으로 표현한 그래프를 'L-그래프'라 하자. 가로축과 세로축 두 변수의 증가율이 서로 다르면 '일반적인 그래프'에서는 점들이 어떤 곡선의 주변에 분포하지만 'L-그래프'에서는 점들이 어떤 직선의 주변에 분포하지. 이때 직선의 기울기를 이용해 두 변수의 증가율을 비교할 수 있어.

6 ²⁰체중의 증가율에 비해, 기초 대사량의 증가율이 작다면 L-그래프에서 직선의 기울기는 1보다 작으며 기초 대사량의 증가율이 작을수록 기울기도 작아진다. ²¹만약 체중의 증가율과 기초 대사량의 증가율이 같다면 L-그래프에서 직선의 기울기는 1이 된다. 상관관계는 문제에서 자주 물어보는 부분이니 정리하고 넘어가자!

체중의 증가율 > 기초 대사량의 증가율	L-그래프의 직선 기울기 < 1
체중의 증가율 = 기초 대사량의 증가율	L-그래프의 직선 기울기 = 1

7 ²²이렇듯 L-그래프와 같은 방식으로 표현할 때, 생물의 어떤 형질*이 체중 또는 몸 크기와 직선의 관계를 보이며 함께 증가하는 경우 그 형질은 '상대 성장'을 한다고 한다. ²³동일 종에서의 심장, 두뇌와 같은 신체 기관의 크기도 상대 성장을 따른다. 상대 성장의 개념을 이해하고 넘어가야 해!

8 ²⁴한편, 그래프에서 가로축과 세로축 두 변수의 관계를 대변*하는 최적의 직선의 기울기와 절편은 최소 제곱법으로 구할 수 있다. ²⁵(우선) 그래프에 ①두 변수의 순서쌍을 나타낸 점들 사이를 지나는 임의의 직선을 그린다. ²⁶②각 점에서 가로축에 수직 방향으로 직선까지의 거리인 편차의 절댓값을 구하고 ③이들을 각각 제곱하여 모두 합한 것이 '편차 제곱 합'이며, ④편차 제곱 합이 가장 작은 직선을 구하는 것이 최소 제곱법이다. L-그래프에서 가로축과 세로축 두 변수의 관계를 대변하는 최적의 직선 = 편차 제곱 합이 가장 작은 직선

최소 제곱법을 이용해 최적의 직선의 기울기와 절편을 구하는 방법을 설명할 거야.

9 ²⁷클라이버는 이런 방법에 근거하여 L-그래프에 나타난 최적의 직선의 기울기로 0.75를 얻었고, 이에 따라 동물의 (체중)$^{0.75}$에 기초 대사량이 비례한다고 결론지었다. ²⁸이것을 '클라이버의 법칙'이라 하며, (체중)$^{0.75}$을 대사 체중이라 부른다. ²⁹대사 체중은 치료제 허용량의 결정에도 이용되는데, 이때 그 양은 대사 체중에 비례하여 정한다. ³⁰이는 치료제 허용량이 체내 대사와 밀접한 관련이 있기 때문이다. 클라이버의 법칙: 기초 대사량 ∝ (체중)$^{0.75}$ = 대사 체중

이것만은 챙기자

* **공복**: 배 속이 비어 있는 상태. 또는 그 배 속.
* **추정**: 미루어 생각하여 판정함.
* **변수**: 어떤 관계나 범위 안에서 여러 가지 값으로 변할 수 있는 수.
* **형질**: 동식물의 모양, 크기, 성질 따위의 고유한 특징.
* **대변**: 어떤 사실이나 의미를 대표적으로 나타냄.

만점 선배의 구조도 예시

기초 대사량
- 대사량 中 생존 필수 에너지
- 공복 물질이 생성하는 열량

측정
  ① 직접법: 발산 열량 측정
  ② 간접법: O₂, CO₂ 측정 → 열량 측정

연구
  ① 19C: 기초 대사량 ∝ (체표)⁰·⁶⁷
  ② 20C(클라이버의 법칙): 기초 대사량 ∝ (체중)⁰·⁷⁵
      └→ ⌐대사 체중
      └ "L-그래프" 활용
      • 두 변수에 상용로그 취한 순서쌍 표시
      • 두 변수 증가율 달라도 점들이 직선 주변 분포
      • 직선 기울기로 변수 증가율 비교 가능
          • X 증가율 > Y 증가이면 1보다 ↓
          • X 증가율 = Y 증가이면 1
      • 최소 제곱법으로 변수 관계 대변 최적 기울기 구함

>> 각 문단을 요약하고 지문을 세 부분으로 나누어 보세요.

1 기초 대사량은 생존에 필수적인 에너지로 공복 상태에서 생성하는 열량이며, 이는 체외로 발산되는 열량과 같다.

2 기초 대사량은 동물이 발산하는 열량을 열량계로 측정하는 **직접법** 또는 호흡 측정 장치로 동물의 산소 소비량과 이산화 탄소 배출량을 측정해 체내에서 생성된 열량을 추정하는 간접법으로 구한다.

첫 번째 **1**[1]~**2**[7]

3 19세기 초기 연구는 체외로 발산되는 열량이 **체표 면적**에 비례하는데, 체표 면적은 (체중)⁰·⁶⁷에 비례하므로 기초 대사량은 (체중)⁰·⁶⁷에 비례한다고 보았다.

4 1930년대 클라이버는 가로축 변수로 동물의 체중, 세로축 변수로 기초 대사량을 두고 각 동물별 체중과 기초 대사량의 **순서쌍**을 점으로 나타냈다.

5 순서쌍의 값에 **상용로그**를 취해 순서쌍을 만들어서 표시한 L-그래프에 나타난 직선의 **기울기**를 이용하면 두 변수의 증가율을 비교할 수 있다.

두 번째 **3**[8]~**8**[26]

6 체중의 증가율 > 기초 대사량이면 직선의 기울기는 1보다 작고, 체중의 증가율 = 기초 대사량이면 직선의 기울기는 1이다.

7 L-그래프로 표현할 때 어떤 형질이 체중 또는 몸 크기와 **직선**의 관계를 보이며 증가하면 그 형질은 **상대 성장**을 한다고 한다.

8 최소 제곱법을 통해서 편차 제곱 합이 가장 작은 직선을 구하면 L-그래프에서 **최적의 직선 기울기와 절편**을 구할 수 있다.

9 클라이버는 L-그래프에 나타난 최적의 직선 기울기로 0.75를 얻어 동물의 (체중)⁰·⁷⁵에 기초 대사량이 비례한다고 결론지었는데, 이를 '클라이버의 법칙'이라 한다.

세 번째 **9**[27]~**9**[30]

---

1. 윗글의 내용과 일치하지 <u>않는</u> 것은?

✔ 정답풀이

③ 'L-그래프'에서 직선의 기울기는 가로축과 세로축 두 변수의 증가율의 차이와 동일하다.

> 근거: **5** [18]〈그림〉에서 X와 Y는 각각 체중과 기초 대사량에 상용로그를 취한 값이다. [19]이런 방식으로 표현한 그래프를 'L-그래프'라 하자. +
> **6** [20]체중의 증가율에 비해, 기초 대사량의 증가율이 작다면 L-그래프에서 직선의 기울기는 1보다 작으며 기초 대사량의 증가율이 작을수록 기울기도 작아진다. [21]만약 체중의 증가율과 기초 대사량의 증가율이 같다면 L-그래프에서 직선의 기울기는 1이 된다.
> L-그래프에서 직선의 기울기는 체중의 증가율에 비해 기초 대사량의 증가율이 작을수록 작아지고, 체중의 증가율과 기초 대사량의 증가율이 같다면 1이라고 했으므로 L-그래프에서 직선의 기울기는 세로축과 세로축 두 변수의 증가율의 차이가 아닌 '세로축의 증가율 / 가로축의 증가율' 즉 두 변수의 증가율의 비와 동일하다. 이때 세로축과 가로축의 두 변수는 각각 기초 대사량과 체중에 상용로그를 취한 값이다.

✕ 오답풀이

① 클라이버의 법칙은 동물의 기초 대사량이 대사 체중에 비례한다고 본다.

> 근거: **9** [27]클라이버는 이런 방법에 근거하여 L-그래프에 나타난 최적의 직선의 기울기로 0.75를 얻었고, 이에 따라 동물의 (체중)⁰·⁷⁵에 기초 대사량이 비례한다고 결론지었다. [28]이것을 '클라이버의 법칙'이라 하며, (체중)⁰·⁷⁵을 대사 체중이라 부른다.

② 어떤 개체가 체중이 늘 때 다른 변화 없이 근육량이 늘면 기초 대사량이 증가한다.

> 근거: **1** [4]기초 대사량은 개체에 따라 대사량의 60~75%를 차지하고, 근육량이 많을수록 증가한다.

④ 최소 제곱법은 두 변수 간의 관계를 나타내는 최적의 직선의 기울기와 절편을 알게 해 준다.

> 근거: **8** [24]한편, 그래프에서 가로축과 세로축 두 변수의 관계를 대변하는 최적의 직선의 기울기와 절편은 최소 제곱법으로 구할 수 있다.

⑤ 동물의 신체 기관인 심장과 두뇌의 크기는 몸무게나 몸의 크기에 상대 성장을 하며 발달한다.

> 근거: **7** [22]이렇듯 L-그래프와 같은 방식으로 표현할 때, 생물의 어떤 형질이 체중 또는 몸 크기와 직선의 관계를 보이며 함께 증가하는 경우 그 형질은 '상대 성장'을 한다고 한다. [23]동일 종에서의 심장, 두뇌와 같은 신체 기관의 크기도 상대 성장을 따른다.

2. 윗글을 읽고 추론한 내용으로 적절하지 **않은** 것은?

✅ 정답풀이

④ 코끼리에게 적용하는 치료제 허용량을 기준으로, 체중에 비례하여 생쥐에게 적용할 허용량을 정한 후 먹이면 과다 복용이 될 수 있겠군.

> 근거: **9** [27]클라이버는 이런 방법에 근거하여 L-그래프에 나타난 최적의 직선의 기울기로 0.75를 얻었고, 이에 따라 동물의 (체중)$^{0.75}$에 기초 대사량이 비례한다고 결론지었다. [28]이것을 '클라이버의 법칙'이라 하며, (체중)$^{0.75}$을 대사 체중이라 부른다. [29]대사 체중은 치료제 허용량의 결정에도 이용되는데, 이때 그 양은 대사 체중에 비례하여 정한다.
>
> 치료제 허용량은 대사 체중인 (체중)$^{0.75}$에 비례하여 결정된다. 그런데 만약 코끼리에게 적용하는 치료제 허용량을 기준으로 대사 체중이 아닌 체중에 비례하여 생쥐에게 적용할 허용량을 정한다면, 생쥐는 치료제를 오히려 과소 복용하게 된다.

❌ 오답풀이

① 일반적인 경우 기초 대사량은 하루에 소모되는 총 열량 중에 가장 큰 비중을 차지하겠군.

근거: **1** [1]하루에 필요한 에너지의 양은 하루 동안의 총 열량 소모량인 대사량으로 구한다. [2]그중 기초 대사량은 생존에 필수적인 에너지로, [4]기초 대사량은 개체에 따라 대사량의 60~75%를 차지하고, 근육량이 많을수록 증가한다.

기초 대사량은 하루에 소모되는 총 열량 소모량인 대사량의 60~75%를 차지한다.

② 클라이버의 결론에 따르면, 기초 대사량이 동물의 체표 면적에 비례한다고 볼 수 없겠군.

근거: **3** [8]19세기의 초기 연구는 체외로 발산되는 열량이 체표 면적에 비례한다고 보았다. [10]체표 면적은 (체중)$^{0.67}$에 비례하므로, 기초 대사량은 체중이 아닌 (체중)$^{0.67}$에 비례한다고 하였다. + **9** [27]클라이버는 이런 방법에 근거하여 L-그래프에 나타난 최적의 직선의 기울기로 0.75를 얻었고, 이에 따라 동물의 (체중)$^{0.75}$에 기초 대사량이 비례한다고 결론지었다.

19세기의 초기 연구에서는 기초 대사량이 체표 면적에 비례하는데, 체표 면적은 (체중)$^{0.67}$에 비례하므로, 기초 대사량은 (체중)$^{0.67}$에 비례한다고 보았다. 하지만 클라이버는 동물의 체중과 기초 대사량 측정 결과를 분석하여 (체중)$^{0.75}$에 기초 대사량이 비례한다고 보았으므로, 클라이버의 결론에 따르면 기초 대사량은 동물의 체표 면적에 비례한다고 볼 수 없다.

③ 19세기의 초기 연구자들은 체중의 증가율보다 기초 대사량의 증가율이 작다고 생각했겠군.

근거: **3** [8]19세기의 초기 연구는 체외로 발산되는 열량이 체표 면적에 비례한다고 보았다. [10]체표 면적은 (체중)$^{0.67}$에 비례하므로, 기초 대사량은 체중이 아닌 (체중)$^{0.67}$에 비례한다고 하였다. [11]어떤 변수의 증가율은 증가 후 값을 증가 전 값으로 나눈 값이므로, 체중이 W에서 2W로 커지면 체중의 증가율은 (2W) / (W) = 2이다. [12]이 경우에 기초 대사량의 증가율은 (2W)$^{0.67}$ / (W)$^{0.67}$ = 2$^{0.67}$, 즉 약 1.6이 된다.

19세기의 초기 연구에서는 기초 대사량이 (체중)$^{0.67}$에 비례한다고 보았는데, 이때 체중의 증가율이 2이면 기초 대사량의 증가율은 약 1.6이라고 하였다. 따라서 19세기 초기 연구자들은 체중의 증가율보다 기초 대사량의 증가율이 작다고 생각했을 것이다.

⑤ 클라이버의 법칙에 따르면, 동물의 체중이 증가함에 따라 함께 늘어나는 에너지의 필요량이 이전 초기 연구에서 생각했던 양보다 많겠군.

근거: **1** [1]하루에 필요한 에너지의 양은 하루 동안의 총 열량 소모량인 대사량으로 구한다. [2]그중 기초 대사량은 생존에 필수적인 에너지로, + **3** [8]19세기의 초기 연구는~[10]기초 대사량은 체중이 아닌 (체중)$^{0.67}$에 비례한다고 하였다. + **9** [27]클라이버는~동물의 (체중)$^{0.75}$에 기초 대사량이 비례한다고 결론지었다. [28]이것을 '클라이버의 법칙'이라 하며, (체중)$^{0.75}$을 대사 체중이라 부른다.

19세기의 초기 연구에서는 기초 대사량이 (체중)$^{0.67}$에 비례한다고 보았는데, 클라이버는 기초 대사량이 (체중)$^{0.75}$에 비례한다고 보았다. 따라서 클라이버의 법칙에 따르면 이전 초기 연구에서보다 동물의 체중 증가에 따라 함께 늘어나는 에너지의 필요량이 더 많을 것이다.

🌱 모두의 질문

• 2-④번

Q: 대사 체중은 (체중)$^{0.75}$이니 '대사 체중 < 체중'이므로, 코끼리에게 적용하는 치료제 허용량을 기준으로 체중에 비례하여 생쥐에게 적용할 허용량을 정하면 대사 체중에 비례하여 허용량을 정할 때보다 치료제를 과다 복용하게 되지 않나요?

A: 코끼리의 체중이 2W, 생쥐의 체중이 W이고, 코끼리에게 적용하는 치료제 허용량을 180, 생쥐에게 적용할 치료제 허용량을 x라고 하자. ④번 선지에서처럼 코끼리에게 적용하는 치료제 허용량을 기준으로, 체중에 비례하여 생쥐에게 적용할 허용량을 정하게 되면 '2W : W = 180 : x'이므로 x = 90이다.

그런데 9문단에 따르면 치료제 허용량은 원래 (체중)$^{0.75}$인 대사 체중에 비례하여 정하는 것이다. 이에 따라 대사 체중에 비례하여 생쥐에게 적용할 허용량을 정하는 식을 세우면 '(2W)$^{0.75}$: (W)$^{0.75}$ = 180 : x' 이 된다. 이때 '(2W)$^{0.75}$: (W)$^{0.75}$'의 비는 3문단을 참고해 추측해 볼 수 있다. 3문단에 따르면 '(2W) / (W) = 2'이고 '(2W)$^{0.67}$ / (W)$^{0.67}$ = 1.6' 이다. 즉 '(2W) : (W) = 2 : 1', '(2W)$^{0.67}$: (W)$^{0.67}$ = 1.6 : 1'이므로, '(2W)$^{0.75}$: (W)$^{0.75}$'은 '1.6 : 1'과 '2 : 1'의 사이의 값이다. 계산 편의상 그 값을 '1.8 : 1'로 두면, '(2W)$^{0.75}$: (W)$^{0.75}$ = 1.8 : 1 = 180 : x' 이므로 x = 100이다.

즉 원칙대로 대사 체중에 비례하여 허용량을 정하면 생쥐는 100만큼의 치료제를 복용해야 하며, 이것이 생쥐의 적정 치료제 허용량이라고 할 수 있다. 하지만 체중에 비례하여 허용량을 정하면 생쥐는 90만큼의 치료제를 복용하게 되므로 생쥐는 적정 치료제 허용량보다 더 적은 양의 치료제를 복용하게 된다.

3. ⊙, ⓒ에 대한 이해로 가장 적절한 것은?

> ⊙: 직접법
> ⓒ: 간접법

✓ 정답풀이

④ ⊙과 ⓒ은 모두 일정한 체온에서 동물이 체외로 발산하는 열량을 구할 수 있다.

> 근거: **1** [2]그중 기초 대사량은 생존에 필수적인 에너지로, 쾌적한 온도에서 편히 쉬는 동물이 공복 상태에서 생성하는 열량으로 정의된다. [3]이때 체내에서 생성한 열량은 일정한 체온에서 체외로 발산되는 열량과 같다. + **2** [5]기초 대사량은 직접법 또는 간접법으로 구한다. [6]직접법(⊙)은 온도가 일정하게 유지되고 공기의 출입량을 알고 있는 호흡실에서 동물이 발산하는 열량을 열량계를 이용해 측정하는 방법이다. [7]간접법(ⓒ)은 호흡 측정 장치를 이용해 동물의 산소 소비량과 이산화 탄소 배출량을 측정하고, 이를 기준으로 체내에서 생성된 열량을 추정하는 방법이다.
>
> ⊙은 온도가 일정하게 유지되는 호흡실에서 동물이 발산하는 열량을 측정하는 방법이므로, 일정한 체온에서 동물이 체외로 발산하는 열량을 구할 수 있다. 또한 ⓒ은 동물의 산소 소비량과 이산화 탄소 배출량을 측정하여 체내에서 생성된 열량을 추정하는 방법인데, 체내에서 생성한 열량은 일정한 체온에서 체외로 발산되는 열량과 같으므로 ⓒ도 일정한 체온에서 동물이 체외로 발산하는 열량을 구하는 방법으로 볼 수 있다.

✕ 오답풀이

① ⊙은 체온을 환경 온도에 따라 조정하는 변온 동물이 체외로 발산하는 열량을 측정할 수 없다.

> 근거: **2** [6]직접법(⊙)은 온도가 일정하게 유지되고 공기의 출입량을 알고 있는 호흡실에서 동물이 발산하는 열량을 열량계를 이용해 측정하는 방법이다.
>
> ⊙은 온도가 일정하게 유지되는 호흡실에서 이루어진다. 따라서 체온을 환경 온도에 따라 조정하는 변온 동물이라고 해도 체온의 변화가 없으므로 변온 동물이 체외로 발산하는 열량을 측정할 수 있을 것이다.

② ⓒ은 동물이 호흡에 이용한 산소의 양을 알 필요가 없다.

> 근거: **2** 간접법(ⓒ)은 호흡 측정 장치를 이용해 동물의 산소 소비량과 이산화 탄소 배출량을 측정하고, 이를 기준으로 체내에서 생성된 열량을 추정하는 방법이다.
>
> ⓒ은 동물의 산소 소비량과 이산화 탄소 배출량을 측정하고 이를 기준으로 체내에서 생성된 열량을 추정하므로, 동물이 호흡에 이용한 산소의 양을 알아야만 한다.

③ ⊙은 ⓒ과 달리 격한 움직임이 제한된 편하게 쉬는 상태에서 기초 대사량을 구한다.

> 근거: **1** [2]그중 기초 대사량은 생존에 필수적인 에너지로, 쾌적한 온도에서 편히 쉬는 동물이 공복 상태에서 생성하는 열량으로 정의된다. + **2** [5]기초 대사량은 직접법(⊙) 또는 간접법(ⓒ)으로 구한다.
>
> ⊙과 ⓒ 모두 쾌적한 온도에서 편히 쉬는 동물로부터 기초 대사량을 구한다.

⑤ ⊙과 ⓒ은 모두 생존에 필수적인 최소한의 에너지를 공급하면서 기초 대사량을 구한다.

> 근거: **1** [2]그중 기초 대사량은 생존에 필수적인 에너지로, 쾌적한 온도에서 편히 쉬는 동물이 공복 상태에서 생성하는 열량으로 정의된다. + **2** [5]기초 대사량은 직접법(⊙) 또는 간접법(ⓒ)으로 구한다.
>
> 기초 대사량은 동물이 공복 상태에서 생성하는 열량이므로, ⊙과 ⓒ 모두 에너지를 공급하면서 기초 대사량을 구한다고 볼 수는 없다.

4. 윗글을 바탕으로 〈보기〉를 탐구한 내용으로 가장 적절한 것은? [3점]

〈보기〉

농게의 수컷은 집게발 하나가 매우 큰데, 큰 집게발의 길이는 게딱지의 폭에 '상대 성장'을 한다.
농게의 ⓐ게딱지 폭을 이용해 ⓑ큰 집게발의 길이를 추정하기 위해, 다양한 크기의 농게의 게딱지 폭과 큰 집게발의 길이를 측정하여 다수의 순서쌍을 확보했다. 그리고 'L-그래프'와 같은 방식으로, 그래프의 가로축과 세로축에 각각 게딱지 폭과 큰 집게발의 길이에 해당하는 값을 놓고 분석을 실시했다.

✓ 정답풀이

① 최적의 직선을 구한다고 할 때, 최적의 직선의 기울기가 1보다 작다면 ⓐ에 ⓑ가 비례한다고 할 수 없겠군.

> 근거: **5** [18]〈그림〉에서 X와 Y는 각각 체중과 기초 대사량에 상용로그를 취한 값이다. [19]이런 방식으로 표현한 그래프를 'L-그래프'라 하자. + **6** [20]체중(가로축, 게딱지 폭)의 증가율에 비해, 기초 대사량(세로축, 큰 집게발의 길이)의 증가율이 작다면 L-그래프에서 직선의 기울기는 1보다 작으며 기초 대사량의 증가율이 작을수록 기울기도 작아진다.
>
> 동물의 체중과 기초 대사량을 변수로 가지는 L-그래프에서는 가로축의 증가율 〉 세로축의 증가율일 때 직선의 기울기가 1보다 작다고 하였다. 〈보기〉의 L-그래프에서는 가로축과 세로축에 각각 ⓐ와 ⓑ에 '해당하는 값'이 놓여 있다고 했는데, 이는 ⓐ와 ⓑ 그 자체의 값이 아닌 상용로그를 취한 값을 의미한다. 즉 최적의 직선의 기울기가 1보다 작다면 이는 ⓐ의 증가율 〉 ⓑ의 증가율임과 상용로그를 취한 값의 증가율이 비례함을 의미하지만, 그 값 자체인 ⓐ에 ⓑ가 비례한다고 볼 수는 없다.

② 최적의 직선을 구하여 ⓐ와 ⓑ의 증가율을 비교하려고 할 때, 점들이 최적의 직선으로부터 가로축에 수직 방향으로 멀리 떨어질수록 편차 제곱 합은 더 작겠군.

근거: 8 [24]한편, 그래프에서 가로축과 세로축 두 변수의 관계를 대변하는 최적의 직선의 기울기와 절편은 최소 제곱법으로 구할 수 있다. [25]우선, 그래프에 두 변수의 순서쌍을 나타낸 점들 사이를 지나는 임의의 직선을 그린다. [26]각 점에서 가로축에 수직 방향으로 직선까지의 거리인 편차의 절댓값을 구하고 이들을 각각 제곱하여 모두 합한 것이 '편차 제곱 합'이며, 편차 제곱 합이 가장 작은 직선을 구하는 것이 최소 제곱법이다.

점들이 최적의 직선으로부터 가로축에 수직 방향으로 멀리 떨어질수록 각 점에서 가로축에 수직 방향으로 직선까지의 거리인 편차는 더 커지게 된다. 편차가 커지면 편차의 절댓값들을 각각 제곱하여 모두 합한 편차 제곱 합도 더 커질 것이다.

③ ⓐ의 증가율보다 ⓑ의 증가율이 크다면, 점들의 분포가 직선이 아닌 어떤 곡선의 주변에 분포하겠군.

근거: 5 [15]가로축과 세로축 두 변수의 증가율이 서로 다를 경우, 그 둘의 증가율이 같을 때와 달리, '일반적인 그래프'에서 이 점들은 직선이 아닌 어떤 곡선의 주변에 분포한다. [16]그런데 순서쌍의 값에 상용로그를 취해 새로운 순서쌍을 만들어서 이를 〈그림〉과 같이 그래프에 표시하면, 어떤 직선의 주변에 점들이 분포하는 것으로 나타난다. [19]이런 방식으로 표현한 그래프를 'L-그래프'라 하자. + 6 [20]체중(가로축, 게딱지 폭)의 증가율에 비해, 기초 대사량(세로축, 큰 집게발의 길이)의 증가율이 작다면 L-그래프에서 직선의 기울기는 1보다 작으며 기초 대사량의 증가율이 작을수록 기울기도 작아진다. [21]만약 체중의 증가율과 기초 대사량의 증가율이 같다면 L-그래프에서 직선의 기울기는 1이 된다.

일반적인 그래프에서는 가로축과 세로축 두 변수의 증가율이 서로 다를 경우 이 점들은 직선이 아닌 어떤 곡선의 주변에 분포한다. 그러나 L-그래프에서는 가로축과 세로축 두 변수의 증가율에 따라 직선의 기울기가 달라질 뿐, 점들은 어떤 직선의 주변에 분포하는 것으로 나타난다.

④ ⓐ의 증가율보다 ⓑ의 증가율이 작다면, 점들 사이를 지나는 최적의 직선의 기울기는 1보다 크겠군.

근거: 6 [20]체중(가로축, 게딱지 폭)의 증가율에 비해, 기초 대사량(세로축, 큰 집게발의 길이)의 증가율이 작다면 L-그래프에서 직선의 기울기는 1보다 작으며 기초 대사량의 증가율이 작을수록 기울기도 작아진다.

L-그래프에서 가로축의 증가율 〉세로축의 증가율일 때 직선의 기울기는 1보다 작다고 하였다. 〈보기〉의 L-그래프에서는 가로축과 세로축에 각각 ⓐ와 ⓑ에 해당하는 값이 놓여 있다고 했으므로, ⓐ의 증가율 〉ⓑ의 증가율이면 점들 사이를 지나는 최적의 직선의 기울기는 1보다 작다.

⑤ ⓐ의 증가율과 ⓑ의 증가율이 같고 '일반적인 그래프'에서 순서쌍을 점으로 표시한다면, 점들은 직선이 아닌 어떤 곡선의 주변에 분포하겠군.

근거: 5 [15]가로축과 세로축 두 변수의 증가율이 서로 다를 경우, 그 둘의 증가율이 같을 때와 달리, '일반적인 그래프'에서 이 점들은 직선이 아닌 어떤 곡선의 주변에 분포한다.

일반적인 그래프에서 가로축과 세로축 두 변수의 증가율이 같다면 점들은 어떤 직선의 주변에 분포할 것이다.

📋 **문제적 문제** ・4-①, ③번

정답인 ①번을 고른 학생이 19%에 불과하고, 나머지 선지들도 골고루 선택률이 높은 데다가 매력적 오답인 ③번의 경우 정답보다도 훨씬 높은 선택률을 보였다. 사실상 실전에서 정확히 이해하고 푼 학생이 거의 없는 고난도 문제였다.

이 문제를 해결하기 위해서는 〈보기〉의 사례를 지문에 언급된 내용과 대응해 가며 읽는 것이 중요했다. 즉 〈보기〉의 '상대 성장' 개념은 7문단의 내용과 연결 지어 이해했어야 했고, '게딱지 폭'(ⓐ)과 '큰 집게발의 길이'(ⓑ)는 각각 '체중'과 '기초 대사량'에 대응됨을 생각할 수 있어야 했다. 'ⓐ = 체중', 'ⓑ = 기초 대사량'임을 이해했다면, ①번은 지문에 제시된 클라이버의 연구 결과를 그대로 옮겨 놓은 것임을 어렵지 않게 판단할 수 있다. 9문단에서 클라이버는 'L-그래프에 나타난 최적의 직선의 기울기로 0.75를 얻었고, 이에 따라 동물의 (체중)$^{0.75}$에 기초 대사량이 비례한다고 결론지었다.'라고 하였다. 즉 ①번에 제시된 것처럼 최적의 직선의 기울기가 1보다 작은 0.75인 상황에서, 체중(ⓐ)이 아닌 (체중)$^{0.75}$에 '기초 대사량'(ⓑ)이 비례한다고 했으므로 ⓐ에 ⓑ가 비례한다고 볼 수는 없다.

③번을 고른 학생의 경우 일반적인 그래프와 L-그래프의 차이를 정확히 이해하지 못했거나, 〈보기〉나 선지의 상황이 L-그래프를 다룬 것임을 놓쳤을 수 있다. 5문단에서는 '가로축과 세로축 두 변수의 증가율이 서로 다를 경우' 일반적인 그래프에서는 점들이 '어떤 곡선의 주변에 분포'하지만, L-그래프에서는 '어떤 직선의 주변에 점들이 분포'한다고 하였다. 이처럼 대비되는 개념은 문제에서 반드시 묻게 되어 있으므로 이미 5문단을 읽을 때 두 그래프의 차이점을 정확하게 구분하며 읽었어야 했고, 그렇다면 L-그래프에서는 가로축과 세로축 두 변수의 증가율이 다르더라도 점들이 어떤 직선의 주변에 분포함을 판단할 수 있었다.

적절하지 않은 것을 고르는 문제였다면 적절한 4개의 선지가 나머지 선지들을 이해하는 데 힌트가 되어 줄 수 있었겠지만 이 문제의 경우는 그렇지 않았고, 게다가 정답이 ①번이라 확실한 근거를 찾지 못했다면 첫 번째 선지를 답으로 고르기가 심적으로 쉽지 않았을 것이다. 하지만 자세히 뜯어 보면 [3점]짜리 〈보기〉 문제에서 평가원이 학생들에게 판단하도록 요구하던 것들을 그대로 요구하는 문제인 만큼, 이 문제를 틀렸다면 다시 한 번 꼼꼼히 분석을 하면서 지문-〈보기〉-선지 간의 대응을 훈련하기를 바란다.

정답률 분석

정답		매력적 오답		
①	②	③	④	⑤
19%	17%	31%	19%	14%

[1~4] 다음 글을 읽고 물음에 답하시오.

✏ 사고의 흐름

1 ¹인터넷 검색 엔진은 검색어를 포함하는 웹 페이지를 찾아 화면에 보여 준다. ²웹 페이지가 화면에 나타나는 순서를 정하기 위해 검색 엔진은 수백 개가 ⓐ넘는 항목을 고려한 다양한 방식을 사용한다. ³대표적인 항목으로 중요도와 적합도가 있다. 이 지문은 검색 엔진에서 검색어 관련 웹 페이지가 화면에 나타나는 순서를 정할 때 고려하는 두 가지의 대표적인 항목, 즉 중요도와 적합도에 대해 설명하는 글인가 봐.

2 ⁴검색 엔진은 빠른 시간 내에 검색 결과를 보여 주기 위해 웹 페이지들의 데이터를 수집하여 인덱스를 미리 작성해 놓는다. ⁵인덱스란 단어를 알파벳순으로 정리한 목록으로, 여기에는 각 단어가 등장하는 웹 페이지와 단어의 빈도수 등이 저장된다. ⁶이때 각 웹 페이지의 중요도가 함께 기록된다. 인덱스: 단어를 알파벳순으로 정리한 목록 / 각 단어가 등장하는 웹 페이지, 단어의 빈도수 저장 → 웹 페이지의 중요도가 기록됨

1문단에서 언급한 화제 중 먼저 중요도부터 설명하기 시작하네.

3 ⁷ⓒ중요도는 웹 페이지의 중요성을 값으로 나타낸 것으로 링크 분석 기법으로 측정할 수 있다. 중요도: 링크 분석 기법으로 웹 페이지의 중요성을 측정하여 나타낸 값 ⁸기본적인 링크 분석 기법에서 웹 페이지 A의 값은 A를 링크한 각 웹 페이지들로부터 받는 값의 합이다. ⁹이렇게 받은 A의 값은 A가 링크한 다른 웹 페이지들에 균등*하게 나눠진다. ¹⁰즉 A의 값이 4이고 A가 두 개의 링크를 통해 다른 웹 페이지로 연결된다면, A의 값은 유지되면서 두 웹 페이지에는 각각 2가 보내진다.

4 ¹¹하지만 두 웹 페이지가 실제로 받는 값은 2에 댐핑 인자를 곱한 값이다. ¹²댐핑 인자는 ①사용자들이 웹 페이지를 읽다가 링크를 통해 다른 웹 페이지로 이동하지 않는 비율을 반영한 값으로 ②1 미만의 값을 가진다. ¹³댐핑 인자는 ③모든 링크에 동일하게 적용된다. 댐핑 인자의 3가지 특징을 잘 이해하고 넘어가자. ¹⁴가령 그 비율이 20%이면 댐핑 인자는 0.8이고 여기서 댐핑 인자의 특징 ①, ②와 관련하여 잘 짚고 넘어가야겠네. 댐핑 인자는 ①에 언급된 비율을 소수로 표시한 것이 아니라, '①에 언급된 비율의 소수값을 1에서 뺀 값'인 거야. 두 웹 페이지는 A로부터 각각 1.6을 받는다. 예시를 정리해 볼까? 웹 페이지 A가 다른 웹 페이지 B, C로 연결된다고 할 때, 각 웹 페이지의 중요도는 다음과 같아지는 거야.

예시를 통해 댐핑 인자에 대해 다시금 이해하기 쉽게 설명해 줄 거야.

```
         2 × 0.8(댐핑 인자)    Ⓑ
  Ⓐ                            1.6
  4
         2 × 0.8(댐핑 인자)    Ⓒ
                               1.6
```

¹⁵웹 페이지로 연결된 링크를 통해 받는 값을 모두 반영했을 때의 값이 각 웹 페이지의 중요도이다. 웹 페이지의 중요도: 해당 웹 페이지로 연결된 링크를 통해 받는 값을 모두 더한 값 ¹⁶웹 페이지들을 연결하는 링크들은 변할 수 있기 때문에 검색 엔진은 주기적으로 웹 페이지의 중요도를 갱신*한다.

다음으로 1문단에서 언급한 두 번째 화제인 적합도에 대해 설명하려 하는군.

5 ¹⁷사용자가 검색어를 입력하면 검색 엔진은 인덱스에서 검색어에 적합한 웹 페이지를 찾는다. ¹⁸ⓒ적합도는 단어의 빈도, 단어가 포함

된 웹 페이지의 수, 웹 페이지의 글자 수를 반영한 식을 통해 값이 정해진다. ¹⁹해당 검색어가 많이 나올수록, 그 검색어를 포함하는 다른 웹 페이지의 수가 적을수록, 현재 웹 페이지의 글자 수가 전체 웹 페이지의 평균 글자 수에 비해 적을수록 적합도가 높아진다. 적합도와 이를 결정하는 요소들 간의 관계는 정확히 정리하고 넘어가자. 단어의 빈도 ↑, 단어가 포함된 웹 페이지의 수 ↓, 웹 페이지의 글자 수 ↓ → 적합도 ↑ ²⁰검색 엔진은 중요도와 적합도, 기타 항목들을 적절한 비율로 합산*하여 화면에 나열되는 웹 페이지의 순서를 결정한다.

이것만은 챙기자

* **균등**: 고르고 가지런하여 차별이 없음.
* **갱신**: 기존의 내용을 변동된 사실에 따라 변경·추가·삭제하는 일.
* **합산**: 합하여 계산함.

만점 선배의 구조도 예시

검색 엔진의 웹 페이지 순서 결정
표시

〈 대표적인 고려 항목 〉

① 중요도
- 검색 엔진이 인덱스를 작성할 때 웹 페이지의 중요도가 함께 기록됨
- 링크 분석 기법으로 웹 페이지의 중요성을 값으로 측정하여 나타냄

A를 링크한 웹 페이지들 ──→ A ──→ A가 링크한 웹 페이지들
  각 웹 페이지에서 값이   A의 값이
  보내짐   균등하게 나눠짐
  (반영하면 A의 값이 됨)

※ 웹 페이지가 실제로 받는 값은 '댐핑 인자'가 곱해진 값!
- 한 웹 페이지에서 링크를 통해 다른 웹 페이지로 이동하지 않는 비율 반영 (1 미만의 값)
- 모든 링크에 동일 적용

② 적합도
- 단어의 빈도, 단어가 포함된 웹 페이지 수, 웹 페이지의 글자 수를 반영
- 단어 빈도 ↑ / 단어가 포함된 웹 페이지 수 ↓ / 웹 페이지의 글자 수 ↓ → 적합도 ↑
  (비례)   (반비례)   (반비례)

>> 각 문단을 요약하고 지문을 **세 부분**으로 나누어 보세요.

1 인터넷 검색 엔진이 웹 페이지가 화면에 나타나는 순서를 정할 때 고려하는 항목에는 중요도와 적합도가 있다.

2 검색 엔진이 빠른 결과를 보여 주기 위해 웹 페이지들의 데이터를 수집하여 미리 작성해 놓은 인덱스에는 중요도가 포함된다.

3 웹 페이지의 중요성을 나타낸 중요도는 링크 분석 기법으로 측정할 수 있는데, 웹 페이지 A의 값은 A를 링크한 웹 페이지들로부터 받는 값의 합으로 이는 A가 링크한 웹 페이지들에 균등하게 나눠진다.

4 웹 페이지가 실제로 받는 값은 댐핑 인자를 곱해 정해지는데, 연결된 링크를 통해서 받는 값을 모두 반영한 값이 각 웹 페이지의 **중요도**이다.

5 적합도는 단어의 빈도, 단어가 포함된 웹 페이지의 수, 웹 페이지의 글자 수에 따라 값이 정해진다.

첫 번째
1¹~**1**³

두 번째
2⁴~**4**¹⁶

세 번째
5¹⁷~**5**²⁰

| 세부 정보 파악 | 정답률 **40**

1. 윗글을 통해 알 수 있는 내용으로 가장 적절한 것은?

⊙ 정답풀이

② 사용자가 링크를 따라 다른 웹 페이지로 이동하는 비율이 높을수록 댐핑 인자가 커진다.

> 근거: **4** ¹²댐핑 인자는 사용자들이 웹 페이지를 읽다가 링크를 통해 다른 웹 페이지로 이동하지 않는 비율을 반영한 값으로 1 미만의 값을 가진다. ¹⁴가령 그 비율이 20%이면 댐핑 인자는 0.80이고
>
> 사용자가 웹 페이지의 링크를 따라 이동하지 않는 비율이 20%(=0.2)일 때 댐핑 인자가 0.8(=1−0.2)이라는 것은 이동하지 않는 비율이 증가/감소하면 댐핑 인자는 오히려 감소/증가함을 의미한다. 사용자가 링크를 따라 다른 웹 페이지로 이동하는 비율이 높다는 것은 달리 말해, 사용자가 링크를 따라 다른 웹 페이지로 이동하지 않는 비율이 낮다는 의미이므로, 이를 반영한 값인 댐핑 인자는 커지게 된다.

⊗ 오답풀이

① 인덱스는 사용자가 검색어를 입력한 직후에 작성된다.
근거: **2** ⁴검색 엔진은 빠른 시간 내에 검색 결과를 보여 주기 위해 웹 페이지들의 데이터를 수집하여 인덱스를 미리 작성해 놓는다.

③ 링크 분석 기법은 웹 페이지 사이의 링크를 분석하여 웹 페이지의 적합도를 값으로 나타낸다.
근거: **3** ⁷중요도는 웹 페이지의 중요성을 값으로 나타낸 것으로 링크 분석 기법으로 측정할 수 있다. + **5** ¹⁸적합도는 단어의 빈도, 단어가 포함된 웹 페이지의 수, 웹 페이지의 글자 수를 반영한 식을 통해 값이 정해진다.
링크 분석 기법으로 측정하는 것은 웹 페이지의 적합도가 아닌 중요도이다.

④ 웹 페이지의 중요도는 다른 웹 페이지에서 받는 값과 다른 웹 페이지에 나눠 주는 값의 합이다.
근거: **4** ¹⁵웹 페이지로 연결된 링크를 통해 받는 값을 모두 반영했을 때의 값이 각 웹 페이지의 중요도이다.

⑤ 사용자가 검색어를 입력하면 검색 엔진은 검색한 결과를 인덱스에 정렬된 순서대로 화면에 나타낸다.
근거: **2** ⁵인덱스란 단어를 알파벳순으로 정리한 목록으로 + **5** ¹⁷사용자가 검색어를 입력하면 검색 엔진은 인덱스에서 검색어에 적합한 웹 페이지를 찾는다. ¹⁸적합도는 단어의 빈도, 단어가 포함된 웹 페이지의 수, 웹 페이지의 글자 수를 반영한 식을 통해 값이 정해진다. ²⁰검색 엔진은 중요도와 적합도, 기타 항목들을 적절한 비율로 합산하여 화면에 나열되는 웹 페이지의 순서를 결정한다.
검색 엔진은 예시로 제시된 '알파벳순으로 정렬된 인덱스'와 달리 중요도와 적합도 등을 고려한 순서대로 웹 페이지들을 화면에 나타낸다.

2. ㉠, ㉡을 고려하여 검색 결과에서 웹 페이지의 순위를 높이기 위한 방안으로 가장 적절한 것은?

㉠: 중요도
㉡: 적합도

✓ 정답풀이

⑤ 다른 웹 페이지에서 흔히 다루지 않는 주제를 간략하게 설명하되 주제와 관련된 단어를 자주 사용하여 ㉡을 높인다.

> 근거: **5** [18]적합도(㉡)는 단어의 빈도, 단어가 포함된 웹 페이지의 수, 웹 페이지의 글자 수를 반영한 식을 통해 값이 정해진다. [19]해당 검색어가 많이 나올수록, 그 검색어를 포함하는 다른 웹 페이지의 수가 적을수록, 현재 웹 페이지의 글자 수가 전체 웹 페이지의 평균 글자 수에 비해 적을수록 적합도가 높아진다.
> 다른 웹 페이지에서 흔히 다루지 않는 주제를 간략하게 설명하는 것은 단어가 포함된 웹 페이지의 수 및 웹 페이지의 글자 수와 관련되고, 주제와 관련된 단어를 자주 사용하는 것은 단어의 빈도와 관련된다. 적합도는 단어의 빈도와는 비례하고, 단어가 포함된 웹 페이지의 수 및 웹 페이지 자체의 글자 수와는 반비례하므로, 이를 통해 ㉡을 높일 수 있다.

✗ 오답풀이

① 화제가 되고 있는 검색어들을 웹 페이지에 최대한 많이 나열하여 ㉠을 높인다.

근거: **3** [7]중요도(㉠)는 웹 페이지의 중요성을 값으로 나타낸 것으로 링크 분석 기법으로 측정할 수 있다. [8]기본적인 링크 분석 기법에서 웹 페이지 A의 값은 A를 링크한 각 웹 페이지들로부터 받는 값의 합이다. + **4** [15]웹 페이지로 연결된 링크를 통해 받는 값을 모두 반영했을 때의 값이 각 웹 페이지의 중요도이다.
㉠은 웹 페이지들 간의 링크와 관련된 값으로, 화제가 되고 있는 검색어들을 최대한 많이 나열하는 것과는 관련이 없다.

② 사람들이 많이 접속하는 유명 검색 사이트로 연결하는 링크를 웹 페이지에 많이 포함시켜 ㉠을 높인다.

근거: **3** [7]중요도(㉠)는 웹 페이지의 중요성을 값으로 나타낸 것으로 링크 분석 기법으로 측정할 수 있다. [8]기본적인 링크 분석 기법에서 웹 페이지 A의 값은 A를 링크한 각 웹 페이지들로부터 받는 값의 합이다. [10]A의 값이 4이고 A가 두 개의 링크를 통해 다른 웹 페이지로 연결된다면, A의 값은 유지되면서 두 웹 페이지에는 각각 2가 보내진다. + **4** [11]하지만 두 웹 페이지가 실제로 받는 값은 2에 댐핑 인자를 곱한 값이다. [12]댐핑 인자는 사용자들이 웹 페이지를 읽다가 링크를 통해 다른 웹 페이지로 이동하지 않는 비율을 반영한 값으로 1 미만의 값을 가진다. [14]가령 그 비율이 20%이면 댐핑 인자는 0.8이고 두 웹 페이지는 A로부터 각각 1.6을 받는다.
링크 분석 기법에서 웹 페이지 A의 값(중요도)은 A를 링크한 웹 페이지들로부터 받는 값의 합이므로 ㉠을 높이려면 유명 검색 사이트로 연결하는 링크가 아닌 ㉠을 높이려는 페이지인 A를 링크한 웹 페이지를 늘려야 한다.

③ 알파벳순으로 앞 순서에 있는 단어들을 웹 페이지 첫 부분에 많이 포함시켜 ㉡을 높인다.

근거: **5** [18]적합도(㉡)는 단어의 빈도, 단어가 포함된 웹 페이지의 수, 웹 페이지의 글자 수를 반영한 식을 통해 값이 정해진다. [19]해당 검색어가 많이 나올수록, 그 검색어를 포함하는 다른 웹 페이지의 수가 적을수록, 현재 웹 페이지의 글자 수가 전체 웹 페이지의 평균 글자 수에 비해 적을수록 적합도가 높아진다.
㉡은 단어의 빈도, 단어가 포함된 웹 페이지의 수, 웹 페이지의 글자 수를 반영한 식의 값과 관련된 항목이다. 알파벳순으로 앞 순서에 있는 단어들을 웹 페이지 첫 부분에 많이 포함시키는 것은 ㉡을 높이는 것과는 관련이 없다.

④ 다른 많은 웹 페이지들이 링크하도록 웹 페이지에서 여러 주제를 다루고 전체 글자 수를 많게 하여 ㉡을 높인다.

근거: **5** [18]적합도(㉡)는 단어의 빈도, 단어가 포함된 웹 페이지의 수, 웹 페이지의 글자 수를 반영한 식을 통해 값이 정해진다. [19]해당 검색어가 많이 나올수록, 그 검색어를 포함하는 다른 웹 페이지의 수가 적을수록, 현재 웹 페이지의 글자 수가 전체 웹 페이지의 평균 글자 수에 비해 적을수록 적합도가 높아진다.
다른 많은 웹 페이지들이 링크하도록 하는 것은 해당 웹 페이지의 ㉡이 아닌 ㉠을 높이는 방법이다. 또한 ㉡은 단어가 포함된 웹 페이지의 수 및 웹 페이지의 글자 수와 반비례하므로, 웹 페이지에서 여러 주제를 다루고 전체 글자 수를 많게 할 경우 오히려 ㉡은 낮아질 것이다.

3. 〈보기〉는 웹 페이지들의 관계를 도식화한 것이다. 윗글을 바탕으로 〈보기〉를 이해한 내용으로 적절한 것은? [3점]

〈보기〉

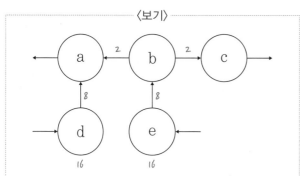

원은 웹 페이지이고, 화살표는 웹 페이지에서 링크를 통해 화살표 방향의 다른 웹 페이지로 연결됨을 뜻한다. 댐핑 인자는 0.5이고, d와 e의 중요도는 16으로 고정된 값이다.

(단, 링크와 댐핑 인자 외에 웹 페이지의 중요도에 영향을 주는 다른 요소는 고려하지 않음.)

정답풀이

⑤ e에서 c로의 링크가 추가되면 c의 중요도는 5이다.

근거: ③ [8]기본적인 링크 분석 기법에서 웹 페이지 A의 값은 A를 링크한 각 웹 페이지들로부터 받는 값의 합이다. [9]이렇게 받은 A의 값은 A가 링크한 다른 웹 페이지들에 균등하게 나눠진다. [10]즉 A의 값이 4이고 A가 두 개의 링크를 통해 다른 웹 페이지로 연결된다면, A의 값은 유지되면서 두 웹 페이지에는 각각 2가 보내진다. + ④ [11]하지만 두 웹 페이지가 실제로 받는 값은 2에 댐핑 인자를 곱한 값이다. [13]댐핑 인자는 모든 링크에 동일하게 적용된다. [15]웹 페이지로 연결된 링크를 통해 받는 값을 모두 반영했을 때의 값이 각 웹 페이지의 중요도이다.

〈보기〉에서 댐핑 인자는 0.5이고, e의 중요도는 16이라고 하였다. e에서 c로의 링크가 추가되면, c의 중요도는 b와 e에서 받는 값을 모두 반영한 값이 된다. 먼저 e의 값인 16은 e가 링크한 다른 웹 페이지 b와 c에 균등하게 나누어진다. 즉 b와 c에는 각각 8이 보내지는데, 이때 두 웹 페이지가 실제로 받는 값은 여기에 댐핑 인자 0.5를 곱한 값이므로, 각각 4가 된다. 이렇게 정해진 b의 값 4는 같은 방식을 거쳐 b가 링크한 a와 c로 각각 1씩 보내진다. 따라서 c의 중요도는 e에서 받은 값인 4와 b에서 받은 값인 1을 모두 반영한 5임을 알 수 있다.

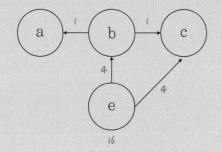

오답풀이

① a의 중요도는 16이다.

a의 중요도는 b와 d에서 받는 값을 모두 더한 값이 된다. 먼저 d가 링크한 웹 페이지는 a 하나뿐이므로, d의 값인 16에 댐핑 인자 0.5를 곱한 값인 8이 a로 보내진다. 같은 방식으로 b도 e로부터 8의 값을 받는데, b는 a와 c 두 개의 웹 페이지를 링크하고 있다. 따라서 두 웹 페이지에 각각 ((8 ÷ 2) × 0.5 =)2가 보내지게 된다. 이를 통해 a의 중요도는 b에서 받은 값인 2와 d에서 받은 값인 8을 더한 10임을 알 수 있다.

② a가 b와 d로부터 각각 받는 값은 같다.

a가 b로부터 받는 값은 2이고, d로부터 받는 값은 8로 서로 같지 않다.

③ b에서 a로의 링크가 끊어지면 b와 c의 중요도는 같다.

b는 e로부터 8의 값을 받는다. 이때 b에서 a로의 링크가 끊어지면, b의 값인 8에 댐핑 인자 0.5를 곱한 값 4가 c로 보내진다. 즉 b의 중요도는 8, c의 중요도는 4가 되므로 서로 같지 않다.

④ e에서 a로의 링크가 추가되면 b의 중요도는 6이다.

e에서 a로의 링크가 추가되면 e의 값인 16은 e가 링크한 a와 b에 균등하게 나누어진다. 이때 a와 b가 실제로 받는 값은 8에 댐핑 인자 0.5를 곱한 값인 4이다. 즉 b의 중요도는 6이 아닌 4임을 알 수 있다.

문제적 문제

・3-③번

학생들이 정답 이외에 가장 많이 고른 선지는 ③번이다.

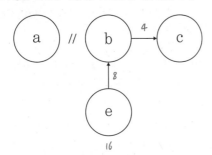

16

〈보기〉의 도식 중 b에서 a로의 링크가 끊어지면, b와 c는 위와 같이 각각 하나의 웹 페이지하고만 연결된 상태가 된다. 때문에 b와 c가 링크를 통해 연결된 다른 웹 페이지에서 받는 값이 얼마인지를 실제로 확인하지 않고, 그러한 사실에만 주목하여 섣불리 답을 결정하려 했다면 오답 선지의 함정에 빠지기 쉬웠다. e → b → c로 이어지는 웹 페이지 간의 관계에 주목하여 중요도를 계산하면, b는 중요도가 16인 e로부터 8의 값을 받지만, c는 중요도가 8인 b로부터 4의 값을 받는 것으로 나타나기 때문이다. 이처럼 3문단과 4문단에서 설명한 내용만 정확히 이해했다면, ③번이 적절하지 않음은 그리 복잡하지 않은 계산을 통해서 바로 판단할 수 있었다. 하지만 〈보기〉 문제에서 무언가 계산을 요구한다는 사실 자체에 지나치게 부담을 느껴, 선지의 정오를 하나씩 차분하게 판단해 나가기 어려운 학생들도 많았을 것이다.

과학・기술이나 경제 지문에서는 이렇듯 지문의 내용을 바탕으로 선지를 판단할 때 간단한 계산을 요구하는 문제가 종종 출제되고는 한다. 이때 그러한 문제들은 학생들이 지문의 내용을 정확하게 이해하고 이를 구체적인 상황에 적절히 적용할 수 있는지를 확인하기 위해 출제된 것이며, 수학 시험에서처럼 복잡하고 정교한 계산을 요구하기 위한 것은 아님을 분명하게 이해해야 한다. 따라서 부담감은 내려 두고 차분한 태도로 문제에 접근할 필요가 있다. 평소 이런 유형의 문제를 풀 때 어려움을 많이 겪었던 학생이라면, 비슷한 문제들을 집중적으로 풀고 분석하면서 약점을 보완해 나가면 좋을 것이다.

정답률 분석

①	②	매력적 오답 ③	④	정답 ⑤
4%	13%	23%	18%	42%

4. 문맥상 ⓐ의 의미와 가장 가까운 것은?

☑ **정답풀이**

① 공부를 하다 보니 시간은 자정이 넘었다.

> 근거: **1** [2]검색 엔진은 수백 개가 ⓐ넘는 항목을 고려한 다양한 방식을 사용한다.
> ⓐ와 ①번의 '넘다'는 모두 '일정한 시간, 시기, 범위 따위에서 벗어나 지나다.'라는 의미로 쓰였다.

❌ **오답풀이**

② 그들은 큰 산을 넘어서 마을에 도착했다.
'높은 부분의 위를 지나가다.'라는 의미로 쓰였다.

③ 철새들이 국경선을 넘어서 훨훨 날아갔다.
'경계를 건너 지나다.'라는 의미로 쓰였다.

④ 선수들은 가까스로 어려운 고비를 넘었다.
'어려움이나 고비 따위를 겪어 지나다.'라는 의미로 쓰였다.

⑤ 갑자기 냄비에서 물이 넘어서 좀 당황했다.
'일정한 곳에 가득 차고 나머지가 밖으로 나오다.'라는 의미로 쓰였다.

2023학년도 6월 모평

비타민 K의 기능

[1~4] 다음 글을 읽고 물음에 답하시오.

✎ 사고의 흐름

❶ ¹혈액은 세포에 필요한 물질을 공급하고 노폐물을 제거한다. ²만약 혈관 벽이 손상되어 출혈이 생기면 손상 부위의 혈액이 응고되어 혈액 손실을 막아야 한다. ³혈액 응고는 섬유소 단백질인 피브린이 모여 형성된 섬유소 그물이 혈소판이 응집*된 혈소판 마개와 뭉쳐 혈병이라는 덩어리를 만드는 현상이다. ⁴혈액 응고는 혈관 속에서도 일어나는데, 이때의 혈병을 혈전이라 한다. <u>혈액의 역할과 혈액 응고의 원리에 대해 설명하며 지문을 시작하고 있네. 제시된 개념과 원리는 정확하게 이해하고 넘어가자. 혈액 응고: 섬유소 그물(피브린이 모여 형성) + 혈소판 마개(혈소판이 모여 형성) → 혈병(혈관 속에서 만들어질 경우 혈전) 생성</u> ⁵이물질이 쌓여 동맥 내벽이 두꺼워지는 동맥 경화가 일어나면 그 부위에 혈전 침착*, 혈류 감소 등이 일어나 혈관 질환이 발생하기도 한다. ⁶이러한 혈액의 응고 및 원활한 순환에 비타민 K가 중요한 역할을 한다. <u>이 지문은 혈액 응고와 순환에 영향을 미치는 비타민 K에 대해 설명하는 글인가 보군.</u>

❷ ⁷비타민 K는 혈액이 응고되도록 돕는다. <u>먼저 비타민 K가 혈액 응고에 어떠한 역할을 하는지 설명하려나 봐.</u> ⁸지방을 뺀 사료를 먹인 병아리의 경우, 지방에 녹는 어떤 물질이 결핍되어 혈액 응고가 지연된다는 사실을 발견하고 그 물질을 비타민 K로 명명했다. <u>지방 없는 사료를 섭취한 병아리에게 '혈액 응고'를 돕는 비타민 K가 결핍되어 혈액 응고가 지연되는 상황이 발생했다는 내용이 제시되었어. 지방이 포함된 음식을 섭취해야 지방에 녹는 비타민 K가 제대로 기능하나 봐.</u> ⁹혈액 응고는 단백질로 이루어진 다양한 인자*들이 관여하는 연쇄 반응에 의해 일어난다. ¹⁰<u>우선</u> 여러 혈액 응고 인자들이 활성화된 이후 프로트롬빈이 활성화되어 트롬빈으로 전환되고, 트롬빈은 혈액에 녹아 있는 피브리노겐을 불용성인 피브린으로 바꾼다. <u>혈액 응고 인자들 활성화 → 프로트롬빈 활성화 → 프로트롬빈이 트롬빈으로 전환 → 트롬빈의 영향으로 피브리노겐이 피브린으로 전환</u> ¹¹비타민 K는 프로트롬빈을 비롯한 혈액 응고 인자들이 간세포에서 합성될 때 이들의 활성화에 관여한다. ¹²활성화는 칼슘 이온과의 결합을 통해 이루어지는데, 이들 혈액 단백질이 칼슘 이온과 결합하려면 카르복실화되어 있어야 한다. ¹³카르복실화는 단백질을 구성하는 아미노산 중 글루탐산이 감마-카르복시글루탐산으로 전환되는 것을 말한다. ¹⁴이처럼 비타민 K에 의해 카르복실화되어야 활성화가 가능한 표적 단백질을 비타민 K-의존성 단백질이라 한다. <u>카르복실화된 혈액 단백질 + 칼슘 이온 → 혈액 단백질이 활성화 / 비타민 K는 단백질(비타민 K-의존성 단백질)로 이루어진 혈액 응고 인자를 카르복실화함으로써 이들의 활성화 과정에 관여함</u>

(옆 주석) 혈액 응고를 일으키는 연쇄 반응에 대해 순서대로 설명할 거야.

❸ ¹⁵비타민 K는 식물에서 합성되는 ㉠비타민 K₁과 동물 세포에서 합성되거나 미생물 발효로 생성되는 ㉡비타민 K₂로 나뉜다. ¹⁶녹색 채소 등은 비타민 K₁을 충분히 함유하므로 일반적인 권장 식단을 따르면 혈액 응고에 차질이 생기지 않는다. <u>비타민 K의 두 가지 종류에 대해 설명하였어.</u>

(옆 주석) 전환!

❹ ¹⁷<u>그런데</u> 혈관 건강과 관련된 비타민 K의 또 다른 중요한 기능이 발견되었고, 이는 <u>칼슘의 역설</u>과도 관련이 있다. ¹⁸나이가 들면 뼈 조직의 칼슘 밀도가 낮아져 골다공증이 생기기 쉬운데, 이를 방지하고자 칼슘 보충제를 섭취한다. ¹⁹<u>하지만</u> 칼슘 보충제를 섭취해서 혈액 내 칼슘 농도는 높아지나 골밀도는 높아지지 않고, 혈관 벽에 칼슘염이 침착되는 혈관 석회화가 진행되어 동맥 경화 및 혈관 질환이 발생하는 경우가 생긴다. '칼슘의 역설'이란 칼슘 보충제 섭취가 뼈 조직 내 칼슘 밀도의 증가로 이어지지 않아 골다공증을 예방하지 못하고, 혈액 내 칼슘 농도의 증가로만 이어져 오히려 혈관 질환을 유발하는 경우를 말하는 모양이네. 여기서 1문단에 언급된 '동맥 경화', '혈관 질환' 이야기가 다시 나오는 것은 이번에 제시된 비타민 K의 또 다른 기능이 혈액의 원활한 순환과 관련이 있기 때문이겠지? ²⁰혈관 석회화는 혈관 근육 세포 등에서 생성되는 MGP라는 단백질에 의해 억제되는데, 이 단백질이 비타민 K-의존성 단백질이다. ²¹비타민 K가 부족하면 MGP 단백질이 활성화되지 못해 혈관 석회화가 유발된다는 것이다. <u>혈관 내 높아진 칼슘 농도로 인해 발생하는 혈관 석회화는 비타민 K-의존성 단백질 중 하나인 MGP 단백질의 활성화를 통해 억제할 수 있나 봐.</u>

(옆 주석) 칼슘 보충제를 섭취하는 목적에 대해 말한 후 '하지만'이라고 했으니, 그러한 목적과는 상반된 결과에 대해 언급할 것으로 보이네.

❺ ²²비타민 K₁과 K₂는 모두 비타민 K-의존성 단백질의 활성화를 유도하지만 K₁은 간세포에서, K₂는 그 외의 세포에서 활성이 높다. ²³<u>그러므로 혈액 응고 인자의 활성화는 주로 K₁이, 그 외의 세포에서 합성되는 단백질의 활성화는 주로 K₂가 담당한다.</u> <u>그렇다면 앞서 혈관 근육 세포에서 생성된다고 한 MGP 단백질의 활성화에는 비타민 K₂가 중요한 역할을 담당하겠군.</u> ²⁴이에 따라 일부 연구자들은 비타민 K의 권장량을 K₁과 K₂로 구분하여 설정해야 하며, K₂가 함유된 치즈, 버터 등의 동물성 식품과 발효 식품의 섭취를 늘려야 한다고 권고*한다. <u>3문단에서 비타민 K₂는 동물 세포에서 합성되거나 미생물의 발효로 생성된다고 했지? 따라서 '칼슘의 역설'과 같은 현상을 예방하기 위해서는 치즈, 버터 등의 식품을 통한 비타민 K₂의 섭취에도 신경을 써야 한다는 내용으로 지문이 마무리되었어.</u>

이것만은 챙기자

* *응집: 한군데에 엉겨서 뭉침.
* *침착: 밑으로 가라앉아 들러붙음.
* *인자: 어떤 사물의 원인이 되는 낱낱의 요소나 물질.
* *권고: 어떤 일을 하도록 권함. 또는 그런 말.

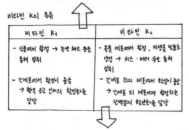

비타민 K의 역할

1. 혈액의 응고

┗ 섬유소 그물 + 혈소판 마개 ⇒ '혈병'
(피브린+피브린+…) (혈소판 응집) (혈전: 혈관 속에서 만들어진 혈병)

┗ 혈액 응고를 일으키는 연쇄 반응
① 혈액 응고 인자들이 활성화 → 프로트롬빈이 활성화
② 프로트롬빈 → 트롬빈으로 전환
③ 트롬빈의 영향으로 피브리노겐 → 피브린으로 바뀜

⇒ 비타민 K가 혈액 단백질을 카르복실화하여 단백질의 활성화에 관여

비타민 K의 종류

비타민 K₁	비타민 K₂
- 식물에서 합성 → 녹색 채소 등을 통해 섭취	- 동물 세포에서 합성, 미생물 발효로 생성 → 치즈·버터 등을 통해 섭취
- 간세포에서 활성이 높음 → 혈액 응고 인자의 활성화를 담당	- 간세포 외의 세포에서 활성이 높음 → 간세포 외 세포에서 합성되는 단백질의 활성화를 담당

2. 혈관의 석회화와 관련된 비타민 K의 또 다른 기능 (혈액의 원활한 순환)

┗ 뼈 조직의 골밀도 ↑ (골다공증 예방)을 위해 칼슘 섭취

BUT 골밀도는 ↑ X, 혈액 내 칼슘 농도 ↑ → 혈관 석회화로 인한 혈관 질환 발생

※ 비타민 K가 혈관 석회화를 억제하는 MGP 단백질 활성화에 기여하므로, 혈관의 석회화를 막는 중요한 기능을 할 수 있음!

≫ 각 문단을 요약하고 지문을 세 부분으로 나누어 보세요.

1 혈액 응고는 섬유소 단백질인 피브린이 모여 형성된 섬유소 그물이 혈소판 마개와 뭉쳐 혈병을 만드는 현상으로 비타민 K는 혈액의 응고 및 순환에 중요한 역할을 한다.	첫 번째 **1**[1]~**1**[6]
2 비타민 K는 혈액 응고 인자의 활성화에 관여하여 혈액이 응고되도록 돕는다.	두 번째 **2**[7]~**3**[16]
3 비타민 K는 식물에서 합성되는 비타민 K₁과 동물 세포에서 합성되는 비타민 K₂로 나뉜다.	
4 칼슘 보충제를 섭취해도 골밀도가 높아지지 않고 혈관 석회화가 진행되는 경우가 있는데, 비타민 K가 부족하면 혈관 석회화를 억제하는 MGP 단백질이 활성화되지 못해 혈관 석회화가 유발된다.	세 번째 **4**[17]~**5**[24]
5 혈액 응고 인자의 활성화는 주로 K₁이, 그 외의 세포에서 합성되는 단백질의 활성화는 주로 K₂가 담당한다.	

| 세부 정보 파악 | 정답률 **66**

1. 윗글에서 알 수 있는 내용으로 적절하지 않은 것은?

✓ 정답풀이

① 혈전이 형성되면 섬유소 그물이 뭉쳐 혈액의 손실을 막는다.

> 근거: **1** [2]만약 혈관 벽이 손상되어 출혈이 생기면 손상 부위의 혈액이 응고되어 혈액 손실을 막아야 한다. [3]혈액 응고는 섬유소 단백질인 피브린이 모여 형성된 섬유소 그물이 혈소판이 응집된 혈소판 마개와 뭉쳐 혈병이라는 덩어리를 만드는 현상이다. [4]혈액 응고는 혈관 속에서도 일어나는데, 이때의 혈병을 혈전이라 한다.
> 혈액 응고는 섬유소 그물이 혈소판 마개와 뭉쳐 혈병이라는 덩어리를 만드는 현상으로, 혈관 속에서 만들어진 혈병은 혈전이라고 한다. 즉 혈전이 형성되면 섬유소 그물이 뭉치는 것이 아니라, 혈관 속에서 섬유소 그물과 혈소판 마개가 뭉쳐서 혈전이 형성되는 것이다.

✗ 오답풀이

② 혈액의 응고가 이루어지려면 혈소판 마개가 형성되어야 한다.
근거: **1** [3]혈액 응고는 섬유소 단백질인 피브린이 모여 형성된 섬유소 그물이 혈소판이 응집된 혈소판 마개와 뭉쳐 혈병이라는 덩어리를 만드는 현상이다.

③ 혈관 손상 부위에 혈병이 생기려면 혈소판이 응집되어야 한다.
근거: **1** [2]만약 혈관 벽이 손상되어 출혈이 생기면 손상 부위의 혈액이 응고되어 혈액 손실을 막아야 한다. [3]혈액 응고는 섬유소 단백질인 피브린이 모여 형성된 섬유소 그물이 혈소판이 응집된 혈소판 마개와 뭉쳐 혈병이라는 덩어리를 만드는 현상이다.

④ 혈관 경화를 방지하려면 이물질이 침착되지 않게 해야 한다.
근거: **1** [5]이물질이 쌓여 동맥 내벽이 두꺼워지는 동맥 경화가 일어나면 그 부위에 혈전 침착, 혈류 감소 등이 일어나 혈관 질환이 발생하기도 한다.

⑤ 혈관 석회화가 계속되면 동맥 내벽과 혈류에 변화가 생긴다.
근거: **1** [5]이물질이 쌓여 동맥 내벽이 두꺼워지는 동맥 경화가 일어나면 그 부위에 혈전 침착, 혈류 감소 등이 일어나 혈관 질환이 발생하기도 한다. + **4** [19]혈관 벽에 칼슘염이 침착되는 혈관 석회화가 진행되어 동맥 경화 및 혈관 질환이 발생하는 경우가 생긴다.

2. 칼슘의 역설 에 대한 이해로 가장 적절한 것은?

◆ 정답풀이

② 칼슘 보충제를 섭취해도 뼈 조직에서는 칼슘이 여전히 필요하다는 것이겠군.

> 근거: **4** [18]나이가 들면 뼈 조직의 칼슘 밀도가 낮아져 골다공증이 생기기 쉬운데, 이를 방지하고자 칼슘 보충제를 섭취한다. [19]하지만 칼슘 보충제를 섭취해서 혈액 내 칼슘 농도는 높아지나 골밀도는 높아지지 않고, 혈관 벽에 칼슘염이 침착되는 혈관 석회화가 진행되어 동맥 경화 및 혈관 질환이 발생하는 경우가 생긴다.

⊗ 오답풀이

① 칼슘 보충제를 섭취하면 오히려 비타민 K_1의 효용성이 감소된다는 것이겠군.

근거: **4** [18]나이가 들면 뼈 조직의 칼슘 밀도가 낮아져 골다공증이 생기기 쉬운데, 이를 방지하고자 칼슘 보충제를 섭취한다. [19]하지만 칼슘 보충제를 섭취해서 혈액 내 칼슘 농도는 높아지나 골밀도는 높아지지 않고

칼슘의 역설은 골다공증을 예방하기 위한 칼슘 보충제 섭취가 그러한 목적과는 달리 골밀도의 증가로 이어지지 않는 현상을 말하는 것일 뿐, 비타민 K_1의 효용성 감소와는 관련이 없다.

③ 칼슘 보충제를 섭취해도 골다공증은 막지 못하나 혈관 건강은 개선되는 경우가 있다는 것이겠군.

근거: **4** [18]나이가 들면 뼈 조직의 칼슘 밀도가 낮아져 골다공증이 생기기 쉬운데, 이를 방지하고자 칼슘 보충제를 섭취한다. [19]하지만 칼슘 보충제를 섭취해서 혈액 내 칼슘 농도는 높아지나 골밀도는 높아지지 않고, 혈관 벽에 칼슘염이 침착되는 혈관 석회화가 진행되어 동맥 경화 및 혈관 질환이 발생하는 경우가 생긴다.

칼슘의 역설이 골다공증 예방을 위해 섭취한 칼슘 보충제가 골밀도의 증가로 이어지지 않아 골다공증을 막지 못하는 현상을 말하는 것은 맞지만, 칼슘 보충제 섭취로 인해 혈관 석회화가 진행되어 동맥 경화 등의 혈관 질환이 발생하는 경우가 생긴다고 했으므로 혈관 건강이 개선되는 경우가 있다는 것은 적절하지 않다.

④ 칼슘 보충제를 섭취하면 혈액 내 단백질이 칼슘과 결합하여 혈관 벽에 칼슘이 침착된다는 것이겠군.

근거: **4** [18]나이가 들면 뼈 조직의 칼슘 밀도가 낮아져 골다공증이 생기기 쉬운데, 이를 방지하고자 칼슘 보충제를 섭취한다. [19]하지만 칼슘 보충제를 섭취해서 혈액 내 칼슘 농도는 높아지나 골밀도는 높아지지 않고, 혈관 벽에 칼슘염이 침착되는 혈관 석회화가 진행되어 동맥 경화 및 혈관 질환이 발생하는 경우가 생긴다.

골다공증 예방을 위해 칼슘 보충제를 섭취할 경우 혈관 벽에 칼슘염이 침착되어 혈관 석회화가 진행된다고 하였으나, 이때 칼슘염이 혈액 내 단백질과 칼슘이 결합한 물질이라고 볼 근거는 찾을 수 없다.

⑤ 칼슘 보충제를 섭취해도 혈액으로 칼슘이 흡수되지 않아 골다공증 개선이 안 되는 경우가 있다는 것이겠군.

근거: **4** [18]나이가 들면 뼈 조직의 칼슘 밀도가 낮아져 골다공증이 생기기 쉬운데, 이를 방지하고자 칼슘 보충제를 섭취한다. [19]하지만 칼슘 보충제를 섭취해서 혈액 내 칼슘 농도는 높아지나 골밀도는 높아지지 않고, 혈관 벽에 칼슘염이 침착되는 혈관 석회화가 진행되어 동맥 경화 및 혈관 질환이 발생하는 경우가 생긴다.

칼슘의 역설은 골다공증을 유발하는 뼈 조직의 칼슘 밀도 감소를 방지하고자 칼슘 보충제를 섭취하지만, 기대와 달리 골밀도가 높아지지 않고 혈관 질환 등의 문제가 발생하는 것을 말한다. 이때 칼슘 보충제를 섭취하면 혈액 내 칼슘 농도는 높아진다고 했으므로 혈액으로 칼슘이 흡수됨을 알 수 있다.

3. ㉠과 ㉡에 대한 설명으로 가장 적절한 것은?

> ㉠: 비타민 K_1
> ㉡: 비타민 K_2

◆ 정답풀이

④ ㉠과 ㉡은 모두 표적 단백질의 활성화 이전 단계에 작용한다.

> 근거: **2** [11]비타민 K는 프로트롬빈을 비롯한 혈액 응고 인자들이 간세포에서 합성될 때 이들의 활성화에 관여한다. [12]활성화는 칼슘 이온과의 결합을 통해 이루어지는데, 이들 혈액 단백질이 칼슘 이온과 결합하려면 카르복실화되어 있어야 한다.~[14]이처럼 비타민 K에 의해 카르복실화되어야 활성화가 가능한 표적 단백질을 비타민 K-의존성 단백질이라 한다. + **5** [22]비타민 K_1(㉠)과 K_2(㉡)는 모두 비타민 K-의존성 단백질의 활성화를 유도

비타민 K에 의해 혈액 단백질이 카르복실화되어야 이들이 칼슘 이온과의 결합을 통해 활성화되는 것이라고 했으므로, 비타민 K의 두 가지 종류인 ㉠과 ㉡은 모두 표적 단백질의 활성화 이전 단계에 작용한다고 볼 수 있다.

⊗ 오답풀이

① ㉠은 ㉡과 달리 우리 몸의 간세포에서 합성된다.

근거: **3** [15]비타민 K는 식물에서 합성되는 비타민 K_1(㉠)과 동물 세포에서 합성되거나 미생물 발효로 생성되는 비타민 K_2(㉡)로 나뉜다.

② ㉡은 ㉠과 달리 지방과 함께 섭취해야 한다.

근거: **2** [8]지방을 뺀 사료를 먹인 병아리의 경우, 지방에 녹는 어떤 물질이 결핍되어 혈액 응고가 지연된다는 사실을 발견하고 그 물질을 비타민 K로 명명했다. + **3** [16]녹색 채소 등은 비타민 K_1(㉠)을 충분히 함유하므로 일반적인 권장 식단을 따르면 혈액 응고에 차질이 생기지 않는다. + **5** [24]이에 따라 일부 연구자들은~K_2(㉡)가 함유된 치즈, 버터 등의 동물성 식품과 발효 식품의 섭취를 늘려야 한다고 권고한다.

3문단과 5문단을 통해 ㉠과 ㉡은 각각 어떤 음식을 통해 섭취할 수 있는지에 대한 정보를 확인할 수 있지만, 윗글에서 비타민 K를 지방 등의 다른 요소와 함께 섭취해야 한다고 직접적으로 설명하는 부분은 찾을 수 없다. 다만 2문단에서 혈액 응고에 관여하는 '지방에 녹는 어떤 물질'을 비타민 K로 명명하였으므로 ㉠과 ㉡ 모두 지방과 함께 섭취하는 것이 효과적이라고 추론할 수는 있다.

③ ⓒ은 ⊙과 달리 표적 단백질의 아미노산을 변형하지 않는다.

근거: **2** [13]카르복실화는 단백질을 구성하는 아미노산 중 글루탐산이 감마-카르복시글루탐산으로 전환되는 것을 말한다. [14]이처럼 비타민 K에 의해 카르복실화되어야 활성화가 가능한 표적 단백질을 비타민 K-의존성 단백질이라 한다.

비타민 K가 표적 단백질을 카르복실화하는 과정에서 단백질을 구성하는 아미노산 중 글루탐산이 감마-카르복시글루탐산으로 전환된다고 했으므로, ⊙과 ⓒ 모두 표적 단백질의 아미노산을 변형한다고 볼 수 있다.

⑤ ⊙과 ⓒ은 모두 일반적으로는 결핍이 발생해 문제가 되는 경우는 없다.

근거: **3** [16]녹색 채소 등은 비타민 K_1(⊙)을 충분히 함유하므로 일반적인 권장 식단을 따르면 혈액 응고에 차질이 생기지 않는다. + **4** [20]혈관 석회화는 혈관 근육 세포 등에서 생성되는 MGP라는 단백질에 의해 억제되는데~ [21]비타민 K가 부족하면 MGP 단백질이 활성화되지 못해 혈관 석회화가 유발된다는 것이다. + **5** [22]K_1은 간세포에서, K_2(ⓒ)는 그 외의 세포에서 활성이 높다. [23]그러므로 혈액 응고 인자의 활성화는 주로 K_1이, 그 외의 세포에서 합성되는 단백질의 활성화는 주로 K_2가 담당한다. [24]이에 따라 일부 연구자들은~K_2가 함유된 치즈, 버터 등의 동물성 식품과 발효 식품의 섭취를 늘려야 한다고 권고한다.

비타민 K_1은 일반적인 권장 식단을 따르면 혈액 응고에 차질이 생기지 않는다고 하였다. 그런데 MGP 단백질의 활성화에 관여하는 비타민 K_2는 부족할 경우 혈관 석회화를 억제하기 어렵게 되므로, 일부 연구자들은 이를 예방하기 위해 동물성 식품과 발효 식품을 통한 비타민 K_2의 섭취 증가를 권고하고 있다고 했다. 이를 고려할 때, ⊙과 달리 ⓒ은 음식을 통한 섭취에 신경쓰지 않으면 결핍이 발생해 문제가 되는 경우도 존재함을 알 수 있다.

4. 윗글을 참고할 때 〈보기〉의 (가)~(다)를 투여함에 따라 체내에서 일어나는 반응을 예상한 내용으로 적절하지 않은 것은? [3점]

〈보기〉

다음은 혈전으로 인한 질환을 예방 또는 치료하는 약물이다.

(가) 와파린: 트롬빈에는 작용하지 않고 비타민 K의 작용을 방해함.

(나) 플라스미노겐 활성제: 피브리노겐에는 작용하지 않고 피브린을 분해함.

(다) 헤파린: 비타민 K-의존성 단백질에는 작용하지 않고 트롬빈의 작용을 억제함.

✅ 정답풀이

③ (다)는 혈액 응고 인자와 칼슘 이온의 결합을 억제하겠군.

> 근거: **2** [10]우선 여러 혈액 응고 인자들이 활성화된 이후 프로트롬빈이 활성화되어 트롬빈으로 전환되고, 트롬빈은 혈액에 녹아 있는 피브리노겐을 불용성인 피브린으로 바꾼다. [11]비타민 K는 프로트롬빈을 비롯한 혈액 응고 인자들이 간세포에서 합성될 때 이들의 활성화에 관여한다. [12]활성화는 칼슘 이온과의 결합을 통해 이루어지는데
>
> 〈보기〉에 따르면 (다)는 트롬빈의 작용을 억제하는데, 트롬빈은 피브리노겐을 피브린으로 바꾸는 역할을 하며, 혈액 응고 인자와 칼슘 이온이 결합하여 활성화되는 과정에 관여되는 것은 비타민 K-의존성 단백질에 작용하는 비타민 K이다. 따라서 비타민 K-의존성 단백질에는 작용하지 않고 트롬빈에만 작용하는 (다)가 혈액 응고 인자와 칼슘 이온의 결합을 억제한다고 보기는 어렵다.

❌ 오답풀이

① (가)의 지나친 투여는 혈관 석회화를 유발할 수 있겠군.

근거: **4** [20]혈관 석회화는 혈관 근육 세포 등에서 생성되는 MGP라는 단백질에 의해 억제되는데, 이 단백질이 비타민 K-의존성 단백질이다. [21]비타민 K가 부족하면 MGP 단백질이 활성화되지 못해 혈관 석회화가 유발된다는 것이다.

비타민 K는 혈관 석회화를 억제하는 MGP 단백질의 활성화에 관여하므로 비타민 K가 부족하면 혈관 석회화가 유발될 수 있다. 〈보기〉에서 (가)는 비타민 K의 작용을 방해한다고 했으므로 (가)를 지나치게 투여하면 혈관 석회화가 유발될 수 있을 것임을 알 수 있다.

② (나)는 이미 뭉쳐 있던 혈전이 풀어지도록 할 수 있겠군.

근거: **1** [3]혈액 응고는 섬유소 단백질인 피브린이 모여 형성된 섬유소 그물이 혈소판이 응집된 혈소판 마개와 뭉쳐 혈병이라는 덩어리를 만드는 현상이다. [4]혈액 응고는 혈관 속에서도 일어나는데, 이때의 혈병을 혈전이라 한다.

혈관 속에서 만들어진 혈전은 피브린이 모여 형성된 섬유소 그물과 혈소판이 응집된 혈소판 마개가 뭉쳐 만들어진다. 〈보기〉에서 (나)는 혈전을 형성하는 요소 중 하나인 피브린을 분해한다고 했으므로 이는 이미 뭉쳐 있던 혈전이 풀어지도록 할 수 있을 것임을 알 수 있다.

④ (가)와 (다)는 모두 피브리노겐이 전환되는 것을 억제하겠군.

근거: **2** [10]우선 여러 혈액 응고 인자들이 활성화된 이후 프로트롬빈이 활성화되어 트롬빈으로 전환되고, 트롬빈은 혈액에 녹아 있는 피브리노겐을 불용성인 피브린으로 바꾼다. [11]비타민 K는 프로트롬빈을 비롯한 혈액 응고 인자들이 간세포에서 합성될 때 이들의 활성화에 관여한다.

트롬빈은 피브리노겐을 피브린으로 바꾸는 역할을 하며, 혈액 응고 인자들의 활성화에는 비타민 K가 관여한다. 〈보기〉에서 (가)는 트롬빈에는 작용하지 않지만 혈액 응고 인자의 활성화에 관여하는 비타민 K의 작용을 방해하고 (다)는 트롬빈의 작용을 억제한다고 했으므로, (가)와 (다)는 모두 피브리노겐이 피브린으로 전환되는 것을 억제한다고 볼 수 있다.

⑤ (나)와 (다)는 모두 피브린 섬유소 그물의 형성을 억제하겠군.

근거: **1** [3]섬유소 단백질인 피브린이 모여 형성된 섬유소 그물 + **2** [10]우선 여러 혈액 응고 인자들이 활성화된 이후 프로트롬빈이 활성화되어 트롬빈으로 전환되고, 트롬빈은 혈액에 녹아 있는 피브리노겐을 불용성인 피브린으로 바꾼다.

섬유소 그물은 섬유소 단백질인 피브린이 모여 형성된 것이고, 트롬빈이 피브리노겐에 작용하면 피브린이 된다. 〈보기〉에서 (나)는 피브린을 분해한다고 했으며 (다)는 피브리노겐을 피브린으로 바꾸는 트롬빈의 작용을 억제한다고 했으므로, (나)와 (다)는 모두 피브린 섬유소 그물의 형성을 억제한다고 볼 수 있다.

• 4–②, ④, ⑤번

학생들이 정답 외에 가장 많이 고른 선지는 ④번이다. 2문단에서 제시한 혈액 응고와 관련된 연쇄 반응의 내용을 정확히 이해하여, 이를 〈보기〉의 내용과 연관 짓는 데에 많은 어려움이 있었던 것으로 보인다.

④번은 〈보기〉의 (가), (다)가 혈액 응고 인자 중 '피브리노겐'에 영향을 줄 수 있는지에 대해 묻고 있다. 2문단에서 '트롬빈은 혈액에 녹아 있는 피브리노겐을 불용성인 피브린으로 바꾼다.'라고 했으므로, ④번은 다시 말해 (가)와 (다) 모두 '피브리노겐'이 '피브린'으로 전환되는 과정에 영향을 줄 수 있는지를 묻는 것이라고 이해할 수 있다.

먼저 (다)는 '트롬빈의 작용을 억제'한다고 했으므로, 이로 인해 '피브리노겐'이 '피브린'으로 전환되는 과정 역시 억제됨을 알 수 있다. 이와 달리 (가)는 '트롬빈'에는 작용하지 않는다고 했지만, 단백질의 활성화에 관여하는 '비타민 K'의 작용 자체를 방해한다고 했다. 2문단에서 '혈액 응고는 단백질로 이루어진 다양한 인자들이 관여하는 연쇄 반응에 의해 일어난다.'라고 했으므로, '비타민 K'의 작용을 방해하는 (가)는 결과적으로 혈액 응고 시의 연쇄 반응 중 하나인 '피브리노겐'의 전환을 억제한다고 볼 수 있다.

한편 ②번과 ⑤번을 정답으로 고른 학생들의 비율도 비슷하게 높았다. ②번은 '이미 뭉쳐 있던 혈전'에 대한 작용을, ⑤번은 '피브린 섬유소 그물의 형성'에 대한 작용을 묻고 있는데, 결국 두 선지 모두 '피브린'과 관련된 설명을 제대로 이해하였는지를 묻는 내용이라고 할 수 있다.

먼저 1문단에서 '혈액 응고는 섬유소 단백질인 피브린이 모여 형성된 섬유소 그물'이 혈소판 마개와 뭉치면서 혈병을 만드는 현상이라고 하였다. 이와 관련하여 (나)는 '피브린을 분해'한다고 했으므로, 피브린이 모여 만들어지는 '섬유소 그물'의 형성을 억제하는 것은 물론이며, 피브린을 구성 요소로 하는 '이미 뭉쳐 있던 혈전'이 풀어지는 작용도 가능하게 함을 알 수 있다. 다음으로 (다)는 '트롬빈의 작용을 억제'한다고 했는데, 앞서도 설명했듯 2문단을 통해 '트롬빈'이 '피브리노겐'에 작용해야 '피브린'으로 전환됨을 알 수 있었다. 따라서 (다)로 인해 '트롬빈'의 작용이 억제되면, '피브리노겐'이 '피브린'으로 전환되지 못하여 '피브린 섬유소 그물의 형성' 역시 억제된다고 판단할 수 있다.

정답률 분석

	①	②	③	④	⑤
		매력적 오답	정답	매력적 오답	매력적 오답
	5%	11%	45%	28%	11%

[1~4] 다음 글을 읽고 물음에 답하시오.

✏ 사고의 흐름

1 [1]주차하거나 좁은 길을 지날 때 운전자를 돕는 장치들이 있다. [2]이 중 차량 전후좌우에 장착된 카메라로 촬영한 영상을 이용하여 차량 주위 360°의 상황을 위에서 내려다본 것 같은 영상을 만들어 차 안의 모니터를 통해 운전자에게 제공하는 장치가 있다. 운전자를 돕는 여러 장치들 중 차량 주위의 상황을 '위에서 내려다본 것 같은 영상'을 만들어 제공해 주는 장치로 화제를 좁히고 있어. [3]운전자에게 제공되는 영상이 어떻게 만들어지는지 알아 보자. 영상이 만들어지는 과정이 제시될 거야. 과정이 제시되면 내용을 순서대로 정리하며 읽자.

순서를 나타내는 표현이 사용되었으니 순서를 고려하여 읽어 보자.

2 [4]먼저 차량 주위 바닥에 바둑판 모양의 격자판을 펴 놓고 카메라로 촬영한다. [5]이 장치에서 사용하는 광각 카메라는 큰 시야각을 갖고 있어 사각지대가 줄지만 빛이 렌즈를 @지날 때 렌즈 고유의 곡률로 인해 영상이 중심부는 볼록하고 중심부에서 멀수록 더 휘어지는 현상, 즉 렌즈에 의한 상의 왜곡이 발생한다. 왜곡 때문에 카메라로 찍은 영상이 현실과 같지 않다는 '문제'가 발생했네. 대부분의 경우 이러한 문제를 해결할 수 있는 방법을 제시해 줘. [6]이 왜곡에 영향을 주는 카메라 자체의 특징을 내부 변수라고 하며 왜곡 계수로 나타낸다. [7]이를 알 수 있다면 왜곡 모델을 설정하여 왜곡을 보정할 수 있다.

전환! 내부 변수로 일어나는 왜곡과는 다른 화제가 제시될 거야.

내부 변수로 인한 왜곡: 왜곡 모델을 설정하여 보정 가능 [8]한편 차량에 장착된 카메라의 기울어짐 등으로 인해 발생하는 왜곡의 원인을 외부 변수라고 한다. [9]⊙촬영된 영상과 실세계 격자판을 비교하면 영상에서 격자판이 회전한 각도나 격자판의 위치 변화를 통해 카메라의 기울어진 각도 등을 알 수 있으므로 왜곡을 보정할 수 있다. 외부 변수로 인한 왜곡: 촬영된 영상과 실세계 격자판을 비교하여 보정 가능

왜곡 보정 이후에 이루어지는 작업에 대해 설명하겠지?

3 [10]왜곡 보정이 끝나면 영상의 점들에 대응*하는 3차원 실세계의 점들을 추정*하여 이로부터 원근 효과가 제거된 영상을 얻는 시점 변환이 필요하다. [11]카메라가 3차원 실세계를 2차원 영상으로 투영하면 크기가 동일한 물체라도 카메라로부터 멀리 있을수록 더 작게 나타나는데, 카메라 영상의 특징을 제시하고 있군. 위에서 내려다보는 시점의 영상에서는 거리에 따른 물체의 크기 변화가 없어야 하기 때문이다. 카메라 영상에서는 원근 효과가 나타나기 때문에, 이를 제거하는 '시점 변환'이 필요한 거구나.

4 [12]ⓛ왜곡이 보정된 영상에서의 몇 개의 점과 그에 대응하는 실세계 격자판의 점들의 위치를 알고 있다면, 영상의 모든 점들과 격자판의 점들 간의 대응 관계를 가상의 좌표계를 이용하여 기술할 수 있다. [13]이 대응 관계를 이용해서 영상의 점들을 격자의 모양과 격자 간의 상대적인 크기가 실세계에서와 동일하게 유지되도록 한 평면에 놓으면 2차원 영상으로 나타난다. [14]이때 얻은 영상이 ⓒ위에서 내려다보는 시점의 영상이 된다. [15]이와 같은 방법으로 구한 각 방향의 영상을 합성하면 차량 주위를 위에서 내려다본 것 같은 영상이 만들어진다. 차량 전후좌우 각 방향의 영상을 '위에서 내려다보는 시점'의 영상으로 만들고, 이를 합성하여 '차량 주위를 위에서 내려다본 것 같은 영상'을 만드는 거구나!

이것만은 챙기자

*대응: 어떤 두 대상이 주어진 어떤 관계에 의하여 서로 짝이 되는 일.

*추정: 미루어 생각하여 판정함.

만점 선배의 구조도 예시

〈차량 주위 360°의 상황을 위에서 내려다볼 것 같은 영상 만드는 방법〉

① 차량 주위에 격자판 + 전후좌우 카메라 촬영
  ∨ 왜곡 보정
   - 광각 카메라 렌즈에 의한 상의 왜곡 (내부 변수)
     : 왜곡 계수 알면 왜곡 모델 설정 → 보정
   - 카메라의 기울어짐 등으로 왜곡 (외부 변수)
     : 촬영된 영상과 격자판 비교 → 기울어진 각도 파악해 보정

② 시점 변환 - 원근 효과 제거된 영상 얻기
  ∨ 원근 효과: 3차원 ⬡ → 2차원 ⬭ 투영시
    크기가 동일해도 가까우면 ⬡, 멀면 ⬡
   • 영상에서의 점 ─ 대응 ─ 실세계 격자판들의 점 (추정)
    → 격자의 모양, 격자 간 상대적 크기가 동일하게 유지 되도록
     평면에 놓기 (2차원 영상)

③ 위에서 내려다보는 시점의 전후좌우 영상 합성
  → 차량 주위를 위에서 내려다 볼 것 같은 영상 완성!

》》 각 문단을 요약하고 지문을 두 부분으로 나누어 보세요.

1 차량 주위 360°의 상황을 위에서 본 것 같은 영상이 제작되는 과정을 알아보자.	첫 번째 1[1]~1[3]
2 차량 주위 바닥에 격자판을 펴 놓고 카메라로 촬영한 후, 내부 변수와 외부 변수에 따른 왜곡을 보정한다.	
3 이후 원근 효과가 제거되어 거리에 따른 물체의 크기 변화가 없는 영상을 얻는 시점 변환이 필요하다.	두 번째 2[4]~4[15]
4 영상과 격자판의 점들 간의 대응 관계를 가상의 좌표계를 이용해 영상의 점들을 평면에 놓아 2차원 영상으로 나타내며, 각 방향의 영상을 합성해 차량 주위를 위에서 본 것 같은 영상을 만든다.	

1. 윗글의 내용과 일치하는 것은?

✔ **정답풀이**

④ 영상이 중심부로부터 멀수록 크게 휘는 것은 왜곡 모델을 설정하여 보정할 수 있다.

> 근거: **2** [5]광각 카메라는 큰 시야각을 갖고 있어~영상이 중심부는 볼록하고 중심부에서 멀수록 더 휘어지는 현상, 즉 렌즈에 의한 상의 왜곡이 발생한다.~[7]이를 알 수 있다면 왜곡 모델을 설정하여 왜곡을 보정할 수 있다.
> 영상이 중심부로부터 멀수록 더 휘어지는 현상인 렌즈에 의한 상의 왜곡은 왜곡 계수를 알 수 있다면 왜곡 모델을 설정하여 보정할 수 있다.

✖ **오답풀이**

① 차량 주위를 위에서 내려다본 것 같은 영상은 360°를 촬영하는 카메라 하나를 이용하여 만들어진다.

> 근거: **1** [2]차량 전후좌우에 장착된 카메라로 촬영한 영상을 이용하여 차량 주위 360°의 상황을 위에서 내려다본 것 같은 영상을 만들어 차 안의 모니터를 통해 운전자에게 제공하는 장치가 있다.
> 차량 주위를 위에서 내려다본 것 같은 영상은 카메라 하나가 아니라 차량의 전후좌우에 장착된 카메라들로 촬영한 영상을 이용하여 만들어진다.

② 외부 변수로 인한 왜곡은 카메라 자체의 특징을 알 수 있으면 쉽게 해결할 수 있다.

> 근거: **2** [8]한편 차량에 장착된 카메라의 기울어짐 등으로 인해 발생하는 왜곡의 원인을 외부 변수라고 한다. [9]촬영된 영상과 실세계 격자판을 비교하면 영상에서 격자판이 회전한 각도나 격자판의 위치 변화를 통해 카메라의 기울어진 각도 등을 알 수 있으므로 왜곡을 보정할 수 있다.
> 외부 변수로 인한 왜곡은 카메라 자체의 특징이 아니라 카메라의 기울어진 각도 등의 왜곡을 일으킨 외부 요소를 알아야 해결할 수 있다.

③ 차량의 전후좌우 카메라에서 촬영된 영상을 하나의 영상으로 합성한 후 왜곡을 보정한다.

> 근거: **4** [15]이와 같은 방법으로 구한 각 방향의 영상(왜곡을 보정한 후 영상에서의 점과 실세계 격자판의 점들을 대응하여 구현한 2차원 영상)을 합성하면 차량 주위를 위에서 내려다본 것 같은 영상이 만들어진다.
> 촬영된 영상들을 하나의 영상으로 합성한 후 왜곡을 보정하는 것이 아니라, 왜곡을 먼저 보정한 후 각 방향의 영상을 합성하여 차량 주위를 위에서 내려다본 것 같은 영상을 만든다.

⑤ 위에서 내려다보는 시점의 영상에 있는 점들은 카메라 시점의 영상과는 달리 3차원 좌표로 표시된다.

> 근거: **4** [13]영상의 점들을 격자의 모양과 격자 간의 상대적인 크기가 실세계에서와 동일하게 유지되도록 한 평면에 놓으면 2차원 영상으로 나타난다. [14]이때 얻은 영상이 위에서 내려다보는 시점의 영상이 된다.
> 위에서 내려다보는 시점의 영상에 있는 점들을 한 평면에 놓으면 2차원 영상으로 나타나므로, 3차원 좌표로 표시된다고 볼 수는 없다.

2. ㉠~㉢을 이해한 내용으로 가장 적절한 것은?

> ㉠: 촬영된 영상
> ㉡: 왜곡이 보정된 영상
> ㉢: 위에서 내려다보는 시점의 영상

✔ **정답풀이**

② ㉡에서는 ㉠과 마찬가지로 렌즈와 격자판 사이의 거리가 멀어질수록 격자판이 작아 보이겠군.

> 근거: **2** [4]먼저 차량 주위 바닥에 바둑판 모양의 격자판을 펴 놓고 카메라로 촬영한다. + **3** [10]왜곡 보정이 끝나면~원근 효과가 제거된 영상을 얻는 시점 변환이 필요하다. [11]카메라가 3차원 실세계를 2차원 영상으로 투영하면 크기가 동일한 물체라도 카메라로부터 멀리 있을수록 더 작게 나타나는데 + **4** [13]영상의 점들을 격자의 모양과 격자 간의 상대적인 크기가 실세계에서와 동일하게 유지되도록 한 평면에 놓으면 2차원 영상으로 나타난다.
> 카메라가 3차원 실세계를 2차원 영상으로 투영하면 원근 효과에 의해 크기가 동일한 물체일지라도 카메라로부터 멀리 있을수록 더 작게 나타난다. ㉠과 ㉡은 모두 카메라로 찍은 영상으로, ㉡은 차량에 설치된 광각 카메라로 촬영된 ㉠의 왜곡을 수정한 것일 뿐. 원근 효과를 제거한 시점 변환이 이루어지기 이전의 영상이므로 ㉠과 마찬가지로 렌즈와 격자판 사이의 거리가 멀어질수록 격자판이 작아 보일 것이다.

✖ **오답풀이**

① ㉠에서 광각 카메라를 이용하여 확보한 시야각은 ㉡에서는 작아지겠군.

> 근거: **1** [2]차량 전후좌우에 장착된 카메라로 촬영한 영상을 이용하여 차량 주위 360°의 상황을 위에서 내려다본 것 같은 영상을 만들어 차 안의 모니터를 통해 운전자에게 제공하는 장치가 있다.
> 광각 카메라는 큰 시야각을 가지고 있는데, 이를 통해 나타나는 왜곡을 보정하는 것은 '렌즈에 의한 상의 왜곡'을 보정하는 것일 뿐이므로, ㉠에서 확보한 시야각이 ㉡에서 작아진다고 보기는 어렵다.

③ ㉡에서는 ㉠에서 렌즈와 격자판 사이의 거리에 따른 렌즈의 곡률 변화로 생긴 휘어짐이 보정되었겠군.

> 근거: **2** [5]빛이 렌즈를 지날 때 렌즈 고유의 곡률로 인해 영상이 중심부는 볼록하고 중심부에서 멀수록 더 휘어지는 현상, 즉 렌즈에 의한 상의 왜곡이 발생한다. [8]한편 차량에 장착된 카메라의 기울어짐 등으로 인해 발생하는 왜곡의 원인을 외부 변수라고 한다.
> ㉡이 ㉠을 촬영한 카메라의 렌즈 곡률에 의해 발생하는 왜곡을 보정하는 것은 맞지만, '렌즈 고유의 곡률'은 렌즈 고유의 특성이지, 렌즈와 격자판 사이의 거리에 따라 변하는 것은 아니다.

④ ⓛ과 실세계 격자판을 비교하여 격자판의 위치 변화를 보정한 ⓒ은 카메라의 기울어짐에 의한 왜곡을 바로잡은 것이겠군.

근거: ❷ [8]한편 차량에 장착된 카메라의 기울어짐 등으로 인해 발생하는 왜곡의 원인을 외부 변수라고 한다. [9]촬영된 영상과 실세계 격자판을 비교하면 영상에서 격자판이 회전한 각도나 격자판의 위치 변화를 통해 카메라의 기울어진 각도 등을 알 수 있으므로 왜곡을 보정할 수 있다.

카메라의 기울어짐에 의한 왜곡은 외부 변수로 인한 왜곡인데, 이러한 왜곡의 보정은 ⓒ이 아닌 ㉠을 실세계 격자판과 비교하여 격자판의 위치 변화 등을 보정하는 방식으로 이루어지며, ⓒ은 카메라 영상을 2차원 영상으로 투영하는 경우에 나타나는 원근 효과를 제거하기 위한 시점 변환이 이루어진 영상이다.

⑤ ⓛ에서 렌즈에 의한 상의 왜곡 때문에 격자판의 윗부분으로 갈수록 격자 크기가 더 작아 보이던 것이 ⓒ에서 보정되었겠군.

근거: ❷ [5]광각 카메라는 큰 시야각을 갖고 있어 사각지대가 줄지만 빛이 렌즈를 지날 때 렌즈 고유의 곡률로 인해 영상이 중심부는 볼록하고 중심부에서 멀수록 더 휘어지는 현상, 즉 렌즈에 의한 상의 왜곡이 발생한다. [7]왜곡 모델을 설정하여 왜곡을 보정할 수 있다.

렌즈에 의한 상의 왜곡은 왜곡 모델을 설정하여 보정할 수 있다. ⓛ은 이러한 왜곡이 보정된 영상이므로, ⓛ에서 렌즈에 의한 상의 왜곡이 나타난다고 볼 수는 없다.

📋 문제적 문제
• 2-③번

학생들이 정답보다 더 많은 선택 비율을 보인 선지가 ③번이다. 선지의 내용이 지문에서 나온 내용들로 이루어져 있고, 언뜻 보면 적절하다고 착각할 수 있지만, 꼼꼼히 살펴보면 지문의 내용과 맞지 않아 적절하지 않음을 알 수 있다.

③번의 경우, ㉠(촬영된 영상)과 ⓛ(왜곡이 보정된 영상)을 비교하고 있다. 2문단에 따르면 ㉠은 내부 변수와 외부 변수로 인해 왜곡이 발생할 수 있다. 내부 변수는 '렌즈 고유의 곡률'로 인해 '상의 왜곡이 발생'하는 것이며, 외부 변수는 '카메라의 기울어짐 등으로 인해 발생하는 왜곡'으로 '촬영된 영상과 실세계 격자판'을 비교하여 조정할 수 있다. ③번에서는 왜곡을 발생시키는 두 변수 중 내부 변수, 즉 렌즈의 곡률에 의한 상의 왜곡이 ⓛ에서 보정되었는지를 묻고 있다. 이때 ⓛ이 ㉠의 왜곡을 보정한 영상에 해당하는 것은 맞지만, 선지에서 ⓛ이 보정한 왜곡이 어떠한 것이었는지 설명한 부분도 눈여겨봐야 한다. ③번에서 말한 '휘어짐'은 보정의 대상이 되는 렌즈에 의한 '상의 왜곡'이 맞지만. 이러한 휘어짐이 발생하는 원인은 '렌즈와 격자판 사이의 거리에 따른 렌즈의 곡률 변화'가 아니라 '렌즈 고유의 곡률', 즉 렌즈마다의 고유한, 변하지 않는 곡률 때문이다.

선지에서 '격자판 사이의 거리', '곡률', '휘어짐' 등의 단어를 사용하였고, ㉠에서 생기는 휘어짐(왜곡)을 ⓛ에서 보정한다는 사실은 적절하므로 자칫하면 잘못 판단할 수 있다. 하지만 사실 관계가 적절하지 않다면 내용 역시 적절하지 않다. 그러니 선지를 판단할 때에는 지문의 내용뿐 아니라 선지의 내용도 꼼꼼하게 분석해야 한다.

정답률 분석

	①	②	③	④	⑤
		정답	매력적 오답		
	8%	32%	37%	13%	10%

3. 윗글을 바탕으로 〈보기〉를 탐구한 내용으로 가장 적절한 것은? [3점]

〈보기〉

그림은 장치가 장착된 차량의 운전자에게 제공된 영상에서 전방 부분만 보여 준 것이다. 차량 전방의 바닥에 그려진 네 개의 도형이 영상에서 각각 A, B, C, D로 나타나 있고, C와 D는 직사각형이고 크기는 같다. p와 q는 각각 영상 속 임의의 한 점이다.

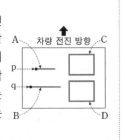

✓ 정답풀이

④ B에 대한 A의 상대적 크기는 가상의 좌표계를 이용하여 시점을 변환하기 전의 영상에서보다 더 커진 것이다.

근거: ❸ [10]왜곡 보정이 끝나면 영상의 점들에 대응하는 3차원 실세계의 점들을 추정하여 이로부터 원근 효과가 제거된 영상을 얻는 시점 변환이 필요하다. [11]카메라가 3차원 실세계를 2차원 영상으로 투영하면 크기가 동일한 물체라도 카메라로부터 멀리 있을수록 더 작게 나타나는데, 위에서 내려다보는 시점의 영상에서는 거리에 따른 물체의 크기 변화가 없어야 하기 때문이다.

시점 변환은 크기가 동일한 물체라도 카메라로부터 멀리 있을수록 더 작게 나타나는 원근 효과를 제거하는 것이다. 따라서 〈보기〉의 경우 시점을 변환하기 전의 영상에서 가까이 있는 B보다 멀리 있는 A가 실제 크기보다 작게 나타나는 정도가 더 클 것이다. 즉 시점을 변환한 후의 영상에서 A는 이전의 영상과 비교했을 때 커지는 정도가 B보다 더 클 것이므로, 시점을 변환한 후 B에 대한 A의 상대적 크기는 시점을 변환하기 전의 영상에서보다 더 커질 것이다.

✗ 오답풀이

① 원근 효과가 제거되기 전의 영상에서 C는 윗변이 아랫변보다 긴 사다리꼴 모양이다.

근거: ❸ [10]왜곡 보정이 끝나면 영상의 점들에 대응하는 3차원 실세계의 점들을 추정하여 이로부터 원근 효과가 제거된 영상을 얻는 시점 변환이 필요하다. [11]카메라가 3차원 실세계를 2차원 영상으로 투영하면 크기가 동일한 물체라도 카메라로부터 멀리 있을수록 더 작게 나타나는데, 위에서 내려다보는 시점의 영상에서는 거리에 따른 물체의 크기 변화가 없어야 하기 때문이다.

원근 효과가 제거되기 전의 영상에서는 크기가 동일한 물체라도 카메라로부터 멀리 있을수록 더 작게 나타난다. 〈보기〉에서 C의 윗변은 아랫변보다 카메라로부터 더 멀리 있으므로, 이 경우 윗변이 아랫변보다 더 짧은 사다리꼴 모양으로 나타날 것이다.

② 시점 변환 전의 영상에서 D는 C보다 더 작은 크기로 영상의 더 아래쪽에 위치한다.

근거: **3** ¹⁰왜곡 보정이 끝나면 영상의 점들에 대응하는 3차원 실세계의 점들을 추정하여 이로부터 원근 효과가 제거된 영상을 얻는 시점 변환이 필요하다. ¹¹카메라가 3차원 실세계를 2차원 영상으로 투영하면 크기가 동일한 물체라도 카메라로부터 멀리 있을수록 더 작게 나타나는데, 위에서 내려다보는 시점의 영상에서는 거리에 따른 물체의 크기 변화가 없어야 하기 때문이다.

시점 변환 전의 영상은 원근 효과 때문에 크기가 동일한 물체라도 카메라로부터 멀리 있을수록 더 작게 나타난다. 〈보기〉에서 D는 C보다 가까이 있으므로, 영상의 더 아래쪽에 위치하는 것은 맞지만, 크기는 C보다 더 클 것이다.

③ A와 B는 p와 q 간의 대응 관계를 이용하여 바닥에 그려진 도형을 크기가 유지되도록 한 평면에 놓은 것이다.

근거: **4** ¹²왜곡이 보정된 영상에서의 몇 개의 점과 그에 대응하는 실세계 격자판의 점들의 위치를 알고 있다면, 영상의 모든 점들과 격자판의 점들 간의 대응 관계를 가상의 좌표계를 이용하여 기술할 수 있다. ¹³이 대응 관계를 이용해서 영상의 점들을 격자의 모양과 격자 간의 상대적인 크기가 실세계에서와 동일하게 유지되도록 한 평면에 놓으면 2차원 영상으로 나타난다.

위에서 내려다보는 시점의 영상을 만들기 위해서는 왜곡이 보정된 영상에서의 몇 개의 점과 그에 대응하는 실세계 격자판의 점들 간의 대응 관계를 이용한다. 이를 이용하여 얻은 전방 방향의 '위에서 내려다보는 시점의 영상'이 〈보기〉의 영상이므로, 이 영상 속 임의의 한 점인 p와 q의 대응 관계를 이용하는 것은 A, B와는 관련이 없다. 즉 A와 B는 〈보기〉에 제시된 p와 q의 대응 관계를 이용하여 평면에 놓은 것이 아니라, 왜곡이 보정된 영상에서는 영상의 모든 점들과 이에 대한 실세계 격자판의 점들 간의 대응 관계를 이용하여 〈보기〉와 같이 A, B가 평면에 놓인 2차원 영상을 구현할 수 있는 것이다.

⑤ p가 A 위의 한 점이라면 A는 p에 대응하는 실세계의 점이 시점 변환을 통해 선으로 나타난 것이다.

근거: **3** ¹⁰왜곡 보정이 끝나면 영상의 점들에 대응하는 3차원 실세계의 점들을 추정하여 이로부터 원근 효과가 제거된 영상을 얻는 시점 변환이 필요하다. + **4** ¹²왜곡이 보정된 영상에서의 몇 개의 점과 그에 대응하는 실세계 격자판의 점들의 위치를 알고 있다면, 영상의 모든 점들과 격자판의 점들 간의 대응 관계를 가상의 좌표계를 이용하여 기술할 수 있다. ¹³이 대응 관계를 이용해서 영상의 점들을 격자의 모양과 격자 간의 상대적인 크기가 실세계에서와 동일하게 유지되도록 한 평면에 놓으면 2차원 영상으로 나타난다. ¹⁴이때 얻은 영상이 위에서 내려다보는 시점의 영상이 된다.

시점 변환은 영상의 점들에 대응하는 실세계의 점들을 추정하는 것이다. 다만 이때 구현되는 영상은 영상의 점들과 실세계 격자판 점들의 대응 관계를 통해 가상의 좌표계를 이용하여 실세계에서와 동일하게 유지되도록 한 평면에 놓은 것이므로, 장치가 장착된 차량에서 구현된 영상 속의 A가 P에 대응하는 실세계의 점이 시점 변환을 통해 선으로 나타난 것이라고 보기는 어렵다.

📋 **문제적 문제**   • 3—③, ④번

학생들이 정답 이외에 가장 많이 고른 선지가 ③번이다. '영상의 모든 점들과 격자판의 점들 간의 대응 관계'를 p와 q 간의 대응 관계라고 생각하여 적절하다고 판단한 것이다. 또한 제한 시간 안에 문제를 푸는 과정에서 정답 선지의 'B에 대한 A의 상대적 크기'를 잘못 이해하여 적절하지 않다고 생각했을 수도 있다.

③번의 경우, 4문단에서 위에서 내려다보는 시점의 2차원 영상을 만들기 위해서는 '영상의 모든 점들과 격자판의 점들 간의 대응 관계를 가상의 좌표계를 이용'하여 나타낸다고 하였다. 〈보기〉에서 p와 q가 각각 A와 B 위에 있는 점이라면, 이 p와 q 간의 대응 관계가 아니라 p, q를 포함하여 왜곡이 보정된 영상에 나타난 점들과 격자판의 점들 간의 대응 관계를 이용해서 2차원 영상으로 나타낼 수 있다. 지문의 내용을 가지고 왔으나, <u>대응 관계에 있는 대상들을 틀리게 서술하여 적절하지 않은 선지</u>가 된 것이다.

정답인 ④번의 경우, 'B에 대한 A의 상대적 크기'를 구해야 한다. 3문단에 따르면 크기가 동일한 물체라도 카메라로부터 멀리 있을수록 더 작게 나타난다. 따라서 〈보기〉의 상황에서 원근 효과를 제거하는 시점 변환을 거치면, 이전의 영상에서는 <u>차와 가까이 있는 B에 비해 차와 멀리 있는 A는 작게 보였던 것이 조절되는 정도가 더 크다.</u> 따라서 'B에 대한 A의 상대적 크기'는 더 커진다고 판단할 수 있다.

여러 정보를 종합하고 추론해야 하는 문제는 많은 시간이 소요될 수밖에 없다. 따라서 이 경우에는 <u>너무 조급해하지 말고, 시간을 들여서라도 정확하게 판단한다고 생각하고 선지를 분석해야 한다.</u>

정답률 분석

	①	②	③ 매력적 오답	④ 정답	⑤
	9%	15%	25%	36%	15%

| 어휘의 의미 파악 | 정답률 **89**

4. 문맥상 ⓐ의 의미와 가장 가까운 것은?

✅ **정답풀이**

① 그때 동생이 탄 버스는 교차로를 <u>지나고</u> 있었다.

> 근거: **2** ⁵빛이 렌즈를 ⓐ<u>지날</u> 때 렌즈 고유의 곡률로 인해 영상이 중심부는 볼록하고 중심부에서 멀수록 더 휘어지는 현상
> ⓐ의 '지나다'와 '교차로를 지나고 있었다.'의 '지나다'는 모두 '어디를 거치어 가거나 오거나 하다.'라는 의미로 사용되었다.

❌ **오답풀이**

② 그것은 슬픈 감정을 <u>지나서</u> 아픔으로 남아 있다.
  '어떠한 상태나 정도를 넘어서다.'라는 의미로 사용되었다.

③ 어느새 정오가 훌쩍 <u>지나</u> 식사할 시간이 되었다.
  '시간이 흘러 그 시기에서 벗어나다.'라는 의미로 사용되었다.

④ 물의 온도가 어는점을 <u>지나</u> 계속 내려가고 있다.
  '어떤 시기나 한도를 넘다.'라는 의미로 사용되었다.

⑤ 가장 힘든 고비를 <u>지나고</u> 나니 마음이 가뿐하다.
  '어떤 시기나 한도를 넘다.'라는 의미로 사용되었다.

PART ④
과학·기술

2022학년도 9월 모평

문제 P.118

'메타버스(metaverse)'의 몰입도를 높이는 여러 가지 기술

[1~4] 다음 글을 읽고 물음에 답하시오.

✎ 사고의 흐름

1 ¹'메타버스(metaverse)'는 '초월'이라는 의미의 '메타(meta)'와 '세계'를 뜻하는 '유니버스(universe)'의 합성어로, 현실 세계와 가상* 공간이 적극적으로 상호 작용하는 공간을 의미한다. 이 지문은 메타버스와 관련된 내용인가 봐. 현실 세계와 가상 공간의 상호 작용이 이루어지는 메타버스의 특성을 기억해 두자. ²감각 전달 장치는 메타버스 속에서 사용자를 대신하는 아바타가 보고 만지는 것으로 설정된 감각을 사용자에게 전달하는 장치이다. ³사용자는 이를 통하여 가상 공간을 현실감 있게 체험하면서 메타버스에 몰입*하게 된다. 메타버스에 몰입할 수 있게 하는 장치 (1) 감각 전달 장치: 아바타가 보고(시각) 만지는(촉각) 감각을 사용자에게 전달

2 ⁴시각을 전달하는 장치인 HMD*는 사용자의 양쪽 눈에 가상 공간을 표현하는, 시차*가 있는 영상을 전달한다. ⁵전달된 영상을 뇌에서 조합하는 과정에서 사용자는 공간과 물체의 입체감을 느낄 수 있다. ① HMD: 시각을 전달하는 감각 전달 장치로, 사용자에게 공간과 물체의 입체감을 느끼게 함 ⁶가상 공간에서 물체를 접촉하는 것처럼 사용자의 손에 감각 반응을 직접 전달하는 장치로는 가상 현실 장갑이 있다. ⁷가상 현실 장갑은 가상 공간에서 아바타가 만지는 가상 물체의 크기, 형태, 온도 등을 사용자가 느낄 수 있도록 설계되어 있다. ⁸이 외에도 가상 현실 장갑은 사용자의 손가락 및 팔의 움직임에 따라 아바타를 움직이게 할 수 있다. ② 가상 현실 장갑: 가상 물체를 만지는 아바타의 촉각을 전달하는 감각 전달 장치로, 사용자의 손가락과 팔의 움직임에 따라 아바타를 움직이게 함 / '감각 전달 장치'에 대해 설명하면서, 메타버스 속의 아바타가 보는 감각(시각)을 전달하는 'HMD'와 아바타가 만지는 감각(촉각)을 전달하는 '가상 현실 장갑'을 제시했군.

전환! 메타버스와 관련된 화제를 유지하되, 앞서 제시한 내용과는 다른 측면에서 글을 전개해 갈 거야.

3 ⁹한편 사용자의 움직임을 아바타에게 전달하는 공간 이동 장치를 이용하면, 사용자는 몰입도 높은 메타버스 체험을 할 수 있다. 메타버스에 몰입할 수 있게 하는 장치 (2) 공간 이동 장치: 사용자의 움직임을 아바타에게 전달 ¹⁰공간 이동 장치인 가상 현실 트레드밀은 일정한 공간에 설치되어 360도 방향으로 사용자의 이동이 가능하도록 바닥의 움직임을 지원한다. ① 가상 현실 트레드밀: 사용자가 360도 방향으로 이동할 수 있도록 바닥의 움직임을 지원 / 사용자의 이동을 지원하는 장치가 제시되었으니, 이 움직임을 어떻게 아바타에게 전달할 것인지는 이어지는 내용에서 확인할 수 있겠지?

4 ¹¹가상 현실 트레드밀과 함께 사용되는 모션 트래킹 시스템은 사용자의 동작에 따라 아바타가 동일하게 움직일 수 있도록 동기화*하는 시스템으로, 동작 추적 센서, 관성 측정 센서, 압력 센서 등으로 구성된다. ② 모션 트래킹 시스템: 아바타가 사용자의 동작에 따라 움직이도록 동기화 ¹²동작 추적 센서는 사용자의 동작을 파악하며, 관성 측정 센서는 사용자의 이동 속도 변화율 및 회전 속도를 측정한다. ¹³압력 센서는 서로 다른 물체 간에 작용하는 압력을 측정한다. ¹⁴만약 바닥에 압력 센서가 부착된 신발을 사용자가 신고 뛰면, 압력 센서는 지면과 발바닥 사이의 압력을 감지하여 사용자가 뛰는 힘을

파악할 수 있다. 모션 트래킹 시스템의 세 가지 구성 요소인 '동작 추적 센서', '관성 측정 센서', '압력 센서'가 제시되었어. 각 요소의 기능과 역할을 비교하는 문제가 제시될 수 있으니 세 요소를 정확하게 구분해서 파악하자. 이때 세 가지 센서가 모두 '아바타'가 아닌 '사용자'의 동작이나 이동 속도, 뛰는 힘 등을 측정한다는 점에 유의하자. ¹⁵모션 트래킹 시스템이 사용자의 동작 정보를 컴퓨터에 전달하면, 컴퓨터는 사용자가 움직이는 방향과 속도에 @맞춰 트레드밀의 바닥을 제어*한다. 모션 트래킹 시스템이 사용자의 동작 정보 전달 → (컴퓨터) → 사용자의 방향·속도에 맞춰 트레드밀의 바닥 제어 ¹⁶이와 같이 사용자의 이동 동작에 따라 트레드밀의 움직임이 변경되기도 하지만, 아바타가 존재하는 가상 공간의 환경 변화에 따라 트레드밀 바닥의 진행 속도 및 방향, 기울기 등이 변경되기도 한다. 사용자의 이동 동작, 아바타가 있는 가상 공간의 환경 변화 → 트레드밀의 움직임(속도, 방향, 기울기 등) 변경 ¹⁷또한 사용자의 움직임이나 트레드밀의 작동 변화에 따라 HMD에 표시되는 가상 공간의 장면이 변경되어 사용자는 더욱 현실감 높은 체험을 할 수 있다. 사용자의 움직임, 트레드밀의 작동 변화 → HMD에 표시되는 가상 공간의 장면 변경

*HMD: 머리에 쓰는 3D 디스플레이의 한 종류.
*시차: 한 물체를 서로 다른 두 지점에서 보았을 때 방향의 차이.

이것만은 챙기자

* **가상**: 실물처럼 보이는 거짓 형상.
* **몰입**: 깊이 파고들거나 빠짐.
* **동기화**: 작업들 사이의 수행 시기를 맞추는 것. 사건이 동시에 일어나거나, 일정한 간격을 두고 일어나도록 시간의 간격을 조정하는 것을 이른다.
* **제어**: 기계나 설비 또는 화학 반응 따위가 목적에 알맞은 작용을 하도록 조절함.

만점 선배의 구조도 예시

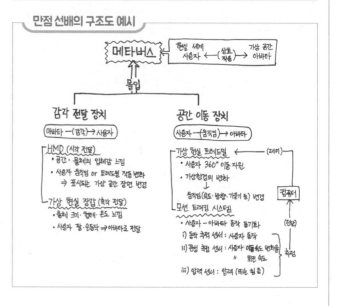

>> 각 문단을 요약하고 지문을 **세 부분**으로 나누어 보세요.

1 메타버스는 현실 세계와 가상 공간이 상호 작용하는 공간으로 감각 전달 장치는 **아바타의 감각**을 사용자에게 전달하여 몰입하게 한다.

2 시각을 전달하는 HMD는 공간과 물체의 **입체감**을 느끼게 하며, 가상 현실 장갑은 사용자의 손에 감각 반응을 전달하고 사용자의 움직임에 따라 아바타를 움직이게 할 수도 있다.

3 공간 이동 장치는 사용자의 움직임을 아바타에게 전달해 **몰입도**를 높이는데, 이중 가상 현실 트레드밀은 360도 방향으로 **사용자의 이동**이 가능하도록 한다.

4 모션 트래킹 시스템은 사용자의 동작에 따라 아바타가 **동일하게** 움직이도록 동기화하는데, 사용자의 이동 동작이나 **가상 공간의 환경** 변화에 따라 트레드밀의 움직임이 변경된다.

첫 번째 **1**[1]~**1**[3]

두 번째 **2**[4]~**3**[10]

세 번째 **4**[11]~**4**[17]

1. 윗글의 내용과 일치하지 <u>않는</u> 것은?

정답풀이

⑤ 가상 현실 장갑을 착용하면 사용자와 아바타는 상호 간에 감각 반응을 주고받을 수 있다.

근거: **2** [7]가상 현실 장갑은 가상 공간에서 아바타가 만지는 가상 물체의 크기, 형태, 온도 등을 사용자가 느낄 수 있도록 설계되어 있다. [8]이 외에도 가상 현실 장갑은 사용자의 손가락 및 팔의 움직임에 따라 아바타를 움직이게 할 수 있다.
가상 현실 장갑은 가상 공간에서 가상 물체를 만진 아바타의 감각을 사용자에게 일방적으로 전달할 뿐, 사용자의 감각 반응을 아바타에게 전달하지는 않는다. 사용자가 가상 현실 장갑을 통해 아바타에게 전달하는 것은 사용자의 감각 반응이 아니라 손가락이나 팔의 움직임이다.

오답풀이

① 감각 전달 장치와 공간 이동 장치는 사용자가 메타버스에 몰입할 수 있게 한다.
근거: **1** [3]사용자는 이(감각 전달 장치)를 통하여 가상 공간을 현실감 있게 체험하면서 메타버스에 몰입하게 된다. + **3** [9]공간 이동 장치를 이용하면, 사용자는 몰입도 높은 메타버스 체험을 할 수 있다.

② 공간 이동 장치는 현실 세계 사용자의 움직임을 메타버스의 아바타에게 전달한다.
근거: **3** [9]한편 사용자의 움직임을 아바타에게 전달하는 공간 이동 장치를 이용하면, 사용자는 몰입도 높은 메타버스 체험을 할 수 있다.

③ HMD는 사용자가 시각을 통해 메타버스의 공간과 물체의 입체감을 느끼도록 한다.
근거: **2** [4]시각을 전달하는 장치인 HMD는 사용자의 양쪽 눈에 가상 공간을 표현하는, 시차가 있는 영상을 전달한다. [5]전달된 영상을 뇌에서 조합하는 과정에서 사용자는 공간과 물체의 입체감을 느낄 수 있다.

④ 감각 전달 장치는 아바타가 느끼는 것으로 설정된 감각을 사용자에게 전달하는 장치이다.
근거: **1** [2]감각 전달 장치는 메타버스 속에서 사용자를 대신하는 아바타가 보고 만지는 것으로 설정된 감각을 사용자에게 전달하는 장치이다.

2. [A]에 대한 이해로 적절한 것은?

정답풀이

③ 가상 공간에서 아바타가 경사로를 만나면 가상 현실 트레드밀 바닥의 기울기가 변경될 수 있다.

> **근거:** **4** [16]아바타가 존재하는 가상 공간의 환경 변화에 따라 트레드밀 바닥의 진행 속도 및 방향, 기울기 등이 변경되기도 한다.
> 트레드밀 바닥의 기울기 등은 아바타가 존재하는 가상 공간의 환경 변화에 따라 변경되므로, 평지를 걷던 아바타가 경사로를 만나게 되면 그에 맞추어 가상 현실 트레드밀 바닥의 기울기가 변경될 수 있다.

오답풀이

① 관성 측정 센서는 사용자의 이동 속도와 뛰는 힘을 측정할 수 있다.

근거: **4** [12]관성 측정 센서는 사용자의 이동 속도 변화율 및 회전 속도를 측정한다. [14]압력 센서는 지면과 발바닥 사이의 압력을 감지하여 사용자가 뛰는 힘을 파악할 수 있다.

관성 측정 센서가 측정하는 것은 사용자의 이동 속도가 아닌 사용자의 이동 속도 변화율, 그리고 회전 속도이다. 사용자의 뛰는 힘을 측정하는 것은 관성 측정 센서가 아닌 압력 센서이다.

② HMD에 표시되는 가상 공간 장면의 변경에 따라 HMD는 가상 현실 트레드밀을 제어한다.

근거: **2** [4]시각을 전달하는 장치인 HMD는 사용자의 양쪽 눈에 가상 공간을 표현하는, 시차가 있는 영상을 전달한다. + **4** [16]아바타가 존재하는 가상 공간의 환경 변화에 따라 트레드밀 바닥의 진행 속도 및 방향, 기울기 등이 변경되기도 한다. [17]또한 사용자의 움직임이나 트레드밀의 작동 변화에 따라 HMD에 표시되는 가상 공간의 장면이 변경되어 사용자는 더욱 현실감 높은 체험을 할 수 있다.

HMD는 가상 현실 트레드밀의 작동 변화에 따라 변경되는 가상 공간의 장면을 사용자에게 화면으로 구현해 주는 것일 뿐이므로 HMD가 가상 현실 트레드밀을 제어한다고 볼 수는 없다.

④ 모션 트래킹 시스템은 아바타의 동작에 따라 사용자가 동일하게 움직일 수 있도록 동기화한다.

근거: **4** [11]모션 트래킹 시스템은 사용자의 동작에 따라 아바타가 동일하게 움직일 수 있도록 동기화하는 시스템

⑤ 아바타가 이동 방향을 바꾸면 가상 현실 트레드밀 바닥의 진행 방향이 변경되어 사용자의 이동 방향이 바뀌게 된다.

근거: **4** [15]모션 트래킹 시스템이 사용자의 동작 정보를 컴퓨터에 전달하면, 컴퓨터는 사용자가 움직이는 방향과 속도에 맞춰 트레드밀의 바닥을 제어한다. [16]이와 같이 사용자의 이동 동작에 따라 트레드밀의 움직임이 변경되기도 하지만, 아바타가 존재하는 가상 공간의 환경 변화에 따라 트레드밀 바닥의 진행 속도 및 방향, 기울기 등이 변경되기도 한다.

가상 현실 트레드밀은 사용자의 동작 정보를 아바타에게 전달하기도 하지만, 아바타가 존재하는 가상 공간의 환경 변화에 따라 트레드밀 바닥의 진행 속도 및 방향, 기울기 등이 변경된다. 즉 가상 현실 트레드밀 바닥의 진행 방향을 변경하는 것은 아바타의 이동 방향이 아니라 아바타가 존재하는 가상 공간의 환경 변화이다.

3. 윗글을 바탕으로 〈보기〉를 이해한 내용으로 적절하지 않은 것은? [3점]

〈보기〉

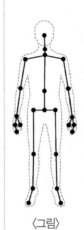

[1]동작 추적 센서(=사용자의 동작 파악)의 하나인 키넥트 센서는 적외선 카메라와 RGB 카메라 등으로 구성된다. [2]적외선 카메라는 광원에서 발산된 적외선이 피사체의 표면에서 반사되어 수신되기까지 걸리는 시간을 측정하여, 피사체의 입체 정보를 포함하는 저해상도 단색 이미지를 제공한다. [3]반면 RGB 카메라는 피사체의 고해상도 컬러 이미지를 제공한다. [4]키넥트 센서는 저해상도 입체 이미지를 고해상도 컬러 이미지에 투영하여 사용자가 검출되는 경우, 〈그림〉과 같이 신체 부위에 대응되는 25개의 연결점을 선으로 이은 3D 골격 이미지를 제공한다.

〈그림〉

정답풀이

① 키넥트 센서는 가상 공간에 있는 물체들 간의 거리를 측정하여 입체감을 구현할 수 있다.

> **근거:** **4** [12]동작 추적 센서는 사용자의 동작을 파악 + 〈보기〉 [1]동작 추적 센서의 하나인 키넥트 센서 [2]적외선 카메라는 광원에서 발산된 적외선이 피사체의 표면에서 반사되어 수신되기까지 걸리는 시간을 측정하여, 피사체의 입체 정보를 포함하는 저해상도 단색 이미지를 제공한다.
> 키넥트 센서는 현실 세계에 있는 사용자의 동작을 파악하는 역할을 하는 '동작 추적 센서'로, 키넥트 센서의 적외선 카메라는 적외선이 피사체(사용자)의 표면에서 반사되어 수신되기까지 걸리는 시간을 측정함으로써 사용자의 입체 정보를 포함하는 단색 이미지를 제공할 뿐, 가상 공간에 있는 물체들 간의 거리를 측정하여 입체감을 구현하지는 않는다.

오답풀이

② 키넥트 센서가 확보한, 사용자의 춤추는 동작 정보를 바탕으로 아바타의 춤추는 동작이 구현될 수 있다.

근거: **4** [11]모션 트래킹 시스템은 사용자의 동작에 따라 아바타가 동일하게 움직일 수 있도록 동기화하는 시스템으로, 동작 추적 센서, 관성 측정 센서, 압력 센서 등으로 구성된다. [12]동작 추적 센서는 사용자의 동작을 파악 + 〈보기〉 [1]동작 추적 센서의 하나인 키넥트 센서

동작 추적 센서의 하나인 키넥트 센서가 사용자의 춤추는 동작 정보를 파악하면, 이를 바탕으로 사용자와 동일하게 움직이는 아바타의 춤추는 동작이 구현될 수 있다.

③ 키넥트 센서와 관성 측정 센서를 이용하여 사용자의 걷는 자세 및 이동 속도 변화율을 파악할 수 있다.

근거: **4** [12]동작 추적 센서는 사용자의 동작을 파악하며, 관성 측정 센서는 사용자의 이동 속도 변화율 및 회전 속도를 측정한다. + 〈보기〉 [1]동작 추적 센서의 하나인 키넥트 센서

동작 추적 센서에 해당하는 키넥트 센서를 통해 사용자의 걷는 자세를 파악하고, 관성 측정 센서를 통해 사용자의 이동 속도 변화율을 파악할 수 있다.

④ 연결점의 수와 위치의 제약 때문에 사용자의 골격 이미지로는 사용자의 얼굴 표정 변화를 아바타에게 전달할 수 없다.

근거: 〈보기〉 [4]키넥트 센서는~〈그림〉과 같이 신체 부위에 대응되는 25개의 연결점을 선으로 이은 3D 골격 이미지를 제공한다.

〈보기〉의 〈그림〉은 키넥트 센서가 제공하는 사용자의 3D 골격 이미지로, 사용자의 신체 부위에 대응되는 25개의 연결점이 배치되는데 이 중 사용자의 얼굴에는 하나의 연결점만이 배치되어 있다. 따라서 〈그림〉과 같은 골격 이미지로는 연결점의 수와 위치의 제약에 의해 눈썹이나 입술의 세세한 움직임을 잡아낼 수 없어 사용자의 얼굴 표정 변화를 아바타에게 전달할 수 없을 것이다.

⑤ 적외선 카메라의 입체 이미지와 RGB 카메라의 컬러 이미지 정보로부터 생성된 골격 이미지가 사용자의 동작 정보를 파악하는 데 사용된다.

근거: [4] [1][2]동작 추적 센서는 사용자의 동작을 파악 + 〈보기〉 [1]동작 추적 센서의 하나인 키넥트 센서는 적외선 카메라와 RGB 카메라 등으로 구성된다. [2]적외선 카메라는~피사체의 입체 정보를 포함하는 저해상도 단색 이미지를 제공한다. [3]반면 RGB 카메라는 피사체의 고해상도 컬러 이미지를 제공한다. [4]키넥트 센서는 저해상도 입체 이미지를 고해상도 컬러 이미지에 투영하여 사용자가 검출되는 경우~3D 골격 이미지를 제공한다.

키넥트 센서는 동작 추적 센서에 해당하므로, 키넥트 센서에서 적외선 카메라가 제공하는 저해상도 단색 입체 이미지와 RGB 카메라가 제공하는 고해상도 컬러 이미지 정보를 통해 생성해 낸 골격 이미지는 사용자의 동작 정보를 파악하는 데 사용될 것이다.

문제적 문제

· 3–④번

학생들이 정답 외에 가장 많이 고른 선지는 ④번이다. 〈보기〉의 내용과 지문의 내용을 연결 지어 생각하는 것이 어려웠다는 점과 ④번이 지문보다 〈보기〉로 제시된 내용을 주된 근거로 삼고 있다는 점이 원인으로 보인다.

해당 문제의 〈보기〉와 지문을 연결하는 핵심 키워드는 '동작 추적 센서'이다. 3문단~4문단을 살펴보면 '동작 추적 센서'는 '공간 이동 장치'의 일종인 '가상 현실 트레드밀'과 함께 사용되는 '모션 트래킹 시스템'의 한 요소로 '사용자의 동작을 파악'하는 기능을 함을 알 수 있다. 즉 '동작 추적 센서'는 '사용자의 움직임을 아바타에게 전달'하기 위한 '공간 이동 장치'로 활용되며, '사용자의 동작에 따라 아바타가 동일하게 움직일 수 있도록 동기화'하는 '모션 트래킹 시스템'에 역할을 보탠다. 여기서 전달되는 대상은 현실 세계에 있는 '사용자의 움직임'이고, 그러한 대상을 전달받는 것이 가상 세계에 있는 '아바타'라는 것에 주목해야 한다. 다시 말해 '동작 추적 센서'는 현실 세계에 있는 '사용자'의 움직임을 파악하는 것이 주된 목적이므로, 아바타 등 가상 세계에 있는 대상을 파악하는 역할을 한다고 볼 수 없다. 그에 따라 ②번에서는 '사용자의 춤추는 동작 정보'를, ③번에서는 '사용자의 걷는 자세'를, ⑤번에서는 '사용자의 동작 정보'를 파악하는 동작 추적 센서의 역할이 제시되고 있다. 이와 달리 ①번에서는 '가상 공간에 있는 물체'를 대상으로 삼고 있으므로, 〈보기〉에 제시된 '입체'라는 키워드가 포함되어 있다고 하더라도 적절한 선지가 될 수 없다.

한편 ④번은 사실상 〈보기〉에 제시된 정보를 바탕으로 추론적 사고를 요구하는 선지였으므로 적절성을 곧바로 판단해 내지 못했을 수 있다. 그러나 〈보기〉에 제시된 〈그림〉과, '동작 추적 센서'의 일종인 '키넥트 센서'가 인간의 세세한 얼굴 근육의 움직임보다는 하나의 인간형 골격의 움직임을 이미지화한다는 점을 고려할 때, '25개'의 연결점이라는 수량의 한계와, 관절 부위를 위주로 배치된 연결점의 위치적 한계에 의해 사용자의 '얼굴 표정 변화'까지는 아바타에게 전달할 수 없음을 알 수 있다.

독서 영역의 문제를 풀 때에는 〈보기〉에 제시된 새로운 내용이나 낯선 사례에 당황하게 될 수 있다. 특히 전문적으로 보이는 그림이나 표, 그래프 등이 등장하게 되었을 때 긴장감이 높아진다. 하지만 〈보기〉와 지문을 잇는 핵심 키워드, 혹은 핵심적인 정보를 정확하게 파악하고, 차분하게 〈보기〉의 내용을 이해해 가면 생각보다 어렵지 않게 정답을 골라낼 수 있음을 명심하자.

정답률 분석

	정답		매력적 오답	
①	②	③	④	⑤
68%	4%	7%	15%	6%

4. 문맥상 의미가 ⓐ와 가장 가까운 것은?

✓ 정답풀이

① 그 연주자는 피아노를 언니의 노래에 정확히 맞추어 쳤다.

> 근거: 4 ¹⁵컴퓨터는 사용자가 움직이는 방향과 속도에 ⓐ맞춰 트레드밀의 바닥을 제어한다.
> ⓐ와 '노래에 정확히 맞추어'의 '맞추다'는 모두 '어떤 기준이나 정도에 어긋나지 아니하게 하다.'의 의미로 쓰였다.

✕ 오답풀이

② 아내는 집 안에 있는 물건들의 색깔을 조화롭게 맞추었다.
　'서로 어긋남이 없이 조화를 이루다.'의 의미로 쓰였다.

③ 우리는 다음 주까지 손발을 맞추어 작업을 마치기로 했다.
　'서로 어긋남이 없이 조화를 이루다.'의 의미로 쓰였다.

④ 그 동아리는 신입 회원을 한 명 더 뽑아 인원을 맞추었다.
　'일정한 수량이 되게 하다.'의 의미로 쓰였다.

⑤ 동생은 중간고사를 보고 나서 친구와 답을 맞추어 보았다.
　'둘 이상의 일정한 대상들을 나란히 놓고 비교하여 살피다.'의 의미로 쓰였다.

[1~4] 다음 글을 읽고 물음에 답하시오.

✎ 사고의 흐름

1 ¹1993년 노벨 화학상은 중합 효소 연쇄 반응(PCR)을 개발한 멀리스에게 수여된다. ²염기 서열을 아는 DNA가 한 분자*라도 있으면 이를 다량으로 증폭할 수 있는 길을 열었기 때문이다. *PCR의 기능을 설명하면서 화제를 제시하고 있네.* ³PCR는 ①주형 DNA, ②프라이머, ③DNA 중합 효소, ④4종의 뉴클레오타이드가 필요하다. ⁴①주형 DNA란 시료로부터 추출하여 PCR에서 DNA 증폭의 바탕이 되는 이중 가닥 DNA를 말하며, 주형 DNA에서 증폭하고자 하는 부위를 표적 DNA라 한다. ⁵②프라이머는 표적 DNA의 일부분과 동일한 염기 서열로 이루어진 짧은 단일 가닥 DNA로, 2종의 프라이머가 표적 DNA의 시작과 끝에 각각 결합한다. ⁶③DNA 중합 효소는 DNA를 복제하는데, 단일 가닥 DNA의 각 염기 서열에 대응하는 ④뉴클레오타이드를 순서대로 결합시켜 이중 가닥 DNA를 생성한다. *PCR에 필요한 네 가지 요소들과 각 요소의 기능을 제시했어. PCR를 이해하기 위한 사전 정보에 해당한다고 볼 수 있지. 이어지는 글을 읽어 가면서 위 요소들과 연관 지어 설명하는 부분이 등장하면 필요 시 중간중간 돌아와서 확인하자!*

'우선'은 PCR의 과정을 순차적으로 설명해 주겠다는 표지야. 과정이나 순서는 단계별로 정리해 가며 이해하자.

2 ⁷PCR 과정은 (우선) 열을 가해 이중 가닥의 DNA를 2개의 단일 가닥으로 분리하는 것으로 시작한다. ⁸이후 각각의 단일 가닥 DNA에 프라이머가 결합하면, DNA 중합 효소에 의해 복제되어 2개의 이중 가닥 DNA가 생긴다. ⁹(일정한) 시간 동안 진행되는 이러한 DNA 복제 과정이 한 사이클을 이루며, 사이클마다 표적 DNA의 양은 2배씩 증가한다. *PCR의 사이클: 이중 가닥 DNA에 열 가함 → 2개의 단일 가닥 DNA로 분리 → 각 단일 가닥에 프라이머 결합 → DNA 중합 효소에 의해 복제 → 이중 가닥 DNA 2개 생성* ¹⁰그리고 DNA의 양이 더 이상 증폭되지 않을 정도로 충분히 사이클을 수행한 후 PCR를 종료한다. ¹¹전통적인 PCR는 PCR의 최종 산물에 형광 물질을 결합시켜 발색*을 통해 표적 DNA의 증폭 여부를 확인한다. *전통적인 PCR: PCR 최종 산물에 형광 물질 결합 → 최종 산물의 발색 반응 통해 표적 DNA의 증폭 여부 확인*

시간이 '일정'하다는 것은 어느 하나로 정해져 있다는 것이지.

'전통적'이라는 표현은 '새로운' 것과의 비교를 위해 의도하여 제시했을 가능성이 높아.

3 ¹²PCR는 시료의 표적 DNA 양도 알 수 있는 실시간 PCR라는 획기적인 개발로 이어졌다. ¹³실시간 PCR는 전통적인 PCR와 동일하게 PCR를 실시하지만, *전통적인 PCR와 실시간 PCR 모두 2문단에 제시된 PCR 사이클을 거친다는 공통점을 제시했으니, 이제 차이점을 제시하겠군.* 사이클마다 발색 반응이 일어나도록 하여 누적되는 발색을 통해 표적 DNA의 증폭을 실시간으로 확인할 수 있다. ¹⁴이를 위해 실시간 PCR에서는 PCR 과정에 발색 물질이 추가로 필요한데, '이중 가닥 DNA 특이 염료' 또는 '형광 표식 탐침'이 이에 이용된다. *실시간 PCR는 전통적인 PCR와 달리 PCR가 종료된 이후가 아니라, PCR가 이루어지는 과정에서 발색 물질을 활용하는군.* ¹⁵㉠이중 가닥 DNA 특이 염료는 이중 가닥 DNA에 결합하여 발색하는 형광 물질로, (각 사이클의 마지막 단계에서)

새로 생성된 이중 가닥 표적 DNA에 결합하여 발색하므로 표적 DNA의 증폭을 알 수 있게 한다. ¹⁶다만, 이중 가닥 DNA 특이 염료는 모든 이중 가닥 DNA에 결합할 수 있기 때문에 2개의 프라이머끼리 결합하여 이중 가닥의 이합체(二合體)를 형성한 경우에는 이(프라이머끼리의 결합으로 형성된 이합체)와 결합하여 의도치 않은 발색이 일어난다.

4 ¹⁷㉡형광 표식 탐침은 형광 물질과 이 형광 물질을 억제하는 소광 물질이 붙어 있는 단일 가닥 DNA 단편으로, 표적 DNA에서 프라이머가 결합하지 않는 부위에 특이적으로 결합하도록 설계된다. ¹⁸PCR 과정에서 (가열을 통해) 이중 가닥 DNA가 단일 가닥으로 되면, 형광 표식 탐침은 프라이머와 마찬가지로 표적 DNA에 결합한다. ¹⁹이후 DNA 중합 효소에 의해 이중 가닥 DNA가 형성되는 과정 중에 탐침은 표적 DNA와의 결합이 끊어지고 분해된다. ²⁰탐침이 분해되어 형광 물질과 소광 물질의 분리가 일어나면 비로소 형광 물질이 발색되며, 이로써 표적 DNA가 증폭되었음을 알 수 있다. ²¹형광 표식 탐침은 표적 DNA에 특이적으로 결합하는 장점을 지니나 상대적으로 비용이 비싸다. *실시간 PCR에서 활용되는 두 가지 발색 물질의 특성에 대해 설명했네. 문제에서 두 대상을 비교할 가능성이 높으니 잘 정리해 두자.*

	이중 가닥 DNA 특이 염료	형광 표식 탐침
구성	형광 물질	형광 물질 + 소광 물질
결합	이중 가닥 표적 DNA (모든 이중 가닥 DNA)	단일 가닥 표적 DNA
발색 조건	새로 생긴 이중 가닥 표적 DNA와 결합 시 (프라이머끼리 결합한 이합체에 결합 시)	탐침과 표적 DNA의 결합 끊어질 시 (형광 물질과 소광 물질의 분리)

5 ²²실시간 PCR에서 발색도는 증폭된 이중 가닥 표적 DNA의 양에 비례하며, 일정 수준의 발색도에 도달하는 데 필요한 사이클은 표적 DNA의 초기 양에 따라 달라진다. *이중 가닥 표적 DNA의 양에 비례하여 발색도가 높아진다면, 사이클마다 표적 DNA가 2배씩 증가한다는 점을 고려할 때(2문단), 표적 DNA의 초기 양이 많을수록 '일정 수준의 발색도'에 더 빨리 도달하게 되어 필요한 사이클은 줄어들겠지?* ²³사이클의 진행에 따른 발색도의 변화가 연속적인 선으로 표시되며, 표적 DNA를 검출했다고 판단하는 발색도에 도달하는 데 소요된 사이클을 C_t값이라 한다. ²⁴표적 DNA의 농도를 알지 못하는 미지 시료의 C_t값과 표적 DNA의 농도를 알고 있는 표준 시료의 C_t값을 비교하면 미지 시료에 포함된 표적 DNA의 농도를 계산할 수 있다. *그럼 미지 시료의 C_t값(일정 수준의 발색도까지 도달하기 위해 필요한 사이클)이 표준 시료의 C_t값보다 낮으면 미지 시료에 포함된 표적 DNA의 농도가 표준 시료보다 높다는 뜻이 되겠군.*

[A]

6 [25]PCR는 시료로부터 얻은 DNA를 가지고 유전자 복제, 유전병 진단, 친자 감별, 암 및 감염성 질병 진단 등에 광범위하게 활용된다. [26]특히 실시간 PCR를 이용하면 바이러스의 감염 여부를 초기에 정확하고 빠르게 진단할 수 있다. 실시간 PCR는 DNA가 더 증폭되지 않을 때까지 사이클을 수행하지 않아도, 사이클을 수행하는 과정에서 표적 DNA의 증폭 여부를 실시간으로 파악할 수 있으니 빠른 진단이 가능하겠지.

이것만은 챙기자

*분자: 물질에서 화학적 형태와 성질을 잃지 않고 분리될 수 있는 최소의 입자.
*발색: 빛깔을 냄.

만점 선배의 구조도 예시

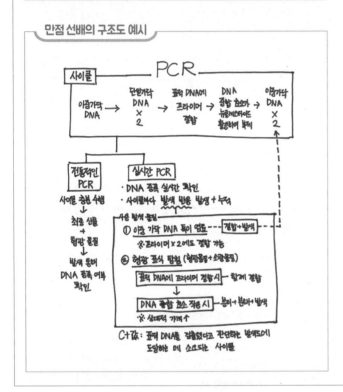

>> 각 문단을 요약하고 지문을 **세 부분**으로 나누어 보세요.

1 염기 서열을 아는 DNA를 다량으로 증폭할 수 있는 길을 연 PCR는 주형 DNA, 프라이머, DNA 중합 효소, 뉴클레오타이드가 필요하다.	첫 번째 **1**[1]~**1**[6]
2 PCR 과정은 단일 가닥으로 분리된 이중 가닥 DNA가 2개의 이중 가닥 DNA로 복제되는 사이클을 반복 수행하는데, 전통적인 PCR는 최종 산물에 형광 물질을 결합해 표적 DNA의 증폭 여부를 확인한다.	
3 실시간 PCR는 사이클마다 발색 반응이 일어나 표적 DNA의 증폭을 실시간으로 확인할 수 있는데, 이를 위해 필요한 발색 물질 중 이중 가닥 DNA 특이 염료는 새로 생성된 이중 가닥 표적 DNA에 결합한다.	두 번째 **2**[7]~**5**[24]
4 또 다른 발색 물질인 형광 표식 탐침은 단일 가닥이 된 표적 DNA에 특이적으로 결합하나 비용이 비싸다.	
5 실시간 PCR에서는 발색도를 이용하여 표적 DNA의 농도를 계산할 수 있다.	
6 PCR는 광범위하게 활용되는데 특히 바이러스 감염 여부의 초기 진단에 효과적이다.	세 번째 **6**[25]~**6**[26]

1. 윗글에서 알 수 있는 내용으로 적절하지 <u>않은</u> 것은?

✓ 정답풀이

① 2종의 프라이머 각각의 염기 서열과 정확히 일치하는 염기 서열을 주형 DNA에서 찾을 수 없다.

> 근거: **1** [4]주형 DNA에서 증폭하고자 하는 부위를 표적 DNA라 한다. [5]프라이머는 표적 DNA의 일부분과 동일한 염기 서열로 이루어진 짧은 단일 가닥 DNA로, 2종의 프라이머가 표적 DNA의 시작과 끝에 각각 결합한다.
> 프라이머는 표적 DNA의 일부와 동일한 염기 서열로 이루어져 있는데, 표적 DNA는 주형 DNA의 일부이다. 따라서 주형 DNA에서 2종의 프라이머와 각각의 염기 서열이 정확히 일치하는 염기 서열을 찾을 수 있다.

✗ 오답풀이

② PCR에서 표적 DNA 양이 초기 양을 기준으로 처음의 2배가 되는 시간과 4배에서 8배가 되는 시간은 같다.

근거: **2** [9]일정한 시간 동안 진행되는 이러한 DNA 복제 과정이 한 사이클을 이루며, 사이클마다 표적 DNA의 양은 2배씩 증가한다.
표적 DNA의 양이 처음의 2배가 되는 것과, 4배에서 8배가 되는 것은 모두 표적 DNA의 양이 2배 증가했으므로 각각 한 번의 사이클이 수행되었음을 알 수 있다. 이때 각 사이클은 '일정한 시간 동안' 이루어지므로, 두 경우에 소요된 시간은 같다.

③ 전통적인 PCR는 표적 DNA 농도를 아는 표준 시료가 있어도 미지 시료의 표적 DNA 농도를 PCR 과정 중에 알 수 없다.

근거: **2** [11]전통적인 PCR는 PCR의 최종 산물에 형광 물질을 결합시켜 발색을 통해 표적 DNA의 증폭 여부를 확인한다.
전통적인 PCR는 충분히 사이클을 수행한 후 PCR의 최종 산물에만 형광 물질을 결합시켜 발색을 일으키므로, PCR 과정 중에 미지 시료의 표적 DNA 농도를 알 수는 없다.

④ 실시간 PCR는 가열 과정을 거쳐야 시료에 포함된 표적 DNA의 양을 증폭할 수 있다.

근거: **2** [7]PCR 과정은 우선 열을 가해 이중 가닥의 DNA를 2개의 단일 가닥으로 분리하는 것으로 시작한다.~[9]사이클마다 표적 DNA의 양은 2배씩 증가한다. + **3** [13]실시간 PCR는 전통적인 PCR와 동일하게 PCR를 실시
PCR는 먼저 이중 가닥의 DNA에 열을 가하여 2개의 단일 가닥으로 분리하며, 이로부터 시작하는 일련의 과정을 거쳐야 표적 DNA의 양을 증폭할 수 있다.

⑤ 실시간 PCR를 실시할 때에 표적 DNA의 증폭이 일어나려면 DNA 중합 효소와 프라이머가 필요하다.

근거: **1** [3]PCR는 주형 DNA, 프라이머, DNA 중합 효소, 4종의 뉴클레오타이드가 필요하다. + **2** [7]PCR 과정은~[8]이후 각각의 단일 가닥 DNA에 프라이머가 결합하면, DNA 중합 효소에 의해 복제되어 2개의 이중 가닥 DNA가 생긴다. [9]사이클마다 표적 DNA의 양은 2배씩 증가한다. + **3** [13]실시간 PCR는 전통적인 PCR와 동일하게 PCR를 실시
PCR를 통해 표적 DNA를 증폭하기 위해서는 단일 가닥 DNA에 결합하는 프라이머와 DNA를 복제하는 DNA 중합 효소가 필요하다.

2. ㉠과 ㉡에 대한 설명으로 가장 적절한 것은?

> ㉠: 이중 가닥 DNA 특이 염료
> ㉡: 형광 표식 탐침

✓ 정답풀이

② ㉠은 ㉡과 달리 표적 DNA에 붙은 채 발색 반응이 일어난다.

> 근거: **3** [15]이중 가닥 DNA 특이 염료(㉠)는 이중 가닥 DNA에 결합하여 발색하는 형광 물질로, 새로 생성된 이중 가닥 표적 DNA에 결합하여 발색 + **4** [18]PCR 과정에서~형광 표식 탐침(㉡)은 프라이머와 마찬가지로 표적 DNA에 결합한다. [19]이후 DNA 중합 효소에 의해 이중 가닥 DNA가 형성되는 과정 중에 탐침은 표적 DNA와의 결합이 끊어지고 분해된다. [20]탐침이 분해되어 형광 물질과 소광 물질의 분리가 일어나면 비로소 형광 물질이 발색
> 표적 DNA와의 결합이 끊어지고 분해되면서 형광 물질이 발색되는 ㉡과 달리, ㉠은 이중 가닥 표적 DNA에 결합하여 발색된다.

✗ 오답풀이

① ㉠은 ㉡과 달리 프라이머와 결합하여 이합체를 이룬다.

근거: **3** [15]이중 가닥 DNA 특이 염료(㉠)는 이중 가닥 DNA에 결합하여 발색하는 형광 물질로, 새로 생성된 이중 가닥 표적 DNA에 결합하여 발색 [16]2개의 프라이머끼리 결합하여 이중 가닥의 이합체를 형성

③ ㉡은 ㉠과 달리 형광 물질과 결합하여 이합체를 이룬다.

근거: **3** [16]2개의 프라이머끼리 결합하여 이중 가닥의 이합체를 형성 + **4** [18]PCR 과정에서~형광 표식 탐침(㉡)은 프라이머와 마찬가지로 표적 DNA에 결합한다.

④ ㉡은 ㉠과 달리 한 사이클의 시작 시점에 발색 반응이 일어난다.

근거: **2** [7]PCR 과정은 우선 열을 가해~[8]이후 각각의 단일 가닥 DNA에 프라이머가 결합하면, DNA 중합 효소에 의해 복제되어 2개의 이중 가닥 DNA가 생긴다. [9]일정한 시간 동안 진행되는 이러한 DNA 복제 과정이 한 사이클 + **4** [19]이후 DNA 중합 효소에 의해 이중 가닥 DNA가 형성되는 과정 중에 탐침(㉡)은 표적 DNA와의 결합이 끊어지고 분해된다. [20]탐침이 분해되어 형광 물질과 소광 물질의 분리가 일어나면 비로소 형광 물질이 발색
㉡은 프라이머가 결합한 단일 가닥 DNA에 DNA 중합 효소가 작용하면서 이중 가닥 DNA가 형성되는 과정 중에 분해되며 형광 물질이 발색되므로, 한 사이클의 시작 지점, 즉 이중 가닥 DNA에 열을 가하여 단일 가닥 DNA로 분리하는 과정에서 발색 반응이 일어난다고 볼 수 없다.

⑤ ㉠과 ㉡은 모두 이중 가닥 표적 DNA에 결합하는 물질이다.

근거: **3** [15]이중 가닥 DNA 특이 염료(㉠)는 이중 가닥 DNA에 결합하여 발색하는 형광 물질 + **4** [18]PCR 과정에서 이중 가닥 DNA가 단일 가닥으로 되면, 형광 표식 탐침(㉡)은 프라이머와 마찬가지로 표적 DNA에 결합한다.
㉠이 이중 가닥 표적 DNA에 결합하는 것은 맞지만, ㉡은 PCR 과정에서 이중 가닥 DNA로부터 분리된 단일 가닥 표적 DNA에 결합한다.

3. 어느 바이러스 감염증의 진단 검사에 PCR를 이용하려고 한다. 윗글을 읽고 이해한 반응으로 가장 적절한 것은?

⊘ 정답풀이

④ 실시간 PCR로 진단 검사를 할 때, 표적 DNA의 염기 서열이 알려져 있어야 감염 여부를 분석할 수 있겠군.

> 근거: **1** ¹1993년 노벨 화학상은 중합 효소 연쇄 반응(PCR)을 개발한 멀리스에게 수여된다. ²염기 서열을 아는 DNA가 한 분자라도 있으면 이를 다량으로 증폭할 수 있는 길을 열었기 때문이다. ⁵프라이머는 표적 DNA의 일부분과 동일한 염기 서열로 이루어진 짧은 단일 가닥 DNA + **6** ²⁵PCR는 시료로부터 얻은 DNA를 가지고~감염성 질병 진단 등에 광범위하게 활용된다.
>
> PCR는 염기 서열이 알려진 DNA를 증폭시키는 것이다. PCR 과정에서 활용되는 프라이머는 표적 DNA의 일부분과 동일한 염기 서열로 이루어져 있어야 하므로, PCR를 활용하여 감염병을 진단하기 위해서는 표적 DNA의 염기 서열이 알려져 있어야 한다.

⊗ 오답풀이

① 전통적인 PCR로 진단 검사를 할 때, 시료에 바이러스의 양이 적은 감염 초기에는 감염 여부를 진단할 수 없겠군.

근거: **1** ¹1993년 노벨 화학상은 중합 효소 연쇄 반응(PCR)을 개발한 멀리스에게 수여된다. ²염기 서열을 아는 DNA가 한 분자라도 있으면 이를 다량으로 증폭할 수 있는 길을 열었기 때문이다. + **2** ¹¹전통적인 PCR는 PCR의 최종 산물에 형광 물질을 결합시켜 발색을 통해 표적 DNA의 증폭 여부를 확인한다.

PCR는 염기 서열을 아는 DNA가 한 분자라도 있으면 이를 다량으로 증폭할 수 있으며, 전통적인 PCR에서는 DNA를 증폭시키는 사이클을 충분히 수행한 뒤 최종 산물에서 발색 반응으로 표적 DNA의 증폭 여부를 확인할 수 있다. 따라서 시료에 바이러스의 양이 적은 감염 초기라도, 해당 바이러스의 DNA가 한 분자라도 있으면 전통적인 PCR를 통해 증폭 과정을 거쳐 감염 여부를 진단할 수 있을 것이다.

② 전통적인 PCR로 진단 검사를 할 때, DNA 증폭 여부 확인에 발색 물질이 필요 없으니 비용이 상대적으로 싸겠군.

근거: **2** ¹¹전통적인 PCR는 PCR의 최종 산물에 형광 물질을 결합시켜 발색을 통해 표적 DNA의 증폭 여부를 확인한다.

전통적인 PCR 역시 DNA 증폭 여부를 확인할 때 발색을 일으키는 물질을 활용한다.

③ 전통적인 PCR로 진단 검사를 할 때, 실시간 증폭 여부를 확인할 필요가 없어 진단에 걸리는 시간을 줄일 수 있겠군.

근거: **2** ¹¹전통적인 PCR는 PCR의 최종 산물에 형광 물질을 결합시켜 발색을 통해 표적 DNA의 증폭 여부를 확인한다. + **3** ¹³실시간 PCR는~사이클마다 발색 반응이 일어나도록 하여 누적되는 발색을 통해 표적 DNA의 증폭을 실시간으로 확인할 수 있다. + **6** ²⁶특히 실시간 PCR를 이용하면 바이러스의 감염 여부를 초기에 정확하고 빠르게 진단할 수 있다.

전통적인 PCR는 반복적인 사이클을 충분히 수행한 뒤 PCR의 최종 산물의 발색 반응을 통해 표적 DNA의 증폭 여부를 확인하지만, 실시간 PCR는 각 사이클이 수행될 때마다 표적 DNA의 증폭 여부를 확인할 수 있다. 즉 전통적인 PCR는 실시간 증폭 여부를 확인할 수 없기 때문에 실시간 PCR에 비해 진단에 걸리는 상대적인 시간이 오히려 길어질 것이다.

⑤ 실시간 PCR로 진단 검사를 할 때, 감염 여부는 PCR가 끝난 후에야 알 수 있지만 실시간 증폭은 확인할 수 있겠군.

근거: **2** ¹¹전통적인 PCR는 PCR의 최종 산물에 형광 물질을 결합시켜 발색을 통해 표적 DNA의 증폭 여부를 확인한다. + **3** ¹³실시간 PCR는~사이클마다 발색 반응이 일어나도록 하여 누적되는 발색을 통해 표적 DNA의 증폭을 실시간으로 확인할 수 있다. + **6** ²⁶특히 실시간 PCR를 이용하면 바이러스의 감염 여부를 초기에 정확하고 빠르게 진단할 수 있다.

실시간 PCR를 진단 검사에 사용할 경우, 사이클마다 표적 DNA의 증폭이 실시간으로 확인된다는 것은 해당 바이러스의 DNA가 존재한다는 것을 실시간으로 확인할 수 있음을 의미하므로, 감염 여부를 PCR가 끝나기 전에도 확인할 수 있다. 그러므로 PCR가 끝난 후에야 감염 여부를 알 수 있는 것은 전통적인 PCR를 활용했을 때이다.

4. [A]를 바탕으로 〈보기 1〉의 실험 상황을 가정하고 〈보기 2〉와 같이 예상 결과를 추론하였다. ㉮~㉰에 들어갈 말로 적절한 것은? [3점]

〈보기 1〉

표적 DNA의 농도를 알지 못하는 ⓐ미지 시료와, 이와 동일한 표적 DNA를 포함하지만 그 농도를 알고 있는 ⓑ표준 시료가 있다. 각 시료의 DNA를 주형 DNA로 하여 같은 양의 시료로 동일한 조건에서 실시간 PCR을 실시한다.

〈보기 2〉

만약 ⓐ가 ⓑ보다 표적 DNA의 초기 농도가 높다면,

↓

표적 DNA가 증폭되는 동안, 사이클이 진행됨에 따라 시간당 시료의 표적 DNA의 증가량은 ⓐ가 (㉮).

↓

실시간 PCR의 C_t값에서의 발색도는 ⓐ가 (㉯).

↓

따라서 실시간 PCR의 C_t값은 ⓐ가 (㉰).

✔ 정답풀이

	㉮	㉯	㉰
②	ⓑ보다 많겠군	ⓑ와 같겠군	ⓑ보다 작겠군

근거: **2** [9]사이클마다 표적 DNA의 양은 2배씩 증가한다. + **5** [22]실시간 PCR에서 발색도는 증폭된 이중 가닥 표적 DNA의 양에 비례하며, 일정 수준의 발색도에 도달하는 데 필요한 사이클은 표적 DNA의 초기 양에 따라 달라진다. [23]사이클의 진행에 따른 발색도의 변화가 연속적인 선으로 표시되며, 표적 DNA를 검출했다고 판단하는 발색도에 도달하는 데 소요된 사이클을 C_t값이라 한다.

사이클마다 표적 DNA의 양은 동일한 배율(2배)로 증가한다. ⓐ가 ⓑ보다 표적 DNA의 초기 농도가 높다는 것은 ⓐ에 담긴 표적 DNA의 양이 ⓑ보다 많다는 것을 뜻하므로, 사이클이 진행됨에 따라 단위 시간당 시료의 표적 DNA의 증가량은 ⓐ가 ⓑ보다 많을 것이다.(㉮) 이때 C_t는 표적 DNA를 검출했다고 판단할 수 있는 일정 수준의 발색도에 도달하는 데 소요된 사이클로, ⓐ와 ⓑ는 C_t값 자체에는 차이가 있어도, 각자의 C_t값에서의 발색도는 동일하게 '표적 DNA를 검출했다고 판단하는 발색도'로 나타날 것이다.(㉯) 그리고 ⓐ는 ⓑ보다 초기 농도가 높아 더 많은 양의 표적 DNA를 가지고 있으므로, 사이클이 진행됨에 따른 증폭되는 표적 DNA의 양이 더 많기 때문에 '표적 DNA를 검출했다고 판단되는 발색도'를 확인할 수 있는 지점까지 도달하는 데 상대적으로 적은 수의 사이클이 소요될 것이며, 그에 따라 C_t값도 ⓑ에 비해 작게 나타날 것이다.(㉰)

문제적 문제

• 4번

학생들이 정답과 비슷한 비율로 고른 선지는 ③번이지만, 해당 선지 이외의 선지도 선택 비중이 비슷하게 분포하는 양상을 보였다. 이는 낯설고 어려운 개념이 많이 등장하여 지문 자체의 난도가 높았다는 점과, 지문뿐 아니라 〈보기〉의 내용도 정확히 독해해야 정답 선지를 골라낼 수 있었다는 점이 영향을 준 것으로 보인다.

해당 문제와 관련된 핵심 키워드는 'C_t값'이다. [A]에 따르면 C_t값은 '표적 DNA를 검출했다고 판단하는 발색도에 도달하는 데 소요된 사이클'이다. 2문단에서 '사이클마다 표적 DNA의 양은 2배씩 증가'한다고 한 점을 참고할 때, [A]에서 '일정 수준의 발색도에 도달하는 데 필요한 사이클은 표적 DNA의 초기 양에 따라 달라진다.'라고 한 것은 표적 DNA의 초기 양이 많을수록 사이클마다 증가하는 양도 더 많아지기 때문일 것임을 알 수 있다. 지문을 참고하여 추론해 본다면 '표적 DNA를 검출했다고 판단하는 발색도'로 나타나는 표적 DNA의 양이 4라고 볼 때, 표적 DNA의 초기 양이 1인 시료는 사이클마다 '1(초기) → 2(기존의 2배) → 4(기존의 2배)' 순으로 표적 DNA가 증폭되어 사이클을 2회 수행해야 했겠지만, 표적 DNA의 초기 양이 2인 시료는 '2(초기) → 4(기존의 2배)' 순으로 표적 DNA가 증폭되어 사이클을 1회만 수행해도 해당 발색도에 도달할 수 있었을 것이다. 이 경우 초기 양이 1인 경우는 C_t값이 2가 될 것이고, 초기 양이 2인 경우는 C_t값이 1이 될 것이다. 이를 고려할 때 시간당 시료의 표적 DNA의 증가량은 초기 농도가 더 높은(표적 DNA의 초기 양이 더 많은) ⓐ가 ⓑ보다 많으며(㉮), 실시간 PCR의 C_t값은 ⓐ가 ⓑ보다 작다(㉰).

다소 헷갈릴 수 있었던 부분은 ㉯이다. ㉮와 ㉰는 ⓐ와 ⓑ에 포함된 표적 DNA의 양과 관련지어 C_t값을 도출하는 과정과 직접적으로 연관되어 있지만, ㉯는 'C_t값에서의 발색도'가 어떠한지를 묻고 있기 때문이다. C_t값은 정해져 있는 '특정 발색도'에 도달하기까지의 사이클을 나타내는 것으로, 'C_t값'에 해당하는 만큼의 사이클을 거쳤을 때의 발색도 자체는 모두 동일하게 '표적 DNA를 검출했다고 판단'할 수 있는 '일정 수준의 발색도'로 나타나게 된다. 즉 시료의 농도에 따라 C_t값이 다르게 나타나더라도, C_t값에서의 발색도는 ⓐ와 ⓑ가 모두 동일하게 나타나는 것이다(㉯).

과학·기술 영역의 지문에 제시된 주요 개념과 원리를 정확하게 이해하는 것은 물론 중요하지만, 지문을 아무리 잘 읽더라도 문제와 연결하는 과정에서 〈보기〉나 선지에서 묻는 바를 정확하게 파악하지 못하면 정답을 골라내는 데 어려움이 따르게 된다. 따라서 지문뿐 아니라 〈보기〉와 선지에서 요구하는 바도 정확하게 읽어 낼 수 있도록 연습해야 한다.

정답률 분석

	①	② 정답	③ 매력적 오답	④	⑤
	20%	29%	24%	12%	15%

[1~4] 다음 글을 읽고 물음에 답하시오.

✎ 사고의 흐름

1 ¹최근의 3D 애니메이션은 섬세한 입체 영상을 구현하여 실물을 촬영한 것 같은 느낌을 준다. *3D 애니메이션에 구현된 영상은 실물은 아니야!* ²실물을 촬영하여 얻은 자연 영상을 그대로 화면에 표시할 때와 달리 3D 합성 영상을 생성, 출력하기 위해서는 모델링과 렌더링을 거쳐야 한다. *모델링과 렌더링에 대해 설명하려나 봐! 이 두 과정은 자연 영상을 그대로 화면에 표시할 때는 거치지 않는구나.*

자연 영상과 3D 합성 영상의 차이점이 제시될 거야!

2 ³모델링은 3차원 가상 공간에서 물체의 모양과 크기, 공간적인 위치, 표면 특성 등과 관련된 고유의 값을 설정하거나 수정하는 단계이다. ⁴모양과 크기를 설정할 때 주로 3개의 정점으로 형성되는 삼각형을 활용한다. ⁵작은 삼각형의 조합으로 이루어진 그물과 같은 형태로 물체 표면을 표현하는 방식이다. ⁶이 방법으로 복잡한 굴곡이 있는 표면도 정밀하게 표현할 수 있다. *1문단에서 언급한 것처럼 3D 애니메이션이 섬세한 영상을 구현할 수 있는 이유는 모델링 때문이야!* ⁷이때 삼각형의 꼭짓점들은 물체의 모양과 크기를 결정하는 정점이 되는데, 이 정점들의 개수는 물체가 변형되어도 변하지 않으며, 정점들의 상대적 위치는 물체 고유의 모양이 변하지 않는 한 달라지지 않는다. *정점의 개수와 상대적 위치의 특징을 정리해 두자! 물체 고유의 모양이 변하지 않는 한 상대적 위치는 변하지 않고, 물체가 변형돼도 정점의 수는 고정되어 있어!* ⁸물체가 커지거나 작아지는 경우에는 정점 사이의 간격이 넓어지거나 좁아지고, 물체가 회전하거나 이동하는 경우에는 정점들이 간격을 유지하면서 회전축을 중심으로 회전하거나 동일 방향으로 동일 거리만큼 이동한다. *물체의 크기 변화나 이동 양상에 따라 정점 간의 거리와 위치가 변화하는 경우를 설명해 주고 있네.* ⁹물체 표면을 구성하는 각 삼각형 면에는 고유의 색과 질감 등을 나타내는 표면 특성이 하나씩 지정된다. *표면 정보는 문제에서 다뤄졌다는 것이니 기억해 두자. 하나의 삼각형 면에는 표면 특성이 하나씩 지정돼!*

3 ¹⁰공간에서의 입체에 대한 정보인 이 데이터를 활용하여, 물체를 어디에서 바라보는가를 나타내는 관찰 시점을 기준으로 2차원의 화면을 생성하는 것이 렌더링이다. *모델링에 이어 렌더링에 대한 설명이 이어지고 있어! 모델링은 3차원 공간에서 이루어지는 반면 렌더링은 관찰 시점을 기준으로 한 2차원 화면을 생성하네.* ¹¹전체 화면을 잘게 나눈 점이 화소인데, 정해진 개수의 화소로 화면을 표시하고 각 화소별로 밝기나 색상 등을 나타내는 화솟값이 부여된다. *화소와 화솟값은 렌더링을 이해하기 위해 꼭 알아 두어야 할 개념인가 봐!* ¹²렌더링 단계에서는 화면 안에서 동일 물체라도 멀리 있는 경우는 작게, 가까이 있는 경우는 크게 보이는 원리를 활용하여 화솟값을 지정함으로써 물체의 원근감*을 구현한다. ¹³표면 특성을 나타내는 값을 바탕으로, 다른 물체에 가려짐이나 조명에 의해 물체 표면에 생기는 명암, 그림자 등을 고려하여 화솟값을 정해 줌으로써 물체의 입체감*을 구현한다. *렌더링에서는 화솟값을 정해서 ① 물체의 원근감과 ② 물체의 입체감을 구현하는구나!* ¹⁴화면을 구성하는 모든 화소의 화솟값이 결정되면 하나의 프레임이 생성된다.

렌더링에서는 화소에 화솟값을 부여해서 하나의 프레임을 만들! ¹⁵이를 화면출력장치를 통해 모니터에 표시하면 정지 영상이 완성된다.

4 ¹⁶모델링과 렌더링을 반복하여 생성된 프레임들을 순서대로 표시하면 동영상이 된다. *한 번의 모델링과 렌더링을 거치면 프레임이 생성되고, 이를 반복하면 동영상이 만들어지는구나! 애니메이션은 정지 영상이 아니니까 모델링과 렌더링을 반복해야겠지?* ¹⁷프레임을 생성할 때, 모델링과 관련된 계산을 완료한 후 그 결과를 이용하여 렌더링을 위한 계산을 한다. *모델링 계산과 렌더링 계산의 순서를 알 수 있어!* ¹⁸이때 정점의 개수가 많을수록, 해상도가 높아 출력 화소의 수가 많을수록 연산 양이 많아져 연산 시간이 길어진다. *연산 시간이 길어지는 것은 문제 상황으로 볼 수 있어. 문제를 일으키는 원인이 '많은 정점의 수', '높은 해상도(많은 화소의 수)'라는 것도 함께 정리해 두자!* ¹⁹컴퓨터의 중앙처리장치(CPU)는 데이터 연산을 하나씩 순서대로 수행하기 때문에 과도한 양의 데이터가 집중되면 미처 연산되지 못한 데이터가 차례를 기다리는 병목 현상이 생겨 프레임이 완성되는 데 오랜 시간이 걸린다. ²⁰CPU의 그래픽 처리 능력을 보완하기 위해 개발된 ⊙그래픽처리장치(GPU)는 연산을 비롯한 데이터 처리를 독립적으로 수행할 수 있는 장치인 코어를 수백에서 수천 개씩 탑재하고 있다. *중앙처리장치(CPU)에 나타나는 병목 현상을 보완하기 위해 개발된 것이 그래픽처리장치(GPU)!* ²¹GPU의 각 코어는 그래픽 연산에 특화된 연산만을 할 수 있고 CPU의 코어에 비해서 저속으로 연산한다. ²²하지만 GPU는 동일한 연산을 여러 번 수행해야 하는 경우, 고속으로 출력 영상을 생성할 수 있다. ²³왜냐하면 GPU는 한 번의 연산에 쓰이는 데이터들을 순차적으로 각 코어에 전송한 후, 전체 코어에 하나의 연산 명령어를 전달하면, 각 코어는 모든 데이터를 동시에 연산하여 연산 시간이 짧아지기 때문이다. *GPU는 탑재한 수많은 코어에 데이터를 순차적으로 전송하여 이를 동시에 처리하니까 그만큼 연산 시간이 짧아져 CPU의 병목 현상을 보완할 수 있구나!*

병목 현상이 나타나지 않게 하기 위함이겠지?

GPU의 코어가 CPU의 코어에 비해 연산 속도가 느린데도 CPU의 그래픽 처리 능력을 보완할 수 있는 이유가 제시될 거야!

GPU가 고속으로 출력 영상을 생성하는 원리가 이어지겠지?

이것만은 챙기자

* **원근감**: 멀고 가까운 거리에 대한 느낌.
* **입체감**: 위치와 넓이, 길이, 두께를 가진 물건에서 받는 느낌. 또는 삼차원의 공간적 부피를 가진 물체를 보는 것과 같은 느낌.

만점 선배의 구조도 예시

3D 애니메이션
실물같이 섬세한
입체영상

Step1
모델링

Step2
렌더링

• 3차원 가상공간
• 물체의 외형, 위치, 표면 특성 등과
  관련된 고유의 값 설정 / 수정
  By. 정점을 꼭지점으로 하는 삼각형
• 정점의 개수 → 물체 변형과 상관없이
  일정
• 정점의 상대적 위치 → 물체 고유의 모양이
  변하지 않는 한 유지

• 모델링 데이터를 활용
• 관찰 시점을 기준으로
  2차원 화면 생성
  By. 화솟값 (원근감
           입체감) 표현

─────────────────────

모델링 / 렌더링과
관련된 계산

• 정점의 개수 많을수록
• 해상도가 높을수록
  (화질이 양호할수록)
→ 연산 양이 많아져
  처리시간 길어짐

CPU
• 코어에서 하나씩 순서대로 데이터 연산 수행
• 과도한 양의 데이터 → 연산 차례를 기다려야 함 (병목 현상)

GPU
• 수백 ~ 수천 개의 코어 탑재 → CPU의 병목현상 보완
• GPU의 코어 → CPU의 코어보다 저속으로 연산
  But, 데이터를 코어에 수치적으로 전송한 후 동시에 연산
  ⇒ 동일한 연산을 여러번 수행하는 경우 고속으로 영상 생성

>> 각 문단을 요약하고 지문을 세 부분으로 나누어 보세요.

1 자연 영상과 달리 3D 합성 영상을 생성, 출력하려면 모델링과 렌더링을 거쳐야 한다.	첫 번째 **1**¹~**1**²
2 모델링은 3차원 가상 공간에서 3개의 정점으로 형성되는 삼각형을 활용해 물체의 모양과 크기, 공간적 위치, 표면 특성 등과 관련된 고유의 값을 설정·수정하는 단계이다.	두 번째 **2**³~**3**¹⁵
3 모델링으로 얻은 데이터를 활용해 관찰 시점을 기준으로 2차원의 화면을 생성하는 렌더링 단계에서는 화솟값을 지정해 물체의 원근감과 입체감을 구현한다.	
4 모델링과 렌더링을 반복해 생성된 프레임을 순서대로 표시하면 동영상이 되는데, 그 과정에서 생기는 데이터 병목 현상을 해소하고 CPU를 보완하기 위해 GPU가 활용된다.	세 번째 **4**¹⁶~**4**²³

---

1. 윗글에 대한 이해로 적절하지 않은 것은?

✓ 정답풀이

② 렌더링에서 사용되는 물체 고유의 표면 특성은 화솟값에 의해 결정된다.

> 근거: **2** ³모델링은 3차원 가상 공간에서 물체의 모양과 크기, 공간적인 위치, 표면 특성 등과 관련된 고유의 값을 설정하거나 수정하는 단계이다. ⁹물체 표면을 구성하는 각 삼각형 면에는 고유의 색과 질감 등을 나타내는 표면 특성이 하나씩 지정된다. + **3** ¹⁰공간에서의 입체에 대한 정보인 이 데이터를 활용하여, 물체를 어디에서 바라보는가를 나타내는 관찰 시점을 기준으로 2차원의 화면을 생성하는 것이 렌더링이다. ¹¹전체 화면을 잘게 나눈 점이 화소인데, 정해진 개수의 화소로 화면을 표시하고 각 화소별로 밝기나 색상 등을 나타내는 화솟값이 부여된다. ¹²화솟값을 지정함으로써 물체의 원근감을 구현한다. ¹³화솟값을 정해 줌으로써 물체의 입체감을 구현한다.
> 물체 고유의 표면 특성은 모델링 단계에서 지정된다. 렌더링 단계에서는 모델링 단계에서 지정된 값을 바탕으로 화면을 생성하고 화면을 잘게 나눈 각 화소별로 화솟값을 부여하는데, 화솟값을 지정하여 물체의 원근감과 입체감을 구현할 뿐 화솟값이 물체 고유의 표면 특성을 결정한다고 볼 수 없다.

✗ 오답풀이

① 자연 영상은 모델링과 렌더링 단계를 거치지 않고 생성된다.
  근거: **1** ²실물을 촬영하여 얻은 자연 영상을 그대로 화면에 표시할 때와 달리 3D 합성 영상을 생성, 출력하기 위해서는 모델링과 렌더링을 거쳐야 한다.

③ 물체의 원근감과 입체감은 관찰 시점을 기준으로 구현한다.
  근거: **3** ¹⁰관찰 시점을 기준으로 2차원의 화면을 생성하는 것이 렌더링이다. ¹²렌더링 단계에서는~물체의 원근감을 구현한다. ¹³표면 특성을 나타내는 값을 바탕으로~물체의 입체감을 구현한다.

④ 3D 영상을 재현하는 화면의 해상도가 높을수록 연산 양이 많아진다.
  근거: **4** ¹⁸해상도가 높아 출력 화소의 수가 많을수록 연산 양이 많아져 연산 시간이 길어진다.

⑤ 병목 현상은 연산할 데이터의 양이 처리 능력을 초과할 때 발생한다.
  근거: **4** ¹⁹컴퓨터의 중앙처리장치(CPU)는 데이터 연산을 하나씩 순서대로 수행하기 때문에 과도한 양의 데이터가 집중되면 미처 연산되지 못한 데이터가 차례를 기다리는 병목 현상이 생겨 프레임이 완성되는 데 오랜 시간이 걸린다.

2. 모델링 에 대한 설명으로 가장 적절한 것은?

✅ 정답풀이

② 삼각형들을 조합함으로써 물체의 복잡한 곡면을 정교하게 표현할 수 있다.

> 근거: ② [4]모양과 크기를 설정할 때 주로 3개의 정점으로 형성되는 삼각형을 활용한다. [5]작은 삼각형의 조합으로 이루어진 그물과 같은 형태로 물체 표면을 표현하는 방식이다. [6]이 방법으로 복잡한 굴곡이 있는 표면도 정밀하게 표현할 수 있다.

❌ 오답풀이

① 다른 물체에 가려져 보이지 않는 부분에 있는 삼각형의 정점들의 위치는 계산하지 않는다.

근거: ② [3]모델링은 3차원 가상 공간에서 물체의 모양과 크기, 공간적인 위치, 표면 특성 등과 관련된 고유의 값을 설정하거나 수정하는 단계이다. ~[5]작은 삼각형의 조합으로 이루어진 그물과 같은 형태로 물체 표면을 표현하는 방식이다. + ③ [10]공간에서의 입체에 대한 정보인 이 데이터를 활용하여, 물체를 어디에서 바라보는가를 나타내는 관찰 시점을 기준으로 2차원의 화면을 생성하는 것이 렌더링이다.

모델링은 3차원 가상 공간에서 물체의 모양과 크기, 공간적 위치, 표면 특성 등의 고유값을 다룬다. 또한 렌더링은 모델링의 데이터를 활용하여, 관찰 시점을 기준으로 2차원의 화면을 생성하는 것이므로, 3차원의 가상 공간에서 이루어지는 모델링은 관찰 시점을 기준으로 한 2차원 화면에서 다른 물체에 가려져 보이지 않는 부분에 있는 삼각형의 정점들의 위치도 계산한다.

③ 하나의 작은 삼각형에 다양한 색상의 표면 특성들을 함께 부여한다.

근거: ② [9]물체 표면을 구성하는 각 삼각형 면에는 고유의 색과 질감 등을 나타내는 표면 특성이 하나씩 지정된다.

물체 표면을 구성하는 각 삼각형 면에는 고유의 색과 질감 등을 나타내는 표면 특성이 하나씩 지정되므로 다양한 색상의 표면 특성들을 함께 부여한다고 볼 수 없다.

④ 공간상에 위치한 정점들을 2차원 평면에 존재하도록 배치한다.

근거: ② [3]모델링은 3차원 가상 공간에서 물체의 모양과 크기, 공간적인 위치, 표면 특성 등과 관련된 고유의 값을 설정하거나 수정하는 단계이다. + ③ [10]공간에서의 입체에 대한 정보인 이 데이터를 활용하여, 물체를 어디에서 바라보는가를 나타내는 관찰 시점을 기준으로 2차원의 화면을 생성하는 것이 렌더링이다.

2차원의 화면을 만드는 것은 렌더링이다.

⑤ 다양하게 변할 수 있는 관찰 시점을 순차적으로 저장한다.

근거: ② [3]모델링은 3차원 가상 공간에서 물체의 모양과 크기, 공간적인 위치, 표면 특성 등과 관련된 고유의 값을 설정하거나 수정하는 단계이다. + ③ [10]공간에서의 입체에 대한 정보인 이 데이터를 활용하여, 물체를 어디에서 바라보는가를 나타내는 관찰 시점을 기준으로 2차원의 화면을 생성하는 것이 렌더링이다.

렌더링은 다양하게 변할 수 있는 관찰 시점을 기준으로 2차원의 화면을 생성한다.

3. ㉠에 대한 추론으로 적절한 것은?

> ㉠: 그래픽처리장치(GPU)

✅ 정답풀이

④ 정점 위치를 구하기 위한 각 데이터의 연산을 하나씩 순서대로 처리해야 한다면, 다수의 코어가 작동하는 경우 총 연산 시간은 1개의 코어만 작동하는 경우의 총 연산 시간과 같다.

> 근거: ④ [20]CPU의 그래픽 처리 능력을 보완하기 위해 개발된 그래픽처리장치(GPU)(㉠)는 연산을 비롯한 데이터 처리를 독립적으로 수행할 수 있는 장치인 코어를 수백에서 수천 개씩 탑재하고 있다. [23]왜냐하면 GPU는 한 번의 연산에 쓰이는 데이터들을 순차적으로 각 코어에 전송한 후, 전체 코어에 하나의 연산 명령어를 전달하면, 각 코어는 모든 데이터를 동시에 연산하여 연산 시간이 짧아지기 때문이다.
> ㉠이 탑재한 코어는 데이터 처리를 독립적으로 수행하며, 각 코어에 전송된 데이터는 전체 코어에 하나의 연산 명령어가 전달되면 동시에 연산이 수행된다. 그러나 전체 코어가 동시에 연산을 수행하는 것이 아니라 하나씩 순차적으로 처리해야 할 경우에는 다수의 코어가 작동하더라도 총 연산 시간이 1개의 코어만 작동할 때의 총 연산 시간과 같을 것이다.

❌ 오답풀이

① 동일한 개수의 정점 위치를 연산할 때, 동시에 연산을 수행하는 코어의 개수가 많아지면 총 연산 시간이 길어진다.

근거: ④ [20]CPU의 그래픽 처리 능력을 보완하기 위해 개발된 그래픽처리장치(GPU)(㉠)는 연산을 비롯한 데이터 처리를 독립적으로 수행할 수 있는 장치인 코어를 수백에서 수천 개씩 탑재하고 있다. [22]하지만 GPU는 동일한 연산을 여러 번 수행해야 하는 경우, 고속으로 출력 영상을 생성할 수 있다. [23]왜냐하면 GPU는 한 번의 연산에 쓰이는 데이터들을 순차적으로 각 코어에 전송한 후, 전체 코어에 하나의 연산 명령어를 전달하면, 각 코어는 모든 데이터를 동시에 연산하여 연산 시간이 짧아지기 때문이다.

㉠은 코어를 수백에서 수천 개씩 탑재하고 있는데, 동일한 연산을 여러 번 수행하는 경우 각 코어는 전송 받은 데이터를 동시에 연산할 수 있다. 따라서 동일한 개수의 정점 위치를 연산할 때, 동시에 연산을 수행하는 코어의 개수가 많아지면 총 연산 시간은 짧아질 것이다.

② 정점의 위치를 구하기 위한 10개의 연산을 10개의 코어에서 동시에 진행하려면, 10개의 연산 명령어가 필요하다.

근거: ④ [22]하지만 GPU(㉠)는 동일한 연산을 여러 번 수행해야 하는 경우, 고속으로 출력 영상을 생성할 수 있다. [23]왜냐하면 GPU는 한 번의 연산에 쓰이는 데이터들을 순차적으로 각 코어에 전송한 후, 전체 코어에 하나의 연산 명령어를 전달하면, 각 코어는 모든 데이터를 동시에 연산하여 연산 시간이 짧아지기 때문이다.

동일한 연산을 여러 번 수행하는 경우, 하나의 연산 명령어를 전체 코어에 전달하면 각 코어가 동시에 모든 데이터 연산을 수행할 수 있다. 따라서 정점의 위치를 구하기 위한 10개의 연산이 동일한 연산이라면 하나의 연산 명령어만으로도 10개의 코어가 동시에 연산을 수행할 수 있을 것이다.

③ 1개의 코어만 작동할 때, 정점의 위치를 구하기 위한 연산 시간은 1개의 코어를 가진 CPU의 총 연산 시간과 같다.

근거: ❹ [21]GPU(㉠)의 각 코어는 그래픽 연산에 특화된 연산만을 할 수 있고 CPU의 코어에 비해서 저속으로 연산한다.

1개의 코어만 작동할 때, ㉠의 각 코어는 CPU의 코어보다 저속으로 연산하므로 총 연산 시간은 더 길 것이다.

⑤ 정점 위치를 구하기 위해 연산해야 할 10개의 데이터를 10개의 코어에서 처리할 경우, 모든 데이터를 모든 코어에 전송하는 시간은 1개의 데이터를 1개의 코어에 전송하는 시간과 같다.

근거: ❹ [23]왜냐하면 GPU(㉠)는 한 번의 연산에 쓰이는 데이터들을 순차적으로 각 코어에 전송한 후, 전체 코어에 하나의 연산 명령어를 전달하면, 각 코어는 모든 데이터를 동시에 연산하여 연산 시간이 짧아지기 때문이다.

㉠은 한 번의 연산에 쓰이는 데이터들을 순차적으로 각 코어에 전송하므로, 10개의 데이터는 동시에 전달되는 것이 아니라 순차적으로 10개의 코어에 전송될 것이다. 따라서 이 과정에서 걸리는 시간은 1개의 데이터를 1개의 코어에 전송하는 시간보다 더 길 것이다.

| 구체적 상황에 적용 | 정답률 ⓵

4. 다음은 3D 애니메이션 제작을 위한 계획의 일부이다. 윗글을 바탕으로 할 때 적절하지 않은 것은? [3점]

	〈장면 구성〉	〈장면 스케치〉
장면 1	주인공 '네모'가 얼굴을 정면으로 향한 채 입에 아직 불지 않은 풍선을 물고 있다.	
장면 2	'네모'가 바람을 불어 넣어 풍선이 점점 커진다.	
장면 3	풍선이 더 이상 커지지 않고 모양을 유지한 채, '네모'는 풍선과 함께 하늘로 날아올라 점점 멀어지는 모습이 보인다.	

✔ 정답풀이

④ 장면 3의 모델링 단계에서 풍선에 있는 정점들이 이루는 삼각형들이 작아지겠군.

근거: ❷ [3]모델링은 3차원 가상 공간에서 물체의 모양과 크기, 공간적인 위치, 표면 특성 등과 관련된 고유의 값을 설정하거나 수정하는 단계이다. [4]모양과 크기를 설정할 때 주로 3개의 정점으로 형성되는 삼각형을 활용한다. [7]이때 삼각형의 꼭짓점들은 물체의 모양과 크기를 결정하는 정점이 되는데, 이 정점들의 개수는 물체가 변형되어도 변하지 않으며, 정점들의 상대적 위치는 물체 고유의 모양이 변하지 않는 한 달라지지 않는다. [8]물체가 커지거나 작아지는 경우에는 정점 사이의 간격이 넓어지거나 좁아지고 + ❸ [12]렌더링 단계에서는 화면 안에서 동일 물체라도 멀리 있는 경우는 작게, 가까이 있는 경우는 크게 보이는 원리를 활용하여 화솟값을 지정함으로써 물체의 원근감을 구현한다.

장면 3에서 '네모'가 풍선과 함께 하늘로 날아올라 점점 멀어지면 '네모'와 풍선은 크기가 점점 작아지는 것처럼 보일 것이다. 하지만 '풍선이 더 이상 커지지 않고 모양을 유지'한다고 한 점을 고려할 때, 이는 '네모'와 풍선의 실제 크기가 작아지는 것이 아니라 관찰 시점을 기준으로 나타나는 원근감에 의해 작게 보이는 것이다. 따라서 장면 3은 모델링 단계에서 정점 사이의 간격을 조절한 것이 아니라, 렌더링 단계에서 화솟값을 지정함으로써 점점 멀어지는 모습을 구현한 것이므로 모델링 단계에서 풍선에 있는 정점들이 이루는 삼각형들은 작아지지 않을 것이다.

① 장면 1의 렌더링 단계에서 풍선에 가려 보이지 않는 입 부분의 삼각형들의 표면 특성은 화솟값을 구하는 데 사용되지 않겠군.

근거: ❸ [10]공간에서의 입체에 대한 정보인 이 데이터를 활용하여, 물체를 어디에서 바라보는가를 나타내는 관찰 시점을 기준으로 2차원의 화면을 생성하는 것이 렌더링이다. [11]전체 화면을 잘게 나눈 점이 화소인데, 정해진 개수의 화소로 화면을 표시하고 각 화소별로 밝기나 색상 등을 나타내는 화솟값이 부여된다. [13]표면 특성을 나타내는 값을 바탕으로, 다른 물체에 가려짐이나 조명에 의해 물체 표면에 생기는 명암, 그림자 등을 고려하여 화솟값을 정해 줌으로써 물체의 입체감을 구현한다.

렌더링은 관찰 시점을 기준으로 2차원의 화면을 생성하는 것인데, 각 화소에 화솟값을 부여하여 화면을 나타낸다. 이때 화솟값은 표면 특성을 나타내는 값을 바탕으로, 관찰 시점에서 다른 물체에 가려짐을 고려하여 부여되므로 장면 1에서 풍선에 가려 보이지 않는 입 부분의 삼각형들의 표면 특성은 화솟값을 구하는 데 사용되지 않을 것이다.

② 장면 2의 모델링 단계에서 풍선에 있는 정점의 개수는 유지되겠군.

근거: ❷ [7]이때 삼각형의 꼭짓점들은 물체의 모양과 크기를 결정하는 정점이 되는데, 이 정점들의 개수는 물체가 변형되어도 변하지 않으며, 정점들의 상대적 위치는 물체 고유의 모양이 변하지 않는 한 달라지지 않는다. [8]물체가 커지거나 작아지는 경우에는 정점 사이의 간격이 넓어지거나 좁아지고

정점은 물체의 모양과 크기를 결정하는데, 정점들의 개수는 물체가 변형되어도 변하지 않으며, 물체가 커지거나 작아지는 경우에는 정점 사이의 간격이 넓어지거나 좁아진다. 즉 장면 2에서 '네모'가 바람을 불어 넣어 풍선의 실제 크기가 점점 커지면 정점 사이의 간격이 넓어지게 되지만, 풍선에 있는 정점의 개수는 그대로 유지될 것이다.

③ 장면 2의 모델링 단계에서 풍선에 있는 정점 사이의 거리가 멀어지겠군.

근거: ❷ [7]이때 삼각형의 꼭짓점들은 물체의 모양과 크기를 결정하는 정점이 되는데, 이 정점들의 개수는 물체가 변형되어도 변하지 않으며, 정점들의 상대적 위치는 물체 고유의 모양이 변하지 않는 한 달라지지 않는다. [8]물체가 커지거나 작아지는 경우에는 정점 사이의 간격이 넓어지거나 좁아지고

장면 2에서 '네모'가 바람을 불어 넣어 풍선의 실제 크기가 점점 커지면 풍선에 있는 정점 사이의 간격이 넓어지므로 정점 사이의 거리는 멀어질 것이다.

⑤ 장면 3의 렌더링 단계에서 전체 화면에서 화솟값이 부여되는 화소의 개수는 변하지 않겠군.

근거: ❸ [10]물체를 어디에서 바라보는가를 나타내는 관찰 시점을 기준으로 2차원의 화면을 생성하는 것이 렌더링이다. [11]전체 화면을 잘게 나눈 점이 화소인데, 정해진 개수의 화소로 화면을 표시하고 각 화소별로 밝기나 색상 등을 나타내는 화솟값이 부여된다.

화면은 정해진 개수의 화소로 표시되고, 각 화소별로 화솟값이 부여되므로 하나의 화면 안에서 화솟값의 변화는 나타날 수 있지만 화소의 개수는 변하지 않는다. 따라서 장면 3의 렌더링 단계에서 전체 화면에서 화솟값이 부여된 화소의 개수는 변함이 없다.

Q: 물체가 커지거나 작아지는 경우에는 정점 사이의 간격이 넓어지거나 좁아진다고 했잖아요? 장면 3에서 '네모'가 풍선과 함께 하늘로 날아올라 점점 멀어지면 크기가 점점 작아지는 것 아닌가요? 그러면 정점 사이의 간격이 좁아져 정점을 꼭짓점으로 하는 삼각형도 작아진다는 진술이 적절해 보여요!

A: 물체의 크기가 변하는 상황은 모델링의 측면에서 물체의 실제 크기가 변하는 것과 렌더링의 측면에서 관찰 시점을 기준으로 원근감에 의해 물체의 크기가 변하는 것처럼 보이는 것으로 구분할 수 있다. 이때 원근감은 물체의 실제 크기에는 변화가 없지만 관찰자와의 거리에 따라 물체의 크기가 다르게 보인다는 것이 ④번을 판단하는 핵심 정보이다.

2문단에 따르면 모델링은 '물체의 모양과 크기, 공간적인 위치, 표면 특성 등과 관련된 고유의 값'을 정점의 간격에 의한 삼각형으로 표현한다. 즉 물체의 실제 크기가 변하지 않는다면 정점의 간격은 변함이 없는 것이다.

한편 3문단에 따르면 렌더링은 화면을 표시하는 화소에 화솟값을 지정함으로써 '물체의 원근감을 구현'한다. 이때 원근감에 의해 관측자에게 보이는 물체의 크기 변화는 관찰 시점에서 비롯된 것일 뿐, 물체의 실제 크기가 변하는 것이 아니므로 장면 3에서 풍선에 있는 정점들의 간격도 변하지 않을 것이다. 따라서 삼각형은 작아지지 않고 화소의 화솟값에만 변화가 있을 것이다.

참고로 장면 2에서 바람을 불어 넣은 풍선의 크기가 커지는 것은 풍선의 실제 크기가 커지는 것이다. 이 경우 모델링 단계에서 정점의 간격이 넓어지므로 정점 사이의 거리는 멀어지고 삼각형은 커지게 될 것이다.

[1~4] 다음 글을 읽고 물음에 답하시오.

✏️ 사고의 흐름

1 [1]질병을 유발하는 병원체에는 세균, 진균, 바이러스 등이 있다. [2]생명체의 기본 구조에 속하는 세포막은 지질을 주성분으로 하는 이중층이다. [3]세균과 진균은 일반적으로 세포막 바깥 부분에 세포벽이 있고, 바이러스의 표면은 세포막 대신 캡시드라고 부르는 단백질로 이루어져 있다. *질병을 유발하는 병원체(세균, 진균, 바이러스)에 대해 이야기하려나 봐. 세균, 진균은 지질이 주성분인 세포막을 갖지만, 바이러스는 세포막 대신 단백질로 이루어진 캡시드를 갖는다는 차이점이 있어!* [4]바이러스의 종류에 따라 캡시드 외부가 지질을 주성분으로 하는 피막*으로 덮인 경우도 있다. [5]한편 진균과 일부 세균은 다른 병원체에 비해 건조, 열, 화학 물질에 저항성이 강한 포자를 만든다.

2 [6]생활 환경에서 병원체의 수를 억제하고 전염병을 예방하기 위한 목적으로 사용하는 방역용 화학 물질을 '항(抗)미생물 화학제'라 한다. *'항미생물 화학제'의 정의가 제시됐어.* [7]항미생물 화학제는 다양한 병원체가 공통으로 갖는 구조를 구성하는 성분들에 화학 작용을 일으키므로 광범위한 살균 효과가 있다. [8]그러나 병원체의 구조와 성분은 병원체의 종류에 따라 완전히 같지는 않으므로, 동일한 항미생물 화학제라도 그 살균 효과는 다를 수 있다. *(문단에서 병원체들의 구조와 성분 차이를 설명했었지? 그렇다면 이어서 다양한 항미생물 화학제들이 각 병원체에 어떻게 작용하는지에 대한 설명이 이어지겠네!*

앞의 내용과 상반되는 내용이 나오겠지? (← 그러나)

3 [9]항미생물 화학제 중 ㉠멸균제는 포자를 포함한 모든 병원체를 파괴한다. [10]㉡감염방지제는 포자를 제외한 병원체를 사멸*시키는 화합물로 병원, 공공시설, 가정의 방역에 사용된다. [11]감염방지제 중 독성이 약해 사람의 피부나 상처 소독에도 사용이 가능한 항미생물 화학제를 ㉢소독제라 한다. [12]사람의 세포막도 지질 성분으로 이루어져 있어 소독제라 하더라도 사람의 세포를 죽일 수 있으므로, 눈이나 호흡기 등의 점막에 접촉하지 않도록 주의해야 한다. [13]따라서 항미생물 화학제는 병원체에 대한 최대의 방역 효과와 인체 및 환경에 대한 최고의 안전성을 확보할 수 있도록 종류별 사용법을 지켜야 한다. *항미생물 화학제의 종류로 멸균제, 감염방지제, 소독제가 제시됐어. 멸균제와 감염방지제는 포자의 유무에 따라 작용하는 병원체가 다르겠지? 소독제는 독성이 약한 감염방지제라고 했으니 소독제도 포자를 제외한 병원체를 사멸시킬 수 있을 거야!*

'모든', 항상과 같은 표현이 나오면 눈여겨보자! (← 모든)

4 [14]항미생물 화학제의 작용기제는 크게 ①병원체의 표면을 손상시키는 방식과 ②병원체 내부에서 대사 기능을 저해하는 방식으로 나눌 수 있지만, 많은 경우 두 기제가 함께 작용한다. *항미생물 화학제의 작용기제: ① 병원체의 표면 손상 ② 병원체 내부에서 대사 기능 저해* [15]고농도 에탄올 등의 알코올 화합물은 세포막의 기본 성분인 지질을 용해*시키고 단백질을 변성시키며, 병원성 세균에서는 세포벽을 약화시킨다. [16]또한 알코올 화합물은 지질 피막이 없는 바이러스보다 지질 피막이 있는 병원성 바이러스에서 방역 효과가 크다.

추가적인 정보가 나열되고 있어! (← 또한)

[17]지질 피막은 병원성 바이러스가 사람을 감염시키는 과정에서 중요한 역할을 하기 때문에, 지질을 손상시키는 기능을 가진 항미생물 화학제만으로도 병원성 바이러스에 대한 방역 효과가 있다. [18]지질 피막의 유무와 관계없이 다양한 바이러스의 감염 예방을 위해서는 하이포염소산 소듐 등의 산화제가 널리 사용된다. [19]병원성 바이러스의 방역에 사용되는 산화제는 바이러스의 공통적인 표면 구조를 이루는 캡시드를 손상시키는 기능이 있어 바이러스를 파괴하거나 바이러스의 감염력을 잃게 한다. *알코올 화합물과 산화제는 '병원체의 표면을 손상'시키는 항미생물 화학제의 작용기제를 가진다는 공통점이 있어. 그리고 알코올 화합물은 지질 피막이 있는 병원체의 방역에 효과적이고, 산화제는 지질 피막의 유무와 상관없이 다양한 바이러스의 감염을 예방할 수 있다는 차이점이 있어!*

5 [20]병원체의 표면에 생긴 약간의 손상이 병원체를 사멸시키는데 충분하지 않더라도, 항미생물 화학제가 내부로 침투하면 살균 효과가 증가한다. *항미생물 화학제의 두 번째 작용기제인 '병원체 내부에서 대사 기능을 저해하는 방식'에 대한 내용이 제시되겠지?* [21]알킬화제와 산화제는 병원체의 내부로 침투하면 필수적인 물질 대사*를 정지시킨다. *병원체 내부의 대사 기능을 저해하는 항미생물 화학제로 알킬화제와 산화제가 제시됐어. 산화제는 두 가지 작용기제를 모두 가지고 있다는 특징을 기억해 두자!* [22]글루타르 알데하이드와 같은 알킬화제가 알킬 작용기를 단백질에 결합시키면 단백질을 변성시켜 기능을 상실하게 하고, 핵산의 염기에 결합시키면 핵산을 비정상 구조로 변화시켜 유전자 복제와 발현을 교란한다. [23]산화제인 하이포염소산 소듐은 병원체 내에서 불특정한 단백질들을 산화시켜 단백질로 이루어진 효소들의 기능을 비활성화하고 병원체를 사멸에 이르게 한다.

> **이것만은 챙기자**
>
> *피막: 껍질같이 얇은 막.
>
> *사멸: 죽어 없어짐.
>
> *용해: 녹거나 녹이는 일.
>
> *대사: 생물체가 몸 밖으로부터 섭취한 영양물질을 몸 안에서 분해하고, 합성하여 생체 성분이나 생명 활동에 쓰는 물질이나 에너지를 생성하고 필요하지 않은 물질을 몸 밖으로 내보내는 작용.

1. 윗글에서 답을 찾을 수 있는 질문에 해당하지 <u>않는</u> 것은?

✓ 정답풀이

① 병원성 세균은 어떤 작용기제로 사람을 감염시킬까?

> 근거: **4** [14]항미생물 화학제의 작용기제는 크게 병원체의 표면을 손상시키는 방식과 병원체 내부에서 대사 기능을 저해하는 방식으로 나눌 수 있지만, 많은 경우 두 기제가 함께 작용한다. [17]지질 피막은 병원성 바이러스가 사람을 감염시키는 과정에서 중요한 역할을 하기 때문에~방역 효과가 있다.

윗글에는 병원체의 수를 억제하고 전염병을 예방하는 화학 물질인 항미생물 화학제의 두 가지 작용기제가 제시되었을 뿐, 병원성 세균이 사람을 감염시키는 작용기제를 설명하고 있지는 않다. 병원성 바이러스가 사람을 감염시키는 과정에 대해서는 단지 지질 피막이 중요한 역할을 한다는 정도로만 제시되었으므로 병원성 세균이 어떤 작용기제로 사람을 감염시키는지에 대해 묻는 질문의 답은 윗글에서 찾을 수 없다.

✗ 오답풀이

② 알코올 화합물은 병원성 세균의 살균에 효과가 있을까?

> 근거: **2** [6]생활 환경에서 병원체의 수를 억제하고 전염병을 예방하기 위한 목적으로 사용하는 방역용 화학 물질을 '항미생물 화학제'라 한다. + **4** [14]항미생물 화학제의 작용기제는 크게 병원체의 표면을 손상시키는 방식과 병원체 내부에서 대사 기능을 저해하는 방식으로 나눌 수 있지만, 많은 경우 두 기제가 함께 작용한다. [15]고농도 에탄올 등의 알코올 화합물은 세포막의 기본 성분인 지질을 용해시키고 단백질을 변성시키며, 병원성 세균에서는 세포벽을 약화시킨다.~[16]병원성 바이러스에서 방역 효과가 크다.

항미생물 화학제인 알코올 화합물은 병원성 세균의 세포벽을 약화시키고 병원성 바이러스에서 방역 효과가 크다고 하였으므로 병원성 세균의 살균에 효과가 있을 것이다.

③ 바이러스와 세균의 표면 구조는 어떤 차이가 있을까?

> 근거: **1** [3]세포과 진균은 일반적으로 세포막 바깥 부분에 세포벽이 있고, 바이러스의 표면은 세포막 대신 캡시드라고 부르는 단백질로 이루어져 있다.

④ 병원성 바이러스 감염 예방을 위한 방역에 사용되는 물질에는 무엇이 있을까?

> 근거: **4** [15]고농도 에탄올 등의 알코올 화합물 [16]알코올 화합물은 지질 피막이 없는 바이러스보다 지질 피막이 있는 병원성 바이러스에서 방역 효과가 크다.~[18]지질 피막의 유무와 관계없이 다양한 바이러스의 감염 예방을 위해서는 하이포염소산 소듐 등의 산화제가 널리 사용된다.

병원성 바이러스의 감염 예방을 위해 고농도 에탄올 등 알코올 화합물, 하이포염소산 소듐 등의 산화제와 같은 방역 물질이 사용된다고 하였다.

⑤ 항미생물 화학제가 병원체에 대해 광범위한 살균 효과를 나타내는 이유는 무엇일까?

> 근거: **2** [7]항미생물 화학제는 다양한 병원체가 공통으로 갖는 구조를 구성하는 성분들에 화학 작용을 일으키므로 광범위한 살균 효과가 있다.

만점 선배의 구조도 예시

문제

질병을 유발하는 병원체

세균, 진균, 바이러스

→ 세포막과 표면의 구조에 차이가 있음

ⅹ 일부 세균, 진균 : 저항성이 강한 포자를 만듦

해결

항(抗)미생물 화학제

① 멸균제 : 포자를 포함한 모든 병원체 파괴

② 감염방지제 : 포자를 제외한 병원체 사멸

③ 소독제 : 감염방지제 중 독성이 약해
　　　　　 사람에게 사용 가능한 것

ⅹ 병원체의 구조와 성분에 따라 살균효과가 다를 수 있음

항미생물 화학제의
작용 기제

병원체의 「표면 손상」	병원체 「내부 대사 기능 저해」
• 알코올 화합물 　예) 고농도 에탄올	• 알킬화제 　예) 글루타르 알데하이드
• 산화제 　예) 하이포 염소산 소듐 → 두 가지 작용기제 모두 가능	

≫ 각 문단을 요약하고 지문을 세 부분으로 나누어 보세요.

1 질병을 유발하는 병원체에는 세균, 진균, 바이러스 등이 있다.	첫 번째 **1**[1]~**1**[5]
2 병원체의 수를 억제하고 전염병을 예방하기 위해 사용되는 항미생물 화학제는 병원체가 공통으로 갖는 구조를 구성하는 성분들에 작용한다.	
3 항미생물 화학제는 모든 병원체를 파괴하는 **멸균제**, 포자를 제외한 병원체를 사멸시키는 감염방지제가 있으며, 감염방지제 중 **독성**이 약해 사람에게 사용이 가능한 것이 소독제이다.	두 번째 **2**[6]~**3**[13]
4 항미생물 화학제의 작용기제는 병원체의 표면을 손상시키는 방식과 병원체 내부에서 대사 기능을 저해하는 방식이 있는데, 알코올 화합물은 지질을 용해시키고 세포벽을 약화시키며 산화제는 캡시드를 손상시킨다.	세 번째 **4**[14]~**5**[23]
5 알킬화제와 산화제는 병원체 내부로 침투하면 필수적인 물질 대사를 정지시킨다.	

2. 윗글을 읽고 이해한 내용으로 적절하지 <u>않은</u> 것은?

✅ 정답풀이

② 하이포염소산 소듐은 병원체의 내부가 아니라 표면의 단백질을 손상
시킨다.

> 근거: **1** [3]바이러스의 표면은 세포막 대신 캡시드라고 부르는 단백질로 이
> 루어져 있다. + **4** [18]지질 피막의 유무와 관계없이 다양한 바이러스의
> 감염 예방을 위해서는 하이포염소산 소듐 등의 산화제가 널리 사용된다.
> [19]병원성 바이러스의 방역에 사용되는 산화제는 바이러스의 공통적인 표
> 면 구조를 이루는 캡시드를 손상시키는 기능이 있어 바이러스를 파괴하거
> 나 바이러스의 감염력을 잃게 한다. + **5** [23]산화제인 하이포염소산 소듐은
> 병원체 내에서 불특정한 단백질들을 산화시켜~사멸에 이르게 한다.
> 윗글에 따르면 산화제의 한 종류인 하이포염소산 소듐은 항미생물 화학
> 제의 두 가지 작용기제를 모두 가지는 물질로, 병원체의 표면에 있는 단
> 백질(캡시드)뿐 아니라 내부의 단백질에도 작용한다.

❌ 오답풀이

① 고농도 에탄올은 지질 피막이 있는 바이러스에 방역 효과가 있다.

> 근거: **4** [15]고농도 에탄올 등의 알코올 화합물은 세포막의 기본 성분인 지
> 질을 용해시키고 단백질을 변성시키며, 병원성 세균에서는 세포벽을 약화
> 시킨다. [16]또한 알코올 화합물은 지질 피막이 없는 바이러스보다 지질 피막
> 이 있는 병원성 바이러스에서 방역 효과가 크다.

③ 진균의 포자는 바이러스에 비해서 화학 물질에 대한 저항성이 더
강하다.

> 근거: **1** [1]질병을 유발하는 병원체에는 세균, 진균, 바이러스 등이 있다.
> [5]진균과 일부 세균은 다른 병원체에 비해 건조, 열, 화학 물질에 저항성이
> 강한 포자를 만든다.

④ 알킬화제는 병원체 내 핵산의 염기에 알킬 작용기를 결합시켜
유전자의 발현을 방해한다.

> 근거: **5** [21]알킬화제와 산화제는 병원체의 내부로 침투하면 필수적인 물질 대
> 사를 정지시킨다. [22]글루타르 알데하이드와 같은 알킬화제가 알킬 작용기를~
> 핵산의 염기에 결합시키면 핵산을 비정상 구조로 변화시켜 유전자 복제와 발
> 현을 교란한다.

⑤ 산화제가 다양한 바이러스를 사멸시키는 것은 그 산화제가
바이러스의 공통적인 구조를 구성하는 성분들에 작용하기 때문
이다.

> 근거: **4** [19]병원성 바이러스의 방역에 사용되는 산화제는 바이러스의 공통
> 적인 표면 구조를 이루는 캡시드를 손상시키는 기능이 있어 바이러스를 파
> 괴하거나 바이러스의 감염력을 잃게 한다.

---

3. ㉠~㉢에 대한 설명으로 적절한 것은?

> ㉠: 멸균제
> ㉡: 감염방지제
> ㉢: 소독제

✅ 정답풀이

③ ㉡과 ㉢은 모두, 바이러스의 종류에 따라 살균 효과가 달라질 수
있다.

> 근거: **1** [3]바이러스의 표면은 세포막 대신 캡시드라고 부르는 단백질로
> 이루어져 있다. [4]바이러스의 종류에 따라 캡시드 외부가 지질을 주성분으
> 로 하는 피막으로 덮인 경우도 있다. + **2** [8]병원체의 구조와 성분은 병원체
> 의 종류에 따라 완전히 같지는 않으므로, 동일한 항미생물 화학제라도 그
> 살균 효과는 다를 수 있다.
> 윗글에 따르면 바이러스는 종류에 따라 구조와 성분이 다르므로, 동일한
> 항미생물 화학제라도 그 살균 효과는 다를 수 있다. 따라서 항미생물 화학
> 제인 ㉡과 ㉢ 모두 바이러스의 종류에 따라 살균 효과가 달라질 수 있다.

❌ 오답풀이

① ㉠과 ㉡은 모두, 질병의 원인이 되는 진균의 포자와 바이러스를
사멸시킬 수 있다.

> 근거: **3** [9]항미생물 화학제 중 멸균제(㉠)는 포자를 포함한 모든 병원체를 파
> 괴한다. [10]감염방지제(㉡)는 포자를 제외한 병원체를 사멸시키는 화합물로
> 병원, 공공시설, 가정의 방역에 사용된다.
> ㉠과 달리 ㉡은 진균의 포자를 사멸시킬 수 없다.

② ㉠과 ㉢은 모두, 생활 환경의 방역뿐 아니라 사람의 상처 소독에
적용 가능하다.

> 근거: **3** [9]항미생물 화학제 중 멸균제(㉠)는 포자를 포함한 모든 병원체를 파
> 괴한다. [10]감염방지제는 포자를 제외한 병원체를 사멸시키는 화합물로 병
> 원, 공공시설, 가정의 방역에 사용된다. [11]감염방지제 중 독성이 약해 사람
> 의 피부나 상처 소독에도 사용이 가능한 항미생물 화학제를 소독제(㉢)라
> 한다.
> 감염방지제의 하나인 ㉢은 독성이 약해 사람의 상처 소독에 적용 가능하다.
> 하지만 ㉠은 사람의 상처 소독에 적용 가능하다고 보기 어렵다.

④ ㉠은 ㉡과 달리, 세포막이 있는 병원성 세균은 사멸시킬 수
있으나 피막이 있는 병원성 바이러스는 사멸시킬 수 없다.

> 근거: **3** [9]항미생물 화학제 중 멸균제(㉠)는 포자를 포함한 모든 병원체를 파
> 괴한다. [10]감염방지제(㉡)는 포자를 제외한 병원체를 사멸시키는 화합물로
> 병원, 공공시설, 가정의 방역에 사용된다.
> ㉠은 포자를 포함한 모든 병원체를 파괴하므로 세균, 진균, 바이러스를 모두
> 사멸시킬 수 있을 것이다.

⑤ ㉡은 ㉢과 달리, 인체에 해로우므로 사람의 점막에 직접 닿아서는
안 된다.

> 근거: **3** [11]감염방지제(㉡) 중 독성이 약해 사람의 피부나 상처 소독에도 사
> 용이 가능한 항미생물 화학제를 소독제(㉢)라 한다. [12]사람의 세포막도 지질
> 성분으로 이루어져 있어 소독제라 하더라도 사람의 세포를 죽일 수 있으므
> 로, 눈이나 호흡기 등의 점막에 접촉하지 않도록 주의해야 한다.
> ㉢은 ㉡에 비해 독성이 약하지만, 지질 성분으로 이루어져 있는 사람의 세
> 포를 죽일 수 있으므로 ㉢ 또한 점막에 직접 닿지 않도록 주의해야 한다.

4. 〈보기〉는 윗글을 읽은 학생이 '가상의 실험 결과'를 보고 추론한 내용이다. [가]에 들어갈 말로 적절하지 <u>않은</u> 것은? [3점]

〈보기〉

○ 가상의 실험 결과

> 항미생물 화학제로 사용되는 알코올 화합물 A를 변환시켜 다음과 같은 결과를 얻었다.
>
> **[결과 1]** A에서 지질을 손상시키는 기능만을 약화시켜 B를 얻었다.
>
> **[결과 2]** A에서 캡시드(단백질)를 손상시키는 기능만을 강화시켜 C를 얻었다.
>
> **[결과 3]** B에서 캡시드를 손상시키는 기능만을 강화시켜 D를 얻었다.

○ 학생의 추론: 화합물들의 방역 효과와 안전성을 비교해 보면,

|　　　　　　　　 [가] 　　　　　　　　|

고 추론할 수 있어.

(단, 지질 손상 기능과 캡시드 손상 기능은 서로 독립적이며, 화합물 A, B, C, D의 비교 조건은 모두 동일하다고 가정함.)

근거: **4** [15]고농도 에탄올 등의 알코올 화합물은 세포막의 기본 성분인 지질을 용해시키고 단백질을 변성시키며, 병원성 세균에서는 세포벽을 약화시킨다. [16]또한 알코올 화합물은 지질 피막이 없는 바이러스보다 지질 피막이 있는 병원성 바이러스에서 방역 효과가 크다.

	지질 용해 (세포막)	단백질 변성	세포벽 약화 (병원성 세균)
A	○	○	○
B	△	○	○
C	○	◎	○
D	△	◎	○

◎: 강화 / △: 약화

▽ 정답풀이

③ C는 B에 비해 지질 피막이 있는 바이러스에 대한 방역 효과는 크고, 인체에 대한 안전성은 같다

> 근거: **3** [12]사람의 세포막도 지질 성분으로 이루어져 있어 소독제라 하더라도 사람의 세포를 죽일 수 있으므로, 눈이나 호흡기 등의 점막에 접촉하지 않도록 주의해야 한다.
> B는 C보다 지질을 손상시키는 기능이 약화되었으므로 지질 피막이 있는 바이러스에 대한 방역 효과가 C보다 작다. 그런데 사람의 세포막도 지질 성분으로 이루어져 있다고 했으므로, 지질 손상 기능의 정도로 인체에 대한 안전성을 추론하면 인체에 대한 안전성은 B가 C보다 높다.

⊗ 오답풀이

① B는 A에 비해 지질 피막이 있는 바이러스에 대한 방역 효과는 작고, 인체에 대한 안전성은 높다

> B는 지질을 손상시키는 기능이 약화되었으므로, 지질 피막이 있는 바이러스에 대한 방역 효과는 A보다 작고, 인체에 대한 안전성은 높다.

② C는 A에 비해 지질 피막이 없는 바이러스에 대한 방역 효과는 크고, 인체에 대한 안전성은 같다

> 근거: **1** [3]바이러스의 표면은 세포막 대신 캡시드라고 부르는 단백질로 이루어져 있다. [4]바이러스의 종류에 따라 캡시드 외부가 지질을 주성분으로 하는 피막으로 덮인 경우도 있다.
> C는 A보다 캡시드(단백질)를 손상시키는 기능이 강화되었으므로, 지질 피막이 없이 표면이 캡시드로 이루어져 있는 바이러스에 대한 방역 효과가 A보다 크다. 또한 A와 C는 지질을 손상시키는 정도가 같으므로 인체에 대한 안전성이 같다.

④ D는 A에 비해 지질 피막이 없는 바이러스에 대한 방역 효과는 크고, 인체에 대한 안전성은 높다

> D는 A보다 캡시드(단백질)를 손상시키는 기능이 강화되었고 지질을 손상시키는 기능은 약화되었다. 따라서 D는 A보다 지질 피막이 없이 표면이 캡시드로 이루어져 있는 바이러스에 대한 방역 효과는 크고, 인체에 대한 안전성은 높다.

⑤ D는 B에 비해 지질 피막이 없는 바이러스에 대한 방역 효과는 크고, 인체에 대한 안전성은 같다

> D는 B보다 캡시드(단백질)를 손상시키는 기능이 강화되었으므로, 지질 피막이 없이 표면이 캡시드로 이루어져 있는 바이러스에 대한 방역 효과가 B보다 크다. 또한 B와 D는 지질을 손상시키는 정도가 같으므로 인체에 대한 안전성은 같다.

🗒 문제적 문제 ・4-④번

학생들이 정답 이외에 가장 많이 고른 선지가 ④번이다. A, B, C, D의 기능을 정확하게 정리해 두지 않았다면 각각의 효과를 비교하는 데 많은 시간이 소요되었을 것이다. 〈보기〉에서 <u>A는 알코올 화합물이라고 하였으므로 지문에 제시된 알코올 화합물에 대한 정보로부터 B, C, D의 기능을 추론하고, 강화되거나 약화된 기능에 의해 효과가 어떻게 달라지는지도 함께 찾아야 한다.</u>

지문에서 A의 기능은 '지질 용해, 단백질 변성, 세포벽 약화'라고 하였고 D는 A보다 지질 용해 기능은 약화, 단백질 변성 기능은 강화되었다. 이때 지질 용해 기능은 '지질 피막이 있는 바이러스의 방역'과 '사람의 세포막을 손상'시키는 효과가, 단백질 변성 기능은 '지질 피막이 없이 표면이 캡시드(단백질)로 이루어져 있는 바이러스의 방역' 효과가 있다. 이를 종합하면 <u>D는 A보다 지질 피막이 없는 바이러스에 대한 방역 효과는 크고, 인체에 대한 안전성은 높다</u>는 것을 알 수 있다.

독서 지문에서 [3점]짜리 〈보기〉 문제의 경우 지문과 〈보기〉, 선지의 내용을 정확히 대응시켜야 한다. 이때 세부 정보가 많은 경우 필요한 정보들을 빈 공간에 간단하게 적어서 정리해 두면 시간을 단축하면서도 더 정확하게 선지의 적절함을 판단할 수 있다.

정답률 분석

		정답	매력적 오답	
①	②	③	④	⑤
7%	10%	51%	21%	11%

[1~4] 다음 글을 읽고 물음에 답하시오.

✏ 사고의 흐름

1 [1]일반 사용자가 디지털 카메라를 들고 촬영하면 손의 미세한 떨림으로 인해 영상이 번져 흐려지고, 걷거나 뛰면서 촬영하면 식별*하기 힘들 정도로 영상이 흔들리게 된다. 문제 상황! 이를 해결하기 위한 방법이 제시되겠지? [2]흔들림에 의한 영향을 최소화하는 기술이 영상 안정화 기술이다. 글의 화제가 제시되었어. 떨림이나 흔들림에 의해 영상이 흐려지거나 흔들리는 것을 최소화하기 위한 영상 안정화 기술에 대해 이야기할 거야!

2 [3]영상 안정화 기술에는 ① 빛을 이용하는 광학적 기술과 ② 소프트웨어를 이용하는 디지털 기술 등이 있다. 두 가지 영상 안정화 기술에 대해 설명하려나 봐. [4]광학 영상 안정화(OIS) 기술을 사용하는 카메라 모듈*은 카메라 모듈은 '① 빛을 이용하는 광학적 기술'에 해당하겠네. 렌즈 모듈, 이미지 센서, 자이로 센서, 제어 장치, 렌즈를 움직이는 장치로 구성되어 있다. [5]렌즈 모듈은 보정용 렌즈들을 포함한 여러 개의 렌즈들로 구성된다. 기술 지문에서 구성이 제시되면 이어서 각각의 구성 요소를 언급하고 그 작동 원리를 설명할 가능성이 높아. [6]일반적으로 카메라는 렌즈를 통해 들어온 빛이 이미지 센서에 닿아 피사체*의 상이 맺히고, 피사체의 한 점에 해당하는 위치인 화소*마다 빛의 세기에 비례하여 발생한 전기 신호가 저장 매체에 영상으로 저장된다. [7]그런데 카메라가 흔들리면 이미지 센서 각각의 화소에 닿는 빛의 세기가 변한다. 영상이 번져 흐려지거나 식별하기 힘들 정도로 흔들리는 이유: 카메라가 흔들리면 이미지 센서 각각의 화소에 닿는 빛의 세기가 변하기 때문! [8]이때 OIS 기술이 작동되면 자이로 센서가 카메라의 움직임을 감지하여 방향과 속도를 제어 장치에 전달한다. [9]제어 장치가 렌즈를 이동시키면 피사체의 상이 유지되면서 영상이 안정된다. 각 장치의 역할은 정확하게 구분해야 해. 자이로 센서는 카메라의 방향과 속도를 제어 장치에 전달, 제어 장치는 렌즈를 이동!

3 [10]렌즈를 움직이는 방법 중에는 보이스코일 모터를 이용하는 방법이 많이 쓰인다. [11]보이스코일 모터를 포함한 카메라 모듈은 중앙에 위치한 렌즈 주위에 코일과 자석이 배치되어 있다. 구성 제시! 이어서 보이스코일 모터의 작동 원리를 설명할 거야! [12]카메라가 흔들리면 제어 장치에 의해 코일에 전류가 흘러서 자기장과 전류의 직각 방향으로 전류의 크기에 비례하는 힘이 발생한다. [13]이 힘이 렌즈를 이동시켜 흔들림에 의한 영향이 상쇄되고 피사체의 상이 유지된다. 흔들림에 의한 영향이 상쇄된다고 했으니까 렌즈는 카메라가 흔들리는 반대 방향으로 이동한다는 것을 알 수 있어. [14]이외에도 카메라가 흔들릴 때 이미지 센서를 움직여 흔들림을 감쇄하는 방식도 이용된다. 부록 정보! OIS 기술에서는 렌즈뿐 아니라 이미지 센서를 이동시켜 흔들림의 영향을 줄이기도 해.

추가 정보가 제시되면 함께 정리하자!

4 [15]OIS 기술이 손 떨림을 훌륭하게 보정*해 줄 수는 있지만 렌즈의 이동 범위에 한계가 있어 보정할 수 있는 움직임의 폭이 좁다. '① 빛을 이용하는 광학적 기술 - OIS 기술'의 한계가 제시되었어. 그렇다면 이후에는 이를 보완한 '② 소프트웨어를 이용하는 디지털 기술'을 설명하겠지? [16]디지털 영상 안정화(DIS) 기술은 촬영 후에 소프트웨어를 사용해 흔들림을

'~지만' 뒤의 내용에 주목하자! 한계가 제시되겠지?

보정하는 기술로 역동적인 상황에서 촬영한 동영상에 적용할 때 좋은 결과를 얻을 수 있다. '② 소프트웨어를 이용하는 디지털 기술 - 디지털 영상 안정화(DIS) 기술' 등장! [17]이 기술은 촬영된 동영상을 프레임 단위로 나눈 후 연속된 프레임 간 피사체의 움직임을 추정*한다. 연속된 프레임 간 피사체의 움직임을 추정한다고 했으니 DIS 기술은 하나의 이미지가 아니라 여러 개의 이미지가 필요하겠군! [18]움직임을 추정하는 한 방법은 특징점을 이용하는 것이다. [19]특징점으로는 피사체의 모서리처럼 주위와 밝기가 뚜렷이 구별되며 영상이 이동하거나 회전해도 그 밝기 차이가 유지되는 부분이 선택된다. 특징점의 조건: ① 주위와 밝기가 뚜렷이 구별 (밝기 차이가 커야 함), ② 영상이 이동하거나 회전해도 그 밝기 차이가 유지(영상이 흔들린 후에도 밝기 차이의 변화가 작아야 함)

5 [20]먼저 k 번째 프레임에서 특징점들을 찾고, 다음 k+1 번째 프레임에서 같은 특징점들을 찾는다. [21]이 두 프레임 사이에서 같은 특징점이 얼마나 이동하였는지 계산하여 영상의 움직임을 추정한다. [22]그리고 흔들림이 발생한 곳으로 추정되는 프레임에서 위치 차이만큼 보정하여 흔들림의 영향을 줄이면 보정된 동영상은 움직임이 부드러워진다. DIS 기술이 특징점을 이용해서 흔들린 영상을 보정하는 과정이 제시되었어. [23]그러나 특징점의 수가 늘어날수록 연산이 더 오래 걸린다. [24]한편 영상을 보정하는 과정에서 영상을 회전하면 프레임에서 비어 있는 공간이 나타난다. [25]비어 있는 부분이 없도록 잘라내면 프레임들의 크기가 작아지는데, 원래의 프레임 크기를 유지하려면 화질은 떨어진다.

특징점을 이용해 영상을 보정하는 순서가 나올 거야!

DIS 기술에도 한계가 있나 보군!

마지막 문단의 '한편'은 부가적 내용을 하나 더 추가한다는 것!

이것만은 챙기자

* **식별**: 분별하여 알아봄.
* **모듈**: 프로그램을 기능별로 분할한 논리적인 일부분.
* **피사체**: 사진을 찍는 대상이 되는 물체.
* **화소**: 화면을 전기적으로 분해한 최소 단위의 면적.
* **보정**: 부족한 것을 보태어 바르게 함.
* **추정**: 미루어 생각하여 판정함.

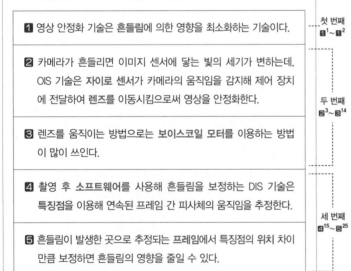

만점 선배의 구조도 예시

〈 일반 사용자가 디지털 카메라를 들고 촬영할 때 〉

문제 1 손의 미세한 떨림으로 인해 카메라가 흔들림
→ 카메라의 이미지 센서에 닿는 피사체의 상(빛)이 흔들림
→ 이미지 센서 각각의 화소에 닿는 빛의 세기가 변함
⟹ 영상이 번져 흐려짐

해결책 1 • 빛을 이용한 광학적 기술: 광학 영상 안정화(OIS)기술

자이로 센서	제어 장치
흔들리는 카메라의 움직임을 감지해 방향과 속도를 제어 장치에 전달	①카메라가 흔들리면 정보가 들어옴 →②자이로 센서에 의한 힘이 렌즈를 이동시켜 흔들림에 의한 영향 상쇄 → 피사체 상 유지

∴ 렌즈 대신 이미지 센서가 움직이는 방식을 이용하기도 함

문제 2 OIS 기술의 한계
렌즈의 이동 범위가 제한적 → 보정할 수 있는 움직임의 폭이 좁음
검거나 뛰면서 촬영하면 식별하기 힘들 정도로 영상이 흔들림

해결책 2 • 소프트웨어를 이용하는 디지털 기술: 디지털 영상 안정화(DIS) 기술

촬영된 동영상을 프레임 단위로 나눔	특징점을 잡아 프레임들 사이에서 얼마나 이동했는지 계산 → 영상의 움직임 추정	흔들린 프레임을 특징점의 위치 차이만큼 보정하여 흔들림의 영향↓ → 부드러운 움직임

∴ 보정 과정에서 영상이 회전하면 프레임에 비어있는 공간이 생김
→ 비어있는 부분이 없도록 잘라내면 프레임의 크기가 작아짐
→ 원래의 프레임 크기를 유지하려면 확대↓

* 특징점: ① 주위와 밝기가 뚜렷이 구별되는 부분
② 영상이 이동하거나 회전해도 밝기 차이가 유지되는 부분
(ex.) 피사체의 모서리
∴ 특징점의 수가 많을수록 연산이 오래 걸림 (보정 시간↑)

>> 각 문단을 요약하고 지문을 **세 부분**으로 나누어 보세요.

■1 영상 안정화 기술은 흔들림에 의한 영향을 최소화하는 기술이다.	첫 번째 ■1¹~■1²
■2 카메라가 흔들리면 이미지 센서에 닿는 빛의 세기가 변하는데, OIS 기술은 **자이로** 센서가 카메라의 움직임을 감지해 제어 장치에 전달하여 **렌즈**를 이동시킴으로써 영상을 안정화한다.	두 번째 ■2³~■3¹⁴
■3 렌즈를 움직이는 방법으로는 **보이스코일 모터**를 이용하는 방법이 많이 쓰인다.	
■4 촬영 후 **소프트웨어**를 사용해 흔들림을 보정하는 DIS 기술은 **특징점**을 이용해 연속된 프레임 간 피사체의 움직임을 추정한다.	세 번째 ■4¹⁵~■5²⁵
■5 흔들림이 발생한 곳으로 추정되는 프레임에서 특징점의 위치 차이만큼 보정하면 흔들림의 영향을 줄일 수 있다.	

---

1. 윗글을 이해한 내용으로 적절하지 않은 것은?

✅ 정답풀이

① 디지털 영상 안정화 기술은 소프트웨어를 이용하여 이미지 센서를 이동시킨다.

> 근거: ② ³영상 안정화 기술에는 빛을 이용하는 광학적 기술과 소프트웨어를 이용하는 디지털 기술 등이 있다. ⁸OIS 기술(광학 영상 안정화 기술)이 작동되면 자이로 센서가 카메라의 움직임을 감지하여 방향과 속도를 제어 장치에 전달한다. ⁹제어 장치가 렌즈를 이동시키면 피사체의 상이 유지되면서 영상이 안정된다. + ③ ¹⁴이외에도 카메라가 흔들릴 때 이미지 센서를 움직여 흔들림을 감쇄하는 방식도 이용된다. + ④ ¹⁶디지털 영상 안정화(DIS) 기술은 촬영 후에 소프트웨어를 사용해 흔들림을 보정하는 기술로 역동적인 상황에서 촬영한 동영상에 적용할 때 좋은 결과를 얻을 수 있다. ¹⁷이 기술은 촬영된 동영상을 프레임 단위로 나눈 후 연속된 프레임 간 피사체의 움직임을 추정한다.
>
> 윗글에 따르면 손 떨림이나 카메라의 움직임에 의해 흔들린 영상은 광학적 기술을 이용하는 광학 영상 안정화(OIS) 기술과 소프트웨어를 이용하는 디지털 영상 안정화(DIS) 기술로 안정화시킬 수 있다. 이 중 렌즈를 이동시키거나 이미지 센서를 이동시키는 방식으로 영상을 보정하는 기술은 광학 영상 안정화 기술이며, 디지털 영상 안정화 기술은 소프트웨어를 통해 연속된 프레임 간 피사체의 움직임을 추정하여 영상의 흔들림을 보정한다.

❌ 오답풀이

② 광학 영상 안정화 기술을 사용하지 않는 디지털 카메라에도 이미지 센서는 필요하다.

> 근거: ② ⁶일반적으로 카메라는 렌즈를 통해 들어온 빛이 이미지 센서에 닿아 피사체의 상이 맺히고, 피사체의 한 점에 해당하는 위치인 화소마다 빛의 크기에 비례하여 발생한 전기 신호가 저장 매체에 영상으로 저장된다.
>
> 이미지 센서는 피사체의 상이 맺히기 위해 필요한 구성 장치 중 하나로 광학 영상 안정화 기술의 사용 여부와 상관없이 디지털 카메라에도 필요하다.

③ 연속된 프레임에서 동일한 피사체의 위치 차이가 작을수록 동영상의 움직임이 부드러워진다.

> 근거: ⑤ ²¹(DIS 기술은) 두 프레임 사이에서 같은 특징점이 얼마나 이동하였는지 계산하여 영상의 움직임을 추정한다. ²²그리고 흔들림이 발생한 곳으로 추정되는 프레임에서 위치 차이만큼 보정하여 흔들림의 영향을 줄이면 보정된 동영상은 움직임이 부드러워진다.
>
> 연속된 프레임에서 동일한 피사체의 위치 차이가 작을수록 흔들림의 영향이 작은 것이므로 동영상의 움직임은 부드러워질 것이다.

④ 디지털 카메라의 저장 매체에는 이미지 센서 각각의 화소에서 발생하는 전기 신호가 영상으로 저장된다.

> 근거: ② ⁶일반적으로 카메라는 렌즈를 통해 들어온 빛이 이미지 센서에 닿아 피사체의 상이 맺히고, 피사체의 한 점에 해당하는 위치인 화소마다 빛의 크기에 비례하여 발생한 전기 신호가 저장 매체에 영상으로 저장된다.

⑤ 보정 기능이 없다면 손 떨림이 있을 때 이미지 센서 각각의 화소에 닿는 빛의 세기가 변하여 영상이 흐려진다.

근거: **1** ¹일반 사용자가 디지털 카메라를 들고 촬영하면 손의 미세한 떨림으로 인해 영상이 번져 흐려지고 + **2** ⁶일반적으로 카메라는 렌즈를 통해 들어온 빛이 이미지 센서에 닿아 피사체의 상이 맺히고, 피사체의 한 점에 해당하는 위치인 화소마다 빛의 세기에 비례하여 발생한 전기 신호가 저장 매체에 영상으로 저장된다. ⁷그런데 카메라가 흔들리면 이미지 센서 각각의 화소에 닿는 빛의 세기가 변한다.

카메라의 피사체의 상이 맺히는 원리는 카메라의 렌즈를 통해 들어온 빛의 세기에 비례하여 발생한 전기 신호를 화소마다 저장 매체에 저장하는 것이다. 이때 손 떨림에 의한 영향을 감쇄시키기 위한 보정 기능이 없다면, 카메라가 흔들리면서 이미지 센서 각각의 화소에 닿는 빛의 세기가 변해 영상이 흐려질 것이다.

| 세부 정보 파악 | 정답률 ❻❽

2. 윗글의 'OIS 기술'에 대한 설명으로 적절하지 **않은** 것은?

✔ 정답풀이

② 자이로 센서는 이미지 센서에 맺히는 영상을 제어 장치로 전달한다.

근거: **2** ⁸이때 OIS 기술이 작동되면 자이로 센서가 카메라의 움직임을 감지하여 방향과 속도를 제어 장치에 전달한다.
자이로 센서는 이미지 센서에 맺히는 영상이 아니라 카메라가 움직이는 방향과 속도를 제어 장치에 전달한다.

✖ 오답풀이

① 보이스코일 모터는 카메라 모듈에 포함되는 장치이다.
근거: **3** ¹¹보이스코일 모터를 포함한 카메라 모듈은 중앙에 위치한 렌즈 주위에 코일과 자석이 배치되어 있다.

③ 보이스코일 모터에 흐르는 전류에 의해 발생한 힘으로 렌즈의 위치를 조정한다.
근거: **3** ¹¹보이스코일 모터를 포함한 카메라 모듈은 중앙에 위치한 렌즈 주위에 코일과 자석이 배치되어 있다. ¹²카메라가 흔들리면 제어 장치에 의해 코일에 전류가 흘러서 자기장과 전류의 직각 방향으로 전류의 크기에 비례하는 힘이 발생한다. ¹³이 힘이 렌즈를 이동시켜 흔들림에 의한 영향이 상쇄되고 피사체의 상이 유지된다.

④ 자이로 센서가 카메라 움직임을 정확히 알려도 렌즈 이동의 범위에는 한계가 있다.
근거: **2** ⁸OIS 기술이 작동되면 자이로 센서가 카메라의 움직임을 감지하여 방향과 속도를 제어 장치에 전달한다. ⁹제어 장치가 렌즈를 이동시키면 피사체의 상이 유지되면서 영상이 안정된다. + **4** ¹⁵OIS 기술이 손 떨림을 훌륭하게 보정해 줄 수는 있지만 렌즈의 이동 범위에 한계가 있어 보정할 수 있는 움직임의 폭이 좁다.

⑤ 흔들림에 의해 피사체의 상이 이동하면 원래의 위치로 돌아오도록 렌즈나 이미지 센서를 이동시킨다.
근거: **2** ⁸OIS 기술이 작동되면 자이로 센서가 카메라의 움직임을 감지하여 방향과 속도를 제어 장치에 전달한다. ⁹제어 장치가 렌즈를 이동시키면 피사체의 상이 유지되면서 영상이 안정된다. + **3** ¹⁴이외에도 카메라가 흔들릴 때 이미지 센서를 움직여 흔들림을 감쇄하는 방식도 이용된다.

| 세부 내용 추론 | 정답률 ❼❼

3. 윗글을 참고할 때, 〈보기〉의 A∼C에 들어갈 말을 바르게 짝지은 것은?

〈보기〉

특징점으로 선택되는 점들과 주위 점들의 밝기 차이가 (A), 영상이 흔들리기 전의 밝기 차이와 후의 밝기 차이 변화가 (B) 특징점의 위치 추정이 유리하다. 그리고 특징점들이 많을수록 보정에 필요한 (C)이/가 늘어난다.

✔ 정답풀이

	A	B	C
②	클수록	작을수록	시간

근거: **4** ¹⁸움직임을 추정하는 한 방법은 특징점을 이용하는 것이다. ¹⁹특징점으로는 피사체의 모서리처럼 주위와 밝기가 뚜렷이 구별되며 영상이 이동하거나 회전해도 그 밝기 차이가 유지되는 부분이 선택된다. + **5** ²³특징점의 수가 늘어날수록 연산이 더 오래 걸린다.
움직임을 추정하기 위해서는 주위와 밝기 구별이 뚜렷해야 하며, 영상이 이동하거나 회전해도 그 밝기 차이가 유지되어야 한다는 두 가지 조건에 부합하는 부분을 특징점으로 선택한다. 이때 주위와 밝기 구별이 뚜렷하려면 선택되는 점들과 주위 점들의 밝기 차이가 커야 하며(A), 밝기 차이가 유지되려면 영상이 흔들리기 전과 후 주위 점들과의 밝기 차이 변화가 작아야 한다(B). 또한 특징점의 수가 늘어날수록 연산이 더 오래 걸린다고 했으므로 특징점들이 많을수록 보정에 필요한 시간이 늘어나게 될 것이다(C).

| 구체적 상황에 적용 | 정답률 ❹❺

4. 윗글을 읽고 〈보기〉를 이해한 반응으로 가장 적절한 것은?

[3점]

〈보기〉

새로 산 카메라의 성능을 시험해 보고 싶어서 OIS 기능을 켜고 동영상을 촬영했다. 빌딩을 찍는 순간, 바람에 휘청하여 들고 있던 카메라가 기울어졌다. 집에 돌아와 촬영된 영상을 확인하고 소프트웨어로 보정하려 한다.

[촬영한 동영상 중 연속된 프레임]

ⓐ k 번째 프레임　　　ⓑ k+1 번째 프레임

② ㉡을 DIS 기능으로 보정하고 나서 프레임 크기가 변했다면 흔들림은 보정되었으나 원래의 영상 일부가 손실되었겠군.

> 근거: 5 [24]한편 영상을 보정하는 과정에서 영상을 회전하면 프레임에서 비어 있는 공간이 나타난다. [25]비어 있는 부분이 없도록 잘라 내면 프레임들의 크기가 작아지는데, 원래의 프레임 크기를 유지하려면 화질은 떨어진다.
>
> ㉡은 ㉠을 촬영한 직후 카메라가 기울어지면서 촬영된 것이다. DIS 기능은 기울어진 ㉡을 회전시켜 ㉠과 같이 반듯하게 보정할 것이다. 이때 영상이 회전하면서 프레임에 비어 있는 공간이 생기고, 이 부분을 잘라 내면 프레임의 크기가 작아진다. 즉 기울어진 프레임이 보정되는 과정에서 프레임의 크기가 변한 것은 원래의 영상을 잘라 내는 과정에서 영상 일부가 손실되었기 때문이라고 추론할 수 있다.

① ㉠에서 프레임의 모서리 부분으로 특징점을 선택하는 것이 움직임을 추정하는 데 유리하겠군.

근거: 4 [18]움직임을 추정하는 한 방법은 특징점을 이용하는 것이다. [19]특징점으로는 피사체의 모서리처럼 주위와 밝기가 뚜렷이 구별되며 영상이 이동하거나 회전해도 그 밝기 차이가 유지되는 부분이 선택된다. + 5 [21]두 프레임 사이에서 같은 특징점이 얼마나 이동하였는지 계산하여 영상의 움직임을 추정한다. [22]그리고 흔들림이 발생한 곳으로 추정되는 프레임에서 위치 차이만큼 보정하여 흔들림의 영향을 줄이면 보정된 동영상은 움직임이 부드러워진다.

특징점은 주위와 밝기가 뚜렷이 구별되는 부분을 선택하는 것이 효과적이며 이는 '피사체'의 모서리와 같이 그 경계가 명확하게 구분되는 부분을 의미한다. 따라서 '프레임'의 모서리 부분을 특징점으로 선택하는 것은 적절하지 않으며, 〈보기〉의 그림을 참고하면 프레임의 모서리 부분은 기울어지기 전·후가 큰 차이가 없기 때문에 특징점의 이동을 계산하여 영상의 움직임을 추정하기에 오히려 불리할 것이다.

③ ㉠에서 빌딩 모서리들 간의 차이를 특징점으로 선택하고 그 차이를 계산하여 ㉡을 보정하겠군.

근거: 5 [21]두 프레임 사이에서 같은 특징점이 얼마나 이동하였는지 계산하여 영상의 움직임을 추정한다. [22]그리고 흔들림이 발생한 곳으로 추정되는 프레임에서 위치 차이만큼 보정하여 흔들림의 영향을 줄이면 보정된 동영상은 움직임이 부드러워진다.

㉡의 보정은 선택된 특징점의 위치가 ㉠과 비교했을 때 얼마나 이동했는지를 계산하여 위치 차이만큼 이루어지는 것이다. 즉 두 프레임 사이에 생긴 위치 차이를 계산하는 것이지 하나의 프레임 내부에 있는 특징점들 사이의 차이를 계산하는 것이 아니다.

④ ㉠은 OIS 기능으로 손 떨림을 보정한 프레임이지만, ㉡은 OIS 기능으로 보정해야 할 프레임이겠군.

근거: 1 [1]일반 사용자가 디지털 카메라를 들고 촬영하면 손의 미세한 떨림으로 인해 영상이 번져 흐려지고, 걷거나 뛰면서 촬영하면 식별하기 힘들 정도로 영상이 흔들리게 된다. + 2 [8]OIS 기술이 작동되면 자이로 센서가 카메라의 움직임을 감지하여 방향과 속도를 제어 장치에 전달한다. [9]제어 장치가 렌즈를 이동시키면 피사체의 상이 유지되면서 영상이 안정된다. + 4 [15]OIS 기술이 손 떨림을 훌륭하게 보정해 줄 수는 있지만 렌즈의 이동 범위에 한계가 있어 보정할 수 있는 움직임의 폭이 좁다. [16]디지털 영상 안정화(DIS) 기술은 촬영 후에 소프트웨어를 사용해 흔들림을 보정하는 기술로 역동적인 상황에서 촬영한 동영상에 적용할 때 좋은 결과를 얻을 수 있다.

카메라의 영상은 손의 미세한 떨림에 의해 번져 흐려지거나 걷거나 뛰면서 촬영할 때 식별하기 힘들 정도로 흔들리게 된다. OIS 기능은 이 중 손의 미세한 떨림에 의해 피사체의 상이 흐려지는 것을 보정하기 위한 방법이며, 〈보기〉에서 OIS 기능을 켜고 동영상을 촬영했다고 한 것과 ㉠과 ㉡ 모두 피사체의 상이 뚜렷한 것을 통해 ㉡은 이미 OIS 기능으로 보정이 되었음을 알 수 있다. ㉡은 손의 미세한 떨림이 아닌 카메라가 크게 기울어져 흔들림이 생긴 것으로, 촬영 중의 OIS 기능이 아닌 촬영 후에 '소프트웨어'로 흔들림을 보정하는 DIS 기능을 이용해야 한다.

⑤ ㉡을 보면 ㉠이 촬영된 직후 카메라가 크게 움직여 DIS 기능으로는 완전히 보정되지 않았다는 것을 알 수 있겠군.

근거: 4 [16]디지털 영상 안정화(DIS) 기술은 촬영 후에 소프트웨어를 사용해 흔들림을 보정하는 기술로 역동적인 상황에서 촬영한 동영상에 적용할 때 좋은 결과를 얻을 수 있다. [17]이 기술은 촬영된 동영상을 프레임 단위로 나눈 후 연속된 프레임 간 피사체의 움직임을 추정한다.

DIS 기술은 촬영 후에 소프트웨어를 사용하여 이루어지는 보정 기술이다. 〈보기〉에서 ㉠과 ㉡은 소프트웨어로 보정하기 전에 촬영된 영상을 확인한 것이므로 아직 DIS 기능을 사용하지 않은 상태임을 추론할 수 있다.

📋 문제적 문제 · 4-③번

학생들이 정답 이외에 가장 많이 고른 선지는 ③번이다. 프레임 간 특징점들의 위치 차이를 계산하여 흔들림을 보정하는 DIS 기술의 원리를 단순히 '특징점의 차이를 이용한 것' 정도로 정리했다면 해당 선지가 매력적인 오답으로 보였을 것이다.

DIS 기술은 '두 프레임 사이에서 같은 특징점이 얼마나 이동하였는지 계산하여 영상의 움직임을 추정'한 후, 흔들림이 발생한 곳으로 추정되는 프레임을 '위치 차이만큼 보정하여' 흔들림의 영향을 줄이는 것이다. 즉 DIS 기술을 활용하려면 두 개 이상의 프레임이 존재해야 하며, 각 프레임 사이에 특징점의 위치 차이를 계산하여 영상의 흔들림을 보정하는 것이다. ③번은 '특징점의 차이를 계산하여 ㉡을 보정'한다고 했지만, 이는 '프레임 간 특징점의 위치 차이'가 아닌 '하나의 프레임(㉠) 안에 있는 특징점의 차이(빌딩 모서리들 간의 차이)'를 계산한 것이므로 지문의 내용과 일치하지 않음을 알 수 있다.

독서 지문에서 [3점]짜리 〈보기〉 문제의 경우 선지의 적절성 판단을 위해 지문-〈보기〉-선지의 내용을 정확히 대응시킬 수 있어야 한다. 문제를 빨리 풀어 시간을 확보하는 것에 치우치면 지문과 일치하지 않는 오답을 지문과 일치하는 것으로 잘못 판단할 수 있다. 한 번 내린 결정은 머릿속에서 쉽게 바뀌지 않으므로 처음부터 꼼꼼하고 정확하게 내용을 이해하며 읽는 것이 중요하다.

정답률 분석

	①	②	③	④	⑤
		정답	매력적 오답		
	9%	45%	27%	10%	9%

[1~4] 다음 글을 읽고 물음에 답하시오.

✏ 사고의 흐름

1 ¹신체의 세포, 조직, 장기가 손상되어 더 이상 제 기능을 하지 못할 때에 이를 대체하기 위해 이식을 실시한다. ²이때 이식으로 옮겨 붙이는 세포, 조직, 장기를 이식편이라 한다. 이식편의 개념을 제시하고 있어! ³자신이나 일란성 쌍둥이의 이식편을 이용할 수 없다면 다른 사람의 이식편으로 '동종 이식'을 실시한다. ⁴그런데 우리의 몸은 자신의 것이 아닌 물질이 체내로 유입될 경우 면역* 반응을 일으키므로, 유전적으로 동일하지 않은 이식편에 대해 항상 거부 반응을 일으킨다. 사람 사이에 이루어지는 이식을 동종 이식이라고 하는구나. 아무리 동종 이식이라고 해도 다른 사람의 이식편은 유전적으로 동일하지 않아 거부 반응을 일으키네. 이때 '항상'이라는 표현도 놓치지 말자! '항상'은 예외가 없다는 말이거든! ⁵면역적 거부 반응은 면역 세포가 표면에 발현하는 주조직적합복합체(MHC) 분자의 차이에 의해 유발된다. ⁶개체마다 MHC에 차이가 있는데 서로 간의 유전적 거리가 멀수록 MHC에 차이가 커져 거부 반응이 강해진다. ⁷이를 막기 위해 면역 억제제를 사용하는데, 이는 면역 반응을 억제하여 질병 감염의 위험성을 높인다. 면역 억제제를 사용하면 면역적 거부 반응을 막을 수 있지만, 병균에 대한 면역도 억제되어 질병 감염의 위험성이 높아진다는 부작용이 있네.

전환! 동종 이식의 문제점이나 한계가 제시될 거야!

2 ⁸이식에는 많은 비용이 소요될 뿐만 아니라 이식이 가능한 동종 이식편의 수가 매우 부족하기 때문에 이를 대체하는 방법이 개발되고 있다. ⁹우선 인공 심장과 같은 '전자 기기 인공 장기'를 이용하는 방법이 있다. ¹⁰하지만 이는 장기의 기능을 일시적으로 대체하는 데 사용되며, 추가 전력 공급 및 정기적 부품 교체 등이 요구되는 단점이 있고, 아직 인간의 장기를 완전히 대체할 만큼 정교한 단계에 이르지는 못했다. '전자 기기 인공 장기'가 동종 이식편을 일시적으로 대체할 수는 있지만 ① 추가 전력 공급이 필요하고 ② 정기적 부품 교체가 필요하다는 단점들 때문에 이상적인 이식편이 될 수 없군!

한 가지 이상의 방법을 설명해 주겠지?

3 ¹¹다음으로는 사람의 조직 및 장기와 유사한 다른 동물의 이식편을 인간에게 이식하는 '이종 이식'이 있다. ¹²그런데 이종 이식은 동종 이식보다 거부 반응이 훨씬 심하게 일어난다. '이종 이식'은 '동종 이식'보다 유전적 거리가 멀어 MHC의 차이가 크다는 말이군. ¹³특히 사람이 가진 자연항체*는 다른 종의 세포에서 발현되는 항원*에 반응하는데, 이로 인해 이종 이식편에 대해서 초급성 거부 반응 및 급성 혈관성 거부 반응이 일어난다. ¹⁴이런 거부 반응을 일으키는 유전자를 제거한 형질 전환 미니돼지에서 얻은 이식편을 이식하는 실험이 성공한 바 있다. ¹⁵미니돼지는 장기의 크기가 사람의 것과 유사하고 번식력이 높아 단시간에 많은 개체를 생산할 수 있다는 장점이 있어, 이를 이용한 이종 이식편을 개발하기 위한 연구가 진행되고 있다. 형질 전환 미니돼지는 '이종 이식'의 한계(유전적 거부 반응)를 극복한 대안이구나! ① 장기의 크기가 사람과 유사하고 ② 단시간에 대량 생산이 가능하다는 장점이 있네!

'특히'가 나오면 그 뒤의 내용에 주목!

4 ¹⁶이종 이식의 또 다른 문제는 ㉠내인성 레트로바이러스이다. 이종 이식의 두 번째 한계가 제시되고 있네! ¹⁷내인성 레트로바이러스는 생명체의 DNA*의 일부분으로, 레트로바이러스로부터 유래된 것으로 여겨지는 부위들이다. ¹⁸이는 바이러스의 활성을 가지지 않으며 사람을 포함한 모든 포유류에 존재한다. 내인성 레트로바이러스는 레트로바이러스로부터 유래되었고 모든 포유류에 존재해. 여기에서도 '모든'이라는 표현 놓치지 마! ¹⁹㉡레트로바이러스는 자신의 유전 정보를 RNA에 담고 있고 역전사 효소를 갖고 있는 바이러스로서, 특정한 종류의 세포를 감염시킨다. ²⁰유전 정보가 담긴 DNA로부터 RNA가 생성되는 전사 과정만 일어날 수 있는 다른 생명체와는 달리, 레트로바이러스는 다른 생명체의 세포에 들어간 후 역전사 과정을 통해 자신의 RNA를 DNA로 바꾸고 그 세포의 DNA에 끼어들어 감염시킨다. ²¹이후에는 다른 바이러스와 마찬가지로 자신이 속해 있는 생명체를 숙주로 삼아 숙주 세포의 시스템을 이용하여 복제, 증식하고 일정한 조건이 되면 숙주 세포를 파괴한다. 레트로바이러스가 세포를 감염시키는 과정을 제시하고 있어! 과정이 제시되면 순서대로 내용을 정리해 보는 것이 좋겠지? 레트로바이러스가 다른 생명체의 세포로 들어감 → 레트로바이러스가 자신의 역전사 효소로 역전사 과정(RNA → DNA)을 거침 → 역전사된 DNA를 세포의 DNA에 끼워 넣어 감염시킴 → 복제, 증식, 숙주 세포 파괴함

5 ²²그런데 정자, 난자와 같은 생식 세포가 레트로바이러스에 감염되고도 살아남는 경우가 있었다. ²³이런 세포로부터 유래된 자손의 모든 세포가 갖게 된 것이 내인성 레트로바이러스이다. 내인성 레트로바이러스는 레트로바이러스에 감염되고도 살아남은 생식 세포로부터 유래된 자손의 모든 세포가 가지고 있는 것이군. '모든'이라는 표현에도 주목하자! ²⁴내인성 레트로바이러스는 세대가 지나면서 돌연변이로 인해 염기 서열의 변화가 일어나며 해당 세포 안에서는 바이러스로 활동하지 않는다. ²⁵그러나 내인성 레트로바이러스를 떼어 내어 다른 종의 세포 속에 주입하면 이는 레트로바이러스로 변환되어 그 세포를 감염시키기도 한다. 조건에 따라 문제 상황이 생기기도, 그렇지 않기도 하네. 자신의 세포 안에서 내인성 레트로바이러스는 활동하지 않으니 문제가 없지만 이종 이식을 통해 다른 종의 세포에 주입되면 레트로바이러스로 변환되어 세포를 감염시키는 문제 상황이 발생할 수도 있는 것이지! ²⁶따라서 미니돼지의 DNA에 포함된 내인성 레트로바이러스를 효과적으로 제거하는 기술이 개발 중에 있다. 미니돼지는 '이종 이식'의 거부 반응(한계 1)은 극복했지만, 내인성 레트로바이러스(한계 2)는 극복하려는 과정에 있구나.

전환!

내인성 레트로바이러스가 바이러스로 활동하게 되는 상황을 설명해 주겠지?

6 ²⁷그동안의 대체 기술과 관련된 연구 성과를 토대로 ⓐ이상적인 이식편을 개발하기 위해 많은 연구가 수행되고 있다.

이것만은 챙기자

*면역: 몸속에 들어온 병의 원인이 되는 미생물에 대항하는 항체를 만들어 같은 미생물이 일으키는 병에 걸리지 않게 하는 상태. 또는 그런 작용.

*항체: 항원의 자극에 의하여 생체 내에 만들어져 항원과 결합하는 단백질.

*항원: 세균이나 독소 따위와 같이 생체 속에 침입하여 항체를 형성하게 하는 단백성 물질.

*DNA: 바이러스 및 모든 생물이 세포 속에 있는 유전자의 본체.

만점 선배의 구조도 예시

이식 - 신체에 손상된 세포, 조직, 장기를 대체하는 것
이식편 - 이식으로 옮겨 붙이는 세포, 조직, 장기

동종이식 (사람 → 사람)
거부반응 - 유전적 거리 ∝ MHC 차이↑ ∝ 거부반응↑
많은 비용 소모, 동종 이식편의 수 매우 부족

대체 방법

전자 기기 인공장기 (사람 → 전자기기)
ㅇ 일시적 대체 방법
ㅇ 단점 → 추가 전력 공급,
전기 부품 교체 시술,
정교함↓ , 완벽한 대체X

이종 이식 (사람 → 동물)
ㅇ 거부 반응↑
(초급성 거부반응,
급성혈관성 거부반응)
→ 해결 방안 : 면역 억제
(거부반응 유전자 제거)
ㅇ 장점 : 사람들이 장기를 크기나 용량
단시간에 대량생산 가능

② 내인성 레트로 바이러스
(모든 포유류에 존재)
이종 세포 내 : 활성 X
이종 세포 주입 : 활성O
(∗레트로바이러스로 변형된다)
DNA의 내인성 레트로바이러스는
거부 기능 개발효소

∗레트로바이러스 : RNA --변형→ DNA → 세포 DNA 감염 → 복제·증식 → 세포 파괴
(with 역전사 효소) (유전정보) ↑ 역전사 과정

>> 각 문단을 요약하고 지문을 **세 부분**으로 나누어 보세요.

1 이식으로 옮겨 붙이는 세포, 조직, 장기를 이식편이라 하는데, 다른 사람의 이식편으로 **동종** 이식을 하는 경우 면역적 거부 반응이 일어난다.

2 **동종** 이식편 대신 전자 기기 인공 장기를 이용하는 방법이 있지만 **일시적** 대체일 뿐 인간의 장기를 완전히 대체할 단계에 이르지 못했다.

3 사람과 유사한 **다른** 동물의 이식편을 인간에게 이식하는 이종 이식은 동종 이식보다 **거부 반응**이 심하지만 장점도 있어 이종 이식편 개발 연구가 진행되고 있다.

4 이종 이식의 **다른** 문제는 내인성 레트로바이러스로, 레트로바이러스는 자신의 유전 정보를 RNA에 담고 역전사 효소를 가지며 특정 종류의 세포를 감염시키고 **숙주 세포**를 파괴한다.

5 레트로바이러스에 감염되고도 살아남은 **생식 세포**로부터 유래된 자손의 모든 세포는 내인성 레트로바이러스를 가지며, 이 내인성 레트로바이러스를 **다른 종**의 세포에 주입하면 레트로바이러스로 변환된다.

6 대체 기술 연구 성과를 토대로 이상적인 **이식편** 개발을 위한 연구가 수행되고 있다.

첫 번째
1¹~**2**¹⁰

두 번째
3¹¹~**3**¹⁵

세 번째
4¹⁶~**6**²⁷

---

1. 윗글에서 알 수 있는 내용으로 적절하지 <u>않은</u> 것은?

정답풀이

⑤ 레트로바이러스는 숙주 세포의 역전사 효소를 이용하여 RNA를 DNA로 바꾼다.

> 근거: **4** ¹⁹레트로바이러스는 자신의 유전 정보를 RNA에 담고 있고 역전사 효소를 갖고 있는 바이러스로서, 특정한 종류의 세포를 감염시킨다. ²⁰유전 정보가 담긴 DNA로부터 RNA가 생성되는 전사 과정만 일어날 수 있는 다른 생명체와는 달리, 레트로바이러스는 다른 생명체의 세포에 들어간 후 역전사 과정을 통해 자신의 RNA를 DNA로 바꾸고 그 세포의 DNA에 끼어들어 감염시킨다.
>
> 레트로바이러스는 역전사 효소를 이용하여 자신의 RNA를 DNA로 바꾸는데, 이때 사용되는 RNA와 역전사 효소는 레트로바이러스가 가지고 있다고 했으므로 숙주 세포의 역전사 효소를 이용한다는 것은 적절하지 않다.

오답풀이

① 동종 간보다 이종 간이 MHC 분자의 차이가 더 크다.
근거: **1** ⁵면역적 거부 반응은 면역 세포가 표면에 발현하는 주조직적합복합체(MHC) 분자의 차이에 의해 유발된다. ⁶개체마다 MHC에 차이가 있는데 서로 간의 유전적 거리가 멀수록 MHC에 차이가 커져 거부 반응이 강해진다. + **3** ¹²그런데 이종 이식은 동종 이식보다 거부 반응이 훨씬 심하게 일어난다.

② 면역 세포의 작용으로 인해 장기 이식의 거부 반응이 일어난다.
근거: **1** ⁴그런데 우리의 몸은 자신의 것이 아닌 물질이 체내로 유입될 경우 면역 반응을 일으키므로, 유전적으로 동일하지 않은 이식편에 대해 항상 거부 반응을 일으킨다. ⁵면역적 거부 반응은 면역 세포가 표면에 발현하는 주조직적합복합체(MHC) 분자의 차이에 의해 유발된다.

③ 이종 이식을 하는 것만으로도 바이러스 감염의 원인이 될 수 있다.
근거: **3** ¹¹사람의 조직 및 장기와 유사한 다른 동물의 이식편을 인간에게 이식하는 '이종 이식' + **5** ²⁵내인성 레트로바이러스를 떼어 내어 다른 종의 세포 속에 주입하면 이는 레트로바이러스로 변환되어 그 세포를 감염시키기도 한다.

④ 포유동물은 과거에 어느 조상이 레트로바이러스에 의해 감염된 적이 있다.
근거: **4** ¹⁸이(내인성 레트로바이러스)는 바이러스의 활성을 가지지 않으며 사람을 포함한 모든 포유류에 존재한다. + **5** ²²그런데 정자, 난자와 같은 생식 세포가 레트로바이러스에 감염되고도 살아남는 경우가 있었다. ²³이런 세포로부터 유래된 자손의 모든 세포가 갖게 된 것이 내인성 레트로바이러스이다.
사람을 포함한 모든 포유류는 내인성 레트로바이러스를 가지는데, 이 내인성 레트로바이러스는 레트로바이러스에 감염되고도 살아남은 생식 세포(정자, 난자)로부터 유래된 자손의 모든 세포가 갖게 된 것이므로 포유동물의 어느 조상은 레트로바이러스에 의해 감염된 적이 있다는 설명은 적절하다.

2. ⓐ가 갖추어야 할 조건으로 적절하지 <u>않은</u> 것은?

> ⓐ: 이상적인 이식편

✔ 정답풀이

① 이식편의 비용을 낮추어서 정기 교체가 용이해야 한다.

> 근거: **2** [8]이식에는 많은 비용이 소요될 뿐만 아니라 이식이 가능한 동종 이식편의 수가 매우 부족하기 때문에 이를 대체하는 방법이 개발되고 있다. [9]우선 인공 심장과 같은 '전자 기기 인공 장기'를 이용하는 방법이 있다. [10]하지만 이는 장기의 기능을 일시적으로 대체하는 데 사용되며, 추가 전력 공급 및 정기적 부품 교체 등이 요구되는 단점이 있고, 아직 인간의 장기를 완전히 대체할 만큼 정교한 단계에 이르지는 못했다.
>
> 이식에는 많은 비용이 소요된다고 하였으므로 이식편의 비용을 낮추는 것은 바람직하지만, '정기 교체'가 이루어져야 한다는 것은 이식편의 한 유형인 '전자 기기 인공 장기'의 단점으로 제시되었다. 따라서 ⓐ가 되기 위해서는 정기적 교체가 이루어져야 한다는 단점을 가지고 있지 않아야 한다.

✘ 오답풀이

② 이식편은 대체를 하려는 장기와 크기가 유사해야 한다.

> 근거: **3** [15]미니돼지는 장기의 크기가 사람의 것과 유사하고 번식력이 높아 단시간에 많은 개체를 생산할 수 있다는 장점이 있어, 이를 이용한 이종 이식편을 개발하기 위한 연구가 진행되고 있다.
>
> 이종 이식편의 하나로 연구 중인 미니돼지의 장기는 사람의 것과 크기가 유사하다는 장점이 있다고 했으므로 대체하려는 장기와 크기가 유사한 것은 이상적인 이식편의 조건으로 볼 수 있다.

③ 이식편과 수혜자 사이의 유전적 거리를 극복해야 한다.

> 근거: **1** [4]우리의 몸은 자신의 것이 아닌 물질이 체내로 유입될 경우 면역 반응을 일으키므로, 유전적으로 동일하지 않은 이식편에 대해 항상 거부 반응을 일으킨다.~[6]개체마다 MHC에 차이가 있는데 서로 간의 유전적 거리가 멀수록 MHC에 차이가 커져 거부 반응이 강해진다. + **3** [12]이종 이식은 동종 이식보다 거부 반응이 훨씬 심하게 일어난다.
>
> 동종 이식과 이종 이식에서 모두 나타나는 거부 반응은 수혜자와 이식편 사이에 존재하는 유전적 거리에 의해 유발되므로 이러한 유전적 거리를 극복하는 것은 이상적인 이식편의 조건으로 볼 수 있다.

④ 이식편은 짧은 시간에 대량으로 생산이 가능해야 한다.

> 근거: **2** [8]이식에는 많은 비용이 소요될 뿐만 아니라 이식이 가능한 동종 이식편의 수가 매우 부족하기 때문에 이를 대체하는 방법이 개발되고 있다. + **3** [15]미니돼지는 장기의 크기가 사람의 것과 유사하고 번식력이 높아 단시간에 많은 개체를 생산할 수 있다는 장점이 있어, 이를 이용한 이종 이식편을 개발하기 위한 연구가 진행되고 있다.
>
> 이식이 가능한 동종 이식편 부족 문제를 해결하기 위한 대안으로 미니돼지의 장기를 이용한 이식편을 개발하고 있는데, 이는 미니돼지의 번식력이 높아 단시간에 많은 개체를 생산할 수 있는 장점이 있기 때문이다. 이를 통해 이상적인 이식편은 짧은 시간에 대량 생산이 가능해야 함을 알 수 있다.

⑤ 이식편이 체내에서 거부 반응을 유발하지 않아야 한다.

> 근거: **1** [4]그런데 우리의 몸은 자신의 것이 아닌 물질이 체내로 유입될 경우 면역 반응을 일으키므로, 유전적으로 동일하지 않은 이식편에 대해 항상 거부 반응을 일으킨다.
>
> 이상적인 이식편은 이식된 체내에서 거부 반응을 유발하지 않아야 한다.

✎ 모두의 질문
· 2-①번

Q: 이식편의 비용을 낮추어서 정기 교체가 용이해지면 이상적인 이식편이라고 볼 수 있지 않나요?

A: ⓐ(이상적인 이식편)의 조건을 추론하기 위해서는, 윗글에 제시된 이식편들의 장점과 보완점을 모두 충족하는 조건들을 확인해야 한다. 3문단~5문단에 따르면 '미니돼지의 장기'는 사람의 장기와 크기가 유사하고, 단시간에 대량 생산이 가능하며, 거부 반응을 일으킬 수 있는 유전자가 제거되어 있다는 장점이 있지만, 내인성 레트로바이러스를 제거해서 면역 반응이 나타나지 않도록 하여 단점을 보완해야 한다. 즉 이상적인 이식편은 그 수가 충분히 많아야 하고, 이식받은 사람의 몸에서 거부 반응을 일으키지 않으며, 대체를 하기에 충분한 크기와 유전적 동일성을 갖춰야 함을 알 수 있다. 또한 2문단에서 이식에 많은 비용이 소요된다고 한 점을 고려하였을 때 비용을 낮추는 것도 이상적인 이식편의 조건이 될 수 있다.

이때 ①번에서 언급한 이식편의 비용을 낮추는 것은 이상적이라고 볼 수 있다. 하지만 2문단에 제시된 '전자 기기 인공 장기'에 대한 설명을 참고하면, 이식편이 추가적인 전력 공급을 필요로 하거나, 정기적인 부품 교체가 이루어져야 한다는 점은 단점에 해당됨을 알 수 있다. 즉 이상적인 이식편은 정기 교체를 요하지 않는 영구적이고 완전한 대체품이 되어야 하므로, '정기 교체가 용이'해진다는 점은 ⓐ가 갖추어야 할 조건으로 적절하지 않다.

3. 다음은 신문 기사의 일부이다. 윗글을 참고할 때, 기사의 ㉮에 대한 반응으로 적절하지 <u>않은</u> 것은? [3점]

○ ○ 신문
○○○○년○○월○○일

최근에 줄기 세포 연구와 3D 프린팅 기술이 급속도로 발전하고 있다. 줄기 세포는 인체의 모든 세포나 조직으로 분화할 수 있다. 그러므로 수혜자 자신의 줄기 세포만을 이용하여 3D 바이오 프린팅 기술로 제작한 ㉮세포 기반 인공 이식편을 만들 수 있을 것으로 전망된다. 이미 미니 폐, 미니 심장 등의 개발 성공 사례가 보고되었다.

◆ 정답풀이

③ 동종 이식편과 달리 내인성 레트로바이러스를 제거할 필요가 없겠군.

근거: 4 [16]이종 이식의 또 다른 문제는 내인성 레트로바이러스이다. + 5 [24]내인성 레트로바이러스는 세대가 지나면서 돌연변이로 인해 염기 서열의 변화가 일어나며 해당 세포 안에서는 바이러스로 활동하지 않는다. [25]그러나 내인성 레트로바이러스를 떼어 내어 다른 종의 세포 속에 주입하면 이는 레트로바이러스로 변환되어 그 세포를 감염시키기도 한다.
㉮는 수혜자 자신의 줄기 세포만을 이용한 이식편이므로 이때 세포 내의 내인성 레트로바이러스는 활동하지 않는다. 하지만 내인성 레트로바이러스는 다른 종의 세포에 이식하는 이종 이식의 경우에 레트로바이러스로 변환되어 그 세포를 감염시킨다. 즉 동종 이식편의 경우에도 내인성 레트로바이러스를 제거할 필요가 없으므로 '동종 이식편과 달리'라는 설명은 적절하지 않다.

◆ 오답풀이

① 전자 기기 인공 장기와 달리 전기 공급 없이도 기능을 유지할 수 있겠군.
근거: 2 [9]우선 인공 심장과 같은 '전자 기기 인공 장기'를 이용하는 방법이 있다. [10]하지만 이는 장기의 기능을 일시적으로 내체하는 네 사용되며, 추가 전력 공급 및 정기적 부품 교체 등이 요구되는 단점이 있고, 아직 인간의 장기를 완전히 대체할 만큼 정교한 단계에 이르지는 못했다.
㉮는 인공 이식편이지만 전자 기기 인공 장기와 달리 인체의 모든 세포나 조직으로 분화할 수 있는 줄기 세포를 기반으로 하며, 특히 수혜자 자신의 줄기 세포만을 이용하므로 전기 공급 없이도 기능을 유지할 수 있다.

② 동종 이식편과 달리 이식 후 면역 억제제를 사용할 필요가 없겠군.
근거: 1 [4]우리의 몸은 자신의 것이 아닌 물질이 체내로 유입될 경우 면역 반응을 일으키므로, 유전적으로 동일하지 않은 이식편에 대해 항상 거부 반응을 일으킨다. [7]이(거부 반응)를 막기 위해 면역 억제제를 사용하는데, 이는 면역 반응을 억제하여 질병 감염의 위험성을 높인다.
㉮는 수혜자 자신의 줄기 세포만을 이용하여 제작되므로 수혜자의 세포와 유전적으로 동일하기 때문에 거부 반응을 일으키지 않는다. 따라서 거부 반응을 억제하기 위한 면역 억제제를 사용할 필요가 없다.

④ 이종 이식편과 달리 유전자를 조작하는 과정이 필요하지는 않겠군.
근거: 1 [4]우리의 몸은 자신의 것이 아닌 물질이 체내로 유입될 경우 면역 반응을 일으키므로, 유전적으로 동일하지 않은 이식편에 대해 항상 거부 반응을 일으킨다. + 3 [12]그런데 이종 이식은 동종 이식보다 거부 반응이 훨씬 심하게 일어난다. [13]특히 사람이 가진 자연항체는 다른 종의 세포에서 발현되는 항원에 반응하는데, 이로 인해 이종 이식편에 대해서 초급성 거부 반응 및 급성 혈관성 거부 반응이 일어난다. [14]이런 거부 반응을 일으키는 유전자를 제거한 형질 전환 미니돼지에서 얻은 이식편을 이식하는 실험이 성공한 바 있다.
㉮는 수혜자 자신의 줄기 세포만을 이용하기 때문에 체내에서 거부 반응을 일으키지 않는다. 따라서 이종 이식편과 달리 거부 반응을 일으키는 유전자를 조작할 필요가 없다.

⑤ 이종 이식편과 달리 자연항체에 의한 초급성 거부 반응이 일어나지 않겠군.
근거: 3 [12]그런데 이종 이식은 동종 이식보다 거부 반응이 훨씬 심하게 일어난다. [13]특히 사람이 가진 자연항체는 다른 종의 세포에서 발현되는 항원에 반응하는데, 이로 인해 이종 이식편에 대해서 초급성 거부 반응 및 급성 혈관성 거부 반응이 일어난다.
체내의 자연항체는 다른 종의 세포에 대해 반응하여 초급성 거부 반응을 일으킨다. ㉮는 수혜자 자신의 줄기 세포에 기반한 것이므로 자연항체가 반응하지 않아 초급성 거부 반응이 일어나지 않는다.

4. ㉠과 ㉡에 대한 설명으로 가장 적절한 것은?

> ㉠: 내인성 레트로바이러스
> ㉡: 레트로바이러스

✅ 정답풀이

① ㉠은 ㉡과 달리 자신이 속해 있는 생명체의 모든 세포의 DNA에 존재한다.

> 근거: ❹ [19]레트로바이러스(㉡)는 자신의 유전 정보를 RNA에 담고 있고 역전사 효소를 갖고 있는 바이러스로서, 특정한 종류의 세포를 감염시킨다.
> + ❺ [23]이런 세포(㉡에 감염되고도 살아남은 생식 세포)로부터 유래된 자손의 모든 세포가 갖게 된 것이 내인성 레트로바이러스(㉠)이다.
> ㉠은 ㉡에 감염되고도 살아남은 생식 세포로부터 유래된 자손의 모든 세포에 존재하며, ㉡은 특정한 종류의 세포만을 감염시킨다.

❌ 오답풀이

② ㉡은 ㉠과 달리 자신의 유전 정보를 DNA에 담을 수 없다.

> 근거: ❹ [19]레트로바이러스(㉡)는 자신의 유전 정보를 RNA에 담고 있고 역전사 효소를 갖고 있는 바이러스로서, 특정한 종류의 세포를 감염시킨다. [20]유전 정보가 담긴 DNA로부터 RNA가 생성되는 전사 과정만 일어날 수 있는 다른 생명체와는 달리, 레트로바이러스는 다른 생명체의 세포에 들어간 후 역전사 과정을 통해 자신의 RNA를 DNA로 바꾸고 그 세포의 DNA에 끼어들어 감염시킨다.
> ㉡은 역전사 과정을 통해 RNA에 담고 있는 자신의 유전 정보를 세포의 DNA에 담을 수 있다.

③ ㉡은 ㉠과 달리 자신이 속해 있는 생명체에 면역 반응을 일으키지 않는다.

> 근거: ❶ [4]우리의 몸은 자신의 것이 아닌 물질이 체내로 유입될 경우 면역 반응을 일으키므로 + ❹ [20]유전 정보가 담긴 DNA로부터 RNA가 생성되는 전사 과정만 일어날 수 있는 다른 생명체와는 달리, 레트로바이러스(㉡)는 다른 생명체의 세포에 들어간 후 역전사 과정을 통해 자신의 RNA를 DNA로 바꾸고 그 세포의 DNA에 끼어들어 감염시킨다. [21]이후에는 다른 바이러스와 마찬가지로 자신이 속해 있는 생명체를 숙주로 삼아 숙주 세포의 시스템을 이용하여 복제, 증식하고 일정한 조건이 되면 숙주 세포를 파괴한다. + ❺ [24]내인성 레트로바이러스(㉠)는 세대가 지나면서 돌연변이로 인해 염기 서열의 변화가 일어나며 해당 세포(동종 세포) 안에서는 바이러스로 활동하지 않는다.
> ㉠은 자신이 속해 있는 세포 안에서는 바이러스로 활동하지 않기 때문에 면역 반응을 일으키지 않지만 ㉡은 활동성이 있어 자신이 들어간 다른 생명체의 세포를 감염시킬 수 있으므로 면역 반응을 일으킬 수 있다.

④ ㉠과 ㉡은 둘 다 자신이 속해 있는 생명체의 유전 정보를 가지고 있다.

> 근거: ❹ [17]내인성 레트로바이러스(㉠)는 생명체의 DNA의 일부분으로, 레트로바이러스(㉡)로부터 유래된 것으로 여겨지는 부위들이다. [19]레트로바이러스는 자신의 유전 정보를 RNA에 담고 있고 역전사 효소를 갖고 있는 바이러스로서, 특정한 종류의 세포를 감염시킨다. [20]유전 정보가 담긴 DNA로부터 RNA가 생성되는 전사 과정만 일어날 수 있는 다른 생명체와는 달리, 레트로바이러스는 다른 생명체의 세포에 들어간 후 역전사 과정을 통해 자신의 RNA를 DNA로 바꾸고 그 세포의 DNA에 끼어들어 감염시킨다.
> ㉠은 생명체의 DNA의 일부분이므로 자신이 속해 있는 생명체의 유전 정보를 가지고 있지만 ㉡은 자신의 유전 정보가 담긴 RNA를 DNA로 바꾸어 숙주 세포의 DNA에 끼어드는 것이므로 자신이 속해 있는 생명체의 유전 정보는 가지고 있지 않다.

⑤ ㉠과 ㉡은 둘 다 자신이 속해 있는 생명체의 세포를 감염시켜 파괴한다.

> 근거: ❹ [20]유전 정보가 담긴 DNA로부터 RNA가 생성되는 전사 과정만 일어날 수 있는 다른 생명체와는 달리, 레트로바이러스(㉡)는 다른 생명체의 세포에 들어간 후 역전사 과정을 통해 자신의 RNA를 DNA로 바꾸고 그 세포의 DNA에 끼어들어 감염시킨다. [21]이후에는 다른 바이러스와 마찬가지로 자신이 속해 있는 생명체를 숙주로 삼아 숙주 세포의 시스템을 이용하여 복제, 증식하고 일정한 조건이 되면 숙주 세포를 파괴한다. + ❺ [24]내인성 레트로바이러스(㉠)는 세대가 지나면서 돌연변이로 인해 염기 서열의 변화가 일어나며 해당 세포(동종 세포) 안에서는 바이러스로 활동하지 않는다. [25]그러나 내인성 레트로바이러스를 떼어 내어 다른 종의 세포 속에 주입하면 이는 레트로바이러스로 변환되어 그 세포를 감염시키기도 한다.
> ㉠은 동종 세포 안에서는 바이러스로 활동하지 않아 생명체의 세포를 감염시키지 않지만 ㉡은 자신이 속해 있는 생명체의 세포를 역전사 과정을 통해 감염시킨 후 복제, 증식하여 일정 조건이 되면 세포를 파괴한다.

• 4—①, ④번

학생들이 정답만큼 많이 고른 선지가 ④번이다. 지문에서 DNA에는 유전 정보가 담겨 있다는 정보가 제시되었는데, 선지의 적절성을 판단하기 위해서는 단순히 'DNA 속에 유전 정보가 있는지 없는지'를 판단하는 것뿐 아니라 선지에서 물어보고 있는 '유전 정보가 바이러스 자신의 유전 정보인지, 바이러스에 감염된 생명체의 유전 정보인지'에 대해 한 번 더 생각해야 했다. 많은 학생들이 '자신이 속해 있는 생명체'라는 부분의 의미를 놓치고 ①번과 ④번 사이에서 고민하다가 시간에 쫓겨 오답을 선택한 것으로 보인다.

지문에서 내인성 레트로바이러스(㉠)는 모든 포유류가 가지고 있으며 부모의 감염된 생식 세포로부터 유래된 자손의 모든 세포에 존재한다고 했다. 또한 레트로바이러스(㉡)는 '특정한' 종류의 세포 DNA에 끼어들어가 감염시킨다고 했다. 이를 통해 ㉡은 자신이 속한 생명체의 모든 세포에 존재한다고는 볼 수 없으므로 ①번은 적절하다.

한편 ④번의 경우 ㉠과 ㉡ 모두 유전 정보를 가지고 있는 것은 맞다. 그러나 그 자체가 생명체의 DNA의 일부분으로 자신이 속한 생명체의 유전 정보를 가지고 있는 ㉠과 달리 ㉡은 역전사 과정을 통해 자신의 유전 정보가 담긴 RNA를 DNA로 바꾸어 숙주 세포의 DNA에 끼워 넣는 것일 뿐, 바이러스가 자신이 속한 생명체(숙주 세포의 주인)의 유전 정보를 가지고 있는 것은 아니다. 하나의 DNA를 공유하고 있는 ㉠과 별개의 유전 정보를 가진 DNA로서 숙주 세포에 끼어드는 ㉡을 구분하여 선지를 판단해야 한다.

시험장에서 느끼는 부담감은 우리를 지문과 선지 앞에서 초조하게 만든다. 이 경우 차분한 마음으로 다시 읽어 보면 어렵지 않게 해석할 수 있는 선지를 순간적으로 잘못 판단할 수 있다. 비록 그것이 오답이라고 해도 한 번 내린 결론은 머릿속에서 쉽게 돌이킬 수 없으므로 평소에 내용을 꼼꼼하게 정리하며 지문을 읽는 연습이 필요하다.

정답률 분석

정답			매력적 오답	
①	②	③	④	⑤
40%	9%	9%	34%	8%

[1~4] 다음 글을 읽고 물음에 답하시오.

✎ 사고의 흐름

❶ ¹스마트폰은 다양한 위치 측정 기술을 활용하여 여러 지형 환경에서 위치를 측정한다. '위치 측정 기술'을 소개하고 있어. 그 기술이 '다양'하다고 했으니 이어지는 내용에서는 여러 가지 위치 측정 기술이 제시되겠지? 기술들의 공통점과 차이점 등을 정리해 가며 읽자! ²위치에는 절대 위치와 상대 위치가 있다. ³절대 위치는 위도*, 경도* 등으로 표시된 위치이고, 상대 위치는 특정한 위치를 기준으로 한 상대적인 위치이다. 절대 위치 = 변하지 않는 위치, 상대 위치 = 기준에 따라 변하는 위치

❷ ⁴실외에서는 주로 스마트폰 단말기에 내장된 GPS(위성항법장치)나 IMU(관성측정장치)를 사용한다. 먼저 실외에서 사용하는 위치 측정 기술을 설명해 주려나 봐~ 이후 실내에서 사용하는 기술도 설명해 줄 것임을 예측해 볼 수 있겠지? ⁵GPS는 위성으로부터 오는 신호를 이용하여 절대 위치를 측정한다. ⁶GPS는 위치 오차가 시간에 따라 누적되지 않는다. (그러나) 전파 지연 등으로 접속 초기에 짧은 시간 동안이지만 큰 오차가 발생하고 실내나 터널 등에서는 GPS 신호를 받기 어렵다.

GPS의 단점을 이야기하겠지?

⁸IMU는 내장된 센서로 가속도와 속도를 측정하여 위치 변화를 계산하고 초기 위치를 기준으로 하는 상대 위치를 구한다. ⁹단기간 움직임에 대한 측정 성능이 뛰어나지만 센서가 측정한 값의 오차가 누적되기 때문에 시간이 지날수록 위치 오차가 커진다. ¹⁰이 두 방식을 함께 사용하면 서로의 단점을 보완하여 오차 를 줄일 수 있다.

GPS(위성항법장치)	IMU(관성측정장치)
절대 위치 측정	상대 위치 측정
위치 오차가 시간에 따라 누적 X	단기간의 움직임 측정 성능 뛰어남
접속 초기 큰 오차 발생	위치 오차가 시간에 따라 누적
실내, 터널 등에서 신호 수신 어려움	→ 시간이 지날수록 오차 커짐

❸ ¹¹(한편) 실내에서 위치 측정에 사용 가능한 방법으로는 블루투스 기반의 비콘을 활용하는 기술이 있다. 비콘은 실내에서 사용하는 위치 측정 기술! ¹²비콘은 실내에 고정 설치되어 비콘마다 정해진 식별 번호와 위치 정보가 포함된 신호를 주기적으로 보내는 기기이다.

실내에서의 위치 측정으로 화제를 전환하고 있어!

¹³비콘들은 동일한 세기의 신호를 사방으로 보내지만 비콘으로부터 거리가 멀어질수록, 벽과 같은 장애물이 많을수록 신호의 세기가 약해진다. 비콘이 보내는 신호의 세기는 거리가 멀어지거나 장애물이 많을수록 신호가 약해지는구나~ 상관관계를 정리하면서 읽자! ¹⁴단말기가 비콘 신호의 도달 거리 내로 진입하면 단말기 안의 수신기가 이 신호를 인식한다. ¹⁵이 신호를 이용하여 2차원 평면에서의 위치를 측정하는 방법으로는 다음과 같은 것들이 있다. 이어지는 내용은 '다음과 같은 것들', 즉 비콘 신호를 이용하여 실내에서의 위치를 측정하는 방법들에 대한 구체적인 설명일 것임을 추론해 볼 수 있겠지?

❹ ¹⁶근접성 기법은 단말기가 비콘 신호를 수신하면 해당 비콘의 위치를 단말기의 위치로 정한다. ¹⁷여러 비콘 신호를 수신했을 경우에는 신호가 가장 강한 비콘의 위치를 단말기의 위치로 정한다.

❺ ¹⁸삼변측량 기법은 3개 이상의 비콘으로부터 수신된 신호 세기를 측정하여 단말기와 비콘 사이의 거리로 환산*한다. ¹⁹각 비콘을 중심으로 이 거리를 반지름으로 하는 원을 그리고, 그 교점을 단말기의 현재 위치로 정한다. 비콘의 신호는 거리가 멀어질수록 세기가 약해진다고 했으니까, 비콘으로부터의 거리와 신호의 세기는 반비례 관계야. 삼변측량 기법에서 측정된 신호의 세기를 단말기와 비콘 사이의 거리로 환산해 이를 원의 반지름으로 삼는다고 했으니, 세기가 약할수록 원의 반지름은 커지겠지? 즉 신호의 세기와 원의 반지름도 반비례 관계인 거지! ²⁰교점이 하나로 모이지 않는 경우에는 세 원에 공통으로 속한 영역의 중심점을 단말기의 위치로 측정한다.

❻ ²¹㉠위치 지도 기법은 측정 공간을 작은 구역들로 나누어 각 구역마다 기준점을 설정하고 그 주위에 비콘들을 설치한다. ²²그리고 나서 비콘들이 송신하여 각 기준점에 도달하는 신호의 세기를 측정한다. ²³이 신호 세기와 비콘의 식별 번호, 기준점의 위치 좌표를 서버에 있는 데이터베이스*에 위치 지도로 기록해 놓는다. ²⁴이 작업을 모든 기준점에서 수행한다. ²⁵특정한 위치에 도달한 단말기가 비콘 신호를 수신하면 신호 세기를 측정한 뒤 비콘의 식별 번호와 함께 서버로 전송한다. ²⁶서버는 수신된 신호 세기와 가장 가까운 신호 세기를 갖는 기준점을 데이터베이스에서 찾아 이 기준점의 위치를 단말기에 알려 준다.

이것만은 챙기자

* ***위도:** 지구 위의 위치를 나타내는 좌표축 중에서 가로로 된 것.
* ***경도:** 지구 위의 위치를 나타내는 좌표축 중에서 세로로 된 것.
* ***환산:** 어떤 단위나 척도로 된 것을 다른 단위로 고쳐서 헤아림.
* ***데이터베이스:** 여러 가지 업무에 공동으로 필요한 데이터를 유기적으로 결합하여 저장한 집합체.

만점 선배의 구조도 예시

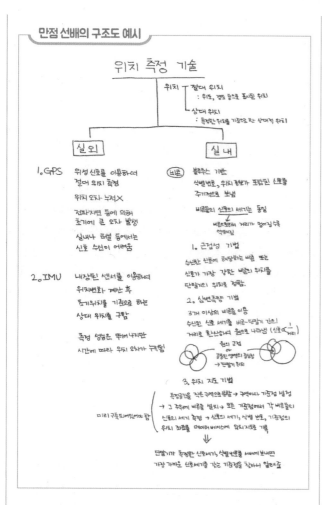

>> 각 문단을 요약하고 지문을 **세 부분**으로 나누어 보세요.

1 스마트폰은 다양한 위치 측정 기술을 활용하여 위치를 측정한다.
2 실외에서는 주로 절대 위치를 측정하는 GPS나 상대 위치를 구하는 IMU를 사용하는데, 둘을 함께 사용하면 오차를 줄일 수 있다.
3 실내에서는 실내에 고정 설치된 비콘이 보내는 신호를 이용하여 위치를 측정할 수 있다.
4 근접성 기법은 단말기가 비콘 신호를 수신하면 해당 비콘의 위치를 단말기의 위치로 정한다.
5 삼변측량 기법은 3개 이상의 비콘으로부터 수신된 신호 세기를 단말기와 비콘 사이의 거리로 환산하여 원을 그리고 그 교점을 단말기의 현재 위치로 정한다.
6 위치 지도 기법은 측정 공간을 나누어 기준점을 설정하고 그 주위에 비콘들을 설치하며, 단말기가 수신한 것과 가장 가까운 신호 세기를 갖는 기준점의 위치를 단말기에 알려 준다.

첫 번째
1¹~**1**³

두 번째
2⁴~**2**¹⁰

세 번째
3¹¹~**6**²⁶

| 세부 정보 파악 | 정답률 **60**

1. 윗글의 내용과 일치하는 것은?

⊘ 정답풀이

⑤ IMU는 단말기가 초기 위치로부터 얼마나 떨어져 있는지를 계산하여 단말기의 위치를 구한다.

> **근거: 1** ³상대 위치는 특정한 위치를 기준으로 한 상대적인 위치이다. +
> **2** ⁸IMU는 내장된 센서로 가속도와 속도를 측정하여 위치 변화를 계산하고 초기 위치를 기준으로 하는 상대 위치를 구한다.

⊗ 오답풀이

① GPS를 이용하여 측정한 위치는 기준이 되는 위치가 어디냐에 따라 달라진다.

근거: **1** ³절대 위치는 위도, 경도 등으로 표시된 위치이고, 상대 위치는 특정한 위치를 기준으로 한 상대적인 위치이다. + **2** ⁵GPS는 위성으로부터 오는 신호를 이용하여 절대 위치를 측정한다.
GPS를 이용하여 측정한 위치는 위도, 경도 등으로 표시되는 절대 위치로 달라지지 않는다. 기준이 되는 위치에 따라 달라지는 것은 상대 위치이다.

② 비콘들이 서로 다른 세기의 신호를 송신해야 단말기의 위치를 측정할 수 있다.

근거: **3** ¹³비콘들은 동일한 세기의 신호를 사방으로 보내지만 비콘으로부터 거리가 멀어질수록, 벽과 같은 장애물이 많을수록 신호의 세기가 약해진다. ¹⁴단말기가 비콘 신호의 도달 거리 내로 진입하면 단말기 안의 수신기가 이 신호를 인식한다.
비콘들은 동일한 세기의 신호를 보낸다. 하지만 이 신호의 세기는 비콘으로부터의 거리, 장애물의 유무에 따라 달라지며, 이렇게 달라진 세기의 신호를 단말기가 수신하여 단말기의 위치를 측정하게 된다.

③ 비콘이 전송하는 식별 번호는 신호가 도달하는 단말기를 구별하기 위한 정보이다.

근거: **3** ¹²비콘은 실내에 고정 설치되어 비콘마다 정해진 식별 번호와 위치 정보가 포함된 신호를 주기적으로 보내는 기기이다. ¹⁴단말기가 비콘 신호의 도달 거리 내로 진입하면 단말기 안의 수신기가 이 신호를 인식한다.
비콘이 전송하는 신호에는 식별 번호가 포함되어 있지만, 이는 신호를 인식한 단말기를 구별하기 위한 정보가 아니라, 신호를 수신한 단말기가 그 신호를 보낸 비콘을 구별하기 위한 정보이다.

④ 비콘은 실내에서 GPS 신호를 받아 주위에 위성 식별 번호와 위치 정보를 전송하는 장치이다.

근거: **2** ⁷그러나 (GPS는) 전파 지연 등으로 접속 초기에 짧은 시간 동안이지만 큰 오차가 발생하고 실내나 터널 등에서는 GPS 신호를 받기 어렵다. + **3** ¹¹한편 실내에서 위치 측정에 사용 가능한 방법으로는 블루투스 기반의 비콘을 활용하는 기술이 있다. ¹²비콘은 실내에 고정 설치되어 비콘마다 정해진 식별 번호와 위치 정보가 포함된 신호를 주기적으로 보내는 기기이다.
비콘은 실내에 고정 설치되어 실내 위치 측정에 사용되는 장치이다. 그런데 실내에서는 GPS 신호를 받기 어려우므로, 비콘이 GPS 신호를 받는다는 설명은 적절하지 않다. 비콘은 GPS가 아닌 블루투스를 활용한다.

2. 오차 에 대해 이해한 내용으로 적절한 것은?

✅ 정답풀이

⑤ IMU의 오차가 커지는 것은 가속도와 속도를 측정할 때 생기는 오차가 누적되기 때문이다.

> 근거: 2 [8]IMU는 내장된 센서로 가속도와 속도를 측정하여 위치 변화를 계산하고 초기 위치를 기준으로 하는 상대 위치를 구한다. [9]단기간 움직임에 대한 측정 성능이 뛰어나지만 센서가 측정한 값의 오차가 누적되기 때문에 시간이 지날수록 위치 오차가 커진다.

❌ 오답풀이

① IMU는 시간이 지날수록 전파 지연으로 인한 오차가 커진다.

근거: 2 [7](GPS) 전파 지연 등으로 접속 초기에 짧은 시간 동안이지만 큰 오차가 발생하고 실내나 터널 등에서는 GPS 신호를 받기 어렵다. [8]IMU는 내장된 센서로 가속도와 속도를 측정하여 위치 변화를 계산하고 초기 위치를 기준으로 하는 상대 위치를 구한다. [9]단기간 움직임에 대한 측정 성능이 뛰어나지만 센서가 측정한 값의 오차가 누적되기 때문에 시간이 지날수록 위치 오차가 커진다.

전파 지연으로 인한 오차가 발생하는 것은 IMU가 아니라 GPS이다. IMU에서 발생하는 오차는 시간이 지날수록 커지지만, 이는 전파 지연으로 인한 것이 아니라 센서가 측정한 값의 오차가 누적되기 때문이다.

② GPS는 사용 시간이 길어질수록 위성의 위치를 파악하는 데 오차가 커진다.

근거: 2 [6]GPS는 위치 오차가 시간에 따라 누적되지 않는다.

GPS의 위치 오차는 시간에 따라 누적되지 않으므로 사용 시간이 길어진다고 해서 위치 오차가 커지지는 않는다.

③ IMU는 순간적인 오차가 발생하지만 시간이 지날수록 정확한 위치 측정이 가능해진다.

근거: 2 [9](IMU는) 단기간 움직임에 대한 측정 성능이 뛰어나지만 센서가 측정한 값의 오차가 누적되기 때문에 시간이 지날수록 위치 오차가 커진다.

IMU는 센서가 측정한 값의 오차가 누적되어 시간이 지날수록 위치 오차가 커지므로, 시간이 지날수록 정확한 위치 측정이 가능해진다는 설명은 적절하지 않다.

④ GPS는 단말기가 터널에 진입 시 발생한 오차를 터널을 통과하는 동안 보정할 수 있다.

근거: 2 [7](GPS는) 전파 지연 등으로 접속 초기에 짧은 시간 동안이지만 큰 오차가 발생하고 실내나 터널 등에서는 GPS 신호를 받기 어렵다.

GPS는 실내나 터널 등에서는 신호를 받기 어려우므로, 터널에 진입할 때 발생한 오차를 터널을 통과하는 동안 보정하기 어렵다.

3. ㉠에 대한 이해로 적절하지 않은 것은?

> ㉠: 위치 지도 기법

✅ 정답풀이

③ 측정된 신호 세기가 서버에 저장된 값과 가장 가까운 비콘의 위치가 단말기의 위치가 된다.

> 근거: 6 [21]위치 지도 기법(㉠)은 측정 공간을 작은 구역들로 나누어 각 구역마다 기준점을 설정하고 그 주위에 비콘들을 설치한다.~[25]특정한 위치에 도달한 단말기가 비콘 신호를 수신하면 신호 세기를 측정한 뒤 비콘의 식별 번호와 함께 서버로 전송한다. [26]서버는 수신된 신호 세기와 가장 가까운 신호 세기를 갖는 기준점을 데이터베이스에서 찾아 이 기준점의 위치를 단말기에 알려 준다.
> ㉠은 서버가 단말기가 수신한 비콘 신호의 세기와 가장 가까운 신호 세기를 갖는 '기준점의 위치'를 단말기에 알려 주는 것이지, 비콘의 위치를 알려 주는 것은 아니다.

❌ 오답풀이

① 측정 공간을 더 많은 구역으로 나눌수록 기준점이 많아진다.

근거: 6 [21]위치 지도 기법(㉠)은 측정 공간을 작은 구역들로 나누어 각 구역마다 기준점을 설정하고 그 주위에 비콘들을 설치한다.

㉠에서 기준점은 측정 공간을 나눈 구역마다 설정되므로 측정 공간을 더 많은 구역으로 나눌수록 기준점도 많아질 것이다.

② 단말기가 측정 공간에 들어오기 전에 데이터베이스가 미리 구축되어 있어야 한다.

근거: 6 [23]이(설정한 기준점에 도달하는) 신호 세기와 비콘의 식별 번호, 기준점의 위치 좌표를 서버에 있는 데이터베이스에 위치 지도로 기록해 놓는다.~[25]특정한 위치에 도달한 단말기가 비콘 신호를 수신하면 신호 세기를 측정한 뒤 비콘의 식별 번호와 함께 서버로 전송한다. [26]서버는 수신된 신호 세기와 가장 가까운 신호 세기를 갖는 기준점을 데이터베이스에서 찾아 이 기준점의 위치를 단말기에 알려 준다.

㉠은 설치된 비콘의 식별 번호, 기준점의 위치 좌표를 서버의 데이터베이스에 기록해 놓은 후 단말기가 측정 공간에 들어오면 그 위치에서 수신되는 신호 세기와 가장 가까운 신호 세기를 갖는 기준점을 데이터베이스에서 찾아 그 위치를 단말기에 알려 주는 방식이다. 따라서 단말기가 측정 공간에 들어오기 전에 위치 지도가 기록된 데이터베이스를 미리 구축해 두는 것이 필요하다.

④ 비콘을 이동하여 설치하면 정확한 위치 측정을 위해 데이터베이스를 갱신할 필요가 있다.

근거: 3 [13]비콘들은 동일한 세기의 신호를 사방으로 보내지만 비콘으로부터 거리가 멀어질수록, 벽과 같은 장애물이 많을수록 신호의 세기가 약해진다. + 6 [21]위치 지도 기법(㉠)은~[22]그러고 나서 비콘들이 송신하여 각 기준점에 도달하는 신호의 세기를 측정한다. [23]이 신호 세기와 비콘의 식별 번호, 기준점의 위치 좌표를 서버에 있는 데이터베이스에 위치 지도로 기록해 놓는다.

데이터베이스에 기록되는 위치 지도에는 기준점에 도달하는 비콘의 신호 세기가 포함되는데, 이 신호 세기는 비콘으로부터의 거리에 영향을 받는다. 따라서 비콘을 이동하여 설치한 후에는 데이터베이스를 갱신해야 정확하게 위치를 측정할 수 있다.

⑤ 위치 지도는 측정 공간 안의 특정 위치에서 수신된 신호 세기와 식별 번호 등을 데이터베이스에 기록해 놓은 것이다.

근거: ⑥ 23이(설정한 기준점에 도달하는) 신호 세기와 비콘의 식별 번호, 기준점의 위치 좌표를 서버에 있는 데이터베이스에 위치 지도로 기록해 놓는다.

📋 문제적 문제

• 3-②, ④번

학생들이 정답 이외에 많이 고른 선지가 ②번과 ④번이다. 6문단에 제시된 '위치 지도 기법'이 이루어지는 과정을 정확히 파악하지 못했다면 해당 내용을 바탕으로 선지의 내용을 추론하는 데 어려움이 있었을 것이다.

위치 지도 기법은 이미 만들어진 위치 지도의 정보와 단말기가 전송한 정보를 비교하여 위치를 측정하는 방법이다. 먼저 측정 공간을 작은 구역으로 나누어 구역마다 기준점을 설정하고 기준점 주위에 비콘을 설치한다. 그리고 각 기준점마다 수신하는 비콘의 식별 번호와 신호의 세기를 통해 어떤 기준점에서 어느 비콘의 신호가 얼마큼의 세기로 수신되는지를 측정하여 이를 데이터베이스의 위치 지도로 기록한다. 위치 지도 기록이 끝난 후 단말기가 특정 위치에 도달하면 수신한 비콘의 식별 번호와 신호 세기를 서버로 보내고 서버는 그와 유사한 신호 세기를 갖는 기준점을 위치 지도에서 찾아 단말기에 알려 주는 것이다. 단말기는 서버가 보낸 기준점의 위치를 자신의 위치라고 생각하게 된다.

따라서 위치 지도 기법을 이용하려면 단말기가 측정 공간에 들어오기 전에 이미 데이터베이스가 구축되어 위치 지도가 기록되어 있어야 하므로 ②번은 적절하다. 또한 거리에 따라 신호의 세기가 달라지는 비콘의 특성상 설치된 비콘의 위치가 바뀐다면 기준점마다 측정되는 신호의 세기도 달라질 것이므로, 비콘을 이동하여 설치했다면 기존의 위치 지도를 새롭게 기록해야 정확한 위치 측정이 가능할 것이다. 즉 비콘을 이동하여 설치하면 데이터베이스를 갱신할 필요가 있다는 ④번은 적절하다.

추론을 요구하는 문제를 판단하기 위해서는 먼저 지문에 제시된 해당 개념의 설명을 정확하게 이해하는 것이 필요하다. 특히 단계나 과정이 제시되었다면 시간을 조금 들여서라도 각 단계의 순서를 명확하게 파악하며 읽어야 한다는 것을 기억해 두자.

정답률 분석

①	②	③	④	⑤
	매력적 오답	정답	매력적 오답	
4%	15%	48%	24%	9%

4. 〈보기〉는 단말기가 3개의 비콘 신호를 받은 상태를 도식화한 것이다. 윗글을 바탕으로 〈보기〉를 이해한 내용으로 적절한 것은? [3점]

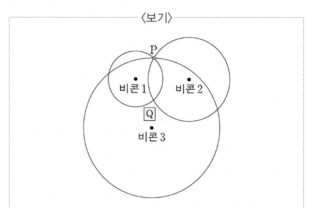

〈보기〉

* 각 원의 반지름은 신호 세기로 환산한 비콘과 단말기 사이의 거리이다.
* 신호 세기에 영향을 미치는 장애물이 Q의 위치에 있다. (단, 세 원에 공통으로 속한 영역이 항상 존재한다고 가정하며, 신호 세기에 영향을 미치는 다른 요소는 고려하지 않음.)
   - 비콘을 중심으로 한 원의 반지름 = 측정된 비콘의 신호 세기를 단말기와 비콘 사이의 거리로 환산한 것
   - 신호의 세기는 거리가 멀수록 약함: 반지름 ↑ → 측정된 신호의 세기 ↓
   - Q의 위치에 있는 장애물: P에 도달하는 비콘 3의 신호를 약해지게 함

✅ 정답풀이

③ 실제 단말기의 위치는 삼변측량 기법으로 측정된 위치에 비해 비콘 3에 더 가까이 있겠군.

근거: ⑧ 13비콘들은 동일한 세기의 신호를 사방으로 보내지만 비콘으로부터 거리가 멀어질수록, 벽과 같은 장애물이 많을수록 신호의 세기가 약해진다. + ⑥ 18삼변측량 기법은 3개 이상의 비콘으로부터 수신된 신호 세기를 측정하여 단말기와 비콘 사이의 거리로 환산한다. 19각 비콘을 중심으로 이 거리를 반지름으로 하는 원을 그리고, 그 교점을 단말기의 현재 위치로 정한다.

삼변측량 기법은 3개 이상의 비콘들로부터 수신된 신호 세기를 단말기와 비콘 사이의 거리로 환산하여 이를 반지름으로 하는 원의 교점을 단말기의 현재 위치로 정한다. 그런데 수신된 비콘의 신호 세기는 장애물이 있으면 약해지므로, Q의 위치에 있는 장애물로 인해 약해진 비콘 3의 신호 세기만큼 단말기와 비콘 사이는 더 멀리 떨어져 있는 것으로 환산될 것이다. 따라서 장애물의 영향을 고려했을 때 실제 단말기의 위치는 삼변측량 기법으로 측정된 위치에 비해 비콘 3에 더 가까이 있음을 추론할 수 있다.

① 근접성 기법과 삼변측량 기법으로 측정한 단말기의 위치는 동일하겠군.

근거: **4** **16**근접성 기법은 단말기가 비콘 신호를 수신하면 해당 비콘의 위치를 단말기의 위치로 정한다. + **5** **18**삼변측량 기법은 3개 이상의 비콘으로부터 수신된 신호 세기를 측정하여 단말기와 비콘 사이의 거리로 환산한다. **19**각 비콘을 중심으로 이 거리를 반지름으로 하는 원을 그리고, 그 교점을 단말기의 현재 위치로 정한다.

근접성 기법은 단말기가 수신한 신호를 보낸 '비콘의 위치'를 단말기의 위치로 정하고, 삼변측량 기법은 3개 이상의 비콘을 중심으로 그린 '원들의 교점'을 단말기의 위치로 정하므로 두 기법으로 측정한 단말기의 위치는 서로 동일하지 않을 수 있다.

② 측정된 신호 세기를 약한 것부터 나열하면 비콘 1, 비콘 2, 비콘 3의 신호 순이겠군.

근거: **3** **13**비콘들은 동일한 세기의 신호를 사방으로 보내지만 비콘으로부터 거리가 멀어질수록, 벽과 같은 장애물이 많을수록 신호의 세기가 약해진다. + **5** **18**삼변측량 기법은 3개 이상의 비콘으로부터 수신된 신호 세기를 측정하여 단말기와 비콘 사이의 거리로 환산한다. **19**각 비콘을 중심으로 이 거리를 반지름으로 하는 원을 그리고, 그 교점을 단말기의 현재 위치로 정한다.

비콘이 보내는 신호의 세기는 비콘으로부터 거리가 멀어질수록 약해진다. 또한 삼변측량 기법에서 원의 반지름의 길이는 비콘으로부터 수신된 신호의 세기를 단말기와 비콘 사이의 거리로 환산한 것이므로, 반지름이 가장 큰 원의 중심에 있는 비콘의 신호 세기가 가장 약할 것임을 추론할 수 있다. 따라서 측정된 신호 세기가 약한 것부터 나열하면 비콘 3, 비콘 2, 비콘 1이 될 것이다.

④ Q의 위치에 있는 장애물이 제거된다면, 삼변측량 기법으로 측정되는 단말기의 위치는 현재 측정된 위치에서 P 방향으로 이동하겠군.

근거: **3** **13**비콘들은 동일한 세기의 신호를 사방으로 보내지만 비콘으로부터 거리가 멀어질수록, 벽과 같은 장애물이 많을수록 신호의 세기가 약해진다. + **5** **18**삼변측량 기법은 3개 이상의 비콘으로부터 수신된 신호 세기를 측정하여 단말기와 비콘 사이의 거리로 환산한다. **19**각 비콘을 중심으로 이 거리를 반지름으로 하는 원을 그리고, 그 교점을 단말기의 현재 위치로 정한다.

Q의 위치에 있는 장애물이 제거되면 비콘 3에 의한 신호의 세기는 현재보다 강해지므로, 이 신호의 세기를 환산하여 그린 비콘 3을 중심으로 한 원의 반지름은 더 작아질 것이다. 따라서 측정되는 단말기의 위치(원의 교점)는 현재 측정된 위치에서 P 방향이 아니라 그 반대 방향으로 이동할 것이다.

⑤ 단말기에서 측정되는 비콘 2의 신호 세기만 약해진다면, 삼변측량 기법으로 측정되는 단말기의 위치는 현재 측정된 위치에서 비콘 2 방향으로 이동하겠군.

근거: **3** **13**비콘들은 동일한 세기의 신호를 사방으로 보내지만 비콘으로부터 거리가 멀어질수록, 벽과 같은 장애물이 많을수록 신호의 세기가 약해진다. + **5** **18**삼변측량 기법은 3개 이상의 비콘으로부터 수신된 신호 세기를 측정하여 단말기와 비콘 사이의 거리로 환산한다. **19**각 비콘을 중심으로 이 거리를 반지름으로 하는 원을 그리고, 그 교점을 단말기의 현재 위치로 정한다.

비콘 2의 신호의 세기만 약해진다면 이 신호의 세기를 환산하여 그린 비콘 2를 중심으로 한 원의 반지름은 더 커질 것이다. 따라서 측정되는 단말기의 위치(원의 교점)는 현재 측정된 위치에서 비콘 2 방향이 아니라 그 반대 방향으로 이동할 것이다.

문제적 문제

• 4-④, ⑤번

학생들이 정답 이외에 높은 비율로 선택한 선지가 ④번과 ⑤번이다. 비교적 길이가 짧은 독서 지문이었지만 비콘과의 거리에 따른 신호의 세기, 삼변측량 기법에서 원의 반지름과 비콘의 신호 세기와의 관계를 정확하게 파악하지 못했다면 선지에서 주어진 상황에 적용하여 달라지는 결과를 찾아내기 어려웠을 것이다.

3문단에서 실내에서는 비콘의 신호를 이용하여 위치를 측정하는데, 비콘들은 동일한 세기의 신호를 보내며 비콘으로부터 거리가 멀어질수록, 벽과 같은 장애물이 많을수록 신호의 세기가 약해진다고 했다. 또한 5문단에서 삼변측량 기법은 비콘으로부터 수신된 신호의 세기를 단말기와 비콘 사이의 거리로 환산하여 그 거리를 반지름으로 하는 원을 그린다고 했다. 즉, 수신된 신호의 세기가 약하다면 비콘과 단말기 사이의 거리는 먼 것으로 환산될 것이고 원의 반지름은 커질 것이다. 이는 장애물에 의해 약해진 신호에도 동일하게 적용되어 만약 장애물로 인해 신호가 약해졌다면 이를 거리 환산에 반영하여 더 큰 원을 그리게 된다. 따라서 이 경우는 단말기의 실제 위치보다 신호의 세기로 환산한 위치가 더 멀어지게 된다.

〈보기〉는 단말기가 3개의 비콘 신호를 받은 상태를 도식화한 것이다. 세 원의 교점은 P이며, 각 원의 반지름이 다른 것은 단말기가 수신한 비콘의 신호 세기가 다름을 의미한다. 즉 반지름이 가장 작은 비콘 1의 신호가 가장 세게 수신되었음을 알 수 있다. 또한 비콘 3의 경우 Q의 위치에 있는 장애물에 의해 신호가 약해졌으므로 실제보다 원의 반지름이 더 커졌음을 추론할 수 있다. 따라서 ④번과 같이 Q의 위치에 있는 장애물이 제거된다면 비콘 3을 중심으로 하는 원의 반지름은 작아질 것이고, 5문단에서 원의 교점이 하나로 모이지 않는 경우에는 세 원에 공통으로 속한 영역의 중심점을 단말기의 위치로 측정한다고 했으므로 측정되는 단말기의 위치는 현재 위치에서 P 방향이 아닌 비콘 3 방향으로 이동할 것이다. ⑤번도 마찬가지로 비콘 2의 신호가 약해진다면 다른 두 원을 제외한 비콘 2를 중심으로 하는 원의 반지름만 커지므로 측정되는 단말기의 위치는 현재 측정된 위치에서 비콘 2 방향이 아닌 반대 방향으로 이동하게 될 것이다.

이처럼 지문에서는 개념의 정의, 특징, 과정 등만 설명하고 〈보기〉에서 구체적인 상황이나 사례가 제시되는 경우 지문과 〈보기〉의 내용을 대응하여 읽어야 한다. 지문의 길이가 짧다고 해서 독해가 쉽거나 문제에서 물어보는 내용의 깊이가 얕은 것은 아니니, 어떤 지문을 만나더라도 방심하지 말고 끝까지 정확하게 읽고 제시된 문제에 잘 적용하는 연습이 필요하다.

정답률 분석

		정답	매력적 오답	매력적 오답
①	②	③	④	⑤
5%	14%	45%	20%	16%

[1~6] 다음 글을 읽고 물음에 답하시오.

✎ 사고의 흐름

1 ¹우리는 한 대의 자동차는 개체*라고 하지만 바닷물을 개체라고 하지는 않는다. ²어떤 부분들이 모여 하나의 개체를 ⓐ이룬다고 할 때 이를 개체라고 부를 수 있는 조건은 <u>무엇일까?</u> 개체성의 조건에 대해 이야기하려나 봐! ³일단 <u>부분들 사이의 유사성은 개체성의 조건이 될 수 없다.</u> ⁴가령 일란성 쌍둥이인 두 사람은 DNA 염기 서열과 외모도 같지만 동일한 개체는 아니다. 유사성은 개체성의 조건이 될 수 없으니 일란성 쌍둥이는 유사성이 높아도 동일한 개체로 볼 수 없는 거지! ⁵그래서 <u>부분들의 강한 유기적* 상호작용이 그 조건</u>으로 흔히 제시된다. ⁶하나의 개체를 구성하는 부분들은 외부 존재가 개체에 영향을 주는 것과는 비교할 수 없이 강한 방식으로 서로 영향을 주고받는다. 개체성의 조건 ① 부분들의 강한 유기적 상호작용

질문의 형식으로 글의 화제를 제시하고 있어!

2 ⁷상이한 시기에 존재하는 두 대상을 동일한 개체로 판단하는 조건도 물을 수 있다. ⁸그것은 <u>두 대상 사이의 인과성*</u>이다. 개체성의 조건 ② 두 대상 사이의 인과성 ⁹과거의 '나'와 현재의 '나'를 동일하다고 볼 수 있는 것은 강한 인과성이 존재하기 때문이다. ¹⁰과거의 '나'와 현재의 '나'는 세포 분열로 세포가 교체되는 과정을 통해 인과적으로 연결되어 있다. 현재의 '나'는 과거의 '나'로 인해 존재하니까 동시에 존재하지 않아도 인과성에 의해 동일한 개체라고 할 수 있는 것이군. ¹¹또 '나'가 세포 분열을 통해 새로운 개체를 생성할 때도 '나'와 '나의 후손'은 인과적으로 연결되어 있다. ¹²비록 '나'와 '나의 후손'은 동일한 개체는 아니지만 '나'와 다른 개체들 사이에 비해 더 강한 인과성으로 연결되어 있다.

3 ¹³개체성에 대한 이러한 철학적 질문은 생물학에서도 중요한 연구 주제가 된다. 개체성에 대한 생물학적 논의로 화제를 좁히고 있네! ¹⁴생명체를 구성하는 단위는 세포이다. ¹⁵세포는 생명체의 고유한 유전 정보가 담긴 DNA를 가지며 이를 복제*하여 증식*하고 번식하는 과정을 통해 자신의 DNA를 후세에 전달한다. 세포의 특징: 유전 정보가 담긴 DNA를 복제, 증식, 번식하여 후세에 전달 ¹⁶세포는 사람과 같은 진핵생물의 진핵세포와, 박테리아나 고세균과 같은 원핵생물의 원핵세포로 <u>구분된다.</u> ¹⁷진핵세포는 세포질에 막으로 둘러싸인 핵이 ⓑ있고 그 안에 DNA가 있지만, <u>원핵세포는 핵이 없다.</u> ¹⁸또한 진핵세포의 세포질에는 막으로 둘러싸인 여러 종류의 세포 소기관이 있으며, 그중 미토콘드리아는 세포 활동에 필요한 생체 에너지를 생산하는 기관이다. ¹⁹대부분의 진핵세포는 미토콘드리아를 필수적으로 ⓒ가지고 있다. 진핵세포와 원핵세포의 특징을 정리해 볼까?

어떤 것의 종류를 나누어 설명하면 공통점과 차이점을 파악하며 읽자!

진핵세포	원핵세포
핵 안에 DNA가 있음	핵이 없음
세포질에 미토콘드리아를 포함한 세포 소기관이 있음	
세포는 DNA를 가지므로 진핵세포, 원핵세포 둘 다 DNA를 가짐	

4 ²⁰이러한 미토콘드리아가 원래 박테리아의 한 종류인 원생미토콘드리아였다는 이론이 20세기 초에 제기되었다. ²¹공생발생설 또는 세포 내 공생설이라고 불리는 이 이론에서는 두 원핵생물 간의 공생 관계가 지속되면서 진핵세포를 가진 진핵생물이 탄생했다고 설명한다. ²²공생은 서로 다른 생명체가 함께 살아가는 것을 말하며, 서로 다른 생명체를 가정하는 것은 어느 생명체의 세포 안에서 다른 생명체가 공생하는 '내부 공생'에서도 마찬가지이다. 공생발생설은 서로 '다른' 생명체가 공생하는 것을 가정하고 있어. ²³㉠공생발생설은 한동안 생물학계로부터 인정받지 못했다. 왜 공생발생설이 인정받지 못했을까에 대해 설명하겠지? ²⁴미토콘드리아의 기능과 대략적인 구조, 그리고 생명체 간 내부 공생의 사례는 이미 알려졌지만 <u>미토콘드리아가 과거에 독립된 생명체였다는 것을 쉽게 믿을 수 없었기 때문이었다.</u> 미토콘드리아를 독립된 생명체라고 믿을 수 없었기 때문에 '다른' 생명체가 공생한다고 볼 수 없었겠지. 그래서 공생발생설이 인정받지 못한 거야! ²⁵그리고 한 생명체가 세대를 이어 가는 과정 중에 돌연변이와 자연선택이 일어나고, 이로 인해 종이 진화하고 분화한다고 보는 전통적인 유전학에서 두 원핵생물의 결합은 주목받지 못했다. '다른' 두 생명체의 결합으로 새로운 종이 생겨난다는 생각은 전통적인 유전학의 주목을 받지 못했어. ²⁶그러다가 전자 현미경의 등장으로 미토콘드리아의 내부까지 세밀히 관찰하게 되고, <u>미토콘드리아 안에는 세포핵의 DNA와는 다른 DNA가 있으며 단백질을 합성하는 자신만의 리보솜을 가지고 있다</u>는 사실이 ⓓ밝혀지면서 공생발생설이 새롭게 부각되었다. 미토콘드리아를 독립적인 생명체로 볼 수 있는 증거(미토콘드리아 자신만의 DNA와 리보솜)가 발견되면서 공생발생설이 새롭게 부각되었네!

5 ²⁷공생발생설에 따르면 진핵생물은 원생미토콘드리아가 고세균의 세포 안에서 내부 공생을 하다가 탄생했다고 본다. ²⁸고세균의 핵의 형성과 내부 공생의 시작 중 어느 것이 먼저인지에 대해서는 논란이 있지만, 고세균은 세포질에 핵이 생겨 진핵세포가 되고 원생미토콘드리아는 세포 소기관인 미토콘드리아가 되어 진핵생물이 탄생했다는 것이다. 진핵생물: 원생미토콘드리아가 고세균의 세포 안에서 내부 공생을 하다가 탄생(고세균 → 진핵세포, 원생미토콘드리아 → 세포 소기관) ²⁹미토콘드리아가 원래 박테리아의 한 종류였다는 근거는 여러 가지가 있다. 제시되는 근거들을 정리하면서 읽어 보자! ³⁰박테리아와 마찬가지로 ①<u>새로운 미토콘드리아는 이미 존재하는 미토콘드리아의 '이분 분열'을 통해서만</u> ⓔ만들어진다. ³¹미토콘드리아의 막에는 ②<u>진핵 세포막의 수송 단백질과는 다른 종류의 수송 단백질인 포린이 존재하고 ③박테리아의 세포막에 있는 카디오리핀이 존재한다.</u> ³²또 ④<u>미토콘드리아의 리보솜은 진핵세포의 리보솜보다 박테리아의 리보솜과 더 유사하다.</u> 미토콘드리아가 박테리아의 한 종류였다는 근거: ① 박테리아와 마찬가지로 '이분 분열'을 통해서만 새로운 미토콘드리아를 만듦 ② 진핵 세포막의 수송 단백질과 다른 수송 단백질이 존재 ③ 박테리아의 세포막에

있는 카디오리핀을 가짐 ④ 미토콘드리아의 리보솜이 진핵세포의 리보솜보다 박테리아의 리보솜과 더 유사함

6 [33]미토콘드리아는 여전히 고유한 DNA를 가진 채 복제와 증식이 이루어지는데도, 미토콘드리아와 진핵세포 사이의 관계를 공생 관계로 보지 않는 이유는 무엇일까? 이어서 질문에 대한 답이 나오겠지? 그 이유에 대해 설명하겠네! [34]두 생명체가 서로 떨어져서 살 수 없더라도 각자의 개체성을 잃을 정도로 유기적 상호작용이 강하지 않다면 그 둘은 공생 관계에 있다고 보는데, 미토콘드리아와 진핵세포 간의 유기적 상호작용은 둘을 다른 개체로 볼 수 없을 만큼 매우 강하기 때문이다. 미토콘드리아는 진핵세포와의 유기적 상호작용이 매우 강하기 때문에 개체성의 조건 ① (부분들의 강한 상호작용)에 의해 진핵세포와 별개의 개체로 보지 않는 거지! 즉 미토콘드리아는 개체성을 잃은 거야. [35]미토콘드리아가 개체성을 잃고 세포 소기관이 되었다고 보는 근거는, 진핵세포가 미토콘드리아의 증식을 조절하고, 자신을 복제하여 증식할 때 미토콘드리아도 함께 복제하여 증식시킨다는 것이다. [36]또한 미토콘드리아의 유전자의 많은 부분이 세포핵의 DNA로 옮겨 가 미토콘드리아의 DNA 길이가 현저히 짧아졌다는 것이다. 개체성을 잃은 미토콘드리아는 진핵세포의 영향을 받아 증식하고, DNA의 길이가 짧아지는 변화가 생겼어. [37]미토콘드리아에서 일어나는 대사 과정에 필요한 단백질은 세포핵의 DNA로부터 합성되고, 미토콘드리아의 DNA에 남은 유전자 대부분은 생체 에너지를 생산하는 역할을 한다. [38]예컨대 사람의 미토콘드리아는 37개의 유전자만 있을 정도로 DNA 길이가 짧다.

이것만은 챙기자

* **개체**: 하나의 독립된 생물체.
* **유기적**: 생물체처럼 전체를 구성하고 있는 각 부분이 서로 밀접하게 관련을 가지고 있어서 떼어 낼 수 없는.
* **인과성**: 둘이나 그 이상의 존재 사이에 원인과 결과로서 맺어지는 관계.
* **복제**: 본디의 것과 똑같은 것을 만듦. 또는 그렇게 만든 것.
* **증식**: 늘어서 많아짐. 또는 늘려서 많게 함.

만점 선배의 구조도 예시

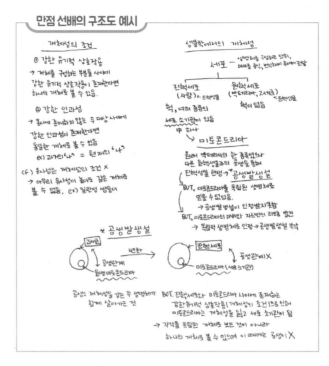

>> 각 문단을 요약하고 지문을 **세 부분**으로 나누어 보세요.

1 부분들의 강한 유기적 **상호작용**은 부분들이 모여 하나의 **개체**를 이룬다고 할 수 있는 조건이 된다.

2 상이한 **시기**에 존재하는 두 대상을 동일한 개체로 판단하는 조건은 두 대상 사이의 **인과성**이다.

> 첫 번째
> **1**[1]~**2**[12]

3 개체성은 생물학에서도 중요한 연구 주제인데, 생명체를 구성하는 단위인 **세포**는 진핵세포와 원핵세포로 구성되며 **진핵세포**의 세포 소기관 중에는 미토콘드리아가 있다.

4 공생발생설에서는 **미토콘드리아**가 원래 박테리아의 한 종류인 원생 미토콘드리아로 과거에 독립된 생명체였다고 설명한다.

5 공생발생설에 따르면 **진핵생물**은 원생미토콘드리아가 고세균의 세포 안에서 내부 **공생**을 하다가 탄생한 것이다.

> 두 번째
> **3**[13]~**5**[32]

6 미토콘드리아와 진핵세포 간 유기적 상호작용은 매우 강하여 이들을 **공생** 관계로 볼 수는 없으며, 미토콘드리아가 개체성을 잃고 세포 소기관이 되었다고 볼 수 있다.

> 세 번째
> **6**[33]~**6**[38]

1. 윗글의 내용 전개 방식으로 가장 적절한 것은?

정답풀이

③ 개체성의 조건을 제시한 후 세포 소기관의 개체성에 대해 공생 발생설을 중심으로 설명하고 있다.

> 근거: 1 [2]어떤 부분들이 모여 하나의 개체를 이룬다고 할 때 이를 개체라고 부를 수 있는 조건(개체성의 조건)은 무엇일까? [5]부분들의 강한 유기적 상호작용이 그 조건으로 흔히 제시된다. ~ 3 [13]개체성에 대한 이러한 철학적 질문은 생물학에서도 중요한 연구 주제가 된다. [16]세포는 사람과 같은 진핵생물의 진핵세포와, 박테리아나 고세균과 같은 원핵생물의 원핵세포로 구분된다. [18]진핵세포의 세포질에는 막으로 둘러싸인 여러 종류의 세포 소기관이 있으며, 그중 미토콘드리아는 세포 활동에 필요한 생체 에너지를 생산하는 기관이다. + 4 [20]미토콘드리아가 원래 박테리아의 한 종류인 원생미토콘드리아였다는 이론이 20세기 초에 제기되었다. [21]공생발생설 또는 세포 내 공생설이라고 불리는 이 이론에서는 두 원핵생물 간의 공생 관계가 지속되면서 진핵세포를 가진 진핵생물이 탄생했다고 설명한다.
>
> '개체성의 조건'으로 부분들의 강한 유기적 상호작용 등을 제시한 후 이와 관련된 논의를 생물학에 적용하여 세포의 세포질에 존재하는 세포 소기관(미토콘드리아)의 개체성에 대해 공생발생설을 중심으로 설명하고 있다.

오답풀이

① 개체성과 관련된 예를 제시한 후 공생발생설에 대한 다양한 견해를 비교하고 있다.

> 근거: 1 [4]가령 일란성 쌍둥이인 두 사람은 DNA 염기 서열과 외모도 같지만 동일한 개체는 아니다.
>
> 개체성과 관련된 '일란성 쌍둥이'의 예를 제시하고 있지만, 공생발생설에 대한 다양한 견해를 비교하고 있지는 않다.

② 개체에 대한 정의를 제시한 후 세포의 생물학적 개념이 확립되는 과정을 서술하고 있다.

> 개체의 정의가 아닌 개체성의 조건을 제시하고 있으며, 세포의 생물학적 개념이 확립되는 과정을 서술하고 있지 않다.

④ 개체의 유형을 분류한 후 세포의 소기관이 분화되는 과정을 공생발생설을 중심으로 설명하고 있다.

> 윗글에서 개체의 유형을 분류하고 있지는 않으며, 공생발생설을 통해 세포 소기관의 분화 과정이 아닌 개체성을 설명하고 있다.

⑤ 개체와 관련된 개념들을 설명한 후 세포가 하나의 개체로 변화하는 과정을 인과적으로 서술하고 있다.

> 개체와 관련된 개체성의 조건에 대해 설명하고 있을 뿐, 세포가 하나의 개체로 변화하는 과정을 인과적으로 서술하지는 않았다.

2. 윗글에 대한 이해로 적절하지 않은 것은?

정답풀이

④ 미토콘드리아의 대사 과정에 필요한 단백질은 미토콘드리아의 막을 통과하여 세포질로 이동해야 한다.

> 근거: 3 [17]진핵세포는 세포질에 막으로 둘러싸인 핵이 있고 그 안에 DNA가 있지만, 원핵세포는 핵이 없다. [18]또한 진핵세포의 세포질에는 막으로 둘러싸인 여러 종류의 세포 소기관이 있으며, 그중 미토콘드리아는 세포 활동에 필요한 생체 에너지를 생산하는 기관이다. + 6 [37]미토콘드리아에서 일어나는 대사 과정에 필요한 단백질은 세포핵의 DNA로부터 합성되고, 미토콘드리아의 DNA에 남은 유전자 대부분은 생체 에너지를 생산하는 역할을 한다.
>
> 미토콘드리아의 대사 과정에 필요한 단백질은 세포핵의 DNA로부터 합성되는데, 세포핵의 DNA는 진핵세포의 세포질 안에 막으로 둘러싸여 있다. 또한 미토콘드리아는 세포질에 존재하는 세포 소기관 중 하나이므로 세포핵의 DNA에서 합성된 단백질은 미토콘드리아의 막을 통과하여 세포질로 이동하는 것이 아니라 반대로 세포핵에서 세포질을 거쳐 미토콘드리아로 이동할 것이라고 추론할 수 있다.

오답풀이

① 유사성은 아무리 강하더라도 개체성의 조건이 될 수 없다.

> 근거: 1 [3]부분들 사이의 유사성은 개체성의 조건이 될 수 없다.

② 바닷물을 개체라고 말하기 어려운 이유는 유기적 상호작용이 약하기 때문이다.

> 근거: 1 [1]바닷물을 개체라고 하지는 않는다. [2]어떤 부분들이 모여 하나의 개체를 이룬다고 할 때 이를 개체라고 부를 수 있는 조건은 무엇일까? [5]부분들의 강한 유기적 상호작용이 그 조건으로 흔히 제시된다.
>
> 어떤 것을 개체라고 부르기 위한 조건에는 개체를 이루고 있는 부분들의 강한 유기적 상호작용이 있다. 이를 통해 바닷물을 개체라고 하지 않는 이유는 바닷물이 개체의 조건인 부분들의 강한 유기적 상호작용을 갖추고 있지 않기 때문임을 추론할 수 있다.

③ 새로운 미토콘드리아를 복제하기 위해서는 세포 안에 미토콘드리아가 반드시 있어야 한다.

> 근거: 3 [18]진핵세포의 세포질에는 막으로 둘러싸인 여러 종류의 세포 소기관이 있으며, 그중 미토콘드리아는 세포 활동에 필요한 생체 에너지를 생산하는 기관이다. + 5 [30]박테리아와 마찬가지로 새로운 미토콘드리아는 이미 존재하는 미토콘드리아의 '이분 분열'을 통해서만 만들어진다.
>
> 미토콘드리아는 진핵세포 안에 존재하며, 새로운 미토콘드리아는 이미 존재하는 미토콘드리아의 '이분 분열'을 통해서만 만들어지므로 복제를 위해서는 세포 안에 미토콘드리아가 반드시 있어야 한다.

⑤ 진핵세포가 되기 전의 고세균이 원생미토콘드리아보다 진핵세포와 더 강한 인과성으로 연결되어 있다.

> 근거: 2 [10]과거의 '나'와 현재의 '나'는 세포 분열로 세포가 교체되는 과정을 통해 인과적으로 연결되어 있다. + 5 [28]고세균은 세포질에 핵이 생겨 진핵세포가 되고 원생미토콘드리아는 세포 소기관인 미토콘드리아가 되어 진핵 생물이 탄생했다는 것이다.
>
> 고세균과 원생미토콘드리아 중 진핵세포로 바뀌는 것은 고세균이므로 진핵세포와 더 강한 인과성으로 연결된 것은 진핵세포가 되기 전의 고세균이다.

모두의 질문

Q: 미토콘드리아 안에 단백질을 합성하는 자신만의 리보솜이 있다고 했으니까 단백질은 미토콘드리아의 막을 통과하여 세포질로 이동하는 것 아닌가요?

A: 4문단에서 미토콘드리아 안에는 세포핵의 DNA와는 다른 DNA가 있으며 단백질을 합성하는 자신만의 리보솜을 가지고 있다고 했다. 따라서 미토콘드리아의 대사 과정에 필요한 단백질이 내부에서 합성되어 이동한다고 생각할 수 있지만 6문단에서 '미토콘드리아에서 일어나는 대사 과정에 필요한 단백질은 세포핵의 DNA로부터 합성'된다고 밝혔다.

그리고 3문단을 통해 진핵세포는 세포질에 막으로 둘러싸인 핵이 있고 그 안에 DNA가 있음을 알 수 있다. 이때 세포질에는 여러 종류의 세포 소기관이 있으며 미토콘드리아도 세포 소기관 중 하나이다. 이러한 구조를 통해 미토콘드리아의 대사 과정에 필요한 단백질은 진핵세포 핵 안의 DNA → 세포질 → 미토콘드리아의 막으로 이동할 것임을 추론할 수 있다.

독서 지문의 경우 익숙하지 않은 용어와 개념들로 인해 상당수의 학생들이 어려움을 호소하는데, 여기에 지문의 길이까지 길어지면 끝까지 읽어 내는 것조차 버겁게 느껴질 것이다. 그러나 앞서 설명했듯 근거만 잘 확인해도 충분히 답은 고를 수 있다. 그러니 포기하지 말고 지문-발문-선지를 정확히 읽어 보자. 일단 선지에서 '단백질'이 아닌 '대사 과정에 사용되는 단백질'이라고 했으니 지문에서 이에 대해 설명한 부분을 찾아 확인하는 것부터 시작하면 된다. 긴 지문일수록 한 번에 모든 것을 이해하려고 하지 말고 개념들의 정의나 비교, 대조 등에 유념하며 끝까지 읽은 후, 문제를 풀 때 해당 부분으로 다시 돌아가 해결하려는 자세가 필요하다.

3. 윗글을 참고할 때, ㉠의 이유로 가장 적절한 것은?

> ㉠: 공생발생설은 한동안 생물학계로부터 인정받지 못했다.

✔ 정답풀이

⑤ 미토콘드리아가 자신의 고유한 유전 정보를 전달할 수 있다는 것을 알지 못했기 때문이다.

> 근거: ❸ [14]생명체를 구성하는 단위는 세포이다. [15]세포는 생명체의 고유한 유전 정보가 담긴 DNA를 가지며 + ❹ [21]공생발생설 또는 세포 내 공생설이라고 불리는 이 이론에서는 두 원핵생물 간의 공생 관계가 지속되면서 진핵세포를 가진 진핵생물이 탄생했다고 설명한다. [22]공생은 서로 다른 생명체가 함께 살아가는 것을 말하며 [23]공생발생설은 한동안 생물학계로부터 인정받지 못했다.(㉠) [24]미토콘드리아가 과거에 독립된 생명체였다는 것을 쉽게 믿을 수 없었기 때문이었다. [26]미토콘드리아 안에는 세포핵의 DNA와는 다른 DNA가 있으며 단백질을 합성하는 자신만의 리보솜을 가지고 있다는 사실이 밝혀지면서 공생발생설이 새롭게 부각되었다.
>
> 공생발생설은 두 원핵생물 간의 공생 관계가 지속되면서 진핵생물이 탄생했다고 보는 이론이다. 하지만 과거에는 미토콘드리아를 독립된 생명체로 여기지 않았기 때문에 '서로 다른 생명체가 함께 살아가는' 공생 자체가 불가능하다고 보았다. 이때 '생명체'는 세포로 구성되며 세포는 생명체의 고유한 유전 정보가 담긴 DNA를 가진다는 것을 고려하면, ㉠의 이유는 미토콘드리아가 자신의 고유한 유전 정보를 전달할 수 있는 생명체라는 것을 알지 못했기 때문임을 추론할 수 있다. 또한 이는 미토콘드리아 안에 세포핵의 DNA와는 다른 DNA가 있다는 사실이 밝혀지면서 공생발생설이 새롭게 부각된 것을 통해서도 알 수 있다.

✘ 오답풀이

① 진핵세포가 세포 소기관을 가지고 있다는 사실을 알지 못했기 때문이다.

> 근거: ❸ [18]진핵세포의 세포질에는 막으로 둘러싸인 여러 종류의 세포 소기관이 있으며, 그중 미토콘드리아는 세포 활동에 필요한 생체 에너지를 생산하는 기관이다. + ❹ [21]공생발생설 또는 세포 내 공생설이라고 불리는 이 이론에서는 두 원핵생물 간의 공생 관계가 지속되면서 진핵세포를 가진 진핵생물이 탄생했다고 설명한다.
>
> 공생발생설이 원핵생물 간의 공생 관계로 진핵세포를 설명하는 것을 통해 진핵세포의 특징은 이미 알고 있었을 것이라고 추론할 수 있다.

② 공생발생설이 당시의 유전학 이론에 어긋난다는 근거가 부족했기 때문이다.

> 근거: ❹ [24]미토콘드리아의 기능과 대략적인 구조, 그리고 생명체 간 내부 공생의 사례는 이미 알려졌지만 미토콘드리아가 과거에 독립된 생명체였다는 것을 쉽게 믿을 수 없었기 때문이었다. [25]그리고 한 생명체가 세대를 이어 가는 과정 중에 돌연변이와 자연선택이 일어나고, 이로 인해 종이 진화하고 분화한다고 보는 전통적인 유전학에서 두 원핵생물의 결합은 주목받지 못했다.
>
> ㉠의 이유는 미토콘드리아가 독립된 생명체인 것을 믿지 못했으며, 두 원핵생물의 결합이 '당시의 유전학 이론'에 해당되는 전통적 유전학의 입장과 어긋나므로 주목할 만하다고 생각하지 않았기 때문이다. 따라서 공생발생설이 당시의 유전학 이론에 어긋난다는 근거가 부족했다고 볼 수는 없다.

③ 한 생명체가 다른 생명체의 세포 속에서 살 수 있다는 근거가 부족했기 때문이다.

근거: **4** ²²공생은 서로 다른 생명체가 함께 살아가는 것을 말하며, 서로 다른 생명체를 가정하는 것은 어느 생명체의 세포 안에서 다른 생명체가 공생하는 '내부 공생'에서도 마찬가지이다. ²⁴미토콘드리아의 기능과 대략적인 구조, 그리고 생명체 간 내부 공생의 사례는 이미 알려졌지만 미토콘드리아가 과거에 독립된 생명체였다는 것을 쉽게 믿을 수 없었기 때문이었다.
㉠의 이유는 미토콘드리아가 독립된 생명체인 것을 믿지 못했기 때문이다. 한 생명체가 다른 생명체의 세포 속에서 살 수 있다는 '생명체 간 내부 공생'의 사례는 이미 알려져 있었으므로, 이에 대한 근거가 부족했다고 볼 수 없다.

④ 미토콘드리아가 진핵세포의 활동에 중요한 기능을 한다는 사실을 알지 못했기 때문이다.

근거: **3** ¹⁸진핵세포의 세포질에는 막으로 둘러싸인 여러 종류의 세포 소기관이 있으며, 그중 미토콘드리아는 세포 활동에 필요한 생체 에너지를 생산하는 기관이다. + **4** ²⁴미토콘드리아의 기능과 대략적인 구조, 그리고 생명체 간 내부 공생의 사례는 이미 알려졌지만 미토콘드리아가 과거에 독립된 생명체였다는 것을 쉽게 믿을 수 없었기 때문이었다.
세포 활동에 필요한 생체 에너지를 생산한다는 미토콘드리아의 기능은 이미 알려져 있었으므로, 미토콘드리아가 진핵세포의 활동에 중요한 기능을 한다는 사실을 몰랐다고 볼 수는 없다.

| 세부 내용 추론 | 정답률 **55**

4. 〈보기〉는 진핵세포의 세포 소기관을 연구한 결과들이다. 윗글을 바탕으로 할 때, 각각의 세포 소기관이 박테리아로부터 비롯되었다고 판단할 수 있는 것만을 〈보기〉에서 고른 것은?

〈보기〉

ㄱ. 세포 소기관이 자신의 DNA를 가지고 있다는 것과 이분 분열을 한다는 것을 확인하였다.
ㄴ. 세포 소기관이 자신의 DNA를 가지고 있다는 것과 진핵세포의 리보솜을 가지고 있다는 것을 확인하였다.
ㄷ. 세포 소기관이 막으로 둘러싸여 있다는 것과 막에는 수송 단백질이 있는 것을 확인하였다.
ㄹ. 세포 소기관이 막으로 둘러싸여 있다는 것과 막에는 다량의 카디오리핀이 있는 것을 확인하였다.

정답풀이

② ㄱ, ㄹ

근거: **3** ¹⁸진핵세포의 세포질에는 막으로 둘러싸인 여러 종류의 세포 소기관이 있으며, 그중 미토콘드리아는 세포 활동에 필요한 생체 에너지를 생산하는 기관이다. + **5** ²⁹미토콘드리아가 원래 박테리아의 한 종류였다는 근거는 여러 가지가 있다. ³⁰박테리아와 마찬가지로 새로운 미토콘드리아는 이미 존재하는 미토콘드리아의 '이분 분열'을 통해서만 만들어진다. ³¹미토콘드리아의 막에는 진핵 세포막의 수송 단백질과는 다른 종류의 수송 단백질인 포린이 존재하고 박테리아의 세포막에 있는 카디오리핀이 존재한다. ³²또 미토콘드리아의 리보솜은 진핵세포의 리보솜보다 박테리아의 리보솜과 더 유사하다.
세포 소기관인 미토콘드리아는 박테리아와 같이 '이분 분열'을 하며 박테리아의 리보솜과 유사한 리보솜을 가지고 있다고 했다. 또한 미토콘드리아의 막에는 진핵세포의 수송 단백질과는 다른 종류의 수송 단백질인 포린과 박테리아의 세포막에 있는 카디오리핀이 존재한다고 했으므로, 이와 같은 특징을 가진 세포 소기관은 박테리아로부터 비롯되었다고 판단할 수 있다. 즉 ㄱ의 '이분 분열'과 ㄹ의 '카디오리핀'을 통해 세포 소기관이 박테리아로부터 비롯되었다고 판단할 수 있다.

오답풀이

ㄴ

근거: **5** ³²미토콘드리아의 리보솜은 진핵세포의 리보솜보다 박테리아의 리보솜과 더 유사하다.
세포 소기관이 진핵세포의 리보솜보다 박테리아의 리보솜과 유사한 리보솜을 가지고 있을 경우에 세포 소기관이 박테리아로부터 비롯되었다고 판단할 수 있으므로, 세포 소기관이 진핵세포의 리보솜을 가지고 있는 것을 통해서는 세포 소기관이 박테리아로부터 비롯되었다는 판단을 내릴 수 없다.

ㄷ

근거: **5** ³¹미토콘드리아의 막에는 진핵 세포막의 수송 단백질과는 다른 종류의 수송 단백질인 포린이 존재하고 박테리아의 세포막에 있는 카디오리핀이 존재한다.
미토콘드리아의 막에는 진핵세포막의 수송 단백질과는 다른 종류의 수송 단백질인 포린이 존재한다고 하였다. 즉 진핵세포막과 다른 종류의 수송 단백질인 포린이 있다는 언급 없이, 단순히 막에 수송 단백질이 있다는 것만으로는 세포 소기관이 박테리아로부터 비롯되었다는 판단을 내릴 수 없다.

5. 윗글을 바탕으로 〈보기〉를 이해한 내용으로 적절하지 않은 것은? [3점]

〈보기〉

○ [1]복어는 테트로도톡신이라는 신경 독소를 가지고 있지만 테트로도톡신을 스스로 만들지 못하고 체내에서 서식하는 미생물이 이를 생산한다. [2]복어는 독소를 생산하는 미생물에게 서식처를 제공하는 대신 포식자로부터 자신을 방어할 수 있는 무기를 갖게 되었다. [3]만약 복어의 체내에 있는 미생물을 제거하면 복어는 독소를 가지지 못하나 생존에는 지장이 없었다.

○ [4]실험실의 아메바가 병원성 박테리아에 감염되어 대부분의 아메바가 죽고 일부 아메바는 생존하였다. [5]생존한 아메바의 세포질에서 서식하는 박테리아는 스스로 복제하여 증식할 수 있었고 더 이상 병원성을 지니지는 않았다. [6]아메바에게는 무해하지만 박테리아에게는 치명적인 항생제를 아메바에게 투여하면 박테리아와 함께 아메바도 죽었다.

✅ 정답풀이

① 병원성을 잃은 '아메바의 세포질에서 서식하는 박테리아'는 세포 소기관으로 변한 것이겠군.

근거: ⑥ [35]미토콘드리아가 개체성을 잃고 세포 소기관이 되었다고 보는 근거는, 진핵세포가 미토콘드리아의 증식을 조절하고, 자신을 복제하여 증식할 때 미토콘드리아도 함께 복제하여 증식시킨다는 것이다. + 〈보기〉 [5]생존한 아메바의 세포질에서 서식하는 박테리아는 스스로 복제하여 증식할 수 있었고 더 이상 병원성을 지니지는 않았다.

〈보기〉에서 병원성을 잃은 '아메바의 세포질에서 서식하는 박테리아'는 여전히 스스로 복제하여 증식할 수 있으므로, 진핵세포에 의해 증식이 이루어지는 미토콘드리아와 달리 개체성을 잃지 않았음을 알 수 있다. 따라서 박테리아가 아메바의 세포 소기관으로 변했다고(= 개체성을 잃었다고) 보기는 어렵다.

❌ 오답풀이

② 복어의 '체내에서 서식하는 미생물'은 '복어'와의 유기적 상호작용이 강해진다면 개체성을 잃을 수 있겠군.

근거: ⑥ [34]두 생명체가 서로 떨어져서 살 수 없더라도 각자의 개체성을 잃을 정도로 유기적 상호작용이 강하지 않다면 그 둘은 공생 관계 + 〈보기〉 [3]복어의 체내에 있는 미생물을 제거하면 복어는 독소를 가지지 못하나 생존에는 지장이 없었다.

〈보기〉에서 복어의 체내에 있는 미생물을 제거하여도 복어의 생존에는 지장이 없다고 했으므로 '복어'와 복어의 '체내에서 서식하는 미생물' 사이의 유기적 상호작용은 약한 수준임을 알 수 있다. 하지만 '복어'와의 유기적 상호작용이 강해진다면 복어의 '체내에 있는 미생물'은 개체성을 잃을 것이다.

③ 복어의 세포가 증식할 때 복어의 체내에서 '독소를 생산하는 미생물'의 DNA도 함께 증식하는 것은 아니겠군.

근거: ⑥ [35]미토콘드리아가 개체성을 잃고 세포 소기관이 되었다고 보는 근거는, 진핵세포가 미토콘드리아의 증식을 조절하고, 자신을 복제하여 증식할 때 미토콘드리아도 함께 복제하여 증식시킨다는 것이다. + 〈보기〉 [3]복어의 체내에 있는 미생물을 제거하면 복어는 독소를 가지지 못하나 생존에는 지장이 없었다.

〈보기〉에서 복어의 체내에 있는 미생물을 제거하여도 복어의 생존에는 지장이 없다고 했으므로 '복어'와 복어의 체내에서 '독소를 생산하는 미생물' 사이의 유기적 상호작용은 약한 수준임을 알 수 있다. 즉 미생물은 개체성을 잃지 않았기 때문에 미생물의 DNA는 복어의 세포 증식에 영향을 받지 않을 것이다.

④ '아메바의 세포질에서 서식하는 박테리아'가 개체성을 잃었다면 '아메바의 세포질에서 서식하는 박테리아'의 DNA 길이는 짧아졌겠군.

근거: ⑥ [36](미토콘드리아가 개체성을 잃고 세포 소기관이 되었다고 보는 근거는) 미토콘드리아의 유전자의 많은 부분이 세포핵의 DNA로 옮겨 가 미토콘드리아의 DNA 길이가 현저히 짧아졌다는 것이다.

개체성을 잃은 미토콘드리아 유전자의 많은 부분이 세포핵의 DNA로 옮겨 가 DNA의 길이가 현저히 짧아진 것을 통해 '아메바의 세포질에서 서식하는 박테리아'도 개체성을 잃는다면 그 DNA 길이가 짧아질 것으로 추론할 수 있다.

⑤ '아메바의 세포질에서 서식하는 박테리아'와 '아메바' 사이의 관계와 '복어'와 '독소를 생산하는 미생물' 사이의 관계는 모두 공생 관계이겠군.

근거: ⑥ [34]두 생명체가 서로 떨어져서 살 수 없더라도 각자의 개체성을 잃을 정도로 유기적 상호작용이 강하지 않다면 그 둘은 공생 관계 [35]미토콘드리아가 개체성을 잃고 세포 소기관이 되었다고 보는 근거는, 진핵세포가 미토콘드리아의 증식을 조절하고, 자신을 복제하여 증식할 때 미토콘드리아도 함께 복제하여 증식시킨다는 것이다. + 〈보기〉 [3]복어의 체내에 있는 미생물을 제거하면 복어는 독소를 가지지 못하나 생존에는 지장이 없었다. [5]생존한 아메바의 세포질에서 서식하는 박테리아는 스스로 복제하여 증식할 수 있었고

〈보기〉에서 아메바의 세포질에서 서식하는 박테리아는 여전히 스스로 복제하여 증식할 수 있다고 했고, 복어의 체내에 있는 미생물을 제거하여도 복어의 생존에는 지장이 없다고 했다. 따라서 '아메바의 세포질에서 서식하는 박테리아'와 '독소를 생산하는 미생물'은 개체성을 잃지 않았음을 알 수 있다. 따라서 이들은 각각 '아메바', '복어'와 공생 관계에 있다고 할 수 있다.

•5-①, ③, ⑤번

학생들이 정답이 아닌 모든 선지를 높은 비율로 선택하였다. 그중 가장 많이 고른 선지가 ⑤번이다. 난도가 높고 긴 독서 지문이 등장한 것만으로도 심리적인 부담이 컸을 것이다. 또한 6문단의 '공생 관계'와 '개체성을 잃고 세포 소기관이 되는 것'의 차이를 정확하게 구분하지 못했다면 〈보기〉의 상황과 선지의 내용을 지문과 연결하기 어려웠을 것이다.

⑤번은 내용상 ③번과 연관 지어 생각해 볼 수 있다. 6문단에 따르면 두 생명체가 서로 떨어져서 살 수 없더라도 각자의 개체성을 잃지 않은 경우 공생 관계가 이루어진다. 반면 미토콘드리아와 진핵세포의 경우와 같이 둘 사이의 유기적 상호작용이 강해 둘을 다른 개체로 볼 수 없을 정도가 되면, 하나의 생명체가 개체성을 잃어 세포 소기관이 되므로 이는 공생 관계로 보지 않는다. 그리고 미토콘드리아는 원래 자신의 DNA를 가지고 스스로 복제하여 증식할 수 있었음에도 개체성을 잃은 후에는 진핵세포의 조절에 의해 DNA 복제 및 증식이 이루어진다.

그런데 〈보기〉에서 복어와 복어의 체내에 서식하는 미생물의 경우 미생물을 제거하여도 복어의 생존에는 지장이 없다. 즉 두 생명체는 서로 떨어져도 생존에 문제를 주지 않는 공생 관계에 있으므로 복어의 세포 증식은 미생물의 DNA 증식에 영향을 주지 않기에 ③번은 적절하다.

한편 실험실의 아메바와 아메바의 세포질에 서식하는 박테리아의 경우 박테리아를 제거했을 때 아메바도 함께 죽는 것으로 보아 이 둘은 서로 떨어져서 살 수 없는 상태이다. 하지만 박테리아는 스스로 복제하여 증식할 수 있다고 했으므로 개체성을 잃은 것은 아니며 이 또한 공생 관계라고 볼 수 있기 때문에 ⑤번은 적절하며 ①번은 적절하지 않다.

독서 지문에서 [3점]짜리 〈보기〉 문제의 경우 지문-〈보기〉-선지의 내용을 정확히 대응시킬 수 있어야 선지의 적절성을 제대로 판단할 수 있다. 또한 중간에 길을 잃지 않고 끝까지 읽어 내는 연습과 더불어 시험이 이루어지는 80분의 시간을 적절하게 분배할 수 있도록 미리 계획을 세워 두는 것이 필요하다.

정답률 분석

정답				매력적 오답
①	②	③	④	⑤
21%	17%	16%	16%	30%

| 어휘의 의미 파악 | 정답률 ⑧③

6. 문맥상 ⓐ~ⓔ와 바꿔 쓰기에 적절하지 않은 것은?

⊘ 정답풀이

④ ⓓ: 조명(照明)되면서

> 근거: **4** ²⁶리보솜을 가지고 있다는 사실이 ⓓ밝혀지면서
> '밝혀지다'는 '드러나지 않거나 알려지지 않은 사실, 내용, 생각 따위가 드러나 알려지다.'라는 의미이므로, '어떤 대상이 일정한 관점으로 바라보이다.'라는 의미의 '조명되다'와 바꿔 쓸 수 없다.

⊗ 오답풀이

① ⓐ: 구성(構成)한다고

근거: **1** ²어떤 부분들이 모여 하나의 개체를 ⓐ이룬다고 할 때
이루다: 몇 가지 부분이나 요소들을 모아 일정한 성질이나 모양을 가진 존재가 되게 하다.
구성하다: 몇 가지 부분이나 요소들을 모아서 일정한 전체를 짜 이루다.

② ⓑ: 존재(存在)하고

근거: **3** ¹⁷진핵세포는 세포질에 막으로 둘러싸인 핵이 ⓑ있고
있다: 어떤 사실이나 현상이 현실로 존재하는 상태이다.
존재하다: 현실에 실재하다.

③ ⓒ: 보유(保有)하고

근거: **3** ¹⁹진핵세포는 미토콘드리아를 필수적으로 ⓒ가지고 있다.
가지다: 몸 따위에 있게 하다.
보유하다: 가지고 있거나 간직하고 있다.

⑤ ⓔ: 생성(生成)된다

근거: **5** ³⁰새로운 미토콘드리아는 이미 존재하는 미토콘드리아의 '이분 분열'을 통해서만 ⓔ만들어진다.
만들어지다: 되어지거나 변하게 되다.
생성되다: 사물이 생겨나다.

MEMO

HOLSOO

홀로 공부하는 수능 국어 기출 분석

PART 5
주제 복합

[1~6] 다음 글을 읽고 물음에 답하시오.

✏️ 사고의 흐름

(가)

❶ ¹리얼리즘 영화 이론가 앙드레 바쟁에 따르면 영화는 '세상을 향해 열린 창'이다. ²창을 통해 세상을 인식하는 것처럼, 관객은 영화를 통해 현실을 객관적으로 인식할 수 있다. *영화라는 '창'을 통해 현실을 객관적으로 인식할 수 있다고 보는 바쟁의 관점이 제시됐어.* ³영화가 담아내고자 하는 현실은 물리적 시·공간이 분할되지 않는 하나의 총체로, 그 의미가 미리 정해지지 않은 미결정의 상태이다. ⁴바쟁은 영화가 현실의 물리적 연속성과 미결정성을 있는 그대로 드러내야 한다고 생각했다. *바쟁의 관점에서 영화가 '있는 그대로' 드러내야 하는 현실의 두 요소: (1) 물리적 연속성(물리적 시·공간 분할 X) (2) 미결정성(의미 미리 결정 X)*

두 유형의 감독에 대한 설명이 이어지겠군.

❷ ⁵바쟁은 영화감독을 '이미지를 믿는 감독'과 '현실을 믿는 감독'으로 (분류했다.) ⁶영화의 형식을 중시한 '이미지를 믿는 감독'은 다양한 영화적 기법으로 현실을 변형하여 ⓐ새로운 의미를 창조하는 데 주력한다. ⁷몽타주의 대가*인 예이젠시테인이 대표적이다. ⁸몽타주는 추상적이거나 상징적인 이미지를 통해 관객이 익숙한 대상을 낯설게 받아들이게 한다. ⁹또한 짧은 숏들을 불규칙적으로 편집해서 영화가 재현한 공간이 불연속적으로 연결된 듯한 느낌을 만들어 낸다. *1문단에서 바쟁은 영화가 현실을 있는 그대로 드러내야 한다고 봤어. 그럼 바쟁은 몽타주 등을 통해 현실을 변형하는 '이미지를 믿는 감독'을 바람직하게 여기지는 않겠군.* ¹⁰바쟁은 몽타주가 현실의 연속성을 ⓑ깨뜨릴 뿐만 아니라 감독의 의도에 따라 관객이 현실을 하나의 의미로만 해석하게 할 우려가 있는 연출 방식이라고 생각했다. *바쟁이 생각한 '이미지를 믿는 감독'의 특성을 정리해 볼까?*

	'이미지를 믿는 감독'
중시 요소	- 영화의 형식 - 현실 변형 O → 새로운 의미 창조
연출 방식	몽타주(현실의 물리적 연속성 파괴, 현실을 하나의 의미로만 해석하도록 유도할 위험성 있음)

❸ ¹¹바쟁은 '현실을 믿는 감독'을 지지했다. *바쟁이 더 바람직하다고 생각하는 형태의 연출을 하는 감독에 대해 설명하겠군.* ¹²이들은 '이미지를 믿는 감독(과 달리)영화의 내용, 즉 현실을 더 중요하게 생각하기에 변형되지 않은 현실을 객관적으로 보여 주고자 한다. ¹³디프 포커스와 롱 테이크는 이를 가능하게 해 주는 영화적 기법이다. ¹⁴디프 포커스는 근경에서 원경까지 숏 전체를 선명하게 초점을 맞춰 촬영하는 기법으로, 원근감이 느껴지도록 공간감을 표현할 수 있다. ¹⁵롱 테이크는 하나의 숏이 1~2분 이상 끊김 없이 길게 진행되도록 촬영하는 기법이다. ¹⁶영화 속 사건이 지속되는 시간과 관객의 영화 체험 시간이 일치하여 현실을 ⓒ마주하는 듯한 효과를 낳는다. *'디프 포커스'와 '롱 테이크'는 2문단에 제시된 '몽타주'와 달리 현실을 객관적으로 보여 주는 데 특화된 연출 기법인 것 같아.* ¹⁷바쟁에 따르면, 디프 포커스와 롱 테이크를 혼용*하여 연출한 장면은 관객이 그 장면에 담긴 인물이나

두 대상의 차이를 언급하는 부분은 눈여겨보자.

사물을 자율적으로 선택하여 응시하면서 화면 속 공간 전체와 사건의 전개를 지켜볼 수 있게 해 준다. *바쟁이 생각한 '현실을 믿는 감독'의 특성도 정리해 보자.*

	'현실을 믿는 감독'
중시 요소	- 영화의 내용 - 현실 변형 X → 객관적 제시
연출 방식	디프 포커스와 롱 테이크(혼용 시 관객이 장면 속 대상 자율적으로 선택하여 감상 가능)

❹ ¹⁸바쟁은 현실의 공간에서 자연광을 이용해 촬영하거나, 연기 경험이 없는 일반인을 배우로 ⓓ쓰는 등 다큐멘터리처럼 강한 현실감을 만들어 내는 연출 방식에 찬사를 보냈다. *바쟁은 영화의 '현실감'이 어떤 경우에 만들어진다고 보았는지 체크하고 넘어가자.* ¹⁹또한 정교하게 구조화된 서사를 통해 의미를 명확하게 제시하는 영화보다는 열린 결말을 통해 의미를 확정적으로 제시하지 않는 영화를 선호했다. ²⁰이러한 영화가 미결정 상태의 현실을 있는 그대로 드러낸다고 생각했기 때문이다. *바쟁은 1문단에 언급된 현실의 미결정성이 '열린 결말'을 통해 제시된다고 본 거야.*

만점 선배의 구조도 예시

(가) 영화에 대한 바쟁의 견해

* **영화**: "세상을 향해 열린 창"

\# **관객 → 영화 통해 현실을 객관적으로 인식**
①물리적 연속성 ②미결정성

* **영화감독의 유형**

1) **'이미지를 믿는 감독'** (영화의 형식 중시)
- 현실 변형 O → 새로운 의미 창출
- **몽타주** i)추상적·상징적 이미지 (낯선 느낌)
ii)짧은 숏들 불규칙적 편집
(공간이 불연속적으로 연결된 느낌)
↓
관객이 현실을 하나의 의미로만 해석할 위험

지지! ↙

2) **'현실을 믿는 감독'** (영화의 내용 중시)
- 현실 변형X → 객관적 제시
- **디프 포커스** 근경+원경 초점 선명 (원근감)
- **롱 테이크** 영화 속 사건 지속 시간
→ 영화 체험 시간과 일치
↓
혼용 시 관객이 응시 대상 자율 선택 가능

* 현실감 구현하는 자연광 촬영·일반인 배우 섭외 → Good!
현실의 비결정성 구현하는 열린 결말 → Good!

>> 각 문단을 요약하고 지문을 **세 부분**으로 나누어 보세요.

1 리얼리즘 영화 이론가 바쟁은 관객이 영화를 통해 현실을 객관적으로 인식할 수 있으며, 영화는 현실의 물리적 연속성과 **미결정성**을 있는 그대로 드러내야 한다고 생각했다.

첫 번째
1^1~**2**^{5}

2 바쟁은 '이미지를 믿는 감독'은 다양한 영화적 기법으로 현실을 변형하여 새로운 의미를 창조하는 데 주력하는데, 몽타주는 현실의 **연속성**을 깨뜨리고 현실을 하나의 의미로만 해석하게 할 우려가 있는 연출 방식이라고 보았다.

두 번째
2^6~**2**^{10}

3 바쟁이 지지하는 '현실을 믿는 감독'은 변형되지 않은 현실을 객관적으로 보여 주고자 하는데, 디프 포커스와 롱 테이크는 이를 가능하게 해 주는 기법이다.

세 번째
3^{11}~**4**^{20}

4 바쟁은 현실을 있는 그대로 드러내는 다큐멘터리처럼 강한 현실감을 만드는 연출 방식, **열린 결말**의 영화를 선호했다.

MEMO

(나)

1 [1]정신분석학적 영화 이론에 따르면 ㉠관객이 영화에서 느끼는 현실감은 상상적인 것이며 환영이다. 영화 관객이 느끼는 현실감은 '상상적인 것'이자 '환영'이라는 '정신분석학적 영화 이론'의 견해가 제시되었어. [2]영화와 관객의 심리 사이의 관계를 다루는 정신분석학적 영화 이론은 영화와 관객 사이에 발생하는 동일시* 현상에 (주목한다). [3]이런 동일시 현상은 영화 장치로 인해 발생한다. [4]이때 영화 장치는 카메라, 영화의 서사, 영화관의 환경 등을 아우르는 개념이다. '동일시 현상'은 관객이 영화에서 느끼는 현실감과 관련된 것으로, 영화 장치(카메라, 영화의 서사, 영화관의 환경 등)에 의해 발생하는 것이라고 해. 특정 현상의 발생에 관련된 인과관계는 잘 확인해 두자. [5]가장 대표적인 동일시 현상은 관객이 영화의 등장인물에 자신을 일치시키는 것이다. [6]이런 동일시는 극영화뿐 아니라 다큐멘터리 영화에서도 발생한다. [7]그런데 관객이 보고 있는 인물과 사물은 영화가 상영되는 그 시간과 장소에는 존재하지 않는다. [8]그 인물과 사물의 부재를 채우는 역할은 관객의 몫이다. [9]관객은 상상적 작업을 통해, 영화가 보여 주는 세계의 중심에 자신을 위치시킴으로써, 허구적 세계와 현실 사이의 간극*을 ⓔ없앤다. [10]따라서 정신분석학적 영화 이론에서 영화는 일종의 몽상이다. 관객이 자신과 등장인물을 일치시키는 동일시 현상은, '상상적 작업'을 통해 영화 속 '허구적 세계'의 중심에 자신을 위치시켜 현실과의 간극을 없앰으로써 이루어지는 것이구나.

2 [11]정신분석학적 영화 이론에 따르면 관객의 시점은 카메라의 시점과 동일시된다. [12]관객은 카메라에 의해 기록된 것만을 볼 수 있다. [13]따라서 관객은 자신이 영화를 보는 시선의 주체라고 생각하지만 그 시선은 카메라에 의해 이미 규정된 시선이다. 영화 장치와 관객의 심리 ① : 관객은 '카메라'에 의해 규정된 시선을 자신의 시선이라 생각함 [14]또한 영화는 촬영과 편집 과정에서 특정한 의도에 따라 선택과 배제가 이루어지지만, 관객은 제작 과정에서 무엇이 배제되었는지 알 수 없다. [15]관객은 자신이 현실 세계를 보고 있다고 믿지만, 사실은 인위적으로 만들어진 세계를 보고 있다는 것이 정신분석학적 영화 이론가들의 주장이다. 영화 장치와 관객의 심리 ② : 관객은 인위적으로 만들어진 (특정한 의도에 의해 선택과 배제가 이루어진) 세계를 보면서 현실 세계를 본다고 생각함

3 [16]영화관의 환경은 관객이 영화가 환영임을 인식하기 어렵게 만든다. [17]영화에 몰입한 관객은 플라톤이 말한 '동굴의 비유' 속 죄수처럼 스크린에 비친 허구적 세계를 현실이라고 착각한다. [18]이때 영화는 꿈에 빗대진다. 영화 장치와 관객의 심리 ③ : 관객은 영화관의 환경에 의해 영화에 몰입하여 스크린 속 허구(환영) 세계를 현실로 착각함 [19]정신분석학적 영화 이론은 영화가 은폐하고 있는 특정한 이념을 관객이 의심하지 않고 자신의 것으로 받아들일 위험이 있다고 경고한다. [20]이는 관객이 비판적 거리를 유지하면서 영화를 볼 수 있도록, 영화가 환영임을 영화 스스로 폭로하는 설정이 담겨 있는 대안*적인 영화가 필요하다는 주장으로 이어진다. 정신분석학적 영화 이론은 관객이 영화 속 이념을 의심 없이 수용하는 것을 경계하며, 영화 스스로가 환영임을 폭로함으로써 관객이 비판적 거리를 유지하면서 영화를 감상할 수 있게 하는 대안적 영화의 필요성을 주장했군.

특정 관점이 주목하는 대상, 개념, 견해에 대한 자세한 설명이 이어진다면 꼼꼼하게 살펴보아야 해.

만점 선배의 구조도 예시

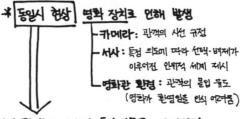

(나)

정신분석학적 영화 이론

＊ 관객이 영화에서 느끼는 현실감 → 상상, 환영!
　　　└ 일종의 몽상, 꿈

＊ [동일시 현상] 영화 장치로 인해 발생
　├ 카메라 : 관객의 시선 규정
　├ 서사 : 특정 의도에 따라 선택·배제가 이루어진 인위적 세계 제시
　└ 영화관 환경 : 관객의 몰입 유도 (영화가 환영임을 인식 어려움)

ex) 관객이 자신과 등장인물을 일치시킴
　└ [상상적 작업] 영화 속 허구의 세계의 중심에 자신을 위치시킴
　　　↓
　'허구적 세계 - 현실의 간극은 없앰!'

＊ 대안적인 영화의 필요성 주장
　└ 스스로 환영임을 폭로하는 영화
　　→ 관객이 비판적 거리를 유지하면서 영화 감상 가능

≫ 각 문단을 요약하고 지문을 세 부분으로 나누어 보세요.

1 정신분석학적 영화 이론에 따르면 관객은 영화 장치로 인해 발생하는 **등일시** 현상을 통해 허구적 세계와 현실 사이의 간극을 없앤다.	첫 번째 1[1]～1[10]
2 관객의 시선은 카메라에 의해 규정된 시선이며, 관객이 보고 있는 것은 인위적으로 만들어진 세계라는 것이 정신분석학적 영화 이론가들의 주장이다.	두 번째 2[11]～2[15]
3 정신분석학적 영화 이론은 관객이 허구적 세계를 현실로 착각해 영화가 은폐한 이념을 자신의 것으로 받아들일 위험이 있으므로, 영화가 환영임을 스스로 폭로하는 대안적인 영화가 필요하다고 주장한다.	세 번째 3[16]～3[20]

1. (가)와 (나)에서 모두 답을 찾을 수 있는 질문으로 가장 적절한 것은?

✅ 정답풀이

① 영화는 무엇에 비유될 수 있는가?

> 근거: (가) **1** ¹리얼리즘 영화 이론가 앙드레 바쟁에 따르면 영화는 '세상을 향해 열린 창'이다. / (나) **3** ¹⁸이때 영화는 꿈에 빗대진다.
>
> (가)의 바쟁은 영화를 '세상을 향해 열린 창'에 비유하였고, (나)의 정신분석학적 영화 이론은 영화를 '꿈'에 비유하였으므로 (가)와 (나) 모두에서 답을 찾을 수 있다.

❌ 오답풀이

② 영화의 내용과 형식 중 무엇이 중요한가?

근거: (가) **2** ⁶영화의 형식을 중시한 '이미지를 믿는 감독'은 다양한 영화적 기법으로 현실을 변형하여 새로운 의미를 창조하는 데 주력한다. + **3** ¹¹바쟁은 '현실을 믿는 감독'을 지지했다. ¹²이들은 '이미지를 믿는 감독'과 달리 영화의 내용, 즉 현실을 더 중요하게 생각하기에 변형되지 않은 현실을 객관적으로 보여 주고자 한다.

(가)에서 바쟁은 영화의 형식을 중시한 '이미지를 믿는 감독'보다, 영화의 내용을 중시한 '현실을 믿는 감독'을 지지한다고 하여 영화의 내용과 형식 중 내용이 더 중요하다는 관점을 드러냈다. 그러나 (나)에서 영화의 내용과 형식 중 무엇이 중요한지에 대해 다룬 부분은 확인할 수 없다.

③ 영화에 관객의 심리는 어떻게 반영되는가?

근거: (나) **1** ²영화와 관객의 심리 사이의 관계를 다루는 정신분석학적 영화 이론은 영화와 관객 사이에 발생하는 동일시 현상에 주목한다.

(나)에서 정신분석학적 영화 이론은 영화와 관객의 심리 사이의 관계를 다루며, 관객이 영화의 등장인물에 자신을 일치시키는 동일시 현상이 영화 장치에 의해 발생함에 주목한다. 그러나 이는 관객이 영화를 어떻게 받아들이는가와 관련될 뿐, 관객의 심리가 영화에 어떻게 반영되는가를 다루는 것이라 보기 어렵다. (가)에서도 영화에 관객의 심리가 어떻게 반영되는지를 다룬 부분은 확인할 수 없다.

④ 영화 이론의 시기별 변천 양상은 어떠한가?

(가)와 (나)에서 영화 이론의 시기별 변천 양상을 다루는 부분은 확인할 수 없다.

⑤ 영화관 환경은 관객에게 어떤 영향을 주는가?

근거: (나) **3** ¹⁶영화관의 환경은 관객이 영화가 환영임을 인식하기 어렵게 만든다.

(나)에서 영화관의 환경이 관객에게 영화가 환영임을 인식하기 어렵게 만든다는 점을 언급하였으나, (가)에서 영화관 환경이 관객에게 미치는 영향에 대해 다룬 부분은 확인할 수 없다.

📋 문제적 문제

• 1-③번

학생들이 정답 외에 가장 많이 고른 선지가 ③번이다. (가)와 (나)가 모두 '영화'와 '관객'의 관계를 다루고 있어, 이 두 가지 키워드를 포함한 선지에 대해 다소 섣부른 판단을 한 것으로 보인다.

그러나 ③번은 단순히 (가)와 (나)가 '영화'와 '관객'의 관계에 대해 다루고 있는지를 물어본 것이 아니라, '관객의 심리'가 '영화'에 반영되는 양상을 다루고 있는지를 묻고 있다. 그러나 (가)는 바쟁의 관점에서 영화감독이 선택한 연출 방식이 관객이 현실을 어떤 식으로 인식하게 하는지를 다루고 있으며, (나)는 정신분석학적 영화 이론의 관점에서 '카메라, 영화의 서사, 영화관의 환경' 등과 같은 영화 장치가 어떻게 관객으로 하여금 영화에서 현실감을 느끼도록 하는지를 설명하고 있다. 즉 (가)와 (나)는 모두 '영화'에 활용된 연출이나 장치가 '관객'에게 어떤 영향을 미치는지 설명하고 있을 뿐, '관객'이 '영화'에 어떤 영향을 미치는지 설명하고 있지 않다. 따라서 ③번은 적절하지 않다.

(가)와 (나)는 기존의 기출 지문에 비해 구성이 크게 복잡하지 않아 독해 난도가 낮은 편이었다. 그러나 정답 선지인 ①번은 지문에 제시된 다양한 정보들 중 매우 단편적인 부분만을 근거로 삼고 있으므로, 지문에 제시된 모든 정보를 꼼꼼하게 읽지 않았다면 '적절하지 않다'고 섣부르게 판단하고 넘어갈 여지가 있었다. 지문이나 문제 전반의 난도와 상관없이, 실수를 피하기 위해서는 지문의 모든 문장과 선지의 내용을 꼼꼼하게 확인할 필요가 있다.

정답률 분석

	정답		매력적 오답		
	①	②	③	④	⑤
	75%	5%	14%	3%	3%

2. (가)를 바탕으로 할 때, 영화적 기법의 효과에 대한 이해로 적절하지 <u>않은</u> 것은?

✅ **정답풀이**

③ 디프 포커스를 활용하여 주인공과 주인공 뒤로 펼쳐진 배경을 하나의 숏으로 촬영한 장면에서, 관객은 배경이 흐릿하게 인물은 선명하게 보이는 느낌을 받을 수 있다.

> 근거: (가) ❸ [14]디프 포커스는 근경에서 원경까지 숏 전체를 선명하게 초점을 맞춰 촬영하는 기법으로, 원근감이 느껴지도록 공간감을 표현할 수 있다.

디프 포커스를 활용하면 근경에서 원경까지 숏 전체에 선명하게 초점을 맞추게 되므로, 근경에 있는 주인공뿐 아니라 원경에 있는 배경도 선명하게 보여야 할 것이다.

❌ **오답풀이**

① 몽타주를 활용하여 대립 관계의 두 세력이 충돌하는 상황을 상징적 이미지로 표현한 장면에서, 관객은 생소한 느낌을 받을 수 있다.

> 근거: (가) ❷ [8]몽타주는 추상적이거나 상징적인 이미지를 통해 관객이 익숙한 대상을 낯설게 받아들이게 한다.

몽타주는 상징적인 이미지를 통해 관객이 익숙한 대상을 낯설게 받아들이게 하므로, 관객은 몽타주를 활용하여 두 세력의 충돌 상황이 상징적 이미지로 표현된 것을 보고 생소한(친숙하지 못하고 낯선) 느낌을 받게 될 것이다.

② 몽타주를 활용하여 서로 다른 공간을 짧은 숏으로 불규칙하게 교차시킨 장면에서, 관객은 영화 속 공간이 불연속적으로 재구성되었다는 인상을 받을 수 있다.

> 근거: (가) ❷ [9]또한 (몽타주는) 짧은 숏들을 불규칙적으로 편집해서 영화가 재현한 공간이 불연속적으로 연결된 듯한 느낌을 만들어 낸다.

몽타주는 짧은 숏들을 불규칙적으로 편집하여 영화 속 공간이 불연속적으로 연결된 느낌을 만들어 내므로, 관객은 짧은 숏으로 불규칙하게 교차되는 서로 다른 공간들을 보고 영화 속의 공간들이 불연속적으로 재구성되었다는 인상을 받을 것이다.

④ 롱 테이크를 활용하여 사자가 사슴을 사냥하는 모든 과정을 하나의 숏으로 길게 촬영한 장면에서, 관객은 실제 상황을 마주하는 듯한 느낌을 받을 수 있다.

> 근거: (가) ❸ [15]롱 테이크는 하나의 숏이 1~2분 이상 끊김 없이 길게 진행되도록 촬영하는 기법이다. [16]영화 속 사건이 지속되는 시간과 관객의 영화 체험 시간이 일치하여 현실을 마주하는 듯한 효과를 낳는다.

롱 테이크를 활용하면 영화 속 사건이 지속되는 시간과 관객의 영화 체험 시간이 일치하여 현실을 마주하는 듯한 효과를 낳으므로, 관객은 사자가 사슴을 사냥하는 모든 과정을 현실인 것처럼 감상하면서 실제 상황을 마주하는 듯한 느낌을 받을 것이다.

⑤ 디프 포커스와 롱 테이크를 활용하여 광장의 군중을 촬영한 장면에서, 관객은 자율적으로 인물이나 배경에 시선을 옮기며 사건의 전개를 지켜볼 수 있다.

> 근거: (가) ❸ [17]바쟁에 따르면, 디프 포커스와 롱 테이크를 혼용하여 연출한 장면은 관객이 그 장면에 담긴 인물이나 사물을 자율적으로 선택하여 응시하면서 화면 속 공간 전체와 사건의 전개를 지켜볼 수 있게 해 준다.

디프 포커스와 롱 테이크를 혼용하면 관객이 장면 속 인물이나 사물을 자율적으로 선택하여 응시할 수 있으므로, 관객은 두 영화적 기법을 활용하여 광장의 군중을 촬영한 장면에서 자율적으로 인물이나 배경에 시선을 옮기며 사건의 전개를 지켜볼 수 있을 것이다.

3. 〈보기〉의 입장에서 (가)의 '바쟁'에 대해 비판한 내용으로 가장 적절한 것은?

> ─────〈보기〉─────
>
> [1]관객은 특별한 예술 교육을 받지 않아도 작품을 해석할 수 있다. [2]또한 감독의 의도대로 작품을 해석하는 존재가 아니다. [3]따라서 감독은 영화를 통해 관객을 계몽하려 할 필요가 없다. [4]관객은 작품과 상호 작용하며 의미를 생산하는 능동적 존재이다. [5]감독과 관객은 수평적인 위치에 있다.

✅ **정답풀이**

⑤ 바쟁은 감독의 연출 방식에 따라 영화 작품에 대한 관객의 이해가 달라질 수 있다고 본다는 점에서 감독이 관객보다 우위에 있다고 간주하고 있다.

> 근거: (가) ❷ [10]바쟁은 몽타주가 현실의 연속성을 깨뜨릴 뿐만 아니라 감독의 의도에 따라 관객이 현실을 하나의 의미로만 해석하게 할 우려가 있는 연출 방식이라고 생각했다. + ❸ [17]바쟁에 따르면, 디프 포커스와 롱 테이크를 혼용하여 연출한 장면은 관객이 그 장면에 담긴 인물이나 사물을 자율적으로 선택하여 응시하면서 화면 속 공간 전체와 사건의 전개를 지켜볼 수 있게 해 준다. + 〈보기〉 [2]또한 (관객은) 감독의 의도대로 작품을 해석하는 존재가 아니다.~[5]감독과 관객은 수평적인 위치에 있다.

바쟁은 영화 작품에 대한 관객의 이해가 감독이 몽타주, 디프 포커스, 롱 테이크 등과 같은 연출 방식 중 무엇을 활용하는지에 좌우된다고 본다. 이는 작품의 의미 생성에 있어 감독이 관객보다 우위에 있음을 간주한 것이라고 볼 수 있다. 그런데 〈보기〉는 관객이 감독의 의도대로 휘둘리는 존재가 아니라 작품과 상호 작용하며 의미를 생산하는 능동적 존재이기에, 감독과 관객은 수직적 위치가 아니라 서로 동등한 수평적 위치에 있다고 본다. 따라서 〈보기〉의 입장에서는 바쟁이 감독이 관객보다 우위에 있다고 간주함을 비판할 것이다.

① 바쟁은 열린 결말의 영화를 관객이 이해하도록 돕는 예술 교육의 필요성을 간과하고 있다.

근거: 〈보기〉 [1]관객은 특별한 예술 교육을 받지 않아도 작품을 해석할 수 있다.

〈보기〉의 입장은 관객에게 특별한 예술 교육이 필요하지 않다고 보므로, 바쟁이 예술 교육의 필요성을 간과하고 있다고 비판하는 것은 〈보기〉의 입장과 어긋난다.

② 바쟁은 정교하게 구조화된 서사의 영화를 통해 관객을 계몽하는 것을 영화의 목적이라고 오인하고 있다.

근거: (가) ❹ [19]또한 (바쟁은) 정교하게 구조화된 서사를 통해 의미를 명확하게 제시하는 영화보다는 열린 결말을 통해 의미를 확정적으로 제시하지 않는 영화를 선호했다. [20]이러한 영화가 미결정 상태의 현실을 있는 그대로 드러낸다고 생각했기 때문이다.

바쟁은 영화가 구조화된 서사를 통해 의미를 제시하기보다는 열린 결말을 통해 의미를 확정 짓지 않음으로써 미결정 상태의 현실을 그대로 드러내야 한다고 보았다.

③ 바쟁이 감독의 연출 역량을 기준으로 감독의 유형을 나눈 것은 영화와 관객의 상호 작용을 무시한 구분에 불과하다.

근거: (가) ❷ [5]바쟁은 영화감독을 '이미지를 믿는 감독'과 '현실을 믿는 감독'으로 분류했다. [6]영화의 형식을 중시한 '이미지를 믿는 감독'은 다양한 영화적 기법으로 현실을 변형하여 새로운 의미를 창조하는 데 주력한다. + ❸ [11]바쟁은 '현실을 믿는 감독'을 지지했다. [12]이들은 '이미지를 믿는 감독'과 달리 영화의 내용, 즉 현실을 더 중요하게 생각하기에 변형되지 않은 현실을 객관적으로 보여 주고자 한다.

바쟁은 감독이 영화의 형식과 내용 중 무엇을 중시했는지에 따라 감독의 유형을 나누었을 뿐, 감독의 연출 역량을 기준으로 감독의 유형을 나눈 것이 아니다.

④ 바쟁이 변형된 현실을 통해 생성한 의미를 관객에게 전달하는 것을 중시한다는 점에서 관객의 능동적인 작품 해석 능력을 과소평가하고 있다.

근거: (가) ❷ [6]영화의 형식을 중시한 '이미지를 믿는 감독'은 다양한 영화적 기법으로 현실을 변형하여 새로운 의미를 창조하는 데 주력한다. + ❸ [11]바쟁은 '현실을 믿는 감독'을 지지했다. [12]이들은 '이미지를 믿는 감독'과 달리 영화의 내용, 즉 현실을 더 중요하게 생각하기에 변형되지 않은 현실을 객관적으로 보여 주고자 한다.

바쟁은 현실을 변형하여 새로운 의미를 생성하는 '이미지를 믿는 감독'이 아니라 변형되지 않은 현실을 객관적으로 보여 주고자 했던 '현실을 믿는 감독'을 지지하였으므로, 변형된 현실을 통해 생성한 의미를 관객에게 전달하는 것을 중시했다고 볼 수 없다.

4. 정신분석학적 영화 이론을 바탕으로 할 때, ㉠의 이유로 가장 적절한 것은?

> ㉠: 관객이 영화에서 느끼는 현실감은 상상적인 것이며 환영이다.

① 관객은 영화 장치의 영향을 받기 때문이다.

근거: (나) ❶ [1]정신분석학적 영화 이론에 따르면 관객이 영화에서 느끼는 현실감은 상상적인 것이며 환영이다.(㉠) [2]영화와 관객의 심리 사이의 관계를 다루는 정신분석학적 영화 이론은 영화와 관객 사이에 발생하는 동일시 현상에 주목한다. [3]이런 동일시 현상은 영화 장치로 인해 발생한다.~[9]관객은 상상적 작업을 통해, 영화가 보여 주는 세계의 중심에 자신을 위치시킴으로써, 허구적 세계와 현실 사이의 간극을 없앤다.

정신분석학적 영화 이론은 ㉠과 관련하여 '동일시 현상'에 주목하며, 이는 카메라, 영화의 서사, 영화관의 환경과 같은 영화 장치에 의해 발생하는 것이라고 본다. 즉 관객은 영화를 관람할 때 영화 장치의 영향을 받아, 상상적인 작업을 거쳐 허구적 세계와 현실 사이의 간극을 없앰으로써 현실감을 느끼게 된다는 것이다.

② 현실의 의미는 미리 정해져 있지 않기 때문이다.

근거: (가) ❶ [3]영화가 담아내고자 하는 현실은 물리적 시·공간이 분할되지 않는 하나의 총체로, 그 의미가 미리 정해지지 않은 미결정의 상태이다.

바쟁의 영화 이론을 다룬 (가)에서 현실은 의미가 미리 정해지지 않은 미결정의 상태에 있음을 언급했으나, 이는 ㉠의 이유와 관련이 없다.

③ 영화가 현실을 불연속적으로 파편화하여 드러내기 때문이다.

근거: (가) ❷ [10]바쟁은 몽타주가 현실의 연속성을 깨뜨릴 뿐만 아니라 감독의 의도에 따라 관객이 현실을 하나의 의미로만 해석하게 할 우려가 있는 연출 방식이라고 생각했다.

(가)에서 바쟁이 몽타주가 현실의 연속성을 깨뜨린다는 점에 대해 지적하기는 했으나, 이는 ㉠의 이유와 관련이 없다.

④ 관객은 영화의 은폐된 이념을 그대로 받아들일 위험이 있기 때문이다.

근거: (나) ❸ [19]정신분석학적 영화 이론은 영화가 은폐하고 있는 특정한 이념을 관객이 의심하지 않고 자신의 것으로 받아들일 위험이 있다고 경고한다.

정신분석학적 영화 이론이 관객이 영화의 은폐된 이념을 그대로 받아들일 위험성에 대해 경고하는 것은 맞으나, 이는 ㉠의 이유와 관련이 없다.

⑤ 관객은 영화의 제작 과정에서 배제된 것들을 인식할 수 있기 때문이다.

근거: (나) ❷ [14]또한 영화는 촬영과 편집 과정에서 특정한 의도에 따라 선택과 배제가 이루어지지만, 관객은 제작 과정에서 무엇이 배제되었는지 알 수 없다.

관객은 영화의 제작 과정에서 배제된 것들을 인식할 수 없다.

>> 각 문단을 요약하고 지문을 두 부분으로 나누어 보세요.

① 송나라 이후 유학자들은 유학의 도를 기반으로 『노자』 주석을 전개했다. `첫 번째 ①¹~①²`

② 송나라 초 왕안석은 『노자』의 도를 만물의 물질적 근원인 **기**로 파악하였으며, 인간 사회의 안정을 위한 인간의 적극적인 **개입**을 강조하면서 『노자』를 유학의 실천적 측면과 결부하여 이해했다.

③ 원나라 때 오징은 노자와 **공자**의 가르침이 크게 다르지 않음을 밝히고자 『도덕진경주』를 저술했으며, 『노자』의 도를 근원적인 불변하는 도로 보고 유학의 **인의예지**를 도가 현실화하여 드러낸 것으로 해석했다. `두 번째 ②³~④²⁰`

④ 명나라 때 설혜는 『노자』의 도를 인간의 도덕 본성과 그것의 근거인 천명으로 이해하였으며 **노자** 사상과 유학이 다르지 않다고 보았다.

| 전개 방식 파악 | 정답률 **86**

1. (가), (나)에 대한 설명으로 가장 적절한 것은?

✔ 정답풀이

③ (나)는 특정 개념을 중심으로 『노자』에 대한 여러 학자의 견해를 시간의 흐름에 따라 제시하고 있다.

근거: (나) **①** ¹유학자들은 도를 인간 삶의 올바른 길을 의미하는 것이라고 보았다. ²중국 송나라 이후, 유학자들은 이러한 유학의 도를 기반으로 현상 세계 너머의 근원으로서 도가의 도에 주목하여 『노자』 주석을 전개했다. + **②** ³혼란기를 거친 송나라 초기에~⁴유학자이자 개혁 사상가인 왕안석은 『노자주』를 저술했다. + **③** ¹⁰송 이후 원나라에 이르러 성행하던 도교는 유학과 불교 등을 받아들여 체계화되었지만, 오징에게는 주술적인 종교에 불과했다. + **④** ¹⁶원이 쇠퇴하고 명나라가 들어선 이후~유학인 설혜는 자신의 학문적 소신에 따라 『노자』를 주석한 『노자집해』를 저술했다.

(나)는 '도'라는 특정 개념을 중심으로, 송나라 초기부터 명나라가 들어선 이후까지 시간의 흐름에 따라 왕안석, 오징, 설혜 등 『노자』에 대해 의견을 낸 여러 학자의 견해를 제시하고 있다.

✘ 오답풀이

① (가)는 『한비자』의 철학사적 의의를 설명하고 『한비자』와 『노자』의 사회적 파급력을 비교하고 있다.

근거: (가) **①** ¹『한비자』는 중국 전국 시대의 한비자가 제시한 사상이 담긴 저작이다. ²한비자는 『노자』에 대한 해석을 통해 자신의 법치 사상을 뒷받침했고, 이러한 면모는 『한비자』의 「해로」, 「유로」 등에서 확인할 수 있다.

(가)에서는 『한비자』에 『노자』에 대한 해석을 통해 자신의 법치 사상을 뒷받침한 한비자의 생각이 담겨 있다고 언급했을 뿐, 『한비자』의 철학사적 의의나 『한비자』와 『노자』의 사회적 파급력을 비교하고 있지는 않다.

② (가)는 한비자가 추구한 이상적인 사회를 소개하고 그 실현을 위해 『노자』를 수용한 입장의 한계를 설명하고 있다.

근거: (가) **①** ²여러 나라가 패권을 다투던 혼란기를 맞아 엄격한 법치를 통해 부국강병을 꾀한 한비자는 『노자』에 대한 해석을 통해 자신의 법치 사상을 뒷받침했고

(가)에서는 한비자가 『노자』에 대한 해석을 통해 자신의 법치 사상을 뒷받침했음을 언급할 뿐, 이상적인 사회의 실현을 위해 『노자』를 수용한 입장의 한계를 설명하고 있지는 않다.

④ (나)는 여러 유학자가 『노자』를 해석한 의도를 각각 제시하고 그 차이로 인해 발생한 학자 간의 이견을 절충하고 있다.

근거: (나) **②** ³혼란기를 거친 송나라 초기에 중앙집권화가 추진된 이후 정치적 갈등이 드러나면서 개혁의 분위기가 조성됐다. ⁴이러한 분위기하에서 유학자이자 개혁 사상가인 왕안석은 『노자주』를 저술했다. + **③** ¹¹유학자의 입장에서 그(오징)는 잘못된 가르침을 펴는 도교에 사람들이 빠지는 것을 경계했다. ¹²그는 도교의 시조로 간주된 노자의 가르침이 공자의 학문과 크게 다르지 않음을 밝히고자 『도덕진경주』를 저술했다. + **④** ¹⁶유학자인 설혜는 자신의 학문적 소신에 따라 『노자』를 주석한 『노자집해』를 저술했다. ¹⁷그는 공자도 존중했던 스승이 노자이므로 노자 사상에 대한 오해를 불식해야 한다고 보았다.

(나)에서는 여러 유학자가 『노자』를 해석하게 된 배경과 목적을 제시하고 있지만, 그 차이로 인해 발생한 학자 간의 이견을 절충하고 있지는 않다.

⑤ (가)와 (나)는 모두, 『노자』에 대해 다양한 시각에서 제시된 비판이 심화되는 과정을 구체적 사례와 함께 설명하고 있다.

근거: (가) **③** ⁶한비자는 『노자』에 제시된 영구불변하는 도의 항상성에 대해 도가 천지와 더불어 영원히 존재한다는 것을 의미하는 것이지, 도가 모습과 이치를 일정하게 유지하는 것은 아니라고 이해했다. / (나) **②** ⁷인위적인 것을 제거해야만 도가 드러나고 인간 사회가 안정된다는 노자를 비판한 그(왕안석)는 자연과 달리 인간 사회의 안정을 위해서는 제도와 규범의 제정과 같은 인간의 적극적인 개입이 필요하다고 주장했다. + **③** ¹⁵이런 관점에서 그(오징)는 유학의 인의예지가 도의 쇠퇴 때문에 나타난 것이라는 『노자』와 달리 도가 현실화하여 드러난 것으로 해석하고

(가)와 (나)에는 모두 『노자』에 대한 비판적 관점이 나타난다. 그러나 (가)의 경우 『노자』에 대한 한비자의 견해만 제시되고 있으며, (나)에서는 복수의 시각에서 제시된 비판이 언급되기는 하지만 비판이 심화되는 과정이 구체적인 사례와 함께 나타나지 않는다.

2. (가)에 제시된 한비자의 견해로 적절하지 않은 것은?

◎ 정답풀이

① 사건의 시비에 따라 달라지는 도에 근거하여 법이 제정되어야 한다.

> 근거: (가) ④ **11**항상 존재하는 도는 개별 법칙을 포괄하기 때문에 다양한 개별 사건의 시비를 판단하는 기준이 될 수 있고, 이러한 도에 근거해서 입법해야 다양한 사건을 판단할 수 있다고 본 것이다.
> 한비자가 도에 근거하여 입법해야 할 필요성을 언급한 것은 맞지만, 이때의 도는 사건의 시비에 따라 달라지는 것이 아니라, 사건의 시비를 가리는 기준이 되는 것이다.

⊗ 오답풀이

② 인간은 무엇을 가지거나 누리고자 하는 마음에서 벗어날 수 없다.

> 근거: (가) ④ **12**그(한비자)는 만족을 모르는 인간의 욕망을 사회 혼란의 원인으로 지목한 『노자』의 견해에 동의하면서도, 『노자』에서처럼 욕망을 없애야 한다고 주장하지 않고 인간은 욕망을 필연적으로 가질 수밖에 없음을 지적하며 욕망을 제어하기 위해 법이 필요하다고 강조했다.
> 한비자가 법이 필요하다고 강조한 이유는, 인간은 필연적으로 무엇을 가지거나 누리고자 하는 욕망을 가지고 있으며 이로부터 벗어날 수 없다고 보았기 때문이다.

③ 도는 고정된 모습 없이 때와 형편에 따라 변화하며 영원히 존재한다.

> 근거: (가) ③ **6**한비자는 『노자』에 제시된 영구불변하는 도의 항상성에 대해 도가 천지와 더불어 영원히 존재한다는 것을 의미하는 것이지, 도가 모습과 이치를 일정하게 유지하는 것은 아니라고 이해했다. **7**그리고 도는 형체가 없을 뿐 아니라 일정하게 고정되어 있지 않기 때문에 때와 상황에 따라 유연하게 변화하는 것이라고 파악했다.

④ 인간 사회의 흥망성쇠는 사람이 도에 따라 올바르게 행하였는가의 여부에 좌우되는 것이다.

> 근거: (가) ② **5**그(한비자)는 자연과 인간 사회의 모든 현상은 도의 영향을 받지 않을 수 없다고 보고, 인간 사회의 일은 도에 따라 제대로 행했는가의 여부에 따라 그 성패가 드러나는 것이라고 이해했다.

⑤ 도는 만물의 근원이면서 동시에 현실 사회의 개별 사물과 사건에 내재한 법칙을 포괄하는 것이다.

> 근거: (가) ② **3**『노자』에서 '도'는 만물 생성의 근원으로 묘사된다. **4**도를 천지 만물의 존재와 본질의 근거라고 본 한비자의 이해도 이와 다르지 않다. + ④ **10**한편, 한비자는 도를 구체적인 사물과 사건에 내재한 개별 법칙의 통합으로 보고

3. ㉠과 ㉡에 대한 이해로 가장 적절한 것은?

> ㉠: 유학자의 입장
> ㉡: 학문적 소신

◎ 정답풀이

④ ㉠은 유학을 노자 사상과 연관 지어 유교적 사회 질서의 정당성을 확인하는, ㉡은 유학에서 이단으로 치부하는 사상의 진의를 밝혀 오해를 바로잡으려는 것으로 표출되었다.

> 근거: (나) ③ **12**(㉠에서) 그(오징)는 도교의 시조로 간주된 노자의 가르침이 공자의 학문과 크게 다르지 않음을 밝히고자 『도덕진경주』를 저술했다. **13**그는 도와 유학 이념을 관련짓는 구절을 추가하는 등 『노자』의 일부 내용을 바꾸고 기존 구성 체제를 재편했다. **15**이런 관점에서 그는~인간이 마땅히 따라야 할 사회 규범과 사회 질서 체계도 도가 현실화한 결과로 파악했다. + ④ **17**(㉡에 따라) 그(설혜)는 공자도 존중했던 스승이 노자이므로 노자 사상에 대한 오해를 불식해야 한다고 보았다. **18**그는 기존의 주석서가 『노자』의 진정한 의미를 제대로 밝히지 못했기 때문에 유학자들이 노자 사상을 이단으로 치부했다고 파악한 것이다.
> 오징은 유학자의 입장에서 유학 이념과 노자 사상의 도를 연관 지으며, 유교적 사회 규범과 사회 질서 체계는 도가 현실화한 결과이므로 마땅히 따라야 하는 것임(정당성을 가졌음)을 확인하는 것으로 자신이 주장하는 내용의 바탕이 된 ㉠을 표출했다. 그리고 설혜는 유학에서 이단으로 치부되었던 노자 사상의 진정한 의미를 밝혀 유학자들의 오해를 바로잡으려 하는 것으로 ㉡을 표출했다.

⊗ 오답풀이

① ㉠은 유학 덕목의 등장을 긍정적으로 평가한 『노자』의 견해를 수용하는, ㉡은 유학 덕목에 대한 『노자』의 비판에 담긴 긍정적 의도를 밝히려는 것으로 표출되었다.

> 근거: (나) ③ **15**그(오징)는 유학의 인의예지가 도의 쇠퇴 때문에 나타난 것이라는 『노자』와 달리 도가 현실화하여 드러난 것으로 해석하고, 인간이 마땅히 따라야 할 사회 규범과 사회 질서 체계도 도가 현실화한 결과로 파악했다. + ④ **20**또한 그(설혜)는 『노자』에서 인의 등을 비판한 것은 도덕을 근본으로 삼게 하기 위한 충고라고 파악했다.
> 설혜는 유학의 덕목(인의 등)에 대한 『노자』의 비판에 도덕을 근본으로 삼게 하려는 긍정적 의도가 있었음을 밝히는 것을 통해 ㉡을 표출했다고 볼 수 있다. 그러나 오징은 유학의 덕목인 인의예지가 도의 쇠퇴 때문에 나타난 것이라고 판단한 『노자』와 의견을 달리했다고 하였으므로, 『노자』가 유학 덕목의 등장을 긍정적으로 평가했다고 보기 어려우며, 이에 대한 『노자』의 견해를 ㉠이 수용했다고 보기도 어렵다.

② ㉠은 유학에 유입되고 있는 주술성을 제거하는, ㉡은 노자 사상이 탐구하는 대상에 대한 이해를 근거로 노자 사상과 유학의 공통점을 제시하려는 것으로 표출되었다.

근거: (나) **3** ¹⁰송 이후 원나라에 이르러 성행하던 도교는 유학과 불교 등을 받아들여 체계화되었지만, 오징에게는 주술적인 종교에 불과했다. ¹¹유학자의 입장(㉠)에서 그는 잘못된 가르침을 펴는 도교에 사람들이 빠지는 것을 경계했다. ¹²그는 도교의 시조로 간주된 노자의 가르침이 공자의 학문과 크게 다르지 않음을 밝히고자 『도덕진경주』를 저술했다. + **4** ¹⁹그(설혜)는 『노자』의 도를 인간의 도덕 본성과 그것의 근거인 천명으로 이해하고, 본성과 천명의 이치를 탐구한다는 점에서 노자 사상과 유학이 다르지 않다고 보았다.

설혜는 노자 사상과 유학이 본성과 천명의 이치라는 대상을 탐구한다는 점에서 공통점을 가지고 있음을 제시하여 ㉡을 표출했다고 볼 수 있다. 그러나 오징은 유학 등을 받아들여 체계화되었지만 그에게 있어 결국 주술적인 종교에 불과한 도교에 사람들이 현혹되는 것을 경계하며 『노자』를 수정하여 노자의 가르침이 공자의 학문과 다르지 않음을 밝히려 했을 뿐, 유학에 유입되는 주술성을 제거하려 하면서 ㉠을 표출하지는 않았다.

③ ㉠은 유학의 가르침을 차용한 종교가 사람들을 현혹하는 상황에 대응하는, ㉡은 『노자』를 해석한 경전들을 참고하여 유학 이론의 독창성을 밝히려는 것으로 표출되었다.

근거: (나) **3** ¹⁰송 이후 원나라에 이르러 성행하던 도교는 유학과 불교 등을 받아들여 체계화되었지만, 오징에게는 주술적인 종교에 불과했다. ¹¹유학자의 입장(㉠)에서 그는 잘못된 가르침을 펴는 도교에 사람들이 빠지는 것을 경계했다. + **4** ¹⁹다양한 경전을 인용하여 『노자』를 해석하면서 그(설혜)는 『노자』의 도를 인간의 도덕 본성과 그것의 근거인 천명으로 이해하고, 본성과 천명의 이치를 탐구한다는 점에서 노자 사상과 유학이 다르지 않다고 보았다.

오징은 유학의 가르침을 받아들여 체계화되기는 했지만, 결국 주술적인 종교의 성격을 갖는 도교가 사람들을 현혹하는 상황을 경계함으로써 ㉠을 표출했다고 볼 수 있다. 그러나 설혜는 『노자』를 해석한 다양한 경전을 참고하되, 유학 이론의 독창성을 밝히는 것이 아니라 노자 사상과 유학이 다르지 않음을 밝힘으로써 ㉡을 표출했다.

⑤ ㉠은 특정 종교에서 추앙하는 사상가와 유학 이론의 관련성을 제시하는, ㉡은 유학의 사상적 우위를 입증하여 다른 학문을 통합할 수 있는 근거를 제시하려는 것으로 표출되었다.

근거: (나) **3** ¹²그(오징)는 도교의 시조로 간주된 노자의 가르침이 공자의 학문과 크게 다르지 않음을 밝히고자 『도덕진경주』를 저술했다. ¹³그는 도와 유학 이념을 관련짓는 구절을 추가하는 등 『노자』의 일부 내용을 바꾸고 기존 구성 체제를 재편했다. + **4** ¹⁷그(설혜)는 공자도 존중했던 스승이 노자이므로 노자 사상에 대한 오해를 불식해야 한다고 보았다. ¹⁸그는 기존의 주석서가 『노자』의 진정한 의미를 제대로 밝히지 못했기 때문에 유학자들이 노자 사상을 이단으로 치부했다고 파악한 것이다. ¹⁹다양한 경전을 인용하여 『노자』를 해석하면서 그는~노자 사상과 유학이 다르지 않다고 보았다.

오징은 도교에서 시조로 간주되는 사상가인 노자와 공자의 학문이 크게 다르지 않다는 관점에서 『노자』의 도와 유학 이념의 관련성을 제시하여 ㉠을 표출했다고 볼 수 있다. 그러나 설혜는 노자 사상에 대한 오해를 불식하고 노자 사상과 유학이 서로 다르지 않음을 증명함으로써 ㉡을 표출했을 뿐, 유학의 사상적 우위를 입증하여 다른 학문을 통합할 수 있는 근거를 제시하려 한 것은 아니다.

• 3-②번

🖋️ **모두의 질문**

Q: 오징은 도교를 주술적인 종교에 불과하다고 보았으니, 유학과 도교가 연관 지어지는 과정에서 유학에 유입되는 주술성을 제거하려 한 것이라고 볼 수 있지 않나요?

A: 오징과 그가 표출하는 ㉠에 대한 설명이 제시되는 (나)의 3문단에는, 도교가 '유학과 불교 등을 받아들여 체계화'되었다는 언급은 있지만 유학에 도교가 유입되고 있다는 언급은 찾아볼 수 없다. 애초에 유학에 주술성이 유입되고 있다고 인식하고 있지 않으니, ㉠의 입장에서 이를 제거하려는 상황이 나타나고 있다고 볼 수도 없다. (나)의 3문단에서 주술적인 종교에 해당하는 도교를 경계한 오징이 하고자 한 것은, 도교가 중시하는 노자의 가르침이 실질적으로는 공자의 학문(=유학)과 다르지 않음을 강조함으로써 사람들이 유학을 두고 도교에 빠지지 않도록 하는 것이다. 그에 따라 『노자』의 일부 내용을 수정하고 유학 이념과 관련짓는 구절을 추가하는 등의 재편을 한 것이다.

| 세부 내용 추론 | 정답률 **42**

4. (나)의 왕안석과 오징의 입장에서 다음의 ㄱ~ㄹ에 대해 판단한 것으로 가장 적절한 것은?

> ㄱ. 도는 만물을 통해 드러나는 것이지 만물에 앞서서 존재하는 것은 아니다.
> ㄴ. 인간 사회의 규범은 이치를 내재한 근원적 존재인 도가 현실에 드러난 것이다.
> ㄷ. 도는 현상 세계의 너머에만 머물러 있지 않고 세상일과 유기적으로 관련되는 것이다.
> ㄹ. 도가 변화하듯이 현상 세계가 변하니, 현실 사회의 변화에 따라 인간 사회의 규범도 변해야 한다.

✔️ **정답풀이**

④ 오징은 ㄱ과 ㄹ에 동의하지 않겠군.

근거: (나) **3** ¹⁴『노자』의 도를 근원적인 불변하는 도로 본 그(오징)는 모든 이치를 내재한 도가 현실화하여 천지 만물이 생성된다고 이해했다. ¹⁵이런 관점에서 그는 유학의 인의예지가 도의 쇠퇴 때문에 나타난 것이라는 『노자』와 달리 도가 현실화하여 드러난 것으로 해석하고, 인간이 마땅히 따라야 할 사회 규범과 사회 질서 체계도 도가 현실화한 결과로 파악했다.

오징은 모든 이치를 내재한 도가 현실화하여 천지 만물이 생성된다고 이해했으므로, 도가 만물에 앞서서 존재한다고 보았음을 알 수 있다. 따라서 도가 만물에 앞서서 존재하지 않는다고 한 ㄱ에 동의하지 않을 것이다. 또한 오징은 인간 사회의 규범과 질서 체계는 근원적이고 불변하는 도가 현실화한 결과라고 보았으므로, 도가 변화하는 대상이라고 한 ㄹ에도 동의하지 않을 것이다.

① 왕안석은 ㄱ에 동의하지 않고 ㄴ에 동의하겠군.

② 왕안석은 ㄴ과 ㄹ에 동의하겠군.

③ 왕안석은 ㄷ에 동의하고 ㄹ에 동의하지 않겠군.

근거: (나) **1** ²중국 송나라 이후, 유학자들은 이러한 유학의 도를 기반으로 현상 세계 너머의 근원으로서 도가의 도에 주목하여 『노자』 주석을 전개했다. + **2** ⁵그(왕안석)는 『노자』의 도를 만물의 물질적 근원인 '기'라고 파악하고, 현상 세계에 앞서 존재하는 기의 작용에 의해 사물이 형성된다고 보았다. ⁶그는 기가 시시각각 변화하듯 현상 세계도 변화한다고 이해했다. ⁷인위적인 것을 제거해야만 도가 드러나고 인간 사회가 안정된다는 『노자』를 비판한 그는 자연과 달리 인간 사회의 안정을 위해서는 제도와 규범의 제정과 같은 인간의 적극적인 개입이 필요하다고 주장했다. ⁸지혜와 덕이 뛰어난 사람이 제정한 사회 제도와 규범도 현실 사회의 변화에 따라 새롭게 해야 한다고 주장한 것이다.

왕안석은 『노자』의 도를 기로 파악하며, 기가 현상 세계에 앞서 존재한다고 보았으므로 도가 만물에 앞서서 존재하지 않는다고 본 ㄱ에 동의하지 않을 것이다. 그리고 인간 사회의 규범은 도가 현실에 드러난 것이 아니라, 변화하는 현실 사회를 살아가는 인간이 적극적으로 개입한 것이라고 여겼으므로 ㄴ에도 동의하지 않을 것이다. 한편 왕안석은 현상 세계 너머의 근원인 기로 인해 현상 세계가 생성·변화된다고 하면서 도를 세상일과 유기적으로 관련 지으려 했다고 볼 수 있으므로, ㄷ에 동의했을 것이라고 추론할 수 있다. 또한 왕안석은 기가 변화하듯 현상 세계가 변화하며, 인간 사회의 규범은 현실 사회의 변화에 따라 새롭게 변해야 한다고 주장했으므로 ㄹ에도 동의할 것이다.

⑤ 오징은 ㄴ에 동의하고 ㄷ에 동의하지 않겠군.

근거: (나) **1** ¹유학자들은 도를 인간 삶의 올바른 길을 의미하는 것이라고 보았다. ²중국 송나라 이후, 유학자들은 이러한 유학의 도를 기반으로 현상 세계 너머의 근원으로서 도가의 도에 주목하여 『노자』 주석을 전개했다. + **3** ¹⁴『노자』의 도를 근원적인 불변하는 도로 본 그(오징)는 모든 이치를 내재한 도가 현실화하여 천지 만물이 생성된다고 이해했다. ¹⁵이런 관점에서 그는 유학의 인의예지가 도의 쇠퇴 때문에 나타난 것이라는 『노자』와 달리 도가 현실화하여 드러난 것으로 해석하고, 인간이 마땅히 따라야 할 사회 규범과 사회 질서 체계도 도가 현실화한 결과로 파악했다.

오징은 도에는 모든 이치가 내재되어 있다고 보았으며, 인간 사회의 규범은 도가 현실화한 결과로 파악했으므로 ㄴ에 동의할 것이다. 그리고 도로 인해 천지 만물이 생성된다고 이해하며 인간의 사회 규범과 질서 체계를 도와 연관 지어 설명했으므로, 도가 세상일과 유기적으로 관련된다고 보는 ㄷ에도 동의할 것이다.

📋 **문제적 문제** · 4-②, ⑤번

절반 이상의 학생이 정답 외의 선지를 골랐고, 오답을 고른 학생들 중 특히 ②번과 ⑤번을 고른 사람이 많았다. (나)의 2문단과 3문단에 제시된 두 학자의 관점을 ㄱ~ㄹ로 제시된 사례와 연관 지어 적절성을 판단하는 데 어려움을 느낀 것으로 보인다.

이 문제에서처럼 복합적인 관점을 복수의 사례·견해에 각각 적용해 보도록 하는 문제는 다양한 지문에서 등장할 수 있다. 이런 유형의 문제는 지문의 내용을 다른 표현으로 바꾸어 쓰기 때문에 적절성을 판단하기 어려운 경우가 많다.

②번을 고른 학생의 경우, ㄴ의 '인간 사회의 규범'은 '도가 현실에 드러난 것'이라는 부분에 대해 왕안석이 어떻게 판단했는지 파악하는 데 어려움을 느꼈을 가능성이 크다. (나)의 2문단에 따르면 왕안석은 '인위적인 것을 제거해야만 도가 드러나고 인간 사회가 안정된다는 『노자』를 비판'하면서 '인간 사회의 안정을 위해서는 제도와 규범의 제정과 같은 인간의 적극적인 개입이 필요'하다고 주장했다. 정리하면 왕안석은 인간의 인위적 개입을 제거하고 도만을 드러내려 한 『노자』와 달리, 기의 작용에 의해 변화하는 세상에 맞추어 제도와 규범이라는 인간의 인위적 개입이 이루어져야 인간 사회가 안정된다고 본 것이다. 이는 왕안석이 '인간 사회의 규범'이 만물의 근원인 '도'가 현실화한 것이 아닌, '인간의 적극적인 개입'이 이루어진 것으로 보았음을 나타낸다. 따라서 ②번은 답이 될 수 없다.

⑤번을 고른 학생의 경우, ㄷ의 '현상 세계의 너머'의 도가 '세상일과 유기적으로 관련'된다는 부분에 대해 오징이 어떻게 판단했는지 파악하는 데 어려움을 느꼈을 가능성이 크다. (나)에 이와 관련된 언급이 직접적으로 제시되지는 않았기 때문이다. 그러나 1문단에서 유학자들이 도가의 도(『노자』의 도)를 '현상 세계 너머의 근원'으로 인식했다는 점, 3문단에서 유학자인 오징이 『노자』의 도를 만물의 근원으로 인식하며 현실 세계의 사물이나 사건과 연관 지었다는 점을 고려하면 오징이 ㄷ에 대해 동의할 것임을 추론할 수 있다. 그러나 ㄱ에 언급된 도와 만물의 선후 관계나, ㄹ에 언급된 도의 속성(변화 여부)에 대한 근거는 지문에 분명하게 명시되어 있으므로, ④번에서 ㄱ, ㄹ의 적절성을 판단할 때 근거를 정확하게 찾아냈다면 판단하기 애매한 부분이 있는 ⑤번을 굳이 '가장 적절한' 답으로 선택하지 않았을 것이다.

이런 유형의 문제를 풀 때에는 지문의 내용과 딱 맞아떨어지지 않는 특정 사례·견해의 적절성을 판단하는 데 시간을 빼앗기는 것을 경계하면서 지문과 대조하여 적절성을 확실하게 확인할 수 있는 선지부터 우선적으로 판단해야 한다.

정답률 분석

	매력적 오답		정답	매력적 오답
①	②	③	④	⑤
10%	21%	7%	42%	20%

5. 〈보기〉를 참고할 때, (가), (나)의 사상가에 대한 왕부지의 평가로 적절하지 <u>않은</u> 것은? [3점]

〈보기〉

[1]청나라 초기의 유학자 왕부지는 『노자』의 본래 뜻을 드러내어 노자 사상을 비판하고자 『노자연』을 저술했다. [2]노자 사상의 비현실성을 드러내어 유학의 실용적 가치를 부각하고자 했던 그는 기존의 『노자』 주석서가 노자 사상이 아닌 사상을 기준으로 삼았기 때문에 『노자』뿐만 아니라 주석자의 사상마저 왜곡했다고 비판했다. [3]『노자』에서 아무런 행동을 하지 않아도 천하가 다스려진다고 한 것 등을 비판한 그는, 『노자』에서처럼 단순히 인간의 이기적 욕망을 없애는 것이 아니라 사회 질서 유지를 위해 유학 규범을 활용해야 한다고 강조했다.

✔ 정답풀이

⑤ 왕부지는 『노자』에 담긴 비현실성을 드러내야 한다고 보았으므로, (나)의 설혜가 기존의 『노자』 주석서들을 비판하며 드러낸 학문적 입장이 유학의 실용적 가치를 부각한다고 보겠군.

근거: (나) **4** [18]그(설혜)는 기존의 주석서가 『노자』의 진정한 의미를 제대로 밝히지 못했기 때문에 유학자들이 노자 사상을 이단으로 치부했다고 파악한 것이다. [19]다양한 경전을 인용하여 『노자』를 해석하면서 그는 『노자』의 도를 인간의 도덕 본성과 그것의 근거인 천명으로 이해하고, 본성과 천명의 이치를 탐구한다는 점에서 노자 사상과 유학이 다르지 않다고 보았다. + 〈보기〉 [2]노자 사상의 비현실성을 드러내어 유학의 실용적 가치를 부각하고자 했던 그(왕부지)는

(나)의 설혜가 기존의 『노자』 주석서들을 비판하면서 드러낸 학문적 입장은 노자 사상이 이단이라는 오해를 불식하고 노자 사상과 유학이 서로 다르지 않음을 주장하려는 것으로, 노자 사상의 비현실성을 드러내고자 한 것이 아니다. 따라서 『노자』에 담긴 비현실성을 드러내어 유학의 실용적 가치를 부각하고자 한 〈보기〉의 왕부지가 설혜의 학문적 입장에 대해 유학의 실용적 가치를 부각하려 한 것이라고 평가하지는 않을 것이다.

✗ 오답풀이

① 왕부지는 인간의 욕망에 대한 『노자』의 대응 방식을 부정적으로 보았으므로, (가)의 한비자가 『노자』와 달리 사회에 대한 인위적 개입이 필요하다고 한 것에 대해서는 수긍하겠군.

근거: (가) **4** [12]이러한 이해를 바탕으로 그(한비자)는~『노자』에서처럼 욕망을 없애야 한다고 주장하지 않고 인간은 욕망을 필연적으로 가질 수밖에 없음을 지적하며 욕망을 제어하기 위해 법이 필요하다고 강조했다. + 〈보기〉 [3]『노자』에서 아무런 행동을 하지 않아도 천하가 다스려진다고 한 것 등을 비판한 그(왕부지)는, 『노자』에서처럼 단순히 인간의 이기적 욕망을 없애는 것이 아니라 사회 질서 유지를 위해 유학 규범을 활용해야 한다고 강조했다.

(가)의 한비자는 인간은 필연적으로 욕망을 가질 수밖에 없으므로 『노자』에서처럼 욕망을 없애려 할 것이 아니라 욕망을 제어할 수 있는 법을 인위적으로 개입시켜야 한다고 보았다. 〈보기〉의 왕부지 역시 인간의 욕망을 없애려는 『노자』의 대응 방식을 부정적으로 보면서 사회 질서 유지를 위한 유학 규범의 활용이 필요하다고 보았으므로, 욕망 제어를 위한 인위적 개입이 필요하다는 한비자의 견해에 수긍할 것이다.

② 왕부지는 『노자』에 제시된 소극적인 삶의 태도를 부정적으로 보았으므로, (나)의 왕안석이 사회 제도에 대한 『노자』의 견해를 비판하며 유학 이념의 활용을 주장한 것은 긍정하겠군.

근거: (나) **2** [7]인위적인 것을 제거해야만 도가 드러나고 인간 사회가 안정된다는 『노자』를 비판한 그(왕안석)는~[9]『노자』의 이상 정치가 실현되려면 유학 이념이 실질적 수단으로 사용되어야 한다고 주장하는 등 왕안석은 『노자』를 유학의 실천적 측면과 결부하여 이해했다. + 〈보기〉 [3]『노자』에서 아무런 행동을 하지 않아도 천하가 다스려진다고 한 것 등을 비판한 그(왕부지)는, 『노자』에서처럼 단순히 인간의 이기적 욕망을 없애는 것이 아니라 사회 질서 유지를 위해 유학 규범을 활용해야 한다고 강조했다.

(나)의 왕안석은 인위적인 것을 제거함으로써 인간 사회의 안정을 꾀하는 『노자』를 비판하며 이상 정치가 실현되려면 유학 이념이 실질적인 수단으로 사용되어야 한다고 주장했다. 〈보기〉의 왕부지 역시 아무런 행동을 하지 않아도 천하가 다스려진다는 노자 사상의 소극적 자세를 비판하며 사회 질서 유지를 위해 유학 규범을 활용해야 한다고 보았으므로, 유학 이념을 이상 정치 실현의 수단으로 주장한 왕안석의 견해를 긍정할 것이다.

③ 왕부지는 『노자』의 본래 뜻을 파악해야 한다고 보았으므로, (나)의 오징이 『노자』를 주석하면서 자신의 이해에 따라 원문의 구성과 내용을 수정한 것이 잘못이라고 보겠군.

근거: (나) **3** [12]그(오징)는 도교의 시조로 간주된 노자의 가르침이 공자의 학문과 크게 다르지 않음을 밝히고자 『도덕진경주』를 저술했다. [13]그는 도와 유학 이념을 관련짓는 구절을 추가하는 등 『노자』의 일부 내용을 바꾸고 기존 구성 체제를 재편했다. + 〈보기〉 [1]청나라 초기의 유학자 왕부지는 『노자』의 본래 뜻을 드러내어 노자 사상을 비판하고자 『노자연』을 저술했다. [2]노자 사상의 비현실성을 드러내어 유학의 실용적 가치를 부각하고자 했던 그는 기존의 『노자』 주석서가 노자 사상이 아닌 사상을 기준으로 삼았기 때문에 『노자』뿐만 아니라 주석자의 사상마저 왜곡했다고 비판했다.

(나)의 오징은 노자 사상이 공자의 학문과 크게 다르지 않음을 밝히고자 하며 『노자』의 일부 내용을 바꾸고 기존 구성 체제를 재편했다. 〈보기〉의 왕부지는 노자 사상이 아닌 사상을 기준으로 삼은 기존의 『노자』 주석서에 의해 사상의 왜곡이 발생한다고 보았으므로, 오징이 유학을 기준으로 삼아 『노자』를 주석하면서 자신의 이해에 따라 원문의 구성과 내용을 수정한 것이 잘못이라고 볼 것이다.

④ 왕부지는 주석자가 유학을 기준으로 『노자』를 이해하면 주석자의 사상도 왜곡된다고 보았으므로, (나)의 오징이 유학의 인의예지를 『노자』의 도가 현실화한 것으로 본 것을 비판하겠군.

근거: (나) **3** [12]그(오징)는 도교의 시조로 간주된 노자의 가르침이 공자의 학문과 크게 다르지 않음을 밝히고자 『도덕진경주』를 저술했다. [14]『노자』의 도를 근원적인 불변하는 도로 본 그는 모든 이치를 내재한 도가 현실화하여 천지 만물이 생성된다고 이해했다. [15]이런 관점에서 그는 유학의 인의예지가 ~도가 현실화하여 드러난 것으로 해석하고 + 〈보기〉 [2]그(왕부지)는 기존의 『노자』 주석서가 노자 사상이 아닌 사상을 기준으로 삼았기 때문에 『노자』뿐만 아니라 주석자의 사상마저 왜곡했다고 비판했다.

(나)의 오징은 유학을 기준으로 노자 사상과 공자 사상이 크게 다르지 않음을 밝히고자 『노자』 주석을 진행하였으며, 이러한 관점에서 유학의 인의예지는 『노자』의 도가 현실화되어 드러난 것으로 해석하였다. 〈보기〉의 왕부지는 노자 사상이 아닌 사상을 기준으로 삼으면 주석자의 사상도 왜곡된다고 보았으므로, 유학의 인의예지를 『노자』의 도와 연관 지은 오징의 사상이 왜곡되었다고 비판할 것이다.

Q: 오징은 도교가 '주술적인 종교'에 불과하다고 보았고, 〈보기〉의 왕부지는 노자 사상이 '비현실성'을 가진다고 보았으니, 두 학자가 주장하는 내용은 서로 부합해야 하는 것이 아닌가요?

A: 도교, 혹은 노자 사상에 대한 전제가 비슷하다고 하더라도, 주장이 전개되는 방향은 서로 다를 수 있다. 오징은 유학자로서 도교가 '주술적인 종교'에 불과하다고 보았으므로, 『노자』의 내용을 유학에 부합하게 바꾸어 가며 노자 사상과 유학 간의 유사성을 강조했다. 한편 〈보기〉의 왕부지는 노자 사상이 가진 고유의 '비현실성'을 드러내고자 하며, 『노자』의 주석에 유학과 같은 다른 사상을 개입시키지 않음으로써 노자 사상과 유학의 구분을 명확히 했다. 따라서 왕부지의 입장에서는 오징이 유학을 기준으로 삼아 『노자』를 수정·재편하여 그 본래 뜻을 파악할 수 없게 한 것(『노자』를 왜곡한 것)도, 그리고 『노자』의 도 개념과 유학의 인의예지 개념을 서로 연관 지어 설명한 것(주석자의 사상이 왜곡된 것)도 비판의 대상이 된다.

| 어휘의 의미 파악 | 정답률 **96**

6. ⓐ와 문맥상 의미가 가장 가까운 것은?

🔽 **정답풀이**

④ 화폭에 봄 경치가 그대로 담겨 있다.

> 근거: (가) **1** **1r**『한비자』는 중국 전국 시대의 한비자가 제시한 사상이 ⓐ담긴 저작이다.
> ⓐ와 ④번의 '담기다'는 모두 '어떤 내용이나 사상이 그림, 글, 말, 표정 따위 속에 포함되거나 반영되다.'라는 의미로 쓰였다.

❌ **오답풀이**

① 과일이 접시에 예쁘게 담겨 있다.
   '어떤 물건이 그릇 따위에 넣어지다.'라는 의미로 쓰였다.

② 상자에 탁구공이 가득 담겨 있다.
   '어떤 물건이 그릇 따위에 넣어지다.'라는 의미로 쓰였다.

③ 시원한 계곡물에 수박이 담겨 있다.
   '액체 속에 넣어지다.'라는 의미로 쓰였다.

⑤ 매실이 설탕물에 한 달째 담겨 있다.
   '김치·술·장·젓갈 따위를 만드는 재료가 버무려지거나 물이 부어져서, 익거나 삭도록 그릇에 보관되다.'라는 의미로 쓰였다.

[1~6] 다음 글을 읽고 물음에 답하시오.

✏️ 사고의 흐름

(가)

1 ¹조선 왕조의 기본 법전인 『경국대전』에 규정된 신분제는 <u>신분을 양인과 천인으로 나눈 양천제</u>이다. ²양인은 과거에 응시할 수 있었지만, 납세와 군역 등의 의무를 져야 했다. ³천인은 개인이나 국가에 소속되어 천역(賤役)을 담당했다. _{조선 왕조 때 법적으로 규정된 신분제(양천제)에 따라 당대 백성의 신분을 양인과 천인으로 나누어 설명하고 있어.} ⁴관료 집단을 뜻하던 양반이 16세기 이후 세습적으로 군역 면제 등의 차별적 특혜를 받는 신분으로 굳어짐에 따라 양인은 사회적으로 양반, 중인, 상민으로 분화되었다. _{16세기 이후, 양인이 세 갈래로 분화되었다고 하네. 사회적인 신분은 '양반(양인)', '중인(양인)', '상민(양인)', 그리고 '천인'으로 나뉜다고 볼 수 있겠어. 이때 양반이 차별적 특혜를 세습적으로 받는 신분이었음을 짚고 가자.} ⁵이러한 법적(양천제), 사회적(양인의 분화) 신분제는 갑오개혁으로 철폐되기 이전까지 조선 사회의 근간이 되었다. _{이 글은 조선 시대의 신분 체계에 대해 다루려나 보군.}

2 ⁶조선 후기에 접어들어 농업 생산력의 증대와 상공업의 발달로 같은 신분 안에서도 분화가 확대되었고, 이에 따라 <u>신분제에 변화</u>가 일어났다. _{조선 후기에 발생한 신분제의 변화를 설명할 거야. 상황이 1문단에서와 어떻게 달라지는지에 주목하자.} ⁷천인의 대다수를 구성했던 노비는 속량*과 도망 등의 방식으로 신분적 억압에서 점차 벗어났다. ⁸영조 연간에 편찬된 법전인 『속대전』에서는 노비가 속량할 수 있는 값을 100냥으로 정하는 규정을 둠으로써 속량을 제도화했다. ⁹이는 국가의 재정 운영상 노비제의 유지보다 그들을 양인 납세자*로 전환하는 것이 유리했기 때문이었다. ¹⁰몰락한 양반들은 노비의 유지가 어려워졌기 때문에 몸값을 받고 속량해 주는 길을 선택했다. _{조선 후기의 신분제 변화 ① 노비(천인) → 양인으로 신분 상승: 국가와 몰락한 양반의 재정 상황을 따졌을 때는 법적으로 노비를 속량해 주는 게 더 이득이었음}

3 ¹¹<u>18세기 이후</u> 경제적으로 성장한 상민층에서는 '유학(幼學)' 직역*을 얻고자 하는 현상이 나타났다. ¹²유학은 벼슬을 하지 않은 유생(儒生)을 지칭했으나, 이 시기에는 관료로 진출하지 못한 이들을 가리키는 직역 명칭으로 ⓐ<u>굳어졌다</u>. ¹³호적상 유학은 군역 면제라는 특권이 있어서 상민층이 원하는 직역이었다. _{상민은 경제적 능력을 활용해서 유학 직역을 얻어내고, 양반만 받던 차별적 특권인 군역 면제의 특권을 누릴 수 있었군.} ¹⁴유학 직역의 획득은 제도적으로 양반이 되는 것을 의미하였으나 그것이 곧 온전한 양반으로 인정받는 것을 의미하는 것은 아니었다. ¹⁵당시 양반 집단의 일원으로 인정받기 위해서는 ㉠<u>유교적 의례의 준행*</u>, 문중과 족보에의 편입 등 다양한 조건이 필요했다. ¹⁶이에 따라 일부 상민층은 유학 직역을 발판으로 양반 문화를 모방하면서 양반으로 인정받고자 했다. _{조선 후기의 신분제 변화 ② 상민 → 양반으로 신분 상승: 유학 직역으로 제도적 양반이 될 수 있으나, 진정한 양반으로 인정받기 위해서는 양반 문화를 모방해야 했음}

_{16세기 이후, 조선 후기, 18세기 이후 등 어떤 시기에 어떤 상황이 나타났는지 눈여겨보자.}

4 ¹⁷조선 후기에는 신분 상승 현상이 일어나면서 양반의 하한선과 비(非)양반층의 상한선이 근접하는 모습이 나타났다. _{조선 후기의 신분 상승 현상은 양반층과 비양반층의 구분을 어려워지게 했나 봐.} ¹⁸양반들이 비양반층의 진입을 막는 힘은 여전히 작동하고 있었지만(상민 출신의 유학은 양반 문화를 잘 모방해야 진정한 양반으로 인정받을 수 있었음), 비양반층이 양반에 접근하고자 하는 힘(유학 직역을 통한 상민 → 양반으로의 신분 상승)은 더 강하게 작동했다. ¹⁹유학의 증가는 이러한 현상의 단면을 보여 준다.

---

*직역: 신분에 따라 정해진 의무로서의 역할.

이것만은 챙기자

* ***속량**: 몸값을 받고 노비의 신분을 풀어 주어서 양민이 되게 하던 일.
* ***납세자**: 세법에 따라 국가나 지방 자치 단체에 세금을 낼 의무가 있는 개인 또는 법인.
* ***준행**: 어떤 사물을 표준으로 하여 그대로 행함.

만점 선배의 구조도 예시

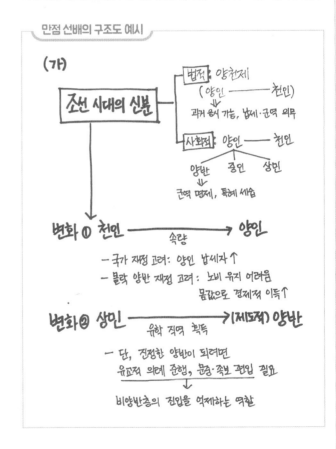

>> 각 문단을 요약하고 지문을 **세 부분**으로 나누어 보세요.

1 조선의 법적 신분제는 신분을 양인과 천인으로 나눈 양천제이지만, 양반이 특혜를 받는 신분으로 굳어지며 사회적으로 양인은 양반, 중인, 상민으로 분화되었다.

첫 번째
1¹~**1**⁵

2 조선 후기에 신분제의 변화가 일어났는데 노비는 속량과 도망 등으로 신분적 억압에서 점차 벗어났다.

3 경제적으로 성장한 상민층은 유학 직역을 얻어 제도적으로 양반이 되었으나 온전한 양반으로 인정받기 위해서는 다양한 조건이 필요했다.

두 번째
2⁶~**3**¹⁶

4 조선 후기에는 양반의 하한선과 비양반층의 상한선이 근접했으며 비양반층의 진입을 막는 힘보다 양반에 접근하고자 하는 힘이 더 강하게 작동했다.

세 번째
4¹⁷~**4**¹⁹

(나)

1 [1]『경국대전』체제에서 양인은 관료가 될 수 있다는 점에서 능력주의가 일부 작동하는 것처럼 보이지만, 실제로는 <u>양반 이외의 신분</u>에서는 관료가 되기 어려웠다. <u>양반이 관료의 직책을 거의 독점하고 있어서 능력주의의 작동이 어려운 문제 상황이 제시되었네.</u> [2]이러한 상황에서 17세기의 유형원은 『반계수록』을 통해, 19세기의 정약용은 『경세유표』등을 통해 각각 도덕적 능력주의에 기초한 일련의 개혁론을 제시했다. <u>능력주의가 잘 작동하지 않는 상황에서, '도덕적 능력주의'에 기초하여 사회를 개혁하려는 두 사람(유형원, 정약용)의 견해가 제시될 거야.</u>

먼저 유형원의 견해가 제시되고, 나중에 정약용의 견해가 제시될 거야.

2 [3]<u>유형원</u>의 기본적인 생각은 국가 공동체를 성리학적 가치와 규범에 따라 운영하고, 구성원도 도덕적으로 만드는 도덕 국가의 건설이었다. <u>유형원이 생각한 이상적 사회의 모습을 압축적으로 설명하는군.</u> [4]<u>신분 세습</u>을 비판한 그는 현명한 인재라도 노비로 태어나면 노비로 살아야 하는 것이 천하의 도리에 어긋난다고 보고, ㉠<u>노비제 폐지를 주장</u>했다. [5]아울러 비도덕적 직업이라고 생각한 ㉡<u>광대와 같은 직업군을 철폐</u>하고, 사농공상(士農工商)*의 사민(四民)으로 편성하고자 했다. [6]그는 과거제 대신 ㉢<u>공거제를 통해 도덕적 능력이 뛰어난 자를 추천으로 선발하여 여러 단계의 교육</u>을 한 후, 최소한의 학식을 확인하여 관료로 임명해야 한다고 제안했다. [7]도덕을 기준으로 관료를 선발하고 ㉣<u>지방에도 관료 선발 인원을 적절히 분배</u>하면 향촌 사회의 풍속도 도덕적으로 이끌 수 있다고 본 것이다. <u>유형원이 제시한 개혁안의 내용이 나열되고 있어. 나중에 정약용의 개혁안과 비교하여 정리하기 위해 꼼꼼히 살펴보고 넘어가자.</u>

3 [8]정약용은 신분제가 동요하는 상황에서 사민이 뒤섞여 사는 것이 교화에 도움이 되지 않는다고 보고, ⓐ<u>사농공상별로 구분하여 거주하는 것을 포함한 행정 구역 개편</u>을 구상했다. [9]이에 맞춰 사(士) 집단을 재편*하고자 했다. [10]ⓑ<u>도덕적 능력의 여부에 따라 추천으로 예비 관료인 '선사'를 선발하고 일정한 교육</u>을 한 후, 여러 단계의 시험을 거쳐 관료를 선발할 것을 제안했다. [11]ⓒ<u>사 거주지에서 더 많은 선사를 선발</u>하도록 했지만, 농민과 상공인에도 선사의 선발 인원을 배정하는 등 ⓓ<u>노비 이외에서 사 집단으로 진출할 수 있도록</u>했다. [12]ⓔ<u>노비제에 대해서는 사를 뒷받침하기 위해 유지되어야</u>한다고 주장했다. <u>다음으로 정약용이 제시한 개혁안의 내용이 나열되고 있네. 유형원과 비슷한 의견(관료의 선발 과정)도 있고, 정반대의 의견(노비제에 대한 견해)도 있음을 확인할 수 있어.</u>

4 [13]도덕적 능력주의와 관련하여 두 사람은 모두 사회 지배층으로서의 사에 주목했다. [14]유형원은 다스리는 자인 사와 다스림을 받는 민의 구분을 분명히 하는 것이 천하의 이치라고 보고 ㉤<u>도덕적 능력이 뛰어난 사람들로 지배층인 사를 구성</u>하고자 했다. [15]정약용도 양반의 세습을 비판하며 도덕적 능력에 따라 사회 지배층을 재편하는 데 입장을 같이했다. <u>사회 지배층으로서의 사는 도덕적 능력이 뛰어난 사람들로 구성한다는 점에 대해 두 사람은 같은 의견이었군.</u> [16]또한 두 사람은 사회 전체의 도덕 실천을 이끌기 위해 사 집단에 정치권력, 경제력 등을 집중시키려 했고, 지배층과 피지배층 간의 차등을 엄격하게 유지

하고자 했다. [17]내용에서 일부 차이가 있었지만, 두 사람은 사회 지배층의 재구성을 통해 도덕 국가 체제를 추구했다. <u>두 사람은 피지배층과의 엄격한 차등이 있는 사회 지배층을 다시 구성하려 함으로써 도덕적인 국가를 만들어 낼 수 있다고 보았군. 그럼 두 사람의 입장을 정리해 볼까?</u>

	유형원	정약용
비판 대상	양반의 신분 세습	
주목한 점	도덕적 능력에 따라 사회 지배층(사)을 구성함으로써 사회 전체의 도덕 실천을 이끌어 냄	
관료 선발	도덕적 능력을 기준으로, '사'가 아닌 집단에서도 추천을 통해 선발함	
노비제	철폐 주장	유지 주장 (노비는 관료로 선발 X)
기타	지방에도 관료 선발 인원 적절히 분배	사농공상별로 거주지 구분 등의 행정 구역 개편

이것만은 챙기자

*사농공상: 예전에, 백성을 나누던 네 가지 계급. 선비, 농부, 공장(工匠), 상인을 이르던 말이다.
*재편: 다시 편성함.

만점 선배의 구조도 예시

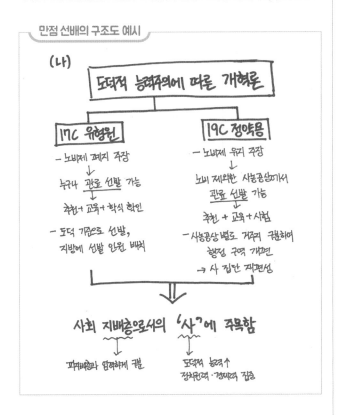

>> 각 문단을 요약하고 지문을 세 부분으로 나누어 보세요.

❶ 『경국대전』 체제에 따르면 능력주의가 작동하는 것처럼 보이지만 실제로는 양반 이외의 신분은 관료가 되기 어려운 상황에서 17세기 유형원과 19세기 정약용은 도덕적 능력주의에 기초한 개혁론을 제시했다.	첫 번째 ❶¹~❶²
❷ 유형원은 신분 세습을 비판하고 노비제 폐지와 과거제 대신 도덕적 능력이 뛰어난 자를 추천으로 선발하여 교육을 한 후 관료로 임명하는 공거제를 제안했다.	두 번째 ❷³~❸¹²
❸ 정약용은 사농공상별로 구분하여 거주하는 행정 구역 개편을 구상하고, 도덕적 능력 여부에 따른 추천으로 예비 관료를 뽑아 교육과 시험을 거쳐 관료를 선발할 것을 제안하는 한편 노비제 유지를 주장했다.	
❹ 두 사람은 도덕적 능력주의를 바탕으로 사회 지배층을 재구성하여 도덕 국가 체제를 추구했다는 공통점이 있다.	세 번째 ❹¹³~❹¹⁷

| 세부 정보 파악 | 정답률 ❻❼

1. (가)를 읽고 이해한 내용으로 적절하지 <u>않은</u> 것은?

✅ 정답풀이

④ 조선 후기 '유학'의 증가 현상은 『경국대전』의 신분 체계가 작동하지 않는 현상을 보여 주는 것이었다.

> 근거: (가) ❶ ¹조선 왕조의 기본 법전인 『경국대전』에 규정된 신분제는 신분을 양인과 천인으로 나눈 양천제이다. ⁴관료 집단을 뜻하던 양반이 16세기 이후 세습적으로 군역 면제 등의 차별적 특혜를 받는 신분으로 굳어짐에 따라 양인은 사회적으로 양반, 중인, 상민으로 분화되었다. + ❸ ¹⁶일부 상민층은 유학 직역을 발판으로 양반 문화를 모방하면서 양반으로 인정받고자 했다. + ❹ ¹⁷조선 후기에는 신분 상승 현상이 일어나면서 양반의 하한선과 비(非)양반층의 상한선이 근접하는 모습이 나타났다.~¹⁹유학의 증가는 이러한 현상의 단면을 보여 준다.
>
> 『경국대전』의 신분 체계는 신분을 양인과 천인으로 나누고 있으며, 조선 후기 유학의 증가 현상은 양인에 속하는 상민이 마찬가지로 양인에 속하는 양반이 되고자 한 결과로 발생한 것이다. 즉 조선 후기 유학의 증가 현상은 양인 신분 내부에서 나타난 분화와 관련된 것으로, 『경국대전』이 나눈 신분 체계가 작동하지 않는 현상을 보여 준다고 할 수 없다.

❌ 오답풀이

① 『속대전』의 규정을 적용받아 속량된 사람들은 납세의 의무를 지게 되었다.

> 근거: (가) ❷ ⁸영조 연간에 편찬된 법전인 『속대전』에서는 노비가 속량할 수 있는 값을 100냥으로 정하는 규정을 둠으로써 속량을 제도화했다. ⁹이는 국가의 재정 운영상 노비제의 유지보다 그들을 양인 납세자로 전환하는 것이 유리했기 때문이었다.
>
> 국가의 재정 운영상의 문제를 해결하기 위해, 『속대전』의 규정에 의해 속량된 노비는 양인 납세자로 전환되어 납세의 의무를 지게 되었다.

② 『경국대전』 반포 이후 갑오개혁까지 조선의 법적 신분제에는 두 개의 신분이 존재했다.

> 근거: (가) ❶ ¹조선 왕조의 기본 법전인 『경국대전』에 규정된 신분제는 신분을 양인과 천인으로 나눈 양천제이다.~⁵이러한 법적, 사회적 신분제는 갑오개혁으로 철폐되기 이전까지 조선 사회의 근간이 되었다.
>
> 조선 왕조의 법전인 『경국대전』에서는 신분을 양인과 천인 두 개로 나누어 규정하였는데, 이러한 법적 신분제는 갑오개혁으로 철폐되기 이전까지 존재했다고 하였다.

③ 조선 후기 양반 중에는 노비를 양인 신분으로 풀어 주고 금전적 이익을 얻은 이들이 있었다.

> 근거: (가) ❷ ⁸영조 연간에 편찬된 법전인 『속대전』에서는 노비가 속량할 수 있는 값을 100냥으로 정하는 규정을 둠으로써 속량을 제도화했다.~¹⁰몰락한 양반들은 노비의 유지가 어려워졌기 때문에 몸값을 받고 속량해 주는 길을 선택했다.
>
> 노비의 유지가 어려워진 몰락 양반들은 속량을 통해 노비를 양인 신분으로 풀어 주고 노비의 몸값을 받아 금전적인 이익을 얻었을 것이다.

⑤ 조선 후기에 상민이 '유학'의 직역을 얻었을 때, 양반의 특권을 일부 가지게 되지만 온전한 양반으로 인정받지는 못했다.

> 근거: (가) ❸ ¹³호적상 유학은 군역 면제라는 특권이 있어서 상민층이 원하는 직역이었다. ¹⁴유학 직역의 획득은 제도적으로 양반이 되는 것을 의미하였으나 그것이 곧 온전한 양반으로 인정받는 것을 의미하는 것은 아니었다.
>
> 조선 후기에 상민은 '유학' 직역을 얻음으로써 제도적으로 양반이 되어 군역 면제 등의 특권을 가질 수 있었지만, 온전한 양반으로 인정받지는 못했다.

✒️ 모두의 질문 • 1-②번

Q: 『경국대전』에서 신분을 양인과 천인으로 나누기는 했지만, 이후 양인이 '양반, 중인, 상민으로 분화'되었다고 했으니 갑오개혁으로 철폐되기 이전까지 '양반, 중인, 상민', 그리고 '천인'의 네 가지 신분이 존재했다고 보아야 하는 것 아닌가요?

A: 1문단의 마지막 문장에서 신분제를 '법적'인 것과 '사회적'인 것으로 나누어 언급한 것을 눈여겨보아야 한다. 법전인 『경국대전』에서 신분을 양인과 천인으로 나누는 양천제를 규정하였다는 것은 당시의 법적 신분이 '양인'과 '천인'의 두 가지로 나뉘어 있었다는 것을 의미한다. 16세기 이후에 양인이 '양반, 중인, 상민으로 분화'되었다는 말에는 '사회적으로' 그렇게 되었다는 설명이 붙는다. 즉 사회적 신분을 함께 따진다면 법적 신분보다 더 많은 가짓수로 분화된 형태의 신분이 존재하였다고 볼 수 있지만, ②번에서는 조선의 '법적' 신분제에 몇 가지 신분이 존재했는지를 묻고 있으므로, 『경국대전』에 규정된 양천제만을 근거로 삼아 당시 조선의 법적 신분제에는 양인과 천인이라는 두 개의 신분이 존재했다고 판단해야 한다.

2. 일련의 개혁론 에 대한 이해로 적절하지 않은 것은?

✔ 정답풀이

⑤ 유형원과 정약용은 모두 시험으로 도덕적 능력이 우수한 이를 선발하여 교육한 후 관료로 임명하는 방안을 제시했다.

> 근거: (나) **2** ⁶그(유형원)는 과거제 대신 공거제를 통해 도덕적 능력이 뛰어난 자를 추천으로 선발하여 여러 단계의 교육을 한 후, 최소한의 학식을 확인하여 관료로 임명해야 한다고 제안했다. + **3** ¹⁰(정약용은) 도덕적 능력의 여부에 따라 추천으로 예비 관료인 '선사'를 선발하고 일정한 교육을 한 후, 여러 단계의 시험을 거쳐 관료를 선발할 것을 제안했다.
> 유형원과 정약용은 모두 시험이 아닌 추천을 통해 도덕적 능력이 우수한 이를 선발하여 교육할 것을 제안했다. 참고로 정약용은 추천을 통해 선발된 예비 관료(선사)가 최종 관료가 되는 과정에서 여러 단계의 시험을 거치도록 제안했다.

✘ 오답풀이

① 유형원은 자신이 구상한 공동체의 성격에 적합하지 않은 특정 직업군을 없애는 방안을 구상했다.

> 근거: (나) **2** ³유형원의 기본적인 생각은 국가 공동체를 성리학적 가치와 규범에 따라 운영하고, 구성원도 도덕적으로 만드는 도덕 국가의 건설이었다. ⁵(유형원은) 비도덕적 직업이라고 생각한 광대와 같은 직업군을 철폐하고 사농공상의 사민으로 편성하고자 했다.
> 유형원은 도덕 국가라는 공동체의 성격에 맞지 않는 비도덕적인 광대 등의 특정 직업군을 철폐하여 없애는 방안을 구상했다.

② 유형원은 지방 사회의 도덕적 기풍을 진작하기 위해 관료 선발 인원을 지방에도 할당하는 방안을 구상했다.

> 근거: (나) **2** ⁷(유형원은) 도덕을 기준으로 관료를 선발하고 지방에도 관료 선발 인원을 적절히 분배하면 향촌 사회의 풍속도 도덕적으로 이끌 수 있다고 본 것이다.
> 유형원은 향촌 사회의 풍속을 도덕적으로 이끎으로써 지방 사회의 도덕적 기풍을 진작(떨쳐 일으킴)하기 위해 지방에도 관료 선발 인원을 적절히 분배하는 방안을 구상했다.

③ 정약용은 지배층인 사 집단이 주도권을 가지고 사회를 운영하는 방안을 구상했다.

> 근거: (나) **4** ¹⁶또한 두 사람(유형원, 정약용)은 사회 전체의 도덕 실천을 이끌기 위해 사 집단에 정치권력, 경제력 등을 집중시키려 했고, 지배층과 피지배층 간의 차등을 엄격하게 유지하고자 했다.
> 정약용은 사 집단에 정치권력과 경제력 등을 집중시킴으로써 지배층으로서의 주도권을 주고, 이를 기반으로 사회를 운영하는 방안을 구상했다.

④ 정약용은 직업별로 거주지를 달리하는 것을 포함한 행정 구역 개편 방안을 구상했다.

> 근거: (나) **3** ⁸정약용은 신분제가 동요하는 상황에서 사민이 뒤섞여 사는 것이 교화에 도움이 되지 않는다고 보고, 사농공상별로 구분하여 거주하는 것을 포함한 행정 구역 개편을 구상했다.

3. ㉠~㉢에 대한 설명으로 가장 적절한 것은?

> ㉠: 유교적 의례의 준행, 문중과 족보에의 편입 등
> ㉡: 사 거주지에서 더 많은 선사를 선발
> ㉢: 도덕적 능력이 뛰어난 사람들로 지배층인 사를 구성

✔ 정답풀이

③ ㉠은 상민층이 유학 직역을 얻는 것이 확대되는 상황에서 양반으로 인정받는 것을 억제하는 장치이고, ㉢은 능력주의를 통해 인재 등용에 신분의 벽을 두지 않으려는 방안이다.

> 근거: (가) **3** ¹³호적상 유학은 군역 면제라는 특권이 있어서 상민층이 원하는 직역이었다.~¹⁵당시 양반 집단의 일원으로 인정받기 위해서는 유교적 의례의 준행, 문중과 족보에의 편입 등(㉠) 다양한 조건이 필요했다. + **4** ¹⁸양반들이 비양반층의 진입을 막는 힘은 여전히 작동하고 있었지만, 비양반층이 양반에 접근하고자 하는 힘은 더 강하게 작동했다. ¹⁹유학의 증가는 이러한 현상의 단면을 보여 준다. / (나) **2** ⁴신분 세습을 비판한 그(유형원)는 현명한 인재라도 노비로 태어나면 노비로 살아야 하는 것이 천하의 도리에 어긋난다고 보고, 노비제 폐지를 주장했다. + **4** ¹⁴유형원은 다스리는 자인 사와 다스림을 받는 민의 구분을 분명히 하는 것이 천하의 이치라고 보고 도덕적 능력이 뛰어난 사람들로 지배층인 사를 구성(㉢)하고자 했다.
> ㉠은 비양반인 상민층이 양반에 접근하고자 하는 경향이 강하게 작동하여 유학 직역을 얻는 것이 확대되는 상황에서, 양반들이 비양반층의 진입을 억제하기 위해 내건 조건이다. 이러한 장치로 인해 상민층은 온전한 양반으로 인정받기 위해 유학 직역을 얻는 것 외에도 추가적인 통과 의례를 거쳐야 했다. ㉢은 신분 세습을 비판하는 입장인 유형원이, '도덕적 능력'이 뛰어난지의 여부만을 두고 판단하는 능력주의를 통해 지배층인 사를 구성할 때 신분의 벽을 두지 않으려 한 것이다.

✘ 오답풀이

① ㉠은 경제적 영향으로 신분 상승 현상이 나타나는 상황에서 신분적 정체성을 지키려는 양반층의 노력이고, ㉡은 이러한 양반층의 노력을 뒷받침하기 위한 정책적 방안이다.

> 근거: (가) **3** ¹¹18세기 이후 경제적으로 성장한 상민층에서는 '유학' 직역을 얻고자 하는 현상이 나타났다.~¹⁵당시 양반 집단의 일원으로 인정받기 위해서는 유교적 의례의 준행, 문중과 족보에의 편입 등(㉠) 다양한 조건이 필요했다. + **4** ¹⁸양반들이 비양반층의 진입을 막는 힘은 여전히 작동하고 있었지만, 비양반층이 양반에 접근하고자 하는 힘은 더 강하게 작동했다. / (나) **3** ¹¹사 거주지에서 더 많은 선사를 선발(㉡)하도록 했지만, 농민과 상공인에도 선사의 선발 인원을 배정하는 등 노비 이외에서 사 집단으로 진출할 수 있도록 했다.
> ㉠은 상민층의 경제적 성장으로 인해 상민이 양반이 되는 신분 상승 현상이 나타나는 상황에서 양반이 비양반층의 진입을 억제하는 힘을 나타내며, 이는 자신들의 신분적 정체성을 지키려는 양반층의 노력에서 비롯되었다고 볼 수 있다. 그러나 ㉡은 예비 관료인 선사를 선발하는 과정에서 (노비를 제외하고) 신분보다 도덕적 능력을 우선하여 재편된 사 집단에 더 많은 기회를 준다는 것일 뿐, 양반층의 신분적 정체성을 지키려 하는 정책적 방안이 아니다.

② ㉠은 호적상 유학 직역이 증가하는 상황에서 양반 집단이 기득권을 지키기 위한 자율적 노력이고, ㉡은 기존의 양반들이 가진 기득권을 제도적으로 강화하기 위한 방안이다.

근거: (가) ❸ ¹¹18세기 이후 경제적으로 성장한 상민층에서는 '유학' 직역을 얻고자 하는 현상이 나타났다.~¹⁵당시 양반 집단의 일원으로 인정받기 위해서는 유교적 의례의 준행, 문중과 족보에의 편입 등(㉠) 다양한 조건이 필요했다. + ❹ ¹⁸양반들이 비양반층의 진입을 막는 힘은 여전히 작동하고 있었지만, 비양반층이 양반에 접근하고자 하는 힘은 더 강하게 작동했다. ¹⁹유학의 증가는 이러한 현상의 단면을 보여 준다. / (나) ❸ ¹¹사 거주지에서 더 많은 선사를 선발(㉢)하도록 했지만, 농민과 상공인에도 선사의 선발 인원을 배정하는 등 노비 이외에서 사 집단으로 진출할 수 있도록 했다.

㉠은 호적상 '유학' 직역이 증가하는 상황에서, 양반층이 자신들의 기득권을 지키기 위해 자율적으로 노력하여 비양반층의 진입을 막은 것이라고 볼 수 있다. 그러나 ㉢은 도덕적 능력주의에 기초하여 양반이 아닌 집단에도 선발 인원을 배정하여 사 집단을 구성함을 전제하고 있으므로, 양반 집단의 기득권을 제도적으로 강화하기 위한 방안이라고 보기 어렵다.

④ ㉠은 능력주의가 작동하기 어려운 현실적인 상황에서 신분 구분을 강화하여 불평등을 심화하는 제도이고, ㉢은 사회 지배층의 인원을 늘려 도덕 실천을 이끌기 위한 방안이다.

근거: (가) ❸ ¹¹18세기 이후 경제적으로 성장한 상민층에서는 '유학' 직역을 얻고자 하는 현상이 나타났다.~¹⁵당시 양반 집단의 일원으로 인정받기 위해서는 유교적 의례의 준행, 문중과 족보에의 편입 등(㉠) 다양한 조건이 필요했다. + ❹ ¹⁸양반들이 비양반층의 진입을 막는 힘은 여전히 작동하고 있었지만, 비양반층이 양반에 접근하고자 하는 힘은 더 강하게 작동했다. / (나) ❹ ¹⁴유형원은 다스리는 자인 사와 다스림을 받는 민의 구분을 분명히 하는 것이 천하의 이치라고 보고 도덕적 능력이 뛰어난 사람들로 지배층인 사를 구성(㉢)하고자 했다.

㉠은 '유학' 직역을 얻은 뒤 양반 집단의 일원으로 인정받기 위해 달성해야 할 추가적인 조건으로, 신분 구분을 강화하려는 장치라고 볼 수 있다. 그러나 이러한 장치가 작동하고 있음에도 비양반층이 양반에 접근하고자 하는 힘이 더 강하게 작동했다는 것으로 보아, 실제로 불평등을 심화하였다고 보기는 어렵다. 또한 ㉢은 도덕적 능력이 뛰어난 사람들로 사회 지배층을 구성하기 위한 방안으로, 사회 지배층의 인원을 늘리려는 방안이라고 볼 수 없다.

⑤ ㉡은 양반층의 특권이 점차 사라져 가고 있는 상황에서 신분적 구분을 명확하게 하기 위한 장치이고, ㉢은 양반과 비양반층의 신분적 구분을 없애기 위한 방안이다.

근거: (나) ❸ ¹¹사 거주지에서 더 많은 선사를 선발(㉢)하도록 했지만, 농민과 상공인에도 선사의 선발 인원을 배정하는 등 + ❹ ¹⁴유형원은 다스리는 자인 사와 다스림을 받는 민의 구분을 분명히 하는 것이 천하의 이치라고 보고 도덕적 능력이 뛰어난 사람들로 지배층인 사를 구성(㉢)하고자 했다.

윗글에서 ㉡이 양반층의 특권이 사라져 가는 상황에서 등장했는지의 여부는 확인할 수 없다. 또한 '사' 거주지에서 더 많은 선사를 선발했다는 점에서 신분적 구분을 염두에 두었다고 볼 여지는 있으나, 농민과 상공인에도 선사의 선발 인원을 배정했다는 점을 고려하면 신분적 구분을 명확하게 하였다고 단정하기는 어렵다. 한편 ㉢은 도덕적 능력이 뛰어난 사람들로 지배층을 구성하려는 방안이다.

4. (나)를 바탕으로 다음의 ㄱ~ㄹ에 대해 판단한 것으로 가장 적절한 것은?

> ㄱ. 아래로 농공상이 힘써 일하고, 위로 사(士)가 효도하고 공경하니, 이는 나라의 기풍이 흐트러지지 않는 것이다. (지배층은 도덕 실천을 이끌어야 하며, 지배층과 피지배층의 차등이 위아래로 구분되어야 함)
>
> ㄴ. 사농공상 누구나 인의(仁義)를 실천한다면 비록 농부의 자식이 관직에 나아가더라도 지나친 일이 아닐 것이다. (도덕적 능력이 있다면 농부도 관직에 오를 수 있음)
>
> ㄷ. 덕행으로 인재를 판정하면 천하가 다투어 이에 힘쓸 것이니, 나라 안의 모든 이에게 존귀하게 될 기회가 열릴 것이다. (도덕적 능력이 있다면 신분에 상관없이 모든 사람이 존귀해질 수 있음)
>
> ㄹ. 양반과 상민의 구분은 엄연하니, 그 경계를 넘지 않아야 상하의 위계가 분명해지고 나라가 편안하게 다스려질 것이다. (양반과 상민의 신분을 엄격하게 구분해야 함)

✅ 정답풀이

⑤ 정약용은 ㄱ에 동의하고, ㄷ에 동의하지 않겠군.

근거: (나) ❸ ¹¹(정약용은) 사 거주지에서 더 많은 선사를 선발하도록 했지만, 농민과 상공인에도 선사의 선발 인원을 배정하는 등 노비 이외에서 사 집단으로 진출할 수 있도록 했다. ¹²노비제에 대해서는 사를 뒷받침하기 위해 유지되어야 한다고 주장했다. + ❹ ¹³도덕적 능력주의와 관련하여 두 사람(유형원, 정약용)은 모두 사회 지배층으로서의 사에 주목했다. ¹⁵정약용도 양반의 세습을 비판하며 도덕적 능력에 따라 사회 지배층을 재편하는 데 입장을 같이했다. ¹⁶또한 두 사람은 사회 전체의 도덕 실천을 이끌기 위해 사 집단에 정치권력, 경제력 등을 집중시키려 했고, 지배층과 피지배층 간의 차등을 엄격하게 유지하고자 했다.

정약용은 도덕적 능력에 따라 사회 지배층을 재편하고자 하였으므로, 피지배층(아래)과 구분되는 지배층(위)이 '효도하고 공경하는' 도덕 실천을 이끌어야 한다는 ㄱ에 동의할 것이다. 그러나 정약용은 지배층인 사 집단으로 진출할 기회를 얻을 수 있는 대상에서 노비는 제외하였으므로, 신분과 상관없이 모든 사람이 존귀해질 수 있다고 보는 ㄷ에는 동의하지 않을 것이다.

❌ 오답풀이

① 유형원은 ㄱ과 ㄹ에 동의하겠군.

근거: (나) ❷ ⁴신분 세습을 비판한 그(유형원)는 현명한 인재라도 노비로 태어나면 노비로 살아야 하는 것이 천하의 도리에 어긋난다고 보고, 노비제 폐지를 주장했다. ⁷도덕을 기준으로 관료를 선발하고 지방에도 관료 선발 인원을 적절히 분배하면 향촌 사회의 풍속도 도덕적으로 이끌 수 있다고 본 것이다. + ❹ ¹³도덕적 능력주의와 관련하여 두 사람(유형원, 정약용)은 모두 사회 지배층으로서의 사에 주목했다. ¹⁶또한 두 사람은 사회 전체의 도덕 실천을 이끌기 위해 사 집단에 정치권력, 경제력 등을 집중시키려 했고, 지배층과 피지배층 간의 차등을 엄격하게 유지하고자 했다.

유형원은 도덕 실천을 이끄는 사회 지배층으로서의 사에 주목하였으므로, 피지배층(아래)과 구분되는 지배층(위)이 '효도하고 공경하는' 도덕적 능력을 갖추고 있어야 한다는 ㄱ에 동의할 것이다. 그러나 유형원은 신분 세습을 비판하며 우수한 도덕적 능력을 가진 인재라면 신분과 관계없이 사 집단을 구성할 수 있다고 보았으므로, 양반과 상민의 신분을 엄격하게 구분하는 ㄹ에 동의하지 않을 것이다.

② 유형원은 ㄴ과 ㄷ에 동의하지 않겠군.

근거: (나) **2** ⁴신분 세습을 비판한 그(유형원)는 현명한 인재라도 노비로 태어나면 노비로 살아야 하는 것이 천하의 도리에 어긋난다고 보고, 노비제 폐지를 주장했다.~⁷도덕을 기준으로 관료를 선발하고 지방에도 관료 선발 인원을 적절히 분배하면 향촌 사회의 풍속도 도덕적으로 이끌 수 있다고 본 것이다. 유형원은 신분 세습을 비판하면서 도덕적 능력을 갖춘 현명한 인재라면 신분과 상관없이 누구든지 관료가 될 수 있다고 보았다. 따라서 유형원은 도덕적 능력이 있다면 농부도 관직에 오를 수 있다는 ㄴ과 도덕적 능력이 있다면 누구나 존귀해질 수 있다는 ㄷ 모두에 동의할 것이다.

③ 유형원은 ㄴ에 동의하지 않고, ㄹ에 동의하겠군.

근거: (나) **2** ⁴신분 세습을 비판한 그(유형원)는 현명한 인재라도 노비로 태어나면 노비로 살아야 하는 것이 천하의 도리에 어긋난다고 보고, 노비제 폐지를 주장했다.~⁷도덕을 기준으로 관료를 선발하고 지방에도 관료 선발 인원을 적절히 분배하면 향촌 사회의 풍속도 도덕적으로 이끌 수 있다고 본 것이다. 유형원은 도덕적 능력을 갖추었다면 누구나 관료로 선발될 수 있다고 보았으므로, 농부도 관직에 오를 수 있다는 ㄴ에 동의할 것이다. 또한 유형원은 신분 세습을 비판하는 입장이므로, 양반과 상민의 신분을 엄격하게 구별하는 ㄹ에 동의하지 않을 것이다.

④ 정약용은 ㄴ과 ㄹ에 동의하겠군.

근거: (나) **3** ¹¹(정약용은) 사 거주지에서 더 많은 선사를 선발하도록 했지만, 농민과 상공인에도 선사의 선발 인원을 배정하는 등 노비 이외에서 사 집단으로 진출할 수 있도록 했다. + **4** ¹⁵정약용도 양반의 세습을 비판하며 도덕적 능력에 따라 사회 지배층을 재편하는 데 입장을 같이했다. 정약용은 양반의 세습을 비판하면서 농민과 상공인에게도 예비 관료인 선사로 선발될 기회를 주어야 한다고 보았으므로, 농부도 관직에 오를 수 있다는 ㄴ에 동의할 것이지만, 양반과 상민을 신분에 따라 엄격하게 구분하려는 ㄹ에는 동의하지 않을 것이다.

정답인 ⑤번을 고른 학생이 37%에 불과하고, 그와 비슷한 비율의 학생이 매력적 오답인 ④번을 골랐다. 이 문제는 제시된 자료의 ㄱ~ㄹ이 (나)에 제시된 유형원과 정약용의 입장에 부합하는지를 묻는다. (나)에 제시된 유형원과 정약용의 주장을 정리하여 푸는 2번 문제, '신분'과 관련된 (가)의 양반층의 입장과 (나)의 유형원, 정약용의 입장을 구분하여 푸는 3번 문제를 풀어낸 학생이라면 (나)에 제시된 두 사람의 입장을 어느 정도 파악한 상태일 것이다. 그렇다면 이 문제의 난점은 (나)와 다른 표현으로 진술된 ㄱ~ㄹ의 내용을 지문의 틀에 맞추어 해석하는 것에 있었다는 것이 된다.

ㄱ은 유형원과 정약용이 구상한 도덕 국가 체제의 구조와 관련된 것으로, 백성을 '사농공상'으로 나누는 체계에서 '사'가 위에 있고(지배층이고) '농공상'이 아래에 있음(피지배층임)을 전제한다. 이때 위에 있는 '사'가 '효도하고 공경'한다는 것은, (나) 4문단의 표현을 빌린다면 지배층이 '도덕적 능력'을 가지고 '도덕 실천'을 이끄는 것을 의미한다고 볼 수 있다. 유형원과 정약용은 모두 지배층인 '사'가 도덕적 능력이 뛰어난 이들로 구성되도록 하며 지배층과 피지배층의 차등을 엄격하게 구분하므로 둘 다 ㄱ에 동의할 것이다.

ㄴ과 ㄷ은 어느 범위까지 '사'가 될 기회를 줄 것인가와 관련된다. 이 부분은 유형원과 정약용의 입장 차이가 두드러지는 부분이기도 하다. 유형원과 정약용은 모두 '농공상'에 해당하는 농민과 상공인도 뛰어난 도덕적 능력을 지녔다면 '사'가 될 수 있다고 본다. 따라서 '농부의 자식'도 도덕적 자질을 갖췄다면 관직을 얻어 '사'가 될 수 있다고 보아 둘 다 ㄴ에 동의할 것이다. 그러나 노비제를 폐지하여 모든 이가 '사'가 될 수 있게 하려는 유형원과 달리, 정약용은 노비제를 유지하면서 노비는 '사'가 될 기회를 박탈한다. 따라서 ㄷ에 대해서 유형원은 동의하지만, 정약용은 동의하지 않을 것이다.

ㄹ은 유형원과 정약용이 지닌 문제의식과 관련된다. (나) 1문단에 따르면 두 사람이 개혁론을 펼친 것은 양반, 중인, 상민으로 구성된 양인 가운데 주로 양반만 관료가 되는 체계를 바꾸고자 했기 때문이다. 그런데 ㄹ에서 양반과 상민을 엄격하게 구분하여 경계를 넘지 못하게 한다는 것은, 곧 상민에게서 '사'가 될 기회를 박탈한다는 것과 같다. 이는 도덕적 능력을 갖췄다면 '농공상' 계층에게도 '사'가 될 기회를 주어야 한다는 두 사람의 견해와 어긋난다. 따라서 ㄹ에 대해서는 유형원과 정약용 모두 동의하지 않을 것이다.

④번을 적절하다고 본 것은 ㄹ에서 '상하의 위계'를 분명하게 한다는 일부 내용이 (나) 4문단에 제시된, '지배층과 피지배층 간의 차등을 엄격하게 유지'한다는 내용과 대응한다고 보았기 때문일 수 있다. 그러나 ㄹ의 주장은 양반과 상민이라는 신분 간의 경계를 분명히 나누어야 함을 전제하는 것이므로 정약용의 주장과 부합하지 않는다. 정약용은 양반이 관료가 되는 특권을 거의 독점하는 현실을 바꾸어 '양반'의 신분이 아닌 도덕적 능력에 따라 지배층(사 집단)을 선발하고, 그 후에 지배층과 피지배층 간에 차등을 적용하려는 인물이다. 문제에서 지문의 표현이 그대로 사용되지 않았더라도, 지문의 내용과 적절하게 대응하여 풀어야 정확하게 판단할 수 있음을 기억하자.

정답률 분석

	①	②	③	매력적 오답 ④	정답 ⑤
	16%	5%	6%	36%	37%

5. (가), (나)를 바탕으로 〈보기〉에 대해 보인 반응으로 적절하지 않은 것은? [3점]

〈보기〉

[1]16세기 초 영국의 토머스 모어는 '유토피아'라는 가상 국가를 통해 당대 사회를 비판했다. [2]그가 제시한 유토피아에서는 현실 국가와 달리 모두가 일을 하고, 사치에 필요한 일은 하지 않기 때문에 하루 6시간만 일해도 경제적으로 풍요롭다. [3]하지만 이곳에서도 노동을 면제받는 '학자 계급'이 존재한다. [4]성직자, 관료 등의 권력층은 이 학자 계급에서만 나오도록 하였는데, 학자 계급은 의무가 면제되는 대신 연구와 공공의 일에 전념한다. (권력이 집중된 학자 계급 → (나)의 사 집단, 즉 지배층에 대응) [5]학자 계급은 능력 있는 이를 성직자가 추천하고, 대표들이 승인하는 절차를 거쳐야 될 수 있다. (추천을 통해 능력 있는 사람 선발 → (나)의 유형원, 정약용의 사 집단 선발 과정에 대응) [6]그러나 학자 계급도 성과가 부족하면 '노동 계급'으로 환원될 수 있고, 노동 계급도 공부에 진전이 있으면 학자 계급으로 승격될 수 있다. (능력에 따라 노동 계급이 학자 계급으로 승격됨, 계급 간 차등 존재 → 능력에 따라 '농공상'이 '사'가 될 수 있으며, 지배층과 피지배층의 차등이 존재하는 (나)의 유형원, 정약용의 도덕 국가 체계와 유사)

✓ 정답풀이

⑤ 유토피아에서 '노동 계급'과 '학자 계급' 간의 이동이 가능한 것은 계급 간 차등이 없음을 전제하므로, (나)에서 차등을 엄격하게 유지하고자 한 유형원, 정약용의 구상과는 다르군.

근거: (나) **4** [16]또한 두 사람은~지배층과 피지배층 간의 차등을 엄격하게 유지하고자 했다. + 〈보기〉 [6]그러나 학자 계급도 성과가 부족하면 '노동 계급'으로 환원될 수 있고, 노동 계급도 공부에 진전이 있으면 학자 계급으로 승격될 수 있다.

(나)에서 유형원과 정약용이 지배층과 피지배층 간의 차등을 엄격하게 유지하고자 한 것은 맞다. 그러나 〈보기〉에서는 노동 계급이 학자 계급으로 거듭나는 것에 대해 '승격(지위나 등급 따위가 오름.)'된다고 표현하는데, 이는 노동 계급보다 학자 계급이 더 높다는 것, 즉 두 계급 간에 차등이 있음을 나타낸다. 따라서 유토피아에서 노동 계급과 학자 계급 간에 차등이 없음을 전제하고 있다고 볼 수는 없다.

① 유토피아에서 연구와 공공의 일에 전념하는 사람들은 선발의 과정을 거친다는 점에서, (가)의 '유학'보다 (나)의 '선사'에 가깝군.

근거: (가) **3** [11]18세기 이후 경제적으로 성장한 상민층에서는 '유학' 직역을 얻고자 하는 현상이 나타났다. [14]유학 직역의 획득은 제도적으로 양반이 되는 것을 의미하였으나 / (나) **3** [10]도덕적 능력의 여부에 따라 추천으로 예비 관료인 '선사'를 선발하고 일정한 교육을 한 후, 여러 단계의 시험을 거쳐 관료를 선발할 것을 제안했다. + 〈보기〉 [4]학자 계급은 의무가 면제되는 대신 연구와 공공의 일에 전념한다. [5]학자 계급은 능력 있는 이를 성직자가 추천하고, 대표들이 승인하는 절차를 거쳐야 될 수 있다.

유토피아에서 연구와 공공의 일에 전념하는 사람들은 학자 계급이다. 학자 계급의 구성원은 능력에 따른 추천을 통한 선발 과정을 거친다는 점에서, 추천에 따른 선발 과정 없이 경제적 능력으로 얻어 내는 (가)의 '유학'보다 능력의 여부에 따라 추천을 받아 예비 관료로 선발되는 (나)의 '선사'에 가깝다고 볼 수 있다.

② 유토피아에서 관료는 노동을 면제받지만 그 특권이 세습되지 않는다는 점에서, (가)에서 차별적 특혜를 받던 16세기 이후의 '양반'과는 다르군.

근거: (가) **1** [4]관료 집단을 뜻하던 양반이 16세기 이후 세습적으로 군역 면제 등의 차별적 특혜를 받는 신분으로 굳어짐에 따라 양인은 사회적으로 양반, 중인, 상민으로 분화되었다. + 〈보기〉 [3]하지만 이곳에서도 노동을 면제받는 '학자 계급'이 존재한다. [4]성직자, 관료 등의 권력층은 이 학자 계급에서만 나오도록 하였는데, 학자 계급은 의무가 면제되는 대신 연구와 공공의 일에 전념한다. [6]그러나 학자 계급도 성과가 부족하면 '노동 계급'으로 환원될 수 있고, 노동 계급도 공부에 진전이 있으면 학자 계급으로 승격될 수 있다.

유토피아에서 관료를 포함하는 학자 계급은 노동을 면제받는다는 특권을 갖는데, 성과가 부족하면 노동을 해야 하는 노동 계급으로 환원된다는 점에서 그 특권이 세습되지는 않음을 알 수 있다. 이는 (가)에서 군역 면제 등의 차별적 특혜가 세습되던 16세기 이후의 '양반'과는 다르다고 볼 수 있다.

③ 유토피아에서 '학자 계급'에서만 권력층이 나오도록 한 것은, (나)에서 우월한 집단인 '사 집단'에 정치권력을 집중시키고자 한 유형원, 정약용의 생각과 유사하군.

근거: (나) **4** [16]또한 두 사람(유형원, 정약용)은 사회 전체의 도덕 실천을 이끌기 위해 사 집단에 정치권력, 경제력 등을 집중시키려 했고, 지배층과 피지배층 간의 차등을 엄격하게 유지하고자 했다. + 〈보기〉 [4]성직자, 관료 등의 권력층은 이 학자 계급에서만 나오도록 하였는데, 학자 계급은 의무가 면제되는 대신 연구와 공공의 일에 전념한다.

유토피아에서는 성직자, 관료 등의 권력층이 상위 집단인 학자 계급에서만 나오도록 한다. 이는 (나)에서 우월한 집단인 '사 집단'에 정치권력, 경제력 등을 집중시키고자 한 유형원, 정약용의 생각과 유사하다고 볼 수 있다.

④ 유토피아에서 '노동 계급'이 '학자 계급'으로 승격되는 것은 학업 능력을 기준으로 추천받는다는 점에서, (가)의 상민 출신인 '유학'이 '양반'으로 인정받는 것과는 다르군.

근거: (가) **3** [15]당시 양반 집단의 일원으로 인정받기 위해서는 유교적 의례의 준행, 문중과 족보에의 편입 등 다양한 조건이 필요했다. [16]이에 따라 일부 상민층은 유학 직역을 발판으로 양반 문화를 모방하면서 양반으로 인정받고자 했다. + 〈보기〉 [5]학자 계급은 능력 있는 이를 성직자가 추천하고, 대표들이 승인하는 절차를 거쳐야 될 수 있다. [6]노동 계급도 공부에 진전이 있으면 학자 계급으로 승격될 수 있다.

유토피아에서 노동 계급이 학자 계급으로 승격되기 위해 필요한 것은 공부의 진전, 즉 학업 능력을 기준으로 추천을 받는 것이다. 이는 (가)에서 상민 출신의 유학이 양반으로 인정받기 위해 자발적으로 유교적 의례의 준행, 문중과 족보에의 편입 등 양반 문화를 모방해야 하는 것과는 다르다.

6. ⓐ와 문맥상 의미가 가장 가까운 것은?

✅ **정답풀이**

① 관용이 우리 집의 가훈으로 확고하게 <u>굳어졌다</u>.

> 근거: (가) ❸ ¹²유학은 벼슬을 하지 않은 유생을 지칭했으나, 이 시기에는 관료로 진출하지 못한 이들을 가리키는 직역 명칭으로 ⓐ<u>굳어졌다</u>.
> ⓐ와 ①번의 '굳어지다' 모두 '점점 몸에 배어 아주 자리를 잡게 되다.'의 의미로 쓰였다.

❌ **오답풀이**

② 어젯밤 적당하게 내린 비로 대지가 더욱 <u>굳어졌다</u>.
  '누르는 자국이 나지 아니할 만큼 단단하게 되다.'의 의미로 쓰였다.

③ 포기하지 않겠다는 결심이 어머니의 격려로 <u>굳어졌다</u>.
  '흔들리거나 바뀌지 아니할 만큼 힘이나 뜻이 강하게 되다.'의 의미로 쓰였다.

④ 길에서 버스를 기다리던 사람들의 몸이 추위로 <u>굳어졌다</u>.
  '근육이나 뼈마디가 점점 뻣뻣하게 되다.'의 의미로 쓰였다.

⑤ 갑작스러운 소식에 나도 모르게 얼굴이 딱딱하게 <u>굳어졌다</u>.
  '표정이나 태도 따위가 긴장으로 딱딱하게 되다.'의 의미로 쓰였다.

MEMO

[1~6] 다음 글을 읽고 물음에 답하시오.

✏️ 사고의 흐름

(가)

❶ ¹심리 철학에서 동일론은 의식이 뇌의 물질적 상태와 동일하다고 ⓐ본다. ²(이와 달리) 기능주의는 의식은 기능이며, 서로 다른 물질에서 같은 기능이 구현*될 수 있다고 주장한다. ³이때 기능이란 어떤 입력이 주어졌을 때 특정한 출력을 내놓는 함수적 역할로 정의되며, 함수적 역할의 일치는 입력과 출력의 쌍이 일치함을 의미한다. ⁴실리콘 칩으로 구성된 로봇이 찔림이라는 입력에 대해 고통을 출력으로 내놓는 기능을 가진다면, 로봇과 우리는 같은 의식을 가진다는 것이다. ⁵이처럼 기능주의는 의식을 구현하는 물질이 무엇인지를 중요하지 않다고 본다. *'의식'이라는 화제와, 이에 대한 동일론과 기능주의의 서로 다른 관점이 제시되었어. 각각의 입장을 정리해 가면서 읽어 가야겠네.*

동일론과 구분되는 입장이 제시될 거야.

❷ ⁶설(Searle)은 기능주의를 반박하는 사고 실험을 제시한다. ⁷'중국어 방' 안에 중국어를 모르는 한 사람만 있다고 하자. ⁸그는 중국어로 된 입력이 들어오면 정해진 규칙에 따라 중국어로 된 출력을 내놓는다. ⁹설에 의하면 방 안의 사람은 중국어 사용자와 함수적 역할이 같지만 중국어를 아는 것은 아니다. ¹⁰기능이 같으면서 의식은 다른 사례가 있다는 것이다. *설은 기능주의의 입장에 대해 반박하는 입장이야.*

❸ ¹¹동일론, 기능주의, 설은 모두 의식에 대한 논의를 의식을 구현하는 몸의 내부로만 한정하고 있다. *앞서 언급된 세 가지 입장의 공통점을 제시했어. 여기서 의식에 대한 세 입장을 간단히 정리하고 넘어가자.*

	동일론	기능주의	설
차이점	의식 = 뇌의 물질적 상태	의식 = 기능 (함수적 역할이 같다면)	의식 ≠ 기능 (함수적 역할이 같더라도)
공통점	의식에 대한 논의를 몸의 내부로 한정함		

¹²하지만 의식의 하나인 '인지' 즉 '무언가를 알게 됨'은 몸 바깥에서 ⓑ일어나는 일과 맞물려 벌어진다. ¹³기억나지 않는 정보를 노트북에 저장된 파일을 열람하여 확인하는 것이 한 예이다. ¹⁴로랜즈의 확장* 인지 이론은 이를 설명하는 이론이다. *로랜즈의 확장 인지 이론은 동일론, 기능주의, 설과 달리 의식에 대한 논의를 몸 바깥과 연관 지어 설명하고 있나 봐.*

❹ ¹⁵그(로랜즈의 확장 인지 이론)에 ⓒ따르면 인지 과정은 주체에게 '심적 상태'가 생겨나게 하는 과정이다. ¹⁶기억이나 믿음이 심적 상태의 예이다. ¹⁷심적 상태는 어떤 것에도 의존함이 없이 주체에게 의미를 나타낸다. ¹⁸예를 들어, 무언가를 기억하는 사람은 자기의 기억이 무엇인지 ⓓ알아보기 위해 아무것에도 의존할 필요가 없다. ¹⁹(이와 달리) '파생적 상태'는 주체의 해석에 의존해서만 또는 사회적 합의에 의존해서만 의미를 나타내는 상태로 정의된다. *확장 인지 이론의*

심적 상태와 구분되는 파생적 상태의 특성을 알려 주겠군.

주요 개념: 심적 상태(무엇에도 의존하지 않고 주체에게 의미를 나타내는 상태), 파생적 상태(주체의 해석이나 사회적 합의에 의존해서만 의미를 나타내는 상태)

²⁰앞의 예(기억나지 않는 정보를 노트북에 저장된 파일을 열람하여 확인하는 것)에서

노트북에 저장된 정보는 전자적 신호가 나열된 상태로서 파생적 상태이다. ²¹주체에 의해 열람된 후에도 노트북의 정보는 여전히 파생적 상태이다. ²²하지만 열람 후 주체에게는 기억(심적 상태)이 생겨난다. ²³로랜즈에게 인지 과정은 파생적 상태가 심적 상태로 변환*되는 과정이 아니라, 파생적 상태를 조작함으로써 심적 상태를 생겨나게 하는 과정이다. ²⁴심적 상태가 주체의 몸 외부로 확장되는 것이 아니라, 심적 상태를 생겨나게 하는 인지 과정이 확장되는 것이다. *파생적 상태와 심적 상태는 서로 치환되지 않는 개념이구나.* ²⁵*확장 인지 이론에서는 몸 외부에 있는 파생적 상태의 조작을 통해 심적 상태가 생겨나게 하는 인지 과정이 확장됨을 주장하고 있는 거야.* ²⁵이러한 ㉠확장된 인지 과정은 인지 주체의 것일 때에만, 다시 말해 환경의 변화를 탐지하고 그에 맞춰 행위를 조절하는 주체와 통합되어 있을 때에만 성립할 수 있다. ²⁶즉 로랜즈에게 주체 없는 인지란 있을 수 없다. *환경 변화를 탐지하거나 그에 맞춰 행위를 조절하는 주체가 없으면 인지는 이루어질 수 없으니, 로랜즈는 인지 이전에 주체가 있어야 한다고 본 거야.* ²⁷확장 인지 이론은 의식의 문제를 몸 안으로 한정하지 않고 바깥으로까지 넓혀 설명한다는 의의를 지닌다.

이것만은 챙기자

* **구현**: 어떤 내용이 구체적인 사실로 나타나게 함.
* **확장**: 범위, 규모, 세력 따위를 늘려서 넓힘.
* **변환**: 달라져서 바뀜. 또는 다르게 하여 바꿈.

만점 선배의 구조도 예시

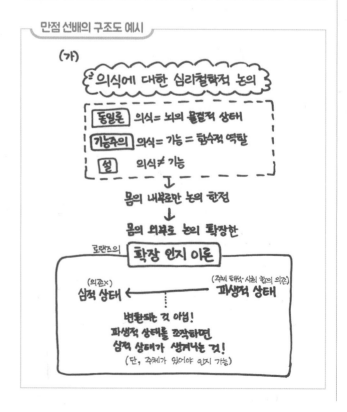

>> 각 문단을 요약하고 지문을 **두 부분**으로 나누어 보세요.

1 심리 철학에서 동일론은 의식이 뇌의 물질적 상태와 동일하다고 보지만, 기능주의는 의식은 기능이므로 의식을 구현하는 물질이 무엇인지는 중요하지 않다고 본다.

2 설은 '중국어 방' 사고 실험을 통해 기능이 같으면서 의식은 다를 수 있다며 기능주의를 반박한다.

첫 번째
1¹~**2**¹⁰

3 동일론, 기능주의, 설은 의식에 대한 논의를 몸의 내부로 한정하지만, 로랜즈의 확장 인지 이론은 의식의 하나인 인지가 몸 바깥의 일과 맞물려 벌어짐을 설명한다.

4 로랜즈에 따르면 인지 과정은 파생적 상태를 조작함으로써 주체에게 심적 상태가 생겨나게 하는 과정으로, 주체 없는 인지는 있을 수 없다.

두 번째
3¹¹~**4**²⁷

(나)

1 ¹일반적으로 '지각'이란 몸의 감각 기관을 통해 사물에 대해 아는 것을 의미한다. ²이러한 지각을 분석할 때 두 가지 사실에 직면한다. ³첫째, 그 사물과 내 몸은 물질세계*에 있다. ⁴둘째, 그 사물에 대한 나의 의식은 물질세계가 아닌 다른 세계에 있다. ⁵즉 몸으로서의 나는 사물과 같은 세계에 속하는 동시에 의식으로서의 나는 사물과 다른 세계에 속한다. ~~'지각'이라는 화제와, 그와 관련된 '몸'과 '의식'의 특성을 설명해 주고 있네. 일반적으로 '내 몸'과 '사물'은 물질세계에, '나의 의식'은 다른 세계에 있다고 본다고 정리할 수 있겠어.~~

2 ⁶이에 대한 객관주의 철학의 입장은 두 가지로 나뉜다. ⁷ⓘ의식을 포함한 모든 것을 물질로 환원*하여 의식은 물질에 불과하다고 주장하거나, ②의식을 물질과 구분되는 독자적 실체로 규정함으로써 의식과 물질의 본질적 차이를 주장한다. ⁸전자(ⓘ)에 의하면 지각은 사물로부터의 감각 자극에 따른 주체의 물질적 반응으로 이해되며, 후자(②)에 의하면 지각은 감각된 사물에 대한 주체 즉 의식의 판단으로 이해된다. ⁹이처럼 양자 모두 주체와 대상의 분리를 전제*하고 지각을 이해한다. ¹⁰주체와 대상은 지각 이전에 이미 확정되어 각각 존재한다는 것이다. ~~객관주의 철학의 두 입장을 간단히 정리해 보자.~~

	입장 ⓘ	입장 ②
차이점	의식 = 물질	의식 ≠ 물질
	지각 = 감각 자극에 따른 주체의 물질적 반응	지각 = 감각된 사물에 대한 주체(의식)의 판단
공통점	분리된 주체와 대상이 이미 확정되어 존재함 → 이후 지각이 이루어짐	

~~앞서 제시된 입장에 대한 반박이 제시될 거야.~~

3 ¹¹하지만 지각은 주체와 대상이 각자로서 존재하기 이전에 나타나는 얽힘의 체험이다. ¹²예를 들어 다른 사람과 손이 맞닿을 때 내가 누군가의 손을 ⓔ만지는 동시에 나의 손 역시 누군가에 의해 만져진다. ¹³감각하는 것이 동시에 감각되는 것이 되는 얽힘의 순간에, 나는 나와 대상을 확연히 구분한다. ¹⁴지각이라는 얽힘의 작용이 있어야 주체와 대상이 분리될 수 있다. ¹⁵다시 말해 주체와 대상은 지각이 일어난 이후 비로소 확정된다. ¹⁶따라서 ⓛ지각과 감각은 서로 구분되지 않는다. ~~특정 학자나 학파의 이름 없이, (나)의 필자의 입장이 제시되고 있네. (나)의 필자는 객관주의 철학의 공통적인 전제를 부정하면서, 지각(감각적 얽힘의 작용) → 이후에 주체와 대상이 분리되어 확정된다고 보고 있어.~~

4 ¹⁷지각은 물질적 반응이나 의식의 판단이 아니라, 내 몸의 체험이다. ¹⁸지각은 나의 몸에 의해 이루어지는 것이고, 지각이 이루어지게 하는 것은 모두 나의 몸이다. ~~객관주의 철학의 전제를 부정하는 (나)의 필자는, 지각을 물질적 반응이나 의식의 판단으로 보는 객관주의 철학의 주장도 부정하고 지각은 '내 몸의 체험'이라고 주장하는군.~~

만점 선배의 구조도 예시

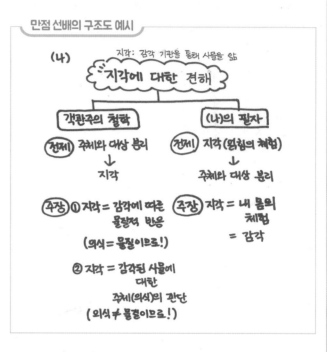

>> 각 문단을 요약하고 지문을 **두 부분**으로 나누어 보세요.

1 지각을 분석할 때에는 사물과 내 몸은 물질세계에 있지만 사물에 대한 의식은 물질세계가 아닌 다른 세계에 있다는 사실에 직면한다.	첫 번째 **1**¹~**1**⁵
2 이에 대해 객관주의 철학은 의식은 물질에 불과하다고 주장하거나 의식과 물질의 본질적 차이를 주장하는데, 이는 모두 주체와 대상의 분리를 전제하고 지각을 이해하는 것이다.	두 번째 **2**⁶~**4**¹⁸
3 하지만 지각이라는 얽힘의 작용이 있어야 주체와 대상은 분리되며 확정되는 것이다.	
4 지각은 물질적 반응이나 의식의 판단이 아닌 내 몸의 체험이다.	

1. 다음은 윗글을 읽은 학생이 정리한 내용이다. ㉮와 ㉯에 들어갈 말로 가장 적절한 것은?

> (가)는 기능주의를 소개한 후 ___㉮___은/는 같지 않다는 설(Searle)의 비판을 제시하고 있다. 그리고 인지 과정이 몸 바깥으로까지 확장된다고 주장하는 확장 인지 이론을 설명하고 있다. (나)는 인지 중에서도 감각 기관을 통한 인지, 즉 지각을 주제로 하고 있다. (나)는 지각에 대한 객관주의 철학의 입장을 비판하고, ___㉯___으로서의 지각을 주장하고 있다.

✓ 정답풀이

	㉮	㉯
①	의식과 함수적 역할	내 몸의 체험

근거: (가) 1 ²기능주의는 의식은 기능이며, 서로 다른 물질에서 같은 기능이 구현될 수 있다고 주장한다. ³이때 기능이란 어떤 입력이 주어졌을 때 특정한 출력을 내놓는 함수적 역할로 정의되며 + 2 ⁶설(Searle)은 기능주의를 반박하는 사고 실험을 제시한다.~¹⁰기능이 같으면서 의식은 다른 사례가 있다는 것이다. / (나) 4 ¹⁷지각은 물질적 반응이나 의식의 판단이 아니라, 내 몸의 체험이다.

(가)에서 기능주의는 의식이 기능, 즉 함수적 역할이라고 보는데, 설은 이를 비판하며 의식과 기능(함수적 역할)이 다른 사례가 있다고 주장한다. 따라서 ㉮에 들어갈 말로 가장 적절한 것은 '의식과 함수적 역할'이다. 한편 (나)의 필자는 주체와 대상이 지각 이전에 이미 확정되어 각각 존재한다는 객관주의 철학의 입장을 비판하면서, 지각은 물질적 반응이나 의식의 판단이 아닌 내 몸의 체험으로 보아야 한다고 주장한다. 따라서 ㉯에 들어갈 말로 가장 적절한 것은 '내 몸의 체험'이다.

2. (가)에서 알 수 있는 내용으로 적절하지 <u>않은</u> 것은?

✓ 정답풀이

③ 로랜즈는 기억이 주체의 몸 바깥으로 확장될 수 있다고 볼 것이다.

> 근거: (가) 4 ¹⁶기억이나 믿음이 심적 상태의 예이다. ²⁴(로랜즈의 확장 인지 이론에 따르면) 심적 상태가 주체의 몸 외부로 확장되는 것이 아니라, 심적 상태를 생겨나게 하는 인지 과정이 확장되는 것이다.
> 로랜즈는 기억과 같은 심적 상태가 주체의 몸 바깥(외부)으로 확장되는 것이 아니라고 본다.

✗ 오답풀이

① 동일론자들은 뇌가 존재하지 않으면 의식도 존재하지 않는다고 볼 것이다.
근거: (가) 1 ¹심리 철학에서 동일론은 의식이 뇌의 물질적 상태와 동일하다고 본다.
동일론은 의식이 뇌의 물질적 상태와 동일하다고 보므로, 뇌가 물질적으로 존재하지 않으면 의식도 존재하지 않는다고 볼 것이다.

② 설(Searle)은 '중국어 방' 안의 사람과 중국어를 아는 사람의 의식이 다르다고 볼 것이다.
근거: (가) 2 ⁷'중국어 방' 안에 중국어를 모르는 한 사람만 있다고 하자.~⁹설에 의하면 방 안의 사람은 중국어 사용자와 함수적 역할이 같지만 중국어를 아는 것은 아니다. ¹⁰기능이 같으면서 의식은 다른 사례가 있다는 것이다.
설은 '중국어 방'을 가정하여 기능이 같으면서 의식은 다른 사례가 있음을 주장한다. 이는 중국어를 아는 사람이 중국어를 출력하는 사례와, 중국어를 모르는 사람이 중국어를 출력하는 사례에서 나타나는 기능(중국어를 출력함)은 동일하지만 주체(중국어를 아는 사람, 중국어를 모르는 사람)의 의식은 서로 다르다는 것을 의미한다.

④ 로랜즈는 인지 과정이 파생적 상태를 조작하는 과정을 포함한다고 볼 것이다.
근거: (가) 4 ²³로랜즈에게 인지 과정은~파생적 상태를 조작함으로써 심적 상태를 생겨나게 하는 과정이다.

⑤ 로랜즈는 노트북에 저장된 정보가 그 자체로는 심적 상태가 아니라고 볼 것이다.
근거: (가) 4 ²⁰(로랜즈의 확장 인지 이론에 따르면) 노트북에 저장된 정보는 전자적 신호가 나열된 상태로서 파생적 상태이다. ²¹주체에 의해 열람된 후에도 노트북의 정보는 여전히 파생적 상태이다.

3. (나)의 필자의 관점에서 ㉠을 평가한 내용으로 가장 적절한 것은?

> ㉠: 확장된 인지 과정은 인지 주체의 것일 때에만, 다시 말해 환경의 변화를 탐지하고 그에 맞춰 행위를 조절하는 주체와 통합되어 있을 때에만 성립할 수 있다.

✔ 정답풀이

① 확장된 인지 과정이 인지 주체의 것일 때에만 성립할 수 있다는 주장은, 지각 이전에 확정된 주체를 전제한 것이므로 타당하지 않다.

근거: (가) ❹ ²⁵확장된 인지 과정은 인지 주체의 것일 때에만, 다시 말해 환경의 변화를 탐지하고 그에 맞춰 행위를 조절하는 주체와 통합되어 있을 때에만 성립할 수 있다.(㉠) ²⁶즉 로랜즈에게 주체 없는 인지란 있을 수 없다. / (나) ❸ ¹¹지각은 주체와 대상 각자로서 존재하기 이전에 나타나는 얽힘의 체험이다. ¹⁵다시 말해 주체와 대상은 지각이 일어난 이후 비로소 확정된다.

(나)의 필자는 지각이 먼저 일어난 이후에 주체와 대상이 확정(존재)된다고 본다. 그런데 ㉠의 경우 우선 주체가 존재하고, 그 주체가 주위 환경의 변화를 탐지하고 그에 맞춰 행위를 조절할 수 있을 때 확장된 인지 과정이 성립된다고 본다. 따라서 (나)의 필자는, 주위 환경에 대한 지각이 일어나기 이전에 인지 과정을 행할 수 있는 능력을 가진 주체를 전제하고 있다는 점에서 ㉠이 타당하지 않다고 볼 것이다.

✖ 오답풀이

② 확장된 인지 과정이 인지 주체의 것일 때에만 성립할 수 있다는 주장은, 의식이 세계를 구성하는 독자적 실체라고 규정하는 것이므로 타당하다.

근거: (나) ❷ ⁶객관주의 철학의 입장은∼⁷의식을 물질과 구분되는 독자적 실체로 규정함으로써 의식과 물질의 본질적 차이를 주장한다. ¹⁰주체와 대상은 지각 이전에 이미 확정되어 각각 존재한다는 것이다. + ❸ ¹⁵(필자의 입장에서) 주체와 대상은 지각이 일어난 이후 비로소 확정된다.

의식을 독자적 실체로 규정한 것은 객관주의 철학의 입장 중 하나로, 해당 입장은 주체와 대상이 지각 이전에 확정되어 각각 존재한다는 것을 전제한다. 그러나 (나)의 필자는 주체와 대상이 지각 이후에 확정된다고 보아 객관주의 철학의 입장을 비판하고 있으므로, 의식이 세계를 구성하는 독자적 실체라고 보는 객관주의 철학의 입장을 근거로 ㉠을 타당하다고 보지 않을 것이다.

③ 주체와 통합된 경우에만 확장된 인지 과정이 성립할 수 있다는 주장은, 의식은 물질에 불과하다고 본 것이므로 타당하다.

근거: (나) ❷ ⁶객관주의 철학의 입장은∼⁷의식을 포함한 모든 것을 물질로 환원하여 의식은 물질에 불과하다고∼주장한다. ¹⁰주체와 대상은 지각 이전에 이미 확정되어 각각 존재한다는 것이다. + ❸ ¹⁵(필자의 입장에서) 주체와 대상은 지각이 일어난 이후 비로소 확정된다.

의식을 물질에 불과하다고 본 것은 객관주의 철학의 입장 중 하나로, 해당 입장은 주체와 대상이 지각 이전에 확정되어 각각 존재한다는 것을 전제한다. 그러나 (나)의 필자는 주체와 대상이 지각 이후에 확정된다고 보는 입장이므로, 의식이 물질에 불과하다고 보지는 않을 것이다.

④ 주체와 통합된 경우에만 확장된 인지 과정이 성립할 수 있다는 주장은, 외부 세계에 대한 지각이 이루어질 수 없다고 보는 것이므로 타당하지 않다.

근거: (가) ❹ ²⁵확장된 인지 과정은 인지 주체의 것일 때에만, 다시 말해 환경의 변화를 탐지하고 그에 맞춰 행위를 조절하는 주체와 통합되어 있을 때에만 성립할 수 있다.(㉠)

㉠은 주체가 환경의 변화를 탐지하여, 즉 외부 세계를 지각하여 그에 맞춰 행위를 조절할 때 확장된 인지 과정이 성립한다고 본다. 따라서 외부 세계에 대한 지각이 이루어질 수 없다고 보지는 않을 것이다.

⑤ 주체와 통합된 경우에만 확장된 인지 과정이 성립할 수 있다는 주장은, 주체와 대상의 분리를 통해서만 지각이 이루어질 수 있다고 보는 것이므로 타당하다.

근거: (나) ❸ ¹⁴지각이라는 얽힘의 작용이 있어야 주체와 대상이 분리될 수 있다. ¹⁵다시 말해 주체와 대상은 지각이 일어난 이후 비로소 확정된다.

(나)의 필자는 지각이 먼저 일어나고, 그 작용으로 인해 주체와 대상이 분리된다고 본다. 따라서 주체와 대상의 분리를 통해서만 지각이 이루어진다고 보지는 않을 것이다.

절반에 가까운 학생이 정답 외의 선지를 골고루 골랐다. (가)와 (나)는 '인지'와 '지각'에 대한 추상적이고 철학적인 내용을 다루는 지문이므로, 직관적으로 이해할 수 없어 다양한 학파와 인물들의 관점을 정확하게 파악하는 데 어려움을 느꼈을 것으로 보인다.

A의 관점에서 다른 관점 B를 평가하도록 요구하는 문제는 다양한 지문에서 등장할 수 있다. 이런 유형의 문제에서 선지를 판단할 때 먼저 확인해야 하는 요소가 두 가지 있다. 하나는 '선지가 A의 관점에서 평가하고 있는가?'이고, 또 하나는 '선지가 B의 관점을 평가하고 있는가?'이다.

먼저 '선지가 A((나)의 필자)의 관점에서 평가하고 있는가?'를 확인해 보자. 우선 ②번과 ③번은 각각 (나)의 2문단에 제시된, '의식을 독자적 실체로 규정'하거나 '의식은 물질에 불과하다고 주장'하는 객관주의 철학의 두 가지 입장을 평가의 근거로 삼는다. 그러나 객관주의 철학은 '주체와 대상은 지각 이전에 이미 확정되어 각각 존재한다는 것'을 전제하며, 3문단에 따르면 (나)의 필자는 이와 달리 '주체와 대상은 지각이 일어난 이후 비로소 확정'된다고 본다. 따라서 ②번과 ③번은 A의 관점에서 평가하고 있다고 볼 수 없다. 한편 ⑤번의 경우, '지각 → 주체와 대상의 분리'라고 보는 (나)의 필자의 주장을 '주체와 대상의 분리 → 지각'이라고 바꾸어 서술함으로써 (나)의 필자가 주장하는 내용의 인과 관계를 바꾸어 서술하고 있다. 따라서 ⑤번 또한 A의 관점에서 평가하고 있다고 볼 수 없다.

다음으로 '선지가 B(㉠)의 관점을 평가하고 있는가?'를 확인해 보자. ④번은 ㉠에 대해 '외부 세계에 대한 지각이 이루어질 수 없다고 보는 것이므로' 타당하지 않다고 평가한다. 그러나 ㉠은 주체가 '환경의 변화를 탐지'할 수 있다고 보는 관점이다. 주체가 탐지하는 대상인 '환경'은 주체를 둘러싼 '외부 세계'를 나타낸다는 것을 추론할 수 있으며, 주체가 이를 '탐지'한다는 것은 곧 외부 세계를 '지각'한다는 것으로 치환될 수 있다. 따라서 ④번은 B의 관점을 평가했다고 볼 수 없다.

일반적으로 '가장' 적절한 것을 고르라는 추론형 문제에서는 선지의 표현이 지문의 표현과 똑같이 맞아떨어지는 경우가 드물다. 일부가 ①번을 오답이라고 판단한 것은 지문과 선지를 대조하는 과정에서 '완벽하게 맞물리지 않는' 느낌을 받았기 때문일 가능성이 있다. 그러나 이런 유형의 문제에서는 오답 선지들과 같이 '완전히 어긋난' 정보가 아닌 이상, 정답이 아니라고 속단하지 말고 '가장 그럴듯한' 답을 찾아가는 것이 바람직하다.

정답률 분석

정답	매력적 오답	매력적 오답	매력적 오답	매력적 오답
①	②	③	④	⑤
57%	10%	11%	12%	10%

4. ㉡의 이유로 가장 적절한 것은?

> ㉡: 지각과 감각은 서로 구분되지 않는다.

🗸 정답풀이

② 감각하는 것이 동시에 감각되는 것이 되는 얽힘의 작용이 지각이기 때문에

> 근거: (나) ❸ ¹¹하지만 지각은 주체와 대상이 각자로서 존재하기 이전에 나타나는 얽힘의 체험이다.~¹³감각하는 것이 동시에 감각되는 것이 되는 얽힘의 순간에, 나는 나와 대상을 확연히 구분한다. ¹⁴지각이라는 얽힘의 작용이 있어야 주체와 대상이 분리될 수 있다. ¹⁵다시 말해 주체와 대상은 지각이 일어난 이후 비로소 확정된다. ¹⁶따라서 지각과 감각은 서로 구분되지 않는다.(㉡)
>
> ㉡은 감각하는 것이 동시에 감각되는 것이 되는 얽힘의 순간을 체험하는 것을 통해 내(주체)와 대상이 분리된다고 보는 관점에서 도출된 것이다. 여기에는 얽힘의 작용이 곧 지각임이 전제되어 있다. 따라서 (나)에서 ㉡과 같이 주장한 이유는 감각하는 것이 동시에 감각되는 것이 되는 얽힘의 순간을 체험하는 것이 곧 지각이기 때문이라고 볼 수 있다.

✖ 오답풀이

① 감각과 지각 모두 물질세계에서 이루어지기 때문에

> 근거: (나) ❷ ⁶객관주의 철학의 입장은~⁷의식을 포함한 모든 것을 물질로 환원하여 의식은 물질에 불과하다고~주장한다. ⁸전자에 의하면 지각은 사물로부터의 감각 자극에 따른 주체의 물질적 반응으로 이해되며 ¹⁰주체와 대상은 지각 이전에 이미 확정되어 각각 존재한다는 것이다.
>
> 감각과 지각이 모두 물질세계에서 이루어진다는 것은 의식을 포함한 모든 것을 물질로 환원하는 객관주의 철학의 입장에 해당하며, 객관주의 철학에서는 주체와 대상이 지각 이전에 확정된다고 본다. 그러나 ㉡을 주장한 (나)의 필자는 객관주의 철학과 달리 주체와 대상이 지각(얽힘의 작용) 이후에 확정된다고 보므로, ㉡의 이유가 감각과 지각 모두 물질세계에서 이루어지기 때문이라고 볼 수는 없다.

③ 지각은 몸에 의해 이루어지지만 감각은 몸에 의해 이루어지지 않기 때문에

> 근거: (나) ❶ ¹일반적으로 '지각'이란 몸의 감각 기관을 통해 사물에 대해 아는 것을 의미한다. + ❹ ¹⁷지각은 물질적 반응이나 의식의 판단이 아니라, 내 몸의 체험이다.
>
> 일반적으로 지각은 몸의 감각 기관을 통해 아는 것이라고 하였고, ㉡을 주장한 (나)의 필자는 지각이 몸의 체험에 해당한다고 보므로, 감각이 몸에 의해 이루어진다고 볼 것이다.

④ 지각은 의식으로서의 주체가 외부의 대상을 감각하여 판단한 결과이기 때문에

> 근거: (나) ❸ ¹⁵주체와 대상은 지각이 일어난 이후 비로소 확정된다.
>
> ㉡을 주장한 (나)의 필자는 지각이 일어난 이후에 주체가 확정된다고 보는 입장이므로, 의식으로서의 주체가 외부의 대상을 감각하여 판단한 결과로 지각이 이루어진다고 보지는 않을 것이다.

⑤ 주체와 대상이 분리되기 이전에 감각과 지각이 분리된 채로 존재하기 때문에

근거: (나) **3** [13]감각하는 것이 동시에 감각되는 것이 되는 얽힘의 순간에, 나는 나와 대상을 확연히 구분한다. [14]지각이라는 얽힘의 작용이 있어야 주체와 대상이 분리될 수 있다. [15]다시 말해 주체와 대상은 지각이 일어난 이후 비로소 확정된다. [16]따라서 지각과 감각은 서로 구분되지 않는다.(ⓒ)

(나)의 필자는 ⓒ을 통해 지각이 곧 감각이라고 주장하는데, 이때의 지각은 주체와 대상이 분리되기 이전에 일어난다. 따라서 주체와 대상이 분리되기 이전에 감각과 지각이 분리된 채로 존재한다고 보지는 않을 것이다.

| 구체적 상황에 적용 | 정답률 **70**

5. (가), (나)를 바탕으로 〈보기〉의 상황을 이해한 내용으로 적절하지 <u>않은</u> 것은? [3점]

〈보기〉

[1]빛이 완전히 차단된 암실에 A와 B 두 명의 사람이 있다. [2]A는 막대기로 주변을 더듬어 사물의 위치를 파악한다. [3]막대기 사용에 익숙한 A는 사물에 부딪친 막대기의 진동을 통해 사물의 위치를 파악할 수 있다. [4]B는 초음파 센서로 탐지한 사물의 위치 정보를 '뇌-컴퓨터 인터페이스(BCI)'를 사용하여 전달받는다. [5]이를 통해 B는 사물의 위치를 파악할 수 있다. [6]BCI는 사람의 뇌에 컴퓨터를 연결하여 외부 정보를 뇌에 전달할 수 있는 기술이다.

✅ 정답풀이

③ (가)의 확장 인지 이론에 따르면, 암실 내 사물에 부딪친 막대기의 진동이 A의 해석에 의존해서만 의미를 나타내는 경우 그 진동 상태는 파생적 상태가 아니겠군.

근거: (가) **4** [19](로랜즈의 확장 인지 이론에서) '파생적 상태'는 주체의 해석에 의존해서만 또는 사회적 합의에 의존해서만 의미를 나타내는 상태로 정의된다. [20]앞의 예에서 노트북에 저장된 정보는 전자적 신호가 나열된 상태로서 파생적 상태이다. [21]주체에 의해 열람된 후에도 노트북의 정보는 여전히 파생적 상태이다. + 〈보기〉 [2]A는 막대기로 주변을 더듬어 사물의 위치를 파악한다. [3]막대기 사용에 익숙한 A는 사물에 부딪친 막대기의 진동을 통해 사물의 위치를 파악할 수 있다.

확장 인지 이론에서는 주체의 해석이나 사회적 합의에 의존해서만 의미를 나타낼 수 있는 상태를 파생적 상태라고 본다. 따라서 〈보기〉에서 막대기의 진동이 A의 해석에 의존해서만 의미를 나타낸다면 그 진동 상태는 파생적 상태라고 보아야 한다.

❌ 오답풀이

① (가)의 기능주의에 따르면, A와 B가 암실 내 동일한 사물의 위치를 묻는 질문에 동일한 대답을 내놓는 경우 이때 둘의 의식은 차이가 없겠군.

근거: (가) **1** [2]이와 달리 기능주의는 의식은 기능이며, 서로 다른 물질에서 같은 기능이 구현될 수 있다고 주장한다. [3]이때 기능이란 어떤 입력이 주어졌을 때 특정한 출력을 내놓는 함수적 역할로 정의되며, 함수적 역할의 일치는 입력과 출력의 쌍이 일치함을 의미한다.

기능주의는 서로 다른 물질의 기능(함수적 역할)이 일치(입력과 출력의 쌍이 일치함)한다면 둘의 의식은 동일하다고 본다. 따라서 〈보기〉의 A와 B가 암실 내 동일한 사물의 위치를 묻는 질문(입력)에 동일한 대답(출력)을 내놓는다면 A와 B의 의식에는 차이가 없다고 볼 것이다.

② (가)의 확장 인지 이론에 따르면, BCI로 암실 내 사물의 위치를 파악하는 것이 B의 인지 과정인 경우 B에게 사물의 위치에 대한 심적 상태가 생겨나겠군.

근거: (가) **4** [15]그(로랜즈의 확장 인지 이론)에 따르면 인지 과정은 주체에게 '심적 상태'가 생겨나게 하는 과정이다. [16]기억이나 믿음이 심적 상태의 예이다. [23]로랜즈에게 인지 과정은~파생적 상태를 조작함으로써 심적 상태를 생겨나게 하는 과정이다. + 〈보기〉 [4]B는 초음파 센서로 탐지한 사물의 위치 정보를 '뇌-컴퓨터 인터페이스(BCI)'를 사용하여 전달받는다. [5]이를 통해 B는 사물의 위치를 파악할 수 있다.

확장 인지 이론에서는 파생적 상태를 조작함으로써 주체에게는 심적 상태가 생겨날 수 있다고 본다. 따라서 〈보기〉에서 BCI가 전달한 외부 정보(파생적 상태)를 받아들인 B가 암실 내 사물의 위치를 파악(사물의 위치에 대한 기억과 믿음을 가지게 됨)한 경우 B에게는 사물의 위치에 대한 심적 상태가 생겨났다고 볼 것이다.

④ (나)에서 몸에 의한 지각을 주장하는 입장에 따르면, 막대기에 의해 A가 사물의 위치를 지각하는 경우 막대기는 A의 몸의 일부라고 할 수 있겠군.

근거: (나) **4** [17]지각은 물질적 반응이나 의식의 판단이 아니라, 내 몸의 체험이다. [18]지각은 나의 몸에 의해 이루어지는 것이고, 지각이 이루어지게 하는 것은 모두 나의 몸이다. + 〈보기〉 [2]A는 막대기로 주변을 더듬어 사물의 위치를 파악한다. [3]막대기 사용에 익숙한 A는 사물에 부딪친 막대기의 진동을 통해 사물의 위치를 파악할 수 있다.

지각을 몸의 체험이라고 주장하는 입장에서는 지각이 이루어지게 하는 것 모두가 지각 주체(나)의 몸이라고 본다. 따라서 〈보기〉에서 A는 사물을 지각할 수 있도록 하는 막대기를 A의 몸의 일부라고 볼 것이다.

⑤ (나)에서 의식을 물질로 환원하는 입장에 따르면, BCI를 통해 입력된 정보로부터 B의 지각이 일어난 경우 BCI를 통해 들어온 자극에 따른 B의 물질적 반응이 일어난 것이겠군.

근거: (나) **2** [6]객관주의 철학의 입장은~[7]의식을 포함한 모든 것을 물질로 환원하여 의식은 물질에 불과하다고~주장한다. [8]전자에 의하면 지각은 사물로부터의 감각 자극에 따른 주체의 물질적 반응으로 이해되며

의식을 물질로 환원하는 입장에서는 지각이 사물로부터의 감각 자극에 따른 주체의 물질적 반응이라고 본다. 따라서 〈보기〉에서 B가 BCI로부터 위치 정보를 전달받아 사물의 위치를 지각한 것은 곧 B가 BCI를 통해 들어온 감각 자극에 대해 물질적으로 반응한 것이라고 볼 것이다.

6. 문맥상 ⓐ~ⓔ의 단어와 가장 가까운 의미로 쓰인 것은?

✔ 정답풀이

④ ⓓ: 단어의 뜻을 알아보기 위해 사전을 펼쳤다.

> 근거: (가) **4** [18]예를 들어, 무언가를 기억하는 사람은 자기의 기억이 무엇인지 ⓓ알아보기 위해 아무것에도 의존할 필요가 없다.
> ⓓ와 ④의 '알아보다'는 모두 '조사하거나 살펴보다.'의 의미로 쓰였다.

✘ 오답풀이

① ⓐ: 그간의 사정을 봐서 그를 용서해 주었다.

근거: (가) **1** [1]심리 철학에서 동일론은 의식이 뇌의 물질적 상태와 동일하다고 ⓐ본다.

ⓐ는 '대상을 평가하다.'라는 의미로, ①번은 '상대편의 형편 따위를 헤아리다.'라는 의미로 쓰였다.

② ⓑ: 이사 후에 가난하던 살림살이가 일어났다.

근거: (가) **3** [12]하지만 의식의 하나인 '인지' 즉 '무언가를 알게 됨'은 몸 바깥에서 ⓑ일어나는 일과 맞물려 벌어진다.

ⓑ는 '어떤 일이 생기다.'라는 의미로, ②번은 '약하거나 희미하던 것이 성하여지다.'라는 의미로 쓰였다.

③ ⓒ: 개발에 따른 자연 훼손 문제가 심각해졌다.

근거: (가) **4** [15]그에 ⓒ따르면 인지 과정은 주체에게 '심적 상태'가 생겨나게 하는 과정이다.

ⓒ는 '어떤 경우, 사실이나 기준 따위에 의거하다.'라는 의미로, ③번은 '어떤 일이 다른 일과 더불어 일어나다.'라는 의미로 쓰였다.

⑤ ⓔ: 그는 컴퓨터 프로그램을 제법 만질 줄 안다.

근거: (나) **3** [12]예를 들어, 다른 사람과 손이 맞닿을 때 내가 누군가의 손을 ⓔ만지는 동시에 나의 손 역시 누군가에 의해 만져진다.

ⓔ는 '손을 대어 여기저기 주무르거나 쥐다.'라는 의미로, ⑤번은 '물건을 다루어 쓰다.'라는 의미로 쓰였다.

[1~6] 다음 글을 읽고 물음에 답하시오.

✏️ 사고의 흐름

(가)

❶ ¹중국에서 비롯된 유서(類書)는 고금*의 서적에서 자료를 수집하고 항목별로 분류, 정리하여 이용에 편리하도록 편찬*한 서적이다. ²일반적으로 유서는 기존 서적에서 필요한 부분을 뽑아 배열할 뿐 상호 비교하거나 편찬자의 해석을 가하지 않았다. ³유서는 모든 주제를 망라한 일반 유서와 특정 주제를 다룬 전문 유서로 나눌 수 있으며, 편찬 방식은 책에 따라 다른 경우가 많았다. (가)는 중국에서 비롯된 '유서'를 화제로 삼고 있어. 유서의 정의, 일반적인 특징과 종류, 편찬 방식을 설명하고 있네. ⁴중국에서는 대체로 왕조 초기에 많은 학자를 동원하여 국가 주도로 대규모 유서를 편찬하여 간행하였다. ⁵이를 통해 이전까지의 지식을 집성*하고 왕조의 위엄을 과시할 수 있었다. 중국에서는 왕조 초기에 국가 주도로 대규모 유서를 편찬·간행하여 지식을 집성하고 왕조의 위엄을 과시했군!

[A]

(여백 주석: 조선에서 중국 유서를 활용하되, 그대로 활용하지는 않았다는 내용이 제시될 거야.)

❷ ⁶고려 때 중국 유서를 수용한 이후, 조선에서는 중국 유서를 활용하는 ⟨한편⟩ 중국 유서의 편찬 방식에 ⓐ따라 필요에 맞게 유서를 편찬하였다. 중국 유서에 이어 우리나라의 유서를 소개하고 있어. 고려 때 중국 유서를 수용한 후 조선에서도 중국 유서를 활용했으나 필요에 맞게 편찬했다고 하네. ⁷조선의 유서는 대체로 국가보다 개인이 소규모로 편찬하는 경우가 많았고, 목적에 따른 특정 주제의 전문 유서가 집중적으로 편찬되었다. ⁸전문 유서 가운데 편찬자가 미상인 유서가 많은데, 대체로 간행을 염두에 두지 않고 기존 서적에서 필요한 부분을 발췌, 기록하여 시문 창작, 과거 시험 등 개인적 목적으로 유서를 활용하고자 하였기 때문이었다. 조선의 유서: 개인이 소규모로 편찬하는 경우가 많고, 전문 유서 집중 편찬 → 편찬자 미상인 전문 유서가 많음(개인적 목적으로 활용)

❸ ⁹이 같은 유서 편찬 경향이 지속되는 가운데 17세기부터 실학의 학풍이 하나의 조류*를 형성하면서 유서 편찬에 변화가 나타났다. 조선에서는 기존과 같은 유서 편찬이 지속되다가 17세기부터 실학의 영향으로 유서 편찬에 변화가 나타났다고 하네! ¹⁰㉮실학자들의 유서는 현실 개혁의 뜻을 담았고, 편찬 의도를 지식의 제공과 확산에 두었다. ¹¹또한 단순 정리를 넘어 지식을 재분류하여 범주화하고 평가를 더하는 등 저술의 성격을 드러냈다. ¹²독서와 견문을 통해 주자학에서 중시되지 않았던 지식을 집적*했고, 증거를 세워 이론적으로 밝히는 고증과 이에 대한 의견 등 '안설'을 덧붙이는 경우가 많았다. ¹³주자학의 지식을 ⓑ이어받는 ⟨한편⟩ 주자학이 아닌 새로운 지식을 수용하는 유연성과 개방성을 보였다. ¹⁴광범위하게 정리한 지식을 식자층이 ⓒ쉽게 접할 수 있어야 한다고 생각했고, 객관적 사실 탐구를 중시하여 박물학과 자연 과학에 관심을 기울였다. 실학자들의 유서가 지닌 특징을 정리해 보면 다음과 같아. ① 현실 개혁의 뜻이 담김 ② 지식의 제공과 확산(편찬 의도) ③ 지식의 범주화 + 평가(저술의 성격) ④ 지식을 집적하고 고증과 '안설'을 덧붙임 ⑤ 기존 주자학의 지식 + 새로운 지식 수용(유연성, 개방성) ⑥ 식자층이 쉽게 접할 수

(여백 주석: 실학자들의 유서는 주자학의 지식을 이어받으면서도 그 외의 다른 특성이 있음을 밝힐 거야.)

있도록 하고, 객관적 사실 탐구를 중시(박물학, 자연 과학에 관심)

❹ ¹⁵조선 후기 실학자들이 편찬한 유서가 주자학의 관념적 사유에 국한되지 않고 새로운 지식의 축적과 확산을 촉진한 것은 지식의 역사에서 적지 않은 의미를 지닌다. 새로운 지식의 축적과 확산을 촉진한 것이 조선 후기 실학자들이 편찬한 유서의 의의임을 밝히며 글을 마무리하고 있어.

이것만은 챙기자

* **고금:** 예전과 지금을 아울러 이르는 말.
* **편찬:** 여러 가지 자료를 모아 체계적으로 정리하여 책을 만듦.
* **집성:** 여러 가지를 모아서 체계 있는 하나를 이룸.
* **조류:** 시대 흐름의 경향이나 동향.
* **집적:** 모아서 쌓음.

만점 선배의 구조도 예시

(가) 유서의 특징과 의의

[중국 유서]
- 고금의 서적에서 자료 수집, 항목별로 분류·정리하여 이용 편리하도록 편찬한 서적
- 기존 서적에서 필요 부분만 발췌, 배열 / 상호 비교 X, 편찬자의 해석 X
- 일반 유서: 모든 주제 망라 / 전문 유서: 특정 주제
- 왕조 초기: 국가 주도 대규모 유서 편찬·간행 → 지식 집성, 왕조 위엄 과시

[조선의 유서]
- 고려 때 중국 유서 수용 이후 중국 유서 편찬 방식에 따라 필요에 맞게 편찬하여 활용함
- 개인이 소규모로 편찬 多
- 전문 유서 집중 편찬
  → 편찬자 미상이 많은 이유: 시문 창작, 과거 시험 등 개인적 목적으로 활용

[실학자들의 유서]
- 현실 개혁의 뜻 담김, 지식의 제공과 확산 (편찬 의도)
- 지식의 범주화 + 평가 (저술의 성격), 지식 집적, 고증, '안설'
- 주자학적 지식 + 새로운 지식 수용 (유연성, 개방성)
- 식자층이 쉽게 접할 수 있어야 함, 객관적 사실 탐구 중시
- 새로운 지식의 축적과 확산 촉진 (의의)

>> 각 문단을 요약하고 지문을 **세 부분**으로 나누어 보세요.

1 중국에서 비롯된 유서는 서적에서 자료를 수집하고 항목별로 분류, 정리하여 이용에 편리하도록 편찬한 서적으로, 중국에서는 국가 주도로 대규모로 편찬하여 지식을 집성하고 왕조의 위엄을 과시했다.

첫 번째
1¹~**1**⁵

2 조선의 유서는 개인이 소규모로 편찬하는 경우가 많았고 전문 유서가 집중적으로 편찬되었다.

3 17세기부터 실학의 영향으로 유서 편찬에 변화가 나타났는데, 실학자들은 현실 개혁의 뜻을 담고 지식의 제공과 확산에 의도를 둔 유서를 편찬하였다.

두 번째
2⁶~**3**¹⁴

4 조선 후기 실학자들이 편찬한 유서는 지식의 축적과 확산을 촉진한 점에서 의미를 지닌다.

세 번째
4¹⁵

(나)

1 ¹예수회 선교사들이 중국에 소개한 서양의 학문, 곧 서학은 조선 후기 유서(類書)의 지적 자원 중 하나로 활용되었다. (가)에서 중국의 유서와 조선의 유서에 대해 소개했지? (나)에서도 '유서'를 화제로 삼고 있지만, (가)와는 달리 '서학'과 관련지어 설명하려나 봐. ²조선 후기 실학자들 가운데 이수광, 이익, 이규경 등이 편찬한 백과전서식 유서는 주자학의 지적 영역 내에서 서학의 지식을 어떻게 수용하였는지를 보여 주는 대표적인 사례이다. 이어서 조선 후기 실학자들(이수광, 이익, 이규경 등)이 편찬한 유서가 서학의 지식을 어떻게 수용하였는지 설명할 거야.

2 ³17세기의 이수광은 주자학뿐 아니라 다른 학문에 대해서도 열린 태도를 가지고 있었다. ⁴주자학에 기초하여 도덕에 관한 학문과 경전*에 관한 학문 등이 주류였던 당시 상황에서, 그는 『지봉유설』을 통해 당대 조선의 지식을 망라*하여 항목화하고 자신의 견해를 덧붙였을 뿐 아니라 사신의 일원으로 중국에서 접한 서양 관련 지식을 객관적으로 소개했다. 17세기 이수광의 『지봉유설』: ① 당대 조선의 지식 항목화하고 자신의 견해를 덧붙임 ② 중국에서 접한 서양 관련 지식 객관적으로 소개 ⁵이에 대해 심성 수양에 절실하지 않을뿐더러 주자학이 아닌 것이 ⓐ뒤섞여 순수하지 않다는 ⓑ일부 주자학자의 비판이 있었지만, 그가 소개한 서양 관련 지식은 중국과 큰 시간 차이 없이 주변에 알려졌다. 『지봉유설』에 대한 일부 주자학자들의 비판: 심성 수양에 절실하지 않고 주자학이 아닌 것이 있어 순수하지 않음

3 ⁶18세기의 이익은 서학 지식 자체를 ⓒ『성호사설』의 표제어로 삼았고, 기존의 학설을 정당화하거나 배제하는 근거로 서학을 수용하는 등 서학을 지적 자원으로 활용하였다. ⁷특히 그는 서학의 세부 내용을 다른 분야로 확대하며 상호 참조하는 방식으로 지식을 심화하고 확장하여 소개하였다. ⁸서학의 해부학과 생리학을 그 자체로 수용하지 않고 주자학 심성론의 하위 이론으로 재분류하는 등 지식의 범주*를 ⓓ바꾸어 수용하였다. ⁹또한 서학의 수학을 주자학의 지식 영역 안에서 재구성하기도 하였다. 18세기 이익의 『성호사설』: ① 서학 지식 자체를 표제어로 삼음 ② 기존 학설을 정당화하거나 배제하는 근거로 서학 수용 ③ 서학의 세부 내용을 다른 분야로 확대, 상호 참조(지식 심화, 확장) ④ 서학을 주자학에 접목하여 재분류 및 재구성

4 ¹⁰19세기의 이규경도 ⓔ『오주연문장전산고』를 편찬하면서 서학을 적극 활용하였다. ¹¹그는 『성호사설』의 분류 체계를 적용하였고 이익과 마찬가지로 서학의 천문학, 우주론 등의 내용을 수록하였다. ¹²그가 주로 유서의 지적 자원으로 활용한 중국의 서학 연구서들은 서학을 소화하여 중국의 학문과 절충*한 것이었고, 서학이 가지는 진보성의 토대가 중국이라는 서학 중국 원류설을 반영한 것이었다. ¹³이에 따라 이규경은 이 책들(중국의 서학 연구서들)에 담긴 중국화한 서학 지식과 서학 중국 원류설을 받아들였고, 문명의 척도로 여겨진 기존의 중화 관념에서 탈피하지 않으면서도 서학 수용의 이질감과 부담감에서 자유로울 수 있었다. ¹⁴이렇듯 이규경은 중국의 서학 연구서들을 활용해 매개*적 방식으로 서학을 수용하였다. 19세기 이규경의 『오주연문장전산고』: ① 『성호사설』의 분류 체계를 적용 ② 중국화한 서학

지식과 서학 중국 원류설이 반영된 중국의 서학 연구서들을 활용하여 매개적 방식으로 서학 수용

이것만은 챙기자

* **경전**: 유학의 성현(聖賢)이 남긴 글.
* **망라**: 물고기나 새를 잡는 그물이라는 뜻으로, 널리 받아들여 모두 포함함을 이르는 말.
* **범주**: 동일한 성질을 가진 부류나 범위.
* **절충**: 서로 다른 사물이나 의견, 관점 따위를 알맞게 조절하여 서로 잘 어울리게 함.
* **매개**: 둘 사이에서 양편의 관계를 맺어 줌.

만점 선배의 구조도 예시

(나) 조선 후기 유서에서 서학의 수용 양상

* 서학은 조선 후기 유서의 지적 자원 중 하나로 활용됨
* 조선 후기 실학자들이 편찬한 백과사전식 유서의 서학 수용 양상

(1) 17세기 이수광 『지봉유설』
  - 당대 조선의 지식 망라하여 항목화 + 자신의 견해 덧붙임
  - 중국에서 접한 서양 관련 지식 객관적으로 소개

(2) 18세기 이익 『성호사설』
  - 서학 지식 자체를 표제어로 삼음
  - 기존 학설을 정당화 또는 배제하는 근거로 서학 수용
  - 서학의 세부 내용을 다른 분야로 확대, 상호 참조 → 지식 심화·확장
  - 서학을 재분류 및 재구성하여 수용

(3) 19세기 이규경 『오주연문장전산고』
  - 『성호사설』의 분류 체계를 적용
  - 중국화한 서학 지식, 서학의 중국 원류설 반영된 중국 서학 연구서들을 매개적 방식으로 활용

>> 각 문단을 요약하고 지문을 **두 부분**으로 나누어 보세요.

1 조선 후기 실학자들이 편찬한 유서는 주자학의 영역 내에서 서학의 지식을 어떻게 수용하였는지를 보여 준다.
2 17세기 이수광은 『지봉유설』을 통해 조선의 지식을 망라하고 자신의 견해를 덧붙이는 한편 중국에서 접한 서양 관련 지식을 객관적으로 소개했다.
3 18세기 이익은 『성호사설』에서 기존 학설을 정당화하거나 배제하는 근거로 서학을 수용하는 등 서학을 지적 자원으로 활용하였다.
4 19세기 이규경은 『오주연문장전산고』를 편찬하면서 중국의 서학 연구서들을 지적 자원으로 활용해 중화 관념에서 탈피하지 않으면서 매개적 방식으로 서학을 수용하였다.

첫 번째 **1** ¹~**1** ²
두 번째 **2** ³~**4** ¹⁴

1. (가)와 (나)에 대한 설명으로 가장 적절한 것은?

✓ 정답풀이

④ (가)는 유서의 특성과 의의를 설명하였고, (나)는 유서 편찬에서 특정 학문의 수용 양상을 시기별로 소개하였다.

> (가)의 1문단에서 '유서'의 개념을 밝히고, 중국 유서의 특성을 설명하였다. 2문단과 3문단에서는 조선의 유서에 대해 설명한 후 4문단에서 조선 후기 실학자들이 편찬한 유서가 새로운 지식의 축적과 확산을 촉진했다는 점에서 의의가 있음을 밝히며 마무리하고 있다. (나)에서는 조선 후기 실학자들이 편찬한 유서가 서학의 지식을 어떻게 수용하였는지에 대해 17세기부터 19세기까지 시기별로 소개하고 있다.

✗ 오답풀이

① (가)는 유서의 유형을 분류하였고, (나)는 유서의 분류 기준과 적절성 여부를 평가하였다.

> 근거: (가) **1** [3]유서는 모든 주제를 망라한 일반 유서와 특정 주제를 다룬 전문 유서로 나눌 수 있으며,
> (가)의 1문단에서 유서를 일반 유서와 전문 유서로 분류하였으나, (나)에서 유서의 분류 기준과 적절성 여부를 평가하지는 않았다.

② (가)는 유서의 개념과 유용성을 소개하였고, (나)는 국가별 유서의 변천 과정을 설명하였다.

> 근거: (가) **1** [1]중국에서 비롯된 유서는 고금의 서적에서 자료를 수집하고 항목별로 분류, 정리하여 이용에 편리하도록 편찬한 서적이다. [5]이를 통해 이전까지의 지식을 집성하고 왕조의 위엄을 과시할 수 있었다.
> (가)에서는 유서의 개념을 밝히고, 유서가 이전까지의 지식을 집성하고 왕조의 위엄을 드러내는 데 활용되었다는 유용성을 소개하고 있다. 그러나 (나)에서는 조선 후기 실학자들의 유서에서 서학의 지식을 수용하는 양상을 시기별로 소개했을 뿐, 국가별 유서의 변천 과정을 설명하지는 않았다.

③ (가)는 유서의 기원에 대한 다양한 학설을 검토하였고, (나)는 유서 편찬자들 간의 견해 차이를 분석하였다.

> 근거: (가) **1** [1]중국에서 비롯된 유서는 고금의 서적에서 자료를 수집하고 항목별로 분류, 정리하여 이용에 편리하도록 편찬한 서적이다.
> (가)에서는 유서가 중국에서 비롯된 서적이라고 언급했을 뿐, 유서의 기원에 대한 다양한 학설을 검토하지 않았다. 또한 (나)에서는 이수광, 이익, 이규경 등의 조선 후기 실학자들이 편찬한 유서가 서학의 지식을 어떻게 수용하였는지에 대해 소개할 뿐, 유서 편찬자들 간의 견해 차이를 분석하지 않았다.

⑤ (가)는 유서에 대한 평가가 시대별로 달라진 원인을 분석하였고, (나)는 역사적으로 대표적인 유서의 특징을 제시하였다.

> 근거: (나) **1** [2]조선 후기 실학자들 가운데 이수광, 이익, 이규경 등이 편찬한 백과전서식 유서는 주자학의 지적 영역 내에서 서학의 지식을 어떻게 수용하였는지를 보여 주는 대표적인 사례이다.
> (나)에서는 조선 후기 실학자인 이수광, 이익, 이규경이 편찬한 유서를 소개하며 각각의 서학 수용 양상을 설명하고 있으므로 역사적으로 대표적인 유서의 특징을 제시하고 있다고 볼 수 있다. 그러나 (가)에서 유서에 대한 평가가 시대별로 달라진 원인을 분석하지는 않았다.

2. [A]에 대한 이해로 적절하지 않은 것은?

✓ 정답풀이

⑤ 중국에서는 주로 서적에서 발췌한 내용을 비교하고 해석을 덧붙여 유서를 편찬하였다.

> 근거: (가) **1** [1]중국에서 비롯된 유서는 고금의 서적에서 자료를 수집하고 항목별로 분류, 정리하여 이용에 편리하도록 편찬한 서적이다. [2]일반적으로 유서는 기존 서적에서 필요한 부분을 뽑아 배열할 뿐 상호 비교하거나 편찬자의 해석을 가하지 않았다.

✗ 오답풀이

① 조선에서 편찬자가 미상인 유서가 많았던 것은 편찬자의 개인적 목적으로 유서를 활용하려 했기 때문이다.

> 근거: (가) **2** [8]전문 유서 가운데 편찬자가 미상인 유서가 많은데, 대체로 간행을 염두에 두지 않고 기존 서적에서 필요한 부분을 발췌, 기록하여 시문 창작, 과거 시험 등 개인적 목적으로 유서를 활용하고자 하였기 때문이었다.

② 조선에서는 시문 창작, 과거 시험 등에 필요한 내용을 담은 유서가 편찬되는 경우가 적지 않았다.

> 근거: (가) **2** [8]전문 유서 가운데 편찬자가 미상인 유서가 많은데, 대체로 간행을 염두에 두지 않고 기존 서적에서 필요한 부분을 발췌, 기록하여 시문 창작, 과거 시험 등 개인적 목적으로 유서를 활용하고자 하였기 때문이었다.

③ 조선에서는 중국의 편찬 방식을 따르면서도 대체로 국가보다는 개인에 의해 유서가 편찬되었다.

> 근거: (가) **2** [6]조선에서는 중국 유서를 활용하는 한편, 중국 유서의 편찬 방식에 따라 필요에 맞게 유서를 편찬하였다. [7]조선의 유서는 대체로 국가보다 개인이 소규모로 편찬하는 경우가 많았고, 목적에 따른 특정 주제의 전문 유서가 집중적으로 편찬되었다.

④ 중국에서는 많은 학자를 동원하여 대규모로 편찬한 유서를 통해 왕조의 위엄을 드러내었다.

> 근거: (가) **1** [4]중국에서는 대체로 왕조 초기에 많은 학자를 동원하여 국가 주도로 대규모 유서를 편찬하여 간행하였다. [5]이를 통해 이전까지의 지식을 집성하고 왕조의 위엄을 과시할 수 있었다.

3. ㉮에 대한 이해를 바탕으로 ㉠, ㉡에 대해 파악한 내용으로 적절하지 <u>않은</u> 것은?

> ㉮: 실학자들의 유서
> ㉠: 『성호사설』
> ㉡: 『오주연문장전산고』

✅ **정답풀이**

③ 평가를 더하는 저술로서 ㉮의 성격은, ㉡에서 중국 학문의 진보성을 확인하고자 서학을 활용한 것에서 나타난다.

> 근거: (가) ❸ ¹¹(실학자들의 유서(㉮)는) 단순 정리를 넘어 지식을 재분류하여 범주화하고 평가를 더하는 등 저술의 성격을 드러냈다. / (나) ❹ ¹⁰19세기의 이규경도 『오주연문장전산고』(㉡)를 편찬하면서 서학을 적극 활용하였다. ¹²그가 주로 유서의 지적 자원으로 활용한 중국의 서학 연구서들은~서학이 가지는 진보성의 토대가 중국이라는 서학 중국 원류설을 반영한 것이었다.
> ㉮에는 평가를 더하는 저술의 성격이 있지만, ㉡을 편찬한 이규경은 중국 학문의 진보성을 확인하고자 서학을 활용한 것이 아니라, 서학이 가지는 진보성의 토대가 중국이라는 서학 중국 원류설이 반영된 서학 연구서를 활용한 것이므로 적절하지 않다.

❌ **오답풀이**

① 지식의 제공이라는 ㉮의 편찬 의도는, ㉠에서 지식을 심화하고 확장하여 소개한 것에서 나타난다.

> 근거: (가) ❸ ¹⁰실학자들의 유서(㉮)는 현실 개혁의 뜻을 담았고, 편찬 의도를 지식의 제공과 확산에 두었다. / (나) ❸ ⁶18세기의 이익은 서학 지식 자체를 『성호사설』(㉠)의 표제어로 삼았고~⁷특히 그는 서학의 세부 내용을 다른 분야로 확대하며 상호 참조하는 방식으로 지식을 심화하고 확장하여 소개하였다.
> ㉮의 편찬 의도는 지식의 제공과 확산이며, 이는 ㉠에서 이익이 서학의 세부 내용을 다른 분야로 확대하며 상호 참조하는 방식으로 지식을 심화하고 확장하여 소개한 것에서 나타난다.

② 지식을 재분류하여 범주화한 ㉮의 방식은, ㉠에서 해부학과 생리학을 주자학 심성론의 하위 이론으로 수용한 것에서 나타난다.

> 근거: (가) ❸ ¹¹(실학자들의 유서(㉮)는) 단순 정리를 넘어 지식을 재분류하여 범주화하고 / (나) ❸ ⁶18세기의 이익은 서학 지식 자체를 『성호사설』(㉠)의 표제어로 삼았고, 기존의 학설을 정당화하거나 배제하는 근거로 서학을 수용 ⁸서학의 해부학과 생리학을 그 자체로 수용하지 않고 주자학 심성론의 하위 이론으로 재분류하는 등 지식의 범주를 바꾸어 수용하였다.
> ㉮는 지식을 재분류하여 범주화하는 방식으로도 편찬되었으며, 이 방식은 ㉠에서 이익이 서학의 해부학과 생리학을 기존의 학설인 주자학 심성론의 하위 이론으로 재분류하는 등 지식의 범주를 바꾸어 수용한 것에서 나타난다.

④ 사실 탐구를 중시하며 자연 과학에 대해 드러낸 ㉮의 관심은, ㉡에서 천문학과 우주론의 내용을 수록한 것에서 나타난다.

> 근거: (가) ❸ ¹⁴(실학자들의 유서(㉮)는) 객관적 사실 탐구를 중시하여 박물학과 자연 과학에 관심을 기울였다. / (나) ❹ ¹⁰19세기의 이규경도 『오주연문장전산고』(㉡)를 편찬하면서 서학을 적극 활용하였다. ¹¹그는~서학의 천문학, 우주론 등의 내용을 수록하였다.
> ㉮는 객관적 사실 탐구를 중시하며 자연 과학에 관심을 드러냈는데, 이는 이규경이 ㉡에 서학의 천문학, 우주론 등의 내용을 수록한 것에서 나타난다.

⑤ 새로운 지식을 수용하는 ㉮의 유연성과 개방성은, ㉠과 ㉡에서 서학을 지적 자원으로 받아들인 것에서 나타난다.

> 근거: (가) ❸ ¹³(실학자들의 유서는) 주자학이 아닌 새로운 지식을 수용하는 유연성과 개방성을 보였다. / (나) ❸ ⁶18세기의 이익은 서학 지식 자체를 『성호사설』(㉠)의 표제어로 삼았고~서학을 지적 자원으로 활용하였다. + ❹ ¹⁰19세기의 이규경도 『오주연문장전산고』(㉡)를 편찬하면서 서학을 적극 활용하였다.
> ㉮는 주자학이 아닌 새로운 지식을 수용하는 유연성과 개방성을 보였는데, 이는 이익이 ㉠에서 서학을 지적 자원으로 활용한 것과 이규경이 ㉡에서 서학을 적극 활용한 것에서 나타난다.

4. ㉯를 반박하기 위한 '이수광'의 말로 가장 적절한 것은?

> ㉯: 일부 주자학자의 비판

✅ **정답풀이**

② 주자학에 매몰되어 세상의 여러 이치를 연구하지 않는 것은 널리 배우고 익히는 앎의 바른 방법이 아닐 것이다.

> 근거: (나) ❷ ³17세기의 이수광은 주자학뿐 아니라 다른 학문에 대해서도 열린 태도를 가지고 있었다.~⁵이(이수광의 『지봉유설』)에 대해 심성 수양에 절실하지 않을뿐더러 주자학이 아닌 것이 뒤섞여 순수하지 않다는 일부 주자학자의 비판(㉯)이 있었지만.
> 이수광은 주자학뿐 아니라 다른 학문에 대해서도 열린 태도를 가지고 있었는데, 그가 편찬한 『지봉유설』에 대해 일부 주자학자들은 '주자학이 아닌 것이 뒤섞여 순수하지 않다'며 비판했다. 따라서 이수광은 ㉯에 대해 '주자학에 매몰되어 세상의 여러 이치를 연구하지 않는 것은 널리 배우고 익히는 앎의 바른 방법이 아닐 것'이라며 반박할 것이다.

❌ **오답풀이**

① 학문에서 의리를 앞세우고 이익을 뒤로하는 것보다 중한 것이 없으니, 심성을 수양하는 것은 그다음의 일이다.

> 근거: (나) ❷ ³17세기의 이수광은 주자학뿐 아니라 다른 학문에 대해서도 열린 태도를 가지고 있었다.~⁵이(이수광의 『지봉유설』)에 대해 심성 수양에 절실하지 않을뿐더러 주자학이 아닌 것이 뒤섞여 순수하지 않다는 일부 주자학자의 비판(㉯)이 있었지만.
> ㉯는 『지봉유설』에 대해 심성 수양에 절실하지 않다는 비판을 담고 있으나, 이수광이 학문에서 의리를 앞세우고 이익을 뒤로하는 것을 중시해야 한다고 한 내용은 윗글에서 찾아볼 수 없다.

③ 주자의 가르침이 쇠퇴하게 되면 주자학이 아닌 학문이 날로 번성하게 되니, 주자의 도가 분명히 밝혀져야 한다.

근거: (나) **2** ³17세기의 이수광은 주자학뿐 아니라 다른 학문에 대해서도 열린 태도를 가지고 있었다.~⁵이(이수광의 『지봉유설』)에 대해 심성 수양에 절실하지 않을뿐더러 주자학이 아닌 것이 뒤섞여 순수하지 않다는 일부 주자학자의 비판(㉴)이 있었지만,

이수광은 주자학이 아닌 다른 학문에 대해서도 열린 태도를 가지고 있었고, ㉴는 '주자학이 아닌 것이 뒤섞여 순수하지 않다'는 내용으로 이수광의 『지봉유설』을 비판했다. 따라서 이수광이 ㉴에 대해 주자학이 아닌 학문이 번성하는 것을 문제 삼으며 반박하는 것은 적절하지 않다.

④ 유학 경전에서 쓰이지 않은 글자를 한 글자라도 더하는 일을 용납하는 것은 바른 학문을 해치는 길이 될 것이다.

근거: (나) **2** ³17세기의 이수광은 주자학뿐 아니라 다른 학문에 대해서도 열린 태도를 가지고 있었다. ⁴그는 『지봉유설』을 통해~자신의 견해를 덧붙였을 뿐 아니라 사신의 일원으로 중국에서 접한 서양 관련 지식을 객관적으로 소개했다. ⁵이(이수광의 『지봉유설』)에 대해 심성 수양에 절실하지 않을뿐더러 주자학이 아닌 것이 뒤섞여 순수하지 않다는 일부 주자학자의 비판(㉴)이 있었지만,

이수광은 학문에 대한 열린 태도를 가지고 있었고, 『지봉유설』에서 자신의 견해를 덧붙이기도 하였다. 또한 ㉴는 '주자학이 아닌 것이 뒤섞여 순수하지 않다'는 내용으로 이수광의 『지봉유설』을 비판했다. 따라서 이수광이 ㉴에 대해 '유학 경전에서 쓰이지 않은 글자를 한 글자라도 더하는 일을 용납하면 안 된다'고 반박하는 것은 적절하지 않다.

⑤ 참되게 알고 참되게 행하는 것이 어려우니, 우리 학문의 여러 경전으로부터 널리 배우고 면밀히 익혀야 할 것이다.

근거: (나) **2** ³17세기의 이수광은 주자학뿐 아니라 다른 학문에 대해서도 열린 태도를 가지고 있었다. ⁴그는 『지봉유설』을 통해~사신의 일원으로 중국에서 접한 서양 관련 지식을 객관적으로 소개했다. ⁵이(이수광의 『지봉유설』)에 대해 심성 수양에 절실하지 않을뿐더러 주자학이 아닌 것이 뒤섞여 순수하지 않다는 일부 주자학자의 비판(㉴)이 있었지만,

이수광은 주자학이 아닌 다른 학문에 대해서도 열린 태도를 가지고 있었고, 『지봉유설』을 통해 '중국에서 접한 서양 관련 지식'을 소개했다. 따라서 이수광이 ㉴에 대해 '우리 학문의 여러 경전으로부터 널리 배우고 면밀히 익혀야' 참되게 알고 행하는 것이라고 반박하는 것은 적절하지 않다.

5. (가), (나)를 읽은 학생이 〈보기〉의 『임원경제지』에 대해 보인 반응으로 적절하지 <u>않은</u> 것은? [3점]

〈보기〉

¹서유구의 『임원경제지』는 19세기까지의 조선과 중국 서적들에서 향촌 관련 부분을 발췌, 분류하고 고증한 유서이다. ²국가를 위한다는 목적의식을 명시한 이 유서에는 향촌 사대부의 이상적인 삶을 제시하는 과정에서 향촌 구성원 전체의 삶의 조건을 개선할 수 있는 방안이 실렸고, 향촌 실생활에서 활용할 수 있는 내용이 집성되었다. ³주자학을 기반으로 실증과 실용의 자세를 견지했던 서유구의 입장, 서학 중국 원류설, 중국과 비교한 조선의 현실 등이 반영되었다. ⁴안설을 부기했으며, 제한적으로 색인을 넣어 검색이 가능하도록 하였다.

⊙ 정답풀이

⑤ 중국을 문명의 척도로 받아들였던 (나)의 『오주연문장전산고』와 달리 중화 관념에 구애되지 않고 중국의 현실과 조선의 현실을 비교한 내용이 확인되겠군.

근거: (나) **4** ¹⁰19세기의 이규경도 『오주연문장전산고』를 편찬 ¹²그가 주로 유서의 지적 자원으로 활용한 중국의 서학 연구서들은~서학이 가지는 진보성의 토대가 중국이라는 서학 중국 원류설을 반영한 것이었다. ¹³이규경은~문명의 척도로 여겨진 기존의 중화 관념에서 탈피하지 않으면서도 서학 수용의 이질감과 부담감에서 자유로울 수 있었다. + 〈보기〉 ³(『임원경제지』에는) 주자학을 기반으로 실증과 실용의 자세를 견지했던 서유구의 입장, 서학 중국 원류설, 중국과 비교한 조선의 현실 등이 반영되었다.

(나)에서 『오주연문장전산고』를 편찬한 이규경은 '문명의 척도로 여겨진 기존의 중화 관념에서 탈피하지 않'았다고 했다. 〈보기〉의 『임원경제지』 역시 '서학이 가지는 진보성의 토대가 중국이라는 서학 중국 원류설'이 반영되어 있으므로, 『오주연문장전산고』와 달리 중화 관념에 구애되지 않았다고 볼 수 없다.

⊗ 오답풀이

① 현실 개혁의 뜻을 담았던 (가)의 실학자들의 유서와 마찬가지로 현실의 문제를 개선하려는 목적의식이 확인되겠군.

근거: (가) **3** ¹⁰실학자들의 유서는 현실 개혁의 뜻을 담았고 + 〈보기〉 ²국가를 위한다는 목적의식을 명시한 이 유서(『임원경제지』)에는~향촌 구성원 전체의 삶의 조건을 개선할 수 있는 방안이 실렸고, 향촌 실생활에서 활용할 수 있는 내용이 집성되었다.

(가)에서 '실학자들의 유서는 현실 개혁의 뜻을 담았'다고 했고, 〈보기〉에서 『임원경제지』에는 '향촌 구성원 전체의 삶의 조건을 개선할 수 있는 방안이 실렸'다고 하였다. 따라서 『임원경제지』에서도 (가)의 실학자들의 유서와 마찬가지로 현실의 문제를 개선하려는 목적의식이 확인된다고 할 수 있다.

② 증거를 제시하여 이론적으로 밝히거나 의견을 제시하는 경우가 많았던 (가)의 실학자들의 유서와 마찬가지로 편찬자의 고증과 의견이 반영된 것이 확인되겠군.

근거: (가) ❸ ¹²(실학자들의 유서는) 증거를 세워 이론적으로 밝히는 고증과 이에 대한 의견 등 '안설'을 덧붙이는 경우가 많았다. + 〈보기〉 ¹서유구의 『임원경제지』는 19세기까지의 조선과 중국 서적들에서 향촌 관련 부분을 발췌, 분류하고 고증한 유서이다. ⁴안설을 부기했으며

(가)에서 실학자들의 유서는 '증거를 세워 이론적으로 밝히는 고증과 이에 대한 의견 등 '안설'을 덧붙이는 경우가 많았다.'라고 하였다. 〈보기〉에서 『임원경제지』는 '19세기까지의 조선과 중국 서적들에서 향촌 관련 부분을 발췌, 분류하고 고증한 유서'라고 하였고, '안설'을 덧붙였다고 했다. 따라서 『임원경제지』에서도 (가)의 실학자들의 유서와 마찬가지로 편찬자의 고증과 의견이 반영된 것이 확인된다고 할 수 있다.

③ 당대 지식을 망라하고 서양 관련 지식을 소개하고자 한 (나)의 『지봉유설』에 비해 특정한 주제를 중심으로 편찬되는 전문 유서의 성격이 두드러지게 드러나겠군.

근거: (나) ❶ ³유서는 모든 주제를 망라한 일반 유서와 특정 주제를 다룬 전문 유서로 나눌 수 있으며, + ❷ ⁴그(이수광)는 『지봉유설』을 통해 당대 조선의 지식을 망라하여 항목화하고 자신의 견해를 덧붙였을 뿐 아니라 사신의 일원으로 중국에서 접한 서양 관련 지식을 객관적으로 소개했다. + 〈보기〉 ¹서유구의 『임원경제지』는 19세기까지의 조선과 중국 서적들에서 향촌 관련 부분을 발췌, 분류하고 고증한 유서이다.

(나)에서 이수광은 『지봉유설』을 통해 당대 조선의 지식을 망라하여 항목화하고' '서양 관련 지식을 객관적으로 소개'했다고 하였다. 한편 〈보기〉에서 『임원경제지』는 19세기까지의 조선과 중국 서적들에서 향촌 관련 부분을 발췌'했다고 했으므로, 『임원경제지』는 『지봉유설』에 비해 특정한 주제를 중심으로 편찬되는 전문 유서의 성격이 두드러진다고 볼 수 있다.

④ 기존 학설의 정당화 내지 배제에 관심을 두었던 (나)의 『성호사설』에 비해 향촌 사회 구성원의 삶에 필요한 실용적인 지식의 활용에 대한 관심이 드러나겠군.

근거: (나) ❸ ⁶18세기의 이익은 서학 지식 자체를 『성호사설』의 표제어로 삼았고, 기존의 학설을 정당화하거나 배제하는 근거로 서학을 수용하는 등 서학을 지적 자원으로 활용하였다. + 〈보기〉 ²이 유서(『임원경제지』)에는~ 향촌 구성원 전체의 삶의 조건을 개선할 수 있는 방안이 실렸고, 향촌 실생활에서 활용할 수 있는 내용이 집성되었다.

(나)에서 『성호사설』은 '기존의 학설을 정당화하거나 배제하는 근거로 서학을 수용'했다고 하였고, 〈보기〉에서 『임원경제지』에는 '향촌 실생활에서 활용할 수 있는 내용이 집성되'어 있다고 하였다. 따라서 『임원경제지』는 『성호사설』에 비해 향촌 구성원의 삶에 필요한 실용적인 지식의 활용에 대한 관심이 드러난다고 볼 수 있다.

문제적 문제

• 5-③, ④번

학생들이 정답 이외에 비슷한 비율로 많이 고른 선지는 ③번과 ④번이다. ③번의 경우에는 〈보기〉의 『임원경제지』에 대한 설명에서 '전문 유서'라는 용어가 나타나지 않기 때문에, 내용 일치 측면에서 틀렸다고 판단했을 가능성이 있고, ④번의 경우에는 (나)의 이익이 조선 후기 실학자라는 점과, '서학의 해부학과 생리학' 등을 수용한 것을 근거로 『성호사설』도 『임원경제지』와 비슷하거나 동일한 수준에서 '실용적인 지식의 활용에 대한 관심'이 드러났다고 판단했을 가능성이 있다.

그러나 ③번의 경우에는 지문의 (가)에서 '유서는 모든 주제를 망라한 일반 유서와 특정 주제를 다룬 전문 유서로 나눌 수 있다'고 했고, 〈보기〉에서 『임원경제지』는 '19세기까지의 조선과 중국 서적들에서 향촌 관련 부분을 발췌, 분류하고 고증한 유서'라고 했으므로, 이를 통해 『임원경제지』는 '향촌'이라는 특정 주제를 다룬 전문 유서라는 것을 추론할 수 있어야 했다. 한편 ④번의 경우에는 선지에 제시된 표현 중 '실용적인 지식의 활용에 대한 관심'에만 집중하지 말고, '향촌 사회 구성원의 삶에 필요한 실용적인 지식의 활용에 대한 관심'이 『성호사설』과 『임원경제지』에 드러나는지의 여부를 꼼꼼히 확인했어야 했다. 〈보기〉에서 『임원경제지』에는 '향촌 실생활에서 활용할 수 있는 내용이 집성되'어 있다고 했으므로, 『성호사설』에 비해 『임원경제지』에 향촌 사회 구성원의 삶에 필요한 실용적인 지식의 활용에 대한 관심이 드러난다고 보는 것은 적절하다.

이처럼 지문 (가), (나)의 내용과 〈보기〉의 내용을 비교하여 선지를 판단해야 하는 경우, 지문과 〈보기〉를 연결하여 선지의 내용을 판단해야 하고, 선지의 일부만 보고 섣불리 판단해서는 안 된다.

정답률 분석

①	②	매력적 오답 ③	매력적 오답 ④	정답 ⑤
3%	9%	14%	13%	61%

6. 문맥상 ⓐ~ⓔ와 바꿔 쓰기에 적절하지 <u>않은</u> 것은?

❤ 정답풀이

② ⓑ: 계몽(啓蒙)하는

> 근거: (가) ❸ ¹³주자학의 지식을 ⓑ이어받는 한편, 주자학이 아닌 새로운
> 지식을 수용하는 유연성과 개방성을 보였다.
> ⓑ는 '이미 이루어진 일의 결과나, 해 오던 일 또는 그 정신 따위를 전하여
> 받다.'라는 의미이다. 그런데 '계몽하다'는 '지식수준이 낮거나 인습에 젖은
> 사람을 가르쳐서 깨우치다.'라는 의미이므로 ⓑ와 바꾸어 쓰기에 적절하지
> 않다.

✖ 오답풀이

① ⓐ: 의거(依據)하여

근거: (가) ❷ ⁶중국 유서의 편찬 방식에 ⓐ따라 필요에 맞게 유서를 편찬하
였다.

따르다: 어떤 경우, 사실이나 기준 따위에 의거하다.

의거하다: 어떤 사실이나 원리 따위에 근거하다.

③ ⓒ: 용이(容易)하게

근거: (가) ❸ ¹⁴광범위하게 정리한 지식을 식자층이 ⓒ쉽게 접할 수 있어야
한다고

쉽다: 하기가 까다롭거나 힘들지 않다.

용이하다: 어렵지 아니하고 매우 쉽다.

④ ⓓ: 혼재(混在)되어

근거: (나) ❷ ⁵주자학이 아닌 것이 ⓓ뒤섞여 순수하지 않다는

뒤섞이다: 생각이나 말 따위가 마구 섞이다.

혼재되다: 뒤섞이어 있다.

⑤ ⓔ: 변경(變更)하여

근거: (나) ❸ ⁸지식의 범주를 ⓔ바꾸어 수용하였다.

바꾸다: 원래의 내용이나 상태를 다르게 고치다.

변경하다: 다르게 바꾸어 새롭게 고치다.

[1~6] 다음 글을 읽고 물음에 답하시오.

✏️ 사고의 흐름

(가)

1 ¹아도르노는 문화 산업에 의해 양산*되는 대중 예술이 이윤 극대화를 위한 상품으로 전락함으로써 예술의 본질을 상실했을 뿐 아니라 현대 사회의 모순과 부조리를 은폐하고 있다고 지적했다. 대중 예술에 대한 아도르노의 견해로 지문이 시작되고 있어. ²아도르노가 보는 대중 예술은 창작의 구성에서 표현까지 표준화되어 생산되는 상품에 불과하다. ³그는 대중 예술의 규격성으로 인해 개인의 감상 능력 역시 표준화되고, 개인의 개성은 다른 개인의 그것(개성)과 다르지 않게 된다고 보았다. ⁴특히 모든 것을 상품의 교환 가치로 환원*하려는 자본주의 사회에서, 대중 예술은 개인의 정체성마저 상품으로 ⓐ전락시키는 기제로 작용한다는 것이다. 1문단에서는 대중 예술에 대한 아도르노의 견해가 제시되었는데, 다음과 같이 정리할 수 있어.

대중 예술에 대한 아도르노의 견해
· 상품으로 전락하여 예술의 본질 상실
· 현대 사회의 모순과 부조리를 은폐
· 표준화되어 생산된 상품(대중 예술의 규격성)
· 개인의 정체성마저 상품으로 전락시키는 기제로 작용

2 ⁵아도르노는 서로 다른 가치 체계를 하나의 가치 체계로 통일시키려는 속성을 동일성으로, 하나의 가치 체계로의 환원을 거부하는 속성을 비동일성으로 규정하고, 예술은 이러한 환원을 거부하는 비동일성을 지녀야 한다고 주장한다. (가)는 아도르노의 예술관을 화제로 삼고 있군. 아도르노는 예술이 하나의 가치 체계로의 환원을 거부하는 비동일성을 지녀야 한다고 보았구. ⁶그렇기 때문에 예술은 대중이 원하는 아름다운 상품이 되기를 거부하고, 그 자체로 ①추하고 불쾌한 것이 되어야 한다는 것이다. ⁷그에게 있어 예술은 ②예술가가 직시한 세계의 본질을 감상자들에게 체험하게 해야 한다. ⁸예술은 동일화되지 않으려는, 일정한 형식이 없는 ③비정형화*된 모습으로 나타남으로써 현대 사회의 부조리를 체험하게 하는 매개여야 한다는 것이다. 아도르노에게 예술이란 ① 추하고 불쾌한 것 ② 예술가가 직시한 세계의 본질을 감상자에게 체험시키는 것 ③ 비정형화된 모습으로 사회의 부조리를 체험시키는 것이었군.

3 ⁹아도르노는 쇤베르크의 음악과 같은 전위 예술이 그 자체로 동일화에 저항하면서도, 저항이나 계몽을 직접적으로 드러내지 않는다는 것을 높게 평가한다. 비동일성을 지닌 전위 예술을 사례로 제시하여 그에 대한 아도르노의 긍정적 평가를 제시했네. ¹⁰저항이나 계몽을 직접 표현하는 것에는 비동일성을 동일화하려는 폭력적 의도가 내재되어 있다고 보기 때문이다. '저항이나 계몽을 직접적으로 드러내지 않는' 것을 높게 평가한 이유가 부연 설명되었으니 참고하자. ¹¹불협화음으로 가득 찬 쇤베르크의 음악이 감상자들에게 불쾌함을 느끼게 했던 것처럼 예술은 그것에 드러난 비동일성을 체험하게 함으로써 동일화의 폭력에 저항해야 한다는 것이다. 예술이란 이래야 한다, 즉 당위에 대한 아도르노의 견해가 반복되고 있어. 비슷한 말이 반복되는 것 같지만, 사례로 구체화되고 있다는 점 기억하며 방향을 잃지 말자.

4 ¹²아도르노에게 있어 예술은 사회적 산물이며, 그래서 미학은 작품에 침전*된 사회의 고통스러운 상태를 읽기 위해 존재한다. 아도르노가 생각하는 미학의 존재 의의 ¹³그는 비동일성 그 자체를 속성으로 하는 전위 예술을 예술이 추구해야 할 바람직한 모습으로 제시했다. 아도르노가 생각하는 예술의 바람직한 모습이 전위 예술임을 설명하며 지문이 마무리 되었군.

이것만은 챙기자

* **양산**: 많이 만들어 냄.
* **환원**: 본디의 상태로 다시 돌아감. 또는 그렇게 되게 함.
* **비정형화**: 일정한 형식이나 틀을 갖추지 아니하게 됨. 또는 그렇게 함.
* **침전**: (의식이나 사고, 행동 따위가) 내부에 가라앉음.

만점 선배의 구조도 예시

〈아도르노의 예술관〉

① 대중 예술에 대한 비판 ┌ 예술의 본질 상실 - 표준화된 생산 상품
　→ 개인의 감상 능력 표준화. 개성 상실 → 정체성 상품화
　현대 사회 부조리 · 모순 은폐

② 예술의 본질 ┬ (환원을 거부하는) 비동일성을 지녀야 함 (↔ 동일성)
　(진정한 예술) └ 추 · 불쾌, 세계의 본질 체험, 비정형화된 모습으로 사회 부조리 체험

③ 사례 : 전위 예술 中 쇤베르크의 음악
　… 불협화음 → (감상자) 불쾌 ┐ 동일화의 폭력에 저항
　　　　[예술] [비동일성 체험] ┘

④ 예술의 의의 : 사회적 산물
　└ 미학의 역할 : 작품에 담긴 사회의 부조리를 읽기 위해 존재

》》 각 문단을 요약하고 지문을 세 부분으로 나누어 보세요.

1 아도르노는 대중 예술이 상품으로 전락함으로써 예술의 본질을 상실하고 현대 사회의 모순과 부조리를 은폐하고 있다고 지적한다.	첫 번째 **1**¹~**1**⁴
2 아도르노는 예술이 하나의 가치 체계로의 환원을 거부하는 **비동일성**을 지니고 비정형화된 모습으로 나타나 현대 사회의 **부조리**를 체험하게 하는 매개여야 한다고 본다.	두 번째 **2**⁵~**3**¹¹
3 아도르노는 전위 예술이 그 자체로 **동일화**에 저항하지만 저항이나 계몽을 **직접적**으로 드러내지 않는 것을 높게 평가한다.	
4 아도르노는 비동일성 그 자체를 속성으로 하는 전위 예술을 예술이 추구해야 할 바람직한 모습으로 제시했다.	세 번째 **4**¹²~**4**¹³

(나)

구체적인
사례를 들어
기존 예술에
대한
아도르노의
비판적 관점을
설명할 거야.

1 ¹아도르노의 미학은 예술과 사회의 관계를 통해 예술의 자율성을 추구했다는 점에서 긍정적으로 평가된다. _{아도르노의 미학에 대한 긍정적 평가로 지문을 시작하고 있군.} (가)와 (나)는 아도르노의 예술관에 대해 설명한다는 점에서 공통적이네. ²예술은 사회적인 것인 동시에 사회에서 떨어져 사회의 본질을 직시하는 것이어야 한다고 보기 때문이다. ³그의 미학은 기존의 예술에 대한 비판적 관점을 제공한다. ⁴가령 사과를 표현한 세잔의 작품을 아도르노의 미학으로 읽어 낸다면, 이 그림은 사회의 본질과 ⓑ유리된 '아름다운 가상'을 표현한 것에 불과할 것이다. _{아도르노의 미학은 기존의 예술을 비판: '사과를 표현한 세잔의 작품'은 사회의 본질을 직시 ✕}

세잔의
작품에 대해
비판적으로
평가한
아도르노와는 다른
긍정적인 평가가
제시되겠지.

2 ⁵하지만 세잔의 작품은 예술가의 주관적 인상을 붉은색과 회색 등의 색채와 기하학*적 형태로 표현한 미메시스일 수 있다. ⁶미메시스란 세계를 바라보는 주체의 관념을 재현하는 것, 즉 감각될 수 없는 것(예술자의 주관적 인상 = 주체의 관념)을 감각 가능한 것(색채와 기하학적 형태 등)으로 구현하는 것을 의미한다. _{미메시스의 정의가 제시되었으니 확인하고 넘어가자.}

다시 한번
상세하게
설명하는 내용은
그만큼
중요한 것이므로
반드시 이해하고
넘어가야 해.

⁷다시 말해 세잔의 작품은 눈에 보이는 특정의 사과가 아닌 예술가의 시선에 포착된 세계의 참모습, 곧 자연의 생명력과 그에 얽힌 농부의 삶 그리고 이를 ⓒ응시하는 예술가의 사유를 재현한 것이 된다. _{1문단과 2문단에서 세잔의 작품에 대한 상반된 평가를 설명했어. 이를 정리하면 다음과 같아.}

사과를 표현한 세잔의 작품에 대한 평가	
아도르노	(나)의 글쓴이
·사회의 본질과 유리된 가상을 표현한 것	·감각될 수 없는 주체의 관념(예술가의 주관적 인상)을 감각 가능한 것으로 구현한 것 ·세계의 참모습, 예술가의 사유를 재현한 것

3 ⁸아도르노는 예술이 예술가에게 포착된 세계의 본질을 감상자로 하여금 체험하게 하는 것이어야 한다고 본다. ⁹그러나 그는 이러한 미적 체험을 현대 사회의 부조리에 국한*시킴으로써, 진정한 예술을 감각적 대상인 형태 그 자체의 비정형성에 대한 체험으로 한정한다. _{아도르노의 미학이 지닌 문제점은 감상자의 미적 체험을 사회의 부조리에 한정짓는 것이군.}

앞 내용을
정리해 주는
표현이니
주목하자.

¹⁰결국 ㉠아도르노의 미학에서는 주관의 재현이라는 미메시스가 부정되고 있다.

4 ¹¹한편 아도르노의 미학은 예술의 영역을 극도로 축소시키고 있다. _{아도르노 미학의 두 번째 문제점이 제시되었군.} ¹²즉 그 자신은 동일화의 폭력을 비판하지만, 자신이 추구하는 전위 예술만이 진정한 예술이라고 주장하며 ㉡전위 예술의 관점에서 예술의 동일화를 시도하고 있다. _{(가)의 2문단에서 아도르노는 예술이 동일성을 지니는 것에 대해 비판했지만, 예술이 비동일성을 지녀야 하며 전위 예술만이 진정한 예술이라고 주장함으로써 스스로 예술의 동일화를 시도했다는 것이군.}

¹³특히 이는(전위 예술의 관점에서 예술의 동일화 시도) 현실 속 다양한 예술의 가치가 발견될 기회를 ⓓ박탈한다. ¹⁴실수로 찍혀 작가의 어떠한 주관도 결여*된 사진에서조차 새로운 예술 정신을 ⓔ발견하는 것이 가능하다는 베냐민의 지적처럼, 전위 예술이 아닌 예술에서도 미적

가치를 발견할 수 있다. _{베냐민의 견해를 인용하여 아도르노의 예술관에 반박하고 있네.} ¹⁵또한 대중음악이 사회적 저항의 메시지를 전달하는 사례도 있듯이, 자본의 논리에 편승*한 대중 예술이라 하더라도 사회에 대한 비판적 기능을 수행하는 경우도 있다. _{대중 예술이 사회의 부조리를 은폐한다는 점에서 비판한 아도르노와 달리 (나)의 글쓴이는 대중 예술이 사회 비판 기능을 수행할 수도 있다고 보고 있어.}

이것만은 챙기자

* **기하학**: 도형 및 공간의 성질에 대하여 연구하는 학문.
* **국한**: 범위를 일정한 부분에 한정함.
* **결여**: 마땅히 있어야 할 것이 빠져서 없거나 모자람.
* **편승**: 세태나 남의 세력을 이용하여 자신의 이익을 거둠을 비유적으로 이르는 말.

만점 선배의 구조도 예시

〈아도르노의 예술관과 그에 대한 비판〉

* 아도르노의 예술관의 의의 ─ 예술과 사회의 관계 → 예술의 자율성 추구
  └ 기존 예술에 비판적 관점 제공

[사과를 표현한 세잔의 작품에 대한 견해]

아도르노의 미학
① 사회의 본질과 유리된 '아름다운 가상'
② 예술 = 예술가의 시선에 포착된 '세계의 참모습'
  → 감상자에게 체험시킴

(나)의 관점
① 예술가의 주관을 색채·형태로 표현한 미메시스
  (감각될 수 없는 주관을 감각 가능한 것으로 구현)
② 아도르노에 대한 비판
  i) 미적 체험을 사회 부조리에 국한 시킴
    (진정한 예술을 형태·비정형성 체험으로 한정시킴)
  ii) 예술 영역 축소 : 전위 예술만 진정한 예술로 축소
    → 다양한 예술의 가치 발견 ✕
③ 전위 예술 외 & 대중 예술에서도
  사회 비판 기능 수행 가능

≫ 각 문단을 요약하고 지문을 두 부분으로 나누어 보세요.

1 아도르노의 미학은 예술과 사회의 관계를 통해 예술의 **자율성**을 추구했으며 기존의 예술에 대한 **비판적** 관점을 제공한다.	첫 번째 **1**¹~**3**¹⁰
2 세잔의 작품은 예술가의 주관적 인상을 색채와 형태로 표현한 미메시스로, 예술가의 시선에 포착된 세계의 참모습을 **재현**한 것이다.	
3 아도르노의 미학에서는 미적 **체험**을 사회의 부조리에 국한시켜 예술을 비정형성에 대한 체험으로 한정함으로써 주관의 재현이라는 미메시스가 부정된다.	
4 아도르노의 미학은 전위 예술의 관점에서 예술의 **동일화**를 시도해 예술의 영역을 극도로 축소시켜 다양한 예술의 가치가 발견될 기회를 박탈한다.	두 번째 **4**¹¹~**4**¹⁵

1. 다음은 (가)와 (나)를 읽고 수행한 독서 활동지의 일부이다. Ⓐ~Ⓔ 중 적절하지 않은 것은?

	(가)	(나)
글의 화제	아도르노의 예술관 ···················· Ⓐ	
서술 방식의 공통점	구체적인 예를 제시하고 그것에 담긴 의미를 설명함. ················· Ⓑ	
서술 방식의 차이점	(가)는 (나)와 달리 화제와 관련된 개념을 정의하고 개념의 변화 과정을 제시함. ······ Ⓒ	(나)는 (가)와 달리 논지를 강화하기 위해 다른 이의 견해를 인용함. ··········· Ⓓ
서술된 내용 간의 관계	(가)에서 소개한 이론에 대해 (나)에서 의의를 밝히고 한계를 지적함. ······················· Ⓔ	

✔ **정답풀이**

③ Ⓒ

> 근거: (가) **2** ⁵아도르노는 서로 다른 가치 체계를 하나의 가치 체계로 통일시키려는 속성을 동일성으로, 하나의 가치 체계로의 환원을 거부하는 속성을 비동일성으로 규정하고, 예술은 이러한 환원을 거부하는 비동일성을 지녀야 한다고 주장한다.
> (가)는 2문단에서 아도르노의 예술관과 관련된 동일성, 비동일성이라는 개념을 정의하고 있다. 하지만 (가)에서 이 개념의 변화 과정은 확인할 수 없다.

✘ **오답풀이**

① Ⓐ

근거: (가) **2** ⁵아도르노는~예술은 이러한 환원을 거부하는 비동일성을 지녀야 한다고 주장한다. + **4** ¹²아도르노에게 있어 예술은 사회적 산물이며, 그래서 미학은 작품에 침전된 사회의 고통스러운 상태를 읽기 위해 존재한다. / (나) **3** ⁸아도르노는 예술이 예술가에게 포착된 세계의 본질을 감상자로 하여금 체험하게 하는 것이어야 한다고 본다.

(가)는 1문단에서 대중 예술에 대한 아도르노의 견해를, 2문단~4문단에서 아도르노의 예술관에 대해 설명하고 있다. (나)는 1문단에서 아도르노의 미학에 대한 긍정적인 평가를 제시한 후, 2문단에서 이에 대해 다른 의견을 제시하고 3문단~4문단에서 아도르노의 미학의 문제점에 대해 설명하고 있다. 따라서 (가)와 (나)의 화제는 아도르노의 예술관이라는 점에서 공통적이다.

② Ⓑ

근거: (가) **3** ⁹아도르노는 쇤베르크의 음악과 같은 전위 예술이 그 자체로 동일화에 저항하면서도, 저항이나 계몽을 직접적으로 드러내지 않는다는 것을 높게 평가한다. ¹¹불협화음으로 가득 찬 쇤베르크의 음악이 감상자들에게 불쾌함을 느끼게 했던 것처럼 예술은 그것에 드러난 비동일성을 체험하게 함으로써 동일화의 폭력에 저항해야 한다는 것이다. / (나) **1** ³그(아도르노)의 미학은 기존의 예술에 대한 비판적 관점을 제공한다. ⁴가령 사과를 표현한 세잔의 작품을 아도르노의 미학으로 읽어 낸다면, 이 그림은 사회의 본질과 유리된 '아름다운 가상'을 표현한 것에 불과할 것이다. + **2** ⁵하지만 세잔의 작품은 예술가의 주관적 인상을~표현한 미메시스일 수 있다. ⁷세잔의 작품은 눈에 보이는 특정의 사과가 아닌 예술가의 시선에 포착된 세계의 참모습, 곧~예술가의 사유를 재현한 것이 된다.

(가)는 3문단에서 쇤베르크의 음악 같은 전위 예술을 예로 들어 그 속에 담겨 있는 '동일화의 폭력에 대한 저항'이라는 의미를 설명하고 있다. (나)는 1문단에서 '사과를 표현한 세잔의 작품'을 예로 들며 '기존의 예술에 대한' 아도르노의 비판적 관점을 제시했고, 2문단에서 이에 반박하며 세잔의 작품이 특정한 사과가 아니라 예술가의 시선에 포착된 세계의 참모습을 재현했다는 의미를 설명하고 있다.

④ Ⓓ

근거: (나) **4** ¹⁴실수로 찍혀 작가의 어떠한 주관도 결여된 사진에서조차 새로운 예술 정신을 발견하는 것이 가능하다는 베냐민의 지적처럼, 전위 예술이 아닌 예술에서도 미적 가치를 발견할 수 있다.

(나)는 4문단에서 베냐민의 견해를 인용하여 전위 예술만이 바람직한 예술의 모습이라고 본 아도르노의 견해를 반박하며 논지를 강화하고 있다.

⑤ Ⓔ

근거: (가) **4** ¹²아도르노에게 있어 예술은 사회적 산물이며, 그래서 미학은 작품에 침전된 사회의 고통스러운 상태를 읽기 위해 존재한다. / (나) **1** ¹아도르노의 미학은 예술과 사회의 관계를 통해 예술의 자율성을 추구했다는 점에서 긍정적으로 평가된다. + **3** ⁹그러나 그는 이러한 미적 체험을 현대 사회의 부조리에 국한시킴으로써, 진정한 예술을 감각적 대상인 형태 그 자체의 비정형성에 대한 체험으로 한정한다. + **4** ¹¹한편 아도르노의 미학은 예술의 영역을 극도로 축소시키고 있다.

(가)에서는 예술을 사회적 산물이라고 본 아도르노의 예술관을 소개했고, (나)에서는 아도르노의 미학이 예술과 사회의 관계를 통해 예술의 자율성을 추구했다는 의의를 밝히고 있다. 또한 (나)의 3문단~4문단에서 미적 체험을 비정형성에 대한 체험으로 한정하고, 예술의 영역을 축소시킨 아도르노의 예술관의 한계를 지적하고 있다.

2. 아도르노가 보는 대중 예술에 대한 이해로 적절하지 않은 것은?

✓ 정답풀이

① 문화 산업을 통해 상품화된 개인의 정체성과 대립적 관계를 형성한다.

> 근거: (가) **1** [1]아도르노는 문화 산업에 의해 양산되는 대중 예술이 이윤 극대화를 위한 상품으로 전락함으로써 예술의 본질을 상실했을 뿐 아니라 현대 사회의 모순과 부조리를 은폐하고 있다고 지적했다. [3]그는 대중 예술의 규격성으로 인해 개인의 감상 능력 역시 표준화되고, 개인의 개성은 다른 개인의 그것(개성)과 다르지 않게 된다고 보았다.
>
> (가)에 따르면 아도르노는 문화 산업에 의해 양산되는 대중 예술이 규격화된 상품이며, 이로 인해 개인의 개성이 다른 사람의 개성과 같아진다고 보았다. 즉 대중 예술에 의해 개별적인 개인의 정체성이 일반화된다고 보았을 뿐, 대중 예술이 개인의 정체성과 대립된다고 보지는 않았다.

✗ 오답풀이

② 일정한 규격에 맞춰 생산될 뿐 아니라 대중의 감상 능력을 표준화한다.

> 근거: (가) **1** [2]아도르노가 보는 대중 예술은 창작의 구성에서 표현까지 표준화되어 생산되는 상품에 불과하다. [3]그는 대중 예술의 규격성으로 인해 개인의 감상 능력 역시 표준화되고, 개인의 개성은 다른 개인의 그것(개성)과 다르지 않게 된다고 보았다.
>
> (가)에 따르면 아도르노는 대중 예술이 표준화되어 생산된 상품에 불과하며, 이에 따른 규격성으로 인해 대중의 감상 능력 역시 표준화된다고 보았다.

③ 자본주의의 교환 가치 체계에 종속된 것으로서 예술로 포장된 상품에 불과하다.

> 근거: (가) **1** [2]아도르노가 보는 대중 예술은 창작의 구성에서 표현까지 표준화되어 생산되는 상품에 불과하다. [4]특히 모든 것을 상품의 교환 가치로 환원하려는 자본주의 사회에서, 대중 예술은 개인의 정체성마저 상품으로 전락시키는 기제로 작용한다는 것이다.
>
> (가)에 따르면 아도르노는 모든 것을 상품의 교환 가치로 환원하려는 자본주의 사회에서 대중 예술이 표준화되어 생산된 상품에 불과하다고 보았다.

④ 모든 것을 상품의 교환 가치로 환원하려는 자본주의 사회의 속성을 은폐한다.

> 근거: (가) **1** [1]아도르노는 문화 산업에 의해 양산되는 대중 예술이~현대 사회의 모순과 부조리를 은폐하고 있다고 지적했다. [4]특히 모든 것을 상품의 교환 가치로 환원하려는 자본주의 사회에서, 대중 예술은 개인의 정체성마저 상품으로 전락시키는 기제로 작용한다는 것이다.
>
> (가)에 따르면 아도르노는 모든 것을 상품의 교환 가치로 환원하려는 자본주의 사회에서 대중 예술이 사회의 모순과 부조리를 은폐하고 있다고 보았다.

⑤ 문화 산업의 이윤 극대화 과정에서 개인들이 지닌 개성의 차이를 상실시킨다.

> 근거: (가) **1** [1]아도르노는 문화 산업에 의해 양산되는 대중 예술이 이윤 극대화를 위한 상품으로 전락 [3]그는 대중 예술의 규격성으로 인해 개인의 감상 능력 역시 표준화되고, 개인의 개성은 다른 개인의 그것(개성)과 다르지 않게 된다고 보았다.
>
> (가)에 따르면 아도르노는 이윤 극대화를 위한 상품으로 전락한 대중 예술로 인해 개인의 개성이 다른 개인의 개성과 같아져 개성의 차이가 상실된다고 보았다.

3. ㉠의 이유를 추론한 내용으로 가장 적절한 것은?

> ㉠: 아도르노의 미학에서는 주관의 재현이라는 미메시스가 부정되고 있다.

✓ 정답풀이

⑤ 예술가의 주관이 가려지고 작품에 나타난 형태에 대한 체험만이 강조되기 때문이다.

> 근거: (나) **2** [6]미메시스란 세계를 바라보는 주체의 관념을 재현하는 것, 즉 감각될 수 없는 것을 감각 가능한 것으로 구현하는 것을 의미한다. [7]세잔의 작품은 눈에 보이는 특정의 사과가 아닌 예술가의 시선에 포착된 세계의 참모습, 곧 자연의 생명력과 그에 얽힌 농부의 삶 그리고 이를 응시하는 예술가의 사유를 재현한 것이 된다. + **3** [8]아도르노는 예술이 예술가에게 포착된 세계의 본질을 감상자로 하여금 체험하게 하는 것이어야 한다고 본다. [9]그러나 그는 이러한 미적 체험을 현대 사회의 부조리에 국한시킴으로써, 진정한 예술을 감각적 대상인 형태 그 자체의 비정형성에 대한 체험으로 한정한다. [10]결국 아도르노의 미학에서는 주관의 재현이라는 미메시스가 부정되고 있다.(㉠)
>
> (나)의 2문단에 따르면 예술 작품은 예술가의 사유 즉 주체의 관념이 감각 가능한 것으로 재현된 것이다. 그런데 (나)의 3문단에서는 아도르노가 예술을 감상자에게 사회의 부조리를 체험하게 하는 것으로 국한함으로써 주관의 재현이라는 미메시스를 부정한다고 보았다. 따라서 아도르노의 미학에서는 예술자의 주관이 가려지고, 감각적 형태의 비정형성에 대한 체험만이 강조되어 '감각될 수 없는 것을 감각 가능한 것으로 구현하는' 미메시스가 부정된다고 추론할 수 있다.

✗ 오답풀이

① 비정형적 형태뿐 아니라 정형적 형태 역시 재현되기 때문이다.

> 근거: (나) **1** [4]사과를 표현한 세잔의 작품을 아도르노의 미학으로 읽어낸다면, 이 그림은 사회의 본질과 유리된 '아름다운 가상'을 표현한 것에 불과할 것이다. + **2** [5]하지만 세잔의 작품은 예술가의 주관적 인상을 붉은색과 회색 등의 색채와 기하학적 형태로 표현한 미메시스일 수 있다. [6]미메시스란 세계를 바라보는 주체의 관념을 재현하는 것, 즉 감각될 수 없는 것을 감각 가능한 것으로 구현하는 것을 의미한다. + **3** [8]아도르노는 예술이 예술가에게 포착된 세계의 본질을 감상자로 하여금 체험하게 하는 것이어야 한다고 본다. [9]그러나 그는 이러한 미적 체험을 현대 사회의 부조리에 국한시킴으로써, 진정한 예술을 감각적 대상인 형태 그 자체의 비정형성에 대한 체험으로 한정한다.
>
> (나)에 따르면 아도르노는 미적 체험을 사회의 부조리를 체험하는 것으로 국한시킴으로써 진정한 예술을 '비정형성에 대한 체험으로 한정'하였고, 이는 그의 미학에서 미메시스가 부정되는 결과를 야기했다. 즉 아도르노는 정형성, 예술가의 주관을 재현의 대상으로 보지 않으므로 ㉠의 이유를 정형적 형태가 재현되기 때문이라고 추론하는 것은 적절하지 않다.

② 재현의 주체가 예술가로부터 예술 작품의 감상자로 전환되기 때문이다.

근거: (나) ❸ [8]아도르노는 예술이 예술가에게 포착된 세계의 본질을 감상자로 하여금 체험하게 하는 것이어야 한다고 본다. [9]그러나 그는 이러한 미적 체험을 현대 사회의 부조리에 국한시킴으로써, 진정한 예술을 감각적 대상인 형태 그 자체의 비정형성에 대한 체험으로 한정한다. [10]결국 아도르노의 미학에서는 주관의 재현이라는 미메시스가 부정되고 있다.(㉠)

(나)에 따르면 아도르노에게 예술은 '예술가에게 포착된 세계의 본질'을 감상자가 체험하는 것이며, 주관의 재현은 부정된다. 따라서 ㉠의 이유를 재현의 주체가 예술 작품의 감상자로 전환되기 때문이라고 추론하는 것은 적절하지 않다.

③ 미적 체험의 대상이 사회의 부조리에서 세계의 본질로 변화되기 때문이다.

근거: (가) ❷ [8]예술은~현대 사회의 부조리를 체험하게 하는 매개여야 한다는 것이다. / (나) ❸ [8]아도르노는 예술이 예술가에게 포착된 세계의 본질을 감상자로 하여금 체험하게 하는 것이어야 한다고 본다. [9]그러나 그는 이러한 미적 체험을 현대 사회의 부조리에 국한시킴으로써, 진정한 예술을 감각적 대상인 형태 그 자체의 비정형성에 대한 체험으로 한정한다.

(가)에 따르면 아도르노는 예술이 사회의 부조리를 체험하게 하는 매개여야 한다고 보았고, (나)에서는 예술이 예술가에게 포착된 세계의 본질을 감상자로 하여금 체험하게 만드는 것이라고 하였다. 즉 아도르노는 사회의 부조리가 세계의 본질로서 예술가에게 포착되어 감상자로 하여금 이를 체험하게 하는 대상이 된다고 보았다. 즉 미적 체험의 대상이 사회의 부조리에서 세계의 본질로 변한다고 볼 수 없으므로, 이를 ㉠의 이유로 추론하는 것은 적절하지 않다.

④ 미적 체험의 과정에서 비정형적인 형태가 예술가의 주관으로 왜곡되기 때문이다.

근거: (나) ❸ [8]아도르노는 예술이 예술가에게 포착된 세계의 본질을 감상자로 하여금 체험하게 하는 것이어야 한다고 본다. [9]그러나 그는 이러한 미적 체험을 현대 사회의 부조리에 국한시킴으로써, 진정한 예술을 감각적 대상인 형태 그 자체의 비정형성에 대한 체험으로 한정한다.

(나)에 따르면 아도르노는 예술이 예술가에게 포착된 세계의 본질을 감상자로 하여금 체험하게 하는 것이라고 하며, 감상자의 비정형성에 대한 미적 체험을 강조하였다. 즉 아도르노는 미적 체험의 과정에서 비정형적인 형태가 예술가의 주관으로 왜곡된다고 보지 않았으므로, 이를 ㉠의 이유로 추론하는 것은 적절하지 않다.

문제적 문제 · 3-④번

정답 외에 많은 학생들이 고른 선지가 ④번이다. (가)와 (나)에서 설명한 아도르노의 예술관, 그리고 (나)에서 설명한 아도르노 예술관의 문제점이 머릿속에서 뒤섞여 정답 선지를 쉽게 찾아내지 못하고, 오답 선지에서 갈팡질팡한 것으로 보인다.

(나)에서 ㉠이 포함된 3문단의 첫 번째 문장은 아도르노의 예술관을 제시했고, 두 번째 문장은 (나)의 글쓴이 입장에서 아도르노의 예술관이 지닌 한계점, 문제점을 제시했다. ㉠은 바로 이 문장 뒤에서 아도르노 예술관의 한계점에 따른 결과를 제시했다. 즉 ㉠의 이유를 추론하기 위해선 ㉠의 앞부분, 그리고 ㉠에 언급된 '주관의 재현', '미메시스'라는 표현이 나온 곳까지 함께 확인했어야 한다. 한편 ㉠은 (나)의 글쓴이의 견해이므로, 아도르노의 입장에서 그가 왜 '주관의 재현'을 거부했는지를 생각하는 잘못된 판단을 했다면 비정형적인 형태에 예술가의 주관이 개입되어선 안 된다는 생각을 하게 되었을 수 있다.

(나)는 2문단에서 세잔의 작품을 '세계를 바라보는 주체(예술가)의 관념(감각될 수 없는 것)을 재현(감각 가능한 것)'한다는 미메시스 개념으로 설명했다. 그리고 3문단에서 '그(아도르노)는~진정한 예술을 감각적 대상인 형태 그 자체의 비정형성에 대한 체험으로 한정한다.'라고 하였으므로, 아도르노의 미학에서는 예술가의 주관을 고려하지 않은 채 예술을 비정형성에 대한 체험으로 한정했기에 주관의 재현이라는 미메시스를 부정했다고 볼 수 있는 것이다.

정답률 분석

①	②	③	④ 매력적 오답	⑤ 정답
12%	5%	9%	17%	57%

4. (가)의 '아도르노'의 관점을 바탕으로 할 때, ⓛ에 대해 반박할 수 있는 말로 가장 적절한 것은?

> ⓛ: 전위 예술의 관점에서 예술의 동일화를 시도하고 있다.

✔ 정답풀이

⑤ 동일화를 거부하는 속성이 전위 예술의 본질이므로 전위 예술을 추구하는 것은 동일화가 아니라 비동일화를 지향하는 것이다.

> 근거: (가) **2** ⁵아도르노는~(동일성으로의) 환원을 거부하는 비동일성을 지녀야 한다고 주장한다. ⁸(아도르노에게 있어) 예술은 동일화되지 않으려는, 일정한 형식이 없는 비정형화된 모습으로 나타남으로써 현대 사회의 부조리를 체험하게 하는 매개여야 한다는 것이다. **4** ¹³그는 비동일성 그 자체를 속성으로 하는 전위 예술을 예술이 추구해야 할 바람직한 모습으로 제시했다. / (나) **4** ¹²자신(아도르노)은 동일화의 폭력을 비판하지만, 자신이 추구하는 전위 예술만이 진정한 예술이라고 주장하며 전위 예술의 관점에서 예술의 동일화를 시도하고 있다.(ⓛ)
>
> (가)에 따르면 아도르노는 동일화를 거부하는 비동일성이 예술의 본질이며, 전위 예술은 비동일성을 속성으로 한다고 보았다. (나)는 아도르노가 '전위 예술'만 진정한 예술이라고 주장한다는 점에서 전위 예술을 중심으로 예술의 동일화를 시도한다고 보았다. 그러나 (가)의 '아도르노'의 관점에 따르면, 전위 예술은 동일화되지 않으려는 특성이 있으므로 전위 예술의 관점에서 예술을 동일화하는 것은 불가능하다. 따라서 전위 예술을 추구하는 것은 곧 예술의 비동일화를 지향하는 것이라고 반박할 수 있다.

✖ 오답풀이

① 동일화는 애초에 예술과 무관하므로 예술의 동일화는 실현 불가능하다.

> 근거: (가) **1** ²아도르노가 보는 대중 예술은 창작의 구성에서 표현까지 표준화되어 생산되는 상품에 불과하다. **3** ⁹아도르노는 쇤베르크의 음악과 같은 전위 예술이 그 자체로 동일화에 저항하면서도, 저항이나 계몽을 직접적으로 드러내지 않는다는 것을 높게 평가한다. **4** ¹³그는 비동일성 그 자체를 속성으로 하는 전위 예술을 예술이 추구해야 할 바람직한 모습으로 제시했다.
>
> (가)에 따르면 아도르노는 전위 예술이 동일화에 저항하는 것을 높게 평가하면서 이를 예술의 바람직한 모습으로 여겼다. 이와 달리 대중 예술은 창작부터 표현까지 표준화되어 하나의 가치 체계로 통일된 동일성을 지녔다고 보았을 것이다. 따라서 동일화가 예술과 무관해 예술의 동일화가 실현 불가능하다고 보지는 않았을 것이다.

✖ 오답풀이

② 전위 예술의 속성은 부조리 그 자체를 폭로하는 것이므로 비동일성은 결국 동일성으로 귀결된다.

> 근거: (가) **2** ⁵아도르노는~(동일성으로의) 환원을 거부하는 비동일성을 지녀야 한다고 주장한다. ⁸(아도르노에게 있어) 예술은 동일화되지 않으려는, 일정한 형식이 없는 비정형화된 모습으로 나타남으로써 현대 사회의 부조리를 체험하게 하는 매개여야 한다는 것이다. **3** ¹¹예술은 그것에 드러난 비동일성을 체험하게 함으로써 동일화의 폭력에 저항해야 한다는 것이다. **4** ¹³그는 비동일성 그 자체를 속성으로 하는 전위 예술을 예술이 추구해야 할 바람직한 모습으로 제시했다.
>
> (가)에 따르면 아도르노는 예술이 비동일성을 지녀야 하며, 감상자로 하여금 현대 사회의 부조리를 체험하게 하는 매개라고 보았다. 또한 비동일성의 체험을 통해 동일화의 폭력에 저항해야 하는데, 이러한 비동일성을 속성으로 하는 전위 예술을 바람직하게 여겼다. 따라서 비동일성이 동일성으로 귀결된다고 보지는 않았을 것이다.

③ 동일성으로 환원된 대중 예술에서도 비동일성을 발견할 수 있으므로 예술의 동일화는 무의미하다.

> 근거: (가) **1** ²아도르노가 보는 대중 예술은 창작의 구성에서 표현까지 표준화되어 생산되는 상품에 불과하다. ³그는 대중 예술의 규격성으로 인해 개인의 감상 능력 역시 표준화되고, 개인의 개성은 다른 개인의 그것과 다르지 않게 된다고 보았다. **2** ⁵아도르노는 서로 다른 가치 체계를 하나의 가치 체계로 통일시키려는 속성을 동일성으로,~규정하고, 예술은 이러한 환원을 거부하는 비동일성을 지녀야 한다고 주장한다.
>
> (가)에 따르면 아도르노는 표준화된 대중 예술의 규격성으로 개인의 개성 역시 상실된다고 보았으므로, 대중 예술은 동일성으로 환원되었다고 볼 것이다. 따라서 동일성으로 환원된 대중 예술에서 비동일성을 발견할 수 있다고 보지는 않았을 것이다.

④ 전위 예술은 동일성과 비동일성의 구분을 거부하므로 전위 예술로의 동일화는 새로운 차원의 비동일성으로 전환된다.

> 근거: (가) **2** ⁵아도르노는~(동일성으로의) 환원을 거부하는 비동일성을 지녀야 한다고 주장한다. ⁸(아도르노에게 있어) 예술은 동일화되지 않으려는, 일정한 형식이 없는 비정형화된 모습으로 나타남으로써 현대 사회의 부조리를 체험하게 하는 매개여야 한다는 것이다. **4** ¹³그는 비동일성 그 자체를 속성으로 하는 전위 예술을 예술이 추구해야 할 바람직한 모습으로 제시했다.
>
> (가)에 따르면 아도르노는 예술이 비동일성을 지녀야 하며, 감상자로 하여금 현대 사회의 부조리를 체험하게 하는 매개라고 보았다. 또한 비동일성을 전위 예술의 속성으로 보며 전위 예술을 바람직하게 여겼다. 즉 전위 예술이 동일성과 비동일성의 구분을 거부한다고 보지 않았으며, 전위 예술로의 동일화가 다른 차원의 비동일성으로 전환된다고 보지 않았다.

5. 다음은 학생이 미술관에 다녀와서 작성한 감상문이다. 이에 대해 (가)의 '아도르노'의 관점(A)과 (나)의 글쓴이의 관점(B)에서 설명한 내용으로 적절하지 <u>않은</u> 것은? [3점]

> 주말 동안 미술관에서 작품을 관람했다. 기억에 남는 세 작품이 있었다. 첫 번째 작품의 제목은 「자화상」이었지만 얼굴의 형상을 전혀 찾아볼 수 없는 기괴한 모습이었고, 제각각의 형태와 색채들이 이곳저곳 흩어져 있어 불편한 감정만 느껴졌다. 두 번째 작품은 사회에 비판적인 유명 연예인의 얼굴을 묘사한 그림으로, 대량 복제되어 유통되는 작품이었다. 그리고 사용된 색채와 구도가 TV에서 본 상업 광고의 한 장면같이 익숙하게 느껴져서 좋았다. 세 번째 작품은 시골 마을의 서정적인 풍경을 사실적으로 묘사한 그림으로 색감과 조형미가 뛰어나 오랫동안 기억에 잔상으로 남았다.

⊘ 정답풀이

③ A: 세 번째 작품에 표현된 서정성과 조형미는 부조리에 대한 저항과는 괴리가 있습니다. 사회에 대한 저항을 직접적으로 드러낸 예술이어야 진정한 예술이라고 할 수 있습니다.

근거: (가) ❷ ⁸(아도르노에게 있어) 예술은 동일화되지 않으려는, 일정한 형식이 없는 비정형화된 모습으로 나타남으로써 현대 사회의 부조리를 체험하게 하는 매개여야 한다는 것이다. + ❸ ⁹아도르노는 쇤베르크의 음악과 같은 전위 예술이 그 자체로 동일화에 저항하면서도, 저항이나 계몽을 직접적으로 드러내지 않는다는 것을 높게 평가한다. ¹⁰저항이나 계몽을 직접 표현하는 것에는 비동일성을 동일화하려는 폭력적 의도가 내재되어 있다고 보기 때문이다. / (나) ❷ ⁵하지만 세잔의 작품은 예술가의 주관적 인상을 붉은색과 회색 등의 색채와 기하학적 형태로 표현한 미메시스일 수 있다.

학생이 '서정적인 풍경'을 묘사한 세 번째 작품에서 '색감과 조형미'를 감상하고 오랫동안 기억한 것은 (나)에 따르면 색채와 형태로 표현한 미메시스를 감상한 것으로 볼 수 있다. 그런데 (가)에서 아도르노는 예술을 통해 부조리를 체험해야 한다고 보았으므로, 세 번째 작품에 표현된 서정성과 조형미는 부조리에 대한 저항과 괴리가 있다고 볼 수 있다. 하지만 (가)에 따르면 아도르노는 '저항이나 계몽을 직접 표현하는 것'에는 비동일성을 동일화하려는 의도가 내재되어 있어 이것이 직접적으로 드러나지 않는 것을 높게 평가했다. 따라서 A는 사회에 대한 저항을 직접적으로 드러내야 진정한 예술이라고 보지는 않았을 것이다.

❌ 오답풀이

① A: 첫 번째 작품에서 학생이 기괴함과 불편함을 느낀 것은 부조리한 사회에 대한 예술적 체험의 충격 때문일 수 있습니다.

근거: (가) ❷ ⁶예술은~그 자체로 추하고 불쾌한 것이 되어야 한다는 것이다. ⁸예술은~비정형화된 모습으로 나타남으로써 현대 사회의 부조리를 체험하게 하는 매개여야 한다는 것이다.

첫 번째 작품에서 학생이 '얼굴의 형상을 전혀 찾아볼 수 없는 기괴한 모습'을 보고 '불편한 감정'을 느낀 것은, A에 따르면 비정형화된 모습을 통해 현대 사회의 부조리를 체험한 충격 때문으로 볼 수 있다.

② A: 두 번째 작품에서 학생이 느낀 익숙함은 현대 사회의 모순에 대한 무감각과 같은 것일 수 있습니다. 이는 문화 산업의 논리에 동일화되어 감각이 무뎌진 결과라 할 수 있습니다.

근거: (가) ❶ ¹아도르노는 문화 산업에 의해 양산되는 대중 예술이 이윤 극대화를 위한 상품으로 전락함으로써 예술의 본질을 상실했을 뿐 아니라 현대 사회의 모순과 부조리를 은폐하고 있다고 지적했다. ³그는~개인의 감상 능력 역시 표준화되고, 개인의 개성은 다른 개인의 그것과 다르지 않게 된다고 보았다.

두 번째 작품에서 학생이 '사회 비판적인 유명 연예인의 얼굴을 묘사한 그림'을 보고 '상업 광고의 한 장면같이 익숙하게 느'낀 것은, A에 따르면 하나의 가치 체계로 동일화된 감상 능력을 갖게 되었기 때문이며, 또한 현대 사회의 모순과 부조리에 대해 무감각해졌기 때문일 수 있다.

④ B: 첫 번째 작품의 흩어져 있는 형태와 색채가 예술가의 표현 의도를 담고 있지 않더라도 그 작품에서 예술적 가치를 발견할 수 있습니다.

근거: (나) ❹ ¹⁴실수로 찍혀 작가의 어떠한 주관도 결여된 사진에서조차 새로운 예술 정신을 발견하는 것이 가능하다는 베냐민의 지적처럼, 전위 예술이 아닌 예술에서도 미적 가치를 발견할 수 있다.

첫 번째 작품은 '제각각의 형태와 색채들'이 흩어져 있는 상태였다. B에 따르면 '실수로 찍혀' 작가의 주관이 결여된 사진처럼 예술가의 표현 의도가 담기지 않은 작품에서도 예술 정신은 발견 가능하므로 첫 번째 작품에서도 예술 정신, 미적 가치를 발견할 수 있다.

⑤ B: 두 번째 작품은 대량 생산을 통해 제작된 것이지만 그 연예인의 사회 비판적 이미지를 이용해 현대 사회의 문제점을 고발하는 것일 수 있습니다.

근거: (나) ❹ ¹⁵또한 대중음악이 사회적 저항의 메시지를 전달하는 사례도 있듯이, 자본의 논리에 편승한 대중 예술이라 하더라도 사회에 대한 비판적 기능을 수행하는 경우도 있다.

두 번째 작품은 '사회에 비판적인 유명 연예인의 얼굴을 묘사한 그림'으로 '대량 복제되어 유통되는 작품'이다. B에 따르면 대중 예술도 '사회에 대한 비판적 기능'을 수행할 수 있으므로 대량 생산된 연예인의 얼굴 그림으로도 그의 사회 비판적 이미지를 활용해 현대 사회를 비판할 수 있다.

6. 문맥상 ⓐ~ⓔ와 바꿔 쓰기에 적절하지 <u>않은</u> 것은?

⊘ 정답풀이

① ⓐ: 맞바꾸는

> 근거: (가) **1** ⁴대중 예술은 개인의 정체성마저 상품으로 ⓐ전락시키는 기제로 작용한다는 것이다.

'맞바꾸다'는 '더 보태거나 빼지 아니하고 어떤 것을 주고 다른 것을 받다.'라는 의미이다. ⓐ는 '나쁜 상태나 타락한 상태에 빠지게 하다.'라는 의미를 가지며 개인의 정체성이 상품이 되는 상황을 제시하고 있으므로 ⓐ를 '맞바꾸는'과 바꾸어 쓰는 것은 적절하지 않다.

✖ 오답풀이

② ⓑ: 동떨어진

근거: (나) **1** ⁴사과를 표현한 세잔의 작품을 아도르노의 미학으로 읽어 낸다면, 이 그림은 사회의 본질과 ⓑ유리된 '아름다운 가상'을 표현한 것에 불과할 것이다.

'동떨어지다'는 '둘 사이에 관련성이 거의 없다.'라는 의미이다. ⓑ는 '따로 떨어지게 되다.'라는 의미를 가지며 그림이 사회의 본질과 관련성이 떨어진 상황을 제시하고 있으므로 ⓑ를 '동떨어진'과 바꾸어 쓰는 것은 적절하다.

③ ⓒ: 바라보는

근거: (나) **2** ⁷세잔의 작품은~자연의 생명력과 그에 얽힌 농부의 삶 그리고 이를 ⓒ응시하는 예술가의 사유를 재현한 것이 된다.

'바라보다'는 '어떤 현상이나 사태를 자신의 시각으로 관찰하다.'라는 의미이다. ⓒ는 '눈길을 모아 한 곳을 똑바로 바라보다.'라는 의미를 가지며 예술가가 자연의 생명력과 농부의 삶을 관찰하는 상황을 제시하고 있으므로 ⓒ를 '바라보는'과 바꾸어 쓰는 것은 적절하다.

④ ⓓ: 빼앗는다

근거: (나) **4** ¹³특히 이는 현실 속 다양한 예술의 가치가 발견될 기회를 ⓓ박탈한다.

'빼앗다'는 '합법적으로 남이 가지고 있는 자격이나 권리를 잃게 하다.'라는 의미이다. ⓓ는 '남의 재물이나 권리, 자격 따위를 빼앗다.'라는 의미를 가지며 아도르노의 예술관에 따랐을 때 다양한 예술의 가치가 발견될 기회를 잃는 상황을 제시하고 있으므로 ⓓ를 '빼앗는다'와 바꾸어 쓰는 것은 적절하다.

⑤ ⓔ: 찾아내는

근거: (나) **4** ¹⁴실수로 찍혀 작가의 어떠한 주관도 결여된 사진에서조차 새로운 예술 정신을 ⓔ발견하는 것이 가능하다는 베냐민의 지적

'찾아내다'는 '찾기 어려운 사람이나 사물을 찾아서 드러내다.' 또는 '모르는 것을 알아서 드러내다.'라는 의미이다. ⓔ는 '미처 찾아내지 못하였거나 아직 알려지지 아니한 사물이나 현상, 사실 따위를 찾아내다.'라는 의미를 가지며 새로운 예술 정신을 드러나게 하는 상황을 제시하고 있으므로 ⓔ를 '찾아내는'과 바꾸어 쓰는 것은 적절하다.

MEMO

[1~6] 다음 글을 읽고 물음에 답하시오.

✏ 사고의 흐름

(가)

1 ¹전국 시대의 혼란을 종식한 진(秦)은 분서갱유*를 단행하며 사상 통제를 ⓐ기도했다. ²당시 권력자였던 이사(李斯)에게 역사 지식은 전통만 따지는 허언이었고, 학문은 법과 제도에 대해 논란을 일으키는 원인에 불과했다. ³이에 따라 전국 시대의 『순자』처럼 다른 사상을 비판적으로 ⓑ흡수하여 통합 학문의 틀을 보여 준 분위기는 일시적으로 약화되었다. ⁴이에 한(漢) 초기 사상가들의 과제는 진의 멸망 원인을 분석하고 이에 기초한 안정적 통치 방안을 제시하며, 힘의 지배를 ⓒ숭상하던 당시 지배 세력의 태도를 극복하는 것이었다. ⁵이러한 과제에 부응한 대표적 사상가는 육가(陸賈)였다.

_{한 초기
사상가들의
과제를 말하는
거겠지?}

¹문단에서는 한 초기 사상가들의 과제(① 진의 멸망 원인 분석 ② 안정적 통치 방안 제시 ③ 당시 지배 세력의 태도 극복)에 부응한 대표적 사상가인 육가를 화제로 제시하고 있어.

2 ⁶순자의 학문을 계승한 그(육가)는 한 고조의 치국* 계책 요구에 부응해 『신어』를 저술하였다. 육가가 『신어』를 저술한 이유 ⁷이 책을 통해 그는 진의 단명 원인을 가혹한 형벌의 남용, 법률에만 의거한 통치, 군주의 교만과 사치, 그리고 현명하지 못한 인재 등용 등으로 지적하고, 진의 사상 통제가 낳은 폐해를 거론하며 한 고조에게 지식과 학문이 중요함을 설득하고자 하였다. 『신어』를 통해 ① 진의 단명 원인 지적 (가혹한 형벌의 남용, 법률에만 의거한 통치, 군주의 교만과 사치, 현명하지 못한 인재 등용) ② 진의 사상 통제가 낳은 폐해 거론 → 지식과 학문의 중요성 설득 ⁸그에게 지식의 핵심은 현실 정치에 도움을 주는 역사 지식이었다. ⁹그는 역사를 관통하는 자연의 이치에 따라 천문·지리·인사 등 천하의 모든 일을 포괄한다는 ㉠통물(統物)과, 역사 변화 과정에 대한 통찰로서 상황에 맞는 조치를 취하고 기존 규정을 고수하지 않는다는 ㉡통변(通變)을 제시하였다. ¹⁰통물과 통변이 정치의 세계에 드러나는 것이 ㉢인의(仁義)라고 파악한 그는 힘에 의한 권력 창출을 긍정하면서도 권력의 유지와 확장을 위한 왕도 정치를 제안하며 인의의 실현을 위해 유교 이념과 현실 정치의 결합을 시도하였다.

『신어』에 제시된 육가의 사상을 설명하기 위해 '통물', '통변', '인의'의 개념을 제시했어.

통물	천문·지리·인사 등 천하의 모든 일을 포괄
통변	상황에 맞는 조치를 취하고 기존 규정을 고수하지 않음
인의	통물과 통변이 정치의 세계에 드러남

육가에게 있어서는 현실 정치에 도움을 주는 역사 지식이 지식의 핵심이니, 통물과 통변이 정치 세계에 드러난 '인의'를 중요하게 보았을 거야.

3 ¹¹인의가 실현되는 정치를 위해 육가는 유교의 범위를 벗어나지 않는 한에서 타 사상을 수용하였다. ¹²예와 질서를 중시하며 교화의 정치를 강조하는 유교를 중심으로 도가의 무위와 법가의 권세를 끌어들였다. ¹³그에게 무위는 형벌을 가벼이 하고 군주의 수양을 강조하는 것으로 평온한 통치의 결과를 의미했고, 권세도 현명한

신하의 임용*을 통해 정치권력의 안정을 도모하는 방향성을 가진 것이었기에 원래의 그것과는 차별된 것이었다. 육가는 인의가 실현되는 정치를 위해 유교를 중심으로 도가, 법가와 같은 타 사상을 수용했어. 다만 이때 도가의 무위와 법가의 권세는 평온한 통치의 결과이자 권력의 안정을 도모하는 것으로 본래의 그것과는 달랐대.

4 ¹⁴육가의 사상은 과도한 융통성으로 사상적 정체성이 문제가 되기도 했지만, 군주의 정치 행위에 따라 천명*이 결정됨을 지적하고 인의의 실현을 강조한 통합의 사상이었다. ¹⁵그의 사상은 한 무제 이후 유교 독존의 시대를 여는 데 기여하였다. 육가 사상의 문제점과 의의로 글이 마무리되고 있군.

만점 선배의 구조도 예시

〈육가의 사상〉

· 진(나라) : 분서갱유. 사상 통제 → 『순자』와 같은 통합 학문 일시적 약화
· 한(나라) : 한 초기 사상가들의 과제 ① 진의 멸망 원인 분석
　　　　　　　　　　　　　　　　② 안정적 통치 방안 제시
　　　　　　　　　　　　　　　　③ 당시 지배 세력의 태도 (힘의 지배 극복)
　　　　　　　　　　　　　　　　　　　　　↓극복
　　　　　한 고조의 요구 → 육가 『신어』

①　i) 진 단명 원인
　　ii) 진 사상 통제의 폐해　　⌐ '지식과 학문의 중요성'
　　　　　　　　　　　　　　핵심 = 현실 정치에
　　　　　　　　　　　　　　도움되는 역사 지식
②　통물, 통변 → 인의
③　인의의 실현을 위해 유교 이념과 현실 정치 결합 시도
　; 유교 중심 + 도가의 무위, 법가의 권세
④　문제 : 과도한 융통성으로 사상적 정체성이 문제
　　의의 : 인의의 실현 강조, 유교 독존의 시대를 여는 데 기여

>> 각 문단을 요약하고 지문을 **세 부분**으로 나누어 보세요.

1 사상 통제를 기도했던 진의 멸망 원인을 분석하고 안정적 통치 방안을 제시하며, 힘의 지배를 숭상하던 지배 세력의 태도를 극복하고자 했던 한의 대표적 사상가는 육가였다.

> 첫 번째
> **1**¹~**1**⁵

2 육가는 한 고조의 요구에 따라 저술한 『신어』에서 진의 단명 원인을 지적하고 지식과 학문이 중요함을 설득했으며, 지식의 핵심은 역사 지식이라고 하면서 통물, 통변, 인의를 제시했다.

3 육가는 인의가 실현되는 정치를 위해 유교를 중심으로 도가의 무위와 법가의 권세를 끌어들였다.

> 두 번째
> **2**⁶~**3**¹³

4 사상적 정체성이 문제되기도 했지만 육가의 사상은 인의의 실현을 강조한 통합의 사상이었다.

> 세 번째
> **4**¹⁴~**4**¹⁵

(나)

1 [1]조선 초기에 진행된 고려 관련 역사서 편찬은 고려 멸망의 필연성과 조선 건국의 정당성을 드러내는 작업이었다. 조선 초기 고려 역사서 편찬의 의미로 글이 시작되고 있어. (가)의 화제가 한의 역사서이고, (나)의 화제는 조선의 역사서인 것이군. [2]편찬자들은 다양한 방식으로 고려와 조선의 차별성을 부각하고, 고려보다 조선이 뛰어남을 설득하고자 하였다.

2 [3]태조의 명으로 고려 말에 찬술*되었던 자료들을 모아 고려에 관한 역사서가 편찬되었지만, 왕실이 아닌 편찬자의 주관이 ⓓ개입되었다는 비판이 제기되는 등 여러 문제점이 지적되었다. 태조 대에 편찬된 역사서의 문제점: 편찬자의 주관 개입 [4]이에 태종은 고려의 역사서를 다시 만들라는 명을 내렸다. [5]이후 고려의 용어들을 그대로 싣자는 주장과 유교적 사대주의에 따른 명분에 맞추어 고쳐 쓰자는 주장이 맞서는 등 세종 대까지도 논란이 ⓔ계속되었지만, 문종 대에 이르러 『고려사』 편찬이 완성되었다. 고려에 관한 역사서 편찬 과정에서 제기된 논란은 세종 대까지 이어졌고 문종 대에 『고려사』가 편찬되었군. [6]이 과정에서 역사 연구에 관심을 기울인 세종은 경서(經書)*가 학문의 근본이라면 역사서는 학문을 현실에서 구현하는 것으로 파악하고, 집현전 학자들과의 경연을 통해 경서와 역사서에 대한 이해를 쌓아 갔다. 경서와 역사서에 대한 세종의 견해: 경서 = 학문의 근본, 역사서 = 학문을 현실에서 구현하는 것

3 [7]이런 분위기에서 세종은 중국과 우리나라의 흥망성쇠를 담은 『치평요람』의 편찬을 명하였고, 집현전 학자들은 원(元)까지의 중국 역사와 고려까지의 우리 역사를 정리하였다. [8]정리 과정에서 주자학적 역사관이 담긴 『자치통감강목』에 따라 역대 국가를 정통과 비정통으로 구분했지만, 편찬 형식 측면에서는 강목체*를 따르지 않았다. [9]또한 올바른 정치의 여부에 따라 국가의 운명이 다하고 천명이 옮겨 간다는 내용을 드러내고자 기존 역사서와 달리 국가 간 전쟁과 외교 문제, 국가 말기의 혼란과 새 국가 초기의 혼란 수습 등을 부각하였다. 세종의 명령으로 편찬된 『치평요람』에 대해 중점적으로 설명했군. 정리하자면 다음과 같다.

'A와 달리 B라고 했으니 후자를 『치평요람』의 차별된 특징으로 강조하는 거지!

『치평요람』의 편찬 방식	
정리 범위	원나라까지의 중국 역사 + 고려까지의 우리 역사
정리 과정	『자치통감강목』에 따라 역대 국가를 정통, 비정통으로 구분
편찬 형식	강목체 따르지 않음
강조점	기존 역사서와 달리 국가 간 전쟁과 외교 문제, 국가 말기 혼란과 새 국가 초기의 혼란 수습

4 [10]이러한 편찬 방식은 국가의 흥망성쇠를 거울삼아 국가를 잘 운영하겠다는 목적 이외에 새 국가의 토대를 마련하려는 의도가 전제된 것이었다. [11]이런 의도가 집중적으로 반영된 곳은 『치평요람』의 「국조(國朝)」 부분이었다. [12]이 부분의 편찬자들은 유교적 시각에서 고려 정치를 바라보며 불교 사상의 폐단*을 비롯한 문제점들을 다각도로 드러냈고, 이를 통해 유교적 사회로의 변화를 주장하였다. 『치평요람』의 의도가 집중 반영된 「국조」: 유교적 시각에서 고려의 문제점을 드러내며 유교적 사회의 변화 주장 [13]이성계의 능력과 업적을 담기는 했지만 이것이 조선 건국을 정당화하기에는 불충분했기에 세종은 역사적 사실을 배경으로 조선 왕조의 우수성을 부각한 『용비어천가』의 편찬을

지시했다. [14]이는 왕조의 우수성과 정통성을 경전과 역사의 다양한 근거를 통해 보여 주고자 한 것이었다. 『용비어천가』의 편찬 목적을 부록 정보로 제시하며 글이 마무리되었네.

이것만은 챙기자

* **찬술:** 책이나 글을 지음.
* **경서:** 옛 성현들이 유교의 사상과 교리를 써 놓은 책. ≪역경≫·≪서경≫·≪시경≫·≪예기≫·≪춘추≫·≪대학≫·≪논어≫·≪맹자≫·≪중용≫ 따위를 통틀어 이른다.
* **강목체:** 역사 편찬에서 사실들을 연월일 차례로 쓰는 편년체 서술의 한 방식. 사실에 대하여 먼저 '강', 곧 그 개요를 요약하여 쓰고 다음에 '목', 곧 자세한 경위를 쓰는 형식으로 서술한다.
* **폐단:** 어떤 일이나 행동에서 나타나는 옳지 못한 경향이나 해로운 현상.

만점 선배의 구조도 예시

〈조선 초의 역사서 편찬〉

- 고려 멸망의 필연성 + 조선 건국의 정당성 드러내는 작업
- 문종 『고려사』 ···› 세종 '경서 = 학문의 근본'
  '역사서 = 학문을 현실에서 구현하는 것'
- 중국 역사 + 우리 역사 흥망성쇠 담은 『치평요람』
  ① (『자치통감강목』) 역대 국가 '정통 vs 비정통' 구분
  ② 편찬 형식 : 강목체 X
  ③ 기존 역사서와 달리 전쟁, 외교, 국가 혼란 부각
  [목적·의도] (옛 국가 보고 국가 운영 방침 확립 + 새 국가 토대 마련) →) 유교적 사회로의 변화 주장
  *특히 「국조」 부분
- 조선 왕조 우수성 + 정통성 부각 『용비어천가』

» 각 문단을 요약하고 지문을 두 부분으로 나누어 보세요.

1 조선 초기의 고려 관련 역사서 편찬은 고려 멸망의 필연성과 조선 건국의 정당성을 드러내는 작업이었다.

2 태조의 명으로 편찬된 고려 역사서는 편찬자의 주관이 개입되었다는 비판 등이 지적되어 태종이 새로운 편찬을 지시했고 문종 대에 『고려사』 편찬이 완성되었는데, 이 과정에서 세종은 역사 연구에 관심을 기울였다.

3 세종의 명에 따라 편찬된 『치평요람』은 중국과 우리나라의 흥망성쇠를 담고, 올바른 정치의 여부에 따라 국가의 운명이 다한다는 내용을 드러냈다.

4 『치평요람』은 유교적 시각에서 고려 정치를 바라보고 유교적 사회로의 변화를 주장했으며, 세종은 조선 왕조의 우수성을 부각한 『용비어천가』의 편찬도 지시했다.

첫 번째
1 1 ~ **1** 2

두 번째
2 3 ~ **4** 14

1. (가)와 (나)의 차이점을 중심으로 두 글을 비교하며 읽는 방법으로 가장 적절한 것은?

✅ **정답풀이**

① (가)는 한(漢)에서, (나)는 조선에서 쓰인 책을 설명하고 있으니, 시대 상황과 사상이 책에 반영된 양상을 비교하며 읽는다.

> 근거: (가) **2** ⁶순자의 학문을 계승한 그(육가)는 한 고조의 치국 계책 요구에 부응해 『신어』를 저술하였다. / (나) **2** ⁵문종 대에 이르러 『고려사』 편찬이 완성 + **3** ⁷세종은 중국과 우리나라의 흥망성쇠를 담은 『치평요람』의 편찬을 명하였고
>
> (가)는 한 고조의 치국 계책 요구에 육가가 저술한 『신어』에 대하여 설명하고 있고, (나)는 조선 초기에 고려 멸망과 조선 건국에 대해 서술한 『고려사』, 중국과 조선의 역사를 담은 『치평요람』 등의 역사서와 이 책들이 어떻게 편찬되었는지에 대해 설명하고 있다. 따라서 (가)와 (나)를 읽을 때에는 각각이 창작된 시대 상황과 각각에 반영된 사상을 비교하며 읽을 수 있다.

❌ **오답풀이**

② (가)는 피지배 계층을, (나)는 지배 계층을 대상으로 한 책을 설명하고 있으니, 예상 독자의 반응 양상을 비교하며 읽는다.

근거: (가) **2** ⁶순자의 학문을 계승한 그(육가)는 한 고조의 치국 계책 요구에 부응해 『신어』를 저술하였다. / (나) **1** ¹조선 초기에 진행된 고려 관련 역사서 편찬은 고려 멸망의 필연성과 조선 건국의 정당성을 드러내는 작업이었다.

(가)의 『신어』는 한 고조의 요구에 따라 저술된 책이므로, 예상 독자는 지배 계층이다. (나) 역시 조선 시대 역사서의 편찬 목적이 고려 멸망의 필연성과 조선 건국의 정당성을 드러내는 것으로 주로 왕의 명으로 편찬된 것을 고려할 때 예상 독자는 지배 계층이라고 볼 수 있다.

③ (가)는 동일한 시대에, (나)는 서로 다른 시대에 쓰인 책들을 설명하고 있으니, 시대에 따른 창작 환경을 비교하며 읽는다.

(가)는 전국 시대의 『순자』와 한나라 때에 저술된 『신어』에 대해 설명할 뿐, 동일한 시대에 쓰인 책들을 설명하고 있지는 않다. (나)는 조선 시대 문종 대에 완성된 『고려사』, 세종 대에 편찬된 『치평요람』에 대해 설명하고 있다.

④ (가)는 학문적 성격의, (나)는 실용적 성격의 책을 설명하고 있으니, 다양한 분야의 책에 담긴 보편성을 확인하며 읽는다.

근거: (가) **2** ⁶순자의 학문을 계승한 그(육가)는 한 고조의 치국 계책 요구에 부응해 『신어』를 저술하였다. / (나) **2** ⁶세종은 경서가 학문의 근본이라면 역사서는 학문을 현실에서 구현하는 것으로 파악

(가)의 『신어』는 순자의 학문을 계승한 육가의 사상이 담긴 책이며, 육가는 이를 통해 한 고조에게 지식과 학문이 중요함을 설득하고자 했는데, 이가 안정적 통치 방안을 제시하려는 실용적 목적을 가졌음을 고려하면 두 가지 성격을 모두 가졌다고 볼 수 있다. (나)에서 세종은 역사서는 학문을 현실에 구현한다고 보았는데 그가 편찬을 명한 『치평요람』의 경우 학문적 성격과 실용적 성격을 모두 가진다고 볼 여지가 있다. 또한 (가), (나)의 책이 다양한 분야에 해당한다고 보기 어렵다.

⑤ (가)는 국가 주도로, (나)는 개인 주도로 편찬된 책들을 설명하고 있으니, 각 주체별 관심 분야의 차이를 확인하며 읽는다.

(가)는 한 고조의 요청에 따라 육가라는 사상가 개인이 저술한 책에 대해 설명했고, (나)는 왕의 명령에 따라 국가 주도로 편찬된 역사서에 대해 설명했다.

2. (가), (나)의 내용과 일치하지 <u>않는</u> 것은?

✅ **정답풀이**

③ 『치평요람』은 『자치통감강목』의 편찬 형식에 따라 역대 국가를 정통과 비정통으로 구분하여 정리하였다.

> 근거: (나) **3** ⁸(『치평요람』은 역사의) 정리 과정에서 주자학적 역사관이 담긴 『자치통감강목』에 따라 역대 국가를 정통과 비정통으로 구분했지만, 편찬 형식 측면에서는 강목체를 따르지 않았다.
>
> (나)에서 『치평요람』은 중국과 우리의 역사를 정리하는 과정에서 『자치통감강목』에 따라 역대 국가를 정통과 비정통으로 구분했다고 했다. 즉 역대 국가를 정통과 비정통으로 구분하여 정리하는 것은 편찬 형식에 따른 것이 아니라 국가를 구분하는 방식에 따른 것이다.

❌ **오답풀이**

① 진의 권력자인 이사는 역사 지식과 학문을 부정적인 것으로 인식하였다.

근거: (가) **1** ²당시(전국 시대의 혼란을 종식한 진의) 권력자였던 이사에게 역사 지식은 전통만 따지는 허언이었고, 학문은 법과 제도에 대해 논란을 일으키는 원인에 불과했다.

② 전국 시대에는 『순자』처럼 여러 사상을 통합하려는 학문 경향이 있었다.

근거: (가) **1** ³전국 시대의 『순자』처럼 다른 사상을 비판적으로 흡수하여 통합 학문의 틀을 보여 준

④ 『치평요람』의 「국조」는 고려의 문제점들을 보임으로써 사회의 변화를 이끌어야 한다는 주장을 드러내었다.

근거: (나) **4** ¹²이 부분(『치평요람』의 「국조」)의 편찬자들은 유교적 시각에서 고려 정치를 바라보며 불교 사상의 폐단을 비롯한 문제점들을 다각도로 드러냈고, 이를 통해 유교적 사회로의 변화를 주장하였다.

⑤ 『용비어천가』에는 조선 왕조의 우수성을 드러내고 건국의 정당성을 확보하려는 목적이 담겨 있다.

근거: (나) **4** ¹³이성계의 능력과 업적을 담기는 했지만 이것이 조선 건국을 정당화하기에는 불충분했기에 세종은 역사적 사실을 배경으로 조선 왕조의 우수성을 부각한 『용비어천가』의 편찬을 지시했다. ¹⁴이는 왕조의 우수성과 정통성을 경전과 역사의 다양한 근거를 통해 보여 주고자 한 것이었다.

3. ㉠~㉢에 대한 이해로 가장 적절한 것은?

> ㉠: 통물(統物)
> ㉡: 통변(通變)
> ㉢: 인의(仁義)

✓ 정답풀이

④ ㉢은 군주가 부단한 수양과 안정된 권력을 바탕으로 교화의 정치를 펼쳐야 실현되는 것이다.

> 근거: (가) **3** **11**인의(㉢)가 실현되는 정치를 위해 육가는 유교의 범위를 벗어나지 않는 한에서 타 사상을 수용하였다. **12**예와 질서를 중시하며 교화의 정치를 강조하는 유교를 중심으로 도가의 무위와 법가의 권세를 끌어들였다. **13**그에게 무위는 형벌을 가벼이 하고 군주의 수양을 강조하는 것으로 평온한 통치의 결과를 의미했고, 권세도 현명한 신하의 임용을 통해 정치권력의 안정을 도모하는 방향성을 가진 것
>
> (가)에서 육가는 인의가 실현되는 정치를 위해, 교화의 정치를 강조하는 유교를 중심으로 도가의 무위와 법가의 권세를 끌어들였다고 했다. 이때 무위는 군주의 수양을 강조하는 것이고 권세는 현명한 신하에게 직무를 맡겨 정치권력의 안정을 도모하는 것이라고 했다. 따라서 ㉢은 군주의 수양과 안정된 권력으로 교화의 정치를 펼쳐야 실현되는 것이라고 볼 수 있다.

✗ 오답풀이

① ㉠은 역사 속에서 각광을 받았던 학문 분야들의 개별적 특징을 이해한 것이다.

> 근거: (가) **2** **9**역사를 관통하는 자연의 이치에 따라 천문·지리·인사 등 천하의 모든 일을 포괄한다는 통물(㉠)
>
> 육가가 제시한 ㉠은 역사를 관통하는 자연의 이치에 따라 천문·지리·인사 등 천하의 모든 일을 포괄하는 것이므로 학문의 개별적인 특징을 이해하는 것이 아니다.

② ㉡은 도가나 법가 사상을 중심 이념으로 삼아 정치 상황의 변화에 대응하려는 것이다.

> 근거: (가) **2** **9**역사 변화 과정에 대한 통찰로서 상황에 맞는 조치를 취하고 기존 규정을 고수하지 않는다는 통변(㉡) + **3** **11**육가는 유교의 범위를 벗어나지 않는 한에서 타 사상을 수용하였다. **12**유교를 중심으로 도가의 무위와 법가의 권세를 끌어들였다.
>
> 육가가 제시한 ㉡은 상황에 맞는 조치를 취하고 기존 규정을 고수하지 않는 것이다. 그러나 육가는 유교의 범위를 벗어나지 않는 한에서 타 사상을 수용하며, 인의가 실현되는 정치를 위해 유교를 중심으로 도가와 법가를 끌어들였다고 했다. 따라서 ㉡이 도가나 법가를 중심으로 정치 변화에 대응하는 것이라 볼 수 없다.

③ ㉢은 현명한 신하의 임용과 엄한 형벌의 집행을 전제로 한 평온한 정치의 결과를 의미한다.

> 근거: (가) **2** **10**통물과 통변이 정치의 세계에 드러나는 것이 인의(㉢)라고 파악 + **3** **13**그(육가)에게 무위는 형벌을 가벼이 하고 군주의 수양을 강조하는 것으로 평온한 통치의 결과를 의미했고, 권세도 현명한 신하의 임용을 통해 정치권력의 안정을 도모하는 방향성을 가진 것
>
> 육가는 ㉢이 실현되는 정치를 위해 형벌을 가벼이 하고 군주의 수양을 강조하며, 현명한 신하를 임용하여 정치권력의 안정을 도모한다고 했다. 따라서 ㉢은 엄한 형벌의 집행을 전제로 하지 않는다.

⑤ ㉠과 ㉡은 역사 지식과 현실 정치를 긴밀히 연결하여 힘으로 권력을 창출하는 것을 의미한다.

> 근거: (가) **2** **9**그(육가)는 역사를 관통하는 자연의 이치에 따라 천문·지리·인사 등 천하의 모든 일을 포괄한다는 통물(㉠)과, 역사 변화 과정에 대한 통찰로서 상황에 맞는 조치를 취하고 기존 규정을 고수하지 않는다는 통변(㉡)을 제시하였다. **10**통물과 통변이 정치의 세계에 드러나는 것이 인의(㉢)라고 파악한 그는 힘에 의한 권력 창출을 긍정하면서도 권력의 유지와 확장을 위한 왕도 정치를 제안하며 인의의 실현을 위해 유교 이념과 현실 정치의 결합을 시도하였다.
>
> 육가는 역사 지식과 관련되어 있는 ㉠과 ㉡이 정치 세계에 드러나는 것이 ㉢이며, 인의의 실현을 위해 유교 이념과 현실 정치의 결합을 시도했다고 했다. 또한 육가는 힘에 의한 권력 창출을 긍정하면서도 왕도 정치를 제안하며, 인의의 실현을 위한 유교 이념과 현실 정치의 결합을 시도하였다. 따라서 ㉠, ㉡을 통해 인의를 실현하려 했다고는 볼 수 있으나, 이때의 인의가 힘에 의한 권력 창출을 긍정한다는 것을 의미한다고 보기는 어렵다.

🖋 모두의 질문　　　　　　　　　　• 3-⑤번

Q: 육가는 '힘에 의한 권력 창출을 긍정'했으니까, ㉠과 ㉡이 힘으로 권력을 창출하는 것을 의미한다고 볼 수 있는 것 아닌가요?

A: 1문단과 2문단에 따르면 육가는 인의의 실현을 위해 유교 이념과 현실 정치의 결합을 시도하였으며, 힘에 의한 권력 창출을 긍정하기는 하였으나 기본적으로는 힘의 지배를 숭상하던 당시 지배 세력의 태도를 극복하면서 안정적 통치 방안을 제시하고자 하였다. 이를 위해 제시한 개념이 ㉠, ㉡, ㉢이며, 이때 ㉠과 ㉡을 정치 세계에 드러내어 ㉢, 즉 인의를 실현하고자 한 것이 육가의 사상이었다고 볼 수 있다. 그리고 3문단에 따르면 ㉢이 실현되는 정치를 한다는 것은 가벼운 형벌과 군주의 수양을 강조하는 평온한 통치를 하고 현명한 신하를 임용하여 정치권력의 안정을 도모하는 것임을 알 수 있다. 이러한 맥락을 고려하였을 때, ㉠과 ㉡이 힘으로 권력을 창출하는 것을 의미한다고 볼 수는 없다.

4. 윗글에서 '육가'와 '집현전 학자들'이 공통적으로 드러내고자 한 내용에 해당하는 것만을 〈보기〉에서 있는 대로 고른 것은?

─────────〈보기〉─────────

ㄱ. 옛 국가의 역사를 거울삼아 새 국가를 안정적으로 통치하도록 한다.

ㄴ. 옛 국가의 멸망 원인은 잘못된 정치 운영에 있지 않고 새 국가로 천명이 옮겨 온 것에 있다.

ㄷ. 옛 국가에서 드러난 사상적 공백을 채우기 위해 새 국가의 군주는 유교에 따라 통치하도록 한다.

❤ 정답풀이

① ㄱ

> 근거: (가) **1** ⁴한 초기 사상가들의 과제는 진의 멸망 원인을 분석하고 이에 기초한 안정적 통치 방안을 제시하며, 힘의 지배를 숭상하던 당시 지배 세력의 태도를 극복하는 것이었다. + **2** ¹⁰통물과 통변이 정치의 세계에 드러나는 것이 인의라고 파악한 그(육가)는~인의의 실현을 위해 유교 이념과 현실 정치의 결합을 시도하였다. / (나) **3** ⁷세종은 중국과 우리나라의 흥망성쇠를 담은 『치평요람』의 편찬을 명하였고, + **4** ¹⁰이러한 『치평요람』의) 편찬 방식은 국가의 흥망성쇠를 거울삼아 국가를 잘 운영하겠다는 목적 이외에 새 국가의 토대를 마련하려는 의도가 전제된 것이었다.
>
> (가)에서 한 초기 사상가들의 과제는 진나라의 멸망 원인을 분석하고 안정적 통치 방안을 제시하는 것이며 대표적인 사상가는 육가라고 했다. 즉 (가)의 육가는 옛 국가인 진나라의 역사를 거울삼아 새로운 나라인 한나라를 안정적으로 통치할 방법으로 인의가 실현되는 정치를 제시한 것이다. 또한 (나)의 집현전 학자들은 원나라까지의 중국 역사와 고려까지의 우리 역사를 정리하여, 이전 국가의 흥망성쇠를 거울삼아 조선을 잘 운영하기 위한 토대를 마련하려 했다고 볼 수 있다.

✖ 오답풀이

ㄴ

> 근거: (가) **2** ⁷진의 단명 원인을 가혹한 형벌의 남용, 법률에만 의거한 통치, 군주의 교만과 사치, 그리고 현명하지 못한 인재 등용 등으로 지적 / (나) **3** ⁹올바른 정치의 여부에 따라 국가의 운명이 다하고 천명이 옮겨 간다는 내용을 드러내고자 기존 역사서와 달리 국가 간 전쟁과 외교 문제, 국가 말기의 혼란과 새 국가 초기의 혼란 수습 등을 부각
>
> (가)에서 육가는 진나라의 단명 원인이 가혹한 형벌의 남용, 법률에만 의거한 통치 등이라고 지적하며, 진나라의 사상 통제가 낳은 폐해를 거론했다. 따라서 육가는 옛 국가의 멸망 원인이 잘못된 정치 운영에 있다고 보았다. 한편 (나)에서 집현전 학자들은 올바른 정치 여부에 따라 천명이 옮겨 간다는 내용을 드러내기 위해 기존의 역사서와 달리 전쟁, 외교, 국가의 혼란 등을 부각했다. 따라서 집현전 학자들은 옛 국가의 멸망 원인을 천명의 이동이 아닌 잘못된 정치 운영에서 찾았다고 볼 수 있다.

ㄷ

> 근거: (가) **2** ⁷(육가는 『신어』를 통해) 진의 사상 통제가 낳은 폐해를 거론하며 ¹⁰통물과 통변이 정치의 세계에 드러나는 것이 인의라고 파악한 그(육가)는~인의의 실현을 위해 유교 이념과 현실 정치의 결합을 시도하였다. / (나) **4** ¹²이 부분의 편찬자들(집현전 학자들)은 유교적 시각에서 고려 정치를 바라보며 불교 사상의 폐단을 비롯한 문제점들을 다각도로 드러냈고, 이를 통해 유교적 사회로의 변화를 주장하였다.
>
> (가)에서 '육가'는 '진의 사상 통제가 낳은 폐해를 거론하며' '유교 이념과 현실 정치의 결합을 시도'했다. 그러나 이는 멸망한 옛 국가의 사상 통제가 잘못되었음을 강조하며 유교 통치를 주장한 것이지, 옛 국가의 사상적 공백을 메우기 위해 유교 통치를 주장한 것이라고 보기는 어렵다. 또한 (나)의 집현전 학자들은 『치평요람』을 통해 유교적 시각에서 고려 정치를 바라보며 불교 사상의 폐단을 지적하였으므로, 불교 사상이 존재하던 고려 때의 사상적 공백을 메우기 위해 유교 통치를 주장했다고 볼 수는 없다.

문제적 문제
• 4-④번

학생들이 정답보다 많이 고른 선지가 ④번이다. 많은 학생들이 ㄱ(옛 국가의 역사를 거울삼아 새 국가를 안정적으로 통치하도록 한다.)이 적절하다는 것은 쉽게 판단했지만, ㄷ(옛 국가에서 드러난 사상적 공백을 채우기 위해 새 국가의 군주는 유교에 따라 통치하도록 한다.)이 적절하지 않다는 것은 알아채지 못한 것이다.

(나)에서는 조선 초기에 진행된 역사서 편찬에 대해 설명하였는데, 3문단에서 세종은 『치평요람』의 편찬을 명하였고, 집현전 학자들은 원까지의 중국 역사와 고려까지의 우리 역사를 정리'했다고 했다. 또한 4문단에서 '편찬자들은 유교적 시각에서 고려 정치를 바라보며 불교 사상의 폐단을 비롯한 문제점들을 다각도로 드러'내고 '유교적 사회로의 변화를 주장'했다고 했다. 따라서 『치평요람』을 편찬한 '집현전 학자들'의 입장에서 옛 국가(고려)에는 사상적 공백이 있었던 것이 아니라, '불교 사상의 폐단'이 있었기에 '유교적 시각'에서 이를 바라보며 문제를 지적하고 유교 사회로의 변화를 지적한 것이다.

한편 (가)에 제시된 전국 시대부터 한나라까지의 흐름을 간단하게 정리하자면, '전국 시대'에는 『순자』처럼 다른 사상을 비판적으로 흡수하여 통합 학문의 틀'을 보여 주는 사상적 흐름이 있었다. 이후 '전국 시대의 혼란을 종식한 진'이 '분서갱유'를 단행해 사상과 관련된 수많은 서적을 불태웠다. 이후 한나라 초기 사상가들에게 '진의 멸망 원인을 분석'하고 '통치 방안을 제시'하는 것이 과제가 되었고, 이에 부응하는 대표적인 사상가가 '육가'였다. 그는 '『신어』라는 책을 통해 '인의의 실현', '유교 이념과 정치 현실의 결합'을 시도했으며, '한 무제 이후 유교 독존의 시대를 여는 데 기여'했다. ㄷ의 정오를 판단하기 위해서는 '육가' 이전에 '사상적 공백'이 있었는지, 그리고 '육가' 이후에 '사상적 공백'이 메워졌는지, '육가'가 그 사상적 공백을 메우기 위해 '인의의 실현', '유교 이념과 정치 현실의 결합'을 시도한 것이 맞는지 세 가지를 생각해 보아야 한다. 우선 진나라 때 분서갱유를 단행해 사상 관련 서적을 불태웠다는 것에 근거하면 사상적 공백이 있었을 것으로 볼 여지가 있다. 이후 한나라 때 '육가'가 유교 사상이 독존하는 시대를 열었다는 것에 근거하면 사상적 공백이 메워졌다고도 볼 수 있다. 다만 '육가'가 앞 시대의 사상적 공백을 채우기 위해 새 국가의 군주에게 유교에 따라 통치하도록 했다고 볼 수 있는지 판단하기는 애매하다.

따라서 이렇게 공통점을 묻는 문제에서 선지가 두 가지 정보에 대한 확인을 요구하고, 그중 하나는 적절성을 정확하게 판단할 수 있지만 다른 하나의 적절성은 판단하기 애매하다면, 정확한 판단이 가능한 부분을 토대로 선지의 적절성을 판단할 수도 있어야 한다. ㄷ의 정오를 판단할 때에는 '집현전 학자들'이 ㄷ에 해당하지 않았다는 것을 정확히 확인했다면 정답에서 제외할 수 있었다.

정답률 분석

	정답			매력적 오답	
①	②	③	④	⑤
40%	4%	5%	48%	3%

---

5. 〈보기〉는 동양 역사가들의 견해이다. 〈보기〉를 바탕으로 (가), (나)를 이해한 내용으로 적절하지 <u>않은</u> 것은? [3점]

〈보기〉

ㄱ. 대부분 옛일의 성패를 논하기 좋아하고 그 일의 진위를 자세히 살피지 않는다. 하지만 진위를 분명히 한 후에야 성패가 어긋나지 않을 수 있다. 이는 역사 서술의 근원인 자료를 바로잡고 깨끗이 한다는 뜻이다.

ㄴ. 고금의 흥망은 현실의 객관적 형세인 시세의 흐름에 따르는 것이며, 사림(士林)의 재주와 덕행으로 말미암은 것은 아니었다. 그러므로 천하의 일은 시세가 제일 중요하고, 행복과 불행이 다음이며, 옳고 그름의 구분은 마지막이라고 하는 것이다.

ㄷ. 도(道)의 본체는 경서에 있지만 그것의 큰 쓰임은 역사서에 담겨 있다. 역사란 선을 높이고 악을 낮추며 선을 권면하고 악을 징계하는 것이다.

✅ 정답풀이

② ㄱ의 관점에 따르면, 『고려사』 편찬 과정에서 고려의 용어를 고쳐 쓰자고 한 의견은 역사 서술의 근원인 자료를 바로잡고 깨끗이 하자는 것이라고 볼 수 있겠군.

> 근거: (나) ② ⁵이후 고려의 용어들을 그대로 싣자는 주장과 유교적 사대주의에 따른 명분에 맞추어 고쳐 쓰자는 주장이 맞서는 등 세종 대까지도 논란
>
> ㄱ의 관점은 일의 진위 즉 역사 서술의 근원인 자료를 바로잡아야 한다는 것이다. 『고려사』 편찬 과정에서 고려의 용어들을 유교적 사대주의에 따른 명분에 맞추어 고쳐 쓰자는 주장은 역사 서술의 근원인 자료를 바로잡고 깨끗이 하자는 것이 아니라, 용어를 다른 것으로 바꾸어 쓰자는 것이다.

❌ 오답풀이

① ㄱ의 관점에 따르면, 『신어』에 제시된 진의 멸망 원인에 대한 지적은 관련 내용의 진위에 대한 명확한 판별 이후에 이루어져야 하는 것이겠군.

근거: (가) ② ⁷이 책(『신어』)을 통해 그(육가)는 진의 단명 원인을 가혹한 형벌의 남용, 법률에만 의거한 통치, 군주의 교만과 사치, 그리고 현명하지 못한 인재 등용 등으로 지적하고,

ㄱ의 관점은 일의 진위 즉 역사 서술의 근원인 자료를 바로잡아야 한다는 것이다. 이에 따르면 『신어』에 제시된 진의 멸망 원인에 대한 지적은 가혹한 형벌의 남용, 법률에만 의거한 통치 등이 원인이 되어 진나라가 멸망했다는 것이 참인지 거짓인지 판별한 이후에 이뤄져야 한다.

③ ㄴ의 관점에 따르면, 『치평요람』에 서술된 국가의 흥망은 그 원인이 인물들의 능력보다는 객관적 형세인 시세의 흐름에 있다고 보아야 겠군.

근거: (나) **3** ⁷이런 분위기에서 세종은 중국과 우리나라의 흥망성쇠를 담은 『치평요람』의 편찬을 명하였고,

ㄴ의 관점은 고금의 흥망이 사림의 재주와 덕행이 아니라, 현실의 시세의 흐름에 따른다는 것이다. 이에 따르면 『치평요람』에 서술된 국가의 흥망의 원인은 개인의 능력보다는 시세의 흐름에 있다고 볼 수 있다.

④ ㄷ의 관점에 따르면, 『신어』에 제시된 진에 대한 비판은 악을 낮추고 징계하는 것으로 볼 수 있겠군.

근거: (가) **2** ⁷이 책(『신어』)을 통해 그(육가)는 진의 단명 원인을 가혹한 형벌의 남용, 법률에만 의거한 통치, 군주의 교만과 사치, 그리고 현명하지 못한 인재 등용 등으로 지적하고,

ㄷ의 관점에서 역사란 선을 높이고 권면하며, 악을 낮추고 징계하는 것이다. 이에 따르면 『신어』에 제시된 진에 대한 비판은 악을 낮추고 징계하는 것으로 볼 수 있다.

⑤ ㄷ의 관점에 따르면, 『치평요람』 편찬과 관련한 세종의 생각에서 학문의 근본은 도의 본체에, 현실에서 학문의 구현은 도의 큰 쓰임에 대응하겠군.

근거: (나) **2** ⁶이 과정에서 역사 연구에 관심을 기울인 세종은 경서가 학문의 근본이라면 역사서는 학문을 현실에서 구현하는 것으로 파악하고, 집현전 학자들과의 경연을 통해 경서와 역사서에 대한 이해를 쌓아 갔다.

ㄷ의 관점은 도의 본체는 경서에 있지만 이의 쓰임은 역사서에 담겨 있다는 것이다. (나)에서 세종은 『치평요람』 같은 역사서 편찬과 관련하여 경서는 학문의 근본으로, 역사서는 학문을 현실에서 구현하는 것으로 보았으므로, 여기에 ㄷ의 관점을 적용하면 학문의 근본인 경서는 도의 본체에 대응하고, 역사서는 현실에서 학문을 구현하는 것으로 도의 쓰임에 대응한다고 볼 수 있다.

6. 문맥상 ⓐ~ⓔ와 바꿔 쓰기에 적절하지 <u>않은</u> 것은?

✓ 정답풀이

③ ⓒ: 믿던

> 근거: (가) **1** ⁴이에 한 초기 사상가들의 과제는 진의 멸망 원인을 분석하고 이에 기초한 안정적 통치 방안을 제시하며, 힘의 지배를 ⓒ숭상하던 당시 지배 세력의 태도를 극복하는 것이었다.
>
> ⓒ의 '숭상하다'는 '높여 소중히 여기다.'라는 의미로, '어떤 사실이나 말을 꼭 그렇게 될 것이라고 생각하거나 그렇다고 여기다.' 등을 의미하는 '믿다' 와 바꿔 쓸 수 없다.

✗ 오답풀이

① ⓐ: 꾀했다

근거: (가) **1** ¹진은 분서갱유를 단행하며 사상 통제를 ⓐ기도했다.

ⓐ의 '기도하다'는 '어떤 일을 이루도록 꾀하다.'라는 의미로 '꾀하다'와 바꿔 쓸 수 있다.

② ⓑ: 받아들여

근거: (가) **1** ³전국 시대의 『순자』처럼 다른 사상을 비판적으로 ⓑ흡수하여 통합 학문의 틀을 보여 준 분위기는 일시적으로 약화되었다.

ⓑ의 '흡수하다'는 '외부에 있는 사람이나 사물 따위를 내부로 모아들이다.'라는 의미로 '받아들이다'와 바꿔 쓸 수 있다.

④ ⓓ: 끼어들었다는

근거: (나) **2** ³태조의 명으로 고려 말에 찬술되었던 자료들을 모아 고려에 관한 역사서가 편찬되었지만, 왕실이 아닌 편찬자의 주관이 ⓓ개입되었다는 비판이 제기되는

ⓓ의 '개입되다'는 '자신과 직접적인 관계가 없는 일에 끼어들게 되다.'라는 의미로 '끼어들다'와 바꿔 쓸 수 있다.

⑤ ⓔ: 이어졌지만

근거: (나) **2** ⁵이후 고려의 용어들을 그대로 싣자는 주장과 유교적 사대 주의에 따른 명분에 맞추어 고쳐 쓰자는 주장이 맞서는 등 세종 대까지도 논란이 ⓔ계속되었지만,

ⓔ의 '계속되다'는 '끊이지 않고 이어져 나가다.'라는 의미로 '이어지다'와 바꿔 쓸 수 있다.

인문 (가) 변증법을 바탕으로 한 헤겔의 미학 / 인문 (나) 변증법을 바탕으로 한 헤겔의 미학에 대한 비판

[1~6] 다음 글을 읽고 물음에 답하시오.

✏️ 사고의 흐름

(가)

❶ ¹⊙정립-반정립-종합. ²변증법의 논리적 구조를 일컫는 말이다. ³변증법에 따라 철학적 논증을 수행한 인물로는 단연 헤겔이 거명된다. (가)는 헤겔이 수행한 변증법을 화제로 삼고 있네! ⁴변증법은 대등한 위상*을 지니는 세 범주의 병렬이 아니라, 대립적인 두 범주가 조화로운 통일을 이루어 가는 수렴적 상향성을 구조적 특징으로 한다. 변증법에서 '정립'과 '반정립'이라는 서로 대립적인 두 범주가 통일을 이루어 '종합'되어 가는 과정이 '수렴적 상향성'이라는 특징을 갖는 것이로군! ⁵헤겔에게서 변증법은 논증의 방식임을 넘어, 논증 대상 자체의 존재 방식이기도 하다. ⁶즉 세계의 근원적 질서인 '이념'의 내적 구조도, 이념이 시·공간적 현실로서 드러나는 방식도 변증법적이기에, 이념과 현실은 하나의 체계를 이루며, 이 두 차원의 원리를 밝히는 철학적 논증도 변증법적 체계성을 ⓐ지녀야 한다. 헤겔의 변증법 = 논증의 방식 + 논증 대상 자체의 존재 방식 / '이념'과 '현실'의 원리를 밝히는 논증은 변증법적

❷ ⁷헤겔은 미학도 철저히 변증법적으로 구성된 체계 안에서 다루고자 한다. ⁸그에게서 미학의 대상인 예술은 종교, 철학과 마찬가지로 '절대정신'의 한 형태이다. ⁹절대정신은 절대적 진리인 '이념'을 인식하는 인간 정신의 영역을 ⓑ가리킨다. ¹⁰예술·종교·철학은 절대적 진리를 동일한 내용으로 하며, 다만 인식 형식의 차이에 따라 구분된다. 헤겔이 '미학'에 변증법을 적용한 내용을, '예술·종교·철학'과 '절대정신'의 개념을 통해 설명하려 하고 있네! ¹¹절대정신의 세 형태에 각각 대응*하는 형식은 직관·표상·사유이다. ¹²'직관'은 주어진 물질적 대상을 감각적으로 지각하는 지성이고, '표상'은 물질적 대상의 유무와 무관하게 내면에서 심상*을 떠올리는 지성이며, '사유'는 대상을 개념을 통해 파악하는 순수한 논리적 지성이다. ¹³이에 세 형태는 각각 '직관하는 절대정신', '표상하는 절대정신', '사유하는 절대정신'으로 규정된다. 절대정신의 세 형태인 '예술·종교·철학'에 '직관·표상·사유'가 대응됨을 꼼꼼히 파악하고 넘어가자. ¹⁴헤겔에 따르면 직관의 외면성과 표상의 내면성은 사유에서 종합되고, 이에 맞춰 예술의 객관성과 종교의 주관성은 철학에서 종합된다. 1문단에서 '정립-반정립-종합'이라는 변증법의 논리적 구조를 설명했지? 이를 적용하면 '외면성을 지닌 직관'-'내면성을 지닌 표상'이라는 두 대립적 범주가 '사유'에서 종합되고(직관-표상-사유), '객관성을 지닌 예술'-'주관성을 지닌 종교'라는 두 대립적 범주가 '철학'에서 종합되는(예술-종교-철학) 변증법적 관계가 성립되겠네.

❸ ¹⁵형식 간의 차이로 인해 내용의 인식 수준에는 중대한 차이가 발생한다. ¹⁶헤겔에게서 절대정신의 내용인 절대적 진리는 본질적으로 논리적이고 이성적인 것이다. ¹⁷이러한 내용을 예술은 직관하고 종교는 표상하며 철학은 사유하기에, 이 세 형태 간에는 단계적 등급이 매겨진다. ¹⁸즉 예술은 초보 단계의, 종교는 성장 단계의, 철학은 완숙 단계의 절대정신이다. 헤겔은 '절대정신의 내용(진리)이 논리적이고 이성적인 것이어야 한다고 보았기에, 이러한 진리를 '직관(예술)'하는 것-'표상(종교)'

하는 것-'사유(철학)'하는 것 순으로 더 위상이 높아진다고 생각한 거야. ¹⁹이에 따라 ⓛ예술-종교-철학 순의 진행에서 명실상부한 절대정신은 최고의 지성에 의거*하는 것, 즉 철학뿐이며, 예술이 절대정신으로 기능할 수 있는 것은 인류의 보편적 지성이 미발달된 머나먼 과거로 한정된다. 결국 인류의 지성이 발달된 현재는 예술이 절대정신으로 기능할 수 없겠네.

이것만은 챙기자

* **위상:** 어떤 사물이 다른 사물과의 관계 속에서 가지는 위치나 상태.
* **대응:** 어떤 두 대상이 주어진 어떤 관계에 의하여 서로 짝이 되는 일.
* **심상:** 감각에 의하여 획득한 현상이 마음속에서 재생된 것.
* **의거:** 어떤 사실이나 원리 따위에 근거함.

만점 선배의 구조도 예시

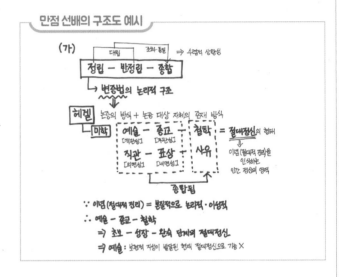

>> 각 문단을 요약하고 지문을 **세 부분**으로 나누어 보세요.

❶ 정립-반정립-종합의 논리적 구조를 따르는 변증법으로 철학적 논증을 수행한 헤겔에게, 변증법은 논증의 방식을 넘어 논증 대상 자체의 존재 방식이다.	첫 번째 **❶**¹~**❶**⁶
❷ 헤겔에게 미학의 대상인 예술은 종교, 철학과 마찬가지로 절대정신의 한 형태이며 세 형태에 각각 대응하는 형식은 직관, 표상, 사유이다.	두 번째 **❷**⁷~**❷**¹⁴
❸ 형식 간의 차이로 인해 내용 인식 수준의 차이가 발생해 예술은 초보 단계, 종교는 성장 단계, 철학은 완숙 단계의 절대정신이며, 예술-종교-철학 순의 진행에서 예술이 절대정신으로 기능할 수 있는 것은 과거로 한정된다.	세 번째 **❸**¹⁵~**❸**¹⁹

'A 아니라 B'의 구조에서는 대개 B에 오는 말이 더 중요해. 뒷말에 주목하자!

(나)

1 ¹변증법의 매력은 '종합'에 있다. ²종합의 범주는 두 대립적 범주 중 하나의 일방적 승리로 ⓒ끝나도 안 되고, 두 범주의 고유한 본질적 규정이 소멸되는 중화 상태로 나타나도 안 된다. ³종합은 양자의 본질적 규정이 유기적 조화를 이루어 질적으로 고양*된 최상의 범주가 생성됨으로써 성립하는 것이다.

(가)의 1문단에 제시된 변증법의 구조 중 '종합'이 성립할 수 있는 조건을 제시하면서 글을 시작하고 있네. (가)의 1문단에 언급된, 변증법에서 '대립적인 두 범주가 조화로운 통일을 이루어 가는' 과정이, '양자의 본질적 규정이 유기적 조화를 이루'면서 이루어진다고 보고 있어.

전환! 헤겔의 변증법적 성과에 대한 의문을 제기할 거야.

2 ⁴헤겔이 강조한 변증법의 탁월성도 바로 이것이다. ⁵그러기에 변증법의 원칙에 최적화된 엄밀하고도 정합적인 학문 체계를 조탁하는 것이 바로 그의 철학적 기획이 아니었던가. ⑥그런데 그가 내놓은 성과물들은 과연 그 기획을 어떤 흠결*도 없이 완수한 것으로 평가될 수 있을까? ⁷미학에 관한 한 '그렇다'는 답변은 쉽지 않을 것이다.

(나)의 글쓴이는 (가)에 제시된 헤겔의 미학적 견해에 대해 비판적인 관점을 가지고 있군. ⁸지성의 형식을 직관-표상-사유 순으로 구성하고 이에 맞춰 절대정신을 예술-종교-철학 순으로 편성한 전략은 외관상으로는 변증법 모델에 따른 전형적 구성으로 보인다. ⑨그러나 실질적 내용을 ⓓ보면 직관으로부터 사유에 이르는 과정에서는 외면성이 점차 지워지고 내면성이 점증적으로 강화·완성되고 있음이, 예술로부터 철학에 이르는 과정에서는 객관성이 점차 지워지고 주관성이 점증적으로 강화·완성되고 있음이 확연히 드러날 뿐, 진정한 변증법적 종합은 ⓔ이루어지지 않는다.

외관상 구성과 달리, 실질적 내용은 변증법적 논리를 따르고 있지 않다는 주장을 펼칠 거야.

즉 '직관-표상-사유'의 과정은 직관의 외면성이 지워지고 표상의 내면성이 강화되는 방향으로, '예술-종교-철학'의 과정은 예술의 객관성이 지워지고 종교의 주관성이 강화되는 방향으로 이루어지고 있다는 것이군. ¹⁰직관의 외면성 및 예술의 객관성의 본질은 무엇보다도 감각적 지각성인데, 이러한 핵심 요소가 그가 말하는 종합의 단계에서는 완전히 소거되고 만다. 결국 '직관-표상-사유', '예술-종교-철학'의 과정에서 '사유/철학'에 이르러 '직관/예술'의 본질은 완전히 없어지는군. 이런 논리라면 (나)의 1문단에 제시된 '종합'의 조건, 즉 '양자의 본질적 규정이 유기적 조화를 이루'는 것은 달성될 수 없어.

3 ¹¹변증법에 충실하려면 헤겔은 철학에서 성취된 완전한 주관성이 재객관화되는 단계의 절대정신을 추가했어야 할 것이다. ¹²예술은 '철학 이후'의 자리를 차지할 수 있는 유력한 후보이다. ¹³실제로 많은 예술 작품은 '사유'를 매개로 해서만 설명되지 않는가. ¹⁴게다가 이는 누구보다도 풍부한 예술적 체험을 한 헤겔 스스로가 잘 알고 있지 않은가. ¹⁵이 때문에 방법과 철학 체계 간의 이러한 불일치는 더욱 아쉬움을 준다.

(나)의 글쓴이는 완전한 주관성만이 남은 '철학 이후'의 자리는 주관성을 재객관화시키는 '예술'이 차지할 수 있음을 고려해야 한다고 보고 있네. 즉 (가)에서 설명한 헤겔의 이론과는 달리 예술이 '철학 이후'의 자리에서 절대정신으로 기능할 수 있다고 본 거야.

이것만은 챙기자

* **고양**: 정신이나 기분 따위를 북돋워서 높임.
* **흠결**: 일정한 수효에서 부족함이 생김. 또는 그런 부족.

만점 선배의 구조도 예시

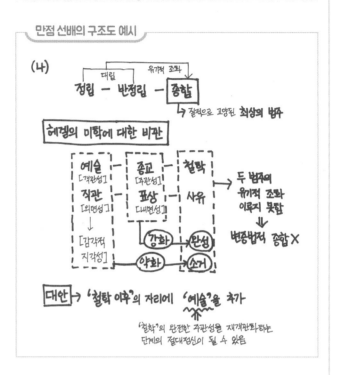

(나)

>> 각 문단을 요약하고 지문을 **세 부분**으로 나누어 보세요.

1 변증법에서 '종합'은 두 대립적 범주의 본질적 규정이 조화를 이루어 질적으로 고양된 최상의 범주가 생성됨으로 성립한다.	첫 번째 **1**¹~**1**³
2 헤겔의 미학은 지성의 형식을 직관-표상-사유 순으로, 절대정신을 예술-종교-철학 순으로 구성하여 외관상으로는 변증법 모델을 따랐지만, 내용을 보면 직관의 외면성 및 예술의 객관성이 소거되어 진정한 변증법적 종합은 이루어지지 않는다.	두 번째 **2**⁴~**2**¹⁰
3 변증법에 충실하려면 헤겔이 철학에서 성취된 완전한 주관성이 재객관화되는 단계의 절대정신을 추가했어야 하는데, 예술은 '철학 이후' 자리의 유력한 후보이다.	세 번째 **3**¹¹~**3**¹⁵

1. (가)와 (나)에 대한 설명으로 가장 적절한 것은?

✓ 정답풀이

① (가)와 (나)는 모두 특정한 철학적 방법에 기반한 체계를 바탕으로 예술의 상대적 위상을 제시하고 있다.

> 근거: (가) **1** [1]정립–반정립–종합. [2]변증법의 논리적 구조를 일컫는 말이다. + **2** [7]헤겔은 미학도 철저히 변증법적으로 구성된 체계 안에서 다루고자 한다. + **3** [18]즉 예술은 초보 단계의, 종교는 성장 단계의, 철학은 완숙 단계의 절대정신이다. / (나) **1** [1]변증법의 매력은 '종합'에 있다. + **2** [4]헤겔이 강조한 변증법의 탁월성도 바로 이것이다. [6]그런데 그가 내놓은 성과물들은 과연 그 기획을 어떤 흠결도 없이 완수한 것으로 평가될 수 있을까? [7]미학에 관한 한 '그렇다'는 답변은 쉽지 않을 것이다. + **3** [12]예술은 '철학 이후'의 자리를 차지할 수 있는 유력한 후보이다.
> (가)와 (나)는 모두 '변증법'이라는 특정한 철학적 방법에 기반한 체계를 미학에 적용하여, 예술–종교–철학 중 예술의 상대적 위상(어떤 사물이 다른 사물과의 관계 속에서 가지는 위치나 상태)을 어떻게 보아야 하는지 제시하고 있다.

✗ 오답풀이

② (가)와 (나)는 모두 특정한 철학적 방법에 대한 상반된 평가를 바탕으로 더 설득력 있는 미학 이론을 모색하고 있다.
　(가)와 (나) 모두 변증법에 대한 상반된 평가를 바탕으로 논지를 전개하고 있지 않다.

③ (가)와 달리 (나)는 특정한 철학적 방법의 시대적 한계를 지적하고 이에 맞서는 혁신적 방법을 제안하고 있다.
　(나)에서 변증법의 시대적 한계를 지적한 부분은 찾아볼 수 없다.

④ (가)와 달리 (나)는 특정한 철학적 방법에서 파생된 미학 이론을 바탕으로 예술 장르를 범주적으로 유형화하고 있다.
　(나)에서 예술 장르를 범주적으로 유형화한 부분은 찾아볼 수 없다.

⑤ (나)와 달리 (가)는 특정한 철학적 방법의 통시적인 변화 과정을 적용하여 철학사를 단계적으로 설명하고 있다.
　(가)에서 변증법의 통시적인 변화 과정을 적용하여 철학사를 단계적으로 설명한 부분은 찾아볼 수 없다.

2. (가)에서 알 수 있는 헤겔의 생각으로 적절하지 않은 것은?

✓ 정답풀이

③ 절대정신의 세 가지 형태는 지성의 세 가지 형식이 인식하는 대상이다.

> 근거: (가) **2** [8]그에게서 미학의 대상인 예술은 종교, 철학과 마찬가지로 '절대정신'의 한 형태이다. [9]절대정신은 절대적 진리인 '이념'을 인식하는 인간 정신의 영역을 가리킨다. [10]예술 · 종교 · 철학은 절대적 진리를 동일한 내용으로 하며, 다만 인식 형식의 차이에 따라 구분된다. [11]절대정신의 세 형태에 각각 대응하는 형식은 직관 · 표상 · 사유이다.
> 절대정신의 세 가지 형태인 '예술 · 종교 · 철학'은 인식 형식인 '직관 · 표상 · 사유'의 차이에 따라 구분되지만, 그 인식의 대상은 '절대적 진리'로 동일하다. 따라서 '예술 · 종교 · 철학'이 지성의 세 가지 형식이 인식하는 대상이라고 볼 수 없다.

✗ 오답풀이

① 예술 · 종교 · 철학 간에는 인식 내용의 동일성과 인식 형식의 상이성이 존재한다.
　근거: (가) **2** [10]예술 · 종교 · 철학은 절대적 진리를 동일한 내용으로 하며, 다만 인식 형식의 차이에 따라 구분된다.

② 세계의 근원적 질서와 시 · 공간적 현실은 하나의 변증법적 체계를 이룬다.
　근거: (가) **1** [6]즉 세계의 근원적 질서인 '이념'의 내적 구조도, 이념이 시 · 공간적 현실로서 드러나는 방식도 변증법적이기에, 이념과 현실은 하나의 체계를 이루며, 이 두 차원의 원리를 밝히는 철학적 논증도 변증법적 체계성을 지녀야 한다.

③ 변증법은 철학적 논증의 방법이자 논증 대상의 존재 방식이다.
　근거: (가) **1** [5]헤겔에게서 변증법은 논증의 방식임을 넘어, 논증 대상 자체의 존재 방식이기도 하다.

④ 절대정신의 내용은 본질적으로 논리적이고 이성적인 것이다.
　근거: (가) **3** [16]헤겔에게서 절대정신의 내용인 절대적 진리는 본질적으로 논리적이고 이성적인 것이다.

3. (가)에 따라 직관 · 표상 · 사유 의 개념을 적용한 것으로 적절하지 <u>않은</u> 것은?

❤ 정답풀이

④ 예술의 새로운 개념을 설정하는 것은 사유를 통해, 이를 바탕으로 새로운 감각을 일깨우는 작품의 창작을 기획하는 것은 직관을 통해 이루어지겠군.

> 근거: (가) **②** **¹²**'직관'은 주어진 물질적 대상을 감각적으로 지각하는 지성이고, '표상'은 물질적 대상의 유무와 무관하게 내면에서 심상을 떠올리는 지성이며, '사유'는 대상을 개념을 통해 파악하는 순수한 논리적 지성이다.
> 예술의 새로운 개념을 설정하는 것은 대상을 개념을 통해 파악하는 '사유'에 의해 이루어진다고 볼 수 있다. 그러나 새로운 감각을 일깨우는 작품의 창작을 '기획'하는 것 또한 작품의 창작 방안에 대해 논리적으로 사고하는 '사유'를 통해 이루어진 것으로 볼 수 있으므로, 이것이 물질적 대상을 감각적으로 지각하는 '직관'에 의해 이루어진다고 볼 수는 없다.

✖ 오답풀이

① 먼 타향에서 밤하늘의 별들을 바라보는 것은 직관을 통해, 같은 곳에서 고향의 하늘을 상기하는 것은 표상을 통해 이루어지겠군.
'밤하늘의 별들'이라는 물질적 대상을 시각적으로 인지하는 것은 '직관'을 통해. 먼 타향에서 현재 바라보고 있지 않은 고향의 하늘 모습을 내면에서 상기해 보는 것은 '표상'을 통해 이루어진다고 볼 수 있다.

② 타임머신을 타고 미래로 가는 자신의 모습을 상상하는 것과, 그 후 판타지 영화의 장면을 떠올려 보는 것은 모두 표상을 통해 이루어지겠군.
타임머신을 타고 미래로 가는 자신의 모습과, 판타지 영화의 한 장면을 내면에서 떠올려 보는 것은 '표상'을 통해 이루어진다고 볼 수 있다.

③ 초현실적 세계가 묘사된 그림을 보는 것은 직관을 통해, 그 작품을 상상력 개념에 의거한 이론에 따라 분석하는 것은 사유를 통해 이루어지겠군.
'초현실적 세계가 묘사된 그림'이라는 물질적 대상을 시각적으로 인지하는 것은 '직관'을 통해, 그 작품을 특정 이론에 근거하여 논리적 사고를 거쳐 분석해 보는 것은 '사유'를 통해 이루어진다고 볼 수 있다.

⑤ 도덕적 배려의 대상을 생물학적 상이성 개념에 따라 규정하는 것과, 이에 맞서 감수성 소유 여부를 새로운 기준으로 제시하는 것은 모두 사유를 통해 이루어지겠군.
상이성 개념을 통해 '도덕적 배려의 대상'을 파악하여 규정하는 것과, 논리적 사고를 통해 감수성 소유 여부를 새로운 기준으로 제시하는 것은 모두 '사유'를 통해 이루어진다고 볼 수 있다.

4. (나)의 글쓴이의 관점에서 ㉠과 ㉡에 대한 헤겔의 이론을 분석한 것으로 적절하지 <u>않은</u> 것은?

> ㉠: 정립–반정립–종합
> ㉡: 예술–종교–철학

❤ 정답풀이

③ ㉠과 달리 ㉡에서는 범주 간 이행에서 첫 번째 범주의 특성이 갈수록 강해진다.

> 근거: (나) **②** **⁸**지성의 형식을 직관–표상–사유 순으로 구성하고 이에 맞춰 절대정신을 예술–종교–철학(㉡) 순으로 편성한 전략은 외관상으로는 변증법 모델에 따른 전형적 구성으로 보인다. **⁹**그러나~예술로부터 철학에 이르는 과정에서는 객관성이 점차 지워지고 주관성이 점증적으로 강화 · 완성되고 있음이 확연히 드러날 뿐, 진정한 변증법적 종합은 이루어지지 않는다. **¹⁰**직관의 외면성 및 예술의 객관성의 본질은 무엇보다도 감각적 지각성인데, 이러한 핵심 요소가 그가 말하는 종합의 단계에서는 완전히 소거되고 만다.
> (나)의 글쓴이는 ㉡에서 첫 번째 범주인 '예술'이 가지고 있던 '객관성'이라는 특성이 철학에 이르는 과정에서 점차 지워진다고 하였으므로, ㉡에서 범주 간 이행에 따라 첫 번째 범주의 특성이 갈수록 약해진다고 보았을 것이다.

✖ 오답풀이

① ㉠과 ㉡ 모두에서 첫 번째와 두 번째의 범주는 서로 대립한다.
근거: (가) **❶** **¹**정립–반정립–종합(㉠). **²**변증법의 논리적 구조를 일컫는 말이다. **⁴**변증법은~대립적인 두 범주가 조화로운 통일을 이루어 가는 수렴적 상향성을 구조적 특징으로 한다. / (나) **❶** **²**종합의 범주는 두 대립적 범주 중 하나의 일방적 승리로 끝나도 안 되고 + **②** **⁸**지성의 형식을 직관–표상–사유 순으로 구성하고 이에 맞춰 절대정신을 예술–종교–철학(㉡) 순으로 편성한 전략은 외관상으로는 변증법 모델에 따른 전형적 구성으로 보인다.
(나)의 글쓴이는 ㉡의 편성이 대립적인 두 범주가 외관적으로 통일을 이루어 가는 변증법의 전형적 구성을 따랐다고 볼 수 있다고 하였으므로, 변증법의 논리적 구조에 따라 첫 번째와 두 번째 범주에 해당하는 ㉠의 '정립–반정립'과 ㉡의 '예술–종교'는 서로 대립한다고 보았을 것이다.

② ㉠과 ㉡ 모두에서 두 번째와 세 번째 범주 간에는 수준상의 차이가 존재한다.
근거: (가) **❶** **⁴**변증법은 대등한 위상을 지니는 세 범주의 병렬이 아니라, 대립적인 두 범주가 조화로운 통일을 이루어 가는 수렴적 상향성을 구조적 특징으로 한다. / (나) **❶** **³**종합은 양자의 본질적 규정이 유기적 조화를 이루어 질적으로 고양된 최상의 범주가 생성됨으로써 성립하는 것이다. + **②** **⁹**그러나 실질적 내용을 보면~예술로부터 철학에 이르는 과정에서는 객관성이 점차 지워지고 주관성이 점증적으로 강화 · 완성되고 있음이 확연히 드러날 뿐, 진정한 변증법적 종합은 이루어지지 않는다.
(나)의 글쓴이는 ㉠의 세 번째 범주는 첫 번째나 두 번째 범주보다 '질적으로 고양된 최상의 범주'를 나타낸다는 점에서 수준상의 차이가 있다고 보았을 것이다. 그리고 ㉡의 경우에는 두 번째에서 세 번째 범주로 나아가면서 주관성이 한층 더 강화되면서 수준상의 차이가 발생한다고 보았을 것이다.

④ ⓒ과 달리 ⊙에서는 세 번째 범주에서 첫 번째와 두 번째 범주의 조화로운 통일이 이루어진다.

근거: (나) ■ [3]종합은 양자의 본질적 규정이 유기적 조화를 이루어 질적으로 고양된 최상의 범주가 생성됨으로써 성립하는 것이다. + [2] [9]그러나 실질적 내용을 보면~예술로부터 철학에 이르는 과정에서는 객관성이 점차 지워지고 주관성이 점증적으로 강화·완성되고 있음이 확연히 드러날 뿐, 진정한 변증법적 종합은 이루어지지 않는다. [10]직관의 외면성 및 예술의 객관성의 본질은 무엇보다도 감각적 지각성인데, 이러한 핵심 요소가 그가 말하는 종합의 단계에서는 완전히 소거되고 만다.

(나)의 글쓴이는 변증법 구조 가운데 '종합'에서 서로 대립하는 양자인 '정립'과 '반정립'이 유기적으로 조화된다고 보았으므로, ⊙의 세 번째 범주에서 첫 번째와 두 번째 범주의 조화로운 통일이 이루어진다고 볼 것이다. 그러나 ⓒ의 경우 첫 번째 범주인 '예술'의 특성이 세 번째 범주에서 '완전히 소거'되면서 진정한 변증법적 조합이 이루어지지 않는다고 하였으므로, ⓒ에서는 첫 번째와 두 번째 범주의 조화로운 통일이 이루어지지 않는다고 볼 것이다.

⑤ ⓒ과 달리 ⊙에서는 범주 간 이행에서 수렴적 상향성이 드러난다.

근거: (가) ■ [4]변증법은 대등한 위상을 지니는 세 범주의 병렬이 아니라, 대립적인 두 범주가 조화로운 통일을 이루어 가는 수렴적 상향성을 구조적 특징으로 한다. / (나) ■ [2]종합의 범주는 두 대립적 범주 중 하나의 일방적 승리로 끝나도 안 되고~[3]종합은 양자의 본질적 규정이 유기적 조화를 이루어 질적으로 고양된 최상의 범주가 생성됨으로써 성립하는 것이다. + [2] [9]그러나 실질적 내용을 보면~예술로부터 철학에 이르는 과정에서는 객관성이 점차 지워지고 주관성이 점증적으로 강화·완성되고 있음이 확연히 드러날 뿐, 진정한 변증법적 종합은 이루어지지 않는다.

(나)의 글쓴이는 ⊙과 같은 논리적 구조를 가진 변증법에서는 범주 간 이행 과정에서 대립적인 두 범주가 유기적 조화를 이루어 가는 수렴적 상향성이 나타난다고 볼 것이다. 그러나 ⓒ에서는 두 범주가 조화를 이루는 것이 아니라 한 범주가 일방적으로 승리하는 방향으로 범주 간 이행이 이루어지고 있으므로, ⓒ에서는 수렴적 상향성이 드러나지 않는다고 볼 것이다.

5. 〈보기〉는 헤겔과 (나)의 글쓴이가 나누는 가상의 대화의 일부이다. ㉮에 들어갈 내용으로 가장 적절한 것은? [3점]

〈보기〉

헤겔: 괴테와 실러의 문학 작품을 읽을 때 놓치지 않아야 할 점이 있네. 이 두 천재도 인생의 완숙기에 이르러서야 비로소 최고의 지성적 통찰을 진정한 예술미로 승화시킬 수 있었네. 그에 비해 초기의 작품들은 미적으로 세련되지 못해 결코 수준급이라 할 수 없었는데, 이는 그들이 아직 지적으로 미성숙했기 때문이었네.

(나)의 글쓴이: 방금 그 말씀과 선생님의 기본 논증 방법(=헤겔의 변증법)을 연결하면 ㉮ 는 말이 됩니다.

✔ 정답풀이

② 이론에서는 외면성에 대응하는 예술이 현실에서는 내면성을 바탕으로 하는 절대정신일 수 있다

근거: (가) [2] [10]예술·종교·철학은 절대적 진리를 동일한 내용으로 하며~[14]헤겔에 따르면 직관의 외면성과 표상의 내면성은 사유에서 종합되고, 이에 맞춰 예술의 객관성과 종교의 주관성은 철학에서 종합된다. + [3] [19]이에 따라 예술—종교—철학 순의 진행에서 명실상부한 절대정신은 최고의 지성에 의거하는 것, 즉 철학뿐이며, 예술이 절대정신으로 기능할 수 있는 것은 인류의 보편적 지성이 미발달된 머나먼 과거로 한정된다. / (나) [3] [11]변증법에 충실하려면 헤겔은 철학에서 성취된 완전한 주관성이 재객관화되는 단계의 절대정신을 추가했어야 할 것이다.~[13]실제로 많은 예술 작품은 '사유'를 매개로 해서만 설명되지 않는가.

헤겔은 '정립-반정립-종합'이라는 변증법의 논리적 구조에 '예술-종교-철학'을 대응하였고, '예술, 종교, 철학'은 각각 '(외면성을 지닌) 직관, (내면성을 지닌) 표상, 사유'에 대응되어 '예술'과 '종교'는 '철학'에서 종합된다고 하였다. (나)의 글쓴이는 이러한 '예술-종교-철학' 순의 진행에서 외면성이 점차 지워지고 내면성이 완성되어 가는 과정이 나타나므로, 변증법에 충실하려면 '사유'를 매개로 설명되는 '예술'을 '철학 이후'의 자리를 차지하는 절대정신의 후보로 보아야 한다고 했다. 〈보기〉의 헤겔은 진정한 예술미는 '최고의 지성적 통찰', 즉 철학적 통찰을 바탕으로 이루어진다고 하였는데, 이는 헤겔의 이론에서 외면성에 대응되었던 '예술'이 현실에서는 '철학'적 사고를 통한 사유의 내면성을 바탕으로 이루어지는 절대정신이 될 수 있다는 점을 시사한다.

① 이론에서는 대립적 범주들의 종합을 이루어야 하는 세 번째 단계가 현실에서는 그 범주들을 중화한다

근거: (가) **2** [14]헤겔에 따르면 직관의 외면성과 표상의 내면성은 사유에서 종합되고, 이에 맞춰 예술의 객관성과 종교의 주관성은 철학에서 종합된다. / (나) **1** [2]종합의 범주는 두 대립적 범주 중 하나의 일방적 승리로 끝나도 안 되고, 두 범주의 고유한 본질적 규정이 소멸되는 중화 상태로 나타나도 안 된다. + **2** [10]직관의 외면성 및 예술의 객관성의 본질은 무엇보다도 감각적 지각성인데, 이러한 핵심 요소가 그가 말하는 종합의 단계에서는 완전히 소거되고 만다.

(나)의 글쓴이는 종합되는 두 대립적 범주 중 하나인 '예술의 객관성(및 직관의 외면성)'의 본질이 종합의 단계에서 완전히 소거된다고 했으나 이는 〈보기〉와 관련이 없으며, 〈보기〉에 나타난 헤겔의 말은 대립적 범주들의 종합을 이루어야 하는 세 번째 단계로부터 '예술'의 범주를 도출해 낼 수 있음을 시사한다.

③ 이론에서는 반정립 단계에 위치하는 예술이 현실에서는 정립 단계에 있는 것으로 나타난다

〈보기〉에 나타난 헤겔의 말은 예술을 정립 혹은 반정립 단계에 위치시키는 것과 관련이 없다.

④ 이론에서는 객관성을 본질로 하는 예술이 현실에서는 객관성이 사라진 주관성을 지닌다

근거: (가) **2** [14]헤겔에 따르면 직관의 외면성과 표상의 내면성은 사유에서 종합되고, 이에 맞춰 예술의 객관성과 종교의 주관성은 철학에서 종합된다. / (나) **3** [11]변증법에 충실하려면 헤겔은 철학에서 성취된 완전한 주관성이 재객관화되는 단계의 절대정신을 추가했어야 할 것이다. [12]예술은 '철학 이후'의 자리를 차지할 수 있는 유력한 후보이다. [13]실제로 많은 예술 작품은 '사유'를 매개로 해서만 설명되지 않는가.

〈보기〉에서 헤겔은 괴테와 실러의 문학 작품은 완숙기에 이르러 '최고의 지성적 통찰을 진정한 예술미로 승화'시킬 수 있었다고 했다. 그러나 이는 예술의 미적 가치가 '최고의 지성적 통찰'의 다음 단계에 있는 절대정신이 될 수 있는 대상임을 나타낼 뿐, 예술이 가진 객관성 자체를 부정했다고 보기는 어렵다.

⑤ 이론에서는 절대정신으로 규정되는 예술이 현실에서는 진리의 인식을 수행할 수 없다

근거: (가) **2** [9]절대정신은 절대적 진리인 '이념'을 인식하는 인간 정신의 영역을 가리킨다. [10]예술·종교·철학은 절대적 진리를 동일한 내용으로 하며, 다만 인식 형식의 차이에 따라 구분된다. [13]이에 세 형태는 각각 '직관하는 절대정신', '표상하는 절대정신', '사유하는 절대정신'으로 규정된다. + **3** [19]이에 따라 예술—종교—철학 순의 진행에서 명실상부한 절대정신은 최고의 지성에 의거하는 것, 즉 철학뿐이며, 예술이 절대정신으로 기능할 수 있는 것은 인류의 보편적 지성이 미발달된 머나먼 과거로 한정된다.

헤겔이 예술을 '직관하는 절대정신'으로 규정하고, 보편적 지성이 발달된 현 시점에서 예술이 진리를 인식하는 절대정신으로 기능할 수 없다고 한 것은 맞다. 그러나 〈보기〉에 나타난 헤겔의 말은 오히려 예술이 지성적 통찰을 바탕으로 진정한 예술미로 승화되는 과정에서 절대정신으로 기능할 수 있음을 나타내고 있다.

문제적 문제

• 5-④번

학생들이 정답과 비슷한 비율로 고른 선지가 ④번이다. 이는 〈보기〉의 헤겔이 '지성적 통찰을 진정한 예술미로 승화'시켰다고 한 부분을 통해 예술이 지성적 통찰이 내포하는 주관성으로부터 비롯된 것이라고 보고, 현실의 예술은 (가)에 언급된 객관성 대신 주관성을 주된 성질로 가지게 될 것이라고 판단했기 때문으로 보인다.

하지만 〈보기〉의 헤겔이 주장한 내용을 살펴보면, 헤겔이 예술이 본래 가지고 있던 '객관성'을 부정하고 있다고 단언하기는 어렵다. 〈보기〉의 헤겔은 (1)괴테와 실러의 초기 문학 작품은 지적으로 미성숙했기 때문에 미적으로 뛰어나지 않았고, (2)괴테와 실러의 후기(인생의 완숙기의) 문학 작품은 최고의 지성적 통찰을 진정한 예술미로 승화시켰다고 평가하고 있다. 즉 '예술'에서 작품의 상대적 위상이 '최고의 지성적 통찰'을 거쳤는지의 여부에 따라 달라진다고 본 것이다. 이때 눈여겨볼 점은 (가)의 3문단에서 헤겔이 '최고의 지성에 의거'하는 것이 '철학'이라고 언급했다는 점이다. (가)에서 헤겔이 절대정신의 세 형태인 '예술—종교—철학' 중 객관성을 지닌 '예술'에 '초보 단계의 절대정신'이라고 등급을 매긴 것은 '예술'이 지성에 의거한다고 보기 어렵기 때문인데, 〈보기〉의 헤겔이 '최고의 지성적 통찰'에 의해 '진정한 예술미'를 실현할 수 있다고 본 것은, 이론상으로 '초보 단계'에 있던 객관적 성질의 '예술'이 '완숙 단계'에 해당하는 '철학'의 '다음 단계'에도 위치할 수 있음을 시사한다고 볼 수 있게 되는 것이다.

이 시사점이 구체화된 부분을 확인할 수 있는 것은 (나)의 3문단이다. (나)의 글쓴이는 '예술'이 '철학 이후'의 자리에서, '예술—종교—철학'의 과정 끝에 '철학'에 이르러 객관성이 사라지면서 성취된 '완전한 주관성'을 '재객관화'할 수 있는 '절대정신'의 후보로 추가될 수 있음을 언급하는데, 이것이 바로 〈보기〉에서 헤겔이 이야기한 '진정한 예술미로 승화'된 '지성적 통찰'을 나타낸다고 볼 수 있다. 이때 '예술'은 그 본질적인 '객관성'으로 철학의 '완전한 주관성'을 다시 '객관화(재객관화)'하는 것이므로, 이러한 맥락을 고려할 때에도 〈보기〉의 헤겔의 진술을 통해 예술의 본질적인 객관성이 상실된다고 판단하기는 어려워진다. 〈보기〉에서 단순히 가상의 헤겔의 말만을 제시하지 않고, (나)의 글쓴이의 입을 빌린 ㉮의 내용을 판단하도록 한 것은 이렇듯 (나)에서 설명된 내용을 함께 고려해야 하기 때문일 것이라고 추론할 수 있다.

정답률 분석

	정답		매력적 오답	
①	②	③	④	⑤
13%	37%	9%	30%	11%

6. 문맥상 ⓐ~ⓔ와 바꾸어 쓰기에 가장 적절한 것은?

⊘ 정답풀이

③ ⓒ: 귀결(歸結)되어도

근거: (나) **1** ²종합의 범주는 두 대립적 범주 중 하나의 일방적 승리로
ⓒ끝나도 안 되고
'귀결되다'는 '어떤 결말이나 결과에 이르게 되다.'라는 의미이다. 윗글에
서 ⓒ는 '일이 다 이루어지다.'라는 의미를 가지며, '두 대립적 범주'의 관
계가 '하나의 일방적 승리'라는 결과로 마무리되는 상황을 제시하고 있으
므로, ⓒ를 '귀결되어도'로 바꾸어 쓰는 것은 적절하다.

⊗ 오답풀이

① ⓐ: 소지(所持)하여야
  근거: (가) **1** ⁶이 두 차원의 원리를 밝히는 철학적 논증도 변증법적 체계성
  을 ⓐ지녀야 한다.
  지니다: 바탕으로 갖추고 있다.
  소지하다: 물건을 지니고 있다.

② ⓑ: 포착(捕捉)한다
  근거: (가) **2** ⁹절대정신은 절대적 진리인 '이념'을 인식하는 인간 정신의
  영역을 ⓑ가리킨다.
  가리키다: 어떤 대상을 특별히 집어서 두드러지게 나타내다.
  포착하다: 요점이나 요령을 얻다.

④ ⓓ: 간주(看做)하면
  근거: (나) **2** ⁹그러나 실질적 내용을 ⓓ보면 직관으로부터 사유에 이르는
  과정에서는
  보다: 대상의 내용이나 상태를 알기 위하여 살피다.
  간주하다: 상태, 모양, 성질 따위가 그와 같다고 보거나 그렇다고 여기다.

⑤ ⓔ: 결성(結成)되지
  근거: (나) **2** ⁹진정한 변증법적 종합은 ⓔ이루어지지 않는다.
  이루어지다: 어떤 대상에 의하여 일정한 상태나 결과가 생기거나 만들어지다.
  결성되다: 조직이나 단체 따위가 짜여 만들어지다.

[1~6] 다음 글을 읽고 물음에 답하시오.

✏️ 사고의 흐름

(가)

❶ ¹광고는 시장의 형태 중 독점적* 경쟁 시장에서 그 효과가 크다. ²독점적 경쟁 시장은, 유사하지만 차별적인 상품을 다수의 판매자가 경쟁하며 판매하는 시장이다. *광고의 효과가 큰 독점적 경쟁 시장의 개념을 제시하면서 글을 시작하네.* ³각 판매자는 자신이 공급하는 상품을 구매자가 차별적으로 인지하고 선호할 수 있도록 하기 위해 광고를 이용한다. *판매자가 광고를 이용하는 목적* ⁴판매자에게 그러한 차별적 인지와 선호가 중요한 이유는, 이를 통해 판매자가 자신의 상품을 원하는 구매자에 대해 누리는 독점적 지위를 강화할 수 있기 때문이다. *(가)는 독점적 경쟁 시장의 판매자가 구매자로 하여금 상품을 차별적으로 인지·선호하도록 만들어 독점적 지위를 강화하기 위해 광고를 이용함을 설명하는군.*

❷ ⁵일반적으로 [독점적 지위]를 누린다는 것은 상품의 가격을 결정할 수 있는 힘이 있다는 의미이다. ⁶그럼에도 불구하고 판매자는 구매자의 수요*를 고려해야 한다. ⁷대체로 구매자는 상품의 물량이 많을 때보다 적을 때 높은 가격을 지불하고자 하기 때문에, 판매자는 공급*량을 감소시킴으로써 더 높은 가격을 책정*할 수 있다. *독점적 지위를 누리는 판매자는 구매자의 수요를 고려하여 상품의 가격을 결정 / 구매자는 물량이 적을수록 높은 가격 지불 → 판매자는 공급량 감소시켜 높은 가격 책정* ⁸독점적 경쟁 시장의 판매자도 이러한 지위 덕분에 상품에 차별성이 없는 경우를 가정할 때보다 다소 비싼 가격에 상품을 판매하는 경향이 있다. ⁹그러나 그 결과 독점적 경쟁 시장의 판매자가 단기적으로 이윤을 보더라도, 그 이윤이 지속되리라 기대할 수는 없다. ¹⁰이윤을 보는 판매자가 있으면 그러한 이윤에 이끌려 약간 다른 상품을 공급하는 신규 판매자의 수가 장기적으로 증가하고, 그 결과 기존 판매자가 공급하던 상품에 대한 수요는 감소하여 이윤이 줄어들 것이기 때문이다. *판매자가 독점적 지위를 누릴 때, 상품의 공급량을 조절해서 비싼 가격으로 판다면 단기적으로는 이윤이 있어도, 장기적으로는 이윤을 보장할 수 없는 이유를 구체적으로 설명했어.*

❸ ¹¹판매자가 광고를 통해 상품의 차별성을 알리는 대표적인 방법은 상품에 대한 정보를 전달하는 것이다. ¹²하지만 많은 비용을 들인 것으로 보이는 광고만으로도 상품의 차별성을 부각할 수 있다. ¹³판매자가 경쟁력에 자신 없는 상품에 많은 광고 비용을 지출하지 않을 것이라는 구매자의 추측을 유도하는 것이 이 광고 방법의 목적이다. *많은 비용을 들인 것으로 보이는 광고의 목적: 상품의 경쟁력에 대한 구매자의 추측 유도* ¹⁴가격이 변화할 때 구매자의 상품 수요량이 변화하는 정도를 수요의 가격 탄력성이라 하는데, 구매자가 자신이 선호하는 상품이 차별화되었다고 느낄수록 수요의 가격 탄력성은 감소한다. *상품이 차별화되었다는 느낌↑ → 수요의 가격 탄력성↓* ¹⁵이처럼 구매자가 특정 상품에 갖는 충성도가 높아지면, 판매자의 독점적 지위는 강화된다. *구매자의 충성도↑ → 판매자의 독점적 지위 강화* ¹⁶판매자는 이렇

게 광고가 ㉠경쟁을 제한하는 효과를 노린다. ¹⁷독점적 경쟁 시장에 진입하는 신규 판매자도 상품의 차별성을 강조함으로써 독점적 지위를 확보하고자 광고를 빈번하게 이용한다.

이것만은 챙기자

* **독점적**: 물건이나 자리 따위를 독차지하는.
* **수요**: 어떤 재화나 용역을 일정한 가격으로 사려고 하는 욕구.
* **공급**: 요구나 필요에 따라 물품 따위를 제공함.
* **책정**: 계획이나 방책을 세워 결정함.

만점 선배의 구조도 예시

>> 각 문단을 요약하고 지문을 **세 부분**으로 나누어 보세요.

❶ 광고는 유사하지만 차별적인 상품을 다수의 판매자가 경쟁하며 판매하는 독점적 경쟁 시장에서 효과가 크다.	첫 번째 ❶¹~❶⁴
❷ 독점적 지위를 가진 판매자가 공급량을 감소시켜 높은 가격을 책정하여 단기적으로 이윤을 보더라도, 이윤에 이끌린 신규 판매자의 수가 장기적으로 증가하여 이윤이 지속되기 어렵다.	두 번째 ❷⁵~❷¹⁰
❸ 광고로 인해 구매자가 자신이 선호하는 상품이 차별화되었다고 느낄수록 판매자의 독점적 지위는 강화되어 판매자는 경쟁을 제한하는 효과를 얻을 수 있다.	세 번째 ❸¹¹~❸¹⁷

(나)

1 [1]광고는 광고주인 판매자의 이윤 추구 수단으로 기획되지만, 그러한 광고가 광고주의 의도와 상관없이 시장에 영향을 끼치기도 한다. [2]우선 광고가 독점적 경쟁 시장의 판매자 간 ⓛ경쟁을 촉진할 수 있다. [3]이러한(=광고가 판매자 간 경쟁을 촉진하는) 효과는 광고를 통해 상품 정보에 노출된 구매자가 상품의 품질이나 가격에 예민해질 때 발생한다. *광고에 의해 경쟁이 촉진되는 상황 ① 품질이나 가격에 예민해진 구매자* [4]특히 구매자가 가격에 민감하게 수요량을 바꾼다면, 판매자는 경쟁 상품의 가격을 더욱 고려하게 되어 가격 경쟁에 돌입하게 된다. *광고를 본 구매자가 상품의 가격에 인각하게 반응 → 수요량 변화 → 판매자는 경쟁 상품의 가격 고려하여 가격 경쟁* [5]또한 경쟁은 신규 판매자가 광고를 통해 신상품을 쉽게 홍보하고 시장에 진입할 수 있게 됨으로써 촉진된다. *광고에 의해 경쟁이 촉진되는 상황 ② 신규 판매자의 시장 진입 가능성 발생* [6]더 많은 판매자가 시장에서 경쟁하게 되면 각 판매자의 독점적 지위는 약화되고, 구매자는 더 다양한 상품을 높지 않은 가격에 구매할 수 있게 된다. *경쟁 촉진 효과: 각 판매자의 독점적 지위 약화 → 구매자에게 가격 이점*

광고가 시장에 끼치는 영향을 순차적으로 설명할 거야.

2 [7]광고가 특정한 상품에 대한 독점적 경쟁 시장을 넘어서 경제와 사회 전반에 영향을 주기도 한다. *광고가 독점적 경쟁 시장에 주는 영향에 이어서 경제와 사회 전반에 주는 영향을 설명하는군.* [8]개별 광고가 구매자의 내면에 잠재된 필요나 욕구를 환기*하여 대상 상품에 대한 소비를 촉진하는 효과가 합쳐지면 경제 전반에 선순환*을 기대할 수 있다. *경제와 사회 전반에 주는 영향: 소비 촉진 효과로 경제 전반에 선순환* [9]경제에 광고가 없는 상황을 가정할 때와 비교하면 광고는 쓰던 상품을 새 상품으로 대체하고 싶은 소비자의 욕구를 강화하고, 신상품이 인기를 누리는 유행 주기를 단축하여 소비를 증가시킬 수 있다. [10]촉진된 소비는 생산 활동을 자극한다. [11]상품의 생산에는 근로자의 노동, 기계나 설비* 같은 생산 요소가 ⓐ들어가므로, 생산 활동이 증가하면 결과적으로 고용이나 투자가 증가한다. [12]고용 및 투자의 증가는 근로자이거나 투자자인 구매자의 소득을 증가시킬 수 있다. [13]경제 전반의 소득이 증가할 때 소비가 증가하는 정도를 한계 소비 성향이라고 하는데, 한계 소비 성향은 양(+)의 값이어서, 경제 전반의 소득 수준이 향상되면 소비가 증가하게 된다.

경제와 사회 전반에 미치는 광고의 영향

광고가 구매자의 필요·욕구를 환기
↓
소비 증가
↓
생산 활동 자극
↓
고용이나 투자 증가
↓
구매자의 소득 증가

양(+)의 값인 한계 소비 성향에 의해 선순환

3 [14]하지만 광고의 소비 촉진 효과는 환경 오염을 우려하는 사람들에게 비판의 대상이 되기도 한다. [15]소비뿐만 아니라 소비로 촉진된 생산 활동에서도 환경 오염이 발생하기 때문이다. [16]환경 오염을 적절한 수준으로 줄이기에 충분한 비용을 판매자나 구매자가 지불할 가능성은 낮으므로, 대부분의 경우에 환경 오염은 심할 수밖에 없다. *광고의 소비 촉진 효과로 발생하는 환경 오염의 심각성을 전하며 글을 마무리하고 있네.*

앞서 광고가 시장에 주는 긍정적인 영향을 설명했으니, 이제는 부정적인 영향을 설명하겠네.

이것만은 챙기자

- ***환기**: 주의나 여론, 생각 따위를 불러일으킴.
- ***선순환**: 좋은 현상이 끊임없이 되풀이됨.
- ***설비**: 필요한 것을 베풀어서 갖춤. 또는 그런 시설.

만점 선배의 구조도 예시

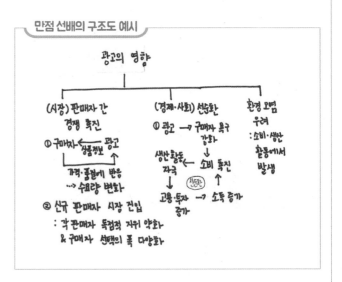

≫ **각 문단을 요약하고 지문을 세 부분으로 나누어 보세요.**

1 광고는 구매자가 상품의 품질이나 가격에 예민해지게 하거나 신규 판매자가 시장에 쉽게 진입하게 함으로써 독점적 경쟁 시장의 판매자 간 경쟁을 촉진할 수 있다.	첫 번째 **1**[1]~**1**[6]
2 광고는 구매자의 소비를 촉진하는데 이는 생산 활동을 자극하고 고용이나 투자의 증가, 소득 상승에 따른 소비 증가로 이어지며 경제 전반에 선순환을 유도한다.	두 번째 **2**[7]~**2**[13]
3 광고의 소비 촉진 효과는 환경 오염을 발생시켜 비판을 받기도 한다.	세 번째 **3**[14]~**3**[16]

1. (가), (나)에 대한 설명으로 가장 적절한 것은?

✓ 정답풀이

② (가)는 광고가 판매자에게 중요한 이유를 제시하고 판매자가 광고를 통해 얻으려는 효과를 설명하고 있다.

> 근거: (가) **1** ¹광고는 시장의 형태 중 독점적 경쟁 시장에서 그 효과가 크다. ³각 판매자는 자신이 공급하는 상품을 구매자가 차별적으로 인지하고 선호할 수 있도록 하기 위해 광고를 이용한다. ⁴판매자에게 그러한 차별적 인지와 선호가 중요한 이유는, 이를 통해 판매자가 자신의 상품을 원하는 구매자에 대해 누리는 독점적 지위를 강화할 수 있기 때문이다.
>
> (가)에서 광고는 구매자로 하여금 상품을 차별적으로 인지하고 선호하게끔 만들기 때문에 판매자에게 중요하며, 판매자가 광고를 통해서 구매자에 대해 누리는 독점적 지위를 강화하는 효과를 얻으려고 함을 설명하고 있다.

✗ 오답풀이

① (가)는 광고의 개념을 정의하고 광고가 시장에서 차지하는 위상을 소개하고 있다.

근거: (가) **1** ¹광고는 시장의 형태 중 독점적 경쟁 시장에서 그 효과가 크다. ³각 판매자는 자신이 공급하는 상품을 구매자가 차별적으로 인지하고 선호할 수 있도록 하기 위해 광고를 이용한다. + **3** ¹⁶판매자는 이렇게 광고가 경쟁을 제한하는 효과를 노린다. ¹⁷독점적 경쟁 시장에 진입하는 신규 판매자도 상품의 차별성을 강조함으로써 독점적 지위를 확보하고자 광고를 빈번하게 이용한다.

(가)는 광고가 독점적 경쟁 시장에서 구매자에게 상품을 차별적으로 인지하고 선호할 수 있도록 함으로써 경쟁을 제한하고, 독점적 지위를 확보하게 하는 효과가 있다고 설명하였다. 이는 광고가 시장에서 차지하는 위상을 소개한 것이라고 볼 수 있으나 (가)에서 광고의 개념 정의는 확인할 수 없다.

③ (나)는 광고의 영향에 대한 다양한 견해를 소개하고 각각의 견해가 안고 있는 한계점을 지적하고 있다.

근거: (나) **1** ¹광고는 광고주인 판매자의 이윤 추구 수단으로 기획 ²우선 광고가 독점적 경쟁 시장의 판매자 간 경쟁을 촉진할 수 있다. + **2** ⁷광고가 특정한 상품에 대한 독점적 경쟁 시장을 넘어서 경제와 사회 전반에 영향을 주기도 한다.

(나)는 광고가 독점적 경쟁 시장에서 판매자 간 경쟁을 촉진시키고, 경제나 사회 전반에 영향을 주기도 한다는 견해를 소개했다. 그러나 광고의 영향에 대한 견해가 지닌 한계점을 지적하지는 않았다.

④ (나)는 광고가 구매자에게 수용되는 과정을 제시하고 구매자가 광고를 수용할 때의 유의점을 나열하고 있다.

근거: (나) **2** ⁸개별 광고가 구매자의 내면에 잠재된 필요나 욕구를 환기하여 대상 상품에 대한 소비를 촉진하는 효과

(나)에서 광고가 구매자의 필요나 욕구를 환기하여 상품에 대한 소비를 촉진한다고 한 것을, 광고가 구매자에게 수용되는 과정이라고 볼 수는 있다. 그러나 구매자가 광고를 수용할 때의 유의점을 나열하지는 않았다.

⑤ (가)와 (나)는 모두 구매자가 상품을 선택하는 기준을 제시하고 광고와 관련된 제도 마련의 필요성을 강조하고 있다.

근거: (가) **2** ⁷대체로 구매자는 상품의 물량이 많을 때보다 적을 때 높은 가격을 지불하고자 하기 때문 + **3** ¹²하지만 많은 비용을 들인 것으로 보이는 광고만으로도 상품의 차별성을 부각할 수 있다. ¹⁵이처럼 구매자가 특정 상품에 갖는 충성도가 높아지면, 판매자의 독점적 지위는 강화된다. / (나) **1** ⁴특히 구매자가 가격에 민감하게 수요량을 바꾼다면, 판매자는 경쟁 상품의 가격을 더욱 고려하게 되어 가격 경쟁에 돌입하게 된다. + **2** ⁸개별 광고가 구매자의 내면에 잠재된 필요나 욕구를 환기하여 대상 상품에 대한 소비를 촉진하는 효과 + **3** ¹⁴하지만 광고의 소비 촉진 효과는 환경 오염을 우려하는 사람들에게 비판의 대상이 되기도 한다.

(가)에서는 구매자가 상품을 구매할 때 상품의 물량이나 광고에 들인 것으로 보이는 비용과 특정 상품에 대한 충성도에 영향을 받음을 알 수 있지만, 광고와 관련된 제도 마련의 필요성을 언급한 부분은 확인할 수 없다. 또한 (나)에서는 구매자가 상품을 구매할 때 광고의 소비 촉진 효과로 인한 환경 오염 문제를 언급했으나 이를 방지하기 위한 제도적 장치 마련의 필요성을 언급한 부분은 확인할 수 없다.

2. 독점적 지위 에 대한 설명으로 적절하지 않은 것은?

⊘ 정답풀이

③ 구매자가 지불하고자 하는 가격이 상품 공급량에 따라 어느 정도 인지를 판매자가 감안하지 않아도 되게 한다.

> 근거: (가) ❷ [5]일반적으로 독점적 지위를 누린다는 것은 상품의 가격을 결정할 수 있는 힘이 있다는 의미이다. [6]그럼에도 불구하고 판매자는 구매자의 수요를 고려해야 한다. [7]대체로 구매자는 상품의 물량이 많을 때보다 적을 때 높은 가격을 지불하고자 하기 때문에, 판매자는 공급량을 감소시킴으로써 더 높은 가격을 책정할 수 있다.
>
> 독점적 지위의 판매자는 구매자의 수요를 고려하여 상품의 물량, 즉 공급량을 감소시키는 방식으로 높은 가격을 책정한다. 따라서 독점적 지위의 판매자는 상품 공급량에 따라 구매자가 지불하고자 하는 가격이 어느 정도인지 감안해야 한다.

⊗ 오답풀이

① 독점적 경쟁 시장에 신규 판매자가 진입하는 것을 차단하지는 않는다.
　근거: (가) ❸ [17]독점적 경쟁 시장에 진입하는 신규 판매자도 상품의 차별성을 강조함으로써 독점적 지위를 확보하고자 광고를 빈번하게 이용한다.
　독점적 경쟁 시장에도 신규 판매자는 진입할 수 있으므로, 독점적 지위가 신규 판매자의 진입을 차단하지는 않는다.

② 판매자가 공급량을 조절하여 가격을 책정할 수 있는 힘을 가지고 있음을 의미한다.
　근거: (가) ❷ [7]대체로 구매자는 상품의 물량이 많을 때보다 적을 때 높은 가격을 지불하고자 하기 때문에, 판매자는 공급량을 감소시킴으로써 더 높은 가격을 책정할 수 있다.

④ 독점적 경쟁 시장의 판매자가 다소 비싼 가격을 책정할 수 있게 하지만 이윤을 지속적으로 보장하지는 않는다.
　근거: (가) ❷ [7]대체로 구매자는 상품의 물량이 많을 때보다 적을 때 높은 가격을 지불하고자 하기 때문에, 판매자는 공급량을 감소시킴으로써 더 높은 가격을 책정할 수 있다. [9]그러나 그 결과 독점적 경쟁 시장의 판매자가 단기적으로 이윤을 보더라도, 그 이윤이 지속되리라 기대할 수는 없다. [10]이윤을 보는 판매자가 있으면~신규 판매자의 수가 장기적으로 증가하고,~수요는 감소하여 이윤이 줄어들 것이기 때문이다.
　독점적 지위의 판매자는 독점적 경쟁 시장에서 공급량을 조절하여 비싼 가격을 책정할 수 있으므로 단기적으로는 이윤을 얻을 수 있지만 이에 대한 지속적인 보장을 기대하기는 어렵다. 신규 판매자가 증가하면 수요는 감소하고 이윤은 줄어들 것이기 때문이다.

⑤ 독점적 경쟁 시장의 판매자가 구매자로 하여금 판매자 자신의 상품을 차별적으로 인지하고 선호하게 하면 강화된다.
　근거: (가) ❶ [4]판매자에게 그러한 (구매자의) 차별적 인지와 선호가 중요한 이유는, 이를 통해 판매자가 자신의 상품을 원하는 구매자에 대해 누리는 독점적 지위를 강화할 수 있기 때문이다.
　독점적 경쟁 시장의 판매자가 구매자로 하여금 자신의 상품을 차별적으로 인지하고 선호하게 하면 판매자의 독점적 지위는 강화될 수 있다.

3. (나)에서 알 수 있는 내용으로 적절하지 않은 것은?

⊘ 정답풀이

② 광고가 경제 전반에 선순환을 일으키는 정도는 한계 소비 성향이 커질 때 작아진다.

> 근거: (나) ❷ [8]개별 광고가 구매자의 내면에 잠재된 필요나 욕구를 환기하여 대상 상품에 대한 소비를 촉진하는 효과가 합쳐지면 경제 전반에 선순환을 기대할 수 있다. [10]촉진된 소비는 생산 활동을 자극한다.~[12]구매자의 소득을 증가시킬 수 있다. [13]경제 전반의 소득이 증가할 때 소비가 증가하는 정도를 한계 소비 성향이라고 하는데, 한계 소비 성향은 양 (+)의 값이어서, 경제 전반의 소득 수준이 향상되면 소비가 증가하게 된다.
>
> 광고가 구매자에게 필요나 욕구를 환기하는 것이 소비 촉진 효과와 합쳐지면 경제 전반에 선순환이 기대된다고 했는데, 이는 소비 촉진이 최종적으로 경제 전반의 소득 증가로 이어져 다시 소비를 촉진하기 때문이다. 이때 소득 증가에 따라 소비가 증가하는 정도를 나타내는 것이 한계 소비 성향이므로, 한계 소비 성향이 커질 때 광고가 선순환을 일으키는 정도가 증가한다고 볼 수 있다.

⊗ 오답풀이

① 광고에 의해 유행 주기가 단축되어 소비가 촉진될 수 있다.
　근거: (나) ❷ [9]광고는 쓰던 상품을 새 상품으로 대체하고 싶은 소비자의 욕구를 강화하고, 신상품이 인기를 누리는 유행 주기를 단축하여 소비를 증가시킬 수 있다.

③ 광고가 생산 활동을 자극하면, 근로자이거나 투자자인 구매자의 소득 수준을 향상할 수 있다.
　근거: (나) ❷ [9]광고는~소비를 증가시킬 수 있다. [10]촉진된 소비는 생산 활동을 자극한다. [11]상품의 생산에는 근로자의 노동, 기계나 설비 같은 생산 요소가 들어가므로, 생산 활동이 증가하면 결과적으로 고용이나 투자가 증가한다. [12]고용 및 투자의 증가는 근로자이거나 투자자인 구매자의 소득을 증가시킬 수 있다.
　광고가 소비를 증가시키고, 이로 인해 생산 활동이 자극되면 고용이나 투자가 증가하여 근로자이거나 투자자인 구매자의 소득을 향상시킨다.

④ 광고가 생산 활동을 증가시키면, 근로자의 노동, 기계나 설비 같은 생산 요소 이용이 증가한다.
　근거: (나) ❷ [9]광고는~소비를 증가시킬 수 있다. [10]촉진된 소비는 생산 활동을 자극한다. [11]상품의 생산에는 근로자의 노동, 기계나 설비 같은 생산 요소가 들어가므로, 생산 활동이 증가하면 결과적으로 고용이나 투자가 증가한다.
　광고가 생산 활동을 자극하여 증가시키면, 상품 생산에 들어가는 근로자의 노동, 기계나 설비 같은 생산 요소도 증가한다.

⑤ 광고의 소비 촉진 효과는 경제 전반에 광고가 없는 상황에 비해 환경 오염을 심화할 수 있다.
　근거: (나) ❸ [14]하지만 광고의 소비 촉진 효과는 환경 오염을 우려하는 사람들에게 비판의 대상이 되기도 한다. [15]소비뿐만 아니라 소비로 촉진된 생산 활동에서도 환경 오염이 발생하기 때문이다.
　광고로 인해 소비가 촉진되고, 이로 인해 증가한 생산 활동에서 환경 오염이 발생하므로, 경제 전반에 광고가 있는 상황은 없는 상황에 비해 환경 오염이 심화될 것이다.

4. ㉠, ㉡을 이해한 내용으로 적절한 것은?

> ㉠: 경쟁을 제한
> ㉡: 경쟁을 촉진

✔ 정답풀이

① ㉠은 상품에 대한 구매자의 충성도가 높아질 때 일어나고, ㉡은 수요의 가격 탄력성이 높아질 때 일어난다.

근거: (가) ❸ ¹⁴가격이 변화할 때 구매자의 상품 수요량이 변하는 정도를 수요의 가격 탄력성이라 하는데, 구매자가 자신이 선호하는 상품이 차별화되었다고 느낄수록 수요의 가격 탄력성은 감소한다.~¹⁶판매자는 이렇게 광고가 경쟁을 제한(㉠)하는 효과를 노린다. / (나) ❶ ²광고가 독점적 경쟁 시장의 판매자 간 경쟁을 촉진(㉡)할 수 있다.~⁴특히 구매자가 가격에 민감하게 수요량을 바꾼다면, 판매자는 경쟁 상품의 가격을 더욱 고려하게 되어 가격 경쟁에 돌입하게 된다.

구매자가 광고에 의해 자신이 선호하는 상품이 차별화되었다고 느끼면, 상품에 대한 구매자의 충성도가 높아지면서 수요의 가격 탄력성이 작아지고, 이에 따라 경쟁을 제한(㉠)하는 효과가 발생한다. 한편 독점적 경쟁 시장에서 구매자가 광고를 통해 상품 정보를 접하고, 그 품질이나 가격에 민감하게 반응하게 되면 가격 변화에 따라 구매자의 수요량이 변하는 정도가 커질 것이므로, 수요의 가격 탄력성이 높아지면서 경쟁이 촉진(㉡)된다.

✘ 오답풀이

② ㉠의 결과로 판매자는 상품의 가격을 올리기 어렵게 되고, ㉡의 결과로 구매자는 다소 비싼 가격을 감수하게 된다.

근거: (가) ❷ ⁵독점적 지위를 누린다는 것은 상품의 가격을 결정할 수 있는 힘이 있다는 의미이다. + ❸ ¹⁴가격이 변화할 때 구매자의 상품 수요량이 변하는 정도를 수요의 가격 탄력성이라 하는데, 구매자가 자신이 선호하는 상품이 차별화되었다고 느낄수록 수요의 가격 탄력성은 감소한다.~¹⁶판매자는 이렇게 광고가 경쟁을 제한(㉠)하는 효과를 노린다. / (나) ❶ ²광고가 독점적 경쟁 시장의 판매자 간 경쟁을 촉진(㉡)할 수 있다.~⁴특히 구매자가 가격에 민감하게 수요량을 바꾼다면, 판매자는 경쟁 상품의 가격을 더욱 고려하게 되어 가격 경쟁에 돌입하게 된다. ⁶구매자는 더 다양한 상품을 높지 않은 가격에 구매할 수 있게 된다.

수요의 가격 탄력성이 감소하는 것은 가격이 변해도 구매자의 상품 수요량이 변하는 정도가 적은 것을 말한다. 이때 판매자의 독점적 지위는 강화되고, 경쟁은 제한된다. 이 경우 판매자는 상품의 가격을 변동시킬 수 있으므로 ㉠의 결과 판매자가 상품의 가격을 더 높게 조정할 수 있게 된다. 한편 독점적 경쟁 시장에서 구매자가 광고를 통해 상품 정보를 접하고, 그 품질이나 가격에 민감하게 반응하게 되면 광고가 판매자 간의 경쟁을 촉진할 수 있다. 이때 구매자는 가격을 따져 상품을 선택하게 되므로 다소 비싼 가격을 감수한다고 볼 수 없다.

③ ㉠은 시장 전체의 판매자 수가 증가하지 않는다는 의미이고, ㉡은 신규 판매자가 시장에 진입하기 어려워진다는 의미이다.

근거: (가) ❸ ¹⁵이처럼 구매자가 특정 상품에 갖는 충성도가 높아지면, 판매자의 독점적 지위는 강화된다.~¹⁷독점적 경쟁 시장에 진입하는 신규 판매자도 상품의 차별성을 강조함으로써 독점적 지위를 확보하고자 광고를 빈번하게 이용한다. / (나) ❶ ⁴특히 구매자가 가격에 민감하게 수요량을 바꾼다면, 판매자는 경쟁 상품의 가격을 더욱 고려하게 되어 가격 경쟁에 돌입하게 된다. ⁵또한 경쟁은 신규 판매자가 광고를 통해 신상품을 쉽게 홍보하고 시장에 진입할 수 있게 됨으로써 촉진된다.

독점적 경쟁 시장에서 독점적 지위를 가진 판매자로 인해 경쟁이 제한되어도 신규 판매자는 유입될 수 있으며 광고로 경쟁이 촉진되는 것은 신규 판매자가 시장에 더 쉽게 진입할 수 있음을 의미한다.

④ ㉠은 기존 판매자의 광고가 차별성을 알리는 데 성공하지 못한 결과로 나타나고, ㉡은 신규 판매자의 광고가 의도대로 성공한 결과로 나타난다.

근거: (가) ❸ ¹¹판매자가 광고를 통해 상품의 차별성을 알리는 대표적인 방법은 상품에 대한 정보를 전달하는 것이다. ¹⁵이처럼 구매자가 특정 상품에 갖는 충성도가 높아지면, 판매자의 독점적 지위는 강화된다. ¹⁶판매자는 이렇게 광고가 경쟁을 제한(㉠)하는 효과를 노린다. / (나) ❶ ⁴특히 구매자가 가격에 민감하게 수요량을 바꾼다면, 판매자는 경쟁 상품의 가격을 더욱 고려하게 되어 가격 경쟁에 돌입하게 된다. ⁵또한 경쟁은 신규 판매자가 광고를 통해 신상품을 쉽게 홍보하고 시장에 진입할 수 있게 됨으로써 촉진된다.

기존 판매자의 광고가 상품의 차별성을 알리는 데 성공하면 판매자의 독점적 지위는 강화되고, 경쟁이 제한된다. 한편 가격 경쟁은 신규 판매자가 광고를 통해 시장에 진입할 수 있게 됨으로써 촉진되므로 ㉡은 신규 판매자의 광고가 의도대로 성공한 결과 나타났다고 볼 수 있다.

⑤ ㉠은 광고로 인해 가격에 대한 구매자의 민감도가 약화될 때 발생하고, ㉡은 광고로 인해 판매자가 경쟁 상품의 가격을 고려할 필요가 감소될 때 발생한다.

근거: (가) ❸ ¹⁵이처럼 구매자가 특정 상품에 갖는 충성도가 높아지면, 판매자의 독점적 지위는 강화된다.~¹⁷독점적 경쟁 시장에 진입하는 신규 판매자도 상품의 차별성을 강조함으로써 독점적 지위를 확보하고자 광고를 빈번하게 이용한다. / (나) ❶ ⁴특히 구매자가 가격에 민감하게 수요량을 바꾼다면, 판매자는 경쟁 상품의 가격을 더욱 고려하게 되어 가격 경쟁에 돌입하게 된다. ⁵또한 경쟁은 신규 판매자가 광고를 통해 신상품을 쉽게 홍보하고 시장에 진입할 수 있게 됨으로써 촉진된다.

광고로 인해 구매자가 특정 상품에 높은 충성도를 갖게 되면 수요의 가격 탄력성이 감소하여, 가격에 대한 민감도가 약화된다고 볼 수 있다. 따라서 ㉠은 광고로 인해 구매자의 가격 민감도가 약화되면 발생한다고 볼 수 있다. 한편 광고로 인해 구매자가 가격에 예민해진다면 상품의 가격에 따라 수요량이 바뀌면서 경쟁이 촉진되므로, ㉡은 광고로 인해 판매자가 경쟁 상품의 가격을 고려해야 할 때 발생한다고 볼 수 있다.

5. 다음은 어느 기업의 광고 기획 초안이다. 윗글을 참고하여 초안을 분석한 학생의 반응으로 적절하지 않은 것은? [3점]

'갑' 기업의 광고 기획 초안

○ 대상: 새로 출시하는 여드름 억제 비누

○ 기획 근거: 다수의 비누 판매 기업이 다양한 여드름 억제 비누를 판매 중이며, 우리 기업은 여드름 억제 비누 시장에 처음으로 진입하려는 상황이다. (갑: 신규 판매자) 우리 기업의 신제품은 새로운 성분이 함유되어 기존의 어떤 비누보다 여드름 억제 효과가 탁월하며, 국내에서 전량 생산할 계획이다.

현재 여드름 억제 비누 시장을 선도하는 경쟁사인 '을' 기업 (을: 여드름 억제 비누 시장에서 독점적 지위 보유했다고 볼 수 있음)은 여드름 억제 비누로 이윤을 보고 있으며, 큰 비용을 들여 인기 드라마에 상품을 여러 차례 노출하는 전략으로 광고 중이다. 반면 우리 기업은 이번 광고로 상품에 대한 정보 검색을 많이 하는 소비 집단을 공략하고자 제품 정보를 강조하되, 광고 비용은 최소화하려 한다. (갑과 을의 광고 활용 전략에 차이 있음)

○ 광고 개요: 새로운 성분의 여드름 억제 효과를 강조하고, 일반인 광고 모델들이 우리 제품의 여드름 억제 효과를 체험한 것을 진술하는 모습을 담은 TV 광고

✔ 정답풀이

③ 이 광고로 '갑' 기업이 단기적으로 이윤을 보게 된다면 여드름 억제 비누 시장 내의 판매자 간 경쟁은 장기적으로 약화될 수 있겠어.

근거: (가) ❷ [8]독점적 경쟁 시장의 판매자도 이러한 지위 덕분에 상품에 차별성이 없는 경우를 가정할 때보다 다소 비싼 가격에 상품을 판매하는 경향이 있다. [9]그러나 그 결과 독점적 경쟁 시장의 판매자가 단기적으로 이윤을 보더라도, 그 이윤이 지속되리라 기대할 수는 없다. [10]이윤을 보는 판매자가 있으면~신규 판매자의 수가 장기적으로 증가하고, 그 결과 기존 판매자가 공급하던 상품에 대한 수요는 감소하여 이윤이 줄어들 것이기 때문이다.

만약 '갑' 기업의 의도대로 광고가 성공하여 '갑' 기업이 독점적 지위를 누리게 된다면 단기적으로 이윤을 볼 수 있다. 하지만 장기적으로는 신규 판매자 수의 증가로 인해 경쟁이 발생하여 지속적인 이윤을 보장할 수 없다. 따라서 광고를 통해 '갑' 기업이 단기적으로 이윤을 보게 되더라도 시장 내 판매자 간 경쟁이 장기적으로 약화될 것이라고 볼 수는 없다.

✖ 오답풀이

① 이 광고가 '갑' 기업의 의도대로 성공한다면 '을' 기업의 독점적 지위는 약화될 수 있겠어.

근거: (가) ❶ [2]독점적 경쟁 시장은, 유사하지만 차별적인 상품을 다수의 판매자가 경쟁하며 판매하는 시장이다. + ❸ [17]독점적 경쟁 시장에 진입하는 신규 판매자도 상품의 차별성을 강조함으로써 독점적 지위를 확보하고자 광고를 빈번하게 이용한다.

제품 정보를 강조해 여드름 억제 비누 시장을 공략하려고 한 '갑' 기업의 광고가 의도대로 성공한다면, 여드름 억제 비누 시장을 선도하는 '을' 기업의 독점적 지위는 약화될 수 있다.

② 이 광고로 '갑' 기업의 여드름 억제 비누 생산이 확대된다면 이 비누를 생산하는 공장의 고용이나 투자가 증가할 수 있겠어.

근거: (나) ❶ [11]상품의 생산에는 근로자의 노동, 기계나 설비 같은 생산 요소가 들어가므로, 생산 활동이 증가하면 결과적으로 고용이나 투자가 증가한다.

광고를 통해 소비가 증가하여 '갑' 기업의 여드름 억제 비누 생산이 확대된다면, 비누를 생산하는 공장의 고용이나 투자가 증가할 것이다.

④ 이 광고로 '갑' 기업은 많은 비용을 들이는 방법보다는 정보를 전달하는 방법을 중심으로 차별성을 알리려는 것으로 볼 수 있겠어.

근거: (가) ❶ [3]각 판매자는 자신이 공급하는 상품을 구매자가 차별적으로 인지하고 선호할 수 있도록 하기 위해 광고를 이용한다. + ❸ [11]판매자가 광고를 통해 상품의 차별성을 알리는 대표적인 방법은 상품에 대한 정보를 전달하는 것이다. [12]하지만 많은 비용을 들인 것으로 보이는 광고만으로도 상품의 차별성을 부각할 수 있다.

'갑' 기업은 경쟁사인 '을' 기업과 달리 광고에 '큰 비용을 들'이는 대신 '광고 비용은 최소화'하고, 정보 검색을 많이 하는 소비 집단에게 상품을 차별적으로 인지하고 선호할 수 있는 제품 정보를 제공하여 차별성을 알리려 하고 있다.

⑤ 이 광고가 '갑' 기업의 신제품을 포함하여 여드름 억제 비누 수요의 가격 탄력성을 높인다면 '갑' 기업은 자사 제품의 가격을 높게 책정할 수 없겠어.

근거: (가) ❸ [14]가격이 변화할 때 구매자의 상품 수요량이 변하는 정도를 수요의 가격 탄력성이라 하는데, 구매자가 자신이 선호하는 상품이 차별화되었다고 느낄수록 수요의 가격 탄력성은 감소한다.

이 광고가 '갑' 기업의 신제품을 포함해 여드름 억제 비누 수요의 가격 탄력성을 높인다면, 가격이 변화할 때 구매자의 상품 수요량은 크게 변한다. 이 경우 '갑' 기업은 자사 제품의 가격을 높게 책정할 수 없을 것이다.

모두의 질문

• 5–⑤번

Q: '수요의 가격 탄력성'이 높다는 건 가격을 탄력적으로 바꿀 수 있다는 의미, 즉 '갑'이 가격을 쉽게 바꿀 수 있다는 말 아닌가요?

A: 독서 지문에서 개념을 설명한 경우, 단어가 주는 피상적인 느낌에 따라 이해하기보다 지문에서 설명한 내용대로 이해해야 한다. (가)의 3문단에서 '가격이 변화할 때 구매자의 상품 수요량이 변하는 정도를 수요의 가격 탄력성'이라고 했다. 예를 들어 1,000원이던 과자가 500원 혹은 1,500원으로 가격이 변할 때, 이에 따라 구매자의 수요가 변하는 정도를 말한다.

그렇다면 독점적 시장에 있는 판매자 입장에서는 '수요의 가격 탄력성'이 높은 것과 낮은 것 중 어떤 것이 좋을까? 3문단에서 '구매자가 자신이 선호하는 상품이 차별되었다고 느낄수록 수요의 가격 탄력성은 감소'하며 '이처럼 구매자가 특정 상품에 갖는 충성도가 높아지면 판매자의 독점적 지위는 강화된다.'라고 하였다. 즉 '상품 차별화, 구매자의 충성도 증가 → 수요의 가격 탄력성 감소 → 판매자의 독점적 지위 강화'라고 정리할 수 있다. 따라서 문제의 '을' 기업과 같이 기존에 독점적 지위를 가지고 있던 판매자는 광고로 자신의 상품에 대한 충성도가 높아져 수요의 가격 탄력성이 낮아질수록 독점적 지위가 강화될 것이다. 수요의 가격 탄력성이 낮다면 판매자가 가격을 올리더라도 수요가 변하는 정도가 적을 것이기 때문이다. 하지만 이 문제에 제시된 상황과 같이 독점적 시장에 진입하려는 '갑' 기업의 광고로 인해 여드름 억제 비누 수요의 가격 탄력성이 높아지면, 구매자들의 상품 선택지가 늘어나면서 '을'이 지니고 있던 독점적 지위는 약해지고, 동시에 가격 경쟁이 시작되면서 '갑' 기업 또한 가격을 높게 책정할 수 없게 될 것이다.

정리하면 '갑' 기업의 광고가 '여드름 억제 비누 수요의 가격 탄력성'을 높인다면, 가격 변화에 따라 소비자의 비누 수요가 크게 변할 것이므로, '갑' 기업은 자사 제품 가격을 높게 책정하지 못할 것이라고 볼 수 있다.

| 어휘의 의미 파악 | 정답률 **96**

6. 문맥상 ⓐ와 바꿔 쓰기에 가장 적절한 것은?

✔ 정답풀이

⑤ 투입(投入)되므로

> 근거: (나) **2** ¹¹상품의 생산에는 근로자의 노동, 기계나 설비 같은 생산 요소가 ⓐ들어가므로
>
> '들어가다'는 '어떤 일에 돈, 노력, 물자 따위가 쓰이다.'라는 뜻이므로 '사람이나 물자, 자본 따위가 필요한 곳에 넣어지다.'라는 의미의 '투입되다'와 바꿔 쓸 수 있다.

✘ 오답풀이

① 반입(搬入)되므로
　반입되다: 운반되어 들어오다.

② 삽입(挿入)되므로
　삽입되다: 틈이나 구멍 사이에 다른 물체가 넣어지다.

③ 영입(迎入)되므로
　영입되다: 환영을 받으며 받아들여지다.

④ 주입(注入)되므로
　주입되다: 흘러 들어가도록 부어져 넣어지다.

2022학년도 6월 모평

문제 P.178

PART ❺ 주제 복합

인문 (가) 새먼의 과정 이론 / 인문 (나) 재이론

[1~6] 다음 글을 읽고 물음에 답하시오.

✏️ 사고의 흐름

(가)

근대 이전과 이후의 차이점을 생각하여 읽자!

1 ¹근대 이후 서양의 철학자들은 과학적 세계관이 대두*하면서 이전과는 ⟨달리⟩인과를 물리적 작용 사이의 관계로 국한*하려는 경향을 보였다. ²문제는 흄이 지적했듯이 인과 관계 그 자체는 직접 관찰할 수 없다는 것이다. ³원인과 결과에 해당하는 사건만을 관찰할 수 있을 뿐이다. ⁴가령 "추위 때문에 강물이 얼었다."는 직접 관찰한 물리적 사실을 진술한 것이 아니다. ⁵그래서 인과가 과학적 개념인지에 대한 의심이 철학자들 사이에 제기되었다. ⁶이에 인과를 과학적 세계관에 입각*하여 이해하려는 시도가 새먼의 과정 이론이다. *이 글의 화제는 '새먼의 과정 이론'이겠군. 이어서 그 내용을 구체적으로 설명할 거야!*

문제 상황이 제시되면 그 해결과 관련된 내용이 이어서 제시될 거야.

2 ⁷야구공을 던지면 땅 위의 공 그림자도 따라 움직인다. ⁸공이 움직여서 그림자가 움직인 것이지 그림자 자체가 움직여서 그림자의 위치가 변한 것은 아니다. ⁹과정 이론은 이 차이를 다음과 같이 설명한다. ¹⁰과정은 대상의 시공간적 궤적이다. ¹¹날아가는 야구공은 물론이고 땅에 멈추어 있는 공도 시간은 흘러가고 있기에 시공간적 궤적을 그리고 있다. ¹²공이 멈추어 있는 상태도 과정인 것이다. ¹³그런데 모든 과정이 인과적 과정은 아니다. ¹⁴어떤 과정은 다른 과정과 한 시공간적 지점에서 만난다. ¹⁵즉, 두 과정이 교차한다. ¹⁶만약 교차에서 표지, 즉 대상의 변화된 물리적 속성이 도입되면 이후의 모든 지점에서 그 표지를 전달할 수 있는 과정이 인과적 과정이다. *'인과적 과정'이 무엇인지를 설명하기 위해서 '과정', '교차', '표지' 등의 개념을 먼저 제시했어. 앞서 설명한 정보들을 연결하여 '인과적 과정'이 무엇인지 설명하는 부분이 핵심 정보겠네.*

과정	대상의 시공간적 궤적
교차	두 과정이 한 시공간적 지점에서 만나는 것
표지	대상의 변화된 물리적 속성
인과적 과정	교차에서 표지가 도입되면 이후의 모든 지점에서 그 표지를 전달할 수 있는 과정

예까지 들여 설명하는 것은 문제에서 구체적으로 물어볼 테니 꼭 이해하라는 뜻이지.

3 ¹⁷⟨가령⟩ 바나나가 a 지점에서 b 지점까지 이동하는 과정을 과정 1이라고 하자. ¹⁸a와 b의 중간 지점에서 바나나를 한 입 베어 내는 과정 2가 과정 1과 교차했다. ¹⁹이 교차(과정 1과 과정 2의 교차)로 표지(대상의 변화된 물리적 속성 = 바나나의 일부가 없어짐)가 과정 1에 도입되었고 이 표지는 b까지 전달될 수 있다. ²⁰즉, 바나나는 베어 낸 만큼이 없어진 채로 줄곧 b까지 이동할 수 있다. ²¹따라서 과정 1은 인과적 과정이다. *두 과정의 교차에서 도입된 표지가 이후의 모든 지점에서 전달되면 인과적 과정으로 볼 수 있어. 과정 1과*

[A]

과정 2의 교차에서 대상인 바나나의 물리적 속성이 변했고 이와 같은 표지가 b까지 전달되었으므로 과정 1은 인과적 과정이라고 할 수 있는 거지. ²²바나나

가 이동한 것이 바나나가 b에 위치한 결과의 원인인 것이다. ²³⟨한편⟩ 바나나의 그림자가 스크린에 생긴다고 하자. ²⁴바나나의 그림자가 스크린상의 a′ 지점에서 b′ 지점까지 움직이는 과정을 과정 3이라 하자. ²⁵과정 1과 과정 2의 교차 이후 스크린상의 그림자 역시 변한다. ²⁶그런데 a′과 b′ 사이의 스크린 표면의 한 지점에 울퉁불퉁한 스티로폼이 부착되는 과정 4가 과정 3과 교차했다고 하자. ²⁷그림자가 그 지점과 겹치면서 일그러짐이라는 표지가 과정 3에 도입되지만, 그 지점을 지나가면 그림자는 다시 원래대로 돌아오고 스티로폼은 그대로이다. ²⁸이처럼 과정 3은 다른 과정과의 교차로 도입된 표지를 전달할 수 없다. *교차로 도입된 표지를 전달할 수 없다는 것은 곧 인과적 과정이 아니라는 뜻이겠네.*

전환! 앞에서 설명한 것과 다른 상황이 제시될 거야.

4 ²⁹과정 이론은 규범이나 마음과 같은, 물리적 세계 바깥의 측면을 해명하기 어렵다는 한계를 지닌다. ³⁰예컨대 내가 사회 규범을 어긴 것과 내가 벌을 받아야 하는 것 사이에는 인과 관계가 있지만 과정 이론은 이를 잘 다루지 못한다. *과정 이론의 한계로 글이 마무리되고 있어.*

이것만은 챙기자

* ***대두:** 머리를 쳐든다는 뜻으로, 어떤 세력이나 현상이 새롭게 나타남을 이르는 말.
* ***국한:** 범위를 일정한 부분에 한정함.
* ***입각:** 어떤 사실이나 주장 따위에 근거를 두어 그 입장에 섬.

만점 선배의 구조도 예시

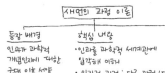

새먼의 과정 이론

등장 배경
인과가 과학적 개념인지에 대한 근대 이후 서양 철학자들의 의심

핵심 내용
·인과를 과학적 세계관에 입각하여 이해
·인과적 과정 : 다른 과정 (대상의 시공간적 궤적)과의 교차(두 과정이 한 시공간적 지점에서 만나는 것)에서 도입된 표지를 전달할 수 있는 과정

한계
물리적 세계 바깥에 적용 X

≫ 각 문단을 요약하고 지문을 **세 부분**으로 나누어 보세요.

1 새먼의 과정 이론은 직접 관찰할 수 없는 인과를 과학적 세계관에 입각하여 이해하려고 했다.

첫 번째
1¹~**1**⁶

2 과정 이론에서 과정은 대상의 시공간적 궤적이며, 두 과정의 교차에서 표지가 도입되면 이후의 모든 지점에서 그 표지를 전달할 수 있는 과정이 인과적 과정이라고 설명한다.

두 번째
2⁷~**3**²⁸

3 바나나가 a에서 b로 이동하는 과정 1과 그 중간 지점에서 바나나를 베어 내는 과정 2의 교차로, 과정 1에 도입된 표지는 b까지 전달되므로 과정 1은 인과적 과정이다.

4 과정 이론은 물리적 세계 바깥의 측면은 해명하기 어렵다는 한계를 지닌다.

세 번째
4²⁹~**4**³⁰

MEMO

(나)

1 [1]자연 현상과 인간사를 인과 관계로 설명하는 동아시아의 대표적 논의는 재이론(災異論)이다. <u>이 글의 화제로 '재이론'이 제시되었군.</u> [2]한대(漢代)의 동중서는 하늘이 덕을 잃은 군주에게 재이*를 내려 견책*한다는 천견설과, 인간과 하늘에 공통된 음양의 기(氣)를 통해 하늘과 인간이 서로 감응한다는 천인감응론을 결합하여 재이론을 체계화하였다. [3]그(동중서)에 따르면, 군주가 실정(失政)*을 저지르면 그로 말미암아 변화된 음양의 기를 통해 감응한 하늘이 가뭄과 홍수, 일식과 월식 등 재이를 통해 경고를 내린다. [4]이때 재이는 군주권이 하늘로부터 비롯된 것임을 입증하는 것이자 군주의 실정에 대한 경고였다. <u>한대의 동중서: ① 천견설 + 천인감응론 → 재이론 체계화 ② 재이는 군주의 실정에 대한 경고</u>

2 [5]양면적 성격의 재이론은 신하가 정치적 논의에 참여할 수 있는 명분*을 제공하였고, 재이가 발생하면 군주가 직언*을 구하고 신하가 이에 응하는 전통으로 구체화되었다. [6]하지만 동중서 이후, 원인으로서의 인간사와 결과로서의 재이를 일대일로 대응시켜 설명하는 개별적 대응 방식은 억지가 심하다는 평가를 받았다. [7]이 방식(개별적 대응 방식)은 오히려 ㉠예언화 경향으로 이어져 재이를 인간사의 징조*로, 인간사를 재이의 결과로 대응시키는 풍조*를 낳기도 하였고, 요망한 말로 백성을 미혹*시켰다는 이유로 군주가 직언을 하는 신하를 탄압하는 빌미*가 되기도 하였다. <u>원래 재이는 군주의 실정에 따른 하늘의 경고(결과)였는데 동중서 이후 인간사를 재이의 결과로 보는 풍조가 나타난 거네. 또 신하가 정치적 논의에 참여할 수 있는 명분을 제공하던 재이론이 오히려 직언을 하는 신하를 탄압하는 빌미가 되기도 한 거고.</u>

3 [8]이후 재이에 대한 예언적 해석은 비판의 대상이 되었고, 천인감응론 또한 부정되기도 하였다. [9]하지만 재이론은 여전히 정치 현장에서 사라지지 않았다. [10]송대(宋代)에 이르러, 주희는 천문학의 발달로 예측 가능하게 된 일월식을 재이로 간주하지 않는 경향을 수용하였고, 재이를 근본적으로 이치에 의해 설명되기 어려운 자연 현상으로 간주하였다. [11]하지만 당시까지도 재이에 대해 군주의 적극적인 대응을 유도하며 안전한 언론 활동의 기회를 제공했던 재이론이 폐기되는 것은, 신하의 입장에서 유용한 정치적 기제를 잃는 것이었다. [12]이 때문에 그(주희)는 군주를 경계하는 적절한 방법을 ⓐ찾고자 재이론을 고수*하였다. [13]그는 재이에 대한 개별적 대응 대신 군주에게 허물과 잘못이 쌓이면 이에 하늘이 감응하여 변칙적인 자연 현상이 일어날 것이라는 ㉡전반적 대응설을 제시하고, 재이를 군주의 심성 수양 문제로 귀결*시키며 재이론의 역사적 수명을 연장하였다. <u>송대의 주희: ① 재이를 이치로 설명하기 어려운 자연 현상으로 간주함 ② 전반적 대응설 제시(재이를 군주의 심성 수양 문제로 귀결)</u>

왼쪽 여백: 시간의 흐름에 따라 달라진 점이 무엇인지를 파악하며 읽어야겠네!

이것만은 챙기자

* **재이:** 재앙이 되는 괴이한 일.
* **견책:** 허물이나 잘못을 꾸짖고 나무람.
* **실정:** 정치를 잘못함. 또는 잘못된 정치.
* **명분:** 일을 꾀할 때 내세우는 구실이나 이유 따위.
* **직언:** 옳고 그른 것에 대하여 자신이 생각하는 바를 기탄없이 말함.
* **징조:** 어떤 일이 생길 기미.
* **풍조:** 시대에 따라 변하는 세태.
* **미혹:** 무엇에 홀려 정신을 차리지 못함.
* **빌미:** 재앙이나 탈 따위가 생기는 원인.
* **고수:** 차지한 물건이나 형세 따위를 굳게 지킴.
* **귀결:** 어떤 결말이나 결과에 이름. 또는 그 결말이나 결과.

만점 선배의 구조도 예시

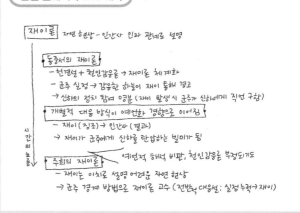

>> 각 문단을 요약하고 지문을 **세 부분**으로 나누어 보세요.

1 재이론은 **자연 현상과 인간사**를 인과 관계로 설명하는데, 한대의 동중서는 군주가 실정을 하면 하늘이 재이를 통해 경고를 내린다고 보았다.

첫 번째 **1**[1]~**1**[4]

2 인간사와 재이를 **일대일로 대응**시켜 설명하는 방식은 억지가 심하다고 평가를 받으며, 예언화 경향으로 이어져 비판의 대상이 되었다.

두 번째 **2**[5]~**2**[7]

3 송대의 주희는 군주를 경계하고자 재이론을 고수하면서 개별적 대응 대신 **전반적 대응설**을 제시하여 재이를 군주의 심성 수양 문제로 귀결시켰다.

세 번째 **3**[8]~**3**[13]

1. 다음은 (가)와 (나)를 읽은 학생이 작성한 학습 활동지의 일부이다. ㄱ~ㅁ에 들어갈 내용으로 적절하지 <u>않은</u> 것은?

학습 항목	학습 내용	
	(가)	(나)
도입 문단의 내용 제시 방식 파악하기	ㄱ	ㄴ
⋮	⋮	⋮
글의 내용 전개 방식 이해하기	ㄷ	ㄹ
특정 개념과 관련하여 두 글을 통합적으로 이해하기	ㅁ	

⊙ 정답풀이

③ ㄷ: '인과'에 대한 특정 이론을 정의한 뒤 구체적인 사례와 관련지어 그 이론의 한계와 전망을 제시하였음.

> 근거: (가) **1** ⁶이에 인과를 과학적 세계관에 입각하여 이해하려는 시도가 새먼의 과정 이론이다. + **4** ²⁹과정 이론은 규범이나 마음과 같은, 물리적 세계 바깥의 측면을 해명하기 어렵다는 한계를 지닌다. ³⁰예컨대 내가 사회 규범을 어긴 것과 내가 벌을 받아야 하는 것 사이에는 인과 관계가 있지만 과정 이론은 이를 잘 다루지 못한다.
> (가)에서는 '인과'에 대한 이론인 새먼의 과정 이론을 소개하고 구체적인 사례와 관련지어 그 이론의 한계를 제시하고 있지만, 이론의 전망을 다루고 있지는 않다.

⊗ 오답풀이

① ㄱ: '인과'에 대한 특정 이론이 등장하게 된 배경을 철학자들의 인식 변화와 관련지어 제시하였음.

> 근거: (가) **1** ¹근대 이후 서양의 철학자들은 과학적 세계관이 대두하면서 이전과는 달리 인과를 물리적 작용 사이의 관계로 국한하려는 경향을 보였다. ²문제는 흄이 지적했듯이 인과 관계 그 자체는 직접 관찰할 수 없다는 것이다. ~⁵그래서 인과가 과학적 개념인지에 대한 의심이 철학자들 사이에 제기되었다. ⁶이에 인과를 과학적 세계관에 입각하여 이해하려는 시도가 새먼의 과정 이론이다.

② ㄴ: '인과'와 연관된 특정 이론의 배경 사상과 중심 내용을 제시하였음.

> 근거: (나) **1** ¹자연 현상과 인간사를 인과 관계로 설명하는 동아시아의 대표적 논의는 재이론이다. ²한대의 동중서는 하늘이 덕을 잃은 군주에게 재이를 내려 견책한다는 천견설과, 인간과 하늘에 공통된 음양의 기를 통해 하늘과 인간이 서로 감응한다는 천인감응론을 결합하여 재이론을 체계화하였다. ³그에 따르면, 군주가 실정을 저지르면 그로 말미암아 변화된 음양의 기를 통해 감응한 하늘이 가뭄과 홍수, 일식과 월식 등 재이를 통해 경고를 내린다.

④ ㄹ: '인과'와 연관된 특정 이론을 제시하고 그 이론이 변용되는 양상을 시대의 흐름에 따라 제시하였음.

> 근거: (나) **1** ¹자연 현상과 인간사를 인과 관계로 설명하는 동아시아의 대표적 논의는 재이론이다. ²한대의 동중서는 ~재이론을 체계화하였다. + **2** ⁶하지만 동중서 이후, 원인으로서의 인간사와 결과로서의 재이를 일대일로 대응시켜 설명하는 개별적 대응 방식은 억지가 심하다는 평가를 받았다. + **3** ⁸이후 재이에 대한 예언적 해석은 비판의 대상이 되었고, 천인감응론 또한 부정되기도 하였다. ⁹하지만 재이론은 여전히 정치 현장에서 사라지지 않았다. ¹⁰송대에 이르러, 주희는~¹²이 때문에 그는 군주를 경계하는 적절한 방법을 찾고자 재이론을 고수하였다.

⑤ ㅁ: '인과'와 관련하여 동서양의 특정 이론들에 나타나는 관점을 비교해 보도록 하였음.

> 근거: (가) **1** ¹근대 이후 서양의 철학자들은 과학적 세계관이 대두하면서 이전과는 달리 인과를 물리적 작용 사이의 관계로 국한하려는 경향을 보였다. ⁶이에 인과를 과학적 세계관에 입각하여 이해하려는 시도가 새먼의 과정 이론이다. / (나) **1** ¹자연 현상과 인간사를 인과 관계로 설명하는 동아시아의 대표적 논의는 재이론이다.

2. 윗글에 대한 이해로 적절하지 <u>않은</u> 것은?

☑ 정답풀이

④ 한대의 재이론에서 전제된 하늘은 음양의 변화에 반응하지 않지만 경고를 하는 의지를 가진 존재였다.

> 근거: (나) **1** [2]한대의 동중서는 하늘이 덕을 잃은 군주에게 재이를 내려 견책한다는 천견설과, 인간과 하늘에 공통된 음양의 기를 통해 하늘과 인간이 서로 감응한다는 천인감응론을 결합하여 재이론을 체계화하였다. [3]그에 따르면, 군주가 실정을 저지르면 그로 말미암아 변화된 음양의 기를 통해 감응한 하늘이 가뭄과 홍수, 일식과 월식 등 재이를 통해 경고를 내린다.
> 한대의 재이론에서 하늘은 음양의 변화에 감응하며, 재이를 통해 경고를 내리는 존재였다.

❌ 오답풀이

① 과정 이론은 물리적 세계의 테두리 안에서 인과를 해명하는 이론이다.

> 근거: (가) **1** [1]근대 이후 서양의 철학자들은 과학적 세계관이 대두하면서 이전과는 달리 인과를 물리적 작용 사이의 관계로 국한하려는 경향을 보였다. [6]이에 인과를 과학적 세계관에 입각하여 이해하려는 시도가 새먼의 과정 이론이다. + **4** [29]과정 이론은 규범이나 마음과 같은, 물리적 세계 바깥의 측면을 해명하기 어렵다는 한계를 지닌다.

② 사회 규범 위반과 처벌 당위성 사이의 인과 관계는 표지의 전달로 설명되기 어렵다.

> 근거: (가) **2** [16]교차에서 표지, 즉 대상의 변화된 물리적 속성이 도입되면 이후의 모든 지점에서 그 표지를 전달할 수 있는 과정이 (새먼의 과정 이론에 따른) 인과적 과정이다. + **4** [30]예컨대 내가 사회 규범을 어긴 것과 내가 벌을 받아야 하는 것 사이에는 인과 관계가 있지만 과정 이론은 이를 잘 다루지 못한다.

③ 인과가 과학적 세계관과 부합하지 않는다고 생각하는 철학자가 근대 이후 서양에 나타났다.

> 근거: (가) **1** [1]근대 이후 서양의 철학자들은 과학적 세계관이 대두하면서 이전과는 달리 인과를 물리적 작용 사이의 관계로 국한하려는 경향을 보였다. [2]문제는 흄이 지적했듯이 인과 관계 그 자체는 직접 관찰할 수 없다는 것이다.~[5]그래서 인과가 과학적 개념인지에 대한 의심이 철학자들 사이에 제기되었다.

⑤ 천문학의 발달에 따라 일월식이 예측 가능해지면서 송대에는 이를 설명 가능한 자연 현상으로 보는 경향이 있었다.

> 근거: (나) **3** [10]송대에 이르러, 주희는 천문학의 발달로 예측 가능하게 된 일월식을 재이로 간주하지 않는 경향을 수용하였고, 재이를 근본적으로 이치에 의해 설명되기 어려운 자연 현상으로 간주하였다.

3. [A]에 대한 이해로 적절하지 <u>않은</u> 것은?

☑ 정답풀이

④ 바나나의 일부를 베어 냄으로써 변화된 바나나 그림자의 모양은 과정 3이 과정 2와 교차함으로써 도입된 표지이다.

> 근거: (가) **3** [17]가령 바나나가 a 지점에서 b 지점까지 이동하는 과정을 과정 1이라고 하자. [18]a와 b의 중간 지점에서 바나나를 한 입 베어 내는 과정 2가 과정 1과 교차했다. [24]바나나의 그림자가 스크린상의 a′ 지점에서 b′ 지점까지 움직이는 과정을 과정 3이라 하자. [25]과정 1과 과정 2의 교차 이후 스크린상의 그림자 역시 변한다.
> 스크린상의 그림자는 과정 1과 과정 2의 교차에 따라 변하며, 이를 과정 3이 과정 2와 교차함으로써 도입된 표지로 볼 수는 없다.

❌ 오답풀이

① 바나나와 그 그림자는 서로 다른 시공간적 궤적을 그린다.

> 근거: (가) **2** [10]과정은 대상의 시공간적 궤적이다. + **3** [17]가령 바나나가 a 지점에서 b 지점까지 이동하는 과정을 과정 1이라고 하자. [24]바나나의 그림자가 스크린상의 a′ 지점에서 b′ 지점까지 움직이는 과정을 과정 3이라 하자.
> 바나나와 그 그림자는 서로 다른 대상으로 서로 다른 시공간적 궤적을 그린다.

② 과정 1이 과정 2와 교차하기 이전과 이후에서, 바나나가 지닌 물리적 속성은 다르다.

> 근거: (가) **2** [16]교차에서 표지, 즉 대상의 변화된 물리적 속성이 도입되면 이후의 모든 지점에서 그 표지를 전달할 수 있는 과정이 인과적 과정이다. + **3** [19]이 교차(과정 1과 과정 2의 교차)로 표지가 과정 1에 도입되었고 이 표지는 b까지 전달될 수 있다. [20]즉, 바나나는 베어 낸 만큼이 없어진 채로 줄곧 b까지 이동할 수 있다. [21]따라서 과정 1은 인과적 과정이다.
> 과정 1은 인과적 과정으로, 과정 1이 과정 2와 교차되면서 도입된 표지(바나나의 변화된 물리적 속성)가 교차 이후의 모든 지점에까지 전달되므로, 교차 이전과 이후 바나나가 지닌 물리적 속성은 서로 다르다.

③ 과정 1과 달리 과정 3은 인과적 과정이 아니다.

> 근거: (가) **2** [16]교차에서 표지, 즉 대상의 변화된 물리적 속성이 도입되면 이후의 모든 지점에서 그 표지를 전달할 수 있는 과정이 인과적 과정이다. + **3** [21]따라서 과정 1은 인과적 과정이다. [28]이처럼 과정 3은 다른 과정과의 교차로 도입된 표지를 전달할 수 없다.
> 과정 1과 달리 과정 3은 다른 과정과의 교차로 도입된 표지를 전달할 수 없으므로 인과적 과정이 아니다.

⑤ 과정 3과 과정 4의 교차로 도입된 표지는 과정 3으로도 과정 4로도 전달되지 않는다.

> 근거: (가) **3** [26]그런데 a′과 b′ 사이의 스크린 표면의 한 지점에 울퉁불퉁한 스티로폼이 부착되는 과정 4가 과정 3과 교차했다고 하자. [27]그림자가 그 지점과 겹치면서 일그러짐이라는 표지가 과정 3에 도입되지만, 그 지점을 지나가면 그림자는 다시 원래대로 돌아오고 스티로폼은 그대로이다. [28]이처럼 과정 3은 다른 과정과의 교차로 도입된 표지를 전달할 수 없다.
> 과정 3과 과정 4의 교차로 표지(그림자가 일그러짐)가 도입되었지만, 그 지점을 지나가면 그림자는 다시 원래대로 돌아오고 스티로폼도 그대로이므로 이는 과정 3으로도 과정 4로도 전달되지 않는다.

모두의 질문

• 3-③, ④번

Q: '과정 1과 과정 2의 교차 이후 스크린상의 그림자 역시 변한다.'라고 했으니까, 과정 2와 과정 3이 교차해서 '그림자의 모양이 변함'이라는 표지가 도입되었고, 그림자가 변한 것은 이후 지점에서도 전달되므로 과정 3도 인과적 과정이라고 말할 수 있는 것 아닌가요? 또 변화된 바나나 그림자의 모양은 과정 3이 과정 2와 교차함으로써 도입된 표지라고 볼 수 있고요.

A: 이 문제는 정답률이 매우 낮으며, 정답 외의 선지들을 골고루 선택하는 경향이 나타난 것으로 보아 사실상 내용을 정확히 이해하고 푼 학생이 아주 적은 어려운 문제였다고 할 수 있다. 이 문제는 [A]에 대한 이해로 적절하지 않은 것을 묻고 있는데, 이때 [A]는 문단 전체가 예시에 해당한다. 출제자가 예를 들어 길게 풀어서 설명을 한다는 것은, 예시와 대응되는 개념 혹은 원리가 핵심 정보이며 문제에서 이와 관련해 매우 꼼꼼한 판단을 요구할 것임을 의미한다. 따라서 예시에 해당하는 내용과 개념 혹은 원리를 대응해 가며 지문을 정확하게 읽어야 하고, 문제를 풀 때에도 [A]뿐만 아니라, [A]와 관련된 개념을 제시한 2문단까지 고려했어야 한다.

먼저 정답인 ④번의 경우 [A]에서 '과정 1과 과정 2의 교차 이후 스크린상의 그림자 역시 변한다.'라고 했으므로, 변화된 바나나 그림자의 모양이 과정 3과 과정 2의 교차에 의해 도입된 표지라고 볼 수는 없다. 또한 2문단에서 '교차'가 '어떤 과정(대상의 시공간적 궤적)'이 '다른 과정'과 '한 시공간적 지점'에서 만나는 것임을 고려했을 때 'a와 b의 중간 지점에서 (실제의) 바나나를 한 입 베어 내는' 과정 2와 '바나나의 그림자가 스크린상의 a′ 지점에서 b′ 지점까지 움직이는' 과정 3이 '한 시공간적 지점에서 만난다', 즉 교차한다고 보기 어렵기 때문에 적절하지 않다.

한편 ③번의 적절성은 '인과적 과정'의 개념을 통해 판단할 수 있다. 2문단에서 인과적 과정은 '교차에서 표지, 즉 대상의 변화된 물리적 속성이 도입되면 이후의 모든 지점에서 그 표지를 전달할 수 있는 과정'이라고 했는데, [A]에 따르면 '과정 3은 다른 과정과의 교차로 도입된 표지를 전달할 수 없'으므로 인과적 과정이 아니다.

최근의 출제 경향을 고려하면, 앞으로 수능 국어에서 독서 영역은 문장을 정확하게 이해하고 글에 담긴 의도를 파악하는 능력이 고득점의 관건이 될 것으로 예상된다. 특히 글에 담긴 의도는 내용 추론 문제를 통해 파악할 수 있으므로, 기출 분석을 통해 이러한 능력을 기를 수 있는 학습을 충분히 해 두어야 한다. 다만 현실적인 조언을 하자면, 어려운 문제를 만났을 때에는 어떻게 해서든 이 문제의 정답을 찾겠다고 생각하기보다는 해당 문제에 얼마만큼의 시간을 투자할 것인지를 빠르게 판단하고, 정한 시간 내에 해결하지 못했다면 우선 다른 문제를 풀고 시간이 남는 경우 다시 돌아와 생각해 보는 것이 총점을 높이기 위한 전략이 될 수 있다.

4. ㉠, ㉡에 대한 설명으로 가장 적절한 것은?

> ㉠: 예언화 경향
> ㉡: 전반적 대응설

✔ 정답풀이

② ㉠은 이전과 달리 인간사와 재이의 인과 관계를 역전시켜 재이를 인간사의 미래를 알려 주는 징조로 삼는 데 활용되었다.

> 근거: (나) **1** [4]이때 재이는 군주권이 하늘로부터 비롯된 것임을 입증하는 것이자 군주의 실정에 대한 경고였다. + **2** [7]이 방식(개별적 대응 방식)은 오히려 예언화 경향(㉠)으로 이어져 재이를 인간사의 징조로, 인간사를 재이의 결과로 대응시키는 풍조를 낳기도 하였고
> 재이는 군주의 실정에 대한 경고(인간사 → 재이)였지만, 이후 ㉠에 의해 인과 관계가 역전되어 재이를 인간사의 징조(재이 → 인간사)로 여기는 풍조가 나타나게 되었다.

✖ 오답풀이

① ㉠은 군주의 과거 실정에 대한 경고로서 재이의 의미가 강조되어 신하의 직언을 활성화하는 방향으로 활용되었다.

> 근거: (나) **1** [4]이때 재이는 군주권이 하늘로부터 비롯된 것임을 입증하는 것이자 군주의 실정에 대한 경고였다. + **2** [5]양면적 성격의 재이론은 신하가 정치적 논의에 참여할 수 있는 명분을 제공하였고, 재이가 발생하면 군주가 직언을 구하고 신하가 이에 응하는 전통으로 구체화되었다. [7]이 방식(개별적 대응 방식)은 오히려 예언화 경향(㉠)으로 이어져 재이를 인간사의 징조로, 인간사를 재이의 결과로 대응시키는 풍조를 낳기도 하였고, 요망한 말로 백성을 미혹시켰다는 이유로 군주가 직언을 하는 신하를 탄압하는 빌미가 되기도 하였다.
> ㉠이 나타나기 이전 재이는 군주의 실정에 대한 경고로 여겨지며 재이가 발생할 시 군주가 직언을 구하고 신하가 이에 응하는 전통으로 구체화되었지만, ㉠은 오히려 군주가 직언을 하는 신하를 탄압하는 방향으로 활용되었다.

③ ㉡은 개별적인 재이 현상을 물리적 작용이라 보고 정치와 무관하게 재이를 이해하는 기초로 활용되었다.

> 근거: (나) **3** [11]하지만 당시까지도 재이에 대해 군주의 적극적인 대응을 유도하며 안전한 언론 활동의 기회를 제공했던 재이론이 폐기되는 것은, 신하의 입장에서 유용한 정치적 기제를 잃는 것이었다. [12]이 때문에 그(주희)는 군주를 경계하는 적절한 방법을 찾고자 재이론을 고수하였다. [13]그는 재이에 대한 개별적 대응 대신 군주에게 허물과 잘못이 쌓이면 이에 하늘이 감응하여 변칙적인 자연 현상이 일어날 것이라는 전반적 대응설(㉡)을 제시하고, 재이를 군주의 심성 수양 문제로 귀결시키며 재이론의 역사적 수명을 연장하였다.
> ㉡을 제시한 주희는 재이론을 신하의 입장에서 유용한 정치적 기제로 보고 군주를 경계하는 적절한 방법을 찾고자 재이론을 고수하였으므로, ㉡이 정치와 무관하게 재이를 이해하는 기초로 활용되었다고 볼 수는 없다.

④ ⓒ은 누적된 실정과 특정한 재이 현상을 연결 짓는 방식으로 이어져 군주의 권력을 강화하는 데 활용되었다.

근거: (나) ❸ ¹²이 때문에 그(주희)는 군주를 경계하는 적절한 방법을 찾고자 재이론을 고수하였다. ¹³그는 재이에 대한 개별적 대응 대신 군주에게 허물과 잘못이 쌓이면 이에 하늘이 감응하여 변칙적인 자연 현상이 일어날 것이라는 전반적 대응설(ⓒ)을 제시하고, 재이를 군주의 심성 수양 문제로 귀결시키며 재이론의 역사적 수명을 연장하였다.

ⓒ이 누적된 실정과 특정한 재이 현상을 연결 지은 것은 맞지만, 이는 군주의 권력을 강화하는 데 활용된 것이 아니라 오히려 군주를 경계하는 방법으로 활용되었다.

⑤ ⓒ은 과학적 인식을 기반으로 군주의 지배력과 변칙적인 자연 현상이 무관하다는 인식을 강화하는 기초로 활용되었다.

근거: (나) ❸ ¹³그(주희)는 재이에 대한 개별적 대응 대신 군주에게 허물과 잘못이 쌓이면 이에 하늘이 감응하여 변칙적인 자연 현상이 일어날 것이라는 전반적 대응설(ⓒ)을 제시하고, 재이를 군주의 심성 수양 문제로 귀결시키며 재이론의 역사적 수명을 연장하였다.

ⓒ은 군주의 실정과 변칙적인 자연 현상을 연관 짓고 있다.

5. 〈보기〉는 윗글의 주제와 관련한 동서양 학자들의 견해이다. 윗글을 읽은 학생이 〈보기〉에 대해 보인 반응으로 적절하지 **않은** 것은? [3점]

〈보기〉

㉠ 만약 인과 관계가 직접 관찰될 수 없다면, 물리적 속성의 변화와 전달과 같은 관찰 가능한 현상을 탐구하는 것이 인과 개념을 과학적으로 규명하는 올바른 경로이다.

㉡ 인과 관계란 서로 다른 대상들이 물리적 성질들을 서로 주고받는 관계일 수밖에 없다. 그러한 두 대상은 시공간적으로 연결되어 있어야만 한다.

㉢ 덕이 잘 닦인 치세에서는 재이를 찾아볼 수 없었고, 세상의 변고는 모두 난세의 때에 출현했으니, 하늘과 인간이 서로 통하는 관계임을 알 수 있다.

㉣ 홍수가 자주 발생하는 강 하류 지방의 지방관은 반드시 실정을 한 것이고, 홍수가 발생하지 않는 산악 지방의 지방관은 반드시 청렴한가? 실제로는 그렇지 않다.

✔ 정답풀이

② 인과 관계를 대상 간의 물리적 상호 작용으로 국한하는 ㉡의 입장은 대상 간의 감응을 기반으로 한 동중서의 재이론이 보여 준 입장과 부합하겠군.

근거: (가) ❹ ²⁹과정 이론은 규범이나 마음과 같은, 물리적 세계 바깥의 측면을 해명하기 어렵다는 한계를 지닌다. / (나) ❶ ¹자연 현상과 인간사를 인과 관계로 설명하는 동아시아의 대표적 논의는 재이론이다. ²한대의 동중서는 하늘이 덕을 잃은 군주에게 재이를 내려 견책한다는 천견설과, 인간과 하늘에 공통된 음양의 기를 통해 하늘과 인간이 서로 감응한다는 천인감응론을 결합하여 재이론을 체계화하였다.

동중서의 재이론은 천견설과 하늘과 인간의 감응을 기반으로 하는 천인감응론을 결합하여 체계화된 것이므로 물리적 세계 바깥의 측면을 다룬 것으로 볼 수 있다. 따라서 인과 관계를 '서로 다른 대상들이 물리적 성질들을 서로 주고받는 관계'로 국한하는 ㉡의 입장과 부합한다고 볼 수 없다.

✖ 오답풀이

① 흄의 문제 제기와 ㉠로부터, 과정 이론이 인과 개념을 과학적으로 규명하려는 시도의 하나임을 이끌어낼 수 있겠군.

근거: (가) ❶ ²문제는 흄이 지적했듯이 인과 관계 그 자체는 직접 관찰할 수 없다는 것이다. ⁶이에 인과를 과학적 세계관에 입각하여 이해하려는 시도가 새먼의 과정 이론이다.

③ 치세와 난세의 차이를 재이의 출현 여부로 설명하는 ㉰에 대해 동중서와 주희는 모두 재이론에 입각하여 수용 가능한 견해라는 입장을 취하겠군.

근거: (나) **1** ³그(동중서)에 따르면, 군주가 실정을 저지르면 그로 말미암아 변화된 음양의 기를 통해 감응한 하늘이 가뭄과 홍수, 일식과 월식 등 재이를 통해 경고를 내린다. + **3** ¹³그(주희)는 재이에 대한 개별적 대응 대신 군주에게 허물과 잘못이 쌓이면 이에 하늘이 감응하여 변칙적인 자연 현상이 일어날 것이라는 전반적 대응설을 제시

동중서와 주희는 모두 군주의 실정으로 인해 재이가 발생한다고 보므로 재이의 출현 여부와 관련하여 치세와 난세의 차이를 설명하는 ㉰를 수용 가능한 견해라고 볼 것이다.

④ 덕이 물리적 세계 바깥의 현상에 해당한다면, 덕과 세상의 변화 사이에 인과 관계가 있다고 본 ㉰는 새먼의 이론에 입각하여 설명되기 어렵겠군.

근거: (가) **4** ²⁹과정 이론은 규범이나 마음과 같은, 물리적 세계 바깥의 측면을 해명하기 어렵다는 한계를 지닌다.

새먼의 과정 이론은 물리적 세계 바깥의 측면을 다루는 데에는 한계가 있으므로, 이를 통해 물리적 세계 바깥의 현상인 덕과 세상의 변화 사이의 인과 관계를 다룬 ㉰를 설명하기는 어렵다.

⑤ 지방관의 실정에서 도입된 표지가 홍수로 이어지는 과정으로 전달될 수 없다면, 새먼은 실정이 홍수의 원인이 아니라는 점에서 ㉱에 동의하겠군.

근거: (가) **2** ¹⁶만약 교차에서 표지, 즉 대상의 변화된 물리적 속성이 도입되면 이후의 모든 지점에서 그 표지를 전달할 수 있는 과정이 인과적 과정이다.

지방관의 실정에서 도입된 표지가 홍수로 이어지는 과정으로 전달될 수 없다면 새먼은 이를 인과적 과정이 아니라고 볼 것이다. ㉱ 또한 홍수의 원인이 지방관의 실정 때문이 아니라는 입장이므로, 새먼은 실정이 홍수의 원인이 아니라는 점에서 ㉱에 동의할 것이다.

6. ⓐ와 문맥상 의미가 가장 가까운 것은?

▼ 정답풀이

① 모두가 만족하는 대책을 <u>찾으려</u> 머리를 맞대었다.

근거: (나) **3** ¹²그는 군주를 경계하는 적절한 방법을 ⓐ찾고자 재이론을 고수하였다.
ⓐ와 ①번의 '찾다' 모두 '모르는 것을 알아내고 밝혀내려고 애쓰다. 또는 그것을 알아내고 밝혀내다.'의 의미로 쓰였다.

✖ 오답풀이

② 모르는 단어가 나오면 국어사전을 <u>찾아서</u> 확인해라.
'모르는 것을 알아내기 위하여 책 따위를 뒤지거나 컴퓨터를 검색하다.'의 의미로 쓰였다.

③ 건강을 위해 친환경 농산물을 <u>찾는</u> 사람이 많아졌다.
'어떤 것을 구하다.'의 의미로 쓰였다.

④ 아직 완전하지는 않지만 서서히 건강을 <u>찾는</u> 중이다.
'원상태를 회복하다.'의 의미로 쓰였다.

⑤ 선생은 독립을 다시 <u>찾는</u> 것을 일생의 사명으로 여겼다.
'잃거나 빼앗기거나 맡기거나 빌려주었던 것을 돌려받아 가지게 되다.'의 의미로 쓰였다.

[1~6] 다음 글을 읽고 물음에 답하시오.

✏️ 사고의 흐름

(가)

1 ¹18세기 북학파들은 청에 다녀온 경험을 연행록으로 기록하여 청의 문물제도를 수용하자는 북학론을 구체화하였다. ²이들은 개인적인 학문 성향과 관심에 따라 주목한 영역이 서로 달랐기 때문에 이들의 북학론도 차이를 보였다. <u>북학론은 하나의 입장이 아닌가 봐! 개인적인 학문 성향과 관심에 따라 차이가 있는 것이겠지?</u> ³이들에게는 동아시아에서 문명의 척도*로 여겨진 중화 관념이 청의 현실에 대한 인식에 각각 다르게 반영된 것이다. <u>북학파들은 중화 관념을 문명의 척도로 보았지만, 청의 현실에 대한 인식에 중화 관념이 다르게 반영되었구나!</u> ⁴1778년 함께 연행길에 올라 동일한 일정을 소화했던 박제가와 이덕무의 연행록에서도 이러한 차이가 확인된다. <u>이어서 이 차이에 대해 자세히 설명해 줄 테니, 둘의 차이점에 주목하는 한편 공통점도 고려하면서 읽어 보자.</u>

[A]
2 ⁵북학이라는 목적의식이 강했던 박제가가 인식한 청의 현실은 단순한 현실이 아니라 조선이 지향할 가치 기준이었다. ⁶그가 쓴 『북학의』에 묘사된 청의 현실은 특정 관점에 따라 선택 및 추상화된 것이었으며, 그런 청의 현실은 그에게 중화가 손상 없이 ⓐ보존된 것이자 조선의 발전 방향이기도 하였다. <u>『북학의』에 제시된 청의 현실에는 청을 중화가 손상 없이 보존된 것으로 보았던 박제가의 관점이 담겨 있겠네.</u> ⁷중화 관념의 절대성을 인정하였기 때문에 당시 조선은 나름의 독자성을 유지하기보다 중화와 합치되는 방향으로 나아가야 한다는 생각이 그의 북학론의 밑바탕이 되었다. ⁸명에 대한 의리를 중시하는 당시 주류의 견해에 대해 그는 의리 문제는 청이 천하를 차지한 지 백여 년이 지나며 자연스럽게 소멸된 것으로 여기고, 청 문물제도의 수용이 가져다주는 이익을 논하며 북학론의 당위성을 설파* 하였다. <u>박제가의 북학론: 청은 중화가 손상 없이 보존된 것, 조선은 중화와 합치되는 방향으로 나아가며 발전해야 함</u> ⁹대체로 이익 추구에 대해 부정적이었던 주자학자들과 <u>달리,</u> 이익 추구를 인간의 자연스러운 욕망으로 긍정하고 양반도 이익을 추구하자는 등 실용적인 입장을 보였다.

<u>달리 뒤에는 주자학자들과 다른 박제가의 견해가 제시되겠지!</u>

3 ¹⁰이덕무는 『입연기』를 저술하면서 청의 현실을 객관적 태도로 기록하고자 하였다. <u>이덕무의 연행록은 객관적 태도로 기록되었구나! 박제가의 관점과 비교하며 읽어 보자.</u> ¹¹잘 정비된 마을의 모습을 기술하며 그는 황제의 행차에 대비하여 이루어진 일련의 조치가 민생과 무관하다고 지적하였다. ¹²하지만 청 문물의 효용을 ⓑ도외시하지 않고 박제가와 마찬가지로 물질적 삶을 중시하는 이용후생에 관심을 보였다. <u>박제가와 이덕무는 모두 이용후생에 관심이 있었구나!</u> ¹³스스로 평등견이라 불렀던 인식 태도를 바탕으로 그는 당시 청에 대한 찬반의 이분법에서 벗어나 청과 조선의 현실적 차이뿐만 아니라 양쪽 모두의 가치를 인정하였다. ¹⁴이런 시각에서 그는 청과 조선은 구분되지만 서로 배타적*이지 않다고 보았다. ¹⁵즉 청을 배우는 것과

조선 사람이 조선 풍토에 맞게 살아가는 것은 서로 모순되지 않는다는 것이다. <u>이덕무의 평등견: 청과 조선의 가치를 모두 인정, 청을 배우면서도 조선 풍토에 맞게 살아갈 수 있음</u> ¹⁶하지만 그는 중국인들의 외양이 만주족처럼 변화된 것을 보고 비통한 감정을 토로하며 중화의 중심이라 여겼던 명에 대한 의리를 중시하는 등 자신이 제시한 인식 태도에서 벗어나는 모습을 보이기도 하였다. <u>청이 중화를 손상 없이 보존했다고 보며 이를 지향한 박제가와 달리, 이덕무는 청을 배우려 하면서도 명을 중화의 중심으로 여기며 의리를 지키려 했구나.</u>

<u>앞의 주장과는 다른 방향의 내용이 제시되겠지?</u>

이것만은 챙기자

- ***척도:** 평가하거나 측정할 때 의거할 기준.
- ***설파:** 어떤 내용을 듣는 사람이 납득하도록 분명하게 드러내어 말함.
- ***배타적:** 남을 배척하는 것.

만점 선배의 구조도 예시

(가)
18C 북학파: 청의 문물을 수용하자는 북학론 구체화.
But 중화관념이 청의 현실에 대한 인식에 다르게 반영됨
→ 북학론에도 차이 有

박제가 『북학의』
- 청의 현실: 조선이 지향할 가치기준으로 중화가 보존된 것
  ↓
  조선의 독자성을 유지하기보다 청 문물 제도를 받아들여야 함
- 명에 대한 의리 문제는 자연스럽게 소멸된 것
  ↓
  북학론의 당위성 (이익) 설파, 양반의 이익 추구 주장

이덕무 『입연기』
- 청 문물의 효용 인정 But 청의 현실을 객관적으로 기술, 청과 조선의 가치 모두 인정
- 청 문물을 받아들이면서도 우리 풍토에 맞게 살아갈 수 있음
- 명을 중화의 중심이라 여김
- 이용후생에 관심을 보이면서도 중국인들의 외양이 만주족처럼 변한 것을 비통해함 (명에 대한 의리 중시)

>> 각 문단을 요약하고 지문을 **세 부분**으로 나누어 보세요.

1 18세기 북학파들은 청의 문물제도를 수용하자는 북학론을 구체화했는데, 중화 관념이 청의 현실에 대한 인식에 다르게 반영되어 개개인의 북학론은 차이를 보였다. ┄ 첫 번째 **1**¹~**1**⁴

2 박제가는 청의 현실을 중화가 손상 없이 보존된 것이자 조선의 발전 방향으로 보고 청 문물제도의 수용이 가져다주는 이익을 논하며 북학론의 당위성을 설파했다. ┄ 두 번째 **2**⁵~**2**⁹

3 이덕무는 박제가와 마찬가지로 이용후생에 관심을 보였으나 청의 현실을 객관적 태도로 기록했으며, 청과 조선의 현실적 차이와 가치를 인정하는 한편 중화의 중심이라 여겼던 명에 대한 의리를 중시하기도 했다. ┄ 세 번째 **3**¹⁰~**3**¹⁶

(나)

1 ¹18세기 후반의 중국은 명대 이래의 경제 발전이 정점에 달해 있었다. ²대부분의 주민들이 접근할 수 있는 향촌의 정기 시장부터 인구 100만의 대도시의 시장에 이르는 <u>여러 단계의 시장들</u>이 그물처럼 연결되어 국내 교역이 활발하게 이루어지고 있었다. *18세기 후반 중국의 경제 발전 ① 활발한 국내 교역* ³장거리 교역의 상품이 사치품에 ⓒ한정되지 않고 일상적 물건으로까지 확대되었다. *18세기 후반 중국의 경제 발전 ② 장거리 교역 상품 확대* ⁴상인 조직의 발전과 신용 기관의 확대는 교역의 질과 양이 급변하고 있었음을 보여 준다. *18세기 후반 중국의 경제 발전 ③ 상인 조직 발전과 신용 기관 확대* ⁵대외 무역의 발전과 은의 유입은 중국의 경제적 번영에 영향을 미친 외부적 요인이었다. ⁶은의 유입, 그리고 이를 통해 가능해진 은을 매개로 한 과세*는 상품 경제의 발전을 ⓓ자극하였다. ⁷은과 상품의 세계적 순환으로 중국 경제가 세계 경제와 긴밀하게 연결되었다. *18세기 후반 중국의 경제 발전 ④ 대외 무역 발전과 은의 유입으로 인한 상품 경제의 발전*

← 앞에서 제시된 긍정적인 부분과는 반대되는 내용이 제시되겠지?

2 ⁸<u>그러나</u> 청의 번영은 지속되지 않았고, 19세기에 접어들 무렵부터는 심각한 내외의 위기에 직면해 급속한 하락의 시대를 겪게 된다. ⁹북학파들이 연행을 했던 18세기 후반에도 이미 위기의 징후*들이 나타나고 있었다. *'징후들'이라 했으니 두 개 이상의 위기의 징후를 제시해 주겠지?* ¹⁰급격한 인구 증가로 인한 여러 문제는 새로운 작물 재배, 개간, 이주, 농경 집약화 등 민간의 노력에도 불구하고 해결되지 않았다. *위기의 징후가 나타나게 된 근본적 원인은 급격한 인구 증가에 있었구나!* ¹¹인구 증가로 이주 및 도시화가 진행되는 가운데 전통적인 사회적 유대가 약화되거나 단절된 사람들이 상호 부조* 관계를 맺는 결사* 조직이 ⓔ성행하였다. ¹²이런 결사 조직은 불법적인 활동으로 연결되곤 했고 위기 상황에서는 반란의 조직적 기반이 되었다. *18세기 후반 중국의 위기 징후 ① 결사 조직 성행으로 인한 불법적 활동, 반란* ¹³인맥에 기초한 관료 사회의 부정부패가 심화된 것 역시 인구 증가와 무관하지 않았다. ¹⁴교육받은 지식인들이 늘어났지만 이들을 흡수할 수 있는 관료 조직의 규모는 정체되어 있었고, <u>경쟁의 심화가 종종 불법적인 행위로 연결되었다.</u> *18세기 후반 중국의 위기 징후 ② 관료 사회의 부정부패 심화* ¹⁵이와 같이 18세기 후반 청의 화려한 번영의 그늘에는 ㉠<u>심각한 위기의 씨앗들이 뿌려지고 있었다.</u>

이, 그, 저가 나오면 무엇을 가리키는지 제대로 파악해 두자! 여기에서 이는 통치자들이 외국과의 접촉으로부터 백성들을 차단하려고 한 것이겠지?

3 ¹⁶통치자들도 번영 속에서 불안을 느끼고 있었다. ¹⁷조정에는 외국과의 접촉으로부터 백성들을 차단하려는 경향이 있었으며, 서양 선교사들의 선교 활동 확대로 인해 이런 경향이 강화되기도 하였다. ¹⁸이 때문에 18세기 후반에 청 조정은 서양에 대한 무역 개방을 축소하는 모습을 보였다. ¹⁹그러나 그때까지는 위기가 본격화되지는 않았고, 소수의 지식인들만이 사회 변화의 부정적 측면을 염려하거나 개혁 방안을 모색*하였다. *18세기 후반 중국(청)은 경제 발전과 함께 위기의 징후가 나타나기도 했지만 이 위기가 아직 본격화되지는 않았군!*

이것만은 챙기자

* **과세**: 세금을 정하여 그것을 내도록 의무를 지움.
* **징후**: 겉으로 나타나는 낌새.
* **부조**: 남을 거들어서 도와주는 일.
* **결사**: 여러 사람이 공동의 목적을 이루기 위하여 단체를 조직함. 또는 그렇게 조직된 단체.
* **모색**: 일이나 사건 따위를 해결할 수 있는 방법이나 실마리를 더듬어 찾음.

만점 선배의 구조도 예시

(나) [18C 후반 중국]

명대 이래의 경제 발전 정점   VS.   급격한 인구 증가로 인한 문제(위기)

① 활발한 국내 교역   ① 사회적 유대 약화, 단절
② 장거리 교역 상품 확대   → 결사조직 성행 (불법활동, 반란)
③ 상인 조직 발전, 신용기관 확대   ② 관료 사회의 부정부패
④ 은의 유입 → 상품 경제 발전   : 경쟁의 심화로 인한 불법적·행위 ↑

• 통치자들 : 번영 속 불안함 느낌
  - 외국과의 접촉으로부터 백성 차단하려 함
     → 서양에 대한 무역 개방 축소
  - 소수의 지식인 : 부정적 측면 염려, 개혁 방안 모색

↓

[19C] 심각한 내외 위기 → 급속한 하락

≫ 각 문단을 요약하고 지문을 세 부분으로 나누어 보세요.

1 18세기 후반 중국은 국내 교역이 활발하게 이루어지고 장거리 교역 상품이 확대되며, 대외 무역과 상품 경제가 발전하여 경제 발전이 정점에 달해 있었다.

2 그러나 급격한 인구 증가로 인해 반란의 조직적 기반이 되는 결사 조직이 성행하고 관료 사회의 부정부패가 심화되는 등 위기의 징후들이 나타났다.

3 통치자들은 번영 속에서 불안을 느껴 외국과의 접촉으로부터 백성들을 차단하고 서양에 대한 무역 개방을 축소하는 모습이 나타났다.

첫 번째 **1**¹~**1**⁷
두 번째 **2**⁸~**2**¹⁵
세 번째 **3**¹⁶~**3**¹⁹

1. (가), (나)에 대한 설명으로 가장 적절한 것은?

☑ 정답풀이

① (가)는 18세기 중국에 대한 학자들의 견해를 제시하면서 그러한 견해의 형성 배경 및 견해 간의 차이를 설명하고 있다.

> 근거: (가) ❶ ²이들(북학파)은 개인적인 학문 성향과 관심에 따라 주목한 영역이 서로 달랐기 때문에 이들의 북학론도 차이를 보였다. ³이들에게는 동아시아에서 문명의 척도로 여겨진 중화 관념이 청의 현실에 대한 인식에 각각 다르게 반영된 것이다. + ❷ ⁵북학이라는 목적의식이 강했던 박제가가 인식한 청의 현실은 단순한 현실이 아니라 조선이 지향할 가치 기준이었다. + ❸ ¹⁰이덕무는 「입연기」를 저술하면서 청의 현실을 객관적 태도로 기록하고자 하였다. ¹⁴이런 시각에서 그(이덕무)는 청과 조선은 구분되지만 서로 배타적이지 않다고 보았다.
>
> (가)는 18세기 중국에 대해 북학파 학자인 박제가와 이덕무의 견해를 제시하며 이들 견해의 형성 배경 및 견해 간의 차이를 설명하고 있다.

☒ 오답풀이

② (가)는 18세기 중국을 바라보는 사상적 관점을 제시하면서 각 관점이 지닌 역사적 의의와 한계를 서로 비교하고 있다.
> 근거: (가) ❶ ¹18세기 북학파들은 청에 다녀온 경험을 연행록으로 기록하여 청의 문물제도를 수용하자는 북학론을 구체화하였다.
>
> 18세기 북학파들의 사상적 관점을 제시하고 있지만, 각 관점이 지닌 역사적 의의와 한계를 서로 비교하고 있지는 않다.

③ (나)는 18세기 중국의 사회상을 제시하면서 다양한 사회상을 시대별 기준에 따라 분류하여 서술하고 있다.
> 근거: (나) ❶ ¹18세기 후반의 중국은 명대 이래의 경제 발전이 정점에 달해 있었다. + ❷ ⁸그러나 청의 번영은 지속되지 않았고~⁹18세기 후반에도 이미 위기의 징후들이 나타나고 있었다.
>
> 18세기 중국(청)의 사회상을 제시하고 있지만, 다양한 사회상을 시대별 기준에 따라 분류하고 있지는 않다.

④ (나)는 18세기 중국의 사상적 변화를 제시하면서 그러한 변화가 지니는 긍정적 측면과 부정적 측면을 분석하고 있다.
> 근거: (나) ❶ ¹18세기 후반의 중국은 명대 이래의 경제 발전이 정점에 달해 있었다. + ❷ ⁸그러나 청의 번영은 지속되지 않았고, 19세기에 접어들 무렵부터는 심각한 내외의 위기에 직면해 급속한 하락의 시대를 겪게 된다.
>
> 18세기 중국 사회의 긍정적 면모와 부정적 면모가 나타나지만, 중국의 사상적 변화가 나타나지는 않는다.

⑤ (가)와 (나)는 모두 18세기 중국의 현실을 제시하면서 그러한 현실이 다른 나라에 미친 영향을 예를 들어 설명하고 있다.
> 근거: (가) ❷ ⁶그(박제가)가 쓴 「북학의」에 묘사된 청의 현실은 특정 관점에 따라 선택 및 추상화된 것이었으며, 그런 청의 현실은 그에게 중화가 손상 없이 보존된 것이자 조선의 발전 방향이기도 하였다. + ❸ ¹⁰이덕무는 「입연기」를 저술하면서 청의 현실을 객관적 태도로 기록하고자 하였다. ¹¹잘 정비된 마을의 모습을 기술하며 그는 황제의 행차에 대비하여 이루어진 일련의 조치가 민생과 무관하다고 지적하였다. / (나) ❶ ¹18세기 후반의 중국은 명대 이래의 경제 발전이 정점에 달해 있었다. + ❸ ¹⁶통치자들도 번영 속에서 불안을 느끼고 있었다.
>
> (가)와 (나)에 18세기 중국의 모습(현실)이 제시되었다고 볼 수 있지만, 그러한 현실이 다른 나라에 미친 영향을 예를 들어 설명하고 있지는 않다.

2. (가)의 '박제가'와 '이덕무'에 대한 이해로 적절하지 않은 것은?

☑ 정답풀이

④ 이덕무는 청 문물의 효용성을 긍정하면서 청이 중화를 보존하고 있음을 인정하였다.

> 근거: (가) ❸ ¹²(이덕무는) 청 문물의 효용을 도외시하지 않고 박제가와 마찬가지로 물질적 삶을 중시하는 이용후생에 관심을 보였다. ¹⁶그(이덕무)는 중국인들의 외양이 만주족처럼 변화된 것을 보고 비통한 감정을 토로하며 중화의 중심이라 여겼던 명에 대한 의리를 중시하는 등 자신이 제시한 인식 태도에서 벗어나는 모습을 보이기도 하였다.
>
> 이덕무는 청 문물의 효용성을 도외시하지 않았으나, 중국인들의 외양이 변화된 것을 보고 비통함을 토로하며 중화의 중심이라 여겼던 명에 대한 의리를 중시하는 모습을 보이기도 하였다. 따라서 이덕무가 청이 중화를 보존하고 있음을 인정하였다고 보기는 어렵다.

☒ 오답풀이

① 박제가는 청의 문물을 도입하는 것이 중화를 이루는 방도라고 간주하였다.
> 근거: (가) ❷ ⁶그(박제가)가 쓴 「북학의」에 묘사된 청의 현실은 특정 관점에 따라 선택 및 추상화된 것이었으며, 그런 청의 현실은 그에게 중화가 손상 없이 보존된 것이자 조선의 발전 방향이기도 하였다. ⁷중화 관념의 절대성을 인정하였기 때문에 당시 조선은 나름의 독자성을 유지하기보다 중화와 합치되는 방향으로 나아가야 한다는 생각이 그의 북학론의 밑바탕이 되었다.
>
> 박제가는 청의 현실을 중화가 손상 없이 보존된 것으로 보았으며, 조선은 중화와 합치되는 방향으로 나아가야 한다고 생각하였다. 따라서 박제가는 청의 문물을 도입하는 것이 중화를 이루는 방도라고 생각했을 것이다.

② 박제가는 자신이 파악한 청의 현실을 조선을 평가하는 기준이라고 생각하였다.
> 근거: (가) ❷ ⁵북학이라는 목적의식이 강했던 박제가가 인식한 청의 현실은 단순한 현실이 아니라 조선이 지향할 가치 기준이었다. ⁷중화 관념의 절대성을 인정하였기 때문에 당시 조선은 나름의 독자성을 유지하기보다 중화와 합치되는 방향으로 나아가야 한다는 생각이 그의 북학론의 밑바탕이 되었다.
>
> 박제가가 청의 현실을 조선이 지향할 가치 기준으로 보며, 조선이 중화와 합치되는 방향으로 나아가야 한다고 본 것을 통해 자신이 파악한 청의 현실을 조선을 평가하는 기준으로 보았음을 알 수 있다.

③ 이덕무는 청의 현실을 관찰하면서 이면에 있는 민생의 문제를 간과하지 않았다.
> 근거: (가) ❸ ¹⁰이덕무는 「입연기」를 저술하면서 청의 현실을 객관적 태도로 기록하고자 하였다. ¹¹잘 정비된 마을의 모습을 기술하며 그는 황제의 행차에 대비하여 이루어진 일련의 조치가 민생과 무관하다고 지적하였다.
>
> 이덕무가 자신이 관찰한 청의 현실(잘 정비된 마을)이 민생과 무관하게 권력자를 위해 일련의 조치가 취해진 것이라고 지적한 것을 통해 그가 청의 현실 이면에 있는 민생의 문제를 간과하지 않았음을 알 수 있다.

⑤ 박제가와 이덕무는 모두 중화 관념 자체에 대해서는 긍정적인 태도를 견지하였다.

근거: (가) **1** [3]이들(북학파들)에게는 동아시아에서 문명의 척도로 여겨진 중화 관념 + **2** [6]그(박제가)가 쓴 『북학의』에 묘사된 청의 현실은 특정 관점에 따라 선택 및 추상화된 것이었으며, 그런 청의 현실은 그에게 중화가 손상 없이 보존된 것이자 조선의 발전 방향이기도 하였다. [7]중화 관념의 절대성을 인정하였기 때문에 당시 조선은 나름의 독자성을 유지하기보다 중화와 합치되는 방향으로 나아가야 한다는 생각 + **3** [16]하지만 그(이덕무)는 중국인들의 외양이 만주족처럼 변화된 것을 보고 비통한 감정을 토로하며 중화의 중심이라 여겼던 명에 대한 의리를 중시

북학파는 중화 관념을 문명의 척도로 여겼다. 또한 박제가가 청의 현실을 중화가 손상 없이 보존된 것이자 조선의 발전 방향으로 보며 중화 관념의 절대성을 인정하고, 이덕무가 중화의 중심이라 여겼던 명에 대한 의리를 중시하며 이것이 변화되는 것에 대해 비통한 감정을 토로하는 것을 통해 박제가와 이덕무 모두 중화 관념 자체에 대해서는 긍정적인 태도를 가지고 있음을 알 수 있다.

| 세부 정보 파악 | 정답률 **48**

3. 평등견에 대한 이해로 가장 적절한 것은?

✅ 정답풀이

⑤ 청에 대한 배타적 태도를 지양하고 청과 구분되는 조선의 독자성을 유지하자는 인식 태도이다.

> 근거: (가) **3** [13]스스로 평등견이라 불렀던 인식 태도를 바탕으로 그(이덕무)는 당시 청에 대한 찬반의 이분법에서 벗어나 청과 조선의 현실적 차이뿐만 아니라 양쪽 모두의 가치를 인정하였다. [14]이런 시각에서 그는 청과 조선은 구분되지만 서로 배타적이지 않다고 보았다. [15]즉 청을 배우는 것과 조선 사람이 조선 풍토에 맞게 살아가는 것은 서로 모순되지 않는다는 것이다.
> 이덕무는 청과 조선이 서로 배타적이지 않다고 보았으며, 조선 사람이 조선 풍토에 맞게 살아가는 것에 대한 가치를 인정하였다. 이러한 태도가 평등견이라는 인식 태도를 바탕으로 나타났음을 고려하면, 평등견은 청에 대한 배타적 태도를 지양하는 한편 청과 구분되는 조선의 독자성을 유지하자는 인식 태도임을 알 수 있다.

❌ 오답풀이

① 조선의 풍토를 기준으로 삼아 청의 제도를 개선하자는 인식 태도이다.

근거: (가) **3** [13]스스로 평등견이라 불렀던 인식 태도를 바탕으로 그(이덕무)는 당시 청에 대한 찬반의 이분법에서 벗어나 청과 조선의 현실적 차이뿐만 아니라 양쪽 모두의 가치를 인정하였다. [14]이런 시각에서 그는 청과 조선은 구분되지만 서로 배타적이지 않다고 보았다. [15]즉 청을 배우는 것과 조선 사람이 조선 풍토에 맞게 살아가는 것은 서로 모순되지 않는다는 것이다.

이덕무는 조선 사람이 조선 풍토에 맞게 살아가는 것과 청을 배우는 것이 모순되지 않는다고 본 것이지, 조선의 풍토를 기준으로 삼아 청의 제도를 개선하자고 주장한 것은 아니다.

② 조선의 고유한 삶의 방식을 청의 방식에 따라 개혁해야 한다는 인식 태도이다.

근거: (가) **3** [13]스스로 평등견이라 불렀던 인식 태도를 바탕으로 그(이덕무)는 당시 청에 대한 찬반의 이분법에서 벗어나 청과 조선의 현실적 차이뿐만 아니라 양쪽 모두의 가치를 인정하였다. [14]이런 시각에서 그는 청과 조선은 구분되지만 서로 배타적이지 않다고 보았다. [15]즉 청을 배우는 것과 조선 사람이 조선 풍토에 맞게 살아가는 것은 서로 모순되지 않는다는 것이다.

이덕무는 조선 사람이 조선 풍토에 맞게 살아가는 것이 청을 배우는 것과 서로 모순된다고 보지 않았으며 청과 조선 양쪽 모두의 가치를 인정하였으므로, 조선의 고유한 삶의 방식을 청의 방식에 따라 개혁해야 한다고 보지는 않았을 것이다.

③ 청과 조선의 가치를 평등하게 인정하고 풍토로 인한 차이를 해소하려는 인식 태도이다.

근거: (가) **3** [13]스스로 평등견이라 불렀던 인식 태도를 바탕으로 그(이덕무)는 당시 청에 대한 찬반의 이분법에서 벗어나 청과 조선의 현실적 차이뿐만 아니라 양쪽 모두의 가치를 인정하였다. [14]이런 시각에서 그는 청과 조선은 구분되지만 서로 배타적이지 않다고 보았다. [15]즉 청을 배우는 것과 조선 사람이 조선 풍토에 맞게 살아가는 것은 서로 모순되지 않는다는 것이다.

이덕무는 청과 조선 양쪽 모두의 가치를 인정한 것이지, 풍토로 인한 차이를 해소하려고 한 것은 아니다.

④ 중국인의 외양이 변화된 모습을 명에 대한 의리 문제와 관련 지어 파악하려는 인식 태도이다.

근거: (가) **3** [14]이런 시각에서 그(이덕무)는 청과 조선은 구분되지만 서로 배타적이지 않다고 보았다. [15]즉 청을 배우는 것과 조선 사람이 조선 풍토에 맞게 살아가는 것은 서로 모순되지 않는다는 것이다. [16]하지만 그는 중국인들의 외양이 만주족처럼 변화된 것을 보고 비통한 감정을 토로하며 중화의 중심이라 여겼던 명에 대한 의리를 중시하는 등 자신이 제시한 인식 태도에서 벗어나는 모습을 보이기도 하였다.

이덕무가 중국인의 외양이 변화된 모습을 보며 안타까워하고, 명에 대한 의리를 중시하기는 하였지만, 평등견은 이와 관련된 것이 아니라 청과 조선을 구분하면서도 서로 배타적이지 않다고 본 것과 관련된 것이다.

학생들이 정답 이외에 가장 많이 고른 선지가 ③번이다. 언뜻 보기에는 크게 틀린 것이 없어 보이지만, 일부는 적절하고 일부는 적절하지 않은 선지에 해당한다.

③번의 경우, 이덕무가 '청과 조선의 가치를 평등하게 인정'했다는 서술은 적절하다고 볼 수 있다. 이덕무는 청과 조선 모두의 가치와 현실적 차이를 인정하였기 때문이다. 하지만 이덕무는 이에 따라 '청을 배우는 것과 조선 사람이 조선 풍토에 살아가는 것은 서로 모순되지 않는'다고 보고 있다. 즉 서로의 풍토에 맞게 살아가면서도 필요한 부분을 배울 수 있다고 본 것이므로, 평등견이 풍토로 인한 차이를 해소하려는 인식 태도라는 서술은 적절하지 않다고 판단할 수 있다.

선지의 일부, 특히 앞부분만 적절한 경우 나머지 부분이 적절하지 않다는 사실을 놓치고 넘어갈 수도 있다. 시간에 쫓긴 학생들 중에는 다른 선지들을 끝까지 보지 않고 해당 선지를 성급하게 답으로 체크하는 경우도 많았을 것이다. 이러한 경우는 3번 문제처럼 '가장 적절한' 것을 찾는 경우에 자주 나타난다. 정답 선지를 찾은 것 같다고 생각하더라도 나머지 선지도 모두 차분히 검토하여 적절성의 정도를 판단한 후 확실한 정답 선지를 고르도록 하자.

정답률 분석

	①	②	③	④	⑤
			매력적 오답		정답
	4%	2%	42%	4%	48%

| 세부 내용 추론 | 정답률 **76**

4. 문맥을 고려할 때 ㉠의 의미를 파악한 내용으로 가장 적절한 것은?

> ㉠: 심각한 위기의 씨앗들이 뿌려지고 있었다.

✓ 정답풀이

③ 반란의 위험성 증가 등 인구 증가로 인한 문제점들이 나타나는 상황을 가리키는 것이군.

> 근거: (나) **2** ⁹북학파들이 연행을 했던 18세기 후반에도 이미 위기의 징후들이 나타나고 있었다. ¹⁰급격한 인구 증가로 인한 여러 문제 ¹¹인구 증가로~결사 조직이 성행하였다. ¹²이런 결사 조직은 불법적인 활동으로 연결되곤 했고 위기 상황에서는 반란의 조직적 기반이 되었다. ¹³인맥에 기초한 관료 사회의 부정부패가 심화된 것 역시 인구 증가와 무관하지 않았다. ¹⁴교육받은 지식인들이 늘어났지만~경쟁의 심화가 종종 불법적인 행위로 연결되었다.
>
> (나)에서는 위기의 징후, 즉 급격한 인구 증가로 인해 나타나는 문제들로 결사 조직의 불법적 활동으로의 연결, 인맥에 의한 관료 사회의 부정부패를 제시하고 있다. 따라서 문맥을 고려한다면, ㉠은 인구 증가로 인한 문제점들이 나타나는 상황을 가리킨다고 볼 수 있다.

✗ 오답풀이

① 새로운 작물의 보급 증가가 경제적 번영으로 이어지는 상황을 가리키는 것이군.

> 근거: (나) **2** ¹⁰급격한 인구 증가로 인한 여러 문제는 새로운 작물 재배, 개간, 이주, 농경 집약화 등 민간의 노력에도 불구하고 해결되지 않았다. ¹⁵이와 같이 18세기 후반 청의 화려한 번영의 그늘에는 심각한 위기의 씨앗들이 뿌려지고 있었다.(㉠)
>
> ㉠은 18세기 후반 청의 위기를 언급하고 있는데, 18세기 후반 청은 새로운 작물 재배와 같은 노력에도 불구하고 인구 증가로 인한 문제를 해결하지 못했다. 따라서 ㉠을 새로운 작물의 보급 증가가 경제적 번영으로 이어지는 상황을 가리키는 것이라고 보는 것은 적절하지 않다.

② 신용 기관이 확대되고 교역의 질과 양이 급변하고 있는 상황을 가리키는 것이군.

> 근거: (나) **1** ¹18세기 후반의 중국은 명대 이래의 경제 발전이 정점에 달해 있었다. ⁴상인 조직의 발전과 신용 기관의 확대는 교역의 질과 양이 급변하고 있었음을 보여 준다. + **2** ¹⁵이와 같이 18세기 후반 청의 화려한 번영의 그늘에는 심각한 위기의 씨앗들이 뿌려지고 있었다.(㉠)
>
> ㉠은 18세기 후반 청의 위기를 언급하고 있으므로, 이를 신용 기관이 확대되고 교역의 질과 양이 급변하고 있는 상황, 즉 경제가 발전하는 긍정적인 상황을 가리키는 것이라고 보는 것은 적절하지 않다.

④ 이주나 농경 집약화 등 조정에서 추진한 정책들이 실패한 상황을 가리키는 것이군.

> 근거: (나) **2** ¹⁰급격한 인구 증가로 인한 여러 문제는 새로운 작물 재배, 개간, 이주, 농경 집약화 등 민간의 노력에도 불구하고 해결되지 않았다. ¹⁵이와 같이 18세기 후반 청의 화려한 번영의 그늘에는 심각한 위기의 씨앗들이 뿌려지고 있었다.(㉠)
>
> 이주와 농경 집약화는 조정이 아닌 민간에서 추진한 것이므로, ㉠을 조정에서 추진한 정책들이 실패한 상황을 가리키는 것으로 볼 수는 없다.

⑤ 사회적 유대의 약화로 인하여 관료 사회의 부정부패가 심화되는 상황을 가리키는 것이군.

> 근거: (나) **2** ¹¹인구 증가로 이주 및 도시화가 진행되는 가운데 전통적인 사회적 유대가 약화되거나 단절된 사람들이 상호 부조 관계를 맺는 결사 조직이 성행하였다. ¹²이런 결사 조직은 불법적인 활동으로 연결되곤 했고 위기 상황에서는 반란의 조직적 기반이 되었다. ¹³인맥에 기초한 관료 사회의 부정부패가 심화된 것 역시 인구 증가와 무관하지 않았다.
>
> 18세기 후반 청에서 부정부패가 심화되기는 하였지만, 이는 급격한 인구 증가라는 근본적 원인 때문이지 사회적 유대의 약화 때문이라고 보기는 어렵다. 사회적 유대의 약화는 결사 조직의 성행으로 인한 반란의 조직적 기반 형성과 관련이 있다.

5. 〈보기〉는 (가)에 제시된 『북학의』의 일부이다. [A]와 (나)를 참고하여 〈보기〉에 대해 비판적 읽기를 수행한 학생의 반응으로 적절하지 <u>않은</u> 것은? [3점]

〈보기〉

[1]우리나라에서는 자기가 사는 지역에서 많이 나는 산물을 다른 데서 산출되는 필요한 물건과 교환하여 풍족하게 살려는 백성이 많으나 힘이 미치지 못한다. … [2]중국 사람은 가난하면 장사를 한다. [3]그렇더라도 정말 <u>사람만 현명하면 원래 가진 풍류와 명망은 그대로다.</u> [4]그래서 유생이 거리낌 없이 서점을 출입하고, 재상조차도 직접 융복사 앞 시장에 가서 골동품을 산다. … [5]우리나라는 해마다 은 수만 냥을 연경에 실어 보내 약재와 비단을 사 오는 반면, 우리나라 물건을 팔아 저들의 은으로 바꿔 오는 일은 없다. [6]은이란 천년이 지나도 없어지지 않는 물건이지만, 약은 사람에게 먹여 반나절이면 사라져 버리고 비단은 시신을 감싸서 묻으면 반년 만에 썩어 없어진다.

✅ **정답풀이**

④ 〈보기〉에 제시된 은에 대한 평가는 (나)에 제시된 중국의 경제적 번영에 기여한 요소를 참고할 때, 은의 효용적 측면을 간과한 평가라 볼 수 있어.

근거: (나) **1** [5]대외 무역의 발전과 은의 유입은 중국의 경제적 번영에 영향을 미친 외부적 요인이었다. [6]은의 유입, 그리고 이를 통해 가능해진 은을 매개로 한 과세는 상품 경제의 발전을 자극하였다. [7]은과 상품의 세계적 순환으로 중국 경제가 세계 경제와 긴밀하게 연결되었다. + 〈보기〉 [5]우리나라는 해마다 은 수만 냥을 연경에 실어 보내 약재와 비단을 사 오는 반면, 우리나라 물건을 팔아 저들의 은으로 바꿔 오는 일은 없다. [6]은이란 천년이 지나도 없어지지 않는 물건
〈보기〉에서는 은을 연경에 실어 보내기만 하고, 우리나라 물건을 저들의 은으로 바꿔 오지 않는 것을 비판하며 '은이란 천년이 지나도 없어지지 않는 물건'이라고 하였다. 즉 〈보기〉에서는 은의 효용적인 측면을 고려하여 은을 긍정적으로 평가하고 있으므로, 〈보기〉에 제시된 은에 대한 평가가 은의 효용적 측면을 간과한 것이라고 보기는 어렵다.

❌ **오답풀이**

① 〈보기〉에 제시된 중국인들의 상업에 대한 인식은 [A]에서 제시한 실용적인 입장에 부합하는 것이라 볼 수 있어.

근거: (가) **2** [9](박제가는) 대체로 이익 추구에 대해 부정적이었던 주자학자들과 달리, 이익 추구를 인간의 자연스러운 욕망으로 긍정하고 양반도 이익을 추구하자는 등 실용적인 입장을 보였다. + 〈보기〉 [2]중국 사람은 가난하면 장사를 한다. [3]그렇더라도 정말 사람만 현명하면 원래 가진 풍류와 명망은 그대로다. [4]그래서 유생이 거리낌 없이 서점을 출입하고, 재상조차도 직접 융복사 앞 시장에 가서 골동품을 산다.
〈보기〉에서 중국 사람은 가난하면 장사를 하고, 그렇더라도 사람만 현명하면 풍류와 명망은 그대로라고 했다. 이를 통해 중국인들의 상업에 대한 인식은 [A]에서 제시한 실용적인 입장, 즉 이익 추구를 인간의 자연스러운 욕망으로 보는 실용적인 입장에 부합하는 것이라고 볼 수 있다.

② 〈보기〉에 제시된 조선의 산물 유통에 대한 서술은 [A]에서 제시한 북학론의 당위성을 뒷받침하는 근거라 볼 수 있어.

근거: (가) **2** [7]중화 관념의 절대성을 인정하였기 때문에 당시 조선은 나름의 독자성을 유지하기보다 중화와 합치되는 방향으로 나아가야 한다는 생각이 그(박제가)의 북학론의 밑바탕이 되었다. [8]청 문물제도의 수용이 가져다주는 이익을 논하며 북학론의 당위성을 설파하였다. + 〈보기〉 [1]우리나라에서는 자기가 사는 지역에서 많이 나는 산물을 다른 데서 산출되는 필요한 물건과 교환하여 풍족하게 살려는 백성이 많으나 힘이 미치지 못한다. [5]우리나라는 해마다 은 수만 냥을 연경에 실어 보내 약재와 비단을 사 오는 반면, 우리나라 물건을 팔아 저들의 은으로 바꿔 오는 일은 없다. [6]은이란 천년이 지나도 없어지지 않는 물건이지만, 약은 사람에게 먹여 반나절이면 사라져 버리고 비단은 시신을 감싸서 묻으면 반년 만에 썩어 없어진다.
[A]에서 박제가는 조선은 중화와 합치되는 방향으로 나아가야 하며, 청의 문물제도를 수용해야 한다는 북학론을 펼쳤다. 〈보기〉에 제시된 우리나라의 상황, 즉 산물을 교환하여 풍족하게 살고 싶지만 힘이 미치지 못하며 천년이 지나도 없어지지 않는 은을 실어 보내 금방 사라질 약재와 비단을 사 오는 상황은 북학론의 당위성을 뒷받침하는 근거라고 볼 수 있다.

③ 〈보기〉에 제시된 중국인들의 상행위에 대한 서술은 (나)에 제시된 중국 국내 교역의 양상과 상충되지 않는다고 볼 수 있어.

근거: (나) **1** [1]18세기 후반의 중국은 명대 이래의 경제 발전이 정점에 달해 있었다. [2]대부분의 주민들이 접근할 수 있는 향촌의 정기 시장부터 인구 100만의 대도시의 시장에 이르는 여러 단계의 시장들이 그물처럼 연결되어 국내 교역이 활발하게 이루어지고 있었다. + 〈보기〉 [2]중국 사람은 가난하면 장사를 한다. [3]그렇더라도 정말 사람만 현명하면 원래 가진 풍류와 명망은 그대로다. [4]그래서 유생이 거리낌 없이 서점을 출입하고, 재상조차도 직접 융복사 앞 시장에 가서 골동품을 산다.
〈보기〉에서는 장사에 대해 긍정적인 인식을 가지고 있으며 지위가 높은 사람들도 직접 물건을 사는 중국의 상황을 제시하고 있다. 이는 (나)에서 경제 발전이 정점에 달해 중국 국내 교역이 활발하게 이루어지던 상황과 상충되지 않는다고 볼 수 있다.

⑤ 〈보기〉에 제시된 중국의 관료에 대한 묘사는 (나)에 제시된 관료 사회의 모습을 참고할 때, 지배층의 전체 면모가 드러나지 않는 진술이라 볼 수 있어.

근거: (나) **2** [8]그러나 청의 번영은 지속되지 않았고, 19세기에 접어들 무렵부터는 심각한 내외의 위기에 직면해 급속한 하락의 시대를 겪게 된다. [13]인맥에 기초한 관료 사회의 부정부패가 심화된 것 역시 인구 증가와 무관하지 않았다. [14]교육받은 지식인들이 늘어났지만 이들을 흡수할 수 있는 관료 조직의 규모는 정체되어 있었고, 경쟁의 심화가 종종 불법적인 행위로 연결되었다. + **3** [16]통치자들도 번영 속에서 불안을 느끼고 있었다. [17]조정에는 외국과의 접촉으로부터 백성들을 차단하려는 경향이 있었으며, 서양 선교사들의 선교 활동 확대로 인해 이런 경향이 강화되기도 하였다. + 〈보기〉 [2]중국 사람은 가난하면 장사를 한다. [3]그렇더라도 정말 사람만 현명하면 원래 가진 풍류와 명망은 그대로다. [4]그래서 유생이 거리낌 없이 서점을 출입하고, 재상조차도 직접 융복사 앞 시장에 가서 골동품을 산다.
〈보기〉에서는 관료인 재상도 직접 물건을 사는 중국의 상황을 제시하고 있다. 하지만 (나)에 제시된 관료 사회의 부정부패나 외국과의 접촉을 차단하려는 조정의 모습을 고려하면, 〈보기〉에 제시된 중국의 관료에 대한 묘사는 지배층의 전체 면모가 드러나지 않는 진술이라고 볼 수 있다.

6. 문맥상 ⓐ~ⓔ와 바꿔 쓰기에 가장 적절한 것은?

▼ 정답풀이

③ ⓒ: 그치지

> 근거: (나) **1** ³장거리 교역의 상품이 사치품에 ⓒ한정되지 않고 일상적
> 물건으로까지 확대되었다.
> '한정되다'는 '수량이나 범위 따위가 제한되어 정해지다.'라는 의미이므로
> '더 이상의 진전이 없이 어떤 상태에 머무르다.'라는 의미인 '그치다'와 바
> 꿔 쓸 수 있다.

❌ 오답풀이

① ⓐ: 드러난

근거: (가) **2** ⁶청의 현실은 그에게 중화가 손상 없이 ⓐ보존된 것

보존되다: 잘 보호되고 간수되어 남겨지다.

드러나다: 가려 있거나 보이지 않던 것이 보이게 되다.

② ⓑ: 생각하지

근거: (가) **3** ¹²청 문물의 효용을 ⓑ도외시하지 않고 박제가와 마찬가지로
물질적 삶을 중시하는 이용후생에 관심을 보였다.

도외시하다: 상관하지 아니하거나 무시하다.

생각하다: 사물을 헤아리고 판단하다.

④ ⓓ: 따라갔다

근거: (나) **1** ⁶은을 매개로 한 과세는 상품 경제의 발전을 ⓓ자극하였다.

자극하다: 외부에서 작용을 주어 감각이나 마음에 반응이 일어나게 하다.

따라가다: 앞서 있는 것의 정도나 수준에 이를 만큼 가까이 가다.

⑤ ⓔ: 일어났다

근거: (나) **2** ¹¹전통적인 사회적 유대가 약화되거나 단절된 사람들이 상호
부조 관계를 맺는 결사 조직이 ⓔ성행하였다.

성행하다: 매우 성하게 유행하다.

일어나다: 어떤 일이 생기다.

[1~6] 다음 글을 읽고 물음에 답하시오.

✏️ 사고의 흐름

(가)

❶ ¹미학은 예술과 미적 경험에 관한 개념과 이론에 대해 논의하는 철학의 한 분야로서, 미학의 문제들 가운데 하나가 바로 예술의 정의에 대한 문제이다. ²예술이 자연에 대한 모방이라는 아리스토텔레스의 말에서 비롯된 모방론은, 대상과 그 대상의 재현이 닮은꼴이어야 한다는 재현의 투명성 이론을 ⓐ전제한다. ① 모방론: 재현의 투명성 이론을 전제 ³그러나 예술가의 독창적인 감정 표현을 중시하는 한편 외부 세계에 대한 왜곡된 표현을 허용하는 낭만주의 사조가 18세기 말에 등장하면서, 모방론은 많이 쇠퇴*했다. ⁴이제 모방을 필수 조건으로 삼지 않는 낭만주의 예술가의 작품을 예술로 인정해 줄 수 있는 새로운 이론이 필요했다. 이어서 예술의 정의에 대한 새로운 이론을 언급하겠지?

모방론의 한계나 문제점에 대해 이야기하겠지?

❷ ⁵20세기 초에 **콜링우드**는 진지한 관념이나 감정과 같은 예술가의 마음을 예술의 조건으로 규정하는 표현론을 제시하여 이 문제를 해결하였다. ⁶그에 따르면, 진정한 예술 작품은 물리적 소재를 통해 구성될 필요가 없는 정신적 대상이다. ② 표현론: 예술가의 마음을 예술의 조건으로 규정 ⁷또한 이와 비슷한 ⓑ시기에 외부 세계나 작가의 내면보다 작품 자체의 고유 형식을 중시하는 형식론도 발전했다. ⁸벨의 형식론은 예술 감각이 있는 비평가들만이 직관적*으로 식별할 수 있고 정의는 불가능한 어떤 성질을 일컫는 '의미 있는 형식'을 통해 그 비평가들에게 미적 정서를 유발하는 작품을 예술 작품이라고 보았다. ③ 형식론: 작품 자체의 고유 형식을 중시 / 표현론과 형식론에 대해 언급했네. 이 둘은 차이점도 있지만, 모두 낭만주의 예술가의 작품을 예술로 인정해 줄 수 있는 새로운 이론이라는 공통점도 있다는 것을 잊지 말자!

1문단에서 낭만주의 예술가의 작품을 예술로 인정해 줄 수 있는 새로운 이론이 필요하다고 한 것과 관련된 문제겠지?

❸ ⁹20세기 중반에, 뒤샹이 변기를 가져다 전시한 「샘」이라는 작품은 예술 작품으로 인정되지만 그것과 형식적인 면에서 차이가 없는 일반적인 변기는 예술 작품으로 인정되지 않는 이유를 설명하지 못하게 되자 두 가지 대응* 이론이 나타났다. 앞의 흐름과 비슷하게 문제 상황과 이를 해결(대응)하는 이론을 언급했어! 앞으로는 두 가지 대응 이론에 대해 설명하겠지? ¹⁰하나는 우리가 흔히 예술 작품으로 분류하는 미술, 연극, 문학, 음악 등이 서로 이질적이어서 그것들 전체를 아울러 예술이라 정의할 수 있는 공통된 요소를 갖지 않는다는 웨이츠의 예술 정의 불가론이다. ¹¹그의 이론은 예술의 정의에 대한 기존의 이론들이 겉보기에는 명제의 형태를 취하고 있으나 사실은 참과 거짓을 판정할 수 없는 사이비 명제이므로, 예술의 정의에 대한 논의 자체가 불필요하다는 견해를 대변한다. ④ 예술 정의 불가론: 예술의 정의에 대한 논의 자체가 불필요

3문단에서 언급한 두 가지 대응 이론 중 다른 하나에 대해 설명해 줄 거야!

❹ ¹²다른 하나는 예술계라는 어떤 사회 제도에 속하는 한 사람 또는 여러 사람에 의해 감상의 후보 자격을 수여받은 인공물을 예술 작품으로 규정하는 **디키**의 제도론이다. ¹³하나의 작품이 어떤 특정한 기준에서 훌륭하므로 예술 작품이라고 부를 수 있다는 평가적 ⓒ이론들과 달리, 디키의 견해는 일정한 절차와 관례를 거치기만 하면 모두 예술 작품으로 볼 수 있다는 분류적 이론이다. *차이점을 제시하겠지?*

❺ 제도론: 일정 절차와 관례를 거치면 모두 예술 작품임 ¹⁴예술의 정의와 관련된 이 논의들은 예술로 분류할 수 있는 작품들의 공통된 본질을 찾는 시도이자 예술의 필요충분조건을 찾는 시도이다. 지금까지 설명한 논의들, 즉 '예술의 정의에 대한 문제'와 관련된 논의들의 의의를 설명하여 글을 마무리하고 있어!

이것만은 챙기자

* **쇠퇴:** 기세나 상태가 쇠하여 전보다 못하여 감.
* **직관적:** 판단이나 추리 따위의 사유 작용을 거치지 아니하고 대상을 직접적으로 파악하는 것.
* **대응:** 어떤 일이나 사태에 맞추어 태도나 행동을 취함.

만점 선배의 구조도 예시

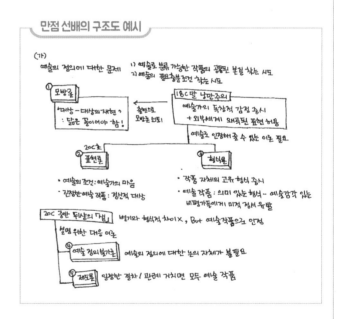

>> 각 문단을 요약하고 지문을 **두 부분**으로 나누어 보세요.

1 모방론은 예술의 정의에 대해 재현의 투명성 이론을 전제하였으나, 18세기 말 **낭만주의** 사조가 등장하며 모방이 필수 조건이 아닌 작품을 예술로 인정할 수 있는 이론이 필요했다.

첫 번째
1¹

2 20세기 초 콜링우드는 예술가의 마음을 예술의 조건으로 규정하는 **표현론**을, 벨은 작품의 고유 형식을 중시하는 형식론을 제시하였다

3 20세기 중반 웨이츠는 우리가 예술 작품으로 분류하는 것들이 서로 이질적이어서 예술이라 정의할 수 있는 공통된 요소를 갖지 않는다는 예술 정의 불가론을 제시하였다.

두 번째
1²~**4**¹⁴

4 20세기 중반 디키는 감상의 후보 자격을 수여받은 **인공물**을 예술 작품으로 규정하는, **제도론**이라는 분류적 이론을 제시하였다.

(나)

1 [1]예술 작품을 어떻게 감상하고 비평해야 하는지에 대해 (다양한) 논의들이 있다. [2]예술 작품의 의미와 가치에 대한 해석과 판단은 작품을 비평하는 목적과 태도에 따라 달라진다. [3]예술 작품에 대한 주요 비평 방법으로는 맥락주의 비평, 형식주의 비평, 인상주의 비평이 있다. 예술 작품을 감상하고 비평하는 세 가지 방법을 언급했네! 앞으로는 이에 대해 설명하겠지? 제시한 순서대로 설명하는 것이 일반적이니, 이 다음에는 맥락주의 비평 방법부터 설명할 거야.

2 [4]㉠맥락주의 비평은 주로 예술 작품이 창작된 사회적·역사적 배경에 관심을 갖는다. [5]비평가 **텐**은 예술 작품이 창작된 당시 예술가가 살던 시대의 환경, 정치·경제·문화적 상황, 작품이 사회에 미치는 효과 등을 예술 작품 비평의 중요한 ⓓ근거로 삼는다. [6]그 이유는 예술 작품이 예술가가 속해 있는 문화의 상징과 믿음을 구체화하며, 예술가가 속한 사회의 특성들을 반영한다고 보기 때문이다. [7]또한 맥락주의 비평에서는 작품이 창작된 시대적 상황 외에 작가의 심리적 상태와 이념을 포함하여 가급적 많은 자료를 바탕으로 작품을 분석하고 해석한다. ① 맥락주의 비평: 예술 작품이 창작된 배경에 관심, 자료를 바탕으로 작품 비평 / 맥락주의 비평이 어떤 것인지 설명하고, 이에 해당하는 비평가를 제시하고 있네. 같은 층위의 여러 가지 개념이 제시될 때에는 설명 방식이 비슷하게 나타나는 경우가 많아. 그렇다면 다른 비평들을 설명할 때에도 개념 설명 후 관련 비평가를 제시할 거라고 예측할 수 있겠지?

3 [8]㉡그러나 객관적 자료를 중심으로 작품을 비평하려는 맥락주의는 자칫 작품 외적인 요소에 치중하여 작품의 핵심적 본질을 훼손할 우려가 있다는 비판을 받는다. [9]이러한 맥락주의 비평의 문제점을 극복하기 위한 방법으로는 형식주의 비평과 인상주의 비평이 있다. 형식주의 비평과 인상주의 비평은 작품의 핵심적 본질을 훼손할 수 있다는 맥락주의 비평의 문제점을 극복하기 위한 방법이라고 하였으니, 이 둘은 '작품의 핵심적 본질'을 훼손하지 않는 비평 방식이라고 볼 수 있지? [10]형식주의 비평은 예술 작품의 외적 요인 대신 작품의 형식적 요소와 그 요소들 간 구조적 유기성*의 분석을 중요하게 생각한다. [11]**프리드**와 같은 형식주의 비평가들은 작품 속에 표현된 사물, 인간, 풍경 같은 내용보다는 선, 색, 형태 등의 조형 요소와 비례, 율동, 강조 등과 같은 조형 원리를 예술 작품의 우수성을 판단하는 기준이라고 주장한다. ② 형식주의 비평: 작품의 형식적 요소 분석 중시 / 형식주의 비평을 설명할 때에도 개념을 설명한 후 이에 해당하는 비평가를 제시했네. 그렇다면 인상주의 비평에 대한 설명도 비슷한 방식으로 전개되겠지?

4 [12]㉢인상주의 비평은 모든 분석적 비평에 대해 회의적*인 ⓔ시각을 가지고 있어 예술을 어떤 규칙이나 객관적 자료로 판단할 수 없다고 본다. [13]"훌륭한 비평가는 대작들과 자기 자신의 영혼의 모험들을 관련시킨다."라는 비평가 **프랑스**의 말처럼, 인상주의 비평은 비평가가 다른 저명*한 비평가의 관점과 상관없이 자신의 생각과 느낌에 대하여 자율성과 창의성을 가지고 비평하는 것이다. [14]즉, 인상주의 비평가는 작가의 의도나 그 밖의 외적인 요인들을 고려할 필요 없이 비평가의 자유 의지로 무한대의 상상력을 가지고

작품을 해석하고 판단한다. ③ 인상주의 비평: 자신의 생각·느낌에 대하여 자율성과 창의성을 가지고 비평 / (나)에서는 세 가지 비평 방법에 대해 설명하고 있어. 이 방법들은 작품을 비평하는 목적과 태도에 따라 나뉘는데, 맥락주의 비평에 대한 문제점을 극복하기 위해 형식주의 비평과 인상주의 비평이 나타났다는 점! 각각의 비평 방법을 잘 구분해 두자.

이것만은 챙기자

* **유기성:** 따로 떼어 낼 수 없을 만큼 서로 긴밀히 연관되어 있는 성질.
* **회의적:** 어떤 일에 의심을 품는 것.
* **저명:** 세상에 이름이 널리 드러나 있음.

만점 선배의 구조도 예시

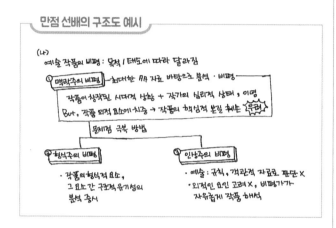

(나) 예술 작품의 비평: 목적 / 태도에 따라 달라짐
- ① 맥락주의 비평 → 최대한 많은 자료 바탕으로 분석·비평
  - 작품이 창작된 시대적 상황 + 작가의 심리적 상태, 이념
  - But, 작품 외적 요소에 치중 → 작품의 핵심적 본질 훼손 (우려)
  - 문제점 극복 방법
    - ② 형식주의 비평
      - 작품의 형식적 요소, 그 요소 간 구조적 유기성의 분석 중시
    - ③ 인상주의 비평
      - 예술: 규칙, 객관적 자료로 판단 X
      - 외적인 요인 고려 X, 비평가가 자유롭게 작품 해석

>> 각 문단을 요약하고 지문을 **두 부분**으로 나누어 보세요.

1 예술 작품의 의미와 가치에 대한 해석과 판단은 비평의 목적과 태도에 따라 달라지며, 주요 비평 방법으로는 맥락주의 비평, 형식주의 비평, 인상주의 비평이 있다.

첫 번째 **1**[1]~**1**[3]

2 맥락주의 비평은 예술 작품이 창작된 사회적·역사적 배경 및 작가의 심리적 상태와 이념을 포함한 자료를 바탕으로 작품을 분석하고 해석한다.

3 형식주의 비평은 작품의 외적 요인 대신 작품의 형식적 요소와 그 요소들 간 구조적 유기성을 분석하여 작품의 우수성을 판단한다.

4 인상주의 비평은 비평가가 자율성과 창의성을 가지고 작가의 의도나 외적 요인들을 고려할 필요 없이 작품을 해석하고 판단한다.

두 번째 **2**[4]~**4**[14]

1. (가)와 (나)의 공통적인 내용 전개 방식으로 가장 적절한 것은?

✔ 정답풀이

④ 화제와 관련된 관점의 문제점을 제시하고 대안적 관점을 소개하고 있다.

> (가)에서는 '예술의 정의에 대한 문제'라는 화제를 제시하고, 이후 이와 관련된 관점들을 제시하고 있다. 이 과정에서 '낭만주의 예술가의 작품을 예술로 인정'해야 하는 문제와 관련된 대안적 관점인 20세기 초의 표현론과 형식론을 제시하고, 이러한 이론들이 뒤샹의 「샘」이 '예술 작품으로 인정'되는 '이유를 설명하지 못하게 되자' 나타난 두 가지 대응 이론(대안적 관점)을 설명하고 있다. 한편 (나)에서는 '예술 작품을 어떻게 감상하고 비평해야 하는지'라는 화제에 대한 논의들을 설명하고 있는데, '맥락주의 비평의 문제점을 극복하기 위한 방법'인 '형식주의 비평과 인상주의 비평'을 제시하고 있다. 따라서 (가)와 (나) 모두 화제와 관련된 문제점을 제시하고 대안적 관점을 소개하고 있다고 볼 수 있다.

✘ 오답풀이

① 대립되는 관점들이 수렴되어 가는 역사적 과정을 밝히고 있다.
(가)와 (나) 모두 대립되는 관점들이 수렴되어 가는 역사적 과정을 밝히고 있지 않다.

② 화제에 대한 이론들을 평가하여 종합적 결론을 도출하고 있다.
(가)와 (나)에서 화제에 대한 이론들을 평가하고 있다고 볼 수 있지만, 이를 통해 종합적 결론을 도출하고 있는 것은 아니다.

③ 화제가 사회에 미치는 영향들을 분석하여 서로 간의 차이를 밝히고 있다.
(가)와 (나)에서 화제와 관련된 다양한 이론을 소개하며 서로 간의 차이를 밝히고 있지만, 화제가 사회에 미치는 영향들을 분석하고 있지는 않다.

⑤ 화제와 관련된 하나의 사례를 중심으로 다양한 이론을 시대순으로 나열하고 있다.
근거: (가) ❸ [9]20세기 중반에, 뒤샹이 변기를 가져다 전시한 「샘」이라는 작품은 예술 작품으로 인정되지만 그것과 형식적인 면에서 차이가 없는 일반적인 변기는 예술 작품으로 인정되지 않는 이유를 설명하지 못하게 되자 두 가지 대응 이론이 나타났다.
(가)에서는 '뒤샹'의 「샘」이라는 사례와 관련하여 나타난 문제에 대해 두 가지 대응 이론을 제시하고는 있지만, 이를 시대순으로 나열하고 있지는 않다. 한편 (나)에서 화제와 관련된 사례를 제시하고 있지는 않으며, 이를 시대순으로 나열하고 있지도 않다.

문제적 문제 • 1-⑤번

학생들이 정답 이외에 가장 많이 고른 선지가 ⑤번이다. (가)와 (나)의 '공통적인 내용 전개 방식'을 묻고 있는 문제에서 두 글의 전개 방식을 모두 확인해야 할 때, 급하게 풀다 보면 하나의 글에만 해당하는 전개 방식을 답으로 고를 수 있다.

⑤번의 경우, (가)는 뒤샹의 「샘」을 사례로 볼 수 있으며, 이와 관련된 두 가지 대응 이론이 나타난 것을 가지고 다양한 이론이 나열되었다고 볼 수 있다. 하지만 이 둘은 모두 20세기 중반에 나타난 것이므로, '시대순으로 나열'한 것이라고 볼 수 없다. 또한 (가)에서 18세기 말 이전의 모방론과 20세기 초의 표현론, 형식론 등에 대해 설명한 것을 시대순으로 다양한 이론을 나열한 것으로 볼 수 있기는 하지만, 이때 화제와 관련된 '하나의 사례'를 중심으로 다양한 이론을 제시한 것은 아니기에 적절하다고 볼 수 없다. 한편 (나)는 세 가지 주요 비평 방법을 소개하고 있는데, 각각 비평 방법의 개념과 관련된 비평가를 소개하고 있을 뿐 사례를 중심으로 이론을 설명하고 있지는 않다. 또한 (나)에서 맥락주의 비평의 문제점을 극복하기 위한 방법으로 형식주의 비평과 인상주의 비평이 있다고 하였지만, 이는 대안을 제시한 것일 뿐이므로 다양한 이론을 시대순으로 나열했다고 보기 어렵다.

⑤번에서는 '화제와 관련된 하나의 사례', '사례를 중심으로 다양한 이론을 나열', '시대순으로 나열'이라는 세 가지 조건이 제시되고 있다. 이 경우 세 조건을 모두 만족시켜야 적절한 선지가 되므로, 각 조건이 지문의 구조에 부합하는지 꼼꼼히 파악해 가며 정답을 판단해야 한다.

정답률 분석

			정답	매력적 오답
①	②	③	④	⑤
5%	5%	12%	60%	18%

2. (가)의 형식론에 대한 이해로 가장 적절한 것은?

✔ 정답풀이

① 미적 정서를 유발할 수 있는 어떤 성질을 근거로 예술 작품의 여부를 판단한다.

> 근거: (가) **2** [8]벨의 형식론은 예술 감각이 있는 비평가들만이 직관적으로 식별할 수 있고 정의는 불가능한 어떤 성질을 일컫는 '의미 있는 형식'을 통해 그 비평가들에게 미적 정서를 유발하는 작품을 예술 작품이라고 보았다.
> 형식론은 '의미 있는 형식'을 통해 미적 정서를 유발하는 작품을 예술 작품으로 보기 때문에, 미적 정서를 유발할 수 있는 어떤 성질을 근거로 예술 작품에 대한 여부를 판단한다고 볼 수 있다.

✘ 오답풀이

② 모든 관람객이 직관적으로 식별할 수 있는 형식을 통해 예술 작품의 여부를 판단한다.

> 근거: (가) **2** [8]벨의 형식론은 예술 감각이 있는 비평가들만이 직관적으로 식별할 수 있고 정의는 불가능한 어떤 성질을 일컫는 '의미 있는 형식'을 통해 그 비평가들에게 미적 정서를 유발하는 작품을 예술 작품이라고 보았다.
> 형식론에서는 예술 감각이 있는 비평가들만이 직관적으로 식별할 수 있는 형식을 통해 예술 작품의 여부를 판단할 수 있다고 보므로, 모든 관람객이 직관적으로 식별할 수 있는 형식을 통해 예술 작품의 여부를 판단한다는 설명은 적절하지 않다.

③ 감정을 표현하는 모든 작품은 그 작품이 정신적 대상이더라도 예술 작품이라고 주장한다.

> 근거: (가) **2** [5]20세기 초에 콜링우드는 진지한 관념이나 감정과 같은 예술가의 마음을 예술의 조건으로 규정하는 표현론을 제시 [6]그(콜링우드)에 따르면, 진정한 예술 작품은 물리적 소재를 통해 구성될 필요가 없는 정신적 대상이다.
> 감정이 예술의 조건이며 진정한 예술 작품은 정신적 대상이라고 보는 것은 표현론이다.

④ 외부 세계의 형식적 요소를 작가 내면의 관념으로 표현하는 것을 예술의 조건이라고 주장한다.

> 근거: (가) **2** [5]진지한 관념이나 감정과 같은 예술가의 마음을 예술의 조건으로 규정하는 표현론 [7]외부 세계나 작가의 내면보다 작품 자체의 고유 형식을 중시하는 형식론
> 형식론은 외부 세계나 작가의 내면보다 작품 자체의 고유 형식을 중시한다. 관념의 표현을 중시하는 것은 표현론이다.

⑤ 특정한 사회 제도에 속하는 모든 예술가와 비평가가 자격을 부여한 작품을 예술 작품으로 판단한다.

> 근거: (가) **2** [8]벨의 형식론은 예술 감각이 있는~비평가들에게 미적 정서를 유발하는 작품을 예술 작품이라고 보았다. + **4** [12]예술계라는 어떤 사회 제도에 속하는 한 사람 또는 여러 사람에 의해 감상의 후보 자격을 수여받은 인공물을 예술 작품으로 규정하는 디키의 제도론
> 형식론에서는 예술 감각이 있는 비평가들만이 예술 작품의 여부를 판단할 수 있다고 하였다. 특정한 사회 제도에 속하는 인물들이 자격을 부여한 작품을 예술 작품으로 판단할 수 있다고 본 것은 제도론이다.

3. (가)에 등장하는 이론가와 예술가들이 상대의 견해나 작품을 평가할 수 있는 말로 적절하지 않은 것은?

✔ 정답풀이

① 모방론자가 뒤샹에게: 당신의 작품 「샘」은 변기를 닮은 것이 아니라 변기 그 자체라는 점에서 예술 작품이 되기 위한 필요충분조건을 갖추고 있습니다.

> 근거: (가) **1** [2]예술이 자연에 대한 모방이라는 아리스토텔레스의 말에서 비롯된 모방론은, 대상과 그 대상의 재현이 닮은꼴이어야 한다는 재현의 투명성 이론을 전제한다. + **3** [9]20세기 중반에, 뒤샹이 변기를 가져다 전시한 「샘」이라는 작품
> 모방론자는 '대상과 그 대상의 재현이 닮은꼴'이어야 한다고 주장한다. 하지만 뒤샹의 「샘」은 대상인 '변기'를 재현한 것이 아니라 변기 그 자체를 가져온 것이기 때문에 모방론자가 뒤샹의 작품이 '변기 그 자체'라는 점을 근거로 하여 이를 예술 작품이라고 보지는 않을 것이다.

✘ 오답풀이

② 낭만주의 예술가가 모방론자에게: 대상을 재현하기만 하면 예술가의 감정을 표현하지 않은 작품도 예술 작품으로 인정하는 당신의 견해는 받아들일 수 없습니다.

> 근거: (가) **1** [2]예술이 자연에 대한 모방이라는 아리스토텔레스의 말에서 비롯된 모방론은, 대상과 그 대상의 재현이 닮은꼴이어야 한다는 재현의 투명성 이론을 전제한다. [3]그러나 예술가의 독창적인 감정 표현을 중시하는 한편 외부 세계에 대한 왜곡된 표현을 허용하는 낭만주의 사조가 18세기 말에 등장하면서, 모방론은 많이 쇠퇴했다.
> 낭만주의 예술가는 예술가의 독창적인 감정 표현을 중시하는 한편 외부 세계에 대한 왜곡된 표현을 허용하므로, 대상과 그 대상의 재현이 닮은꼴이면 예술 작품으로 인정할 모방론자에게 ②번과 같이 이야기할 수 있다.

③ 표현론자가 낭만주의 예술가에게: 당신의 작품은 예술가의 마음을 표현했으니 대상을 있는 그대로 표현하지 않았더라도 예술 작품입니다.

> 근거: (가) **1** [3]예술가의 독창적인 감정 표현을 중시하는 한편 외부 세계에 대한 왜곡된 표현을 허용하는 낭만주의 사조 + **2** [5]콜링우드는 진지한 관념이나 감정과 같은 예술가의 마음을 예술의 조건으로 규정하는 표현론을 제시하여 이 문제를 해결하였다.
> 표현론에서는 감정과 같은 예술가의 마음을 예술의 조건으로 규정한다. 따라서 표현론자는 예술가의 독창적인 감정 표현을 중시하는 한편 외부 세계에 대한 왜곡된 표현을 허용하는 낭만주의자에게 ③번과 같이 이야기할 수 있다.

④ **뒤샹이 제도론자에게:** 예술계에서 일정한 절차와 관례를 거치면 예술 작품이라는 당신의 주장은 저의 작품 「샘」 외에 다른 변기들도 예술 작품이 될 수 있음을 인정하는 것입니다.

근거: (가) **3** [9]20세기 중반에, 뒤샹이 변기를 가져다 전시한 「샘」이라는 작품은 예술 작품으로 인정되지만 그것과 형식적인 면에서 차이가 없는 일반적인 변기는 예술 작품으로 인정되지 않는 이유를 설명하지 못하게 되자 두 가지 대응 이론이 나타났다. + **4** [12]예술계라는 어떤 사회 제도에 속하는 한 사람 또는 여러 사람에 의해 감상의 후보 자격을 수여받은 인공물을 예술 작품으로 규정하는 디키의 제도론 [13]디키의 견해는 일정한 절차와 관례를 거치기만 하면 모두 예술 작품으로 볼 수 있다는 분류적 이론이다.

제도론자는 일정한 절차와 관례를 거치기만 하면 모두 예술 작품으로 볼 수 있다고 생각하므로, 뒤샹은 제도론자에게 ④번과 같이 이야기 할 수 있다.

⑤ **예술 정의 불가론자가 표현론자에게:** 당신이 예술가의 관념을 예술 작품의 조건으로 규정할 때 사용하는 명제는 참과 거짓을 판단할 수 없기 때문에 받아들일 수 없습니다.

근거: (가) **2** [5]콜링우드는 진지한 관념이나 감정과 같은 예술가의 마음을 예술의 조건으로 규정하는 표현론을 제시 + **3** [11]그의 이론(예술 정의 불가론)은 예술의 정의에 대한 기존의 이론들이 겉보기에는 명제의 형태를 취하고 있으나 사실은 참과 거짓을 판정할 수 없는 사이비 명제이므로, 예술의 정의에 대한 논의 자체가 불필요하다는 견해를 대변한다.

예술 정의 불가론자는 예술의 정의에 대한 기존의 이론들이 참과 거짓을 판정할 수 없는 사이비 명제이므로 예술의 정의에 대한 논의 자체가 불필요하다고 본다. 따라서 예술 정의 불가론자는 진지한 관념이나 감정과 같은 예술가의 마음을 예술의 조건으로 규정하는 표현론자에게 ⑤번과 같이 이야기할 수 있다.

📋 문제적 문제
• 3-④번

학생들이 정답 이외에 가장 많이 고른 선지가 ④번이다. (가)에 등장하는 이론가와 예술가들이 많아서 지문을 제대로 정리하며 읽지 못했다면 문제를 푸는 데에도 시간이 많이 걸렸을 것이다. 지문을 제대로 이해하지 못한 상태에서 시간에 쫓겨 급하게 문제를 풀다 보면 잘못된 답을 고르기 쉽다.

(가)에서 제도론자는 '어떤 특정한 기준에서 훌륭하므로 예술 작품이라고 부를 수 있다'고 생각하지 않고, '일정한 절차와 관례를 거치기만 하면 모두 예술 작품으로 볼 수 있다'고 생각한다. 즉 어떤 것이든 '절차와 관례'를 거치기만 하면 되므로, 뒤샹의 「샘」이 아닌 '다른 변기'들이라도 일정한 절차와 관례를 거치면 예술 작품이 될 수 있다고 보는 것이다.

④번은 일반적으로 우리가 생각하는 예술 작품의 기준과는 사뭇 달라서 적절하지 않다고 판단했을 수도 있다. 하지만 문제를 풀 때에는 해당 지문에 나타난 근거를 토대로 정답을 골라야 한다. 글의 정보를 토대로 선지를 판단해야 한다는 사실을 잊지 말자.

정답률 분석

정답			매력적 오답	
①	②	③	④	⑤
57%	6%	8%	16%	13%

---

4. 다음은 비평문을 쓰기 위해 미술 전람회에 다녀온 학생이 (가)와 (나)를 읽은 후 작성한 메모의 일부이다. 메모의 내용이 적절하지 <u>않은</u> 것은? [3점]

- **작품 정보 요약**
  - 작품 제목: 「그리움」
  - 팸플릿의 설명
    - 화가 A가, 화가였던 자기 아버지가 생전에 신던 낡고 색이 바랜 신발을 보고 그린 작품임.
    - 화가 A의 예술가 정신은 궁핍하게 살면서도 예술혼을 잃지 않고 작품 활동을 했던 아버지의 삶에서 영향을 받았음.
  - 작품 전체에 따뜻한 계열의 색이 주로 사용됨.

- **비평문 작성을 위한 착안점**
  - ○ <u>콜링우드의 관점</u>을 적용하면, 화가 A가 <u>낡은 신발을 그린 것</u>에서 <u>아버지에 대한 그리움</u>을 갖고 있었으리라는 점을 제시할 수 있겠군. ·············· ①
  - ○ <u>디키의 관점</u>을 적용하면, <u>평범한 신발이 특별한 이유</u>는 신발의 원래 주인이 화가였다는 사실에 있음을 언급하여 이 그림을 예술 작품으로 평가할 수 있겠군. ·········· ②
  - ○ <u>텐의 관점</u>을 적용하면, 이 작품에서 <u>아버지의 낡은 신발</u>은 화가 A가 추구하는 예술가 정신의 상징임을 팸플릿 정보를 근거로 해석할 수 있겠군. ·············· ③
  - ○ <u>프리드의 관점</u>을 적용하면, <u>따뜻한 계열의 색들을 유기적으로 구성한 점</u>에서 이 그림이 우수한 작품임을 언급할 수 있겠군. ·············· ④
  - ○ <u>프랑스의 관점</u>을 적용하면, <u>그림 속의 낡고 색이 바랜 신발을 보고</u>, <u>지친 나의 삶에서 편안함과 여유를 느꼈음</u>을 서술할 수 있겠군. ·············· ⑤

✔ 정답풀이

②

근거: (가) **4** [12]예술계라는 어떤 사회 제도에 속하는 한 사람 또는 여러 사람에 의해 감상의 후보 자격을 수여받은 인공물을 예술 작품으로 규정하는 디키의 제도론이다. [13]하나의 작품이 어떤 특정한 기준에서 훌륭하므로 예술 작품이라고 부를 수 있다는 평가적 이론들과 달리, 디키의 견해는 일정한 절차와 관례를 거치기만 하면 모두 예술 작품으로 볼 수 있다는 분류적 이론이다.

디키의 제도론에서는 어떤 특정한 기준에 따라 예술 작품의 여부를 판단하는 평가적 이론들과 달리 일정한 절차와 관례를 거치기만 하면 모두 예술 작품으로 볼 수 있다고 본다. 따라서 신발의 원래 주인이 화가였다는 사실을 그림을 예술 작품으로 평가하는 기준으로 삼지는 않을 것이다.

①

근거: (가) **2** [5]콜링우드는 진지한 관념이나 감정과 같은 예술가의 마음을 예술의 조건으로 규정하는 표현론을 제시 + 〈메모〉 화가 A가, 화가였던 자기 아버지가 생전에 신던 낡고 색이 바랜 신발을 보고 그린 작품임.

콜링우드의 표현론에서는 예술가의 마음을 예술의 조건으로 규정하고 있다. 따라서 콜링우드의 관점을 적용하면, 화가 A가 자기 아버지가 신던 신발을 그린 것을 고려하여 아버지에 대한 그리움의 마음을 갖고 있었다는 점을 제시할 수 있다.

③

근거: (나) **2** [5]비평가 텐은 예술 작품이 창작된 당시 예술가가 살던 시대의 환경, 정치·경제·문화적 상황, 작품이 사회에 미치는 효과 등을 예술 작품 비평의 중요한 근거로 삼는다. [6]그 이유는 예술 작품이 예술가가 속해 있는 문화의 상징과 믿음을 구체화하며, 예술가가 속한 사회의 특성들을 반영한다고 보기 때문이다. + 〈메모〉 화가 A의 예술가 정신은 궁핍하게 살면서도 예술혼을 잃지 않고 작품 활동을 했던 아버지의 삶에서 영향을 받았음.

텐은 예술 작품이 창작된 당시 예술가가 살던 시대의 환경이나 상황을 예술 작품 비평의 중요한 근거로 삼는다. 따라서 텐의 관점을 적용하면, 화가 A가 아버지의 삶에서 영향을 받아 자신의 예술가 정신을 세웠다는 팸플릿의 설명을 고려하여 아버지의 낡은 신발을 화가 A가 추구하는 예술가 정신의 상징이라고 해석할 수 있다.

④

근거: (나) **3** [10]형식주의 비평은 예술 작품의 외적 요인 대신 작품의 형식적 요소와 그 요소들 간 구조적 유기성의 분석을 중요하게 생각한다. [11]프리드와 같은 형식주의 비평가들은 작품 속에 표현된 사물, 인간, 풍경 같은 내용보다는 선, 색, 형태 등의 조형 요소와 비례, 율동, 강조 등과 같은 조형 원리를 예술 작품의 우수성을 판단하는 기준이라고 주장한다. + 〈메모〉 작품 전체에 따뜻한 계열의 색이 주로 사용됨.

형식주의 비평가인 프리드는 조형 요소와 조형 원리를 기준으로 예술 작품의 우수성을 판단한다. 따라서 프리드의 관점을 적용하면, 따뜻한 계열의 색들을 유기적으로 구성했다는 점을 고려하여 이 그림이 우수한 작품임을 언급할 수 있다.

⑤

근거: (나) **4** [13]"훌륭한 비평가는 대작들과 자기 자신의 영혼의 모험들을 관련시킨다."라는 비평가 프랑스의 말처럼, 인상주의 비평은 비평가가 다른 저명한 비평가의 관점과 상관없이 자신의 생각과 느낌에 대하여 자율성과 창의성을 가지고 비평하는 것이다. [14]즉, 인상주의 비평가는 작가의 의도나 그 밖의 외적인 요인들을 고려할 필요 없이 비평가의 자유 의지로 무한대의 상상력을 가지고 작품을 해석하고 판단한다.

인상주의 비평가인 프랑스는 비평가의 자유 의지로 무한대의 상상력을 가지고 작품을 해석하고 판단할 수 있다고 생각한다. 따라서 프랑스의 관점을 적용하면, 그림 속의 낡고 색이 바랜 신발을 통해 지친 나의 삶에서 편안함과 여유를 느꼈음을 서술할 수 있다.

모두의 질문 • 4-③번

Q: 작품만 보고 아버지의 낡은 신발이 화가 A가 추구하는 예술가 정신의 상징이라는 것을 어떻게 알 수 있나요?

A: (나)에서 '비평가 텐은 예술 작품이 창작된 당시 예술가가 살던 시대의 환경, 정치·경제·문화적 상황' 등을 작품 비평의 중요한 근거로 삼는다고 하였다. 이렇듯 맥락주의 비평에서는 작품뿐 아니라 다른 자료들을 바탕으로 작품을 분석하고 해석한다. 또한 메모 중 팸플릿의 설명에서는 '화가 A의 예술가 정신은 궁핍하게 살면서도 예술혼을 잃지 않고 작품 활동을 했던 아버지의 삶에서 영향을 받았'다고 하였다. 따라서 텐의 관점에서는 팸플릿의 설명을 참고하여 '화가 A가, 화가였던 자기 아버지가 생전에 신던 낡고 색이 바랜 신발을 보고 그린 작품'에서 아버지의 낡은 신발은 화가 A가 추구하는 예술가 정신의 상징이라고 해석할 수 있는 것이다.

5. 피카소의 「게르니카」에 대해 〈보기〉의 A는 ⓐ의 관점, B는 ⓑ의 관점에서 비평한 내용이다. (나)를 바탕으로 A, B를 이해한 내용으로 적절하지 <u>않은</u> 것은?

> ⓐ: 맥락주의 비평
> ⓑ: 인상주의 비평

〈보기〉

피카소, 「게르니카」

A: 1937년 히틀러가 바스크 산악 마을인 '게르니카'에 30여 톤의 폭탄을 퍼부어 수많은 인명을 살상한 <u>비극적 사건의 참상</u>을, 울부짖는 말과 부러진 칼 등의 상징적 이미지를 사용하여 <u>전 세계에 고발</u>한 기념비적인 작품이다. (맥락주의 비평)

B: 뿔 달린 동물은 <u>슬퍼 보이고</u>, 아이는 양팔을 뻗어 고통을 <u>호소하고</u> 있다. <u>우울한 색과 기괴한 형태</u>들이 나를 그 속으로 끌어들이는 듯하다. 그러나 빛이 보인다. 고통과 좌절감이 느껴지지만 <u>희망을 갈구하는</u> 훌륭한 작품이다. (인상주의 비평)

✔ 정답풀이

③ B에서 '슬퍼 보이고'와 '고통을 호소하고'라고 서술한 것은 작가의 심리적 상태를 표현하려는 것이겠군.

> 근거: (나) 4 [12]인상주의 비평(ⓑ)은 모든 분석적 비평에 대해 회의적인 시각을 가지고 있어 예술을 어떤 규칙이나 객관적 자료로 판단할 수 없다고 본다. [14]즉, 인상주의 비평가는 작가의 의도나 그 밖의 외적인 요인들을 고려할 필요 없이 비평가의 자유 의지로 무한대의 상상력을 가지고 작품을 해석하고 판단한다.
> B는 ⓑ의 관점에서 비평한 내용이다. ⓑ은 작가의 의도를 고려할 필요 없이 비평가의 자유 의지로 작품을 해석하고 판단하므로, '슬퍼 보이고', '고통을 호소하고'가 작가의 심리적 상태를 표현한다는 설명은 적절하지 않다.

✖ 오답풀이

① A에서 '1937년'에 '게르니카'에서 발생한 사건을 언급한 것은 역사적 정보를 바탕으로 작품을 해석하기 위한 것이겠군.

> 근거: (나) 2 [4]맥락주의 비평(ⓐ)은 주로 예술 작품이 창작된 사회적·역사적 배경에 관심을 갖는다.
> A는 ⓐ의 관점에서 비평한 내용이다. ⓐ은 예술 작품이 창작된 사회적·역사적 배경에 관심을 가지므로, A에서 1937년 게르니카에서 발생한 사건을 언급한 것은 역사적 정보를 바탕으로 작품을 해석하기 위한 것이라고 볼 수 있다.

② A에서 비극적 참상을 '전 세계에 고발'하였다고 서술한 것은 작품이 사회에 미치는 효과를 드러내고자 한 것이겠군.

> 근거: (나) 2 [4]맥락주의 비평(ⓐ)은 주로 예술 작품이 창작된 사회적·역사적 배경에 관심을 갖는다. [5]비평가 텐은 예술 작품이 창작된 당시 예술가가 살던 시대의 환경, 정치·경제·문화적 상황, 작품이 사회에 미치는 효과 등을 예술 작품 비평의 중요한 근거로 삼는다.
> A는 ⓐ의 관점에서 비평한 내용이다. ⓐ은 예술 작품이 창작된 사회적·역사적 배경과 작품이 사회에 미치는 효과 등을 예술 작품 비평의 중요한 근거로 삼기 때문에, A에서 비극적 참상을 전 세계에 고발하였다고 서술한 것은 작품이 사회에 미치는 효과를 드러내고자 한 것이라고 볼 수 있다.

④ B에서 '우울한 색과 기괴한 형태'를 언급한 것은 비평가의 주관적 인상을 반영하기 위한 것이겠군.

> 근거: (나) 4 [13]"훌륭한 비평가는 대작들과 자기 자신의 영혼의 모험들을 관련시킨다."라는 비평가 프랑스의 말처럼, 인상주의 비평(ⓑ)은 비평가가 다른 저명한 비평가의 관점과 상관없이 자신의 생각과 느낌에 대하여 자율성과 창의성을 가지고 비평하는 것이다.
> B는 ⓑ의 관점에서 비평한 내용이다. ⓑ은 자신의 생각과 느낌에 대하여 자율성과 창의성을 가지고 비평하므로, B에서 '우울한 색과 기괴한 형태'를 언급한 것은 비평가의 주관적 인상을 반영하기 위한 것이라고 볼 수 있다.

⑤ B에서 '희망을 갈구하는'이라고 서술한 것은 비평가의 자유로운 상상력이 반영된 것이겠군.

> 근거: (나) 4 [14]인상주의 비평가는 작가의 의도나 그 밖의 외적인 요인들을 고려할 필요 없이 비평가의 자유 의지로 무한대의 상상력을 가지고 작품을 해석하고 판단한다.
> B는 ⓑ의 관점에서 비평한 내용이다. ⓑ은 비평가의 자유 의지로 무한대의 상상력을 가지고 작품을 해석하고 판단하므로, B에서 '희망을 갈구하는'이라는 서술에는 비평가의 자유로운 상상력이 반영되어 있다고 볼 수 있다.

6. 문맥을 고려할 때, 밑줄 친 말이 ⓐ~ⓔ의 동음이의어인 것은?

◆ 정답풀이

③ ⓒ: 이 문제에 대해서는 이론(異論)의 여지가 없다.

> 근거: (가) **4** ¹³하나의 작품이 어떤 특정한 기준에서 훌륭하므로 예술 작품이라고 부를 수 있다는 평가적 ⓒ이론들과 달리.
> ⓒ는 '사물의 이치나 지식 따위를 해명하기 위하여 논리적으로 정연하게 일반화한 명제의 체계.'라는 의미로 쓰였다. 이와 달리 ③번의 '이론'은 '다른 이론(理論)이나 의견.'이라는 의미로 쓰였으므로, 두 단어는 소리는 같으나 뜻이 다른 동음이의어이다.

❌ 오답풀이

① ⓐ: 모든 인간은 평등하다고 전제(前提)해야 한다.
근거: (가) **1** ²대상과 그 대상의 재현이 닮은꼴이어야 한다는 재현의 투명성 이론을 ⓐ전제한다.
ⓐ와 ①번의 '전제' 모두 '어떠한 사물이나 현상을 이루기 위하여 먼저 내세우는 것.'이라는 의미로 쓰였다.

② ⓑ: 가을은 오곡백과가 무르익는 시기(時期)이다.
근거: (가) **2** ⁷또한 이와 비슷한 ⓑ시기에 외부 세계나 작가의 내면보다 작품 자체의 고유 형식을 중시하는 형식론도 발전했다.
ⓑ와 ②번의 '시기' 모두 '어떤 일이나 현상이 진행되는 시점.'이라는 의미로 쓰였다.

④ ⓓ: 이 소설은 사실을 근거(根據)로 하여 쓰였다.
근거: (나) **2** ⁵작품이 사회에 미치는 효과 등을 예술 작품 비평의 중요한 ⓓ근거로 삼는다.
ⓓ와 ④번의 '근거' 모두 '어떤 일이나 의논. 의견에 그 근본이 됨. 또는 그런 까닭.'이라는 의미로 쓰였다.

⑤ ⓔ: 청소년의 시각(視角)으로 이 문제를 살펴보자.
근거: (나) **4** ¹²모든 분석적 비평에 대해 회의적인 ⓔ시각을 가지고 있어 예술을 어떤 규칙이나 객관적 자료로 판단할 수 없다고 본다.
ⓔ와 ⑤번의 '시각' 모두 '사물을 관찰하고 파악하는 기본적인 자세.'라는 의미로 쓰였다.

[1~6] 다음 글을 읽고 물음에 답하시오.

✏ 사고의 흐름

(가)

1 ¹한국, 중국 등 동아시아 사회에서 오랫동안 유지되었던 과거제는 세습적 권리와 무관*하게 능력주의적인 시험을 통해 관료를 선발하는 제도라는 점에서 합리성을 갖추고 있었다. ²정부의 관직을 ⓐ두고 정기적으로 시행되는 공개 시험인 과거제가 도입되어, 높은 지위를 얻기 위해서는 신분이나 추천보다 시험 성적이 더욱 중요해졌다. 과거제를 화제로 언급했네. 아직 어떻게 글이 전개될지 잘 모르겠지? 우선은 천천히 읽어 나가 보자!

2 ³명확하고 합리적인 기준에 따른 관료 선발 제도라는 공정성을 바탕으로 과거제는 보다 많은 사람들에게 사회적 지위 획득의 기회를 줌으로써 개방성을 제고하여 사회적 유동성 역시 증대시켰다. ⁴응시 자격에 일부 제한이 있었다 하더라도, 비교적 공정한 제도였음은 부정하기 어렵다. ⁵시험 과정에서 ⑤익명성의 확보를 위한 여러 가지 장치를 도입한 것도 공정성 강화를 위한 노력을 보여 준다. 과거제: 공정성(익명성 등을 통해 강화) / 개방성 제고 → 사회적 유동성 증대

3 ⁶과거제는 여러 가지 사회적 효과를 가져왔는데, 특히 학습에 강력한 동기를 제공함으로써 교육의 확대와 지식의 보급에 크게 기여했다. ⁷그 결과 통치에 참여할 능력을 갖춘 지식인 집단이 폭넓게 형성되었다. 과거제: 학습에 강력한 동기 제공 → 교육의 확대, 지식의 보급 → 지식인 집단 형성 ⁸시험에 필요한 고전과 유교 경전이 주가 되는 학습의 내용은 도덕적인 가치 기준에 대한 광범위한 공유를 이끌어 냈다. 과거제의 학습 내용: 고전, 유교 경전 → 도덕적 가치 기준에 대한 광범위한 공유 가능 ⁹또한 최종 단계까지 통과하지 못한 사람들에게도 국가가 여러 특권을 부여하고 그들이 지방 사회에 기여하도록 하여 경쟁적 선발 제도가 가져올 수 있는 부작용을 완화하고자 노력했다. 최종 단계를 통과하지 못한 사람들에게도 특권 부여 → 제도의 부작용 완화 / 과거제의 사회적 효과를 나열하고 있네!

과거제가 가져온 두 가지 이상의 사회적 효과가 제시되겠지?

4 ¹⁰동아시아에서 과거제가 천 년이 넘게 시행된 것은 과거제의 합리성이 사회적 안정에 기여했음을 보여 준다. ¹¹과거제는 왕조의 교체와 같은 변화에도 불구하고 동질적인 엘리트층의 연속성을 가져왔다. ¹²그리고 이러한 연속성은 관료 선발 과정뿐 아니라 관료제에 기초한 통치의 안정성에도 기여했다. 과거제: 동질적인 엘리트층의 연속성 가져옴 → 관료제에 기초한 통치의 안정성에 기여

'이', '그', '저' 와 같은 단어는 무엇을 가리키는지 확실하게 이해하고 넘어가자! 이때의 '이러한'은 '유럽 계몽 사상가들의 과거제에 대한' 이라는 의미겠지?

5 ¹³과거제를 장기간 유지한 것은 세계적으로 드문 현상이었다. 과거제를 장기간 유지하는 것은 특이한 경우였구나! ¹⁴과거제에 대한 정보는 선교사들을 통해 유럽에 전해져 많은 관심을 불러일으켰다. ¹⁵일군*의 유럽 계몽사상가들은 학자의 지식이 귀족의 세습적 지위보다 우위에 있는 체제를 정치적인 합리성을 갖춘 것으로 보았다. ¹⁶이러한 관심은 사상적 동향뿐 아니라 실질적인 사회 제도에까지 영향을

미쳐서, 관료 선발에 시험을 통한 경쟁이 도입되기도 했다. 일군의 유럽 계몽가들: 우리나라의 과거제에 관심 → 관료 선발에 시험 통한 경쟁 도입하기도 함

이것만은 챙기자

* **무관**: 관계나 상관이 없음.
* **일군**: 한 무리. 또는 한 패.

만점 선배의 구조도 예시

(가)
과거제 : 한국, 중국 등 동아시아에서 오랫동안 유지

- 합리성 : 능력주의적인 시험 통해 관료 선발
- 공정성 : 명확하고 합리적인 기준 존재 → 개방성 제고
- 사회적 효과
   - 학습에 동기 제공 → 교육 확대, 지식 보급 → 지식인 집단 生
   - 사회적 안정(통치의 안정성)에 기여
   - 최종 단계 통과 못한 사람에게도 특권 부여 → 부작용 완화

유럽에 전달 : 많은 관심 生
   → 관료 선발에 시험을 통한 경쟁이 도입되기도 함

≫ 각 문단을 요약하고 지문을 세 부분으로 나누어 보세요.

1 동아시아 사회에서 과거제는 능력주의적인 시험을 통해 관료를 선발하는 제도라는 점에서 합리성을 갖추고 있었다.	첫 번째 **1**¹~**1**²
2 과거제는 공정성을 바탕으로 많은 사람들에게 사회적 지위 획득의 기회를 주어 사회적 유동성을 증대시켰다.	
3 과거제는 교육의 확대와 지식의 보급에 기여해 지식인 집단을 폭넓게 형성하고, 도덕적인 가치 기준에 대한 광범위한 공유를 이끌어 냈다.	두 번째 **2**³~**4**¹²
4 과거제는 동질적인 엘리트층의 연속성을 통해 통치의 안정성에도 기여했다.	
5 과거제는 선교사에 의해 유럽에 전해져 관심을 불러일으켰으며 사회 제도에까지 영향을 미쳤다.	세 번째 **5**¹³~**5**¹⁶

(나)

1 ¹조선 후기의 대표적인 관료 선발 제도 개혁론인 유형원의 공거제 구상은 능력주의적, 결과주의적 인재 선발의 약점을 극복하려는 의도와 함께 신분적 세습의 문제점도 의식한 것이었다. (가)에서 과거제가 능력주의적이라고 했지? 따라서 유형원의 공거제 구상은 과거제의 약점을 극복하려 했다고 볼 수 있겠네! ²중국에서는 17세기 무렵 관료 선발에서 세습과 같은 봉건적인 요소를 부분적으로 재도입하려는 개혁론이 등장했다. ³고염무는 관료제의 상층에는 능력주의적 제도를 유지하되, ㉮지방관인 지현들은 어느 정도의 검증 기간을 거친 이후 그 지위를 평생 유지시켜 주고 세습의 길까지 열어 놓는 방안을 제안했다. ⁴황종희는 지방의 관료가 자체적으로 관리를 초빙해서 시험한 후에 추천하는 '벽소'와 같은 옛 제도를 ⓑ되살리는 방법으로 과거제를 보완하자고 주장했다. 1문단에서는 과거제의 보완을 주장한 사람들을 구체적으로 제시하고 있네! 보완한다는 말은 과거제에 문제점이 있었다는 의미지!

2 ⁵이러한 개혁론은 갑작스럽게 등장한 것이 아니었다. ⁶과거제를 시행했던 국가들에서는 수백 년에 ⓒ걸쳐 과거제를 개선하라는 압력이 있었다. ⁷시험 방식이 가져오는 부작용들은 과거제의 중요한 문제였다. ⁸치열한 경쟁은 학문에 대한 깊이 있는 학습이 아니라 합격만을 목적으로 하는 형식적 학습을 하게 만들었고, 많은 인재들이 수험 생활에 장기간 ⓓ매달리면서 재능을 낭비하는 현상도 낳았다. ⁹또한 학습 능력 이외의 인성이나 실무 능력을 평가할 수 없다는 이유로 시험의 ㉡익명성에 대한 회의*도 있었다. 과거제의 시험 방식으로 인한 문제 (1) 치열한 경쟁 → 형식적 학습, 수험 생활에 장기간 매달리게 됨(재능 낭비의 문제), (2) 익명성: 학습 능력 이외의 것을 평가할 수 ×

3 ¹⁰과거제의 부작용에 대한 인식은 과거제를 통해 임용된 관리들의 활동에 대한 비판적 시각으로 연결되었다. 이어서 '관리들의 활동에 대한 비판적 시각'에 대해 설명하겠지? ¹¹능력주의적 태도는 시험뿐 아니라 관리의 업무에 대한 평가에도 적용되었다. ¹²세습적이지 않으면서 몇 년의 임기마다 다른 지역으로 이동하는 관리들은 승진을 위해서 빨리 성과를 낼 필요가 있었기에, 지역 사회를 위해 장기적인 전망을 가지고 정책을 추진하기보다 가시적*이고 단기적인 결과만을 중시하는 부작용을 가져왔다. ¹³개인적 동기가 공공성과 상충되는 현상이 나타났던 것이다. 능력주의적 태도: 승진을 위해서 빨리 성과를 내야 함 → 가시적, 단기적 결과 중시(관리들의 개인적 동기가 공공성과 상충됨) ¹⁴공동체 의식의 약화 역시 과거제의 부정적 결과로 인식되었다. ¹⁵과거제 출신의 관리들이 공동체에 대한 소속감이 낮고 출세 지향적이기 때문에 세습 엘리트나 지역에서 천거된 관리에 비해 공동체에 대한 충성심이 약했던 것이다. 과거제 출신의 관리: 세습 엘리트, 지역에서 천거된 관리에 비해 공동체에 대한 충성심이 약함

4 ¹⁶과거제가 지속되는 시기 내내 과거제 이전에 대한 향수가 존재했던 것은 그 외의 정치 체제를 상상하기 ⓔ어려웠던 상황에서, 사적이고 정서적인 관계에서 볼 수 있는 소속감과 충성심을 과거제로 확보하기 어렵다는 판단 때문이었다. 과거제는 소속감과 충성심을

확보하기 어렵다는 한계를 가지고 있었구나! 과거제의 단점 → 과거제 이전에 대한 향수를 불러일으킴 ¹⁷봉건적 요소를 도입하여 과거제를 보완하자는 주장은 단순히 복고적인 것이 아니었다. ¹⁸합리적인 제도가 가져온 역설적 상황을 역사적 경험과 주어진 사상적 자원을 활용하여 보완하고자 하는 시도였다. 봉건적 요소를 도입하여 과거제를 보완하자는 학자들의 주장(4문단)은 과거제가 가진 한계를 지금까지 쌓아 온 역사적 경험과 당시의 자원을 활용하여 보완하고자 하는 시도에서 비롯된 것이구나!

아니라, 아니었다 뒤에는 중요한 내용이 제시되는 경우가 많아! 이 뒤에서는 이미 과거제 개혁에 대한 이야기가 나오고 있었음에 대해 이야기하겠지?

이것만은 챙기자

*회의: 의심을 품음. 또는 마음속에 품고 있는 의심.
*가시적: 눈으로 볼 수 있는 것.

만점 선배의 구조도 예시

(나)

- 조선후기 유형원: 능력주의 / 결과 주의적 인재 선발 약점 극복하려 함
- 17C 중국: 관료 선발 시 봉건적 제도를 재도입하자는 주장 나옴
- 과거제를 개선하기 위한 것

○ 과거제의 문제
  - 치열한 경쟁: 형식적 학습, 인재들의 재능 낭비
  - 익명성: 학습 능력 이외의 것 평가할 수 ×

○ 과거제 출신 관리들의 문제
  - 승진(개인적 동기) 위해 가시적, 단기적 결과만을 중시함
  - 공동체에 대한 소속감↓, 출세 지향적
  - (공동체에 대한 충성심: 과거제 출신 관리 < 세습 엘리트, 천거된 관리)

↓

과거제의 역설적 상황을 역사적 경험, 주어진 사상적 자원을 활용하여 보완하려는 시도

>> 각 문단을 요약하고 지문을 세 부분으로 나누어 보세요.

1 유형원의 공거제 구상은 조선 후기 관료 선발 제도 개혁론으로, 중국에서는 17세기 무렵 관료 선발에서 세습과 같은 봉건적인 요소를 부분적으로 재도입하려는 개혁론이 등장했다.	첫 번째 **1**¹~**1**⁴
2 과거제는 치열한 경쟁으로 인재들이 수험 생활에 매달리며 재능을 낭비하는 현상을 낳고, 학습 능력 이외의 것을 평가할 수 없었다.	두 번째 **2**⁵~**2**⁹
3 과거제를 통해 임용된 관리들은 승진을 위해 가시적이고 단기적인 결과만을 중시하고 출세 지향적이기 때문에 공동체에 대한 충성심이 약했다.	세 번째 **3**¹⁰~**4**¹⁸
4 과거제로 소속감과 충성심을 확보하기 어렵다는 판단은 봉건적 요소를 도입하여 과거제를 보완하자는 주장으로 이어졌다.	

1. (가)와 (나)의 서술 방식으로 가장 적절한 것은?

✓ 정답풀이

① (가)와 (나) 모두 특정 제도가 사회에 미친 영향을 인과적으로 서술하고 있다.

> 근거: (가) ③ [6]과거제는 여러 가지 사회적 효과를 가져왔는데, 특히 학습에 강력한 동기를 제공함으로써~[8]도덕적인 가치 기준에 대한 광범위한 공유를 이끌어 냈다. + ④ [11]과거제는 왕조의 교체와 같은 변화에도 불구하고 동질적인 엘리트층의 연속성을 가져왔다. [12]그리고 이러한 연속성은 관료 선발 과정뿐 아니라 관료제에 기초한 통치의 안정성에도 기여했다. / (나) ② [7]시험 방식이 가져오는 부작용들은 과거제의 중요한 문제였다. ~[9]시험의 익명성에 대한 회의도 있었다. + ③ [11]능력주의적 태도는 시험뿐 아니라 관리의 업무에 대한 평가에도 적용~[15]공동체에 대한 충성심이 약했던 것이다.
>
> (가)는 과거제가 가져온 여러 가지 사회적 효과를 인과적으로 서술하고 있으며, (나)는 과거제의 부작용으로 인한 영향을 인과적으로 서술하고 있다.

✗ 오답풀이

② (가)와 (나) 모두 특정 제도를 분석하는 두 가지 이론을 구분하여 소개하고 있다.

> (가)와 (나) 모두 과거제에 대해 언급하고는 있지만, 이를 분석하는 두 가지 이론을 구분하여 소개하고 있지는 않다.

③ (가)는 (나)와 달리 구체적 사상가들의 견해를 언급하며 특정 제도에 대한 관점을 드러내고 있다.

> 근거: (나) ① [1]조선 후기의 대표적인 관료 선발 제도 개혁론인 유형원의 공거제 구상 [3]고염무는 관료제의 상층에는 능력주의적 제도를 유지~[4]황종희는 지방의 관료가 자체적으로 관리를 초빙해서 시험한 후에 추천하는 '벽소'와 같은 옛 제도를 되살리는 방법으로 과거제를 보완하자고 주장했다.
>
> (가)에서 구체적 사상가들의 견해를 언급하고 있지는 않다. 오히려 (나)에서 구체적 사상가들의 견해를 언급하고 있다.

④ (나)는 (가)와 달리 특정 제도에 대한 선호와 비판의 근거들을 비교하면서 특정 제도의 특징을 제시하고 있다.

> 근거: (나) ② [6]과거제를 시행했던 국가들에서는 수백 년에 걸쳐 과거제를 개선하라는 압력이 있었다. [7]시험 방식이 가져오는 부작용들은 과거제의 중요한 문제였다. + ③ [10]과거제의 부작용에 대한 인식은 과거제를 통해 임용된 관리들의 활동에 대한 비판적 시각으로 연결되었다. + ④ [17]봉건적 요소를 도입하여 과거제를 보완하자는 주장~[18]보완하고자 하는 시도였다.
>
> (나)에서는 과거제에 대한 비판과 그 보완책에 대해 이야기하고 있을 뿐, 과거제에 대한 선호와 비판의 근거들을 비교하면서 특징을 제시하고 있지는 않다.

⑤ (가)는 특정 제도의 발전을 통시적으로, (나)는 특정 제도에 대한 학자들의 상반된 입장을 공시적으로 언급하고 있다.

> 근거: (가) ② [3]명확하고 합리적인 기준에 따른 관료 선발 제도라는 공정성을 바탕으로 과거제는 보다 많은 사람들에게 사회적 지위 획득의 기회를 줌으로써 개방성을 제고하여 사회적 유동성 역시 증대시켰다. + ③ [6]과거제는 여러 가지 사회적 효과를 가져왔는데, 특히 학습에 강력한 동기를 제공함으로써 교육의 확대와 지식의 보급에 크게 기여했다. / (나) ① [1]조선 후기의 대표적인 관료 선발 제도 개혁론인 유형원의 공거제 구상은~[3]고염무는 관료제의 상층에는 능력주의적 제도를 유지~[4]황종희는 지방의 관료가 자체적으로 관리를 초빙해서 시험한 후에 추천하는 '벽소'와 같은 옛 제도를 되살리는 방법으로 과거제를 보완하자고 주장했다.
>
> (가)에서는 과거제의 합리성에 대해 언급하고 있을 뿐, 과거제의 발전을 통시적으로 언급하고 있지는 않다. 또한 (나)에서는 과거제의 보완책에 대한 학자들의 입장을 제시하고 있을 뿐, 상반된 입장을 공시적으로 언급하고 있지는 않다.

2. (가)의 내용과 일치하지 않는 것은?

✓ 정답풀이

④ 경쟁을 바탕으로 한 과거제는 더 많은 사람들이 지방의 관료에 의해 초빙될 기회를 주었다.

> 근거: (가) ① [1]과거제는 세습적 권리와 무관하게 능력주의적인 시험을 통해 관료를 선발하는 제도라는 점에서 합리성을 갖추고 있었다. [2]정부의 관직을 두고 정기적으로 시행되는 공개 시험인 과거제가 도입되어, 높은 지위를 얻기 위해서는 신분이나 추천보다 시험 성적이 더욱 중요해졌다. + ② [3]명확하고 합리적인 기준에 따른 관료 선발 제도라는 공정성을 바탕으로 과거제는 보다 많은 사람들에게 사회적 지위 획득의 기회를 줌으로써 개방성을 제고하여 사회적 유동성 역시 증대시켰다.
>
> 과거제가 경쟁을 바탕으로 하는 것은 맞다. 하지만 과거제는 명확하고 합리적 기준, 공정성을 바탕으로 보다 많은 사람들에게 사회적 지위 획득의 기회를 주는 것이지, 더 많은 사람들이 지방의 관료에 의해 초빙될 기회를 주는 것은 아니다.

✗ 오답풀이

① 시험을 통한 관료 선발 제도는 동아시아뿐만 아니라 유럽에서도 실시되었다.

> 근거: (가) ⑤ [14]과거제에 대한 정보는 선교사들을 통해 유럽에 전해져 많은 관심을 불러일으켰다. [16]이러한 관심은 사상적 동향뿐 아니라 실질적인 사회 제도에까지 영향을 미쳐서, 관료 선발에 시험을 통한 경쟁이 도입되기도 했다.

② 과거제는 폭넓은 지식인 집단을 형성하여 관료제에 기초한 통치에 기여했다.

> 근거: (가) ③ [6]과거제는 여러 가지 사회적 효과를 가져왔는데, 특히 학습에 강력한 동기를 제공함으로써 교육의 확대와 지식의 보급에 크게 기여했다. [7]그 결과 통치에 참여할 능력을 갖춘 지식인 집단이 폭넓게 형성되었다. + ④ [11]과거제는 왕조의 교체와 같은 변화에도 불구하고 동질적인 엘리트층의 연속성을 가져왔다. [12]그리고 이러한 연속성은 관료 선발 과정뿐 아니라 관료제에 기초한 통치의 안정성에도 기여했다.

③ 과거 시험의 최종 단계까지 통과하지 못한 사람도 국가로부터 혜택을 받을 수 있었다.

근거: (가) **3** ⁹최종 단계까지 통과하지 못한 사람들에게도 국가가 여러 특권을 부여하고 그들이 지방 사회에 기여하도록 하여 경쟁적 선발 제도가 가져올 수 있는 부작용을 완화하고자 노력했다.

⑤ 귀족의 지위보다 학자의 지식이 우위에 있는 체제가 합리적이라고 여긴 계몽사상가들이 있었다.

근거: (가) **5** ¹⁵일군의 유럽 계몽사상가들은 학자의 지식이 귀족의 세습적 지위보다 우위에 있는 체제를 정치적인 합리성을 갖춘 것으로 보았다.

📋 문제적 문제

· 2—①, ④번

학생들이 정답 이외에 가장 많이 고른 선지가 ①번이다. '시험을 통한 관료 선발 제도'가 유럽에서도 실시된 것이 적절하지 않다고 본 것이다. 이는 글의 앞부분에만 집중했거나 글을 끝까지 제대로 읽지 못한 경우라고 볼 수 있다. (가), (나)로 나뉘어져 있지만 전체적으로 지문의 길이가 길어 빨리 읽어야 한다는 생각에 마음이 급해질 수 있다. 하지만 속도만큼 정확성도 중요하다. 빨리 읽고 문제를 풀어야 한다는 조급함을 버려야 한다. 또한 선지를 판단할 때에는 선지를 정확하게 이해하고, 꼼꼼하게 선지의 근거를 찾으며 판단해야 한다.

(가)의 1문단에서 과거제는 '한국, 중국 등 동아시아 사회에서 오랫동안 유지'되었다고 하였으며 5문단에서 '과거제를 장기간 유지한 것은 세계적으로 드문 현상'이라고 하였다. 하지만 선지에서는 유럽이 과거제를 동아시아 사회처럼 오랫동안 유지했는지를 물어본 것이 아니라, '시험을 통한 관료 선발 제도'가 유럽에도 있었는지를 물어보고 있다. 이때 5문단에서 유럽의 '관료 선발에 시험을 통한 경쟁이 도입되기도 했다.'는 언급을 통해 ①번이 적절함을 알 수 있다.

한편 (가)의 1문단에서 과거제는 '세습적 권리와 무관하게 능력주의적인 시험'이며, '높은 지위를 얻기 위해서는 신분이나 추천보다 시험 성적이 더욱 중요해졌다.'라고 하였다. 따라서 ④번이 적절하지 않음을 알 수 있다.

정답률 분석

매력적 오답			정답	
①	②	③	④	⑤
21%	4%	2%	70%	3%

3. (나)를 참고할 때, ㉮와 같은 제안이 등장하게 된 배경을 추론한 내용으로 적절하지 않은 것은?

㉮: 지방관인 지현들은 어느 정도의 검증 기간을 거친 이후 그 지위를 평생 유지시켜 주고 세습의 길까지 열어 놓는 방안

✅ 정답풀이

② 과거제로 등용된 관리들의 봉건적 요소에 대한 지향이 공공성과 상충되는 세태로 나타났기 때문이었을 것이다.

근거: (나) **1** ²중국에서는 17세기 무렵 관료 선발에서 세습과 같은 봉건적인 요소를 부분적으로 재도입하려는 개혁론이 등장했다. + **3** ¹²세습적이지 않으면서 몇 년의 임기마다 다른 지역으로 이동하는 관리들은 승진을 위해서 빨리 성과를 낼 필요가 있었기에~가시적이고 단기적인 결과만을 중시하는 부작용을 가져왔다. ¹³개인적 동기가 공공성과 상충되는 현상이 나타났던 것이다.

(나)에 따르면 과거제로 인해 승진이라는 개인적인 동기와 공공성이 상충되는 현상이 나타났으므로, 봉건적 요소에 대한 지향이 공공성과 상충되는 세태로 나타났을 것이라는 추론은 적절하지 않다. 이때 봉건적 요소를 지향한 것은 과거제로 등용된 관리들이 아니라 관료 선발 제도를 개혁하려 한 개혁론자들이다.

❌ 오답풀이

① 과거제로 등용된 관리들이 근무지를 자주 바꾸게 되어 근무지에 대한 소속감이 약했기 때문이었을 것이다.

근거: (나) **3** ¹²세습적이지 않으면서 몇 년의 임기마다 다른 지역으로 이동하는 관리들 ¹⁵과거제 출신의 관리들이 공동체에 대한 소속감이 낮고 출세 지향적이기 때문에~공동체에 대한 충성심이 약했던 것이다.

③ 과거제로 선발한 관료들은 세습 엘리트에 비해 개인적 동기가 강해서 공동체 의식이 높지 않았기 때문이었을 것이다.

근거: (나) **3** ¹²승진을 위해서 빨리 성과를 낼 필요 ¹³개인적 동기가 공공성과 상충 ¹⁴공동체 의식의 약화 역시 과거제의 부정적 결과로 인식되었다. ¹⁵과거제 출신의 관리들이 공동체에 대한 소속감이 낮고 출세 지향적이기 때문에 세습 엘리트나 지역에서 천거된 관리에 비해 공동체에 대한 충성심이 약했던 것이다.

④ 과거제를 통해 배출된 관료들이 출세 지향적이어서 장기적 안목보다는 근시안적인 결과에 치중했기 때문이었을 것이다.

근거: (나) **3** ¹²몇 년의 임기마다 다른 지역으로 이동하는 관리들은 승진을 위해서 빨리 성과를 낼 필요가 있었기에, 지역 사회를 위해 장기적인 전망을 가지고 정책을 추진하기보다 가시적이고 단기적인 결과만을 중시하는 부작용을 가져왔다. ¹⁵과거제 출신의 관리들이~출세 지향적이기 때문에

⑤ 과거제가 낳은 능력주의적 태도로 인해 관리들이 승진을 위해 가시적인 성과만을 내려는 경향이 강해졌기 때문이었을 것이다.

근거: (나) **3** ¹¹능력주의적 태도는 관리의 업무에 대한 평가에도 적용되었다. ¹²세습적이지 않으면서 몇 년의 임기마다 다른 지역으로 이동하는 관리들은 승진을 위해서 빨리 성과를 낼 필요가 있었기에, 지역 사회를 위해 장기적인 전망을 가지고 정책을 추진하기보다 가시적이고 단기적인 결과만을 중시하는 부작용을 가져왔다.

4. (가)와 (나)를 참고하여 ⊙과 ⓒ을 이해한 내용으로 가장 적절한 것은?

> ⊙: 익명성의 확보
> ⓒ: 익명성에 대한 회의

✅ **정답풀이**

④ ⊙은 사회적 지위 획득의 기회를 확대하는 데 기여했지만, ⓒ은 관리 선발 시 됨됨이 검증의 곤란함에서 비롯되었다.

> 근거: (가) **2** ³명확하고 합리적인 기준에 따른 관료 선발 제도라는 공정성을 바탕으로 과거제는 보다 많은 사람들에게 사회적 지위 획득의 기회를 줌으로써 개방성을 제고하여 사회적 유동성 역시 증대시켰다. ⁵시험 과정에서 익명성의 확보(⊙)를 위한 여러 가지 장치를 도입한 것도 공정성 강화를 위한 노력을 보여 준다. / (나) **2** ⁹또한 학습 능력 이외의 인성이나 실무 능력을 평가할 수 없다는 이유로 시험의 익명성에 대한 회의(ⓒ)도 있었다.
> ⊙은 공정성 강화를 위한 노력으로, 과거제는 공정성을 바탕으로 보다 많은 사람들에게 사회적 지위 획득의 기회를 제공하였다. 한편 학습 능력 이외의 됨됨이 등을 평가할 수 없다는 이유로 ⓒ이 나타나기도 하였다.

❌ **오답풀이**

① ⊙은 모든 사람에게 응시 기회를 보장했지만, ⓒ은 결과주의의 지나친 확산에서 비롯되었다.

근거: (가) **2** ⁴응시 자격에 일부 제한이 있었다 하더라도, 비교적 공정한 제도였음은 부정하기 어렵다. / (나) **2** ⁸치열한 경쟁은 학문에 대한 깊이 있는 학습이 아니라 합격만을 목적으로 하는 형식적 학습을 하게 만들었고, 많은 인재들이 수험 생활에 장기간 매달리면서 재능을 낭비하는 현상도 낳았다.
⊙을 통해 공정성이 어느 정도 보장되었지만, 과거제의 응시 자격에는 일부 제한이 있었다. 한편 과거제로 인해 합격만을 목적으로 하는 결과주의가 확산되었다고 볼 수 있지만, ⓒ이 이러한 결과주의의 확산에서 비롯된 것은 아니다.

② ⊙은 정치적 변화에도 사회적 안정을 보장했지만, ⓒ은 대대로 관직을 물려받는 문제에서 비롯되었다.

근거: (가) **4** ¹⁰동아시아에서 과거제가 천 년이 넘게 시행된 것은 과거제의 합리성이 사회적 안정에 기여했음을 보여 준다. / (나) **2** ⁹또한 학습 능력 이외의 인성이나 실무 능력을 평가할 수 없다는 이유로 시험의 익명성에 대한 회의(ⓒ)도 있었다.
⊙을 위한 장치를 도입한 과거제가 사회적 안정에 기여한 것은 맞지만, ⓒ은 대대로 관직을 물려받는 문제에서 비롯된 것이 아니라 과거가 학습 능력 이외의 능력을 평가할 수 없다는 데에서 비롯된 것이다.

③ ⊙은 지역 공동체의 전체 이익을 증진시켰지만, ⓒ은 지나친 경쟁이 유발한 국가 전체의 비효율성에서 비롯되었다.

근거: (나) **2** ⁸치열한 경쟁은 학문에 대한 깊이 있는 학습이 아니라 합격만을 목적으로 하는 형식적 학습을 하게 만들었고, 많은 인재들이 수험 생활에 장기간 매달리면서 재능을 낭비하는 현상도 낳았다. ⁹또한 학습 능력 이외의 인성이나 실무 능력을 평가할 수 없다는 이유로 시험의 익명성에 대한 회의(ⓒ)도 있었다. + **3** ¹⁴공동체 의식의 약화 역시 과거제의 부정적 결과로 인식되었다.
윗글에서 ⊙이 지역 공동체의 전체 이익을 증진시켰다는 언급은 확인할 수 없다. (나)에 따르면 ⊙을 위한 장치를 도입한 과거제로 인해 오히려 공동체 의식이 약화되었다. 한편 익명성이 도입된 과거제로 인해 치열한 경쟁이 생겨서 비효율성이 초래되었다고 볼 수는 있으나, ⓒ이 이러한 비효율성에서 비롯되었다고 볼 수는 없다.

⑤ ⊙은 관료들이 지닌 도덕적 가치 기준의 다양성을 확대했지만, ⓒ은 사적이고 정서적인 관계 확보의 어려움에서 비롯되었다.

근거: (가) **3** ⁸시험에 필요한 고전과 유교 경전이 주가 되는 학습의 내용은 도덕적인 가치 기준에 대한 광범위한 공유를 이끌어 냈다. / (나) **4** ¹⁶사적이고 정서적인 관계에서 볼 수 있는 소속감과 충성심을 과거제로 확보하기 어렵다는 판단 때문이었다.
과거제를 통해 도덕적인 가치 기준에 대한 광범위한 공유가 이루어졌기에 가치 기준의 다양성을 확대했다고 보기 어렵고, 이것이 ⊙으로 인해 이루어졌다고 보기도 어렵다. 또한 (나)에서는 과거제에서 사적이고 정서적인 관계 확보를 통한 소속감과 충성심 형성이 어려웠다고 했을 뿐, ⓒ이 사적이고 정서적인 관계 확보의 어려움에서 비롯되었다는 설명은 찾아볼 수 없다.

5. 〈보기〉는 과거제에 대한 조선 시대 선비들의 견해를 재구성한 것이다. (가)와 (나)를 읽은 학생이 〈보기〉에 대해 보인 반응으로 적절하지 <u>않은</u> 것은? [3점]

〈보기〉

○ **갑**: 변변치 못한 집안 출신이라 차별받는 것에 불만이 있는 사람들이 많았는데, 과거를 통해 관직을 얻으면서 <u>불만이 많이 해소되어 사회적 갈등이 완화</u>된 것은 바람직하다.

○ **을**: 과거제를 통해 조선 사회에 <u>유교적 가치가 광범위하게 자리를 잡아</u> 좋다. 그런데 많은 선비들이 오랜 시간 과거를 준비하느라 <u>자신의 뛰어난 능력을 펼치지 못한다는 점</u>이 안타깝다.

○ **병**: 요즘 과거 시험 준비를 위해 나오는 책들을 보면 시험에 자주 나왔던 내용만 정리되어 있어서 <u>학습의 깊이가 없으니</u> 문제이다. 그래도 과거제 덕분에 <u>더 많은 사람들이 공부를 하려는 생각</u>을 가지게 된 것은 다행이라고 생각한다.

✅ **정답풀이**

⑤ '병'이 과거제로 인해 교육에 대한 동기가 강화되었다는 점을 긍정적으로 본 것은, 실무 능력을 중심으로 평가하는 시험 방식에 주목한 것이겠군.

> 근거: (가) ❸ ⁶과거제는 여러 가지 사회적 효과를 가져왔는데, 특히 학습에 강력한 동기를 제공함으로써 교육의 확대와 지식의 보급에 크게 기여했다. / (나) ❷ ⁹또한 학습 능력 이외의 인성이나 실무 능력을 평가할 수 없다는 이유로 시험의 익명성에 대한 회의도 있었다.
>
> '병'이 과거제 덕분에 더 많은 사람들이 공부를 하려는 생각을 가지게 되었다고 한 것은, 과거제가 학습에 대한 동기를 제공한 점에 주목한 것이다. (나)에서 과거제는 학습 능력 이외의 실무 능력을 평가할 수 없었다고 하였다.

❌ **오답풀이**

① '갑'이 과거제로 인해 사회적 유동성이 증가했다는 점을 긍정적으로 본 것은, 능력주의에 따른 공정성과 개방성이라는 시험의 성격에 주목한 것이겠군.

> 근거: (가) ❶ ¹한국, 중국 등 동아시아 사회에서 오랫동안 유지되었던 과거제는 세습적 권리와 무관하게 능력주의적인 시험을 통해 관료를 선발하는 제도라는 점에서 합리성을 갖추고 있었다. + ❷ ³명확하고 합리적인 기준에 따른 관료 선발 제도라는 공정성을 바탕으로 과거제는 보다 많은 사람들에게 사회적 지위 획득의 기회를 줌으로써 개방성을 제고하여 사회적 유동성 역시 증대시켰다. ⁴응시 자격에 일부 제한이 있었다 하더라도, 비교적 공정한 제도였음은 부정하기 어렵다.
>
> '갑'이 과거제를 긍정적으로 본 것은, (가)에서 언급한 것처럼 과거제는 비교적 공정한 제도였으며 개방성을 제고하여 사회적 유동성 역시 증대시켰다는 것, 즉 능력주의에 따른 공정성과 개방성이라는 시험의 성격에 주목한 것이라고 볼 수 있다.

② '을'이 과거제로 인해 많은 선비들이 재능을 낭비한다는 점을 부정적으로 본 것은, 치열한 경쟁을 유발하는 시험의 성격에 주목한 것이겠군.

> 근거: (나) ❷ ⁸치열한 경쟁은 학문에 대한 깊이 있는 학습이 아니라 합격만을 목적으로 하는 형식적 학습을 하게 만들었고, 많은 인재들이 수험 생활에 장기간 매달리면서 재능을 낭비하는 현상도 낳았다.
>
> '을'이 오랜 시간 과거를 준비하느라 선비들이 뛰어난 능력을 펼치지 못한다는 점을 안타까워하는 것은, (나)에서 언급한 것처럼 치열한 경쟁을 유발하는 시험의 성격에 따른 부작용에 주목한 것이라고 볼 수 있다.

③ '을'이 과거제로 인해 사회의 도덕적 가치 기준에 대한 광범위한 공유가 가능해졌다는 점을 긍정적으로 본 것은, 고전과 유교 경전 위주의 시험 내용에 주목한 것이겠군.

> 근거: (가) ❸ ⁸시험에 필요한 고전과 유교 경전이 주가 되는 학습의 내용은 도덕적인 가치 기준에 대한 광범위한 공유를 이끌어 냈다.
>
> '을'이 과거제로 인해 조선 사회에 유교적 가치가 광범위하게 자리를 잡아 좋다고 한 것은, (가)에서 언급한 것처럼 과거제의 시험 내용이 고전과 유교 경전이어서 도덕적인 가치 기준에 대한 광범위한 공유를 이끌어 냈다는 점에 주목한 것이라고 볼 수 있다.

④ '병'이 과거제로 인해 심화된 공부를 하기 어렵다는 점을 부정적으로 본 것은, 형식적인 학습을 유발한 시험 방식에 주목한 것이겠군.

> 근거: (나) ❷ ⁸치열한 경쟁은 학문에 대한 깊이 있는 학습이 아니라 합격만을 목적으로 하는 형식적 학습을 하게 만들었고, 많은 인재들이 수험 생활에 장기간 매달리면서 재능을 낭비하는 현상도 낳았다.
>
> '병'이 과거 시험 준비를 위한 학습은 깊이가 없다고 한 것은, 합격만을 목적으로 하는 형식적 학습을 하게 되는 시험 방식에 주목한 것이라고 할 수 있다.

6. 문맥상 ⓐ~ⓔ의 단어와 가장 가까운 의미로 쓰인 것은?

✅ 정답풀이

④ ⓓ: 사소한 일에만 매달리면 중요한 것을 놓친다.

> 근거: (나) **2** [8]많은 인재들이 수험 생활에 장기간 ⓓ매달리면서 재능을 낭비하는 현상도 낳았다.
> ⓓ와 ④번의 '매달리다' 모두 '어떤 일에 관계하여 거기에만 몸과 마음이 쏠려 있다.'의 의미로 쓰였다.

❌ 오답풀이

① ⓐ: 그가 열쇠를 방 안에 두고 문을 잠가 버렸다.

근거: (가) **1** [2]정부의 관직을 ⓐ두고 정기적으로 시행되는 공개 시험인 과거제가 도입

ⓐ는 '행위의 준거점, 목표, 근거 따위를 설정하다.'라는 의미로, ①번의 '두다'는 '일정한 곳에 놓다.'라는 의미로 쓰였다.

② ⓑ: 우리는 그 당시의 행복했던 기억을 되살렸다.

근거: (나) **1** [4]'벽소'와 같은 옛 제도를 ⓑ되살리는 방법으로 과거제를 보완하자고 주장

ⓑ는 '죽거나 없어졌던 것을 다시 살리다.'라는 의미로, ②번의 '되살리다'는 '잊었던 감정이나 기억, 기분 따위를 다시 떠올리거나 살려 내다.'라는 의미로 쓰였다.

③ ⓒ: 협곡 사이에 구름다리가 멋지게 걸쳐 있었다.

근거: (나) **2** [6]수백 년에 ⓒ걸쳐 과거제를 개선하라는 압력이 있었다.

ⓒ는 '일정한 횟수나 시간, 공간을 거쳐 이어지다.'라는 의미로, ③번의 '걸치다'는 '가로질러 걸리다.'라는 의미로 쓰였다.

⑤ ⓔ: 형편이 어려울수록 모두가 힘을 합쳐야 한다.

근거: (나) **4** [16]과거제 이전에 대한 향수가 존재했던 것은 그 외의 정치 체제를 상상하기 ⓔ어려웠던 상황에서

ⓔ는 '가능성이 거의 없다.'라는 의미로, ⑤번의 '어렵다'는 '가난하여 살아가기가 고생스럽다.'라는 의미로 쓰였다.

MEMO

홀수 기출 분석서 독서

1판 1쇄 발행일 2024년 12월 16일

발행인 박광일
발행처 주식회사 도서출판 홀수
출판사 신고번호 제374-2014-0100051호
ISBN 979-11-94350-06-4

홈페이지 www.holsoo.com

AEGIS

2026학년도 수능 대비

홀수

기출 분석서

독서 | 문제

최신 6개년(2020~2025학년도) 평가원 기출 전 문항

박광일의 2025학년도 수능 총평 및 CHECK POINT 수록

스스로 분석하는 기출 훈련 방법으로 주도적 학습 가능

편저 **박광일**

새로운 수능 국어 학습 **이 / 지 / 스 프로그램**

홀수 기출 분석서

최신 6개년 평가원 기출 국어
공통과목(문학, 독서) 지문을
영역별로 분류하여 수록함으로써
보다 집중적인 학습이 가능합니다.

스스로 채워 나가며 지문을 분석하는 장치,
'문제적 문제'와 '모두의 질문' 등
심화된 해설을 제공하는 장치를 통해
'분석하는 기출'의 모형을 제시합니다.

새로운 수능 국어 학습
'이지스 프로그램'의 기출 분석 시리즈로
수능 국어를 빈틈없이 학습해 보세요.

홀수 기출 분석서는 **홀수 약점 CHECK 모의고사**와 상호 보완하여 활용할 수 있습니다.

도서출판 홀수 홈페이지가 **새로워진 모습**으로 수험생과 함께합니다.

❓ 모르는 것은 꼭 **질문**하세요.

홀수에서는 수험생들의 질문을 분석하여 교재에 반영합니다.
궁금한 점이 생기면 언제든
도서출판 홀수 홈페이지
'질문과 답변' 게시판에 글을 남겨 주세요.
빠르고 정확한 답변으로 공부를 도와드리겠습니다.

🖐 **필요**한 것은 요청하세요.

저희 홀수는 수험생이라면 누구나
효과적으로 공부할 수 있는 콘텐츠를 만듭니다.
필요한 자료나 서비스가 있다면
도서출판 홀수 홈페이지 게시판에 글을 남겨 주세요.
충분한 검토를 거쳐 수험생에게 가장 유용한 콘텐츠를 제공하겠습니다.

📱 앱을 이용해 공부 시간을 **측정**해 보세요.

홀수 앱을 이용해 공부 시간을 측정하고
자신의 집중 시간을 확인할 수 있습니다.
축적된 데이터로 학습 패턴을 분석해 공부 계획에 활용할 수 있습니다.

👥 **노력**하는 수험생을 도와드립니다.

도서출판 홀수에서는 문화누리카드를 사용할 수 있습니다.
자세한 방법은 도서출판 홀수 홈페이지 공지사항을 참고하세요.

* 출시 일정 홈페이지 참고

도서출판 홀수 홈페이지 바로가기
www.holsoo.com

AEGIS

2026 학년도 수능 대비

홀수

기출 분석서

국어 독서

새로운 수능 국어 학습
이지스 프로그램

홀수 기출
1년 학습
PLAN

시즌 1
12월~3월

'홀수 약점 CHECK 모의고사'와 '홀수 기출 분석서'로 취약 영역을 탐색 및 보완

STEP 1 '홀수 약점 CHECK 모의고사'로 학습 상황 점검 및 취약점 진단

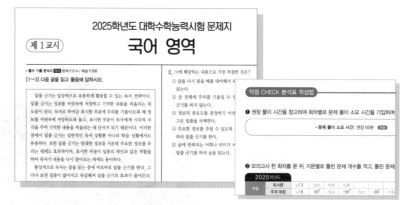

홀수 약점 CHECK 모의고사 구성

– 최신 6개년 평가원 기출 국어 공통과목(문학, 독서) 문제를 시험지 형태 그대로 제작하였습니다.
– OMR 카드와 약점 CHECK 분석표를 제공합니다.

홀수 약점 CHECK 모의고사 활용법

– 최신 기출부터 역순으로 구성된 모의고사 각 회차를 시간 제한을 두고 풉니다.
– 문제 풀이 시간, 틀린 문제의 유형과 개수를 토대로 학습 상황을 점검하고 취약점을 진단합니다.

STEP 2 '홀수 기출 분석서' 1회독으로 평가원이 요구하는 사고방식을 파악하고 약점을 보완

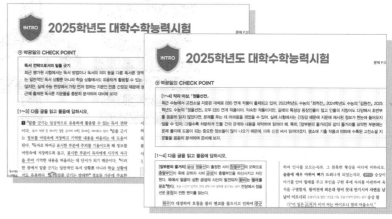

홀수 기출 분석서 구성

– 최근 6개년 평가원 기출 국어 공통과목(문학, 독서) 지문을 영역별로 분류·수록하여 각 영역에 대한 집중적인 학습이 가능합니다.
– 스스로 빈칸을 채워 나가며 지문을 분석하는 장치, '문제적 문제'와 '모두의 질문' 등 심화된 해설을 제공하는 장치를 통해 '분석하는 기출'의 모형을 제시합니다.

홀수 기출 분석서 1회독 방법

– STEP 1에서 푼 지문과 문제를 시간 제한 없이 다시 풀고 분석합니다.
– 기출 분석의 과정을 시각화한 해설 책과의 비교를 통해 자신의 사고방식을 보완합니다.

시즌 1
12월~3월

취약 영역
진단 및 보완

홀수 약점 CHECK 모의고사
+
홀수 기출 분석서 1회독

시즌 2
4월~5월

평가원 핵심
출제 요소 학습

홀수 옛 기출 분석서

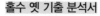

3월 출시 예정

시즌 3
6월~8월

취약 지문 영역
집중 강화

홀수 기출 분석서 2회독
(홀수 옛 기출 분석서 활용 가능)

시즌 4
9월~11월

취약 문제 유형
집중 강화

홀수 기출 분석서 3회독
(홀수 옛 기출 분석서 활용 가능)

'홀수 옛 기출 분석서'로 평가원의 핵심 출제 요소를 폭넓게 학습

✓ 박광일의 VIEW POINT

가능세계의 개념과 연계하여 명제 간의 관계를 다룬 지문으로, 철학적 개념과 논리학적 사고가 결합된 이해를 요구하여 지문의 독해 난도가 높았다. 가능세계의 특성과 명제의 성립 조건을 정확히 이해하지 못했다면 일치·불일치 문제에서도 어려움을…

홀수 옛 기출 분석서 구성

– 박광일 선생님이 엄선한 평가원 필수 옛 기출 지문으로 구성되었습니다.
– 각 지문을 풀어 보아야 하는 이유, 지문과 문제에 대한 상세한 분석을 제공합니다.

홀수 옛 기출 분석서 활용법

– 시즌 1에서 학습한 내용을 적용해 옛 기출 지문을 꼼꼼하게 분석합니다.
– 평가원에서 반복적으로 묻는 핵심 요소를 파악하여 평가원의 관점을 체화합니다.

시즌 **3**
6월~8월

'홀수 기출 분석서' 2회독으로 취약 지문 영역 파악 및 집중 보완
– '홀수 옛 기출 분석서'도 취약 영역 강화에 활용 가능

취약 지문 영역 순위

	독서	문학
1순위	과학·기술	고전산문
2순위	주제 복합	갈래 복합
3순위	사회	고전시가

(예시) 독서 2회독: '과학·기술' 영역 전 지문 기출 분석 → '주제 복합' 영역 전 지문 기출 분석 → '사회' 영역 전 지문 기출 분석

홀수 기출 분석서 2회독 방법

– '홀수 약점 CHECK 모의고사'의 약점 CHECK 분석표를 토대로 우선적으로 보완해야 하는 지문 영역을 파악하여 집중 학습합니다.
– 독서에서는 지문의 구조도를 그리며 정보를 체계화하는 훈련을, 문학에서는 영역별 핵심 출제 요소 및 접근법에 대한 이해를 높이는 훈련을 권장합니다.

시즌 **4**
9월~11월

'홀수 기출 분석서' 3회독으로 취약 문제 유형 파악 및 집중 보완
– '홀수 옛 기출 분석서'도 취약 유형 강화에 활용 가능

취약 문제 유형 순위

	독서	문학
1순위	구체적 상황에 적용	작품 내용 이해
2순위	세부 내용 추론	외적 준거에 따른 작품 감상
3순위	세부 정보 파악	표현상, 서술상 특징 파악

(예시) 독서 3회독: 전 지문의 '구체적 상황에 적용' 문제만 기출 분석 → 전 지문의 '세부 내용 추론' 문제만 기출 분석 → 전 지문의 '세부 정보 파악' 문제만 기출 분석

홀수 기출 분석서 3회독 방법

– '홀수 약점 CHECK 모의고사'의 약점 CHECK 분석표를 토대로 수능 전 반드시 보완해야 하는 문제 유형을 파악하여 집중 학습합니다.
– 수능 직전에는 최근 3~5개년 수능 및 올해 시행된 6월·9월 모의평가를 다시 분석합니다.

 2020학년도~2025학년도 평가원 기출 전 지문, 전 문항을 수록하여 최신 출제 경향에 맞는 학습을 할 수 있습니다.

 문제 책에서는 지문 분석 장치를 채워 가며 스스로 기출 분석을 할 수 있습니다. 문제 책에서 분석한 내용을 해설 책과 비교해 가며 효율적인 지문 접근법과 문제 풀이법을 익힐 수 있습니다.

 문항별로 제시된 문제 유형을 통해 취약한 문제 유형을 진단하여 약점을 보완하고, 정답률 표시를 통해 체감 난이도를 추측할 수 있습니다.

 해설 책의 INTRO에는 박광일 선생님의 2025학년도 수능 국어 독서에 대한 총평, 지문별 CHECK POINT 및 문제 유형 분석을 통해 2026학년도 수능 대비 학습 전략을 제시합니다.

INTRO 2025학년도 수능 독서 심화 분석

✔ 박광일의 CHECK POINT

[4~9] (가) 개항 이후 개화 개념의 변화 / (나) 중국의 서양 과학 및 기술 수용에 대한 다양한 관점

조선과 중국, 동양의 두 나라에서 이루어진 서양 문물의 수용과 관련된 내용을 다룬 지문 (가)와 (나)가 함께 묶여서 제시되었어. (가)에서는 조선의 개화 개념과 그에 대한 논의가, (나)에서는 중국의 과학 사상의 적용에 대한 논의가 시대와 상황의 흐름에 따라 어떻게 이루어졌는지를 설명하고 있지. 시간의 흐름에 따라 전개되거나 역사적 소재를 다루는 지문에서는, 특정 사건이 발생하게 된 배경(조건)과, 사건들 간의 인과 관계를 분명하게 파악하는 것이 중요해. 그리고 다양한 집단(학파) 또는 인물이 등장했을 경우, 인물들 간의 관련성을 고려해 가면서 입장 간의 공통점과 차이점을 잘 정리해 가는 것도 중요하지. (가)와 (나)로 묶여 함께 제시된 두 글은 언뜻 보았을 때 별개의 내용처럼 보이지만 서로 대응되는 정보를 가지고 있기 마련이야. 그러니 독해 과정에서 두 지문의 정보가 연결되는 부분들을 발견하면 잊지 않고 체크하도록 하자.

저자인 박광일 선생님이 2025학년도 수능 국어 독서 각 지문에서 주목해야 하는 핵심적인 포인트를 콕 집어서 설명해 줍니다. 평가원의 출제 경향에 대한 심화된 분석을 바탕으로, 2026학년도 수능 국어를 어떻게 대비해야 하는지에 대한 방향성을 제시합니다.

유형 분석

두 지문을 꼼꼼하게 읽었는지 확인하기 위한 내용 일치 문제야. 선지가 지문에 있는 표현을 그대로 사용하지 않고 말바꾸기를 했더라도, 지문에 제시되어 있는 한두 문장 정도의 단편적인 정보와 대응시킬 수 있으면 되는 문제였어. 지문에 제시된 개념 간의 다양한 관계(인과 관계, 상관관계 등)를 왜곡한 선지가 없는지 꼼꼼하게 대조해 가며 읽었다면 어렵지 않게 문제를 해결할 수 있었을 거야.

2025학년도 수능 국어 독서에 출제된 각 문제의 유형을 분석하여 바람직한 문제 풀이의 방식을 제공합니다. 자주 틀리거나 확신 없이 풀어낸 문제 유형에 어떻게 대처할 수 있는지 파악할 수 있습니다.

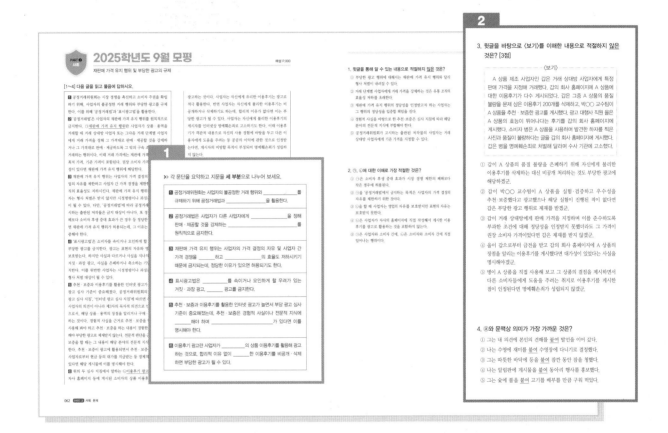

---

1 지문 분석 장치 채우기

시간의 제약을 두지 않고 지문을 차근히 읽은 후, 지문 분석 장치를 활용해 지문의 구조와 핵심 내용을 파악해 보자. 2회독 이상에서는
스스로 지문의 내용을 요약하거나 구조도를 그린 후 해설 책과 비교해 보자.

2 문제 풀기

분석한 지문과 연결하여 모든 선지의 근거를 꼼꼼하게 확인하고 선지의 정오를 판단해 보자. 이때 정답 혹은 오답의 근거, 문제를 푸는
과정에서 자신의 사고를 책이나 별도의 노트에 적어 가며 분석하면 더욱 효과적이야.

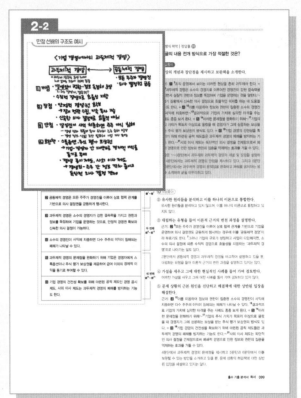

1 지문에 대한 분석 점검하기

지문 분석 장치의 정답을 확인하여 지문에 대한 자신의 분석을 점검하고, 독해 과정에서 어떻게 사고하는 것이 논리적인지를 시각화하여 보여 주는 사고의 흐름을 통해 출제자의 관점에서 지문을 바라보는 훈련을 해 보자.

2 지문에 대한 이해 확장하기

지문에 대한 이해를 심화·보충하는 다양한 장치를 통해 지문 이해의 폭을 넓혀 보자.

2-1 이것만은 챙기자

지문에서 중요하거나 자주 등장하는 어휘를 풀이하여, 기출 분석 과정에서 자연스럽게 어휘력을 기를 수 있도록 했습니다.

2-2 만점 선배의 구조도 예시 & 핵심 분석

지문의 구성을 도식화한 '만점 선배의 구조도 예시'를 통해 실전적으로 지문의 구조를 파악하는 방식을 익히고 지문의 전체 내용을 한눈에 파악할 수 있습니다.
구조가 비교적 단순한 독서론 지문의 경우 '핵심 분석'을 통해 지문의 흐름을 확인할 수 있습니다.

3 선지의 정오와 판단 근거 확인하기

채점을 한 후, 틀린 문제 그리고 맞혔지만 정확한 근거를 파악하지 못한 문제를 재검토해 보자. 판단 오류의 원인이 실수나 집중력 부족, 개념에 대한 이해 부족 혹은 사고 과정의 논리적 오류 중 무엇에 있는지를 스스로 진단하고, 이를 바탕으로 앞으로의 학습에서 보완해야 할 사항을 정리해 보자.

4 선지 판단 능력 강화하기

많은 학생들이 헷갈려하거나 어려워했던 선지를 집중적으로 분석하여 선지 판단 능력을 강화 해주는 장치를 통해 혼자서도 완벽한 기출 분석을 마무리해 보자.

4-1 문제적 문제

오답률이 높았던 문제를 심화 분석하면서, 실전에서 오답을 피하려면 어떤 식으로 사고해야 하는지 안내합니다. 정답으로 착각하기 쉬운 매력적 오답을 집중적으로 살펴보면서 수험생이 흔히 갖기 쉬운 사고의 오류를 바로잡을 수 있습니다.

4-2 모두의 질문

온라인 강의와 현장에서 학생들이 많이 한 질문들과 이에 대한 명쾌한 답변을 수록하였습니다. 이를 통해 애매한 개념이나 내용을 분명하게 이해할 수 있습니다.

목차

나만의 학습 PLAN

- 각 회독은 하루치 학습량을 일정하게 정해 꾸준히 진행하는 것이 중요합니다.
- 1회독은 최신 시험에 수록된 지문부터 분석하고, 2회독은 취약 지문 영역, 3회독은 취약 문제 유형을 우선 분석하는 것을 권장합니다. ('홀수 약점 CHECK 모의고사'의 약점 CHECK 분석표를 활용하면 취약 지문 영역 및 취약 문제 유형을 효과적으로 진단할 수 있습니다.)

	목표 학습 기간	실제 학습 기간
1회독	월 일 ~ 월 일	월 일 ~ 월 일
2회독	월 일 ~ 월 일	월 일 ~ 월 일
3회독	월 일 ~ 월 일	월 일 ~ 월 일

2025학년도 대학수학능력시험

Intro			학습한 날짜		
			1회독	2회독	3회독
2025학년도	수능	독서 전략으로서의 밑줄 긋기			
2025학년도	수능	(가) 개항 이후 개화 개념의 변화 / (나) 중국의 서양 과학 및 기술 수용에 대한 다양한 관점			
2025학년도	수능	기계 학습과 확산 모델			
2025학년도	수능	인터넷 ID와 관련된 명예훼손			

독서론

PART 1			학습한 날짜		
			1회독	2회독	3회독
2025학년도	9월 모평	시각 자료가 포함된 글 읽기			
2025학년도	6월 모평	여러 글의 정보를 종합하며 읽기			
2024학년도	수능	읽기 과정에서 초인지의 역할			
2024학년도	9월 모평	읽기 준비 단계			
2024학년도	6월 모평	독서 동기의 두 유형			
2023학년도	수능	독서 활동을 통한 소통의 즐거움			
2023학년도	9월 모평	눈동자 움직임 분석 방법			
2023학년도	6월 모평	읽기 능력과 매튜 효과			
2022학년도	수능	독서의 목적과 가치			
2022학년도	9월 모평	「서양 미술사」 독서 일지			
2022학년도	6월 모평	깊이 있는 탐구를 위한 독서			

인문·예술

PART 2			학습한 날짜		
			1회독	2회독	3회독
2022학년도	9월 모평	반자유의지 논증과 이에 대한 비판적 입장			
2020학년도	수능	베이즈주의의 조건화 원리			
2020학년도	9월 모평	역사와 영화의 관계			
2020학년도	6월 모평	에피쿠로스의 자연학과 윤리학			

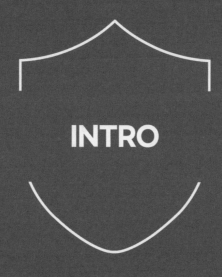

INTRO

2025학년도
대학수학능력시험

[1~3] 다음 글을 읽고 물음에 답하시오.

1 밑줄 긋기는 일상적으로 유용하게 활용할 수 있는 독서 전략이다. 밑줄 긋기는 정보를 머릿속에 저장하고 기억한 내용을 떠올리는 데 도움이 된다. 독자로 하여금 표시한 부분에 주의를 기울이도록 해 정보를 머릿속에 저장하도록 돕고, 표시한 부분이 독자에게 시각적 자극을 주어 기억한 내용을 떠올리는 데 단서가 되기 때문이다. 이러한 점에서 밑줄 긋기는 일반적인 독서 상황뿐 아니라 학습 상황에서도 유용하다. 또한 밑줄 긋기는 방대한 정보들 가운데 주요한 정보를 추리는 데에도 효과적이며, 표시한 부분이 일종의 색인과 같은 역할을 하여 독자가 내용을 다시 찾아보는 데에도 용이하다.

2 통상적으로 독자는 글을 읽는 중에 바로바로 밑줄 긋기를 한다. 그러다 보면 밑줄이 많아지고 복잡해져 밑줄 긋기의 효과가 줄어든다. 또한 밑줄 긋기를 신중하게 하지 않으면 잘못 표시한 밑줄을 삭제하기 위해 되돌아가느라 독서의 흐름이 방해받게 되므로 효과적으로 밑줄 긋기를 하는 것이 중요하다.

3 밑줄 긋기의 효과를 얻기 위한 방법에는 몇 가지가 있다. 우선 글을 읽는 중에는 문장이나 문단에 나타난 정보 간의 상대적 중요도를 결정할 때까지 밑줄 긋기를 잠시 늦추었다가 주요한 정보에 밑줄 긋기를 한다. 이때 주요한 정보는 독서 목적에 따라 달라질 수 있다는 점을 고려한다. 또한 자신만의 밑줄 긋기 표시 체계를 세워 밑줄 이외에 다른 기호도 사용할 수 있다. 밑줄 긋기 표시 체계는 밑줄 긋기가 필요한 부분에 특정 기호를 사용하여 표시하기로 독자가 미리 정해 놓는 것이다. 예를 들면 하나의 기준으로 묶을 수 있는 정보들에 동일한 기호를 붙이거나 순차적인 번호를 붙이기로 하는 것 등이다. 이는 기본적인 밑줄 긋기를 확장한 방식이라 할 수 있다.

4 밑줄 긋기는 어떠한 수준의 독자라도 쉽게 사용할 수 있다는 점 때문에 연습 없이 능숙하게 사용할 수 있다고 오해되어 온 경향이 있다. 그러나 본질적으로 밑줄 긋기는 주요한 정보가 무엇인지에 대한 판단이 선행되어야 한다는 점에서 단순하지 않다. ㉠밑줄 긋기의 방법을 이해하고 잘 사용하는 것은 글을 능동적으로 읽어 나가는 데 도움이 될 수 있다.

>> 각 문단을 요약하고 지문을 세 부분으로 나누어 보세요.

1 밑줄 긋기는 정보를 머릿속에 _____하고 기억한 내용을 떠올리거나 주요한 정보를 추리는 데에 도움이 되며, 표시한 부분이 _____과 같은 역할을 해 독자가 내용을 다시 찾아보는 데에도 용이하다.
2 밑줄이 많고 _____해지면 밑줄 긋기의 효과가 줄어들고, 밑줄을 잘못 표시하면 독서의 흐름이 _____받게 되므로 효과적으로 밑줄 긋기를 하는 것이 중요하다.
3 밑줄 긋기의 효과를 얻기 위한 방법으로는 정보 간의 상대적 _____를 결정하고 주요한 정보에 밑줄을 긋는 방법과, 자신만의 밑줄 긋기 _____를 세워 특정 기호를 사용하는 방법이 있다.
4 밑줄 긋기는 주요한 정보가 무엇인지에 대한 판단이 _____되어야 하며 밑줄 긋기의 방법을 이해하고 잘 사용하면 글을 _____적으로 읽어 나가는 데 도움이 된다.

1. 윗글의 내용과 일치하지 않는 것은?

① 밑줄 긋기는 일반적인 독서 상황에서 도움이 된다.

② 밑줄 이외의 다른 기호를 밑줄 긋기에 사용하는 것이 가능하다.

③ 밑줄 긋기는 누구나 연습 없이도 능숙하게 사용할 수 있는 전략이다.

④ 밑줄 긋기로 표시한 부분은 독자가 내용을 다시 찾아보는 데 유용하다.

⑤ 밑줄 긋기로 표시한 부분이 독자에게 시각적인 자극을 주어 기억한 내용을 떠올리는 데 도움이 된다.

2. ㉠에 해당하는 내용으로 가장 적절한 것은?

① 글을 다시 읽을 때를 대비해서 되도록 많은 부분에 밑줄 긋기를 하며 읽는다.

② 글 전체에 주의를 기울일 수 있도록 글을 읽고 있을 때에는 밑줄 긋기를 하지 않는다.

③ 정보의 중요도를 판정하기 어려우면 우선 밑줄 긋기를 한 후 잘못 그은 밑줄을 삭제한다.

④ 주요한 정보를 추릴 수 있도록 자신이 만든 밑줄 긋기 표시 체계에 따라 밑줄 긋기를 한다.

⑤ 글에 반복되는 어휘나 의미가 비슷한 문장이 나올 때마다 바로 바로 밑줄 긋기를 하며 글을 읽는다.

3. 윗글을 바탕으로 학생이 다음과 같이 밑줄 긋기를 했다고 할 때, 이에 대한 평가로 적절하지 않은 것은? [3점]

〔독서 목적〕 고래의 외형적 특징에 대한 정보 습득
〔표시 기호〕 ⬚ , 1) · 2) , ✔ , ﹏

〔독서 자료〕
　　고래는 육지 포유동물 에서 기원했지만, 수중 생활에 적응하여 새끼를 수중에서 낳는다. 1)암컷들은 새끼를 낳을 때 서로 도와주며, 2)어미들은 새끼들을 정성껏 보호한다.
　　고래의 생김새 는 고래의 종류마다 다른데, ✔대체로 몸길이는 1.3m에서 30m에 이른다. ✔피부에는 털이 없거나 아주 짧게 나 있다. 지느러미는 배를 젓는 노와 같은 형태이고, 헤엄칠 때 수평을 유지하는 기능을 한다.
　　고래는 폐로 호흡하므로 물속에서 숨을 쉴 수 없다. 고래의 머리 꼭대기에는 분수공이 있다. 물속에서 참았던 숨을 분수공으로 내뿜고 다시 숨을 들이마신 뒤 잠수한다. 작은 고래들은 몇 분밖에 숨을 참지 못하지만, 큰 고래들은 1시간 정도 물속에 머물 수 있다.

① 독서 목적을 고려하면, 1문단에서 '⬚'로 표시한 부분은 적절하지 않게 밑줄 긋기를 하였군.

② 독서 목적을 고려하면, 1문단에서 '1) ', '2) '와 같이 순차적인 번호로 표시한 부분은 적절하지 않게 밑줄 긋기를 하였군.

③ 2문단에서 '⬚'로 표시한 부분을 보니, 독서 목적에 관련된 주요 어구에 밑줄 긋기를 하였군.

④ 독서 목적을 고려하면, 2문단에서는 '지느러미는 배를 젓는 노와 같은 형태'에 '✔'를 누락하였군.

⑤ '﹏'로 표시한 부분을 보니, 독서 목적을 고려하여 3문단 내에서 정보 간의 상대적인 중요도를 판단해 주요한 문장에 밑줄 긋기를 하였군.

[4~9] 다음 글을 읽고 물음에 답하시오.

(가)

1 서양의 과학과 기술, 천주교의 수용을 반대했던 이항로를 비롯한 척사파의 주장은 개항 이후에도 지속되었지만, 개화는 거스를 수 없는 대세로 자리 잡았다. 개물성무(開物成務)와 화민성속(化民成俗)의 앞 글자를 딴 개화는 개항 이전에는 통치자의 통치 행위로서 변화하는 세상에 대한 지식 확장과 피통치자에 대한 교화를 의미했다.

2 개항 이후 서양 문명에 대한 긍정적 인식이 확산되면서 서양 문명의 수용을 뜻하는 개화 개념이 자리 잡았다. 임오군란 이후, 고종은 자강 정책을 추진하면서 반(反)서양 정서의 교정을 위해 『한성순보』를 발간했다. 이 신문의 개화 개념은 서양 기술과 제도의 도입을 통한 인지의 발달과 풍속의 진보를 뜻했다. 이 개념에는 인민이 국가의 독립 주권의 소중함을 깨닫는 의식의 변화가 내포되었고, 통치자의 입장에서 수용 가능한 문명의 장점을 받아들여 국가의 진보를 달성한다는 의미도 담겼다.

3 개화당의 한 인사가 제시한 개화 개념은 성문화된 규정에 따른 대민 정치에서의 법적 처리 절차 실현 등 서양 근대 국가의 통치 방식으로의 변화를 내포하는 것이었다. 그는 개화 실행 주체를 여전히 왕으로 생각했고, 개화 실행 주체로서 왕의 역할이 사라진 것은 갑신정변에서였다. 풍속의 진보와 통치 방식 변화라는 의미를 내포한 갑신정변의 개화 개념은 통치권에 대한 도전으로뿐 아니라 개인의 사욕을 위한 것으로 표상되었다. 이후 개화 개념은 국가 구성원을 조직하고 동원하기 위해 부정적 이미지에서 벗어나야 했고, 유길준은 『서유견문』을 저술하며 개화 개념에 덧씌워진 부정적 이미지를 떼어 내고자 했다. 이후 간행된 『대한매일신보』 등의 개화 개념은 국가 구성원 전체를 실행 주체로 하여 근대 국가 주권을 향해 그들을 조직하고 동원하는 것을 의미했다.

4 을사늑약 이후, 개화 논의는 문명에 대한 본격적인 논의로 이어졌다. 대한 자강회의 주요 인사들은 서양 근대 문명을 수용하여 근대 국가를 건설하고자, 앞서 문명화를 이룬 일본의 지도를 받아야 한다고 보았다. 이들은 서양 근대 문명의 주체를 주체 인식의 준거로 삼았기 때문에 민족 주체성을 간과했다. 이러한 상황에서 박은식은 ㉠근대 국가 건설과 새로운 주체의 형성에 주목하여 문명에 대한 견해를 제시했다. 그의 기본 전략은 문명의 물질적 측면인 과학은 서양으로부터 수용하되, 문명의 정신적 측면인 철학은 유학을 혁신하여 재구성하는 것이었다. 그는 생존과 편리 증진을 위해 과학 연구가 시급하지만, 가치관 정립과 인격 수양을 위해 철학 또한 필수적이라고 보았다. 자국 철학 전통의 정립이라는 당시 동아시아의 사상적 흐름 속에서 그가 제시한 근대 주체는 과학적·철학적 인식의 주체이자 실천적 도덕 수양의 주체로서의 성격을 띠는 것이었다.

(나)

1 중국이 서양의 과학과 기술에 전면적인 관심을 기울인 때는 아편 전쟁 이후였다. 전쟁 패배에 따른 위기감은 반세기에 걸쳐 근대화의 추진과 함께 의욕적인 기술 수용으로 이어졌지만, 청일 전쟁의 패배는 기술 수용만으로는 부족하다는 인식을 낳았다. 이에 따라 20세기 초반 진정한 근대를 이루기 위해 기술 배후에서 작용하는 과학 정신을 사회 전체에 이식하려는 시도가 구체화되었다.

2 옌푸는 국가 간에 벌어지는 약육강식의 경쟁을 부각하고, 경쟁에서 승리하려면 기술뿐 아니라 국민의 정신적 자질이 뒷받침되어야 한다고 보았다. 정신적 자질 중 과학적 사유 능력이 가장 중요하다고 파악한 그에게 과학 정신이 전제되지 않은 정치적 변혁은 뿌리내릴 수 없는 것이었다. 그는 인과 실증의 방법에 근거한 근대 학문 전체를 과학이라 파악하고, 과학을 습득하여 전통 학문의 폐단에서 벗어나야 한다고 주장했다. 그의 입장은 1910년대 후반 신문화 운동을 주도한 천두슈에게 이어졌다.

3 천두슈를 비롯한 신문화 운동의 지식인들은 ㉡과학의 근거 위에서만 민주 정치의 실현이 가능하다고 주장했다. 중국이 달성해야 할 신문화는 과학 및 과학의 방법에 근거한 문화라 보고, 신문화를 이루기 위해 전통문화 전반에 대해 철저한 부정과 비판을 시도했다. 사상이나 철학이 과학의 방법을 이용하지 않으면 공상(空想)에 ⓐ그칠 뿐이라고 주장한 천두슈는 사회와 인간의 삶에 대한 연구도 과학의 연구 방법을 이용해야 한다고 보았다. 그는 제1차 세계 대전의 비극은 과학을 이용해 저지른 죄악의 결과일 뿐 과학 자체의 죄악이 아니라고 주장하며 과학에 대한 자신의 생각을 지속했다.

4 한편, 제1차 세계 대전 이후 유럽을 시찰했던 장쥔마이는 통제되지 않은 과학이 불러온 역작용을 목도한 후, 과학이 어떻게 발달하든 그것이 인생관의 문제를 해결할 수는 없다며 서양 근대 문명을 비판했다. 근대 과학 문명에서 초래된 사상적 위기가 주체의 책임 부재에서 비롯된 것이라는 주장에 동의했던 그는 과학적 방법을 부정하지 않았지만, 인생관의 문제에는 과학적 방법이 적용될 수 없다고 지적했다. 그는 인생관을 과학과 별개로 파악했고, 과학만능주의에 기초한 신문화 운동에 의해 부정된 중국 전통 가치관의 수호를 내세웠다.

>> 각 문단을 요약하고 지문을 **두 부분**으로 나누어 보세요.

(가)

1 개항 이전에 통치자의 _____ 행위로서 변화하는 세상에 대한 지식 확장과 피통치자에 대한 _____를 의미했던 개화는, 개항 이후 거스를 수 없는 대세가 되었다.

2 개항 이후 _____ 문명의 수용을 의미하는 개화 개념이 자리 잡고, 임오군란 이후 발간된 『한성순보』는 개화 개념에 서양 기술과 제도의 도입을 통한 _____의 발달과 _____의 진보라는 의미를 부여한다.

3 개화당 인사에게 있어 왕의 통치 방식의 변화를 의미하던 개화는 갑신정변 때 _____에 대한 도전이자 _____의 사욕을 위한 것으로 표상되고, 이후 국가 구성원의 조직·동원을 위해 부정적 이미지를 떼고자 했다.

4 을사늑약 이후 대한 자강회는 서양 근대 문명의 주체를 주체 인식의 준거로 삼으며 민족 _____을 간과했고, 박은식은 문명의 물질적 측면은 서양으로부터 수용하되 정신적 측면은 _____을 혁신하여 재구성하자는 견해를 제시했다.

>> 각 문단을 요약하고 지문을 **세 부분**으로 나누어 보세요.

(나)

1 중국은 청일 전쟁 패배 이후 서양 기술의 _____만으로는 부족하다는 인식을 갖게 되고, 진정한 근대화를 위해 _____ 정신을 사회 전체에 이식하려는 시도를 구체화했다.

2 옌푸는 기술뿐 아니라 국민의 정신적 자질의 뒷받침이 필요하다고 보며, 전통 학문의 폐단에서 벗어나 근대 학문인 _____을 습득해야 한다고 주장했다.

3 1910년대의 천두슈를 비롯한 신문화 운동의 지식인들은 _____를 이루기 위해 _____를 철저히 부정·비판하며, 사회와 인간의 삶에 대한 연구도 과학의 방법에 근거해야 한다고 주장했다.

4 1차 세계 대전 이후 장쥔마이는 과학의 _____을 목도하고 서양 근대 문명을 비판하며, _____을 과학과 별개로 보고 신문화 운동이 부정한 중국 전통 가치관의 수호를 내세웠다.

4. 윗글에 대한 이해로 적절하지 않은 것은?

① (가): 서양 과학과 기술의 국내 유입을 반대하는 주장이 개항 이후에도 이어졌다.

② (가): 유학을 혁신하여 철학으로 재구성하는 것이 필요하다는 견해가 을사늑약 이후에 제기되었다.

③ (나): 진정한 근대를 이루려면 기술 수용의 차원을 넘어서야 한다는 인식이 등장하였다.

④ (나): 과학 정신이 사회에 자리 잡으려면 정치적 변혁이 선행되어야 한다는 주장이 제기되었다.

⑤ (나): 근대 과학 문명에 대한 비판적 인식을 바탕으로 전통 가치관에 주목하는 견해가 제시되었다.

5. 개화 에 대한 이해로 적절하지 않은 것은?

① 개항 이전의 개화 개념은 백성을 다스리는 통치자로서의 역할과 관련 있었다.

② 『한성순보』의 개화 개념은 서양 기술과 제도의 선별적 수용을 통한 국가 진보의 의미를 포함하였다.

③ 『한성순보』와 개화당의 한 인사의 개화 개념은 통치권자인 왕을 개화의 실행 주체로 상정하였다.

④ 개화의 실행 주체로 왕에게 역할을 부여하지 않은 갑신정변의 개화 개념은 통치권에 대한 도전으로 이해되었다.

⑤ 『대한매일신보』의 발간에 이르러서야 국가의 주권과 결부한 개화 개념이 제기되었다.

6. (나)의 '천두슈'와 '장쥔마이'가 모두 동의할 수 있는 진술로 가장 적절한 것은?

① 전통 사상은 과학 및 과학 정신과 양립할 수 없는 관계에 놓여 있다.

② 전통 사상의 폐단은 과학 정신이 뿌리내리지 못한 사회 체질에서 비롯된 것이다.

③ 과학을 이용하는 과정에서 문제가 발생했다고 해도 과학적 방법을 부정할 수 없다.

④ 서양의 과학 정신을 전면적으로 도입하면 당면한 국가의 위기를 충분히 극복할 수 있다.

⑤ 국가의 위기는 과학적 방법으로 사상을 재구성할 필요가 있다는 인식이 부재한 데에서 비롯된 것이다.

7. ㉠과 ㉡에 대한 이해로 가장 적절한 것은?

① ㉠은 인격의 수양을 동반하는 근대 주체의 정립에, ㉡은 전통적 사유 방식에 기반을 둔 신문화의 달성에 동의하는 입장이다.

② ㉠은 주체 인식의 준거가 서양 근대 문명의 주체라는 인식에, ㉡은 철학이 과학의 방법에 근거할 수 없다는 생각에 반대하는 입장이다.

③ ㉠은 생존과 편리 증진을 위한 과학 연구의 시급성을, ㉡은 과학의 방법에 영향 받지 않는 사상이나 철학을 부인하는 입장이다.

④ ㉠은 앞서 근대 문명을 이룬 국가를 추종하는 태도를, ㉡은 전쟁의 폐해가 과학을 오용한 자들의 탓이라는 주장을 비판하는 입장이다.

⑤ ㉠은 과학과 철학이 문명의 두 축을 이루는 학문이라는 견해에, ㉡은 철학보다 과학이 우위임을 인정할 수 없다는 견해에 동의하는 입장이다.

8. (가), (나)를 이해한 학생이 〈보기〉에 대해 보인 반응으로 적절하지 않은 것은? [3점]

> 〈보기〉
>
> A 마을은 가난했지만 전통문화와 공동체적 삶을 중시하며 이웃 마을들과 조화롭게 살아왔다. 오래전, 정부는 마을의 경제 발전을 목표로 서양의 생산 기술을 도입하는 정책을 시행했다. 마을 사람들은 정책의 필요성에 공감하면서도 자신들이 발전을 이뤄 낼 수 있다는 확신이 부족했다. 이에 정부는 마을 사람들을 독려하기 위해 마을의 역량으로 달성할 수 있는 미래상을 지속해서 홍보했다. 이후 마을은 물질적 풍요를 누리게 되었지만 경제적 이권을 두고 이웃 마을들과 경쟁하며 갈등하게 되었다. 격화된 경쟁에서 A 마을은 새로운 기술의 수용만을 우선시했고, 과거에 중시되었던 협력과 나눔의 인생관은 낡은 관념이 되었다. 젊은이들에게 전통문화는 서양 문화에 비해 열등한 것으로 여겨졌다.

① (가)에서 『한성순보』를 간행한 취지는 서양에 대한 반감을 줄이는 데에 있다는 점에서, 〈보기〉에서 정부가 서양의 생산 기술 도입으로 변화하게 될 마을을 홍보한 취지와 부합하겠군.

② (가)에서 개화당의 한 인사의 개화 개념에 내포된 개화의 지향점은 통치 방식의 변화와 관련 있다는 점에서, 〈보기〉에서 정부가 서양의 생산 기술을 도입하며 내세운 목표와 다르겠군.

③ (가)에서 박은식은 과학과 구별되는 철학의 중요성을 강조했으므로, 〈보기〉에서 젊은이들의 자문화에 대한 인식 변화는 가치관 정립을 위한 철학이 부재했기 때문이라고 보겠군.

④ (나)에서 옌푸는 경쟁에서 승리하기 위한 조건으로 기술과 정신적 자질을 강조했으므로, 〈보기〉에서 마을이 기술의 수용만을 중시하면 마을 간 경쟁에서 승리할 수 없다고 보겠군.

⑤ (나)에서 장쥔마이는 과학적 방법의 한계를 지적했으므로, 〈보기〉에서 마을이 과거에 중시했던 인생관이 더 이상 유효하지 않게 된 문제는 과학적 방법으로 해결할 수 없다고 보겠군.

9. ⓐ와 문맥상 의미가 가장 가까운 것은?

① 다행히 비는 그사이에 그쳐 있었다.

② 우리 학교는 이번에 16강에 그쳤다.

③ 아이 울음이 좀처럼 그치지 않았다.

④ 그는 만류에도 말을 그치지 않았다.

⑤ 저 사람들은 불평이 그칠 날이 없다.

MEMO

[10~13] 다음 글을 읽고 물음에 답하시오.

1 문장이나 영상, 음성을 만들어 내는 인공 지능 생성 모델 중 확산 모델은 영상의 복원, 생성 및 변환에 뛰어난 성능을 보인다. 확산 모델의 기본 발상은, 원본 이미지에 노이즈를 점진적으로 추가하였다가 그 노이즈를 다시 제거해 나가면 원본 이미지를 복원할 수 있다는 것이다. 노이즈는 불필요하거나 원하지 않는 값을 의미한다. 원하는 값만 들어 있는 원본 이미지에 노이즈를 단계별로 더하면 노이즈가 포함된 확산 이미지가 되고, 여러 단계를 거치면 결국 원본 이미지가 어떤 이미지였는지 전혀 알아볼 수 없는 노이즈 이미지가 된다. 역으로, 단계별로 더해진 노이즈를 알 수 있다면 노이즈 이미지에서 원본 이미지를 복원할 수 있다. 확산 모델은 노이즈 생성기, 이미지 연산기, 노이즈 예측기로 구성되며, 순확산 과정과 역확산 과정 순으로 작동한다.

2 순확산 과정은 이미지에 노이즈를 추가하면서 노이즈 예측기를 학습시키는 과정이다. 첫 단계에서는, 노이즈 생성기에서 노이즈를 만든 후 이미지 연산기가 이 노이즈를 원본 이미지에 더해서 노이즈가 포함된 확산 이미지를 출력한다. 다음 단계부터는 노이즈 생성기에서 만든 노이즈를 이전 단계에서 출력된 확산 이미지에 더한다. 이러한 단계를 충분히 반복하면 최종적으로 노이즈 이미지가 출력된다. 이때 더해지는 노이즈는 크기나 분포 양상 등 그 특성이 단계별로 다르다. 따라서 노이즈 예측기는 단계별로 확산 이미지를 입력받아 이미지에 포함된 노이즈의 특성을 추출하여 수치들로 표현하고, 이 수치들을 바탕으로 노이즈를 예측한다. 노이즈 예측기 내부의 이러한 수치들을 잠재 표현이라고 한다. 노이즈 예측기는 잠재 표현을 구하고 노이즈를 예측하는 방식을 학습한다.

3 노이즈 예측기의 학습 방법은 기계 학습 중에서 지도 학습에 해당한다. 지도 학습은 학습 데이터에 정답이 주어져 출력과 정답의 차이가 작아지도록 모델을 학습시키는 방법이다. 노이즈 예측기를 학습시킬 때는 노이즈 생성기에서 만들어 넣어 준 노이즈가 정답에 해당하며 이 노이즈와 예측된 노이즈 사이의 차이가 작아지도록 학습시킨다.

4 역확산 과정은 노이즈 이미지에서 노이즈를 제거하여 원본 이미지를 복원하는 과정이다. 노이즈를 제거하려면 이미지에 단계별로 어떤 특성의 노이즈가 더해졌는지 알아야 하는데 노이즈 예측기가 이 역할을 한다. 노이즈 이미지 또는 중간 단계에서의 확산 이미지를 노이즈 예측기에 입력하면 이미지에 포함된 노이즈의 특성을 추출하여 잠재 표현을 구하고 이를 바탕으로 노이즈를 예측한다. 이미지 연산기는 입력된 확산 이미지로부터 이 노이즈를 빼서 현 단계의 노이즈를 제거한 확산 이미지를 출력한다. 확산 이미지에 이런 단계를 반복하면 결국 노이즈가 대부분 제거되어 원본 이미지에 가까운 이미지만 남게 된다.

5 한편, 많은 종류의 이미지를 학습시킨 후 학습된 이미지의 잠재 표현에 고유 번호를 붙이면 역확산 과정에서 이미지를 선택하여 생성할 수 있다. 또한 잠재 표현의 수치들을 조정하면 다른 특성의 노이즈가 생성되어 여러 이미지를 혼합하거나 실재하지 않는 이미지를 만들어 낼 수도 있다.

➤➤ 각 문단을 요약하고 지문을 **세 부분**으로 나누어 보세요.

1 확산 모델은 원본 이미지에 _____를 점진적으로 추가하였다가 다시 제거하면서 _____를 복원하는데, 순확산 과정과 역확산 과정 순으로 작동한다.

2 순확산 과정은 이미지 연산기가 이미지에 _____에서 만든 노이즈를 더하여 노이즈 이미지를 출력하는 과정에서, _____가 노이즈를 예측하도록 학습시킨다.

3 노이즈 예측기의 학습 방법인 지도 학습은 학습 데이터에 주어진 정답과 _____의 _____가 작아지도록 모델을 학습시키는 방법이다.

4 역확산 과정은 _____가 확산 이미지에서 노이즈 예측기가 예측한 노이즈를 _____하는 단계를 반복해 원본 이미지를 복원한다.

5 잠재 표현에 고유 번호를 붙이면 _____ 과정에서 이미지를 선택해 생성할 수 있고, _____의 수치를 조정해 이미지를 혼합하거나 실재하지 않는 이미지를 만들 수도 있다.

10. 학생이 윗글을 읽은 방법으로 적절하지 <u>않은</u> 것은?

① 확산 모델이 지도 학습을 사용한다는 점에 주목하고, 지도 학습 방법이 확산 모델에 어떻게 적용되는지 확인하며 읽었다.

② 확산 모델이 두 가지 과정으로 이루어진다는 점에 주목하고, 두 과정 중 어느 과정이 선행되어야 하는지 살피며 읽었다.

③ 확산 모델에서 노이즈의 중요성을 파악하고, 사용되는 노이즈의 종류가 모델의 성능에 미치는 영향을 이해하며 읽었다.

④ 잠재 표현의 개념을 파악하고, 그 개념을 바탕으로 확산 모델이 노이즈를 예측하고 제거하는 원리를 이해하며 읽었다.

⑤ 확산 모델의 구성 요소를 파악하고, 그 구성 요소가 노이즈 처리 과정에서 어떤 기능을 하는지 확인하며 읽었다.

11. 윗글을 이해한 내용으로 가장 적절한 것은?

① 노이즈 생성기는 순확산 과정에서만 작동한다.

② 확산 모델에서의 학습은 역확산 과정에서 이루어진다.

③ 이미지 연산기와 노이즈 예측기는 모두 확산 이미지를 출력한다.

④ 노이즈 예측기를 학습시킬 때는 예측된 노이즈가 정답으로 사용된다.

⑤ 역확산 과정에서 단계가 반복될수록 출력되는 확산 이미지는 원본 이미지와의 유사성이 줄어든다.

12. 잠재 표현 에 대한 설명으로 적절하지 <u>않은</u> 것은?

① 잠재 표현의 수치들을 조정하면 여러 이미지를 혼합할 수 있다.

② 역확산 과정에서 잠재 표현이 다르면 예측되는 노이즈가 다르다.

③ 확산 모델의 학습에는 잠재 표현을 구하는 방식이 포함되어 있다.

④ 잠재 표현은 이미지에 더해진 노이즈의 크기나 분포 양상에 따라 다른 값들이 얻어진다.

⑤ 잠재 표현은 노이즈 예측기가 원본 이미지를 입력받아 노이즈의 특성을 추출한 결과이다.

13. 윗글을 바탕으로 〈보기〉를 이해한 내용으로 적절하지 <u>않은</u> 것은? [3점]

〈보기〉

A 단계는 확산 모델 과정 중 한 단계이다. ㉠은 원본 이미지이고, ㉡은 확산 이미지 중의 하나이며, ㉢은 노이즈 이미지이다. (가)는 이미지가 A 단계로 입력되는 부분이고, (나)는 이미지가 A 단계에서 출력되는 부분이다.

(가) ⇨ A 단계 ⇨ (나)

① (가)에 ㉠이 입력된다면, A 단계의 이미지 연산기에서는 ㉠에 노이즈를 더하겠군.

② (나)에 ㉢이 출력된다면, A 단계의 노이즈 생성기에서 생성된 노이즈가 이미지 연산기에서 확산 이미지에 더해졌겠군.

③ 순확산 과정에서 (가)에 ㉡이 입력된다면, A 단계의 노이즈 예측기에서 예측한 노이즈가 이미지 연산기에 입력되겠군.

④ 역확산 과정에서 (가)에 ㉢이 입력된다면, A 단계의 이미지 연산기에서는 ㉢에서 노이즈를 빼겠군.

⑤ 역확산 과정에서 (나)에 ㉡이 출력된다면, A 단계의 노이즈 예측기에서 예측한 노이즈가 이미지 연산기에 입력되었겠군.

[14~17] 다음 글을 읽고 물음에 답하시오.

1 리프킨은 사회적 상호 작용에서의 자기표현은 본질적으로 연극적이며, 표면 연기와 심층 연기로 ⓐ이루어진다고 언급했다. 표면 연기는 내면의 자연스러운 감정보다 의례적인 표현과 같은 형식에 집중하여 연기하는 것이고, 심층 연기는 내면의 솔직한 정서를 ⓑ불러내어 자신의 진정성을 보여 주는 것이다. 인터넷에서의 커뮤니케이션에 주목한 리프킨은 가상 공간에서 자기표현이 더욱 활발히 이루어진다고 보았다.

2 가상 공간의 특성에 주목한 연구자들은 사람들과의 관계 속에서 드러나는 고유한 존재로서의 위상을 뜻하는 자기 정체성이 가상 공간에서 다양하게 ⓒ나타난다고 본다. 가상 공간에서는 익명성이 작동하므로 현실에서 위축되는 사람도 적극적으로 자기표현을 할 수 있다. 아울러 현실에서의 자기 정체성을 ⓓ감추고 다른 인격체로 활동하거나 현실에서 억압된 정서를 공격적으로 드러내기도 한다. 게임 아이디, 닉네임, 아바타 등 가상 공간에서 개별적 대상으로 인식되는 '인터넷 ID'에 대한 사이버 폭력이 ⓔ넘쳐 나는 현실도 이와 무관하지 않다.

3 사이버 폭력과 관련하여, 인터넷 ID만을 알고 있는 상황에서 그에 대해 명예훼손이나 모욕 등의 공격이 있을 때 가해자에게 법적인 책임을 물을 수 있는지에 대한 논란이 있어 왔다. 이는 인터넷 ID가 사회적 평판인 명예의 주체로 인정될 수 있는가와 관련된다. 인터넷 ID의 명예 주체성을 ㉠인정하는 입장에 따르면, 자기 정체성은 일원적 · 고정적인 것이 아니라 현실 세계와 가상 공간에 걸쳐 존재하고 상호 작용하는 복합적인 것이다. 인터넷에서의 자기 정체성은 사용자 개인의 자기 정체성의 일부이기 때문에 자기 정체성을 가진 인터넷 ID의 명예 역시 보호되어야 한다. 반면 ㉡인정하지 않는 입장에 따르면, 생성 · 변경 · 소멸이 자유롭고 복수로 개설이 가능한 인터넷 ID는 그 사용자인 개인을 가상 공간에서 구별하는 장치에 불과하다. 인터넷 ID는 현실에서의 성명과 달리 그 사용자인 개인과 동일시될 수 없고, 인터넷 ID 자체는 사람이 아니므로 명예 주체성을 인정할 수 없다는 것이다.

4 ㉮대법원은 실명을 거론한 경우는 물론, 실명을 거론하지 않았더라도 주위 사정을 종합할 때 지목된 사람이 누구인지를 제3자가 알 수 있는 경우에는 명예훼손이나 모욕에 대한 가해자의 법적 책임이 성립한다고 판시해 왔다. 이를 수용한 헌법재판소에서는 인터넷 ID와 관련된 명예훼손 · 모욕 사건의 헌법 소원에 대한 결정을 내린 바 있다. 이 결정에서 ㉯다수 의견은 인터넷 ID만을 알 수 있을 뿐 그 사용자가 누구인지 제3자가 알 수 없다면 피해자가 특정되지 않아 명예훼손이나 모욕에 대한 가해자의 법적 책임이 성립하지 않는다고 보았다. 반면 인터넷 ID는 가상 공간에서 성명과 같은 기능을 하므로 제3자의 인식 여부가 법적 책임의 근거가 될 수 없다는 ㉰소수 의견도 제시되었다.

>> 각 문단을 요약하고 지문을 **세 부분**으로 나누어 보세요.

1 리프킨은 사회적 상호 작용에서의 _____은 형식에 집중하는 표면 연기와 내면의 정서를 보여 주는 심층 연기로 드러나며, _____ 공간에서 활발히 이루어진다고 보았다.
2 가상 공간에서는 _____이 작동하므로 사람은 현실에서의 자기 정체성을 감추고 다른 인격체로 활동하거나 현실에서 억압된 정서를 _____으로 드러내기도 한다.
3 인터넷 ID에 대한 공격을 한 가해자에게 법적인 _____을 물을 수 있는지는, 인터넷 ID의 _____을 인정하는지와 관련된다.
4 헌법재판소는 지목된 사람이 누구인지 _____가 알 수 있으면 책임이 성립한다는 대법원의 판시에 따라 결정을 했는데, 이에 대해 ID 사용자를 제3자가 알 수 없다면 책임이 불성립한다는 다수 의견과 제3자의 _____가 책임의 근거가 될 수 없다는 소수 의견이 제시되었다.

14. 윗글의 내용과 일치하지 <u>않는</u> 것은?

① 심층 연기는 내면의 진솔한 정서를 드러내기 위해 형식에 집중하는 자기표현이다.

② 리프킨은 현실 세계보다 가상 공간에서 자기표현이 더욱 왕성하게 드러난다고 보았다.

③ 가상 공간에서 개별적인 것으로 인식되는 아바타는 사이버 폭력의 대상이 될 수 있다.

④ 익명성은 가상 공간에서 자기 정체성이 다양하게 나타나는 데 영향을 미치는 가상 공간의 특성이다.

⑤ 가상 공간에서의 자기 정체성은 현실에서의 자기 정체성과 마찬가지로 타인과의 관계 속에서 나타난다.

15. ㉠과 ㉡에 대한 이해로 가장 적절한 것은?

① ㉠은 ㉡과 달리 자기 정체성을 단일하고 고정적인 것으로 파악하겠군.

② ㉠은 ㉡과 달리 인터넷 ID에 대한 공격을 그 사용자인 개인에 대한 공격이라고 보겠군.

③ ㉡은 ㉠과 달리 인터넷에서의 자기 정체성과 현실 세계의 자기 정체성이 상호 작용을 한다고 보겠군.

④ ㉡은 ㉠과 달리 인터넷 ID는 복수 개설이 가능하므로 자기 정체성이 복합적으로 구성된다고 보겠군.

⑤ ㉠과 ㉡은 모두, 인터넷 ID마다 개인의 자기 정체성이 다르다고 보겠군.

16. 윗글을 바탕으로 〈보기〉를 이해한 내용으로 적절하지 <u>않은</u> 것은? [3점]

〈보기〉

○○ 인터넷 카페의 이용자 A는 a, B는 b, C는 c라는 ID를 사용한다. 박사 학위 소지자인 A는 □□ 전시관의 해설사이고, B는 같은 전시관에서 물고기 관리를 혼자 전담한다. 이 전시관의 누리집에는 직무별로 담당자가 공개되어 있다. 어떤 사람이 □□ 전시관에서 A의 해설을 듣고 A의 실명을 언급한 후기를 카페 게시판에 올리자 다음과 같은 댓글이 달렸다.

A의 해설에 대한 후기
┕ b A가 박사인지 의심스럽다. A는 #~#.
┕ a □□ 전시관에서 물고기를 관리하는 b는 #~#.
┕ c 게시판 분위기를 흐리는 a는 #~#.

(단, '#~#'는 명예를 훼손하거나 모욕을 주는 표현이고 A, B, C는 실명이다. ID로는 그 사용자의 개인 정보를 알 수 없으며, A, B, C의 법적 책임에 영향을 미치는 다른 요소는 고려하지 않는다.)

① ㉮는 B가 가해자로서의 법적 책임을 져야 하지만 C는 가해자로서의 법적 책임을 지지 않는다고 보겠군.

② ㉯는 B가 가해자로서의 법적 책임을 져야 하지만 A는 가해자로서의 법적 책임을 지지 않는다고 보겠군.

③ ㉮와 ㉯는 A가 가해자로서의 법적 책임을 져야 하는지의 여부에 대해 같게 보겠군.

④ ㉯와 ㉰는 B가 가해자로서의 법적 책임을 져야 하는지의 여부에 대해 같게 보겠군.

⑤ ㉮, ㉯, ㉰가, C가 가해자로서의 법적 책임을 져야 하는지의 여부에 대해 판단한 내용이 모두 같지는 않겠군.

17. 문맥상 ⓐ~ⓔ와 바꿔 쓰기에 가장 적절한 것은?

① ⓐ: 완성(完成)된다고

② ⓑ: 요청(要請)하여

③ ⓒ: 표출(表出)된다고

④ ⓓ: 기만(欺瞞)하고

⑤ ⓔ: 확충(擴充)되는

HOLSOO

홀로 공부하는 수능 국어 기출 분석

PART 1
독서론

[1~3] 다음 글을 읽고 물음에 답하시오.

❶ 학습 목적으로 글을 읽을 때 독자는 문자 이외에 그림, 사진 등의 시각 자료가 포함된 글을 접하곤 한다. 시각 자료가 글 내용을 이해하는 데 도움을 준다는 견해에 따르면, 시각 자료는 문자 외에 또 다른 학습 단서가 된다. 문자로만 구성된 글을 읽을 때 독자는 머릿속으로 문자가 제공하는 정보, 즉 '문자 정보'만을 처리하지만, 시각 자료가 포함된 글을 읽을 때는 '이미지 정보'도 함께 처리한다. 이 두 정보들은 서로 참조되면서 연결되어 독자가 글 내용을 이해하는 데 상호 보완적으로 기여한다. 독자가 문자 정보를 떠올리지 못할 때 이미지 정보가 단서가 되어 글 내용을 기억하는 데도 도움을 준다.

❷ 시각 자료는 글 내용과 관련하여 어떤 목적으로 쓰이는가에 따라 예시적, 설명적, 보충적 시각 자료로 구분할 수 있다. 예시적 시각 자료는 글 내용을 시각화하여 보여 주는 데 목적이 있다. 설명적 시각 자료는 글 내용을 시각화하여 제시하는 목적에 더하여 글에서 다룬 내용을 보완하는 목적으로 쓰인다. 보충적 시각 자료는 글의 주제와 관련이 있지만 글에서 다루어지지 않은 내용을 추가하여 보충하는 목적으로 쓰인다. 이에 따라 보충적 시각 자료는 글 내용의 범위를 확장하는 특징이 있다. 이 외에 독자의 흥미를 유발하거나 글 내용과 관련 없이 여백을 메우는 목적으로 장식적 시각 자료가 쓰이기도 한다.

❸ ㉠글 내용과 관련된 시각 자료를 포함한 글을 읽을 때, 독자는 글의 내용과 시각 자료의 관계를 살피고 시각 자료로 강조된 중요한 정보를 파악해야 한다. 또한 시각 자료가 설명 대상이나 개념을 적절하게 표현하는지, 글에서 효과적으로 쓰이는지를 판단해야 한다. 이를 토대로, 독자는 글 내용과 이에 적합한 시각 자료를 종합하여 의미를 구성해야 한다. 독자는 매력적인 시각 자료에 사로잡혀 읽기의 목적을 잃지 않고, 낯설고 복잡한 시각 자료도 읽어 내는 능동성을 발휘할 필요가 있다.

1. 윗글의 내용과 일치하지 않는 것은?

① 시각 자료는 여백을 채우는 목적으로 쓰이기도 한다.

② 글에서 중요한 정보를 시각 자료를 통해 부각할 수 있다.

③ 독자가 시각 자료에 끌리다 보면 글을 읽는 목적을 잃을 수 있다.

④ 시각 자료의 용도는 머릿속에서 처리되는 정보의 종류에 따라 구분된다.

⑤ 독자는 낯선 시각 자료도 읽어 내는 능동적 자세를 가질 필요가 있다.

2. ㉠에 대한 이해로 적절하지 않은 것은?

① 글의 의미는 글 내용과 시각 자료를 종합하여 구성할 수 있다.

② 문자 정보와 이미지 정보는 상호 참조되어 보완적으로 작용할 수 있다.

③ 문자로만 구성된 글보다 내용을 이해하기가 쉬웠다면 이미지 정보가 단서가 되었을 수 있다.

④ 글에서 설명하는 개념과 시각 자료의 관련성을 따지고 시각 자료의 적절성을 판단할 필요가 있다.

⑤ 문자 정보 처리와 이미지 정보 처리를 통해 연결된 정보를 독자가 떠올려야 글의 내용을 기억할 수 있다.

>> 각 문단을 요약하고 지문을 **세 부분**으로 나누어 보세요.

❶ 독자는 시각 자료가 포함된 글을 읽을 때 '_____ 정보'와 '_____ 정보'를 함께 처리하며, 이 두 정보는 독자가 글 내용을 이해하는 데 상호 보완적으로 기여한다.

❷ 시각 자료는 글 내용과 관련하여 어떤 _____으로 쓰이는가에 따라 예시적, 설명적, 보충적, _____적 시각 자료로 구분할 수 있다.

❸ 시각 자료를 포함한 글을 읽을 때 독자는 글의 내용과 시각 자료의 _____를 살피고 시각 자료가 적절하게 사용되었는지 판단하며, 이를 토대로 글 내용과 시각 자료를 종합하여 _____를 구성해야 한다.

3. 〈보기〉는 학생이 쓴 독서 일지의 일부이다. 윗글을 바탕으로 〈보기〉를 설명한 내용으로 가장 적절한 것은? [3점]

〈보기〉

　'이집트의 기록 문화'라는 제목의 글을 읽었다. 제목 옆에 비행기 그림이 있었다. 글은 "파피루스 줄기를 잘라, 줄기를 가로 세로로 겹치고 서로 붙여 종이를 만들었다."라는 내용만 있어서 이해하기 어려웠다. 글 속에 있는 그림을 보니, 그림 1에서 파피루스 줄기를 같은 길이로 길고 얇게 자른다는 것을, 그림 2에서 그것들을 가로세로로 겹치고 서로 붙여 종이를 만든다는 것을 알 수 있었다. 그림 3은 이집트 상형 문자가 벽에 새겨진 모습을 담고 있었다.

① 비행기 그림은 글 내용을 시각적으로 보여 주는 예시적 시각 자료이다.

② 그림 1은 글 내용을 시각화해 보여 주면서 글 내용도 보완해 주는 설명적 시각 자료이다.

③ 그림 2는 글에서 다루지 않은 내용을 보여 주는 보충적 시각 자료이다.

④ 그림 3은 글 내용에 있는 설명 대상을 표현하여 글의 주제와의 관계를 보여 주고 있다.

⑤ 그림 2와 3은 글에서 다룬 내용을 보완하여 글의 범위를 확장하고 있다.

MEMO

2025학년도 6월 모평

여러 글의 정보를 종합하여 읽기

[1~3] 다음 글을 읽고 물음에 답하시오.

❶ 여러 글에서 다양한 정보를 종합하며 읽는 능력은 많은 정보가 산재해 있는 디지털 환경에서 더욱 중요해졌다. 궁금증 해소나 글쓰기 등 문제 해결을 위한 목적으로 글 읽기를 할 때에 한 편의 글에 원하는 정보가 충분하지 않다면, 여러 글을 읽으며 이를 해결할 수 있다.

❷ 독자는 우선 문제 해결에 도움이 되는 글들을 찾아야 한다. 읽을 글을 선정할 때에는 믿을 만한 글인지와 읽기 목적과 관련이 있는 글인지를 평가하는 것이 중요하다. ㉠신뢰성 평가는 글의 저자, 생산 기관, 출판 시기 등 출처에 관한 정보를 확인하여 그 글이 믿을 만한지 판단하는 것이다. ㉡관련성 평가는 글의 내용에 읽기 목적과 부합하는 정보가 있는지 판단하는 것인데, 이를 위해서는 읽기 목적을 지속적으로 떠올리며 평가해 가야 한다.

❸ 문제를 해결하기에 적절한 글들을 선정했다면, 다음으로는 읽기 목적에 맞게 글을 읽어야 한다. 이때 글의 정보는 독자가 이해한 의미로 재구성되고 이 과정에서 독자는 선택하기, 연결하기, 조직하기 전략을 활용한다. 이들 세 전략은 꼭 순서대로 사용하는 것은 아니며 반복해서 활용할 수 있다.

❹ 선택하기란 읽은 글에서 필요한 정보를 추출하는 전략이다. 연결하기란 읽은 글들에서 추출한 정보들을 정교화하며 연결하여, 읽은 글에서는 나타나지 않던 의미를 구성하거나 심화된 의미로 나아가는 전략이다. 글의 정보를 재구조화하는 것은 조직하기라고 한다. 예를 들어, 시간의 순서에 따른 글과 정보 나열의 글을 읽고, 읽은 글의 구조와는 다른 비교·대조의 구조로 의미를 구성할 수 있다.

❺ 이러한 전략을 적극적으로 활용하면, 정보의 홍수 속에서 유용한 정보를 찾아 삶의 여러 문제를 해결하는 데에도 도움이 될 것이다.

>> 각 문단을 요약하고 지문을 **세 부분**으로 나누어 보세요.

❶ 문제 해결을 위한 글 읽기를 할 때 한 편의 글에 정보가 충분하지 않다면 _____을 읽으며 문제를 해결할 수 있다.

❷ 읽을 글을 선정할 때는 _____ 평가를 통해 믿을 만한 글인지를, _____ 평가를 통해 읽기 목적과 관련이 있는 글인지를 평가하는 것이 중요하다.

❸ 글을 선정한 후에는 읽기 _____에 맞게 글을 읽어야 하는데, 이 과정에서 독자는 선택하기, 연결하기, 조직하기 전략을 활용한다.

❹ 선택하기는 필요한 정보를 추출하고, 연결하기는 추출한 정보를 연결하여 새롭거나 심화된 _____로 나아가며, 조직하기는 글의 정보를 _____하는 전략이다.

❺ 이러한 전략의 활용은 유용한 _____를 찾아 삶의 문제를 해결하는 데에도 도움이 된다.

1. 윗글의 내용과 일치하지 않는 것은?

① 글을 선정하는 과정에서 글을 평가하는 것은 중요하다.

② 여러 글 읽기에서 정보를 연결하는 것은 문제 해결에 유용한 방법이 될 수 있다.

③ 궁금증을 해소하기 위한 읽기에서 글의 의미를 재구성하는 전략이 사용될 수 있다.

④ 여러 글에서 필요한 정보를 추출하는 과정은 문제를 해결하기 위한 읽기 목적과 관련된다.

⑤ 필요한 정보를 한 편의 글에서 얻지 못할 때는 다른 글을 찾기보다 그 글을 반복해서 읽는다.

2. ㉠, ㉡에 대한 설명으로 가장 적절한 것은?

① 글 내용이 수행 과제와 관련 있는지 평가하는 것은 ㉠에 해당한다.

② 읽을 글을 선정하기 위해 출판사의 공신력을 따지는 것은 ㉠을 고려한 것이다.

③ ㉡에서는 글이 언제 작성되었는지를 중심으로 판단해야 한다.

④ 정보가 산재해 있는 디지털 환경에서는 ㉠의 필요성이 사라지고 ㉡에 대한 요청이 증가한다.

⑤ 글 내용에 목적에 맞는 정보가 있는지 확인하는 것은 ㉠에, 저자의 경력 정보를 확인하는 것은 ㉡에 관련된다.

3. 다음은 여러 글 읽기를 수행한 학생의 독서록이다. 윗글을 참고하여 ⓐ~ⓔ에 대해 이해한 내용으로 적절하지 <u>않은</u> 것은?
[3점]

> 동물이 그린 그림의 판매에 대한 궁금증이 생겼다. 동물의 행동 사례를 열거하여 소개한 〈동물은 예술가〉라는 글에서 ⓐ'동물의 그림도 예술 상품이 될 수 있다'는 정보를 얻을 수 있었다. 이어서 동물에게의 유산 상속이 성공한 사례와 실패한 경우를 비교·대조한 〈동물에게 상속할 수 있는가〉라는 글을 읽으며 ⓑ'동물도 재산상의 권리를 가질 수 있다'는 정보를 찾을 수 있었다. 그리고 ⓒ이 정보를 〈동물은 예술가〉에서 추출한 정보와 연결하여 '동물의 그림에도 저작권이 있겠다'는 새로운 의미를 떠올렸다. 동물이 저작권을 가질 수 있는지 알기 위해, 저작권의 개념을 시대순으로 정리한 〈저작권의 역사〉라는 글을 읽고 저작권의 의의를 이해하여 동물도 저작권을 가질 수 있다고 판단하였다. 이를 바탕으로 ⓓ세 글의 정보를 종합하여 '동물 저작권의 성립 요건'에 관해 인과 관계 구조로 정리하였다. 그러면서 동물이 소유권의 주체가 될 수 있는지에 대한 이해가 더 필요하여 〈동물에게 상속할 수 있는가〉에서 ⓔ'동물 소유권에 관한 다양한 논의'에 대한 정보를 추출하였다.

① ⓐ: 〈동물은 예술가〉를 읽으며 선택하기 전략을 활용했겠군.

② ⓑ: 〈동물에게 상속할 수 있는가〉를 읽으며 연결하기 전략에 앞서 조직하기 전략을 활용했겠군.

③ ⓒ: 〈동물은 예술가〉와 〈동물에게 상속할 수 있는가〉를 읽으며 선택한 정보들로 연결하기 전략을 활용했겠군.

④ ⓓ: 새로운 구조로 정리하여 의미를 구성하기 위해 조직하기 전략을 활용했겠군.

⑤ ⓔ: 〈동물에게 상속할 수 있는가〉를 읽으며 선택하기 전략을 다시 활용했겠군.

[1~3] 다음 글을 읽고 물음에 답하시오.

❶ 독서는 독자가 목표한 결과에 도달하기 위해 글을 읽고 의미를 구성하는 인지 행위이다. 성공적인 독서를 위해서는 초인지가 중요하다. 독서에서의 초인지는 독자가 자신의 독서 행위에 대해 인지하는 것으로서 자신의 독서 과정을 점검하고 조정하는 역할을 한다.

[A] ❷ 초인지는 글을 읽기 시작한 후 지속적으로 이루어지는 점검 과정에 동원된다. 독자는 가장 적절하다고 판단한 독서 전략을 사용하여 독서를 진행하는데, 그 전략이 효과적이고 문제가 없는지를 평가하며 점검한다. 효과적이지 않거나 문제가 있다고 판단하면 이를 해결해야 한다. 문제가 무엇인지 분명하지 않은 경우에는 독서 중에 떠오르는 생각들을 살펴보고 그중 독서의 진행을 방해하는 생각들을 분류해 보는 방법으로 문제점이 무엇인지 파악할 수 있다. 독서가 중단 없이 이어지는 상태이지만 문제가 발생한 것을 독자 자신이 인지하지 못하는 경우도 있다. 의도한 목표에 부합하지 않는 방법으로 읽기를 진행하거나 자신이 이해한 정도를 판단하지 못하는 예가 그것이다. 문제 발생 여부의 점검을 위해서는 독서 진행 중간중간에 이해한 내용을 정리하는 방법을 사용할 수 있다.

❸ 초인지는 문제를 해결하기 위해 독서 전략을 조정하는 과정에도 동원된다. 독서 목표를 고려하여, 독자는 ㉠지금 사용하고 있는 전략을 계속 사용할 것인지를 판단해야 한다. 또 ㉡문제 해결을 위한 다른 전략에는 무엇이 있는지, ㉢각 전략의 특징과 사용 절차, 조건 등은 무엇인지 알아야 한다. 또한 독자 자신이 사용할 수 있는 전략이 무엇인지, ㉣전략들의 적절한 적용 순서가 무엇인지, ㉤현재의 상황에서 최적의 전략이 무엇인지 판단하여 새로운 전략을 선택한다. 선택한 전략을 수행하는 과정에서 독자는 초인지를 활용하여 점검과 조정을 되풀이하며 능동적으로 의미를 구성해 간다.

≫ 각 문단을 요약하고 지문을 **세 부분**으로 나누어 보세요.

❶ 성공적인 독서를 위해서는 자신의 독서 과정을 점검하고 조정하는 _____가 중요하다.
❷ 초인지는 독자의 독서 _____이 효과적이고 문제가 없는지 평가하고 _____하는 데 동원된다.
❸ 초인지는 문제 해결을 위해 독서 전략을 _____하는 과정에도 동원되며, 독자는 초인지를 활용한 점검과 조정을 되풀이하며 _____를 구성한다.

1. 윗글을 이해한 내용으로 적절하지 <u>않은</u> 것은?

① 독서 전략을 선택할 때 독서의 목표를 고려할 필요가 있다.

② 독서 전략의 선택을 위해 개별 전략들에 대한 지식이 필요하다.

③ 독서 목표의 달성을 위해 독자는 자신의 독서 행위에 대해 인지해야 한다.

④ 독서 문제의 해결을 위해 독자는 자신이 사용할 수 있는 전략이 무엇인지 알아야 한다.

⑤ 독서 문제를 해결하기 위해 새로 선택한 전략은 점검과 조정의 대상에서 제외할 필요가 있다.

2. [A]에서 알 수 있는 내용으로 가장 적절한 것은?

① 독서 진행 중 이해한 내용을 정리하는 것은 독자 스스로 독서 진행의 문제를 점검하는 데에 적합하지 않다.

② 독서 진행 중 독자가 자신이 얼마나 이해하고 있는지 파악하지 못할 때에는 점검을 잠시 보류해야 한다.

③ 독서 진행에 문제가 없어 보이더라도 목표에 부합하지 않는 독서가 이루어지는 경우가 있다.

④ 독서 중에 떠오르는 생각을 분류하는 것은 독서 문제의 발생을 막는다.

⑤ 독서가 멈추지 않고 진행될 때에는 초인지의 역할이 필요 없다.

3. 〈보기〉는 윗글을 읽은 학생이 독서 중 떠올린 생각이다. ㉠~㉤과 관련하여 ⓐ~ⓔ를 설명한 내용으로 적절하지 **않은** 것은? [3점]

―――――――――― 〈보기〉 ――――――――――

○ 이 용어가 무슨 뜻인지 모르겠어.
○ 처음 나왔을 때는 무시하고 읽었는데 다시 등장했으니, 문맥을 통해 의미를 가정하고 읽어 봐야겠어. ……… ⓐ

↓

○ 더 읽어 보았지만 여전히 정확한 뜻을 모르겠네. 그럼 어떻게 하지?
○ 관련된 내용을 앞부분에서 다시 찾아 읽든가, 인터넷 자료를 검색해 보든가, 다른 책들을 찾아볼 수 있겠네. ……………………………………………… ⓑ
○ 검색을 하려면 인터넷 접속이 필요하겠네. ………… ⓒ
○ 검색은 나중에 하고, 먼저 앞부분을 다시 읽어 봐야겠다. 그다음에 다른 책을 찾아봐야지. ……………… ⓓ
○ 그럼 일단 앞부분에 관련된 내용이 있었는지 읽어 보자.

↓

○ 앞부분에는 관련된 내용이 없어서 도움이 안 되네.
○ 이 용어와 관련된 분야의 책을 찾아보는 것이 가장 좋겠어. ……………………………………………… ⓔ

↓

○ 이제 이 용어의 뜻이 이해되네. 그럼 계속 읽어 볼까?

―――――――――――――――――――――――

① ⓐ: ㉠을 판단하여 사용 중인 전략을 계속 사용하기로 결정했다.
② ⓑ: ㉡을 고려하여 선택할 수 있는 전략들을 떠올렸다.
③ ⓒ: ㉢을 고려하여 전략의 사용 조건을 확인했다.
④ ⓓ: ㉣을 판단하여 전략들의 적용 순서를 결정했다.
⑤ ⓔ: ㉤을 판단하여 최적이라고 생각한 전략을 선택했다.

PART 2
인문 · 예술

[1~4] 다음 글을 읽고 물음에 답하시오.

❶ 인간의 본성에 관한 서로 다른 두 관점이 있다. 종교적 인간 관에 따르면, 인간에게는 물리적 실체인 몸 이외에 비물리적 실 체인 영혼이 있다. 영혼은 물리적 몸과 완전히 구별되며 인간의 결정의 원천이다. 반면 유물론적 인간관에 따르면, 인간은 물 리적 몸에 지나지 않는다. 물리적 몸 이외에 영혼은 존재하지 않는다. 따라서 인간의 결정은 단지 뇌에서 일어나는 신경 사건 이다. 이러한 두 관점 중 유물론적 인간관을 가정할 때, 인간은 자유롭게 선택할 수 있을까? 즉 인간에게 자유의지가 있을까? 가령 갑이 냉장고 문을 여니 딸기 우유와 초코 우유만 있다고 해 보자. 갑은 이것들 중 하나를 자유의지로 선택할 수 있을까?

❷ 이러한 질문과 관련하여 반자유의지 논증은 갑에게 자유의 지가 없다고 결론 내린다. 우선 임의의 선택은 이전 사건들에 의해 선결정되거나 무작위로 일어난다. 여기서 무작위로 일어 난다는 것은 선결정되지 않는다는 것을 의미한다. 이러한 전제 하에 반자유의지 논증은 선결정 가정과 무작위 가정을 모두 고 려한다. 첫 번째로 임의의 선택이 그 이전 사건들에 의해 선결 정된다고 가정해 보자. 반자유의지 논증에서는 이 경우 우리에 게 자유의지가 없다고 결론 내린다. 가령 갑의 딸기 우유 선택 이 심지어 갑이 태어나기도 전에 선결정된 것이라면 갑이 자유 의지로 그것을 선택한 것이라고 보기 어려울 것이다. 두 번째로 임의의 선택이 무작위로 일어난 것이라 가정해 보자. 반자유의 지 논증에서는 이 경우에도 우리에게 자유의지가 없다고 결론 내린다. 가령 갑의 딸기 우유 선택이 단지 갑의 뇌에서 무작위 로 일어난 신경 사건이라고 한다면, 그것은 자유의지의 산물이 라고 보기 어려울 것이다.

❸ 그러나 이 논증에 관한 다양한 비판이 가능하다. ㉠반자유 의지 논증을 비판하는 한 입장에 따르면 반자유의지 논증의 선 결정 가정을 고려할 때의 결론은 받아들여야 하지만, 무작위 가 정을 고려할 때의 결론은 받아들일 필요가 없다. 따라서 반자유 의지 논증의 결론도 받아들일 필요가 없다고 주장한다. 그 이유 는 아래와 같다.

❹ 임의의 선택이 나의 자유의지의 산물이 되기 위해서는 다음 두 가지 조건을 모두 충족해야 한다. 첫째, 내가 그 선택의 주 체여야 한다. 둘째, 나의 선택은 그 이전 사건들에 의해 선결정 되지 않아야 한다. 그런데 어떤 선택이 그 이전 사건들에 의해 선결정되어 있다면, 이것은 자유의지를 위한 둘째 조건과 충돌 한다. 따라서 반자유의지 논증의 선결정 가정을 고려할 때의 결 론인 우리에게 자유의지가 없다는 점을 받아들여야 한다. 물론 이러한 자유의지와 다른 의미를 지닌 자유의지가 있을 수 있다. 만약 '내가 자유롭게 선택했다'는 말이 단지 '내가 하고자 원했 던 것을 했다'는 ⓐ욕구 충족적 자유의지를 의미한다면, 나의

선택이 그 이전 사건들에 의해 선결정되어 있든 그렇지 않든 그 것은 내 자유의지의 산물일 수 있다. 그러나 이러한 자유의지는 ⓑ여기서 염두에 두는 두 가지 조건을 모두 충족하는 자유의지 와 다르다.

❺ 다음으로, 어떤 선택이 무작위로 일어난 것이라고 하더라도 그 선택의 주체는 나일 수 있다. 유물론적 인간관에 따르면 '갑이 딸기 우유를 선택했다'는 것은 '선택 시점에 갑의 뇌에서 신경 사건이 발생했다'는 것을 의미한다. 갑의 이러한 신경 사건이 이전 사건들에 의해 선결정되지 않은 것으로 가정해 보자. 이러한 가정 아래에서도 갑은 그 선택의 주체일 수 있다. 왜냐하면 이 가정은 선택 시점에 발생한 뇌의 신경 사건으로서 '갑이 딸기 우유를 선택했다'는 사실을 바꾸지 않기 때문이다. 결국 ㉡반자유 의지 논증의 무작위 가정을 고려할 때의 결론은 받아들일 필요가 없다.

》 각 문단을 요약하고 지문을 두 부분으로 나누어 보세요.

❶ 인간에게 몸 이외에 영혼이 있다고 보는 종교적 인간관과 달리 몸 이외에 _____은 존재하지 않는다는 유물론적 인간관을 가정한다면 인간에게 _____가 있을까?
❷ _____ 논증은 선결정 가정과 무작위 가정을 모두 고려 할 때 인간에게 자유의지가 _____고 결론을 내린다.
❸ 반자유의지 논증을 _____하는 한 입장에 따르면 _____ 가정을 고려할 때의 결론은 받아들일 필요가 없으므로, 반자유의지 논증의 결론도 받아들일 필요가 없다.
❹ 선택이 자유의지의 산물이 되려면 내가 그 _____의 주체여야 하고 나의 선택이 이전 사건들에 의해 선결정되지 않아야 하는데, 어떤 선택이 선결정되어 있다면 둘째 조건과 충돌하므로 _____ 가정을 고려한 결론은 받아들여야 한다.
❺ 그런데 어떤 선택이 무작위로 일어난 것이라고 하더라도 그 선택의 _____는 나일 수 있으므로, 이는 자유의지의 두 가지 조건을 모두 충족하여 _____ 가정을 고려한 결론은 받아들일 필요가 없다.

1. 윗글에 대한 설명으로 적절하지 <u>않은</u> 것은?

① 유물론적 인간관은 영혼의 존재를 인정하지 않는다.

② 유물론적 인간관은 인간의 선택을 물리적 사건으로 본다.

③ 종교적 인간관은 인간이 물리적 실체로만 구성된다고 보지 않는다.

④ 종교적 인간관은 인간의 선택에서 비물리적 실체가 하는 역할을 인정한다.

⑤ 반자유의지 논증은 임의의 선택이 선결정되지 않을 가능성을 고려하지 않는다.

2. ⓐ, ⓑ를 이해한 내용으로 적절한 것은?

① 어떤 선택을 원해서 한다면 그 선택을 한 사람에게 ⓐ가 있을 수 없다.

② 어떤 선택을 원해서 한다면 그 선택을 한 사람에게 ⓑ가 있을 수 없다.

③ 어떤 선택이 선결정되어 있다면 그 선택을 한 사람에게 ⓐ가 있을 수 없다.

④ 어떤 선택이 선결정되어 있다면 그 선택을 한 사람에게 ⓑ가 있을 수 없다.

⑤ 어떤 선택을 원해서 하고 그 선택이 선결정되어 있지 않다면 그 선택을 한 사람에게 ⓐ와 ⓑ 중 어느 것도 있을 수 없다.

3. ⓒ의 이유로 가장 적절한 것은?

① 비물리적 실체인 영혼은 존재하지 않기 때문이다.

② 어떤 선택은 무작위로 일어난 것이 아니기 때문이다.

③ 어떤 선택은 선결정되어 있지만 욕구 충족적 자유의지의 산물이기 때문이다.

④ 반자유의지 논증의 선결정 가정을 고려할 때의 결론이 받아들여져야 하기 때문이다.

⑤ 어떤 선택은 자유의지의 산물이 되기 위한 두 가지 조건을 모두 충족할 수 있기 때문이다.

4. 윗글의 ⊙에 입각하여 학생이 〈보기〉와 같은 탐구 활동을 한다고 할 때, [A]에 들어갈 내용으로 적절한 것은? [3점]

〈보기〉

자유의지와 관련된 H의 가설과 실험을 보고, 반자유의지 논증에 대해 논의해 보자.

- **H의 가설**

  인간이 결정을 내릴 때 발생하는 신경 사건이 있기 전에 그가 어떤 선택을 할지 알게 해 주는 다른 신경 사건이 그의 뇌에서 매번 발생한다.

- **H의 실험**

  피실험자의 왼손과 오른손에 각각 버튼 하나가 주어진다. 피실험자는 두 버튼 중 어떤 버튼을 누를지 특정 시점에 결정한다. 그 결정의 시점과 그 이전에 발생하는 뇌의 신경 사건을 동일한 피실험자에게서 100차례 관측한다.

○ **논의:** [A]

---

① H의 가설이 실험 결과에 의해 입증된다면, 선결정 가정을 고려할 때의 결론을 거부해야 한다.

② H의 가설이 실험 결과에 의해 입증된다면, 무작위 가정은 참일 수밖에 없다.

③ H의 가설이 실험 결과에 의해 입증되지 않는다면, 선결정 가정은 참일 수밖에 없다.

④ H의 가설이 실험 결과에 의해 입증되지 않는다면, 무작위 가정을 고려할 때의 결론을 받아들여야 하는 것은 아니다.

⑤ H의 가설의 실험 결과에 의한 입증 여부와 상관없이, 반자유의지 논증의 결론을 받아들여야 한다.

[1~5] 다음 글을 읽고 물음에 답하시오.

1 ㉠많은 전통적 인식론자는 임의의 명제에 대해 우리가 세 가지 믿음의 태도 중 하나만을 ⓐ가질 수 있다고 본다. 가령 '내일 눈이 온다.'는 명제를 참이라고 믿거나, 거짓이라고 믿거나, 참이라 믿지도 않고 거짓이라 믿지도 않을 수 있다. 반면 ㉡베이즈주의자는 믿음은 정도의 문제라고 본다. 가령 각 인식 주체는 '내일 눈이 온다.'가 참이라는 것에 대하여 가장 강한 믿음의 정도에서 가장 약한 믿음의 정도까지 가질 수 있다. 이처럼 베이즈주의자는 믿음의 정도를 믿음의 태도에 포함함으로써 많은 전통적 인식론자들과 달리 믿음의 태도를 풍부하게 표현한다.

2 우리는 종종 임의의 명제가 참인지 거짓인지 새롭게 알게 된다. 이것을 베이즈주의자의 표현으로 바꾸면 그 명제가 참인지 거짓인지에 대해 가장 강한 믿음의 정도를 새롭게 갖는다는 것이다. 베이즈주의는 이런 경우에 믿음의 정도가 어떤 방식으로 변해야 하는지에 대해 정교한 설명을 제공한다. 이에 따르면, 인식 주체가 특정 시점에 임의의 명제 A가 참이라는 것만을 또는 거짓이라는 것만을 새롭게 알게 됐을 때, 다른 임의의 명제 B에 대한 인식 주체의 기존 믿음의 정도의 변화는 조건화 원리의 적용을 받는다. 이는 믿음의 정도의 변화에 관한 원리로서, 만약 인식 주체가 A가 참이라는 것만을 새롭게 알게 된다면, B가 참이라는 것에 대한 그 인식 주체의 믿음의 정도는 애초의 믿음의 정도에서 A가 참이라는 조건하에 B가 참이라는 것에 대한 믿음의 정도로 되어야 함을 의미한다. 예를 들어 갑이 '내일 비가 온다.'가 참이라는 것을 약하게 믿고 있고, '오늘 비가 온다.'가 참이라는 조건하에서는 '내일 비가 온다.'가 참이라는 것을 강하게 믿는다고 해 보자. 조건화 원리에 따르면, 갑이 실제로 '오늘 비가 온다.'가 참이라는 것만을 새롭게 알게 될 때, '내일 비가 온다.'가 참이라는 것을 그 이전보다 더 강하게 믿는 것이 합리적이다. 조건화 원리는 새롭게 알게 된 명제가 동시에 둘 이상인 경우에도 마찬가지로 적용된다. 다만 이 원리는 믿음의 정도에 관한 것이지 행위에 관한 것은 아니다.

3 명제들 중에는 위의 예에서처럼 참인지 거짓인지 새롭게 알게 된 명제와 관련된 것도 있지만 그렇지 않은 것도 있다. 조건화 원리에 ⓑ따르면, 어떤 명제가 참인지 거짓인지 새롭게 알게 되더라도 그 명제와 관련 없는 명제에 대한 믿음의 정도는 변하지 않아야 한다. 예를 들어 위에서처럼 갑이 '오늘 비가 온다.'가 참이라는 것만을 새롭게 알게 되더라도 그것과 관련 없는 명제 '다른 은하에는 외계인이 존재한다.'에 대한 그의 믿음의 정도는 변하지 않아야 한다. 이처럼 베이즈주의자는 특별한 이유가 없는 한 우리의 믿음의 정도는 유지되어야 한다고 ⓒ본다.

4 베이즈주의자는 이렇게 상식적으로 당연하게 여겨지는 생각을 정당화하기 위해 기존의 믿음의 정도를 유지함으로써 ⓓ얻을 수 있는 실용적 효율성에 호소할 수 있다. 특별한 이유 없이 학교를 옮기는 행위는 어떠한 방식으로든 우리의 에너지를 불필요하게 소모한다. 베이즈주의자는 특별한 이유 없이 기존의 믿음의 정도를 ⓔ바꾸는 것도 이와 유사하게 에너지를 불필요하게 소모한다고 볼 수 있다. 이 관점에서는 실용적 효율성을 추구한다면, 특별한 이유가 없는 한 기존의 믿음의 정도를 유지하는 것이 합리적이다.

≫ 각 문단을 요약하고 지문을 세 부분으로 나누어 보세요.

1 전통적 인식론자는 임의의 명제에 대해 세 가지 믿음의 _____ 중 하나만을 가질 수 있다고 보지만, 베이즈주의자는 믿음은 _____의 문제라고 보고 믿음의 정도를 믿음의 태도에 포함한다.

2 베이즈주의에 따르면 인식 주체가 명제 A가 참 또는 거짓이라는 것만을 새롭게 알게 됐을 때 명제 B에 대한 인식 주체의 _____의 정도 변화는 _____의 적용을 받는다.

3 조건화 원리에 따르면 어떤 명제의 참 또는 거짓을 새롭게 알게 되더라도 그와 _____ 없는 명제에 대한 믿음의 정도는 변하지 않아야 한다.

4 베이즈주의자는 실용적 효율성을 추구한다면 특별한 _____가 없는 한 기존의 믿음의 정도를 _____하는 것이 합리적이라고 본다.

1. 윗글에서 답을 찾을 수 있는 질문에 해당하지 않는 것은?

① 믿음의 정도와 관련하여 상식적으로 당연하게 여겨지는 생각을 어떻게 정당화할 수 있을까?

② 특별한 이유 없이 믿음의 정도를 바꾸어야 하는 이유는 무엇일까?

③ 믿음의 정도를 어떤 경우에 바꾸고 어떤 경우에 바꾸지 말아야 할까?

④ 믿음의 정도를 바꾸어야 한다면 어떤 방식으로 바꾸어야 할까?

⑤ 임의의 명제에 대해 어떤 믿음의 태도를 가질 수 있을까?

2. ㉠, ㉡에 대한 이해로 적절하지 않은 것은?

① 만약 을이 ㉠이라면 을은 동시에 ㉡일 수 없다.

② ㉠은 을이 '내일 눈이 온다.'가 거짓이라 믿는 것은 그 명제가 거짓임을 강한 정도로 믿는다는 의미라고 주장한다.

③ ㉠은 을이 '내일 눈이 온다.'가 참이라고 믿는다면 을은 '내일 눈이 온다.'가 거짓이라고 믿을 수는 없다고 주장한다.

④ ㉡은 을의 '내일 눈이 온다.'가 참이라는 것에 대한 믿음의 정도와 '내일 눈이 온다.'가 거짓이라는 것에 대한 믿음의 정도가 같을 수 있다고 본다.

⑤ ㉡은 을이 '내일 눈이 온다.'와 '내일 비가 온다.'가 모두 거짓이라고 믿더라도 후자를 전자보다 더 강하게 거짓이라고 믿을 수 있다고 주장한다.

3. 조건화 원리에 대해 설명한 내용으로 가장 적절한 것은?

① 에너지를 불필요하게 소모하더라도 특별한 이유 없이 믿음의 정도를 바꾸는 것은 합리적이라고 설명한다.

② 어떤 행위를 할 특별한 이유가 있더라도 믿음의 정도의 변화 없이 그 행위를 해서는 안 된다고 말해 준다.

③ 새롭게 알게 된 명제와는 관련 없는 명제에 대해 우리의 믿음의 정도가 어떠해야 하는지에 대해서 말해 주지 않는다.

④ 어떤 명제가 참인 것을 새롭게 알게 되고 동시에 그와 다른 명제가 거짓인 것을 새롭게 알게 되었을 때에도 적용될 수 있다.

⑤ 임의의 명제를 새롭게 알기 전에 그와 다른 명제에 대해 가장 강하지도 않고 가장 약하지도 않은 믿음의 정도를 가지고 있는 인식 주체에게는 적용될 수 없다.

4. 다음은 윗글을 읽은 학생의 독서 활동 기록이다. 윗글을 참고할 때, [A]에 들어갈 내용으로 적절하지 않은 것은? [3점]

> **[독서 후 심화 활동]**
>
> 글의 내용을 다른 상황에 적용해 보자.
>
> ○ **상황**
>
> 병과 정은 공동 발표 내용을 기록한 흰색 수첩 하나를 잃어버렸다는 것을 알게 되었다. 그 수첩에는 병의 이름이 적혀 있다. 이와 관련해 병과 정은 다음 명제 ㉮가 참이라고 믿지만 믿음의 정도가 아주 강하지는 않다.
>
> ㉮ 병의 수첩은 체육관에 있다.
>
> 병 혹은 정이 참이라고 새롭게 알게 될 수 있는 명제는 다음과 같다.
>
> ㉯ 체육관에 누군가의 이름이 적힌 흰색 수첩이 있다.
> ㉰ 병의 이름이 적혀 있지만 어떤 색인지 확인이 안 된 수첩이 병의 집에 있다.
>
> 병과 정은 ㉯와 ㉰ 이외에는 ㉮와 관련이 있는 어떤 명제도 새롭게 알게 되지 않고, 조건화 원리에 의해서만 자신들의 믿음의 정도를 바꾼다.
>
> ○ **적용**
>
> | [A] |
> | --- |

① 병이 ㉮와 관련이 없는 다른 명제만을 새롭게 알게 된다면, ㉮에 대한 병의 믿음의 정도는 변하지 않겠군.

② 병이 ㉯만을 알게 된다면, 그 후에 ㉮가 참이라는 것에 대한 병의 믿음의 정도는 그 전보다 더 강해질 수 있겠군.

③ 병이 ㉯를 알게 된 후에 ㉰를 추가로 알게 된다면, ㉮가 참이라는 것에 대한 병의 믿음의 정도는 ㉰를 추가로 알기 전보다 더 약해질 수 있겠군.

④ 병이 ㉯와 ㉰를 동시에 알게 된다면, ㉮가 참이라는 것에 대한 병의 믿음의 정도는 ㉯와 ㉰가 참이라는 조건하에 ㉮가 참이라는 것에 대한 믿음의 정도로 변하겠군.

⑤ 병과 정이 ㉯를 알게 되기 전에 ㉮가 참이라는 것에 대한 믿음의 정도가 서로 다르다면, ㉯만을 알게 된 후에는 ㉮가 참이라는 것에 대한 병과 정의 믿음의 정도가 같을 수 없겠군.

5. 문맥상 ⓐ~ⓔ의 단어와 가장 가까운 의미로 쓰인 것은?

① ⓐ: 어제 친구들과 함께 만나는 자리를 <u>가졌다</u>.

② ⓑ: 법에 <u>따라</u> 모든 절차가 공정하게 진행됐다.

③ ⓒ: 우리는 지금 아이를 <u>봐</u> 줄 분을 찾고 있다.

④ ⓓ: 그는 젊었을 때 <u>얻은</u> 병을 아직 못 고쳤다.

⑤ ⓔ: 매장에서 헌 냉장고를 새 선풍기와 <u>바꿨다</u>.

[1~6] 다음 글을 읽고 물음에 답하시오.

1 과거는 지나가 버렸기 때문에 역사가가 과거의 사실과 직접 만나는 것은 불가능하다. 역사가는 사료를 매개로 과거와 만난다. 사료는 과거를 그대로 재현하는 것은 아니기 때문에 불완전하다. 사료의 불완전성은 역사 연구의 범위를 제한하지만, 그 불완전성 때문에 역사학이 학문이 될 수 있으며 역사는 끝없이 다시 서술된다. 매개를 거치지 않은 채 손실되지 않은 과거와 ⓐ만날 수 있다면 역사학이 설 자리가 없을 것이다. 역사학은 전통적으로 문헌 사료를 주로 활용해 왔다. 그러나 유물, 그림, 구전 등 과거가 남긴 흔적은 모두 사료로 활용될 수 있다. 역사가들은 새로운 사료를 발굴하기 위해 노력한다. 알려지지 않았던 사료를 찾아내기도 하지만, 중요하지 않게 ⓑ여겨졌던 자료를 새롭게 사료로 활용하거나 기존의 사료를 새로운 방향에서 파악하기도 한다. 평범한 사람들의 삶의 모습을 중점적인 주제로 다루었던 미시사 연구에서 재판 기록, 일기, 편지, 탄원서, 설화집 등의 이른바 '서사적' 자료에 주목한 것도 사료 발굴을 위한 노력의 결과이다.

2 시각 매체의 확장은 사료의 유형을 더욱 다양하게 했다. 이에 따라 역사학에서 영화를 통한 역사 서술에 대한 관심이 일고, 영화를 사료로 파악하는 경향도 ⓒ나타났다. 역사가들이 주로 사용하는 문헌 사료의 언어는 대개 지시 대상과 물리적·논리적 연관이 없는 추상화된 상징적 기호이다. 반면 영화는 카메라 앞에 놓인 물리적 현실을 이미지화하기 때문에 그 자체로 물질성을 띤다. 즉, 영화의 이미지는 닮은꼴로 사물을 지시하는 도상적 기호가 된다. 광학적 메커니즘에 따라 피사체로부터 비롯된 영화의 이미지는 그 피사체가 있었음을 지시하는 지표적 기호이기도 하다. 예를 들어 다큐멘터리 영화는 피사체와 밀접한 연관성을 갖기 때문에 피사체의 진정성에 대한 믿음을 고양하여 언어적 서술에 비해 호소력 있는 서술로 비춰지게 된다.

3 그렇다면 영화는 역사와 어떻게 관계를 맺고 있을까? 역사에 대한 영화적 독해와 영화에 대한 역사적 독해는 영화와 역사의 관계에 대한 두 축을 ⓓ이룬다. 역사에 대한 영화적 독해는 영화라는 매체로 역사를 해석하고 평가하는 작업과 연관된다. 영화인은 자기 나름의 시선을 서사와 표현 기법으로 녹여내어 역사를 비평할 수 있다. 역사를 소재로 한 역사 영화는 역사적 고증에 충실한 개연적 역사 서술 방식을 취할 수 있다. 혹은 역사적 사실을 자원으로 삼되 상상력에 의존하여 가공의 인물과 사건을 덧대는 상상적 역사 서술 방식을 취할 수도 있다. 그러나 비단 역사 영화만이 역사를 재현하는 것은 아니다. 모든 영화는 명시적이거나 우회적인 방법으로 역사를 증언한다. 영화에 대한 역사적 독해는 영화에 담겨 있는 역사적 흔적과 맥락을 검토하는 것과 연관된다. 역사가는 영화 속에 나타난 풍속, 생활상 등을 통해 역사의 외연을 확장할 수 있다. 나아가 제작 당시 대중이 공유하던 욕망, 강박, 믿음, 좌절 등의 집단적 무의식과 더불어 이상, 지배적 이데올로기 같은 미처 파악하지 못했던 가려진 역사를 끌어내기도 한다.

4 영화는 주로 허구를 다루기 때문에 역사 서술과는 거리가 있다고 보는 사람도 있다. 왜냐하면 역사가들은 일차적으로 사실을 기록한 자료에 기반해서 연구를 ⓔ펼치기 때문이다. 또한 역사가는 ㉠자료에 기록된 사실이 허구일지도 모른다는 의심을 버리지 않고 이를 확인하고자 한다. 그러나 문헌 기록을 바탕으로 하는 역사 서술에서도 허구가 배격되어야 할 대상만은 아니다. 역사가는 ㉮허구의 이야기 속에서 그 안에 반영된 당시 시대적 상황을 발견하여 사료로 삼으려고 노력하기도 한다. 지어낸 이야기는 실제 있었던 사건에 대한 기록이 아니지만 사고방식과 언어, 물질문화, 풍속 등 다양한 측면을 반영하며, 작가의 의도와 상관없이 혹은 작가의 의도 이상으로 동시대의 현실을 전달해 주기도 한다. 어떤 역사가들은 허구의 이야기에 반영된 사실을 확인하는 것에서 더 나아가 ㉯사료에 직접적으로 나타나지 않은 과거를 재현하기 위해 허구의 이야기를 활용하여 사료에 기반한 역사적 서술을 보완하기도 한다. 역사가가 허구를 활용하는 것은 실제로 존재했던 과거에 접근하고자 하는 고민의 결과이다.

5 영화는 허구적 이야기에 역사적 사실을 담아냄으로써 새로운 사료의 원천이 될 뿐 아니라, 대안적 역사 서술의 가능성까지 지니고 있다. 영화는 공식 제도가 배제했던 역사를 사회에 되돌려 주는 '아래로부터의 역사'의 형성에 기여한다. 평범한 사람들의 회고나 증언, 구전 등의 비공식적 사료를 토대로 영화를 만드는 작업은 빈번하게 이루어지고 있다. 그리하여 영화는 하층 계급, 피정복 민족처럼 역사 속에서 주변화된 집단의 묻혀 있던 목소리를 표현해 낸다. 이렇듯 영화는 공식 역사의 대척점에서 활동하면서 역사적 의식 형성에 참여한다는 점에서 역사 서술의 한 주체가 된다. [A]

>> 각 문단을 요약하고 지문을 **두 부분**으로 나누어 보세요.

1 역사가는 _____를 매개로 과거와 만나는데, 사료의 _____은 역사 연구의 범위를 제한하지만 역사가들은 새로운 사료를 발굴하기 위해 노력한다.

2 시각 매체의 확장에 따라 _____를 사료로 파악하는 경향도 나타났는데, 추상화된 상징적 기호인 _____의 언어에 비해 영화의 이미지는 도상적·지표적 기호가 된다.

3 영화와 역사의 관계는 영화라는 매체로 역사를 해석하고 평가하는 '역사에 대한 _____'와 영화에 담긴 역사적 흔적과 맥락을 검토하는 '영화에 대한 _____'가 두 축을 이룬다.

4 영화는 주로 _____를 다루므로 역사 서술과 거리가 있다고 보는 사람도 있지만, 역사가는 허구를 활용하여 실제로 존재했던 _____에 접근하고자 한다.

5 영화는 '_____로부터의 역사'의 형성에 기여하며 역사적 의식 형성에 참여한다는 점에서 역사 서술의 한 _____가 된다.

1. 윗글의 내용 전개 방식으로 가장 적절한 것은?

① 역사의 개념을 밝히면서 영화와 역사 간의 공통점과 차이점을 비교하고 있다.

② 영화의 변천 과정을 통시적으로 밝혀 사료로서 영화가 지닌 의의를 강조하고 있다.

③ 역사에 대한 서로 다른 견해를 대조하여 사료로서 영화가 지닌 한계를 비판하고 있다.

④ 영화의 사료로서의 특성을 밝히면서 역사 서술로서 영화가 지닌 가능성을 제시하고 있다.

⑤ 다양한 영화의 유형별 장단점을 분석하여 영화가 역사 서술의 대안이 될 수 있는지에 대해 평가하고 있다.

2. 윗글에 대한 이해로 가장 적절한 것은?

① 개인적 기록은 사료로 활용하기에 적절하지 않다.

② 역사가가 활용하는 공식적 문헌 사료는 매개를 거치지 않은 과거의 사실이다.

③ 기존의 사료를 새로운 방향에서 파악하는 것은 사료의 발굴이라고 할 수 있다.

④ 문헌 사료의 언어는 다큐멘터리 영화의 이미지에 비해 지시 대상에 대한 지표성이 강하다.

⑤ 카메라를 매개로 얻어진 영화의 이미지는 지시 대상과 닮아 있다는 점에서 상징적 기호이다.

3. ㉮, ㉯의 사례로 적절한 것만을 〈보기〉에서 있는 대로 찾아 바르게 짝지은 것은?

〈보기〉

ㄱ. 조선 후기 유행했던 판소리를 자료로 활용하여 당시 음식 문화의 실상을 파악하고자 했다.

ㄴ. B. C. 3세기경에 편찬된 것으로 알려진 경전의 일부에 사용된 어휘를 면밀히 분석하여, 그 경전의 일부가 후대에 첨가되었을 가능성을 검토했다.

ㄷ. 중국 명나라 때의 상거래 관행을 연구하기 위해 명나라 때 유행한 다양한 소설들에서 상업 활동과 관련된 내용을 모아 공통된 요소를 분석했다.

ㄹ. 17세기의 사건 기록에서 찾아낸 한 평범한 여성의 삶에 대한 역사서를 쓰면서 그 여성의 심리를 묘사하기 위해 같은 시대에 나온 설화집의 여러 곳에서 문장을 차용했다.

	㉮	㉯
①	ㄱ, ㄷ	ㄹ
②	ㄱ, ㄹ	ㄴ
③	ㄴ, ㄷ	ㄱ
④	ㄷ	ㄴ, ㄹ
⑤	ㄹ	ㄱ, ㄴ

4. ㉠에 나타난 역사가의 관점에서 [A]를 비판한 내용으로 가장 적절한 것은?

① 영화는 많은 사실 정보를 담고 있기 때문에 사료로서의 가능성을 가지고 있다.

② 하층 계급의 역사를 서술하기 위해서는 영화와 같이 허구를 포함하는 서사적 자료에 주목해야 한다.

③ 영화가 늘 공식 역사의 대척점에 있는 것은 아니며, 공식 역사의 입장에서 지배적 이데올로기를 선전하는 수단으로 활용되곤 한다.

④ 주변화된 집단의 목소리는 그 집단의 이해관계를 반영하기 때문에 그것에 바탕을 둔 영화는 주관에 매몰된 역사 서술일 뿐이다.

⑤ 기억이나 구술 증언은 거짓이거나 변형될 가능성이 있기 때문에 다른 자료와 비교하여 진위 여부를 검증한 후에야 사료로 사용이 가능하다.

5. 윗글을 바탕으로 〈보기〉를 이해한 내용으로 적절하지 않은 것은? [3점]

〈보기〉

1982년 작 영화 「마르탱 게르의 귀향」은 16세기 중엽 프랑스 농촌의 보통 사람들 간의 사건에 관한 재판 기록을 토대로 한다. 당시 사건의 정황과 생활상에 관한 고증을 맡은 한 역사가는 영화 제작 이후 재판 기록을 포함한 다양한 문서들을 근거로 동명의 역사서를 출간했다. 1993년, 영화 「마르탱 게르의 귀향」은 19세기 중엽 미국을 배경으로 하여 허구적 인물과 사건으로 재구성한 영화 「서머스비」로 탈바꿈되었다. 두 작품에서는 여러 해 만에 귀향한 남편이 재판 과정에서 가짜임이 드러난다. 전자는 당시 생활상을 있는 그대로 복원하는 데 치중했다. 반면 후자는 가짜 남편을 마을에 바람직한 변화를 가져온 지도자로 묘사하면서 미국 근대사를 긍정적으로 평가하고자 하는 대중의 욕망을 반영했다.

① 「서머스비」에 반영된, 미국 근대사를 긍정적으로 평가하려는 대중의 욕망은 영화가 제작된 당시 사회의 집단적 무의식에 해당하는군.

② 실화에 바탕을 둔 영화 「마르탱 게르의 귀향」을 가공의 인물과 사건으로 재구성한 「서머스비」에서는 영화에 대한 역사적 독해를 시도하기 어렵겠군.

③ 영화 「마르탱 게르의 귀향」은 실제 사건의 재판 기록을 토대로 제작됐지만, 그 속에도 역사에 대한 영화인 나름의 시선이 표현 기법으로 나타났겠군.

④ 영화 「마르탱 게르의 귀향」은 역사적 고증에 바탕을 두고 당시 사건과 생활상을 충실히 재현하기 위해 노력했다는 점에서 개연적 역사 서술 방식에 가깝겠군.

⑤ 역사서 「마르탱 게르의 귀향」은 16세기 프랑스 농촌의 평범한 사람들의 삶의 모습을 서사적 자료에 근거하여 다루었다는 점에서 미시사 연구의 방식을 취했다고 볼 수 있군.

6. 문맥상 ⓐ~ⓔ와 바꿔 쓰기에 적절하지 않은 것은?

① ⓐ: 대면(對面)할

② ⓑ: 간주(看做)되었던

③ ⓒ: 대두(擡頭)했다

④ ⓓ: 결합(結合)한다

⑤ ⓔ: 전개(展開)하기

MEMO

MEMO

[1~4] 다음 글을 읽고 물음에 답하시오.

1 고대 그리스 시대의 사람들은 신에 의해 우주가 운행된다고 믿는 결정론적 세계관 속에서 신에 대한 두려움이나, 신이 야기한다고 생각되는 자연재해나 천체 현상 등에 대한 두려움을 떨치지 못했다. 에피쿠로스는 당대의 사람들이 이러한 잘못된 믿음에서 벗어나도록 하는 것이 중요하다고 보았고, 이를 위해 인간이 행복에 이를 수 있도록 자연학을 바탕으로 자신의 사상을 전개하였다.

2 에피쿠로스는 신의 존재는 인정하나 신의 존재 방식이 인간이 생각하는 것과는 다르다고 보고, 신은 우주들 사이의 중간 세계에 살며 인간사에 개입하지 않는다는 ㉠이신론(理神論)적 관점을 주장한다. 그는 불사하는 존재인 신은 최고로 행복한 상태이며, 다른 어떤 것에게도 고통을 주지 않고, 모든 고통은 물론 분노와 호의와 같은 것으로부터 자유롭다고 말한다. 따라서 에피쿠로스는 인간의 세계가 신에 의해 결정되지 않으며, 인간의 행복도 자율적 존재인 인간 자신에 의해 완성된다고 본다.

3 한편 에피쿠로스는 인간의 영혼도 육체와 마찬가지로 미세한 입자로 구성된다고 본다. 영혼은 육체와 함께 생겨나고 육체와 상호작용하며 육체가 상처를 입으면 영혼도 고통을 받는다. 더 나아가 육체가 소멸하면 영혼도 함께 소멸하게 되어 인간은 사후(死後)에 신의 심판을 받지 않으므로, 살아 있는 동안 인간은 사후에 심판이 있다고 생각하여 두려워할 필요가 없게 된다. 이러한 생각은 인간으로 하여금 죽음에 대한 모든 두려움에서 벗어나게 하는 근거가 된다.

4 이러한 에피쿠로스의 ㉡자연학은 우주와 인간의 세계에 대한 비결정론적인 이해를 가능하게 한다. 이는 원자의 운동에 관한 에피쿠로스의 설명에서도 명확히 드러난다. 그는 원자들이 수직 낙하 운동이라는 법칙에서 벗어나기도 하여 비스듬히 떨어지고 충돌해서 튕겨 나가는 우연적인 운동을 한다고 본다. 그리고 우주는 이러한 원자들에 의해 이루어졌으므로, 우주 역시 우연의 산물이라고 본다. 따라서 우주와 인간의 세계에 신의 관여는 없으며, 인간의 삶에서도 신의 섭리는 찾을 수 없다고 한다. 에피쿠로스는 이러한 생각을 인간이 필연성에 얽매이지 않고 자신의 삶을 주체적으로 살아갈 수 있게 하는 자유 의지의 단초로 삼는다.

5 에피쿠로스는 이를 토대로 자유로운 삶의 근본을 규명하고 인생의 궁극적 목표인 행복으로 이끄는 ㉢윤리학을 펼쳐 나간다. 결국 그는 인간이 신의 개입과 우주의 필연성, 사후 세계에 대한 두려움에서 벗어날 수 있도록 함으로써, 자신의 삶을 자율적이고 주체적으로 살 수 있는 길을 열어 주었다. 그리고 쾌락주의적 윤리학을 바탕으로 영혼이 안정된 상태에서 행복 실현을 추구할 수 있는 방안을 제시하였다.

>> 각 문단을 요약하고 지문을 **세 부분**으로 나누어 보세요.

1 에피쿠로스는 사람들이 _____적 세계관에서 벗어나 _____에 이를 수 있도록 자연학을 바탕으로 사상을 전개했다.
2 에피쿠로스는 신의 _____는 인정하나 _____에는 개입하지 않는다는 이신론적 관점을 주장하며, 인간의 행복은 자율적 존재인 인간 자신에 의해 완성된다고 본다.
3 인간의 영혼과 육체는 함께 생겨나고 소멸해 _____에 신의 심판을 받지 않는다는 에피쿠로스의 생각은 _____에 대한 두려움에서 벗어나게 하는 근거가 된다.
4 에피쿠로스의 _____은 우주와 인간의 세계에 대한 _____적인 이해를 가능하게 하여 인간이 주체적으로 살아갈 수 있게 한다.
5 에피쿠로스는 _____을 바탕으로 인간이 행복 실현을 추구할 수 있는 방안을 제시했다.

1. 윗글의 표제와 부제로 가장 적절한 것은?

① 에피쿠로스 사상의 성립 배경
 – 인간과 자연의 관계를 중심으로
② 에피쿠로스 사상의 목적과 의의
 – 신, 인간, 우주에 대한 이해를 중심으로
③ 에피쿠로스 사상에 대한 비판과 옹호
 – 사상의 한계와 발전적 계승을 중심으로
④ 에피쿠로스 사상을 둘러싼 논쟁과 이견
 – 당대 세계관과의 비교를 중심으로
⑤ 에피쿠로스 사상의 현대적 수용과 효용성
 – 행복과 쾌락의 상관성을 중심으로

2. ㉠~㉢에 대한 이해로 가장 적절한 것은?

① ㉠은 인간이 두려움을 갖는 이유를, ㉡과 ㉢은 신에 대한 의존에서 벗어나게 하는 방법을 제시한다.

② ㉠은 우주가 신에 의해 운행된다고 믿는 근거를, ㉡과 ㉢은 인간의 사후에 대해 탐구하는 방법을 제시한다.

③ ㉠과 ㉡은 인간이 영혼과 육체의 관계를 탐구하는 이유를, ㉢은 모든 두려움에서 벗어나는 방법을 제시한다.

④ ㉠과 ㉡은 인간이 잘못된 믿음에서 벗어날 수 있는 근거를, ㉢은 행복에 이르도록 하는 방법을 제시한다.

⑤ ㉠과 ㉡은 인간의 존재 이유와 존재 위치에 대한 탐색의 결과를, ㉢은 인간이 우주의 근원을 연구하는 방법을 제시한다.

3. 윗글을 읽은 학생이 '에피쿠로스'에 대해 비판한다고 할 때, 비판 내용으로 적절한 것만을 〈보기〉에서 있는 대로 고른 것은?

〈보기〉

ㄱ. 신이 분노와 호의로부터 자유로운 상태라면 인간의 세계에 개입을 하지 않는다는 뜻일 텐데, 왜 신의 섭리에 따라 인간의 삶을 이해하려고 하는가?

ㄴ. 원자가 법칙에서 벗어나 우연적인 운동을 한다는 것은 인과 관계 없이 뜻하지 않게 움직인다는 뜻일 텐데, 그것이 자유 의지의 단초가 될 수 있는가?

ㄷ. 인간이 죽음에 대해 두려움을 느낀다면 죽음에 이르는 고통 때문일 수도 있을 텐데, 사후에 대한 두려움을 떨쳐 버리는 것만으로 그것이 해소될 수 있는가?

ㄹ. 인간이 자연재해를 무서워한다면 자연재해 그 자체 때문일 수도 있을 텐데, 신이 일으키지 않았다고 해서 자연재해에 대한 두려움에서 벗어날 수 있는가?

① ㄱ, ㄴ　　　　② ㄱ, ㄹ　　　　③ ㄷ, ㄹ

④ ㄱ, ㄴ, ㄷ　　　⑤ ㄴ, ㄷ, ㄹ

4. 윗글의 '에피쿠로스'의 사상과 〈보기〉에 나타난 생각을 비교한 내용으로 적절하지 <u>않은</u> 것은? [3점]

〈보기〉

신은 인간의 세계에 속해 있지는 않으나, 모든 일의 목적인 존재라네. 하늘과 땅 그리고 바다에 있는 모든 것들의 원인이며, 일체의 훌륭함에 있어서도 탁월한 존재이지. 언제나 신은 필연성을 따르는 지성을 조력자로 삼아 성장과 쇠퇴, 분리와 결합에 있어 모든 것들을 바르고 행복한 상태에 이르도록 이끈다네.

① 신을 '모든 것들의 원인'으로 보는 〈보기〉의 생각은, 신이 '인간사에 개입'한다는 것을 부정하는 에피쿠로스의 사상과 차이점이 있군.

② 신이 '지성'을 조력자로 삼아 모든 것들을 이끈다고 보는 〈보기〉의 생각은, 우주를 '우연의 산물'로 보는 에피쿠로스의 사상과 차이점이 있군.

③ 신을 '모든 일의 목적인 존재'로 보는 〈보기〉의 생각과 신이 '불사하는 존재'라고 보는 에피쿠로스의 사상은 신의 존재를 인정한다는 공통점이 있군.

④ 신이 '모든 것들'을 '바르고 행복한 상태'에 도달하게 한다는 〈보기〉의 생각은, 행복이 '인간 자신에 의해 완성'된다고 본 에피쿠로스의 사상과 차이점이 있군.

⑤ 신이 '인간의 세계'에 속해 있지 않다고 보는 〈보기〉의 생각과 신이 '중간 세계'에 있다고 본 에피쿠로스의 사상은 신의 영향력이 인간 세계의 외부에서 온다고 보는 공통점이 있군.

HOLSOO

홀로 공부하는 수능 국어 기출 분석

PART 3
사회

[1~4] 다음 글을 읽고 물음에 답하시오.

❶ 공정거래위원회는 시장 경쟁을 촉진하고 소비자 주권을 확립하기 위해, 사업자의 불공정한 거래 행위와 부당한 광고를 규제한다. 이를 위해 '공정거래법'과 '표시광고법'을 활용한다.

❷ '공정거래법'은 사업자의 재판매 가격 유지 행위를 원칙적으로 금지한다. ㉠재판매 가격 유지 행위란 사업자가 상품·용역을 거래할 때 거래 상대방 사업자 또는 그다음 거래 단계별 사업자에게 거래 가격을 정해 그 가격대로 판매·제공할 것을 강제하거나 그 가격대로 판매·제공하도록 그 밖의 구속 조건을 ⓐ붙여 거래하는 행위이다. 이때 거래 가격에는 재판매 가격, 최고 가격, 최저 가격, 기준 가격이 포함된다. 권장 소비자 가격이라도 강제성이 있다면 재판매 가격 유지 행위에 해당한다.

❸ 재판매 가격 유지 행위는 사업자의 가격 결정의 자유, 즉 영업의 자유를 제한하고 사업자 간 가격 경쟁을 제한한다. 유통 조직의 효율성도 저하시킨다. 재판매 가격 유지 행위를 하는 사업자는 형사 처벌은 받지 않지만 시정명령이나 과징금 부과 대상이 될 수 있다. 다만, '공정거래법'에 따라 공정거래위원회가 고시하는 출판된 저작물은 금지 대상이 아니다. 또 경쟁 제한의 폐해보다 소비자 후생 증대 효과가 큰 경우 등 정당한 이유가 있으면 재판매 가격 유지 행위가 허용되는데, 그 이유는 사업자가 입증해야 한다.

❹ '표시광고법'은 소비자를 속이거나 오인하게 할 우려가 있는 부당한 광고를 금지한다. 광고는 표현의 자유와 영업의 자유로 보호받는다. 하지만 사실과 다르거나 사실을 지나치게 부풀리는 거짓·과장 광고, 사실을 은폐하거나 축소하는 기만 광고를 금지한다. 이를 위반한 사업자는 시정명령이나 과징금 부과 또는 형사 처벌 대상이 될 수 있다.

❺ 추천·보증과 이용후기를 활용한 인터넷 광고가 늘면서 부당 광고 심사 기준이 중요해졌다. 공정거래위원회의 '추천·보증 광고 심사 지침', '인터넷 광고 심사 지침'에 따르면 추천·보증은 사업자의 의견이 아니라 제3자의 독자적 의견으로 인식되는 표현으로서, 해당 상품·용역의 장점을 알리거나 구매·사용을 권장하는 것이다. 경험적 사실을 근거로 추천·보증을 할 때는 실제 사용해 봐야 하고 추천·보증을 하는 내용이 경험한 사실에 부합해야 부당한 광고로 제재받지 않는다. 전문적 판단을 근거로 추천·보증을 할 때는 그 내용이 해당 분야의 전문적 지식에 부합해야 한다. 추천·보증이 광고에 활용되면서 추천·보증을 한 사람이 사업자로부터 현금 등의 대가를 지급받는 등 경제적 이해관계가 있다면 해당 게시물에 이를 명시해야 한다.

❻ 위의 두 심사 지침에서 말하는 ㉡이용후기 광고란 사업자가 자사 홈페이지 등에 게시된 소비자의 상품 이용후기를 활용해 광고하는 것이다. 사업자는 자신에게 유리한 이용후기는 광고로 적극 활용한다. 반면 사업자는 자신에게 불리한 이용후기는 비공개하거나 삭제하기도 하는데, 합리적 이유가 없다면 이는 부당한 광고가 될 수 있다. 사업자는 자신에게 불리한 이용후기의 게시자를 인터넷상 명예훼손죄로 고소하기도 한다. 이때 이용후기가 객관적 내용으로 자신의 사용 경험에 바탕을 두고 다른 이용자에게 도움을 주려는 등 공공의 이익에 관한 것으로 인정받는다면, 게시자의 비방할 목적이 부정되어 명예훼손죄가 성립하지 않는다.

>> 각 문단을 요약하고 지문을 **세 부분**으로 나누어 보세요.

❶ 공정거래위원회는 사업자의 불공정한 거래 행위와 _____를 규제하기 위해 공정거래법과 _____을 활용한다.
❷ 공정거래법은 사업자가 다른 사업자에게 _____을 정해 판매·제공할 것을 강제하는 _____를 원칙적으로 금지한다.
❸ 재판매 가격 유지 행위는 사업자의 가격 결정의 자유 및 사업자 간 가격 경쟁을 _____하고 _____의 효율도 저하시키기 때문에 금지되는데, 정당한 이유가 있으면 허용되기도 한다.
❹ 표시광고법은 _____를 속이거나 오인하게 할 우려가 있는 거짓·과장 광고, _____ 광고를 금지한다.
❺ 추천·보증과 이용후기를 활용한 인터넷 광고가 늘면서 부당 광고 심사 기준이 중요해졌는데, 추천·보증은 경험적 사실이나 전문적 지식에 _____해야 하며 _____가 있다면 이를 명시해야 한다.
❻ 이용후기 광고란 사업자가 _____의 상품 이용후기를 활용해 광고하는 것으로, 합리적 이유 없이 _____한 이용후기를 비공개·삭제하면 부당한 광고가 될 수 있다.

1. 윗글을 통해 알 수 있는 내용으로 적절하지 않은 것은?

① 부당한 광고 행위에 대해서는 재판매 가격 유지 행위와 달리 형사 처벌이 내려질 수 있다.

② 거래 단계별 사업자에게 거래 가격을 강제하는 것은 유통 조직의 효율성 저하를 초래한다.

③ 재판매 가격 유지 행위의 정당성을 인정받고자 하는 사업자는 그 행위의 정당성을 입증할 책임을 진다.

④ 경험적 사실을 바탕으로 한 추천·보증은 심사 지침에 따라 해당 분야의 전문적 지식에 부합해야 한다.

⑤ 공정거래위원회가 고시하는 출판된 저작물의 사업자는 거래 상대방 사업자에게 기준 가격을 지정할 수 있다.

2. ㉠, ㉡에 대한 이해로 가장 적절한 것은?

① ㉠은 소비자 후생 증대 효과가 시장 경쟁 제한의 폐해보다 작은 경우에 허용된다.

② ㉠을 '공정거래법'에서 금지하는 목적은 사업자의 가격 결정의 자유를 제한하기 위한 것이다.

③ ㉡을 할 때 사업자는 영업의 자유를 보호받지만 표현의 자유는 보호받지 못한다.

④ ㉡은 사업자가 자사의 홈페이지에 직접 작성해서 게시한 이용후기를 광고로 활용하는 것을 포함하지 않는다.

⑤ ㉠은 사업자와 소비자 간에, ㉡은 소비자와 소비자 간에 직접 일어나는 행위이다.

3. 윗글을 바탕으로 〈보기〉를 이해한 내용으로 적절하지 않은 것은? [3점]

〈보기〉

A 상품 제조 사업자인 갑은 거래 상대방 사업자에게 특정 판매 가격을 지정해 거래했다. 갑의 회사 홈페이지에 A 상품에 대한 이용후기가 다수 게시되었다. 갑은 그중 A 상품의 품질 불량을 문제 삼은 이용후기 200개를 삭제하고, 박○○ 교수팀이 A 상품을 추천·보증한 광고를 게시했다. 광고 대행사 직원 을은 A 상품의 효능이 뛰어나다는 후기를 갑의 회사 홈페이지에 게시했다. 소비자 병은 A 상품을 사용하며 발견한 하자를 찍은 사진과 품질이 불량하다는 글을 갑의 회사 홈페이지에 게시했다. 갑은 병을 명예훼손죄로 처벌해 달라며 수사 기관에 고소했다.

① 갑이 A 상품의 품질 불량을 은폐하기 위해 자신에게 불리한 이용후기를 삭제하는 대신 비공개 처리하는 것도 부당한 광고에 해당하겠군.

② 갑이 박○○ 교수팀이 A 상품을 실험·검증하고 우수성을 추천·보증했다고 광고했으나 해당 실험이 진행된 적이 없다면 갑은 부당한 광고 행위로 제재를 받겠군.

③ 갑이 거래 상대방에게 판매 가격을 지정하며 이를 준수하도록 부과한 조건에 대해 정당성을 인정받지 못하더라도 그 가격이 권장 소비자 가격이었다면 갑은 제재를 받지 않겠군.

④ 을이 갑으로부터 금전을 받고 갑의 회사 홈페이지에 A 상품의 장점을 알리는 이용후기를 게시했다면 대가성이 있었다는 사실을 명시해야겠군.

⑤ 병이 A 상품을 직접 사용해 보고 그 상품의 결점을 제시하면서 다른 소비자들에게 도움을 주려는 취지로 이용후기를 게시한 점이 인정된다면 명예훼손죄가 성립되지 않겠군.

4. ⓐ와 문맥상 의미가 가장 가까운 것은?

① 그는 내 의견에 본인의 견해를 붙여 발언을 이어 갔다.

② 나는 수영에 재미를 붙여 수영장에 다니기로 결정했다.

③ 그는 따뜻한 바닥에 등을 붙여 잠깐 동안 잠을 청했다.

④ 나는 알림판에 게시물을 붙여 동아리 행사를 홍보했다.

⑤ 그는 숯에 불을 붙여 고기를 배부를 만큼 구워 먹었다.

[1~4] 다음 글을 읽고 물음에 답하시오.

1 정당과 같은 정치 조직이 민주적 방식과 절차로 운영되어야 하는 것은 당연하다. 그런데 민주적 운영 체제를 갖추었으면서도 실제로는 일부 소수에게 권력이 집중되어 있는 경우도 적지 않다. 조직 운영에서 보이는 이러한 현상을 흔히 과두제라 한다. 이는 정치 조직에서뿐만 아니라 기업 경영에서도 나타난다.

2 모든 주주가 경영진을 이루어 상호 협력 관계를 기반으로 기업을 운영하며 의사 결정권도 균등하게 행사하는 경우에 이를 '공동체적 경영'이라 부르기도 한다. 이런 기업에서 경영진은 모두 업무와 관련하여 전문성을 가지며, 경영 수익에 관련된 중요한 사항은 주주들이 공동으로 결정한다. 그러나 기업의 규모가 성장하고 사업이 다양해지면, 소수의 의사 결정에 따른 수직적 경영으로 효율성을 지향하는 '과두제적 경영'으로 나아가는 일도 있다.

3 과두제적 경영 은 소수의 경영자로 이루어진 경영진이 강한 결속력을 가지면서 실질적 권한과 정보를 독점하며 기업을 운영하는 것을 말한다. 이런 체제는 전문성과 경험을 갖춘 경영진을 중심으로 안정적 경영권이 확보될 수 있도록 하여, 기업 전략을 장기적으로 수립하고, 이에 맞춰 과감하고 지속적인 투자를 할 수 있어서 첨단 핵심 기술의 개발에도 유리한 면이 있다. 그리고 기업과 경영진 간의 높은 일체성은 위기 상황에서 신속한 의사 결정으로 효율적인 대처를 하는 데 도움을 주기도 한다.

4 그런데 대체로 주주의 수가 많으면 개별 주주의 결정권은 약하고, 소수의 경영진이 기업을 장악하는 힘은 크다. 이를 이용하여 정보와 권한이 집중된 소수의 경영진이 사익에 치중하면 다수 주주의 이익이 침해되는 폐해가 나타날 수 있다. 경영 성과를 실제보다 부풀려 투자를 유치한 뒤 주주들에게 회복하기 어려운 손해를 입히는 경우도 있으며, 기업 운영에 중대한 영향을 미치는 주요 정보들을 은폐하거나 경영 상황을 조작하여 발표함으로써 결과적으로 기업의 가치에 심각한 타격을 주는 사례도 종종 보게 된다.

5 이러한 문제점을 완화하기 위해 기업이 경영자와 계약을 체결하여 급여 이외의 경제적 이익을 동기로 부여하는 방안이 있다. 예를 들면, 일정 수량의 주식을 계약 시에 정한 가격으로 미래에 매수할 수 있도록 하는 스톡옵션의 권리를 경영자에게 부여하는 방식이 있다. 이 권리를 행사할지 말지는 자유이고, 경영자는 매수 시점을 유리하게 선택할 수 있다. 또 아직 우리나라에 도입되지는 않았지만, 기업의 주식 가치가 목표치 이상으로 올랐을 때 경영자가 그에 상응하는 보상을 받는 주식 평가 보상권의 방식도 있다.

6 기업 경영의 건전성을 확보하기 위해 마련된 공적 제도들은 과두제적 경영의 폐해를 방지하는 기능도 한다. 기업의 주식 가치에 영향을 미칠 수 있는 정보 제공을 법적으로 의무화한 경영 공시 제도는 경영 투명성을 높이려는 것이다. 이를 통해 경영진과 주주들 간 정보 격차가 줄어들 수 있다. 기업의 이사회에 외부 인사를 이사로 참여시키도록 하는 사외 이사 제도는 독단적인 의사 결정을 견제함으로써 폐쇄적 경영으로 인한 정보와 권한의 집중을 억제하는 효과를 거둘 수 있다.

≫ 각 문단을 요약하고 지문을 세 부분으로 나누어 보세요.

1 민주적 운영 체제를 갖추었지만 실제로는 _____에게 권력이 집중된 현상인 _____는 기업 경영에서도 나타난다.

2 공동체적 경영은 _____가 경영진을 이루어 상호 _____ 관계를 기반으로 의사 결정권을 균등하게 행사한다.

3 과두제적 경영은 소수의 경영자가 강한 _____을 가지고 권한과 정보를 _____하며 기업을 운영하는 것으로, 안정적 경영권 확보와 신속한 의사 결정이 가능하다.

4 소수의 경영진이 _____에 치중하면 다수 주주의 _____이 침해되는 폐해가 나타날 수 있다.

5 과두제적 경영의 문제점을 완화하기 위해 _____은 경영자에게 스톡옵션이나 주식 평가 보상권 _____을 동기로 부여할 수 있다.

6 기업 경영의 건전성 확보를 위해 마련된 _____인 경영 공시 제도, _____ 제도는 과두제적 경영의 폐해를 방지하는 기능도 한다.

1. 윗글의 내용 전개 방식으로 가장 적절한 것은?

① 대상의 개념과 장단점을 제시하고 보완책을 소개한다.

② 유사한 원리들을 분석하고 이를 하나의 이론으로 통합한다.

③ 대립하는 유형을 들어 이론적 근거의 변천 과정을 설명한다.

④ 가설을 세우고 그에 대해 현실적인 사례를 들어 가며 검토한다.

⑤ 문제 상황의 근본 원인을 진단하고 해결책에 대한 상반된 입장을 해설한다.

2. 과두제적 경영 에 대한 이해로 적절하지 않은 것은?

① 소수의 경영진이 내린 의사 결정이 수직적으로 집행되는 효율성을 추구한다.

② 강한 결속력을 가진 소수의 경영자로 경영진을 이루어 경영권 유지에 강점이 있다.

③ 경영권이 안정되어 중요 기술 개발에 적극적인 투자를 계속하는 데에 유리하다는 장점이 있다.

④ 경영진이 투자자의 유입을 유도하기 위하여 경영 성과를 부풀릴 위험성이 있어 이에 대비할 필요가 있다.

⑤ 경영진과 다수 주주 사이의 이해가 일치하는 경우에는 그렇지 않은 경우보다 기업 가치가 훼손될 위험성이 높아진다.

3. 윗글을 읽고 추론한 내용으로 적절하지 않은 것은?

① 스톡옵션의 권리를 가진 경영자는 주식 가격이 미리 정해 놓은 것보다 하락하더라도 손실을 입지 않을 수 있다.

② 스톡옵션은 경영자의 성과 보상에 미래의 주식 가치가 관련된다는 점에서 주식 평가 보상권과 차이가 있다.

③ 경영 공시는 주주가 기업 경영 상황을 파악하여 기업 가치를 평가하는 데 유용한 제도가 될 수 있다.

④ 사외 이사 제도는 기업의 의사 결정에 외부 인사를 참여시켜 경영의 개방성을 높일 수 있는 제도라 평가할 수 있다.

⑤ 경영 공시 제도와 사외 이사 제도는 기업의 중요 정보에 대한 경영진의 독점을 완화할 수 있다.

4. 윗글을 바탕으로 〈보기〉를 이해한 내용으로 가장 적절한 것은?
[3점]

〈보기〉

X사는 정밀 부품 분야에서 독보적인 기술을 장기간 보유하여 발전시켜 온 기업으로서 시장 점유율도 높다. 원래 X사의 주주들은 모두 함께 경영진이 되어 중요 사항에 대하여 동등한 결정권을 보유하였으나, 기업이 성장하면서 효율성 증진을 위하여 소수의 주주만으로 경영진을 구성하였다. 경영진은 주기적으로 다른 주주들로 교체되어 전체 주주는 기업의 경영 상태를 파악할 수 있으며, 경영 이익의 분배와 같은 주요 사항은 전체 주주가 공동으로 의결한다. X사의 주주 A와 B는 회사의 진로에 관하여 다음과 같은 대화를 나누었다.

A: 최근 치열해진 경쟁에 대응하려면, 경영진의 구성원을 변동시키지 않고 경영 결정권도 경영진이 전적으로 행사하도록 하는 게 좋겠습니다.

B: 시장 점유율도 잘 유지되고 있고 우리 주주들의 전문성도 탁월하니, 예전처럼 회사를 운영한다고 하더라도 문제없을 듯합니다.

① X사는 주주들 사이의 평등성이 강하여 과도한 정보 격차나 권한 집중과 같은 폐해를 보이지 않는다.

② X사는 현재 경영진이 고정되는 구조로 바뀌었지만 주주가 실적에 대한 이익 분배를 결정할 수 있기 때문에 수직적 경영의 부작용은 나타나지 않는다.

③ A는 결속력이 강한 소수의 경영진을 중심으로 운영되는 경영 방식을 현행대로 유지하여야 시장의 점유율을 지킬 수 있다고 보는 입장이다.

④ B는 수평적인 의사 결정 구조로의 전환을 최소한으로 하여 효율적 경영을 유지해야 한다고 보는 입장이다.

⑤ A와 B는 현재 X사가 경험과 전문성을 바탕으로 안정적인 과두제적 경영을 하고 있다는 전제에서 논의를 한다.

[1~4] 다음 글을 읽고 물음에 답하시오.

1 ㉠경마식 보도는 경마 중계를 하듯 지지율 변화나 득표율 예측 등을 집중 보도하는 선거 방송의 한 방식이다. 경마식 보도는 선거일이 가까워질수록 증가한다. 새롭고 재미있는 정보를 원하는 시청자들의 요구에 부응하고, 방송사로서도 매일 새로운 뉴스를 제공하는 방편이 될 수 있기 때문이다. 경마식 보도는 선거와 정치에 무관심한 유권자들의 선거 참여, 정치 참여를 독려하는 장점이 있다. 하지만 흥미를 돋우는 데 치중하는 경마식 보도는 선거의 주요 의제를 도외시하고 경쟁 결과에 초점을 맞춰 선거의 공정성을 저해할 수 있다.

2 경마식 보도의 문제점을 줄이려는 조치가 있다. ㉮「공직선거법」의 규정에 따르면, 당선인을 예상케 하는 여론조사를 실시하는 것은 언제든지 가능하지만, 그 결과의 보도는 선거일 6일 전부터 투표 마감 시각까지 금지된다. 이러한 규정이 국민의 알 권리와 언론의 자유를 침해하는지에 대해 헌법재판소는 신뢰할 수 있는 여론조사 결과라 하더라도 선거일에 임박해 보도하면 선거에 영향을 끼칠 수 있다며 합헌 결정을 내렸다. 「공직선거법」에 근거를 둔 ㉯「선거방송심의에 관한 특별규정」은 유권자에게 영향을 줄 수 있는 사실의 왜곡 보도를 금지하고, 여론조사 결과가 오차 범위 내에 있을 때에 이를 밝히지 않은 채로 서열이나 우열을 나타내는 보도도 금지하고 있다. 언론 단체의 ㉰「선거여론조사보도준칙」은 표본 오차를 감안하여 여론조사 결과를 정확하게 보도하도록 요구한다. 지지율 차이가 오차 범위 내에 있을 때 "경합"이라는 표현은 무방하지만 서열화하거나 "오차 범위 내에서 앞섰다."라는 표현처럼 우열을 나타내어 보도할 수 없다는 것이다.

3 경마식 보도로부터 드러난 선거 방송의 한계를 보완하는 방책 중 하나로 선거 방송 토론회가 활용될 수 있다. 이 토론회를 통해 후보자 간 정책과 자질 등의 차이가 드러날 수 있는데, 현실적인 이유로 초청 대상자는 한정된다. ㉡「공직선거법」의 선거 방송 토론회 규정은 5인 이상의 국회의원을 가진 정당이나 직전 선거에서 3% 이상 득표한 정당이 추천한 후보자, 또는 언론기관의 여론조사 결과 평균 지지율이 5% 이상인 후보자 등을 초청 기준으로 제시하고 있다. 다만 초청 대상이 아닌 후보자들을 위해 별도의 토론회 개최가 가능하고 시간이나 횟수를 다르게 할 수 있다.

4 이러한 규정이 선거 운동의 기회균등 원칙을 침해하는지에 대해 헌법재판소는 위헌이 아니라고 결정했다. ⓐ다수 의견은 방송 토론회의 효율적 운영을 고려할 때 초청 대상 후보자 수가 너무 많으면 제한된 시간 안에 심층적인 토론이 이루어지기 어렵고, 유권자들도 관심이 큰 후보자들의 정책 및 자질을 직접 비교하기 어렵다는 점을 지적하며, 이 규정은 합리적 제한이라고 보았다. 반면 ⓑ소수 의견은 이 규정이 가장 효과적인 선거 운동

의 기회를 일부 후보자에게서 박탈하며, 유권자에게도 모든 후보자를 동시에 비교하지 못하게 하고, 초청 대상 후보자 토론회에 참여한 후보자와 그렇지 못한 후보자를 차별적으로 인식하게 만든다고 지적하였다. 이 규정을 소수 정당이나 정치 신인 등에 대한 자의적이고 차별적인 침해라고 본 것이다.

≫ 각 문단을 요약하고 지문을 **세 부분**으로 나누어 보세요.

1 지지율 변화나 득표율 예측 등을 집중 보도하는 경마식 보도는 _____ _____들의 선거 참여를 독려하지만 선거의 _____을 저해할 수 있다.
2 「공직선거법」, 「선거방송심의에 관한 특별규정」, 「선거여론조사보도준칙」은 _____의 문제점을 줄이기 위해 _____ 결과의 보도에 대한 금지 규정을 두고 있다.
3 _____의 한계를 보완하는 방책으로 선거 방송 토론회가 활용될 수 있는데, 「공직선거법」에서는 토론회의 _____을 제한하는 규정이 있다.
4 이 규정이 선거 운동의 _____ 원칙을 침해하는지에 대해 헌법재판소는 합리적 제한이라는 다수 의견을 따라 _____이 아니라고 결정했지만, 자의적이고 차별적인 침해라는 소수 의견도 있다.

1. ㉠에 대한 설명으로 가장 적절한 것은?

① 선거 기간의 후반기에 비해 전반기에 더 많다.

② 시청자와 방송사의 상반된 이해관계가 반영된다.

③ 당선자 예측과 관련된 정보의 전파에 초점을 맞추지 않는다.

④ 선거의 핵심 의제에 관한 후보자의 입장을 다룬 보도를 중시한다.

⑤ 정치에 관심이 없던 유권자들이 선거에 관심을 갖도록 북돋운다.

2. 윗글에서 알 수 있는 내용으로 적절하지 않은 것은?

① 신뢰할 수 있는 여론조사의 결과를 보도하더라도 선거의 공정성을 위협할 수 있다.

② 정당의 추천을 받지 못해도 선거 방송의 초청 대상 후보자 토론회에 참여할 수 있다.

③ 국민의 알 권리와 언론의 자유가 서로 충돌하는지의 문제를 헌법재판소에서 논의한 적이 있다.

④ 선거일에 당선인 예측 선거 여론조사를 실시하고 투표 마감 시각 이후에 그 결과를 보도할 수 있다.

⑤ 「공직선거법」에는 선거 운동의 기회가 모든 후보자에게 균등하게 배분되지 못하도록 할 가능성이 있는 규정이 있다.

3. ㉡과 관련하여 ⓐ와 ⓑ의 입장에 대한 반응으로 가장 적절한 것은? [3점]

① 선거 방송 초청 대상 후보자 토론회에서 후보자들이 심층적인 토론을 하지 못한 원인이 시간의 제한이나 참여한 후보자의 수와 관계가 없다면 ⓐ의 입장은 강화되겠군.

② 주요 후보자의 정책이 가진 치명적 허점을 지적하고 좋은 대안을 제시해 유명해진 정치 신인이 선거 방송 초청 대상 후보자 토론회에 초청받지 못한다면 ⓐ의 입장은 약화되겠군.

③ 선거 방송 초청 대상 후보자 토론회에 참여할 적정 토론자의 수를 제한하는 기준이 국민의 합의에 의해 결정되었기 때문에 자의적인 것이 아니라고 한다면 ⓑ의 입장은 강화되겠군.

④ 어떤 후보자가 지지율이 낮은 후보자 간의 별도 토론회에서 뛰어난 정치 역량을 보여 주었음에도 그 토론회에 참여했다는 이유만으로 지지율이 떨어진다면 ⓑ의 입장은 약화되겠군.

⑤ 유권자들이 뛰어난 역량을 가진 소수 정당 후보자를 주요 후보자들과 동시에 비교할 수 있는 가장 효율적인 방법이 선거 방송 초청 대상 후보자 토론회라면 ⓑ의 입장은 약화되겠군.

4. ㉮~㉱에 따라 〈보기〉에 대한 언론 보도를 평가한 내용으로 적절하지 않은 것은?

〈보기〉

다음은 ○○방송사의 의뢰로 △△여론조사 기관에서 세 차례 실시한 당선인 예측 여론조사 결과의 일부이다. (세 조사 모두 신뢰 수준 95%, 오차 범위 8.8%P임.)

구분		1차 조사	2차 조사	3차 조사
조사일		선거일 15일 전	선거일 10일 전	선거일 5일 전
조사 결과	A 후보	42%	38%	39%
	B 후보	32%	37%	38%
	C 후보	18%	17%	17%

① 1차 조사 결과를 선거일 14일 전에 "A 후보, 10%P 이상의 차이로 B 후보와 C 후보에 우세"라고 보도하는 것은 ㉯와 ㉰ 중 어느 것에도 위배되지 않겠군.

② 2차 조사 결과를 선거일 9일 전에 "A 후보는 B 후보에 조금 앞서고, C 후보는 3위"라고 보도하는 것은 ㉯에 위배되지만, ㉰에 위배되지 않겠군.

③ 3차 조사 결과를 선거일 4일 전에 "A 후보는 오차 범위 내에서 1위"라고 보도하는 것은 ㉮와 ㉱에 모두 위배되겠군.

④ 1차 조사 결과를 선거일 14일 전에 "A 후보 1위, B 후보 2위, C 후보 3위"라고 보도하는 것은 ㉰에 위배되지 않고, 2차 조사 결과를 선거일 9일 전에 같은 표현으로 보도하는 것은 ㉱에 위배되겠군.

⑤ 2차 조사 결과를 선거일 9일 전에 "B 후보, A 후보와 오차 범위 내 경합"이라고 보도하는 것은 ㉱에 위배되지 않고, 3차 조사 결과를 선거일 4일 전에 같은 표현으로 보도하는 것은 ㉮에 위배되겠군.

2024학년도 9월 모평

해설 P.109

데이터 소유권과 데이터 이동권

[1~4] 다음 글을 읽고 물음에 답하시오.

1 교통 이용 내역과 같은 기록은 개인의 데이터이며, 그 개인이 '정보 주체'이다. 데이터는 물리적 형체가 없고, 복제와 재사용이 수월하다. 이 데이터가 대량으로 집적·처리되면 빅 데이터가 되고, 이것의 정보 처리자인 기업 등이 '빅 데이터 보유자'이다. 산업 분야의 빅 데이터는 특정한 목적으로 활용될 수 있다는 점에서 경제적 가치를 지닌다.

2 데이터를 재화로 보아 소유권이 누구에게 귀속되어야 하는지에 대한 논의가 있다. 소유권의 주체를 빅 데이터 보유자로 보는 견해와 정보 주체로 보는 견해가 있다. 전자는 빅 데이터 보유자에게 소유권을 부여하면 빅 데이터의 생성 및 유통이 ⓐ쉬워져 데이터 관련 산업이 활성화된다고 주장한다. 후자는 정보 생산 주체는 개인인데, 빅 데이터 보유자에게 부가 집중되는 것은 부당하므로, 정보 주체에게도 대가가 주어져야 한다고 본다.

3 최근에는 논의의 중심이 데이터의 소유권 주체에서 데이터에 접근하기 위한 방안으로서의 데이터 이동권으로 바뀌고 있다. 우리나라는 데이터에 대해 소유권이 아닌 이동권을 법으로 명문화하여 정보 주체의 개인 정보 자기 결정권을 강화하였다. 데이터 이동권이란 정보 주체가 본인의 데이터를 보유한 자에게 데이터 이동을 요청하면, 그 데이터를 본인 혹은 지정한 제3자에게 무상으로 전송하게 하는 권리이다. 다만, 본인의 데이터라도 빅 데이터 보유자가 수집하여, 분석·가공하는 개발 과정을 거쳐 새로운 가치가 생성된 것은 이에 해당되지 않는다. 법제화 이전에도 은행 간에 계좌 자동 이체 항목을 이동할 수 있는 서비스는 있었다. 이는 은행 간 약정에 ⓑ따라 부분적으로 시행한 조치였다. 데이터 이동권의 도입으로 쇼핑몰 상품 소비 이력 등 정보 주체의 행동 양상과 관련된 부분까지 정보 주체가 자율적으로 통제·관리할 수 있는 범위가 확대되었다.

[A]
4 데이터 이동권의 법제화로 기업은 데이터의 생성 비용과 거래 비용을 줄일 수 있다. 생성 비용은 기업 내에서 데이터를 개발할 때 발생하는 비용으로, 기업이 스스로 데이터를 수집할 때보다 전송받은 데이터를 복제 및 재사용하게 되면 절감할 수 있다. 거래 비용은 경제 주체 간 거래 시 발생하는 비용으로, 계약 체결이나 분쟁 해결 등의 과정에서 생긴다. 그런데 데이터 이동권의 법제화로, ㉮정보 주체가 지정하여 데이터를 전송받게 된 기업은 ㉯정보 주체의 데이터를 보유했던 기업으로부터 데이터를 받으면 비용을 절감할 수 있다. 이에 따라 기업 간 공유나 유통이 촉진되고, 관련 산업이 활성화된다.

5 한편, 정보 주체가 보안의 신뢰성이 높고 데이터 제공에 따른 혜택이 많은 기업으로 데이터를 이동하면, 데이터가 집중되어 데이터의 공유나 유통이 위축될 수 있다는 우려도

[B]
있다. ㉰데이터 보유량이 적은 신규 기업은 기존 기업과 거래를 통해 데이터를 수집하는 것이 데이터 생성 비용 절감에도 효율적이다. 그런데 ㉱데이터가 집중된 기존 기업이 집적·처리된 데이터를 공유하려 하지 않으면, 신규 기업의 시장 진입이 어려워져 독점화가 강화될 수 있다.

≫ 각 문단을 요약하고 지문을 세 부분으로 나누어 보세요.

1 개인 데이터의 정보 주체는 _____이며, 데이터가 대량으로 집적·처리되어 빅 데이터가 되면 정보 처리자인 기업 등이 _____ _____가 된다.
2 데이터 _____의 주체에 대한 논의에서는, 주체를 빅 데이터 보유자로 보는 견해와 _____로 보는 견해가 있다.
3 최근에 논의의 중심이 데이터 _____으로 바뀌면서 우리나라는 이를 법으로 명문화하여 정보 주체의 개인 정보 자기 _____을 강화하였다.
4 데이터 이동권의 _____로 기업의 데이터 생성과 거래 _____이 줄면 기업 간 공유나 유통이 촉진되고 관련 산업이 활성화된다.
5 한편 정보 주체가 특정 기업으로 _____를 이동하면 데이터가 집중되어 데이터의 공유나 유통이 위축되고 _____가 강화된다는 우려도 있다.

1. 윗글의 내용과 일치하지 <u>않는</u> 것은?

① 데이터는 재사용할 수 있으며 물리적 형체가 없다.

② 교통 이용 내역이 집적·처리되면 경제적 가치를 지닌 데이터가 될 수 있다.

③ 우리나라 현행법에는 정보 주체에게 데이터의 소유권을 인정하는 규정이 있다.

④ 정보 주체의 데이터로 발생한 이득이 빅 데이터 보유자에게 집중되는 것은 부당하다는 견해가 있다.

⑤ 데이터 이동권의 도입으로 정보 주체의 데이터 통제 범위가 본인의 행동 양상과 관련된 부분으로 확대되었다.

2. [A], [B]의 입장에서 ㉮~㉣에 대해 이해한 내용으로 적절하지 <u>않은</u> 것은?

① [A]의 입장에서, ㉮는 데이터 이동권 도입을 통해 ㉯의 데이터를 재사용할 수 있게 되었으므로 데이터 생성 비용을 줄일 수 있다고 보겠군.

② [A]의 입장에서, 정보 주체가 데이터 이동을 요청하여 데이터를 전송받는 제3자가 ㉰라면, ㉰는 분쟁 없이 정보 주체의 데이터를 받게 되어 거래 비용을 줄일 수 있다고 보겠군.

③ [B]의 입장에서, ㉯가 ㉣와의 거래에 실패해 데이터를 수집하지 못하여 ㉯에 데이터 생성 비용이 발생하면, 데이터 관련 산업의 시장에 진입하기 어려워질 수 있다고 보겠군.

④ [A]와 달리 [B]의 입장에서, 정보 주체의 데이터가 ㉯에서 ㉣로 이동하여 집적·처리될수록 기업 간 공유나 유통이 위축될 수 있다고 보겠군.

⑤ [B]와 달리 [A]의 입장에서, ㉯는 ㉮로 데이터를 이동하여 경제적 이득을 취할 수 있으므로 데이터의 공유나 유통의 활성화에 기여할 수 있다고 보겠군.

3. 윗글을 바탕으로 〈보기〉를 이해한 내용으로 적절하지 <u>않은</u> 것은? [3점]

〈보기〉

> A 은행은 고객들의 데이터를 수집하고 이를 분석·가공하여 자산 관리 데이터 서비스인 연령별·직업군별 등 고객 맞춤형 금융 상품 추천 서비스를 제공했다. 갑은 본인의 데이터 제공에 동의하여 A 은행으로부터 소정의 포인트를 받았다. 데이터 이동권이 법제화된 이후 갑은 B 은행 체크 카드를 발급받은 뒤, A 은행에 '계좌 자동 이체 항목', '체크 카드 사용 내역', '연령별 맞춤형 금융 상품 추천 서비스 내역'을 B 은행으로 이동할 것을 요청했다.

① 갑이 본인의 데이터를 이동 요청하면 A 은행은 갑의 '체크 카드 사용 내역'을 B 은행으로 전송해야 한다.

② A 은행에 대한 갑의 데이터 이동 요청은 정보 주체의 자율적 관리이므로 강화된 개인 정보 자기 결정권의 행사이다.

③ 데이터의 소유권 주체가 정보 주체라고 본다면, 갑이 A 은행으로부터 받은 포인트는 본인의 데이터 제공에 대한 대가이다.

④ 갑이 본인의 데이터를 보유한 A 은행을 상대로 요청한 '연령별 맞춤형 금융 상품 추천 서비스 내역'은 데이터 이동권 행사의 대상이다.

⑤ 데이터 이동권의 법제화 이전에도 갑이 A 은행에서 B 은행으로 이동을 요청한 정보 중에서 '계좌 자동 이체 항목'은 이동이 가능했다.

4. 문맥상 ⓐ, ⓑ와 바꾸어 쓰기에 가장 적절한 것은?

	ⓐ	ⓑ
①	용이(容易)해져	근거(根據)하여
②	유력(有力)해져	근거(根據)하여
③	용이(容易)해져	의탁(依託)하여
④	원활(圓滑)해져	의탁(依託)하여
⑤	유력(有力)해져	기초(基礎)하여

공포 소구에 대한 연구

[1~4] 다음 글을 읽고 물음에 답하시오.

1 공포 소구는 그 메시지에 담긴 권고를 따르지 않을 때의 해로운 결과를 강조하여 수용자를 설득하는 것으로, 1950년대 초부터 설득 전략 연구들의 연구 대상이 되었다. 초기 연구를 대표하는 재니스는 기존 연구에서 다루어지지 않았던 공포 소구의 설득 효과에 주목하였다. 그는 수용자에게 공포 소구를 세 가지 수준으로 달리 제시하는 실험을 한 결과, 중간 수준의 공포 소구가 가장 큰 설득 효과를 보인다는 것을 발견하였다.

2 공포 소구 연구를 진척시킨 레벤달은 재니스의 연구가 인간의 감정적 측면에만 ㉠치우쳤다고 비판하며, 공포 소구의 효과는 수용자의 감정적 반응만이 아니라 인지적 반응과도 관련된다고 하였다. 그는 감정적 반응을 '공포 통제 반응', 인지적 반응을 '위험 통제 반응'이라 ㉡불렀다. 그리고 후자가 작동하면 수용자들은 공포 소구의 권고를 따르게 되지만, 전자가 작동하면 공포 소구로 인한 두려움의 감정을 통제하기 위해 오히려 공포 소구에 담긴 위험을 무시하려는 반응을 보이게 된다고 하였다.

3 이러한 선행 연구들을 종합한 위티는 우선 공포 소구의 설득 효과를 좌우하는 두 요인으로 '위협'과 '효능감'을 설정하였다. 수용자가 공포 소구에 담긴 위험을 자신이 ㉢겪을 수 있는 것이고 그 위험의 정도가 크다고 느끼면, 그 공포 소구는 위협의 수준이 높다. 그리고 공포 소구에 담긴 권고를 이행하면 자신의 위험을 예방할 수 있고 자신에게 그 권고를 이행할 능력이 있다고 느끼면, 효능감의 수준이 높다. 한 동호회에서 회원들에게 '모임에 꼭 참석해 주세요. 불참 시 회원 자격이 사라집니다.'라는 안내문을 ㉣보냈다고 하자. 회원 자격이 사라진다는 것은 그 동호회 활동에 강한 애착을 가지고 있는 사람에게는 높은 수준의 위협이 된다. 그리고 그가 동호회 모임에 참석하는 일이 어렵지 않다고 느낄 때, 안내문의 권고는 그에게 높은 수준의 효능감을 주게 된다.

4 위티는 이 두 요인을 레벤달이 말한 두 가지 통제 반응과 관련지어 다음과 같은 결론을 도출하였다. 위협과 효능감의 수준이 모두 높을 때에는 위험 통제 반응이 작동하고, 위협의 수준은 높지만 효능감의 수준이 낮을 때에는 공포 통제 반응이 작동한다. 그러나 위협의 수준이 낮으면, 수용자는 그 위협이 자신에게 아무 영향을 ㉤주지 않는다고 느껴 효능감의 수준에 관계없이 공포 소구에 대한 반응이 없게 된다. 이렇게 정리된 결론은 그간의 공포 소구 이론을 통합한 결과라는 점에서 후속 연구의 중요한 디딤돌이 되었다.

≫ 각 문단을 요약하고 지문을 세 부분으로 나누어 보세요.

1 공포 소구는 메시지의 권고를 따르지 않을 때의 _____를 강조하여 수용자를 설득하는 것으로, 재니스는 세 가지 수준 중 _____ 수준의 공포 소구가 가장 큰 설득 효과를 보임을 발견했다.
2 레벤달은 공포 소구의 효과가 수용자의 감정적 반응뿐만이 아니라 _____과도 관련되며, 감정적 반응, 즉 _____ 반응이 작동하면 공포 소구에 담긴 위험을 무시하려는 반응을 보인다고 했다.
3 선행 연구를 종합한 _____는 공포 소구의 설득 효과를 좌우하는 두 요인으로 _____과 효능감을 설정했다.
4 위티는 위협과 효능감의 _____에 따라 위험 통제 반응이나 공포 통제 반응이 작동하며, _____의 수준이 낮으면 공포 소구에 대한 반응이 없다는 결론을 도출했다.

1. 윗글의 내용 전개 방식으로 가장 적절한 것은?

① 화제에 대한 연구들이 시작된 사회적 배경을 분석하고 있다.

② 화제에 대한 연구들을 선행 연구와 연결하여 설명하고 있다.

③ 화제에 대한 연구들을 분류하는 기준의 문제점을 검토하고 있다.

④ 화제에 대한 연구들을 소개한 후 남겨진 연구 과제를 제시하고 있다.

⑤ 화제에 대한 연구들이 봉착했던 난관과 그 극복 과정을 소개하고 있다.

2. 윗글을 읽은 학생의 반응으로 적절하지 않은 것은?

① 재니스는 공포 소구의 효과를 연구하는 실험에서 공포 소구의 수준을 달리하며 수용자의 변화를 살펴보았겠군.

② 레벤달은 재니스의 연구 결과에 대하여 수용자의 감정적 반응과 인지적 반응을 모두 고려하여 살펴보았겠군.

③ 레벤달은 공포 소구의 설득 효과가 나타나려면 공포 통제 반응보다 위험 통제 반응이 작동해야 한다고 보았겠군.

④ 위티는 수용자가 공포 소구에 담긴 위험을 느끼지 않아야 공포 소구의 권고를 따르게 된다고 보았겠군.

⑤ 위티는 공포 소구의 위협 수준이 그 공포 소구의 효능감 수준에 따라 달라지는 것은 아니라고 보았겠군.

3. 윗글을 참고할 때, 〈보기〉의 실험에 대해 추론한 내용으로 적절하지 <u>않은</u> 것은? [3점]

〈보기〉

한 모임에서 공포 소구 실험을 진행한 결과, 수용자들의 반응은 위티의 결론과 부합하였다. 이 실험에서는 위협의 수준(높음 / 낮음), 효능감의 수준(높음 / 낮음)의 조합을 달리하여 피실험자들을 네 집단으로 나누었다. 집단 1과 집단 2는 공포 소구에 대한 반응이 없었고, 집단 3은 위험 통제 반응, 집단 4는 공포 통제 반응이 작동하였다.

① 집단 1은 위협의 수준이 낮았을 것이다.

② 집단 3은 효능감의 수준이 높았을 것이다.

③ 집단 4는 위협과 효능감의 수준이 서로 달랐을 것이다.

④ 집단 2와 집단 4는 위협의 수준이 서로 달랐을 것이다.

⑤ 집단 3과 집단 4는 효능감의 수준이 서로 같았을 것이다.

4. 문맥상 ㉠~㉤과 바꾸어 쓰기에 적절하지 <u>않은</u> 것은?

① ㉠: 편향(偏向)되었다고

② ㉡: 명명(命名)하였다

③ ㉢: 경험(經驗)할

④ ㉣: 발송(發送)했다고

⑤ ㉤: 기여(寄與)하지

[1~4] 다음 글을 읽고 물음에 답하시오.

1 법령의 조문은 대개 'A에 해당하면 B를 해야 한다.'처럼 요건과 효과로 구성된 조건문으로 규정된다. 하지만 그 요건이나 효과가 항상 일의적인 것은 아니다. 법조문에는 구체적 상황을 고려해야 그 상황에 ⓐ맞는 진정한 의미가 파악되는 불확정 개념이 사용될 수 있기 때문이다. 개인 간 법률관계를 규율하는 민법에서 불확정 개념이 사용된 예로 '손해 배상 예정액이 부당히 과다한 경우에는 법원은 적당히 감액할 수 있다.'라는 조문을 ⓑ들 수 있다. 이때 법원은 요건과 효과를 재량으로 판단할 수 있다. 손해 배상 예정액은 위약금의 일종이며, 계약 위반에 대한 제재인 위약벌도 위약금에 속한다. 위약금의 성격이 둘 중 무엇인지 증명되지 못하면 손해 배상 예정액으로 다루어진다.

2 채무자의 잘못으로 계약 내용이 실현되지 못하여 계약 위반이 발생하면, 이로 인해 손해를 입은 채권자가 손해 액수를 증명해야 그 액수만큼 손해 배상금을 받을 수 있다. 그러나 손해 배상 예정액이 정해져 있었다면 채권자는 손해 액수를 증명하지 않아도 손해 배상 예정액만큼 손해 배상금을 받을 수 있다. 이때 손해 액수가 얼마로 증명되든 손해 배상 예정액보다 더 받을 수는 없다. 한편 위약금이 위약벌임이 증명되면 채권자는 위약벌에 해당하는 위약금을 ⓒ받을 수 있고, 손해 배상 예정액과는 달리 법원이 감액할 수 없다. 이때 채권자가 손해 액수를 증명하면 손해 배상금도 받을 수 있다.

3 불확정 개념은 행정 법령에도 사용된다. 행정 법령은 행정청이 구체적 사실에 대해 행하는 법 집행인 행정 작용을 규율한다. 법령상 요건이 충족되면 그 효과로서 행정청이 반드시 해야 하는 특정 내용의 행정 작용은 기속 행위이다. 반면 법령상 요건이 충족되더라도 그 효과인 행정 작용의 구체적 내용을 ⓓ고를 수 있는 재량이 행정청에 주어져 있을 때, 이러한 재량을 행사하는 행정 작용은 재량 행위이다. 법령에서 불확정 개념이 사용되면 이에 근거한 행정 작용은 대개 재량 행위이다.

4 행정청은 재량으로 재량 행사의 기준을 명확히 정할 수 있는데 이 기준을 ㉠재량 준칙이라 한다. 재량 준칙은 법령이 아니므로 재량 준칙대로 재량을 행사하지 않아도 근거 법령 위반은 아니다. 다만 특정 요건하에 재량 준칙대로 특정한 내용의 적법한 행정 작용이 반복되어 행정 관행이 생긴 후에는, 같은 요건이 충족되면 행정청은 동일한 내용의 행정 작용을 해야 한다. 행정청은 평등 원칙을 ⓔ지켜야 하기 때문이다.

≫ 각 문단을 요약하고 지문을 세 부분으로 나누어 보세요.

1 조건문(요건+효과)으로 규정된 법조문에는 불확정 개념이 사용될 수 있으며, _____에서 불확정 개념이 사용된 예로 '손해 배상 예정액이 ~감액할 수 있다.'라는 조문을 들 수 있는데, 위약금은 손해 배상 예정액이거나 _____일 수 있다.

2 채무자의 잘못으로 계약 위반이 발생하면 채권자는 증명한 _____ _____만큼 혹은 예정액만큼의 손해 배상금, 위약벌에 해당하는 _____을 받을 수 있다.

3 불확정 개념은 _____에도 사용되는데, 법령에서 불확정 개념이 사용되면 이에 근거한 행정 작용은 대개 기속 행위가 아닌 _____ 행위이다.

4 행정청은 재량 준칙을 정할 수 있는데, 이에 따른 행정 작용의 반복으로 _____이 생기면 같은 _____이 충족되면 동일한 내용의 행정 작용을 해야 한다.

1. 윗글의 내용과 일치하지 <u>않는</u> 것은?

① 법령의 요건과 효과에는 모두 불확정 개념이 사용될 수 있다.

② 법원은 불확정 개념이 사용된 법령을 적용할 때 재량을 행사할 수 있다.

③ 불확정 개념이 사용된 법령의 진정한 의미를 이해하려면 구체적 상황을 고려해야 한다.

④ 불확정 개념이 사용된 행정 법령에 근거한 행정 작용은 재량 행위인 경우보다 기속 행위인 경우가 많다.

⑤ 불확정 개념은 행정청이 행하는 법 집행 작용을 규율하는 법령과 개인 간의 계약 관계를 규율하는 법률에 모두 사용된다.

2. ㉠에 대한 이해로 가장 적절한 것은?

① 재량 준칙은 법령이 아니기 때문에 일의적이지 않은 개념으로 규정된다.

② 재량 준칙으로 정해진 내용대로 재량을 행사하는 행정 작용은 기속 행위이다.

③ 재량 준칙으로 규정된 재량 행사 기준은 반복되어 온 적법한 행정 작용의 내용대로 정해져야 한다.

④ 재량 준칙이 정해져야 행정청은 특정 요건하에 행정 작용의 구체적 내용을 선택할 수 있는 재량을 행사할 수 있다.

⑤ 재량 준칙이 특정 요건에서 적용된 선례가 없으면 행정청은 동일한 요건이 충족되어도 행정 작용을 할 때 재량 준칙을 따르지 않을 수 있다.

3. 윗글을 바탕으로 〈보기〉를 이해한 내용으로 가장 적절한 것은? [3점]

〈보기〉

갑은 을에게 물건을 팔고 그 대가로 100을 받기로 하는 매매 계약을 했다. 그 후 갑이 계약을 위반하여 을은 80의 손해를 입었다. 이와 관련하여 세 가지 상황이 있다고 하자.

(가) 갑과 을 사이에 위약금 약정이 없었다.
(나) 갑이 을에게 위약금 100을 약정했고, 위약금의 성격이 무엇인지 증명되지 못했다.
(다) 갑이 을에게 위약금 100을 약정했고, 위약금의 성격이 위약벌임이 증명되었다.

(단, 위의 모든 상황에서 세금, 이자 및 기타 비용은 고려하지 않음.)

① (가)에서 을의 손해가 얼마인지 증명되지 못한 경우에도, 갑이 을에게 80을 지급해야 하고 법원이 감액할 수 없다.

② (나)에서 을의 손해가 80임이 증명된 경우, 갑이 을에게 100을 지급해야 하고 법원이 감액할 수 있다.

③ (나)에서 을의 손해가 얼마인지 증명되지 못한 경우, 갑이 을에게 100을 지급해야 하고 법원이 감액할 수 없다.

④ (다)에서 을의 손해가 80임이 증명된 경우, 갑이 을에게 180을 지급해야 하고 법원이 감액할 수 있다.

⑤ (다)에서 을의 손해가 얼마인지 증명되지 못한 경우, 갑이 을에게 80을 지급해야 하고 법원이 감액할 수 없다.

4. 문맥상 ⓐ~ⓔ의 의미와 가장 가까운 것은?

① ⓐ: 이것이 네가 찾는 자료가 <u>맞는지</u> 확인해 보아라.

② ⓑ: 그 부부는 노후 대책으로 적금을 <u>들고</u> 안심했다.

③ ⓒ: 그의 파격적인 주장은 학계의 큰 주목을 <u>받았다.</u>

④ ⓓ: 형은 땀 흘려 울퉁불퉁한 땅을 평평하게 <u>골랐다.</u>

⑤ ⓔ: 그분은 우리에게 한 약속을 반드시 <u>지킬</u> 것이다.

[1~4] 다음 글을 읽고 물음에 답하시오.

❶ 사유 재산 제도하에서는 누구나 자신의 재산을 자유롭게 처분할 수 있다. 그러나 기부와 같이 어떤 재산이 대가 없이 넘어가는 무상 처분 행위가 행해졌을 때는 그 당사자인 무상 처분자와 무상 취득자의 의사와 무관하게 그 결과가 번복될 수 있다. 무상 처분자가 사망하면 상속이 개시되고, 그의 상속인들이 유류분을 반환받을 수 있는 권리인 유류분권을 행사할 수 있기 때문이다. 이때 무상 처분자는 피상속인이 되고 그의 권리와 의무는 상속인에게 이전된다.

❷ 유류분은 피상속인의 무상 처분 행위가 없었다고 가정할 때 상속인들이 상속받을 수 있었을 이익 중 법으로 보장된 부분이다. 만약 상속인이 피상속인의 자녀 한 명뿐이면, 상속받을 수 있었을 이익의 $\frac{1}{2}$만 보장된다. 상속인들이 상속받을 수 있었을 이익은 상속 개시 당시에 피상속인이 가졌던 재산의 가치에 이미 무상 취득자에게 넘어간 재산의 가치를 더하여 산정한다. 유류분은 상속인들이 기대했던 이익을 보호하기 위한 것이기 때문이다.

❸ 피상속인이 상속 개시 당시에 가졌던 재산으로부터 상속받은 이익이 있는 상속인은 유류분에 해당하는 이익의 일부만 반환받을 수 있다. 유류분에 해당하는 이익에서 이미 상속받은 이익을 뺀 값인 유류분 부족액만 반환받을 수 있기 때문이다. 유류분 부족액의 가치는 금액으로 계산되지만 항상 돈으로 반환되는 것은 아니다. 만약 무상 처분된 재산이 돈이 아니라 물건이나 주식처럼 돈 이외의 재산이라면, 처분된 재산 자체가 반환 대상이 되는 것이 원칙이다. 다만 그 재산 자체를 반환하는 것이 불가능한 때에는 무상 취득자는 돈으로 반환해야 한다. 또한 재산 자체의 반환이 가능해도 유류분권자와 무상 취득자의 합의에 의해 돈으로 반환될 수도 있다.

❹ 무상 처분된 재산이 물건이라면 유류분 반환은 어떤 형태로 이루어질까? 무상 취득자가 반환해야 할 유류분 부족액이 무상 처분된 물건의 가치보다 적다면 유류분권자는 그 물건의 가치에 상당하는 금액에서 유류분 부족액이 차지하는 비율만큼 무상 취득자로부터 반환받을 수 있다. 이로 인해 하나의 물건에 대한 소유권이 여러 명에게 나눠지는데, 이때 각자의 몫을 지분이라고 한다.

❺ 무상 처분된 물건의 시가가 변동하면 유류분 부족액을 계산할 때는 언제의 시가를 기준으로 삼아야 할까? ㉠유류분의 취지에 비추어 상속 개시 당시의 시가를 기준으로 해야 한다. 다만 그 물건의 시가 상승이 무상 취득자의 노력에서 비롯되었으면 이때는 무상 취득 당시의 시가를 기준으로 계산해야 한다. 이렇게 정해진 유류분 부족액을 근거로 반환 대상인 지분을 계산할 때는, 시가 상승의 원인이 무엇이든 상속 개시 당시의 시가를 기준으로 해야 한다.

>> 각 문단을 요약하고 지문을 **세 부분**으로 나누어 보세요.

❶ 재산을 무상 처분한 피상속인이 사망하여 상속이 개시될 때, 상속인들이 _____을 행사하면 무상 처분 행위의 결과가 번복될 수 있다.

❷ 유류분은 피상속인의 _____가 없었다고 가정할 때 상속인들이 상속받을 수 있었을 이익 중 ____으로 보장된 부분이다.

❸ 상속인은 유류분에 해당하는 이익에서 이미 _____받은 이익을 뺀 값인 유류분 부족액을 무상 취득자로부터 반환받을 수 있으며, 처분된 _____가 반환 대상이 되는 것이 원칙이다.

❹ _____ 〈 무상 처분된 물건의 가치라면, 유류분권자는 물건에 대한 _____ 형태로 유류분을 반환받을 수 있다.

❺ 유류분 부족액 계산은 _____ 개시 당시의 시가를 기준으로 해야 하지만 _____의 노력으로 시가가 상승한 경우 무상 취득 당시의 시가를 기준으로 한다.

1. 윗글의 내용과 일치하지 <u>않는</u> 것은?

① 유류분권은 상속인이 아닌 사람에게는 인정되지 않는다.

② 유류분권이 보장되는 범위는 유류분 부족액의 일부에 한정된다.

③ 상속인은 상속 개시 전에는 무상 취득자에게 유류분권을 행사할 수 없다.

④ 피상속인이 생전에 다른 사람에게 판 재산은 유류분권의 대상이 될 수 없다.

⑤ 무상으로 취득한 재산에 대한 권리는 무상 취득자 자신의 의사에 반하여 제한될 수 있다.

2. 윗글에 대한 이해로 가장 적절한 것은?

① 무상 처분된 재산이 물건 한 개이면 유류분권자는 그 물건 전부를 반환받는다.

② 무상 처분된 물건이 반환되는 경우 유류분 부족액이 클수록 무상 취득자의 지분이 더 커진다.

③ 무상 취득자가 무상 취득한 물건을 반환할 수 없게 되면 유류분 부족액을 지분으로 반환해야 한다.

④ 유류분권자가 유류분 부족액을 물건 대신 돈으로 반환하라고 요구하더라도 무상 취득자는 무상 취득한 물건으로 반환할 수 있다.

⑤ 무상 처분된 물건의 일부가 반환되면 무상 취득자는 그 물건의 소유권을 가지고 유류분권자는 유류분 부족액만큼의 돈을 반환받게 된다.

3. 윗글을 통해 알 수 있는 ㉠의 이유로 가장 적절한 것은?

① 유류분은 피상속인이 자유롭게 처분한 재산의 일부이어야 하기 때문이다.

② 유류분은 피상속인이 재산을 무상 처분하지 않은 것으로 가정하여 산정되기 때문이다.

③ 유류분은 재산의 가치를 증가시킨 무상 취득자의 노력에 대한 보상으로 인정되는 것이기 때문이다.

④ 유류분은 피상속인의 재산에 대해 소유권을 나눠 가진 사람들 각자의 몫을 반영해야 하기 때문이다.

⑤ 유류분에 해당하는 이익의 가치가 상속 개시 전후에 걸쳐 변동되는 것을 반영해야 하기 때문이다.

4. 윗글을 바탕으로 〈보기〉를 이해한 내용으로 적절하지 <u>않은</u> 것은? [3점]

> 〈보기〉
>
> 갑의 재산으로는 A 물건과 B 물건이 있었으며 그 외의 재산이나 채무는 없었다. 갑은 을에게 A 물건을 무상으로 넘겨주었고 그로부터 6개월 후 사망했다. 갑의 상속인으로는 갑의 자녀인 병만 있다. A 물건의 시가는 을이 A 물건을 소유하게 되었을 때는 300, 갑이 사망했을 때는 700이었다. 병은 갑이 사망한 날로부터 3개월 후에 을에게 유류분권을 행사했다. B 물건의 시가는 병이 상속받았을 때부터 병이 을에게 유류분 반환을 요구했을 때까지 100으로 동일하다.
>
> (단, 세금, 이자 및 기타 비용은 고려하지 않음.)

① A 물건의 시가 상승이 을의 노력과 무관한 경우 유류분 부족액은 300이다.

② A 물건의 시가 상승이 을의 노력과 무관한 경우 유류분 반환의 대상은 A 물건의 $\frac{3}{7}$ 지분이다.

③ A 물건의 시가가 을의 노력으로 상승한 경우 유류분 부족액은 100이다.

④ A 물건의 시가가 을의 노력으로 상승한 경우 유류분 반환의 대상은 A 물건의 $\frac{1}{3}$ 지분이다.

⑤ A 물건의 시가가 을의 노력으로 상승한 경우와 을의 노력과 무관하게 상승한 경우 모두, 갑이 상속 개시 당시 소유했던 재산으로부터 병이 취득할 수 있는 이익은 동일하다.

[1~4] 다음 글을 읽고 물음에 답하시오.

1 경제학에서는 증거에 근거한 정책 논의를 위해 사건의 효과를 평가해야 할 경우가 많다. 어떤 사건의 효과를 평가한다는 것은 사건 후의 결과와 사건이 없었을 경우에 나타났을 결과를 비교하는 일이다. 그런데 가상의 결과는 관측할 수 없으므로 실제로는 사건을 경험한 표본들로 구성된 시행집단의 결과와, 사건을 경험하지 않은 표본들로 구성된 비교집단의 결과를 비교하여 사건의 효과를 평가한다. 따라서 이 작업의 관건은 그 사건 외에는 결과에 차이가 ⓐ날 이유가 없는 두 집단을 구성하는 일이다. 가령 어떤 사건이 임금에 미친 효과를 평가할 때, 그 사건이 없었다면 시행집단과 비교집단의 평균 임금이 같을 수밖에 없도록 두 집단을 구성하는 것이다. 이를 위해서는 두 집단에 표본이 임의로 배정되도록 사건을 설계하는 실험적 방법이 이상적이다. 그러나 사람을 표본으로 하거나 사회 문제를 다룰 때에는 이 방법을 적용할 수 없는 경우가 많다.

2 이중차분법은 시행집단에서 일어난 변화에서 비교집단에서 일어난 변화를 뺀 값을 사건의 효과라고 평가하는 방법이다. 이는 사건이 없었더라도 비교집단에서 일어난 변화와 같은 크기의 변화가 시행집단에서도 일어났을 것이라는 평행추세 가정에 근거해 사건의 효과를 평가한 것이다. 이 가정이 충족되면 사건 전의 상태가 평균적으로 같도록 두 집단을 구성하지 않아도 된다.

3 이중차분법은 1854년에 스노가 처음 사용했다고 알려져 있다. 그는 두 수도 회사로부터 물을 공급받는 런던의 동일 지역 주민들에 주목했다. 같은 수원을 사용하던 두 회사 중 한 회사만 수원을 ⓑ바꿨는데 주민들은 자신의 수원을 몰랐다. 스노는 수원이 바뀐 주민들과 바뀌지 않은 주민들의 수원 교체 전후 콜레라로 인한 사망률의 변화들을 비교함으로써 콜레라가 공기가 아닌 물을 통해 전염된다는 결론을 ⓒ내렸다. 경제학에서는 1910년대에 최저임금제 도입 효과를 파악하는 데 이 방법이 처음 이용되었다.

4 평행추세 가정이 충족되지 않는 경우에 이중차분법을 적용하면 사건의 효과를 잘못 평가하게 된다. 예컨대 ⓐ어떤 노동자 교육 프로그램의 고용 증가 효과를 평가할 때, 일자리가 급격히 줄어드는 산업에 종사하는 노동자의 비중이 비교집단에 비해 시행집단에서 더 큰 경우에는 평행추세 가정이 충족되지 않을 것이다. 그렇다고 해서 집단 간 표본의 통계적 유사성을 ⓓ높이려고 사건 이전 시기의 시행집단을 비교집단으로 설정하는 것이 평행추세 가정의 충족을 보장하는 것은 아니다. 예컨대 고용처럼 경기변동에 민감한 변화라면 집단 간 표본의 통계적 유사성보다 변화 발생의 동시성이 이 가정의 충족에서 더 중요할 수 있기 때문이다.

5 여러 비교집단을 구성하여 각각에 이중차분법을 적용한 평가 결과가 같음을 확인하면 평행추세 가정이 충족된다는 신뢰를 줄 수 있다. 또한 시행집단과 여러 특성에서 표본의 통계적 유사성이 높은 비교집단을 구성하면 평행추세 가정이 위협받을 가능성을 ⓔ줄일 수 있다. 이러한 방법들을 통해 이중차분법을 적용한 평가에 대한 신뢰도를 높일 수 있다.

≫ 각 문단을 요약하고 지문을 세 부분으로 나누어 보세요.

1 경제학에서는 사건을 경험한 _____ 집단의 결과와 사건을 경험하지 않은 _____ 집단의 결과를 비교하여 사건의 효과를 평가한다.
2 _____은 평행추세 가정에 근거해 시행집단에서 일어난 변화에서 비교집단에서 일어난 변화를 _____을 사건의 효과라고 평가한다.
3 이중차분법은 1854년 스노가 처음 사용했으며 _____에서는 1910년대 최저 임금제 도입 효과를 파악하는 데 처음 이용되었다.
4 _____이 충족되지 않는 경우 이중차분법을 적용하면 사건의 _____를 잘못 평가하게 된다.
5 여러 _____에 이중차분법을 적용한 평가 결과가 같음을 확인하거나, 시행집단과 표본의 통계적 _____이 높은 비교집단을 구성하면 평행추세 가정을 충족시켜 이중차분법을 적용한 평가의 신뢰도를 높일 수 있다.

1. 윗글에 대한 이해로 적절하지 않은 것은?

① 실험적 방법에서는 시행집단에서 일어난 평균 임금의 사건 전후 변화를 어떤 사건이 임금에 미친 효과라고 평가한다.

② 사람을 표본으로 하거나 사회 문제를 다룰 때에도 실험적 방법을 적용하는 경우가 있다.

③ 평행추세 가정에서는 특정 사건 이외에는 두 집단의 변화에 차이가 날 이유가 없다고 전제한다.

④ 스노의 연구에서 시행집단과 비교집단의 콜레라 사망률은 사건 후뿐만 아니라 사건 전에도 차이가 있었을 수 있다.

⑤ 스노는 수원이 바뀐 주민들과 바뀌지 않은 주민들 사이에 공기의 차이는 없다고 보았을 것이다. 、

2. 다음은 이중차분법을 ⊙에 적용할 경우에 나타날 결과를 추론한 것이다. A와 B에 들어갈 말을 바르게 짝지은 것은?

> 프로그램이 없었다면 시행집단에서 일어났을 고용률 증가는, 비교집단에서 일어난 고용률 증가와/보다 (A) 것이다. 그러므로 ⊙에 이중차분법을 적용하여 평가한 프로그램의 고용 증가 효과는 평행추세 가정이 충족되는 비교집단을 이용하여 평가한 경우의 효과보다 (B) 것이다.

	A	B
①	클	클
②	클	작을
③	같을	클
④	작을	클
⑤	작을	작을

3. 윗글을 바탕으로 〈보기〉를 이해한 내용으로 적절하지 않은 것은? [3점]

〈보기〉

아래의 표는 S 국가의 P주와 그에 인접한 Q주에 위치한 식당들을 1992년 1월 초와 12월 말에 조사한 결과의 일부이다. P주는 1992년 4월에 최저임금을 시간당 4달러에서 5달러로 올렸고, Q주는 1992년에 최저임금을 올리지 않았다. P주 저임금 식당들은, 최저임금 인상 전에 시간당 4달러의 임금을 지급했고 최저임금 인상 후에 임금이 상승했다. P주 고임금 식당들은, 최저임금 인상 전에 이미 시간당 5달러보다 더 높은 임금을 지급했고 최저임금 인상 후에도 임금이 상승하지 않았다. 이때 최저임금 인상에 따른 임금 상승이 고용에 미친 효과를 평가한다고 하자.

집단	평균 피고용인 수(단위: 명)		
	사건 전(A)	사건 후(B)	변화(B−A)
P주 저임금 식당	19.6	20.9	1.3
P주 고임금 식당	22.3	20.2	−2.1
Q주 식당	23.3	21.2	−2.1

① 최저임금 인상 후에 시행집단에서 일어난 변화는 1.3명이다.

② 시행집단과 비교집단의 식당들이 종류나 매출액 수준 등의 특성에서 통계적 유사성이 높을수록 평가에 대한 신뢰도가 높아진다.

③ 비교집단을 Q주 식당들로 택해 이중차분법을 적용하면 시행집단에서 최저임금 인상에 따른 임금 상승의 고용 효과는 3.4명 증가로 평가된다.

④ 비교집단의 변화를, P주 고임금 식당들의 1992년 1년간 변화로 파악할 경우보다 시행집단의 1991년 1년간 변화로 파악할 경우에 더 신뢰할 만한 평가를 얻는다.

⑤ 비교집단을 Q주 식당들로 택하든 P주 고임금 식당들로 택하든 비교집단에서 일어난 변화가 동일하다는 사실은 평행추세 가정의 충족에 대한 신뢰도를 높인다.

4. 문맥상 ⓐ~ⓔ의 단어와 가장 가까운 의미로 쓰인 것은?

① ⓐ: 그 사건의 전말이 모두 오늘 신문에 났다.

② ⓑ: 산에 가려다가 생각을 바꿔 바다로 갔다.

③ ⓒ: 기상청에서 전국에 건조 주의보를 내렸다.

④ ⓓ: 회원들이 회칙 개정을 요구하는 목소리를 높였다.

⑤ ⓔ: 하고 싶은 말은 많지만 오늘은 이만 줄입니다.

2022학년도 수능

브레턴우즈 체제와 트리핀 딜레마

[1~4] 다음 글을 읽고 물음에 답하시오.

❶ 기축 통화는 국제 거래에 결제 수단으로 통용되고 환율 결정에 기준이 되는 통화이다. 1960년 트리핀 교수는 브레턴우즈 체제에서의 기축 통화인 달러화의 구조적 모순을 지적했다. 한 국가의 재화와 서비스의 수출입 간 차이인 경상 수지는 수입이 수출을 초과하면 적자이고, 수출이 수입을 초과하면 흑자이다. 그는 "미국이 경상 수지 적자를 허용하지 않아 국제 유동성 공급이 중단되면 세계 경제는 크게 위축될 것"이라면서도 "반면 적자 상태가 지속돼 달러화가 과잉 공급되면 준비 자산으로서의 신뢰도가 저하되고 고정 환율 제도도 붕괴될 것"이라고 말했다.

❷ 이러한 트리핀 딜레마는 국제 유동성 확보와 달러화의 신뢰도 간의 문제이다. 국제 유동성이란 국제적으로 보편적인 통용력을 갖는 지불 수단을 말하는데, ⊙금 본위 체제에서는 금이 국제 유동성의 역할을 했으며, 각 국가의 통화 가치는 정해진 양의 금의 가치에 고정되었다. 이에 따라 국가 간 통화의 교환 비율인 환율은 자동적으로 결정되었다. 이후 ⓛ브레턴우즈 체제에서는 국제 유동성으로 달러화가 추가되어 '금 환 본위제'가 되었다. 1944년에 성립된 이 체제는 미국의 중앙은행에 '금 태환 조항'에 따라 금 1온스와 35달러를 언제나 맞교환해 주어야 한다는 의무를 지게 했다. 다른 국가들은 달러화에 대한 자국 통화의 가치를 고정했고, 달러화로만 금을 매입할 수 있었다. 환율은 경상 수지의 구조적 불균형이 있는 예외적인 경우를 제외하면 ±1% 내에서의 변동만을 허용했다. 이에 따라 기축 통화인 달러화를 제외한 다른 통화들 간 환율인 교차 환율은 자동적으로 결정되었다.

❸ 1970년대 초에 미국은 경상 수지 적자가 누적되기 시작하고 달러화가 과잉 공급되어 미국의 금 준비량이 급감했다. 이에 따라 미국은 달러화의 금 태환 의무를 더 이상 감당할 수 없는 상황에 도달했다. 이를 해결할 수 있는 방법은 달러화의 가치를 내리는 평가 절하, 또는 달러화에 대한 여타국 통화의 환율을 하락시켜 그 가치를 올리는 평가 절상이었다. 하지만 브레턴우즈 체제하에서 달러화의 평가 절하는 규정상 불가능했고, 당시 대규모 대미 무역 흑자 상태였던 독일, 일본 등 주요국들은 평가 절상에 나서려고 하지 않았다. 이 상황이 유지되기 어려울 것이라는 전망으로 독일의 마르크화와 일본의 엔화에 대한 투기적 수요가 증가했고, 결국 환율의 변동 압력은 더욱 커질 수밖에 없었다. 이러한 상황에서 각국은 보유한 달러화를 대규모로 금으로 바꾸기를 원했다. 미국은 결국 1971년 달러화의 금 태환 정지를 선언한 닉슨 쇼크를 단행했고, 브레턴우즈 체제는 붕괴되었다.

❹ 그러나 붕괴 이후에도 달러화의 기축 통화 역할은 계속되었다. 그 이유로 규모의 경제를 생각할 수 있다. 세계의 모든 국가에서 ⓒ어떠한 기축 통화도 없이 각각 다른 통화가 사용되는 경우 두 국가를 짝짓는 경우의 수만큼 환율의 가짓수가 생긴다. 그러나 하나의 기축 통화를 중심으로 외환 거래를 하면 비용을 절감하고 규모의 경제를 달성할 수 있다.

≫ 각 문단을 요약하고 지문을 세 부분으로 나누어 보세요.

❶ 1960년 트리핀 교수는 브레턴우즈 체제에서 기축 통화인 _____의 구조적 모순을 지적했다.

❷ 트리핀 딜레마는 국제 유동성 확보와 달러화의 _____ 간의 문제인데, 금 본위 체제에서는 금이 _____의 역할을 했으며 브레턴우즈 체제에서는 국제 유동성으로 달러화가 추가되었다.

❸ 1970 초 미국은 경상 수지 적자 누적으로 _____이 급감하였는데, 달러화의 _____는 불가능했고 주요국들은 평가 절상에 나서지 않아 1971년 닉슨 쇼크가 단행되어 브레턴우즈 체제는 붕괴되었다.

❹ 브레턴우즈 체제 붕괴 이후에도 달러화의 _____ 역할은 계속되었는데 그 이유로 _____를 생각할 수 있다.

1. 윗글을 통해 답을 찾을 수 <u>없는</u> 질문은?

① 브레턴우즈 체제 붕괴 이후에도 달러화가 기축 통화로서 역할을 할 수 있었던 이유는 무엇인가?

② 브레턴우즈 체제 붕괴 이후의 세계 경제 위축에 대해 트리핀은 어떤 전망을 했는가?

③ 브레턴우즈 체제에서 미국 중앙은행은 어떤 의무를 수행해야 했는가?

④ 브레턴우즈 체제에서 국제 유동성의 역할을 한 것은 무엇인가?

⑤ 브레턴우즈 체제에서 달러화 신뢰도 하락의 원인은 무엇인가?

2. 윗글을 바탕으로 추론한 내용으로 적절하지 <u>않은</u> 것은?

① 닉슨 쇼크가 단행된 이후 달러화의 고평가 문제를 해결할 수 있는 달러화의 평가 절하가 가능해졌다.

② 브레턴우즈 체제에서 마르크화와 엔화의 투기적 수요가 증가한 것은 이들 통화의 평가 절상을 예상했기 때문이다.

③ 금의 생산량 증가를 통한 국제 유동성 공급량의 증가는 트리핀 딜레마 상황을 완화하는 한 가지 방법이 될 수 있다.

④ 트리핀 딜레마는 달러화를 통한 국제 유동성 공급을 중단할 수도 없고 공급량을 무한정 늘릴 수도 없는 상황을 말한다.

⑤ 브레턴우즈 체제에서 마르크화가 달러화에 대해 평가 절상되면, 같은 금액의 마르크화로 구입 가능한 금의 양은 감소한다.

3. 미국을 포함한 세 국가가 존재하고 각각 다른 통화를 사용할 때, ㉠~㉢에 대한 설명으로 적절한 것은?

① ㉠에서 자동적으로 결정되는 환율의 가짓수는 금에 자국 통화의 가치를 고정한 국가 수보다 하나 적다.

② ㉡이 붕괴된 이후에도 여전히 달러화가 기축 통화라면 ㉡에 비해 교차 환율의 가짓수는 적어진다.

③ ㉢에서 국가 수가 하나씩 증가할 때마다 환율의 전체 가짓수도 하나씩 증가한다.

④ ㉠에서 ㉡으로 바뀌면 자동적으로 결정되는 환율의 가짓수가 많아진다.

⑤ ㉡에서 교차 환율의 가짓수는 ㉢에서 생기는 환율의 가짓수보다 적다.

4. 윗글을 참고할 때, 〈보기〉에 대한 반응으로 가장 적절한 것은? [3점]

> 〈보기〉
>
> 브레턴우즈 체제가 붕괴된 이후 두 차례의 석유 가격 급등을 겪으면서 기축 통화국인 A국의 금리는 인상되었고 통화 공급은 감소했다. 여기에 A국 정부의 소득세 감면과 군비 증대는 A국의 금리를 인상시켰으며, 높은 금리로 인해 대량으로 외국 자본이 유입되었다. A국은 이로 인한 상황을 해소하기 위한 국제적 합의를 주도하여, 서로 교역을 하며 각각 다른 통화를 사용하는 세 국가 A, B, C는 외환 시장에 대한 개입을 합의했다. 이로 인해 A국 통화에 대한 B국 통화와 C국 통화의 환율은 각각 50%, 30% 하락했다.

① A국의 금리 인상과 통화 공급 감소로 인해 A국 통화의 신뢰도가 낮아진 것은 외국 자본이 대량으로 유입되었기 때문이겠군.

② 국제적 합의로 인한 A국 통화에 대한 B국 통화의 환율 하락으로 국제 유동성 공급량이 증가하여 A국 통화의 가치가 상승했겠군.

③ 다른 모든 조건이 변하지 않았다면, 국제적 합의로 인해 A국 통화에 대한 B국 통화의 환율과 B국 통화에 대한 C국 통화의 환율은 모두 하락했겠군.

④ 다른 모든 조건이 변하지 않았다면, 국제적 합의로 인해 A국 통화에 대한 B국과 C국 통화의 환율이 하락하여, B국에 대한 C국의 경상 수지는 개선되었겠군.

⑤ 다른 모든 조건이 변하지 않았다면, A국의 소득세 감면과 군비 증대로 A국의 경상 수지가 악화되며, 그 완화 방안 중 하나는 A국 통화에 대한 B국 통화의 환율을 상승시키는 것이겠군.

[1~4] 다음 글을 읽고 물음에 답하시오.

❶ 1764년에 발간된 체사레 베카리아의 『범죄와 형벌』은 커다란 반향을 일으켰다. 형벌에 관한 논리 정연하고 새로운 주장들에 유럽의 지식 사회가 매료된 것이다. 자유와 행복을 추구하는 이성적인 인간을 상정하는 당시 계몽주의 사조에 베카리아는 충실히 호응하여, 이익을 저울질할 줄 알고 그에 따라 행동하는 존재로서 인간을 전제하였다. 사람은 대가 없이 공익만을 위하여 자유를 내어놓지는 않는다. 끊임없는 전쟁과 같은 상태에서 벗어나기 위하여 자유의 일부를 떼어 주고 나머지 자유의 몫을 평온하게 ⓐ누리기로 합의한 것이다. 저마다 할애한 자유의 총합이 주권을 구성하고, 주권자가 이를 위탁받아 관리한다. 따라서 사회의 형성과 지속을 위한 조건이라 할 법은 저마다의 행복을 증진시킬 때 가장 잘 준수되며, 전체 복리를 위해 법 위반자에게 설정된 것이 형벌이다. 이런 논증으로 베카리아는 형벌권의 행사는 양도의 범위를 벗어날 수 없다는 출발점을 세웠다.

❷ 베카리아가 볼 때, 형벌은 범죄가 일으킨 결과를 되돌려 놓을 수 없다. 또한 인간을 괴롭히는 것 자체가 그 목적인 것도 아니다. 형벌의 목적은 오로지 범죄자가 또다시 피해를 끼치지 못하도록 억제하고, 다른 사람들이 그 같은 행위를 하지 못하도록 예방하는 데 있을 뿐이다. 이는 범죄로 얻을 이득, 곧 공익이 입게 되는 그만큼의 손실보다 형벌이 가하는 손해가 조금이라도 크기만 하면 달성된다. 그리고 이러한 손익 관계를 누구나 알 수 있도록 처벌 체계는 명확히 성문법으로 규정되어야 하고, 그 집행의 확실성도 갖추어져야 한다. 결국 범죄를 ⓑ가로막는 방벽으로 형벌을 바라보는 것이다. 이 ㉠울타리의 높이는 살인인지 절도인지 등에 따라 달리해야 한다. 공익을 훼손한 정도에 비례해야 하는 것이다. 그것을 넘어서는 처벌은 폭압이며 불필요하다. 베카리아는 말한다. 상이한 피해를 일으키는 두 범죄에 동일한 형벌을 적용한다면 더 무거운 죄에 대한 억지력이 상실되지 않겠는가.

❸ 그는 인간이 감각적인 존재라는 사실에 맞추어 제도가 운설될 것을 역설한다. 가장 잔혹한 형벌도 계속 시행되다 보면 사회 일반은 그에 ⓒ무디어져 마침내 그런 것을 봐도 옥살이에 대한 공포 이상을 느끼지 못한다. 인간의 정신에 ⓓ크나큰 효과를 끼치는 것은 형벌의 강도가 아니라 지속이다. 죽는 장면의 목격은 무시무시한 경험이지만 그 기억은 일시적이고, 자유를 박탈당한 인간이 속죄하는 고통의 모습을 오랫동안 대하는 것이 더욱 강력한 억제 효과를 갖는다는 주장이다. 더욱 중요한 것을 지키기 위해 희생한 자유에는 무엇보다도 값진 생명이 포함될 수 없다고도 말한다. 이처럼 베카리아는 잔혹한 형벌을 반대하여 휴머니스트로, 최대 다수의 최대 행복을 말하여 공리주의자로, 자유

로운 인간들 사이의 합의를 바탕으로 논의를 전개하여 사회 계약론자로 이해된다. 형법학에서도 형벌로 되갚아준다는 응보주의를 탈피하여 장래의 범죄 발생을 방지한다는 일반 예방주의로 나아가는 토대를 ⓔ세웠다는 평가를 받는다.

≫ 각 문단을 요약하고 지문을 세 부분으로 나누어 보세요.

❶ 베카리아는 인간을 이성적이고 _____에 따라 행동하는 존재로 전제하고, 법은 저마다의 행복을 증진시킬 때 가장 잘 준수되며 형벌권의 행사는 개개인이 _____한 자유의 범위를 벗어날 수 없다고 보았다.

❷ 베카리아는 _____의 목적을 범죄의 예방에 두었으며 _____을 훼손한 정도를 넘어서는 처벌은 불필요하다고 보았다.

❸ 베카리아는 인간은 감각적인 존재라는 점에서 형벌의 강도가 아닌 _____이 강한 범죄 억제 효과를 갖는다고 주장하며, 형법학에서 _____를 탈피해 일반 예방주의로 나아가는 토대를 세웠다.

1. 윗글에서 베카리아의 관점으로 보기 어려운 것은?

① 공동체를 이루는 합의가 유지되는 데는 법이 필요하다.
② 사람은 이성적이고 타산적인 존재이자 감각적 존재이다.
③ 개개인의 국민은 주권자로서 형벌을 시행하는 주체이다.
④ 잔혹함이 주는 공포의 효과는 시간이 흐르면서 감소한다.
⑤ 형벌권 행사의 범위는 양도된 자유의 총합을 넘을 수 없다.

2. ㉠에 대한 설명으로 적절하지 않은 것은?

① 재범을 방지하는 역할을 수행한다.
② 법률로 엮어 뚜렷이 알아볼 수 있도록 해야 한다.
③ 범죄가 유발하는 손실에 따라 높낮이를 정해야 한다.
④ 손익을 저울질하는 인간의 이성을 목적 달성에 활용한다.
⑤ 지키려는 공익보다 높게 설정할수록 방어 효과가 증가한다.

3. 윗글을 바탕으로 베카리아의 입장을 추론한 내용으로 가장 적절한 것은? [3점]

① 형벌이 사회적 행복 증진을 저해한다고 보는 공리주의의 입장에서 사형을 반대한다.

② 사형은 범죄 예방의 효과가 없으므로 일반 예방주의의 입장에서 폐지되어야 한다고 주장한다.

③ 사형은 사람의 기억에 영구히 각인되는 잔혹한 형벌이어서 휴머니즘의 입장에서 인정하지 못한다.

④ 가장 큰 가치를 내어주는 합의가 있을 수 없다는 이유로 사회 계약론의 입장에서 사형을 비판한다.

⑤ 피해 회복의 관점으로 형벌을 바라보는 형법학의 입장에서 사형을 무기 징역으로 대체하는 데 찬성하지 않는다.

4. 문맥상 ⓐ~ⓔ와 바꿔 쓰기에 적절하지 않은 것은?

① ⓐ: 향유(享有)하기로

② ⓑ: 단절(斷絕)하는

③ ⓒ: 둔감(鈍感)해져

④ ⓓ: 지대(至大)한

⑤ ⓔ: 수립(樹立)하였다는

MEMO

[1~5] 다음 글을 읽고 물음에 답하시오.

1 채권은 어떤 사람이 다른 사람에게 특정 행위를 요구할 수 있는 권리이다. 이 특정 행위를 급부라 하고, 특정 행위를 해 주어야 할 의무를 채무라 한다. 채무자가 채권을 ⓐ가진 이에게 급부를 이행하면 채권에 대응하는 채무는 소멸한다. 급부는 재화나 서비스 제공인 경우가 많지만 그 외의 내용일 수도 있다.

2 민법상의 권리는 여러 가지가 있는데 계약 없이 법률로 정해진 요건의 충족으로 발생하기도 하지만 대개 계약의 효력으로 발생한다. 계약이란 권리 발생 등에 관한 당사자의 합의로서, 계약이 성립하면 합의 내용대로 권리 발생 등의 효력이 인정되는 것이 원칙이다. 당장 필요한 재화나 서비스는 그 제공을 급부로 하는 계약을 성립시켜 확보하면 되지만 미래에 필요할 수도 있는 재화나 서비스라면 계약을 성립시킬 수 있는 권리를 확보하는 것이 유리하다. 이를 위해 '예약'이 활용된다. 일상에서 예약이라고 할 때와 법적인 관점에서의 예약은 구별된다. ㉠기차 탑승을 위해 미리 돈을 지불하고 승차권을 구입하는 것을 '기차 승차권을 예약했다'고도 하지만 이 경우는 예약에 해당하지 않는 계약이다. 법적으로 예약은 당사자들이 합의한 내용대로 권리가 발생하는 계약의 일종으로, 재화나 서비스 제공을 급부 내용으로 하는 다른 계약인 '본계약'을 성립시킬 수 있는 권리 발생을 목적으로 한다.

[A]
   3 예약은 예약상 권리자가 가지는 권리의 법적 성질에 따라 두 가지 유형으로 나뉜다. 첫째는 채권을 발생시키는 예약이다. 이 채권의 급부 내용은 '예약상 권리자의 본계약 성립 요구에 대해 상대방이 승낙하는 것'이다. 회사의 급식 업체 공모에 따라 여러 업체가 신청한 경우 그중 한 업체가 선정되었다고 회사에서 통지하면 예약이 성립한다. 이에 따라 선정된 업체가 급식을 제공하고 대금을 ⓑ받기로 하는 본계약 체결을 요청하면 회사는 이에 응할 의무를 진다. 둘째는 예약 완결권을 발생시키는 예약이다. 이 경우 예약상 권리자가 본계약을 성립시키겠다는 의사를 표시하는 것만으로 본계약이 성립한다. 가족 행사를 위해 식당을 예약한 사람이 식당에 도착하여 예약 완결권을 행사하면 곧바로 본계약이 성립하므로 식사 제공이라는 급부에 대한 계약상의 채권이 발생한다.

4 예약에서 예약상의 급부나 본계약상의 급부가 이행되지 않는 문제가 ⓒ생길 수 있는데, 예약의 유형에 따라 발생 문제의 양상이 다르다. 일반적으로 급부가 이행되지 않아 채권자에게 손해가 발생한 경우 채무자는 자신의 고의나 과실에서 비롯된 것이 아님을 증명하지 못하는 한 채무 불이행 책임을 진다. 이로 인해 채무의 내용이 바뀌는데 원래의 급부 내용이 무엇이든 채권자의 손해를 돈으로 물어야 하는 손해 배상 채무로 바뀐다.

5 만약 타인이 고의나 과실로 예약상 권리자가 가진 권리 실현을 방해했다면 예약상 권리자는 그에게도 책임을 ⓓ물을 수 있다. 법률에 의하면 누구든 고의나 과실에 의해 타인에게 피해를 ⓔ끼치는 행위를 하고 그 행위의 위법성이 인정되면 불법행위 책임이 성립하여, 가해자는 피해자에게 손해를 돈으로 배상할 채무를 지기 때문이다. 다만 예약상 권리자에게 예약 상대방이나 방해자 중 누구라도 손해 배상을 하면 다른 한쪽의 배상 의무도 사라진다. 급부 내용이 동일하기 때문이다.

➤➤ 각 문단을 요약하고 지문을 **두 부분**으로 나누어 보세요.

1	_____은 급부를 요구할 수 있는 권리이고 채무는 급부를 해 주어야 할 _____이다.
2	계약은 권리 발생 등에 관한 당사자의 합의이며, _____은 재화나 서비스 제공을 급부 내용으로 하는 _____을 성립시킬 수 있는 권리 발생을 목적으로 하는 계약의 일종이다.
3	예약은 _____의 법적 성질에 따라 채권을 발생시키는 예약과 _____을 발생시키는 예약으로 나뉜다.
4	예약상의 급부나 본계약상의 급부가 이행되지 않아 _____에게 손해가 발생한 경우, 채무자가 고의나 과실이 아님을 증명하지 못하면 _____ 책임을 진다.
5	예약상 권리자는 권리 실현을 _____한 자에게도 책임을 물을 수 있다.

1. 윗글에 대한 이해로 적절하지 <u>않은</u> 것은?

① 계약상의 채권은 계약이 성립하면 추가 합의가 없어도 발생하는 것이 원칙이다.

② 재화나 서비스 제공을 대상으로 하는 권리 외에 다른 형태의 권리도 존재한다.

③ 예약상 권리자는 본계약상 권리의 발생 여부를 결정할 수 있다.

④ 급부가 이행되면 채무자의 채권자에 대한 채무가 소멸된다.

⑤ 불법행위 책임은 계약의 당사자 사이에 국한된다.

2. ㉠에 대한 이해로 가장 적절한 것은?

① 기차 탑승은 채권에 해당하고 돈을 지불하는 행위는 그 채권의 대상인 급부에 해당한다.

② 기차를 탑승하지 않는 것은 승차권 구입으로 발생한 채권에 대응하는 의무를 포기하는 것이다.

③ 기차 승차권을 미리 구입하는 것은 계약을 성립시키면서 채권의 행사 시점을 미래로 정해 두는 것이다.

④ 승차권 구입은 계약 없이 법률로 정해진 요건을 충족하여 서비스를 제공받을 권리를 발생시키는 행위이다.

⑤ 미리 돈을 지불하는 것은 미래에 필요한 기차 탑승 서비스 이용이라는 계약을 성립시킬 수 있는 권리를 확보한 것이다.

3. 다음은 [A]에 제시된 예를 활용하여, 예약의 유형에 따라 예약상 권리자가 요구할 수 있는 급부에 대해 정리한 것이다. ㄱ~ㄷ에 들어갈 내용을 올바르게 짝지은 것은?

구분	채권을 발생시키는 예약	예약 완결권을 발생시키는 예약
예약상 급부	ㄱ	ㄴ
본계약상 급부	ㄷ	식사 제공

	ㄱ	ㄴ	ㄷ
①	급식 계약 승낙	없음	급식 대금 지급
②	급식 계약 승낙	없음	급식 제공
③	급식 계약 승낙	식사 제공 계약 체결	급식 제공
④	없음	식사 제공 계약 체결	급식 제공
⑤	없음	식사 제공 계약 체결	급식 대금 지급

4. 윗글을 참고할 때, 〈보기〉의 ㉮에 대한 이해로 적절하지 <u>않은</u> 것은? [3점]

〈보기〉

특별한 행사를 앞두고 있는 갑은 미용실을 운영하는 을과 예약을 하여 행사 당일 오전 10시에 머리 손질을 받기로 했다. 갑이 시간에 맞춰 미용실을 방문하여 머리 손질을 요구했을 때 병이 이미 을에게 머리 손질을 받고 있었다. 갑이 예약해 둔 시간에 병이 고의로 끼어들어 위법성이 있는 행위를 하여 ㉮갑은 오전 10시에 머리 손질을 받을 수 없는 손해를 입었다.

① ㉮가 발생하는 과정에서 을의 과실이 있는 경우, 을은 갑에 대해 채무 불이행 책임이 있고 병은 갑에 대해 손해 배상 채무가 있다.

② ㉮가 발생하는 과정에서 을의 고의가 있는 경우, 을과 병은 모두 갑에게 손해 배상 채무를 지고 을이 배상을 하면 병은 갑에 대한 채무가 사라진다.

③ ㉮가 발생하는 과정에서 을에게 고의나 과실이 있는지 없는지 증명되지 않은 경우, 을과 병은 모두 갑에게 채무를 지고 그에 따른 급부의 내용은 동일하다.

④ ㉮가 발생하는 과정에서 을에게 고의나 과실이 있는지 없는지 증명되지 않은 경우, 을과 병은 모두 채무 불이행 책임을 지므로 갑에게 손해 배상 채무를 진다.

⑤ ㉮가 발생하는 과정에서 을에게 고의나 과실이 없음이 증명된 경우, 을과 달리 병에게는 갑이 입은 손해에 대해 금전으로 배상할 책임이 있다.

5. 문맥상 ⓐ~ⓔ의 단어와 가장 가까운 의미로 쓰인 것은?

① ⓐ: 자신의 일에 자부심을 <u>가지는</u> 것이 중요하다.

② ⓑ: 올해 생일에는 고향 친구에게서 편지를 <u>받았다</u>.

③ ⓒ: 기차역 주변에 새로 <u>생긴</u> 상가에 가 보았다.

④ ⓓ: 나는 도서관에서 책 빌리는 방법을 <u>물어</u> 보았다.

⑤ ⓔ: 바닷가의 찬바람을 쐬니 온몸에 소름이 <u>끼쳤다</u>.

[1~5] 다음 글을 읽고 물음에 답하시오.

❶ 국가, 지방 자치 단체와 같은 행정 주체가 행정 목적을 ⓐ실현하기 위해 국민의 권리를 제한하거나 국민에게 의무를 부과하는 '행정 규제'는 국회가 제정한 법률에 근거해야 한다. 그러나 국회가 아니라, 대통령을 수반으로 하는 행정부나 지방 자치 단체와 같은 행정 기관이 제정한 법령인 행정입법에 의한 행정 규제의 비중이 커지고 있다. 드론과 관련된 행정 규제 사항들처럼, 첨단 기술과 관련되거나, 상황 변화에 즉각 대처해야 하거나, 개별적 상황을 ⓑ반영하여 규제를 달리해야 하는 행정 규제 사항들이 늘어나고 있기 때문이다. 행정 기관은 국회에 비해 이러한 사항들을 다루기에 적합하다.

❷ 행정입법의 유형에는 위임명령, 행정규칙, 조례 등이 있다. 헌법에 따르면, 국회는 행정 규제 사항에 관한 법률을 제정할 때 특정한 내용에 관한 입법을 행정부에 위임할 수 있다. 이에 따라 제정된 행정입법을 위임명령이라고 한다. 위임명령은 제정 주체에 따라 대통령령, 총리령, 부령으로 나누어진다. 이들은 모두 국민에게 적용되기 때문에 입법예고, 공포 등의 절차를 거쳐야 한다. 위임명령은 입법부인 국회가 자신의 권한의 일부를 행정부에 맡겼기 때문에 정당화될 수 있다. 그래서 특정한 행정 규제의 근거 법률이 위임명령으로 제정할 사항의 범위를 정하지 않은 채 위임하는 포괄적 위임은 헌법상 삼권 분립 원칙에 저촉된다. 위임된 행정 규제 사항의 대강을 위임 근거 법률의 내용으로부터 ⓒ예측할 수 있어야 한다는 것이다. 다만 행정 규제 사항의 첨단 기술 관련성이 클수록 위임 근거 법률이 위임할 수 있는 사항의 범위가 넓어진다. 한편, 위임명령이 법률로부터 위임받은 범위를 벗어나서 제정되거나, 위임 근거 법률이 사용한 어구의 의미를 확대하거나 축소하여 제정되어서는 안 된다. ㉠위임명령이 이러한 제한을 위반하여 제정되면 효력이 없다.

❸ 행정규칙은 원래 행정부의 직제나 사무 처리 절차에 관한 행정입법으로서 고시(告示), 예규 등이 여기에 속한다. 일반 국민에게는 직접 적용되지 않기 때문에, 법률로부터 위임받지 않아도 유효하게 제정될 수 있고 위임명령 제정 시와 동일한 절차를 거칠 필요가 없다. 그러나 행정 규제 사항에 관하여 행정규칙이 제정되는 예외적인 경우도 있다. 위임된 사항이 첨단 기술과의 관련성이 매우 커서 위임명령으로는 ⓓ대응하기 어려워 불가피한 경우, 위임 근거 법률이 행정입법의 제정 주체만 지정하고 행정입법의 유형을 지정하지 않았다면 위임된 사항이 고시나 예규로 제정될 수 있다. 이런 경우의 행정규칙은 위임명령과 달리, 입법예고, 공포 등을 거치지 않고 제정된다.

❹ 조례는 지방 의회가 제정하는 행정입법으로 지역의 특수성을 반영하여 제정되고 지역에서 발생하는 사안에 대해 적용된

다. 제정 주체가 지방 자치 단체의 기관인 지방 의회라는 점에서 행정부에서 제정하는 위임명령, 행정규칙과 ⓔ구별된다. 조례도 행정 규제 사항을 규정하려면 법률의 위임에 근거해야 한다. 또한 법률로부터 포괄적 위임을 받을 수 있지만 위임 근거 법률이 사용한 어구의 의미를 다르게 사용할 수 없다. 조례는 입법예고, 공포 등의 절차를 거쳐 제정된다.

≫ 각 문단을 요약하고 지문을 두 부분으로 나누어 보세요.

> **❶** 행정 규제는 _____가 제정한 법률에 근거해야 하지만, 행정 기관이 제정한 _____에 의한 행정 규제의 비중이 커지고 있다.

> **❷** 행정입법 중 위임명령은 국회가 입법을 _____에 위임하여 제정되는데, 입법예고, 공포 등의 절차를 거쳐야 하며 _____적 위임은 허용되지 않는다.

> **❸** 행정입법 중 행정규칙은 법률로부터 _____받지 않아도 제정될 수 있고 위임명령과 동일한 절차를 거칠 필요가 없지만, 예외적으로 행정 규제 사항에 관하여 _____이 제정되는 경우도 있다.

> **❹** 행정입법 중 조례는 _____가 제정하며 행정 규제 사항을 규정하려면 법률의 위임에 근거해야 하며 _____, 공포 등의 절차를 거쳐 제정된다.

1. 윗글의 내용과 일치하는 것은?

① 행정입법에 속하는 법령들은 제정 주체가 동일하다.

② 행정입법에 속하는 법령들은 모두 개별적 상황과 지역의 특수성을 반영한다.

③ 행정입법에 속하는 법령들은 모두 정당성을 확보하기 위하여 국회의 위임에 근거한다.

④ 행정 규제 사항에 적용되는 행정입법은 모두 포괄적 위임이 금지되어 있다.

⑤ 행정부가 국회보다 신속히 대응할 수 있는 행정 규제 사항은 행정입법의 대상으로 적합하다.

2. ㉠의 이유로 가장 적절한 것은?

① 그 위임명령이 법률의 근거 없이 행정 규제 사항을 규정했기 때문이다.

② 그 위임명령이 포괄적 위임을 받아 제정된 경우에 해당하기 때문이다.

③ 그 위임명령이 첨단 기술에 대한 내용을 정확히 반영하지 않았기 때문이다.

④ 그 위임명령이 국민의 권리를 제한하는 권한을 행정 기관에 맡겼기 때문이다.

⑤ 그 위임명령이 구체적 상황의 특성을 반영한 융통성 있는 대응을 하지 못했기 때문이다.

3. 행정규칙에 관한 설명 중 적절하지 않은 것은?

① 행정부의 직제나 사무 처리 절차를 규정하는 경우, 법률의 위임이 요구되지 않는다.

② 행정부의 직제나 사무 처리 절차를 규정하는 경우, 일반 국민에게 직접 적용되지 않는다.

③ 행정 규제 사항을 규정하는 경우, 위임명령의 제정 절차를 따르지 않는다.

④ 행정 규제 사항을 규정하는 경우, 위임 근거 법률의 위임을 받은 제정 주체에 의해 제정된다.

⑤ 행정 규제 사항을 규정하는 경우, 위임 근거 법률로부터 위임받을 수 있는 사항의 범위가 위임명령과 같다.

4. 윗글을 바탕으로 〈보기〉의 ㉮~㉱에 대해 이해한 내용으로 가장 적절한 것은? [3점]

〈보기〉

갑은 새로 개업한 자신의 가게 홍보를 위해 인근 자연공원에 현수막을 설치하려고 한다. 현수막 설치에 관한 행정 규제의 내용을 확인하기 위해 ○○시청에 문의하고 아래와 같은 회신을 받았다.

> 문의하신 내용에 대해 다음과 같이 알려 드립니다.
> ㉮『옥외광고물 등의 관리와 옥외광고산업 진흥에 관한 법률』 제3조(광고물 등의 허가 또는 신고)에 따른 허가 또는 신고 대상 광고물에 관한 사항은 대통령령인 ㉯『옥외광고물 등의 관리와 옥외광고산업 진흥에 관한 법률 시행령』 제5조에 규정되어 있습니다. 이에 따르면 문의하신 규격의 현수막을 설치하시려면 설치 전에 신고하셔야 합니다.
> 또한 위 법률 제16조(광고물 실명제)에 의하면, 신고 번호, 표시 기간, 제작자명 등을 표시하도록 규정하고 있습니다. 표시하는 방법에 대해서는 ㉰○○시 지방 의회에서 제정한 법령에 따르셔야 합니다.

① ㉮의 제3조의 내용에서 ㉯의 제5조의 신고 대상 광고물에 관한 사항의 구체적 내용을 확인할 수 있겠군.

② ㉯의 제5조는 ㉮의 제16조로부터 제정할 사항의 범위가 정해져 위임을 받았겠군.

③ ㉯는 ㉰와 달리 입법예고와 공포 절차를 거쳤겠군.

④ ㉮에 나오는 '광고물'의 의미와 ㉯에 나오는 '광고물'의 의미는 일치하겠군.

⑤ ㉯를 준수해야 하는 국민 중에는 ㉰를 준수하지 않아도 되는 국민이 있겠군.

5. 문맥상 ⓐ~ⓔ와 바꿔 쓰기에 가장 적절한 것은?

① ⓐ: 나타내기

② ⓑ: 드러내어

③ ⓒ: 헤아릴

④ ⓓ: 마주하기

⑤ ⓔ: 달라진다

[1~5] 다음 글을 읽고 물음에 답하시오.

❶ 특허권은 발명에 대한 정보의 소유자가 특허 출원 및 담당 관청의 심사를 통하여 획득한 특허를 일정 기간 독점적으로 사용할 수 있는 법률상 권리를 말한다. 한편 영업 비밀은 생산 방법, 판매 방법, 그 밖에 영업 활동에 유용한 기술상 또는 경영상의 정보 등으로, 일정 조건을 갖추면 법으로 보호받을 수 있다. 법으로 보호되는 특허권과 영업 비밀은 모두 지식 재산인데, 정보 통신 기술(ICT) 산업은 이 같은 지식 재산을 기반으로 창출된다. 지식 재산 보호 문제와 더불어 최근에는 ICT 다국적 기업이 지식 재산으로 거두는 수입에 대한 과세 문제가 불거지고 있다.

❷ 일부 국가에서는 ICT 다국적 기업에 대해 디지털세 도입을 진행 중이다. 디지털세는 이를 도입한 국가에서 ICT 다국적 기업이 거둔 수입에 대해 부과되는 세금이다. 디지털세의 배경에는 법인세 감소에 대한 각국의 우려가 있다. 법인세는 국가가 기업으로부터 걷는 세금 중 가장 중요한 것으로, 재화나 서비스의 판매 등을 통해 거둔 수입에서 제반 비용을 제외하고 남은 이윤에 대해 부과하는 세금이라 할 수 있다.

❸ ㉠많은 ICT 다국적 기업이 법인세율이 현저하게 낮은 국가에 자회사를 설립하고 그 자회사에 이윤을 몰아주는 방식으로 법인세를 회피한다는 비판이 있어 왔다. 예를 들면 ICT 다국적 기업 Z사는 법인세율이 매우 낮은 A국에 자회사를 세워 특허의 사용 권한을 부여한다. 그리고 법인세율이 A국보다 높은 B국에 설립된 Z사의 자회사에서 특허 사용으로 수입이 발생하면 Z사는 B국의 자회사로 하여금 A국의 자회사에 특허 사용에 대한 수수료인 로열티를 지출하도록 한다. 그 결과 Z사는 ⓐB국의 자회사에 법인세가 부과될 이윤을 최소화한다. ICT 다국적 기업의 본사를 많이 보유한 국가에서도 해당 기업에 대한 법인세 징수는 문제가 된다. 그러나 그중 어떤 국가들은 ICT 다국적 기업의 활동이 해당 산업에서 자국이 주도권을 유지하는 데 중요하기 때문에라도 디지털세 도입에는 방어적이다.

[A] **❹** ICT 산업을 주도하는 국가에서 더 중요한 문제는 ICT 지식 재산 보호의 국제적 강화일 수 있다. 이론적으로 봤을 때 지식 재산의 보호가 약할수록 유용한 지식 창출의 유인이 저해되어 지식의 진보가 정체되고, 지식 재산의 보호가 강할수록 해당 지식에 대한 접근을 막아 소수의 사람만이 혜택을 보게 된다. 전자로 발생한 손해를 유인 비용, 후자로 발생한 손해를 접근 비용이라고 한다면, 지식 재산 보호의 최적 수준은 두 비용의 합이 최소가 될 때일 것이다. 각국은 그 수준에서 자국의 지식 재산 보호 수준을 설정한다. 특허 보호 정도와 국민 소득의 관계를 보여 주는 한 연구에서는 국민 소득이 일정 수준 이상인 상태에서는 국민 소득이 증가할수록 특허 보호 정도가 강해지는 경향이 있지만, 가

장 낮은 소득 수준을 벗어난 국가들은 그들보다 소득 수준이 낮은 국가들보다 오히려 특허 보호가 약한 것으로 나타났다. 이는 지식 재산 보호의 최적 수준에 대해서도 국가별 입장이 다름을 시사한다.

>> 각 문단을 요약하고 지문을 **세 부분**으로 나누어 보세요.

❶ ICT 산업은 _____을 기반으로 창출되는데, 최근 ICT 다국적 기업이 지식 재산으로 거두는 수입에 대한 _____ 문제가 불거지고 있다.
❷ 일부 국가에서는 ICT 다국적 기업에 _____ 도입을 진행 중인데, 그 배경에는 _____ 감소에 대한 각국의 우려가 있다.
❸ 많은 ICT 다국적 기업이 법인세율이 낮은 국가에 _____를 설립해 이윤을 몰아주어 법인세를 회피한다는 비판이 있었는데, ICT 다국적 기업의 본사를 많이 보유한 어떤 국가들은 자국의 주도권 유지를 위해 _____ 도입에 방어적이다.
❹ ICT 산업 주도 국가에서 더 중요한 문제는 ICT 지식 재산 보호의 국제적 강화인데, 지식 재산 보호의 최적 수준은 유인 비용과 접근 비용의 합이 _____일 때이나 국민 _____에 따라 국가별 입장이 다르다.

1. 윗글을 읽고 답을 찾을 수 있는 질문에 해당하지 <u>않는</u> 것은?

① 법으로 보호되는 특허권과 영업 비밀의 공통점은 무엇인가?

② 영업 비밀이 법적 보호 대상으로 인정받기 위한 절차는 무엇인가?

③ ICT 다국적 기업의 수입에 과세하는 제도 도입의 배경은 무엇인가?

④ 로열티는 ICT 다국적 기업의 법인세를 줄이는 데 어떻게 이용되는가?

⑤ 이론적으로 지식 재산 보호의 최적 수준은 어떻게 설정하는가?

2. 디지털세에 대한 이해로 가장 적절한 것은?

① 지식 재산 보호를 강화할 수 있는 수단이다.

② 이윤에서 제반 비용을 제외한 금액에 부과된다.

③ ICT 산업에서 주도적인 국가는 도입에 적극적이다.

④ 여러 국가에 자회사를 설립하는 방식으로 줄일 수 있다.

⑤ 도입된 국가에서 ICT 다국적 기업이 거둔 수입에 부과된다.

3. 〈보기〉는 윗글을 읽은 학생이 수행할 학습지의 일부이다. ㉮에 들어갈 말로 가장 적절한 것은? [3점]

〈보기〉

○ 과제: '㉠을 근거로 ICT 다국적 기업에 디지털세가 부과되는 것이 타당한가?'를 검증할 가설에 대한 판단

• 가설

ICT 다국적 기업 자회사들의 수입 대비 이윤의 비율은 법인세율이 높은 국가일수록 낮다.

• 판단

가설이 참이라면 [㉮   ]고 할 수 있으므로 ㉠을 근거로 디지털세를 부과하는 것을 지지할 수 있겠군.

① ICT 다국적 기업 자회사의 수입이 법인세율이 높은 국가일수록 많다

② ICT 다국적 기업이 법인세율이 높은 국가의 자회사에 로열티를 지출한다

③ ICT 다국적 기업 자회사의 수입 대비 제반 비용의 비율이 법인세율이 낮은 국가일수록 높다

④ ICT 다국적 기업이 법인세율이 높은 국가의 자회사에서 수입에 비해 이윤을 줄이는 방식으로 법인세를 줄이고 있다

⑤ 법인세율이 높은 국가에 본사가 있는 ICT 다국적 기업 자회사의 수입 대비 이윤의 비율은 법인세율이 낮은 국가일수록 낮다

4. [A]를 적용하여 〈보기〉를 이해한 내용으로 적절하지 <u>않은</u> 것은?

〈보기〉

S국은 현재 국민 소득이 가장 낮은 수준의 국가이고 ICT 산업에서 주도적인 국가가 아니다. S국의 특허 보호 정책은 지식 재산 보호 정책을 대표한다.

① ICT 산업에서 주도적인 국가는 S국이 유인 비용을 현재보다 크게 인식하여 지식 재산 보호 수준을 높이기 바라겠군.

② S국에서는 지식 재산 보호 수준이 낮을 때가 높을 때보다 지식 재산 창출 의욕의 저하로 인한 손해가 더 심각하겠군.

③ S국에서 현재의 특허 제도가 특허권을 과하게 보호한다고 판단한다면 지식 재산 보호 수준을 낮춰 접근 비용을 높이고 싶겠군.

④ S국의 국민 소득이 점점 높아진다면 유인 비용과 접근 비용의 합이 최소가 되는 지식 재산 보호 수준은 낮아졌다가 높아지겠군.

⑤ S국이 지식 재산 보호 수준을 높일 때, 지식의 발전이 저해되어 발생하는 손해는 감소하고 다수가 지식 재산의 혜택을 누리지 못하여 발생하는 손해는 증가하겠군.

5. 문맥상 ⓐ와 바꿔 쓰기에 적절하지 <u>않은</u> 것은?

① Z사의 전체적인 법인세 부담을 줄인다

② A국의 자회사가 거두는 수입을 늘린다

③ A국의 자회사가 얻게 될 이윤을 줄인다

④ B국의 자회사가 낼 법인세를 최소화한다

⑤ B국의 자회사가 지출하는 제반 비용을 늘린다

[1~6] 다음 글을 읽고 물음에 답하시오.

❶ 국제법에서 일반적으로 조약은 국가나 국제기구들이 그들 사이에 지켜야 할 구체적인 권리와 의무를 명시적으로 합의하여 창출하는 규범이며, 국제 관습법은 조약 체결과 관계없이 국제 사회 일반이 받아들여 지키고 있는 보편적인 규범이다. 반면에 경제 관련 국제기구에서 어떤 결정을 하였을 경우, 이 결정 사항 자체는 권고적 효력만 있을 뿐 법적 구속력은 없는 것이 일반적이다. 그런데 국제결제은행 산하의 바젤위원회가 결정한 BIS 비율 규제와 같은 것들이 비회원인 국가에서도 엄격히 준수되는 모습을 종종 보게 된다. 이처럼 일종의 규범적 성격이 나타나는 현실을 어떻게 이해할지에 대한 논의가 있다. 이는 위반에 대한 제재를 통해 국제법의 효력을 확보하는 데 주안점을 두는 일반적 경향을 되돌아보게 한다. 곧 신뢰가 형성하는 구속력에 주목하는 것이다.

❷ BIS 비율은 은행의 재무 건전성을 유지하는 데 필요한 최소한의 자기자본 비율을 설정하여 궁극적으로 예금자와 금융 시스템을 보호하기 위해 바젤위원회에서 도입한 것이다. 바젤위원회에서는 BIS 비율이 적어도 규제 비율인 8%는 되어야 한다는 기준을 제시하였다. 이에 대한 식은 다음과 같다.

$$\text{BIS 비율(\%)} = \frac{\text{자기자본}}{\text{위험가중자산}} \times 100 \geq 8(\%)$$

여기서 자기자본은 은행의 기본자본, 보완자본 및 단기후순위채무의 합으로, 위험가중자산은 보유 자산에 각 자산의 신용 위험에 대한 위험 가중치를 곱한 값들의 합으로 구하였다. 위험 가중치는 자산 유형별 신용 위험을 반영하는 것인데, OECD 국가의 국채는 0%, 회사채는 100%가 획일적으로 부여되었다. 이후 금융 자산의 가격 변동에 따른 시장 위험도 반영해야 한다는 요구가 커지자, 바젤위원회는 위험가중자산을 신용 위험에 따른 부분과 시장 위험에 따른 부분의 합으로 새로 정의하여 BIS 비율을 산출하도록 하였다. 신용 위험의 경우와 달리 시장 위험의 측정 방식은 감독 기관의 승인하에 은행의 선택에 따라 사용할 수 있게 하여 '바젤 Ⅰ' 협약이 1996년에 완성되었다.

❸ 금융 혁신의 진전으로 '바젤 Ⅰ' 협약의 한계가 드러나자 2004년에 '바젤 Ⅱ' 협약이 도입되었다. 여기에서 BIS 비율의 위험가중자산은 신용 위험에 대한 위험 가중치에 자산의 유형과 신용도를 모두 ⓐ고려하도록 수정되었다. 신용 위험의 측정 방식은 표준 모형이나 내부 모형 가운데 하나를 은행이 이용할 수 있게 되었다. 표준 모형에서는 OECD 국가의 국채는 0%에서 150%까지, 회사채는 20%에서 150%까지 위험 가중치를 구분하여 신용도가 높을수록 낮게 부과한다. 예를 들어 실제 보유한 회사채가 100억 원인데 신용 위험 가중치가 20%라면 위험가중자산에서

그 회사채는 20억 원으로 계산된다. 내부 모형은 은행이 선택한 위험 측정 방식을 감독 기관의 승인하에 그 은행이 사용할 수 있도록 하는 것이다. 또한 감독 기관은 필요시 위험가중자산에 대한 자기자본의 최저 비율이 ⓑ규제 비율을 초과하도록 자국 은행에 요구할 수 있게 함으로써 자기자본의 경직된 기준을 보완하고자 했다.

❹ 최근에는 '바젤 Ⅲ' 협약이 발표되면서 자기자본에서 단기후순위채무가 제외되었다. 또한 위험가중자산에 대한 기본자본의 비율이 최소 6%가 되게 보완하여 자기자본의 손실 복원력을 강화하였다. 이처럼 새롭게 발표되는 바젤 협약은 이전 협약에 들어 있는 관련 기준을 개정하는 효과가 있다.

❺ 바젤 협약은 우리나라를 비롯한 수많은 국가에서 채택하여 제도화하고 있다. 현재 바젤위원회에는 28개국의 금융 당국들이 회원으로 가입되어 있으며, 우리 금융 당국은 2009년에 가입하였다. 하지만 우리나라는 가입하기 훨씬 전부터 BIS 비율을 도입하여 시행하였으며, 현행 법제에도 이것이 반영되어 있다. 바젤 기준을 따름으로써 은행이 믿을 만하다는 징표를 국제 금융 시장에 보여 주어야 했던 것이다. 재무 건전성을 의심받는 은행은 국제 금융 시장에 자리를 잡지 못하거나, 심하면 아예 ⓒ발을 들이지 못할 수도 있다.

❻ 바젤위원회에서는 은행 감독 기준을 협의하여 제정한다. 그 헌장에서는 회원들에게 바젤 기준을 자국에 도입할 의무를 부과한다. 하지만 바젤위원회가 초국가적 감독 권한이 없으며 그의 결정도 ⓓ법적 구속력이 없다는 것 또한 밝히고 있다. 바젤 기준은 100개가 넘는 국가가 채택하여 따른다. 이는 국제기구의 결정에 형식적으로 구속을 받지 않는 국가에서까지 자발적으로 받아들여 시행하고 있다는 것인데, 이런 현실을 ㉠말랑말랑한 법(soft law)의 모습이라 설명하기도 한다. 이때 조약이나 국제 관습법은 그에 대비하여 딱딱한 법(hard law)이라 부르게 된다. 바젤 기준도 장래에 ⓔ딱딱하게 응고될지 모른다.

>> 각 문단을 요약하고 지문을 **세 부분**으로 나누어 보세요.

1 국제기구의 결정 사항은 조약이나 국제 관습법과 달리 _____ _____이 없는 것이 일반적이나, 바젤위원회가 결정한 _____ 규제는 비회원 국가에서도 엄격히 준수된다.

2 BIS 비율은 은행의 재무 건전성 유지에 필요한 최소한의 _____ 비율로, 바젤위원회는 BIS 비율이 8%는 되어야 한다는 기준을 제시하였는데, 1996년 _____을 새로 정의하고 시장 위험 측정 방식을 _____의 선택에 따라 사용할 수 있게 한 바젤 I 협약이 완성되었다.

3 2004년 도입된 바젤 II 협약은 은행이 _____의 측정 방식을 표준 모형이나 내부 모형 중 이용할 수 있게 하고, 필요시 위험 가중자산에 대한 자기자본의 최저 비율이 _____을 초과하도록 자국 은행에 요구할 수 있게 했다.

4 최근에는 바젤 III 협약이 발표되는 등 새로 발표되는 바젤 협약은 이전 협약의 기준을 _____하는 효과가 있다.

5 우리나라는 바젤 협약 가입 전부터 BIS 비율을 도입하여 시행했는데, 이는 바젤 기준을 따름으로써 은행의 재무 _____을 국제 _____에 보여 주어야 했기 때문이다.

6 바젤 기준은 국제기구의 결정에 구속을 받지 않는 국가에서까지 _____적으로 받아들여 시행하고 있어 _____한 법의 모습을 보여 준다.

1. 윗글의 내용 전개 방식으로 가장 적절한 것은?

① 특정한 국제적 기준의 내용과 그 변화 양상을 서술하며 국제 사회에 작용하는 규범성을 설명하고 있다.

② 특정한 국제적 기준이 제정된 원인을 서술하며 국제 사회의 규범을 감독 권한의 발생 원인에 따라 분류하고 있다.

③ 특정한 국제적 기준의 필요성을 서술하며 국제 사회에 수용 되는 규범의 필요성을 상반된 관점에서 논증하고 있다.

④ 특정한 국제적 기준과 관련된 국내법의 특징을 서술하며 국제 사회에 받아들여지는 규범의 장단점을 설명하고 있다.

⑤ 특정한 국제적 기준의 설정 주체가 바뀐 사례를 서술하며 국제 사회에서 규범 설정 주체가 지닌 특징을 분석하고 있다.

2. 윗글에서 알 수 있는 내용으로 적절하지 <u>않은</u> 것은?

① 조약은 체결한 국가들에 대하여 권리와 의무를 부과하는 것이 원칙이다.

② 새로운 바젤 협약이 발표되면 기존 바젤 협약에서의 기준이 변경되는 경우가 있다.

③ 딱딱한 법에서는 일반적으로 제재보다는 신뢰로써 법적 구속력을 확보하는 데 주안점이 있다.

④ 국제기구의 결정을 지키지 않을 때 입게 될 불이익은 그 결정이 준수되도록 하는 역할을 한다.

⑤ 세계 각국에서 바젤 기준을 법제화하는 것은 자국 은행의 재무 건전성을 대외적으로 인정받기 위해서이다.

3. BIS 비율에 대한 이해로 가장 적절한 것은?

① 바젤 I 협약에 따르면, 보유하고 있는 회사채의 신용도가 낮아질 경우 BIS 비율은 낮아지는 경향이 있다.

② 바젤 II 협약에 따르면, 각국의 은행들이 준수해야 하는 위험 가중자산 대비 자기자본의 최저 비율은 동일하다.

③ 바젤 II 협약에 따르면, 보유하고 있는 OECD 국가의 국채를 매각한 뒤 이를 회사채에 투자한다면 BIS 비율은 항상 높아진다.

④ 바젤 II 협약에 따르면, 시장 위험의 경우와 마찬가지로 감독 기관의 승인하에 은행이 선택하여 사용할 수 있는 신용 위험의 측정 방식이 있다.

⑤ 바젤 III 협약에 따르면, 위험가중자산 대비 보완자본이 최소 2%는 되어야 보완된 BIS 비율 규제를 은행이 준수할 수 있다.

4. 윗글을 참고할 때, 〈보기〉에 대한 반응으로 적절하지 않은 것은? [3점]

〈보기〉

갑 은행이 어느 해 말에 발표한 자기자본 및 위험가중자산은 아래 표와 같다. 갑 은행은 OECD 국가의 국채와 회사채만을 자산으로 보유하였으며, 바젤 II 협약의 표준 모형에 따라 BIS 비율을 산출하여 공시하였다. 이때 회사채에 반영된 위험 가중치는 50%이다. 그 이외의 자본 및 자산은 모두 무시한다.

항목	자기자본		
	기본자본	보완자본	단기후순위채무
금액	50억 원	20억 원	40억 원

항목	위험 가중치를 반영하여 산출한 위험가중자산		
	신용 위험에 따른 위험가중자산		시장 위험에 따른 위험가중자산
	국채	회사채	
금액	300억 원	300억 원	400억 원

① 갑 은행이 공시한 BIS 비율은 바젤위원회가 제시한 규제 비율을 상회하겠군.

② 갑 은행이 보유 중인 회사채의 위험 가중치가 20%였다면 BIS 비율은 공시된 비율보다 높았겠군.

③ 갑 은행이 보유 중인 국채의 실제 규모가 회사채의 실제 규모보다 컸다면 위험 가중치는 국채가 회사채보다 낮았겠군.

④ 갑 은행이 바젤 I 협약의 기준으로 신용 위험에 따른 위험가중자산을 산출한다면 회사채는 600억 원이 되겠군.

⑤ 갑 은행이 위험가중자산의 변동 없이 보완자본을 10억 원 증액한다면 바젤 III 협약에서 보완된 기준을 충족할 수 있겠군.

5. ㉠에 해당하는 사례로 가장 적절한 것은?

① 바젤위원회가 국제 금융 현실에 맞지 않게 된 바젤 기준을 개정한다.

② 바젤위원회가 가입 회원이 없는 국가에 바젤 기준을 준수하도록 요청한다.

③ 바젤위원회 회원의 국가가 준수 의무가 있는 바젤 기준을 실제로는 지키지 않는다.

④ 바젤위원회 회원의 국가가 강제성이 없는 바젤 기준에 대하여 준수 의무를 이행한다.

⑤ 바젤위원회 회원이 없는 국가에서 바젤 기준을 제도화하여 국내에서 효력이 발생하도록 한다.

6. 문맥상 ⓐ~ⓔ와 바꿔 쓰기에 적절하지 않은 것은?

① ⓐ: 반영하여 산출하도록

② ⓑ: 8%가 넘도록

③ ⓒ: 바젤위원회에 가입하지

④ ⓓ: 권고적 효력이 있을 뿐이라는

⑤ ⓔ: 조약이나 국제 관습법이 될지

MEMO

[1~5] 다음 글을 읽고 물음에 답하시오.

❶ 물건을 사용하고 있는 사람이 그 물건의 주인일까? 점유란 물건에 대한 사실상의 지배 상태를 뜻한다. 이에 비해 소유란 어떤 물건을 사용·수익·처분할 수 있는 권리를 가진 상태라고 정의된다. 따라서 점유자와 소유자가 항상 일치하지는 않는다.

[A]

❷ 물건을 빌려 쓰거나 보관하고 있는 것을 포함하여 물건을 물리적으로 지배하는 상태를 직접점유라고 한다. 이에 비해 어떤 물건을 빌려 쓰거나 보관하는 사람에게 그 물건의 반환을 청구할 수 있는 권리를 가진 사람도 사실상의 지배를 한다고 볼 수 있다. 이와 같이 반환청구권을 가진 상태를 간접점유라고 한다. 직접점유와 간접점유는 모두 점유에 해당한다. 점유는 소유자를 공시하는 기능도 수행한다. 공시란 물건에 대해 누가 어떤 권리를 가지고 있는지를 알려 주는 것이다. 물건 중에서 피아노, 금반지, 가방 등과 같은 대부분의 동산은 점유에 의해 소유권이 공시된다.

❸ 물건의 소유권이 양도되려면, 소유자가 양도인이 되어 양수인과 유효한 양도 계약을 하고 이에 더하여 소유권 양도를 공시해야 한다. ㉠점유로 소유권이 공시되는 동산의 소유권 양도는 점유를 넘겨주는 점유 인도로 공시된다. 양수인이 간접점유를 하여 소유권 이전이 공시되는 경우로서 '점유개정'과 '반환청구권 양도'가 있다. 예를 들어 A가 B에게 피아노의 소유권을 양도하기로 계약하되 사흘간 빌려 쓰는 것으로 합의한 경우, B는 A에게 피아노를 사흘 후 돌려 달라고 요구할 수 있는 반환청구권을 가지게 된다. 이처럼 양도인이 직접점유를 유지하지만, 양수인에게 점유 인도가 이루어진 것으로 간주되는 경우를 점유개정이라고 한다. 한편 C가 자신이 소유한 가방을 D에게 맡겨 두어 이에 대한 반환청구권을 가지게 되었는데, 이 가방의 소유권을 E에게 양도하는 계약을 체결하였다고 하자. 이때 C가 D에게 통지하여 가방 주인이 바뀌었으니 가방을 E에게 반환하라고 알려 주면 D가 보관 중인 가방에 대한 반환청구권은 C로부터 E에게로 넘어간다. 이 경우를 반환청구권 양도라고 한다.

❹ 양도인이 소유자가 아니더라도 양수인이 점유 인도를 받으면 소유권을 취득할 수 있을까? 점유로 공시되는 동산의 경우 양수인이 충분히 주의를 했는데도 양도인이 소유자가 아님을 알지 못한 채 양도인과 유효한 계약을 하고, 점유 인도로 공시를 했다면 양수인은 소유권을 취득한다. 이것을 '선의취득'이라 한다. 다만 간접점유에 의한 인도 방법 중 점유개정으로는 선의취득을 하지 못한다. 선의취득으로 양수인이 소유권을 취득하면 원래 소유자는 원하지 않아도 소유권을 상실하게 된다.

❺ 반면에 국가가 관리하는 공적 기록인 등기·등록으로 공시되어야 하는 물건은 아예 선의취득 대상이 아니다. ㉡법률이 등록 대상으로 규정한 자동차, 항공기 등의 동산은 등록으로 공시되는

물건이고, ㉢토지·건물과 같은 부동산은 등기로 공시되는 물건이다. 이러한 고가의 재산에 대해 선의취득을 허용하게 되면 원래 소유자의 의사에 반하는 소유권 박탈이 ⓐ일어나게 된다. 이것은 거래 안전에만 치중하고 원래 소유자의 권리 보호를 경시한 것이 되어 바람직하지 않다고 볼 수 있다.

>> 각 문단을 요약하고 지문을 세 부분으로 나누어 보세요.

❶ 점유란 물건에 대한 사실상의 지배 상태, 소유란 물건을 사용·수익·처분할 수 있는 _____를 가진 상태로 점유자와 소유자가 항상 _____하지는 않는다.
❷ 물건을 _____으로 지배하는 상태를 직접점유, _____ _____을 가진 상태를 간접점유라고 하며, 점유는 소유자를 공시하는 기능도 한다.
❸ 소유권이 양도되려면 유효한 양도 계약과 소유권 양도 _____를 해야 하고, 점유로 소유권이 공시되는 동산의 소유권 양도는 _____ _____로 공시되는데 양수인이 _____를 하여 소유권 이전이 공시되는 경우로 점유개정과 반환청구권 양도가 있다.
❹ _____이 소유자가 아니더라도 특정 조건을 충족하면 양수인이 소유권을 취득하는 것을 선의취득이라 하는데, _____으로는 선의취득을 하지 못한다.
❺ _____의 권리 보호를 위해 등기·등록으로 공시되는 물건은 _____을 허용하지 않는다.

1. 윗글을 이해한 내용으로 적절하지 않은 것은?

① 가방을 사용하고 있는 사람은 그 가방의 점유자이다.

② 가방을 점유하고 있더라도 그 가방의 소유자가 아닐 수 있다.

③ 가방의 소유권이 유효한 계약으로 이전되려면 점유 인도가 있어야 한다.

④ 가방에 대해 누가 소유권을 가지고 있는지를 알게 해 주는 방법은 점유이다.

⑤ 가방의 소유권을 양도하는 유효한 계약을 체결하면 공시 방법이 갖춰지지 않아도 소유권은 이전된다.

2. [A]에 대한 이해로 가장 적절한 것은?

① 물리적 지배를 해야 동산의 간접점유자가 될 수 있다.

② 간접점유는 피아노 소유권에 대한 공시 방법이 아니다.

③ 하나의 동산에 직접점유자가 있으려면 간접점유자도 있어야 한다.

④ 피아노의 직접점유자가 있으면 그 피아노의 간접점유자는 소유자가 아니다.

⑤ 유효한 양도 계약으로 피아노의 소유자가 되려면 피아노에 대해 직접점유나 간접점유 중 하나를 갖춰야 한다.

3. ㉠~㉢을 비교한 내용으로 가장 적절한 것은?

① ㉠은 ㉢과 달리, 국가가 관리하는 공적 기록에 의해 소유권 양도가 공시될 수 있다.

② ㉡은 ㉠과 달리, 원래 소유자의 권리 보호가 거래 안전보다 중시되는 대상이다.

③ ㉢은 ㉠과 달리, 물리적 지배의 대상이 아니므로 점유로 공시될 수 없다.

④ ㉠과 ㉡은 모두 양도인이 소유자가 아니더라도 소유권 이전이 가능하다.

⑤ ㉠과 ㉢은 모두 점유개정으로 소유권 양도가 공시될 수 있다.

4. 윗글을 바탕으로 할 때, 〈보기〉를 이해한 내용으로 적절하지 않은 것은? [3점]

〈보기〉

갑과 을은, 갑이 끼고 있었던 금반지의 소유권을 을에게 양도하기로 하는 유효한 계약을 했다. 갑과 을은, 갑이 이 금반지를 보관하다가 을이 요구할 때 넘겨주기로 합의했다. 을은 소유권 양도 계약을 할 때 양도인이 소유자라고 믿었고 양도인이 소유자인지 확인하기 위해 충분히 주의했다. 을은 일주일 후 병과 유효한 소유권 양도 계약을 했고, 갑에게 통지하여 사흘 후 병에게 금반지를 넘겨주라고 알려 주었다.

① 갑이 금반지 소유자였다면, 병이 금반지의 물리적 지배를 넘겨받지 않았으나 병은 소유권을 취득한다.

② 갑이 금반지 소유자였다면, 을은 갑으로부터 물리적 지배를 넘겨받지 않았으나 점유 인도를 받은 것으로 간주된다.

③ 갑이 금반지 소유자가 아니었더라도, 병은 을로부터 을이 가진 소유권을 양도받아 취득한다.

④ 갑이 금반지 소유자가 아니었더라도, 을은 반환청구권 양도로 병에게 점유 인도를 한 것으로 간주된다.

⑤ 갑이 금반지 소유자가 아니었더라도, 병이 계약할 때 양도인이 소유자라고 믿었고 양도인이 소유자인지 확인하기 위해 충분히 주의했다면, 병은 소유권을 취득한다.

5. 문맥상 의미가 ⓐ와 가장 가까운 것은?

① 작년은 우리나라에서 수많은 사건이 일어난 해였다.

② 청중 사이에서는 기쁨으로 인해 환호성이 일어났다.

③ 형님의 강한 의지력으로 집안이 다시 일어나게 되었다.

④ 나는 그 사람에 대해 경계심이 일어나지 않을 수 없었다.

⑤ 사회는 구성원들이 부조리에 맞서 일어남으로써 발전한다.

2020학년도 6월 모평

경제 안정을 위한 정책

[1~5] 다음 글을 읽고 물음에 답하시오.

1 전통적인 통화 정책은 정책 금리를 활용하여 물가를 안정시키고 경제 안정을 도모하는 것을 목표로 한다. 중앙은행은 경기가 과열되었을 때 정책 금리 인상을 통해 경기를 진정시키고자 한다. 정책 금리 인상으로 시장 금리도 높아지면 가계 및 기업에 대한 대출 감소로 신용 공급이 축소된다. 신용 공급의 축소는 경제 내 수요를 줄여 물가를 안정시키고 경기를 진정시킨다. 반면 경기가 침체되었을 때는 반대의 과정을 통해 경기를 부양시키고자 한다.

2 금융을 통화 정책의 전달 경로로만 보는 전통적인 경제학에서는 금융감독 정책이 개별 금융 회사의 건전성 확보를 통해 금융 안정을 달성하고자 하는 ㉠미시 건전성 정책에 집중해야 한다고 보았다. 이러한 관점은 금융이 직접적인 생산 수단이 아니므로 단기적일 때와는 달리 장기적으로는 경제 성장에 영향을 미치지 못한다는 인식과, 자산 시장에서는 가격이 본질적 가치를 초과하여 폭등하는 버블이 존재하지 않는다는 효율적 시장 가설에 기인한다. 미시 건전성 정책은 개별 금융 회사의 건전성에 대한 예방적 규제 성격을 가진 정책 수단을 활용하는데, 그 예로는 향후 손실에 대비하여 금융 회사의 자기자본 하한을 설정하는 최저 자기자본 규제를 들 수 있다.

3 이처럼 전통적인 경제학에서는 금융감독 정책을 통해 금융 안정을, 통화 정책을 통해 물가 안정을 달성할 수 있다고 보는 이원적인 접근 방식이 지배적인 견해였다. 그러나 글로벌 금융 위기 이후 금융 시스템이 와해되어 경제 불안이 확산되면서 기존의 접근 방식에 대한 자성이 일어났다. 이 당시 경기 부양을 목적으로 한 중앙은행의 저금리 정책이 자산 가격 버블에 따른 금융 불안을 야기하여 경제 안정이 훼손될 수 있다는 데 공감대가 형성되었다. 또한 금융 회사가 대형화되면서 개별 금융 회사의 부실이 금융 시스템의 붕괴를 야기할 수 있게 됨에 따라 금융 회사 규모가 금융 안정의 새로운 위험 요인으로 등장하였다. 이에 기존의 정책으로는 금융 안정을 확보할 수 없고, 경제 안정을 위해서는 물가 안정뿐만 아니라 금융 안정도 필수적인 요건임이 밝혀졌다. 그 결과 미시 건전성 정책에 ㉡거시 건전성 정책이 추가된 금융감독 정책과 물가 안정을 위한 통화 정책 간의 상호 보완을 통해 경제 안정을 달성해야 한다는 견해가 주류를 형성하게 되었다.

4 거시 건전성이란 개별 금융 회사 차원이 아니라 금융 시스템 차원의 위기 가능성이 낮아 건전한 상태를 말하고, 거시 건전성 정책은 금융 시스템의 건전성을 추구하는 규제 및 감독 등을 포괄하는 활동을 의미한다. 이때, 거시 건전성 정책은 미시 건전성이 거시 건전성을 담보할 수 있는 충분조건이 되지 못한다는 '구성의 오류'에 논리적 기반을 두고 있다. 거시 건전성 정책은 금융

시스템 위험 요인에 대한 예방적 규제를 통해 금융 시스템의 건전성을 추구한다는 점에서, 미시 건전성 정책과는 차별화된다.

5 거시 건전성 정책의 목표를 효과적으로 달성하기 위해서는 경기 변동과 금융 시스템 위험 요인 간의 상관관계를 감안한 정책 수단의 도입이 필요하다. 금융 시스템 위험 요인은 경기 순응성을 가진다. 즉 경기가 호황일 때는 금융 회사들이 대출을 늘려 신용 공급을 팽창시킴에 따라 자산 가격이 급등하고, 이는 다시 경기를 더 과열시키는 반면 불황일 때는 그 반대의 상황이 일어난다. 이를 완화할 수 있는 정책 수단으로는 경기 대응 완충자본 제도를 ⓐ들 수 있다. 이 제도는 정책 당국이 경기 과열기에 금융 회사로 하여금 최저 자기자본에 추가적인 자기자본, 즉 완충자본을 쌓도록 하여 과도한 신용 팽창을 억제시킨다. 한편 적립된 완충자본은 경기 침체기에 대출 재원으로 쓰도록 함으로써 신용이 충분히 공급되도록 한다.

≫ 각 문단을 요약하고 지문을 세 부분으로 나누어 보세요.

1 전통적인 통화 정책은 _____를 조절하여 _____를 안정시키고, 경제 안정을 도모하는 것을 목표로 한다.
2 전통적인 경제학에서는 _____의 건전성을 확보하여 금융 안정을 달성하는 _____ 정책에 집중하는데, 그 예로 최저 자기자본 규제가 있다.
3 글로벌 금융 위기 이후 미시 건전성 정책에 _____ 정책을 추가한 금융감독 정책과 통화 정책 간의 _____을 통해 경제 안정을 달성해야 한다는 견해가 주류가 되었다.
4 거시 건전성 정책은 _____ 위험 요인에 대한 _____적 규제를 통해 금융 시스템의 건전성을 추구한다.
5 경기 대응 완충자본 제도는 금융 시스템 위험 요인의 경기 _____을 완화하는 정책 수단으로, 경제 _____에 신용 팽창을 억제하고 경제 침체기에 신용이 공급되도록 한다.

1. 윗글을 통해 알 수 있는 것은?

① 글로벌 금융 위기 이전에는, 금융이 단기적으로 경제 성장에 영향을 미치지 못한다고 보았다.

② 글로벌 금융 위기 이전에는, 개별 금융 회사가 건전하다고 해서 금융 안정이 달성되는 것은 아니라고 보았다.

③ 글로벌 금융 위기 이전에는, 경기 침체기에는 통화 정책과 더불어 금융감독 정책을 통해 경기를 부양시켜야 한다고 보았다.

④ 글로벌 금융 위기 이후에는, 정책 금리 인하가 경제 안정을 훼손하는 요인이 될 수 있다고 보았다.

⑤ 글로벌 금융 위기 이후에는, 경기 변동이 자산 가격 변동을 유발하나 자산 가격 변동은 경기 변동을 유발하지 않는다고 보았다.

2. ㉠과 ㉡에 대한 설명으로 적절하지 않은 것은?

① ㉠에서는 물가 안정을 위한 정책 수단과는 별개의 정책 수단을 통해 금융 안정을 달성하고자 한다.

② ㉡에서는 신용 공급의 경기 순응성을 완화시키는 정책 수단이 필요하다.

③ ㉠은 ㉡과 달리 예방적 규제 성격의 정책 수단을 사용하여 금융 안정을 달성하고자 한다.

④ ㉡은 ㉠과 달리 금융 시스템 위험 요인을 감독하는 정책 수단을 사용한다.

⑤ ㉠과 ㉡은 모두 금융 안정을 달성하기 위해 금융 회사의 자기 자본을 이용한 정책 수단을 사용한다.

3. 윗글을 바탕으로 할 때, 〈보기〉의 A~D에 들어갈 말을 바르게 짝지은 것은?

〈보기〉

미시 건전성 정책과 거시 건전성 정책 간에는 정책 수단 운용에서 입장 차이가 존재한다. 경기가 (A)일 때 (B) 건전성 정책에서는 완충자본을 (C)하도록 하고, (D) 건전성 정책에서는 최소 수준 이상의 자기자본을 유지하도록 하여 개별 금융 회사의 건전성을 확보하려 한다.

	A	B	C	D
①	불황	거시	사용	미시
②	호황	거시	사용	미시
③	불황	거시	적립	미시
④	호황	미시	적립	거시
⑤	불황	미시	사용	거시

4. 윗글과 〈보기〉에 대한 이해로 적절하지 않은 것은? [3점]

〈보기〉

현실에서의 통화 정책 효과는 경기에 대해 비대칭적인 것으로 알려져 있다. 통화 정책은 경기 과열을 억제하는 데는 효과적이지만 경기 침체를 벗어나는 데는 효과가 미미하기 때문이다. 경기 침체를 극복하기 위해 중앙은행의 정책 금리 인하로 은행이 대출을 늘려 신용 공급을 확대하려 해도, 가계의 소비 심리가 위축되었거나 기업이 투자할 대상이 마땅치 않을 경우 전통적인 통화 정책에서 기대되는 효과는 나타나지 않게 된다. 오히려 확대된 신용 공급이 주식이나 부동산 등 자산 시장으로 과도하게 유입되어 의도치 않은 문제를 일으킬 수 있다.

경제학자들은 경제 주체들이 경기 상황에 대해 비대칭적으로 반응하기 때문에 나타나는 이러한 현상을 '끈 밀어올리기(pushing on a string)'라고 부른다. 이는, 끈을 당겨서 아래로 내리는 것은 쉽지만, 밀어서 위로 올리는 것은 어렵다는 것에 빗댄 것이다.

① '끈 밀어올리기'를 통해 경기 침체기에 자산 가격 버블이 발생하는 경우를 설명할 수 있겠군.

② 현실에서 경기가 침체되었을 경우 정책 금리 인하에 따른 경기 부양 효과는 경제 주체의 심리에 따라 달라질 수 있겠군.

③ '끈 밀어올리기'가 있을 경우 경기 침체기에 금융 안정을 달성하려면 경기 대응 완충자본 제도의 도입이 필요하겠군.

④ 통화 정책 효과가 경기에 대해 비대칭적이라면 경기 침체기에는 정책 금리 조정 이외의 방안을 도입할 필요가 있겠군.

⑤ 통화 정책 효과가 경기에 대해 비대칭적이라면 정책 금리 인상은 신용 공급을 축소시킴으로써 경기를 진정시킬 수 있겠군.

5. 문맥상 의미가 ⓐ와 가장 가까운 것은?

① 나는 그 사람에게 친근감이 든다.

② 그는 목격자의 진술을 증거로 들고 있다.

③ 그분은 이미 대가의 경지에 든 학자이다.

④ 하반기에 들자 수출이 서서히 증가하기 시작했다.

⑤ 젊은 부부는 집을 마련하기 위해 적금을 들기로 했다.

PART 4
과학·기술

[1~4] 다음 글을 읽고 물음에 답하시오.

❶ 블록체인 기술은 데이터를 블록이라는 단위로 묶어 체인 형태로 연결한 것을 여러 대의 컴퓨터에 중복 저장하는 기술이다. 체인 형태로 연결된 블록의 집합을 블록체인이라 하고, 블록체인을 저장하는 컴퓨터를 노드라고 한다. 새로 생성된 블록은 노드들에 전파된다. 노드들은 블록에 포함된 내용이 블록체인의 다른 블록에 있는 내용과 상충되지 않는지, 동일한 내용이 블록체인의 다른 블록에 이중으로 포함되어 있지 않은지 검증한다. 검증이 끝난 블록을 블록체인에 연결할지 여부는 모든 노드들이 참여하는 승인 과정을 통해 정해진다. 승인이 완료된 블록은 블록체인에 연결되고, 이 블록체인은 노드들에 저장된다. 승인 과정에는 합의 알고리즘이 사용되고, 합의 알고리즘의 예로 '작업증명'이 있다.

❷ 블록체인 기술의 성능은 블록체인에 데이터가 저장되는 속도로 정의되며, 단위 시간당 블록체인에 저장되는 데이터의 양으로 계산될 수 있다. 블록체인 기술은 공개형과 비공개형으로 구분된다. 비공개형은 공개형과 달리 노드 수에 제한을 두고, 일반적으로 공개형에 비해 합의 알고리즘의 속도가 빠르다. 따라서 비공개형은 승인 과정에 걸리는 시간이 짧기 때문에 성능이 높다.

❸ 데이터가 무단으로 변경되기 어렵다는 성질을 무결성이라 하는데 무결성은 블록체인 기술의 대표적인 장점이다. 특정 노드에 저장되어 있는 일부 데이터가 변경되면 변경된 블록과 그 이후의 블록들은 블록체인과의 연결이 끊어진다. 끊어진 모든 블록을 다시 연결하는 것은 승인 과정을 필요로 하기 때문에 연결을 복구하는 것은 어렵다. 즉 블록과 블록체인의 연결을 유지하면서 블록체인에 포함된 데이터를 변경하는 것이 어려우므로 블록체인 데이터는 무결성이 높다. 무단 변경과 달리, 일부 데이터가 지워져도 승인된 원래의 데이터로 복원할 때는 승인 과정이 필요하지 않다. 따라서 ㉠블록체인에 포함된 데이터는 일부가 지워지더라도 복원이 용이하다.

❹ 블록체인 기술에서 고려해야 할 세 가지 특성이 있다. 보안성은 데이터의 무단 변경이 어려울 뿐 아니라 동일한 내용의 데이터가 블록체인의 서로 다른 블록에 또는 단일 블록에 이중으로 포함되는 것이 어렵다는 성질이다. 승인 과정에 걸리는 시간이 줄거나 노드 수가 감소하면 보안성은 낮아진다. 탈중앙성은 승인 과정에 다수의 노드들이 참여하고, 특정 노드가 승인 과정을 주도하지 않는다는 성질이다. 노드 수가 감소하면 탈중앙성은 낮아진다. 확장성은 블록체인 기술이 목표로 하는 응용 분야에 적용 가능할 만큼 성능이 높고, 노드 수가 증가해도 서비스 유지가 가능하다는 성질이다. 노드 수가 증가하면 성능이 저하되므

로, 확장성이 높다는 것은 노드 수가 증가하더라도 성능 저하가 크지 않다는 것을 의미한다. 그래서 기술 변화 없이 확장성을 높이고자 할 때 노드 수를 제한하는 방법이 사용되기도 한다. 노드 수를 제한하면 성능 저하를 막을 수 있기 때문이다. 아직까지 블록체인 기술은 보안성, 탈중앙성, 확장성을 함께 높일 수 있는 방법이 없어 대규모로 채택되지 못하고 있다.

▶▶ 각 문단을 요약하고 지문을 세 부분으로 나누어 보세요.

❶ 블록체인 기술은 데이터를 블록 단위로 묶어 체인 형태로 연결한 것을 여러 대의 컴퓨터에 _____ 저장하는 기술로, 새로 생성된 블록은 검증과 승인 과정을 거쳐 _____에 연결되어 노드들에 저장된다.
❷ 블록체인 기술의 성능은 데이터 저장 _____로 정의되며, 공개형과 _____에 제한을 두는 비공개형으로 구분된다.
❸ 블록체인 기술은 데이터가 무단으로 변경되기 어렵다는 _____을 장점으로 가지는 한편 블록체인에 포함된 데이터가 일부 지워지는 경우는 _____이 용이하다.
❹ 블록체인 기술에서는 보안성, 탈중앙성, _____을 고려해야 하는데, 아직까지 세 가지를 _____ 높일 수 있는 방법은 없다.

1. 다음은 윗글을 읽은 학생에게 제공된 학습지의 일부이다. 학생의 '판단 결과'로 적절하지 <u>않은</u> 것은?

※ 아래를 읽고 맞으면 ○, 틀리면 × 표시를 하시오.		
판단할 내용	**판단 결과**	
블록체인 기술의 특성과 한계를 살펴보고 있다.	○	①
블록체인의 구조를 분석하고, 블록체인 기술의 응용 분야를 소개하고 있다.	×	②
블록체인 기술의 장점을 열거하고, 다른 기술과의 경쟁 양상을 설명하고 있다.	×	③
⋮		
합의 알고리즘은 작업증명의 한 예이다.	○	④
체인 형태로 연결된 블록의 집합을 저장하는 컴퓨터를 노드라고 한다.	○	⑤

2. 윗글에 대한 이해로 가장 적절한 것은?

① 승인 과정에 참여할 노드를 결정하기 위해 합의 알고리즘이 사용된다.

② 일부 블록체인 데이터가 변경되면 전체 노드의 모든 블록은 승인 과정을 다시 거쳐야 한다.

③ 블록과 블록체인의 연결을 유지하면서 블록체인 데이터를 삭제할 수 있으면 보안성이 높다.

④ 공개형 블록체인 기술은 같은 양의 데이터가 저장되는 데 걸리는 시간이 짧을수록 성능이 낮아진다.

⑤ 블록이 블록체인에 연결되기 위해서는 블록의 데이터가 블록체인의 다른 데이터와 비교되어야 한다.

3. ㉠의 이유로 가장 적절한 것은?

① 블록체인에 포함된 데이터는 변경이 쉽기 때문이다.

② 블록체인이 여러 노드들에 중복 저장되기 때문이다.

③ 승인 과정에 참여하는 노드 수에 제한이 있기 때문이다.

④ 데이터가 블록체인에 포함되기 위해서는 승인 과정을 필요로 하기 때문이다.

⑤ 동일한 데이터가 블록체인에 연결된 서로 다른 블록에 이중으로 포함되어 있기 때문이다.

4. 윗글을 바탕으로 〈보기〉를 이해한 내용으로 가장 적절한 것은?
[3점]

〈보기〉

　노드 수가 10개로 고정된 블록체인 기술을 사용하고 있는 A 업체는 이전에 사용하던 작업증명 대신 속도가 더 빠른 합의 알고리즘을 개발해, 유통 분야에서 요구되는 성능을 초과 달성했다. 한편 B 업체는 최근 A 업체보다 데이터의 위조 불가능성을 향상시킨 블록체인 기술을 개발했다. 이 기술은 노드 수에 제한이 없지만 현재는 200개의 노드가 참여하고 있다. 승인 과정에는 작업증명을 사용한다.

① A 업체의 블록체인 기술은 이전보다 확장성과 보안성이 모두 높아졌겠군.

② B 업체의 블록체인 기술은 노드 수가 증가할수록 보안성과 확장성이 모두 높아지겠군.

③ B 업체의 블록체인 기술은 노드 수가 감소하면 성능은 높아지고 탈중앙성이 낮아지겠군.

④ A 업체의 블록체인 기술은 B 업체와 달리 공개형이고, B 업체보다 탈중앙성이 낮겠군.

⑤ A 업체의 블록체인 기술은 B 업체와 승인 과정이 다르고, B 업체보다 무결성이 높겠군.

MEMO

[1~4] 다음 글을 읽고 물음에 답하시오.

1 식품 포장재, 세제 용기 등으로 사용되는 플라스틱은 생활에서 흔히 ⓐ접할 수 있다. 플라스틱은 '성형할 수 있는, 거푸집으로 조형이 가능한'이라는 의미의 '플라스티코스'라는 그리스어에서 온 말로, 열과 압력으로 성형할 수 있는 고분자 화합물을 이른다.

2 플라스틱은 단위체인 작은 분자가 수없이 반복 연결되는 중합을 통해 만들어진 거대 분자로 이루어져 있다. 단위체들은 공유 결합으로 연결되는데, 분자를 구성하는 원자들이 서로 전자를 공유하여 안정한 상태가 되는 결합을 공유 결합이라 한다. 두 원자가 각각 전자를 하나씩 내어놓아 그 두 개의 전자를 한 쌍으로 공유하면 단일 결합이라 하고, 두 쌍을 공유하면 이중 결합이라 한다. 공유 전자쌍이 많을수록 원자 간의 결합력은 강하다. 대부분의 원자는 가장 바깥 전자 껍질의 전자 수가 8개가 될 때 안정해진다. 탄소 원자는 가장 바깥 전자 껍질에 4개의 전자를 갖고 있어, 다른 원자들과 전자를 공유하여 안정해질 수 있으며 다양한 형태의 공유 결합이 가능하여 거대한 분자의 골격을 이룰 수 있다.

3 플라스틱의 한 종류인 폴리에틸렌은 에틸렌 분자들이 서로 연결되는 중합 과정을 거쳐 만들어진다. 에틸렌은 두 개의 탄소 원자와 네 개의 수소 원자로 이루어지는데, 두 개의 탄소 원자가 서로 이중 결합을 하고 각각의 탄소 원자는 두 개의 수소 원자와 단일 결합을 한다. 탄소 원자 간의 이중 결합에서는 한 결합이 다른 하나보다 끊어지기 쉽다.

4 에틸렌의 중합에는 여러 가지 방법이 있는데 그중에 하나는 과산화물 개시제를 사용하는 것이다. 열을 흡수한 과산화물 개시제는 가장 바깥 껍질에 7개의 전자가 있는 불안정한 상태의 원자를 가진 분자로 분해된다. 이 불안정한 원자는 안정해지기 위해 에틸렌이 가진 탄소의 이중 결합 중 더 약한 결합을 끊어버리면서 에틸렌의 한쪽 탄소 원자와 전자를 공유하며 단일 결합한다. 그러면 다른 쪽 탄소 원자는 공유되지 못한, 홀로 남은 전자를 갖게 된다. 이 불안정한 탄소 원자는 같은 방식으로 다른 에틸렌 분자와 반응을 하게 되고, 이와 같은 반응이 이어지며 불안정해지는 탄소 원자가 계속 생성된다. 에틸렌 분자들이 결합하여 더해지면 이것들은 사슬 형태를 이루며, 이 사슬은 지속적으로 성장하고 사슬 끝에는 불안정한 탄소 원자가 존재하게 된다. 성장하는 두 사슬의 끝이 서로 만나 결합하여 안정한 상태가 되면 반복적인 반응이 멈추게 된다. ㉠이 중합 과정을 거쳐 에틸렌 분자들은 폴리에틸렌이라는 고분자 화합물이 된다.

5 플라스틱을 이루는 거대한 분자들은 길이가 길다. 그래서 사슬들이 일정한 방향으로 나란히 배열되어 있는 결정 영역은, 분자들 전체에서 기대할 수는 없지만 부분적으로 있을 수는 있다. 플라스틱에서 결정 영역이 차지하는 부분의 비율은 여러 조건에 따라 조절이 가능하고 물성에 영향을 미친다. 결정 영역이 많아질수록 플라스틱은 유연성이 낮아 충격에 약하고 가공성이 떨어지며 점점 불투명해지지만, 밀도가 높아져 단단해지고 화학 물질에 대한 민감성이 감소하며 열에 의해 잘 변형되지 않는다. 이런 성질을 활용하여 필요에 따라 다양한 종류의 플라스틱을 만들 수 있다.

≫ 각 문단을 요약하고 지문을 세 부분으로 나누어 보세요.

1 플라스틱은 열과 압력으로 _____할 수 있는 _____ 화합물이다.
2 플라스틱은 단위체인 _____ 분자가 공유 결합으로 반복 연결되는 _____을 통해 만들어진 거대 분자로 이루어진다.
3 플라스틱 중 _____은 에틸렌 분자들이 서로 연결되는 중합 과정을 거쳐 만들어진다.
4 과산화물 개시제를 사용해 에틸렌을 중합하는 과정에서는 에틸렌 분자를 이루는 _____ 원자들의 이중 결합이 단일 결합으로 되면서 _____이 성장하고, 성장하는 두 사슬의 끝이 결합하면 반응이 멈추어 폴리에틸렌이 된다.
5 플라스틱에서 사슬들이 일정한 방향으로 나란히 배열된 _____ _____이 차지하는 부분의 비율은 _____에 영향을 미친다.

1. 윗글에서 알 수 있는 내용으로 적절하지 않은 것은?

① 단위체들은 중합을 거쳐 거대 분자를 이룰 수 있다.

② 에틸렌 분자에는 단일 결합과 이중 결합이 모두 존재한다.

③ 플라스틱이라는 명칭의 유래는 열과 압력으로 성형이 되는 성질과 관련이 있다.

④ 불안정한 원자를 가진 에틸렌은 과산화물을 개시제로 쓰면 분해되면서 안정해진다.

⑤ 탄소와 탄소 사이의 이중 결합 중 하나의 결합 세기는 나머지 하나의 결합 세기보다 크다.

2. ㉠에 대한 이해로 적절하지 <u>않은</u> 것은?

① 성장 중의 사슬은 그 양쪽 끝부분에서 불안정한 탄소 원자가 생성된다.

② 사슬의 중간에 두 탄소 원자가 서로 전자를 하나씩 내어놓아 공유하는 결합이 존재한다.

③ 상태가 불안정한 원자를 지닌 분자의 생성이 연속적인 사슬 성장 반응이 일어나는 계기가 된다.

④ 공유되지 못하고 홀로 남은 전자를 가진 탄소 원자는 사슬의 성장 과정이 종결되기 전까지 계속 발생한다.

⑤ 에틸렌 분자를 구성하는 탄소 원자들 사이의 이중 결합이 단일 결합으로 되면서 사슬의 성장 과정을 이어 간다.

3. 윗글을 바탕으로 〈보기〉의 ㉮와 ㉯를 이해한 내용으로 가장 적절한 것은? [3점]

〈보기〉

폴리에틸렌은 높은 압력과 온도에서 중합되어 사슬이 여기 저기 가지를 친 구조로 만들어지기도 한다. ㉮가지를 친 구조의 사슬들은 조밀하게 배열되기 힘들다. 한편 특수한 촉매를 사용하여 저온에서 중합되면 탄소 원자들이 이루는 사슬이 한 줄로 쭉 이어진 직선형 구조로 만들어지기도 한다. 이 ㉯직선형 구조의 사슬들은 한 방향으로 서로 나란히 조밀하게 배열될 수 있다.

① 충격에 잘 깨지지 않도록 유연하게 하려면 ㉮보다 ㉯로 이루어진 소재가 적합하겠군.

② 포장된 물품이 잘 보이게 하려면 포장재로는 ㉮보다 ㉯로 이루어진 소재가 적합하겠군.

③ 보관 용기에서 화학 물질이 닿는 부분에는 ㉮보다 ㉯로 이루어진 소재를 쓰는 것이 좋겠군.

④ ㉯보다 ㉮로 이루어진 소재의 밀도가 더 높겠군.

⑤ 열에 잘 견디게 하려면 ㉯보다 ㉮로 이루어진 소재가 적합하겠군.

4. ⓐ와 문맥상 의미가 가장 가까운 것은?

① 요즘 신도시는 아파트가 대규모로 서로 <u>접해</u> 있다.

② 그는 자신의 수상 소식을 오늘에야 <u>접하게</u> 되었다.

③ 나는 교과서에서 <u>접한</u> 시를 모두 외웠다.

④ 우리나라는 삼면이 바다에 <u>접해</u> 있다.

⑤ 우리 집은 공원을 <u>접하고</u> 있다.

[1~4] 다음 글을 읽고 물음에 답하시오.

1 데이터를 처리할 때 데이터의 정확성은 매우 중요하다. 그런데 데이터에 결측치와 이상치가 포함되면 데이터의 특징을 제대로 ⓐ나타내기 어렵다.

2 결측치는 데이터 값이 ⓑ빠져 있는 것이다. 결측치를 처리하는 방법 중 하나인 대체는 다른 값으로 결측치를 채우는 것인데, 대체하는 값으로는 평균, 중앙값, 최빈값을 많이 사용한다. 중앙값은 데이터를 크기순으로 정렬했을 때 중앙에 위치한 값이다. 크기가 같은 값이 복수일 경우에도 순위를 매겨 중앙값을 찾고, 데이터의 개수가 짝수이면 중앙에 있는 두 값의 평균이 중앙값이다. 또 최빈값은 데이터에 가장 많이 나타나는 값을 이른다. 일반적으로 데이터 값이 연속적인 수치이면 평균으로, 석차처럼 순위가 있는 값에는 중앙값으로, 직업과 같이 문자인 경우에는 최빈값으로 결측치를 대체한다.

3 이상치는 데이터의 다른 값에 비해 유달리 크거나 작은 값으로, 데이터를 수집할 때 측정 오류 등에 의해 주로 ⓒ생긴다. 그러나 정상적인 데이터라도 데이터의 특징을 왜곡하는 데이터 값이 있을 수 있다. 예를 들어, 데이터가 어떤 프로 선수들의 연봉이고 그중 한 명의 연봉이 유달리 많다면, 이상치가 포함된 데이터에 해당한다. 이런 데이터의 특징을 하나의 수치로 나타내려는 경우 ㉠대푯값으로 평균보다 중앙값을 주로 사용한다.

4 평면상에 있는 점들의 위치를 나타내는 데이터에서도 이상치를 발견할 수 있다. 대부분의 점들이 가상의 직선 주위에 모여 있다면 이 직선은 데이터의 특징을 잘 나타낸다고 할 수 있다. 이 직선을 직선 L이라고 하자. 그런데 직선 L로부터 멀리 떨어진 위치에도 몇 개의 점이 있다. 이 점들이 이상치이다.

5 ㉡이상치를 포함하는 데이터에서 직선 L을 찾는다고 하자. 이때 사용할 수 있는 기법의 하나인 A기법은 두 점을 무작위로 골라 정상치 집합으로 가정하고, 이 두 점을 ⓓ지나는 후보 직선을 그어 나머지 점들과 후보 직선 사이의 거리를 구한다. 이 거리가 허용 범위 이내인 점들을 정상치 집합에 추가한다. 정상치 집합의 점의 개수가 미리 정해 둔 기준, 즉 문턱값보다 많으면 후보 직선을 최종 후보군에 넣는다. 반대로 점의 개수가 문턱값보다 적으면 후보 직선을 버린다. 만약 처음에 고른 점이 이상치이면, 대부분의 점들은 해당 후보 직선과의 거리가 너무 ⓔ멀어 이 직선은 최종 후보군에서 제외되는 것이다. 이 과정을 반복하여 최종 후보군을 구하고, 최종 후보군에 포함된 직선 중에서 정상치 집합의 데이터 개수가 최대인 직선을 직선 L로 선택한다. 이 기법은 이상치가 있어도 직선 L을 찾을 가능성이 높다.

▶▶ 각 문단을 요약하고 지문을 세 부분으로 나누어 보세요.

1 데이터에 _____와 _____가 포함되면 데이터의 특징을 제대로 나타내기 어렵다.

2 데이터 값이 빠져 있는 결측치를 처리하는 방법 중 하나인 _____는 다른 값으로 결측치를 채우는 것인데, 평균, 중앙값, _____을 대체하는 값으로 많이 사용한다.

3 데이터의 다른 값에 비해 유달리 _____ 값인 이상치는 주로 _____로 생기지만 정상적인 데이터에도 있을 수 있다.

4 평면상에 있는 ___들이 가상의 직선 L 주위에 모여 있다면 이로부터 멀리 떨어진 위치의 점들이 _____이다.

5 직선 L을 찾기 위해서는 무작위로 고른 두 점을 지나는 후보 직선과 나머지 점들 사이의 _____를 구하고, 이 거리가 허용 범위 이내인 정상치 집합의 점의 개수가 _____인 직선을 선택하는 방법이 있다.

1. 윗글을 이해한 내용으로 적절하지 않은 것은?

① 데이터가 수치로 구성되지 않아도 최빈값을 구할 수 있다.

② 데이터의 특징이 언제나 하나의 수치로 나타나는 것은 아니다.

③ 데이터가 정상적으로 수집되었다면 이상치가 존재하지 않는다.

④ 데이터에 동일한 수치가 여러 개 있어도 중앙값으로 결측치를 대체할 수 있다.

⑤ 데이터를 수집하는 과정에서 측정 오류가 발생한 값이라도 이상치가 아닐 수 있다.

2. 윗글을 참고할 때, ㉠의 이유로 가장 적절한 것은?

① 중앙값은 극단에 있는 이상치의 영향을 덜 받기 때문이다.

② 중앙값을 찾기 위해 데이터를 나열할 때 이상치는 제외되기 때문이다.

③ 데이터의 개수가 많아질수록 이상도 많아지고 평균을 구하기 어렵기 때문이다.

④ 이상치가 포함되면 평균을 구하는 것이 중앙값을 찾는 것보다 복잡하기 때문이다.

⑤ 이상치가 포함되면 평균은 데이터에 포함되지 않는 값일 가능성이 큰 반면 중앙값은 항상 데이터에 포함된 값이기 때문이다.

3. ⓒ과 관련하여 윗글의 A 기법과 〈보기〉의 B 기법을 설명한
   내용으로 가장 적절한 것은? [3점]

〈보기〉

　다음과 같은 방법으로 직선 L을 찾는 B 기법을 가정해 보자.
후보 직선을 임의로 여러 개 가정한 뒤에 모든 점에서 각 후보
직선들과의 거리를 구하여 점들과 가장 가까운 직선을 선택
한다. 그러나 이렇게 찾은 직선은 직선 L로 적합한 직선이
아니다. 이상치를 포함해서 찾다 보니 대부분 최적의 직선과
이상치 사이에 위치한 직선을 선택하게 된다.

① A 기법과 B 기법 모두 최적의 직선을 찾기 위해 최대한 많은 점을
　지나는 후보 직선을 가정한다.

② A 기법은 이상치를 제외하고 후보 직선을 가정하지만 B 기법은
　이상치를 제외하는 과정이 없다.

③ A 기법에서 최종적으로 선택한 직선은 이상치를 지나지 않지만
　B 기법에서 선택한 직선은 이상치를 지난다.

④ A 기법은 이상치의 개수가 문턱값보다 적으면 후보 직선을 버리지만
　B 기법은 선택한 직선이 이상치를 포함할 수 있다.

⑤ A 기법에서 후보 직선의 정상치 집합에는 이상치가 포함될 수
　있고 B 기법에서 후보 직선은 이상치를 지날 수 있다.

4. 문맥상 ⓐ~ⓔ와 바꿔 쓰기에 가장 적절한 것은?

① ⓐ: 형성(形成)하기

② ⓑ: 누락(漏落)되어

③ ⓒ: 도래(到來)한다

④ ⓓ: 투과(透過)하는

⑤ ⓔ: 소원(疏遠)하여

2024학년도 9월 모평

초정밀 저울의 작동 원리와 그 응용

[1~4] 다음 글을 읽고 물음에 답하시오.

❶ 저울은 흔히 지렛대의 원리를 이용하거나 전기 저항 변화를 측정하여 질량을 잰다. 그렇다면 초정밀 저울은 기체 분자나 DNA와 같은 미세 물질의 질량을 어떻게 잴까? 이에 답하기 위해서는 압전 효과에 대한 이해가 필요하다.

❷ 압전 효과에는 재료에 기계적 변형이 생기면 재료에 전압이 발생하는 1차 압전 효과와, 재료에 전압을 걸면 재료에 기계적 변형이 생기는 2차 압전 효과가 있다. 두 압전 효과가 모두 생기는 재료를 압전체라 하며, 수정이 주로 쓰인다.

❸ 압전체로 사용하는 수정은 특정 방향으로 절단 및 가공하여 납작한 원판 모양으로 만든다. 이후 원판의 양면에 전극을 만든 후 (+)와 (−) 극이 교대로 바뀌는 전압을 가하면 수정이 진동한다. 이때 전압의 주파수*를 수정의 고유 주파수와 일치시켜 수정이 큰 폭으로 진동하도록 하여 진동을 측정하기 쉽게 만든 것이 ㉠수정 진동자이다. 고유 주파수란 어떤 물체가 갖는 고유한 진동 주파수인데, 같은 재료의 압전체라도 압전체의 모양과 크기에 따라 달라진다. 수정 진동자에 어떤 물질이 달라붙어 질량이 증가하면 고유 주파수에서 진동하던 수정 진동자의 주파수가 감소한다. 수정 진동자의 주파수는 매우 작은 질량 변화에 민감하게 변하므로 기체 분자나 DNA와 같은 미세한 물질의 질량을 측정할 수 있다. 진동자에서 질량 민감도는 주파수의 변화 정도를 측정된 질량으로 나눈 값인데, 수정 진동자의 질량 민감도는 매우 크다.

❹ 수정 진동자로 질량을 측정하는 원리를 응용하면 특정 기체의 농도를 감지할 수 있다. 수정 진동자를 특정 기체가 붙도록 처리하면, 여기에 특정 기체가 달라붙으며 질량 변화가 생겨 수정 진동자의 주파수는 감소한다. 일정 시점이 되면 수정 진동자의 주파수가 더 감소하지 않고 일정한 값을 유지한다. 이렇게 일정한 값을 유지하는 이유는 특정 기체가 일정량 이상 달라붙지 않기 때문이다. 혼합 기체에서 특정 기체의 농도가 클수록 더 작은 주파수에서 주파수가 일정하게 유지된다. 특정 기체가 얼마나 빨리 수정 진동자에 붙어서 주파수가 일정한 값이 되는가의 척도를 반응 시간이라 하는데, 반응 시간이 짧을수록 특정 기체의 농도를 더 빨리 잴 수 있다.

❺ 그런데 측정 대상이 아닌 기체가 함께 붙으면 측정하려는 대상 기체의 정확한 농도 측정이 어렵다. 또한 대상 기체만 붙더라도 그 기체의 농도를 알 수는 없다. 이 때문에 대상 기체의 농도에 따라 수정 진동자의 주파수 변화를 미리 측정해 놓아야 한다. 그 후 대상 기체의 농도를 모르는 혼합 기체에서 주파수 변화를 측정하면 대상 기체의 농도를 알 수 있다. 수정 진동자의 주파수 변화 정도를 농도로 나누면 농도에 대한 민감도를 구할 수 있다.

*주파수: 진동이 1초 동안 반복하는 횟수 또는 전압의 (+)와 (−) 극이 1초 동안, 서로 바뀌고 다시 원래대로 되는 횟수.

≫ 각 문단을 요약하고 지문을 세 부분으로 나누어 보세요.

❶ 미세 물질의 _____을 재는 초정밀 저울의 원리는 압전 효과와 관련이 있다.
❷ 압전 효과에는 1차와 2차 압전 효과가 있는데 두 압전 효과가 모두 생기는 재료를 _____라고 하며 _____이 주로 쓰인다.
❸ 수정 진동자는 수정의 고유 주파수와 일치하는 주파수의 _____을 가하면 진동하는데, 질량 변화에 민감하여 어떤 물질이 달라붙으면 주파수가 _____하여 미세한 물질의 질량을 측정할 수 있다.
❹ 이를 응용해 수정 진동자로 특정 기체의 농도를 감지할 수 있는데 농도가 클수록 더 _____ 주파수에서 수정 진동자의 _____가 일정하게 유지된다.
❺ 단, 대상 기체의 농도에 따른 수정 진동자의 _____를 미리 측정해 놓아야 대상 기체의 농도를 알 수 있다.

1. 윗글에 대한 설명으로 가장 적절한 것은?

① 압전체의 제작 방법을 소개하고 제작 시 유의점을 나열하고 있다.

② 압전 효과의 개념을 정의하고 압전체의 장단점을 분석하고 있다.

③ 압전 효과의 종류를 분류하고 그 분류에 따른 압전체의 구조를 비교하고 있다.

④ 압전체의 유형을 구분하는 기준을 제시하고 초정밀 저울의 작동 과정을 단계별로 설명하고 있다.

⑤ 압전 효과에 기반한 초정밀 저울의 작동 원리를 설명하고 이 원리가 적용된 기체 농도 측정 방법을 소개하고 있다.

2. 윗글을 통해 알 수 있는 내용으로 적절하지 <u>않은</u> 것은?

① 수정 이외에도 압전 효과를 보이는 재료가 존재한다.

② 수정을 절단하고 가공하여 미세 질량 측정에 사용한다.

③ 전기 저항 변화를 이용하여 물체의 질량을 측정하는 경우가 있다.

④ 같은 방향으로 절단한 수정은 크기가 달라도 고유 주파수가 서로 같다.

⑤ 진동자의 주파수 변화 정도를 측정된 질량으로 나누면 질량에 대한 민감도를 구할 수 있다.

3. ㉠에 대한 이해로 적절하지 <u>않은</u> 것은?

① ㉠에는 1차 압전 효과를 보일 수 있는 재료가 있다.

② ㉠에서는 전압에 의해 압전체의 기계적 변형이 일어난다.

③ ㉠에는 전극이 양면에 있는 원판 모양의 수정이 사용된다.

④ ㉠에서는 전극에 가하는 전압의 주파수를 수정의 고유 주파수에 맞춘다.

⑤ ㉠의 전극에 가해지는 특정 주파수의 전압은 압전체의 고유 주파수 값을 더 크게 만든다.

4. 윗글을 바탕으로 〈보기〉를 탐구한 내용으로 가장 적절한 것은? [3점]

〈보기〉

알코올 감지기 A와 B를 이용하여 어떤 밀폐된 공간에 있는 혼합 기체의 알코올 농도를 측정하였다. 이때 A와 B는 모두 진동자에 알코올이 달라붙을 수 있도록 처리되어 있다. A와 B 모두, 시간이 흐름에 따라 주파수가 감소하다가 더 이상 감소하지 않고 일정하게 유지되었다.

(단, 측정하는 동안 밀폐된 공간의 상황은 변동 없음.)

① A의 진동자에 있는 압전체의 고유 주파수를 알코올만 있는 기체에서 미리 측정해 놓으면, 혼합 기체에서의 알코올의 농도를 알 수 있겠군.

② B에 달라붙은 알코올의 양은 변하지 않고 다른 기체가 함께 달라붙은 후 진동자의 주파수가 일정하게 유지된다면, 이때 주파수의 값은 알코올만 붙었을 때보다 더 작겠군.

③ A와 B에서 알코올이 달라붙도록 진동자를 처리한 것은 알코올이 달라붙음에 따라 진동자가 최대한 큰 폭으로 진동할 수 있게 하려는 것이겠군.

④ A가 B에 비해 동일한 양의 알코올이 달라붙은 후에 생기는 주파수 변화 정도가 크다면, A가 B보다 알코올 농도에 대한 민감도가 더 작다고 할 수 있겠군.

⑤ B가 A보다 알코올이 일정량까지 달라붙는 시간이 더 짧더라도 알코올이 달라붙은 양이 서로 같다면, A와 B의 반응 시간은 서로 같겠군.

[1~4] 다음 글을 읽고 물음에 답하시오.

❶ 분자들이 만나 화학 반응을 진행하는 데 필요한 최소한의 운동 에너지를 활성화 에너지라 한다. 활성화 에너지가 작은 반응은, 반응의 활성화 에너지보다 큰 운동 에너지를 가진 분자들이 많아 반응이 빠르게 진행된다. 활성화 에너지를 조절하여 반응 속도에 변화를 주는 물질을 촉매라고 하며, 반응 속도를 빠르게 하는 능력을 촉매 활성이라 한다. 촉매는 촉매가 없을 때와는 활성화 에너지가 다른, 새로운 반응 경로를 제공한다. 화학 산업에서는 주로 고체 촉매가 이용되는데, 액체나 기체인 생성물을 촉매로부터 분리하는 별도의 공정이 필요 없기 때문이다. 고체 촉매는 대부분 활성 성분, 지지체, 증진제로 구성된다.

❷ 활성 성분은 그 표면에 반응물을 흡착시켜 촉매 활성을 제공하는 물질이다. 고체 촉매의 촉매 작용에서는 반응물이 먼저 활성 성분의 표면에 화학 흡착되고, 흡착된 반응물이 표면에서 반응하여 생성물로 변환된 후, 생성물이 표면에서 탈착되는 과정을 거쳐 반응이 완결된다. 금속은 다양한 물질들이 표면에 흡착될 수 있어 여러 반응에서 활성 성분으로 사용된다. 예를 들면, 암모니아를 합성할 때 철을 활성 성분으로 사용하는데, 이때 반응물인 수소와 질소가 철의 표면에 흡착되어 각각 원자 상태로 분리된다. 흡착된 반응물은 전자를 금속 표면의 원자와 공유하여 안정화된다. 반응물의 흡착 세기는 금속의 종류에 따라 달라진다. 이때 흡착 세기가 적절해야 한다. 흡착이 약하면 흡착량이 적어 촉매 활성이 낮으며, 흡착이 너무 강하면 흡착된 반응물이 지나치게 안정화되어 표면에서의 반응이 느려지므로 촉매 활성이 낮다. 일반적으로 고체 촉매에서는 반응에 관여하는 표면의 활성 성분 원자가 많을수록 반응물의 흡착이 많아 촉매 활성이 높아진다.

❸ 금속은 열적 안정성이 낮아, 화학 반응이 일어나는 고온에서 금속 원자들로 이루어진 작은 입자들이 서로 달라붙어 큰 입자를 이루게 되는데 이를 소결이라 한다. 입자가 소결되면 금속 활성 성분의 전체 표면적은 줄어든다. 이러한 문제를 해결하는 것이 지지체이다. 작은 금속 입자들을 표면적이 넓고 열적 안정성이 높은 지지체의 표면에 분산하면 소결로 인한 촉매 활성 저하가 억제된다. 따라서 소량의 금속으로도 ⊙금속을 활성 성분으로 사용하는 고체 촉매의 활성을 높일 수 있다.

❹ 증진제는 촉매에 소량 포함되어 활성을 조절한다. 활성 성분의 표면 구조를 변화시켜 소결을 억제하기도 하고, 활성 성분의 전자 밀도를 변화시켜 흡착 세기를 조절하기도 한다. 고체 촉매는 활성 성분이 반드시 있어야 하지만 경우에 따라 증진제나 지지체를 포함하지 않기도 한다.

>> 각 문단을 요약하고 지문을 **두 부분**으로 나누어 보세요.

❶ 분자들이 만나 화학 반응을 진행하는 데 필요한 최소한의 운동 에너지인 _____를 조절하여 _____에 변화를 주는 물질을 촉매라고 하는데, 고체 촉매는 활성 성분, 지지체, 증진제로 구성된다.
❷ 활성 성분은 그 표면에 반응물을 흡착시켜 _____을 제공하는 물질로, 반응물의 _____와 반응에 관여하는 표면의 활성 성분 원자의 수는 촉매 활성에 영향을 미친다.
❸ 지지체는 _____로 인해 금속 활성 성분의 표면적이 줄어드는 문제를 해결해 촉매의 활성을 _____ 수 있다.
❹ _____는 소결을 억제하기도 하고 흡착 세기를 조절하기도 하며 _____을 조절한다.

1. 윗글의 내용과 일치하지 않는 것은?

① 촉매를 이용하면 화학 반응이 새로운 경로로 진행된다.

② 고체 촉매는 기체 생성물과 촉매의 분리 공정이 필요하다.

③ 고체 촉매에 의한 반응은 생성물의 탈착을 거쳐 완결된다.

④ 암모니아 합성에서 철 표면에 흡착된 수소는 전자를 철 원자와 공유한다.

⑤ 증진제나 지지체 없이 촉매 활성을 갖는 고체 촉매가 있다.

2. ⊙의 촉매 활성을 높이는 방법으로 가장 적절한 것은?

① 반응물을 흡착하는 금속 원자의 개수를 늘린다.

② 활성 성분의 소결을 촉진하는 증진제를 첨가한다.

③ 반응물의 반응 속도를 늦추는 지지체를 사용한다.

④ 반응에 대한 활성화 에너지를 크게 하는 금속을 사용한다.

⑤ 활성 성분의 금속 입자들을 뭉치게 하여 큰 입자로 만든다.

3. 윗글을 바탕으로 〈보기〉를 이해한 내용으로 적절하지 <u>않은</u> 것은? [3점]

〈보기〉

아세틸렌은 보통 선택적 수소화 공정을 통하여 에틸렌으로 변환된다. 이 공정에서 사용되는 고체 촉매는 팔라듐 금속 입자를 실리카 표면에 분산하여 만들며, 아세틸렌과 수소는 팔라듐 표면에 흡착되어 반응한다. 여기서 실리카는 표면적이 넓고 열적 안정성이 높다. 이때, 촉매에 규소를 소량 포함시키면 활성 성분의 표면 구조가 변화되어 고온에서 팔라듐의 소결이 억제된다. 또한 은을 소량 포함시키면 팔라듐의 전자 밀도가 높아지고 팔라듐 표면에 반응물이 흡착되는 세기가 조절되어 원하는 반응을 얻을 수 있다.

① 아세틸렌은 반응물에 해당한다.

② 팔라듐은 활성 성분에 해당한다.

③ 규소와 은은 모두 증진제에 해당한다.

④ 실리카는 낮은 온도에서 활성 성분을 소결한다.

⑤ 실리카는 촉매 활성 저하를 억제하는 기능을 한다.

4. 윗글을 바탕으로 할 때, 〈보기〉의 금속 ⓐ~ⓓ에 대한 설명으로 가장 적절한 것은?

〈보기〉

다음은 여러 가지 금속에 물질 가 가 흡착될 때의 흡착 세기와 가 의 화학 반응에서 각 금속의 촉매 활성을 나타낸다.
(단, 흡착에 영향을 주는 다른 요소는 고려하지 않음.)

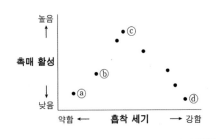

① 가 의 화학 반응은 ⓐ보다 ⓑ를 활성 성분으로 사용할 때 더 느리게 일어난다.

② 가 는 ⓐ보다 ⓒ에 흡착될 때 흡착량이 더 적다.

③ 가 는 ⓐ보다 ⓓ에 흡착될 때 안정화되는 정도가 더 크다.

④ 가 는 ⓑ보다 ⓒ에 더 약하게 흡착된다.

⑤ 가 의 화학 반응에서 촉매 활성만을 고려하면 가장 적합한 활성 성분은 ⓓ이다.

[1~4] 다음 글을 읽고 물음에 답하시오.

❶ 하루에 필요한 에너지의 양은 하루 동안의 총 열량 소모량인 대사량으로 구한다. 그중 기초 대사량은 생존에 필수적인 에너지로, 쾌적한 온도에서 편히 쉬는 동물이 공복 상태에서 생성하는 열량으로 정의된다. 이때 체내에서 생성한 열량은 일정한 체온에서 체외로 발산되는 열량과 같다. 기초 대사량은 개체에 따라 대사량의 60~75%를 차지하고, 근육량이 많을수록 증가한다.

❷ 기초 대사량은 직접법 또는 간접법으로 구한다. ⊙직접법은 온도가 일정하게 유지되고 공기의 출입량을 알고 있는 호흡실에서 동물이 발산하는 열량을 열량계를 이용해 측정하는 방법이다. ⓒ간접법은 호흡 측정 장치를 이용해 동물의 산소 소비량과 이산화 탄소 배출량을 측정하고, 이를 기준으로 체내에서 생성된 열량을 추정하는 방법이다.

❸ 19세기의 초기 연구는 체외로 발산되는 열량이 체표 면적에 비례한다고 보았다. 즉 그 둘이 항상 일정한 비(比)를 갖는다는 것이다. 체표 면적은 (체중)$^{0.67}$에 비례하므로, 기초 대사량은 체중이 아닌 (체중)$^{0.67}$에 비례한다고 하였다. 어떤 변수의 증가율은 증가 후 값을 증가 전 값으로 나눈 값이므로, 체중이 W에서 2W로 커지면 체중의 증가율은 (2W) / (W) = 2이다. 이 경우에 기초 대사량의 증가율은 (2W)$^{0.67}$ / (W)$^{0.67}$ = 2$^{0.67}$, 즉 약 1.6이 된다.

❹ 1930년대에 클라이버는 생쥐부터 코끼리까지 다양한 크기의 동물의 기초 대사량 측정 결과를 분석했다. 그래프의 가로축 변수로 동물의 체중을, 세로축 변수로 기초 대사량을 두고, 각 동물별 체중과 기초 대사량의 순서쌍을 점으로 나타냈다.

❺ 가로축과 세로축 두 변수의 증가율이 서로 다를 경우, 그 둘의 증가율이 같을 때와 달리, '일반적인 그래프'에서 이 점들은 직선이 아닌 어떤 곡선의 주변에 분포한다. 그런데 순서쌍의 값에 상용로그를 취해 새로운 순서쌍을 만들어서 이를 〈그림〉과 같이 그래프에 표시하면, 어떤 직선의 주변에 점들이 분포하는 것으로 나타난다. 그러면 그 직선의 기울기를 이용해 두 변수의 증가율을 비교할 수 있다. 〈그림〉에서 X와 Y는 각각 체중과

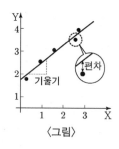

〈그림〉

기초 대사량에 상용로그를 취한 값이다. 이런 방식으로 표현한 그래프를 'L-그래프'라 하자.

❻ 체중의 증가율에 비해, 기초 대사량의 증가율이 작다면 L-그래프에서 직선의 기울기는 1보다 작으며 기초 대사량의 증가율이 작을수록 기울기도 작아진다. 만약 체중의 증가율과 기초 대사량의 증가율이 같다면 L-그래프에서 직선의 기울기는 1이 된다.

❼ 이렇듯 L-그래프와 같은 방식으로 표현할 때, 생물의 어떤 형질이 체중 또는 몸 크기와 직선의 관계를 보이며 함께 증가하는 경우 그 형질은 '상대 성장'을 한다고 한다. 동일 종에서의 심장, 두뇌와 같은 신체 기관의 크기도 상대 성장을 따른다.

❽ 한편, 그래프에서 가로축과 세로축 두 변수의 관계를 대변하는 최적의 직선의 기울기와 절편은 최소 제곱법으로 구할 수 있다. 우선, 그래프에 두 변수의 순서쌍을 나타낸 점들 사이를 지나는 임의의 직선을 그린다. 각 점에서 가로축에 수직 방향으로 직선까지의 거리인 편차의 절댓값을 구하고 이들을 각각 제곱하여 모두 합한 것이 '편차 제곱 합'이며, 편차 제곱 합이 가장 작은 직선을 구하는 것이 최소 제곱법이다.

❾ 클라이버는 이런 방법에 근거하여 L-그래프에 나타난 최적의 직선의 기울기로 0.75를 얻었고, 이에 따라 동물의 (체중)$^{0.75}$에 기초 대사량이 비례한다고 결론지었다. 이것을 '클라이버의 법칙'이라 하며, (체중)$^{0.75}$을 대사 체중이라 부른다. 대사 체중은 치료제 허용량의 결정에도 이용되는데, 이때 그 양은 대사 체중에 비례하여 정한다. 이는 치료제 허용량이 체내 대사와 밀접한 관련이 있기 때문이다.

>> 각 문단을 요약하고 지문을 **세 부분**으로 나누어 보세요.

1 _____은 생존에 필수적인 에너지로 공복 상태에서 생성하는 열량이며, 이는 _____로 발산되는 열량과 같다.

2 기초 대사량은 동물이 발산하는 열량을 열량계로 측정하는 _____ 또는 호흡 측정 장치로 동물의 산소 소비량과 이산화 탄소 배출량을 측정해 체내에서 생성된 열량을 _____하는 간접법으로 구한다.

3 19세기 초기 연구는 체외로 발산되는 열량이 _____에 비례하는데, 체표 면적은 (체중)$^{0.67}$에 비례하므로 기초 대사량은 _____에 비례한다고 보았다.

4 1930년대 클라이버는 가로축 변수로 동물의 _____, 세로축 변수로 기초 대사량을 두고 각 동물별 체중과 기초 대사량의 _____을 점으로 나타냈다.

5 순서쌍의 값에 _____를 취해 순서쌍을 만들어서 표시한 L-그래프에 나타난 직선의 _____를 이용하면 두 변수의 증가율을 비교할 수 있다.

6 체중의 증가율 > 기초 대사량이면 직선의 기울기는 __보다 작고, 체중의 증가율 = 기초 대사량이면 직선의 기울기는 __이다.

7 L-그래프로 표현할 때 어떤 형질이 체중 또는 몸 크기와 _____의 관계를 보이며 증가하면 그 형질은 _____을 한다고 한다.

8 최소 제곱법을 통해서 _____이 가장 작은 직선을 구하면 L-그래프에서 _____의 직선 기울기와 절편을 구할 수 있다.

9 클라이버는 L-그래프에 나타난 최적의 직선 기울기로 _____를 얻어 동물의 _____에 기초 대사량이 비례한다고 결론지었는데, 이를 '클라이버의 법칙'이라 한다.

1. 윗글의 내용과 일치하지 <u>않는</u> 것은?

① 클라이버의 법칙은 동물의 기초 대사량이 대사 체중에 비례한다고 본다.

② 어떤 개체가 체중이 늘 때 다른 변화 없이 근육량이 늘면 기초 대사량이 증가한다.

③ 'L-그래프'에서 직선의 기울기는 가로축과 세로축 두 변수의 증가율의 차이와 동일하다.

④ 최소 제곱법은 두 변수 간의 관계를 나타내는 최적의 직선의 기울기와 절편을 알게 해 준다.

⑤ 동물의 신체 기관인 심장과 두뇌의 크기는 몸무게나 몸의 크기에 상대 성장을 하며 발달한다.

2. 윗글을 읽고 추론한 내용으로 적절하지 <u>않은</u> 것은?

① 일반적인 경우 기초 대사량은 하루에 소모되는 총 열량 중에 가장 큰 비중을 차지하겠군.

② 클라이버의 결론에 따르면, 기초 대사량이 동물의 체표 면적에 비례한다고 볼 수 없겠군.

③ 19세기의 초기 연구자들은 체중의 증가율보다 기초 대사량의 증가율이 작다고 생각했겠군.

④ 코끼리에게 적용하는 치료제 허용량을 기준으로, 체중에 비례하여 생쥐에게 적용할 허용량을 정한 후 먹이면 과다 복용이 될 수 있겠군.

⑤ 클라이버의 법칙에 따르면, 동물의 체중이 증가함에 따라 함께 늘어나는 에너지의 필요량이 이전 초기 연구에서 생각했던 양보다 많겠군.

3. ㉠, ㉡에 대한 이해로 가장 적절한 것은?

① ㉠은 체온을 환경 온도에 따라 조정하는 변온 동물이 체외로 발산하는 열량을 측정할 수 없다.

② ㉡은 동물이 호흡에 이용한 산소의 양을 알 필요가 없다.

③ ㉠은 ㉡과 달리 격한 움직임이 제한된 편하게 쉬는 상태에서 기초 대사량을 구한다.

④ ㉠과 ㉡은 모두 일정한 체온에서 동물이 체외로 발산하는 열량을 구할 수 있다.

⑤ ㉠과 ㉡은 모두 생존에 필수적인 최소한의 에너지를 공급하면서 기초 대사량을 구한다.

4. 윗글을 바탕으로 〈보기〉를 탐구한 내용으로 가장 적절한 것은? [3점]

〈보기〉

농게의 수컷은 집게발 하나가 매우 큰데, 큰 집게발의 길이는 게딱지의 폭에 '상대 성장'을 한다.

큰 집게발

게딱지

농게의 ⓐ게딱지 폭을 이용해 ⓑ큰 집게발의 길이를 추정하기 위해, 다양한 크기의 농게의 게딱지 폭과 큰 집게발의 길이를 측정하여 다수의 순서쌍을 확보했다. 그리고 'L-그래프'와 같은 방식으로, 그래프의 가로축과 세로축에 각각 게딱지 폭과 큰 집게발의 길이에 해당하는 값을 놓고 분석을 실시했다.

① 최적의 직선을 구한다고 할 때, 최적의 직선의 기울기가 1보다 작다면 ⓐ에 ⓑ가 비례한다고 할 수 없겠군.

② 최적의 직선을 구하여 ⓐ와 ⓑ의 증가율을 비교하려고 할 때, 점들이 최적의 직선으로부터 가로축에 수직 방향으로 멀리 떨어질수록 편차 제곱 합은 더 작겠군.

③ ⓐ의 증가율보다 ⓑ의 증가율이 크다면, 점들의 분포가 직선이 아닌 어떤 곡선의 주변에 분포하겠군.

④ ⓐ의 증가율보다 ⓑ의 증가율이 작다면, 점들 사이를 지나는 최적의 직선의 기울기는 1보다 크겠군.

⑤ ⓐ의 증가율과 ⓑ의 증가율이 같고 '일반적인 그래프'에서 순서쌍을 점으로 표시한다면, 점들은 직선이 아닌 어떤 곡선의 주변에 분포하겠군.

MEMO

[1~4] 다음 글을 읽고 물음에 답하시오.

1 인터넷 검색 엔진은 검색어를 포함하는 웹 페이지를 찾아 화면에 보여 준다. 웹 페이지가 화면에 나타나는 순서를 정하기 위해 검색 엔진은 수백 개가 ⓐ넘는 항목을 고려한 다양한 방식을 사용한다. 대표적인 항목으로 중요도와 적합도가 있다.

2 검색 엔진은 빠른 시간 내에 검색 결과를 보여 주기 위해 웹 페이지들의 데이터를 수집하여 인덱스를 미리 작성해 놓는다. 인덱스란 단어를 알파벳순으로 정리한 목록으로, 여기에는 각 단어가 등장하는 웹 페이지와 단어의 빈도수 등이 저장된다. 이때 각 웹 페이지의 중요도가 함께 기록된다.

3 ⊙중요도는 웹 페이지의 중요성을 값으로 나타낸 것으로 링크 분석 기법으로 측정할 수 있다. 기본적인 링크 분석 기법에서 웹 페이지 A의 값은 A를 링크한 각 웹 페이지들로부터 받는 값의 합이다. 이렇게 받은 A의 값은 A가 링크한 다른 웹 페이지들에 균등하게 나눠진다. 즉 A의 값이 4이고 A가 두 개의 링크를 통해 다른 웹 페이지로 연결된다면, A의 값은 유지되면서 두 웹 페이지에는 각각 2가 보내진다.

4 하지만 두 웹 페이지가 실제로 받는 값은 2에 댐핑 인자를 곱한 값이다. 댐핑 인자는 사용자들이 웹 페이지를 읽다가 링크를 통해 다른 웹 페이지로 이동하지 않는 비율을 반영한 값으로 1 미만의 값을 가진다. 댐핑 인자는 모든 링크에 동일하게 적용된다. 가령 그 비율이 20%이면 댐핑 인자는 0.8이고 두 웹 페이지는 A로부터 각각 1.6을 받는다. 웹 페이지로 연결된 링크를 통해 받는 값을 모두 반영했을 때의 값이 각 웹 페이지의 중요도이다. 웹 페이지들을 연결하는 링크들은 변할 수 있기 때문에 검색 엔진은 주기적으로 웹 페이지의 중요도를 갱신한다.

5 사용자가 검색어를 입력하면 검색 엔진은 인덱스에서 검색어에 적합한 웹 페이지를 찾는다. ⊙적합도는 단어의 빈도, 단어가 포함된 웹 페이지의 수, 웹 페이지의 글자 수를 반영한 식을 통해 값이 정해진다. 해당 검색어가 많이 나올수록, 그 검색어를 포함하는 다른 웹 페이지의 수가 적을수록, 현재 웹 페이지의 글자 수가 전체 웹 페이지의 평균 글자 수에 비해 적을수록 적합도가 높아진다. 검색 엔진은 중요도와 적합도, 기타 항목들을 적절한 비율로 합산하여 화면에 나열되는 웹 페이지의 순서를 결정한다.

≫ 각 문단을 요약하고 지문을 **세 부분**으로 나누어 보세요.

1 인터넷 검색 엔진이 _____가 화면에 나타나는 _____를 정할 때 고려하는 항목에는 중요도와 적합도가 있다.
2 _____이 빠른 결과를 보여 주기 위해 웹 페이지들의 데이터를 수집하여 미리 작성해 놓은 _____에는 중요도가 포함된다.
3 웹 페이지의 중요성을 나타낸 중요도는 _____으로 측정할 수 있는데, 웹 페이지 A의 값은 A를 링크한 웹 페이지들로부터 받는 값의 합으로 이는 A가 링크한 웹 페이지들에 _____하게 나눠진다.
4 웹 페이지가 실제로 받는 값은 _____를 곱해 정해지는데, 연결된 링크를 통해서 받는 값을 모두 반영한 값이 각 웹 페이지의 _____이다.
5 적합도는 단어의 _____, 단어가 포함된 웹 페이지의 수, 웹 페이지의 _____ 수에 따라 값이 정해진다.

1. 윗글을 통해 알 수 있는 내용으로 가장 적절한 것은?

① 인덱스는 사용자가 검색어를 입력한 직후에 작성된다.

② 사용자가 링크를 따라 다른 웹 페이지로 이동하는 비율이 높을수록 댐핑 인자가 커진다.

③ 링크 분석 기법은 웹 페이지 사이의 링크를 분석하여 웹 페이지의 적합도를 값으로 나타낸다.

④ 웹 페이지의 중요도는 다른 웹 페이지에서 받는 값과 다른 웹 페이지에 나눠 주는 값의 합이다.

⑤ 사용자가 검색어를 입력하면 검색 엔진은 검색한 결과를 인덱스에 정렬된 순서대로 화면에 나타낸다.

2. ㉠, ㉡을 고려하여 검색 결과에서 웹 페이지의 순위를 높이기 위한 방안으로 가장 적절한 것은?

① 화제가 되고 있는 검색어들을 웹 페이지에 최대한 많이 나열하여 ㉠을 높인다.

② 사람들이 많이 접속하는 유명 검색 사이트로 연결하는 링크를 웹 페이지에 많이 포함시켜 ㉠을 높인다.

③ 알파벳순으로 앞 순서에 있는 단어들을 웹 페이지 첫 부분에 많이 포함시켜 ㉡을 높인다.

④ 다른 많은 웹 페이지들이 링크하도록 웹 페이지에서 여러 주제를 다루고 전체 글자 수를 많게 하여 ㉡을 높인다.

⑤ 다른 웹 페이지에서 흔히 다루지 않는 주제를 간략하게 설명하되 주제와 관련된 단어를 자주 사용하여 ㉡을 높인다.

3. 〈보기〉는 웹 페이지들의 관계를 도식화한 것이다. 윗글을 바탕으로 〈보기〉를 이해한 내용으로 적절한 것은? [3점]

〈보기〉

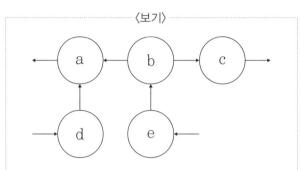

원은 웹 페이지이고, 화살표는 웹 페이지에서 링크를 통해 화살표 방향의 다른 웹 페이지로 연결됨을 뜻한다. 댐핑 인자는 0.5이고, d와 e의 중요도는 16으로 고정된 값이다.

(단, 링크와 댐핑 인자 외에 웹 페이지의 중요도에 영향을 주는 다른 요소는 고려하지 않음.)

① a의 중요도는 16이다.

② a가 b와 d로부터 각각 받는 값은 같다.

③ b에서 a로의 링크가 끊어지면 b와 c의 중요도는 같다.

④ e에서 a로의 링크가 추가되면 b의 중요도는 6이다.

⑤ e에서 c로의 링크가 추가되면 c의 중요도는 5이다.

4. 문맥상 ⓐ의 의미와 가장 가까운 것은?

① 공부를 하다 보니 시간은 자정이 넘었다.

② 그들은 큰 산을 넘어서 마을에 도착했다.

③ 철새들이 국경선을 넘어서 훨훨 날아갔다.

④ 선수들은 가까스로 어려운 고비를 넘었다.

⑤ 갑자기 냄비에서 물이 넘어서 좀 당황했다.

[1~4] 다음 글을 읽고 물음에 답하시오.

1 혈액은 세포에 필요한 물질을 공급하고 노폐물을 제거한다. 만약 혈관 벽이 손상되어 출혈이 생기면 손상 부위의 혈액이 응고되어 혈액 손실을 막아야 한다. 혈액 응고는 섬유소 단백질인 피브린이 모여 형성된 섬유소 그물이 혈소판이 응집된 혈소판 마개와 뭉쳐 혈병이라는 덩어리를 만드는 현상이다. 혈액 응고는 혈관 속에서도 일어나는데, 이때의 혈병을 혈전이라 한다. 이물질이 쌓여 동맥 내벽이 두꺼워지는 동맥 경화가 일어나면 그 부위에 혈전 침착, 혈류 감소 등이 일어나 혈관 질환이 발생하기도 한다. 이러한 혈액의 응고 및 원활한 순환에 비타민 K가 중요한 역할을 한다.

2 비타민 K는 혈액이 응고되도록 돕는다. 지방을 뺀 사료를 먹인 병아리의 경우, 지방에 녹는 어떤 물질이 결핍되어 혈액 응고가 지연된다는 사실을 발견하고 그 물질을 비타민 K로 명명했다. 혈액 응고는 단백질로 이루어진 다양한 인자들이 관여하는 연쇄 반응에 의해 일어난다. 우선 여러 혈액 응고 인자들이 활성화된 이후 프로트롬빈이 활성화되어 트롬빈으로 전환되고, 트롬빈은 혈액에 녹아 있는 피브리노겐을 불용성인 피브린으로 바꾼다. 비타민 K는 프로트롬빈을 비롯한 혈액 응고 인자들이 간세포에서 합성될 때 이들의 활성화에 관여한다. 활성화는 칼슘 이온과의 결합을 통해 이루어지는데, 이들 혈액 단백질이 칼슘 이온과 결합하려면 카르복실화되어 있어야 한다. 카르복실화는 단백질을 구성하는 아미노산 중 글루탐산이 감마-카르복시글루탐산으로 전환되는 것을 말한다. 이처럼 비타민 K에 의해 카르복실화되어야 활성화가 가능한 표적 단백질을 비타민 K-의존성 단백질이라 한다.

3 비타민 K는 식물에서 합성되는 ㉠비타민 K_1과 동물 세포에서 합성되거나 미생물 발효로 생성되는 ㉡비타민 K_2로 나뉜다. 녹색 채소 등은 비타민 K_1을 충분히 함유하므로 일반적인 권장 식단을 따르면 혈액 응고에 차질이 생기지 않는다.

4 그런데 혈관 건강과 관련된 비타민 K의 또 다른 중요한 기능이 발견되었고, 이는 칼슘의 역설과도 관련이 있다. 나이가 들면 뼈 조직의 칼슘 밀도가 낮아져 골다공증이 생기기 쉬운데, 이를 방지하고자 칼슘 보충제를 섭취한다. 하지만 칼슘 보충제를 섭취해서 혈액 내 칼슘 농도는 높아지나 골밀도는 높아지지 않고, 혈관 벽에 칼슘염이 침착되는 혈관 석회화가 진행되어 동맥 경화 및 혈관 질환이 발생하는 경우가 생긴다. 혈관 석회화는 혈관 근육 세포 등에서 생성되는 MGP라는 단백질에 의해 억제되는데, 이 단백질이 비타민 K-의존성 단백질이다. 비타민 K가 부족하면 MGP 단백질이 활성화되지 못해 혈관 석회화가 유발된다는 것이다.

5 비타민 K_1과 K_2는 모두 비타민 K-의존성 단백질의 활성화를 유도하지만 K_1은 간세포에서, K_2는 그 외의 세포에서 활성이 높다. 그러므로 혈액 응고 인자의 활성화는 주로 K_1이, 그 외의 세포에서 합성되는 단백질의 활성화는 주로 K_2가 담당한다. 이에 따라 일부 연구자들은 비타민 K의 권장량을 K_1과 K_2로 구분하여 설정해야 하며, K_2가 함유된 치즈, 버터 등의 동물성 식품과 발효 식품의 섭취를 늘려야 한다고 권고한다.

》》 각 문단을 요약하고 지문을 세 부분으로 나누어 보세요.

1 혈액 응고는 섬유소 단백질인 피브린이 모여 형성된 섬유소 그물이 _____와 뭉쳐 혈병을 만드는 현상으로 비타민 K는 혈액의 응고 및 _____에 중요한 역할을 한다.
2 비타민 K는 _____의 활성화에 관여하여 혈액이 응고되도록 돕는다.
3 비타민 K는 식물에서 합성되는 비타민 ____과 동물 세포에서 합성되는 비타민 ____로 나뉜다.
4 칼슘 보충제를 섭취해도 _____가 높아지지 않고 혈관 석회화가 진행되는 경우가 있는데, 비타민 K가 부족하면 혈관 석회화를 _____하는 MGP 단백질이 활성화되지 못해 혈관 석회화가 유발된다.
5 혈액 응고 인자의 _____는 주로 K_1이, 그 외의 세포에서 합성되는 _____의 활성화는 주로 K_2가 담당한다.

1. 윗글에서 알 수 있는 내용으로 적절하지 않은 것은?

① 혈전이 형성되면 섬유소 그물이 뭉쳐 혈액의 손실을 막는다.

② 혈액의 응고가 이루어지려면 혈소판 마개가 형성되어야 한다.

③ 혈관 손상 부위에 혈병이 생기려면 혈소판이 응집되어야 한다.

④ 혈관 경화를 방지하려면 이물질이 침착되지 않게 해야 한다.

⑤ 혈관 석회화가 계속되면 동맥 내벽과 혈류에 변화가 생긴다.

2. 칼슘의 역설에 대한 이해로 가장 적절한 것은?

① 칼슘 보충제를 섭취하면 오히려 비타민 K_1의 효용성이 감소된다는 것이겠군.

② 칼슘 보충제를 섭취해도 뼈 조직에서는 칼슘이 여전히 필요하다는 것이겠군.

③ 칼슘 보충제를 섭취해도 골다공증은 막지 못하나 혈관 건강은 개선되는 경우가 있다는 것이겠군.

④ 칼슘 보충제를 섭취하면 혈액 내 단백질이 칼슘과 결합하여 혈관 벽에 칼슘이 침착된다는 것이겠군.

⑤ 칼슘 보충제를 섭취해도 혈액으로 칼슘이 흡수되지 않아 골다공증 개선이 안 되는 경우가 있다는 것이겠군.

3. ㉠과 ㉡에 대한 설명으로 가장 적절한 것은?

① ㉠은 ㉡과 달리 우리 몸의 간세포에서 합성된다.

② ㉡은 ㉠과 달리 지방과 함께 섭취해야 한다.

③ ㉡은 ㉠과 달리 표적 단백질의 아미노산을 변형하지 않는다.

④ ㉠과 ㉡은 모두 표적 단백질의 활성화 이전 단계에 작용한다.

⑤ ㉠과 ㉡은 모두 일반적으로는 결핍이 발생해 문제가 되는 경우는 없다.

4. 윗글을 참고할 때 〈보기〉의 (가)~(다)를 투여함에 따라 체내에서 일어나는 반응을 예상한 내용으로 적절하지 않은 것은?
[3점]

〈보기〉

다음은 혈전으로 인한 질환을 예방 또는 치료하는 약물이다.

(가) 와파린: 트롬빈에는 작용하지 않고 비타민 K의 작용을 방해함.

(나) 플라스미노겐 활성제: 피브리노겐에는 작용하지 않고 피브린을 분해함.

(다) 헤파린: 비타민 K-의존성 단백질에는 작용하지 않고 트롬빈의 작용을 억제함.

① (가)의 지나친 투여는 혈관 석회화를 유발할 수 있겠군.

② (나)는 이미 뭉쳐 있던 혈전이 풀어지도록 할 수 있겠군.

③ (다)는 혈액 응고 인자와 칼슘 이온의 결합을 억제하겠군.

④ (가)와 (다)는 모두 피브리노겐이 전환되는 것을 억제하겠군.

⑤ (나)와 (다)는 모두 피브린 섬유소 그물의 형성을 억제하겠군.

[1~4] 다음 글을 읽고 물음에 답하시오.

1 주차하거나 좁은 길을 지날 때 운전자를 돕는 장치들이 있다. 이 중 차량 전후좌우에 장착된 카메라로 촬영한 영상을 이용하여 차량 주위 360°의 상황을 위에서 내려다본 것 같은 영상을 만들어 차 안의 모니터를 통해 운전자에게 제공하는 장치가 있다. 운전자에게 제공되는 영상이 어떻게 만들어지는지 알아보자.

2 먼저 차량 주위 바닥에 바둑판 모양의 격자판을 펴 놓고 카메라로 촬영한다. 이 장치에서 사용하는 광각 카메라는 큰 시야각을 갖고 있어 사각지대가 줄지만 빛이 렌즈를 ⓐ지날 때 렌즈 고유의 곡률로 인해 영상이 중심부는 볼록하고 중심부에서 멀수록 더 휘어지는 현상, 즉 렌즈에 의한 상의 왜곡이 발생한다. 이 왜곡에 영향을 주는 카메라 자체의 특징을 내부 변수라고 하며 왜곡 계수로 나타낸다. 이를 알 수 있다면 왜곡 모델을 설정하여 왜곡을 보정할 수 있다. 한편 차량에 장착된 카메라의 기울어짐 등으로 인해 발생하는 왜곡의 원인을 외부 변수라고 한다. ㉠촬영된 영상과 실세계 격자판을 비교하면 영상에서 격자판이 회전한 각도나 격자판의 위치 변화를 통해 카메라의 기울어진 각도 등을 알 수 있으므로 왜곡을 보정할 수 있다.

3 왜곡 보정이 끝나면 영상의 점들에 대응하는 3차원 실세계의 점들을 추정하여 이로부터 원근 효과가 제거된 영상을 얻는 시점 변환이 필요하다. 카메라가 3차원 실세계를 2차원 영상으로 투영하면 크기가 동일한 물체라도 카메라로부터 멀리 있을수록 더 작게 나타나는데, 위에서 내려다보는 시점의 영상에서는 거리에 따른 물체의 크기 변화가 없어야 하기 때문이다.

4 ㉡왜곡이 보정된 영상에서의 몇 개의 점과 그에 대응하는 실세계 격자판의 점들의 위치를 알고 있다면, 영상의 모든 점들과 격자판의 점들 간의 대응 관계를 가상의 좌표계를 이용하여 기술할 수 있다. 이 대응 관계를 이용해서 영상의 점들을 격자의 모양과 격자 간의 상대적인 크기가 실세계에서와 동일하게 유지되도록 한 평면에 놓으면 2차원 영상으로 나타난다. 이때 얻은 영상이 ㉢위에서 내려다보는 시점의 영상이 된다. 이와 같은 방법으로 구한 각 방향의 영상을 합성하면 차량 주위를 위에서 내려다본 것 같은 영상이 만들어진다.

≫ 각 문단을 요약하고 지문을 두 부분으로 나누어 보세요.

1 차량 주위 _____의 상황을 ___에서 본 것 같은 영상이 제작되는 과정을 알아보자.
2 차량 주위 바닥에 _____을 펴 놓고 카메라로 촬영한 후, 내부 변수와 외부 변수에 따른 _____을 보정한다.
3 이후 원근 효과가 제거되어 거리에 따른 물체의 _____ 변화가 없는 영상을 얻는 _____이 필요하다.
4 영상과 격자판의 점들 간의 _____를 가상의 좌표계를 이용해 영상의 점들을 평면에 놓아 __차원 영상으로 나타내며, 각 방향의 영상을 합성해 차량 주위를 위에서 본 것 같은 영상을 만든다.

1. 윗글의 내용과 일치하는 것은?

① 차량 주위를 위에서 내려다본 것 같은 영상은 360°를 촬영하는 카메라 하나를 이용하여 만들어진다.

② 외부 변수로 인한 왜곡은 카메라 자체의 특징을 알 수 있으면 쉽게 해결할 수 있다.

③ 차량의 전후좌우 카메라에서 촬영된 영상을 하나의 영상으로 합성한 후 왜곡을 보정한다.

④ 영상이 중심부로부터 멀수록 크게 휘는 것은 왜곡 모델을 설정하여 보정할 수 있다.

⑤ 위에서 내려다보는 시점의 영상에 있는 점들은 카메라 시점의 영상과는 달리 3차원 좌표로 표시된다.

2. ㉠~㉢을 이해한 내용으로 가장 적절한 것은?

① ㉠에서 광각 카메라를 이용하여 확보한 시야각은 ㉡에서는 작아지겠군.

② ㉡에서는 ㉠과 마찬가지로 렌즈와 격자판 사이의 거리가 멀어질수록 격자판이 작아 보이겠군.

③ ㉡에서는 ㉠에서 렌즈와 격자판 사이의 거리에 따른 렌즈의 곡률 변화로 생긴 휘어짐이 보정되었겠군.

④ ㉡과 실세계 격자판을 비교하여 격자판의 위치 변화를 보정한 ㉢은 카메라의 기울어짐에 의한 왜곡을 바로잡은 것이겠군.

⑤ ㉡에서 렌즈에 의한 상의 왜곡 때문에 격자판의 윗부분으로 갈수록 격자 크기가 더 작아 보이던 것이 ㉢에서 보정되었겠군.

3. 윗글을 바탕으로 〈보기〉를 탐구한 내용으로 가장 적절한 것은? [3점]

〈보기〉

그림은 장치가 장착된 차량의 운전자에게 제공된 영상에서 전방 부분만 보여 준 것이다. 차량 전방의 바닥에 그려진 네 개의 도형이 영상에서 각각 A, B, C, D로 나타나 있고, C와 D는 직사각형이고 크기는 같다. p와 q는 각각 영상 속 임의의 한 점이다.

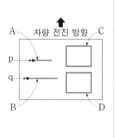

① 원근 효과가 제거되기 전의 영상에서 C는 윗변이 아랫변보다 긴 사다리꼴 모양이다.

② 시점 변환 전의 영상에서 D는 C보다 더 작은 크기로 영상의 더 아래쪽에 위치한다.

③ A와 B는 p와 q 간의 대응 관계를 이용하여 바닥에 그려진 도형을 크기가 유지되도록 한 평면에 놓은 것이다.

④ B에 대한 A의 상대적 크기는 가상의 좌표계를 이용하여 시점을 변환하기 전의 영상에서보다 더 커진 것이다.

⑤ p가 A 위의 한 점이라면 A는 p에 대응하는 실세계의 점이 시점 변환을 통해 선으로 나타난 것이다.

4. 문맥상 ⓐ의 의미와 가장 가까운 것은?

① 그때 동생이 탄 버스는 교차로를 지나고 있었다.

② 그것은 슬픈 감정을 지나서 아픔으로 남아 있다.

③ 어느새 정오가 훌쩍 지나 식사할 시간이 되었다.

④ 물의 온도가 어는점을 지나 계속 내려가고 있다.

⑤ 가장 힘든 고비를 지나고 나니 마음이 가뿐하다.

'메타버스(metaverse)'의 몰입도를 높이는 여러 가지 기술

[1~4] 다음 글을 읽고 물음에 답하시오.

1 '메타버스(metaverse)'는 '초월'이라는 의미의 '메타(meta)'와 '세계'를 뜻하는 '유니버스(universe)'의 합성어로, 현실 세계와 가상 공간이 적극적으로 상호 작용하는 공간을 의미한다. 감각 전달 장치는 메타버스 속에서 사용자를 대신하는 아바타가 보고 만지는 것으로 설정된 감각을 사용자에게 전달하는 장치이다. 사용자는 이를 통하여 가상 공간을 현실감 있게 체험하면서 메타버스에 몰입하게 된다.

2 시각을 전달하는 장치인 HMD*는 사용자의 양쪽 눈에 가상 공간을 표현하는, 시차*가 있는 영상을 전달한다. 전달된 영상을 뇌에서 조합하는 과정에서 사용자는 공간과 물체의 입체감을 느낄 수 있다. 가상 공간에서 물체를 접촉하는 것처럼 사용자의 손에 감각 반응을 직접 전달하는 장치로는 가상 현실 장갑이 있다. 가상 현실 장갑은 가상 공간에서 아바타가 만지는 가상 물체의 크기, 형태, 온도 등을 사용자가 느낄 수 있도록 설계되어 있다. 이 외에도 가상 현실 장갑은 사용자의 손가락 및 팔의 움직임에 따라 아바타를 움직이게 할 수 있다.

3 한편 사용자의 움직임을 아바타에게 전달하는 공간 이동 장치를 이용하면, 사용자는 몰입도 높은 메타버스 체험을 할 수 있다. 공간 이동 장치인 가상 현실 트레드밀은 일정한 공간에 설치되어 360도 방향으로 사용자의 이동이 가능하도록 바닥의 움직임을 지원한다.

[A]
┌ **4** 가상 현실 트레드밀과 함께 사용되는 모션 트래킹 시스템은 사용자의 동작에 따라 아바타가 동일하게 움직일 수 있도록 동기화하는 시스템으로, 동작 추적 센서, 관성 측정 센서, 압력 센서 등으로 구성된다. 동작 추적 센서는 사용자의 동작을 파악하며, 관성 측정 센서는 사용자의 이동 속도 변화율 및 회전 속도를 측정한다. 압력 센서는 서로 다른 물체 간에 작용하는 압력을 측정한다. 만약 바닥에 압력 센서가 부착된 신발을 사용자가 신고 뛰면, 압력 센서는 지면과 발바닥 사이의 압력을 감지하여 사용자가 뛰는 힘을 파악할 수 있다. 모션 트래킹 시스템이 사용자의 동작 정보를 컴퓨터에 전달하면, 컴퓨터는 사용자가 움직이는 방향과 속도에 ⓐ맞춰 트레드밀의 바닥을 제어한다. 이와 같이 사용자의 이동 동작에 따라 트레드밀의 움직임이 변경되기도 하지만, 아바타가 존재하는 가상 공간의 환경 변화에 따라 트레드밀 바닥의 진행 속도 및 방향, 기울기 등이 변경되기도 한다. 또한 사용자의 움직임이나 트레드밀의 작동 변화에 따라 HMD에 표시되는 가상 공간의 장면이 변경되어 사용자는 더욱 현실감 높은 체험을 할 수 있다.

> *HMD: 머리에 쓰는 3D 디스플레이의 한 종류.
> *시차: 한 물체를 서로 다른 두 지점에서 보았을 때 방향의 차이.

>> 각 문단을 요약하고 지문을 **세 부분**으로 나누어 보세요.

1 _____는 현실 세계와 가상 공간이 상호 작용하는 공간으로 감각 전달 장치는 _____의 감각을 사용자에게 전달하여 몰입하게 한다.

2 시각을 전달하는 HMD는 공간과 물체의 _____을 느끼게 하며, 가상 현실 장갑은 사용자의 ___에 감각 반응을 전달하고 사용자의 움직임에 따라 아바타를 움직이게 할 수도 있다.

3 공간 이동 장치는 사용자의 움직임을 아바타에게 전달해 _____를 높이는데, 이중 가상 현실 트레드밀은 360도 방향으로 _____의 이동이 가능하도록 한다.

4 모션 트래킹 시스템은 사용자의 동작에 따라 아바타가 _____하게 움직이도록 동기화하는데, 사용자의 이동 동작이나 _____의 환경 변화에 따라 트레드밀의 움직임이 변경된다.

1. 윗글의 내용과 일치하지 않는 것은?

① 감각 전달 장치와 공간 이동 장치는 사용자가 메타버스에 몰입할 수 있게 한다.

② 공간 이동 장치는 현실 세계 사용자의 움직임을 메타버스의 아바타에게 전달한다.

③ HMD는 사용자가 시각을 통해 메타버스의 공간과 물체의 입체감을 느끼도록 한다.

④ 감각 전달 장치는 아바타가 느끼는 것으로 설정된 감각을 사용자에게 전달하는 장치이다.

⑤ 가상 현실 장갑을 착용하면 사용자와 아바타는 상호 간에 감각 반응을 주고받을 수 있다.

2. [A]에 대한 이해로 적절한 것은?

① 관성 측정 센서는 사용자의 이동 속도와 뛰는 힘을 측정할 수 있다.

② HMD에 표시되는 가상 공간 장면의 변경에 따라 HMD는 가상 현실 트레드밀을 제어한다.

③ 가상 공간에서 아바타가 경사로를 만나면 가상 현실 트레드밀 바닥의 기울기가 변경될 수 있다.

④ 모션 트래킹 시스템은 아바타의 동작에 따라 사용자가 동일하게 움직일 수 있도록 동기화한다.

⑤ 아바타가 이동 방향을 바꾸면 가상 현실 트레드밀 바닥의 진행 방향이 변경되어 사용자의 이동 방향이 바뀌게 된다.

3. 윗글을 바탕으로 〈보기〉를 이해한 내용으로 적절하지 않은 것은? [3점]

〈보기〉

동작 추적 센서의 하나인 키넥트 센서는 적외선 카메라와 RGB 카메라 등으로 구성된다. 적외선 카메라는 광원에서 발산된 적외선이 피사체의 표면에서 반사되어 수신되기까지 걸리는 시간을 측정하여, 피사체의 입체 정보를 포함하는 저해상도 단색 이미지를 제공한다. 반면 RGB 카메라는 피사체의 고해상도 컬러 이미지를 제공한다. 키넥트 센서는 저해상도 입체 이미지를 고해상도 컬러 이미지에 투영하여 사용자가 검출되는 경우, 〈그림〉과 같이 신체 부위에 대응되는 25개의 연결점을 선으로 이은 3D 골격 이미지를 제공한다.

〈그림〉

① 키넥트 센서는 가상 공간에 있는 물체들 간의 거리를 측정하여 입체감을 구현할 수 있다.

② 키넥트 센서가 확보한, 사용자의 춤추는 동작 정보를 바탕으로 아바타의 춤추는 동작이 구현될 수 있다.

③ 키넥트 센서와 관성 측정 센서를 이용하여 사용자의 걷는 자세 및 이동 속도 변화율을 파악할 수 있다.

④ 연결점의 수와 위치의 제약 때문에 사용자의 골격 이미지로는 사용자의 얼굴 표정 변화를 아바타에게 전달할 수 없다.

⑤ 적외선 카메라의 입체 이미지와 RGB 카메라의 컬러 이미지 정보로부터 생성된 골격 이미지가 사용자의 동작 정보를 파악하는 데 사용된다.

4. 문맥상 의미가 ⓐ와 가장 가까운 것은?

① 그 연주자는 피아노를 언니의 노래에 정확히 맞추어 쳤다.

② 아내는 집 안에 있는 물건들의 색깔을 조화롭게 맞추었다.

③ 우리는 다음 주까지 손발을 맞추어 작업을 마치기로 했다.

④ 그 동아리는 신입 회원을 한 명 더 뽑아 인원을 맞추었다.

⑤ 동생은 중간고사를 보고 나서 친구와 답을 맞추어 보았다.

[1~4] 다음 글을 읽고 물음에 답하시오.

1 1993년 노벨 화학상은 중합 효소 연쇄 반응(PCR)을 개발한 멀리스에게 수여된다. 염기 서열을 아는 DNA가 한 분자라도 있으면 이를 다량으로 증폭할 수 있는 길을 열었기 때문이다. PCR는 주형 DNA, 프라이머, DNA 중합 효소, 4종의 뉴클레오타이드가 필요하다. 주형 DNA란 시료로부터 추출하여 PCR에서 DNA 증폭의 바탕이 되는 이중 가닥 DNA를 말하며, 주형 DNA에서 증폭하고자 하는 부위를 표적 DNA라 한다. 프라이머는 표적 DNA의 일부분과 동일한 염기 서열로 이루어진 짧은 단일 가닥 DNA로, 2종의 프라이머가 표적 DNA의 시작과 끝에 각각 결합한다. DNA 중합 효소는 DNA를 복제하는데, 단일 가닥 DNA의 각 염기 서열에 대응하는 뉴클레오타이드를 순서대로 결합시켜 이중 가닥 DNA를 생성한다.

2 PCR 과정은 우선 열을 가해 이중 가닥의 DNA를 2개의 단일 가닥으로 분리하는 것으로 시작한다. 이후 각각의 단일 가닥 DNA에 프라이머가 결합하면, DNA 중합 효소에 의해 복제되어 2개의 이중 가닥 DNA가 생긴다. 일정한 시간 동안 진행되는 이러한 DNA 복제 과정이 한 사이클을 이루며, 사이클마다 표적 DNA의 양은 2배씩 증가한다. 그리고 DNA의 양이 더 이상 증폭되지 않을 정도로 충분히 사이클을 수행한 후 PCR를 종료한다. 전통적인 PCR는 PCR의 최종 산물에 형광 물질을 결합시켜 발색을 통해 표적 DNA의 증폭 여부를 확인한다.

3 PCR는 시료의 표적 DNA 양도 알 수 있는 실시간 PCR라는 획기적인 개발로 이어졌다. 실시간 PCR는 전통적인 PCR와 동일하게 PCR를 실시하지만, 사이클마다 발색 반응이 일어나도록 하여 누적되는 발색을 통해 표적 DNA의 증폭을 실시간으로 확인할 수 있다. 이를 위해 실시간 PCR에서는 PCR 과정에 발색 물질이 추가로 필요한데, '이중 가닥 DNA 특이 염료' 또는 '형광 표식 탐침'이 이에 이용된다. ㉠이중 가닥 DNA 특이 염료는 이중 가닥 DNA에 결합하여 발색하는 형광 물질로, 새로 생성된 이중 가닥 표적 DNA에 결합하여 발색하므로 표적 DNA의 증폭을 알 수 있게 한다. 다만, 이중 가닥 DNA 특이 염료는 모든 이중 가닥 DNA에 결합할 수 있기 때문에 2개의 프라이머끼리 결합하여 이중 가닥의 이합체(二合體)를 형성한 경우에는 이와 결합하여 의도치 않은 발색이 일어난다.

4 ㉡형광 표식 탐침은 형광 물질과 이 형광 물질을 억제하는 소광 물질이 붙어 있는 단일 가닥 DNA 단편으로, 표적 DNA에서 프라이머가 결합하지 않는 부위에 특이적으로 결합하도록 설계된다. PCR 과정에서 이중 가닥 DNA가 단일 가닥으로 되면, 형광 표식 탐침은 프라이머와 마찬가지로 표적 DNA에 결합한다. 이후 DNA 중합 효소에 의해 이중 가닥 DNA가 형성되는 과정 중에 탐침은 표적 DNA와의 결합이 끊어지고 분해된다. 탐침이 분해되어 형광 물질과 소광 물질의 분리가 일어나면 비로소 형광 물질이 발색되며, 이로써 표적 DNA가 증폭되었음을 알 수 있다. 형광 표식 탐침은 표적 DNA에 특이적으로 결합하는 장점을 지니나 상대적으로 비용이 비싸다.

5 [A] 실시간 PCR에서 발색도는 증폭된 이중 가닥 표적 DNA의 양에 비례하며, 일정 수준의 발색도에 도달하는 데 필요한 사이클은 표적 DNA의 초기 양에 따라 달라진다. 사이클의 진행에 따른 발색도의 변화가 연속적인 선으로 표시되며, 표적 DNA를 검출했다고 판단하는 발색도에 도달하는 데 소요된 사이클을 C_t값이라 한다. 표적 DNA의 농도를 알지 못하는 미지 시료의 C_t값과 표적 DNA의 농도를 알고 있는 표준 시료의 C_t값을 비교하면 미지 시료에 포함된 표적 DNA의 농도를 계산할 수 있다.

6 PCR는 시료로부터 얻은 DNA를 가지고 유전자 복제, 유전병 진단, 친자 감별, 암 및 감염성 질병 진단 등에 광범위하게 활용된다. 특히 실시간 PCR를 이용하면 바이러스의 감염 여부를 초기에 정확하고 빠르게 진단할 수 있다.

≫ 각 문단을 요약하고 지문을 **세 부분**으로 나누어 보세요.

1 염기 서열을 아는 DNA를 다량으로 _____할 수 있는 길을 연 PCR는 주형 DNA, 프라이머, DNA 중합 효소, 뉴클레오타이드가 필요하다.
2 PCR 과정은 단일 가닥으로 분리된 이중 가닥 DNA가 __개의 이중 가닥 DNA로 복제되는 사이클을 반복 수행하는데, 전통적인 PCR는 최종 산물에 형광 물질을 결합해 _____의 증폭 여부를 확인한다.
3 실시간 PCR는 _____마다 발색 반응이 일어나 표적 DNA의 증폭을 실시간으로 확인할 수 있는데, 이를 위해 필요한 발색 물질 중 이중 가닥 DNA 특이 염료는 새로 생성된 _____ 가닥 표적 DNA에 결합한다.
4 또 다른 _____ 물질인 형광 표식 탐침은 _____ 가닥이 된 표적 DNA에 특이적으로 결합하나 비용이 비싸다.
5 실시간 PCR에서는 발색도를 이용하여 표적 DNA의 _____를 계산할 수 있다.
6 PCR는 광범위하게 활용되는데 특히 _____ 감염 여부의 초기 진단에 효과적이다.

1. 윗글에서 알 수 있는 내용으로 적절하지 않은 것은?

① 2종의 프라이머 각각의 염기 서열과 정확히 일치하는 염기 서열을 주형 DNA에서 찾을 수 없다.

② PCR에서 표적 DNA 양이 초기 양을 기준으로 처음의 2배가 되는 시간과 4배에서 8배가 되는 시간은 같다.

③ 전통적인 PCR는 표적 DNA 농도를 아는 표준 시료가 있어도 미지 시료의 표적 DNA 농도를 PCR 과정 중에 알 수 없다.

④ 실시간 PCR는 가열 과정을 거쳐야 시료에 포함된 표적 DNA의 양을 증폭할 수 있다.

⑤ 실시간 PCR를 실시할 때에 표적 DNA의 증폭이 일어나려면 DNA 중합 효소와 프라이머가 필요하다.

2. ㉠과 ㉡에 대한 설명으로 가장 적절한 것은?

① ㉠은 ㉡과 달리 프라이머와 결합하여 이합체를 이룬다.

② ㉠은 ㉡과 달리 표적 DNA에 붙은 채 발색 반응이 일어난다.

③ ㉡은 ㉠과 달리 형광 물질과 결합하여 이합체를 이룬다.

④ ㉡은 ㉠과 달리 한 사이클의 시작 시점에 발색 반응이 일어난다.

⑤ ㉠과 ㉡은 모두 이중 가닥 표적 DNA에 결합하는 물질이다.

3. 어느 바이러스 감염증의 진단 검사에 PCR를 이용하려고 한다. 윗글을 읽고 이해한 반응으로 가장 적절한 것은?

① 전통적인 PCR로 진단 검사를 할 때, 시료에 바이러스의 양이 적은 감염 초기에는 감염 여부를 진단할 수 없겠군.

② 전통적인 PCR로 진단 검사를 할 때, DNA 증폭 여부 확인에 발색 물질이 필요 없으니 비용이 상대적으로 싸겠군.

③ 전통적인 PCR로 진단 검사를 할 때, 실시간 증폭 여부를 확인할 필요가 없어 진단에 걸리는 시간을 줄일 수 있겠군.

④ 실시간 PCR로 진단 검사를 할 때, 표적 DNA의 염기 서열이 알려져 있어야 감염 여부를 분석할 수 있겠군.

⑤ 실시간 PCR로 진단 검사를 할 때, 감염 여부는 PCR가 끝난 후에야 알 수 있지만 실시간 증폭은 확인할 수 있겠군.

4. [A]를 바탕으로 〈보기 1〉의 실험 상황을 가정하고 〈보기 2〉와 같이 예상 결과를 추론하였다. ㉮~㉰에 들어갈 말로 적절한 것은? [3점]

〈보기 1〉

표적 DNA의 농도를 알지 못하는 ⓐ미지 시료와, 이와 동일한 표적 DNA를 포함하지만 그 농도를 알고 있는 ⓑ표준 시료가 있다. 각 시료의 DNA를 주형 DNA로 하여 같은 양의 시료로 동일한 조건에서 실시간 PCR를 실시한다.

〈보기 2〉

만약 ⓐ가 ⓑ보다 표적 DNA의 초기 농도가 높다면,

↓

표적 DNA가 증폭되는 동안, 사이클이 진행됨에 따라 시간당 시료의 표적 DNA의 증가량은 ⓐ가 (㉮).

↓

실시간 PCR의 C_t값에서의 발색도는 ⓐ가 (㉯).

↓

따라서 실시간 PCR의 C_t값은 ⓐ가 (㉰).

	㉮	㉯	㉰
①	ⓑ보다 많겠군	ⓑ보다 높겠군	ⓑ보다 크겠군
②	ⓑ보다 많겠군	ⓑ와 같겠군	ⓑ보다 작겠군
③	ⓑ와 같겠군	ⓑ보다 높겠군	ⓑ보다 작겠군
④	ⓑ와 같겠군	ⓑ와 같겠군	ⓑ보다 작겠군
⑤	ⓑ와 같겠군	ⓑ보다 높겠군	ⓑ보다 크겠군

3D 합성 영상의 생성, 출력을 위한 모델링과 렌더링

[1~4] 다음 글을 읽고 물음에 답하시오.

1 최근의 3D 애니메이션은 섬세한 입체 영상을 구현하여 실물을 촬영한 것 같은 느낌을 준다. 실물을 촬영하여 얻은 자연 영상을 그대로 화면에 표시할 때와 달리 3D 합성 영상을 생성, 출력하기 위해서는 모델링과 렌더링을 거쳐야 한다.

2 모델링은 3차원 가상 공간에서 물체의 모양과 크기, 공간적인 위치, 표면 특성 등과 관련된 고유의 값을 설정하거나 수정하는 단계이다. 모양과 크기를 설정할 때 주로 3개의 정점으로 형성되는 삼각형을 활용한다. 작은 삼각형의 조합으로 이루어진 그물과 같은 형태로 물체 표면을 표현하는 방식이다. 이 방법으로 복잡한 굴곡이 있는 표면도 정밀하게 표현할 수 있다. 이때 삼각형의 꼭짓점들은 물체의 모양과 크기를 결정하는 정점이 되는데, 이 정점들의 개수는 물체가 변형되어도 변하지 않으며, 정점들의 상대적 위치는 물체 고유의 모양이 변하지 않는 한 달라지지 않는다. 물체가 커지거나 작아지는 경우에는 정점 사이의 간격이 넓어지거나 좁아지고, 물체가 회전하거나 이동하는 경우에는 정점들이 간격을 유지하면서 회전축을 중심으로 회전하거나 동일 방향으로 동일 거리만큼 이동한다. 물체 표면을 구성하는 각 삼각형 면에는 고유의 색과 질감 등을 나타내는 표면 특성이 하나씩 지정된다.

3 공간에서의 입체에 대한 정보인 이 데이터를 활용하여, 물체를 어디에서 바라보는가를 나타내는 관찰 시점을 기준으로 2차원의 화면을 생성하는 것이 렌더링이다. 전체 화면을 잘게 나눈 점이 화소인데, 정해진 개수의 화소로 화면을 표시하고 각 화소별로 밝기나 색상 등을 나타내는 화솟값이 부여된다. 렌더링 단계에서는 화면 안에서 동일 물체라도 멀리 있는 경우는 작게, 가까이 있는 경우는 크게 보이는 원리를 활용하여 화솟값을 지정함으로써 물체의 원근감을 구현한다. 표면 특성을 나타내는 값을 바탕으로, 다른 물체에 가려짐이나 조명에 의해 물체 표면에 생기는 명암, 그림자 등을 고려하여 화솟값을 정해 줌으로써 물체의 입체감을 구현한다. 화면을 구성하는 모든 화소의 화솟값이 결정되면 하나의 프레임이 생성된다. 이를 화면출력장치를 통해 모니터에 표시하면 정지 영상이 완성된다.

4 모델링과 렌더링을 반복하여 생성된 프레임들을 순서대로 표시하면 동영상이 된다. 프레임을 생성할 때, 모델링과 관련된 계산을 완료한 후 그 결과를 이용하여 렌더링을 위한 계산을 한다. 이때 정점의 개수가 많을수록, 해상도가 높아 출력 화소의 수가 많을수록 연산 양이 많아져 연산 시간이 길어진다. 컴퓨터의 중앙처리장치(CPU)는 데이터 연산을 하나씩 순서대로 수행하기 때문에 과도한 양의 데이터가 집중되면 미처 연산되지 못한 데이터가 차례를 기다리는 병목 현상이 생겨 프레임이 완성되는 데 오랜 시간이 걸린다. CPU의 그래픽 처리 능력을 보완

하기 위해 개발된 ㉠그래픽처리장치(GPU)는 연산을 비롯한 데이터 처리를 독립적으로 수행할 수 있는 장치인 코어를 수백에서 수천 개씩 탑재하고 있다. GPU의 각 코어는 그래픽 연산에 특화된 연산만을 할 수 있고 CPU의 코어에 비해서 저속으로 연산한다. 하지만 GPU는 동일한 연산을 여러 번 수행해야 하는 경우, 고속으로 출력 영상을 생성할 수 있다. 왜냐하면 GPU는 한 번의 연산에 쓰이는 데이터들을 순차적으로 각 코어에 전송한 후, 전체 코어에 하나의 연산 명령어를 전달하면, 각 코어는 모든 데이터를 동시에 연산하여 연산 시간이 짧아지기 때문이다.

》》 각 문단을 요약하고 지문을 세 부분으로 나누어 보세요.

1 _____ 영상과 달리 _____ 영상을 생성, 출력하려면 모델링과 렌더링을 거쳐야 한다.
2 모델링은 __차원 가상 공간에서 3개의 _____으로 형성되는 삼각형을 활용해 물체의 모양과 크기, 공간적 위치, 표면 특성 등과 관련된 고유의 값을 설정·수정하는 단계이다.
3 모델링으로 얻은 데이터를 활용해 관찰 시점을 기준으로 __차원의 화면을 생성하는 렌더링 단계에서는 _____을 지정해 물체의 원근감과 입체감을 구현한다.
4 모델링과 렌더링을 반복해 생성된 _____을 순서대로 표시하면 동영상이 되는데, 그 과정에서 생기는 데이터 병목 현상을 해소하고 CPU를 보완하기 위해 _____가 활용된다.

1. 윗글에 대한 이해로 적절하지 않은 것은?

① 자연 영상은 모델링과 렌더링 단계를 거치지 않고 생성된다.

② 렌더링에서 사용되는 물체 고유의 표면 특성은 화솟값에 의해 결정된다.

③ 물체의 원근감과 입체감은 관찰 시점을 기준으로 구현한다.

④ 3D 영상을 재현하는 화면의 해상도가 높을수록 연산 양이 많아진다.

⑤ 병목 현상은 연산할 데이터의 양이 처리 능력을 초과할 때 발생한다.

2. 모델링에 대한 설명으로 가장 적절한 것은?

① 다른 물체에 가려져 보이지 않는 부분에 있는 삼각형의 정점들의 위치는 계산하지 않는다.

② 삼각형들을 조합함으로써 물체의 복잡한 곡면을 정교하게 표현할 수 있다.

③ 하나의 작은 삼각형에 다양한 색상의 표면 특성들을 함께 부여한다.

④ 공간상에 위치한 정점들을 2차원 평면에 존재하도록 배치한다.

⑤ 다양하게 변할 수 있는 관찰 시점을 순차적으로 저장한다.

3. ㉠에 대한 추론으로 적절한 것은?

① 동일한 개수의 정점 위치를 연산할 때, 동시에 연산을 수행하는 코어의 개수가 많아지면 총 연산 시간이 길어진다.

② 정점의 위치를 구하기 위한 10개의 연산을 10개의 코어에서 동시에 진행하려면, 10개의 연산 명령어가 필요하다.

③ 1개의 코어만 작동할 때, 정점의 위치를 구하기 위한 연산 시간은 1개의 코어를 가진 CPU의 연산 시간과 같다.

④ 정점 위치를 구하기 위한 각 데이터의 연산을 하나씩 순서대로 처리해야 한다면, 다수의 코어가 작동하는 경우 총 연산 시간은 1개의 코어만 작동하는 경우의 총 연산 시간과 같다.

⑤ 정점 위치를 구하기 위해 연산해야 할 10개의 데이터를 10개의 코어에서 처리할 경우, 모든 데이터를 모든 코어에 전송하는 시간은 1개의 데이터를 1개의 코어에 전송하는 시간과 같다.

4. 다음은 3D 애니메이션 제작을 위한 계획의 일부이다. 윗글을 바탕으로 할 때 적절하지 않은 것은? [3점]

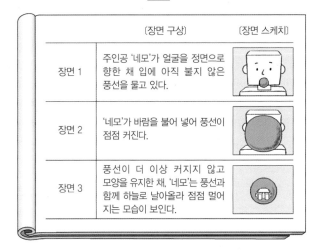

	〔장면 구상〕	〔장면 스케치〕
장면 1	주인공 '네모'가 얼굴을 정면으로 향한 채 입에 아직 불지 않은 풍선을 물고 있다.	
장면 2	'네모'가 바람을 불어 넣어 풍선이 점점 커진다.	
장면 3	풍선이 더 이상 커지지 않고 모양을 유지한 채, '네모'는 풍선과 함께 하늘로 날아올라 점점 멀어지는 모습이 보인다.	

① 장면 1의 렌더링 단계에서 풍선에 가려 보이지 않는 입 부분의 삼각형들의 표면 특성은 화솟값을 구하는 데 사용되지 않겠군.

② 장면 2의 모델링 단계에서 풍선에 있는 정점의 개수는 유지되겠군.

③ 장면 2의 모델링 단계에서 풍선에 있는 정점 사이의 거리가 멀어지겠군.

④ 장면 3의 모델링 단계에서 풍선에 있는 정점들이 이루는 삼각형들이 작아지겠군.

⑤ 장면 3의 렌더링 단계에서 전체 화면에서 화솟값이 부여되는 화소의 개수는 변하지 않겠군.

[1~4] 다음 글을 읽고 물음에 답하시오.

1 질병을 유발하는 병원체에는 세균, 진균, 바이러스 등이 있다. 생명체의 기본 구조에 속하는 세포막은 지질을 주성분으로 하는 이중층이다. 세균과 진균은 일반적으로 세포막 바깥 부분에 세포벽이 있고, 바이러스의 표면은 세포막 대신 캡시드라고 부르는 단백질로 이루어져 있다. 바이러스의 종류에 따라 캡시드 외부가 지질을 주성분으로 하는 피막으로 덮인 경우도 있다. 한편 진균과 일부 세균은 다른 병원체에 비해 건조, 열, 화학 물질에 저항성이 강한 포자를 만든다.

2 생활 환경에서 병원체의 수를 억제하고 전염병을 예방하기 위한 목적으로 사용하는 방역용 화학 물질을 '항(抗)미생물 화학제'라 한다. 항미생물 화학제는 다양한 병원체가 공통으로 갖는 구조를 구성하는 성분들에 화학 작용을 일으키므로 광범위한 살균 효과가 있다. 그러나 병원체의 구조와 성분은 병원체의 종류에 따라 완전히 같지는 않으므로, 동일한 항미생물 화학제라도 그 살균 효과는 다를 수 있다.

3 항미생물 화학제 중 ⊙멸균제는 포자를 포함한 모든 병원체를 파괴한다. ⓒ감염방지제는 포자를 제외한 병원체를 사멸시키는 화합물로 병원, 공공시설, 가정의 방역에 사용된다. 감염방지제 중 독성이 약해 사람의 피부나 상처 소독에도 사용이 가능한 항미생물 화학제를 ⓒ소독제라 한다. 사람의 세포막도 지질 성분으로 이루어져 있어 소독제라 하더라도 사람의 세포를 죽일 수 있으므로, 눈이나 호흡기 등의 점막에 접촉하지 않도록 주의해야 한다. 따라서 항미생물 화학제는 병원체에 대한 최대의 방역 효과와 인체 및 환경에 대한 최고의 안전성을 확보할 수 있도록 종류별 사용법을 지켜야 한다.

4 항미생물 화학제의 작용기제는 크게 병원체의 표면을 손상시키는 방식과 병원체 내부에서 대사 기능을 저해하는 방식으로 나눌 수 있지만, 많은 경우 두 기제가 함께 작용한다. 고농도 에탄올 등의 알코올 화합물은 세포막의 기본 성분인 지질을 용해시키고 단백질을 변성시키며, 병원성 세균에서는 세포벽을 약화시킨다. 또한 알코올 화합물은 지질 피막이 없는 바이러스보다 지질 피막이 있는 병원성 바이러스에서 방역 효과가 크다. 지질 피막은 병원성 바이러스가 사람을 감염시키는 과정에서 중요한 역할을 하기 때문에, 지질을 손상시키는 기능을 가진 항미생물 화학제만으로도 병원성 바이러스에 대한 방역 효과가 있다. 지질 피막의 유무와 관계없이 다양한 바이러스의 감염 예방을 위해서는 하이포염소산 소듐 등의 산화제가 널리 사용된다. 병원성 바이러스의 방역에 사용되는 산화제는 바이러스의 공통적인 표면 구조를 이루는 캡시드를 손상시키는 기능이 있어 바이러스를 파괴하거나 바이러스의 감염력을 잃게 한다.

5 병원체의 표면에 생긴 약간의 손상이 병원체를 사멸시키는 데 충분하지 않더라도, 항미생물 화학제가 내부로 침투하면 살균 효과가 증가한다. 알킬화제와 산화제는 병원체의 내부로 침투하면 필수적인 물질 대사를 정지시킨다. 글루타르 알데하이드와 같은 알킬화제가 알킬 작용기를 단백질에 결합시키면 단백질을 변성시켜 기능을 상실하게 하고, 핵산의 염기에 결합시키면 핵산을 비정상 구조로 변화시켜 유전자 복제와 발현을 교란한다. 산화제인 하이포염소산 소듐은 병원체 내에서 불특정한 단백질들을 산화시켜 단백질로 이루어진 효소들의 기능을 비활성화하고 병원체를 사멸에 이르게 한다.

≫ 각 문단을 요약하고 지문을 **세 부분**으로 나누어 보세요.

1 질병을 유발하는 _____ 에는 세균, 진균, 바이러스 등이 있다.

2 병원체의 ___ 를 억제하고 전염병을 예방하기 위해 사용되는 항미생물 화학제는 병원체가 _____ 으로 갖는 구조를 구성하는 성분들에 작용한다.

3 항미생물 화학제는 모든 병원체를 파괴하는 _____, _____ 를 제외한 병원체를 사멸시키는 감염방지제가 있으며, 감염방지제 중 _____ 이 약해 사람에게 사용이 가능한 것이 소독제이다.

4 항미생물 화학제의 작용기제는 병원체의 _____ 을 손상시키는 방식과 병원체 내부에서 대사 기능을 저해하는 방식이 있는데, 알코올 화합물은 지질을 용해시키고 세포벽을 약화시키며 산화제는 _____ 를 손상시킨다.

5 알킬화제와 _____ 는 병원체 _____ 로 침투하면 필수적인 물질 대사를 정지시킨다.

1. 윗글에서 답을 찾을 수 있는 질문에 해당하지 <u>않는</u> 것은?

① 병원성 세균은 어떤 작용기제로 사람을 감염시킬까?

② 알코올 화합물은 병원성 세균의 살균에 효과가 있을까?

③ 바이러스와 세균의 표면 구조는 어떤 차이가 있을까?

④ 병원성 바이러스 감염 예방을 위한 방역에 사용되는 물질에는 무엇이 있을까?

⑤ 항미생물 화학제가 병원체에 대해 광범위한 살균 효과를 나타내는 이유는 무엇일까?

2. 윗글을 읽고 이해한 내용으로 적절하지 <u>않은</u> 것은?

① 고농도 에탄올은 지질 피막이 있는 바이러스에 방역 효과가 있다.

② 하이포염소산 소듐은 병원체의 내부가 아니라 표면의 단백질을 손상시킨다.

③ 진균의 포자는 바이러스에 비해서 화학 물질에 대한 저항성이 더 강하다.

④ 알킬화제는 병원체 내 핵산의 염기에 알킬 작용기를 결합시켜 유전자의 발현을 방해한다.

⑤ 산화제가 다양한 바이러스를 사멸시키는 것은 그 산화제가 바이러스의 공통적인 구조를 구성하는 성분들에 작용하기 때문이다.

3. ㉠~㉢에 대한 설명으로 적절한 것은?

① ㉠과 ㉡은 모두, 질병의 원인이 되는 진균의 포자와 바이러스를 사멸시킬 수 있다.

② ㉠과 ㉢은 모두, 생활 환경의 방역뿐 아니라 사람의 상처 소독에 적용 가능하다.

③ ㉡과 ㉢은 모두, 바이러스의 종류에 따라 살균 효과가 달라질 수 있다.

④ ㉠은 ㉡과 달리, 세포막이 있는 병원성 세균은 사멸시킬 수 있으나 피막이 있는 병원성 바이러스는 사멸시킬 수 없다.

⑤ ㉡은 ㉢과 달리, 인체에 해로우므로 사람의 점막에 직접 닿아서는 안 된다.

4. 〈보기〉는 윗글을 읽은 학생이 '가상의 실험 결과'를 보고 추론한 내용이다. [가]에 들어갈 말로 적절하지 <u>않은</u> 것은? [3점]

〈보기〉

○ 가상의 실험 결과

> 항미생물 화학제로 사용되는 알코올 화합물 A를 변환시켜 다음과 같은 결과를 얻었다.
>
> [결과 1] A에서 지질을 손상시키는 기능만을 약화시켜 B를 얻었다.
>
> [결과 2] A에서 캡시드를 손상시키는 기능만을 강화시켜 C를 얻었다.
>
> [결과 3] B에서 캡시드를 손상시키는 기능만을 강화시켜 D를 얻었다.

○ 학생의 추론: 화합물들의 방역 효과와 안전성을 비교해 보면, [가] 고 추론할 수 있어.

(단, 지질 손상 기능과 캡시드 손상 기능은 서로 독립적이며, 화합물 A, B, C, D의 비교 조건은 모두 동일하다고 가정함.)

① B는 A에 비해 지질 피막이 있는 바이러스에 대한 방역 효과는 작고, 인체에 대한 안전성은 높다

② C는 A에 비해 지질 피막이 없는 바이러스에 대한 방역 효과는 크고, 인체에 대한 안전성은 같다

③ C는 B에 비해 지질 피막이 있는 바이러스에 대한 방역 효과는 크고, 인체에 대한 안전성은 같다

④ D는 A에 비해 지질 피막이 없는 바이러스에 대한 방역 효과는 크고, 인체에 대한 안전성은 높다

⑤ D는 B에 비해 지질 피막이 없는 바이러스에 대한 방역 효과는 크고, 인체에 대한 안전성은 같다

2021학년도 6월 모평

영상 안정화 기술

[1~4] 다음 글을 읽고 물음에 답하시오.

❶ 일반 사용자가 디지털 카메라를 들고 촬영하면 손의 미세한 떨림으로 인해 영상이 번져 흐려지고, 걷거나 뛰면서 촬영하면 식별하기 힘들 정도로 영상이 흔들리게 된다. 흔들림에 의한 영향을 최소화하는 기술이 영상 안정화 기술이다.

❷ 영상 안정화 기술에는 빛을 이용하는 광학적 기술과 소프트웨어를 이용하는 디지털 기술 등이 있다. 광학 영상 안정화(OIS) 기술을 사용하는 카메라 모듈은 렌즈 모듈, 이미지 센서, 자이로 센서, 제어 장치, 렌즈를 움직이는 장치로 구성되어 있다. 렌즈 모듈은 보정용 렌즈들을 포함한 여러 개의 렌즈들로 구성된다. 일반적으로 카메라는 렌즈를 통해 들어온 빛이 이미지 센서에 닿아 피사체의 상이 맺히고, 피사체의 한 점에 해당하는 위치인 화소마다 빛의 세기에 비례하여 발생한 전기 신호가 저장 매체에 영상으로 저장된다. 그런데 카메라가 흔들리면 이미지 센서 각각의 화소에 닿는 빛의 세기가 변한다. 이때 OIS 기술이 작동되면 자이로 센서가 카메라의 움직임을 감지하여 방향과 속도를 제어 장치에 전달한다. 제어 장치가 렌즈를 이동시키면 피사체의 상이 유지되면서 영상이 안정된다.

❸ 렌즈를 움직이는 방법 중에는 보이스코일 모터를 이용하는 방법이 많이 쓰인다. 보이스코일 모터를 포함한 카메라 모듈은 중앙에 위치한 렌즈 주위에 코일과 자석이 배치되어 있다. 카메라가 흔들리면 제어 장치에 의해 코일에 전류가 흘러서 자기장과 전류의 직각 방향으로 전류의 크기에 비례하는 힘이 발생한다. 이 힘이 렌즈를 이동시켜 흔들림에 의한 영향이 상쇄되고 피사체의 상이 유지된다. 이외에도 카메라가 흔들릴 때 이미지 센서를 움직여 흔들림을 감쇄하는 방식도 이용된다.

❹ OIS 기술이 손 떨림을 훌륭하게 보정해 줄 수는 있지만 렌즈의 이동 범위에 한계가 있어 보정할 수 있는 움직임의 폭이 좁다. 디지털 영상 안정화(DIS) 기술은 촬영 후에 소프트웨어를 사용해 흔들림을 보정하는 기술로 역동적인 상황에서 촬영한 동영상에 적용할 때 좋은 결과를 얻을 수 있다. 이 기술은 촬영된 동영상을 프레임 단위로 나눈 후 연속된 프레임 간 피사체의 움직임을 추정한다. 움직임을 추정하는 한 방법은 특징점을 이용하는 것이다. 특징점으로는 피사체의 모서리처럼 주위와 밝기가 뚜렷이 구별되며 영상이 이동하거나 회전해도 그 밝기 차이가 유지되는 부분이 선택된다.

❺ 먼저 k 번째 프레임에서 특징점들을 찾고, 다음 k+1 번째 프레임에서 같은 특징점들을 찾는다. 이 두 프레임 사이에서 같은 특징점이 얼마나 이동하였는지 계산하여 영상의 움직임을 추정한다. 그리고 흔들림이 발생한 곳으로 추정되는 프레임에서 위치 차이만큼 보정하여 흔들림의 영향을 줄이면 보정된 동영상은 움직임이 부드러워진다. 그러나 특징점의 수가 늘어날수록 연산

이 더 오래 걸린다. 한편 영상을 보정하는 과정에서 영상을 회전하면 프레임에서 비어 있는 공간이 나타난다. 비어 있는 부분이 없도록 잘라내면 프레임들의 크기가 작아지는데, 원래의 프레임 크기를 유지하려면 화질은 떨어진다.

>> 각 문단을 요약하고 지문을 **세 부분**으로 나누어 보세요.

❶ 영상 안정화 기술은 _____에 의한 영향을 최소화하는 기술이다.
❷ 카메라가 흔들리면 이미지 센서에 닿는 ___의 세기가 변하는데, OIS 기술은 _____가 카메라의 움직임을 감지해 제어 장치에 전달하여 _____를 이동시킴으로써 영상을 안정화한다.
❸ 렌즈를 움직이는 방법으로는 _____를 이용하는 방법이 많이 쓰인다.
❹ 촬영 후 _____를 사용해 흔들림을 보정하는 DIS 기술은 _____을 이용해 연속된 프레임 간 피사체의 움직임을 추정한다.
❺ 흔들림이 발생한 곳으로 추정되는 _____에서 특징점의 _____ 차이만큼 보정하면 흔들림의 영향을 줄일 수 있다.

1. 윗글을 이해한 내용으로 적절하지 않은 것은?

① 디지털 영상 안정화 기술은 소프트웨어를 이용하여 이미지 센서를 이동시킨다.

② 광학 영상 안정화 기술을 사용하지 않는 디지털 카메라에도 이미지 센서는 필요하다.

③ 연속된 프레임에서 동일한 피사체의 위치 차이가 작을수록 동영상의 움직임이 부드러워진다.

④ 디지털 카메라의 저장 매체에는 이미지 센서 각각의 화소에서 발생하는 전기 신호가 영상으로 저장된다.

⑤ 보정 기능이 없다면 손 떨림이 있을 때 이미지 센서 각각의 화소에 닿는 빛의 세기가 변하여 영상이 흐려진다.

2. 윗글의 'OIS 기술'에 대한 설명으로 적절하지 않은 것은?

① 보이스코일 모터는 카메라 모듈에 포함되는 장치이다.

② 자이로 센서는 이미지 센서에 맺히는 영상을 제어 장치로 전달한다.

③ 보이스코일 모터에 흐르는 전류에 의해 발생한 힘으로 렌즈의 위치를 조정한다.

④ 자이로 센서가 카메라 움직임을 정확히 알려도 렌즈 이동의 범위에는 한계가 있다.

⑤ 흔들림에 의해 피사체의 상이 이동하면 원래의 위치로 돌아오도록 렌즈나 이미지 센서를 이동시킨다.

3. 윗글을 참고할 때, 〈보기〉의 A~C에 들어갈 말을 바르게 짝지은 것은?

〈보기〉

특징점으로 선택되는 점들과 주위 점들의 밝기 차이가 (A), 영상이 흔들리기 전의 밝기 차이와 후의 밝기 차이 변화가 (B) 특징점의 위치 추정이 유리하다. 그리고 특징점들이 많을수록 보정에 필요한 (C)이/가 늘어난다.

	A	B	C
①	클수록	클수록	프레임의 수
②	클수록	작을수록	시간
③	클수록	작을수록	프레임의 수
④	작을수록	클수록	시간
⑤	작을수록	작을수록	프레임의 수

4. 윗글을 읽고 〈보기〉를 이해한 반응으로 가장 적절한 것은?

[3점]

〈보기〉

새로 산 카메라의 성능을 시험해 보고 싶어서 OIS 기능을 켜고 동영상을 촬영했다. 빌딩을 찍는 순간, 바람에 휘청하여 들고 있던 카메라가 기울어졌다. 집에 돌아와 촬영된 영상을 확인하고 소프트웨어로 보정하려 한다.

[촬영한 동영상 중 연속된 프레임]

㉠ k 번째 프레임　　　ⓛ k+1 번째 프레임

① ㉠에서 프레임의 모서리 부분으로 특징점을 선택하는 것이 움직임을 추정하는 데 유리하겠군.

② ⓛ을 DIS 기능으로 보정하고 나서 프레임 크기가 변했다면 흔들림은 보정되었으나 원래의 영상 일부가 손실되었겠군.

③ ㉠에서 빌딩 모서리들 간의 차이를 특징점으로 선택하고 그 차이를 계산하여 ⓛ을 보정하겠군.

④ ㉠은 OIS 기능으로 손 떨림을 보정한 프레임이지만, ⓛ은 OIS 기능으로 보정해야 할 프레임이겠군.

⑤ ⓛ을 보면 ㉠이 촬영된 직후 카메라가 크게 움직여 DIS 기능으로는 완전히 보정되지 않았다는 것을 알 수 있겠군.

[1~4] 다음 글을 읽고 물음에 답하시오.

❶ 신체의 세포, 조직, 장기가 손상되어 더 이상 제 기능을 하지 못할 때에 이를 대체하기 위해 이식을 실시한다. 이때 이식으로 옮겨 붙이는 세포, 조직, 장기를 이식편이라 한다. 자신이나 일란성 쌍둥이의 이식편을 이용할 수 없다면 다른 사람의 이식편으로 '동종 이식'을 실시한다. 그런데 우리의 몸은 자신의 것이 아닌 물질이 체내로 유입될 경우 면역 반응을 일으키므로, 유전적으로 동일하지 않은 이식편에 대해 항상 거부 반응을 일으킨다. 면역적 거부 반응은 면역 세포가 표면에 발현하는 주조직적합복합체(MHC) 분자의 차이에 의해 유발된다. 개체마다 MHC에 차이가 있는데 서로 간의 유전적 거리가 멀수록 MHC에 차이가 커져 거부 반응이 강해진다. 이를 막기 위해 면역 억제제를 사용하는데, 이는 면역 반응을 억제하여 질병 감염의 위험성을 높인다.

❷ 이식에는 많은 비용이 소요될 뿐만 아니라 이식이 가능한 동종 이식편의 수가 매우 부족하기 때문에 이를 대체하는 방법이 개발되고 있다. 우선 인공 심장과 같은 '전자 기기 인공 장기'를 이용하는 방법이 있다. 하지만 이는 장기의 기능을 일시적으로 대체하는 데 사용되며, 추가 전력 공급 및 정기적 부품 교체 등이 요구되는 단점이 있고, 아직 인간의 장기를 완전히 대체할 만큼 정교한 단계에 이르지는 못했다.

❸ 다음으로는 사람의 조직 및 장기와 유사한 다른 동물의 이식편을 인간에게 이식하는 '이종 이식'이 있다. 그런데 이종 이식은 동종 이식보다 거부 반응이 훨씬 심하게 일어난다. 특히 사람이 가진 자연항체는 다른 종의 세포에서 발현되는 항원에 반응하는데, 이로 인해 이종 이식편에 대해서 초급성 거부 반응 및 급성 혈관성 거부 반응이 일어난다. 이런 거부 반응을 일으키는 유전자를 제거한 형질 전환 미니돼지에서 얻은 이식편을 이식하는 실험이 성공한 바 있다. 미니돼지는 장기의 크기가 사람의 것과 유사하고 번식력이 높아 단시간에 많은 개체를 생산할 수 있다는 장점이 있어, 이를 이용한 이종 이식편을 개발하기 위한 연구가 진행되고 있다.

❹ 이종 이식의 또 다른 문제는 ㉠내인성 레트로바이러스이다. 내인성 레트로바이러스는 생명체의 DNA의 일부분으로, 레트로바이러스로부터 유래된 것으로 여겨지는 부위들이다. 이는 바이러스의 활성을 가지지 않으며 사람을 포함한 모든 포유류에 존재한다. ㉡레트로바이러스는 자신의 유전 정보를 RNA에 담고 있고 역전사 효소를 갖고 있는 바이러스로서, 특정한 종류의 세포를 감염시킨다. 유전 정보가 담긴 DNA로부터 RNA가 생성되는 전사 과정만 일어날 수 있는 다른 생명체와는 달리, 레트로바이러스는 다른 생명체의 세포에 들어간 후 역전사 과정을

통해 자신의 RNA를 DNA로 바꾸고 그 세포의 DNA에 끼어들어 감염시킨다. 이후에는 다른 바이러스와 마찬가지로 자신이 속해 있는 생명체를 숙주로 삼아 숙주 세포의 시스템을 이용하여 복제, 증식하고 일정한 조건이 되면 숙주 세포를 파괴한다.

❺ 그런데 정자, 난자와 같은 생식 세포가 레트로바이러스에 감염되고도 살아남는 경우가 있었다. 이런 세포로부터 유래된 자손의 모든 세포가 갖게 된 것이 내인성 레트로바이러스이다. 내인성 레트로바이러스는 세대가 지나면서 돌연변이로 인해 염기 서열의 변화가 일어나며 해당 세포 안에서는 바이러스로 활동하지 않는다. 그러나 내인성 레트로바이러스를 떼어 내어 다른 종의 세포 속에 주입하면 이는 레트로바이러스로 변환되어 그 세포를 감염시키기도 한다. 따라서 미니돼지의 DNA에 포함된 내인성 레트로바이러스를 효과적으로 제거하는 기술이 개발 중에 있다.

❻ 그동안의 대체 기술과 관련된 연구 성과를 토대로 ⓐ이상적인 이식편을 개발하기 위해 많은 연구가 수행되고 있다.

》 각 문단을 요약하고 지문을 세 부분으로 나누어 보세요.

❶ _____으로 옮겨 붙이는 세포, 조직, 장기를 이식편이라 하는데, 다른 사람의 이식편으로 _____ 이식을 하는 경우 면역적 거부 반응이 일어난다.
❷ _____ 대신 전자 기기 인공 장기를 이용하는 방법이 있지만 _____적 대체일 뿐 인간의 장기를 완전히 대체할 단계에 이르지 못했다.
❸ 사람과 유사한 _____의 이식편을 인간에게 이식하는 이종 이식은 동종 이식보다 _____이 심하지만 장점도 있어 이종 이식편 개발 연구가 진행되고 있다.
❹ 이종 이식의 다른 문제는 내인성 레트로바이러스로, _____ _____는 자신의 유전 정보를 RNA에 담고 역전사 효소를 가지며 특정 종류의 세포를 감염시키고 _____를 파괴한다.
❺ 레트로바이러스에 감염되고도 살아남은 _____로부터 유래된 자손의 모든 세포는 내인성 레트로바이러스를 가지며, 이 내인성 레트로바이러스를 _____의 세포에 주입하면 레트로바이러스로 변환된다.
❻ 대체 기술 연구 성과를 토대로 이상적인 _____ 개발을 위한 연구가 수행되고 있다.

1. 윗글에서 알 수 있는 내용으로 적절하지 않은 것은?

① 동종 간보다 이종 간이 MHC 분자의 차이가 더 크다.

② 면역 세포의 작용으로 인해 장기 이식의 거부 반응이 일어난다.

③ 이종 이식을 하는 것만으로도 바이러스 감염의 원인이 될 수 있다.

④ 포유동물은 과거에 어느 조상이 레트로바이러스에 의해 감염된 적이 있다.

⑤ 레트로바이러스는 숙주 세포의 역전사 효소를 이용하여 RNA를 DNA로 바꾼다.

2. ⓐ가 갖추어야 할 조건으로 적절하지 않은 것은?

① 이식편의 비용을 낮추어서 정기 교체가 용이해야 한다.

② 이식편은 대체를 하려는 장기와 크기가 유사해야 한다.

③ 이식편과 수혜자 사이의 유전적 거리를 극복해야 한다.

④ 이식편은 짧은 시간에 대량으로 생산이 가능해야 한다.

⑤ 이식편이 체내에서 거부 반응을 유발하지 않아야 한다.

3. 다음은 신문 기사의 일부이다. 윗글을 참고할 때, 기사의 ㉮에 대한 반응으로 적절하지 않은 것은? [3점]

> **○○신문** ○○○○년○○월○○일
>
> 최근에 줄기 세포 연구와 3D 프린팅 기술이 급속도로 발전하고 있다. 줄기 세포는 인체의 모든 세포나 조직으로 분화할 수 있다. 그러므로 수혜자 자신의 줄기 세포만을 이용하여 3D 바이오 프린팅 기술로 제작한 ㉮세포 기반 인공 이식편을 만들 수 있을 것으로 전망된다. 이미 미니 폐, 미니 심장 등의 개발 성공 사례가 보고되었다.

① 전자 기기 인공 장기와 달리 전기 공급 없이도 기능을 유지할 수 있겠군.

② 동종 이식편과 달리 이식 후 면역 억제제를 사용할 필요가 없겠군.

③ 동종 이식편과 달리 내인성 레트로바이러스를 제거할 필요가 없겠군.

④ 이종 이식편과 달리 유전자를 조작하는 과정이 필요하지는 않겠군.

⑤ 이종 이식편과 달리 자연항체에 의한 초급성 거부 반응이 일어나지 않겠군.

4. ㉠과 ㉡에 대한 설명으로 가장 적절한 것은?

① ㉠은 ㉡과 달리 자신이 속해 있는 생명체의 모든 세포의 DNA에 존재한다.

② ㉡은 ㉠과 달리 자신의 유전 정보를 DNA에 담을 수 없다.

③ ㉡은 ㉠과 달리 자신이 속해 있는 생명체에 면역 반응을 일으키지 않는다.

④ ㉠과 ㉡은 둘 다 자신이 속해 있는 생명체의 유전 정보를 가지고 있다.

⑤ ㉠과 ㉡은 둘 다 자신이 속해 있는 생명체의 세포를 감염시켜 파괴한다.

2020학년도 9월 모평

해설 P.253

스마트폰의 위치 측정 기술

[1~4] 다음 글을 읽고 물음에 답하시오.

1 스마트폰은 다양한 위치 측정 기술을 활용하여 여러 지형 환경에서 위치를 측정한다. 위치에는 절대 위치와 상대 위치가 있다. 절대 위치는 위도, 경도 등으로 표시된 위치이고, 상대 위치는 특정한 위치를 기준으로 한 상대적인 위치이다.

2 실외에서는 주로 스마트폰 단말기에 내장된 GPS(위성항법장치)나 IMU(관성측정장치)를 사용한다. GPS는 위성으로부터 오는 신호를 이용하여 절대 위치를 측정한다. GPS는 위치 오차가 시간에 따라 누적되지 않는다. 그러나 전파 지연 등으로 접속 초기에 짧은 시간 동안이지만 큰 오차가 발생하고 실내나 터널 등에서는 GPS 신호를 받기 어렵다. IMU는 내장된 센서로 가속도와 속도를 측정하여 위치 변화를 계산하고 초기 위치를 기준으로 하는 상대 위치를 구한다. 단기간 움직임에 대한 측정 성능이 뛰어나지만 센서가 측정한 값의 오차가 누적되기 때문에 시간이 지날수록 위치 오차가 커진다. 이 두 방식을 함께 사용하면 서로의 단점을 보완하여 오차를 줄일 수 있다.

3 한편 실내에서 위치 측정에 사용 가능한 방법으로는 블루투스 기반의 비콘을 활용하는 기술이 있다. 비콘은 실내에 고정 설치되어 비콘마다 정해진 식별 번호와 위치 정보가 포함된 신호를 주기적으로 보내는 기기이다. 비콘들은 동일한 세기의 신호를 사방으로 보내지만 비콘으로부터 거리가 멀어질수록, 벽과 같은 장애물이 많을수록 신호의 세기가 약해진다. 단말기가 비콘 신호의 도달 거리 내로 진입하면 단말기 안의 수신기가 이 신호를 인식한다. 이 신호를 이용하여 2차원 평면에서의 위치를 측정하는 방법으로는 다음과 같은 것들이 있다.

4 근접성 기법은 단말기가 비콘 신호를 수신하면 해당 비콘의 위치를 단말기의 위치로 정한다. 여러 비콘 신호를 수신했을 경우에는 신호가 가장 강한 비콘의 위치를 단말기의 위치로 정한다.

5 삼변측량 기법은 3개 이상의 비콘으로부터 수신된 신호 세기를 측정하여 단말기와 비콘 사이의 거리로 환산한다. 각 비콘을 중심으로 이 거리를 반지름으로 하는 원을 그리고, 그 교점을 단말기의 현재 위치로 정한다. 교점이 하나로 모이지 않는 경우에는 세 원에 공통으로 속한 영역의 중심점을 단말기의 위치로 측정한다.

6 ㉠위치 지도 기법은 측정 공간을 작은 구역들로 나누어 각 구역마다 기준점을 설정하고 그 주위에 비콘들을 설치한다. 그러고 나서 비콘들이 송신하여 각 기준점에 도달하는 신호의 세기를 측정한다. 이 신호 세기와 비콘의 식별 번호, 기준점의 위치 좌표를 서버에 있는 데이터베이스에 위치 지도로 기록해 놓는다. 이 작업을 모든 기준점에서 수행한다. 특정한 위치에 도달한 단말기가 비콘 신호를 수신하면 신호 세기를 측정한 뒤 비콘의 식별 번호와 함께 서버로 전송한다. 서버는 수신된 신호 세기와 가장 가까운 신호 세기를 갖는 기준점을 데이터베이스에서 찾아 이 기준점의 위치를 단말기에 알려 준다.

》》 각 문단을 요약하고 지문을 세 부분으로 나누어 보세요.

> **1** 스마트폰은 다양한 _____ 기술을 활용하여 위치를 측정한다.
>
> **2** 실외에서는 주로 절대 위치를 측정하는 _____나 _____ 위치를 구하는 IMU를 사용하는데, 둘을 함께 사용하면 오차를 줄일 수 있다.
>
> **3** 실내에서는 실내에 _____ 설치된 비콘이 보내는 _____를 이용하여 위치를 측정할 수 있다.
>
> **4** 근접성 기법은 단말기가 비콘 신호를 수신하면 해당 _____의 위치를 _____의 위치로 정한다.
>
> **5** 삼변측량 기법은 3개 이상의 비콘으로부터 수신된 신호 세기를 단말기와 비콘 사이의 _____로 환산하여 원을 그리고 그 _____을 단말기의 현재 위치로 정한다.
>
> **6** 위치 지도 기법은 측정 공간을 나누어 _____을 설정하고 그 주위에 비콘들을 설치하며, 단말기가 수신한 것과 가장 가까운 신호 _____를 갖는 기준점의 위치를 단말기에 알려 준다.

1. 윗글의 내용과 일치하는 것은?

① GPS를 이용하여 측정한 위치는 기준이 되는 위치가 어디냐에 따라 달라진다.

② 비콘들이 서로 다른 세기의 신호를 송신해야 단말기의 위치를 측정할 수 있다.

③ 비콘이 전송하는 식별 번호는 신호가 도달하는 단말기를 구별하기 위한 정보이다.

④ 비콘은 실내에서 GPS 신호를 받아 주위에 위성 식별 번호와 위치 정보를 전송하는 장치이다.

⑤ IMU는 단말기가 초기 위치로부터 얼마나 떨어져 있는지를 계산하여 단말기의 위치를 구한다.

2. 오차 에 대해 이해한 내용으로 적절한 것은?

① IMU는 시간이 지날수록 전파 지연으로 인한 오차가 커진다.

② GPS는 사용 시간이 길어질수록 위성의 위치를 파악하는 데 오차가 커진다.

③ IMU는 순간적인 오차가 발생하지만 시간이 지날수록 정확한 위치 측정이 가능해진다.

④ GPS는 단말기가 터널에 진입 시 발생한 오차를 터널을 통과하는 동안 보정할 수 있다.

⑤ IMU의 오차가 커지는 것은 가속도와 속도를 측정할 때 생기는 오차가 누적되기 때문이다.

3. ㉠에 대한 이해로 적절하지 <u>않은</u> 것은?

① 측정 공간을 더 많은 구역으로 나눌수록 기준점이 많아진다.

② 단말기가 측정 공간에 들어오기 전에 데이터베이스가 미리 구축되어 있어야 한다.

③ 측정된 신호 세기가 서버에 저장된 값과 가장 가까운 비콘의 위치가 단말기의 위치가 된다.

④ 비콘을 이동하여 설치하면 정확한 위치 측정을 위해 데이터베이스를 갱신할 필요가 있다.

⑤ 위치 지도는 측정 공간 안의 특정 위치에서 수신된 신호 세기와 식별 번호 등을 데이터베이스에 기록해 놓은 것이다.

4. 〈보기〉는 단말기가 3개의 비콘 신호를 받은 상태를 도식화한 것이다. 윗글을 바탕으로 〈보기〉를 이해한 내용으로 적절한 것은? [3점]

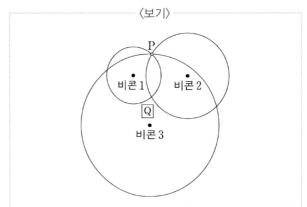

〈보기〉

* 각 원의 반지름은 신호 세기로 환산한 비콘과 단말기 사이의 거리이다.
* 신호 세기에 영향을 미치는 장애물이 Q의 위치에 있다. (단, 세 원에 공통으로 속한 영역이 항상 존재한다고 가정하며, 신호 세기에 영향을 미치는 다른 요소는 고려하지 않음.)

① 근접성 기법과 삼변측량 기법으로 측정한 단말기의 위치는 동일하겠군.

② 측정된 신호 세기를 약한 것부터 나열하면 비콘 1, 비콘 2, 비콘 3의 신호 순이겠군.

③ 실제 단말기의 위치는 삼변측량 기법으로 측정된 위치에 비해 비콘 3에 더 가까이 있겠군.

④ Q의 위치에 있는 장애물이 제거된다면, 삼변측량 기법으로 측정되는 단말기의 위치는 현재 측정된 위치에서 P 방향으로 이동하겠군.

⑤ 단말기에서 측정되는 비콘 2의 신호 세기만 약해진다면, 삼변측량 기법으로 측정되는 단말기의 위치는 현재 측정된 위치에서 비콘 2 방향으로 이동하겠군.

[1~6] 다음 글을 읽고 물음에 답하시오.

❶ 우리는 한 대의 자동차는 개체라고 하지만 바닷물을 개체라고 하지는 않는다. 어떤 부분들이 모여 하나의 개체를 ⓐ이룬다고 할 때 이를 개체라고 부를 수 있는 조건은 무엇일까? 일단 부분들 사이의 유사성은 개체성의 조건이 될 수 없다. 가령 일란성 쌍둥이인 두 사람은 DNA 염기 서열과 외모도 같지만 동일한 개체는 아니다. 그래서 부분들의 강한 유기적 상호작용이 그 조건으로 흔히 제시된다. 하나의 개체를 구성하는 부분들은 외부 존재가 개체에 영향을 주는 것과는 비교할 수 없이 강한 방식으로 서로 영향을 주고받는다.

❷ 상이한 시기에 존재하는 두 대상을 동일한 개체로 판단하는 조건도 물을 수 있다. 그것은 두 대상 사이의 인과성이다. 과거의 '나'와 현재의 '나'를 동일하다고 볼 수 있는 것은 강한 인과성이 존재하기 때문이다. 과거의 '나'와 현재의 '나'는 세포 분열로 세포가 교체되는 과정을 통해 인과적으로 연결되어 있다. 또 '나'가 세포 분열을 통해 새로운 개체를 생성할 때도 '나'와 '나의 후손'은 인과적으로 연결되어 있다. 비록 '나'와 '나의 후손'은 동일한 개체는 아니지만 '나'와 다른 개체들 사이에 비해 더 강한 인과성으로 연결되어 있다.

❸ 개체성에 대한 이러한 철학적 질문은 생물학에서도 중요한 연구 주제가 된다. 생명체를 구성하는 단위는 세포이다. 세포는 생명체의 고유한 유전 정보가 담긴 DNA를 가지며 이를 복제하여 증식하고 번식하는 과정을 통해 자신의 DNA를 후세에 전달한다. 세포는 사람과 같은 진핵생물의 진핵세포와, 박테리아나 고세균과 같은 원핵생물의 원핵세포로 구분된다. 진핵세포는 세포질에 막으로 둘러싸인 핵이 ⓑ있고 그 안에 DNA가 있지만, 원핵세포는 핵이 없다. 또한 진핵세포의 세포질에는 막으로 둘러싸인 여러 종류의 세포 소기관이 있으며, 그중 미토콘드리아는 세포 활동에 필요한 생체 에너지를 생산하는 기관이다. 대부분의 진핵세포는 미토콘드리아를 필수적으로 ⓒ가지고 있다.

❹ 이러한 미토콘드리아가 원래 박테리아의 한 종류인 원생미토콘드리아였다는 이론이 20세기 초에 제기되었다. 공생발생설 또는 세포 내 공생설이라고 불리는 이 이론에서는 두 원핵생물 간의 공생 관계가 지속되면서 진핵세포를 가진 진핵생물이 탄생했다고 설명한다. 공생은 서로 다른 생명체가 함께 살아가는 것을 말하며, 서로 다른 생명체를 가정하는 것은 어느 생명체의 세포 안에서 다른 생명체가 공생하는 '내부 공생'에서도 마찬가지이다. ㉠공생발생설은 한동안 생물학계로부터 인정받지 못했다. 미토콘드리아의 기능과 대략적인 구조, 그리고 생명체 간 내부 공생의 사례는 이미 알려졌지만 미토콘드리아가 과거에 독립된 생명체였다는 것을 쉽게 믿을 수 없었기 때문이었다. 그리고 한 생명체가 세대를 이어 가는 과정 중에 돌연변이와 자연선택이 일어나고, 이로 인해 종이 진화하고 분화한다고 보는 전통적인 유전학에서 두 원핵생물의 결합은 주목받지 못했다. 그러다가 전자 현미경의 등장으로 미토콘드리아의 내부까지 세밀히 관찰하게 되고, 미토콘드리아 안에는 세포핵의 DNA와는 다른 DNA가 있으며 단백질을 합성하는 자신만의 리보솜을 가지고 있다는 사실이 ⓓ밝혀지면서 공생발생설이 새롭게 부각되었다.

❺ 공생발생설에 따르면 진핵생물은 원생미토콘드리아가 고세균의 세포 안에서 내부 공생을 하다가 탄생했다고 본다. 고세균의 핵의 형성과 내부 공생의 시작 중 어느 것이 먼저인지에 대해서는 논란이 있지만, 고세균은 세포질에 핵이 생겨 진핵세포가 되고 원생미토콘드리아는 세포 소기관인 미토콘드리아가 되어 진핵생물이 탄생했다는 것이다. 미토콘드리아가 원래 박테리아의 한 종류였다는 근거는 여러 가지가 있다. 박테리아와 마찬가지로 새로운 미토콘드리아는 이미 존재하는 미토콘드리아의 '이분 분열'을 통해서만 ⓔ만들어진다. 미토콘드리아의 막에는 진핵 세포막의 수송 단백질과는 다른 종류의 수송 단백질인 포린이 존재하고 박테리아의 세포막에 있는 카디오리핀이 존재한다. 또 미토콘드리아의 리보솜은 진핵세포의 리보솜보다 박테리아의 리보솜과 더 유사하다.

❻ 미토콘드리아는 여전히 고유한 DNA를 가진 채 복제와 증식이 이루어지는데도, 미토콘드리아와 진핵세포 사이의 관계를 공생 관계로 보지 않는 이유는 무엇일까? 두 생명체가 서로 떨어져서 살 수 없더라도 각자의 개체성을 잃을 정도로 유기적 상호작용이 강하지 않다면 그 둘은 공생 관계에 있다고 보는데, 미토콘드리아와 진핵세포 간의 유기적 상호작용은 둘을 다른 개체로 볼 수 없을 만큼 매우 강하기 때문이다. 미토콘드리아가 개체성을 잃고 세포 소기관이 되었다고 보는 근거는, 진핵세포가 미토콘드리아의 증식을 조절하고, 자신을 복제하여 증식할 때 미토콘드리아도 함께 복제하여 증식시킨다는 것이다. 또한 미토콘드리아의 유전자의 많은 부분이 세포핵의 DNA로 옮겨 가 미토콘드리아의 DNA 길이가 현저히 짧아졌다는 것이다. 미토콘드리아에서 일어나는 대사 과정에 필요한 단백질은 세포핵의 DNA로부터 합성되고, 미토콘드리아의 DNA에 남은 유전자 대부분은 생체 에너지를 생산하는 역할을 한다. 예컨대 사람의 미토콘드리아는 37개의 유전자만 있을 정도로 DNA 길이가 짧다.

>> 각 문단을 요약하고 지문을 **세 부분**으로 나누어 보세요.

1 부분들의 강한 유기적 _____은 부분들이 모여 하나의 _____를 이룬다고 할 수 있는 조건이 된다.

2 상이한 _____에 존재하는 두 대상을 동일한 개체로 판단하는 조건은 두 대상 사이의 _____이다.

3 개체성은 생물학에서도 중요한 연구 주제인데, 생명체를 구성하는 단위인 _____는 진핵세포와 원핵세포로 구성되며 _____의 세포 소기관 중에는 미토콘드리아가 있다.

4 공생발생설에서는 _____가 원래 박테리아의 한 종류인 원생미토콘드리아로 과거에 _____된 생명체였다고 설명한다.

5 공생발생설에 따르면 _____은 원생미토콘드리아가 고세균의 세포 안에서 _____을 하다가 탄생한 것이다.

6 미토콘드리아와 진핵세포 간 유기적 상호작용은 매우 강하여 이들을 _____ 관계로 볼 수는 없으며, 미토콘드리아가 _____을 잃고 세포 소기관이 되었다고 볼 수 있다.

1. 윗글의 내용 전개 방식으로 가장 적절한 것은?

① 개체성과 관련된 예를 제시한 후 공생발생설에 대한 다양한 견해를 비교하고 있다.

② 개체에 대한 정의를 제시한 후 세포의 생물학적 개념이 확립되는 과정을 서술하고 있다.

③ 개체성의 조건을 제시한 후 세포 소기관의 개체성에 대해 공생발생설을 중심으로 설명하고 있다.

④ 개체의 유형을 분류한 후 세포의 소기관이 분화되는 과정을 공생발생선을 중심으로 설명하고 있다.

⑤ 개체와 관련된 개념들을 설명한 후 세포가 하나의 개체로 변화하는 과정을 인과적으로 서술하고 있다.

2. 윗글에 대한 이해로 적절하지 않은 것은?

① 유사성은 아무리 강하더라도 개체성의 조건이 될 수 없다.

② 바닷물을 개체라고 말하기 어려운 이유는 유기적 상호작용이 약하기 때문이다.

③ 새로운 미토콘드리아를 복제하기 위해서는 세포 안에 미토콘드리아가 반드시 있어야 한다.

④ 미토콘드리아의 대사 과정에 필요한 단백질은 미토콘드리아의 막을 통과하여 세포질로 이동해야 한다.

⑤ 진핵세포가 되기 전의 고세균이 원생미토콘드리아보다 진핵세포와 더 강한 인과성으로 연결되어 있다.

3. 윗글을 참고할 때, ㉠의 이유로 가장 적절한 것은?

① 진핵세포가 세포 소기관을 가지고 있다는 사실을 알지 못했기 때문이다.

② 공생발생설이 당시의 유전학 이론에 어긋난다는 근거가 부족했기 때문이다.

③ 한 생명체가 다른 생명체의 세포 속에서 살 수 있다는 근거가 부족했기 때문이다.

④ 미토콘드리아가 진핵세포의 활동에 중요한 기능을 한다는 사실을 알지 못했기 때문이다.

⑤ 미토콘드리아가 자신의 고유한 유전 정보를 전달할 수 있다는 것을 알지 못했기 때문이다.

4. 〈보기〉는 진핵세포의 세포 소기관을 연구한 결과들이다. 윗글을 바탕으로 할 때, 각각의 세포 소기관이 박테리아로부터 비롯되었다고 판단할 수 있는 것만을 〈보기〉에서 고른 것은?

〈보기〉

ㄱ. 세포 소기관이 자신의 DNA를 가지고 있다는 것과 이분 분열을 한다는 것을 확인하였다.

ㄴ. 세포 소기관이 자신의 DNA를 가지고 있다는 것과 진핵 세포의 리보솜을 가지고 있다는 것을 확인하였다.

ㄷ. 세포 소기관이 막으로 둘러싸여 있다는 것과 막에는 수송 단백질이 있는 것을 확인하였다.

ㄹ. 세포 소기관이 막으로 둘러싸여 있다는 것과 막에는 다량의 카디오리핀이 있는 것을 확인하였다.

① ㄱ, ㄷ   ② ㄱ, ㄹ   ③ ㄴ, ㄷ   ④ ㄴ, ㄹ   ⑤ ㄷ, ㄹ

5. 윗글을 바탕으로 〈보기〉를 이해한 내용으로 적절하지 <u>않은</u> 것은? [3점]

> ─────〈보기〉─────
>
> ○ 복어는 테트로도톡신이라는 신경 독소를 가지고 있지만 테트로도톡신을 스스로 만들지 못하고 체내에서 서식하는 미생물이 이를 생산한다. 복어는 독소를 생산하는 미생물에게 서식처를 제공하는 대신 포식자로부터 자신을 방어할 수 있는 무기를 갖게 되었다. 만약 복어의 체내에 있는 미생물을 제거하면 복어는 독소를 가지지 못하나 생존에는 지장이 없었다.
> ○ 실험실의 아메바가 병원성 박테리아에 감염되어 대부분의 아메바가 죽고 일부 아메바는 생존하였다. 생존한 아메바의 세포질에서 서식하는 박테리아는 스스로 복제하여 증식할 수 있었고 더 이상 병원성을 지니지는 않았다. 아메바에게는 무해하지만 박테리아에게는 치명적인 항생제를 아메바에게 투여하면 박테리아와 함께 아메바도 죽었다.

① 병원성을 잃은 '아메바의 세포질에서 서식하는 박테리아'는 세포 소기관으로 변한 것이겠군.

② 복어의 '체내에서 서식하는 미생물'은 '복어'와의 유기적 상호 작용이 강해진다면 개체성을 잃을 수 있겠군.

③ 복어의 세포가 증식할 때 복어의 체내에서 '독소를 생산하는 미생물'의 DNA도 함께 증식하는 것은 아니겠군.

④ '아메바의 세포질에서 서식하는 박테리아'가 개체성을 잃었다면 '아메바의 세포질에서 서식하는 박테리아'의 DNA 길이는 짧아졌겠군.

⑤ '아메바의 세포질에서 서식하는 박테리아'와 '아메바' 사이의 관계와 '복어'와 '독소를 생산하는 미생물' 사이의 관계는 모두 공생 관계이겠군.

6. 문맥상 ⓐ～ⓔ와 바꿔 쓰기에 적절하지 <u>않은</u> 것은?

① ⓐ: 구성(構成)한다고

② ⓑ: 존재(存在)하고

③ ⓒ: 보유(保有)하고

④ ⓓ: 조명(照明)되면서

⑤ ⓔ: 생성(生成)된다

MEMO

PART 5
주제 복합

예술 (가) 바쟁의 영화 이론 / 예술 (나) 정신분석학적 영화 이론

[1~6] 다음 글을 읽고 물음에 답하시오.

(가)

1 리얼리즘 영화 이론가 앙드레 바쟁에 따르면 영화는 '세상을 향해 열린 창'이다. 창을 통해 세상을 인식하는 것처럼, 관객은 영화를 통해 현실을 객관적으로 인식할 수 있다. 영화가 담아 내고자 하는 현실은 물리적 시·공간이 분할되지 않는 하나의 총체로, 그 의미가 미리 정해지지 않은 미결정의 상태이다. 바쟁은 영화가 현실의 물리적 연속성과 미결정성을 있는 그대로 드러내야 한다고 생각했다.

2 바쟁은 영화감독을 '이미지를 믿는 감독'과 '현실을 믿는 감독'으로 분류했다. 영화의 형식을 중시한 '이미지를 믿는 감독'은 다양한 영화적 기법으로 현실을 변형하여 ⓐ새로운 의미를 창조하는 데 주력한다. 몽타주의 대가인 예이젠시테인이 대표적이다. 몽타주는 추상적이거나 상징적인 이미지를 통해 관객이 익숙한 대상을 낯설게 받아들이게 한다. 또한 짧은 숏들을 불규칙적으로 편집해서 영화가 재현한 공간이 불연속적으로 연결된 듯한 느낌을 만들어 낸다. 바쟁은 몽타주가 현실의 연속성을 ⓑ깨뜨릴 뿐만 아니라 감독의 의도에 따라 관객이 현실을 하나의 의미로만 해석하게 할 우려가 있는 연출 방식이라고 생각했다.

3 바쟁은 '현실을 믿는 감독'을 지지했다. 이들은 '이미지를 믿는 감독'과 달리 영화의 내용, 즉 현실을 더 중요하게 생각하기에 변형되지 않은 현실을 객관적으로 보여 주고자 한다. 디프 포커스와 롱 테이크는 이를 가능하게 해 주는 영화적 기법이다. 디프 포커스는 근경에서 원경까지 숏 전체를 선명하게 초점을 맞춰 촬영하는 기법으로, 원근감이 느껴지도록 공간감을 표현할 수 있다. 롱 테이크는 하나의 숏이 1~2분 이상 끊김 없이 길게 진행되도록 촬영하는 기법이다. 영화 속 사건이 지속되는 시간과 관객의 영화 체험 시간이 일치하여 현실을 ⓒ마주하는 듯한 효과를 낳는다. 바쟁에 따르면, 디프 포커스와 롱 테이크를 혼용하여 연출한 장면은 관객이 그 장면에 담긴 인물이나 사물을 자율적으로 선택하여 응시하면서 화면 속 공간 전체와 사건의 전개를 지켜볼 수 있게 해 준다.

4 바쟁은 현실의 공간에서 자연광을 이용해 촬영하거나, 연기 경험이 없는 일반인을 배우로 ⓓ쓰는 등 다큐멘터리처럼 강한 현실감을 만들어 내는 연출 방식에 찬사를 보냈다. 또한 정교하게 구조화된 서사를 통해 의미를 명확하게 제시하는 영화보다는 열린 결말을 통해 의미를 확정적으로 제시하지 않는 영화를 선호했다. 이러한 영화가 미결정 상태의 현실을 있는 그대로 드러낸다고 생각했기 때문이다.

(나)

1 정신분석학적 영화 이론에 따르면 ㉠관객이 영화에서 느끼는 현실감은 상상적인 것이며 환영이다. 영화와 관객의 심리 사이의 관계를 다루는 정신분석학적 영화 이론은 영화와 관객 사이에 발생하는 동일시 현상에 주목한다. 이런 동일시 현상은 영화 장치로 인해 발생한다. 이때 영화 장치는 카메라, 영화의 서사, 영화관의 환경 등을 아우르는 개념이다. 가장 대표적인 동일시 현상은 관객이 영화의 등장인물에 자신을 일치시키는 것이다. 이런 동일시는 극영화뿐 아니라 다큐멘터리 영화에서도 발생한다. 그런데 관객이 보고 있는 인물과 사물은 영화가 상영되는 그 시간과 장소에는 존재하지 않는다. 그 인물과 사물의 부재를 채우는 역할은 관객의 몫이다. 관객은 상상적 작업을 통해, 영화가 보여 주는 세계의 중심에 자신을 위치시킴으로써, 허구적 세계와 현실 사이의 간극을 ⓔ없앤다. 따라서 정신분석학적 영화 이론에서 영화는 일종의 몽상이다.

2 정신분석학적 영화 이론에 따르면 관객의 시점은 카메라의 시점과 동일시된다. 관객은 카메라에 의해 기록된 것만을 볼 수 있다. 따라서 관객은 자신이 영화를 보는 시선의 주체라고 생각하지만 그 시선은 카메라에 의해 이미 규정된 시선이다. 또한 영화는 촬영과 편집 과정에서 특정한 의도에 따라 선택과 배제가 이루어지지만, 관객은 제작 과정에서 무엇이 배제되었는지 알 수 없다. 관객은 자신이 현실 세계를 보고 있다고 믿지만, 사실은 인위적으로 만들어진 세계를 보고 있다는 것이 정신분석학적 영화 이론가들의 주장이다.

3 영화관의 환경은 관객이 영화가 환영임을 인식하기 어렵게 만든다. 영화에 몰입한 관객은 플라톤이 말한 '동굴의 비유' 속 죄수처럼 스크린에 비친 허구적 세계를 현실이라고 착각한다. 이때 영화는 꿈에 빗대진다. 정신분석학적 영화 이론은 영화가 은폐하고 있는 특정한 이념을 관객이 의심하지 않고 자신의 것으로 받아들일 위험이 있다고 경고한다. 이는 관객이 비판적 거리를 유지하면서 영화를 볼 수 있도록, 영화가 환영임을 영화 스스로 폭로하는 설정이 담겨 있는 대안적인 영화가 필요하다는 주장으로 이어진다.

>> 각 문단을 요약하고 지문을 **세 부분**으로 나누어 보세요.

(가)

1 리얼리즘 영화 이론가 바쟁은 관객이 영화를 통해 _____을 객관적으로 인식할 수 있으며, 영화는 현실의 물리적 연속성과 _____을 있는 그대로 드러내야 한다고 생각했다.

2 바쟁은 '_____를 믿는 감독'은 다양한 영화적 기법으로 현실을 변형하여 새로운 의미를 창조하는 데 주력하는데, 몽타주는 현실의 _____을 깨뜨리고 현실을 하나의 의미로만 해석하게 할 우려가 있는 연출 방식이라고 보았다.

3 바쟁이 지지하는 '현실을 믿는 감독'은 _____되지 않은 현실을 객관적으로 보여 주고자 하는데, 디프 포커스와 _____는 이를 가능하게 해 주는 기법이다.

4 바쟁은 현실을 있는 그대로 드러내는 다큐멘터리처럼 강한 현실감을 만드는 연출 방식, _____ 결말의 영화를 선호했다.

>> 각 문단을 요약하고 지문을 **세 부분**으로 나누어 보세요.

(나)

1 정신분석학적 영화 이론에 따르면 관객은 영화 _____로 인해 발생하는 _____ 현상을 통해 허구적 세계와 현실 사이의 간극을 없앤다.

2 관객의 시선은 _____에 의해 규정된 시선이며, 관객이 보고 있는 것은 _____적으로 만들어진 세계라는 것이 정신분석학적 영화 이론가들의 주장이다.

3 정신분석학적 영화 이론은 관객이 허구적 세계를 _____로 착각해 영화가 은폐한 이념을 자신의 것으로 받아들일 위험이 있으므로, 영화가 _____임을 스스로 폭로하는 대안적인 영화가 필요하다고 주장한다.

1. (가)와 (나)에서 모두 답을 찾을 수 있는 질문으로 가장 적절한 것은?

① 영화는 무엇에 비유될 수 있는가?

② 영화의 내용과 형식 중 무엇이 중요한가?

③ 영화에 관객의 심리는 어떻게 반영되는가?

④ 영화 이론의 시기별 변천 양상은 어떠한가?

⑤ 영화관 환경은 관객에게 어떤 영향을 주는가?

2. (가)를 바탕으로 할 때, 영화적 기법의 효과에 대한 이해로 적절하지 않은 것은?

① 몽타주를 활용하여 대립 관계의 두 세력이 충돌하는 상황을 상징적 이미지로 표현한 장면에서, 관객은 생소한 느낌을 받을 수 있다.

② 몽타주를 활용하여 서로 다른 공간을 짧은 숏으로 불규칙하게 교차시킨 장면에서, 관객은 영화 속 공간이 불연속적으로 재구성되었다는 인상을 받을 수 있다.

③ 디프 포커스를 활용하여 주인공과 주인공 뒤로 펼쳐진 배경을 하나의 숏으로 촬영한 장면에서, 관객은 배경이 흐릿하게 인물은 선명하게 보이는 느낌을 받을 수 있다.

④ 롱 테이크를 활용하여 사자가 사슴을 사냥하는 모든 과정을 하나의 숏으로 길게 촬영한 장면에서, 관객은 실제 상황을 마주하는 듯한 느낌을 받을 수 있다.

⑤ 디프 포커스와 롱 테이크를 활용하여 광장의 군중을 촬영한 장면에서, 관객은 자율적으로 인물이나 배경에 시선을 옮기며 사건의 전개를 지켜볼 수 있다.

3. 〈보기〉의 입장에서 (가)의 '바쟁'에 대해 비판한 내용으로 가장 적절한 것은?

〈보기〉

관객은 특별한 예술 교육을 받지 않아도 작품을 해석할 수 있다. 또한 감독의 의도대로 작품을 해석하는 존재가 아니다. 따라서 감독은 영화를 통해 관객을 계몽하려 할 필요가 없다. 관객은 작품과 상호 작용하며 의미를 생산하는 능동적 존재이다. 감독과 관객은 수평적인 위치에 있다.

① 바쟁은 열린 결말의 영화를 관객이 이해하도록 돕는 예술 교육의 필요성을 간과하고 있다.

② 바쟁은 정교하게 구조화된 서사의 영화를 통해 관객을 계몽하는 것을 영화의 목적이라고 오인하고 있다.

③ 바쟁이 감독의 연출 역량을 기준으로 감독의 유형을 나눈 것은 영화와 관객의 상호 작용을 무시한 구분에 불과하다.

④ 바쟁이 변형된 현실을 통해 생성한 의미를 관객에게 전달하는 것을 중시한다는 점에서 관객의 능동적인 작품 해석 능력을 과소평가하고 있다.

⑤ 바쟁은 감독의 연출 방식에 따라 영화 작품에 대한 관객의 이해가 달라질 수 있다고 본다는 점에서 감독이 관객보다 우위에 있다고 간주하고 있다.

4. 정신분석학적 영화 이론 을 바탕으로 할 때, ㉠의 이유로 가장 적절한 것은?

① 관객은 영화 장치의 영향을 받기 때문이다.

② 현실의 의미는 미리 정해져 있지 않기 때문이다.

③ 영화가 현실을 불연속적으로 파편화하여 드러내기 때문이다.

④ 관객은 영화의 은폐된 이념을 그대로 받아들일 위험이 있기 때문이다.

⑤ 관객은 영화의 제작 과정에서 배제된 것들을 인식할 수 있기 때문이다.

5. 다음은 학생이 작성한 영화 감상문이다. 이에 대해 (가)의 바쟁(A)의 관점과 (나)의 정신분석학적 영화 이론(B)의 관점에서 설명한 내용으로 가장 적절한 것은? [3점]

최근 영화관에서 본 두 편의 영화가 기억에 남는다. ㉮첫째 번 영화는 고단하게 살아가는 한 가족의 일상을 표현한 작품이다. 다큐멘터리라는 착각이 들 정도로 사실적인 영화였다. 작품에 대해 더 찾아보니 거리에서 인공조명 없이 촬영되었고, 주인공은 연기 경험이 없는 일반인이었다고 한다. 마지막에 아버지가 아들의 손을 꼭 잡아 줄 때, 마치 내 손을 잡아 주는 것처럼 느껴져 감동적이었다. 열린 결말이라서 주인공 가족이 앞으로 어떻게 살아갈지 궁금했다.

㉯둘째 번 영화는 초인적 주인공이 외계의 침략자를 물리치는 내용이다. 영화 후반부까지 사건 전개를 예측하지 못할 정도로 반전을 거듭하는 이야기와 실재라고 착각할 정도로 뛰어난 컴퓨터 그래픽 화면은 으뜸이었지만 뻔한 결말은 아쉬웠다. 그래도 주인공이 침략자를 무찌르는 장면에서는 내가 주인공이 되어 세상을 구하는 것 같아서 쾌감이 느껴졌다. 그런데 영화가 끝나고 생각해 보니 왜 세계의 평화는 서구인이 지키고, 특정 나라에서 일어나는 사건이 인류의 위기인지 의아했다.

① A의 관점에서 보면, 학생이 ㉮에서 궁금함을 떠올린 것은 '이미지를 믿는 감독'이 열린 결말을 통해 현실을 있는 그대로 ㉮에 담았기 때문이다.

② A의 관점에서 보면, 학생이 ㉯에서 사건의 전개를 예측하지 못한 것은 ㉯에는 의미가 미리 정해져 있지 않은 미결정 상태의 현실이 담겨 있기 때문이다.

③ A의 관점에서 보면, 학생이 ㉮와 ㉯에서 착각하는 듯한 인상을 받은 것은 ㉮와 ㉯가 강한 현실감을 만들어 내는 연출 방식으로 촬영되었기 때문이다.

④ B의 관점에서 보면, 학생이 ㉯에서 의아함을 떠올린 것은 ㉯가 관객으로 하여금 비판적 거리를 유지하며 영화를 볼 수 있도록 하는 대안적인 영화이기 때문이다.

⑤ B의 관점에서 보면, 학생이 ㉮에서 감동을 받은 것과 ㉯에서 쾌감을 느낀 것은 상상적 작업을 통해 허구적 세계의 중심에 자신을 위치시켰기 때문이다.

6. 문맥상 ⓐ~ⓔ와 바꿔 쓰기에 적절하지 <u>않은</u> 것은?

① ⓐ: 개선(改善)된

② ⓑ: 파괴(破壞)할

③ ⓒ: 대면(對面)하는

④ ⓓ: 기용(起用)하는

⑤ ⓔ: 해소(解消)한다

MEMO

[1~6] 다음 글을 읽고 물음에 답하시오.

(가)

❶ 전통적인 윤리학의 주요 주제는 '선', '올바름'과 같은 도덕 용어에 대한 해명을 바탕으로 무엇이 옳고 그른지를 판정하는 객관적 근거를 ⓐ찾는 것이다. 그러나 윤리학은 오랫동안 그에 대한 만족스러운 답을 ⓑ내놓지 못했다. 이러한 상황에서 에이어는 도덕적으로 옳고 그름에 관한 문장인 도덕 문장이 진리 적합성, 즉 참 또는 거짓일 수 있다는 성질을 갖지 않는다는 주장을 ⓒ펼쳤다.

❷ 에이어는 진리 적합성을 갖는 모든 문장은 그 문장에 사용된 단어의 정의를 통해 검증되는 분석적 문장이거나 경험적 관찰에 의해 검증되는 종합적 문장이라는 원리를 바탕으로 도덕 문장은 진리 적합성이 없다고 주장했다. 우선 그는 도덕 문장은 분석적이지 않다는 기존의 논의를 수용했다. '선은 A이다.'라는 도덕 문장이 분석적이려면, 술어인 'A'가 주어인 '선'이라는 개념 속에 내포되어 있어야 한다. 하지만 '선'은 속성이나 내용을 더 이상 분석할 수 없는 단순 개념이므로 해당 문장은 분석적이지 않다. 그렇다고 해서 '선은 A이다.'라는 도덕 문장이 경험적 관찰로 검증될 수 있는 것도 아니다. '선' 그 자체는 우리의 감각으로 검증할 수 없기 때문이다.

❸ 도덕 문장은 다양한 감정이나 태도를 표현하고 타인의 감정을 ⓓ불러일으키는 정서적 의미를 갖는다고 에이어는 주장했다. 그는 많은 사람들이 도덕 문장이 진리 적합성을 갖는다고 오해하는 것은 도덕 용어의 두 가지 용법을 구분하지 못해서라고 주장한다. 그에 따르면 도덕 용어는 감정을 표현하는 표현적 용법으로도, 세계에 관한 어떤 사실을 기술하는 기술적 용법으로도 사용될 수 있다. 만약 '도둑질은 나쁘다.'가 도둑질이 사회적으로 배척된다는 사실을 기술하는 문장이라면, 이 문장은 도덕적으로 옳고 그름에 관한 것이 아니다. 따라서 이 문장은 도덕 문장이 아니고, 경험적으로 검증이 가능하다. 반대로 그 문장이 도둑질에 대한 화자의 감정을 표현한 문장이라면 이는 도덕 문장이며 어떤 사실을 기술한 것이 아니다. 에이어에게는 '도둑질은 나쁘다.'와 같은 도덕 문장을 진술하는 것은 감정을 담은 어조로 '네가 도둑질을 하다니!'라고 말하는 것과 다름없기 때문이다. 그의 주장대로라면 도덕 문장은 감정을 표현하는 도덕 주체로부터 독립적으로 존재하는 무언가를 기술할 수 없다. 이는 전통적인 윤리학자들의 기본 가정을 부정하는 급진적 주장이지만 윤리학에 새로운 사고를 ⓔ열어 준 선구적인 면도 있다.

(나)

❶ 논리학에서 제기된 의문이 윤리학의 특정 견해에 대한 비판이 되기도 한다. 다음 논의는 이를 보여 준다. 'P이면 Q이다. P이다. 따라서 Q이다.'인 논증을 전건 긍정식이라 한다. 전건 긍정식은 'P이면 Q이다.'와 'P이다.'라는 두 전제가 참이면 결론 'Q이다.'는 반드시 참이라는 뜻에서 타당하다. 그런데 어떤 문장이 단독으로 진술되는 경우에는 감정이나 태도를 표현할 수 있지만 그 문장이 조건문인 'P이면 Q이다.'의 부분으로 포함되는 경우에는 그렇지 않다. '귤은 맛있다.'는 화자의 선호라는 감정을 표현한다. 하지만 그 문장이 '귤은 맛있다면 귤은 비싸다.'처럼 조건문의 일부가 되면 귤에 관한 화자의 선호를 표현하지 않는다. 이에 전건 긍정식의 P가 감정이나 태도를 표현하는 문장일 때 'P이면 Q이다.'의 P와 'P이다.'의 P 사이에 내용의 차이가 생기므로, 전건 긍정식임에도 두 전제의 참이 결론 'Q이다.'의 참을 보장하지 않는다는 것이 ㉠몇몇 논리학자들이 제기한 문제였다. 전건 긍정식인 '표절은 나쁘다면 표절을 돕는 것은 나쁘다. 표절은 나쁘다. 따라서 표절을 돕는 것은 나쁘다.'라는 논증은 직관적으로 타당해 보인다. 하지만 '표절은 나쁘다.'가 감정을 표현했다면, 위 논증은 타당하지 않다고 해야 한다. 그러므로 에이어의 윤리학 견해를 고수하려면, 도덕 문장을 포함하는 전건 긍정식의 타당성을 부정하거나, 전건 긍정식은 도덕 문장을 포함할 수 없다고 해야 한다. 이 쟁점에 대해 행크스는 다음과 같이 논의를 전개하였다.

[A]

❷ '표절은 나쁘다.'라는 문장은 표절이라는 대상에 나쁨이라는 속성을 부여하는 내용을 가진다. 그리고 화자의 문장 진술은 그 내용과 완전히 무관할 수는 없기 때문에 그런 문장은 단독으로 진술되든 그렇지 않든 판단적이다. 문장이 판단적이라는 것은, 대상에 속성을 부여하는 내용을 지니는 것이 그 문장의 본질이라는 것을 뜻한다. 도덕 문장을 비롯한 모든 판단적 문장은 참 또는 거짓일 수 있다. 조건문에 포함된 문장도 판단적이라는 점에서 단독으로 진술될 때와 내용의 차이가 없다. 그러므로 도덕 문장을 포함하는 전건 긍정식은 타당해 보일 뿐 아니라 실제로도 타당하다. 그렇다면 'P이면 Q이다.'에 포함된 'P이다.'가 단독으로 진술된 경우와 다른 점은 무엇인가? 가령 '귤은 맛있다.'는, '귤은 맛있다면 귤은 비싸다.'라는 조건문에 포함되는 경우 화자가 대상에 속성을 부여하는 행위를 하는 것은 아니기에 그것의 판단적 본질을 발현하지 못한다. 그러나 이 맥락에서도 조건문에 포함된 '귤은 맛있다.'는 판단적 본질을 여전히 잃지 않는다. 다시 말해, 그 문장 자체는 대상에 속성을 부여하는 내용을 지닌다.

>> 각 문단을 요약하고 지문을 **세 부분**으로 나누어 보세요.

(가)

❶ 전통적인 윤리학이 옳고 그름을 판정할 객관적 근거를 내놓지 못한 가운데, 에이어는 도덕 문장이 진리 적합성, 즉 _____ 일 수 있다는 성질을 갖지 않는다고 주장했다.

❷ 진리 적합성을 갖는 문장은 _____적 문장이거나 _____적 문장 이어야 하는데, 에이어는 도덕 문장이 분석적이지도 않고 종합적이지도 않다고 보았다.

❸ 에이어는 도덕 문장은 감정이나 태도를 표현하고 타인의 감정을 불러 일으키는 _____적 의미를 가지며, 도덕 문장은 _____ 로부터 독립적으로 존재하는 무언가를 기술할 수 없다고 보았다.

>> 각 문단을 요약하고 지문을 **두 부분**으로 나누어 보세요.

(나)

❶ P가 감정이나 태도를 표현하는 문장일 경우 전건 긍정식에서 두 전제의 참이 결론의 ___을 보장하지 않는다는 논리학적 의문에 대해서 에이어의 견해를 고수하려면 도덕 문장을 포함하는 전건 긍정식의 타당성을 _____해야 한다.

❷ 이에 대해 행크스는 도덕 문장을 비롯한 모든 _____적 문장은 참 또는 거짓일 수 있으므로 도덕 문장을 포함하는 전건 긍정식은 _____ 하다고 보았다.

1. (가)에 나타난 에이어 의 입장으로 적절하지 <u>않은</u> 것은?

① 도덕 용어를 기술적 용법으로 사용한 문장은 검증이 가능하다.

② 표현적 용법을 활용한 도덕 문장은 자신의 감정을 표현하는 문장과 동일한 의미를 표현한다.

③ 주어와 술어의 의미 관계를 통해 어떤 문장을 검증할 수 있다면 그 문장은 분석적 문장이다.

④ 도덕 용어의 용법은 도덕 용어가 기술하는 사실의 종류에 따라 기술적 용법과 표현적 용법으로 구분할 수 있다.

⑤ 도덕 문장에 진리 적합성이 있다는 오해는 도덕 문장을 세계에 대한 어떠한 사실을 기술한 것으로 해석한 데에 기인한다.

2. [A]로부터 추론한 내용으로 가장 적절한 것은?

① '귤은 맛있다면 귤은 비싸다.'에 포함된 '귤은 맛있다.'는 판단적 이지 않다.

② '표절은 나쁘다.'는 단독으로 진술되었을 때에만 참 또는 거짓일 수 있다.

③ '귤은 맛있다.'는 조건문의 일부로 진술될 때는 대상에 속성을 부여하는 내용을 지니지 않는다.

④ 화자는 귤이 맛있음의 속성을 가진다는 내용과 완전히 무관한 채로 '귤은 맛있다.'를 진술할 수 있다.

⑤ '표절은 나쁘다.'는 화자가 표절에 나쁨을 부여하지 않는 맥락에 서도 그것의 판단적 본질을 유지할 수 있다.

3. 다음은 윗글을 읽고 학생이 작성한 학습 활동지이다. 윗글을 바탕으로 할 때, 적절하지 <u>않은</u> 것은?

ㅁ 다음의 진술에 대해 윗글에 제시된 학자들이 보일 수 있는 견해를 작성해 봅시다.

[진술 1] 객관적으로 존재하는 도덕적 사실이 있다.

• 전통적인 윤리학자: 옳다. 도덕적 판단의 근거는 도덕 주체로부터 독립적으로 존재하기 때문이다. ·········· ①

• 에이어: 옳지 않다. 도덕 문장은 도덕 주체로부터 독립적일 수 없기 때문이다. ································ ②

[진술 2] 도덕 문장은 참 또는 거짓이라는 속성을 갖는다.

• 에이어: 옳지 않다. 도덕 문장은 분석적이지도 종합적 이지도 않기 때문이다. ······················· ③

• 행크스: 옳다. 도덕 문장은 도덕 용어가 나타내는 속성에 비추어 참 또는 거짓이 정해지기 때문이다.

[진술 3] 전건 긍정식의 두 전제에 공통으로 포함된 도덕 문장은 내용이 다르다.

• 에이어: 옳다. 도덕 문장은 전건 긍정식의 전제로 사용 되면 진리 적합성을 갖기 때문이다. ·················· ④

• 행크스: 옳지 않다. 단독으로 진술된 문장은 조건문의 일부로 사용된 때와 내용 차이가 없기 때문이다. ······ ⑤

4. 윗글을 바탕으로 ㉠을 이해한 내용으로 적절하지 <u>않은</u> 것은?

① 에이어의 윤리학 견해가 옳다면 전건 긍정식이 직관적으로 타당해 보이게 된다는 점에서, ㉠은 에이어에 대한 비판이 된다.

② ㉠에 따르면, 도덕 문장을 포함하는 전건 긍정식이 타당하다면 도덕 문장이 감정을 표현한다는 견해는 수용될 수 없다.

③ ㉠은 전건 긍정식이 타당하려면 두 전제 모두에 나타난 문장의 내용이 일치해야 함에 기초한다.

④ ㉠은 도덕 문장뿐 아니라 개인적 선호를 나타내는 문장에 대해서도 제기될 수 있다.

⑤ 도덕 문장을 판단적이라고 보는 이론에 따르면 ㉠은 애당초 발생하지 않는다.

5. 윗글과 〈보기〉를 비교하여 이해한 내용으로 적절하지 <u>않은</u> 것은? [3점]

> ───────〈보기〉───────
>
> '자선은 옳다.'는 자선에 대한 찬성, '폭력은 나쁘다.'는 폭력에 대한 반대라는 태도를 표현한다. 도덕 문장을 포함하는 '자선은 옳다면 봉사는 옳다.'라는 조건문은 '태도에 대한 태도'를 표현한다. 위와 같은 주관적 태도들에는 참, 거짓이 없다. '자선은 옳다면 봉사는 옳다.'와 '자선은 옳다.'가 나타내는 태도를 지니면서, '봉사는 옳다.'에 반대하는 것은 비일관적이다. '자선은 옳다면 봉사는 옳다. 자선은 옳다. 따라서 봉사는 옳다.'가 타당하다는 것은 이런 뜻이다.

① 도덕 문장이 태도나 감정을 표현한다는 주장은, 도덕 문장을 포함하는 조건문이 '태도에 대한 태도'를 표현한다는 〈보기〉의 주장과 상충하는군.

② 논증의 타당성이 전제와 결론의 참에 의해 규정된다는 주장은, 타당성을 논증에 나타난 태도 사이의 관계에 의해 규정할 수 있다는 〈보기〉의 주장과 상충하는군.

③ 무엇이 윤리적으로 옳고 그른지에 대한 객관적 기준을 세워야 한다는 주장은, 도덕 문장은 찬성과 반대라는 주관적 태도를 나타낸다는 〈보기〉의 주장과 상충하는군.

④ '귤은 맛있다.'가 귤에 대한 화자의 선호를 표현한다는 주장은, '자선은 옳다.'가 자선에 대한 화자의 찬성을 표현한다는 〈보기〉의 주장과 상충하지 않는군.

⑤ '도둑질은 나쁘다.'가 화자의 정서를 표출하므로 진리 적합성이 없다는 주장은, 폭력에 대한 화자의 태도를 표현하는 문장이 참, 거짓일 수 없다는 〈보기〉의 주장과 상충하지 않는군.

6. 문맥상 ⓐ~ⓔ와 바꿔 쓰기에 가장 적절한 것은?

① ⓐ: 수색하는

② ⓑ: 제시하지

③ ⓒ: 전파했다

④ ⓓ: 발산하는

⑤ ⓔ: 공개하여

[1~6] 다음 글을 읽고 물음에 답하시오.

(가)

❶ 『한비자』는 중국 전국 시대의 한비자가 제시한 사상이 ⓐ담긴 저작이다. 여러 나라가 패권을 다투던 혼란기를 맞아 엄격한 법치를 통해 부국강병을 꾀한 한비자는 『노자』에 대한 해석을 통해 자신의 법치 사상을 뒷받침했고, 이러한 면모는 『한비자』의 「해로」, 「유로」 등에서 확인할 수 있다.

❷ 『노자』에서 '도(道)'는 만물 생성의 근원으로 묘사된다. 도를 천지 만물의 존재와 본질의 근거라고 본 한비자의 이해도 이와 다르지 않다. 그는 자연과 인간 사회의 모든 현상은 도의 영향을 받지 않을 수 없다고 보고, 인간 사회의 일은 도에 따라 제대로 행했는가의 여부에 따라 그 성패가 드러나는 것이라고 이해했다.

❸ 한비자는 『노자』에 제시된 영구불변하는 도의 항상성에 대해 도가 천지와 더불어 영원히 존재한다는 것을 의미하는 것이지, 도가 모습과 이치를 일정하게 유지하는 것은 아니라고 이해했다. 그리고 도는 형체가 없을 뿐 아니라 일정하게 고정되어 있지 않기 때문에 때와 상황에 따라 유연하게 변화하는 것이라고 파악했다. 도가 가변성을 가지고 있어야 도가 일정한 곳에만 있지 않게 되고, 그래야만 도가 모든 사물의 존재와 본질의 근거가 될 수 있다고 파악한 것이다. 그는 도가 가변적이기 때문에 통치술도 고정되어서는 안 된다고 주장했다.

❹ 한편, 한비자는 도를 구체적인 사물과 사건에 내재한 개별 법칙의 통합으로 보고, 『노자』의 도에 시비 판단의 근거라는 새로운 의미를 부여했다. 항상 존재하는 도는 개별 법칙을 포괄하기 때문에 다양한 개별 사건의 시비를 판단하는 기준이 될 수 있고, 이러한 도에 근거해서 입법해야 다양한 사건을 판단할 수 있다고 본 것이다. 이러한 이해를 바탕으로 그는 만족을 모르는 인간의 욕망을 사회 혼란의 원인으로 지목한 『노자』의 견해에 동의하면서도, 『노자』에서처럼 욕망을 없애야 한다고 주장하지 않고 인간은 욕망을 필연적으로 가질 수밖에 없음을 지적하며 욕망을 제어하기 위해 법이 필요하다고 강조했다.

(나)

❶ 유학자들은 도를 인간 삶의 올바른 길을 의미하는 것이라고 보았다. 중국 송나라 이후, 유학자들은 이러한 유학의 도를 기반으로 현상 세계 너머의 근원으로서 도가의 도에 주목하여 『노자』 주석을 전개했다.

❷ 혼란기를 거친 송나라 초기에 중앙집권화가 추진된 이후 정치적 갈등이 드러나면서 개혁의 분위기가 조성됐다. 이러한 분위기하에서 유학자이자 개혁 사상가인 왕안석은 『노자주』를 저술했다. 그는 『노자』의 도를 만물의 물질적 근원인 '기(氣)'라고 파

악하고, 현상 세계에 앞서 존재하는 기의 작용에 의해 사물이 형성된다고 보았다. 그는 기가 시시각각 변화하듯 현상 세계도 변화한다고 이해했다. 인위적인 것을 제거해야만 도가 드러나고 인간 사회가 안정된다는 『노자』를 비판한 그는 자연과 달리 인간 사회의 안정을 위해서는 제도와 규범의 제정과 같은 인간의 적극적인 개입이 필요하다고 주장했다. 지혜와 덕이 뛰어난 사람이 제정한 사회 제도와 규범도 현실 사회의 변화에 따라 새롭게 해야 한다고 주장한 것이다. 『노자』의 이상 정치가 실현되려면 유학 이념이 실질적 수단으로 사용되어야 한다고 주장하는 등 왕안석은 『노자』를 유학의 실천적 측면과 결부하여 이해했다.

❸ 송 이후 원나라에 이르러 성행하던 도교는 유학과 불교 등을 받아들여 체계화되었지만, 오징에게는 주술적인 종교에 불과했다. ㉠유학자의 입장에서 그는 잘못된 가르침을 펴는 도교에 사람들이 빠지는 것을 경계했다. 그는 도교의 시조로 간주된 노자의 가르침이 공자의 학문과 크게 다르지 않음을 밝히고자 『도덕진경주』를 저술했다. 그는 도와 유학 이념을 관련짓는 구절을 추가하는 등 『노자』의 일부 내용을 바꾸고 기존 구성 체제를 재편했다. 『노자』의 도를 근원적인 불변하는 도로 본 그는 모든 이치를 내재한 도가 현실화하여 천지 만물이 생성된다고 이해했다. 이런 관점에서 그는 유학의 인의예지가 도의 쇠퇴 때문에 나타난 것이라는 『노자』와 달리 도가 현실화하여 드러난 것으로 해석하고, 인간이 마땅히 따라야 할 사회 규범과 사회 질서 체계도 도가 현실화한 결과로 파악했다.

❹ 원이 쇠퇴하고 명나라가 들어선 이후 유학과 도가 등 여러 사상이 합류하는 사조가 무르익는 가운데, 유학자인 설혜는 자신의 ㉡학문적 소신에 따라 『노자』를 주석한 『노자집해』를 저술했다. 그는 공자도 존중했던 스승이 노자이므로 노자 사상에 대한 오해를 불식해야 한다고 보았다. 그는 기존의 주석서가 『노자』의 진정한 의미를 제대로 밝히지 못했기 때문에 유학자들이 노자 사상을 이단으로 치부했다고 파악한 것이다. 다양한 경전을 인용하여 『노자』를 해석하면서 그는 『노자』의 도를 인간의 도덕 본성과 그것의 근거인 천명으로 이해하고, 본성과 천명의 이치를 탐구한다는 점에서 노자 사상과 유학이 다르지 않다고 보았다. 또한 그는 『노자』에서 인의 등을 비판한 것은 도덕을 근본으로 삼게 하기 위한 충고라고 파악했다.

>> 각 문단을 요약하고 지문을 **세 부분**으로 나누어 보세요.

(가)

1 _____를 통해 부국강병을 꾀한 한비자는 『_____』의 해석을 통해 자신의 사상을 뒷받침했다.

2 『노자』에서 ___는 만물 생성의 근원인데 한비자도 도를 천지 만물의 존재와 본질의 근거로 보았다.

3 한비자는 도가 영원히 _____하지만 모습과 이치를 일정하게 유지하는 것이 아니라 _____성을 지니므로, 통치술도 고정되어서는 안 된다고 주장했다.

4 한비자는 『노자』의 도에 _____의 근거라는 새로운 의미를 부여했으며, 인간의 욕망이 사회 혼란의 원인이라는 『노자』의 견해에 동의했지만 『노자』와 달리 _____을 없애야 한다고 주장하지 않고 법을 통해 제어해야 한다고 주장했다.

>> 각 문단을 요약하고 지문을 **두 부분**으로 나누어 보세요.

(나)

1 ___나라 이후 유학자들은 _____의 도를 기반으로 『노자』 주석을 전개했다.

2 송나라 초 왕안석은 『노자』의 도를 만물의 물질적 근원인 ___로 파악하였으며, 인간 사회의 안정을 위한 인간의 적극적인 _____을 강조하면서 『노자』를 유학의 실천적 측면과 결부하여 이해했다.

3 원나라 때 오징은 노자와 _____의 가르침이 크게 다르지 않음을 밝히고자 『도덕진경주』를 저술했으며, 『노자』의 도를 근원적인 불변하는 도로 보고 유학의 _____를 도가 현실화하여 드러난 것으로 해석했다.

4 명나라 때 _____는 『노자』의 도를 인간의 도덕 본성과 그것의 근거인 천명으로 이해하였으며 _____ 사상과 유학이 다르지 않다고 보았다.

1. (가), (나)에 대한 설명으로 가장 적절한 것은?

① (가)는 『한비자』의 철학사적 의의를 설명하고 『한비자』와 『노자』의 사회적 파급력을 비교하고 있다.

② (가)는 한비자가 추구한 이상적인 사회를 소개하고 그 실현을 위해 『노자』를 수용한 입장의 한계를 설명하고 있다.

③ (나)는 특정 개념을 중심으로 『노자』에 대한 여러 학자의 견해를 시간의 흐름에 따라 제시하고 있다.

④ (나)는 여러 유학자가 『노자』를 해석한 의도를 각각 제시하고 그 차이로 인해 발생한 학자 간의 이견을 절충하고 있다.

⑤ (가)와 (나)는 모두, 『노자』에 대해 다양한 시각에서 제시된 비판이 심화되는 과정을 구체적 사례와 함께 설명하고 있다.

2. (가)에 제시된 한비자의 견해로 적절하지 않은 것은?

① 사건의 시비에 따라 달라지는 도에 근거하여 법이 제정되어야 한다.

② 인간은 무엇을 가지거나 누리고자 하는 마음에서 벗어날 수 없다.

③ 도는 고정된 모습 없이 때와 형편에 따라 변화하며 영원히 존재한다.

④ 인간 사회의 흥망성쇠는 사람이 도에 따라 올바르게 행하였는가의 여부에 좌우되는 것이다.

⑤ 도는 만물의 근원이면서 동시에 현실 사회의 개별 사물과 사건에 내재한 법칙을 포괄하는 것이다.

3. ㉠과 ㉡에 대한 이해로 가장 적절한 것은?

① ㉠은 유학 덕목의 등장을 긍정적으로 평가한 『노자』의 견해를 수용하는, ㉡은 유학 덕목에 대한 『노자』의 비판에 담긴 긍정적 의도를 밝히려는 것으로 표출되었다.

② ㉠은 유학에 유입되고 있는 주술성을 제거하는, ㉡은 노자 사상이 탐구하는 대상에 대한 이해를 근거로 노자 사상과 유학의 공통점을 제시하려는 것으로 표출되었다.

③ ㉠은 유학의 가르침을 차용한 종교가 사람들을 현혹하는 상황에 대응하는, ㉡은 『노자』를 해석한 경전들을 참고하여 유학 이론의 독창성을 밝히려는 것으로 표출되었다.

④ ㉠은 유학을 노자 사상과 연관 지어 유교적 사회 질서의 정당성을 확인하는, ㉡은 유학에서 이단으로 치부하는 사상의 진의를 밝혀 오해를 바로잡으려는 것으로 표출되었다.

⑤ ㉠은 특정 종교에서 추앙하는 사상가와 유학 이론의 관련성을 제시하는, ㉡은 유학의 사상적 우위를 입증하여 다른 학문을 통합할 수 있는 근거를 제시하려는 것으로 표출되었다.

4. (나)의 왕안석과 오징의 입장에서 다음의 ㄱ~ㄹ에 대해 판단한 것으로 가장 적절한 것은?

ㄱ. 도는 만물을 통해 드러나는 것이지 만물에 앞서서 존재하는 것은 아니다.

ㄴ. 인간 사회의 규범은 이치를 내재한 근원적 존재인 도가 현실에 드러난 것이다.

ㄷ. 도는 현상 세계의 너머에만 머물러 있지 않고 세상일과 유기적으로 관련되는 것이다.

ㄹ. 도가 변화하듯이 현상 세계가 변하니, 현실 사회의 변화에 따라 인간 사회의 규범도 변해야 한다.

① 왕안석은 ㄱ에 동의하지 않고 ㄴ에 동의하겠군.

② 왕안석은 ㄴ과 ㄹ에 동의하겠군.

③ 왕안석은 ㄷ에 동의하고 ㄹ에 동의하지 않겠군.

④ 오징은 ㄱ과 ㄹ에 동의하지 않겠군.

⑤ 오징은 ㄴ에 동의하고 ㄷ에 동의하지 않겠군.

5. 〈보기〉를 참고할 때, (가), (나)의 사상가에 대한 왕부지의 평가로 적절하지 <u>않은</u> 것은? [3점]

〈보기〉

청나라 초기의 유학자 왕부지는 『노자』의 본래 뜻을 드러내어 노자 사상을 비판하고자 『노자연』을 저술했다. 노자 사상의 비현실성을 드러내어 유학의 실용적 가치를 부각하고자 했던 그는 기존의 『노자』 주석서가 노자 사상이 아닌 사상을 기준으로 삼았기 때문에 『노자』뿐만 아니라 주석자의 사상마저 왜곡했다고 비판했다. 『노자』에서 아무런 행동을 하지 않아도 천하가 다스려진다고 한 것 등을 비판한 그는, 『노자』에서처럼 단순히 인간의 이기적 욕망을 없애는 것이 아니라 사회 질서 유지를 위해 유학 규범을 활용해야 한다고 강조했다.

① 왕부지는 인간의 욕망에 대한 『노자』의 대응 방식을 부정적으로 보았으므로, (가)의 한비자가 『노자』와 달리 사회에 대한 인위적 개입이 필요하다고 한 것에 대해서는 수긍하겠군.

② 왕부지는 『노자』에 제시된 소극적인 삶의 태도를 부정적으로 보았으므로, (나)의 왕안석이 사회 제도에 대한 『노자』의 견해를 비판하며 유학 이념의 활용을 주장한 것은 긍정하겠군.

③ 왕부지는 『노자』의 본래 뜻을 파악해야 한다고 보았으므로, (나)의 오징이 『노자』를 주석하면서 자신의 이해에 따라 원문의 구성과 내용을 수정한 것이 잘못이라고 보겠군.

④ 왕부지는 주석자가 유학을 기준으로 『노자』를 이해하면 주석자의 사상도 왜곡된다고 보았으므로, (나)의 오징이 유학의 인의예지를 『노자』의 도가 현실화한 것으로 본 것을 비판하겠군.

⑤ 왕부지는 『노자』에 담긴 비현실성을 드러내야 한다고 보았으므로, (나)의 설혜가 기존의 『노자』 주석서들을 비판하며 드러낸 학문적 입장이 유학의 실용적 가치를 부각한다고 보겠군.

6. ⓐ와 문맥상 의미가 가장 가까운 것은?

① 과일이 접시에 예쁘게 담겨 있다.
② 상자에 탁구공이 가득 담겨 있다.
③ 시원한 계곡물에 수박이 담겨 있다.
④ 화폭에 봄 경치가 그대로 담겨 있다.
⑤ 매실이 설탕물에 한 달째 담겨 있다.

MEMO

2024학년도 9월 모평

해설 P.293

인문 (가) 조선 시대 신분 제도의 변화 양상 / 인문 (나) 실학자들의 신분제 개혁론

[1~6] 다음 글을 읽고 물음에 답하시오.

(가)

❶ 조선 왕조의 기본 법전인 『경국대전』에 규정된 신분제는 신분을 양인과 천인으로 나눈 양천제이다. 양인은 과거에 응시할 수 있었지만, 납세와 군역 등의 의무를 져야 했다. 천인은 개인이나 국가에 소속되어 천역(賤役)을 담당했다. 관료 집단을 뜻하던 양반이 16세기 이후 세습적으로 군역 면제 등의 차별적 특혜를 받는 신분으로 굳어짐에 따라 양인은 사회적으로 양반, 중인, 상민으로 분화되었다. 이러한 법적, 사회적 신분제는 갑오개혁으로 철폐되기 이전까지 조선 사회의 근간이 되었다.

❷ 조선 후기에 접어들어 농업 생산력의 증대와 상공업의 발달로 같은 신분 안에서도 분화가 확대되었고, 이에 따라 신분제에 변화가 일어났다. 천인의 대다수를 구성했던 노비는 속량과 도망 등의 방식으로 신분적 억압에서 점차 벗어났다. 영조 연간에 편찬된 법전인 『속대전』에서는 노비가 속량할 수 있는 값을 100냥으로 정하는 규정을 둠으로써 속량을 제도화했다. 이는 국가의 재정 운영상 노비제의 유지보다 그들을 양인 납세자로 전환하는 것이 유리했기 때문이었다. 몰락한 양반들은 노비의 유지가 어려워졌기 때문에 몸값을 받고 속량해 주는 길을 선택했다.

❸ 18세기 이후 경제적으로 성장한 상민층에서는 '유학(幼學)' 직역*을 얻고자 하는 현상이 나타났다. 유학은 벼슬을 하지 않은 유생(儒生)을 지칭했으나, 이 시기에는 관료로 진출하지 못한 이들을 가리키는 직역 명칭으로 ⓐ굳어졌다. 호적상 유학은 군역 면제라는 특권이 있어서 상민층이 원하는 직역이었다. 유학 직역의 획득은 제도적으로 양반이 되는 것을 의미하였으나 그것이 곧 온전한 양반으로 인정받는 것을 의미하는 것은 아니었다. 당시 양반 집단의 일원으로 인정받기 위해서는 ㉠유교적 의례의 준행, 문중과 족보에의 편입 등 다양한 조건이 필요했다. 이에 따라 일부 상민층은 유학 직역을 발판으로 양반 문화를 모방하면서 양반으로 인정받고자 했다.

❹ 조선 후기에는 신분 상승 현상이 일어나면서 양반의 하한선과 비(非)양반층의 상한선이 근접하는 모습이 나타났다. 양반들이 비양반층의 진입을 막는 힘은 여전히 작동하고 있었지만, 비양반층이 양반에 접근하고자 하는 힘은 더 강하게 작동했다. 유학의 증가는 이러한 현상의 단면을 보여 준다.

*직역: 신분에 따라 정해진 의무로서의 역할.

(나)

❶ 『경국대전』 체제에서 양인은 관료가 될 수 있다는 점에서 능력주의가 일부 작동하는 것처럼 보이지만, 실제로는 양반 이외의 신분에서는 관료가 되기 어려웠다. 이러한 상황에서 17세기의 유형원은 『반계수록』을 통해, 19세기의 정약용은 『경세유표』 등을 통해 각각 도덕적 능력주의에 기초한 일련의 개혁론을 제시했다.

❷ 유형원의 기본적인 생각은 국가 공동체를 성리학적 가치와 규범에 따라 운영하고, 구성원도 도덕적으로 만드는 도덕 국가의 건설이었다. 신분 세습을 비판한 그는 현명한 인재라도 노비로 태어나면 노비로 살아야 하는 것이 천하의 도리에 어긋난다고 보고, 노비제 폐지를 주장했다. 아울러 비도덕적 직업이라고 생각한 광대와 같은 직업군을 철폐하고, 사농공상(士農工商)의 사민(四民)으로 편성하고자 했다. 그는 과거제 대신 공거제를 통해 도덕적 능력이 뛰어난 자를 추천으로 선발하여 여러 단계의 교육을 한 후, 최소한의 학식을 확인하여 관료로 임명해야 한다고 제안했다. 도덕을 기준으로 관료를 선발하고 지방에도 관료 선발 인원을 적절히 분배하면 향촌 사회의 풍속도 도덕적으로 이끌 수 있다고 본 것이다.

❸ 정약용은 신분제가 동요하는 상황에서 사민이 뒤섞여 사는 것이 교화에 도움이 되지 않는다고 보고, 사농공상별로 구분하여 거주하는 것을 포함한 행정 구역 개편을 구상했다. 이에 맞춰 사(士) 집단을 재편하고자 했다. 도덕적 능력의 여부에 따라 추천으로 예비 관료인 '선사'를 선발하고 일정한 교육을 한 후, 여러 단계의 시험을 거쳐 관료를 선발할 것을 제안했다. ㉡사 거주지에서 더 많은 선사를 선발하도록 했지만, 농민과 상공인에도 선사의 선발 인원을 배정하는 등 노비 이외에서 사 집단으로 진출할 수 있도록 했다. 노비제에 대해서는 사를 뒷받침하기 위해 유지되어야 한다고 주장했다.

❹ 도덕적 능력주의와 관련하여 두 사람은 모두 사회 지배층으로서의 사에 주목했다. 유형원은 다스리는 자인 사와 다스림을 받는 민의 구분을 분명히 하는 것이 천하의 이치라고 보고 ㉢도덕적 능력이 뛰어난 사람들로 지배층인 사를 구성하고자 했다. 정약용도 양반의 세습을 비판하며 도덕적 능력에 따라 사회 지배층을 재편하는 데 입장을 같이했다. 또한 두 사람은 사회 전체의 도덕 실천을 이끌기 위해 사 집단에 정치권력, 경제력 등을 집중시키려 했고, 지배층과 피지배층 간의 차등을 엄격하게 유지하고자 했다. 내용에서 일부 차이가 있었지만, 두 사람은 사회 지배층의 재구성을 통해 도덕 국가 체제를 추구했다.

>> 각 문단을 요약하고 지문을 **세 부분**으로 나누어 보세요.

(가)

1 조선의 법적 신분제는 신분을 양인과 천인으로 나눈 _____이지만, _____이 특혜를 받는 신분으로 굳어지며 사회적으로 양인은 양반, 중인, 상민으로 분화되었다.

2 조선 _____에 신분제의 변화가 일어났는데 노비는 _____과 도망 등으로 신분적 억압에서 점차 벗어났다.

3 경제적으로 성장한 _____층은 _____ 직역을 얻어 제도적으로 양반이 되었으나 온전한 양반으로 인정받기 위해서는 다양한 조건이 필요했다.

4 조선 후기에는 양반의 하한선과 _____의 상한선이 근접했으며 비양반층의 진입을 막는 힘보다 _____에 접근하고자 하는 힘이 더 강하게 작동했다.

>> 각 문단을 요약하고 지문을 **세 부분**으로 나누어 보세요.

(나)

1 『경국대전』 체제에 따르면 능력주의가 작동하는 것처럼 보이지만 실제로는 양반 이외의 신분은 _____가 되기 어려운 상황에서 17세기 유형원과 19세기 정약용은 _____에 기초한 개혁론을 제시했다.

2 유형원은 신분 _____을 비판하고 노비제 폐지와 과거제 대신 도덕적 능력이 뛰어난 자를 추천으로 선발하여 교육을 한 후 관료로 임명하는 _____를 제안했다.

3 정약용은 _____별로 구분하여 거주하는 행정 구역 개편을 구상하고, 도덕적 능력 여부에 따른 추천으로 예비 관료를 뽑아 교육과 시험을 거쳐 관료를 선발할 것을 제안하는 한편 _____ 유지를 주장했다.

4 두 사람은 도덕적 능력주의를 바탕으로 _____을 재구성하여 _____ 국가 체제를 추구했다는 공통점이 있다.

1. (가)를 읽고 이해한 내용으로 적절하지 **않은** 것은?

① 『속대전』의 규정을 적용받아 속량된 사람들은 납세의 의무를 지게 되었다.

② 『경국대전』 반포 이후 갑오개혁까지 조선의 법적 신분제에는 두 개의 신분이 존재했다.

③ 조선 후기 양반 중에는 노비를 양인 신분으로 풀어 주고 금전적 이익을 얻은 이들이 있었다.

④ 조선 후기 '유학'의 증가 현상은 『경국대전』의 신분 체계가 작동하지 않는 현상을 보여 주는 것이었다.

⑤ 조선 후기에 상민이 '유학'의 직역을 얻었을 때, 양반의 특권을 일부 가지게 되지만 온전한 양반으로 인정받지는 못했다.

2. 일련의 개혁론 에 대한 이해로 적절하지 **않은** 것은?

① 유형원은 자신이 구상한 공동체의 성격에 적합하지 않은 특정 직업군을 없애는 방안을 구상했다.

② 유형원은 지방 사회의 도덕적 기풍을 진작하기 위해 관료 선발 인원을 지방에도 할당하는 방안을 구상했다.

③ 정약용은 지배층인 사 집단이 주도권을 가지고 사회를 운영하는 방안을 구상했다.

④ 정약용은 직업별로 거주지를 달리하는 것을 포함한 행정 구역 개편 방안을 구상했다.

⑤ 유형원과 정약용은 모두 시험으로 도덕적 능력이 우수한 이를 선발하여 교육한 후 관료로 임명하는 방안을 제시했다.

3. ㉠~㉢에 대한 설명으로 가장 적절한 것은?

① ㉠은 경제적 영향으로 신분 상승 현상이 나타나는 상황에서 신분적 정체성을 지키려는 양반층의 노력이고, ㉡은 이러한 양반층의 노력을 뒷받침하기 위한 정책적 방안이다.

② ㉠은 호적상 유학 직역이 증가하는 상황에서 양반 집단이 기득권을 지키기 위한 자율적 노력이고, ㉡은 기존의 양반들이 가진 기득권을 제도적으로 강화하기 위한 방안이다.

③ ㉠은 상민층이 유학 직역을 얻는 것이 확대되는 상황에서 양반으로 인정받는 것을 억제하는 장치이고, ㉢은 능력주의를 통해 인재 등용에 신분의 벽을 두지 않으려는 방안이다.

④ ㉠은 능력주의가 작동하기 어려운 현실적인 상황에서 신분 구분을 강화하여 불평등을 심화하는 제도이고, ㉢은 사회 지배층의 인원을 늘려 도덕 실천을 이끌기 위한 방안이다.

⑤ ㉡은 양반층의 특권이 점차 사라져 가고 있는 상황에서 신분적 구분을 명확하게 하기 위한 장치이고, ㉢은 양반과 비양반층의 신분적 구분을 없애기 위한 방안이다.

4. (나)를 바탕으로 다음의 ㄱ~ㄹ에 대해 판단한 것으로 가장 적절한 것은?

> ㄱ. 아래로 농공상이 힘써 일하고, 위로 사(士)가 효도하고 공경하니, 이는 나라의 기풍이 흐트러지지 않는 것이다.
> ㄴ. 사농공상 누구나 인의(仁義)를 실천한다면 비록 농부의 자식이 관직에 나아가더라도 지나친 일이 아닐 것이다.
> ㄷ. 덕행으로 인재를 판정하면 천하가 다투어 이에 힘쓸 것이니, 나라 안의 모든 이에게 존귀하게 될 기회가 열릴 것이다.
> ㄹ. 양반과 상민의 구분은 엄연하니, 그 경계를 넘지 않아야 상하의 위계가 분명해지고 나라가 편안하게 다스려질 것이다.

① 유형원은 ㄱ과 ㄹ에 동의하겠군.

② 유형원은 ㄴ과 ㄷ에 동의하지 않겠군.

③ 유형원은 ㄴ에 동의하지 않고, ㄹ에 동의하겠군.

④ 정약용은 ㄴ과 ㄹ에 동의하겠군.

⑤ 정약용은 ㄱ에 동의하고, ㄷ에 동의하지 않겠군.

5. (가), (나)를 바탕으로 〈보기〉에 대해 보인 반응으로 적절하지 않은 것은? [3점]

> ─────〈보기〉─────
>
> 16세기 초 영국의 토머스 모어는 '유토피아'라는 가상 국가를 통해 당대 사회를 비판했다. 그가 제시한 유토피아에서는 현실 국가와 달리 모두가 일을 하고, 사치에 필요한 일은 하지 않기 때문에 하루 6시간만 일해도 경제적으로 풍요롭다. 하지만 이곳에서도 노동을 면제받는 '학자 계급'이 존재한다. 성직자, 관료 등의 권력층은 이 학자 계급에서만 나오도록 하였는데, 학자 계급은 의무가 면제되는 대신 연구와 공공의 일에 전념한다. 학자 계급은 능력 있는 이를 성직자가 추천하고, 대표들이 승인하는 절차를 거쳐야 될 수 있다. 그러나 학자 계급도 성과가 부족하면 '노동 계급'으로 환원될 수 있고, 노동 계급도 공부에 진전이 있으면 학자 계급으로 승격될 수 있다.

① 유토피아에서 연구와 공공의 일에 전념하는 사람들은 선발의 과정을 거친다는 점에서, (가)의 '유학'보다 (나)의 '선사'에 가깝군.

② 유토피아에서 관료는 노동을 면제받지만 그 특권이 세습되지 않는다는 점에서, (가)에서 차별적 특혜를 받던 16세기 이후의 '양반'과는 다르군.

③ 유토피아에서 '학자 계급'에서만 권력층이 나오도록 한 것은, (나)에서 우월한 집단인 '사 집단'에 정치권력을 집중시키고자 한 유형원, 정약용의 생각과 유사하군.

④ 유토피아에서 '노동 계급'이 '학자 계급'으로 승격되는 것은 학업 능력을 기준으로 추천받는다는 점에서, (가)의 상민 출신인 '유학'이 '양반'으로 인정받는 것과는 다르군.

⑤ 유토피아에서 '노동 계급'과 '학자 계급' 간의 이동이 가능한 것은 계급 간 차등이 없음을 전제하므로, (나)에서 차등을 엄격하게 유지하고자 한 유형원, 정약용의 구상과는 다르군.

6. ⓐ와 문맥상 의미가 가장 가까운 것은?

① 관용이 우리 집의 가훈으로 확고하게 굳어졌다.

② 어젯밤 적당하게 내린 비로 대지가 더욱 굳어졌다.

③ 포기하지 않겠다는 결심이 어머니의 격려로 굳어졌다.

④ 길에서 버스를 기다리던 사람들의 몸이 추위로 굳어졌다.

⑤ 갑작스러운 소식에 나도 모르게 얼굴이 딱딱하게 굳어졌다.

MEMO

[1~6] 다음 글을 읽고 물음에 답하시오.

(가)

1 심리 철학에서 동일론은 의식이 뇌의 물질적 상태와 동일하다고 ⓐ본다. 이와 달리 기능주의는 의식은 기능이며, 서로 다른 물질에서 같은 기능이 구현될 수 있다고 주장한다. 이때 기능이란 어떤 입력이 주어졌을 때 특정한 출력을 내놓는 함수적 역할로 정의되며, 함수적 역할의 일치는 입력과 출력의 쌍이 일치함을 의미한다. 실리콘 칩으로 구성된 로봇이 찔림이라는 입력에 대해 고통을 출력으로 내놓는 기능을 가진다면, 로봇과 우리는 같은 의식을 가진다는 것이다. 이처럼 기능주의는 의식을 구현하는 물질이 무엇인지는 중요하지 않다고 본다.

2 설(Searle)은 기능주의를 반박하는 사고 실험을 제시한다. '중국어 방' 안에 중국어를 모르는 한 사람만 있다고 하자. 그는 중국어로 된 입력이 들어오면 정해진 규칙에 따라 중국어로 된 출력을 내놓는다. 설에 의하면 방 안의 사람은 중국어 사용자와 함수적 역할이 같지만 중국어를 아는 것은 아니다. 기능이 같으면서 의식은 다른 사례가 있다는 것이다.

3 동일론, 기능주의, 설은 모두 의식에 대한 논의를 의식을 구현하는 몸의 내부로만 한정하고 있다. 하지만 의식의 하나인 '인지' 즉 '무언가를 알게 됨'은 몸 바깥에서 ⓑ일어나는 일과 맞물려 벌어진다. 기억나지 않는 정보를 노트북에 저장된 파일을 열람하여 확인하는 것이 한 예이다. 로랜즈의 확장 인지 이론은 이를 설명하는 이론이다.

4 그에 ⓒ따르면 인지 과정은 주체에게 '심적 상태'가 생겨나게 하는 과정이다. 기억이나 믿음이 심적 상태의 예이다. 심적 상태는 어떤 것에도 의존함이 없이 주체에게 의미를 나타낸다. 예를 들어, 무언가를 기억하는 사람은 자기의 기억이 무엇인지 ⓓ알아보기 위해 아무것에도 의존할 필요가 없다. 이와 달리 '파생적 상태'는 주체의 해석에 의존해서만 또는 사회적 합의에 의존해서만 의미를 나타내는 상태로 정의된다. 앞의 예에서 노트북에 저장된 정보는 전자적 신호가 나열된 상태로서 파생적 상태이다. 주체에 의해 열람된 후에도 노트북의 정보는 여전히 파생적 상태이다. 하지만 열람 후 주체에게는 기억이 생겨난다. 로랜즈에게 인지 과정은 파생적 상태가 심적 상태로 변환되는 과정이 아니라, 파생적 상태를 조작함으로써 심적 상태를 생겨나게 하는 과정이다. 심적 상태가 주체의 몸 외부로 확장되는 것이 아니라, 심적 상태를 생겨나게 하는 인지 과정이 확장되는 것이다. 이러한 ㉠확장된 인지 과정은 인지 주체의 것일 때에만, 다시 말해 환경의 변화를 탐지하고 그에 맞춰 행위를 조절하는 주체와 통합되어 있을 때에만 성립할 수 있다. 즉 로랜즈에게 주체 없는 인지란 있을 수 없다. 확장 인지 이론은 의식의 문제를 몸 안으로 한정하지 않고 바깥으로까지 넓혀 설명한다는 의의를 지닌다.

(나)

1 일반적으로 '지각'이란 몸의 감각 기관을 통해 사물에 대해 아는 것을 의미한다. 이러한 지각을 분석할 때 두 가지 사실에 직면한다. 첫째, 그 사물과 내 몸은 물질세계에 있다. 둘째, 그 사물에 대한 나의 의식은 물질세계가 아닌 다른 세계에 있다. 즉 몸으로서의 나는 사물과 같은 세계에 속하는 동시에 의식으로서의 나는 사물과 다른 세계에 속한다.

2 이에 대한 객관주의 철학의 입장은 두 가지로 나뉜다. 의식을 포함한 모든 것을 물질로 환원하여 의식은 물질에 불과하다고 주장하거나, 의식을 물질과 구분되는 독자적 실체로 규정함으로써 의식과 물질의 본질적 차이를 주장한다. 전자에 의하면 지각은 사물로부터의 감각 자극에 따른 주체의 물질적 반응으로 이해되며, 후자에 의하면 지각은 감각된 사물에 대한 주체 즉 의식의 판단으로 이해된다. 이처럼 양자 모두 주체와 대상의 분리를 전제하고 지각을 이해한다. 주체와 대상은 지각 이전에 이미 확정되어 각각 존재한다는 것이다.

3 하지만 지각은 주체와 대상이 각자로서 존재하기 이전에 나타나는 얽힘의 체험이다. 예를 들어 다른 사람과 손이 맞닿을 때 내가 누군가의 손을 ⓔ만지는 동시에 나의 손 역시 누군가에 의해 만져진다. 감각하는 것이 동시에 감각되는 것이 되는 얽힘의 순간에, 나는 나와 대상을 확연히 구분한다. 지각이라는 얽힘의 작용이 있어야 주체와 대상이 분리될 수 있다. 다시 말해 주체와 대상은 지각이 일어난 이후 비로소 확정된다. 따라서 ㉡지각과 감각은 서로 구분되지 않는다.

4 지각은 물질적 반응이나 의식의 판단이 아니라, 내 몸의 체험이다. 지각은 나의 몸에 의해 이루어지는 것이고, 지각이 이루어지게 하는 것은 모두 나의 몸이다.

>> 각 문단을 요약하고 지문을 **두 부분**으로 나누어 보세요.

(가)

1 심리 철학에서 동일론은 _____이 뇌의 물질적 상태와 동일하다고 보지만, 기능주의는 의식은 기능이므로 의식을 구현하는 _____이 무엇인지는 중요하지 않다고 본다.

2 설은 '중국어 방' 사고 실험을 통해 _____이 같으면서 _____은 다를 수 있다며 기능주의를 반박한다.

3 동일론, 기능주의, 설은 의식에 대한 논의를 ___의 내부로 한정하지만, _____의 확장 인지 이론은 의식의 하나인 인지가 몸 바깥의 일과 맞물려 벌어짐을 설명한다.

4 로랜즈에 따르면 인지 과정은 파생적 상태를 조작함으로써 주체에게 _____가 생겨나게 하는 과정으로, _____ 없는 인지는 있을 수 없다.

>> 각 문단을 요약하고 지문을 **두 부분**으로 나누어 보세요.

(나)

1 _____을 분석할 때에는 사물과 내 몸은 _____에 있지만 사물에 대한 의식은 물질세계가 아닌 다른 세계에 있다는 사실에 직면한다.

2 이에 대해 _____은 의식은 물질에 불과하다고 주장하거나 의식과 물질의 본질적 차이를 주장하는데, 이는 모두 주체와 대상의 _____를 전제하고 지각을 이해하는 것이다.

3 하지만 지각이라는 얽힘의 작용이 있어야 _____와 _____은 분리되며 확정되는 것이다.

4 지각은 물질적 반응이나 의식의 판단이 아닌 내 ___의 체험이다.

---

1. 다음은 윗글을 읽은 학생이 정리한 내용이다. ㉮와 ㉯에 들어갈 말로 가장 적절한 것은?

(가)는 기능주의를 소개한 후 ⌐㉮⌐은/는 같지 않다는 설(Searle)의 비판을 제시하고 있다. 그리고 인지 과정이 몸 바깥으로까지 확장된다고 주장하는 확장 인지 이론을 설명하고 있다. (나)는 인지 중에서도 감각 기관을 통한 인지, 즉 지각을 주제로 하고 있다. (나)는 지각에 대한 객관주의 철학의 입장을 비판하고, ⌐㉯⌐으로서의 지각을 주장하고 있다.

	㉮	㉯
①	의식과 함수적 역할	내 몸의 체험
②	의식과 함수적 역할	물질적 반응
③	의식과 뇌의 상태	의식의 판단
④	의식과 뇌의 상태	내 몸의 체험
⑤	입력과 출력	의식의 판단

2. (가)에서 알 수 있는 내용으로 적절하지 않은 것은?

① 동일론자들은 뇌가 존재하지 않으면 의식도 존재하지 않는다고 볼 것이다.

② 설(Searle)은 '중국어 방' 안의 사람과 중국어를 아는 사람의 의식이 다르다고 볼 것이다.

③ 로랜즈는 기억이 주체의 몸 바깥으로 확장될 수 있다고 볼 것이다.

④ 로랜즈는 인지 과정이 파생적 상태를 조작하는 과정을 포함한다고 볼 것이다.

⑤ 로랜즈는 노트북에 저장된 정보가 그 자체로는 심적 상태가 아니라고 볼 것이다.

3. (나)의 필자의 관점에서 ㉠을 평가한 내용으로 가장 적절한 것은?

① 확장된 인지 과정이 인지 주체의 것일 때에만 성립할 수 있다는 주장은, 지각 이전에 확정된 주체를 전제한 것이므로 타당하지 않다.

② 확장된 인지 과정이 인지 주체의 것일 때에만 성립할 수 있다는 주장은, 의식이 세계를 구성하는 독자적 실체라고 규정하는 것이므로 타당하다.

③ 주체와 통합된 경우에만 확장된 인지 과정이 성립할 수 있다는 주장은, 의식은 물질에 불과하다고 본 것이므로 타당하다.

④ 주체와 통합된 경우에만 확장된 인지 과정이 성립할 수 있다는 주장은, 외부 세계에 대한 지각이 이루어질 수 없다고 보는 것이므로 타당하지 않다.

⑤ 주체와 통합된 경우에만 확장된 인지 과정이 성립할 수 있다는 주장은, 주체와 대상의 분리를 통해서만 지각이 이루어질 수 있다고 보는 것이므로 타당하다.

4. ㉡의 이유로 가장 적절한 것은?

① 감각과 지각 모두 물질세계에서 이루어지기 때문에

② 감각하는 것이 동시에 감각되는 것이 되는 얽힘의 작용이 지각이기 때문에

③ 지각은 몸에 의해 이루어지지만 감각은 몸에 의해 이루어지지 않기 때문에

④ 지각은 의식으로서의 주체가 외부의 대상을 감각하여 판단한 결과이기 때문에

⑤ 주체와 대상이 분리되기 이전에 감각과 지각이 분리된 채로 존재하기 때문에

5. (가), (나)를 바탕으로 〈보기〉의 상황을 이해한 내용으로 적절하지 않은 것은? [3점]

〈보기〉

빛이 완전히 차단된 암실에 A와 B 두 명의 사람이 있다. A는 막대기로 주변을 더듬어 사물의 위치를 파악한다. 막대기 사용에 익숙한 A는 사물에 부딪친 막대기의 진동을 통해 사물의 위치를 파악할 수 있다. B는 초음파 센서로 탐지한 사물의 위치 정보를 '뇌-컴퓨터 인터페이스(BCI)'를 사용하여 전달받는다. 이를 통해 B는 사물의 위치를 파악할 수 있다. BCI는 사람의 뇌에 컴퓨터를 연결하여 외부 정보를 뇌에 전달할 수 있는 기술이다.

① (가)의 기능주의에 따르면, A와 B가 암실 내 동일한 사물의 위치를 묻는 질문에 동일한 대답을 내놓는 경우 이때 둘의 의식은 차이가 없겠군.

② (가)의 확장 인지 이론에 따르면, BCI로 암실 내 사물의 위치를 파악하는 것이 B의 인지 과정인 경우 B에게 사물의 위치에 대한 심적 상태가 생겨나겠군.

③ (가)의 확장 인지 이론에 따르면, 암실 내 사물에 부딪친 막대기의 진동이 A의 해석에 의존해서만 의미를 나타내는 경우 그 진동 상태는 파생적 상태가 아니겠군.

④ (나)에서 몸에 의한 지각을 주장하는 입장에 따르면, 막대기에 의해 A가 사물의 위치를 지각하는 경우 막대기는 A의 몸의 일부라고 할 수 있겠군.

⑤ (나)에서 의식을 물질로 환원하는 입장에 따르면, BCI를 통해 입력된 정보로부터 B의 지각이 일어난 경우 BCI를 통해 들어온 자극에 따른 B의 물질적 반응이 일어난 것이겠군.

6. 문맥상 ⓐ~ⓔ의 단어와 가장 가까운 의미로 쓰인 것은?

① ⓐ: 그간의 사정을 <u>봐서</u> 그를 용서해 주었다.

② ⓑ: 이사 후에 가난하던 살림살이가 <u>일어났다</u>.

③ ⓒ: 개발에 <u>따른</u> 자연 훼손 문제가 심각해졌다.

④ ⓓ: 단어의 뜻을 <u>알아보기</u> 위해 사전을 펼쳤다.

⑤ ⓔ: 그는 컴퓨터 프로그램을 제법 <u>만질</u> 줄 안다.

MEMO

[1~6] 다음 글을 읽고 물음에 답하시오.

(가)

❶ 중국에서 비롯된 유서(類書)는 고금의 서적에서 자료를 수집하고 항목별로 분류, 정리하여 이용에 편리하도록 편찬한 서적이다. 일반적으로 유서는 기존 서적에서 필요한 부분을 뽑아 배열할 뿐 상호 비교하거나 편찬자의 해석을 가하지 않았다. 유서는 모든 주제를 망라한 일반 유서와 특정 주제를 다룬 전문 유서로 나눌 수 있으며, 편찬 방식은 책에 따라 다른 경우가 많았다. 중국에서는 대체로 왕조 초기에 많은 학자를 동원하여 국가 주도로 대규모 유서를 편찬하여 간행하였다. 이를 통해 이전까지의 지식을 집성하고 왕조의 위엄을 과시할 수 있었다.

[A]

❷ 고려 때 중국 유서를 수용한 이후, 조선에서는 중국 유서를 활용하는 한편, 중국 유서의 편찬 방식에 ⓐ따라 필요에 맞게 유서를 편찬하였다. 조선의 유서는 대체로 국가보다 개인이 소규모로 편찬하는 경우가 많았고, 목적에 따른 특정 주제의 전문 유서가 집중적으로 편찬되었다. 전문 유서 가운데 편찬자가 미상인 유서가 많은데, 대체로 간행을 염두에 두지 않고 기존 서적에서 필요한 부분을 발췌, 기록하여 시문 창작, 과거 시험 등 개인적 목적으로 유서를 활용하고자 하였기 때문이었다.

❸ 이 같은 유서 편찬 경향이 지속되는 가운데 17세기부터 실학의 학풍이 하나의 조류를 형성하면서 유서 편찬에 변화가 나타났다. ㉮실학자들의 유서는 현실 개혁의 뜻을 담았고, 편찬 의도를 지식의 제공과 확산에 두었다. 또한 단순 정리를 넘어 지식을 재분류하여 범주화하고 평가를 더하는 등 저술의 성격을 드러냈다. 독서와 견문을 통해 주자학에서 중시되지 않았던 지식을 집적했고, 증거를 세워 이론적으로 밝히는 고증과 이에 대한 의견 등 '안설'을 덧붙이는 경우가 많았다. 주자학의 지식을 ⓑ이어받는 한편, 주자학이 아닌 새로운 지식을 수용하는 유연성과 개방성을 보였다. 광범위하게 정리한 지식을 식자층이 ⓒ쉽게 접할 수 있어야 한다고 생각했고, 객관적 사실 탐구를 중시하여 박물학과 자연 과학에 관심을 기울였다.

❹ 조선 후기 실학자들이 편찬한 유서가 주자학의 관념적 사유에 국한되지 않고 새로운 지식의 축적과 확산을 촉진한 것은 지식의 역사에서 적지 않은 의미를 지닌다.

(나)

❶ 예수회 선교사들이 중국에 소개한 서양의 학문, 곧 서학은 조선 후기 유서(類書)의 지적 자원 중 하나로 활용되었다. 조선 후기 실학자들 가운데 이수광, 이익, 이규경 등이 편찬한 백과전서식 유서는 주자학의 지적 영역 내에서 서학의 지식을 어떻게 수용하였는지를 보여 주는 대표적인 사례이다.

❷ 17세기의 이수광은 주자학뿐 아니라 다른 학문에 대해서도 열린 태도를 가지고 있었다. 주자학에 기초하여 도덕에 관한 학문과 경전에 관한 학문 등이 주류였던 당시 상황에서, 그는 『지봉유설』을 통해 당대 조선의 지식을 망라하여 항목화하고 자신의 견해를 덧붙였을 뿐 아니라 사신의 일원으로 중국에서 접한 서양 관련 지식을 객관적으로 소개했다. 이에 대해 심성 수양에 절실하지 않을뿐더러 주자학이 아닌 것이 ⓓ뒤섞여 순수하지 않다는 ㉯일부 주자학자의 비판이 있었지만, 그가 소개한 서양 관련 지식은 중국과 큰 시간 차이 없이 주변에 알려졌다.

❸ 18세기의 이익은 서학 지식 자체를 ㉠『성호사설』의 표제어로 삼았고, 기존의 학설을 정당화하거나 배제하는 근거로 서학을 수용하는 등 서학을 지적 자원으로 활용하였다. 특히 그는 서학의 세부 내용을 다른 분야로 확대하며 상호 참조하는 방식으로 지식을 심화하고 확장하여 소개하였다. 서학의 해부학과 생리학을 그 자체로 수용하지 않고 주자학 심성론의 하위 이론으로 재분류하는 등 지식의 범주를 ⓔ바꾸어 수용하였다. 또한 서학의 수학을 주자학의 지식 영역 안에서 재구성하기도 하였다.

❹ 19세기의 이규경도 ㉡『오주연문장전산고』를 편찬하면서 서학을 적극 활용하였다. 그는 『성호사설』의 분류 체계를 적용하였고 이익과 마찬가지로 서학의 천문학, 우주론 등의 내용을 수록하였다. 그가 주로 유서의 지적 자원으로 활용한 중국의 서학 연구서들은 서학을 소화하여 중국의 학문과 절충한 것이었고, 서학이 가지는 진보성의 토대가 중국이라는 서학 중국 원류설을 반영한 것이었다. 이에 따라 이규경은 이 책들에 담긴 중국화한 서학 지식과 서학 중국 원류설을 받아들였고, 문명의 척도로 여겨진 기존의 중화 관념에서 탈피하지 않으면서도 서학 수용의 이질감과 부담감에서 자유로울 수 있었다. 이렇듯 이규경은 중국의 서학 연구서들을 활용해 매개적 방식으로 서학을 수용하였다.

>> 각 문단을 요약하고 지문을 **세 부분**으로 나누어 보세요.

(가)

1 중국에서 비롯된 _____는 서적에서 자료를 수집하고 항목별로 분류, 정리하여 이용에 편리하도록 편찬한 서적으로, 중국에서는 _____ 주도로 대규모로 편찬하여 지식을 집성하고 왕조의 위엄을 과시했다.

2 조선의 유서는 _____이 소규모로 편찬하는 경우가 많았고 _____ 유서가 집중적으로 편찬되었다.

3 17세기부터 _____의 영향으로 유서 편찬에 변화가 나타났는데, 실학자들은 현실 _____의 뜻을 담고 지식의 제공과 확산에 의도를 둔 유서를 편찬하였다.

4 조선 후기 실학자들이 편찬한 유서는 지식의 축적과 _____을 촉진한 점에서 의미를 지닌다.

>> 각 문단을 요약하고 지문을 **두 부분**으로 나누어 보세요.

(나)

1 조선 후기 실학자들이 편찬한 유서는 _____의 영역 내에서 _____의 지식을 어떻게 수용하였는지를 보여 준다.

2 17세기 이수광은 『지봉유설』을 통해 조선의 지식을 망라하고 자신의 _____를 덧붙이는 한편 중국에서 접한 서양 관련 지식을 _____적으로 소개했다.

3 18세기 _____은 『성호사설』에서 기존 학설을 정당화하거나 배제하는 _____로 서학을 수용하는 등 서학을 지적 자원으로 활용하였다.

4 19세기 이규경은 『오주연문장전산고』를 편찬하면서 _____의 서학 연구서들을 지적 자원으로 활용해 _____에서 탈피하지 않으면서 매개적 방식으로 서학을 수용하였다.

1. (가)와 (나)에 대한 설명으로 가장 적절한 것은?

① (가)는 유서의 유형을 분류하였고, (나)는 유서의 분류 기준과 적절성 여부를 평가하였다.

② (가)는 유서의 개념과 유용성을 소개하였고, (나)는 국가별 유서의 변천 과정을 설명하였다.

③ (가)는 유서의 기원에 대한 다양한 학설을 검토하였고, (나)는 유서 편찬자들 간의 견해 차이를 분석하였다.

④ (가)는 유서의 특성과 의의를 설명하였고, (나)는 유서 편찬에서 특정 학문의 수용 양상을 시기별로 소개하였다.

⑤ (가)는 유서에 대한 평가가 시대별로 달라진 원인을 분석하였고, (나)는 역사적으로 대표적인 유서의 특징을 제시하였다.

2. [A]에 대한 이해로 적절하지 않은 것은?

① 조선에서 편찬자가 미상인 유서가 많았던 것은 편찬자의 개인적 목적으로 유서를 활용하려 했기 때문이다.

② 조선에서는 시문 창작, 과거 시험 등에 필요한 내용을 담은 유서가 편찬되는 경우가 적지 않았다.

③ 조선에서는 중국의 편찬 방식을 따르면서도 대체로 국가보다는 개인에 의해 유서가 편찬되었다.

④ 중국에서는 많은 학자를 동원하여 대규모로 편찬한 유서를 통해 왕조의 위엄을 드러내었다.

⑤ 중국에서는 주로 서적에서 발췌한 내용을 비교하고 해석을 덧붙여 유서를 편찬하였다.

3. ㉎에 대한 이해를 바탕으로 ㉠, ㉡에 대해 파악한 내용으로 적절하지 않은 것은?

① 지식의 제공이라는 ㉎의 편찬 의도는, ㉠에서 지식을 심화하고 확장하여 소개한 것에서 나타난다.

② 지식을 재분류하여 범주화한 ㉎의 방식은, ㉠에서 해부학과 생리학을 주자학 심성론의 하위 이론으로 수용한 것에서 나타난다.

③ 평가를 더하는 저술로서 ㉎의 성격은, ㉡에서 중국 학문의 진보성을 확인하고자 서학을 활용한 것에서 나타난다.

④ 사실 탐구를 중시하며 자연 과학에 대해 드러낸 ㉎의 관심은, ㉡에서 천문학과 우주론의 내용을 수록한 것에서 나타난다.

⑤ 새로운 지식을 수용하는 ㉎의 유연성과 개방성은, ㉠과 ㉡에서 서학을 지적 자원으로 받아들인 것에서 나타난다.

4. ㉝를 반박하기 위한 '이수광'의 말로 가장 적절한 것은?

① 학문에서 의리를 앞세우고 이익을 뒤로하는 것보다 중한 것이 없으니, 심성을 수양하는 것은 그다음의 일이다.

② 주자학에 매몰되어 세상의 여러 이치를 연구하지 않는 것은 널리 배우고 익히는 앎의 바른 방법이 아닐 것이다.

③ 주자의 가르침이 쇠퇴하게 되면 주자학이 아닌 학문이 날로 번성하게 되니, 주자의 도가 분명히 밝혀져야 한다.

④ 유학 경전에서 쓰이지 않은 글자를 한 글자라도 더하는 일을 용납하는 것은 바른 학문을 해치는 길이 될 것이다.

⑤ 참되게 알고 참되게 행하는 것이 어려우니, 우리 학문의 여러 경전으로부터 널리 배우고 면밀히 익혀야 할 것이다.

5. (가), (나)를 읽은 학생이 〈보기〉의 『임원경제지』에 대해 보인 반응으로 적절하지 **않은** 것은? [3점]

〈보기〉

서유구의 『임원경제지』는 19세기까지의 조선과 중국 서적들에서 향촌 관련 부분을 발췌, 분류하고 고증한 유서이다. 국가를 위한다는 목적의식을 명시한 이 유서에는 향촌 사대부의 이상적인 삶을 제시하는 과정에서 향촌 구성원 전체의 삶의 조건을 개선할 수 있는 방안이 실렸고, 향촌 실생활에서 활용할 수 있는 내용이 집성되었다. 주자학을 기반으로 실증과 실용의 자세를 견지했던 서유구의 입장, 서학 중국 원류설, 중국과 비교한 조선의 현실 등이 반영되었다. 안설을 부기했으며, 제한적으로 색인을 넣어 검색이 가능하도록 하였다.

① 현실 개혁의 뜻을 담았던 (가)의 실학자들의 유서와 마찬가지로 현실의 문제를 개선하려는 목적의식이 확인되겠군.

② 증거를 제시하여 이론적으로 밝히거나 의견을 제시하는 경우가 많았던 (가)의 실학자들의 유서와 마찬가지로 편찬자의 고증과 의견이 반영된 것이 확인되겠군.

③ 당대 지식을 망라하고 서양 관련 지식을 소개하고자 한 (나)의 『지봉유설』에 비해 특정한 주제를 중심으로 편찬되는 전문 유서의 성격이 두드러지게 드러나겠군.

④ 기존 학설의 정당화 내지 배제에 관심을 두었던 (나)의 『성호사설』에 비해 향촌 사회 구성원의 삶에 필요한 실용적인 지식의 활용에 대한 관심이 드러나겠군.

⑤ 중국을 문명의 척도로 받아들였던 (나)의 『오주연문장전산고』와 달리 중화 관념에 구애되지 않고 중국의 현실과 조선의 현실을 비교한 내용이 확인되겠군.

6. 문맥상 @〜@와 바꾸어 쓰기에 적절하지 **않은** 것은?

① @: 의거(依據)하여

② ⓑ: 계몽(啓蒙)하는

③ ⓒ: 용이(容易)하게

④ ⓓ: 혼재(混在)되어

⑤ ⓔ: 변경(變更)하여

[1~6] 다음 글을 읽고 물음에 답하시오.

(가)

❶ 아도르노는 문화 산업에 의해 양산되는 대중 예술이 이윤 극대화를 위한 상품으로 전락함으로써 예술의 본질을 상실했을 뿐 아니라 현대 사회의 모순과 부조리를 은폐하고 있다고 지적했다. 아도르노가 보는 대중 예술은 창작의 구성에서 표현까지 표준화되어 생산되는 상품에 불과하다. 그는 대중 예술의 규격성으로 인해 개인의 감상 능력 역시 표준화되고, 개인의 개성은 다른 개인의 그것과 다르지 않게 된다고 보았다. 특히 모든 것을 상품의 교환 가치로 환원하려는 자본주의 사회에서, 대중 예술은 개인의 정체성마저 상품으로 ⓐ전락시키는 기제로 작용한다는 것이다.

❷ 아도르노는 서로 다른 가치 체계를 하나의 가치 체계로 통일시키려는 속성을 동일성으로, 하나의 가치 체계로의 환원을 거부하는 속성을 비동일성으로 규정하고, 예술은 이러한 환원을 거부하는 비동일성을 지녀야 한다고 주장한다. 그렇기 때문에 예술은 대중이 원하는 아름다운 상품이 되기를 거부하고, 그 자체로 추하고 불쾌한 것이 되어야 한다는 것이다. 그에게 있어 예술은 예술가가 직시한 세계의 본질을 감상자들에게 체험하게 해야 한다. 예술은 동일화되지 않으려는, 일정한 형식이 없는 비정형화된 모습으로 나타남으로써 현대 사회의 부조리를 체험하게 하는 매개여야 한다는 것이다.

❸ 아도르노는 쇤베르크의 음악과 같은 전위 예술이 그 자체로 동일화에 저항하면서도, 저항이나 계몽을 직접적으로 드러내지 않는다는 것을 높게 평가한다. 저항이나 계몽을 직접 표현하는 것에는 비동일성을 동일화하려는 폭력적 의도가 내재되어 있다고 보기 때문이다. 불협화음으로 가득 찬 쇤베르크의 음악이 감상자들에게 불쾌함을 느끼게 했던 것처럼 예술은 그것에 드러난 비동일성을 체험하게 함으로써 동일화의 폭력에 저항해야 한다는 것이다.

❹ 아도르노에게 있어 예술은 사회적 산물이며, 그래서 미학은 작품에 침전된 사회의 고통스러운 상태를 읽기 위해 존재한다. 그는 비동일성 그 자체를 속성으로 하는 전위 예술을 예술이 추구해야 할 바람직한 모습으로 제시했다.

(나)

❶ 아도르노의 미학은 예술과 사회의 관계를 통해 예술의 자율성을 추구했다는 점에서 긍정적으로 평가된다. 예술은 사회적인 것인 동시에 사회에서 떨어져 사회의 본질을 직시하는 것이어야 한다고 보기 때문이다. 그의 미학은 기존의 예술에 대한 비판적 관점을 제공한다. 가령 사과를 표현한 세잔의 작품을 아도르노의 미학으로 읽어 낸다면, 이 그림은 사회의 본질과 ⓑ유리된 '아름다운 가상'을 표현한 것에 불과할 것이다.

❷ 하지만 세잔의 작품은 예술가의 주관적 인상을 붉은색과 회색 등의 색채와 기하학적 형태로 표현한 미메시스일 수 있다. 미메시스란 세계를 바라보는 주체의 관념을 재현하는 것, 즉 감각될 수 없는 것을 감각 가능한 것으로 구현하는 것을 의미한다. 다시 말해 세잔의 작품은 눈에 보이는 특정의 사과가 아닌 예술가의 시선에 포착된 세계의 참모습, 곧 자연의 생명력과 그에 얽힌 농부의 삶 그리고 이를 ⓒ응시하는 예술가의 사유를 재현한 것이 된다.

❸ 아도르노는 예술이 예술가에게 포착된 세계의 본질을 감상자로 하여금 체험하게 하는 것이어야 한다고 본다. 그러나 그는 이러한 미적 체험을 현대 사회의 부조리에 국한시킴으로써, 진정한 예술을 감각적 대상인 형태 그 자체의 비정형성에 대한 체험으로 한정한다. 결국 ㉠아도르노의 미학에서는 주관의 재현이라는 미메시스가 부정되고 있다.

❹ 한편 아도르노의 미학은 예술의 영역을 극도로 축소시키고 있다. 즉 그 자신은 동일화의 폭력을 비판하지만, 자신이 추구하는 전위 예술만이 진정한 예술이라고 주장하며 ㉡전위 예술의 관점에서 예술의 동일화를 시도하고 있다. 특히 이는 현실 속 다양한 예술의 가치가 발견될 기회를 ⓓ박탈한다. 실수로 찍혀 작가의 어떠한 주관도 결여된 사진에서조차 새로운 예술 정신을 ⓔ발견하는 것이 가능하다는 베냐민의 지적처럼, 전위 예술이 아닌 예술에서도 미적 가치를 발견할 수 있다. 또한 대중음악이 사회적 저항의 메시지를 전달하는 사례도 있듯이, 자본의 논리에 편승한 대중 예술이라 하더라도 사회에 대한 비판적 기능을 수행하는 경우도 있다.

>> 각 문단을 요약하고 지문을 **세 부분**으로 나누어 보세요.

(가)

1 아도르노는 ＿＿＿＿＿＿＿이 상품으로 전락함으로써 예술의 본질을 상실하고 현대 사회의 모순과 부조리를 ＿＿＿＿＿하고 있다고 지적한다.

2 아도르노는 예술이 하나의 가치 체계로의 환원을 거부하는 ＿＿＿＿＿＿＿＿＿＿을 지니고 비정형화된 모습으로 나타나 현대 사회의 ＿＿＿＿＿＿＿를 체험하게 하는 매개여야 한다고 본다.

3 아도르노는 전위 예술이 그 자체로 ＿＿＿＿＿＿에 저항하지만 저항이나 계몽을 ＿＿＿＿적으로 드러내지 않는 것을 높게 평가한다.

4 아도르노는 비동일성 그 자체를 속성으로 하는 ＿＿＿＿＿＿＿＿＿을 예술이 추구해야 할 바람직한 모습으로 제시했다.

>> 각 문단을 요약하고 지문을 **두 부분**으로 나누어 보세요.

(나)

1 아도르노의 미학은 예술과 사회의 관계를 통해 예술의 ＿＿＿＿＿＿＿을 추구했으며 기존의 예술에 대한 ＿＿＿＿적 관점을 제공한다.

2 세잔의 작품은 예술가의 주관적 ＿＿＿＿＿을 색채와 형태로 표현한 미메시스로, 예술가의 시선에 포착된 세계의 참모습을 ＿＿＿＿＿한 것이다.

3 아도르노의 미학에서는 ＿＿＿＿＿＿＿＿＿을 사회의 부조리에 국한시켜 예술을 비정형성에 대한 체험으로 한정함으로써 주관의 재현이라는 ＿＿＿＿＿＿＿＿＿＿가 부정된다.

4 아도르노의 미학은 전위 예술의 관점에서 예술의 ＿＿＿＿＿＿＿를 시도해 예술의 영역을 극도로 ＿＿＿＿＿시켜 다양한 예술의 가치가 발견될 기회를 박탈한다.

---

1. 다음은 (가)와 (나)를 읽고 수행한 독서 활동지의 일부이다. Ⓐ~Ⓔ 중 적절하지 않은 것은?

	(가)	(나)
글의 화제	아도르노의 예술관 ·············· Ⓐ	
서술 방식의 공통점	구체적인 예를 제시하고 그것에 담긴 의미를 설명함. ·············· Ⓑ	
서술 방식의 차이점	(가)는 (나)와 달리 화제와 관련된 개념을 정의하고 개념의 변화 과정을 제시함. ······ Ⓒ	(나)는 (가)와 달리 논지를 강화하기 위해 다른 이의 견해를 인용함. ··········· Ⓓ
서술된 내용 간의 관계	(가)에서 소개한 이론에 대해 (나)에서 의의를 밝히고 한계를 지적함. ·············· Ⓔ	

① Ⓐ   ② Ⓑ   ③ Ⓒ   ④ Ⓓ   ⑤ Ⓔ

2. 아도르노가 보는 대중 예술에 대한 이해로 적절하지 않은 것은?

① 문화 산업을 통해 상품화된 개인의 정체성과 대립적 관계를 형성한다.

② 일정한 규격에 맞춰 생산될 뿐 아니라 대중의 감상 능력을 표준화한다.

③ 자본주의의 교환 가치 체계에 종속된 것으로서 예술로 포장된 상품에 불과하다.

④ 모든 것을 상품의 교환 가치로 환원하려는 자본주의 사회의 속성을 은폐한다.

⑤ 문화 산업의 이윤 극대화 과정에서 개인들이 지닌 개성의 차이를 상실시킨다.

3. ㉠의 이유를 추론한 내용으로 가장 적절한 것은?

① 비정형적 형태뿐 아니라 정형적 형태 역시 재현되기 때문이다.

② 재현의 주체가 예술가로부터 예술 작품의 감상자로 전환되기 때문이다.

③ 미적 체험의 대상이 사회의 부조리에서 세계의 본질로 변화되기 때문이다.

④ 미적 체험의 과정에서 비정형적인 형태가 예술가의 주관으로 왜곡되기 때문이다.

⑤ 예술가의 주관이 가려지고 작품에 나타난 형태에 대한 체험만이 강조되기 때문이다.

4. (가)의 '아도르노'의 관점을 바탕으로 할 때, ⓒ에 대해 반박할 수 있는 말로 가장 적절한 것은?

① 동일화는 애초에 예술과 무관하므로 예술의 동일화는 실현 불가능하다.

② 전위 예술의 속성은 부조리 그 자체를 폭로하는 것이므로 비동일성은 결국 동일성으로 귀결된다.

③ 동일성으로 환원된 대중 예술에서도 비동일성을 발견할 수 있으므로 예술의 동일화는 무의미하다.

④ 전위 예술은 동일성과 비동일성의 구분을 거부하므로 전위 예술로의 동일화는 새로운 차원의 비동일성으로 전환된다.

⑤ 동일화를 거부하는 속성이 전위 예술의 본질이므로 전위 예술을 추구하는 것은 동일화가 아니라 비동일화를 지향하는 것이다.

6. 문맥상 ⓐ∼ⓔ와 바꿔 쓰기에 적절하지 않은 것은?

① ⓐ: 맞바꾸는

② ⓑ: 동떨어진

③ ⓒ: 바라보는

④ ⓓ: 빼앗는다

⑤ ⓔ: 찾아내는

5. 다음은 학생이 미술관에 다녀와서 작성한 감상문이다. 이에 대해 (가)의 '아도르노'의 관점(A)과 (나)의 글쓴이의 관점(B)에서 설명한 내용으로 적절하지 않은 것은? [3점]

> 주말 동안 미술관에서 작품을 관람했다. 기억에 남는 세 작품이 있었다. 첫 번째 작품의 제목은 「자화상」이었지만 얼굴의 형상을 전혀 찾아볼 수 없는 기괴한 모습이었고, 제각각의 형태와 색채들이 이곳저곳 흩어져 있어 불편한 감정만 느껴졌다. 두 번째 작품은 사회에 비판적인 유명 연예인의 얼굴을 묘사한 그림으로, 대량 복제되어 유통되는 작품이었다. 그리고 사용된 색채와 구도가 TV에서 본 상업 광고의 한 장면같이 익숙하게 느껴져서 좋았다. 세 번째 작품은 시골 마을의 서정적인 풍경을 사실적으로 묘사한 그림으로 색감과 조형미가 뛰어나 오랫동안 기억에 잔상으로 남았다.

① A: 첫 번째 작품에서 학생이 기괴함과 불편함을 느낀 것은 부조리한 사회에 대한 예술적 체험의 충격 때문일 수 있습니다.

② A: 두 번째 작품에서 학생이 느낀 익숙함은 현대 사회의 모순에 대한 무감각과 같은 것일 수 있습니다. 이는 문화 산업의 논리에 동일화되어 감각이 무뎌진 결과라 할 수 있습니다.

③ A: 세 번째 작품에 표현된 서정성과 조형미는 부조리에 대한 저항과는 괴리가 있습니다. 사회에 대한 저항을 직접적으로 드러낸 예술이어야 진정한 예술이라고 할 수 있습니다.

④ B: 첫 번째 작품의 흩어져 있는 형태와 색채가 예술가의 표현 의도를 담고 있지 않더라도 그 작품에서 예술적 가치를 발견할 수 있습니다.

⑤ B: 두 번째 작품은 대량 생산을 통해 제작된 것이지만 그 연예인의 사회 비판적 이미지를 이용해 현대 사회의 문제점을 고발하는 것일 수 있습니다.

MEMO

인문 (가) 『신어』에 담긴 육가의 사상 / 인문 (나) 『치평요람』에 담긴 세종과 편찬자들의 사상

[1~6] 다음 글을 읽고 물음에 답하시오.

(가)

1 전국 시대의 혼란을 종식한 진(秦)은 분서갱유를 단행하며 사상 통제를 ⓐ기도했다. 당시 권력자였던 이사(李斯)에게 역사 지식은 전통만 따지는 허언이었고, 학문은 법과 제도에 대해 논란을 일으키는 원인에 불과했다. 이에 따라 전국 시대의 『순자』처럼 다른 사상을 비판적으로 ⓑ흡수하여 통합 학문의 틀을 보여 준 분위기는 일시적으로 약화되었다. 이에 한(漢) 초기 사상가들의 과제는 진의 멸망 원인을 분석하고 이에 기초한 안정적 통치 방안을 제시하며, 힘의 지배를 ⓒ숭상하던 당시 지배 세력의 태도를 극복하는 것이었다. 이러한 과제에 부응한 대표적 사상가가 육가(陸賈)였다.

2 순자의 학문을 계승한 그는 한 고조의 치국 계책 요구에 부응해 『신어』를 저술하였다. 이 책을 통해 그는 진의 단명 원인을 가혹한 형벌의 남용, 법률에만 의거한 통치, 군주의 교만과 사치, 그리고 현명하지 못한 인재 등용 등으로 지적하고, 진의 사상 통제가 낳은 폐해를 거론하며 한 고조에게 지식과 학문이 중요함을 설득하고자 하였다. 그에게 지식의 핵심은 현실 정치에 도움을 주는 역사 지식이었다. 그는 역사를 관통하는 자연의 이치에 따라 천문·지리·인사 등 천하의 모든 일을 포괄한다는 ⊙통물(統物)과, 역사 변화 과정에 대한 통찰로서 상황에 맞는 조치를 취하고 기존 규정을 고수하지 않는다는 ⓛ통변(通變)을 제시하였다. 통물과 통변이 정치의 세계에 드러나는 것이 ⓒ인의(仁義)라고 파악한 그는 힘에 의한 권력 창출을 긍정하면서도 권력의 유지와 확장을 위한 왕도 정치를 제안하며 인의의 실현을 위해 유교 이념과 현실 정치의 결합을 시도하였다.

3 인의가 실현되는 정치를 위해 육가는 유교의 범위를 벗어나지 않는 한에서 타 사상을 수용하였다. 예와 질서를 중시하며 교화의 정치를 강조하는 유교를 중심으로 도가의 무위와 법가의 권세를 끌어들였다. 그에게 무위는 형벌을 가벼이 하고 군주의 수양을 강조하는 것으로 평온한 통치의 결과를 의미했고, 권세도 현명한 신하의 임용을 통해 정치권력의 안정을 도모하는 방향성을 가진 것이었기에 원래의 그것과는 차별된 것이었다.

4 육가의 사상은 과도한 융통성으로 사상적 정체성이 문제가 되기도 했지만, 군주의 정치 행위에 따라 천명이 결정됨을 지적하고 인의의 실현을 강조한 통합의 사상이었다. 그의 사상은 한 무제 이후 유교 독존의 시대를 여는 데 기여하였다.

(나)

1 조선 초기에 진행된 고려 관련 역사서 편찬은 고려 멸망의 필연성과 조선 건국의 정당성을 드러내는 작업이었다. 편찬자들은 다양한 방식으로 고려와 조선의 차별성을 부각하고, 고려보다 조선이 뛰어남을 설득하고자 하였다.

2 태조의 명으로 고려 말에 찬술되었던 자료들을 모아 고려에 관한 역사서가 편찬되었지만, 왕실이 아닌 편찬자의 주관이 ⓓ개입되었다는 비판이 제기되는 등 여러 문제점이 지적되었다. 이에 태종은 고려의 역사서를 다시 만들라는 명을 내렸다. 이후 고려의 용어들을 그대로 싣자는 주장과 유교적 사대주의에 따른 명분에 맞추어 고쳐 쓰자는 주장이 맞서는 등 세종 대까지도 논란이 ⓔ계속되었지만, 문종 대에 이르러 『고려사』 편찬이 완성되었다. 이 과정에서 역사 연구에 관심을 기울인 세종은 경서(經書)가 학문의 근본이라면 역사서는 학문을 현실에서 구현하는 것으로 파악하고, 집현전 학자들과의 경연을 통해 경서와 역사서에 대한 이해를 쌓아 갔다.

3 이런 분위기에서 세종은 중국과 우리나라의 흥망성쇠를 담은 『치평요람』의 편찬을 명하였고, 집현전 학자들은 원(元)까지의 중국 역사와 고려까지의 우리 역사를 정리하였다. 정리 과정에서 주자학적 역사관이 담긴 『자치통감강목』에 따라 역대 국가를 정통과 비정통으로 구분했지만, 편찬 형식 측면에서는 강목체를 따르지 않았다. 또한 올바른 정치의 여부에 따라 국가의 운명이 다하고 천명이 옮겨 간다는 내용을 드러내고자 기존 역사서와 달리 국가 간 전쟁과 외교 문제, 국가 말기의 혼란과 새 국가 초기의 혼란 수습 등을 부각하였다.

4 이러한 편찬 방식은 국가의 흥망성쇠를 거울삼아 국가를 잘 운영하겠다는 목적 이외에 새 국가의 토대를 마련하려는 의도가 전제된 것이었다. 이런 의도가 집중적으로 반영된 곳이 『치평요람』의 「국조(國朝)」 부분이었다. 이 부분의 편찬자들은 유교적 시각에서 고려 정치를 바라보며 불교 사상의 폐단을 비롯한 문제점들을 다각도로 드러냈고, 이를 통해 유교적 사회로의 변화를 주장하였다. 이성계의 능력과 업적을 담기는 했지만 이것이 조선 건국을 정당화하기에는 불충분했기에 세종은 역사적 사실을 배경으로 조선 왕조의 우수성을 부각한 『용비어천가』의 편찬을 지시했다. 이는 왕조의 우수성과 정통성을 경전과 역사의 다양한 근거를 통해 보여 주고자 한 것이었다.

>> 각 문단을 요약하고 지문을 **세 부분**으로 나누어 보세요.

(가)

■ 사상 통제를 기도했던 ___의 멸망 원인을 분석하고 안정적 통치 방안을 제시하며, 힘의 지배를 숭상하던 지배 세력의 태도를 극복하고자 했던 ___의 대표적 사상가는 육가였다.

② 육가는 한 고조의 요구에 따라 저술한 『신어』에서 진의 단명 원인을 지적하고 지식과 _____이 중요함을 설득했으며, 지식의 핵심은 _____ _____이라고 하면서 통물, 통변, 인의를 제시했다.

③ 육가는 _____가 실현되는 정치를 위해 _____를 중심으로 도가의 무위와 법가의 권세를 끌어들였다.

④ 사상적 _____이 문제되기도 했지만 육가의 사상은 인의의 실현을 강조한 _____의 사상이었다.

>> 각 문단을 요약하고 지문을 **두 부분**으로 나누어 보세요.

(나)

■ 조선 초기의 고려 관련 역사서 편찬은 _____ 멸망의 필연성과 _____ 건국의 정당성을 드러내는 작업이었다.

② 태조의 명으로 편찬된 고려 역사서는 편찬자의 _____이 개입되었다는 비판 등이 지적되어 태종이 새로운 편찬을 지시했고 _____ 대에 『고려사』 편찬이 완성되었는데, 이 과정에서 세종은 역사 연구에 관심을 기울였다.

③ 세종의 명에 따라 편찬된 『치평요람』은 _____과 우리나라의 흥망성쇠를 담고, 올바른 _____의 여부에 따라 국가의 운명이 다한다는 내용을 드러냈다.

④ 『치평요람』은 유교적 시각에서 고려 정치를 바라보고 _____적 사회로의 변화를 주장했으며, 세종은 조선 왕조의 우수성을 부각한 『_____』의 편찬도 지시했다.

1. (가)와 (나)의 차이점을 중심으로 두 글을 비교하며 읽는 방법으로 가장 적절한 것은?

① (가)는 한(漢)에서, (나)는 조선에서 쓰인 책을 설명하고 있으니, 시대 상황과 사상이 책에 반영된 양상을 비교하며 읽는다.

② (가)는 피지배 계층을, (나)는 지배 계층을 대상으로 한 책을 설명하고 있으니, 예상 독자의 반응 양상을 비교하며 읽는다.

③ (가)는 동일한 시대에, (나)는 서로 다른 시대에 쓰인 책들을 설명하고 있으니, 시대에 따른 창작 환경을 비교하며 읽는다.

④ (가)는 학문적 성격의, (나)는 실용적 성격의 책을 설명하고 있으니, 다양한 분야의 책에 담긴 보편성을 확인하며 읽는다.

⑤ (가)는 국가 주도로, (나)는 개인 주도로 편찬된 책들을 설명하고 있으니, 각 주체별 관심 분야의 차이를 확인하며 읽는다.

2. (가), (나)의 내용과 일치하지 _않는_ 것은?

① 진의 권력자인 이사는 역사 지식과 학문을 부정적인 것으로 인식하였다.

② 전국 시대에는 『순자』처럼 여러 사상을 통합하려는 학문 경향이 있었다.

③ 『치평요람』은 『자치통감강목』의 편찬 형식에 따라 역대 국가를 정통과 비정통으로 구분하여 정리하였다.

④ 『치평요람』의 「국조」는 고려의 문제점들을 보임으로써 사회의 변화를 이끌어야 한다는 주장을 드러내었다.

⑤ 『용비어천가』에는 조선 왕조의 우수성을 드러내고 건국의 정당성을 확보하려는 목적이 담겨 있다.

3. ㉠~㉢에 대한 이해로 가장 적절한 것은?

① ㉠은 역사 속에서 각광을 받았던 학문 분야들의 개별적 특징을 이해한 것이다.

② ㉡은 도가나 법가 사상을 중심 이념으로 삼아 정치 상황의 변화에 대응하려는 것이다.

③ ㉢은 현명한 신하의 임용과 엄한 형벌의 집행을 전제로 한 평온한 정치의 결과를 의미한다.

④ ㉢은 군주가 부단한 수양과 안정된 권력을 바탕으로 교화의 정치를 펼쳐야 실현되는 것이다.

⑤ ㉠과 ㉡은 역사 지식과 현실 정치를 긴밀히 연결하여 힘으로 권력을 창출하는 것을 의미한다.

4. 윗글에서 '육가'와 '집현전 학자들'이 공통적으로 드러내고자 한 내용에 해당하는 것만을 〈보기〉에서 있는 대로 고른 것은?

〈보기〉

ㄱ. 옛 국가의 역사를 거울삼아 새 국가를 안정적으로 통치하도록 한다.

ㄴ. 옛 국가의 멸망 원인은 잘못된 정치 운영에 있지 않고 새 국가로 천명이 옮겨 온 것에 있다.

ㄷ. 옛 국가에서 드러난 사상적 공백을 채우기 위해 새 국가의 군주는 유교에 따라 통치하도록 한다.

① ㄱ   ② ㄴ   ③ ㄱ, ㄴ

④ ㄱ, ㄷ   ⑤ ㄴ, ㄷ

5. 〈보기〉는 동양 역사가들의 견해이다. 〈보기〉를 바탕으로 (가), (나)를 이해한 내용으로 적절하지 않은 것은? [3점]

〈보기〉

ㄱ. 대부분 옛일의 성패를 논하기 좋아하고 그 일의 진위를 자세히 살피지 않는다. 하지만 진위를 분명히 한 후에야 성패가 어긋나지 않을 수 있다. 이는 역사 서술의 근원인 자료를 바로잡고 깨끗이 한다는 뜻이다.

ㄴ. 고금의 흥망은 현실의 객관적 형세인 시세의 흐름에 따르는 것이며, 사림(士林)의 재주와 덕행으로 말미암은 것은 아니었다. 그러므로 천하의 일은 시세가 제일 중요하고, 행복과 불행이 다음이며, 옳고 그름의 구분은 마지막이라고 하는 것이다.

ㄷ. 도(道)의 본체는 경서에 있지만 그것의 큰 쓰임은 역사서에 담겨 있다. 역사란 선을 높이고 악을 낮추며 선을 권면하고 악을 징계하는 것이다.

① ㄱ의 관점에 따르면, 『신어』에 제시된 진의 멸망 원인에 대한 지적은 관련 내용의 진위에 대한 명확한 판별 이후에 이루어져야 하는 것이겠군.

② ㄱ의 관점에 따르면, 『고려사』 편찬 과정에서 고려의 용어를 고쳐 쓰자고 한 의견은 역사 서술의 근원인 자료를 바로잡고 깨끗이 하자는 것이라고 볼 수 있겠군.

③ ㄴ의 관점에 따르면, 『치평요람』에 서술된 국가의 흥망은 그 원인이 인물들의 능력보다는 객관적 형세인 시세의 흐름에 있다고 보아야 겠군.

④ ㄷ의 관점에 따르면, 『신어』에 제시된 진에 대한 비판은 악을 낮추고 징계하는 것으로 볼 수 있겠군.

⑤ ㄷ의 관점에 따르면, 『치평요람』 편찬과 관련한 세종의 생각에서 학문의 근본은 도의 본체에, 현실에서 학문의 구현은 도의 큰 쓰임에 대응하겠군.

6. 문맥상 ⓐ~ⓔ와 바꿔 쓰기에 적절하지 않은 것은?

① ⓐ: 꾀했다

② ⓑ: 받아들여

③ ⓒ: 믿던

④ ⓓ: 끼어들었다는

⑤ ⓔ: 이어졌지만

MEMO

[1~6] 다음 글을 읽고 물음에 답하시오.

(가)

❶ ㉠정립-반정립-종합. 변증법의 논리적 구조를 일컫는 말이다. 변증법에 따라 철학적 논증을 수행한 인물로는 단연 헤겔이 거명된다. 변증법은 대등한 위상을 지니는 세 범주의 병렬이 아니라, 대립적인 두 범주가 조화로운 통일을 이루어 가는 수렴적 상향성을 구조적 특징으로 한다. 헤겔에게서 변증법은 논증의 방식임을 넘어, 논증 대상 자체의 존재 방식이기도 하다. 즉 세계의 근원적 질서인 '이념'의 내적 구조도, 이념이 시 · 공간적 현실로서 드러나는 방식도 변증법적이기에, 이념과 현실은 하나의 체계를 이루며, 이 두 차원의 원리를 밝히는 철학적 논증도 변증법적 체계성을 ⓐ지녀야 한다.

❷ 헤겔은 미학도 철저히 변증법적으로 구성된 체계 안에서 다루고자 한다. 그에게서 미학의 대상인 예술은 종교, 철학과 마찬가지로 '절대정신'의 한 형태이다. 절대정신은 절대적 진리인 '이념'을 인식하는 인간 정신의 영역을 ⓑ가리킨다. 예술 · 종교 · 철학은 절대적 진리를 동일한 내용으로 하며, 다만 인식 형식의 차이에 따라 구분된다. 절대정신의 세 형태에 각각 대응하는 형식은 직관 · 표상 · 사유 이다. '직관'은 주어진 물질적 대상을 감각적으로 지각하는 지성이고, '표상'은 물질적 대상의 유무와 무관하게 내면에서 심상을 떠올리는 지성이며, '사유'는 대상을 개념을 통해 파악하는 순수한 논리적 지성이다. 이에 세 형태는 각각 '직관하는 절대정신', '표상하는 절대정신', '사유하는 절대정신'으로 규정된다. 헤겔에 따르면 직관의 외면성과 표상의 내면성은 사유에서 종합되고, 이에 맞춰 예술의 객관성과 종교의 주관성은 철학에서 종합된다.

❸ 형식 간의 차이로 인해 내용의 인식 수준에는 중대한 차이가 발생한다. 헤겔에게서 절대정신의 내용인 절대적 진리는 본질적으로 논리적이고 이성적인 것이다. 이러한 내용을 예술은 직관하고 종교는 표상하며 철학은 사유하기에, 이 세 형태 간에는 단계적 등급이 매겨진다. 즉 예술은 초보 단계의, 종교는 성장 단계의, 철학은 완숙 단계의 절대정신이다. 이에 따라 ㉡예술-종교-철학 순의 진행에서 명실상부한 절대정신은 최고의 지성에 의거하는 것, 즉 철학뿐이며, 예술이 절대정신으로 기능할 수 있는 것은 인류의 보편적 지성이 미발달된 머나먼 과거로 한정된다.

(나)

❶ 변증법의 매력은 '종합'에 있다. 종합의 범주는 두 대립적 범주 중 하나의 일방적 승리로 ㉢끝나도 안 되고, 두 범주의 고유한 본질적 규정이 소멸되는 중화 상태로 나타나도 안 된다. 종합

은 양자의 본질적 규정이 유기적 조화를 이루어 질적으로 고양된 최상의 범주가 생성됨으로써 성립하는 것이다.

❷ 헤겔이 강조한 변증법의 탁월성도 바로 이것이다. 그러기에 변증법의 원칙에 최적화된 엄밀하고도 정합적인 학문 체계를 조탁하는 것이 바로 그의 철학적 기획이 아니었던가. 그런데 그가 내놓은 성과물들은 과연 그 기획을 어떤 흠결도 없이 완수한 것으로 평가될 수 있을까? 미학에 관한 한 '그렇다'는 답변은 쉽지 않을 것이다. 지성의 형식을 직관-표상-사유 순으로 구성하고 이에 맞춰 절대정신을 예술-종교-철학 순으로 편성한 전략은 외관상으로는 변증법 모델에 따른 전형적 구성으로 보인다. 그러나 실질적 내용을 ⓓ보면 직관으로부터 사유에 이르는 과정에서는 외면성이 점차 지워지고 내면성이 점증적으로 강화 · 완성되고 있음이, 예술로부터 철학에 이르는 과정에서는 객관성이 점차 지워지고 주관성이 점증적으로 강화 · 완성되고 있음이 확연히 드러날 뿐, 진정한 변증법적 종합은 ⓔ이루어지지 않는다. 직관의 외면성 및 예술의 객관성의 본질은 무엇보다도 감각적 지각성인데, 이러한 핵심 요소가 그가 말하는 종합의 단계에서는 완전히 소거되고 만다.

❸ 변증법에 충실하려면 헤겔은 철학에서 성취된 완전한 주관성이 재객관화되는 단계의 절대정신을 추가했어야 할 것이다. 예술은 '철학 이후'의 자리를 차지할 수 있는 유력한 후보이다. 실제로 많은 예술 작품은 '사유'를 매개로 해서만 설명되지 않는가. 게다가 이는 누구보다도 풍부한 예술적 체험을 한 헤겔 스스로가 잘 알고 있지 않은가. 이 때문에 방법과 철학 체계 간의 이러한 불일치는 더욱 아쉬움을 준다.

>> 각 문단을 요약하고 지문을 **세 부분**으로 나누어 보세요.

(가)

❶ 정립-반정립-종합의 논리적 구조를 따르는 _____으로 철학적 논증을 수행한 헤겔에게, 변증법은 논증의 방식을 넘어 논증 대상 자체의 _____이다.

❷ 헤겔에게 미학의 대상인 예술은 종교, 철학과 마찬가지로 _____의 한 형태이며 세 형태에 각각 대응하는 _____은 직관, 표상, 사유이다.

❸ 형식 간의 차이로 인해 내용 _____ 수준의 차이가 발생해 예술은 초보 단계, 종교는 성장 단계, 철학은 완숙 단계의 절대정신이며, 예술-종교-철학 순의 진행에서 _____이 절대정신으로 기능할 수 있는 것은 과거로 한정된다.

>> 각 문단을 요약하고 지문을 **세 부분**으로 나누어 보세요.

(나)

> **1** 변증법에서 '종합'은 두 _____적 범주의 _____적 규정이 조화를 이루어 질적으로 고양된 최상의 범주가 생성됨으로 성립한다.

> **2** 헤겔의 미학은 지성의 형식을 직관–표상–사유 순으로, 절대정신을 예술–종교–철학 순으로 구성하여 외관상으로는 변증법 모델을 따랐지만, 내용을 보면 직관의 외면성 및 예술의 객관성이 _____되어 진정한 변증법적 _____은 이루어지지 않는다.

> **3** 변증법에 충실하려면 헤겔이 _____에서 성취된 완전한 주관성이 재객관화되는 단계의 절대정신을 추가했어야 하는데, 예술은 '철학 _____' 자리의 유력한 후보이다.

1. (가)와 (나)에 대한 설명으로 가장 적절한 것은?

① (가)와 (나)는 모두 특정한 철학적 방법에 기반한 체계를 바탕으로 예술의 상대적 위상을 제시하고 있다.

② (가)와 (나)는 모두 특정한 철학적 방법에 대한 상반된 평가를 바탕으로 더 설득력 있는 미학 이론을 모색하고 있다.

③ (가)와 달리 (나)는 특정한 철학적 방법의 시대적 한계를 지적하고 이에 맞서는 혁신적 방법을 제안하고 있다.

④ (가)와 달리 (나)는 특정한 철학적 방법에서 파생된 미학 이론을 바탕으로 예술 장르를 범주적으로 유형화하고 있다.

⑤ (나)와 달리 (가)는 특정한 철학적 방법의 통시적인 변화 과정을 적용하여 철학사를 단계적으로 설명하고 있다.

2. (가)에서 알 수 있는 헤겔의 생각으로 적절하지 않은 것은?

① 예술 · 종교 · 철학 간에는 인식 내용의 동일성과 인식 형식의 상이성이 존재한다.

② 세계의 근원적 질서와 시 · 공간적 현실은 하나의 변증법적 체계를 이룬다.

③ 절대정신의 세 가지 형태는 지성의 세 가지 형식이 인식하는 대상이다.

④ 변증법은 철학적 논증의 방법이자 논증 대상의 존재 방식이다.

⑤ 절대정신의 내용은 본질적으로 논리적이고 이성적인 것이다.

3. (가)에 따라 직관 · 표상 · 사유의 개념을 적용한 것으로 적절하지 않은 것은?

① 먼 타향에서 밤하늘의 별들을 바라보는 것은 직관을 통해, 같은 곳에서 고향의 하늘을 상기하는 것은 표상을 통해 이루어지겠군.

② 타임머신을 타고 미래로 가는 자신의 모습을 상상하는 것과, 그 후 판타지 영화의 장면을 떠올려 보는 것은 모두 표상을 통해 이루어지겠군.

③ 초현실적 세계가 묘사된 그림을 보는 것은 직관을 통해, 그 작품을 상상력 개념에 의거한 이론에 따라 분석하는 것은 사유를 통해 이루어지겠군.

④ 예술의 새로운 개념을 설정하는 것은 사유를 통해, 이를 바탕으로 새로운 감각을 일깨우는 작품의 창작을 기획하는 것은 직관을 통해 이루어지겠군.

⑤ 도덕적 배려의 대상을 생물학적 상이성 개념에 따라 규정하는 것과, 이에 맞서 감수성 소유 여부를 새로운 기준으로 제시하는 것은 모두 사유를 통해 이루어지겠군.

4. (나)의 글쓴이의 관점에서 ⊙과 ⓛ에 대한 헤겔의 이론을 분석한 것으로 적절하지 않은 것은?

① ⊙과 ⓛ 모두에서 첫 번째와 두 번째의 범주는 서로 대립한다.

② ⊙과 ⓛ 모두에서 두 번째와 세 번째 범주 간에는 수준상의 차이가 존재한다.

③ ⊙과 달리 ⓛ에서는 범주 간 이행에서 첫 번째 범주의 특성이 갈수록 강해진다.

④ ⓛ과 달리 ⊙에서는 세 번째 범주에서 첫 번째와 두 번째 범주의 조화로운 통일이 이루어진다.

⑤ ⓛ과 달리 ⊙에서는 범주 간 이행에서 수렴적 상향성이 드러난다.

5. 〈보기〉는 헤겔과 (나)의 글쓴이가 나누는 가상의 대화의 일부이다. ㉮에 들어갈 내용으로 가장 적절한 것은? [3점]

〈보기〉

헤겔: 괴테와 실러의 문학 작품을 읽을 때 놓치지 않아야 할 점이 있네. 이 두 천재도 인생의 완숙기에 이르러서야 비로소 최고의 지성적 통찰을 진정한 예술미로 승화시킬 수 있었네. 그에 비해 초기의 작품들은 미적으로 세련되지 못해 결코 수준급이라 할 수 없었는데, 이는 그들이 아직 지적으로 미성숙했기 때문이었네.

(나)의 글쓴이: 방금 그 말씀과 선생님의 기본 논증 방법을 연결하면 | ㉮ | 는 말이 됩니다.

① 이론에서는 대립적 범주들의 종합을 이루어야 하는 세 번째 단계가 현실에서는 그 범주들을 중화한다

② 이론에서는 외면성에 대응하는 예술이 현실에서는 내면성을 바탕으로 하는 절대정신일 수 있다

③ 이론에서는 반정립 단계에 위치하는 예술이 현실에서는 정립 단계에 있는 것으로 나타난다

④ 이론에서는 객관성을 본질로 하는 예술이 현실에서는 객관성이 사라진 주관성을 지닌다

⑤ 이론에서는 절대정신으로 규정되는 예술이 현실에서는 진리의 인식을 수행할 수 없다

6. 문맥상 ⓐ～ⓔ와 바꾸어 쓰기에 가장 적절한 것은?

① ⓐ: 소지(所持)하여야

② ⓑ: 포착(捕捉)한다

③ ⓒ: 귀결(歸結)되어도

④ ⓓ: 간주(看做)하면

⑤ ⓔ: 결성(結成)되지

MEMO

사회 (가) 독점적 경쟁 시장에서 광고의 기능 / 사회 (나) 다양한 차원에서 광고의 영향

[1~6] 다음 글을 읽고 물음에 답하시오.

(가)

❶ 광고는 시장의 형태 중 독점적 경쟁 시장에서 그 효과가 크다. 독점적 경쟁 시장은, 유사하지만 차별적인 상품을 다수의 판매자가 경쟁하며 판매하는 시장이다. 각 판매자는 자신이 공급하는 상품을 구매자가 차별적으로 인지하고 선호할 수 있도록 하기 위해 광고를 이용한다. 판매자에게 그러한 차별적 인지와 선호가 중요한 이유는, 이를 통해 판매자가 자신의 상품을 원하는 구매자에 대해 누리는 독점적 지위를 강화할 수 있기 때문이다.

❷ 일반적으로 독점적 지위를 누린다는 것은 상품의 가격을 결정할 수 있는 힘이 있다는 의미이다. 그럼에도 불구하고 판매자는 구매자의 수요를 고려해야 한다. 대체로 구매자는 상품의 물량이 많을 때보다 적을 때 높은 가격을 지불하고자 하기 때문에, 판매자는 공급량을 감소시킴으로써 더 높은 가격을 책정할 수 있다. 독점적 경쟁 시장의 판매자도 이러한 지위 덕분에 상품에 차별성이 없는 경우를 가정할 때보다 다소 비싼 가격에 상품을 판매하는 경향이 있다. 그러나 그 결과 독점적 경쟁 시장의 판매자가 단기적으로 이윤을 보더라도, 그 이윤이 지속되리라 기대할 수는 없다. 이윤을 보는 판매자가 있으면 그러한 이윤에 이끌려 약간 다른 상품을 공급하는 신규 판매자의 수가 장기적으로 증가하고, 그 결과 기존 판매자가 공급하던 상품에 대한 수요는 감소하여 이윤이 줄어들 것이기 때문이다.

❸ 판매자가 광고를 통해 상품의 차별성을 알리는 대표적인 방법은 상품에 대한 정보를 전달하는 것이다. 하지만 많은 비용을 들인 것으로 보이는 광고만으로도 상품의 차별성을 부각할 수 있다. 판매자가 경쟁력에 자신 없는 상품에 많은 광고 비용을 지출하지 않을 것이라는 구매자의 추측을 유도하는 것이 이 광고 방법의 목적이다. 가격이 변화할 때 구매자의 상품 수요량이 변하는 정도를 수요의 가격 탄력성이라 하는데, 구매자가 자신이 선호하는 상품이 차별화되었다고 느낄수록 수요의 가격 탄력성은 감소한다. 이처럼 구매자가 특정 상품에 갖는 충성도가 높아지면, 판매자의 독점적 지위는 강화된다. 판매자는 이렇게 광고가 ㉠경쟁을 제한하는 효과를 노린다. 독점적 경쟁 시장에 진입하는 신규 판매자도 상품의 차별성을 강조함으로써 독점적 지위를 확보하고자 광고를 빈번하게 이용한다.

(나)

❶ 광고는 광고주인 판매자의 이윤 추구 수단으로 기획되지만, 그러한 광고가 광고주의 의도와 상관없이 시장에 영향을 끼치기도 한다. 우선 광고가 독점적 경쟁 시장의 판매자 간 ㉡경쟁을 촉진할 수 있다. 이러한 효과는 광고를 통해 상품 정보에 노출된 구매자가 상품의 품질이나 가격에 예민해질 때 발생한다. 특히 구매자가 가격에 민감하게 수요량을 바꾼다면, 판매자는 경쟁 상품의 가격을 더욱 고려하게 되어 가격 경쟁에 돌입하게 된다. 또한 경쟁은 신규 판매자가 광고를 통해 신상품을 쉽게 홍보하고 시장에 진입할 수 있게 됨으로써 촉진된다. 더 많은 판매자가 시장에서 경쟁하게 되면 각 판매자의 독점적 지위는 약화되고, 구매자는 더 다양한 상품을 높지 않은 가격에 구매할 수 있게 된다.

❷ 광고가 특정한 상품에 대한 독점적 경쟁 시장을 넘어서 경제와 사회 전반에 영향을 주기도 한다. 개별 광고가 구매자의 내면에 잠재된 필요나 욕구를 환기하여 대상 상품에 대한 소비를 촉진하는 효과가 합쳐지면 경제 전반에 선순환을 기대할 수 있다. 경제에 광고가 없는 상황을 가정할 때와 비교하면 광고는 쓰던 상품을 새 상품으로 대체하고 싶은 소비자의 욕구를 강화하고, 신상품이 인기를 누리는 유행 주기를 단축하여 소비를 증가시킬 수 있다. 촉진된 소비는 생산 활동을 자극한다. 상품의 생산에는 근로자의 노동, 기계나 설비 같은 생산 요소가 ⓐ들어가므로, 생산 활동이 증가하면 결과적으로 고용이나 투자가 증가한다. 고용 및 투자의 증가는 근로자이거나 투자자인 구매자의 소득을 증가시킬 수 있다. 경제 전반의 소득이 증가할 때 소비가 증가하는 정도를 한계 소비 성향이라고 하는데, 한계 소비 성향은 양(+)의 값이어서, 경제 전반의 소득 수준이 향상되면 소비가 증가하게 된다.

❸ 하지만 광고의 소비 촉진 효과는 환경 오염을 우려하는 사람들에게 비판의 대상이 되기도 한다. 소비뿐만 아니라 소비로 촉진된 생산 활동에서도 환경 오염이 발생하기 때문이다. 환경 오염을 적절한 수준으로 줄이기에 충분한 비용을 판매자나 구매자가 지불할 가능성은 낮으므로, 대부분의 경우에 환경 오염은 심할 수밖에 없다.

>> 각 문단을 요약하고 지문을 **세 부분**으로 나누어 보세요.

(가)

1 _____는 유사하지만 차별적인 상품을 _____의 판매자가 경쟁하며 판매하는 독점적 경쟁 시장에서 효과가 크다.

2 독점적 지위를 가진 판매자가 _____을 감소시켜 높은 가격을 책정하여 단기적으로 이윤을 보더라도, 이윤에 이끌린 _____의 수가 장기적으로 증가하여 이윤이 지속되기 어렵다.

3 광고로 인해 구매자가 자신이 선호하는 상품이 _____되었다고 느낄수록 판매자의 독점적 지위는 _____되어 판매자는 경쟁을 제한하는 효과를 얻을 수 있다.

>> 각 문단을 요약하고 지문을 **세 부분**으로 나누어 보세요.

(나)

1 광고는 구매자가 상품의 품질이나 _____에 예민해지게 하거나 신규 판매자가 시장에 쉽게 진입하게 함으로써 독점적 경쟁 시장의 _____ ____ 간 경쟁을 촉진할 수 있다.

2 광고는 구매자의 소비를 촉진하는데 이는 _____ 활동을 자극하고 고용이나 투자의 증가, 소득 상승에 따른 소비 증가로 이어지며 경제 전반에 _____을 유도한다.

3 광고의 소비 촉진 효과는 _____을 발생시켜 비판을 받기도 한다.

1. (가), (나)에 대한 설명으로 가장 적절한 것은?

① (가)는 광고의 개념을 정의하고 광고가 시장에서 차지하는 위상을 소개하고 있다.

② (가)는 광고가 판매자에게 중요한 이유를 제시하고 판매자가 광고를 통해 얻으려는 효과를 설명하고 있다.

③ (나)는 광고의 영향에 대한 다양한 견해를 소개하고 각각의 견해가 안고 있는 한계점을 지적하고 있다.

④ (나)는 광고가 구매자에게 수용되는 과정을 제시하고 구매자가 광고를 수용할 때의 유의점을 나열하고 있다.

⑤ (가)와 (나)는 모두 구매자가 상품을 선택하는 기준을 제시하고 광고와 관련된 제도 마련의 필요성을 강조하고 있다.

2. 독점적 지위에 대한 설명으로 적절하지 않은 것은?

① 독점적 경쟁 시장에 신규 판매자가 진입하는 것을 차단하지는 않는다.

② 판매자가 공급량을 조절하여 가격을 책정할 수 있는 힘을 가지고 있음을 의미한다.

③ 구매자가 지불하고자 하는 가격이 상품 공급량에 따라 어느 정도 인지를 판매자가 감안하지 않아도 되게 한다.

④ 독점적 경쟁 시장의 판매자가 다소 비싼 가격을 책정할 수 있게 하지만 이윤을 지속적으로 보장하지는 않는다.

⑤ 독점적 경쟁 시장의 판매자가 구매자로 하여금 판매자 자신의 상품을 차별적으로 인지하고 선호하게 하면 강화된다.

3. (나)에서 알 수 있는 내용으로 적절하지 않은 것은?

① 광고에 의해 유행 주기가 단축되어 소비가 촉진될 수 있다.

② 광고가 경제 전반에 선순환을 일으키는 정도는 한계 소비 성향이 커질 때 작아진다.

③ 광고가 생산 활동을 자극하면, 근로자이거나 투자자인 구매자의 소득 수준을 향상할 수 있다.

④ 광고가 생산 활동을 증가시키면, 근로자의 노동, 기계나 설비 같은 생산 요소 이용이 증가한다.

⑤ 광고의 소비 촉진 효과는 경제 전반에 광고가 없는 상황에 비해 환경 오염을 심화할 수 있다.

4. ㉠, ㉡을 이해한 내용으로 적절한 것은?

① ㉠은 상품에 대한 구매자의 충성도가 높아질 때 일어나고, ㉡은 수요의 가격 탄력성이 높아질 때 일어난다.

② ㉠의 결과로 판매자는 상품의 가격을 올리기 어렵게 되고, ㉡의 결과로 구매자는 다소 비싼 가격을 감수하게 된다.

③ ㉠은 시장 전체의 판매자 수가 증가하지 않는다는 의미이고, ㉡은 신규 판매자가 시장에 진입하기 어려워진다는 의미이다.

④ ㉠은 기존 판매자의 광고가 차별성을 알리는 데 성공하지 못한 결과로 나타나고, ㉡은 신규 판매자의 광고가 의도대로 성공한 결과로 나타난다.

⑤ ㉠은 광고로 인해 가격에 대한 구매자의 민감도가 약화될 때 발생하고, ㉡은 광고로 인해 판매자가 경쟁 상품의 가격을 고려할 필요가 감소될 때 발생한다.

5. 다음은 어느 기업의 광고 기획 초안이다. 윗글을 참고하여 초안을 분석한 학생의 반응으로 적절하지 <u>않은</u> 것은? [3점]

'갑' 기업의 광고 기획 초안

○ 대상: 새로 출시하는 여드름 억제 비누

○ 기획 근거: 다수의 비누 판매 기업이 다양한 여드름 억제 비누를 판매 중이며, 우리 기업은 여드름 억제 비누 시장에 처음으로 진입하려는 상황이다. 우리 기업의 신제품은 새로운 성분이 함유되어 기존의 어떤 비누보다 여드름 억제 효과가 탁월하며, 국내에서 전량 생산할 계획이다.

　현재 여드름 억제 비누 시장을 선도하는 경쟁사인 '을' 기업은 여드름 억제 비누로 이윤을 보고 있으며, 큰 비용을 들여 인기 드라마에 상품을 여러 차례 노출하는 전략으로 광고 중이다. 반면 우리 기업은 이번 광고로 상품에 대한 정보 검색을 많이 하는 소비 집단을 공략하고자 제품 정보를 강조하되, 광고 비용은 최소화하려 한다.

○ 광고 개요: 새로운 성분의 여드름 억제 효과를 강조하고, 일반인 광고 모델들이 우리 제품의 여드름 억제 효과를 체험한 것을 진술하는 모습을 담은 TV 광고

---

① 이 광고가 '갑' 기업의 의도대로 성공한다면 '을' 기업의 독점적 지위는 약화될 수 있겠어.

② 이 광고로 '갑' 기업의 여드름 억제 비누 생산이 확대된다면 이 비누를 생산하는 공장의 고용이나 투자가 증가할 수 있겠어.

③ 이 광고로 '갑' 기업이 단기적으로 이윤을 보게 된다면 여드름 억제 비누 시장 내의 판매자 간 경쟁은 장기적으로 약화될 수 있겠어.

④ 이 광고로 '갑' 기업은 많은 비용을 들이는 방법보다는 정보를 전달하는 방법을 중심으로 차별성을 알리려는 것으로 볼 수 있겠어.

⑤ 이 광고가 '갑' 기업의 신제품을 포함하여 여드름 억제 비누 수요의 가격 탄력성을 높인다면 '갑' 기업은 자사 제품의 가격을 높게 책정할 수 없겠어.

6. 문맥상 ⓐ와 바꿔 쓰기에 가장 적절한 것은?

① 반입(搬入)되므로

② 삽입(挿入)되므로

③ 영입(迎入)되므로

④ 주입(注入)되므로

⑤ 투입(投入)되므로

MEMO

인문 (가) 새먼의 과정 이론 / 인문 (나) 재이론

[1~6] 다음 글을 읽고 물음에 답하시오.

(가)

1 근대 이후 서양의 철학자들은 과학적 세계관이 대두하면서 이전과는 달리 인과를 물리적 작용 사이의 관계로 국한하려는 경향을 보였다. 문제는 흄이 지적했듯이 인과 관계 그 자체는 직접 관찰할 수 없다는 것이다. 원인과 결과에 해당하는 사건만을 관찰할 수 있을 뿐이다. 가령 "추위 때문에 강물이 얼었다."는 직접 관찰한 물리적 사실을 진술한 것이 아니다. 그래서 인과가 과학적 개념인지에 대한 의심이 철학자들 사이에 제기되었다. 이에 인과를 과학적 세계관에 입각하여 이해하려는 시도가 새먼의 과정 이론이다.

2 야구공을 던지면 땅 위의 공 그림자도 따라 움직인다. 공이 움직여서 그림자가 움직인 것이지 그림자 자체가 움직여서 그림자의 위치가 변한 것은 아니다. 과정 이론은 이 차이를 다음과 같이 설명한다. 과정은 대상의 시공간적 궤적이다. 날아가는 야구공은 물론이고 땅에 멈추어 있는 공도 시간은 흘러가고 있기에 시공간적 궤적을 그리고 있다. 공이 멈추어 있는 상태도 과정인 것이다. 그런데 모든 과정이 인과적 과정은 아니다. 어떤 과정은 다른 과정과 한 시공간적 지점에서 만난다. 즉, 두 과정이 교차한다. 만약 교차에서 표지, 즉 대상의 변화된 물리적 속성이 도입되면 이후의 모든 지점에서 그 표지를 전달할 수 있는 과정이 인과적 과정이다.

3 가령 바나나가 a 지점에서 b 지점까지 이동하는 과정을 과정 1이라고 하자. a와 b의 중간 지점에서 바나나를 한 입 베어 내는 과정 2가 과정 1과 교차했다. 이 교차로 표지가 과정 1에 도입되었고 이 표지는 b까지 전달될 수 있다. 즉, 바나나는 베어 낸 만큼이 없어진 채로 줄곧 b까지 이동할 수 있다. 따라서 과정 1은 인과적 과정이다. 바나나가 이동한 것이 바나나가 b에 위치한 결과의 원인인 것이다. 한편, 바나나의 그림자가 스크린에 생긴다고 하자.

[A] 바나나의 그림자가 스크린상의 a′ 지점에서 b′ 지점까지 움직이는 과정을 과정 3이라 하자. 과정 1과 과정 2의 교차 이후 스크린상의 그림자 역시 변한다. 그런데 a′과 b′ 사이의 스크린 표면의 한 지점에 울퉁불퉁한 스티로폼이 부착되는 과정 4가 과정 3과 교차했다고 하자. 그림자가 그 지점과 겹치면서 일그러짐이라는 표지가 과정 3에 도입되지만, 그 지점을 지나가면 그림자는 다시 원래대로 돌아오고 스티로폼은 그대로이다. 이처럼 과정 3은 다른 과정과의 교차로 도입된 표지를 전달할 수 없다.

4 과정 이론은 규범이나 마음과 같은, 물리적 세계 바깥의 측면을 해명하기 어렵다는 한계를 지닌다. 예컨대 내가 사회 규범을 어긴 것과 내가 벌을 받아야 하는 것 사이에는 인과 관계가 있지만 과정 이론은 이를 잘 다루지 못한다.

(나)

1 자연 현상과 인간사를 인과 관계로 설명하는 동아시아의 대표적 논의는 재이론(災異論)이다. 한대(漢代)의 동중서는 하늘이 덕을 잃은 군주에게 재이를 내려 견책한다는 천견설과, 인간과 하늘에 공통된 음양의 기(氣)를 통해 하늘과 인간이 서로 감응한다는 천인감응론을 결합하여 재이론을 체계화하였다. 그에 따르면, 군주가 실정(失政)을 저지르면 그로 말미암아 변화된 음양의 기를 통해 감응한 하늘이 가뭄과 홍수, 일식과 월식 등 재이를 통해 경고를 내린다. 이때 재이는 군주권이 하늘로부터 비롯된 것임을 입증하는 것이자 군주의 실정에 대한 경고였다.

2 양면적 성격의 재이론은 신하가 정치적 논의에 참여할 수 있는 명분을 제공하였고, 재이가 발생하면 군주가 직언을 구하고 신하가 이에 응하는 전통으로 구체화되었다. 하지만 동중서 이후, 원인으로서의 인간사와 결과로서의 재이를 일대일로 대응시켜 설명하는 개별적 대응 방식은 억지가 심하다는 평가를 받았다. 이 방식은 오히려 ㉠예언화 경향으로 이어져 재이를 인간사의 징조로, 인간사를 재이의 결과로 대응시키는 풍조를 낳기도 하였고, 요망한 말로 백성을 미혹시켰다는 이유로 군주가 직언을 하는 신하를 탄압하는 빌미가 되기도 하였다.

3 이후 재이에 대한 예언적 해석은 비판의 대상이 되었고, 천인감응론 또한 부정되기도 하였다. 하지만 재이론은 여전히 정치 현장에서 사라지지 않았다. 송대(宋代)에 이르러, 주희는 천문학의 발달로 예측 가능하게 된 일월식을 재이로 간주하지 않는 경향을 수용하였고, 재이를 근본적으로 이치에 의해 설명되기 어려운 자연 현상으로 간주하였다. 하지만 당시까지도 재이에 대해 군주의 적극적인 대응을 유도하며 안전한 언론 활동의 기회를 제공했던 재이론이 폐기되는 것은, 신하의 입장에서 유용한 정치적 기제를 잃는 것이었다. 이 때문에 그는 군주를 경계하는 적절한 방법을 ⓐ찾고자 재이론을 고수하였다. 그는 재이에 대한 개별적 대응 대신 군주에게 허물과 잘못이 쌓이면 이에 하늘이 감응하여 변칙적인 자연 현상이 일어날 것이라는 ㉡전반적 대응설을 제시하고, 재이를 군주의 심성 수양 문제로 귀결시키며 재이론의 역사적 수명을 연장하였다.

>> 각 문단을 요약하고 지문을 **세 부분**으로 나누어 보세요.

(가)

1 _____의 과정 이론은 직접 관찰할 수 없는 _____를 과학적 세계관에 입각하여 이해하려고 했다.

2 과정 이론에서 _____은 대상의 시공간적 궤적이며, 두 과정의 _____에서 표지가 도입되면 이후의 모든 지점에서 그 표지를 전달할 수 있는 과정이 인과적 과정이라고 설명한다.

3 바나나가 a에서 b로 이동하는 과정 1과 그 중간 지점에서 바나나를 베어 내는 과정 2의 교차로, 과정 1에 도입된 _____는 b까지 전달되므로 과정 1은 _____이다.

4 과정 이론은 _____ 바깥의 측면은 해명하기 어렵다는 한계를 지닌다.

>> 각 문단을 요약하고 지문을 **세 부분**으로 나누어 보세요.

(나)

1 재이론은 _____과 인간사를 인과 관계로 설명하는데, 한대의 동중서는 군주가 실정을 하면 하늘이 재이를 통해 _____를 내린다고 보았다.

2 인간사와 재이를 _____로 대응시켜 설명하는 방식은 억지가 심하다고 평가를 받으며, _____ 경향으로 이어져 비판의 대상이 되었다.

3 송대의 주희는 군주를 경계하고자 재이론을 고수하면서 개별적 대응 대신 _____을 제시하여 재이를 군주의 _____ 수양 문제로 귀결시켰다.

1. 다음은 (가)와 (나)를 읽은 학생이 작성한 학습 활동지의 일부이다. ㄱ~ㅁ에 들어갈 내용으로 적절하지 않은 것은?

학습 항목	학습 내용	
	(가)	(나)
도입 문단의 내용 제시 방식 파악하기	ㄱ	ㄴ
⋮	⋮	⋮
글의 내용 전개 방식 이해하기	ㄷ	ㄹ
특정 개념과 관련하여 두 글을 통합적으로 이해하기	ㅁ	

① ㄱ: '인과'에 대한 특정 이론이 등장하게 된 배경을 철학자들의 인식 변화와 관련지어 제시하였음.

② ㄴ: '인과'와 연관된 특정 이론의 배경 사상과 중심 내용을 제시하였음.

③ ㄷ: '인과'에 대한 특정 이론을 정의한 뒤 구체적인 사례와 관련지어 그 이론의 한계와 전망을 제시하였음.

④ ㄹ: '인과'와 연관된 특정 이론을 제시하고 그 이론이 변용되는 양상을 시대의 흐름에 따라 제시하였음.

⑤ ㅁ: '인과'와 관련하여 동서양의 특정 이론들에 나타나는 관점을 비교해 보도록 하였음.

2. 윗글에 대한 이해로 적절하지 않은 것은?

① 과정 이론은 물리적 세계의 테두리 안에서 인과를 해명하는 이론이다.

② 사회 규범 위반과 처벌 당위성 사이의 인과 관계는 표지의 전달로 설명되기 어렵다.

③ 인과가 과학적 세계관과 부합하지 않는다고 생각하는 철학자가 근대 이후 서양에 나타났다.

④ 한대의 재이론에서 전제된 하늘은 음양의 변화에 반응하지 않지만 경고를 하는 의지를 가진 존재였다.

⑤ 천문학의 발달에 따라 일월식이 예측 가능해지면서 송대에는 이를 설명 가능한 자연 현상으로 보는 경향이 있었다.

3. [A]에 대한 이해로 적절하지 않은 것은?

① 바나나와 그 그림자는 서로 다른 시공간적 궤적을 그린다.

② 과정 1이 과정 2와 교차하기 이전과 이후에서, 바나나가 지닌 물리적 속성은 다르다.

③ 과정 1과 달리 과정 3은 인과적 과정이 아니다.

④ 바나나의 일부를 베어 냄으로써 변화된 바나나 그림자의 모양은 과정 3이 과정 2와 교차함으로써 도입된 표지이다.

⑤ 과정 3과 과정 4의 교차로 도입된 표지는 과정 3으로도 과정 4로도 전달되지 않는다.

4. ㉠, ㉡에 대한 설명으로 가장 적절한 것은?

① ㉠은 군주의 과거 실정에 대한 경고로서 재이의 의미가 강조되어 신하의 직언을 활성화하는 방향으로 활용되었다.

② ㉠은 이전과 달리 인간사와 재이의 인과 관계를 역전시켜 재이를 인간사의 미래를 알려 주는 징조로 삼는 데 활용되었다.

③ ㉡은 개별적인 재이 현상을 물리적 작용이라 보고 정치와 무관하게 재이를 이해하는 기초로 활용되었다.

④ ㉡은 누적된 실정과 특정한 재이 현상을 연결 짓는 방식으로 이어져 군주의 권력을 강화하는 데 활용되었다.

⑤ ㉡은 과학적 인식을 기반으로 군주의 지배력과 변칙적인 자연 현상이 무관하다는 인식을 강화하는 기초로 활용되었다.

5. 〈보기〉는 윗글의 주제와 관련한 동서양 학자들의 견해이다. 윗글을 읽은 학생이 〈보기〉에 대해 보인 반응으로 적절하지 않은 것은? [3점]

〈보기〉

㉮ 만약 인과 관계가 직접 관찰될 수 없다면, 물리적 속성의 변화와 전달과 같은 관찰 가능한 현상을 탐구하는 것이 인과 개념을 과학적으로 규명하는 올바른 경로이다.

㉯ 인과 관계란 서로 다른 대상들이 물리적 성질들을 서로 주고받는 관계일 수밖에 없다. 그러한 두 대상은 시공간적으로 연결되어 있어야만 한다.

㉰ 덕이 잘 닦인 치세에서는 재이를 찾아볼 수 없었고, 세상의 변고는 모두 난세의 때에 출현했으니, 하늘과 인간이 서로 통하는 관계임을 알 수 있다.

㉱ 홍수가 자주 발생하는 강 하류 지방의 지방관은 반드시 실정을 한 것이고, 홍수가 발생하지 않는 산악 지방의 지방관은 반드시 청렴한가? 실제로는 그렇지 않다.

① 흄의 문제 제기와 ㉮로부터, 과정 이론이 인과 개념을 과학적으로 규명하려는 시도의 하나임을 이끌어낼 수 있겠군.

② 인과 관계를 대상 간의 물리적 상호 작용으로 국한하는 ㉯의 입장은 대상 간의 감응을 기반으로 한 동중서의 재이론이 보여 준 입장과 부합하겠군.

③ 치세와 난세의 차이를 재이의 출현 여부로 설명하는 ㉰에 대해 동중서와 주희는 모두 재이론에 입각하여 수용 가능한 견해라는 입장을 취하겠군.

④ 덕이 물리적 세계 바깥의 현상에 해당한다면, 덕과 세상의 변화 사이에 인과 관계가 있다고 본 ㉰는 새먼의 이론에 입각하여 설명되기 어렵겠군.

⑤ 지방관의 실정에서 도입된 표지가 홍수로 이어지는 과정으로 전달될 수 없다면, 새먼은 실정이 홍수의 원인이 아니라는 점에서 ㉱에 동의하겠군.

6. ⓐ와 문맥상 의미가 가장 가까운 것은?

① 모두가 만족하는 대책을 찾으려 머리를 맞대었다.

② 모르는 단어가 나오면 국어사전을 찾아서 확인해라.

③ 건강을 위해 친환경 농산물을 찾는 사람이 많아졌다.

④ 아직 완전하지는 않지만 서서히 건강을 찾는 중이다.

⑤ 선생은 독립을 다시 찾는 것을 일생의 사명으로 여겼다.

MEMO

[1~6] 다음 글을 읽고 물음에 답하시오.

(가)

❶ 18세기 북학파들은 청에 다녀온 경험을 연행록으로 기록하여 청의 문물제도를 수용하자는 북학론을 구체화하였다. 이들은 개인적인 학문 성향과 관심에 따라 주목한 영역이 서로 달랐기 때문에 이들의 북학론도 차이를 보였다. 이들에게는 동아시아에서 문명의 척도로 여겨진 중화 관념이 청의 현실에 대한 인식에 각각 다르게 반영된 것이다. 1778년 함께 연행길에 올라 동일한 일정을 소화했던 박제가와 이덕무의 연행록에서도 이러한 차이가 확인된다.

[A]
❷ 북학이라는 목적의식이 강했던 박제가가 인식한 청의 현실은 단순한 현실이 아니라 조선이 지향할 가치 기준이었다. 그가 쓴 『북학의』에 묘사된 청의 현실은 특정 관점에 따라 선택 및 추상화된 것이었으며, 그런 청의 현실은 그에게 중화가 손상 없이 ⓐ보존된 것이자 조선의 발전 방향이기도 하였다. 중화 관념의 절대성을 인정하였기 때문에 당시 조선은 나름의 독자성을 유지하기보다 중화와 합치되는 방향으로 나아가야 한다는 생각이 그의 북학론의 밑바탕이 되었다. 명에 대한 의리를 중시하는 당시 주류의 견해에 대해 그는 의리 문제는 청이 천하를 차지한 지 백여 년이 지나며 자연스럽게 소멸된 것으로 여기고, 청 문물제도의 수용이 가져다주는 이익을 논하며 북학론의 당위성을 설파하였다. 대체로 이익 추구에 대해 부정적이었던 주자학자들과 달리, 이익 추구를 인간의 자연스러운 욕망으로 긍정하고 양반도 이익을 추구하자는 등 실용적인 입장을 보였다.

❸ 이덕무는 『입연기』를 저술하면서 청의 현실을 객관적 태도로 기록하고자 하였다. 잘 정비된 마을의 모습을 기술하며 그는 황제의 행차에 대비하여 이루어진 일련의 조치가 민생과 무관하다고 지적하였다. 하지만 청 문물의 효용을 ⓑ도외시하지 않고 박제가와 마찬가지로 물질적 삶을 중시하는 이용후생에 관심을 보였다. 스스로 평등견이라 불렀던 인식 태도를 바탕으로 그는 당시 청에 대한 찬반의 이분법에서 벗어나 청과 조선의 현실적 차이뿐만 아니라 양쪽 모두의 가치를 인정하였다. 이런 시각에서 그는 청과 조선은 구분되지만 서로 배타적이지 않다고 보았다. 즉 청을 배우는 것과 조선 사람이 조선 풍토에 맞게 살아가는 것은 서로 모순되지 않는다는 것이다. 하지만 그는 중국인들의 외양이 만주족처럼 변화된 것을 보고 비통한 감정을 토로하며 중화의 중심이라 여겼던 명에 대한 의리를 중시하는 등 자신이 제시한 인식 태도에서 벗어나는 모습을 보이기도 하였다.

(나)

❶ 18세기 후반의 중국은 명대 이래의 경제 발전이 정점에 달해 있었다. 대부분의 주민들이 접근할 수 있는 향촌의 정기 시장부터 인구 100만의 대도시의 시장에 이르는 여러 단계의 시장들이 그물처럼 연결되어 국내 교역이 활발하게 이루어지고 있었다. 장거리 교역의 상품이 사치품에 ⓒ한정되지 않고 일상적 물건으로까지 확대되었다. 상인 조직의 발전과 신용 기관의 확대는 교역의 질과 양이 급변하고 있었음을 보여 준다. 대외 무역의 발전과 은의 유입은 중국의 경제적 번영에 영향을 미친 외부적 요인이었다. 은의 유입, 그리고 이를 통해 가능해진 은을 매개로 한 과세는 상품 경제의 발전을 ⓓ자극하였다. 은과 상품의 세계적 순환으로 중국 경제가 세계 경제와 긴밀하게 연결되었다.

❷ 그러나 청의 번영은 지속되지 않았고, 19세기에 접어들 무렵부터는 심각한 내외의 위기에 직면해 급속한 하락의 시대를 겪게 된다. 북학파들이 연행을 했던 18세기 후반에도 이미 위기의 징후들이 나타나고 있었다. 급격한 인구 증가로 인한 여러 문제는 새로운 작물 재배, 개간, 이주, 농경 집약화 등 민간의 노력에도 불구하고 해결되지 않았다. 인구 증가로 이주 및 도시화가 진행되는 가운데 전통적인 사회적 유대가 약화되거나 단절된 사람들이 상호 부조 관계를 맺는 결사 조직이 ⓔ성행하였다. 이런 결사 조직은 불법적인 활동으로 연결되곤 했고 위기 상황에서는 반란의 조직적 기반이 되었다. 인맥에 기초한 관료 사회의 부정부패가 심화된 것 역시 인구 증가와 무관하지 않았다. 교육받은 지식인들이 늘어났지만 이들을 흡수할 수 있는 관료 조직의 규모는 정체되어 있었고, 경쟁의 심화가 종종 불법적인 행위로 연결되었다. 이와 같이 18세기 후반 청의 화려한 번영의 그늘에는 ㉠심각한 위기의 씨앗들이 뿌려지고 있었다.

❸ 통치자들도 번영 속에서 불안을 느끼고 있었다. 조정에는 외국과의 접촉으로부터 백성들을 차단하려는 경향이 있었으며, 서양 선교사들의 선교 활동 확대로 인해 이런 경향이 강화되기도 하였다. 이 때문에 18세기 후반에 청 조정은 서양에 대한 무역 개방을 축소하는 모습을 보였다. 그러나 그때까지는 위기가 본격화되지는 않았고, 소수의 지식인들만이 사회 변화의 부정적 측면을 염려하거나 개혁 방안을 모색하였다.

➤➤ 각 문단을 요약하고 지문을 **세 부분**으로 나누어 보세요.

(가)

1 18세기 북학파들은 청의 문물제도를 수용하자는 ＿＿＿＿＿＿을 구체화했는데, 중화 관념이 청의 ＿＿＿＿에 대한 인식에 다르게 반영되어 개개인의 북학론은 차이를 보였다.

2 박제가는 청의 현실을 ＿＿＿＿가 손상 없이 보존된 것이자 조선의 발전 방향으로 보고 청 문물제도의 수용이 가져다주는 ＿＿＿＿＿을 논하며 북학론의 당위성을 설파했다.

3 이덕무는 박제가와 마찬가지로 이용후생에 관심을 보였으나 청의 현실을 ＿＿＿＿＿적 태도로 기록했으며, 청과 조선의 현실적 차이와 가치를 인정하는 한편 중화의 중심이라 여겼던 ＿＿＿에 대한 의리를 중시하기도 했다.

➤➤ 각 문단을 요약하고 지문을 **세 부분**으로 나누어 보세요.

(나)

1 18세기 후반 중국은 ＿＿＿＿＿＿ 교역이 활발하게 이루어지고 장거리 교역 상품이 확대되며, ＿＿＿＿＿＿ 무역과 상품 경제가 발전하여 경제 발전이 정점에 달해 있었다.

2 그러나 급격한 ＿＿＿＿＿＿ 증가로 인해 반란의 조직적 기반이 되는 결사 조직이 성행하고 ＿＿＿＿＿＿ 사회의 부정부패가 심화되는 등 위기의 징후들이 나타났다.

3 통치자들은 번영 속에서 불안을 느껴 ＿＿＿＿＿＿과의 접촉으로부터 백성들을 차단하고 서양에 대한 무역 개방을 ＿＿＿＿＿＿하는 모습이 나타났다.

1. (가), (나)에 대한 설명으로 가장 적절한 것은?

① (가)는 18세기 중국에 대한 학자들의 견해를 제시하면서 그러한 견해의 형성 배경 및 견해 간의 차이를 설명하고 있다.

② (가)는 18세기 중국을 바라보는 사상적 관점을 제시하면서 각 관점이 지닌 역사적 의의와 한계를 서로 비교하고 있다.

③ (나)는 18세기 중국의 사회상을 제시하면서 다양한 사회상을 시대별 기준에 따라 분류하여 서술하고 있다.

④ (나)는 18세기 중국의 사상적 변화를 제시하면서 그러한 변화가 지니는 긍정적 측면과 부정적 측면을 분석하고 있다.

⑤ (가)와 (나)는 모두 18세기 중국의 현실을 제시하면서 그러한 현실이 다른 나라에 미친 영향을 예를 들어 설명하고 있다.

2. (가)의 '박제가'와 '이덕무'에 대한 이해로 적절하지 <u>않은</u> 것은?

① 박제가는 청의 문물을 도입하는 것이 중화를 이루는 방도라고 간주하였다.

② 박제가는 자신이 파악한 청의 현실을 조선을 평가하는 기준이라고 생각하였다.

③ 이덕무는 청의 현실을 관찰하면서 이면에 있는 민생의 문제를 간과하지 않았다.

④ 이덕무는 청 문물의 효용성을 긍정하면서 청이 중화를 보존하고 있음을 인정하였다.

⑤ 박제가와 이덕무는 모두 중화 관념 자체에 대해서는 긍정적인 태도를 견지하였다.

3. 평등견에 대한 이해로 가장 적절한 것은?

① 조선의 풍토를 기준으로 삼아 청의 제도를 개선하자는 인식 태도이다.

② 조선의 고유한 삶의 방식을 청의 방식에 따라 개혁해야 한다는 인식 태도이다.

③ 청과 조선의 가치를 평등하게 인정하고 풍토로 인한 차이를 해소하려는 인식 태도이다.

④ 중국인의 외양이 변화된 모습을 명에 대한 의리 문제와 관련지어 파악하려는 인식 태도이다.

⑤ 청에 대한 배타적 태도를 지양하고 청과 구분되는 조선의 독자성을 유지하자는 인식 태도이다.

4. 문맥을 고려할 때 ㉠의 의미를 파악한 내용으로 가장 적절한 것은?

① 새로운 작물의 보급 증가가 경제적 번영으로 이어지는 상황을 가리키는 것이군.

② 신용 기관이 확대되고 교역의 질과 양이 급변하고 있는 상황을 가리키는 것이군.

③ 반란의 위험성 증가 등 인구 증가로 인한 문제점들이 나타나는 상황을 가리키는 것이군.

④ 이주나 농경 집약화 등 조정에서 추진한 정책들이 실패한 상황을 가리키는 것이군.

⑤ 사회적 유대의 약화로 인하여 관료 사회의 부정부패가 심화되는 상황을 가리키는 것이군.

5. 〈보기〉는 (가)에 제시된 『북학의』의 일부이다. [A]와 (나)를 참고하여 〈보기〉에 대해 비판적 읽기를 수행한 학생의 반응으로 적절하지 <u>않은</u> 것은? [3점]

───〈보기〉───

우리나라에서는 자기가 사는 지역에서 많이 나는 산물을 다른 데서 산출되는 필요한 물건과 교환하여 풍족하게 살려는 백성이 많으나 힘이 미치지 못한다. … 중국 사람은 가난하면 장사를 한다. 그렇더라도 정말 사람만 현명하면 원래 가진 풍류와 명망은 그대로다. 그래서 유생이 거리낌 없이 서점을 출입하고, 재상조차도 직접 융복사 앞 시장에 가서 골동품을 산다. … 우리나라는 해마다 은 수만 냥을 연경에 실어 보내 약재와 비단을 사 오는 반면, 우리나라 물건을 팔아 저들의 은으로 바꿔 오는 일은 없다. 은이란 천년이 지나도 없어지지 않는 물건이지만, 약은 사람에게 먹여 반나절이면 사라져 버리고 비단은 시신을 감싸서 묻으면 반년 만에 썩어 없어진다.

① 〈보기〉에 제시된 중국인들의 상업에 대한 인식은 [A]에서 제시한 실용적인 입장에 부합하는 것이라 볼 수 있어.

② 〈보기〉에 제시된 조선의 산물 유통에 대한 서술은 [A]에서 제시한 북학론의 당위성을 뒷받침하는 근거라 볼 수 있어.

③ 〈보기〉에 제시된 중국인들의 상행위에 대한 서술은 (나)에 제시된 중국 국내 교역의 양상과 상충되지 않는다고 볼 수 있어.

④ 〈보기〉에 제시된 은에 대한 평가는 (나)에 제시된 중국의 경제적 번영에 기여한 요소를 참고할 때, 은의 효용적 측면을 간과한 평가라 볼 수 있어.

⑤ 〈보기〉에 제시된 중국의 관료에 대한 묘사는 (나)에 제시된 관료 사회의 모습을 참고할 때, 지배층의 전체 면모가 드러나지 않는 진술이라 볼 수 있어.

6. 문맥상 ⓐ~ⓔ와 바꿔 쓰기에 가장 적절한 것은?

① ⓐ: 드러난

② ⓑ: 생각하지

③ ⓒ: 그치지

④ ⓓ: 따라갔다

⑤ ⓔ: 일어났다

MEMO

인문 (가) 예술의 정의에 대한 미학 이론의 전개 / 인문 (나) 예술 작품에 대한 주요 비평 방법

[1~6] 다음 글을 읽고 물음에 답하시오.

(가)

❶ 미학은 예술과 미적 경험에 관한 개념과 이론에 대해 논의하는 철학의 한 분야로서, 미학의 문제들 가운데 하나가 바로 예술의 정의에 대한 문제이다. 예술이 자연에 대한 모방이라는 아리스토텔레스의 말에서 비롯된 모방론은, 대상과 그 대상의 재현이 닮은꼴이어야 한다는 재현의 투명성 이론을 ⓐ전제한다. 그러나 예술가의 독창적인 감정 표현을 중시하는 한편 외부 세계에 대한 왜곡된 표현을 허용하는 낭만주의 사조가 18세기 말에 등장하면서, 모방론은 많이 쇠퇴했다. 이제 모방을 필수 조건으로 삼지 않는 낭만주의 예술가의 작품을 예술로 인정해 줄 수 있는 새로운 이론이 필요했다.

❷ 20세기 초에 **콜링우드**는 진지한 관념이나 감정과 같은 예술가의 마음을 예술의 조건으로 규정하는 표현론을 제시하여 이 문제를 해결하였다. 그에 따르면, 진정한 예술 작품은 물리적 소재를 통해 구성될 필요가 없는 정신적 대상이다. 또한 이와 비슷한 ⓑ시기에 외부 세계나 작가의 내면보다 작품 자체의 고유 형식을 중시하는 형식론도 발전했다. 벨의 형식론은 예술 감각이 있는 비평가들만이 직관적으로 식별할 수 있고 정의는 불가능한 어떤 성질을 일컫는 '의미 있는 형식'을 통해 그 비평가들에게 미적 정서를 유발하는 작품을 예술 작품이라고 보았다.

❸ 20세기 중반에, 뒤샹이 변기를 가져다 전시한 「샘」이라는 작품은 예술 작품으로 인정되지만 그것과 형식적인 면에서 차이가 없는 일반적인 변기는 예술 작품으로 인정되지 않는 이유를 설명하지 못하게 되자 두 가지 대응 이론이 나타났다. 하나는 우리가 흔히 예술 작품으로 분류하는 미술, 연극, 문학, 음악 등이 서로 이질적이어서 그것들 전체를 아울러 예술이라 정의할 수 있는 공통된 요소를 갖지 않는다는 웨이츠의 예술 정의 불가론이다. 그의 이론은 예술의 정의에 대한 기존의 이론들이 겉보기에는 명제의 형태를 취하고 있으나 사실은 참과 거짓을 판정할 수 없는 사이비 명제이므로, 예술의 정의에 대한 논의 자체가 불필요하다는 견해를 대변한다.

❹ 다른 하나는 예술계라는 어떤 사회 제도에 속하는 한 사람 또는 여러 사람에 의해 감상의 후보 자격을 수여받은 인공물을 예술 작품으로 규정하는 **디키**의 제도론이다. 하나의 작품이 어떤 특정한 기준에서 훌륭하므로 예술 작품이라고 부를 수 있다는 평가적 ⓒ이론들과 달리, 디키의 견해는 일정한 절차와 관례를 거치기만 하면 모두 예술 작품으로 볼 수 있다는 분류적 이론이다. 예술의 정의와 관련된 이 논의들은 예술로 분류할 수 있는 작품들의 공통된 본질을 찾는 시도이자 예술의 필요충분 조건을 찾는 시도이다.

(나)

❶ 예술 작품을 어떻게 감상하고 비평해야 하는지에 대해 다양한 논의들이 있다. 예술 작품의 의미와 가치에 대한 해석과 판단은 작품을 비평하는 목적과 태도에 따라 달라진다. 예술 작품에 대한 주요 비평 방법으로는 맥락주의 비평, 형식주의 비평, 인상주의 비평이 있다.

❷ ㉠맥락주의 비평은 주로 예술 작품이 창작된 사회적·역사적 배경에 관심을 갖는다. 비평가 **텐**은 예술 작품이 창작된 당시 예술가가 살던 시대의 환경, 정치·경제·문화적 상황, 작품이 사회에 미치는 효과 등을 예술 작품 비평의 중요한 ⓓ근거로 삼는다. 그 이유는 예술 작품이 예술가가 속해 있는 문화의 상징과 믿음을 구체화하며, 예술가가 속한 사회의 특성들을 반영한다고 보기 때문이다. 또한 맥락주의 비평에서는 작품이 창작된 시대적 상황 외에 작가의 심리적 상태와 이념을 포함하여 가급적 많은 자료를 바탕으로 작품을 분석하고 해석한다.

❸ 그러나 객관적 자료를 중심으로 작품을 비평하려는 맥락주의는 자칫 작품 외적인 요소에 치중하여 작품의 핵심적 본질을 훼손할 우려가 있다는 비판을 받는다. 이러한 맥락주의 비평의 문제점을 극복하기 위한 방법으로는 형식주의 비평과 인상주의 비평이 있다. 형식주의 비평은 예술 작품의 외적 요인 대신 작품의 형식적 요소와 그 요소들 간 구조적 유기성의 분석을 중요하게 생각한다. **프리드**와 같은 형식주의 비평가들은 작품 속에 표현된 사물, 인간, 풍경 같은 내용보다는 선, 색, 형태 등의 조형 요소와 비례, 율동, 강조 등과 같은 조형 원리를 예술 작품의 우수성을 판단하는 기준이라고 주장한다.

❹ ㉡인상주의 비평은 모든 분석적 비평에 대해 회의적인 ⓔ시각을 가지고 있어 예술을 어떤 규칙이나 객관적 자료로 판단할 수 없다고 본다. "훌륭한 비평가는 대작들과 자기 자신의 영혼의 모험들을 관련시킨다."라는 비평가 **프랑스**의 말처럼, 인상주의 비평은 비평가가 다른 저명한 비평가의 관점과 상관없이 자신의 생각과 느낌에 대하여 자율성과 창의성을 가지고 비평하는 것이다. 즉, 인상주의 비평가는 작가의 의도나 그 밖의 외적인 요인들을 고려할 필요 없이 비평가의 자유 의지로 무한대의 상상력을 가지고 작품을 해석하고 판단한다.

>> 각 문단을 요약하고 지문을 **두 부분**으로 나누어 보세요.

(가)

1 _____은 예술의 정의에 대해 재현의 투명성 이론을 전제하였으나, 18세기 말 _____ 사조가 등장하며 모방이 필수 조건이 아닌 작품을 예술로 인정할 수 있는 이론이 필요했다.

2 20세기 초 콜링우드는 예술가의 마음을 예술의 조건으로 규정하는 _____을, 벨은 작품의 고유 형식을 중시하는 _____을 제시하였다.

3 20세기 중반 웨이츠는 우리가 예술 작품으로 분류하는 것들이 서로 이질적이어서 예술이라 정의할 수 있는 공통된 요소를 갖지 않는다는 _____을 제시하였다.

4 20세기 중반 디키는 감상의 후보 자격을 수여받은 _____을 예술 작품으로 규정하는, _____이라는 분류적 이론을 제시하였다.

>> 각 문단을 요약하고 지문을 **두 부분**으로 나누어 보세요.

(나)

1 예술 작품의 의미와 가치에 대한 해석과 판단은 비평의 _____과 _____에 따라 달라지며, 주요 비평 방법으로는 맥락주의 비평, 형식주의 비평, 인상주의 비평이 있다.

2 _____ 비평은 예술 작품이 창작된 사회적·역사적 배경 및 _____의 심리적 상태와 이념을 포함한 자료를 바탕으로 작품을 분석하고 해석한다.

3 _____ 비평은 작품의 외적 요인 대신 작품의 형식적 요소와 그 요소들 간 구조적 _____을 분석하여 작품의 우수성을 판단한다.

4 _____ 비평은 비평가가 _____과 창의성을 가지고 작가의 의도나 외적 요인들을 고려할 필요 없이 작품을 해석하고 판단한다.

1. (가)와 (나)의 공통적인 내용 전개 방식으로 가장 적절한 것은?

① 대립되는 관점들이 수렴되어 가는 역사적 과정을 밝히고 있다.

② 화제에 대한 이론들을 평가하여 종합적 결론을 도출하고 있다.

③ 화제가 사회에 미치는 영향들을 분석하여 서로 간의 차이를 밝히고 있다.

④ 화제와 관련된 관점의 문제점을 제시하고 대안적 관점을 소개하고 있다.

⑤ 화제와 관련된 하나의 사례를 중심으로 다양한 이론을 시대 순으로 나열하고 있다.

2. (가)의 형식론에 대한 이해로 가장 적절한 것은?

① 미적 정서를 유발할 수 있는 어떤 성질을 근거로 예술 작품의 여부를 판단한다.

② 모든 관람객이 직관적으로 식별할 수 있는 형식을 통해 예술 작품의 여부를 판단한다.

③ 감정을 표현하는 모든 작품은 그 작품이 정신적 대상이더라도 예술 작품이라고 주장한다.

④ 외부 세계의 형식적 요소를 작가 내면의 관념으로 표현하는 것을 예술의 조건이라고 주장한다.

⑤ 특정한 사회 제도에 속하는 모든 예술가와 비평가가 자격을 부여한 작품을 예술 작품으로 판단한다.

3. (가)에 등장하는 이론가와 예술가들이 상대의 견해나 작품을 평가할 수 있는 말로 적절하지 않은 것은?

① **모방론자가 뒤샹에게:** 당신의 작품 「샘」은 변기를 닮은 것이 아니라 변기 그 자체라는 점에서 예술 작품이 되기 위한 필요충분조건을 갖추고 있습니다.

② **낭만주의 예술가가 모방론자에게:** 대상을 재현하기만 하면 예술가의 감정을 표현하지 않은 작품도 예술 작품으로 인정하는 당신의 견해는 받아들일 수 없습니다.

③ **표현론자가 낭만주의 예술가에게:** 당신의 작품은 예술가의 마음을 표현했으니 대상을 있는 그대로 표현하지 않았더라도 예술 작품입니다.

④ **뒤샹이 제도론자에게:** 예술계에서 일정한 절차와 관례를 거치면 예술 작품이라는 당신의 주장은 저의 작품 「샘」 외에 다른 변기들도 예술 작품이 될 수 있음을 인정하는 것입니다.

⑤ **예술 정의 불가론자가 표현론자에게:** 당신이 예술가의 관념을 예술 작품의 조건으로 규정할 때 사용하는 명제는 참과 거짓을 판단할 수 없기 때문에 받아들일 수 없습니다.

4. 다음은 비평문을 쓰기 위해 미술 전람회에 다녀온 학생이 (가)와 (나)를 읽은 후 작성한 메모의 일부이다. 메모의 내용이 적절하지 <u>않은</u> 것은? [3점]

■ 작품 정보 요약

• 작품 제목: 「그리움」

• 팸플릿의 설명

   - 화가 A가, 화가였던 자기 아버지가 생전에 신던 낡고 색이 바랜 신발을 보고 그린 작품임.

   - 화가 A의 예술가 정신은 궁핍하게 살면서도 예술혼을 잃지 않고 작품 활동을 했던 아버지의 삶에서 영향을 받았음.

• 작품 전체에 따뜻한 계열의 색이 주로 사용됨.

■ 비평문 작성을 위한 착안점

○ 콜링우드의 관점을 적용하면, 화가 A가 낡은 신발을 그린 것에서 아버지에 대한 그리움을 갖고 있었으리라는 점을 제시할 수 있겠군. ·············· ①

○ 디키의 관점을 적용하면, 평범한 신발이 특별한 이유는 신발의 원래 주인이 화가였다는 사실에 있음을 언급하여 이 그림을 예술 작품으로 평가할 수 있겠군. ·········· ②

○ 텐의 관점을 적용하면, 이 작품에서 아버지의 낡은 신발은 화가 A가 추구하는 예술가 정신의 상징임을 팸플릿 정보를 근거로 해석할 수 있겠군. ··············· ③

○ 프리드의 관점을 적용하면, 따뜻한 계열의 색들을 유기적으로 구성한 점에서 이 그림이 우수한 작품임을 언급할 수 있겠군. ··············· ④

○ 프랑스의 관점을 적용하면, 그림 속의 낡고 색이 바랜 신발을 보고, 지친 나의 삶에서 편안함과 여유를 느꼈음을 서술할 수 있겠군. ··············· ⑤

5. 피카소의 「게르니카」에 대해 〈보기〉의 A는 ㉠의 관점, B는 ㉡의 관점에서 비평한 내용이다. (나)를 바탕으로 A, B를 이해한 내용으로 적절하지 <u>않은</u> 것은?

〈보기〉

피카소, 「게르니카」

A: 1937년 히틀러가 바스크 산악 마을인 '게르니카'에 30여 톤의 폭탄을 퍼부어 수많은 인명을 살상한 비극적 사건의 참상을, 울부짖는 말과 부러진 칼 등의 상징적 이미지를 사용하여 전 세계에 고발한 기념비적인 작품이다.

B: 뿔 달린 동물은 슬퍼 보이고, 아이는 양팔을 뻗어 고통을 호소하고 있다. 우울한 색과 기괴한 형태들이 나를 그 속으로 끌어들이는 듯하다. 그러나 빛이 보인다. 고통과 좌절감이 느껴지지만 희망을 갈구하는 훌륭한 작품이다.

① A에서 '1937년'에 '게르니카'에서 발생한 사건을 언급한 것은 역사적 정보를 바탕으로 작품을 해석하기 위한 것이겠군.

② A에서 비극적 참상을 '전 세계에 고발'하였다고 서술한 것은 작품이 사회에 미치는 효과를 드러내고자 한 것이겠군.

③ B에서 '슬퍼 보이고'와 '고통을 호소하고'라고 서술한 것은 작가의 심리적 상태를 표현하려는 것이겠군.

④ B에서 '우울한 색과 기괴한 형태'를 언급한 것은 비평가의 주관적 인상을 반영하기 위한 것이겠군.

⑤ B에서 '희망을 갈구하는'이라고 서술한 것은 비평가의 자유로운 상상력이 반영된 것이겠군.

6. 문맥을 고려할 때, 밑줄 친 말이 ⓐ~ⓔ의 동음이의어인 것은?

① ⓐ: 모든 인간은 평등하다고 <u>전제(前提)</u>해야 한다.

② ⓑ: 가을은 오곡백과가 무르익는 <u>시기(時期)</u>이다.

③ ⓒ: 이 문제에 대해서는 <u>이론(異論)</u>의 여지가 없다.

④ ⓓ: 이 소설은 사실을 <u>근거(根據)</u>로 하여 쓰였다.

⑤ ⓔ: 청소년의 <u>시각(視角)</u>으로 이 문제를 살펴보자.

MEMO

2021학년도 6월 모평

인문 (가) 과거제의 사회적 기능과 의의 / 인문 (나) 과거제의 부작용과 개혁 방안

[1~6] 다음 글을 읽고 물음에 답하시오.

(가)

❶ 한국, 중국 등 동아시아 사회에서 오랫동안 유지되었던 과거제는 세습적 권리와 무관하게 능력주의적인 시험을 통해 관료를 선발하는 제도라는 점에서 합리성을 갖추고 있었다. 정부의 관직을 ⓐ두고 정기적으로 시행되는 공개 시험인 과거제가 도입되어, 높은 지위를 얻기 위해서는 신분이나 추천보다 시험 성적이 더욱 중요해졌다.

❷ 명확하고 합리적인 기준에 따른 관료 선발 제도라는 공정성을 바탕으로 과거제는 보다 많은 사람들에게 사회적 지위 획득의 기회를 줌으로써 개방성을 제고하여 사회적 유동성 역시 증대시켰다. 응시 자격에 일부 제한이 있었다 하더라도, 비교적 공정한 제도였음을 부정하기 어렵다. 시험 과정에서 ㉠익명성의 확보를 위한 여러 가지 장치를 도입한 것도 공정성 강화를 위한 노력을 보여 준다.

❸ 과거제는 여러 가지 사회적 효과를 가져왔는데, 특히 학습에 강력한 동기를 제공함으로써 교육의 확대와 지식의 보급에 크게 기여했다. 그 결과 통치에 참여할 능력을 갖춘 지식인 집단이 폭넓게 형성되었다. 시험에 필요한 고전과 유교 경전이 주가 되는 학습의 내용은 도덕적인 가치 기준에 대한 광범위한 공유를 이끌어 냈다. 또한 최종 단계까지 통과하지 못한 사람들에게도 국가가 여러 특권을 부여하고 그들이 지방 사회에 기여하도록 하여 경쟁적 선발 제도가 가져올 수 있는 부작용을 완화하고자 노력했다.

❹ 동아시아에서 과거제가 천 년이 넘게 시행된 것은 과거제의 합리성이 사회적 안정에 기여했음을 보여 준다. 과거제는 왕조의 교체와 같은 변화에도 불구하고 동질적인 엘리트층의 연속성을 가져왔다. 그리고 이러한 연속성은 관료 선발 과정뿐 아니라 관료제에 기초한 통치의 안정성에도 기여했다.

❺ 과거제를 장기간 유지한 것은 세계적으로 드문 현상이었다. 과거제에 대한 정보는 선교사들을 통해 유럽에 전해져 많은 관심을 불러일으켰다. 일군의 유럽 계몽사상가들은 학자의 지식이 귀족의 세습적 지위보다 우위에 있는 체제를 정치적인 합리성을 갖춘 것으로 보았다. 이러한 관심은 사상적 동향뿐 아니라 실질적인 사회 제도에까지 영향을 미쳐서, 관료 선발에 시험을 통한 경쟁이 도입되기도 했다.

(나)

❶ 조선 후기의 대표적인 관료 선발 제도 개혁론인 유형원의 공거제 구상은 능력주의적, 결과주의적 인재 선발의 약점을 극복

하려는 의도와 함께 신분적 세습의 문제점도 의식한 것이었다. 중국에서는 17세기 무렵 관료 선발에서 세습과 같은 봉건적인 요소를 부분적으로 재도입하려는 개혁론이 등장했다. 고염무는 관료제의 상층에는 능력주의적 제도를 유지하되, ㉰지방관인 지현들은 어느 정도의 검증 기간을 거친 이후 그 지위를 평생 유지시켜 주고 세습의 길까지 열어 놓는 방안을 제안했다. 황종희는 지방의 관료가 자체적으로 관리를 초빙해서 시험한 후에 추천하는 '벽소'와 같은 옛 제도를 ⓑ되살리는 방법으로 과거제를 보완하자고 주장했다.

❷ 이러한 개혁론은 갑작스럽게 등장한 것이 아니었다. 과거제를 시행했던 국가들에서는 수백 년에 ⓒ걸쳐 과거제를 개선하라는 압력이 있었다. 시험 방식이 가져오는 부작용들은 과거제의 중요한 문제였다. 치열한 경쟁은 학문에 대한 깊이 있는 학습이 아니라 합격만을 목적으로 하는 형식적 학습을 하게 만들었고, 많은 인재들이 수험 생활에 장기간 ⓓ매달리면서 재능을 낭비하는 현상도 낳았다. 또한 학습 능력 이외의 인성이나 실무 능력을 평가할 수 없다는 이유로 시험의 ㉡익명성에 대한 회의도 있었다.

❸ 과거제의 부작용에 대한 인식은 과거제를 통해 임용된 관리들의 활동에 대한 비판적 시각으로 연결되었다. 능력주의적 태도는 시험뿐 아니라 관리의 업무에 대한 평가에도 적용되었다. 세습적이지 않으면서 몇 년의 임기마다 다른 지역으로 이동하는 관리들은 승진을 위해서 빨리 성과를 낼 필요가 있었기에, 지역 사회를 위해 장기적인 전망을 가지고 정책을 추진하기보다 가시적이고 단기적인 결과만을 중시하는 부작용을 가져왔다. 개인적 동기가 공공성과 상충되는 현상이 나타났던 것이다. 공동체 의식의 약화 역시 과거제의 부정적 결과로 인식되었다. 과거제 출신의 관리들이 공동체에 대한 소속감이 낮고 출세 지향적이기 때문에 세습 엘리트나 지역에서 천거된 관리에 비해 공동체에 대한 충성심이 약했던 것이다.

❹ 과거제가 지속되는 시기 내내 과거제 이전에 대한 향수가 존재했던 것은 그 외의 정치 체제를 상상하기 ⓔ어려웠던 상황에서, 사적이고 정서적인 관계에서 볼 수 있는 소속감과 충성심을 과거제로 확보하기 어렵다는 판단 때문이었다. 봉건적 요소를 도입하여 과거제를 보완하자는 주장은 단순히 복고적인 것이 아니었다. 합리적인 제도가 가져온 역설적 상황을 역사적 경험과 주어진 사상적 자원을 활용하여 보완하고자 하는 시도였다.

>> 각 문단을 요약하고 지문을 **세 부분**으로 나누어 보세요.

(가)

1 동아시아 사회에서 과거제는 _____주의적인 시험을 통해 관료를 선발하는 제도라는 점에서 _____성을 갖추고 있었다.

2 과거제는 _____성을 바탕으로 많은 사람들에게 사회적 _____ 획득의 기회를 주어 사회적 유동성을 증대시켰다.

3 과거제는 교육의 확대와 지식의 보급에 기여해 _____ 집단을 폭넓게 형성하고, _____적인 가치 기준에 대한 광범위한 공유를 이끌어 냈다.

4 과거제는 동질적인 _____층의 연속성을 통해 _____의 안정성에도 기여했다.

5 과거제는 선교사에 의해 _____에 전해져 관심을 불러일으켰으며 사회 _____에까지 영향을 미쳤다.

>> 각 문단을 요약하고 지문을 **세 부분**으로 나누어 보세요.

(나)

1 유형원의 _____ 구상은 조선 후기 관료 선발 제도 개혁론으로, 중국에서는 17세기 무렵 관료 선발에서 _____과 같은 봉건적인 요소를 부분적으로 재도입하려는 개혁론이 등장했다.

2 과거제는 치열한 경쟁으로 인재들이 수험 생활에 매달리며 _____을 낭비하는 현상을 낳고, _____ 능력 이외의 것을 평가할 수 없었다.

3 과거제를 통해 임용된 관리들은 승진을 위해 가시적이고 _____ 적인 결과만을 중시하고 출세 지향적이기 때문에 공동체에 대한 _____이 약했다.

4 _____로 소속감과 충성심을 확보하기 어렵다는 판단은 봉건적 요소를 도입하여 과거제를 _____하자는 주장으로 이어졌다.

1. (가)와 (나)의 서술 방식으로 가장 적절한 것은?

① (가)와 (나) 모두 특정 제도가 사회에 미친 영향을 인과적으로 서술하고 있다.

② (가)와 (나) 모두 특정 제도를 분석하는 두 가지 이론을 구분하여 소개하고 있다.

③ (가)는 (나)와 달리 구체적 사상가들의 견해를 언급하며 특정 제도에 대한 관점을 드러내고 있다.

④ (나)는 (가)와 달리 특정 제도에 대한 선호와 비판의 근거들을 비교하면서 특정 제도의 특징을 제시하고 있다.

⑤ (가)는 특정 제도의 발전을 통시적으로, (나)는 특정 제도에 대한 학자들의 상반된 입장을 공시적으로 언급하고 있다.

2. (가)의 내용과 일치하지 않는 것은?

① 시험을 통한 관료 선발 제도는 동아시아뿐만 아니라 유럽에서도 실시되었다.

② 과거제는 폭넓은 지식인 집단을 형성하여 관료제에 기초한 통치에 기여했다.

③ 과거 시험의 최종 단계까지 통과하지 못한 사람도 국가로부터 혜택을 받을 수 있었다.

④ 경쟁을 바탕으로 한 과거제는 더 많은 사람들이 지방의 관료에 의해 초빙될 기회를 주었다.

⑤ 귀족의 지위보다 학자의 지식이 우위에 있는 체제가 합리적 이라고 여긴 계몽사상가들이 있었다.

3. (나)를 참고할 때, ㉐와 같은 제안이 등장하게 된 배경을 추론한 내용으로 적절하지 않은 것은?

① 과거제로 등용된 관리들이 근무지를 자주 바꾸게 되어 근무지에 대한 소속감이 약했기 때문이었을 것이다.

② 과거제로 등용된 관리들의 봉건적 요소에 대한 지향이 공공성과 상충되는 세태로 나타났기 때문이었을 것이다.

③ 과거제로 선발한 관료들은 세습 엘리트에 비해 개인적 동기가 강해서 공동체 의식이 높지 않았기 때문이었을 것이다.

④ 과거제를 통해 배출된 관료들이 출세 지향적이어서 장기적 안목보다는 근시안적인 결과에 치중했기 때문이었을 것이다.

⑤ 과거제가 낳은 능력주의적 태도로 인해 관리들이 승진을 위해 가시적인 성과만을 내려는 경향이 강해졌기 때문이었을 것이다.

4. (가)와 (나)를 참고하여 ㉠과 ㉡을 이해한 내용으로 가장 적절한 것은?

① ㉠은 모든 사람에게 응시 기회를 보장했지만, ㉡은 결과주의의 지나친 확산에서 비롯되었다.

② ㉠은 정치적 변화에도 사회적 안정을 보장했지만, ㉡은 대대로 관직을 물려받는 문제에서 비롯되었다.

③ ㉠은 지역 공동체의 전체 이익을 증진시켰지만, ㉡은 지나친 경쟁이 유발한 국가 전체의 비효율성에서 비롯되었다.

④ ㉠은 사회적 지위 획득의 기회를 확대하는 데 기여했지만, ㉡은 관리 선발 시 됨됨이 검증의 곤란함에서 비롯되었다.

⑤ ㉠은 관료들이 지닌 도덕적 가치 기준의 다양성을 확대했지만, ㉡은 사적이고 정서적인 관계 확보의 어려움에서 비롯되었다.

5. 〈보기〉는 과거제에 대한 조선 시대 선비들의 견해를 재구성한 것이다. (가)와 (나)를 읽은 학생이 〈보기〉에 대해 보인 반응으로 적절하지 <u>않은</u> 것은? [3점]

───────〈보기〉───────

○ **갑**: 변변치 못한 집안 출신이라 차별받는 것에 불만이 있는 사람들이 많았는데, 과거를 통해 관직을 얻으면서 불만이 많이 해소되어 사회적 갈등이 완화된 것은 바람직하다.

○ **을**: 과거제를 통해 조선 사회에 유교적 가치가 광범위하게 자리를 잡아 좋다. 그런데 많은 선비들이 오랜 시간 과거를 준비하느라 자신의 뛰어난 능력을 펼치지 못한다는 점이 안타깝다.

○ **병**: 요즘 과거 시험 준비를 위해 나오는 책들을 보면 시험에 자주 나왔던 내용만 정리되어 있어서 학습의 깊이가 없으니 문제이다. 그래도 과거제 덕분에 더 많은 사람들이 공부를 하려는 생각을 가지게 된 것은 다행이라고 생각한다.

① '갑'이 과거제로 인해 사회적 유동성이 증가했다는 점을 긍정적으로 본 것은, 능력주의에 따른 공정성과 개방성이라는 시험의 성격에 주목한 것이겠군.

② '을'이 과거제로 인해 많은 선비들이 재능을 낭비한다는 점을 부정적으로 본 것은, 치열한 경쟁을 유발하는 시험의 성격에 주목한 것이겠군.

③ '을'이 과거제로 인해 사회의 도덕적 가치 기준에 대한 광범위한 공유가 가능해졌다는 점을 긍정적으로 본 것은, 고전과 유교 경전 위주의 시험 내용에 주목한 것이겠군.

④ '병'이 과거제로 인해 심화된 공부를 하기 어렵다는 점을 부정적으로 본 것은, 형식적인 학습을 유발한 시험 방식에 주목한 것이겠군.

⑤ '병'이 과거제로 인해 교육에 대한 동기가 강화되었다는 점을 긍정적으로 본 것은, 실무 능력을 중심으로 평가하는 시험 방식에 주목한 것이겠군.

6. 문맥상 ⓐ~ⓔ의 단어와 가장 가까운 의미로 쓰인 것은?

① ⓐ: 그가 열쇠를 방 안에 두고 문을 잠가 버렸다.

② ⓑ: 우리는 그 당시의 행복했던 기억을 되살렸다.

③ ⓒ: 협곡 사이에 구름다리가 멋지게 걸쳐 있었다.

④ ⓓ: 사소한 일에만 매달리면 중요한 것을 놓친다.

⑤ ⓔ: 형편이 어려울수록 모두가 힘을 합쳐야 한다.